五台山詩歌注釋

WUTAISHAN SHIGE ZHUSHI

上

张申伟 编注

山西出版传媒集团
三 晋 出 版 社

前　言

五台山，作为我国佛教四大名山之一，早以其独特的自然景观、丰厚的文化蓄积名闻遐迩；而在2009年又被列入世界文化遗产名录，更为五台山发展开启了一个全新的历史时代，也为五台山文化研究提出了更加艰巨的任务。

五台山诗歌，作为五台山文化的重要组成部分，早已引起人们的重视。远的不说，中华民国二十二年释印光据明释镇澄所撰而考订增修的《清凉山志》中，诗歌就占了很大的比重，为保存五台山诗歌作出不可磨灭的贡献。二十世纪八十年代以来，陆续有李俊堂等的《五台山诗选》、崔正森等的《五台山诗歌选注》、王学斌等的《五台山碑文匾额楹联诗赋选》等出版；而作为五台山文化研究的主要刊物，《五台山研究》中也发表了一些五台山诗歌研究、赏析文章。这对五台山诗歌的研究都起到一定的推动作用。

作为一个诗歌爱好者，一个土生土长的五台人，我早已对五台山诗歌予以关注。早在1981年，我还在五台中学任教，时在县文化局任职的方庆奇先生，曾抄录一部分五台山诗歌嘱我注释，惜当时教学任务繁重，未予足够重视。以后又到古交市改行搞党务、行政工作，一直未能顾及。2002年退居二线后，在乡贤赵克诚先生的鼓动下，我始全身心地投入对五台山诗歌的搜集、整理、注释。历时两年，积累800余首，自以为是五台山诗歌的集大成之作。正当此时，得睹我尊敬的老领导、乡贤赵林恩先生编著的《五台山诗歌总集》，其搜罗之广博，注释之严肃，前所未有。我本拟作罢，但展读之余，发现赵先生的注释还有较大的发挥余地，且有不少地方与我的理解大相径庭。在原山西省宗教事务管理局周新玉局长的支持下，遂决意以赵先生的《总集》为蓝本，并根据有关资料参校，重新予以注释。经过两年多的努力始出初稿。我的本意是将自己的注释当做与赵先生切磋之资，倘他的《总集》有再版的机会，修订时自可作为参考。经与他联系，知道再版的机会不大。经一年多（初学电脑）将注释稿输入电脑后，我即提交赵先生请教。承他厚爱，大加鼓励，除帮我下载《四库全书》等资料外，还将他近年搜集的一部分五台山诗歌交给我，并对注释中遇到的佛教词语予以指教，其精神感人至深。可以说，我的注释基本是在赵先生《总集》基础上搞的。

我虽说一直喜爱古典文学，尤其钟情于诗歌，但毕竟学识浅薄，尤其是对博大精深的佛学更属于临时抱佛脚，很难谈到深入理解，注释中自不免“野狐禅”之虞。然有一点可以自慰的是，我每注一首，都临深履薄、小心翼翼，力求言之有据。为某些难句，甚至苦思冥想，寝食俱忘，其中甘苦，自非局外人所知。可以说，一些看似简单的注释，都凝聚着我的心血。其中不少诗歌的解释，不敢说较之以前的注释本有较大的突破，起码可供读者一个全新的视角。

下面就本书的体例作一些说明。

本书分为上下两册：上册为晋、唐、宋、元、明部分，下册为清、近现代部分。所选范围主要是民国以前以五台山（以台内为主）为直接吟咏对象的诗歌。赞、颂、偈，则酌情予以选录。一些有关五台山的酬赠类诗歌，如《送僧游五台山》之类，有的主要以五台山为吟咏对象，有的虽只是提及五台山，却可从中看到五台山在历代的影响之大，对研究五台山文化有一定参考价值，亦予以选录。新中国建立以后的诗歌则仅有少量选录。

本书所录诗歌以赵林恩先生的《总集》为蓝本，根据本人的看法有所取舍，并以《清凉山志》和可见的资料予以参校。因系通俗读本，一般不出校。

作品编排方面，首先按作者时代先后排列，以作者生年先后为序，生年不可考者参以登第年代。全不可考者，则根据注者的考虑予以适当的排列。其中，《清凉山志》所录明代僧人的诗歌，不少生平未能得以考证，排列错误自不可免。

注释分作者简介、诗歌正文、注释三部分。个别须作说明者，则附以按语。

为避免注释过分繁杂并方便读者阅读，五台山之五台，在首出时注出，后出时则不再加注。其他寺庙、灵迹及词语等首出时详注，后出时简注或不注。凡和诗有原作者，诗题中涉及的寺庙等亦不复加注。有些为读者方便起见，则不避重复。

注释力求详明。除对典故和重要佛教词语予以解释并注明其出处外，为照顾一般读者的需要，对一些难句或概括其意，或予串讲。用语典是古人写作诗歌的重要手段，注者予以适当引证，对理解诗句的含义应该会起到一定作用。

注释前后历经五六年，虽然作了很大努力，但限于能力和水平，错误、缺点在所难免，敬请专家、读者不吝赐教。同时，对我在注释过程中予以各种帮助、支持的赵林恩先生、赵克诚先生、周新玉局长，以及一直关心注释过程的我的亲友、学生们表示衷心的感谢。对在当前此类出版物销路难保的情况下，慨然为我出书的三晋出版社张继红社长，对注释稿进行精心校改的尹立晋先生，对悉心编校的董润泽先生表示深深的敬意。同时，我希望有更多的人投入五台山诗歌的研究中，并有更好的注释本问世。

张申伟　2012 年 12 月　于太原迎新街寓所

目　录（上册）

镇　澄

支 遁

支遁（314—366），字道林。本姓关，从师姓支，世称支公、林公，东晋陈留（今河南开封市南）人。佛教学者。年25岁出家，与谢安、王羲之等交游，好谈玄理。作《即色游玄论》，宣扬“即色是空”，发挥般若学的“性空”思想，为般若学六大家之一。其他著作，大都散佚。

文殊师利赞①

童真领玄致②，灵化实悠长③。
昔为龙种觉④，今则梦游方⑤。
恍惚乘神浪，高步维摩乡。
擢此希夷质，映彼虚闲堂⑥。
触类兴清遘，目击洞兼忘⑦。
梵释钦嘉会，闲邪纳流芳⑧。

①此赞录自《广清凉传》卷下。文殊师利：佛教菩萨名。梵语音译。亦作曼殊室利。意译为“妙吉祥”、“妙德”等。据《首楞严经》等说，此菩萨为过去龙种上佛示现，为过去无量诸佛之师。《文殊师利般涅槃经》等载，文殊于释迦牟尼出世时，降生于舍卫国婆罗门家，师事释迦，出家为比丘，于佛灭后450年始入涅槃。其形顶结五髻，手持宝剑、骑青狮，象征智慧锐利威猛。为释迦牟尼佛的左胁侍，司“智”，与司“理”的普贤菩萨相对。中国传其说法道场为五台山。

②童真：犹童贞。南朝宋傅亮《文殊师利赞》：“在昔龙种，今也童真。”亦称“童子”。文殊菩萨取童子形。《释氏要览》上：“若菩萨从初发心断淫欲，乃至菩萨，是名童子。”童子之心，天真烂漫，纯洁无邪。文殊菩萨为如来之王子，如世间童子一般，无淫欲之念，故称童子或童真。玄致：奥妙的旨趣。此指佛法的奥妙旨趣。

③灵化：对教化的美称。此指文殊菩萨以佛法教化众生。

④“昔为”句：《首楞严三昧经》卷下：“佛告迦叶，过去久远，无量无边不可思议阿僧祇劫，尔时有佛，名曰龙种上如来，十号具足。于此南方，过千国土，有国名平正，地平如掌。龙种上佛，于彼国土，得无上觉。乃至云彼佛，即文殊师利法王子是也。”觉：即觉王。指佛。

⑤梦游方：指文殊的法身云游四方，施行教化。因“法身”不生不灭，无形而随处现身，犹如梦幻，故云。

⑥“恍惚”四句：写文殊到毗耶离城维摩诘居士方丈室问疾，纵论不二法门事。谓瞬息之间，文殊驾驭神浪，阔步到了维摩居士所在的毗耶离城。佛举拔体性虚寂玄妙的文殊菩萨，辉映着维摩诘清静的方丈之室。《维摩诘经》载，佛在毗耶离庵罗树园说法，维摩诘称疾未到。佛遣人诣维摩诘问疾，五百大弟子、诸菩萨各各向佛说其本缘，称说维摩诘所言，皆曰“不任诣彼问疾”。最后，文殊承佛圣旨，诣彼问疾，纵论不二法门。恍惚：倏忽。瞬息之间。维摩乡：《广弘明集》作“维耶乡”。指维摩诘居士所居毗耶离城（在今印度比哈尔邦南部）。擢（zhuó）：举拔。希夷：《老子》：“视之不见名曰夷，听之不闻名曰希。”河上公注：“无色曰夷。无声曰希。”后因以“希夷”指虚寂玄妙。虚闲堂：指维摩诘清静的丈室。《维摩诘经·文殊师利问疾品》：“尔时长者维摩诘心念，今文殊师利，与大众俱来。即以神力，空其室内，除去所有，及诸侍者；唯余一床，以疾而卧。”虚闲，清闲。此专指清静。

⑦“触类”两句：谓接触相类事物（即有适当的机缘），也许能清楚地遇到他；但若注目细看，则是一片空无。兴：或须，也许。遘（gòu）：遇，遭遇。目击：熟视。洞：空虚。忘（wáng）：通“亡”，无。

⑧“梵释”两句：谓诸天神仰慕文殊，并参加法会；使世人防止邪恶，接受万古流传的佛法。梵释：指色界诸天王及欲界帝释天王。嘉会：欢乐的聚会。三国魏曹植《送应氏》诗之二：“清时难屡得，嘉会不可常。”多指美好的宴集。此指法会。闲邪：防止邪恶。《易·乾》：“闲邪存其诚。”李鼎祚集解引宋衷：“闲，防也。”纳：接纳，接受。流芳：指流传的好名声，好传统。《三国志·蜀志·郤正传》：“综坟典之流芳，寻孔氏之遗艺。”

普　明

普明（？—792），唐代僧人。俗姓赵，济州（州治在今山东茌平县境）人。30岁出家于泰山灵岩寺，大历初（766）应请居胙县兰若，学者蚁聚，谒者往往一睹其相，自然改恶从善。后义成军节度使贾耽敬事之，请居滑州龙兴寺说法。“生年或云三百岁，以其百岁者见之颜容不改之故。”（《宋高僧传》卷十八）曾至五台山，于南台之北凿龛修行。永昌元年（689）离开五台山。

南台歌①

南台秀峙，龙神归依②。

春云霭霭，夏雨霏霏。
黑白瞻礼[3]，失渴忘疲。
何罪不灭，何福不滋[4]？
卧于石罅，而坐神龟[5]。
菩萨麻充其龙杖，罗浮草结作禅衣[6]。
居岩崿兮静虑[7]，履山巅兮寻师。
飧松长智，饵菊除饥[8]。
讲说般若[9]，志行禅师[10]。
再睹龙母，又见龙儿[11]。
家施白药[12]，永离苦里。

①此歌录自《广清凉传》卷上。该《传》载："南台孤绝，距诸台差远，林木蓊郁，岩崖倾敧，最为幽寂。昔有僧明禅师，居此三十余载，亦遇神仙，飞空而去，唯蝉脱其皮。三十里内，悉是名花，遍生峰岫，俗号仙花山。化寺屡逢，钟声时发。昔曾有人遇异人，形伟冠世，言语之间，超腾遂远。故僧明禅师歌曰：（即此歌）。"南台：五台山主峰之一，位于台怀镇南15公里，海拔2474. 3米。《清凉山志》卷二："南台……顶若覆盂，周一里。亦名锦绣峰，山峰耸峭，烟光凝翠，细草杂花，千峦弥布，犹铺锦然，故以名焉。支山南延六十里，至嶔岩寺。"台顶建有普济寺，供智慧文殊像。

②"龙神"句：五台山佛教有文殊降伏龙王及五百毒龙的传说。龙神：龙王。龙，相传变化莫测，故有神龙之称。佛教一般指外道。唐玄奘《大唐西域记·乌仗那国》："我所仗剑，神龙见授，以诛后伏，以斩不臣。"归依：佛教指信从依附佛、法、僧三宝。也作"皈依"。

③黑白：僧俗。因僧徒衣黑，俗人衣白，故称。

④滋：生。

⑤石罅（xià）、神龟：均为南台灵迹。在台南半麓。

⑥菩萨麻、罗浮草：均指仙佛之地的草木。罗浮，山名。在广东省东江北岸。风景优美，为粤中游览胜地。晋葛洪曾在此修道，道教称为"第七洞天"。相传隋赵师雄在此梦梅花仙女。龙杖：典出《后汉书·方术传下·费长房》："费长房者，汝南人也。曾为市掾。市中有老翁卖药，悬一壶于肆头……长房辞归，翁与一竹杖，曰：'骑此任所之，则自至矣。既至，可以杖投葛陂中也。'又为作一符，曰：'以此主地上鬼神。'长房乘杖，须臾来归，自谓去家适经旬日，而已十余年矣。即以杖投陂，顾视则龙也。"后因以"龙杖"美称竹杖。禅衣：僧衣。

⑦岩崿：起伏的山峦。

⑧飧（sūn）松：食松子。饵菊：食菊花。

⑨般若（bōrě）：佛教语。梵语译音。意译智慧。佛教用以指如实理解一切事物的智慧，为表示有别于一般所指的智慧，故用音译。大乘佛教称之为“诸佛之母”。《大智度论》四三：“般若者，秦言智慧也。一切诸智慧中最为第一，无上、无比、无等，更无胜者，穷尽到边。”

⑩“志行”句：谓坚持禅师的志向和操守。志行：《易·升象》：“南征吉，志行也。”本意是得行其志，后多指志向与操守。禅师：和尚之尊称。《善住意天子所问经》卷下：“天子问文殊师利言：‘禅师者，何等比丘得言禅师？’文殊师利答言天子：‘此禅师者，与一切法，一行思量，所谓不生，若如是知，得言禅师。’”即比丘能得禅定波罗蜜者曰禅师。后用为对一般和尚的尊称。

⑪“再睹”两句：写“龙神归依”。《清凉山志》卷二：“娑婆寺，台（南台）西南三十里。高齐释玄赜，卓庵于此，诵华严。有妇携子，数来听经。赜疑之。妇即知其疑，告曰：‘师莫疑。我名娑婆，乃龙母也。因闻法得悟，我将脱是类矣。’”

⑫白药：喻佛法。

附：《清凉山志》卷二“仙花山”条下引普明歌：“南台之麓，仙人之居。春云霭霭，暮雨霏霏。卧于石罅，而坐神龟。杳然飞去，仙花披靡。”此歌当由《南台歌》改削而成。

李　邕

李邕（678—747），字泰和，唐代扬州江都（今属江苏）人。李善之子。初为谏官，历任郡守，官至汲郡、北海太守，人称“李北海”。工文，善书，尤擅以行楷写碑，取法二王（羲之、献之）而有所创造，笔力沉雄，自成面目，对后世影响较大。文集已佚，明人辑有《李北海集》。

清凉寺碑铭[①]

天作五山兮实曰五台[②]，
山上出泉兮有龙为灾，
大圣煦妪兮戢毒徘徊[③]。
西南其刹，赫赫枚枚[④]，
翠微之上兮崒崛崔嵬[⑤]，
金容月满兮宝座莲开[⑥]。

祈我圣皇兮其至矣哉⑦，
以感以通兮为祉为福⑧，
前际后际兮无去无来⑨。

①此碑铭录自《李北海集》卷三《五台山清凉寺碑文》。作于天宝七年（748）。清凉寺：在五台山中台南20公里清凉谷岭畔。始建于北魏太和年间，为五台山最早的寺院之一。长安二年（702），武则天称神游五顶，敕命重建清凉寺，翌年竣工，封大德感法师为昌平开国公，食邑一千户，住清凉寺。唐宋两代皆于此设僧正司。历代屡有修葺。该寺规模宏大，建筑整齐，惜毁于“文革”。现已重修。院内有“清凉石”，传为文殊菩萨说法之座，称曼殊床，旧为五台山佛教之主要象征物。

②天作：犹天造，天生。谓自然形成。《诗·周颂·天作》：“天作高山，大王荒之。”

③“山上”两句：五台山北台顶有灵迹黑龙池，侧有龙王祠，所供龙王“乃五台五百毒龙之王，每台各有一百毒龙，皆以此龙王为君主。此龙王及民被文殊降伏归依，不敢行恶”。见日僧圆仁《入唐求法巡礼行记》卷三。大圣：佛教称佛、菩萨。此指文殊菩萨。煦妪：爱抚。此指以大慈大悲之心抚慰众生。戢（jí）毒：止息毒龙的祸害。

④西南其刹：指清凉寺。赫赫枚枚：指清凉寺规模宏大，殿宇林立。赫赫，显赫盛大貌。枚枚，细密貌。

⑤翠微：青翠掩映的山腰幽深处。此指清凉寺所在清凉谷畔。崒（zú）崛崔嵬：高耸险峻貌。

⑥金容月面：指金光明亮、面如满月的佛像面容。《心地观经》：“希有金容如满月。”

⑦圣皇：对皇帝的尊称。此指唐玄宗李隆基。至矣哉：赞美之词。谓达到无以复加的地步。

⑧“以感”句：谓以诚心感动佛菩萨，求其带来福祉。以感以通：即感通。谓此有所感而通于彼。意即一方的行为感动对方，从而导致相应的反应。语本《易·系辞上》：“《易》无思也，无为也，寂然不动，感而遂通天下之故。”

⑨“前际”句：谓唐王朝承前启后，永远存在。前际后际：际，谓时间界限。前际即过去一念，后际即未来一念。此泛指过去未来。无去无来：永恒存在之意。

李　白

李白（701—762），字太白，号青莲居士。唐代伟大诗人。祖籍陇西成纪（今甘肃秦安东），隋末其先人流寓碎叶（今巴尔喀什湖南楚河流域），他即生于此。幼年随父迁居绵州昌隆（今四川江油）青莲乡。二十五岁离蜀，长期在各地漫游。天宝初供奉翰林。受权贵谗毁，仅一年余即离开长安。安史之乱中，曾为永王璘幕僚，因璘败牵累，流放夜郎。中途遇赦东还。晚年漂泊困苦，卒于当涂。诗风雄奇豪放，想象丰富，语言流转自然，音律和谐多变。善于从民歌、神话中吸取营养和素材，构成其特有的瑰丽色彩，富有积极的浪漫主义精神。有《李太白集》。

僧伽歌①

高僧法号号僧伽，有时为我论三车②。
问云诵咒几千遍③，口道恒河沙复沙④。
吾师本住南天竺⑤，为法头陀来此国⑥。
戒若长天秋月明⑦，身如世上青莲色⑧。
心清净，貌棱棱⑨，亦不减，亦不增⑩。
瓶里千年舍利骨⑪，手中万岁胡孙藤⑫。
嗟余落魄天涯久，罕遇真僧说空有⑬。
一言忏尽波罗夷，再礼浑除犯轻垢⑭。

①此诗录自《清凉山志》卷七。与《全唐诗》所载多有异文。此一仍山志，不复出校。《清凉山志》卷七："唐梵僧僧伽师，南天竺人。持文殊五字咒，多神异。唐天宝间，来游清凉，不入人舍，夜坐林野，携舍利瓶，夜则放光。尝入定于中台之野，天花拥膝，七日乃起。经夏，还天竺，过长安，李太白作歌赠之。"僧伽：人名。据王琦《李太白全集》注，为西域名僧，俗姓何，龙朔初入唐，于泗州建寺，后居荐福寺。世称其为观音大士化身。《清凉山志》卷七此诗后注："此系另一僧伽，非泗州僧伽，乃泗州僧伽入灭三十多年后，方来此方者。"

②三车：佛教语。喻三乘。谓以羊车喻声闻乘（小乘），以鹿车喻缘觉乘（中乘），以牛车喻菩萨乘（大乘）。俱以运载为义，方便设施。《法华经·譬喻品》："长者告诸子曰：'羊车、鹿车、牛车，今在门外，可以游戏。汝等于此火宅，宜速出来。'"此指代佛法。

③咒：即梵语陀罗尼。意译为咒或真言。《大智度论》卷五："陀罗尼，秦言能持，或言能遮。能持者，集种种善法，能除令不散不失……能遮者，恶不善根心生，能遮令不生。"

④恒河沙复沙：犹言恒河沙数。佛教形容数量多至无法计算。《金刚经·无为福胜分》："但诸恒河尚多无数，何况其沙。"恒河，南亚大河，发源于喜马拉雅山南坡，流经

印度、孟加拉国入海。印度人多视为圣河、福水。

⑤南天竺：南部印度。印度古称天竺国，分东西南北中五部。

⑥头陀：梵文译音。意为“抖擞”，即去掉尘垢烦恼。因用以称僧人。亦专指行脚乞食的僧人。《法苑珠林》卷一〇一：“西云头陀，此云抖擞，能行此法，即能抖擞烦恼，去离贪著，如衣抖擞，能去尘垢，是故从喻为名。”

⑦“戒如”句：写僧伽戒行精严。陈永阳王《解经疏》：“戒与秋月共明，禅与春池共洁。”

⑧“身如”句：写僧伽一尘不染。身，《全唐诗》作“心”。《华严经》：“菩提心者，犹如莲花不染一切诸尘垢故。”僧肇《维摩经注》：“天竺有青莲花，其叶修广，青白分明。”

⑨清净：佛教语。指远离恶行与烦恼。貌棱棱：指僧伽面貌清瘦，神清气爽。

⑩亦不减，亦不增：谓僧伽已领悟佛教“空”的真谛。《心经》：“是诸法空相，不生不灭，不垢不净，不减不增。”

⑪舍利：梵语译音。意译“身骨”。释迦牟尼佛遗体火化后结成的坚硬珠状物。又名舍利子。《魏书·释老志》：“佛既谢世，香木焚尸。灵骨分碎，大小如粒，击之不坏，焚亦不燋（同“灼”），或有光明神验，胡言谓之‘舍利’。弟子收奉，置之宝瓶，竭香花，致敬慕，建宫宇，谓之‘塔’。”后亦泛指佛教徒火化后的遗骸。

⑫胡孙藤：即藤杖。

⑬空有：佛教语。空，指法性；有，指幻相。谓相反相成的真俗两谛。鸠摩罗什《维摩诘经注》：“佛法有二种：一者有，二者空。若常在有，则累于想着；若常在空，则舍于善本。若空、有迭用，则不设二过，犹日月代明，万物以成。”

⑭“一言”两句：写僧伽对作者的教益。忏：僧尼为人表示悔过所作的礼祷。波罗夷：佛教语。梵语音译。意为“弃”，指犯重戒之罪。谓犯此罪者，永弃佛法边外。轻垢：指犯轻戒之罪。《法苑珠林》：“波罗夷者，此云极重罪是也。轻垢罪者，比重减轻一等，凡玷污净行之类皆是。”据《梵网经》：“重戒有十，犯者得波罗夷罪；轻戒有四十八，犯者为轻垢罪。”

杜　甫

杜甫（712—770），字子美，诗中尝自称少陵野老。唐代伟大诗人。原籍襄阳（今属湖北），迁居巩县（今属河南）。开元后期，举进士不第，漫游各地。后寓居长安近十年。及安禄山军陷长安，乃逃至凤翔，谒见肃宗，官左拾遗。长安收复后，随肃宗还京，寻出为华州司功参军。不久，弃官居秦州同谷。又移家成都，筑草堂于浣花溪上，世称浣花草堂。一度在剑南节度使严武幕中任参谋，武表为检校工部员外郎，故世称杜工部。晚年携家出蜀，病死湘江途中。其诗显示了唐代由盛转衰的历史过程，被称为“诗史”，以古体、律诗见长，风格多样，而以沉郁为主。有《杜工部集》。

夜听许十一诵诗爱而有作①

许生五台宾，业白出石壁②。
余亦师粲可③，身犹缚禅寂④。
何阶子方便，谬引为匹敌⑤。
离索晚相逢⑥，包蒙欣有击⑦。
诵诗浑游衍⑧，四座皆辟易⑨。
应手看捶钩⑩，清心听鸣镝⑪。
精微穿溟涬，飞动摧霹雳⑫。
陶谢不枝梧，风骚共推激⑬。
紫鸾自超诣，翠驳谁剪剔⑭？
君意人不知，人间夜寥阒⑮。

①此诗录自《九家集注杜诗》卷二。宋王洙注：“诗当是天宝十四载（755）长安作。许十一。当是居五台学佛。”许十一：亦作许十、许十损。

②“业白”句：谓许生道业精深，已进入圆通无碍的境界。业白：即白业。佛教语。指善业。谓其能生清白净妙之乐果。《翻译名义集》：“十使十恶，此属乎罪，名为黑业。五戒十善，四禅四定，此属于善，名为白业。”出石壁：即“石壁无碍”之意。谓佛菩萨之神力能自在通行于石壁而无障碍。《楞严经》卷二：“意生身者，譬如意去，迅疾无碍，故名意生。譬如意去，石壁无碍。”按：吕徵《杜甫的佛教信仰》中对此句的解释为：“修行渊源于石壁玄中寺昙鸾的净业。”又郭沫若《李白与杜甫·杜甫的宗教信仰》：“……‘石壁’，注家以为是汾州北山石壁玄中寺，‘（高僧）昙鸾，大通中游江南，还魏后移驻玄中寺，今号鸾公岩’云云（见《续高僧传》）；但我怀疑就是禅宗始祖达摩面壁的故事。”

③师粲（càn）可：以粲、可为师。粲，即僧粲，隋朝舒州思空山禅师，师承慧可，为东土禅宗三祖。可，僧可，即慧可，齐朝邺中沙门，承达摩禅师后，为东土禅宗二祖。

④缚禅寂：为禅寂所缚。禅寂，佛教语。释家以寂灭为宗旨，故谓思虑寂静为禅寂。《维摩诘经·方便品》：“一心禅寂，摄诸乱意。”然缚于禅寂，耽于禅悦，则被斥为魔业。

《维摩诘经·问疾品》："贪著禅味，是菩萨缚。"

⑤"何阶"两句：谓是何缘由你能为我方便施教，并辱蒙将我引为彼此相当的人。阶：缘由，途径。方便：佛教语。谓以灵活方式因人施教，使悟佛法真义。《景德传灯录·弥辩禅师》："帝（唐宣宗）问曰：'何为方便？'对曰：'方便者，隐实覆相，权巧之门也。被接中下，曲施诱迪，谓之方便。'"

⑥离索：离群索居。

⑦"包蒙"句：谓我这个愚昧的人，高兴地得到你的启发。包蒙：包容愚昧的人。《易·蒙》："九二，包蒙，吉。"孔颖达疏："包，谓包容。九二以刚居中，童蒙悉来归己，九二能含容而不拒。"此泛指愚昧。击：击蒙。发蒙、启蒙。《易·蒙》："上九，击蒙。不利为寇，利御寇。"王弼注："击去童蒙，以发其昧。"

⑧浑：简直，几乎。游衍：谓从容自如，不受拘束。此谓许生作诗力有余闲，挥洒自如。

⑨辟（bì）易：拜服；倾倒。

⑩"应手"句：谓许生作诗得心应手，技艺高超。应手：顺手，随手。多形容技艺高超娴熟，或做事得体顺当。捶钩：锻打带钩（犹今之皮带扣）。《庄子·知北游》："大马（大司马）之捶钩者，年八十矣，而不失豪芒。"后以"捶钩"喻功夫纯熟。

⑪"清心"句：谓听许生诵诗如心地恬静时听响箭，声音响亮而激越。鸣镝：即响箭。矢发射时有声，故称。

⑫"精微"两句：谓许生的诗精深微妙，直通造化；诗思飞动，如霹雳般震人心魄。溟涬（xìng）：天地未形成前自然之气混混沌沌的样子。

⑬"陶谢"两句：仇兆鳌注："下凌陶谢，上继风骚。言其才大而气古。"陶谢：晋代诗人陶渊明和南朝宋代诗人谢灵运。枝梧：斜而相抵的支柱。引申为对抗，抵挡。风骚：指《诗》中的《国风》和《楚辞》中的《离骚》。推激：推崇激扬。

⑭"紫鸾"两句：谓许生之才情象紫鸾般高超脱俗，其诗象翠驳无须剪理整刷般无待改削。紫鸾：传说中的神鸟。超诣：高深玄妙；高超脱俗。翠驳：古代所说的神兽。常用以指骏马。

⑮"君意"两句：仇兆鳌注："诗意之妙如此，使不遇知己，几于清夜寂寥。公盖自托为知音也。"寥阒（qù）：寂静。

无　著

无著，唐代僧人。《清凉山志》卷四《无著入金刚窟传》谓其为永嘉（今浙江温州）董氏子，十二岁出家于永嘉龙泉寺，二十一岁始绍师业，曾诣金陵牛头山忠禅师参禅。大历二年（767）夏到五台山，后立化于金刚窟前。《五灯会元》作“无著文喜禅师，嘉禾（今福建厦门）语溪人也，姓朱氏”，为仰山慧寂法嗣。

金刚窟[①]

廓周沙界圣伽蓝，满目文殊接对谈[②]。
言下不知开何印[③]，回头只见旧山岩[④]。

①此偈录自《清凉山志》卷四《无著入金刚窟传》。该传载：唐大历二年夏，无著抵清凉山。一日，至楼观谷口，心思圣境，礼数百拜，跏趺小寐。闻叱牛声，惊觉，见一牵牛老人。老人邀其到家少息啜茶，与之对谈，并为其说偈。说偈已，令童子送无著出。无著问金刚窟所在，童子回指云：“这个是般若寺。”无著回顾，童子与寺俱失。但见山色苍苍，长林郁郁，悲怆久之。忽睹庆云四布，上有圆光，若悬镜然。多菩萨影，隐映于中。乃有藻瓶、锡杖、莲花、狮子之状。著不胜悲喜，移时乃空。无著感慨，遂成一偈（即此偈）。金刚窟：北台灵迹。《清凉山志》卷二：“金刚窟，在楼观左崖畔，乃万圣秘宅。祇恒图云：三世诸佛，供养之器，俱藏于此。迦叶佛时，楞伽鬼王所造神乐，及金纸银书毗奈耶藏、银纸金书修多罗藏，佛灭度后，并收入此。昔佛陀波利，入此不出。”

②“廓周”两句：谓多如恒河沙数的世界范围内到处都是神圣的佛寺，目光所及之处都有文殊在与你接见、对谈。廓周：范围。沙界：佛教语。谓多如恒河沙数的世界。伽(qié)蓝：梵语译音僧伽蓝摩的略称。意为众园或僧园，即僧众居住的庭院。后因称佛寺为伽蓝。

③开何印：印可什么。印，印可。佛教语。佛家谓经印证而认可。

④旧山岩：犹“本地风光”。指本来面目，即人人所具的真如法性。

附：《古尊宿语录》卷二十七载明昭颂此公案：“廓周沙界圣伽蓝，满目文殊接对谈。言下不知开佛眼，回头只见翠山岩。”

皎　然

皎然（720？—?），唐代著名诗僧。湖州乌程（今浙江吴兴）人，俗姓谢，字清昼，为南朝谢灵运十世孙。居杼山妙喜寺。诗多送别酬答之作，情调闲适，语言简淡。有《杼山集》（《皎然集》）10 卷。另撰有《诗式》、《诗议》、《诗评》等诗论。

乌程李明府水堂同卢使君幼平送奘上人游五台[1]

身将刘令隐，经共谢公翻[2]。
有此宗师在[3]，应知我法存。
问心常寂乐[4]，为别岂伤魂[5]？
独访华泉去[6]，秋风入雁门[7]。

①此诗录自《全唐诗》卷八百十九。乌程：旧县名。治所在今浙江吴兴县南。李明府水堂：即乌程县令李水堂。明府，汉魏以来对太守牧尹，皆称明府，或明府君，省称明府。郡所居曰府，明为贤明之意。唐称县令为明府。卢使君幼平：即使君卢幼平。使君，汉时称刺史为使君，后亦尊称州郡长官。上人：《释氏要览·称谓》引古师云："内有德智，外有胜行，在人之上，名为上人。"自南宋以后，多用作对和尚的尊称。

②"身将"两句：谓奘上人像刘伶一样隐居修道，像谢灵运一样翻译佛经。将：表并列，犹与，共。刘令：即刘伶，晋沛国（治今安徽宿县）人，字伯伦，与阮籍、嵇康等友好，称"竹林七贤"。后世常以之为蔑视礼法，纵酒避世的典型。谢公：指谢灵运，南朝宋阳夏（今河南太康）人，移籍会稽。为东晋世族谢玄之孙，袭封康乐公。为晋宋之际著名的山水诗人。笃信佛教，曾参与润饰《大般涅槃经》译文，撰有《与诸道人辨宗论》等。

③宗师：佛教尊称传其宗法者为宗师。此指奘上人。

④寂乐：以寂灭常静之道为乐。寂灭，佛教语。"涅槃"的意译。指超越生死的理想境界。《无量寿经》卷上："超出世间，深乐寂灭。"

⑤伤魂：伤神，伤心。

⑥华泉：指中台灵迹太华池，在台上西北隅。此指代五台山。

⑦雁门：指雁门关。在山西省代县北部。长城重要关口之一。唐于雁门山顶置关，明初移筑今址。向为山西南北交通要冲。昔称为五台山四关之一。《山西通志》："雁门山在代州北三十五里，双阙陡绝，雁欲过者必由此径，故名。一名雁门塞。依山立关，谓之雁门关。"

送沙弥大智游五台[1]

童年随法侣[2]，家世本儒流[3]。
章句三生学[4]，清凉万里游[5]。
云归龙沼暗，木落雁门秋[6]。

长老应相问，传予向祖州⑦。

①此诗录自《全唐诗》卷八百十九。沙弥：佛教谓男子出家初受十戒者为沙弥。

②法侣：犹言僧侣。

③“家世”句：谓大智出身于书香门第。家世：谓世代相传的门第或家族的世系。儒流：儒士之辈。

④“章句”句：谓大智仔细研读了佛教经典。章句：剖章析句，经学家解说经义的一种方法。三生学：此指佛经。三生：佛教语。指前生、今生、来生。

⑤清凉：清凉山。五台山别名。“以岁积坚冰，夏仍飞雪，曾无炎夏，故名清凉。”见《清凉山志》卷一。

⑥“云归”两句：悬想大智在深秋到达五台山时的情景。龙沼：五台山北台顶有黑龙池，又名金井池，当为所指。木落：树叶凋落。

⑦“长老”两句：谓五台山长老若要问起我，你可转告他，我已前往祖洲。长老：对住持僧的尊称。宋善卿《祖庭事苑·释名谶辨·长老》：“今禅宗住持之者，必呼长老。”祖州：即祖洲。古代传说中的十洲之一。《海内十洲记·祖洲》：“祖洲近在东海之中，地方五百里，去西岸七万里。上有不死之草，草形如菰苗，长三四尺，人已死三日者，以草覆之，皆当时活也，服之令人长生。”

春日和卢使君幼平开元寺听妙奘上人讲时上人将游五台①

仁圣垂文在，虚空日月悬②。
陵迦迟哲匠，宗旨发幽诠③。
法受诸侯请，心教四子传④。
春生雪山草，香下棘林天⑤。
顾我从今日，闻经悟宿缘⑥。
凉山万里去，应为教犹偏⑦。

①此诗录自《吴都法乘》卷二十二。开元寺：寺名开元者甚多。此所指不明。讲，指讲经说法。

②“仁圣”两句：谓释迦牟尼留下的佛经还存在；佛法像日月般高悬天空，普照世间。仁圣：指仁德圣明者。此指释迦牟尼。垂文：留下的文章。此指佛经。虚空：天空。

③“陵迦”两句：谓开元寺等待象妙奘上人这样的哲匠发出迦陵频伽般的妙音，以阐

发佛门宗旨中幽微的道理。陵迦：即迦陵。"迦陵频伽"（亦作"伽陵毗伽"）的省称。梵语音译。鸟名，意译为好声鸟。佛教传说中的妙禽。《正法念处经·观天品》："（天子）复诣普林。其普林中，有七种鸟……珊瑚银宝，为迦陵频伽。其声美妙，如婆求鸟音，众所闻乐。翱翔空中，游戏自如。"唐玄应《一切经音义》卷一："迦陵频伽……迦陵者，好；毗伽者，声：名好声鸟也。"《菩萨地持经·菩萨地持方便处力品》："妙语者，谓佛菩萨化作口语，其声深远犹如雷震，或复微妙如迦陵毗伽音。可乐声，悦乐声，可爱声，如是广化无量音声，言辞辩正，易知喜闻，随顺无尽。"迟（zhì）：等待。哲匠：明智而富有才艺的人。此指妙奘上人。宗旨：主要的意旨。此指佛教宗派的主要教义。

④"法受"两句：谓妙奘上人受卢使君之请讲经说法，传心于四众弟子。诸侯：古代对中央政权分封各国国君的统称。亦喻指掌握军政大权的地方长官。此指卢使君。传心：佛教禅宗指传法。初祖达摩来华，不立文字，直指人心，谓法即是心，以心传心，心心相印。四子：即四众弟子。四众，四部众的省称，指比丘、比丘尼、优婆塞、优婆夷。

⑤"春生"两句：谓妙奘上人讲经说法，犹如春到雪山，长满了忍辱草；把殊妙的香气降到东方的荒远之地。雪山草：指忍辱草。亦省作忍草。《涅槃经》卷二十七引《师子吼菩萨》说，雪山有草，名为忍辱，牛若食之，则成醍醐。本是比喻的说法，后诗文中引为释典，省作"忍草"。佛教亦用以比喻念佛生善的殊胜功德。棘林：古代传说的东方荒远之地。

⑥"顾我"两句：写作者所受的教益。顾：发语词。宿缘：佛教谓前生的因缘。

⑦"凉山"两句：谓妙奘上人所以到远在万里之外的清凉山去，应是他的教法还偏处一隅，需要到那里讲经说法。

张　籍

张籍（766？—830），字文昌，唐代吴郡（今苏州市）人，寓和州（今安徽和县）。贞元十五年（799）进士。历任太常寺太祝、水部员外郎、国子司业等职，世称张司业或张水部。工诗，犹长乐府，与王建并称张王乐府。元和中，张籍、白居易、孟郊所作歌词，为当时所尊崇，称为元和体。有《张司业集》。

送僧游五台兼谒李司空①

远去见双节②，因行上五台。
化楼侵晓出③，雪路向春开。

边寺连烽去[4]，胡儿听法来[5]。
定知巡礼后，解夏始应回[6]。

①此诗录自《全唐诗》卷三百八十四。李司空：即李师道。唐代人。曾任平卢淄青节度使，衔检校司空、同中书门下平章事。司空，官名。汉以御史大夫为大司空，与大司马、大司徒并列为三公，后去大字为司空，历代因之，明废。

②双节：唐代节度领刺史者出行时的仪仗。《新唐书·百官志四》："节度使掌总军旅，颛诛杀。初授，具帑抹兵杖诣兵部辞见，观察使亦如是。辞日，赐双旌双节。"后泛指高官或神仙之仪仗。此借指李司空。

③化楼：化境（佛家指佛教化的境界）的楼宇，即佛寺的楼宇。侵晓：拂晓。

④"边寺"句：谓边寺战事已经停止。边寺：边地的佛寺。唐代五台山属雁门郡，乃边关之地，故云。连烽：连绵的烽燧。此喻战争。

⑤胡儿：指胡人。我国古代对北方边地及西域各民族人民的称呼。汉以后也泛指外国人。

⑥解夏：佛教语。谓僧尼一夏九旬安居期满而散去。南朝梁宗懔《荆楚岁时记》："夏乃众僧长养之节，在外行则恐伤草木虫类，故九十日安居。至七月十五日，应禅寺挂搭，僧尼尽皆散去，谓之解夏。"

贾　岛

贾岛（779—843），字阆仙，一作浪仙，唐代范阳（今河北涿县）人。初落拓为僧，法名无本。后还俗，屡举进士不第。曾任长江（今四川蓬溪）主簿，人称贾长江。其诗注重词句锤炼，刻意求工，喜写荒凉枯寂之境，颇多寒苦之辞。与孟郊齐名，有"郊寒岛瘦"之称。有《长江集》。

送惟一游清凉寺[1]

去有巡台侣[2]，荒溪众树分[3]。
瓶残秦地水，锡入晋山云[4]。
秋月离喧见，寒泉出定闻[5]。
人间临欲别，旬日雨纷纷[6]。

①此诗录自《全唐诗》卷五百七十三。惟一，唐代僧人名，生平不详。清凉寺：见李

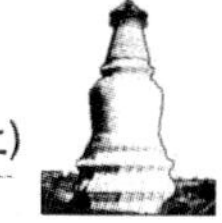

邕《清凉寺碑铭》注①。

②巡台侣：巡礼五台山的僧侣。

③“荒溪”句：谓惟一等沿着两岸杂树丛生的荒辟小溪行进。

④“瓶残”两句：悬拟惟一等行脚之速。瓶：瓶钵为僧人出行所带食具。瓶盛水，钵盛饭。秦地：指秦所辖地域。春秋时，秦奄有今陕西省地，故习称陕西为秦。锡：僧用锡杖的省称。此指代惟一等。晋山：此指今山西五台山。春秋时，今山西大部分地区属晋国，故云。

⑤“秋月”两句：谓惟一等远离喧闹的人世，看见了五台山明净的秋月；打坐完毕之后，听到了寒泉的声音。出定：佛家以静心打坐为入定，打坐完毕为出定。

⑥旬日：十天。亦指较短的时日。雨纷纷：寓临别感伤，泪如雨下之意。

贞　素

贞素，唐代渤海国（唐代我国东北以靺鞨粟末部为主体，结合其他靺鞨诸部和部分高句所建政权）僧人。

哭日本国内供奉大德灵仙和尚诗并序[①]

起余者谓之应公矣[②]。公仆而习之，随师至扶桑，小而大之，介立见乎缁林[③]。余亦身期降物，负籍来宗霸业[④]。元和八年，穷秋之景，逆旅相逢，一言道合，论之以心素，至于周恤，小子非其可乎[⑤]？居诸未几，早向鸰原。鹡鸰之至，足痛乃心[⑥]。此仙大师是我应公之师父也。妙理先契，示于元元[⑦]。长庆二年，入室五台[①]。每以身厌青瘀之器，不将心听白猿之啼[⑨]。长庆五年，日本大王远赐百金，达至长安[⑩]。小子转领金书，送到铁勤[⑪]。仙大师领金讫，将一万粒舍利、新经两部、造敕五通等，嘱咐小子，请到日本答谢国恩，小子便许[⑫]。一诺之言，岂惮万里重波？得遂钟无外缘，期乎远大[⑬]。临回之日，又附百金。以大和二年四月七日，却到灵境寺求访，仙大师亡来日久，泣我之血，崩我之痛[⑭]！便泛四重溟渤，视死若归，连五同行李，如食之顷者，则应公之原交所致焉[⑮]。吾信始而复终，愿灵几兮表悉[⑯]。空流涧水，呜咽千秋之声；仍以云松，惆怅万里之行[⑰]。四月蓂落，如一首途望京之耳[⑱]。

不舥尘心泪自涓[⑲]，情因法眼奄幽泉[⑳]。

明朝傥问沧波客，的说遗鞋白足还[21]。

大和二年四月十四日书

①此诗录自《大藏经补编》18《入唐求法巡礼行记》。内供奉：皇宫中斋会时，于内道场（皇宫中所设道场）任读师等职者。在日本，由十禅师兼职，故又称内供奉十禅师。灵仙：日本南奈良兴福寺僧人。于唐德宗贞元二十年（804）随遣唐使到中国。先在长安学习佛法、汉语及梵文。唐宪宗元和五年（810）至六年，在长安醴泉寺与罽宾国三藏赐紫沙门般若三藏等共译《大乘本身心地观经》。元和十一年（816）年（一说元和十五年）到五台山，修习于金阁寺、铁勤寺、七佛教戒院等。唐文宗大和元年（827）圆寂于五台山灵境寺。1987年6月，由日僧鹫尾隆辉撰文，赵朴初题写碑名，于金阁寺立“日本国灵仙三藏大师行迹碑”。

②起余：同“起予”。《论语·八佾》：“子曰，起予者商也，始可与言诗已矣。”后因用为启发自己之意。应公：对其师的尊称。

③仆而习之：为应公之仆从并向其学习佛法。扶桑：日本的代称。介立：卓异独立。缁林：僧人所集之处。此犹言僧界。

④身期降物：自己期望成为僧人。降物：白化文《入唐求法巡礼行记校注》：“《左传·昭公十七年》：‘日过分（春分）而未至（夏至），于是乎百官降物。’意思是指不穿华丽的官服，而穿素服。在这里用此典，大概是指自己不穿普通人的华丽衣服，而穿和尚无文采的缁衣。意思也就是说，自己由俗家变成和尚。”又《大藏经补编》18考：“东本（日本京都东寺观智院本）作‘绛’。”则“绛物”或指“绛帐”。后汉马融常坐高堂，施绛纱帐，前授生徒，后列女乐。见《后汉书·马融传》。后因以“绛帐”为师门、讲席之敬称。“身期绛物”则指期望投身于绛帐，拜师学法。宗霸业：指归向佛法。宗，归向。霸业：指称霸诸侯或维持霸权的事业。此指佛法。

⑤元和八年：即公元813年。元和，为唐宪宗李纯年号。穷秋之景：深秋时节。景，时光。逆旅：客舍。至于：副词。表示出乎意料。犹竟然。周恤：周济。

⑥居诸：《诗·邶风·柏舟》：“日居月诸，胡迭而微。”孔颖达疏：“居、诸，语气也。”后用以借指日月、光阴。早向鸰（líng）原：早以敬仰而如友爱兄弟。向：敬仰。鸰原：《诗经·小雅·常棣》：“脊令在原，兄弟急难。”郑玄笺：“水鸟，而今在原，失其常处，则飞则鸣，求其类，天性也。犹兄弟之于急难。”脊令，也写作“鹡鸰”。后以“鸰原”谓兄弟友爱。鹡鸰：喻兄弟。

⑦元元：百姓，庶民。

⑧长庆元年：即公元821年。长庆，唐穆宗李恒年号。入室：语出《论语·先进》：“由也升堂矣，未入于室也。”邢昺疏：“言子路之学识深浅，譬如自外入内，得其门者。入室为深，颜渊是也；升堂次之，子路是也。”后以“入室”比喻学问或技艺得到师传，

造诣高深。

⑨青瘀：指青瘀想。九想（亦作“九想观”，为佛教北传小乘不净观的一种修法）之一。即观想人之尸体数日未殓，瘀紫发臭，目不忍睹，手不敢触，以熄灭对肉体的贪爱。器：指躯体。白猿之啼：喻人生的悲哀。

⑩长庆五年：即公元825年。日本大王：指日本淳和天王。长安：唐代都城，即今西安城。

⑪金书：金钱与信件。铁勤：寺名。为五台山西台外寺院。在西台西南六十里铁勤山。唐慧洪大师建。遗址尚存。

⑫造敕五通：指灵仙大师编写的五篇敕言。通，量词，用于文章、文件、书信等。

⑬钟无外缘：感情专注，排除外界干扰。钟，指钟心。外缘，佛教语。谓眼、耳、舌等感觉，缘起于色、声、味等外物。遂泛指与外界发生关系的各种因素。

⑭大和二年：即公元828年。大和，唐文宗李昂年号。灵境寺：在南台南10公里灵境村。唐代已成名刹。现存正殿、东西配殿。元和至长庆年间，日本请益僧灵仙、圆仁曾居此。

⑮溟渤：溟海和渤海。泛指大海。五同行李：五次充任使者。行李，使者。《左传·僖公三十年》：“行李之往来，共其乏困。”杜预注：“行李，使人。”食之顷：即食顷。一饭之顷。形容时间短暂。《史记·孟尝君列传》：“出如食顷，秦追果至关。”

⑯灵几：供神主的几筵。表悉：明示知悉。

⑰以：因为，由于。云松：白云和松树。古时多为隐居者视为伴侣。此指代灵仙大师。

⑱蓂（míng）落：指下半月。蓂，即蓂荚。古代传说中的一种瑞草。它每月从初一至十五，每日结一荚；从十六至月终，每日落一荚。所以从荚数多少，可以知道是何日。一名历荚。《竹书纪年》卷上：“有草夹阶而生，月朔始生一荚，月半而生十五荚；十六日以后，日落一荚，及晦而尽；月小，则一荚焦而不落。名曰蓂荚，一曰历荚。”如一：《大藏经补编》18考：“‘如一’，恐‘一如’。”当是。即一如既往，仍然。首途：上路出发。望京：向京城。按：华山文艺出版社1992年版白化文等《入唐求法巡礼行记校注》作“四月蓂落加一，首途望京之耳”。对“蓂落加一”的注释为：“蓂，指蓂荚，一种草。据说此草月初生一荚，至十五日生十五荚；十六日落一荚，月末落尽。加一则为十七日。但下文写的是‘四月十四日’，不相合。也许‘蓂落’后漏写了一个‘前’字。”可参阅。

⑲“不舭（nuò）”句：意谓佛家视死为解脱，无奈我尘心未泯，对灵仙大师的圆寂不由得泪水涓涓。不舭：即“不那（nuò）”。无奈。《大藏经补编》原注：“舭，即‘那’字，慧超传多用此字。”

⑳“情因”句：谓所以产生凡情是因灵仙大师圆寂。法眼：佛教语。“五眼”之一。谓菩萨为度脱众生而照见一切法门之眼。《无量寿经》卷下：“法眼观察，究竟诸道。慧眼见真，能渡彼岸。”慧远义疏：“智能照法，故名法眼。”此指代灵仙。奄幽泉：指圆寂。

奄，奄隔，奄逝。谓去世。幽泉：指阴间地府。

㉑“明朝”两句：意谓以后倘若有人问起渡海而来的灵仙大师，确实的说，他是得道西归了。明朝：以后。沧波客：渡海而来的客子。的（dí）：确实，的确。遗鞋：用“只履西归”之典。《五灯会元·东土祖师·初祖菩提达摩祖师》：“（达摩）端居而逝……葬熊耳山。起塔于定林寺。后三岁，魏宋云奉使西域回，遇祖于葱岭，见手携只履，翩翩独逝。云问：‘师何往？’祖曰：‘西天去。’云返，奏其事。帝令启圹，内仅存革履一只。”后以“只履”为僧人送行或追悼亡僧之典。白足：南朝梁慧皎《释昙始》：“义熙初，复还关中，开导三辅。始足白于面，虽跣涉泥水，未尝沾湿，天下皆称白足和尚。”后用以指高僧。

栖　白

栖白，唐诗僧。越中（今浙江）人。宣宗时，居长安荐福寺，为内供奉，赐紫。诗工于近体，多为寄赠之作。《全唐诗》录其诗16首。

送造微上人游五台及礼本师①

寒空金锡响②，欲过渭阳津③。
极目多来雁，孤城少故人④。
与师虽别久，于法本相亲⑤。
又对清凉月，中宵语宿因⑥。

①此诗录自《全唐诗》卷八百二十三。造微：僧人名。本师：佛教语。谓释迦如来为根本的教师，意即祖师。此指剃度、受戒的师父。

②“寒空”句：意谓造微上人在深秋时节起程到五台山。金锡响：指僧侣外行。金锡，指锡杖。亦名智杖、德杖。僧人所持之杖，亦称禅杖。其制：杖头有一铁卷，中段用木，下安铁纂，振时作声。梵名隙弃罗，取锡锡作声为义。

③渭阳津：渭河北岸的渡口。渭：渭河，亦名渭水。黄河最大的支流，源出甘肃乌鼠山，横贯陕西中部，至潼关入黄河。

④“极目”两句：写惜别之情。来雁：北来南归之雁。寓离别意。孤城：指诗人所居之长安。故人：旧友。

⑤法：指佛法。

⑥“又对”两句：悬想造微上人到五台山礼本师的情景。此暗用“一宿觉”之典。佛家语。谓一个晚上就豁然而悟。唐玄觉禅师初谒六祖慧能，问答投契，顿时得悟，因留住

一宿，时谓一宿觉。见《景德传灯录·温州永嘉玄觉禅师》。后因以指神悟、顿悟。清凉月：清凉山（即五台山）的月亮。中宵：半夜。宿因：佛教谓前生的因缘。

贯 休

贯休（852—913），唐代僧人。俗姓姜，字德隐，婺州兰溪（今属浙江）人。七岁出家为僧，善诗，兼工书画。在吴越为钱镠所重。天复（901—904）间入蜀，又为蜀主王建所礼遇，赐号“禅月大师”。其《陈情献蜀皇帝》诗有“一瓶一钵垂垂老，万水千山得得来”之句，人称“得得来和尚”。有《禅月集》25卷。

送僧游五台①

羡师游五顶②，乞食值年丰③。
去去谁为侣④，栖栖力已充⑤。
浊河高岸坼，衰草古城空⑥。
必到华严寺，凭师问辩公⑦。

①此诗录自《全唐诗》卷八百三十三。

②师：对僧人的敬称。五顶：五台山别称。

③乞食：僧人不事产业，行则以钵乞食。

④去去：谓远去。

⑤栖栖：孤独貌。

⑥“浊河”两句：悬想路途之艰险。浊河：混浊的河流。特指黄河。《战国策·燕》一：“吾闻齐有清济浊河，足以为固。”坼（chè）：裂开。古城：不明所指。

⑦华严寺：即今显通寺。在台怀镇北侧，中台灵鹫峰南麓。始建于东汉永平年间，称大孚灵鹫寺。是佛教传入中国后最早建立的寺庙之一。北魏孝文帝时再建，环匝鹫峰，置十二院，以前有杂花园，故亦名花园寺。唐太宗时重修。武则天以新译华严经中载此山名，改称大华严寺。明太祖时重建，赐额“大显通寺”。万历间明神宗赐额“大护国永明寺”，清康熙间复名显通寺。该寺建筑规模宏大、富丽堂皇，在五台山寺庙中首屈一指。寺内观音殿、文殊殿、大佛殿、无量殿、铜殿、藏经殿以及钟楼、无字碑、龙虎碑等具有极高的文物价值和观赏价值。昔为五台山十大青庙和五大禅林之首，今为全国重点文物保护单位。

⑧凭：请求，烦劳。辩公：齐己有《送灵辩上人游五台》诗。当指灵辩。唐末僧人。

遇五天僧入五台五首[①]

一

十万里到此，辛勤讵可论[②]？
唯云吾上祖，见买给孤园[③]。
一月行沙碛[③]，三更到铁门[④]。
白头乡思在，回首一销魂[⑤]！

①此诗录自《全唐诗》卷八百三十二。五天僧：即印度僧人。五天，五天竺的省称，指古印度。古印度的区域分为东天竺、南天竺、西天竺、北天竺、中天竺五部分，故称五天竺。

②讵（jù）可：岂可。

③“唯云”两句：谓五天僧说，其先祖师曾购买给（jǐ）孤园为佛说法地。上祖：先祖师。见：用于动词之前。表示谦让、客套。给孤园：给孤独园的省称。佛教圣地名。古中印度憍萨罗国舍卫城给孤独长者在王舍城听释迦佛说法，遂皈依之，因请佛至舍卫城，出巨金购祇（qí）陀太子之园林，为佛说法地，故称。也称祇树给孤独园。省称祇园、给孤园、给园。

④“一月”两句：写五天僧行脚之辛劳。沙碛（qì）：沙漠。铁门：地名，在今河南新安西。

⑤销魂：魂魄离散。形容极度的悲伤、愁苦。

二

雪岭顶危坐[①]，乾坤四顾低[②]。
河横于阗北[③]，日落月支西[④]。
水石香多白[⑤]，猿猱老不啼[⑥]。
空余忍辱草[⑦]，相对色萋萋。

①雪岭：即雪山。原指印度北部喜马拉雅诸山，传说释迦牟尼成道前曾在此苦行。后借指佛教圣地或僧侣住地。危坐：端坐。

②乾坤：天地。《易·说卦》：“乾，天也，故称乎父；坤，地也，故称乎母。”

③于阗（tián）：汉代西域国名，在今新疆和田县一带。

④月支：古西域城国名。也作月氏（zhī）。其族先居今甘肃敦煌县与青海祁连山之间。汉文帝时被匈奴攻破，西迁至今伊犁河上游，击大夏，占塞种故地，称大月氏；其余不能去者入祁连山区，称小月氏。

⑤“水石”句：写佛教圣地香山和八功德水。香山：梵文意译。亦译作“香醉山”。《南山戒疏》等说即中国所谓昆仑山。佛典称为阎浮提最高处，在大雪山之北，二山之间有阿耨达池（唐代称为“无热恼池”），池中有水，号八功德水，分派而出。遂有青黄赤白之异。今黄河盖其一派也。《尔雅·释水》：“河出崐崘，色白。”又昆仑山产美玉。白：似亦暗指白法。佛教总称一切善法为白法。意谓此法可使诸行光洁白净。

⑥猿猱（náo）：泛称猿猴。

⑦忍辱草：见皎然《春日和卢使君幼平开元寺听妙奘上人讲时上人将游五台》注⑤。

三

远礼清凉寺①，寻真似善财②。
身心无所得，日月不将来③。
白叠还图象，沧溟亦泛杯④。
唐人亦何幸⑤，处处觉花开⑥。

①清凉寺：见李邕《清凉寺碑铭》注①。

②“寻真”句：谓五天僧像善财一样寻真访圣。寻真：寻求仙道。善财：梵语意译。亦称“善财童子”，佛教菩萨之一。《华严经·入法界品》所说的求道者。经中说，他是福城长者之子。出生时，“五百宝器自然出现，又雨众宝及诸财物，一切库藏悉令充满。以此事故，父母亲属及善相师共呼此儿名曰善财。”因文殊指点，他渐次南行，参访了五十三位善知识而成菩萨。

③“身心”两句：写五天僧悟道的境界。谓进入远离我法二执，忘却人间岁月的真空无我之自由妙境。身心：身为肉身，佛教谓色，相当于物质；心为心识，相当于精神。身心，即物质和精神之统一体。无所得：无执之意。“无所得”是般若观照时一切皆空的基础。慧远疏《维摩诘经》：“观真舍情，名无所得。”

④“白叠”两句：谓外国僧人有的携带着白叠布上绘制的佛像而来华，亦有乘船泛海而来华。“白叠”句：守伦《法华经注》：“摩腾、法兰二梵僧，赍白氎（dié）画释迦像，并《四十二章经》，以白马负至洛阳。”当为所本。白叠：亦作白氎，棉花。亦指白叠布，即棉布。原非中国所有。图像：描绘形象。泛杯：犹泛舟。泛，漂浮。杯，晋宋间有禅僧常乘木杯渡水，人称渡杯和尚，后因以杯借指舟船。

⑤唐人：指中国人。

⑥觉花：即正觉华。指极乐世界的莲花。因依阿弥陀佛的正觉而成，故称。

四

涂足油应尽[①]，乾陀帔半隳[②]。
辟支迦状貌[③]，刹利帝家儿[④]。
结印魔应哭[⑤]，游心圣不知[⑥]。
深嗟头已白[⑦]，不得远相随。

①涂足：印度气候炎热，易生体垢、恶臭，亦防被蛇蝎咬伤，有用香水、香油涂身涂足之习。

②“乾（qián）陀”句：谓印度僧人的褐色披肩已破旧不堪。乾陀：西域香树名。其汁可染褐色，故亦用以称褐色。帔（pèi）：披肩。《释名·释衣》：“帔，披也；披之肩背，不及下也。”隳（huī）：毁坏。

③辟支迦：即辟支迦佛陀。梵语音译。略称辟支或辟支佛。三乘中的中乘圣者。因其观十二因缘法而得道，故亦意译为“缘觉”；因其身出无佛之世，潜修独悟，又意译为“独觉”。状貌：相貌，容貌。

④刹利帝：当做“刹帝利”。梵语音译。亦省称“刹利”，古印度四姓的第二姓，掌握政治和军事权力。为世俗统治者。

⑤结印：手结印契。密宗的修法，要手结印，口念咒，意观想，才能做到三密相应。

⑥游心：留心，心神倾注在某一方面。圣：此指佛菩萨。

⑦嗟：叹词。表示忧叹、感叹。

五

送迎经几国，多化帝王心[①]。
电激青莲目，环垂紫磨金[②]。
眉根霜入细[③]，梵夹蠹难侵[④]。
必似陀波利，他年不可寻[⑤]。

①“多化”句：谓各国帝王心里都重视佛教。多：称赞。化：教化。此指用佛理教化人。

②“电激”两句：谓五天僧目光炯炯，如同如来的青莲目；两耳垂挂着紫磨金耳轮。电激：目光炯炯貌。青莲目：即青莲花目，指如来佛的如同青莲花瓣的眼目。《楞严经》卷一：“纵观如来青莲花目。”环：指耳轮，为一种耳饰。唐玄应《一切经音义》卷二二：“彼国王等或用金银作此耳轮，形如钵支，著耳匡中，用以装饰，故名耳轮也。”紫磨金：上等的黄金。《太平御览》八一一汉孔融《圣人优劣论》：“金之优者，名曰紫磨，犹人之有圣也。”

③“眉根”句：谓五天僧的眉根已经微微发白。眉根：犹眉尖、眉头，双眉附近处。

④梵夹：佛书。佛书以贝叶作书，贝叶重叠，用板木夹两端，以绳穿结，故称。蠹：蛀虫。

⑤“必似”两句：意谓五天僧将来一定会像佛陀波利一样取得正果。《清凉山志》卷四《波利入金刚窟传》载，唐佛陀波利，北印度罽宾国人。闻震旦有文殊住处，特来礼谒。仪凤元年（676）达此土。至台山南，蹑虒阳岭，受文殊点化，复还西土求《佛顶尊胜陀罗尼经》。于弘道元年（683）回长安，具事上闻，高宗命日照三藏与之参译。后持梵本往谒五台山金刚窟，竟不复出。陀：即佛陀。亦作菩提，简称为佛。

齐　己

齐己（863？—937？），唐代诗僧。俗姓胡，名得生，益阳（今属湖南）人。少年出家于沩山同庆寺。尝住江陵（今属湖北）龙兴寺，自号衡岳沙门。精于律部，通书翰，好吟诗。有《白莲集》10卷、《玄机分别要览》1卷、《诗格》1卷。

送灵辩上人游五台[①]

此去清凉顶[②]，期瞻大圣容[③]。
便应过洛水，即未上嵩峰[④]。
残照催行影，幽林惜驻踪[⑤]。
想登金阁望[⑥]，东北极兵锋[⑦]。

①此诗录自《全唐诗》卷八百四十。灵辩：唐末九华山僧人。

②清凉顶：即五台山。五台山又名清凉山、五顶山，故云。

③大圣：佛家称佛和菩萨为大圣。此指文殊菩萨。

④“便应”两句：悬想灵辩上人的行踪。洛水：即今河南洛河。嵩峰：指嵩山，五岳

之一，在今河南登封县北。

⑤“残照”两句：写灵辩上人行色匆匆。驻踪：犹驻足，停步。

⑥金阁：指五台山金阁岭。南台灵迹。在台怀镇西南15公里，为南台西北岭。相传唐僧道义于此见化金阁，唐代宗诏高僧于此建阁拟之，楼阁台榭，高入云霄，“铸铜为瓦，涂金于上，照耀山谷，计钱巨亿万”（见《旧唐书·王缙传》），名金阁寺。岭依寺名，称金阁岭。

⑦“东北”句：谓东北边境有战事。兵锋：兵器的尖端或锐利部分。亦指兵力，兵势。

病中勉送小师往清凉山礼大圣[①]

丰衣足食处莫住，圣迹灵踪好遍寻。
忽遇文殊开慧眼[②]，他年应记老师心[③]。

①此诗录自《全唐诗》卷八百四十六。小师：受戒未满十年的和尚。

②慧眼：佛教语。五眼之一。指二乘的智慧之目。亦泛指能照见实相的智慧。《维摩诘经·入不二法门品》：“实见者尚不见实，何况非实。所以者何？非肉眼所见，慧眼乃能见。而此慧眼，无见无不见。”

③老师：对僧侣的尊称。此为作者自指。

取性道者

取性道者，唐代五台山僧人。未详其乡里氏族，出家于五台山福圣院。外相粗鄙，内行莫测。衣敝衲，食众残，无得失之心，绝是非之念。德无所形，人钦若圣。每见僧，则曰：“取性取性，勿助勿正。和尔思量，共尔作梦。”后莫知所终。

取性游[①]

只向岩前取性游，每看飞鸟作忙闹[②]。
念佛鸟[③]，分明叫，啾啾唧唧撩人笑[④]。

蟒蛇鹿獐作队行，猿猴石上打筋斗。

林中鸣，种种有，更有醍醐沽美酒[⑤]。

寒号常闻受冻声[⑥]，山鸡攀折起花毦[⑦]。
贪看山，石橛倒[⑧]，不能却起睡到晓[⑨]。

时人笑我作痴憨，自作清闲无烦恼。
粮木子，衣结草[⑩]，卤莽贼来无可盗[⑪]。

①此诗录自周祝英《五台山诗文撷英》。取性游：随缘任性而游。

②忙闹：忙碌欢闹。

③念佛鸟：佛经中载，有迦陵频伽鸟，意译妙声鸟。此泛指五台山飞鸟。

④撩：撩逗。

⑤醍醐沽美酒：谓醍醐灌顶，犹如沽美酒而饮。醍醐：从酥酪中提制出的油。佛教用以比喻佛性。

⑥寒号：即寒号虫。外形如蝙蝠而大。明陶宗仪《辍耕录·寒号虫》："五台山有鸟，名寒号虫，四足，有肉翅，不能飞。"明李时珍《本草纲目·禽二·寒号虫》（释名）引郭璞曰："鹖鴠，夜鸣求旦之鸟。夏月毛盛，冬月裸体，昼夜鸣叫，故曰寒号。"

⑦花毦（èr）：用彩色羽毛制作的装饰物。此指彩色羽毛。

⑧石橛（jué）：耸立的石头。

⑨却起：倒退而起。

⑩"粮木"两句：谓以树子作粮，织草为衣。

⑪卤莽：粗疏；鲁莽。卤，通"鲁"。

佚　名

赵州从谂禅师将游五台学人作偈留之[①]

无处青山不道场[②]，何须策杖礼清凉[③]？
云中纵有金毛现[④]，正眼傍观非吉祥[⑤]。

①此偈录自《石仓历代诗选》卷一百十一。赵州从谂：唐代高僧。因其住持赵州（今河北省赵县）观音院，传扬佛教，不遗余力，时谓"赵州门风"。时称"赵州和尚"，简称

"赵州"。

②道场：释道二教称诵经礼拜的场所。亦指寺观。

③策杖：拄杖。清凉：指清凉山。即五台山。

④金毛：指佛教所谓文殊世尊所乘的金毛狮子。此指代文殊。

⑤"正眼"句：《金刚经·法身非相分》："若以色见我，以音声求我，是人行邪道，不能见如来。"此用其意。正眼：指正法眼藏（zàng）。佛教语。禅宗用来指全体佛法（正法）。朗照宇宙谓眼，包含万有谓藏。相传释迦牟尼以正法眼藏付与大弟子迦叶，是为禅宗初祖，为佛教以"心传心"授法的开始。亦省作"正法眼"。

敦煌文献

注者所录敦煌文献大部分录自杜斗城《敦煌五台山文献校录研究》。原诗讹误据杜先生校注径改，各卷异文注者择善而从。因非专门研究和校勘，故一般不列异文。

五台山赞[①]

道场乞请暂时间，至心听赞五台山[②]。
毒龙雨降为大海，文殊镇压不能翻[③]。

代州东北有五台山[④]，其山高广与天连。
东台望见琉璃国[⑤]，西台还见给孤园[⑥]。

大圣文殊镇五台，尽是龙种上如来[⑦]。
师子一吼三千界[⑧]，五百毒龙心胆摧。

东台岌岌最清高[⑨]，四方巡礼莫辞劳。
东望海水如观掌[⑩]，风波泛滥水滔滔。

滔滔海水无边畔，新罗王子泛舟来[⑪]。
不辞白骨离乡远，万里持心礼五台[⑫]。

南台窟里甚可憎，里许多饶罗汉僧。
吉祥圣鸟时时现，夜夜飞来点圣灯[13]。

圣灯焰焰向前行，照耀灵山遍地明。
此山多饶灵异鸟，五台十寺乐轰轰[14]。

南台南脚灵境寺，灵境寺里圣金刚。
一万菩萨声赞叹，圣钟不击自然鸣[15]。

佛光寺里不思议，玛瑙珍珠镇殿基[16]。
解脱和尚灭度后[17]，结跏趺坐笑微微[18]。

清凉寺住半山崖[19]，千重楼阁万重开。
一万菩萨声赞叹，如若云中化出来。

西台险峻甚嵯峨，一万菩萨遍山坡。
文殊常讲维摩论[20]，教化众生出奈河[21]。

中台顶上玉花池，宝殿行廊合匝周。
四面香花如金色，巡礼之人皆发心[22]。

北台顶上有龙宫，雷声极大震山林。
娑伽罗龙王宫里坐，小龙护法使雷风[23]。

代州都督不信有文殊，飞鹰走狗竞来逐。
走到北台东侧里，化出地狱草皆无[24]。

北台东脚有骆驼岩，密覆盘回屈曲连。
有一天女名三昧，积米如山供圣贤[25]。

金刚窟里美流泉，佛陀波利里中禅。

一自入来经数载，如今直至那罗延㉖。

不可论中不可论，大圣化作老人身。
每每下山受供养，去时还乘五色云。

五色云里化金桥㉗，大慈和尚把幡招。
有缘佛子桥上过，无缘佛子逆风飘。

①原文每节第一句前均有“佛子”二字，录时删节。

②至心：最诚挚之心；诚心。

③“毒龙”两句：佛教传说清凉山有五百毒龙，文殊镇之。《太平御览》引《水经注》上：“五台山……其北台之山夏常冰雪，不可居，即文殊师利常镇毒龙之所。今多佛寺，四方僧徒善信之士多往礼焉。”

④代州：隋开皇五年（585）改肆州置代州，治广武（后改雁门，即今代县）。辖境相当于今代县、繁峙、五台、原平四县市。

⑤东台：五台山主峰之一，又名望海峰。在台怀东10公里处，海拔2795米。《清凉山志》卷二：“东台……顶若鳌脊，周三里。亦名望海峰。若夫蒸云寝壑，爽气澄秋，东望明霞，若陂若镜，即大海也。亦见沧瀛诸洲，因以为名。东溪之水，北注滹沱。支山，东南延四十里，入阜平县界；西北延二十里，入繁峙县界。”台顶有望海寺，供聪明文殊像。琉璃国：即东方净琉璃世界。佛教谓其国土庄严如极乐国，其教主为药师琉璃光如来，亦称药师琉璃光王佛，简称药师佛。

⑥西台：五台山主峰之一，亦名挂月峰。在台怀西13公里处，海拔2773米。《清凉山志》卷二：“西台……顶平广，周二里。亦名挂月峰。月坠峰巅，俨若悬镜，因以为名。其上有泉，群山拱合，岩谷幽潜。支山西北延四十里，至繁峙县界。”台顶有法雷寺，供狮子文殊像。给孤园：给孤独园的省称。佛教圣地名。见贯休《遇五天僧入五台五首》之一注③。

⑦龙种上如来：即文殊师利。详见支遁《文殊师利赞》注④。

⑧师子一吼：即狮子吼。佛教语。谓佛菩萨说法时震慑一切外道邪说的神威。见《维摩经·佛国品》。亦泛指传经说法。三千界：佛教名词。三千大千世界的略称。亦简称“大千世界”。以须弥山为中心，七山八海交绕之，更以铁围山为外郭，是谓一小世界，合一千个小世界为小千世界，合一千个小千世界为中千世界，合一千个中千世界为大千世界，总称三千大千世界。称此为一佛教化的范围。或称“一佛土”、“一佛刹”。

⑨岌〔jí〕岌：高貌。

⑩观掌：即了如指掌之意。指分明可见。

⑪“新罗”句：唐代，新罗国王之子俗名金乔觉（706—804），出家为僧，法名地藏，泛海入唐，居九华山，人称金地藏。是否到过五台山，则不见记载。新罗：朝鲜古国名。

⑫持心：谓处事所抱的态度。

⑬“南台”四句：当写南台灵迹千佛洞。《清凉山志》卷二：“千佛洞，台东北崖畔。嘉靖末，道方者，夜游至此，见神灯万点，既出旋入。方随入，见玉佛像森罗其中，穹窿深迥。近里许，黯然闻波涛，悚怖不能出。念观音名，愿造像，忽见一灯，寻光得出。乃造石佛于洞口。”逦迤：曲折连绵貌。吉祥圣鸟：佛教传说中的神鸟。《广清凉志》卷中载，唐无著在五台山，“坐般若院藏经楼前，有二吉祥鸟，当无著顶上，徘徊飞翔”。

⑭乐轰轰：即乐烘烘。红火热闹。

⑮“灵境”四句：日僧圆融《入唐求法巡礼行记》卷三：“（灵境寺）三门西边有圣金刚菩萨像。昔者，于太原、幽、郑等三节度府皆现金刚身，自云：‘我是楼至佛。身作神，护佛法。埋在地中，积年成尘。再出现，今在台山灵境寺三门内。’三州节度使惊怪，具录相貌，各遣使令访。有二金刚在寺门左右，其形貌体气，一似本州所现体色同。其使却到本道报之，遂三州发使来，特修旧像，多有灵验……近三门侧乾角有山榆树，根底空豁成窟，名曰圣钟窟。窟中时时发钟响。响发之时，山峰振动。相传云：‘斯是大圣文殊所化也。’相传呼为圣钟谷。”灵境寺：见贞素《哭日本国内供奉大德灵仙和尚诗》注⑭。

⑯“佛光”两句：写佛光寺殿宇装饰美盛。佛光寺：在五台县豆村镇东北4公里佛光山中。《清凉山志》卷二：“佛光寺，〔中〕台西南四十里，元魏帝建。帝见佛光之瑞，因以为名。唐解脱和尚于此藏修。”据考证，始建于北魏太和年间，唐会昌五年（845）被毁。唐大中十一年（857）重建，金天会间再建，历代均有修葺。现存大佛殿规模宏大，气势非凡，是中国现存唐代木构建筑的代表作，其木构、泥塑、壁画、墨迹被称为唐代四绝。1961年列为第一批全国重点文物保护单位。

⑰解脱：隋唐间僧人。俗姓邢，五台县人。7岁出家于昭果寺，后藏修于佛光寺。唐贞观七年（633）发心重修佛光寺，使之成为闻名海内外的大禅林。永徽四年（653）坐化寺中，塔于佛光山下。据《古清凉传》卷上载，解脱曾于东台之左遇文殊，并亲承音训。

⑱结跏趺坐：佛教徒坐禅的一种姿势，即交叠左右足背于左右股上。

⑲清凉寺：见李邕《清凉寺碑铭》注①。

⑳“文殊”句：当写西台灵迹二圣对谈石。《清凉山志》卷二：“二圣对谈石，唐法林，见缁白二叟（文殊与维摩），坐谈石上，近之则失，因为名。宣公子睹异，于上建楼。”

㉑奈河：佛教所传地狱中之河名。“其水皆血，而腥秽不可近。”（见唐张读《宣室志》）。河上有桥名奈何桥。此桥险窄，恶人魂过时堕入河中，便为虫类所食。

㉒“中台”四句：写中台灵迹玉花池。中台：五台山主峰之一，亦名翠叶峰。在台怀

西北10公里处，海拔2895米。《清凉山志》卷二："中台……顶平广，周五里。亦名翠岩峰，巅峦雄旷，翠霭浮空，因为名。与西北二台接臂，南眺晋阳，北俯沙塞。有五溪发源，二溪左注清河，三溪右由西台下，出峨口，入滹沱焉。"台顶有演教寺，供孺子文殊像。玉花池：《清凉山》卷二："玉花池，台东南麓。昔有五百梵僧于此过夏，白莲生池，坚莹若玉。代牧砌之，志曰玉花。"

㉓"北台"四句：写北台灵迹黑龙池。日僧圆仁《入唐求法巡礼行记》卷三："（北）台顶之南有龙堂。堂内有池，其水深黑，满堂澄潭，分其一堂为三隔。中间是龙王宫。临池水，上置龙王像，池上造桥，过至龙王座前。此乃五台五百毒龙之王：'每台各有一百毒龙，皆以此龙王为君主。此龙王及民被文殊降伏归依，不敢行恶'，云云。"娑伽罗龙王：意为大海龙王。娑伽罗，或作"娑竭罗"，谓佛教传说中的大海。娑竭罗龙王以海而得名。北台：五台山主峰之一，亦名挂月峰，位于台怀西12公里处，海拔3061．1米。为五台山最高峰，亦为华北地区最高峰，素有"华北屋脊"之称。《清凉山志》卷二："北台……顶平广，周四里。亦名叶斗峰，其下仰视，巅摩斗杓，故以为名。风云雷雨，出自半麓。有时下方骤雨，其上曝晴。四方云气，每归朝而宿泊焉。盖龙帝之宫也。时或猛风怒雷，令人悚怖。尝有大风，吹人堕涧，若槁叶耳。东望海气，北眺沙漠，令人悲凄。登临者，俯仰大观，益觉此生，微茫虚幻。支山北延四十里，至繁峙川前，有众溪发源，注清河。"台顶有灵应寺，供无垢文殊像。

㉔"代州"四句：日僧圆仁《入唐求法巡礼行记》卷三："从（北台）罗汉台向东南下，路边多有焦石满地，方圆有石墙之势。其中焦石积满，是化地狱之处。昔者代州刺史性暴，不信因果，闻有地狱，不信。因游赏，巡台观望到此处，忽然见猛火焚烧岩石，黑烟冲天而起，焚石火炭，赫奕而成围廓。狱卒现前，忿恸。刺史惊怕，归命大圣文殊师利，猛火即灭矣。其迹今见在，焦石垒为垣，周五丈许，中满黑石。"王梓盾《五台山与唐代佛教音乐·附录》谓，"代州都督"指开元末王嗣。

㉕"北台"四句：写三昧姑之善行。《广清凉传》卷中："古德相传云，有天女三昧姑者，亡其年代。自云，大圣命我住华严岭，嘱云：'汝宿缘在此，宜处要津，行菩萨道，接引群品，资供山门。我亦照汝又与一份供养，令汝经年不饥不渴。'远迩人间，礼奉供施者如市。姑乃募工，营造精宇，不日而成。躬诣乡川，化人米面，身自背负，以充供养。川陆之人迎施者惟恐在后，游台黑白之众供亿无算。"骆驼崖：当为华严岭附近山崖名。

㉖"金刚"四句：写唐佛陀波利入金刚窟事。见贯休《遇五天僧入五台五首》之五注⑤。那罗延：指东台灵迹那罗延窟。《清凉山志》卷二："那罗延窟，台东畔。其内风气凛然，盛夏有冰。吐纳云霞，或灯光时出。华严云：是菩萨住处，亦是神龙所居。"

㉗化金桥：《广清凉传》卷中载，释无染，"历二十余载，凡七十余次礼诸台，所遇灵迹，化相、金桥……"；《清凉山志》卷六《丞相张商英传》："壬子，出岩（秘魔岩），于空中现金桥一。此桥不依山谷，不依云气，不假日光，亘空黄润，如真金色。"

辞娘赞文[①]

好住娘，娘娘努力守空房。
好住娘，如欲入山修道去，
好住娘，兄弟努力好看娘。
好住娘，儿欲入山坐禅去，
好住娘，回头顶礼五台山。
好住娘，五台山上松柏树，
好住娘，正见松树共天连。
好住娘，上到高山望四海，
好住娘，眼中泪落数千行。
好住娘，下到高山青草里，
好住娘，豺狼野兽竞来亲[②]。
好住娘，乳哺之恩未曾报[③]，
好住娘，誓愿成佛阿娘恩。
好住娘，那娘忆儿肠欲断[④]，
好住娘，且须袈裟相对时。
好住娘，舍却亲兄熟热弟，
好住娘，且须师僧同戒伴。
好住娘，舍却金瓶银叶盏，
好住娘，且须钵盂请锡杖。
好住娘，舍却槽头龙马群，
好住娘，且须虎狼狮子声。
好住娘，舍却治毡锦褥面，
好住娘，且须乱草以壹束。
好住娘，佛道不远回心至，
好住娘，全身努力觅因缘。

①此赞文曾被许国霖先生收录于《敦煌写经题记与敦煌杂录》下辑。胡适先生曾对此作序曰："这里的佛曲，如《涅槃赞》，如《散花录》，如《归去来》，都属于同一种体制，

使我们明白当时的佛曲是用一种极简单的曲调，来编佛教的俗曲。试举《辞娘赞文》为例……这曲子是很恶劣不通的，但我们可以知道当时‘俗讲’的和尚本来大都是没有学问，没有文学天才的人，他们全靠这种人人能唱的曲调来引动一般听众。”杜斗城先生谓：“这种‘赞文’结构简单，内容贫乏，但可能是敦煌一带的‘土产品’。其中的某些内容说明，五台山在当时敦煌地区一般民众和僧侣心目中的地位是很高的。很明显，《辞娘赞》是一种诱人出家为僧的‘佛曲’。”

②豺：原作“柴”，径改。

③乳味（zhòu）之恩：意为哺乳之恩。味，鸟嘴。通“噣”。

④忆：原作“臆”，径改。

游五台赞文

国里何物最惟高　游五台
须弥山上最惟高[①]　游五台
七宝山里最能明[②]　香花供养佛
弥陀佛国甚快乐[③]　游五台
舍利佛国最饶人[④]　香花供养佛
太子六年持苦行[⑤]　游五台
飧松茹柏链其身[⑥]　香花供养佛
六时行念波罗密[⑦]　游五台
夜乃转读大乘经[⑧]　香花供养佛
文殊普贤相对问　游五台
八万徒众竞来听　香花供养佛
娑诃众生多五浊[⑨]　游五台
文殊师利下生来　香花供养佛
努力前头心决定　游五台
莫退菩提萨陲身[⑩]　香花供养佛

①须弥山：梵语译音。有“妙高”、“妙光”、“安明”、“善积”诸义。原为古印度神话中的山名，后为佛教所采用，指一个小世界的中心。山顶为帝释天所居，山腰为四天王所居，四周有七山八海、四大部洲。《释氏要览·界趣》：“《长阿含经》并《起世因本经》等云：四洲地心，即须弥山，此山有八山绕外，有大铁围山，周回围绕，并一日月昼夜回

转照四天下。"《长阿含经》等谓，该山是一座充满珍宝、鲜花、音乐、光明的理想世界。

②七宝山：指须弥山。以其由七宝装饰而成，故称。七宝：七种珍宝。佛经说法不一。《法华经》以金、银、琉璃、砗磲、玛瑙、珍珠、玫瑰为七宝。

③弥陀佛国：简称佛国。即西方极乐世界。佛经中指阿弥陀佛所居住的国土，俗称西天。佛教徒认为居住在这里，就可获得一切快乐，摆脱人间一切苦恼。《阿弥陀经》："从是西方，过十万亿佛土，有世界名曰极乐，其上有佛，号阿弥陀，今现在说法……其国众生，无有众苦，但受诸乐，故名极乐。"

④"舍利"句：赵林恩先生注：疑为"舍卫佛国最饶人"之误。舍卫国为古印度的一个小国，都城舍卫城为佛出生地，国内有给孤独长者施舍给佛的祇园精舍，佛在此居二十五年，多次讲经说法。该国多仁慈，人民知礼仪，"饶人"即此意。铙人：当作"饶人"。宽容人，让人。

⑤"太子"句：释迦牟尼为中印度迦毗罗国王净饭王长子。年十九（一说二十九）岁入雪山苦行六年，出山后，在迦耶山菩提树下，得悟世间无常和缘起诸理，即在鹿野苑初转法轮，说苦集灭道四谛及八正道。

⑥链：当作"炼"。磨练。

⑦六时：佛教分一昼夜为六时：晨朝、日中、日没、初夜、中夜、后夜。波罗密：亦作波罗蜜。梵语音译。意为到彼岸，即由此岸（生死岸）到彼岸（涅槃、寂灭）。《大智度论》卷十二："此六波罗蜜，能令人渡悭贪等烦恼染著大海，到于彼岸，以是名波罗蜜。"

⑧大乘：佛教语。又称上乘。梵文摩诃衍那的意译。公元一世纪左右逐步形成的佛教派别。在印度经历了中观学派、瑜伽行派和密教这三个发展时期。北传中国后，又有所发展。大乘强调利他，普度一切众生，提倡以"六度"为主的"菩萨行"，如发大心者所乘的大车，故名"大乘"。《法华经·譬喻品》："初说三乘引导众生，然后但以大乘而度脱之。"

⑨娑诃：梵文音译。亦作娑婆诃等。有吉祥、息灾等义。多用于佛教的真言之末。此当作娑婆，即娑婆世界。娑婆，梵语音译。意为"堪忍"。"娑婆世界"又名"忍土"，系释迦牟尼所教化的三千大千世界的总称。五浊：五浊恶世的之省。佛教谓尘世中烦恼痛苦炽盛，充满五种浑浊不净：即劫浊、见浊、烦恼浊、众生浊和命浊。

⑩菩提萨陲：梵文音译。省称谓菩萨。原为释迦牟尼修行未成佛时的称号，后泛用为对大乘思想的实行者的称呼。

五台山赞文

梁汉禅师出世间①，远来巡礼五台山。
白光引入金刚窟，得见文殊及普贤。

菩萨身中有宝珠，光明显照遍身躯。
咸割财多将布施，借问众生须不须。
如来世化五台山，恒沙菩萨结因缘[②]。
坐禅起居一束草，不羡聚落万重艳。
东台香烟常不绝，西台解脱亦如然[③]。
南台脚下金刚水[④]，中台顶上玉花泉[⑤]。
北台毒龙常听法，雷风闪电隐山川。
不敢与人为患害，尽是神龙集善缘。
五台山上一朵花，和尚摘来染袈裟。
染得袈裟紫檀色，愿我浑域惣出家[⑥]。
山中行化是文殊，普贤菩萨亦同居。
每日花光云中现，恒沙圣众理真如[⑦]。
东台维摩方丈室[⑧]，西台说法证须臾[⑨]。
南台妙药金刚水，中台香烟满街衢。
北台神龙常听法，如来方便号安居。
各自须藏念般若[⑩]，非时不敢理空虚。
五台修道甚清闲，到彼见善睬人间。
山中有寺皆恒化，十恶顿竭空皈还[⑪]。
五台险峻极嵯峨，四面陡堑无慢坡。
有路皆须缘台上，发心上者实能多。
志愿来登得达彼，彼退心便现天魔[⑫]。
五台山上极清幽，盛夏犹如八月秋。
积雪寒霜常无散，衣食自至不劳求。
送供路傍隘难过，一自开花施无休[⑬]。
设斋顿成千万众，米面斗合不停留。
各寺僧众有千个，尽皆清洁住禅修。
五台圣化夜光灯，遍满山坡万千重。
照耀众生十恶终，总教归向比丘僧[⑭]。
五台山里足虫狼，恶人行路得想当。
若见善人皆逃避，纵然逢遇亦无妨。
五台童子号弥陀[⑮]，善财同到灭天魔。

志心求觅皆能现，口中常诵妙陀罗[16]。
知汝真诚来求法，努力将法遍娑婆[17]。
我得世尊微妙法，转宣施汝莫蹉跎。
修真住寐山间胜，尘寰闲乱事繁多[18]。
不如经门闻世子，不来不去永无魔。
端座澄心莫随境[19]，客尘烦恼非来过[20]。
行经强缘真佛子，暂别但望见弥陀[21]。
努力专修无为法[22]，来生西国证阿罗[23]。
五台圣主号文殊，普圣同化里中虚[24]。
恒有万僧为侍从，佛陀波利空身居[25]。
法照远投山顶礼，白光直照法身躯。
便起随光行到彼，亲承大圣听经书。
所叹弘扬念佛赞，真实非瞒陈虚有。
至须来相求人子，愚人造恶世间居。
恐者忐忑高念佛，□□恶业应声除。
苦勤无心任纵造，来生必堕落驼驴。
法照其时到台中，如梦真入维摩宫。
亲自口传念佛教，劝称名号至身中。
至诚和念弥陀者，千生万劫罪消融。
努力却回勤劝化，广劝众生令念佛。
□□□□□□□，疾门常闪人不开。
诸人传教无能志，劝汝心内无往来。
前生早已曾相遇，金身再睹坐花台。
□□□□□□□，众生贪世实无穷。
法照亦闻令回法，□□众泣苦悲□。
便欲不来山中住，诸凡圣教不堪依。
汝须莫辞来去路，回还不救莫生疑。
众生想劝恒须念，同归净土佛边期。
法照其时出山里，再三顶礼珍重意。
奉教阎浮行化众[26]，莫令天堂相违迟。

①梁汉禅师：指唐代僧人、净土四宗法照。法照为南梁州（今四川阆中县一带）人，其地三国时属汉，故称梁汉。《广清凉传》卷中载，释法照，南梁人。唐大历二年栖止衡州云峰寺。斋时，于钵中现大圣竹林寺等。大历五年四月至五台山，入化竹林寺，亲承文殊、普贤摩顶授记。后诣金刚窟，由佛陀波利引入，“忽见一院，黄金题榜云‘金刚般若之寺’，皆七宝庄严”，文殊再次为之摩顶授记。后依钵中所见化竹林题额处建寺一区，便号竹林。

②恒沙：即恒河沙数。佛教语。形容数量多至无法计算。

③解脱：见《五台山赞》注⑰。

④金刚水：佛教密宗受灌顶时所饮的香水。也称誓水。此当美称南台之水。

⑤玉花泉：指玉花池。见敦煌文献《五台山赞》注㉒。

⑥惣（zǒng）：同“揔”，聚合；汇合。

⑦理：当为“礼”字之误。真如：佛教语。梵文意译。谓永恒存在的实体、实性，亦即宇宙万有的本体。与实相、法界等同义。《成唯实论》：“真谓真实，显非虚妄；如谓如常，表无变易。谓此真实，于一切位，常如其性，故曰真如。”

⑧维摩方丈室：唐道世《法苑珠林》卷三八：“大唐显庆年中，敕使卫长史王玄策因向印度，过净名（即维摩诘）宅，以笏量基，止有十笏，故号方丈之室也。”

⑨“西台”句：因西台有灵迹二圣对谈石，故云。

⑩般若（bōrě）：佛教语。梵语译音。意译“智慧”。详见普明《南台歌》注⑨。

⑪十恶：十恶业的略称。佛教诸乘所说与十善相反，能生三恶道苦果的十种最根本的恶业，亦称“十恶业道”。即杀生、偷盗、邪淫、妄语、两舌、恶口、绮语、贪欲、嗔恚、邪见。竭：原作“谒”，径改。

⑫天魔：佛教语。天子魔之略称。为欲界第六天主，常为修道设置障碍。

⑬开花：莲花盛开。喻设立道场，佛法流传。

⑭终：原作“总”，径改。

⑮弥陀：即阿弥陀佛。一作“难陀”。佛教语。梵语音译。龙王名。传说为无耳能听之龙。

⑯陀罗：陀罗尼的省称。意译为“总持”。谓持善法而不散，伏恶法而不起的力用。今多指咒，即秘密语。

⑰娑婆：即娑婆世界。见敦煌文献《游五台赞文》注⑨。

⑱尘寰：原作“城皇”，径改。

⑲随境：指心随外物的变化而变化，即执著于外部环境。

⑳客尘：佛教语。指尘世的种种烦恼。

㉑但：原作“旦”，径改。

㉒无为法：指佛法。无为，佛教指无因缘造作，无生住异灭四相之造作为“无为”。

㉓阿罗：阿罗汉的省称。小乘佛教所理想的最高果位。佛教亦用称断绝嗜欲，解脱烦恼，修得小乘果的人。

㉔普圣：意同凡圣。

㉕佛陀波利：见《遇五天僧入五台五首》之五注⑤。

㉖阎浮：阎浮提的省称。梵语译音。即南瞻部洲。阎浮，树名。提为“提鞞波”之略，意译为洲。洲上阎浮树最多，故称阎浮提。俗谓指中华及东方诸国，实则佛经专指印度言。诗文中多指人世间。

礼五台山偈四首①

天长地阔杳难分，中国众生不可闻。
长安帝德承恩报，万国归投拜圣君。

汉家法用令章新，四方取则玉花吟。
文章绎络如流水，白马驮经却自临。

故来行险远寻求，谁谓明君不暂留。
修身不避关山苦，学问仍须度百秋。

谁知此地却回还，泪下沾衣不觉斑。
原身死作中华鬼，来生得见五台山。

①此偈录自王梓盾《五台山与唐代佛教音乐·附录》（载《五台山研究》1987年第5期）。王梓盾按：“此上四首载斯5540、伯3644、苏1369三本。‘法用’谓法事所用；‘令章’谓呗赞乐章；‘玉花吟’谓玄奘所创法相宗之经呗法，玄奘居玉华宫译大般若经，故名。”杜斗城先生所录题为《礼五台山偈四首》，文字稍异，不复录。王梓盾原题为《长安词四首》，据杜录改。

五台山圣境赞①

赞大圣真容②

金刚真容化现来③，光明花藏每常开④。

天人共会终难识[⑤]，凡圣同居不可裁[⑥]。
五百神龙朝月殿[⑦]，十千菩萨住灵台[⑧]。
浮生踏着清凉地[⑨]，寸土能消万劫灾。

①题后原署“金台释子玄本述”。据杜斗城先生考证，当作于中唐晚期，甚至更晚。

②大圣真容：指大文殊寺（即菩萨顶真容院）文殊造像。《清凉山志》卷二：“唐僧法云，自建殿堂，拟塑圣像。有塑士安生，不委何（疑为“而”）来，请言圣仪。云曰：‘大圣德相，我何能言?’相与恳祷，求圣一现。七日，忽光中现文殊像，遂图模塑成，因名真容院。”大圣：佛教称佛、菩萨。

③金刚：此犹“金刚不坏身”，指佛身。化现：佛菩萨的化身出现。

④花藏（zàng）：即华藏。佛教语。莲华藏世界（或华藏世界）的略称。佛教指释迦如来真身毘卢舍那佛净土，是佛教的极乐世界，由宝莲花中包藏的无数小世界组成。

⑤天人：天和人。此指佛菩萨和凡间之人。

⑥凡圣：佛教语。谓圣者和凡夫。佛家小乘初果以上，大乘初地以上，皆为圣者；自此而下，未断惑证理之人，皆是凡夫。裁：鉴别；识别。

⑦月殿：月宫。此为对佛殿的美称。

⑧灵台：此指佛菩萨所居之台观，亦即佛寺。

⑨浮生：语本《庄子·刻意》：“其生若浮，其死若休。”以人生在世，虚浮不定，因称人生为“浮生”。

⑩万劫：佛经称世界从生成到毁灭的过程为一劫，万劫犹万世，形容时间极长。

赞普贤菩萨[①]

普贤到海应群机[②]，象驾神通遍护持。
十地有缘方得见[③]，二乘无学岂能知[④]?
纤毫纳芥因慈悟[⑤]，一念超凡更不疑[⑥]。
由是善财登正觉[⑦]，暂时功果满三祇[⑧]。

①普贤：佛教菩萨名。梵语意译。也译为“遍吉”。与文殊菩萨并称为释迦牟尼佛之二协侍，专司“理德”。寺院塑像，侍立于释迦之右，乘白象。以“大行”著称，其道场为四川峨眉山。

②海：指尘海。谓茫茫尘世。群机：指众生的机缘。

③十地：梵语意译。或译为“十住”。佛家谓菩萨修行所经历的十个境界。大乘菩萨

十地为：欢喜地、离垢地、发光地、焰慧地、极难胜地、现前地、远行地、不动地、善慧地、法云地。另有三乘共十地，四乘十地，真言十地等，名目各有不同。

④二乘：佛教语。一般包括声闻乘与缘觉乘。声闻乘，说四谛法，依之修行证阿罗汉果；缘觉乘，说十二因缘法，依之修行证辟支佛果。此二乘合称小乘。二乘只是方便，大乘才是究竟。

⑤纤毫纳芥：纤毫，极其细微。纳芥，指须弥纳芥子。佛教语。谓广狭、大小等相融自在，融通无碍。语本《维摩诘经·不思议品》："以须弥之高广内芥子中，无所增减。"

⑥一念超凡：指顿悟。一念，佛家语。指极短促的时间。

⑦善财：见贯休《遇五天僧入五台五首》之三注②。善财为"即身成佛"之例证。正觉：佛的十种名号之一。梵语"三菩提"的意译。佛教以洞明真谛，达到大彻大悟的境界为正觉，故成佛也称为正觉。

⑧暂时：一时，短时间。功果：犹功德。指念佛、诵经、斋醮等。三祇："三大阿僧祇"的略语。佛教指菩萨修行成佛所经历的三个漫长阶段。阿僧祇，梵文音译。意译为旷大劫，无数长时。

题五台

东台

迢迢云外陟峰峦①，渐觉天低宇宙宽。
东北分明瞻大海②，西南咫尺见长安③。
圆光化现珠千颗④，红日初升火一团。
风雨每从岩下起，那罗延窟有龙蟠⑤。

①迢迢：高貌。

②"东北"句：切东台"望海"峰名。

③咫尺：八寸曰咫。咫尺喻距离很近。长安：即今西安。周代开始建都，后西汉、前赵、前秦、后秦、西魏、北周和隋唐各代，均建都于此，故诗文中常以长安指代都城。

④圆光：佛教谓佛菩萨头顶上的圆轮金光。唐法琳《辨证论·喻篇上》："如来身长丈六，方正不倾，圆光七尺，照诸幽冥。"

⑤那罗延窟：东台灵迹。见敦煌文献《五台山赞》注㉖。

北台

北台灵异险嵯峨①，雨雹纵横圣验多。

九夏风霜无断绝[②]，千年冰雪未销磨[③]。
祥云化作楼台状，瑞草翻成锦绣窠[④]。
莫怪夜深寒更切，龙王宫殿遍山河[⑤]。

①嵯峨：山高峻貌。

②九夏：夏季九十天。

③销磨：磨灭，消耗。此指消融。

④翻成：翻飞而成。锦绣窠：喻花木繁盛之处。

⑤龙王宫殿：即龙宫。佛经故事：海龙王诣灵鹫山，闻佛说法，信心欢喜，欲请佛至大海龙宫供养。佛许之。龙王即入大海化作大殿，佛与诸比丘菩萨共涉宝阶入龙宫，受诸龙供养，为说大法。见《海龙王经·请佛说品》。因以“龙宫”指佛寺。

中台

玉华潜与海门通[①]，四面山朝势不同。
散漫龙居千处水[②]，飘遥花落九天风[③]。
真容每显灵台上，无染亲经化寺中[④]。
高步几回游绝顶，似乘灵鹤在虚空[⑤]。

①玉华：即玉花，池名，中台灵迹。见敦煌五台山文献《五台山赞》注㉒。海门：海口。内河通海之处。

②散漫：弥漫四处。或解作无拘无束，亦通。

③飘遥：同“飘飖”。飞扬貌。九天：谓天空最高处。

④“无染”句：《广清凉传》卷中：“释无染者，未详姓氏，受业中条山……唐贞元七年至五台山，止善住阁院……历二十余载，凡七十余次礼诸台，所遇灵迹，化相、金桥、宝塔、圣磬、金钟、圆光之类，莫穷其数。最后中台之东忽睹一寺，额号福生。内有梵僧，数约盈万。师乃从头作礼，遍行慰劳。既而面见文殊，亦为僧相，语师曰：‘汝与此山，宿有因缘，当须供众，勿得空过。’言讫不见，化寺亦隐，梵僧俱失。”

⑥灵鹤：鹤为佛教圣鸟，故以“灵鹤”称之。

西台

宝台高迥足灵祥[①]，师子遗踪八水傍[②]。

五色云中游上界[③]，九重天外看四方[④]。
三时雨洒龙宫冷[⑤]，五更风飘月桂香[⑥]。
土石尽能销障累[⑦]，不劳菩萨放神光。

①足灵祥：充满灵异与吉祥。

②师子遗踪：即狮子踪。西台灵迹。在二圣对谈石下。为状如狮子爪印的石头纹理，传为文殊驾狮经过时所留踪迹。八水：指西台灵迹八功德水。在西台之北。

③五色云：指瑞云。上界：天界。指仙佛所居之地。

④九重天：古人认为天有九重，因泛指天为“九重天”。

⑤三时：早、午、晚。龙宫：指佛寺。参见敦煌文献《五台山圣境赞·题五台·北台》注⑤。

⑥月桂：神话传说中的月中桂树。因西台亦名挂月峰，故联想及此。

⑦土石：或指西台灵迹牛心石。《清凉山志》卷二：“牛心石，台东有石，状若牛肝。”清高士奇《扈从西巡日录》：“牛心石在台东，土人云可疗心疾，从臣竞请凿取。御书‘岁月’。”累障：佛教语。谓恶业的妨碍和烦恼。

南台

蓬莱仙岛未能超[①]，上界钟声听不遥。
蜀锦香花开灿烂[②]，文殊宫殿出喧嚣[③]。
藤萝万丈连红日，云树千寻映碧霄。
七佛往来游历处[④]，曾经几度化金桥。

①蓬莱仙岛：即蓬莱山。古代传说中的神山名。亦泛指仙境。《史记·封禅书》：“自威、宣、燕昭使人入海求蓬莱、方丈、瀛洲，此三神山者，其傅在勃海中。”超：跃登。

②蜀锦香花：指美如蜀锦的五台山奇花异卉。

③文殊宫殿：指南台顶普济寺。寺内正殿供智慧文殊像，故称。出喧嚣：谓在远离尘世喧闹的清净之地。出，高出；超出。

④“七佛”句：南台有灵迹七佛洞，故云。《清凉山志》卷二：“七佛洞，台西南二十里。古有七梵僧，至此入寂不起，遂立七佛像。”七佛，佛教谓释迦牟尼及其先出世的六佛。即过去劫中三佛毗婆尸、尸弃、毗舍浮和现在劫中四佛拘留孙、拘那含、迦叶和释迦牟尼。

金刚窟圣境①

文殊火宅异常灵②，境界幽深不可名③。
金窟每时闻梵响，楼台随处显光明。
南梁法照游仙寺④，西域高僧入化城⑤。
无限圣贤都在此⑥，逍遥云外好修行。

①金刚窟：见无著《金刚窟》注①。

②“文殊”句：谓文殊在火宅中解救众生异常灵验。火宅：佛教语。多用以比喻充满众苦的尘世。《法华经·譬喻品》：“三界无安，犹如火宅……众苦所烧，我皆拔济。”

③名：形容；称说。

④“南梁”句：指法照诣金刚窟事。见敦煌文献《五台山赞文》注①。

⑤“西域”句：当指佛陀波利入金刚窟事。见贯休《遇五天僧入五台五首》之五注⑤。

⑥圣贤：此指高僧大德。

阿育王瑞塔①

如来真塔育王兴，分布阎浮八万城②。
震旦五峰添圣化，汉朝七日放光明③。
云霄感得楼台现，宝刹标题善住名④。
无限梵香诸道俗，龙花三会必同生⑤。

①阿育王瑞塔：指阿育王所造佛舍利塔。日僧圆仁《入唐求法巡礼行记》卷三载，华严寺（即今显通寺）华严阁前“有塔，二层八角，庄严珠（当作殊）丽。底下安置阿育王塔，埋藏地下，不许人见。是阿育王所造八万四千塔之一数也”。此塔即今塔院寺佛舍利塔（大白塔）的前身。阿育王：或译作阿输伽。意译为无忧王。古印度摩羯陀国孔雀王朝国王。其初信奉婆罗门教，即王位后，改信佛教，为大护法，曾于华氏城举行第三次结集，整理经律论三藏经典，佛教传播于国外，多赖其力。传说阿育王于各地建立八万四千塔，五台山灵鹫峰前佛舍利塔即其中之一。

②阎浮：见敦煌文献《五台山赞文》注㉖。

③“震旦”两句：写佛教传入中国及五台山事。东汉末牟子《理惑论》第二十章：“昔孝明皇帝梦见神人，身有日光，飞在殿前，欣然悦之。明日博问群臣，此为何神。有通

人傅毅曰：'臣闻天竺有得道者，号之曰佛，飞行虚空，身有日光，殆将其神也?'于是上悟，遣使者张骞、羽林郎中秦景、博士弟子王遵等十二人，于大月氏写佛经四十二章，藏在兰台石室第十四间。时于洛阳城西雍门外起佛寺（一说白马寺），于其壁画千乘万骑，绕塔三匝。时国丰民宁，远夷慕义，学者由此而滋。"此为佛教传入汉地之始。《清凉山志》卷三、卷五载，汉孝明帝于永平七年正月夜梦金人，于永平十年遣使西访，至月氏，值摩腾、法兰，延而归汉。明年春，摩腾、法兰礼五台山，以慧眼观，清凉山乃文殊化宇，中有阿育王所置佛舍利塔，奏帝建寺，额曰"大孚灵鹫寺"，是为五台山建佛寺之始。

④善住：《清凉山志》卷五："元魏孝文帝，再建大孚灵鹫寺，环匝鹫峰，置十二院。"后注："今显通寺，即善住院。"

⑤龙花三会：即龙华三会。佛教语。度人出世的法会。弥勒菩萨在龙华树下开法会三次济度世人，分初会、二会、三会。《祖庭事苑》："龙华树也，其树有华，华形如龙，故名龙华。经言当来弥勒于此树下说法度人，而有三会。初会先度释迦所未度者，次度其余，凡六十八亿人。第二会六十六亿。第三会六十四亿。故曰龙华三会。"按：《弥陀下生成佛经》："初会说法，九十六亿人得阿罗汉；第二大会说法，九十四亿人得阿罗汉；第三大会说法，九十二亿人得阿罗汉。"

赞肉身罗睺①

罗睺尊者化身来，十二年中在母胎②。
昔日王宫修密行③，今时凡室作婴孩。
端严肉髻同千圣④，相好真容现五台⑤。
能与众生无限福，世人咸共舍珍财。

①肉身罗睺：相传五台山曾有罗睺罗化迹，显通寺东南侧罗睺寺即因之得名。又敦煌遗书《印度普化大师五台山巡礼记》有"登善住阁，礼肉罗睺"的记载，可知肉身罗睺曾供奉在大华严寺（今显通寺）善住阁。肉身：佛教称地、水、火、风"四大"和合的幻身。罗睺：即罗睺罗。佛教传说为释迦牟尼的亲子，在母腹七年，生于释迦成道之夜。十五岁出家，在佛十大弟子中密行第一。

②"十二"句：杜斗城注："罗睺罗在母胎中有六年、七年之说，见《佛本行经》卷五十五、《维摩诘经》卷二一等。此处说'十二年'，不知何据。"

③密行：佛教语。小乘指持戒严密的修行，大乘指蕴善于内而不外著的修行。罗睺罗以"密行第一"著称。

④端严肉髻：指"顶肉髻成相"，为释迦佛三十二相之一。

⑤相好：佛教语。佛经称释迦牟尼佛有三十二种相，八十二种好。又称无量寿佛有八万四千相，一一相中，各有八万四千随形好，一一好中，复有八万四千光明。亦用作佛像的敬称。此为对肉身罗睺的敬称。

金刚窟边念经感应①

银灯数盏云中现②，一颗圆光室内明③。
金窟定知通化寺④，常闻菩萨念经声。

①金刚窟：见无著《金刚窟》注①。

②银灯：指发出白光的圣灯。

③圆光：佛教谓佛菩萨头顶上的圆轮金光。

④化寺：幻化的佛寺。此指文殊菩萨化身所居住的寺宇。《广清凉传》、《清凉山志》等多有得见化寺的记载。

大唐五台曲子六首·寄在《苏莫遮》①

一

大圣堂②，非常地，左右龙盘，惟有台相倚。
岭岫嵯峨朝雾已③，花木芬芳，菩萨多灵异。

面慈悲，心喜欢，西国神僧④，远远来瞻礼。
瑞彩时时岩下起，福祚当今⑤，万古千秋岁。

①此词学术界一般认为是北宋初期的作品。苏莫遮：亦作苏幕遮。词牌名。本为我国少数民族乐舞。亦指乐曲，唐代自龟兹传入。

②大圣堂：佛菩萨所住殿堂。此指文殊菩萨道场。

③岭岫：山岭。

④西国：指佛教发源地。

⑤福祚：赐予福禄。当今：旧称皇帝为当今，犹言今上。

二

上东台，过北斗①，望见扶桑②，海畔龙神斗。

雨雹相和惊林薮，雾卷云收，化现千般有。

吉祥鸣[3]，师子吼[4]，闻者狐疑，便往罗延走[5]。
才念文殊三两口，大圣慈悲，方便潜身救[6]。

①过北斗：极写东台之高。

②扶桑：神话中的树名。传说日出于扶桑之下，拂其树杪而生，因谓为日出之处。《淮南子·天文》："日出旸谷，浴于咸池，拂于扶桑，是谓晨明。"亦指代太阳。

③吉祥：指吉祥鸟：见敦煌文献《五台山赞》注⑬。

④师子吼：佛教语。见敦煌文献《五台山赞》注⑧。师子，同狮子。

⑤罗延，指东台灵迹那罗延窟。见《五台山赞》注㉖。

⑥方便：佛教语。谓以灵活方式因人施教，使悟佛法真义。潜身：藏身隐居。

三

上北台，登险道，石迳崚嶒[1]，缓步行多少。
遍地莓苔异软草，定水潜流，一日三回到。

骆驼崖[2]，风袅袅[3]，来往巡游，须是身心好[4]。
罗汉岩前观奈瀑[5]，不得久停，为有神龙澡[6]。

①迳：同"径"。崚嶒（léngcéng）：高峻突兀。

②骆驼崖：见《五台山赞》注㉕。

③袅袅：微风吹拂貌。

④须是：必须；定要。强调某种情况。

⑤罗汉岩：当指罗汉台。北台灵迹。《清凉山志》卷二："罗汉台，台之次东，一级平台。唐十六梵僧，至此同化去。"奈瀑：一作"奈河"。见《五台山赞》注⑱。

⑥"为有"句：因北台有灵迹黑龙池，故云。

四

上中台，盘道远，万仞迢迢[1]，仿佛回天半。
宝石巉岩光灿烂[2]，异草名花，似锦堪游玩。

玉花池[3]，金沙畔[4]，冰窟千年[5]，到者身心战[6]。
礼拜虔诚重发愿，五色祥云，一日三回现。

①迢迢：高貌。

②巉岩：险峻的山岩。

③玉花池：中台灵迹。见敦煌文献《五台山赞》注㉒。

④金沙畔：当指玉花池畔。《阿弥陀经》："极乐国土，有七宝池，八功德水，充满其中，池底纯以金沙布地。"此以玉花池比附七宝池，故云。

⑤冰窟千年：中台东麓有灵迹万年冰。或指其附近的洞窟。

⑥战：通"颤"。

五

上西台，真圣境，阿耨池边[1]，好似金桥影。
两道圆光明似镜[2]，一朵香山[3]，崒屼堪吟咏[4]。

师子踪[5]，深印定，八德池边，甘露常清净[6]。
菩萨行时龙众请，居士谈扬[7]，惟有天人听[8]。

①阿耨（nòu）池："阿耨达池"的省称。梵语音译。意为"无热恼"。池名。唐代称为无热恼池。此池在五印度北，大雪山北香山南，二山之中。宋陈善《扪虱新话·司马迁班固言河出昆仑》："佛书说……雪山在中天竺国，正当南阎浮提之中，山最高顶有池，名阿耨达池，池中有水，号八功德水，分派而出，遂有青黄赤白之异，今黄河盖其一派也。"西台有灵迹八功德水，故云。

②圆光：佛教谓佛菩萨头顶上的圆轮相光。

③香山：西台灵迹。《清凉山志》卷二："香山，中西二台之间。"又日僧圆仁《入唐求法巡礼行记》卷三："于院（西台供养院）后有三大岩峰，险峻直秀，三锋（峰）并起，名曰香山。昔天竺僧来见此三峰，乃云：'我在西国，久住香山；今到此间，再见香山。早出现此乎?'"盖比附佛经中雪山之北的香山名之也。

④崒屼（zúwù）：险峻、高耸貌。

⑤师子踪：西台灵迹。见敦煌文献《五台山圣境赞·题五台·西台》注②。师，同"狮"。

⑥甘露：佛教语。梵语意译。喻佛法、涅槃等。

⑦居士谈扬：指维摩诘居士讲论宣扬佛法。因西台有灵迹二圣对谈石，相传为文殊和维摩诘对谈处，故云。

⑧天人：即人天。佛教语。六道轮回中的天道和人道。亦泛指诸世间。众生。

六

上南台，林岭别[①]，净境孤高，岩下观星月。
远眺遐方思情悦，或听神钟[②]，感愧捻香爇[③]。

蜀锦花，银丝结[④]，供养诸天[⑤]，菡萏无人折[⑥]。
往日尘劳今消灭[⑦]，福寿延长[⑧]，为见真菩萨。

①林岭别：林岭，树林和山岭。泛指山林。《清凉山志》卷二："五台……其东西南北四台，皆自中台发脉，遗山连属，势若游龙。唯南台特秀而窎居焉。"故云"林岭别"。

②神钟：即圣钟。不击而自鸣。见《五台山赞》注⑮。

③感愧：指感激或谢恩。爇（ruò）：点燃。

④"蜀锦"两句：谓美如蜀锦的花朵，犹如用白丝线编织而成。

⑤诸天：指护法众天神。佛经言欲界有六天，色界之四禅有十八天，无色界之四处有四天，其他尚有日天、月天、韦驮天等诸天神，总称之曰诸天。《长阿含经》卷一："佛告比丘，毗婆尸菩萨生时，诸天在上于虚空中，手执白盖宝扇，以障寒暑风雨尘土。"

⑥菡萏（hàndàn）：荷花的别称。此指五台山名花金莲花。

⑦尘劳：佛教徒谓世俗事务的烦恼。

⑧福寿延长：一作"福寿延年"。

雪　窦

雪窦（980—1052），宋代云门宗禅师，名重显，字隐之，俗姓李，遂宁（今属四川）人。出家后从复州（今湖北天门）北塔云门宗光祚禅师参禅，开悟后游历各地。乾兴元年（1022）住明州（今浙江宁波）雪窦山资圣寺传法，遂以雪窦为号。一时学者云集，被誉为云门派之中兴。卒谥"明觉大师"。有《颂古百则》、《祖英集》、《明觉禅师语录》、《雪窦拈古集》等行世。

金刚窟①

千峰盘曲色如蓝②，谁谓文殊是对谈③。
堪笑清凉多少众，前三三与后三三④。

①此诗录自《清凉山志》卷四。金刚窟：见无著《金刚窟》注①。《清凉山志》卷四《无著入金刚窟传》载，唐禅师无著到五台山金刚窟礼谒，遇一牵牛老人。老人邀其到家少息啜茶。对谈间，老人知其从南方来，便问："彼方佛法，如何住持?"著曰："末法比丘，少奉戒律。"又问："多少众?"著曰："或三百五百。"无著却问老人："此间佛法，如何住持?"老人曰："龙蛇混杂，凡圣交参。"又问："多少众?"老人曰："前三三与后三三。"无著无语。后老人令童子将无著送出，无著复问童子："适来主人道，前三三与后三三，是多少数?"童子曰："金刚背后的。"无著罔措。

②色如蓝：指山色苍苍，一片青蓝。唐白居易词《忆江南》有"春来江水绿如蓝"之句。蓝，植物名。又称蓼蓝，其叶可制蓝色染料，即靛青。

③"谁谓"句：《碧岩录》卷四注："一夜对谈，不知是文殊。"

④"堪笑"两句：写诗人对"前三三与后三三"这一机语的体悟。笑：悟者的微笑。前三三与后三三：象征前后际断的不二法门。时间由过、现、未架构而成。但过、现、未的世界，仅是人为的设定。前已经过去，后尚未来临，现正成过去。过、现、未都没有的世界，都是完全无的世界。（释意见吴言生《禅宗哲学象征》第二章）。

王 陶

王陶（1020—1080）字乐道，宋代京兆万年（今陕西西安）人。庆历二年（1042）进士。历官仁宗、英宗、神宗三朝。嘉祐初，曾为监察御史里行，参知政事。卒赠吏部尚书、谥文恪。有文集十五卷、诗十卷、《诗说》三卷。《宋史·艺文志》著录《王陶诗》三十卷、集五卷，均佚。

佛光寺①

五台山上白云浮，云散台空境自幽②。
历代珠幡悬法界③，累朝金刹列峰头④。
风雷激烈龙池夜⑤，草木凄凉雁塞秋⑥。

世路茫茫名利者，尘机到此尽应休。

①此诗录自《清凉山志》卷二。佛光寺：见《敦煌文献·五台山赞》注⑯。

②“五台”两句：从唐李白《登金陵凤凰台》诗“凤凰台上凤凰游，凤去台空江自流”句化出。

③珠幡：饰珠的旗幡。法界：佛教语。梵语意译。通常泛称各种事物的本质，犹言真如、涅槃、实际等。亦指整个宇宙的现象界，即各类事物。事物按性质、种类的不同，均称为“法界”，如“事法界”、“理法界”等。界，指分界，亦即类别。此指佛光寺。

④金刹：指宝塔或佛寺。

⑤龙池：北台有灵迹黑龙池。此盖泛指五台山的水池。

⑥雁塞：泛指北方的边塞。此指雁门关一带。

王安礼

王安礼（1034—1095），字和甫，宋抚州临川（今属江西）人。王安石之弟。嘉祐六年（1061）进士。历官翰林学士、知开封府尚书左丞，迁资政殿学士，知太原府。以文词见长。有《王魏公集》20卷，已散佚。

寄君重安抚太尉①

三伏重冰上五台，葡萄生摘荐新醅②。
雁门太守佳公子③，应喜王孙拥节来④。

①此诗录自《王魏公集》卷一。君重：为某人之字。安抚太尉：以太尉的身份当任安抚使。安抚，指安抚使。官名。唐代以前派大臣巡视抚恤经过战争的地区和灾区，称安抚使。宋代为掌管一方军民两政之官，称安抚使。太尉，古为三公之一。在宋徽宗时，定为武官官阶的最高一级，但本身并不表示职务。一般用作武官的尊称。

②生摘：刚采摘的。生，新鲜。荐：献上；送上。新醅（pēi）：新酿的酒。

③佳公子：才行出众的贵族子弟。

④王孙：王的子孙。后泛称贵族子弟。此指君重。拥节：执持符节。亦指出任一方。

张商英

张商英（1043—1121），字天觉，号无尽居士，北宋蜀州新津（今属四川）人。治平二年（1065）进士。哲宗即位，任开封推官。绍圣元年（1094）为左司谏。崇宁元年（1102）除尚书右丞，迁左丞，因与蔡京不和，罢知亳州。大观四年（1110）拜尚书右仆射。后为台臣（指宰辅重臣）疏击，出知河南府。卒谥文忠。好佛，拜兜率从悦为师，为法嗣弟子。并参报恩、克勤、宗杲、德洪。著有《禅宗辩》、《护法论》。元祐二年（1087）任河东提点刑狱，于十一月礼五台山。第二年夏，以职事之便再次上五台山，逗留数月，穷尽幽奥，撰《续清凉传》。

咏五台诗①

东台②

迢迢云水陟峰峦，渐觉天低宇宙宽。
东北分明观大海，西南咫尺望长安。
圆光化现珠千颗，旭日初升火一团。
风雨每从岩下起，那罗洞里有龙蟠。

①此诗录自《清凉山志》卷八。

②罗振玉《敦煌石窟遗书》谓：“张商英《续清凉传》附载清凉山诗（即《咏五台山诗》），其中东台、西台二首与此本（即《敦煌文献·五台山圣境赞·题五台》）同，盖取（玄）本公旧赞改削之，非尽自撰也。”文字大同小异，故不复加注。

南台

披云蹑雪上南台①，北望清凉眼豁开。
一片烟霞笼紫府②，万年松径锁莓苔。
人游灵境涉溪去③，我访真容蹋顶来④。
前后三三知者少⑤，衲僧到此甚徘徊⑥。

①披云蹑雪：分开云雾，踏着积雪。

②紫府：五台总称。《清凉山志》卷二：“紫府，五台总称。远望五峰之间，紫气盘郁，神人所居也。无恤（赵襄子）猎常山西，瞻紫云之瑞，至此见圣。”

③灵境：庄严妙土，吉祥福地。多指寺庙所在的名山胜境。

④真容：真实的面貌。多指画像、塑像。此指南台顶普济寺所供文殊菩萨塑像。

⑤“前后”句：谓了悟佛法真谛，参透“前三三与后三三”这一公案者很少。前后三三：即禅宗机语“前三三与后三三”。见雪窦《金刚窟》注①。

⑥衲僧：和尚，僧人。

西台[①]

宝台高峻近穹苍，狮子遗踪八水旁。
五色云中游上界，九重天外看西方。
三时雨洒龙宫冷，一夜风飘月桂香。
土石尚能消罪障，何劳菩萨放神光？

①见作者《咏五台诗·东台》注②。

北台

北台高峻碧崔嵬[①]，多少游人到便回。
怕见目前生地狱[②]，愁闻耳畔发风雷[③]。
七星每夜沾峰顶[④]，六出长年积涧杯[⑤]。
若遇黑龙奋霹雳[⑥]，人间妄念自然灰。

①崔嵬：高耸貌。

②“怕见”句：写开元末代州都督不信因果，在北台见化地狱事。见敦煌文献《五台山赞》注㉔。又北台有灵迹生地狱。《广清凉传》卷上：“生地狱，去北台东不远，有乱石交耸。闻诸古老，昔有张善和者，尝逐一白兔，至此而陷内，见地狱。”

③“愁闻”句：北台“时或猛风怒雷，令人悚怖”（见《清凉山志》卷二），故云。

④“七星”句：切北台叶斗峰名。因“其下仰视，巅摩斗杓”（见《清凉山志》卷二），故云。七星：指北斗星。

⑤六出：花分瓣叫出。雪花六出，因以为雪的别名。涧杯：溪涧山谷。其形如杯，故云。

⑥“若遇”句：因北台有灵迹黑龙池，故云。《清凉山志》卷二：“黑龙池，台上，亦名金井池。侧有龙王祠，四方民祷雨辄应。”

中台

中台岌岌最堪观[①]，四面林峰拥翠峦。
万壑松声心地响[②]，数条山色骨毛寒[③]。
重重燕水东南阔[④]，漠漠黄沙西北宽[⑤]。
总信文殊归向者[⑥]，大家高步白云端。

①岌（jí）岌：高貌。

②心地：佛教语：指心。即思想、意念等。佛教认为三界唯心，心如滋生万物的大地，能随缘生一切诸法，故称。语本《心地观经》卷八："众生之心，犹如大地，五谷五果从大地生……以是因缘，三界唯心，心名为地。"

③"数条"句：极写山岭险峻，令人惊惧。骨毛寒：犹毛骨悚然。身上汗毛竖起，脊梁骨发冷。极言吃惊和恐惧。

④燕水：河北一带的河流。河北西北部古属燕地，故云。

⑤黄沙：指塞外沙漠。

⑥归向：归依，趋附。

总咏五台

五顶嵯峨按太虚[①]，就中偏称我师居[②]。
毒龙池畔云生懆[③]，猛虎岩前客过疏[④]。
冰雪满山银点缀，香花遍地锦铺舒[⑤]。
展开坐具长三尺，已占山河五百余[⑥]。

①嵯（cuó）峨：山高峻貌。按：抚；摸。《续清凉传》作"接"。太虚：指天，天空。

②"就中"句：《大方广佛华严经·菩萨住处品》："东北方有处，名清凉山。从昔以来，诸菩萨众于中居住。现有菩萨，名文殊师利，与其眷属，诸菩萨众，一万人俱，常在其中而演说法。"就中：其中。偏称（chèn）：最适宜，最适合。我师：指文殊菩萨。

③毒龙池：指北台灵迹黑龙池。懆（cǎo）：忧愁不安。

④猛虎岩：当泛指状如猛虎的嶙峋巨石。

⑤铺舒：铺排陈设。

⑥"展开"两句：借五台山佛教传说写文殊菩萨的神通和五台山佛地的广阔。《广清凉传》卷上："憨山者，在北台东北。世传后魏孝文皇帝台山避暑，大圣（指文殊）化作

梵僧，从帝乞一坐具之地，修行住止。帝许之，梵僧乃张坐具，弥覆五百余里。帝知其神，乃驰骑而去。回顾，斯山岌然随后，帝叱曰：'尔好憨山！何随朕也！'因此而止，故以名焉。"坐具：佛教语。梵语"尼师檀"的意译。亦称"随衣坐"。僧人用来护衣、护身、护床席卧具的布巾。见《四分律》卷十九。

净名寺[①]

月满汾川宝铎寒[②]，谁来此地葬金棺[③]？
育王得道行空际，尊者飞光出指端[④]。
天上凝云常覆定，人间劫火漫烧残[⑤]。
三千世界无留迹，聊向阎浮示涅槃[⑥]。

①此诗录自《清凉山志》卷二。一见作者《续清凉传》卷一附诗，题作《题古并净名塔律诗一首》。净名寺：西台外寺院。《清凉山志》卷二："净名寺，台西北繁峙县南，唐建。具九山龙戏龟之势，寺在龟背上。宋兴国间敕建。金大定间重修。元天历二年，推官郭琪重葺。"净名：毗摩罗诘佛的别称。唐玄奘《大唐西域记·吠舍釐国》："伽蓝东北三四里有窣堵坡，是毗摩罗诘。唐言无垢，旧曰净名，然净则无垢，名则是称，义虽取同，名乃有异。旧曰维摩诘，讹略也。"

②汾川：即汾河，又称汾水。黄河支流，源出宁武管涔山，南流至曲沃西折，在河津入黄河。按；汾河并不流经繁峙，或为作者误将滹沱河当作汾河。宝铎：佛塔上的金铃。

③葬金棺：指建佛塔。金棺：金饰之棺。《水经注·河水》："佛泥洹后，天人以新白緤裹佛，以香花供养，满七日，盛以金棺。"

④"育王"两句：意谓大概是阿育王皈依佛教而得道，飞行于各地建塔时，尊者的灵骨闪耀着光芒从其指端飞落此地了吧。育王：即阿育王。见敦煌文献《五台山圣境赞·阿育王瑞塔》注①。得道：佛教谓修行戒、定、慧三学而发断惑证理之智为得道。尊者：梵语"阿梨耶"，意译为尊者、圣者，亦泛指具有较高的德行、智慧的僧人。宋元照《四分律行事钞·资持记》："尊者，谓腊高德重，为人所尊。"此当指净名。

⑤"天上"两句：谓净名塔常有祥云缭绕，即使人间劫火烧毁残破也是枉然的。劫火：佛家语。指世界毁灭时的大火。此指战火或火灾。

⑥"三千"两句：谓净名在三千大千世界没有留下自己的踪迹，姑且在中华大地显示涅槃的境界。阎浮：见敦煌文献《五台山赞》注㉖。

东台圆光赞①

云帖西山日出东②，一轮明相现云中。
修行莫道无捞摸③，只恐修行落断空④。

①《清凉山志》卷六《丞相张商英传》：宋无尽居士张商英，于元祐戊辰（1088）夏，至五台山。“甲辰，至东台，五色祥云现，白圆光从地涌起，如车轮百旋。商英以偈赞曰：（即此偈）。”圆光：佛教谓佛菩萨头顶上的圆轮金光。

②帖：靠近。

③无捞摸：意即空无所有。捞摸，向水中探物，亦泛指夺取。

④断空：佛教语。即断灭空，亦称顽空。佛教所谓“空”，意为虚幻不住，缘起而无自性。“空”并不否认存在的种种“假相”。执“空”而否定“假相”，甚至“拨无因果”，就陷入了“顽空”的邪见。而“顽空”同样是不能悟道的。

解脱禅师赞①

圣凡路上绝纤痕②，解脱文殊各自论③。
东土西方无著处④，佛光山下一龛存。

①《清凉山志》卷六《丞相张商英传》：元祐戊辰夏，“戊申，至佛光寺，主僧绍同曰：‘此解脱禅师道场也，碑与龛存。’因阅碑中所载‘解脱自解脱，文殊自文殊’之语，喟然叹曰：‘真丈夫也！’以偈赞曰：（即此偈）。”解脱禅师：见敦煌文献《五台山赞》注⑰。

②“圣凡”句：谓无论佛菩萨还是凡夫俗子，在修行之路上毫无差别。绝：净尽。纤痕：细微的痕迹。

③“解脱”句：意即“解脱自解脱，文殊自文殊”。《古清凉传》卷上载，解脱和尚在五台山“再三逢遇”文殊大圣，“亲承音训”而得道。“厥后，大圣躬临试验。脱每清旦为众营粥，大圣忽现于前，脱殊不顾视。大圣警曰：‘吾是文殊！吾是文殊！’脱应声曰：‘文殊自文殊，解脱自解脱。’大圣审其真悟，还隐不现。于是远近辐辏，请益如流，咨承教诲，日盈万指。”

④“东土”句：谓解脱禅师不执著于东土与西方。东土：古称中国。西方：指西方净土。

继哲和尚赞[①]

阅尽龙宫五百函[②]，三年不下秘魔岩[③]。
须知别有安身处，脱却娘生鹘臭衫[④]。

①《清凉山志》卷六《丞相张商英传》：元祐戊辰夏，“其己酉，至秘魔岩……有代州圆果院僧继哲，结庐于山之阳，阅大藏经，不下山三年矣。即诣其庐，问以居山之久，颇有见否。哲曰：‘三年前，岩上门开，有褐衣、黄衣、紫衣三僧，倚门而立，久之复闭。又岩间有圣灯，哲闻而未之见也。’哲乃曰：‘天色若此，贫道住庵无状，致公空来空去。虽然，愿得一篇以耀岩穴。’遂拂壁写一偈云：阅尽龙宫五百函，三年不下秘魔岩。须知别有安身处，脱却娘生鹘臭衫。”

②龙宫五百函：指佛家经典《大藏经》。相传佛入灭后，大乘经典藏于龙宫，称龙藏。

③秘魔岩：西台灵迹。在繁峙县岩头村东3公里维屏山中。《古清凉传》：“昔高齐之代，有比丘尼法秘，惠心天悟，真志独拔，脱落嚣俗，自远居之。积五十年，初无转足。其禅惠之感，世靡得闻。年八十余，于此而卒。后人重之，因之以名焉。”《清凉山志》卷二：“秘魔岩，台西四十余里，木叉和尚居此。”又相传为文殊受记五百神龙潜修之所。

④娘生鹘（hú）臭衫：喻尘俗之心。语出《古尊宿语录·襄州洞山第二代初禅师语录》：“尔若是个衲僧，乍可冻杀饿杀，终不著尔鹘臭布衫。”鹘臭，犹狐臭。

二颂有序[①]

商英及汾州西河[②]宰李杰，同谒无业禅师[③]塔。惜其摧腐，相与修完。既而塔放光，又梦无业从容接引。觉而阅其语，见无业问马祖[④]西来心印。祖云：“大德，正闹在，且去。”无业去。祖唤云：“大德！”无业回首，祖云：“是什么？”商英因此豁然省悟台山所见，乃作二颂曰：

四入台山礼吉祥[⑤]，五云深处看荧煌[⑥]。
而今不打这鼓笛[⑦]，为报禅师莫放光。

是什么，是什么，罗睺殿前灯似火[⑧]。
不因马祖唤回，自被善财觑破[⑨]。
毗岚风急九天高，白鹭眼盲鱼走过[⑩]。

①此颂录自《广清凉传》卷下。

②汾州：州、府名。唐宋时汾州辖境相当于今山西汾阳、介休、平遥、孝义、灵石等县市。治所在西河。西河，古县名。唐上元元年改隰县（今汾阳）置，为汾州治所。

③无业禅师（？—823）：唐代汾州僧人。商州（今陕西商洛一带）上洛杜氏子。九岁依开元寺志本禅师受大乘经，十二岁落发，二十岁受具戒于襄州幽律师，习四分律疏。后参马祖得旨，便入曹溪拜六祖塔，顺游庐山、天台等地。旋即往清凉山金阁寺，重新阅藏，时达八年。后住开元精舍，大开弘化，接引学人。唐宪宗屡召，师皆辞疾不赴。穆宗即位，乃命两街僧录灵阜等赍诏迎请，未赴，跏趺而逝。弟子将其舍利贮以金瓶，葬于石塔。谥大达国师。

④马祖：唐僧道一。因俗姓马，故称马祖、马祖道一。大历年间，住钟陵（今南京附近）开元寺，四方学禅者云集门下，称“洪州宗”。

⑤吉祥：即妙吉祥。文殊师利意译。

⑥荧煌：辉煌。指其所见圆光、圣灯等。

⑦不打这鼓笛：意谓不再执著这些声求色见之物。

⑧“罗睺”句：指作者在五台山所见“罗睺殿左右，各现一灯”事。见《清凉山志》卷六《丞相张商英传》。

⑨“不因”两句：意谓之所以有此体悟，并非有禅师指点，而是自己参悟的。善财：见贯休《遇五天僧入五台无首》之一注②。此为作者自指。

⑩“毗岚”两句：喻道须自悟，不得外求。毗岚风急，高在九天，于己无关；白鹭眼盲，鱼过不得（据赵林恩注）。毗岚：梵语译音。意为迅猛的风，狂风。

苏　轼

苏轼（1037—1101），字子瞻，号东坡居士，宋代眉州眉山（今属四川）人。嘉祐进士。曾上书力言王安石新法之弊，后因作诗刺新法下御史狱，贬黄州。哲宗时任翰林学士，曾出知杭、颖等州，官至礼部尚书。后又贬惠州、儋州。卒后追谥文忠。与父洵、弟辙合称“三苏”。其文纵横恣肆，为“唐宋八大家”之一。其诗清新豪健，与黄庭坚并称“苏黄”。词开豪放一派，与辛弃疾并称“苏辛”。又工书画。有《东坡七集》、《东坡易传》、《东坡书传》、《东坡乐府》等。

送张天觉得山字[①]

西登太行岭[②]，北望清凉山。

晴空浮五髻，晻霭卿云间③。
余光入岩石，神草出茅菅④。
何人相指似⑤，稍稍落人寰⑥。
能令堕指儿，虬髯茁冰颜⑦。
祝君如此草，为民已痌瘝⑧。
我亦老且病，眼花腰脚顽⑨。
念当勤致此，莫作河东悭⑩。

①此诗录自《施注苏诗》卷二十六。当作于元祐二年（1087）至四年之间。时张商英（字天觉）任河东提点刑狱，曾数次到五台山。得山字：古人相约赋诗，规定若干字为韵，各人分拈韵字，依韵而赋。得山字，即拈得“山”字韵。

②太行岭：即太行山。为绵延山西、河北、河南三省界的大山脉。

③“晴空”两句：谓晴空中，浮现五台，掩映在五彩祥云之间。五髻：指五台山的五座山峰。髻，喻山峰。又五髻，指五髻文殊。五髻文殊头顶结前后左右中五髻，为文殊本体。《大日经疏》：“首有五髻者，为表如来五智久已成就。”晻（yǎn）霭：荫蔽貌。卿云：即庆云。一种祥云，古人视为祥瑞。《史记·天官书》：“若烟非烟，若云非云，郁郁纷纷，萧索轮囷，是谓卿云。卿云见，喜气也。”

④“余光”两句：谓五台山神草“长松”为佛菩萨的身光所化育，生长于山石的野草之间。余光：充足的光辉。此指“身光”。佛教指佛身所发出的光明。佛经称此光有救助众生之功德。神草：此指五台山药草长松。《古清凉传》：“山有药名长松，其药取根食之。皮色如荠苨，长三五尺（寸），味微苦，无毒，久服保益。至于解诸虫毒，最为良验。土俗贵之，常采以备急。”茅菅：茅草和菅草。多并用以指野生杂草。

⑤指似：指与，指点。

⑥稍稍：些许，少许。人寰：人间。

⑦“能令”两句：谓服用长松，可使北方苦寒之野毛发脱落者虬髯再生。堕指儿：冻掉手指的人。《白孔六帖》：“漠北苦寒之野，堕指者十有六七。”茁：草初生貌。亦泛指植物的生长。此指生出。冰颜：谓面容洁白美好，清莹如冰。按：《古清凉传》载，僧人普明居五台山得恶疾，“遍身洪烂，百穴浓（脓）流，眉毛须发一时俱堕”。依文殊所授之法服用长松，“三日，身疮即愈，毛发并生，姿颜日异”。

⑧已痌瘝（tōngguān）：指解除百姓的疾苦。已，治愈。痌瘝，病痛，疾苦。

⑨顽：麻木，动作迟钝。

⑩“念当”两句：谓我的想法是，你应当经常为我送些长松，不要做河东的吝啬之人。河东：指山西境内黄河以东地区，宋设河东路。时张商英为河东提点刑狱，故云。

谢王泽州寄长松兼简张天觉二首①

莫道长松浪得名②，能教覆额两眉青③。
便将径寸同千尺④，知有奇功似茯苓⑤。

凭君说与埋轮使，速寄长松作解嘲⑥。
无复青粘和漆叶，枉将钟乳敌仙茅⑦。

①此诗录自《施注苏诗》卷二十六。王泽州：姓王的泽州长官。名不详。泽州，宋泽州治所在今山西晋城。

②浪得名：徒得虚名。浪，徒，妄。

③“能教”句：谓服用长松能使头发眉毛再生。覆额：发长遮额。唐李白《长干行》诗：“妾发初覆额，折花门前剧。”

④径寸同千尺：谓细小的神草长松价值等同于高大的松树。径寸：径长一寸。常形容圆形物之细小。此指五台山药草长松。因其长三五寸，故云。千尺：指高大的松树。唐杜甫《将赴成都草堂途中有作先寄严郑公五首》诗之四：“新松恨不高千尺，恶竹应须斩万竿。”

⑤茯苓：别名松腴，寄生于松树上的菌类植物，状如块球，可入药。《神仙传》：“秀眉公饵茯苓得仙。”

⑥“速寄”两句：作者自注：“送张天觉诗有‘埋轮’及‘河东悭’之语。”按：苏轼《次韵孔常父送张天觉河东提刑》诗有“埋轮家世本留侯”句；《送张天觉得山字》诗有“莫作河东悭”句。解嘲：因被人嘲笑而自作解释。凭：请求；烦劳。埋轮使：借指张商英。作者于“埋轮家世本留侯”句后自注：“张纲，子房七世孙也。犍为武阳人，墓在今彭山，君（指张天觉）岂其后耶?”东汉顺帝时，大将军梁冀专权，朝政腐败。汉安元年（142）选派张纲等八人巡视全国，纠察吏治，余人皆受命之部，而纲独埋其车轮于洛阳都亭，曰：“豺狼当道，安问狐狸!”遂上书弹劾梁冀，揭露其罪恶，京都为之震动。事见《后汉书·张纲传》。后以“埋轮”为不畏权贵，直言正谏之典。埋轮，埋车轮于地，以示坚守。《孙子·九地》：“是故方马埋轮，未足恃也。”曹操注：“方，缚马也；埋轮，示不动也。”亦比喻停留。

⑦“无复”两句：谓你无须再给我寄青粘和漆叶之类的药材，这些与长松相比，象以钟乳抵顶仙茅一样，只是枉然而已。青粘：草药名，即黄芝。漆叶：漆树之叶，可入药。《后汉书·方术传下·华佗》：“阿（樊阿）从佗求方可服食益于人者，佗授以漆叶青粘散……言久服，去三虫，利五藏，轻体，使人头不白。”钟乳：钟乳石，可入药。《本草经》

谓“主治咳逆上气，明目益精，安五脏”。仙茅：植物名。原生西域，粗细有筋，或如笔管，有节文理。唐开元元年婆罗门僧进此药，因又名婆罗门参。分布于我国东南至西南部。根、茎可入药。叶似茅，传说久服轻身如仙，故称。《本草》有“千斤钟乳不若一斤仙茅”之说。

次韵答张天觉二首①

车轻马稳辔衔坚，但有蚊虻喜扑缘②。
截断口前君莫问③，人间差乐胜巢仙④。

御风骑气我何劳，且要长松作土毛⑤。
亦如诃佛丹霞老，却向清凉礼白毫⑥。

①此诗录自《施注苏诗》卷二十六。次韵：依次用所和诗中的韵作诗。也称步韵。

②“车轻”两句：意谓自己虽身正行端，但仍有小人伺机构陷。元祐初年，东坡曾“四遭毁谤”，故云。扑缘：亦作“仆缘”，附着。《庄子·人间世》：“夫爱马者，以筐盛矢，以蜃盛溺。适有蚊虻扑缘，而拊之不时，则缺衔毁首碎胸。意有所至而爱有所亡，可不慎邪!”郭象注：“故常世接物，顺逆之际，不可不慎也。”辔衔：御马的缰绳和嚼子。蚊虻（méng）：一种危害牲畜的虫类。以口尖利器刺入牛马等皮肤，使之流血，并产卵其中。

③“截断”句：由唐韩愈《记梦》诗“口前截断第二句”化出。截断口前：佛教禅宗用语。义同“打话头”。学人向禅师参禅，禅师常打断其话头，以消除其妄想分别，内向反省，以息妄显真。截断，打断。宋叶梦得《石林诗话》卷上：“禅宗论云间有三种语：其一为随波逐流句，谓随物应机，不主故常；其二为截断众流句，谓超出言外，非情识所到；其三为函盖乾坤句，谓泯然皆契，无间可伺。其深浅以是谓序。”“截断口前第二句”，指截断众流句。此借指政敌的弹劾。

④“人间”句：谓作者以出任杭州太守为乐。元祐四年三月，经苏东坡再三恳请，离开朝廷，出任杭州太守。差（chā）乐：还算快乐。差，比较，略微。语出唐李商隐《李贺小传》：“帝成白玉楼，立召君为记，天上差乐，不苦也。”巢仙：居住于神山中的仙人。巢，居住，栖息。唐韩愈《记梦》诗：“我能屈曲在世间，安能从汝巢仙山。”

⑤“御风”两句：谓我像御风骑气，得道逍遥的仙人，并没有什么忧愁，尚且向你索要作为土产的长松。言下之意，是长松功效神奇之故。土毛：本指土地上生产的五谷、桑麻、菜蔬等植物，后泛指土产。语出《左传·昭公七年》：“封略之内，何非君土？食土之

毛，谁非王臣？”

⑥“诃佛”两句：谓也如同曾像丹霞一样呵佛骂祖的您，却前往清凉山（解作“归向清凉寂静之道”亦通），礼拜佛菩萨。诃佛：即呵佛骂祖。佛教禅宗用语。斥骂佛主。喻解缚去执，不受前人拘束。诃，“呵”的异体字。佛教禅宗有不少呵佛骂祖公案。丹霞：唐天然禅师。因其曾赴南阳丹霞山结庵，因称“丹霞天然”。其有烧佛御寒、骑圣僧像颈等公案（见《祖堂集》），亦为呵佛骂祖之属。此指代张商英。《宋史质》：“哲宗初，（商英）贻书苏轼，求入台，其庾词有‘老僧欲住乌寺，呵佛骂祖’，吕公著恶而出之”，被迁为河东提典刑狱公事。又，张商英早年不信佛，欲著《无佛论》，经其妻向氏劝阻而止。后渐深信佛法，皈依佛教。白毫：指白毫相。如来三十二相之一。佛教传说世尊眉间有白色毫光，右旋宛转，如日正中，放之则有光明，名“白毫相”。此指代佛菩萨。

赠清凉寺和长老①

代北初辞没马尘②，江南来见卧云人③。
问禅不契前三语，施佛空留丈六身④。
老去山林徒梦想，雨余钟鼓更清新⑤。
会须一洗黄茅瘴，未用深藏白氎巾⑥。

①此诗录自《东坡诗集注》卷十九。细味诗意，当作于作者晚年被贬惠州期间，即绍圣元年（1094）十月至绍圣四年二月间。清凉寺，见李邕《清凉寺碑铭》注①。

②“代北”句：谓和长老初从五台山风尘仆仆而来。代北：古地区名。泛指汉、晋代郡和唐以后代州北部或以北地区。此指五台山。

③卧云人：指隐居的人。此为作者自指。因作者被贬惠州后，名为宁远节度使，实为投闲置散，故云。卧云，喻指隐居。

④“问禅”两句：谓承你同我参究禅理，我却不能领悟“前三三与后三三”的意旨；你可谓徒然地施法于我了。前三语：指禅宗机语“前三三与后三三”。见雪窦《金刚窟》注①。丈六身：即丈六金身。佛的三身之一。指变化中的小身。因其高约一丈六尺，呈真金色，故名。亦以指佛像。《观无量寿经》：“阿弥陀佛，神通如意，于十方国，变现自在，或现大，满虚空中，或现小身，丈六、八尺。所现之形，皆真金色。”此借指佛法。

⑤“老去”两句：写作者年已老且历经政坛风雨之后，对隐居修道的向往之情。山林：借指隐居。南朝梁沈约《与谢朏敕》：“尝谓山林之志，上所宜弘。”

⑥“会须”两句：意谓和长老应当广施佛法，普降甘露，一洗岭南的瘴气，而无需隐瞒自己僧人的身份。会须：应当。黄茅瘴：亦称黄芒瘴。我国岭南在秋季草木黄落时的瘴

气。晋嵇含《南方草木状》："芒茅枯时，瘴疫大作，交广皆尔也，士人呼曰黄茅瘴，又曰黄芒瘴。"黄茅，茅草名。白氎（dié）巾：棉布做的帽子。多为僧人所戴。唐杜甫《大云寺赞公房》诗之二："细软青丝履，光明白氎巾。"

李师圣

李师圣，宋代濮阳（治所在今河南濮阳西）人，官至太守。

游台感兴古风[①]

梵书五顶清凉府[②]，冬冰夏雪无炎暑。
我来七月秋正寒，何况萧萧岩谷雨。
偶尔云开煦气生[③]，溶溶满目烟光聚。
真容古基鹫峰寺，高山之麓雄今古[④]。
西方楼观缥渺间，粲然金碧莲华宇[⑤]。
悬崖峻岭架大木，神物所持凭险阻。
金铛垂空殿檐响[⑥]，森森铁凤相交舞[⑦]。
忆昔文殊出火宅[⑧]，金刚宝窟通真土[⑨]。
牵牛老人饮玉泉[⑩]，二子一犬随贫女[⑪]。
变化无方利有情[⑫]，知是西天七佛祖[⑬]。
重闻清凉境界真，无穷陈迹书妙语。
我有诚心颇出群，瑞应神奇目亲睹。
须臾光相现咫尺[⑭]，玉洞金灯明可数。
松影摇空山谷中，夜寂太阴隐龙虎[⑮]。
丹楼碧阁香案前，敬畏生心谁敢侮？
从来昏迷如梦回，前三后三慎莫取[⑯]。
我今不作前后想[⑰]，香烟稽首清凉主[⑱]。

①此诗录自《清凉山志》卷八。落款为"崇宁三年七月二十九日焚香拜赞"。崇宁三年：即1104年。崇宁，宋徽宗年号。

②"梵书"句：谓佛经上写有五顶山、清凉山的名称。《清凉山志》引《大华严经》："东北方有处，名清凉山。从昔以来，诸菩萨众，于中止住。现有菩萨，名文殊师利，与其眷属，诸菩萨众，一万人俱，常在其中而演说法。"又《宝藏陀罗尼经》："佛告金刚密迹

主言，我灭度后，于南瞻部洲东北方，有国名大震那，其中有山，名曰五顶。文殊童子，游行居住，为诸众生，於中说法，及有无量天龙八部，围绕供养。”

③煦气：温暖之气。

④“真容”两句：谓真容院很早就奠基兴建于灵鹫峰上；它雄踞中台之麓，阅尽古今沧桑。真容：指真容院，即今菩萨顶。在台怀镇显通寺北灵鹫峰上。创建于北魏太和年间，属大孚灵鹫寺。唐景云中独立为寺。《清凉山志》卷二载：“唐僧法云，自建殿堂，拟塑圣像……相与恳祷，求圣一现。七日，忽光中现文殊像，遂图模塑成，因名真容院。历代人君，不废修饰。明永乐初，敕旨改建大文殊寺……万历辛巳间，上敕太监李友重修。”清代重修时，按皇家官室形制营造，殿顶覆黄琉璃瓦，宏伟壮丽，为五台山黄庙之首。昔为五台山五大禅处之一，今列为全国重点寺院。鹫峰：即灵鹫峰。中台灵迹。《清凉山志》卷二：“灵鹫峰，台东南支山，今称菩萨顶，宛似西天灵鹫山，故借为名。”

⑤“西方”两句：谓远观，真容院的楼观在缥缈隐约之间，犹如西方极乐世界；近看，方知是精致洁净，金碧辉煌的佛寺。粲（càn）然：精洁貌。莲华宇：即莲宇。指佛寺。

⑥金珰（dāng）：官殿檐下椽头的饰物，以金玉制成环状。

⑦森森：众多貌。铁凤：古代屋脊上的一种装饰物。铁制，形如凤凰。下有转枢，可随风而转。

⑧文殊出火宅：文殊从火宅中救助众生。火宅，佛教语。多用以比喻充满众苦的尘世。《法华经·譬喻品》：“三界无安，犹如火宅……众苦所烧，我皆拔济。”

⑨金刚宝窟：即金刚窟。北台灵迹。见无著《金刚窟》注①。真土：佛教语。真佛土的略称。谓佛真身所住的法性土，对化身所住的化土而言。

⑩“牵牛”句：写唐无著入金刚窟事。见无著《金刚窟》注①。玉泉：中台灵迹。在楼观谷口。为无著见化人饮牛处。

⑪“二子”句：写贫女乞斋事。《清凉山志》卷四《贫女乞斋传》：“元魏大孚灵鹫寺，每春三月，设无遮斋。不简道俗，不别贵贱男女乞儿，悉令饱足。于食等者，于法亦等。有贫女，莫知所从，携抱二子，一犬随之。身无余资，剪发以施。未遑众食，告主僧曰：‘吾有急务，遽就他行，请先分我食。’僧可之，与馔三分，意令二子俱足。女曰：‘吾犬亦当得食。’僧勉强与之。女曰：‘我腹有子，更须分食。’僧怒曰：‘汝求僧食无厌！在腹未生，若为须食？滥饕之心，乃至此乎！’贫女被呵，即说偈曰：‘苦瓠连根苦，甜瓜彻蒂甜。三界无著处，致使阿师嫌。’即踊身虚空，化菩萨相，犬为狮子，儿为二天童子，云光缥缈。复说偈曰：‘众生学平等，心随万境波。百骸俱舍尽，其如憎爱何。’时会千人，悲泣向空曰：‘大圣，愿示平等法门，我等奉行。’空中偈曰：‘持心如大地，亦如水火风。无二无分别，究竟如虚空。’会主自恨不识真圣，取刀欲剜其目，众遮乃止。即以贫女所施之发，于身起处，建塔供养。”

⑫“变化”句：指文殊为度化众生，随缘化现为各种形象以利乐有情。有情：佛教语。梵语意译。也译为众生。指人和一切有情识的动物。

⑬七佛祖：《清凉山志》卷一：“七佛未出世，天生大德以为师。”七佛：见敦煌文献《五台山圣境赞·题五台·南台》注④。

⑭光相：即宝光，佛光。

⑮太阴：谓月亮。

⑯前三后三：即禅宗机语“前三三与后三三”。见雪窦《金刚窟》注①。

⑰不作前后想：即不再对“前三三与后三三”作分别想。意即已参悟其奥旨。

⑱清凉主：指文殊菩萨。

晁说之

晁说之（1059—1129），字以道，宋代济州巨野（今属山东）人，一说澶州（今河南濮阳）人。少慕司马光为人，故自号景迂生。元丰五年（1082）进士。靖康初以著作郎召，迁秘书监，免试除中书舍人兼太子詹事。俄以议论不合去职。建炎初擢徽猷阁待制。博极群书，尤长于经术。所著书数十种。存《景迂生集》12卷。

避地[①]

久欲为僧避世喧，况当寰海正飞飜[②]。
五台自有天台院[③]，处处流通玄妙门[④]。

①此诗录自《景迂生集》卷九。避地：犹言避世隐居。

②寰海：海内，全国。飞飜：飞翔翻腾。此指社会纷乱。飜，同“翻”。

③“五台”句：《清凉山志》卷三载，唐天台宗法师志远曾结伴同游五台山，栖华严寺（今显通寺）小院，大弘天台宗旨。日僧圆仁《入唐求法巡礼行记》称：“实可谓五台山大华严寺是天台之流也。”天台院：弘扬天台宗的寺院。

④流通：流转通行。玄妙门：此指佛教不可思议的解脱法门。玄妙，《老子》：“玄之又玄，众妙之门。”谓道家所称的“道”深奥难识，万物皆出于此。后因以“玄妙”指“道”。

许景衡

许景衡（1072—1128），字少伊，人称横塘先生，宋代温州瑞安（今属浙江）人。绍圣元年（1094）进士，宣和中召为监察御史，迁殿中侍御史。钦宗即位，以左正言召，累迁中书舍人。高宗朝至尚书右丞，罢为资政殿大学士，提举洞霄宫。卒谥忠简。有《横塘集》。

赠五台妙空师[①]

山僧栖在山之巅，胡为振锡来市廛[②]？
且言自得相形术[③]，愿与多士谈媸妍[④]。
津涂穷通可逆数，名分巨细潜开先[⑤]。
庞眉合享寿考福，鼎角堪持丞弼权[⑥]。
人生肖貌虽若尔，天理应效非皆然[⑦]。
条侯饿死始难必[⑧]，裴度果相终何缘[⑨]？
亨衢第以直道致，吉祉多为阴功延[⑩]。
操修向善或向恶，感召凶吉如蹄筌[⑪]。
予观传记考物理，谓师语议非无传。
出言少偷信不免，受王苟堕知难全[⑫]。
况乎素行未中积，敢以虚表要诸天[⑬]？
富哉荀卿骋雄辩，推本心术深磨研[⑭]。
九州功崇夏禹祧，三面德至成汤偏[⑮]。
仲尼何长子弓短，古今无害为圣贤[⑯]。
林宗知人出明性，清澈鉴裁犹澄渊[⑰]。
大端亦贵器与识[⑱]，规矩安可私方圆[⑲]？
君平卜筮达至理，探索造化穷推迁。
与臣言忠子言孝，利害之际尤拳拳[⑳]。
古人术学务原本，宁将浮说相拘挛[㉑]？
羡师通论近名教[㉒]，为师条列终吾篇[㉓]。

①此诗录自《横塘集》卷二。

②振锡：谓僧人持杖出行。锡，锡杖。杖头饰环，拄杖出行则振动有声。市廛：市中店铺。语本《孟子·公孙丑上》："市，廛而不征。"赵岐注："廛，市宅也。"亦指店铺集中的市区。

③相形：旧时迷信，谓观察人的相貌能知其命运。俗谓"相面"。

④多士：古指众多的贤士，也指百官。《诗·大雅·文王》："济济多士，文王以宁。"媸妍：美丑。此犹好坏，贤愚。

⑤"津涂"两句：谓对一个人人生道路上的困厄和显达可以预测，名位和身份的大小可经测算而预先告诉你。津涂：亦作"津塗"、"津途"。道路。穷通：困厄和显达。逆数：犹预测。《易·说卦》："数往者顺，知来者逆，是故《易》逆数也。"韩康伯注："作《易》以逆覘（chān）来事。"潜：测，探测。开先：预先开示。

⑥"庞眉"两句：谓生有庞眉者应该得享长寿，额上生有鼎角者可取得高位。庞眉：眉毛黑白杂色。形容老貌。寿考：年高；长寿。鼎角：相术谓额上有日角、月角和伏犀三骨，隆起者为三公贵相。《后汉书·李固传》："固貌状有奇表，鼎角匿犀，足履龟文。"李贤注："鼎角者，顶有骨如鼎足也。"丞弼：辅佐的大臣。

⑦效：证明；验证。

⑧条侯：西汉著名将领周亚夫的封号。周亚夫为西汉沛人，汉初名将周勃之子。袭父爵位，封为条侯。因平定"七国之乱"，功绩卓著而任宰相。后被诬下狱，五日不食，呕血而死。他尚未封侯，还在做河内郡守时，许负为之相面，说："君后三岁而侯，侯八岁而将相，持国柄，贵重矣，于人臣无两。其后九岁而君饿死。"亚夫不以为然。见《史记·绛侯周勃世家》。难必：难以肯定。

⑨裴度：唐宪宗时宰相。字中立，河南闻喜（今属山西）人。贞元进士。由监察御史晋升为御史中丞，力主削除藩镇。转升为宰相。晚年以宦官专权，辞官退居洛阳。史家谓其堪称"既明且哲，以保其身。"见《新唐书·裴度传》。

⑩"亨衢"两句：谓人生的道路所以四通八达，只因自己的行为符合正道；而福禄多为前世积德所致。亨衢：四通八达的大道。第：副词。只是；只。吉祉：犹吉福。即福禄。祉，福。阴功：迷信的人指在人世间所作而在阴间可以记功的好事。延：达到，及于。

⑪"操修"两句：谓一个人在道德修养中是向善还是向恶，其感应犹如蹄筌一样有明显的迹象可求。操修：道德修养。蹄筌：语本《庄子·外物》："筌者所以在鱼，得鱼而忘筌；蹄者所以在兔，得兔而忘蹄；言者所以在意，得意而忘言。"蹄，兔罝（jū）；筌，鱼笱（gǒu）。谓语言蹄筌都是有形的迹象，道理与猎物才是目的。后常以"蹄筌"指达到某种目的的手段，或反映事物的迹象。

⑫"出言"两句：写对相师有时不直言相告的理解。少偷：少，稍，略。偷，苟且。此指偷合，即苟且迎合。受玊（sù）：指接受有瑕疵之玉作品评。借指对人格有问题者相面。玊：有瑕疵的玉。苟堕：苟且怠惰。

⑬“况乎”两句：谓况且一个人平素的修养没有积累于自身，却以虚幻的美好景象求取于命运呢。虚表：犹虚像。假象，虚幻的景象。要（yāo）：探求，求取。天：命运，天意。

⑭“富哉”两句：对荀子能言善辩、从心术着眼以探究相法的赞美。荀子，名况，又叫荀卿，战国后期赵国人。《荀子·非相》中他对相术作了否定，认为“相形不如论心，论心不如择术（法术，道路）”。富：充裕，丰富，多。《论语·颜渊》：“富哉言乎！”何晏集解引孔安国曰：“富，盛也。”推本：探究；寻究根源。磨研：细磨。此指仔细研究。

⑮“九州”两句：以大禹、成汤得天下的实例说明功德对一个人命运的影响。《史记·五帝纪》：“唯禹之功为大，披九山，通九泽，决九河，定九州。”禹后被选为舜的继承人，舜死后即位，建立夏朝。后世视为圣王。祧（tiāo），承嗣。原为“跳”，径改。成汤：亦称“成商”。商开国之君。契的后代，子姓，名履，又名天乙。夏桀无道，汤伐之，遂有天下，国于商，都于亳。三面：指三面网。《史记·殷本纪》：“汤出，见野张网四面，祝曰：‘自天下四方皆入吾网。’汤曰：‘嘻，尽之矣！’乃去其三面，祝曰：‘欲左，左。欲右，右。不用命，乃入吾网。’诸侯闻之，曰：‘汤德至矣，及禽兽。’”后遂以“网开三面”为宽刑和施仁政之典实。

⑯“仲尼”两句：写无论身材高低都可为圣贤。《荀子·非相》：“盖帝尧长，帝舜短；文王长，周公短；仲尼长，子弓短。”仲尼：即孔丘。子弓：即仲弓。姓冉，名雍，孔子弟子。

⑰“林宗”两句：写林宗的知人之明。东汉人郭太，字林宗。品学时人所重。《后汉书·郭太传》：“茅容字季伟，陈留人也，年四十余，耕于野，时与等辈避雨树下，众皆夷踞相对，容独危坐愈恭。林宗行见之而奇其异，遂与同言，因请寓宿。旦日，容杀鸡为馔，林宗谓为己设，既而以供其母，自以草蔬与客同饭。林宗起拜之曰：‘卿贤乎哉！’因劝令学，卒以成德。”遂有“林宗过茅”之典。明性：明心见性。佛教语。谓摒除世俗的一切杂念，彻悟因杂念而迷失的本性（佛性）。亦指率真地表现心性。鉴裁犹澄渊：此用“鉴澄”之典。语本《淮南子·说山训》：“人莫鉴于沫雨，而鉴于澄水者，以其休止不荡也。”后用“鉴澄”表示明察，辨识。鉴裁：审查识别人、物优劣的才能。

⑱大端：大抵，大约。器与识：器局（气量，度量）与见识。

⑲“规矩”句：语出《礼记·解经》：“规矩诚设，不可欺以方圆。”《史记·礼书》：“人道经纬万端，规矩无所不贯，诱进以仁义，束缚以刑法。”规矩：规和矩。校正圆形和方形的两种工具。私：微小；轻贱。

⑳“君平”四句：写对君平品德的赞美。君平：汉高士严遵的字。隐居不仕，曾卖卜于成都。《汉书·王贡两龚鲍传序》：“其后，谷口有郑子真，蜀有严君平，皆修身自保，非其服弗服，非其食弗食。……君平卜筮于成都市，以为卜筮者贱业，而可以惠众人，有邪恶是非之间，则依蓍龟为言利害。与人子言依于孝，与人弟言依于顺，于人臣言依于忠。

各因势道之以善，从吾言者已过半矣。裁日阅数人，得百钱足自养，则闭肆下帘而授《老子》。”推迁：推移变迁。拳拳：诚挚貌。

㉑“古人”两句：谓古人对道术学识务求致力于追溯事物的由来，岂能拘泥于虚浮不实的言谈？拘挛：拘束；拘泥。

㉒通论：通达的议论。名教：名分和教化。又指以正名定分为主的封建礼教。晋袁宏《后汉纪·献帝纪》：“夫君臣父子，名教之本也。”

㉓条陈：分条列举。

简　长

简长，宋代僧人。沃州人。宋九诗僧之五。

送僧游五台[①]

五峰横绝汉[②]，寒翠依苍冥[③]。
积雪无烦暑，高杉碍落星[④]。
碛雪檐外见，边角坐中听[⑤]。
师到栖禅夜，龙湫独灌瓶[⑥]。

①此诗录自《中华诗词·全宋诗》。

②横绝：超绝，超出。汉：天河；银河。

③寒翠：指常绿树木在寒天的翠色。苍冥：苍天。

④“积雪”两句：写五台山的寒与高。

⑤“碛（qì）雪”两句：写五台山靠近边地。碛雪：指塞外沙漠的积雪。碛，沙漠。边角：边地的画角声。

⑥“师到”两句：从王维《过香积寺》诗“安禅制毒龙”句化出。栖禅：犹坐禅。龙湫独灌瓶：谓独自将龙湫中的毒龙装入净瓶。意即制服妄念烦恼。龙湫：上有悬瀑下有深潭谓之龙湫。因北台有灵迹黑龙池，传为文殊制服五百毒龙之所，故云。清顾炎武《五台山记》：“北台最高，后人名之叶斗峰。有龙湫，其东二十里为华严岭。”

朱　弁

朱弁（1085—1144），字少章，宋代徽州婺源（今江西婺源）人。为朱熹族叔祖。建炎元年（1127）以太学生擢任通向副使赴金，不屈于金人的诱胁，守志不移。绍兴十三年（1143），被扣留十六年方归。官终奉议郎。其怀念故国之诗，深切宛转。有《曲洧旧闻》10卷，《风月堂诗话》3卷。

谢崔致君饷天花[①]

三年北馔饱膻荤[②]，佳蔬颇忆南州味[③]。
地菜方为九夏珍[④]，天花忽从五台至。
崔侯胸中散千卷[⑤]，金瓯名相传云裔[⑥]。
爱山亦如谢康乐[⑦]，得此携归岂容易？
应怜使馆久寂寥，分饷明明见深意。
堆盘初见瑶草瘦[⑧]，鸣齿稍觉琼枝脆[⑨]。
树鸡湿烂惭扣门，桑蛾青黄谩趋市[⑩]。
赤城菌子立万钉[⑪]，今日因君不知贵。
乖龙耳仅免一割，沙门业已通三世[⑫]。
偃戈息民未有术[⑬]，虽复加飧只增愧[⑭]。
云山此去纵不远，口腹何容更相累？
报君此诗永为好，捧腹一笑万事置。

①此诗录自《中州集》卷十。从“三年北馔”可知当作于建炎三、四年间。崔致君：为作者友人，生平不详。饷（xiǎng）：馈食于人；赠送。天花：五台山特产菌类植物，素菜佳品。明《太原志》“土产”条：“天花出（五台）县东北五台山。有树白柴，其树津到处，过三伏中，自地而生，可充素食。”

②北馔：北方的食物或菜肴。时作者赴云中（宋府名，治所在今大同市。金占，又改名大同）与金和谈而被扣留。

③南州：泛指南方地区。

④地菜：菌类植物。清高士奇《扈从西巡日录》：“其（五台山）石阴崖丛薄，落叶委积，蒸湿，怒生白茎，是谓地菜。”九夏：夏季，夏天。

⑤腹中散千卷：谓饱读诗书。

⑥金瓯名相：国家有名的宰相。指崔之先祖，朝代及名不详。金瓯：金的盆、盂之属。比喻疆土之完固。亦用以指国土。《南史·朱异传》：“（武帝）尝夙兴至武德阁口，独言：‘我国家犹若金瓯，无一伤缺。’”云裔：时代相隔较远的后代子孙。

⑦谢康乐：南朝宋谢灵运。东晋谢玄之孙，袭封康乐公。他一生纵情山水。

⑧瑶草：传说中的香草。

⑨鸣齿：齿咬而发声。指咀嚼。琼枝：传说中的玉树。

⑩“树鸡”两句：谓树鸡虽多，但湿烂不堪，我羞于扣门求取；桑蛾颜色青黄，质量不好，也不过是聊且充斥于集市罢了。树鸡：木耳的别名。扣门：敲门。《淮南子·齐俗训》：“扣门求水，莫弗与者，所饶足也。”此用其意。桑蛾：桑耳的别名。

⑪赤城菌子：指五台山的天花。赤城，传说中的仙境。北周庾信《奉答赐酒》诗：“仙童下赤城，仙酒饷王平。”倪璠注引《神仙传》：“茅蒙，字初成，乃于华山之中乘云驾龙，向日升天，歌曰：‘神仙得者茅初成，驾龙上升入泰清，时下玄洲戏赤城。’”此指代五台山。钉，通“饤”，意为贮食；堆放食品于器。一般供陈设。此作量词。宋王禹偁《寄丰阳喻长官》诗：“庭门万户岚气盛，盘餐数饤药苗香。”

⑫“乖龙”两句：意谓我不再要树鸡，就免于一割乖龙之耳；因“放下屠刀，立地成佛”，在佛门中已经得道而可洞见过去、现在、未来三世了。唐韩愈《答道士寄树鸡》诗：“烦君自入华阳洞，直割乖龙双耳来。”作者由此生发而作此戏言。乖龙耳：乖龙为传说中的孽龙。宋黄休复《茅亭客话》卷五：“世传乖龙者，苦于行雨，而多方窜匿，藏人身中，或在古木楹柱之内，及楼阁鸱甍中，须为雷神捕之。”因菌类多生于枯木，故以“乖龙耳”喻天花等菌类。沙门：梵语译音。或译为“娑门”、“桑门”、“丧门”等，指佛教僧侣。晋袁宏《后汉纪·明帝纪下》：“浮屠者，佛也……其精者，号为沙门。沙门者，汉言息心，盖息意去欲而归于无为也。”

⑬偃戈息民：停息战争，使人民得以休养生息。

⑭加飧（sūn）：犹“加餐”。劝慰之词。谓多进饮食，保重身体。飧，晚饭。

姚孝锡

姚孝锡（1097—1179），字仲纯，号醉轩，宋代丰县（今属江苏）人。政和四年（1114）登科，任代州兵曹。金兵入雁门，隐居五台。29岁弃官，放浪山水间，以诗酒自娱。擅长尺牍。有《鸡肋集》。

题佛光寺①

藏縠虽殊竟两亡②，倚栏终日念行藏③。
已忻境寂洗尘累④，更觉心清闻妙香⑤。
孤鸟带烟来远树，断云收雨下斜阳⑥。

人间未卜蜗牛舍⑦，远目横秋益自伤⑧。

①此诗录自《中州集》卷十。亦载于清《繁峙县志》。当为题代县佛光寺之作。代县佛光寺（1955年前属繁峙县）为五台佛光寺之下院，在代县县城东北25公里佛光庄，初建于唐大中年间。

②“臧縠（gòu）”句：宋苏轼《和刘道原咏史》诗：“仲尼忧世接舆狂，臧縠虽殊竟两亡。”此用其成句。《庄子·骈拇》：“臧（奴）与縠（孺子），二人相与牧牛而俱亡其羊。问臧奚事，则挟策读书；问縠奚事，则博塞（六博、格五等博戏）以游。二人者，事业不同，其于亡羊均也。”后因以“臧縠亡羊”为典，喻事不同而实则一。此指作者左右为难的处境。

③行藏：指出处或行止。语本《论语·述而》：“用之则行，舍之则藏。”

④忻：心喜。尘累（lěi）：佛教语。指烦恼、恶业的种种束缚。《楞严经》卷一：“应身无量，度脱众生；拔济未来，越诸尘累。”又指世俗事务的牵累。

⑤妙香：佛教谓殊妙的香气。《楞严经》卷五：“见诸比丘烧沉水香，香气寂然来入鼻中……尘气倏灭，妙香密圆。”

⑥“孤鸟”两句：写傍晚的景象。断云：片云。

⑦蜗牛舍：比喻简陋狭小的房舍。多用以谦称自己的住所。晋崔豹《古今注·鱼虫》：“蜗牛……壳如小螺，热则自悬于叶下。野人结圆舍，如蜗牛之壳，故曰蜗舍。”

⑧横秋：此指“霜气横秋”。充塞秋天霜气的天空。

九日题峰山①

不须歌吹上丛台②，千里晴川入座来③。
世事难凭休挂口，生涯现在且衔杯④。
无情趁暖花先老，有信迎寒雁已回⑤。
遥想故乡亲种菊，霜枝露蕊向谁开⑥？

①此诗录自《中州集》卷十。九日：指农历九月九日重阳节。峰山：又名文昌山、环城山。在五台县城西北1公里处。系五台山中台支脉，人称小中台。《广清凉传》卷中：“中台西南百余里有一小山，名曰峰山，当台邑之北。山半有生风穴、仙人掌、道人庵、说法台。昔名九泉山。上有金华寺，下有澡浴池，世传万菩萨过夏之所。有时现像，犹如片云，飞腾峰顶，或如白鹤，群翔山顶，久而方歇。土俗备谙，咸云‘万圣出现，岁丰之兆。’其言颇验。”

②歌吹上丛台：魏晋后习俗于重阳节登高游宴，故云。丛台：此指高台。

③晴川：晴天下的江面。峰山东有虑虒河，故云。

④“世事”两句：谓世事风云变幻，不可凭信，再不要提及；目前活着，姑且登高饮酒。生涯：语本《庄子·养生主》：“吾生也有涯，而知也无涯。”原指生命有边际，限度。后指生命，人生。现在：存在。亦指目前活着。衔杯：指饮酒。

⑤“无情”两句：谓岁月无情，花趁暖而老去；大雁有信，迎秋风而南飞。连花、雁都懂得适时寻求自己的归宿，其如人何！

⑥“遥想”两句：写作者的思乡之情。因古代有重阳节赏菊之俗；又晋陶潜喜菊，其《归去来兮辞》有“三径就荒，松菊犹存”之句，其《饮酒》诗之五有“采菊东篱下，悠然见南山”之句，故云。

萧　贡

萧贡（1158—1223），字贞卿，金代京兆咸阳（今属陕西）人。大定二十二年（1182）进士。曾任山西河东北路按察转运使。累迁国子祭酒兼太常少卿。兴定中以户部尚书致仕。著有文集10卷，并注《史记》百卷。

真容院①

魔宫佛界等空虚②，此理何曾属有无③。
直向台山始相见，可中还有二文殊④？

①此诗录自《中州集》卷五。真容院：即今菩萨顶。见李师圣《游台感兴古风》注④。

②魔宫：魔鬼之宫。佛界：佛教名词。十界之一，诸佛的境界。等空虚：同样空幻不实。

③何曾属有无：即不属有，不属无。即离开空有或断常等两边的实相。此为佛家中道。大乘诸宗谓无差别、无偏倚的至理。

④可中：正好。二文殊：《楞严经》卷二：“世尊谓文殊曰：‘如汝文殊，更有文殊，是文殊者，为无文殊。’文殊曰：‘如是世尊，我真文殊，无是文殊。何以故？若有是者，则二文殊。然我今日，非无文殊，于中实无是非二相。’”

赵秉文

赵秉文（1159—1232），字周臣，号闲闲居士，晚年称闲闲老人，金代磁州滏阳（今河北磁县）人。大定二十五年（1185）进士，任应奉翰林文字，同知制诰。兴定初拜礼部尚书。哀宗即位（1224），改翰林学士。幼颖悟，一生好学不倦。工诗文，著述颇丰。有《易丛说》、《中庸说》、《闲闲老人滏水文集》等。

登万圣阁①

中州之山台山高②，遍寻五顶无乃劳③？
老去看山无脚力，直凭一阁了秋毫④。

①此诗录自《闲闲老人滏水文集》卷八。万圣阁：在龙泉寺。《清凉山志》卷五载，万历二十七年（1579）“夏六月……赐金泥水陆神像于龙泉寺，复建万圣阁”。

②中州：指中原地区。

③无乃：相当于“莫非”、“恐怕是”。表示委婉测度的语气。

④直：副词。特，但。秋毫：鸟兽在秋天新长出来的细毛。喻细微之物。

秘魔岩①

铁锁关藏五百龙②，文殊游戏作神通③。
山僧要辨金刚眼④，莫谓鱼虾在此中⑤。

①此诗录自《闲闲老人滏水文集》卷八。秘魔岩：北台灵迹。见张商英《继哲和尚赞》注③。

②铁锁关藏：铁门紧锁，关隘深藏。喻秘魔岩形势险要，环境深幽。龙：龙象。指高僧。

③游戏：指游戏三昧。佛教语。意为自在无碍，不失定意。后指达到超脱自在的境界。《坛经·顿渐品》：“普见化身，不离自性，即得自在神通，游戏三昧，是名见性。”

④要辨金刚眼：要以金刚眼辨之。金刚眼，即金刚眼睛。指破除诸相、识其本真的慧眼。亦即目光锐利能洞彻原形的眼睛。

⑤鱼虾：喻凡俗之人。

周端臣

周端臣，号葵窗，又字彦良，宋代建业（今南京市）人。绍熙三年（1192）寓临安。卒于淳祐、宝祐（1246—1258）间。曾任御前应制。有《葵窗词稿》，已佚。《江湖后集》辑其诗一卷。

谢人惠天花[①]

花从天上落人间[②]，北客来稀路阻难。
胜味忽惊藜苋腹[③]，春风肠断五台山[④]。

①此诗录自《江湖后集》卷三。惠：赐予，赠送。天花：五台山特产菌类植物。见朱弁《谢崔致君饷天花》注①。

②天上：犹上方。指五台山。

③“胜味”句：谓惯于以藜苋果腹的我吃到天花这美味，心里突然感震惊。藜苋（xiàn）：藜和苋。泛指贫者所食之粗劣菜蔬。

④“春风”句：意谓春风将对友人的极度思念传送到五台山。肠断：此犹断肠。形容极度思念或悲痛。三国魏曹丕《燕歌行》：“念君客游思断肠，慊慊思归恋故乡。”

耶律楚材

耶律楚材（1190—1244），字晋卿，号湛然居士。契丹族，辽皇族子孙。博览群书，善诗文。出仕金。成吉思汗（元太祖）十年（1215）取燕后，被召用，常居左右，咨询军国大事。事成吉思汗、窝阔台汗（元太宗）三十余年，于制度多所兴革，元王朝立国规模多由其奠定。官至中书令，卒谥文正。有《湛然居士集》14卷。

赠五台长老[①]

高冈登陟马玄黄[②]，落日西风过晋阳[③]。
道士忻迎捧林果，儒冠远迓挈壶浆[④]。

五台强壮头如雪，开化轻安鬓未霜⑤。
谁会二师深密意⑥，赵州元不下禅床⑦。

①此诗录自《湛然居士集》卷二。作于仁寿三年（1231）秋。时作者以中书令身份陪太宗征金，过晋阳。长老：住持僧的尊称。

②“高冈”句：谓经爬山越岭我的马已疲惫不堪。《诗·周南·卷耳》：“陟彼高冈，我马玄黄。”玄黄：马病貌。

③晋阳：古邑名。故址在今山西太原市南晋源镇。

④“儒冠”句：谓儒生们携带茶水、酒浆远远前来迎接。儒冠：儒生带的帽子。《史记·郦食其传》：“沛公不好儒，诸客冠儒冠来者，沛公则解其冠，溲溺其中。”后转为儒生之称。

⑤“五台”两句：谓五台长老发白如雪，身体强健；开化寺长老鬓发未白，身体轻健安康，（但他俩均未前来迎接）。开化：寺名。在山西太原市西南17公里蒙山脚下。建于北齐天保二年（551）。依山崖雕造大佛像，高约60多米。历代均有修葺。后废，今修复。

⑥深密：深沉缜密。

⑦“赵州”句：对五台、开化长老不媚权贵的“赵州门风”的赞美。《清凉山志》卷三《赵州禅师传》：“一日真定帅王公，携诸子入院，师坐而问曰：‘大王会么?’王曰：‘不会。’师云：‘自小持斋身已老，见人无力下禅床。’王公尤加礼重。翌日令军将传语，师下禅床受之。少间，侍者问：‘和尚见大王来，不下禅床；今日军将来，为什么却下禅床?’师云：‘非汝所知。第一等人来，禅床上接；中等人来，下禅床接；末等人来，三门外接。’”赵州：指唐代高僧从谂。南泉普愿禅师弟子。因其住持于赵州（今河北省赵县）观音院，传扬佛教，不遗余力，时谓“赵州门风”，世称“赵州和尚”，简称“赵州”。师曾九游五台山，为五台山禅宗丛林的兴盛起到推动作用。元：本来，向来，原来。

元好问

元好问（1190—1257），字裕之，号遗山，太原秀容（今山西忻州市）人。祖系出自北魏拓跋氏。兴定进士，金正大元年（1224）中宏词科。历任儒林郎、国史院编修官，镇平、内乡、南阳县令，官至行尚书省左司员外郎。金亡不仕，四处游历，以著作自适，编撰了金代史料《壬辰杂编》和金诗总集《中州集》等。诗文冠金元两代，诗词风格沉挚苍劲，多伤时感世之作。有《遗山集》、施国祁《元遗山诗注》。

台山杂咏十六首[①]

一

登临夙有故乡缘[②]，试手清凉第一篇[③]。
知被钱郎笑寒乞，不将锦绣裹山川[④]。

①此诗录自《遗山集》卷十四。作者题下自注："甲寅六月。"即元宪宗四年（1254）六月。时作者居故乡秀容，曾游五台山。

②夙有：早有。故乡缘：金代，五台山属代州，贞祐四年升台州，与作者故乡忻州同属河东北路，故云。

③试手：试做。

④"知被"两句：谓明知钱、郎二位诗人要耻笑我作诗的寒酸，我却依然不以华丽的辞藻夸饰五台山川。钱郎：唐代诗人钱起、郎世元的并称。钱、郎同以擅长应酬诗为时所重，犹擅长写景，时人有"前有沈宋（沈佺期、宋子问），后有钱郎"之说。寒乞：本意为小家之气，不大方；寒酸。谓艺术品风神不足、浅薄等。按："不将锦绣裹山川"，意同"一语天然万古新，豪华落尽见真淳"。见作者《论诗三十首》之四。此实为元氏诗论中的主张。他提倡建安以来的优良传统，认为好诗应以清新自然、刚健慷慨的风格表现高情壮怀；而否定讲求声病、堆砌辞藻、风格纤巧的齐梁诗风、西昆体和江西派。

二

西北天低五顶高[①]，茫茫松海露灵鳌[②]。
太行直上犹千里，井底残山枉叫号[③]。

①五顶：五台山亦名五顶山。

②灵鳌：神话传说中的巨龟。《列子·汤问》载：渤海之东，不知几亿万里，有无底深谷，中有五山，互不相连，随波上下往还。天帝恐五山流于西极，失群仙之居，乃命禺强使巨鳌十五，更迭举首而戴之，五山始峙。五台台顶状若鳌背，故云。

③"太行"两句：以太行山反衬五台山之高。太行：山名。绵延山西、河北、河南三省的大山脉。在山西高原与河北平原间。从东北向西南延伸。北起拒马河谷，南至晋豫边境黄河沿岸。西缓东陡，受河流切割，多横谷，为东西交通孔道。古有"太行八径"之称。五台山属太行山脉。"井底"句：谓与五台山相比，太行山犹如井底之蛙一样的残山，只能空自叫号，自叹弗如。井底：即井底之蛙。比喻见闻狭隘，目光短浅的人。残山：山

将尽处。

三

万壑千岩位置雄[①]，偶从天巧见神功[②]。
湍溪已作风雷恶，更在云山气象中[③]。

①位置雄：指五台山“雄踞燕代”。见《清凉山志》卷一。

②天巧：不假雕饰，自然工巧。

③“湍溪”两句：谓湍急的溪水，烈风迅雷，令人震悸；而这又发生于佛国风光之中，更令人讶异。云山：远离尘世的地方，隐者或出家人的居处。此指佛国五台山。

四

颠风作力扫阴霾[①]，白日青天四望开[②]。
好个台山真面目[③]，争教坡老不曾来[④]？

①颠风：暴风，狂风。作力：出力，使力。

②四望开：向四方眺望，豁然开朗。

③“好个”句：宋苏轼《题西林壁》诗：“不识庐山真面目，只缘身在此山中。”此一反其意，谓五台山风光尽收眼底。

④“争教”句：意谓若教苏东坡到五台山来，就不会有“不识真面目”之叹了。争：犹怎。坡老：即苏轼。因其号东坡，故尊称坡老。

五

山云吞吐翠微中[①]，淡绿深青一万重。
此景只应天上有[②]，岂知身在妙高峰[③]。

①翠微：此泛指青山。

②“此景”句：从唐杜甫《赠花卿》诗“此曲只应天上有”句化出。

③妙高峰：即妙高山。为佛教传说中的宝山须弥山的汉译名。参见敦煌文献《游五台赞文》注①。此指代五台山。

六

山上离宫魏故基①，黄金佛阁到今疑②。
异时人读清凉传，应记诸孙赋黍离③。

①“山上”句：谓五台山有北魏孝文帝所建离宫故址。唐沙门慧祥著《古清凉传》：“大孚图寺（即今显通寺），寺本元魏文帝所立。帝曾游止，具奉圣仪，爰发圣心，创兹寺宇。”又宋延一著《广清凉传》卷上载：五台山“北有覆宿堆，即夏屋山也。后魏孝文帝避暑往复宿此，因以名焉”。所指离宫故址不详。

②黄金佛阁：此用古印度憍萨罗国舍卫城豪商给孤独长者须达倾家布金为如来建祇园精舍之典，写北魏孝文帝于五台山建佛寺事。到今疑：言外之意是无须怀疑。

③“异时”两句：谓以后有人再续写清凉传，应记得我这个元魏的本家子孙曾赋诗抒发黍离之悲。读：当为“续”字之讹。清凉传：记载五台山佛教史迹的专著。元氏可见清凉传有三种，即唐高宗时兰谷沙门慧祥撰《古清凉传》，宋太宗时五台山大华严寺方丈延一法师重编《广清凉传》，北宋末年河东路提点刑狱张商英撰《续清凉传》。诸孙：本家子孙。元氏原为拓跋氏。北魏孝文帝迁都洛阳，改姓元。作者祖系出自北魏拓跋氏，故以诸孙自居。黍离：本为《诗·王风》中篇名。《诗·王风·黍离序》：“《黍离》，闵宗周也。周大夫行役，至于宗周，过故宗庙宫室，尽为禾黍，闵周室之颠覆，彷徨不忍去而作是诗也。”后遂用作感慨亡国之词。

七

一国春风帝子家①，绿云晴雪间红霞②。
香绵稳藉僧鞋草，蜀锦惊看佛钵花③。

①“一国”句：谓五台山是春风风人、教化众生的佛国。春风：喻教益，教诲。此指佛教化众生。帝子：帝王之子。此指释迦牟尼。因其为中印度迦毗罗国王净饭王长子，故云。

②绿云：绿色的云彩。多形容缭绕仙人之瑞云。间：间杂。

③“香绵”两句：写五台山的奇花异草。谓我坐在芳香而细密柔软的僧鞋草上，观赏美如蜀锦的佛钵花，不由地暗自惊讶。藉（jiè）：坐卧在某物上。僧鞋草：指五台山台顶的软草。所以称“僧鞋草”，盖取其“踏之即伏，举脚还起”，“不令游人污其鞋脚”之意。

日僧圆仁《入唐求法巡礼行记》卷三："遍台水涌，地上软草长者一寸余，茸茸稠密，覆地而生，踏之即伏，举脚还起……细软之草间莓苔而蔓生。虽地水温而无滷泥，绿莓苔软草布根稠密，故遂不令游人污其鞋脚。"或谓此草细密柔软，可编织僧鞋（草鞋），故称。蜀锦：原指四川生产的彩锦。后亦为织法似蜀的各地所产之锦的通称。因其多用熟丝织成，色彩鲜艳，故用以喻盛开的野花。佛钵花：五台山名花，又名钵囊花。《清凉山志》卷二："钵囊，世传五百罗汉，结夏中台之野，遗其钵囊，化为此花焉。"

八

沈沈龙穴贮云烟①，百草千花雨露偏。
佛土休将人境比②，谁家随步得金莲③？

①沈（tán）沈：宫室深邃貌。龙穴：泛指五台山的洞穴，如东台灵迹那罗岩窟，西台灵迹龙窟、龙洞等。据说这些洞窟或为"神龙所居"，或"恳祷则龙现"。

②佛土：佛教谓佛陀所居住或应化的种种国土。有净土、秽土、性土、报土等。隋慧远《大乘义章》卷十九："言净土者，经中或时名佛刹，或称佛界，或云佛国，或云佛土。"此指五台山。

③随步得金莲：莲花在佛门中是圣洁清净的象征。"随步得莲花"寓有走向清净解脱之意。《佛本行集经·树下诞生品》载：释迦牟尼在兰毗尼园"生已，无人扶持，即行四方，面各七步，步步举足，出大莲花。"又《杂宝藏经·莲花夫人缘》："有国名婆罗奈，国中有山，名曰仙山。时有梵志，在彼山住，大小便利恒于石上。后有精气，堕小行处，雌鹿来舐，即便有娠。日月满足，来至仙人所，生一女子，端正殊妙，唯脚似鹿，梵志取之养育长成……此女足迹，皆生莲花。"后乌提延王游猎，见其舍有七重莲花，得知鹿女足下所生，爱慕之，娶为王妃。鹿女生五百子，皆成"辟支佛"。因五台山遍地生长金莲花（旱地莲），故云。

九

兜罗绵界宝光云①，云际同瞻化现身②。
解脱文殊俱有说②，是中知有木强人④。

①兜罗绵界：即兜罗绵世界。谓佛菩萨光相显现前的满天祥云。宋范成大《吴船录》卷上："凡佛光欲现，必先布云，所谓兜罗绵世界，光相依云而出，其不依云则谓之清现，

极难得。”兜罗绵，佛经中称草木细软芳香的花絮。亦以喻云或雪。宝光：神奇的光辉。《楞严经》卷一：“即时如来从胸卍字涌出宝光，其光晃昱有百千色。”

②化现身：即化身。佛三身之一。指佛、菩萨为化度众生，在世上现身说法时变化的种种形象。隋慧远《大乘义章》卷十九：“佛随众生现种种形，或人或天或龙或鬼，如是一切，同世色像，不为佛形，名为化现。”

③解脱文殊：指隋解脱和尚见文殊事。见张商英《解脱禅师赞》注③。又五台山多有得见文殊化身之说，解为“因得遇文殊而解脱”亦通。

④是中：此中。木强（jiàng）：质直刚强。《汉书·张周赵任等传赞》：“周昌，木强人也。”此有固执己见之意。

十

真向华严见化城①，翻嫌金屑翳双明②。
恶恶不可恶恶可③，未要云门望太平④。

①华严：指五台山。因五台山自唐以来一直为华严重镇，故云。化城：一时幻化的城郭。佛教用以比喻小乘境界。佛欲使一切众生都得到大乘佛果。然恐众生畏难，先说小乘涅槃，犹如化城，众生中途暂以止息，进而求取真正佛果。见《法华经·化城喻品》。

②翻：反而。金屑：佛教谓佛经中的片言只语，对佛法的一知半解。此喻说妙谈玄，声求色见。《五灯会元·黄檗运禅师法嗣·临济义玄禅师》：“金屑虽贵，落眼成翳。”（喻执着文字、知见，反而成为修道的障碍。）又《五灯会元·东林总禅师法嗣·龙泉夔禅师》：“岂况牵枝引蔓，说妙谈玄。正是金屑眼中翳，衣珠法上尘。”

③“恶（wū）恶”句：即“恶，恶不可？恶，恶可？”（哎，怎么不可以？哎，怎么可以？）意谓化城无论可见还是不可见。恶恶可：语出《庄子·人世间》：“颜回曰：‘端而虚，勉而一，则可乎？’曰：‘恶！恶可？’”

④云门：山门，借指寺庙。此泛指佛门。

十一

总为毗耶口不开①，龙宫华藏顿尘埃②。
对谈石上维摩在③，珍重曼殊更一来④。

①毗耶口不开：即禅宗公案“毗耶杜口”。指维摩诘杜口不言而深得妙谛。《净名玄

论》卷二："不二法门……虽识境义殊，而同超四句。故释迦掩宝于摩揭，净名杜口于毗耶。"毗耶，古印度城名。在今印度比哈尔邦南部。《维摩诘经》载，维摩诘居士住毗耶城。释迦牟尼于该地说法时，维摩诘称病不去。释迦派文殊师利前往问疾。文殊师利问维摩诘："何等是菩萨入不二法门?"维摩诘默然不对。文殊师利叹曰："乃至无有文字语言，是真入不二法门。"古代诗文中，多以此佛教传说故事为杜口不言而深得妙谛的典故。

②"龙宫"句：谓寺院沉沦为尘俗之地。龙宫：指佛寺。见敦煌文献《五台山圣境赞·题五台·北台》注⑤。华藏：佛教语。莲华藏世界（或华藏世界）的略称。参见敦煌文献《五台圣境赞·赞大圣真容》注此④。借指佛寺。顿：顿仆，跌倒。此有沉沦之意。尘埃：犹尘俗。

③对谈石：即二圣对谈石。西台灵迹。见敦煌文献《五台山赞》注⑳。维摩：即维摩诘。此为作者自指。

④珍重：殷勤切至。曼殊：曼殊师利，也译作文殊师利。

十二

咄嗟檀施满金田[①]，远客游台动数千[②]。
大地嗷嗷困炎暑[③]，山中多少地行仙[④]！

①"咄嗟"句：谓呼吸之间香客施舍的钱财就布满佛寺。咄嗟：犹呼吸之间。谓时间仓促；迅速。檀施：布施。金田：犹金地。佛教谓菩萨所居以黄金铺地，故称。亦为佛寺的别称。《释氏要览》上："金地或云金田，即舍卫国给孤长者，侧布黄金，买祇太子园，建精舍，请之居之。"

②动：动辄。往往，每每。

③嗷嗷：哀号声。

④地行仙：原为佛典中所记的一种长寿的神仙。《楞严经》卷八："人不及处有十种仙：阿难，彼诸众生，坚固服饵，而不休息，食道圆成，名地行仙……阿难，是等皆于人中炼心，不修正觉，别得生理，寿千万岁，休止深山或大海岛，绝于人境。"后因以喻高寿或隐逸闲适的人。此喻闲适的游台者。

十三

石罅飞泉冰齿牙[①]，一杯龙焙雪生花[②]。
车尘马足长桥水，汲得中泠未要夸[③]。

①石罅飞泉：石缝中喷涌的泉水。郝树侯《元好问诗选》注："飞泉，指一钵泉。"按：金朱弁《曲洧旧闻》："去寺（清凉寺）一里余，有泉号一钵，泉钵许，挹之不竭；或久之不挹，虽盈而不溢。其理不可解，亦一异也。"确指为"一钵泉"，似觉牵强。盖泛指五台山泉水。

②龙焙（bèi）：茶名。《宋史·地理志》："（建宁府）望江县有北苑茶焙龙焙监库。"宋苏轼《西江月·茶词》："龙焙今年绝品，谷帘自古珍泉。"

③"车尘"两句：谓要汲得中泠泉水，要受车马奔波之劳，冒出没波涛之险；其实与五台山泉水相比，也没有什么值得夸耀的。宋苏轼《游金山寺》诗："中泠南畔石盘陀，古来出没随波涛。"长桥：桥名。在江苏宜兴市，建于东汉时，相传为晋周处斩蛟处，又名蛟桥。桥跨荆溪，又名荆溪桥。中泠（líng）：即中泠泉。在今江苏镇江市西北金山下的长江中，盘涡深险，至冬季枯水期，可以汲杆取水。相传其水烹茶最佳，有"天下第一泉"之称。今江岸沙涨，泉已没水中。

十四

凛凛长松卧涧阿①，提壶悲啸抚寒柯②。
万牛不道丘山重③，细路沿云奈尔何④！

①凛凛长松：气势凛凛的高大松树。凛凛：威严而使人敬畏的样子。唐王勃《慈竹赋》："气凛凛而犹在，色苍苍而未离。"涧阿：山涧弯曲处。

②"提壶"句：谓伐木者一手提着酒壶，一手抚摸着寒松的枝干，发出悲愤的长啸。晋陶渊明《饮酒》诗之八："提壶抚寒柯，远望时复为。"寒柯：冬季的树木和枝干。

③"万牛"句：谓长松重如山丘，连万牛拖曳也不堪承受。唐杜甫《古柏行》诗："大厦如倾要栋梁，万牛回首丘山重。"此用其意。不道：犹言不堪，无奈。

④奈尔何：你能怎么办？

十五

热恼消除佛作缘①，山头冰雪过炎天②。
法王悲智无穷尽③，更看清凉遍大千④。

①热恼：亦作"热脑"。谓焦灼苦恼。《法华经·信解品》："我等以三苦故，于生死中，受诸热恼，迷惑无知。"

②“山头”句：五台山“岁积坚冰，夏仍飞雪，曾无炎夏”（见《清凉山志》卷一），故云。

③法王：佛教对释迦牟尼的尊称。谓一教说法之主。悲智：佛教语。谓慈悲与智慧。智者，上求菩提，属于自利；悲者，下化众生，属于利他。唐善导《法事赞》上：“乃至今时释迦诸佛皆乘弘愿，悲智双行。”

④清凉：佛教指清净，不烦恼。此亦有凉快之意。大千：“大千世界”的省称。后亦以指广阔无边的世界。

十六

灵蛇不与世相关[①]，时复蜿蜒水石间[②]。
何处天瓢待霖雨[③]，一龛香火梵仙山[④]。

①灵蛇：即神蛇。有灵性的蛇。古代神话、传说认为蛇有灵性，能身断而复续，且能兴云致雨，故以神称之。

②时复：犹时常。

③天瓢：神话传说中天神行雨用的瓢。待：供给。

④“一龛”句：写梵仙山祈雨的情景。梵仙山：中台灵迹。位于台怀镇里许凤林谷南侧。《清凉山志》卷二：“梵仙山，台东南三十里，中台案山。昔有五百仙人饵菊成仙。”上建灵应寺，正殿为大仙殿。

赠答普安师[①]

入座台山景趣新[②]，因君乡国重情亲[③]。
金芝三秀诗坛瑞[④]，宝树千花佛界春[⑤]。
闻道旧传言外意，忘言今得眼中人[⑥]。
种莲结社风流在[⑦]，会向篮舆认后身[⑧]。

①此诗录自《遗山集》卷十。普安：元代僧人。生平不详。

②入座台山：进入五台山佛寺为座主。座，指座主。佛教语。谓大众一座之主。犹上座、首座。《释氏要览》上：“今释氏取学解优赡颖拔者名座主，谓一座之主。”景趣：由景色而生的情趣。

③乡国：家乡。

④“金芝”句：谓普安的诗歌像金芝三秀一样充满仙佛之气，这是诗坛的祥瑞。金芝：金色的芝草。古代传说中的一种仙药。《汉书·宣帝纪》：“金芝九茎，产于函德殿铜池中。”颜师古注引服虔曰：“金芝，色像金也。”三秀：灵芝草的别名。灵芝一年开花三次，故名。《尔雅翼·释草三》：“芝，瑞草，一岁三花，故《楚辞》谓之三秀。”

⑤“宝树”句：谓普安入台山为座主讲经说法，犹如宝树千花，给佛界带来了春天。宝树：七宝之树，即极乐世界中以七宝合成的树木。《妙法莲华经·如来寿量品》：“宝树多花果，众生所游乐。”佛界：佛家所说的佛境十界之一，诸佛的境界。此借指五台山佛地。

⑥“闻道”两句：谓听说你往昔传授不假言说的不二法门，我却凭忘言之契得到了心中想念的人。言外意：此指不二法门。因其“乃至无有文字语言”，即不能以言说文字诠释，故云。忘言：指不借语言为媒介而相知于心的友谊。《晋书·山涛传》：“后遇阮籍，便为竹林之交，著忘言之契。”眼中人：指旧相识或想念的人。晋陆云《答张士然》诗：“感念桑梓域，仿佛眼中人。”

⑦种莲结社：指结社修道。东晋庐山东林寺高僧慧远，与僧俗十八贤结社，精修念佛三昧，誓愿往生西方净土，又掘池植白莲，称白莲社。中唐以后，特别是宋元时，随着净土宗的流传而广为传播，效法庐山“白莲社”而结社念佛者甚多。风流：遗风。

⑧“会向”句：谓应在我乘坐的篮舆上认出我是陶潜的后身。因陶潜（渊明）以诗名，好乘篮舆，且传曾为白莲社的社外之交，故云。会向：犹应在。篮舆：竹轿。《宋书·陶潜传》：“潜有脚疾，使一门生二儿轝（同“舆”，抬，扛）篮舆。既至，便欣然共饮酌。”后身：佛教有“三世”的说法。谓转世之身为“后身”。

超禅师晦寂庵①

无波古井静中天②，三尺藜床坐欲穿③。
一语调君君莫笑，妙高峰顶更超然④。

①此诗录自《遗山集》卷十四。超禅师：生平不详。

②“无波”句：谓超禅师心如无波古井，又似月静中天。指其心神恬静自在，寂然不为外物所动。无波古井：唐孟郊《烈女操》：“波澜誓不起，妾心古井水。”

③藜床：藜茎编的床榻。泛指简陋的坐榻。穿：破敝。

④妙高峰：指妙高山，即佛教名山须弥山的意译。佛经说此山由金、银、琉璃、水晶四宝所成，且为诸山中最高者，故称。佛教谓如来说《华严经》时，以自在神力，升此山顶，加披法慧菩萨，说十住菩萨之法行。见《华严经疏》。超然：谓离尘脱俗。

一　然

一然（1206—1289），俗名金见明，字晦然，号睦庵，朝鲜高丽时代僧，文学家。9岁出家，1283年封为“国尊”。晚年著有《三国遗事》5卷。

慈藏法师赞①

曾向清凉梦破回②，七篇三聚一时开③。
欲令缁素衣惭愧④，东国衣冠上国裁⑤。

①此诗录自《三国遗事》卷四。慈藏：唐代新罗（朝鲜古国）僧人，俗姓金。贞观十年（636）西行入唐求法，在五台山参学3年。贞观十七年携《大藏经》回国，于新罗亦创五台山，形成本国佛教圣地。著《诸经戒疏》，创朝鲜律宗。

②“曾向”句：慈藏礼五台山，曾梦文殊为其摩顶授梵偈，醒后有异僧为其解梦中所受偈，因知蒙文殊授记传法。破梦：指破除如同梦幻的尘俗之见，得悟佛法真谛。

③七篇三聚：佛教戒法分作七类，称七篇，亦称七聚。三聚，即三聚净戒。指对修习大乘道者所应持三种清净的戒规：摄律仪戒、摄善法戒、摄众生戒。见《四分律》。

④缁素：指僧俗。僧徒衣缁，俗众服素，故称。衣（yì）惭愧：穿惭愧服。袈裟总名“无上惭愧服”，意为惭愧之德，能防众恶。

⑤“东国”句：慈藏在中国七年，深受中国传统文化熏陶，建议新罗学习唐朝风尚。在服装方面，建议“通改边服，一准唐仪”。见麻天祥《五台山佛教东传新罗及传播者慈藏》，载《五台山研究》1989年第1期。东国：指新罗。上国：指大唐帝国。

朗智乘云往来清凉山①

想料岩藏百岁间②，高名曾未落人寰。
不禁山鸟闲饶舌③，云驭无端拽往还④。

①此诗录自陈景富《中外历史交往诗辑注》。原注：“题目由注者所加。”朗智：新罗国僧人。

②岩藏百岁：朗智于527年隐居于新罗歃良州阿曲县灵鹫山，僧智通于661年入山进谒，已逾百年。

③“不禁”句：僧智通受乌鸣启示，前灵鹫山投朗智为弟子。饶舌：唠叨，多嘴。

④“云驭”句：史载，朗智曾乘云往中国清凉山，随众听讲，俄顷即还。

方　回

方回，（1227—1307），字万里，一字团甫，号虚谷，一号紫阳山人，宋末元初徽州歙县（今属安徽）人。南宋景定三年（1262）进士。累官知严州。入元为建德路总管，寻亦被废弃。其节操无可言者，为世所讥。然善论诗文，论主江西派。有《虚谷集》，已佚。今存《桐江集》、《桐江续集》。分类编选唐宋两代律诗为《瀛奎律髓》，流传于世，甚有影响。

送起上人[①]

尝徒步游五台。至松漠[②]，同予至严濑[③]，留南山[④]两月，还径山[⑤]。福唐[⑥]人，孙氏。

五台秋雪外[⑦]，一钵几年归[⑧]？
名刹今无数，真僧似此稀[⑨]。
万山供破屩，九月耐单絺[⑩]？
定忆穿南麓，同听落叶飞[⑪]。

①此诗录自《桐江续集》卷十一。

②松漠：唐羁縻都督府名。贞观二十二年（648）以契丹部落置。治所在今内蒙古自治区巴林右旗南。肃宗上元以后废。

③严濑：即严陵濑。在浙江桐庐县南，相传为东汉严光隐居垂钓处。

④南山：古山名。即秦岭终南山。

⑤径山：在浙江杭州城西50公里处，山有唐建径山寺。

⑥福唐：唐宋县名。即今福建福清县。唐置万安县，后改福唐县，五代闵改福清县。

⑦“五台”句：悬拟起上人到达五台山的时间。秋雪外：秋天下雪之前。外，以前。

⑧一钵：犹孤锡。指僧人独自出行。

⑨“真僧”句：谓像起上人这样戒律精严、真心求道的僧人极其稀少。

⑩“万山”两句：谓起上人脚穿破旧的草鞋，踏遍千山万岭；身着单薄的葛衣，可禁得起九月的寒风？屩（juē）：草鞋，麻鞋。单絺（chī）：细而薄的葛衣。

⑪“定忆”两句：从悬想起上人在五台山参访时当回忆起与作者一起在落叶声中穿过南山山麓的情景，表达作者对起上人的留恋之情。

八思巴

八思巴（1235—1280），又译癹（pō）思八、帕克思巴等，意为圣者。藏传佛教萨迦派第五祖。本名罗卓坚赞，意译慧幢。自幼聪颖过人，十二岁时随伯父萨班·贡葛坚赞至凉州（今甘肃武威）会见蒙古阔瑞皇太子。宝祐元年（1253），忽必烈召至蒙古，奉为帝师，从其受戒。中统元年（1260）即位后尊之为国师，领总制院事，命统理全国佛教及藏族地区政务。至元六年（1269）献其所制蒙古新字，颁行全国，号“八思巴文”。翌年升帝师，进封大宝法王。至元十三年（1276）返藏，自任萨迦寺第一代法王。著述30余种，编为《萨迦五祖全集》。

赞颂文殊菩萨——花朵之鬘[①]

为救护愚痴所苦之众生，
大圆镜智之主大日如来[②]，
在中台示现佛部部主身[③]，
向你救护色蕴之尊顶礼[④]。

为救护嗔恚所苦之众生，
法界体性智之主阿閦佛[⑤]，
在东台示现金刚部主身，
向你救护识蕴之尊顶礼[⑥]。

为救护悭吝所缚之众生，
平等性智之主尊宝生佛[⑦]，
在南台示现宝生部主身，
向你救护受蕴之尊顶礼[⑧]。

为救护贪欲所苦之众生，
妙观察智之主阿弥陀佛⑨，
在西台示现莲花部主身，
向你救护想蕴之尊顶礼⑩。

为救护嫉妒所苦之众生，
成所作智之主不空成就⑪，
在北台示现羯磨部主身，
向你救护行蕴之尊顶礼⑫。

①此诗录自《萨迦五祖全集》第15函。作者题记："依忽必烈大王福德之力，讲经僧八思巴前来五台山向文殊菩萨祈愿时，释迦牟尼显示多种神变，因而增益赞颂之心愿。为使解脱之法幢矗立并保佑众生之故，阴火蛇年（1257）七月八日于五台山写成此《赞颂文殊菩萨——花朵之鬘》。"佛教密宗有"五大五蕴五佛五智"之教义，即将五大、五蕴、五根本气、五支分气、五脏、五种字、五方、五色、五层心识等与五方佛、五智相配，用以表示众生或五大当体即佛的思想模式。此诗将表五智之五佛与五部、五蕴，以及贪、嗔、痴、悭、嫉等五种烦恼，分别与五台山的五台相配，以赞颂文殊菩萨道场。花朵之鬘：即花鬘。古印度人用作身首饰物的花串。也有用各种宝物雕刻成花形，连缀而成的。唐玄应《一切经音义》卷二十："华鬘，梵言摩罗，此译云鬘音。按，西国结鬘师多用苏摩那草行列结之，以为条贯，无问男女贵贱，皆此庄严，或首或身，以为饰好。"

②大圆镜智：佛教瑜伽行派所说见道至成佛过程中转八识所成的智慧之一。此智是转第八识所成，为佛观照一切事相理性无不明白的智慧。此智慧清净圆明，洞彻内外，如大圆镜，洞照万物。亦名金刚智。按：密教金刚界谓中央毗卢遮那佛（大日如来）表法界体性智。此应为法界体性智。大日如来：梵文意译，意为光明遍照。音译为"毗卢遮那"。释迦牟尼的法身或报身。密乘认为毗卢遮那即大日如来，为法身佛。称此佛长居于色究竟天（摩醯首罗天）宫。在密乘五智如来中，毗卢遮那佛居中央，表第九识所具法界体性智。

③佛部：金刚界法五部之一。按：金刚界，梵文意译。密教对大日如来内证智的喻称，意谓其智体坚固，无坚不摧，能摧破一切烦恼魔障。依此智而建立的密法称"金刚界法"。金刚界法分佛部、莲华部、金刚部、宝部、羯磨部五部，分别表示众生第九识、八识、七识、六识、前五识经修行所转的五智。

④色蕴：佛教语。五蕴之一。指构成身体或世界的物质。色为质碍义；蕴，意为集聚、类别。

⑤法界体性智：密教所立五智之一。无尽之诸法名法界。其诸法所依之体性，名法界体性智，对之决断分明也。阿闳（chù）佛：梵文音译，又译“阿闳鞞佛”，意译“不动佛”。《阿闳佛国经》等说住于东方妙喜世界的佛，谓若有人勤修六度，发愿往生其国者，命终可遂愿往生。密乘五智如来之一的东方佛，表第八识所转大圆镜智。

⑥识蕴：五蕴之一。指心识最根本的了别（缘虑、思量、储藏）作用。

⑦平等性智：为转第七识所成，为佛通达无我平等的道理，而对一切众生生起无缘大悲的智慧。亦名灌顶智。宝生佛：梵文意译。音译“啰怛罗三婆缚”。密乘五智如来之一的南方佛，表第七识所转平等性智。

⑧受蕴：五蕴之一。受谓领纳。受蕴指由感官所得苦、乐、不苦不乐等感觉、感受、情绪。

⑨妙观察智：为转第六识所成，为佛观察诸法及一切众生根器而应病予药与转凡成圣的智慧。亦名莲花智或转法轮智。阿弥陀佛：梵文音译。意译“无量寿佛”等。据《阿弥陀经》等载，为西方极乐世界现在佛。此佛于过去久远劫前，世自在王佛出世之时，舍国王位而出家，名法藏法丘，在佛前发愿，成就极乐净土，接引愿往生其土的众生往生。后经无数劫修行，满其诸愿而成佛，至今已历十劫。观世音、大势至二菩萨为其辅弼。因接引众生往生净土，故亦称“接引佛”。为密乘五智如来之一的西方佛，表第六识所转妙观察智。

⑩想蕴：五蕴之一。想谓“取像”，想蕴指表象、想象、联想、概念、思维等活动。

⑪成所作智：为前五识所转，为佛成功所作一切普利众生的智慧，亦名羯磨智。不空成就：佛名。梵文意译。音译“阿目伽悉地”。密乘五智如来之一的北方佛，表前五识所转成所作智，能使众生成就所作，从不落空，故名。

⑫行蕴：五蕴之一。行谓有目的之行动，行蕴指意志及精神与生命持续不断、生灭变化的活动。

赞颂文殊菩萨——珍珠之鬘[①]

如须弥山王的五台山[②]，
基座像黄金大地牢固。
五峰突兀精心巧安排：
中台如雄狮发怒逞威[③]，
山崖像白莲一般洁白；
东台如同象王的顶髻[④]，
草木像苍穹一样深邃；

南台如同骏马卧原野，
金色花朵放射出异彩；
西台如孔雀翩翩起舞，
向大地闪耀月莲之光；
北台如大鹏展开双翼，
满布绿玉一般的大树。

①此诗录自《萨迦五祖全集》第15函，作于1257年7月20日。佛教密宗称，金刚界五部如来各有其座，称五部座：中央佛部为狮子座，东方金刚部为象座，南方宝部为马座，西方莲华部为孔雀座，北方羯磨部为迦楼罗（一种类似鹫的巨鸟）座。作者将五台山五座主峰喻为五部如来之座，热情赞颂文殊菩萨道场五台山的壮美和神奇。珍宝之鬘：即以各种宝物雕刻成花形，连缀而成的花串。

②须弥山王：即须弥山。见敦煌文献《游五台赞文》注①。

③雄狮：狮子为“兽中之王”。佛教盛传中国后，佛陀被称为“人中狮子”。《大智度论》卷八：“又如师子，四足兽中，独步无畏，能伏一切。佛亦如是，于九十六种外道中，一切降伏，故名人师子。”又文殊坐骑为狮子。

④象王：佛教语。喻佛和菩萨。《涅槃经》：卷二十三：“是大涅槃，唯大象王能象其底。大象王者，谓诸佛也。”

真　觉

真觉（1241—1302），元代五台山华严宗高僧。俗姓杨，名文才，字仲华，清水（今属甘肃）人，祖籍弘农（今属河南）。少孤，事母以孝闻，博学能文。初隐成纪，筑室松间，人尊为“松堂老人”。洛阳白马寺主称之为“释教宗主”。白马寺主圆寂，世祖诏文才继之。元贞二年（1296）成宗建五台山大万寿佑国寺，诏其为开山住持，赐金印，署“真觉国师”。圆寂后塔于本寺。著有《华严玄谈详略》5卷、《肇论略疏》3卷、《惠灯集》2卷。

清凉泉[①]

迸珠鸣玉下危巅[②]，上有清凉没底泉。
涓滴尚能消热恼，百川虚作浪滔天[③]。

①此诗录自《清凉山志》卷二。清凉泉：中台灵迹。在中台南清凉谷北岩，为清凉河源头。因佛教将清凉喻为理想境界，故此泉有“佛山第一泉”之称。

②迸珠鸣玉：谓清凉泉水花四溅，犹如明珠迸散；叮咚作响，好像敲击玉石。危：高。

③“涓滴”两句：意谓清凉泉的滴水胜过百川之水。涓滴：点滴的水。热恼：佛教指人世的焦灼苦恼。百川：泛指众川。

罗汉洞①

清凉自是圣贤居②，现有文殊领圣徒③。
洞室镇常闲说法，游人还听解知无④？

①罗汉洞：中台灵迹。在清凉谷北岩畔。始建于北宋，遗址尚存。

②圣贤：此泛指佛、菩萨。

③“现有”句：《大华严经》有文殊与诸菩萨住清凉山的记载。见张商英《咏五台诗·中台》注②。圣徒：圣人门徒。此指佛菩萨的门徒。

④“洞室”两句：写对游人不能领悟佛法的惋叹。镇常：犹经常，常常。闲：安静。还听：返回来聆听。

林景熙

林景熙（1242—1310），字德阳，一作德旸，号霁山，宋代温州平阳（今属浙江）人。咸淳七年（1271）由上舍生释褐成进士，历任泉州教授、礼部架阁，进阶从政郎。入元不仕，隐居于平阳县城白石巷，教授生徒，从事著作。因而名重一时，学者称“霁山先生”。有《白石稿》、《白石樵唱》。后人编为《霁山集》。

送果上人游五台①

一

万里参师最上关②，五台高处雪花寒。
出门有碍怜吾老③，独枕残书梦杏坛④。

①此诗录自《霁山文集》卷一。

②最上关：犹最上乘。佛教谓最高明圆满的教法。宋严羽《沧浪诗话·诗辩》："禅家者流，乘有大小，宗有南北，道有邪正，学者须从最上乘，具正法眼，悟第一义。"

③"出门"句：谓你出门参访因哀怜我这个老人而有所牵挂。有碍：有所牵挂。

④杏坛：相传为孔子聚徒授业讲学处。《庄子·渔父》："孔子游乎缁帏之林，休坐乎杏坛之上，弟子读书，孔子弦歌鼓琴。"

二

飘飘孤锡度风沙[①]，南北由来本一家[②]。
参透五台峰顶雪[③]，却归大庾看梅花[④]。

①孤锡：独自一人杖锡出行。

②"南北"句：谓无论南方还是北方教法无二。

③参透：犹参破。谓彻底地认识、领悟。

④大庾：岭名。五岭之一。古名塞上、台岭，相传汉武帝有庾姓将军筑城于此，因有大庾之名。又名东峤、梅岭。

钱　闻

钱闻，宋代人。生平不详。

文殊台[①]

五台山里现文殊，人指此台名似虚。
正马东峰有狮子[②]，恐曾高跨入匡庐[③]。

①此诗录自《中华诗词·全宋诗》。文殊台：即五台山。因传其为文殊说法道场而有此称。

②正马东峰：疑为匡庐峰名。狮子：指文殊坐骑。

③匡庐：指江西的庐山。相传殷周之际有匡俗兄弟七人结庐于此，故称。

牟巘五

牟巘五，宋代人。生平不详。

赠东皋讲师[①]

飞锡曾闻五台去，云间瑞相是耶非[②]？
峨眉清现更奇绝[③]，万里白头吾未归。

①此诗录自《中华诗词·全宋诗》。讲师：讲经传道的高僧。
②云间瑞相：指大文殊寺（菩萨顶）拟塑圣像，相与恳祷，忽光中现文殊像事。
③峨眉：指四川峨眉山。清现：光相不依云而出现，称“清现”。

明　本

明本，（1263—1323），元代临济宗高僧。号中峰，又号幻住道人，俗姓孙，浙江钱塘（今杭州）人。少年学佛，25 岁出家天目山，参临济宗高峰原妙禅师而得心印，出游皖山、庐山、金陵等地。延祐五年（1318）还居天目山住持狮子院传法，名重一时，被誉为“江南古佛”。仁宗召而不出，赐号“佛慈圆照广慧禅师”，并赐金襕袈裟。天历二年（1329）加谥“智觉禅师”。元统二年（1334）追谥“普应国师”。有《广录》30 卷，《杂录》3 卷等传世。

送断崖禅师游五台歌[①]

五台山在天之北，师子吼处乾坤窄[②]。
我兄曾解师子铃[③]，拟向山中探幽赜[④]。
文殊老人双眼黑[⑤]，一万菩萨满坐莓苔石。
只凭倒卓铁蒺藜[⑥]，一齐趁入无生国[⑦]。
诸子去时谁继踵[⑧]，尽将五台摄入草鞋双耳孔[⑨]。
虚空满贮赤玻璃[⑩]，笑看秘魔岩石动[⑪]。
归来说于傍人知，德山临济皆儿嬉[⑫]。

今生元无佛与祖，就手拗折乌藤枝⑬。
坐断高高峰头那一著⑭，银山铁壁人难窥⑮。
翻思少林九载面空壁⑯，千古万古知谁知？
信手拈起一茎草，总是金毛狮子威⑰。

①此诗录自《清凉山志》卷八。断崖（1265—1334）：元代僧人。俗姓杨，名了义，德清（今属浙江）人。依天目山高峰得悟。泰定三年（1326）驻锡天目山正宗寺。谥号“佛慧圆明正觉普度禅师”。

②“师子”句：谓文殊菩萨说法声震大千世界，连天地也显得狭窄。师子吼：同“狮子吼”。见敦煌文献《五台山赞》注⑧。

③我兄：指断崖禅师。解师子铃：即“解铃还须系铃人”。禅宗用语。比喻法不外求，关键在于自己体悟，明心见性。解铃，喻解悟佛法。宋惠洪《林间集》卷下载：法灯泰钦禅师少悟解，然未为人知，独法眼禅师深奇之，一日法眼问大众曰：“虎项下金铃，何人解得？”众无以对。泰钦适至，法眼举前语问之，泰钦曰：“大众何不道：‘系者解得。’”由是人人刮目相看。

④幽赜（zé）：幽深精微。

以上四句写断崖禅师到五台山寻真访圣。

⑤文殊老人：为饶益众生，文殊菩萨常化现为“衰容为老病”的“贫苦人”（见《文殊般泥洹经》），故称。双眼黑：黑，佛教以之代表如来的究竟之慧。禅宗曹洞宗借黑显正，为本源的象征。双眼黑指文殊的般若之智。

⑥倒卓：即倒植。铁蒺藜：蒺藜状的尖锐武器。战时置于路上或水中，用以阻止敌人人马前进。佛教禅宗以譬无著手之处。语出《碧岩录》十一则。《同种电钞》曰：“真佛无相，故手无著处。”

⑦趁入：相随进入。无生国：指无生无灭的涅槃境界。

以上四句写文殊道场的教化之力。

⑧诸子去：指一万菩萨成佛。继踵：接踵，前后相接。

⑨“尽将”句：意谓脚穿草鞋踏遍五台山。亦有“小大圆融”之意。摄，收拢，集聚。

⑩玻璃：指天然水晶石之类，有各种颜色，为佛七宝之一。

⑪“笑看”句：意谓秘魔岩之门为之打开。秘魔岩：北台灵迹。见张商英《继哲和尚赞》注③。

以上六句写断崖禅师亲历文殊圣境。

⑫“德山”句：德山：唐禅僧宣鉴禅师别名。大中初居德山，大振宗风，常以棒打为

教，称“德山棒”。临济：指临济宗。中国佛教禅宗南宗五家之一。其祖师唐义玄禅师，大中八年（854）住镇州滹沱河侧临济院，其禅风痛快峻烈，以“喝”著称，称“临济喝”。

⑬就手：随手。拗折乌藤枝：意谓不再行脚。乌藤枝，指禅杖。

⑭坐断：占据；把住。高高峰头那一著：指禅宗用语“向上一路”，即佛教禅宗谓不可思议的彻悟境界，亦即超悟之道。《碧岩录》卷二：“向上一路，千圣不传。学者劳形，如猿捉影。”禅宗以不立文字、不落理路、直指人心、明心见性为标的，专门接引“上根利器”之人，此即“向上”之意。它是“教外别传”的“正眼法藏”，故说“千圣不传”。

⑮银山铁壁：佛教禅宗用语。喻禅机、公案难以参透。铁性坚硬，难以钻研；山壁险峻，难以攀越。用一般凡情或分别智所难以明了的，即是银山铁壁。

“归来”六句：写断崖禅师得悟法不外求、即心即佛。

⑯“翻思”句：写禅宗初祖菩提达摩“面壁九年”事。《景德传灯录·菩提达摩》载，禅宗祖师菩提达摩航海来华，应梁武帝之邀至建康（今南京），话不投机，便渡江至洛阳，“寓止嵩山少林寺，面壁而坐，终日默然，人莫之测，谓之壁观婆罗门”。

⑰“信手”两句：谓一草一木都能体现文殊菩萨的威力。《清凉山志》卷一引大藏大字函第七卷：“舍利佛叹羡，文殊知之，告曰：‘吾能持一切草木树林无心之物，变相说法，皆如佛也。’”此即“青青翠竹，尽是法身；郁郁黄花，无非般若”（见《祖师堂》卷三）之意。一茎草：形容细微之物。又作“一枝草”。佛家以一茎草与梵刹或丈六金身并举，表心佛不二，物我如一之意。《从容录》第四则：“世尊与众行，以手指地云：‘此处宜建梵刹。’帝释将一茎草插于地上，云：‘建梵刹已竟。’世尊微笑。”又《赵州和尚语录》：“此事如明珠在掌，胡来胡现，汉来汉现。老僧把一枝草作丈六金身用，把丈六金身作一枝草用。佛即是烦恼，烦恼即是佛。”

野夫贵

野夫贵，元代山西五台天池岩人。生平不详。

大崇福寺绍祖道源碑铭[1]

宝刹号金壮[2]，扶色古道场[3]。
净秽调凶慝，十二共八方[4]。
孰能明彼此，惟我大心王[5]。
玘之真导首[6]，垂化有缘乡[7]。

神游晦迹已，定续为纪纲⑧。
赈恤孤寒馁，覆苫畏风霜⑨。
承迎寰宇众，展转运慈航⑩。
克禋诚立志⑪，声传警上苍⑫。
弥高师峻节，重德岂权量⑬？
锲铭愚所著⑭，主芜鄙襟章⑮。
无存万亿劫，圣躅永遐长⑯。

①此铭录自崔正森等《五台山碑文选注》。落款为“大元致和元年岁次戊辰九月初一日”。致和元年，即公元1328年。致和，泰定帝（也孙铁木耳）年号。大崇福寺：五台山佛寺。现已不存。绍祖道源：承继开山祖师的道统。

②宝刹：佛寺。此指大崇福寺。

③扶色：梵语译音。即菩萨。

④“净秽”两句：谓佛寺时时处处清除众生污浊，调化凶恶之徒。凶慝（tè）：犹凶恶。十二：指十二时。古时分一昼夜为十二时，以干支为纪。犹言一昼夜，全天。

⑤“孰能”两句：谓只有佛菩萨才能通晓此岸与彼岸之理。孰：谁。彼此：指彼岸与此岸。佛教谓涅槃为彼岸，谓生死为此岸。明宗泐如玘《般若波罗蜜多心经注解》：“众生由迷慧性居生死，曰此岸。菩萨由修般若悟慧性到涅槃，曰彼岸。”大心王：指佛菩萨。大心：指大乘心，大愿心。

⑥玘（qǐ）之：大崇福寺祖师。导首：即导师。佛教语。引导众生入于佛道者的通称。据碑记载，玘之尊者“悃诚致命，创建崇福业，大造精蓝宝殿及金躯，仍修葺堂廊法宇，预备四海缁素之云游安居，为之止憩”，弘法利生，功德殊胜。

⑦垂化：传布佛法，教化众生。

⑧“神游”两句：谓玘之在隐居修道而证悟之后，又续旧定新，作为佛寺的法度。神游：谓形体不动而心神向往，如亲游其境。此指全身心沉潜于佛法。晦迹：谓隐居匿迹。纪纲：法度。此指戒律。

⑨“赈恤”两句：谓对孤独无依、饥寒交迫者予以救济抚慰；为房塌屋漏、苦于风霜者遮蔽草帘。苫（shān）：用茅草编成的覆盖物。

⑩“承迎”两句：谓顺应普天下众生的心愿，无数次以慈悲之心予以超度。展转：重复貌。形容次数多。慈航：佛教语。谓佛、菩萨以慈悲之心度人，如航船之济众，使脱离生死苦海。

⑪克禋（yīn）句：谓玘之立志虔诚，恭敬地供奉佛菩萨。克：此犹“克然”，严肃庄重貌。禋：祭祀天神。此指供奉佛菩萨。

⑫上苍：上天。指主宰万物的神。

⑬“弥高”两句：谓玘之的高尚节操令人仰之弥高，其大德岂可衡量？弥高：“仰之弥高”的略语。《论语·子罕》：“颜渊喟然叹曰：‘仰之弥高，钻之弥深。瞻之在前，忽焉在后。’”权量（liàng）：权和量。测定物体轻重、大小的器具。此犹衡量。

⑭锲铭：指碑上雕刻的铭文。愚：自称之谦词。

⑮“主芜”句：谓铭文的主旨杂乱，有辱于玘之高尚胸襟和显赫功业。鄙：使鄙陋，即辱没。襟：胸怀；心胸。章：显赫的功勋。王引之《经义述闻·春秋左传中》：“凡功之显著者谓之章。”

⑯“无存”两句：谓我写的铭文不可能保存千年万载，而玘之的事迹却会永久流传。圣躅（zhú）：圣人的足迹。此指玘之的业绩。遐长：久长；久远。

袁　桷

袁桷（1266—1327），字伯长，号清容居士。元庆元鄞县（今属浙江）人。始从戴表元学，后师事王应麟，以能文名。二十岁以茂才异等举为丽泽书院山长。大德元年（1297）荐为翰林院国史馆检阅官，升应奉翰林文字，同知制诰兼国史馆编修官。延祐间，迁侍制，任集贤直学士，未几任翰林学士，知制诰同修国史。至治元年（1321）迁侍讲学士，参与纂修《累朝学录》。后辞归，卒赐文清。工书法，善音乐，著有《琴述》。另著有《易说》、《春秋说》、《清容居士集》、《延祐四明志》等十余种。

次韵马伯庸应奉一十八首[①]（其五）

五台山前雪如席[②]，千古万古摇银光[③]。
驱马莫饮涧边水，涧水能令马穿肠[④]。

①此诗录自《清容居士集》卷十三。

②“五台”句：唐李白《北风行》诗：“燕山雪花大如席，片片吹落轩辕台。”此用其意。

③摇银光：白色的光芒闪动。

④“驱马”两句：三国魏陈琳《饮马长城窟行》诗：“饮马长城窟，水寒伤马骨”。此化用其意。

张养浩

张养浩（1270—1329），字希梦，号云庄，元代济南（今属山东）人。武宗朝，入拜监察御史，因批评朝政被免职。后复官至礼部尚书。辞官归隐，屡召不赴。天历二年（1329）关中大旱，出任陕西行台中丞，致力于治旱救灾。到官四月，劳瘁去世。能诗。有散曲集《云庄休居自适小乐府》，以及《归田类稿》、《云庄集》。

万年松并引[①]

万年松生五台山中，长三寸许。好事者采置诸囊，或夹于书筒，不计岁时几何，出而水之，则生意辄复，以故土人[②]谓为万年松。日者，田兵部师孟以数本见贻[③]，且曰："当作古风一章惠[④]我，愿为箧笥之光[⑤]。"乃为之赋。

君不见，昆仑有柏千仞强[⑥]，青天雷雨蛟龙翔。
人间斤斧日相踵[⑦]，奇材政恐终自戕[⑧]。
又不见，樗枥臃肿无何乡，匠石望知非栋梁[⑨]。
孰令枝干隘寥廓[⑩]，万古齿冷南华庄[⑪]。
岂知此树生寸许，不为形累恒苍苍[⑫]。
贞心劲气耻土著[⑬]，虽遭缚束仍芬芳。
微根缠纠乱石发，细叶茸密攒针芒[⑭]。
呼童汲井涤烟翠，老眼但见参天长。
传闻产自金色界[⑮]，贝典不载不可详[⑯]。
天花羞落居士室，祇树倾倒旃檀场[⑰]。
吾家秀碧雅相称[⑱]，峰峦蹙缩云微茫[⑲]。
一从植此向幽寂，剑戟森照光走堂[⑳]。
天公岂以我为戏，故遣二物陪徜徉[㉑]。
穹林崇岳漫霄汉[㉒]，而我亦笑造物狂。
古今何事非幻景，荣枯美恶均亡羊[㉓]。
作诗寄谢子方子[㉔]，何时更为齐东野叟分沧浪[㉕]？

①此诗录自《归田类稿》卷十七。

②土人：世代居住本地的人。

③师孟：元代人田衍，字师孟。其先京兆醴泉（今属陕西）人，徙蒙城（今安徽蒙城县）。历中书掾主事员外郎，知河中府。酷爱古书画奇迹，善画墨竹。见贻：犹见赠。赠送给我。

④惠：赐予，赠送。

⑤箧笥（qièsì）之光：书箱的光彩。亦即对之珍视。箧笥：藏物的竹器。

⑥千仞强：超过千仞。强，超过，胜过。

⑦斤斧：斧头。继踵：足踵相继。

⑧政恐：只恐。政，只，就。自戕：自杀；自己伤害自己。

⑨"樗枥（chūlì）"两句：《庄子·逍遥游》："惠子谓庄子曰：'吾有大树，人谓之樗，其大本拥肿而不中绳墨，其小枝卷曲而不中规矩，立之涂，匠者不顾……'庄子曰：'……今子有大树，患其无用，何不树之无何有之乡，广莫之野，彷徨乎无为其侧，逍遥乎寝卧其下。不夭斤斧，物无害者，无所可用，安所困苦哉！'"此用其意。樗枥：二木名。樗，即臭椿。枥，麻枥。均指不堪大用之木材。无何乡：即无何有之乡。指空无所有的地方。匠石：古代名石的巧匠。《庄子·徐无鬼》："郢人垩慢其鼻端，若蝇翼，使匠石斫之。匠石运斤成风，听而斫之，尽垩而鼻不伤，郢人立不失容。"后亦用以泛称能工巧匠或擅长写作的人。

⑩隘寥廓：指樗枥窘迫地生长于空旷深远之处。

⑪齿冷：耻笑。因笑则张口，牙齿会感到冷，故称。南华庄：指庄子。南华，南华真人的省称。南华真人为唐玄宗对庄子的封号。

⑫不为形累：不因形体而受到连累。亦即不被人砍伐。

⑬贞心劲气：坚贞不移的心地和刚劲正直的气概。此为对万年松的赞美。耻土著：以生长于世代定居之地而耻辱。

⑭"微根"两句：谓万年松的根纠缠于乱石之中，细如毛发；其叶子细微茂密，像针芒般攒聚。茸密：茂密。针芒：针头如芒。常以喻细微之物。

⑮金色界：金色世界。指佛所居住的世界。此指五台山佛地。

⑯贝典：指佛经。

⑰"天花"两句：谓天界仙花羞于降落在居士家里（愿降落于佛寺）；而佛寺也只爱慕香烟缭绕的佛地。祇园：指佛寺。旃檀：檀香。

⑱秀碧：秀美碧绿。雅相称：指与檀香场颇为相称。意为宜于天花降落。

⑲峰峦蹙缩：蜷缩的峰峦。指假山。

⑳剑戟森照：谓万年松犹如剑戟般森然照人。写其气势凛然的雄姿。

㉑徜徉：犹彷徨。盘旋往返。

㉒穹林崇岳：深幽的树林和高大的山岭。

㉓“荣枯”句：谓一个人无论穷达、美恶，最终都是一场空。荣枯：草木的茂盛和枯萎。喻人世的盛衰穷达。均亡羊：语出《庄子·骈拇》。庄子用以比喻追逐外物而残身伤性。此指两者均无结果。参见姚孝锡《题佛光寺》注②。

㉔子方子：指田师孟。前一“子”为古代对男子的尊称或美称。方子，当为师孟之号。

㉕齐东野叟：即齐东野人。《孟子·万章上》载，孟子弟子咸丘蒙（齐人）问及舜为天子，尧率诸侯北面称臣之说是否属实，孟子答道：“此非君子之言，齐东野人之语也。”此为作者谦称。分沧浪：意为一同隐居江湖。沧浪，古水名。有汉水、汉水之别流、汉水之下流、夏水诸说。以古有《沧浪歌》，故以指隐居之地。

萨都剌

萨都剌（1272—1355?），字天锡，号直斋，元代雁门（今山西代县）人。先世为西域答失蛮氏，因祖父留镇云代，遂居雁门。元泰定四年（1327）进士。官至燕南河北道肃政廉访司经历。晚年寓武林，常游历山水，后入方国珍幕府，卒。其诗雄浑清雅，自成一家。亦工词。有《雁门集》。

送闻师之五台①

闻子初识面②，天涯任去留。
西风洞庭树，落日楚淮舟③。
岁月棕鞋底，江湖竹杖头④。
丹阳才洗钵，又入五台游⑤。

①此诗录自《雁门集》卷二。闻师：元代僧人。师，对僧人的尊称。之：到。

②闻子：即闻师。子，古代对男子的尊称。

③“西风”两句：写闻师的行踪无定。洞庭：湖名。在湖北省北部，长江南岸。楚淮：楚地的淮河。淮河源出桐柏山，东经江西、安徽等省入洪泽湖。而安徽、江苏在春秋时均属楚国，故云。

④“岁月”两句：写闻师行踪之广。谓闻师将时光在脚穿棕鞋，手持竹杖，漫游全国各地中度过。江湖：泛指全国各地。

⑤“丹阳”两句：写闻师行速之快。丹阳：湖名。在安徽省当涂县南，南部伸入江苏

高淳县境。

黄镇成

黄镇成（1287—1362），字元镇，号存存子、紫云山人、秋声子、学斋先生等，元代邵武（今福建邵武县）人。因两次赴试落第，遂无意功名。至顺间，尝历览楚汉名山，周流燕赵齐鲁之墟。后筑室邵武城南，号“南田耕舍”，以圣贤之学自励，隐居著书。部使者屡荐之，不就。后荐授江西路儒学副提举，未上任而卒。至正间集贤院定谥曰贞文处士。著有《尚书通考》10卷、《秋声集》4卷。

五台[①]

去礼文殊宝刹开[②]，倚空峦岫郁崔嵬[③]。
金函奉旨传香至，白氎图形载法来[④]。
心境象悬天外月，教筵狮吼地中雷[⑤]。
还将拂子闲拈起[⑥]，更上繙经第一台[⑦]。

①此诗录自《秋声集》卷三《用鹫峰师韵送涧泉上人游方十首》之六。

②宝刹：佛寺。

③峦岫（xiù）：山峰。

④“金函”两句：写佛教初传入中国的情形。意谓摩腾、法兰二梵僧奉旨传戒，传来佛法。金函：金匣。此当指装有摩腾、法兰所持表（奏章的一种，多用于陈情谢贺）的金匣。《北史·赤土传》：“以铸金为多罗叶，隐起成文以为表，金函封之，令婆罗门以香花蠡鼓而送之。”又明唐顺之《送樊大夫会朝长至》诗：“天子迎阳疏玉户，群方献寿拜金函。”传香：传戒。佛教谓向信徒传授戒律，举行受戒仪式。白氎（dié）图形：见贯休《遇五天僧入五台五首》之三注④。

⑤“心境”两句：写涧泉上人在五台山心境明洁如月，说法如狮吼雷鸣。教筵：即法筵。佛教语。指讲经说法者的坐席。引申指讲说佛法的集会。

⑥拂子：即拂尘。古代用以掸拭尘埃和蚊蝇的器具。作为佛教道具，有线拂、列氎拂、甚拂、树皮拂，用以拂草虫。闲：悠闲。

⑦繙（fán）经：犹读经。

赠了上人游方①

上人携月自西来，又拟乘风过五台。
山到白云应驻锡②，地逢沧海只浮杯③。
黄梅再熟传宗去④，贝叶初收说法回⑤。
我亦寻幽少吟伴，几时看瀑上天台⑥？

①此诗录自《秋声集》卷三。

②白云：此指僧人隐居修道之处。驻锡：僧人出行，以锡杖自随，故称僧人住止为驻锡。

③浮杯：指乘船。杯，晋宋间有禅僧常乘木杯渡水，人称杯渡和尚。后因以杯借指舟船。

④黄梅再熟：指第二年春末夏初梅子再一次成熟的时节。又，佛教禅宗五祖弘忍（602—875），蕲州黄梅人，七岁依道信（580—651）出家，人以黄梅称之。此亦暗指了上人精熟直指人心、见性成佛的禅法。传宗：指传授某一宗派的教法。

⑤贝叶初收：指收回翻开的经书。

⑥“我亦”两句：写作者对了上人的思念之情。天台：山名。在浙江天台县北。南朝梁陶弘景《真诰》：“（山）当斗牛之分，上应台宿，故名天台。”山势从东北向西南延伸，由赤城、瀑布、佛陇、香炉、华顶、桐柏诸山组成。主峰华顶海拔1133米，多悬崖、峭壁、飞瀑等名胜。天台山是我国佛教天台宗发源地。

王　冕

王冕（1287—1359），字元章，号煮石山农、九里先生、饭牛翁、会稽外史、梅花屋主等。元代诸暨（今属浙江）人。出身农家，白天放牛，晚至佛寺长明灯下读书，后从理学家韩性学，遂成通儒。应科举不第，游览天下。入京，泰不花荐以词馆职，不就。归隐九里山，卖画为生。朱元璋攻下婺州（路治今浙江金华），授以咨议参军，旋卒。能诗善画，尤工墨梅，别具清新风格；又善写竹石。兼能刻印，相传以花乳石作印材，自他创始。其诗多写隐逸生活，部分作品也能反映人民疾苦。诗风遒劲纵逸，自然质朴，不拘常格。有《竹斋集》。

送僧游五台[①]

南国看云故有愁[②]，燕山那忍送君游[③]？
天风五月能生雪，野气四时浑似秋[④]。
适性何须穷险绝，忘机不必论公侯[⑤]。
归来着我门前过[⑥]，莫把羁怀对白鸥[⑦]。

①此诗录自《竹斋集》卷上。当作于作者入京之时。

②南国看云：看南国之云。写作者对故乡的思念。

③燕山：在河北平原北侧，由潮白河河谷直至山海关。东西走向，主峰雾灵山。多隘口，为南北交通孔道。又，府名。宋宣和四年（1122）改辽析津府置。治所在析津、宛平（今北京城西南），辖境相当于今北京市城区及所辖昌平、通县、大兴和河北固安、永清、安次、三河，天津市武清、宝坻等县地。金天会三年（1125）又改名析津府。贞元元年（1153）改名大兴府。

④“天风”两句：写想象中的五台山气候。天风：风。风行天空，故称。野气：山野的气息。四时：四季。

⑤“适性”两句：写作者随缘任运，不屑于攀高结贵的超脱心态。

⑥着（zhuó）：在。

⑦“莫把”句：谓面对你这白鸥般的人我不会把旅居中的愁思向你倾吐的。羁怀：寄旅的情怀。白鸥：水鸟名。指代送别的僧人。

黄清老

黄清老（1290—1348），字子肃，元代邵武（今属福建）人。泰定四年（1327）进士。累官应奉翰林文字同知制诰、国史院编修官，迁奉训大夫。出为湖广行省儒学提举，学者自远从之，率多成就，称樵水先生。通经博文，诗存数千篇，有盛唐之风。有《樵水集》、《春秋经旨》、《四书一贯》。

送僧定观归[①]

诗僧百丈来[②]，复作五台别。
丁然振金锡[③]，桂子落秋雪[④]。

山空白云间，风息万籁灭[5]。
相思何处无[6]，江湖一明月[7]。

①此诗录自《元诗选》二集卷十五。定观：僧人名。

②百丈：唐代名僧怀海，住洪州百丈山，因以为号，称“百丈禅师”。此指代定观。

③丁（zhéng）然：象声词。此指锡杖的声音。金锡：指锡杖。

④桂子：桂花。宋柳永《望海潮》词：“有三秋桂子，十里荷花。”农历八月，桂花飘香。此暗示时为仲秋。

⑤“山空”两句：写空寂的禅境。

⑥相思：此指对佛法的思慕。

⑦“江湖”句：意谓佛法无处不在。《嘉泰普灯录》卷十八：“千江同一月，万户尽皆春。千江有水千江月，万里无云万里天。”明月：象征真如自性。

郑元祐

郑元祐（1293—1364），字明德，元代人。原籍遂昌（今浙江省遂昌县），后徙钱塘（今杭州市）。幼颖悟，书无不读。至正间，除平江路儒学教授，移疾去，遂流寓平江。后擢为浙江儒学提举，卒于官。著有《侨吴集》12卷，《遂昌杂录》1卷。

送僧礼五台[1]

飞锡晓辞狮子林[2]，五台天远谷岩深。
宝光面面金银刹[3]，天乐时时钟磬音。
崖土亦知成佛贵[4]，峡泉似泻祝尧心[5]。
北归且向皇都住[6]，莫听西风月夜砧[7]。

①此诗录自《草堂雅集》卷三。

②飞锡：见朱元璋《赠金璧峰》注⑫。狮子林：江苏省苏州市四大名园之一。原为元代天如禅师讲道之所，清乾隆间重修扩建。园内布以假石，洞壑幽邃，盘曲迂回，奇峰怪石或如形态各异的狮子，故名。

③宝光：神奇的光辉。参见元好问《台山杂咏十六首》之九注①。金银刹：指装饰严整、金碧辉煌的佛寺殿宇。

④“崖土”句：意谓五台山的土石亦有佛性。

⑤“峡泉”句：谓连峡谷中的流水也好像在倾吐祝颂帝王的心声。尧：传说中古帝陶唐氏之号，亦指代贤明、能干的君主或圣人。

⑥皇都：京城；国都。此指元大都。

⑦“莫听”句：意谓不要等到秋风吹起时起思乡之情。此劝某僧早日返京。西风：从西面吹来的风。多指秋风。月夜砧：指月夜捣衣声。砧，捣衣声。古人多以捣衣声喻思乡之情。如唐杜甫《秋兴八首》之一：“寒衣处处催刀尺，白帝城高急暮砧。”

成廷珪

成廷珪（1306—1381?）字元常，（一作原常），一字无章，又字礼执，元代兴化（今福建莆田）人。晚遭世乱，避地吴中，故一谓芜湖（今江苏江都）人。好学不求仕进，唯以吟咏自娱。庭院间种竹数杆，号“居竹轩”。养母甚孝。博学，工书，善诗。有《成柳庄诗集》、《居竹轩集》4卷。

送清淮叟上人游五台①

雁门西畔是灵山②，山作青螺五髻鬟③。
春日花开残雪里，僧房人在白云间。
善财参问何时遍，文畅嬉游几日还④？
淮海清公更潇洒⑤，早将闻见动禅关⑥。

①此诗录自清顾嗣立《元诗选》。清淮叟：元代僧人。上人：对和尚的尊称。

②雁门：指雁门关。见皎然《乌程李明府水堂同卢使君幼平送类上人游五台》注⑦。灵山：佛家称灵鹫山谓灵山。此借指五台山。

③青螺：喻青山。五髻鬟：即五髻。文殊头顶结前后左右中五髻。五髻文殊为文殊本体。此喻五台山五座主峰。

④“善财”两句：问清淮叟的归期。善财、文畅：均指代清淮叟。善财，梵语意译。亦译“善财童子”。佛教菩萨之一。《华严经·入法界品》所说的求道者。文畅，唐代僧人。唐柳宗元《送文畅上人登五台遂游河溯序》：“文畅喜为文章。其周游天下，凡有所行，必请于缙绅先生，以求咏歌其志。”

⑤淮海清公：即清淮叟上人。潇洒：清高脱俗；不拘束。

⑥动禅关：打破禅关，彻悟佛理。禅关，比喻悟彻佛教教义必须越过的关口。

顾　瑛

顾瑛（1310—1369），一名阿瑛，又名德辉，字仲瑛，自称金粟道人。元代昆山（今属江苏）人。家业富豪，曾任会稽教谕。工诗，筑玉山草堂，与杨维祯、柯九思诸人相酬和。元末削发为僧。著有《玉山璞稿》、《玉山遗稿》。

五台山①

海涌如来室②，清凉即五台③。
春风山顶雪，飞度雁门来④。

①此诗录自《玉山遗稿》。

②“海涌”句：写文殊道场五台山为龙王神力所化之龙宫。《法华经·提婆达多品》：“尔时文殊师利坐千叶莲花，大如车轮，俱来菩萨亦坐宝莲花，从于大海娑竭罗龙宫自然涌出。”如来：佛的别名。梵语意译。“如”，谓如实。“如来”即从如实之道而来，开示真理的人。又为释迦牟尼的十种法号之一。此指文殊菩萨。

③“清凉”句：谓佛家所谓清凉境界即五台山。清凉：佛教指清净，不烦恼。

④“春风”两句：谓五台山清凉圣地送来的清凉犹如春风度过了雁门关。唐王之涣《凉州词》：“羌笛何须怨杨柳，春风不度玉门关。”此化用其意。雁门：指雁门关。

正　印

正印，字月江，号松月翁，元代明州（今浙江宁波）人。临济宗僧人。

文殊①

不居五台山，岂住清凉寺②？
手内执何经，经中谈底事③？
勘破维摩不二门④，好个翻身狮子子⑤。

①此偈录自《月江和尚语录》卷下。

②清凉寺：见李邕《清凉寺碑铭》注①。

③底事：何事。

④勘破：犹看破。维摩不二门：即不二法门。见陈氏《赠五台尼姑云秀峰》注⑧.

⑤翻身：比喻彻悟。狮子子：小狮子。指佛菩萨的弟子。

朱元璋

朱元璋（1328—1398），即明太祖。明代的建立者。1368—1398 年在位。幼名重八，又名兴宗，字国瑞。濠州钟离（今安徽凤阳）人。幼贫苦，入皇觉寺为僧。元末农民起义中，率众投红巾军，逐步扩大自己的实力。1368 年在建业（今南京市）建立明王朝，年号洪武。同年攻克大都（今北京市），推翻元朝统治，逐步统一全国。在位期间，对佛教多有护持。

赠金璧峰[①]

沙门号璧峰，五台山愈崇[②]。
固知业已白[③]，此来石壁空[④]。
能不为禅缚，区区几劫功[⑤]。
处处食常住，善世语庞鸿[⑥]。
神出诣灵鹫，浩瀚佛家风[⑦]。
虽已成正觉[⑧]，未入天台丛[⑨]。
一朝脱壳去[⑩]，人言金璧翁。
从斯新佛号，盏水溢蛟龙[⑪]。
飞锡长空吼，只履挂高松[⑫]。
年逾七十岁，玄关尽悟终[⑬]。
果然忽立化[⑭]，飘然陵苍穹。
寄与璧峰翁，是必留禅宗[⑮]。

①此诗录自《清凉山志》卷二。诗题为注者所加。宋濂《〈寂照圆明金公设利塔铭〉序》：“（洪武五年五月，璧峰）乃示微疾。上知之，亲御翰墨，赐诗十三韵，有‘元关尽悟，已成正觉’之言。”“赐诗”当即此诗。金璧峰（1308—1372），元明间僧人。名宝金，

字壁峰（亦作“碧峰”），俗姓石，乾州（今陕西永寿）人。元至正初至五台山，栖灵鹫庵。至正九年（1349），元顺帝赐号寂照圆明大师。洪武元年（1368）明太祖召至南京奉天殿，应对称旨，敕修普光寺（后称黎谷寺，在繁峙县城东15公里文岫山），供其藏修。“师尝制华严佛事，梵音清雅，四十二奏，盛行于世。”（《清凉山志》卷三）圆寂后塔于普光寺。

②“沙门”两句：谓壁峰禅师的崇高胜过五台山。沙门：僧徒。亦作桑门。梵语室罗摩拏的音译。意译为勤息，勤修善法，止息恶业之义。愈：胜过。

③业已白：谓壁峰参禅已善法鲜净，因果俱白。参见杜甫《夜听许十一诵诗爱而有作》注②。

④“此来”句：意谓此次来京感到你的道业更加圆融无碍。石壁空：即佛教语“石壁无碍”之意。见杜甫《夜听许十一诵诗爱而有作》注②。

⑤“能不”两句：谓壁峰不贪著禅味，满足于有限的功业。禅味：犹禅悦。谓入于禅定时安稳寂静的妙趣。贪著禅味则不能悟道。《维摩诘经·问疾品》：“贪著禅味，是菩萨缚。”区区：自得貌。劫：佛教言天地的形成到毁灭谓之一劫。

⑥“处处”两句：谓壁峰与世无争，在各处均依靠常住物而生活；为善于世，讲述圆融宏大的佛理。常住：僧、道称寺舍、田地、什物等为常住物，简称常住。庞鸿：古人以天体未形成前，宇宙浑然一体，称为庞鸿。即浑然宏大之意。此以谓佛法。

⑦“神出”两句：谓壁峰到五台山，体现了阔大的佛家之风。

⑧正觉：佛十种名号之一。梵语三菩提的意译。佛教徒以洞明真谛达到大彻大悟的境界为正觉。

⑨天台丛：指天台山高士聚集之处。天台，山名。在浙江天台县北。名胜有国清寺、寒岩、明岩等，自古为道士、隐士栖隐之地。丛，泛指聚集在一起的人或物。又解作天台山的寺院，亦通。天台宗，中国佛教的派别之一。北齐慧文禅师悟印度龙树《中观论》宗旨，授南岳慧思，传于隋智颢。智颢依据《法华经》，建立空、假、中三谛圆融并止观双运的修行方法，遂创此宗。智颢常住天台山，故称。

⑩脱壳（tuìqiào）：犹蜕皮。喻归解脱之门。脱，同蜕。

⑪“从斯”两句：意谓壁峰已成新佛，可制伏蛟龙。此或指壁峰禅师祈雨事。《清凉山志》卷三：“岁旱，元帝诏祈雨，师（金壁峰）入城，大雨千里。帝赠千金，师不受。”

⑫“飞锡”两句：谓壁峰像禅宗初祖达摩一样只履西归。飞锡：佛教语。谓僧人等执锡杖飞空。《释氏要览》卷下：“今僧游行，嘉称飞锡。此因高僧隐峰游五台，出淮西，掷锡飞空而往也。若西天得道僧，往来多是飞锡。”亦指僧人游方。只履：见贞素《哭日本国内供奉大德灵仙和尚诗》注㉑。

⑬玄关：佛教称入道的法门。

⑭立化：站立而化去。《清凉山志》卷六《隐峰禅师传》有唐隐峰禅师立化的记载。

⑮“寄与”两句：谓将此诗赠送璧峰翁，你所修持的法门必将在禅宗中流传。

入如来禅①

师心好善善心渊②，宿因旷作今复坚③。
与佛同生极乐天④，观空利物来东边⑤。
目有神光顶相圆⑥，王公稽首拜其前。
笑谈般若生红莲⑦，周旋俯仰皆幽玄⑧。
替佛说法近市廛⑨，骅骝杂沓拥粉钿⑩。
飘飘飞度五台巅，红尘富贵心无牵⑪。
松下趺坐自忘缘⑫，人间甲子不知年⑬。
此之谓入如来禅。

①此诗录自《清凉山志》卷二。为明太祖于洪武八年（1375）春题赠五台山普恩寺僧具生室利板的达之作。诗题为注者所加。普恩寺，在华严谷碧山寺对面东山。《清凉山志》卷二：“普恩寺，普济寺东山，旧称西天寺，元建。明洪武间，具生室利板的达寓此，道闻于上，诏入京，应对称旨，赐龙章护持。正统间，赐藏经，兼护持。”具生室利板的达（？—1381），亦称具生吉祥。梵文名萨曷拶室哩，生于中印度迦毗罗卫国。出家后，曾入雪山修定十二年，得迦罗什利尊者印可。立志瞻礼文殊道场，于元至正间经西域抵甘肃，迎往京师吉祥法云寺，朝野尊崇。明洪武二年（1369）赴五台山，住锡普恩寺。洪武七年至南京，太祖召见，赐号善世禅师，特颁银章以总领天下释教，建庵于钟山。著有《示众法语》三卷，译有《七支戒本》等。如来禅：密宗《禅源诸诠集都序》，将禅分为五种。其中“最上乘禅”称为如来清净禅，略称如来禅。意即顿悟自心本来清净，无有烦恼，具足无漏智性，而此清净心与佛无异，此心即佛，故称。

②好善：喜欢善业。善，佛教指一切“顺益”的心理活动和行为。顺指顺于真实之理，如因果、真如等；益谓有益于自他，有益于今生后世。渊：深邃。

③“宿因”句：谓师前生就有佛缘，今生更加坚定。宿因：佛教谓前生的因缘。

④极乐天：即极乐世界。佛教指阿弥陀佛所居的世界。

⑤观空：佛教谓观察诸法体空之理。利物：佛教指利益众生。物，一切众生。

⑥神光：神采。顶相圆：即顶相圆满。顶相，即头顶肉髻成相。为诸佛具备的三十二相之一。

⑦“笑谈”句：谓师在谈笑之间充满佛智，犹如口吐红莲。般若：佛教语。梵语译音。意译“智慧”。参见普明《南台歌》注⑨。生红莲：即口吐红莲。喻口出妙语。莲花

是佛教的象征，成为清净、吉祥的标记，亦喻佛门妙法，故云。

⑧“周旋”句：谓师在日常应酬中所体现的均为幽深玄妙的佛理。周旋：应酬，打交道。俯仰：周旋，应付。

⑨市廛（chán）：商店集中的处所，即繁华闹市。

⑩“骅骝”句：承上写市廛之纷乱。谓身拥美女的权贵们车来马往，拥挤纷乱。骅骝：赤色的骏马。粉钿（diàn）：谓面傅粉，头插钿。指美女。钿，用金、银、玉、贝等制成的花朵状的首饰。

⑪红尘：佛道等家称人世为红尘。

⑫趺坐：双足交迭而坐。为佛教徒坐禅的姿势。忘缘：忘记尘世因缘。

⑬“人间”句：谓不知人间岁月。甲子，所以纪岁月，因亦以之为岁月、年代的代称。

附：《御制善世禅师歌》。此诗录自《西天善世大禅师板的达公设利塔铭》碑阴，落款为“洪武乙卯（1375）端阳后一日赐膳就崇禧花园制”。

师生好善善心坚，宿缘旷作今为禅。
出世本在深西域，与佛同居快乐天。
定里忽闻人造业，观空飞锡来东边。
顶相异人拜其前，笑谈般若生红莲。
化凶顽，从此见，晨昏俯仰皆幽元。
赞佛说法近市廛，骅骝杂沓拥纷钿。
身何恋，松下坐，机忘甲子不知年。

郑　定

郑定，明代初年闽县（今福建省福州市区）人。有《澹斋集》。

送僧游五台[①]

浮云心迹应无住[②]，腊月逾淮上五台[③]。
宝地近临天界上[④]，佛香遥度雁门来[⑤]。
山中别友惟留偈[⑥]，雪里逢人只寄梅[⑦]。
此去安禅高绝处[⑧]，旧游知不忆天台[⑨]？

①此诗录自《闽中十子诗》卷二十一。

②浮云心迹：指不贪图尘世富贵利禄的思想和行为。浮云，语出《论语·述而》："不义而富且贵，于我如浮云。"无住：佛教语。实相之异名。谓法无自性，无所住着，随缘而起。佛教称"无住"为万有之本。

③逾淮：渡过淮河。淮，水名。即淮河。我国大河之一。源出河南省桐柏山，东流经河南、安徽等省到江苏省入洪泽湖。洪泽湖以下，主流出三河经高邮湖由江都县入长江。

④宝地：佛地。多指佛寺。天界：佛教语。十界之一。包括六欲天、四禅天和四空天。

⑤雁门：关名。见皎然《乌程李明府水堂同卢使君幼平送奘上人游五台》注⑦。

⑥偈：梵语"偈陀"的简称。即佛经中唱颂词，通常为四句一偈。亦多指释家隽永的诗作。

⑦"雪里"句：南北朝宋陆凯《赠范晔》诗："折梅逢驿使，寄与陇头人。江南无所有，聊寄一枝春。"此用其意。梅：借指"春"，春光无限为禅悟之境。此暗喻佛法。

⑧安禅：佛教语。指静坐入定。俗称坐禅。

⑨"旧游"句：谓你还能否记起原来的游履之地天台呢？知不（fǒu）：知否。不，同"否"。天台：山名。见黄镇成《赠了上人游方》注⑥。

钱仲益

钱仲益（1332—1412），名允升，字仲益，以字行，自号锦树山人。明代无锡（今属江苏）人。元末中江浙行省乡试，为杭州录事。洪武末年举明经，为本县训导。建文中以荐入为太常博士，与修太祖实录，迁翰林修撰。永乐初改汉王府长史。长于文史，为诗擅歌行。著有《锦树集》。已佚。《盛明百家诗前编》收有其《钱翰撰集》一卷。

为僧赋万山孤锡①

高僧飞锡上神州，问法参禅到处留。
干木自随长作戏②，石头原不碍行游。
凌空云雨浑无迹，卓地泉源忽涌流③。
归向五台山上望，海天万里尽清秋④。

①此诗录自《三华集》卷十二。孤锡：僧人独自扶杖出行。

②"干木"句：意谓僧人锡杖随身，擅常作戏法，杖锡飞行。此暗用"飞锡"之意。见朱元璋《赠金璧峰》注⑫。干木：干天之木。即参天大树。此借指锡杖。

③“凌空”两句：写僧某法力的神奇。卓地：植立禅杖于地。传说古代高僧法力神奇，禅杖下端触地，有泉水涌出。梁慧皎《高僧传》卷六《慧远传》：“远于是与弟子数十人，南适荆州，住上明寺。后欲往罗浮山，及届浔阳，见庐峰清静，足以息心，始往龙泉精舍。此处去水太远，远乃以杖叩地曰：‘若此中可得栖立，当使朽壤抽泉。’言毕，清泉涌出，后卒成溪。”

④“海天”句：亦写空阔的禅境。

姚广孝

姚广孝（1335—1418），幼名天禧，出家后法名道衍，字斯道，自号逃虚子。元末平江路长洲县（今江苏苏州）人。通儒、释、道诸家之学，善诗文，与宋濂、高启等友善。至正十二年（1352）出家为僧。二十三年（1363）于径山从愚庵潜心于内外典籍之学，成为当时有名的高僧。洪武十五年（1382），太祖选高僧侍诸王，成为燕王朱棣的重要谋士，住持北平大庆寿寺。朱棣夺皇位，赞谋帷幄。朱棣即位，初受官僧录司左善世，再为太子少师，复其姓，赐名广孝。有《逃虚集》。

自阜平县过大派山二百里抵五台游览成咏①

阜平从西来，大山与连谷。
层冈历千重②，一磵过百曲。
剑铓露远峰③，练色纾寒瀑④。
虎迹屡惊人，鸟道长仄足⑤。
霞光闪危峤⑥，云气冱崇麓⑦。
乱蝉咽阴吹⑧，幽禽响佳木。
断径鸣孤猱，平坡走群鹿。
万花杂红紫，众叶纷青绿。
木皮野客衣⑨，石广山氓屋⑩。
遐方日寻胜⑪，空林暮投宿。
漫游知自许⑫，纵览厌所欲⑬。
会当登五台⑭，清凉我心目。

①此诗录自《石仓历代诗选》卷三百二十二。阜平县：在河北省西部、大沙河上游，邻近山西省。

②层冈：重叠的山岭。

③剑铓（máng）：剑锋。铓通“芒”。此形容峭拔的山峰。

④“练色”句：谓舒缓的寒瀑一片白色。练色：指白色。

⑤仄足：侧足。形容因畏惧而不敢正立。

⑥危峤（jiào）：险峻的山。

⑦冱（hù）闭。即遮掩。崇麓：高山之麓。

⑧阴吹：中医学名词。指妇女阴道有气排除，并带有声响的一种病症。此借指蝉滞涩的鸣声。

⑨木皮：树皮。

⑩山氓（méng）：山民。

⑪遐方：犹远方。

⑫自许：自夸。

⑬厌：满足。

⑭会当：该当；当须。含有将然的语气。

谢　晋

谢晋（晋亦作“缙”），字孔昭，号兰亭生，又号葵丘道人，明代中州（今河南）人，侨居吴中（今江苏）。工山水，师法赵孟頫、王蒙、赵原诸家。尝自戏称为谢叠山。明初尝以布衣应征。

怀僧智圆①

五台山下雪纷纷，谪去孤僧万里身②。
他日蒙恩归旧寺③，休将衣钵浪传人④。

①此诗录自《兰庭集》卷下。

②谪去：被贬谪流放而离开。

③蒙恩：受恩惠。

④衣钵：佛家以衣钵为师徒传法之法器。此借指道法。浪：轻易，随便。

彻照

彻照，明代僧人，字文琥，号松溪老人，雁门（今山西代县）人。洪武间住五台山真容院（即今菩萨顶）。曾校勘、倡刻《续清凉传》，并为之作《后序》。

清凉契道歌①

我曾瞻礼文殊叟，亲闻震地狮子吼。
胸次狐疑悉荡绝②，日午面南看北斗③。
五峰森耸侵天长，俯视众刹如铺张④。
大地山河作金色⑤，树林池沼腾辉光。
宝剑倚天寒，圣凡情尽扫。
五百贤圣僧，当下离烦恼⑥。
靠倒释迦老子，掀翻居士净名⑦。
释迦分疏不下⑧，居士饮气吞声。
杀活纵擒出思议，逆行顺化超常情⑨。
刀山与淫舍，常谈四谛轮，耳根塞却方真闻⑩。
大智洞明非外得，屠沽负贩皆玄门⑪。
道人拟欲重相见，翻身拶倒光明殿⑫。
顶门眼正没嫌猜⑬，物物头头全体现⑭。
从此遍游诸佛刹，于诸佛所闻妙法。
一一三昧得总持⑮，利他自利原无乏⑯。

①此诗录自《清凉山志》卷八。作于洪武二十七年（1394）。清凉契道：在五台山领悟佛法。宋张商英《续清凉传·附传》载有紫府真容院松溪老人文琥述《后序》，录此诗并序。兹录于此，以供参考：

“洪武廿七年六月十有九日，余与四众百十余人游台山，礼文殊化境。所睹光相、圣灯，千变万化，灵异叵测，乃踊跃无量，喜不自胜。真所谓旷劫尘势，一时顿尽矣！游览之间，偶遇宝峰金禅，亦淳厚人也。就于清凉古刹，罄舍衣资，接纳游礼缁素，三载如初，四事之需，无所乏少，实法门中苦行兴福僧也。余甚佳之。一日炷香作礼曰：‘此山乃大士所居，师幸特来瞻礼，可谓千载之难逢也。自古游览之士，率多王臣贵族、硕德大儒，咸有诗偈发挥圣迹。请师一言，赞咏圣境，及策发余怀，不亦可乎?’余曰：‘大圣境界，以虚空为口，须弥为舌，尚不能赞其万分之一；况大圣不思议境界，智识岂能到乎?’辞不获已，遂书拙偈，以塞其请。云：上人觐礼曼殊叟，亲闻震地金毛吼（下同《清凉山志》所录)。”

②胸次：胸怀，胸间。荡绝：荡涤尽净。

③“日午”句：写作者已体悟不二法门，超越时、空等情识分别，进入昼夜一如、南北无别、圆融互摄的彻悟境界。

④刹：指佛寺。铺张：铺排陈设。

⑤金色：指金色世界。指佛所居住的世界。

⑥“宝剑”四句：谓文殊以金刚剑斩断圣凡情识，使五百比丘得悟无生无灭之佛理。《大宝积经》载，灵山会上，五百比丘，得通，未得忍。以宿命智，各见过去，杀父害母，及诸重罪。于自心内，各各怀疑，于甚深法，不能证入。于是文殊，仗剑逼佛。佛言：“文殊住住，吾必被害。吾被害矣，吾谁害吾?”于是五百比丘，自悟本心，了法如梦，皆得法忍。说偈赞曰：“文殊大智士，深达法源底。手自握利剑，逼持如来身。如剑佛亦尔，一相无有二。无相无所生，是中云何杀。”

⑦“靠倒”两句：写佛教禅宗“廓然无圣”（《祖堂集》卷二）的思想。居士净名：即维摩诘。维摩诘意译为“净名”或“无垢称”，《维摩诘经》中说他和释迦牟尼同时，是毗耶离城中的一位大乘居士。

⑧分疏：辩解。

⑨“杀活”两句：均为禅师引导学人悟入之法。杀活：禅师接化学人时，用强夺、不许之方式，即以般若利剑斩断学人的情识，消除学人的妄念分别，亦即所谓“打念头”，其机用就是“杀人刀”；打去念头后，以给予、允容之方式，引导学人体悟“真性”的无穷妙用，所谓“打得念头死，救得法身活”，即所谓“活人剑”。一刀一剑，能杀能活，显示出息妄显真的禅机。纵擒：即禅林语“一擒一纵”。擒，夺其思路；纵，放任自由。逆行顺化：杀、擒即逆行；活、纵即顺化。

⑩“刀山”三句：谓对于一切是非善恶等差别境界无思无知，不闻不问，自心清净，方为彻悟佛法。刀山：佛家谓地狱的酷刑之一，此借指地狱。淫舍：纵欲放荡之所。此借指恶业充斥的尘世。四谛轮：佛教语。释迦牟尼在鹿野苑初转法轮，为五百比丘说四圣谛。佛教以苦、集、灭、道为四谛。苦为生老病死；集为集聚骨肉财帛；灭为灭惑业而离生死之苦；道为正八道，以能通于涅槃。见《大般涅槃经》十二。四圣谛括尽世间和出世间两重因果。集为因，苦为果，是迷界的因果；道为因，灭为果，为佛界因果。

⑪“大智”两句：谓法不外求，关键在于自悟；只要彻见“本来面目”，人人可以成佛。屠：屠夫。沽：卖酒者。负贩：小商贩。玄门：谓佛门。

⑫“道人”两句：写不依佛祖不依经，自依自家本来性的无依禅髓。道人：僧人别

称。拶（zá）：逼，挤压。光明殿：即普光明殿。位于古印度摩羯提国菩提道场之侧，佛曾于此殿宣说八十华严经九会中之第二、七、八会。

⑬顶门眼：佛教传说摩醯首罗天有三眼，其中一眼，竖生额头，称“顶门眼”，高低一顾，万类齐瞻，彻底明了，最超常眼。见《续传灯录·浮山法远园鉴禅师》。因以喻指具有明智彻底的洞察力。嫌猜：疑忌。

⑭“物物”句：谓万事万物都体现了真如自性。物物：各样事物。头头：犹每桩每件。物物头头：《续清凉传·后序》作“佛头佛头”。

⑮一一三昧：三昧，梵语音译。又译“三摩地”。意译为“正定”。谓屏除杂念，心不散乱，专注一境。《大智度论》卷七：“何等为三昧？善心一处住不动，是名三昧。”大小乘三昧种类繁多，泛称一一三昧。总持：梵语陀罗尼的意译。谓持善不失，持恶不生，无所漏忌。

⑯利他利己：即自利利他。此为佛教大乘要旨。无乏：不感到疲乏，即精进不懈。

程立本

程立本（？—1403），字原道，号巽隐，明代浙江崇德（今属桐乡）人。洪武丙辰（1376）举明经秀才，授秦王府引礼舍人。后任周王府长史。建文中召为翰林，纂修《太祖实录》，擢右佥都御史。有《巽隐集》。

送日本僧游五台①

中国有僧来日本，铁船过海是耶非②？
三更地底金乌出③，万里云边白鹤飞。
性本圆明能作佛④，迹无拘碍已忘归⑤。
五台到日应残腊⑥，看取天花满衲衣⑦。

①此诗录自《巽隐集》卷一。

②“铁船”句：因从日本渡海而来，风急浪高，木船难以承受，故作此问。铁船过海：语出《三国志》：“贾郁为游仙令受代。一吏酣酒，郁曰：‘吾当再典此邑惩此辈。’吏曰：‘此犹造铁船渡海也。’郁闻之不言。后复典邑，醉吏为库吏，盗官钱数万。郁批曰：‘窃铜镪以润家，非因鼓铸造铁船而渡海，不假炉鎚。’”

③金乌：古代神话传说太阳中有三足乌，因用为太阳的代称。

④圆明：佛教语。谓彻底觉悟。唐玄奘《大唐西域记·劫比罗伐窣堵国》：“今产太

子，当证菩提，圆明一切智。”

⑤拘碍：亦作“拘阂”。束缚阻碍。

⑥残腊：农历年底。

⑦看取：看。取，作助词，无义。唐孟浩然《题大禹寺义公禅房》诗：“看取莲花净，应知不染心。”天花：亦作“天华”。佛教语。天界仙花。亦指雪。此语义双关。衲衣：僧衣。

王　琮

王琮，字宗玉，一字中玉，宋代钱塘（今浙江杭州）人。徽宗初登进士第。宣和中任大宗正丞，提举永兴常平军路。靖康初，除左司郎中，历官两浙江东漕副，直龙图阁，以病奉祠。高宗绍兴间，避地括苍（今浙江丽水），《宋诗纪要》即以为括苍人。有《雅林小集》。录诗是否为其所作，殊难断定，姑列于此。

五台山①

灵迹传闻事不虚②，好山多是异人居③。
雄临绝塞风霜古④，寒逼新春草木疏。
百里行看层巘出⑤，五峰坐见彩云舒。
四时利泽沾群品⑥，谁识杨枝一洒余⑦？

①此诗录自《古今图书集成》。为和宋张商英《咏五台诗·总咏五台》之作。

②灵迹：神灵的遗迹。五台山多有文殊菩萨的遗迹。

③异人：神人。此指佛菩萨。

④绝塞：极远的边塞地区。此指雁门关以北的边塞地区。风霜古：指年代久远。风霜，比喻变迁的岁月。

⑤层巘（yǎn）：重叠的山峰。

⑥四时：四季。亦指一日的朝、昼、夕、夜。沾群品：佛教之教化众生犹如甘露之滋润万物。沾：浸润；浸湿。又可解作熏陶；感化。群品：万事万物。又佛教语。谓众生。

⑦杨枝：指杨枝水。佛教喻称能使万物复苏的甘露。《晋书·佛图澄传》：“勒（石勒）爱子斌暴病死……乃令告澄。澄取杨枝沾水，洒而咒之，就执斌手曰：‘可起矣！’因此遂苏。”余：长久。

蒋 瑄

蒋瑄，字文玺，明代初年钧州（今河南禹州）人。洪武二十七年（1394）进士。曾任户、工二部主事，后任屯田司郎中，官终四川左参议。因双亲年老，辞官归里。

中台[①]

丹崖碧嶂耸奇观[②]，天近星河压众峦[③]。
雨少四时山有润，雪多九夏地偏寒。
平吞岭海烟波阔[④]，远接天池宇宙宽[⑤]，
万籁此间俱寂寂，惟闻钟磬出岩端。

①此诗录自《古今图书集成》。为和宋张商英《咏五台诗·中台》之作。

②丹崖：绮丽的岩壁。碧嶂：青绿色如屏障的山峰。

③星河：银河。

④吞：涵容；容纳。岭海：指两广地区。其地北倚五岭，南邻南海，故称。此泛指山岭和海洋。

⑤天池：海。《庄子·逍遥游》：“南冥者，天池也。”成玄英疏：“大海洪川原夫造化，非人所作，故曰天池也。”

王 偁

王偁（1370—1415），字孟扬，又字密斋，明代永福（今属广西）人。以弱冠领乡荐。洪武二十三年（1390）举人。永乐初，荐授翰林院检讨，进讲经筵，充《永乐大典》副总裁，最为总裁解缙所推重。永乐八年（1410）因解缙被诬案，受株连下狱而死。为人英迈爽发，学博才雄，工诗，善书。其诗质朴清新，不落窠臼。行草类苏轼。有《虚舟集》。

送龙河杰首座自五台归将赴天台[①]

偶逐孤云下五台，又携明月上天台。

衣传异域曾留偈②，枫落长江见渡杯③。
上界经行人世别，天宫说法梦中回④。
明朝相忆霞城远⑤，空仰金绳觉路开⑥。

①此诗录自《虚舟集》卷五。龙河杰，僧人名。首座：指位居上座的僧人。天台：山名。见黄镇成《赠了上人游方》注⑥。

②衣传异域：谓龙河杰从他乡接受了正统的道法。衣传："衣钵相传"的缩语。中国禅宗初祖至五祖师徒间传授道法，常付衣钵为信，故称。《旧唐书·方伎传·神秀》："昔后魏末，有僧达摩者，本天竺王子，以护国出家，入南海，得禅宗妙法，云自释迦相传，有衣钵为记，世相付授。"异域：他乡；外地。

③"枫落"句：谓在枫叶纷纷飘零的秋天，又见龙河杰携带云游之物渡过了长江（将赴天台）。枫落长江：化用唐崔信明"枫落吴江冷"句义。渡杯：释杯渡（亦作杯度），晋宋时僧人，不知姓名。相传其常乘一木杯渡河，因号曰杯渡，见南朝梁慧皎《高僧传·神异·杯渡》。后以"渡杯"泛指僧人云游所携之物。

④"上界"两句：谓龙河杰通过五台山修行参访，已超绝人世，从尘梦中惊醒。上界：指仙佛所居之地。此指五台山。经行：佛教语。谓旋绕往返或径直来回于一定之地。佛教徒作此行动，为防坐禅而欲睡眠，或为养身疗病，或表示敬意。《法华经·序品》："又见佛子，未尝睡眠，经行林中，勤求佛道。"天宫：指天帝、神仙居住的宫殿。此指佛寺殿宇。

⑤明朝：以后；将来。霞城：指赤城山。在浙江省天台县北，状如城墙雉堞，土色皆赤，望之似霞，故云。

⑥金绳：佛经谓离垢国用以分别界限的金制绳索。借指佛寺。唐李白《春日归山寄孟浩然》："金绳开觉路，宝筏度迷川。"王琦注引《法华经》："国名离垢，琉璃为地，有八交道，黄金为绳，以界其侧。"觉路：谓成佛之道路。

蒋　诚

蒋诚，字惟存，明代大庾（今江西大余县）人。永乐进士，曾知巴县。擢御史，迁广西行军副使，有能声。

南台①

融融日午丽崇台②，四面山光罨画开③。

清磬有声常出树，古碑无字漫封苔。
安禅老衲忘生灭④，解脱神仙任去来⑤。
多少路傍经过客⑥，登临不惜重徘徊⑦。

①此诗录自《古今图书集成》。此为和张商英《咏五台诗·南台》之作。

②崇台：高台。

③罨（yǎn）画：色彩鲜明的绘画。明杨慎《丹铅总录·订讹·罨画》："画家有罨画，杂彩色画也。"多形容自然景色的艳丽多姿。

④安禅：佛教语。指静坐入定，俗称打坐。老衲：年老的僧人。忘生灭：即悟得无生无灭之佛法真谛或进入无生无灭的解脱状态。忘，无。

⑤解脱：佛教语。指摆脱烦恼业障的系缚而复归自在。亦指断绝"生死"原因。同"涅槃"、"圆寂"的含义相通。

⑥傍（páng）：通"旁"。

⑦重：极，甚。徘徊：留恋。

祝　颢

祝颢（1405—1483），字维清，明代长洲（今江苏苏州）人。正统四年（1439）进士。授南京刑科给事中，弹劾持大体，不许人私。累官山西布政使右参政，兴学重教，有"教人与治人不同，贵在随材成就，毋强以文辞"之语。年六十致仕。吏才精敏，政绩颇著。精于书画诗文。有《侗轩集》。

清凉寺①

后岭前峰迭送迎，景多目眩乱吟情②。
青山影里僧家住，绿树阴中客骑行。
流水洗心尘垢净③，凉风吹鬓梦魂清④。
山高已见诸天近⑤，明日登临见化城⑥。

①此诗录自《清凉山志》卷二。清凉寺：见李邕《清凉寺碑铭》注①。

②吟情：诗情；诗兴。

③尘垢：佛教谓烦恼。

④梦魂：古人以为人的灵魂在睡梦中会离开肉体，故称“梦魂”。

⑤诸天：泛指天界，天空。

⑥化城：见元好问《台山杂咏十六首》之十注①。此指佛寺。

净　澄

净澄，明代五台山著名禅师。俗姓张，名清正，号孤月，燕京西河漕（今北京市）人。初出家于金河寺。师卒，到五台山寿宁寺执僧务。后参广福云谷得法。天顺元年（1457），还五台山，道声远震，蒙代王成炼召见，待之以师礼，遂斥俸金为建普济禅寺。后圆寂于本寺。著有《清凉录》。

普济寺[①]

一

深隐岩阿不记年[②]，名缰利锁莫能牵。
七斤衫子重联补[③]，日炙风吹愈转鲜[④]。

①此诗录自《清凉山志》卷二。普济寺：即今碧山寺，又名广济茅蓬。在台怀东北二华里处华严谷。始建于北魏太和年间，名北山寺。明成化间重修，改名普济禅寺。清乾隆年间易名碧山寺。宣统二年（1920）与初创的华严岭广济茅蓬合而为一，遂成为十方丛林。寺庙坐北朝南，进院依次为天王殿、雷音殿、戒堂殿、藏经殿，规模宏大，是五台山僧人最多的寺院。昔为五台山十大青庙之一，现为全国重点寺院、省重点文物保护单位。

②岩阿：山的曲折处。

③七斤衫子：指衲衣。《清凉山志》卷三《赵州禅师》：“僧问：‘万法归一，一归何所？’师云：‘老僧在青州作得一领布衫，重七斤。’”

④“日炙”句：写诗人已泯灭新旧差别情识，亦隐喻道行日新。炙：晒。

二

飒飒春风和鸟哀，清音直到耳边来[①]。
炉烧柏子端然坐[②]，对月残经又展开[③]。

①“飒飒”两句：写禅境。春风、鸟鸣，均为真如自性的显现。

②柏子：即柏子香。禅僧参禅时多焚此香，故称禅宗为“柏子禅”。

③残经：残缺不全的佛经。

居山诗[①]

一

寰中独许五台高[②]，无位真人伴寂寥[③]。
一任诸方风浩浩[④]，常空两眼视云霄[⑤]。

①此诗录自《清凉山志》卷三。

②寰中：犹宇内，天下。许：应允，认可。

③无位真人：佛教禅宗语。犹“本来面目”、“主人公”，即人人具有的超出时空的佛性。临济宗义玄禅师一日上堂云：“赤肉团上有一无位真人，常从汝等面门出入，未证据者看看！”时有僧出问：“如何是无位真人？”义玄下禅床把住，云：“道！道！”其僧拟议，义玄托开云：“无位真人是什么干屎橛！”便归方丈。见《临济录》。

④一任：听凭，任凭。风浩浩：指世俗的纷乱、干扰。

⑤“常空”句：写作者超脱尘世，心空无物的心境。

二

甘贫林下思悠悠[①]，竹榻横眠枕石头。
格外生涯随分足[②]，都缘胸次为无求[③]。

①林下：指山林田野退隐之地。此指佛寺。思悠悠：指闲适自在的心态。悠悠，闲适貌。

②格外生涯：异乎常人的生活。此指参禅修道。随分足：随缘任运，自感满足。

③缘：因。胸次：胸间。

三

自住丹崖绿水旁[①]，了无荣辱与闲忙[②]。
老僧不会还源旨，一任山青叶又黄[③]。

①丹崖绿水旁：指普济寺。丹崖：绮丽的岩壁。

②了无：毫无，完全没有。

③“老僧”两句：写作者抛弃“法见”、随缘任运的超脱心境。不会：不领会，不知道。还源旨：即华严奥旨妄尽还源。意为妄尽心澄，还复清净圆明之自性。此为圆教之绝对观门。还源，佛教谓由迷误而转入醒悟。

王　钥

王钥，明代山西代州（今山西代县）西关人。天顺三年（1459）举人。曾任河南开封府训导，后辞归教授乡里。工诗好游。有《雁门胜迹诗稿》。

东台[①]

凌晨策杖上层峦[②]，上得层峦眼界宽。
泉石有缘添兴趣，风尘无路辨长安[③]。
苍茫日色红初涌，浓淡岚光翠作团[④]。
昨日掀天雷雨恶，岩端犹恐毒龙蟠[⑤]。

①此诗录自繁峙县木阁村《王氏族谱》。为和宋张商英《咏五台诗·东台》之作。

②策杖：拄杖。层峦：高耸的峰峦。

③“泉石”两句：写作者有缘于山水，无意于仕途。泉石：指山水。风尘：宦途，官场。长安：古代都城，即今西安。此借指明都城北京。

④“苍茫”两句：写东台日出的景象。岚光：山间雾气经日光照射而发出的光彩。

⑤“昨日”两句：因东台东畔有灵迹那罗延窟，“亦是神龙所居”（见《清凉山志》卷二），故云。

北台[①]

危峰叠嶂势崔嵬[②]，曲径萦纡百折回[③]。
雨过台端凝冻雪，风生涧底吼晴雷[④]。
平临霄汉如超世，俯视悫山若覆杯[⑤]。
多少气豪名利客，来游心火便成灰[⑥]。

①此诗录自清道光《繁峙县志》。为和张商英《咏五台诗·北台》之作。

②危峰：高峰。

③萦纡：盘旋环绕。

④“雨过”两句：写北台之严寒与“猛风怒雷”(见《清凉山志》卷二)。

⑤“平临”两句：写北台之高。超世：犹出世，出尘。憨山：北台灵迹。在北台东北。《清凉山志》卷二：“古传云，昔有梵僧，从魏孝文帝，乞一卧具地，帝许之。僧展卧具，覆五百余里。帝知其神，骇之，驰骑而去。帝闻山铮然，顾之，趿然随后。帝曰：‘尔憨耶?’山乃止。故以为名。”

⑥心火：指内心的激动或忿怒等情绪。此泛指世人的烦恼。

圭峰寺[①]

神灵当日去朝天[②]，失却琼圭不记年[③]。
化作奇峰青翠律[④]，屹为代镇永绵延[⑤]。
云来有似吴绵裹[⑥]，虹起浑如蜀锦缠。
千古六丁应迁下[⑦]，舁将还到紫皇前[⑧]。

①此诗录自繁峙县木阁村《王氏族谱》。作者自注：“(代县)城东南五十里，从木阁村进入，峰形如圭，故名。”圭峰寺：西台外寺庙。坐落于今繁峙县岩头乡安头村北、北台支脉凤凰山中。始建于隋，历代均有修葺。寺之得名有二说：一即作者自注，寺依山名；一说因唐代高僧圭峰游五台山时居此讲《华严经》，寺依人名。寺院附近多悬崖峭壁、奇石怪洞，有松柏点缀，风光甚佳。

②朝天：朝见天帝。

③琼圭：用美玉所制的圭。圭，为古代帝王诸侯朝聘、丧葬等举行隆重仪式时所用的玉制礼器。长条形，上尖下方。其名称、大小因爵位及用途不同而异。

④翠律：当作“崒嵂(zúlǜ)”。高峻貌。

⑤代镇：代州的主山。因明代繁峙县属代州，故云。镇，指镇山。一地区内的主山。

⑥吴绵：吴地所产丝绵。吴地(今江苏)盛养蚕，故称丝绵为吴绵。

⑦六丁：道教神名。道教认为六丁(丁卯、丁巳、丁未、丁酉、丁亥、丁丑)为阴神，为天帝所役使；道士则可用符箓召请，以供驱使。

⑧紫皇：道教传说中最高的神仙。《太平御览》卷六五九引《秘要经》：“太清九宫，皆有僚属，其最高者，称太皇、紫皇、玉皇。”

龙门寺①

北征匹马过龙门②，路入云端暗断魂③。
山势忽开分杳霭④，钟声遥度启晨昏。
往来逆旅停车骑⑤，远近居人礼世尊⑥。
独我解鞍松下坐，静听幽涧泻灵源⑦。

①此诗录自清光绪《繁峙县志》。原注：“在关（雁门关）城东门外，往来征人体倦神疲咸休息焉。”

②北征：北行，北上。

③断魂：销魂神往。形容一往情深。

④杳（yǎo）霭：云雾飘缈貌。

⑤逆旅：客舍；旅店。

⑥世尊：佛陀的尊称。隋慧远《无量寿经义疏》：“佛备众德，为世钦仰，故号世尊。”

⑦灵源：对水源的美称。

泰戏山作①

庚辰大都回②，曾上泰戏峰。
群山四围合，突兀峙当中。
北望恒山特秀拔③，南瞻五顶何苍葱④！
平型关险隘⑤，太行势宠岚⑥。
河朔限表里，赵代分西东⑦。
七峰巉嶕青玉立⑧，一川蜿蜒沧溟通。
幽壑晴雷阗轰吼⑨，绝巘怪石巑岏雄⑩。
乾坤块圠大⑪，但见红尘滚滚飞溟濛⑫。
纷纷掌上走云雾，飘飘腋下生天风。
是时景象难为状，恍惚平地来崆峒⑬。
有如仙子拔宅凌霄汉⑭，又如御寇驾飚游穹窿⑮。
顿忘形骸起太古⑯，那知诗思无终穷？
此行清兴不寂寞，赖有朋辈襟怀同。

①此诗录自清光绪《繁峙县志》。泰戏山：北台灵迹。亦名武夫山、孤山。在北台东北三十五公里繁峙县横涧乡。《山海经》："泰戏之山无草木，多金玉，滹沱之水出焉。"泰戏山脚桥儿沟青龙泉为滹沱河源头。

②庚辰：明天顺四年（1460）。大都：今北京。

③恒山：山名。五岳中的北岳。主峰在今河北省曲阳县西北。秀拔：秀丽挺拔。

④五顶：五台山。

⑤平型关：在山西省繁峙东北边境。长城要口之一。地势险要，为晋北交通要冲。

⑥太行：山岭名。见元好问《台山杂咏十六首》之二注③。宠嵸（lóngzōng）：山势高峻貌。

⑦"河朔"谓以泰戏山为界，与河朔地区邻接，将代州分为东西两部分。河朔：古代泛指黄河以北的地区。表里：比喻地理上的邻接。《宋书·自序》："且表里强蛮，盘带疆场。"赵代：指代州一带。战国时，代州为赵国域，故称。

⑧嶻嵲（jiéniè）：高耸。

⑨阗（tián）轰：形容声音洪大。

⑩绝巘：极高的山峰。巑岏（cuánwán）：耸立貌。

⑪坱圠（yǎngyà）：漫无边际貌。

⑫溟濛：谓天地初形成时的混沌状态。

⑬崆峒（kōngtóng）：山名。在今甘肃平凉市西。相传是黄帝问道于广成子之所。见《庄子·在宥》。后亦以指仙山。

⑭拔宅："拔宅飞升"之省。《太平广记》卷十四引《十二真君传·许真君》："真君以东晋孝武帝太康二年八月一日，于洪州西山，举家四十二口，拔宅上升而去。"后因以"拔宅上升"指全家成仙。亦作"拔宅飞升"。

⑮御寇：即列御寇。相传为战国郑人，属道家者流。《庄子·逍遥游》："夫列子御风而行，泠然善也。"穹窿：指天。

⑯起太古：飞向远古。起，飞起，翔。

净　伦

净伦，明代僧人。俗姓康，字大巍，云南昆明人。正统五年（1440）出家修禅。天顺七年（1463）参浮山古庭得悟，授法为临济二十四世。成化元年（1465）卓锡北京，创建万福禅林。成化十九年（1483）登五台，在显通寺弘扬临济宗旨。弘治三年（1490）复游五台。弘治五年归竹室，薰室自修。，示寂于京师显通寺。著有《竹石集》。

金刚窟[①]

杖藜特叩金刚窟[②]，回首云生白水池[③]。
欲问三三前后事[④]，一声幽鸟夕阳西[⑤]。

①此诗录自《清凉山志》卷二。金刚窟：见无著《金刚窟》注①。

②杖藜：谓拄着手杖行走。藜，野生植物，茎坚韧，可为杖。特叩：特地寻访拜谒。

③白水池：北台灵迹。《清凉山志》卷二："白水池，在楼观谷后，其泉若乳，山人多取洗眼。"《广清凉传》卷下："（其水）色如酥酪，味如甘露。人饮其水，肌肤润泽，若常服之，令人难老。"

④三三前后：即禅宗机语"前三三与后三三"。见雪窦《金刚窟》注①。

⑤"一声"句：写空寂之禅境，以答"欲问"。

吴　宽

吴宽（1435—1504），字原博，号匏庵，明代直隶长州（今属江苏苏州）人。成化八年（1472）一甲一名进士，授修撰。弘治间，擢吏部右侍郎，迁掌詹事府，入东阁，专典诰敕。十六年（1503）进礼部尚书，卒于官。赠太子太保，谥文定。工诗文、书法。有《家藏集》。

送僧道莅游五台[①]

头白吴中一老僧[②]，惯将双足付崚嶒[③]。
如今又向五台去，此是诸山最上乘[④]。

①此诗录自《家藏集》卷八。

②吴中：今江苏吴县一带。亦泛指吴地。

③崚嶒（léngcéng）：高耸突兀。此指高大的名山。

④最上乘：最上之教法。《法华经·授记品》："诸菩萨智慧坚固，了达三界，求最上乘。"慧能以其"顿悟"法门为"最上乘"。

陈　氏

陈氏，明代浙江仁和（今杭州）人。南康太守陈敏政之女，都御使李昂（1434—1492）之妻。

赠五台尼姑云秀峰①

贝叶翻经下五台②，翛然飞锡到天台③。
钵分甘露沾三界④，手散昙花遍九垓⑤。
机事忘时心地豁⑥，真空悟后性田开⑦。
何当得遂参禅约，不二门中任往来⑧。

①此诗录自《石仓历代诗选》卷五百五。

②贝叶翻经：翻译佛经。此或指翻印经书。贝叶，古代印度人写经的树叶。亦借指佛经。

③翛（xiāo）然：无拘无束貌，超脱貌。飞锡：指僧人游方。天台：即天台山。见黄镇成《赠了上人游方》注⑥。

④甘露：佛教语。梵语意译。喻佛法、涅槃等。三界：佛教指众生轮回的欲界、色界、无色界。

⑤昙花：优昙钵花的简称。即无花果树。产于印度，我国云南等地亦有生长。其花隐于花托内，一开即敛，不易看见。佛教以为优昙钵开花是佛的瑞应，称为祥瑞花。九垓：中央至八极之地。意犹“九州”。或“九垓”即九重。指天。

⑥机事：机巧之事。心地：佛教语。指心。参见张商英《咏五台诗·中台》注②。

⑦真空：佛教语。一般谓超出一切色相意识界限的境界。众生由迷真空而受幻色，菩萨因修般若慧观，照了幻色，即是真空。《四分律含注戒本·疏行宗记》一上之一：“真空者，即灭谛涅槃，非伪故真，离相故空。”性田：指众生本身具有的真如佛性。性，佛教语。指事物的本质。与“相”相对。

⑧不二门：即不二法门。佛家语。谓平等而无差异之至道。《维摩诘经·不二法门品》：“如我意者，于一切法无言无说，无示无识，离诸问答，是为入不二法门。”

乔　宇

乔宇（1457—1524），字希大，号白岩山人，明代乐平（今山西昔阳）

人。成化二十年（1484）进士。授礼部主事，官至兵部尚书，参赞机务。因平息宁王朱濠谋反有功，加太子太保、少保。世宗即位，召为吏部尚书。后因力谏，忤帝意，被夺官，隆庆初复官。赐少傅，谥庄简。善诗文，有《乔庄简公集》、《游嵩集》等。

锦绣峰①

篮舆到处且夷犹②，意在看山岂好游③？
被尽烟霞厌绮服，饱余丘壑厌珍羞④。
人言胜具谁能及⑤，我讶豪吟老未休。
踏尽太行三百里⑥，化工随地有丹丘⑦。

①此诗录自清雍正《山西通志》卷二百二十四。作于正德元年（1506）夏。时作者游览五台山，并作《游五台山记》。锦绣峰：五台山南台峰名。

②篮舆：古代供人乘坐的工具，形制不一，一般以人力抬着行走。类似后世的桥子。参见元好问《赠答普安师》注⑧。夷犹：亦作“夷由”。从容自得。

③意在看山：盖取“仁者乐山”（《论语·雍也》）之意，写作者的仁人襟怀。

④“被尽”两句：写作者因饱览五台山山水胜境而一洗尘俗，厌弃锦衣玉食的生活。被（pī）：穿着。烟霞：烟雾，云霞。泛指山林、山水。绮服：华丽的衣服。珍羞：亦作“珍馐”。珍美的佳肴。丘壑：山林和溪谷。亦泛称山水幽美的地方。

⑤胜具：指作者记载山水胜景之事。胜：形胜。亦特指优美的山水或古迹。具：记载。

⑥太行：山名。见元好问《台山杂咏十六首》之二注③。

⑦化工：指自然的造化者。语本汉贾谊《鹏鸟赋》：“且夫天地为炉兮，造化为工。”丹丘：传说中神仙所居之地。《楚辞·远游》：“仍羽人于丹丘兮，留不死之旧乡。”王逸注：“丹丘昼夜常明也。”

觉　同

觉同，明代僧人。号无辩，俗姓康，云中（今山西大同）人。幼聪慧，能文辞，工书法，时人赞为“诗禅草圣”。成化间，曾采编《五台山倡和诗集》，已佚。

和咏五台[①]

东台

度险陵寒上翠峦[②]，东台风景望中宽。
深藏佛国乾坤大，远镇皇图社稷安[③]。
天雨宝花香冉冉[④]，海浮红日影团团。
几回笑指蓬莱岛，三点青螺似髻蟠[⑤]。

①此诗录自《清凉山志》卷八。为和宋张商英《咏五台诗》之作。

②陵：同“凌”，冒着。

③“远镇”句：谓五台山在边远之地镇守皇家的版图，使明政权安定。皇图：封建帝王的版图。社稷：古代帝王、诸侯所祭的土神和谷神。社，土神；稷，谷神。旧时亦用为国家的代称。

④天雨宝花：即天降宝花。宝花，亦作“宝华”，珍贵的花。多指佛国和寺院的花。冉冉：渐近貌。

⑤“笑指”两句：写从东台“亦见沧瀛诸州”（见《清凉山志》卷二）。蓬莱岛：即相传为仙人所居的海中仙山蓬莱山。三点青螺：指传为渤海中的蓬莱、方丈、瀛洲三神山。青螺，喻青山。

南台

天连紫府耸层台[①]，下控南溟一镜开[②]。
行绕羊肠通绝顶，笑看虎迹印新苔。
毫光每自空中现[③]，雷雨翻从涧底来[④]。
因想玉堂佳制在[⑤]，临风追和独徘徊[⑥]。

①紫府：五台总称。参见张商英《咏五台诗·南台》注②。层台：高台。

②控：贯通。南溟：南海。

③毫光：谓光线四射如毫毛。此指佛菩萨化现时出现的五色毫光。每：每每，常常。

④翻：反而。

⑤玉堂佳制：指宋张商英所作《咏五台山诗》。玉堂，汉官署名。汉侍中有玉堂署，宋以后翰林院亦称玉堂。张商英曾任资政殿学士，资政院略同翰林院，故称之。佳制：犹

佳作。

⑥追和：后人和前人的诗。

西台

西顶巍峨接远苍①，回瞻乡国白云旁②。
孤峰耸翠连三晋③，八水分流润四方④。
晴日野花铺蜀锦⑤，秋风仙桂落天香⑥。
当年狮子曾遗迹，岩谷常浮五色光⑦。

①远苍：远处的苍山。

②乡国：家乡。此指作者的故乡云中（今大同）。

③三晋：春秋末，晋国为韩、赵、魏三家卿大夫所分，各立为国，史称“三晋”。三晋地包括今山西、河南及河北西南部分。后用以作山西的别称。

④八水：写西台灵迹八功德水。《清凉山志》卷二：“八功德水，台北。”按：八功德水，佛教语。谓西方极乐世界浴池中具有八种功德之水。八种功德为：一甘，二冷，三软，四轻，五清净，六不臭，七不损喉，八不伤腹。《无量寿经》卷上：“八功德水湛然盈满，清净香洁，味如甘露。”

⑤蜀锦：见元好问《台山杂咏十六首》之七注（3）。

⑥仙桂：神话传说月中有桂树，称之为仙桂。西台峰名挂月，故联想到仙桂。

⑦“当年”两句：西台顶对谈石下有灵迹“狮子踪”，故云。

北台

北来乘兴上崔嵬①，天外扪萝鸟径回②。
寒谷未秋先落叶，阴崖不雨自生雷③。
低悬银汉星千点，俯视沧溟水一杯④。
笑指曼殊栖迹处，几经劫火不曾灰⑤。

①崔嵬（wéi）：高耸貌。

②“天外”句：写北台之高峻和攀登的艰难。谓攀援萝藤在崎岖的小路上迂回而上，犹如远在天外。萝：指松萝，或云女萝。蔓生植物。鸟径：谓险绝的山路，仅通飞鸟。

③“阴崖”句：因北台南麓有灵迹“龙门”，“裂石如崩，涛声若雷”（见《清凉山

志》卷二)，故云。

④“低悬”两句：极写北台之高和所望之远。银汉：银河。“俯视”句：唐李贺《梦天》诗：“遥望齐州九点烟，一泓海水杯中泻。”此化用其意。沧溟：大海。

⑤“笑指”两句：谓几经劫火，说法台犹存。曼殊栖迹处：指北台灵迹“说法台”。《清凉山志》卷二：“说法台，台之东，常出钟梵之音，人多闻之。”劫火：佛教语。谓坏劫之末所起的大火。此或指“三武一宗”灭法之劫难。

中台

中峰崒嵂可人观①，势入空濛耸翠峦②。
良夜现灯能破暗③，炎天飞雪忽生寒。
川原渺渺诸山小，海宇茫茫大地宽④。
何用下归尘世去，愿将踪迹老台端⑤。

①崒嵂（zúlǜ）：高峻貌。可人观：观之可人。可人，称人心意。

②空濛：指缥缈迷漫的境界，即“翠霭浮空”（《清凉山志》卷二）。

③灯：指神灯、圣灯等神异的灯。五台山多有夜见神灯的传说。破暗：喻破除世人的昏暗、愚昧。

④“川原”两句：极写中台之高和视野之宽。川原：河流、原野。海宇：指中国境内。

⑤“愿将”句：意谓愿隐居于中台以终老。

总咏五台

山势崚嶒翠霭虚①，神僧曾此卜幽居②。
云埋紫府龙蛇混③，地隔红尘车马疏④。
五朵芙蓉从地涌⑤，一方图画自天舒。
谁知半榻清凉石，游客能容五百余⑥。

①崚嶒（léngcéng）：高峻重叠貌。

②“神僧”句：指天竺僧人摄摩腾、竺法兰慧眼识灵山事。《清凉山志》卷二载：“汉明帝时，滕兰西至，见此山，乃文殊住处，兼有佛舍利塔，奏帝建寺。帝以始信佛化，乃加‘大孚’二字。”

③龙蛇杂：即“龙蛇混杂，凡圣交参”。见《清凉山志》卷四。

④地隔红尘：谓佛地五台山与人世相隔。红尘，飞扬的尘土，形容繁华热闹。佛道等称人世为红尘。

⑤五朵芙蓉：喻指五台山。芙蓉，莲花的别称。

⑥“谁知”两句：写清凉石的神奇。半榻：卧榻大小的一半。写其小。榻，狭长而低的坐卧用具。清凉石：亦称曼殊床。中台灵迹。《清凉山志》卷二：“清凉石，在清凉谷岭西畔。厚六尺五寸，围四丈七尺，面方平正，自然文藻。或能容多人不隘。古者尝有头陀趺坐其上，为众说法，梵音琅琅，异状围绕，望之悚怖，近之即失。后人目其所坐之石，曰曼殊床。”旧为五台山佛教的主要象征物，尊之为“灵石”。

赵梦麟

赵梦麟，明代广平（今河北永年县）人。进士。成化间，以兵部主事谪任山西岚县。在任期间，清丈土地，编审丁徭；杜豪户之兼并，清奸胥之隐诡，重建公廨，百废俱兴，政绩显著，升兵部员外郎。曾任延绥总兵。

游五台绝顶①

清秋乘兴御风来，五顶登临亦壮哉！
万木阴森香雾合，千峰叆叇瑞烟开②。
西飞日月阶前没，东去江河槛外回③。
安得凌虚生羽翼④，凭高咫尺到蓬莱⑤。

①此诗录自清乾隆《五台县志》。

②叆叇（àidài）：云盛貌。

③江河：长江和黄河。亦指大河流。此或指滹沱河。其为五台山第一大河，被誉为环山玉带。

④凌虚：升于天际。

⑤蓬莱：即蓬莱山。神山名。传说为仙人所居之处。亦泛指仙境。

宿东台诗①

琼楼标象外②，日暮野云孤。
北斗当窗列，西天近座隅③。

群峰归冥漠[④]，大地入虚无。
此际吾高枕[⑤]，乾坤一梦图[⑥]。

①此诗录自《清凉山志》卷八。

②琼楼：形容华美的建筑物。诗文中有时指仙宫中的楼台。此指东台望海寺的殿宇。标象外：立于尘世之外。象外，谓尘世之外。

③“北斗”两句：极写东台之高。西天：佛教语，一般净土宗信仰者，指《阿弥陀经》所说的西方极乐世界。座隅：座位的旁边。

④冥漠：隐约，模糊。

⑤高枕：枕着高枕头。谓无忧无虑。《战国策·齐策四》：“三窟已就，君姑高枕为乐矣。”

⑥梦图：梦中图画。谓虚幻不实。

观日[①]

晨起凭虚眺大东[②]，红轮闪烁出龙宫[③]。
圆明个是真如相[④]，普照迷方万国同[⑤]。

①此诗录自《清凉山志》卷八。

②凭虚：犹言凌空。大东：极东。

③龙宫：此借指大海。因龙宫在大海之中，日从大海升起，故云。

④圆明：圆润光明。此指日。个是：这是。真如：佛教语。梵文意译。谓永恒存在的实体、实性，亦即宇宙万有的本体。与实相、法界等同义。参见敦煌文献《五台山赞文》注⑦。

⑤迷方：佛教语。指令人迷惑的境界；迷津。此指尘世。万国：万邦；天下；各国。《易·乾》：“首出庶物，万国咸宁。”

梵仙山[①]

踏雪寻山径，登临四望纡[②]。
阴森千树合，突兀一峰孤。
野色时明灭[③]，钟声乍有无。
群山不可见，到此独踌躇[④]。

①此诗录自清乾隆《五台县志》。梵仙山：中台灵迹。见元好问《台山杂咏十六首》之十六注④。

②四望纡：眺望四方，山岭纡曲环绕。

③野色：指山野的景色。

④踌躇：踯躅，徘徊不进。

师子窝二首①

一

每过僧诵处②，便觉一官轻。
幽壑从吾好，浮云任世情③。
凭栏看鸟尽，倚杖听泉声。
佳水佳山地，终当结素盟④。

①此诗录自清乾隆《五台县志》。师子窝：亦称师子窟。五台山寺院。位于中台西南的狮子梁。《清凉山志》卷二："师子窝，中台西南岭。昔人见万亿狮子，游戏其中。万历丙戌（1586），僧智光、净立等，约五十三人，结屋构社。唯十方学道者共居，不许子孙承业。"万历二十六年（1598），神宗遣官建藏经楼阁，二十七年赐额"大护国文殊寺"。现存明建琉璃塔一座，13 级，高 35 米，为珍贵文物。

②僧诵处：僧人诵经之处。指佛寺。

③"幽壑"两句：谓清幽的山林，正符合我的爱好；听凭世俗之情追名逐利，我却视若浮云。从：顺遂。浮云：用以比喻不值得关心和重视的事情。参见郑定《送僧游五台》注②。

④素盟：平生的交情。

二

古寺寒山外①，钟声日暮时。
闲云飞鹫岭②，孤月照龙池③。
因果高僧话④，胡麻衲子炊⑤。
从来麋鹿性⑥，归路意迟迟⑦。

①“古寺”句：谓师子窝在中台之外。因其在中台西南岭，环境清幽，远离尘嚣，故云。

②鹫岭：指中台支山灵鹫峰。

③龙池：北台有灵迹黑龙池。此当泛指五台山池水。

④因果：佛教语。谓因缘和果报。根据佛教轮回之说，种什么因，结什么果；善有善报，恶有恶报。《涅槃经·遗教品一》：“善恶之报，如影随形，三世因果，循环不失。”此泛指佛法。

⑤胡麻：即芝麻。相传汉张骞得其种于西域，故名。晋葛洪《抱朴子·仙药》：“巨胜亦名胡麻，饵服之不老，耐风湿补衰老也。”衲子：僧徒的别称。

⑥麋鹿性：比喻草野悠游之性。宋苏轼《次韵孔文仲推官见赠》诗：“我本麋鹿性，谅非伏辕姿。”

⑦迟迟：依恋貌。

陆　深

陆深（1477—1544），字子渊，号俨山，初名荣，明代华亭（今上海松江）人。弘治十八年（1505）进士。授编修。迁司业、祭酒，充经筵讲官。后因忤辅臣，谪延平同知，迁山西提学副使，改浙江。历江西参政、四川布政使。嘉靖十六年（1537）召为太常卿兼侍读学士。世宗南巡，掌行在翰林院印，进詹事府詹事。卒谥文裕。有文名，工书法。有《南巡日录》、《河汾闲录》、《俨山纂录》、《玉堂漫笔》、《春雨堂杂抄》、《史通今要》、《俨山集》等。

南峪雨后取道上五台[①]

六月萧然似晚秋[②]，登高重整木棉裘[③]。
即看满涧泉初出，知是前岩雨乍收。
碧嶂旋随孤鸟没，白云长傍古松留。
幽芳一路无人采[④]，何处三山更十洲[⑤]？

①此诗录自《俨山集》卷十三。（下同）南峪：即南峪口。在山西繁峙县东山乡南峪村附近。古称大柏峪，是五台山的北大门。

②萧然：凄清貌。

③木棉：落叶乔木，先叶开花，大而红，结实长椭圆形，中有白絮，可絮茵褥。又指棉花。

④幽芳：清香。此指香花。

⑤“何处”句：意谓五台山就是仙山仙境。三山：传说海上的三仙山。晋王嘉《拾遗记》：“三壶，则海中三山也。一曰方壶，则方丈也；二曰蓬壶，则蓬莱也；三曰瀛壶，则瀛洲也。”十洲：道教称大海中神仙居住的十处名山胜境。亦泛指仙境。《海内十洲记》：“汉武帝既闻王母说八方巨海之中有祖洲、瀛洲、玄州、炎洲、长洲、元洲、流洲、生洲、凤麟洲、聚窟洲。有此十洲，乃人迹所稀绝处。”

入五台

山水情多不自由①，白头终作五台游。
万重云树高低出，千里滹沱背面流②。
绝顶直疑天北极③，朝阳初见海东头④。
共传此是清凉地⑤，为洗烦心尽日留⑥。

①“山水”句：谓作者虽钟情于山水，但身为官宦，身不由己。

②“千里”句：因滹沱河上游沿五台山北台、中台、西台北麓向东流过，故云。

③“绝顶”句：切北台叶斗峰名。北极：指北斗星。或谓北天极，即地轴北端之延长线与天球相会之处（见《宋书·天文志一》），亦通。

④“朝阳”句：切东台望海峰名。

⑤清凉地：佛教指清净、无烦扰之地。

⑥尽日：犹终日，整天。

游五台

五云常覆五台端①，天近清都特地寒②。
涧道千年冰未化，林梢一夜雨初干。
黄河紫塞依依见③，碧殿朱楼面面看。
万壑千岩青未了④，更从高处望长安⑤。

①五云：五色瑞云。多作吉祥的征兆。

②清都：神话传说中天帝所居的宫阙。《列子·周穆王》："清都、紫微、钧天、广乐，帝之所居。"特地：特别，格外。

③紫塞：北方的边塞。晋崔豹《古今注·都邑》："秦筑长城，土色皆紫，汉塞亦然，故名紫塞焉。"此指雁门关一带。依依：依稀貌，隐约貌。

④青未了：满眼青色，无穷无尽。唐杜甫《望岳》诗："岱宗夫如何，齐鲁青未了。"

⑤长安：此指代明朝都城北京。

宿显通寺①

一榻空斋卧白云，青灯微雨夜初分②。
无缘十日惭凡骨③，有梦三台绕圣君④。
别院鸡催山月吐，回廊鱼咽涧风闻⑤。
青山亦是人间世，自觉悠然隔世纷⑥。

①显通寺：见贯休《送僧游五台》注⑦。

②初分：佛教分一昼夜为六时：晨朝、日中、日没、初夜、中夜、后夜。初分即初夜。

③十日：即十日饮。亦作十日欢。《史记·范雎蔡泽列传》："（秦昭王）乃详为好书遗平原君曰：'寡人闻君之高义，愿与君为布衣之友，君幸过寡人，寡人愿与君为十日之饮。'"后因以"十日饮"比喻朋友连日欢聚。此指与僧人连日相聚，讲经说法。

④三台：星名。《晋书·天文志上》："三台六星，两两而居……在人曰三公，在天曰三台，主开德宣符也。"比喻三公，即古代中央三种最高官衔的合称。周以太师、太傅、太保为三公。西汉以丞相（大司徒）、太尉（大司马）、御史大夫（大司空）为三公，东汉以太尉、司徒、司空为三公。唐宋沿东汉之制，以太尉、司空、司徒为三公，但已非实职。明清沿周制，以太师、太傅、太保为三公，唯只用作大臣的最高荣衔。圣君：指嘉靖帝。

⑤鱼咽（yè）：指寺院敲击木鱼之声。鱼，指木鱼。佛教法器。相传佛家谓鱼昼夜不合眼，故刻木像鱼形，用以警戒僧众应昼夜忘寐而思道。咽，谓声音滞涩。

⑥世纷：人世间的纷乱。

竹林寺避雨①

十里肩舆石磴深②，禅房潇洒乱峰阴③。
岩花笑里饶佳色，山鸟倦余怀好音④。
下界风雷喧众壑⑤，上方钟鼓出长林⑥。

苍山正有为霖望⑦，惭憩西来冒雨心⑧。

①竹林寺：在中台南车沟竹林寺村西南。《清凉山志》卷二："竹林寺，中台南三十里，唐法照误入化竹林，因创寺，名焉。历代以来，不废修葺。"据日僧圆仁《入唐求法巡礼行记》载，当时的寺院规模很大，有律院、库院、华严院、法华院、阁院、佛殿院等六院。其万圣戒坛是当时全国仅有的两处戒坛之一。现存建于明弘治间的阁楼式砖塔一座，八角五层，高 25 米，雕琢精美，为重要文物。

②肩舆：轿子。

③禅房：僧徒习静之所。泛指寺院。潇洒：雨落貌。

④"岩花"两句：谓雨过天晴岩花绽放，增添了妍丽的颜色；山鸟在经受雨中的疲倦之后，会唱出更加悦耳的歌声。此系想象之境。意谓对天雨不必厌恶。饶佳色：一作"饶月色"。

⑤下界：指人间。

⑥上方：天上；天界。此借指佛寺。长林：高大的树木。

⑦苍山：青山。为霖望：普降甘霖的愿望。

⑧"惭憩"句：谓自己为向西而来避雨的想法感到惭愧。

竹林寺拟宿

未有长歌行路难①，青山最爱雨中看。
图书暂许淹尘榻，蔬蕨先教具午餐②。
碧树洗空千涧出，白云封满万松寒。
天留再宿清凉地③，明日溪南十八盘④。

①"未有"句：谓虽然阴雨连绵、山路崎岖，但我游兴盎然，并无行路难的感叹。长歌：篇幅较长的诗歌。行路难：乐府杂曲歌辞名。内容多写世路艰难和离情别意。原为民间歌谣，后经文人拟作，采入乐府。南朝宋鲍照《拟行路难》十九首及唐李白《行路难》三首都较著名。未有：亦作"未为"。

②"图书"两句：谓竹林寺长老出于优礼，暂时允许我停留住宿，并让僧人先为我备办午餐。图书：书籍。此指代作者。因其图书随身携带，故以为喻。淹：逗留；挽留。尘榻：《后汉书·徐稺传》载，陈蕃为太守，在郡不接宾客，唯稺来特设一榻，去则悬之。稺不至则灰尘积于榻。后因以"尘榻"为优礼宾客、贤士之典。蔬蕨（jué）：泛指野菜。蕨，多年生草本植物。生于山野。嫩叶可食，俗称蕨菜。具：备办。

③再宿：连宿两夜。《左传·庄公三年》：“凡师一宿为舍，再宿为信，过信为次。”

④十八盘：长城岭别名。清高士奇《扈从西巡日录》：“壬辰，度长城岭，又名十八盘。”

清凉石①

炙手熏心事已多②，晓凉来抚石盘陀③。
不争可受千人坐④，无事应须百遍过。
初日射林光历乱⑤，懒云将雨湿嵯峨⑥。
夜深或有骑牛到，堪和南山叩角歌⑦。

①清凉石：原注：“石长一丈六尺余，阔仅及丈，云坐五七百人，以此见异。”参见觉同《和咏五台·总咏五台》注⑥。

②“炙手”句：谓世间炙手可热、利欲熏心之事所见已多。炙手：犹炙手可热。接近之便烫手。比喻权势气焰之盛。唐杜甫《丽人行》诗：“炙手可热势绝伦，慎莫近前丞相嗔。”熏心：此指利欲熏心。贪欲迷住心窍。宋黄庭坚《赠别李次翁》诗：“利欲熏心，随人翕张。”

③石盘陀：指清凉石。盘陀，石不平貌。

④不争：一点不差。

⑤历乱：烂漫。形容光彩四射。

⑥懒云：指飘动迟滞的云彩。将：携带。

⑦“夜深”两句：写作者渴望用世之情。南山叩角歌：亦作“饭牛歌”。相传春秋时卫人宁戚家贫，在齐，暮宿于郭门外，饭牛车下，适遇桓公，因击牛角而歌。桓公闻而以为善，命后车载之归，任为上卿。见刘向《新序·杂事五》。后以“叩角”为求仕之典，称其歌为《饭牛歌》或《叩角歌》。因《饭牛歌》首句为“南山矸，白石烂，生不逢尧与舜禅”，故云“南山叩角歌”。

宗　林

宗林，明代高僧。俗姓宋，字大风，号松庵，浙江杭州人。幼年丧父，母将其送入普宁寺，诵经执务。成年后，戒行精纯，起息必慎；喜交友，交必以道；性至孝，戒不忘亲。因而声名远播。，弘治间征至京师，命为登坛大戒主。弘治八年（1495），命提督五台山，为五台山律宗的复兴贡献良多。并校正

《清凉传》入藏。正德元年（1506），武宗敕赐紫衣玉带，号“大宗师”。后于大香山寺立宗师府居之。后请归，不忘苦修，戒行弥笃。能诗善文，有《香山梦寐集》。

送友之五台讽华严有引[①]

伏以如来富贵文章，最宜披玩[②]；菩萨清凉境界，正好游观。怀香同发一心，曳履各劳双足[③]。对长亭而话别，说短偈以送行[④]。勿惮路遥，且防春冷。杖挑明月，衲惹烟霞。只图行色光辉，不管担簦沉重[⑤]。聊供一笑，高挂五台[⑥]。歌曰：

五台山，清凉境，文殊菩萨留踪影。
谿冰谷雪最难消，三春一似三冬冷。
岩花馨，岩树青，山名久在华严经[⑦]。
四面环基五百里[⑧]，毒龙猛兽皆潜形。
中台好，生细草，顶上无尘何用扫？
四十里高接半天[⑨]，远望沧溟一杯小。
东台高，愁猿猱[⑩]，春无野杏并山桃。
三十八里路虽险，游人不说双足劳。
南台寂，少人迹，下有清泉从此出[⑪]。
路自根头至顶头，计里还高三十七。
西台宽，西风寒，三十五里登临难。
法秘岩中长松树[⑫]，千年翠色成奇观。
北台险，云常掩，远观恰似丹青染。
金猊背上驾文殊[⑬]，行处红尘无半点。
游五台，真快哉，不辞辛苦年年来。
感应随机或相遇[⑭]，百千万劫同消灾。
古庵院，多更变，敕建光明铜瓦殿[⑮]。
睹兹恩典庆幸多，文殊更睹黄金面。
众沙门，思报恩，怀香远谒不动尊[⑯]。
经讽华严解深意，普贤行愿堪同论[⑰]。

心香妙，心灯照[18]，文殊欢喜亦含笑。
芒鞋步步蹋清凉[19]，三有四恩同一报[20]。
松风清，松月明，搜穷圣迹方还京[21]。
心与文殊默相契，慈悲广度诸众生。
明年春，再如此，未到五台心不死。
凭君寄语老文殊，借我金毛小狮子。
狮子来，我便去，终身只在台山住。
东西南北游台人，莫道云深不知处[22]。

①此诗录自《清凉山志》卷八。讽华严：讲说《华严经》。讽，诵念。

②伏以：我认为。伏，虚词，表下对上的恭敬语气。如来：佛的别名。梵语意译。“如”谓如实。“如来”即从如实之道而来，开示真理的人。又为释迦牟尼的十种法号之一。富贵文章：指《华严经》。披玩：翻阅玩味。

③怀香：指心怀对佛的虔诚。香，即心香。佛教语。比喻虔诚的心意，如供佛之焚香。曳履：拖着鞋子。形容闲暇、从容。

④长亭：秦汉十里置亭，亦谓之长亭，为行人休憩及饯别之处。短偈：简短的偈语。偈，梵语“偈陀”的简称，即佛经中的唱颂词，通常以四句为一偈。此指本诗。

⑤担簦（dēng）：指行装。簦，古代长柄笠。犹今雨伞。

⑥挂：指挂锡，即僧人报宿寺院。

⑦“山名”句：《华严经》有清凉山的记载。见张商英《咏五台诗·总咏五台》注②。

⑧“四面”句：《清凉山志》卷一载：五台山“雄据雁代，磅礴数州，在四关（指雁门关、平型关、龙泉关、牧护关）之中，周五百余里”。

⑨四十里高：《清凉山志》卷二载：“中台，高三十九里”。按：此诗所述台怀至各台顶里程，同出此志，均为约数。

⑩愁猿猱（náo）：连猿猱都以攀援为愁。极言山之险峻。唐李白《蜀道难》诗：“黄鹤之飞尚不得过，猿猱欲度愁攀援。”猱，蜀中所产猿类动物，又名金线狨。

⑪清泉：指跑马泉。

⑫法秘岩：指西台灵迹秘魔岩。见张商英《继哲和尚赞》注③。

⑬金猊（ní）：金狮子，文殊坐骑。猊，狻（suān）猊，即狮子。

⑭感应：佛教谓众生以其精诚感动神明，而神明应之，故曰感应。

⑮铜瓦殿：即广宗寺。在灵鹫峰南半麓，始建于明正德二年（1507）。《清凉山志》卷二：“正德初，上（武宗）为生民祈福，遣中相韦敏建寺，铸铜为瓦，今称铜瓦殿。赐印，并护持。命秋崖等十高僧住。”今为全国重点寺院。

⑯不动尊：佛教语。即不动明王（佛教密宗菩萨名）。亦泛指佛菩萨。因其不为生死、烦恼所动，世间所尊，故称。

⑰“普贤”句：谓其友行愿之大可与普贤行愿相提并论。普贤菩萨以“大行”著称。《华严经·普贤行愿品》称，普贤菩萨所说，欲成佛果功德者应修十大愿行：一礼敬诸佛，二称赞如来，三广修供养，四忏除业障，五随喜功德，六请转法轮，七请佛住世，八常随佛学，九恒顺众生，十普皆回向。以上十大行愿即普贤行愿。

⑱心灯：佛教语。犹心灵。谓神思明亮如灯，故称。

⑲芒鞋：用芒茎外皮编织成的鞋。亦泛称草鞋。

⑳“三有”句：《目连救母出离地狱升天宝卷》：“以此不尽功德，上报四恩，下资三有。”三有：谓三界之生死。一、欲有，欲界之生死；二、色有，色界之生死；三无色有，无色界之生死。佛教认为三界之生死境界有因有果，故称有。四恩：佛经教人要报的四重恩，即国土恩、父母恩、众生恩、三宝恩。见《心地观经》。又指父母恩、师长恩、国王恩、施主恩。见《释氏要览》。前者泛指世人当报之恩，后者专指僧徒所报之恩。

㉑搜穷：探访穷尽。

㉒云深不知处：语出唐贾岛《寻隐者不遇》诗：“只在此山中，云深不知处。”处，行踪。

汪　藻

汪藻，字寅长，明代蜀（今四川）人。赐进士。官至山西布政使左参政。

过五台山①

五台山上雾云浮，雾散台分山自幽。
前朝宝刹排云外，盛代珠幡绕殿头。
风雷激烈龙池夜，草木凄凉雁塞秋。
百仞危崖盘屈曲，古今来往几时休？

①此诗录自佛光寺碑刻。落款为“赐进士山西布政司左参政蜀人汪藻书，大明弘治十二年（1499）己未夏五月望后”。弘治，为明孝宗年号。因此诗似由王陶诗《佛光寺》改削而来，故不复加注。又，清乾隆《钦定清凉山志》卷十八载明江藻《过五台山》。江藻或为“汪藻”之误。姑录于此，以为参考。

日菊仙茆辟境幽，台山山迥紫烟浮。

层层宝刹无边景，历历珠幡最上头。
时有风云迷雁塞，忽闻雷雨起龙湫。
危崖盘曲百千仞，古往今来叹未休。

王 纬

王纬，明代大梁（今河南开封市）人。赐进士，官至山西布政使左参政，奉提督粮储。

题佛光寺和汪寅长韵[①]

古寺遥瞻香雾浮，崎岖过此景偏幽。
两峰相峙尤高耸[②]，一殿随山列上头[③]。
天地有情留胜概[④]，乾坤不识几经秋[⑤]。
边尘未息催科急[⑥]，赤子征输甚日休[⑦]？

①此诗录自佛光寺碑刻。落款为“赐进士山西布政使左参议奉提督粮储大梁王纬书，大明弘治十四年秋七月又二日”。汪寅长：即汪藻，其字寅长。佛光寺：见敦煌文献《五台山赞》注⑯。

③两峰：指佛光寺大佛殿所依莲花峰所临南、北两峰。清乾隆三十三年《佛光寺重修东殿碑记》：“予不敏，窃尝观夫佛光胜状，在东大殿。后靠莲花，前临峨水，南峰北峰竞秀左右，而殿独宏伟雄奇，巍巍上中立，诚钜观也。”

③一殿：指佛光殿（俗称东大殿）。

④胜概：美景，美好的境界。

⑤乾坤：指日月。唐杜甫《登岳阳楼》诗：“吴楚东南坼，乾坤日夜浮。”杨伦笺注引董斯张曰：“考《水经注》：洞庭湖广圆五百里，日月若出没其中。”此借指时光。

⑥边尘未息：边境的战事尚未止息。史载，明弘治十四年（1501）四月，小王子等部连兵大举犯境，延绥、宁夏皆遭蹂躏；七月，泰宁卫人犯辽东；闰七月，小王子扰宁夏大杀掠。可谓边患频仍。催科：催收租税。租税有科条法规，故称。

⑦征输：征收赋税输入官府。

祖 印

祖印，明代僧人。法号天玺，别号秋崖道人，东鲁琴台（今山东单县）

人。正德二年（1507）敕旨建广宗寺，命其住持。嘉靖间受诏修藏典，为赐紫沙门、嗣讲经论法主。曾续修唐《清凉传》，编撰五台山志书20卷。

梵仙山①

爱玩吾家紫府山②，溪云老树共僧闲③。
乾坤谩说蓬莱异，闻者虽多达者难④。

①此诗录自《清凉山志》卷二。梵仙山：中台灵迹。见元好问《台山杂咏十六首》之十六注④。

②玩：此有脱落身心的一切烦恼、自由自在之意。吾家紫府山：即佛家紫府山。紫府：五台总称。

③“溪云”句：写物我交融、能所俱泯的闲适之境。此正为“爱”的原因。

④“乾坤”两句：言外之意，吾家紫府山就是仙山蓬莱。谩说：犹休说。

大文殊寺①

古今皇帝敕，寺启鹫峰头②。
客喜松间屋，僧栖云外楼③。
群山皆北向，二水自南流④。
名字闻天竺，神僧荷锡游⑤。

①此诗录自《清凉山志》卷二。大文殊寺：即今菩萨顶。见李师圣《游台感兴古风》注④。

②启：开，开创。

③云外楼：指大文殊寺高入云天、犹如仙境的殿宇。云外，高山之上。亦即世外。唐元稹《玉泉道中作》诗：“遐想云外寺，峰峦渺相望。”

④“群山”两句：写大文殊寺的地理形势。意谓灵鹫峰为群山所宗，二水环抱。北向：朝北，向北。《吕氏春秋·季秋纪》：“司徒搢仆，北向誓之。”二水：指滹沱河和清水河。

⑤神僧：得道的僧人。或指天竺僧人摄摩腾与竺法兰。荷锡：执持锡杖。

大广宗寺①

小朵天城寺②，百年我遁中③。
青山云影淡，紫府树林丰。
洗钵龙吞水④，扶筇鸟入空⑤。
天机何处是⑥，黄叶舞秋风⑦。

①此诗录自《清凉山志》卷二。大广宗寺：见宗林《送僧之五台讽华严》注⑮。

②“小朵”句：谓大广宗寺是一个格局很小的化城。小朵：俗语。犹小格朵朵。指规模不大。天城寺：据《广清凉传》载，天城寺为化寺，“不依地立，现于空中”。此指其犹如仙境。

③百年：指一生。遁中：隐居其中。遁，遁迹，隐居。

④“洗钵”句：意谓制服毒龙，即除灭妄念烦恼。《增一阿含经·高幢品》载，佛进毒龙居住的石室，以“慈悲三昧”转为“焰火三昧”，将其收入钵中。五台山佛教亦有类似传说。

⑤扶筇（qióng）：拄杖。筇，竹名，可作手杖。

⑥天机：造化的奥秘。此指佛法真谛。

⑦“黄叶”句：黄叶飘零，唯余枝干。写“圣凡两忘，情尽体露”（见《仰山语录》）的禅悟境界。

太平兴国寺①

一

宋世功臣志异常②，弃名林下学僧郎③。
乾坤到此谁堪并，独许英风动帝王④。

①此诗录自《清凉山志》卷二。太平兴国寺：在北台南麓楼观谷，建于北宋太平兴国七年（982）。原名白鹿寺，宋太祖赐今名。《清凉山志》卷二载：“宋沙门睿见结庐于此……太宗平晋，闻师道，诏见行官。敕建寺，赐额‘太平兴国’，以师主之，即杨五郎之师也。中有五郎祠。”寺与庙毁于“文革”。

②宋世功臣：指五郎。相传为宋杨业第五子，于金沙滩兵败后出家于五台山。后曾率僧兵在雁门关棒劈辽将韩昌。

③弃名林下：抛弃世俗的名誉地位隐居修道。林下：树林之下。本指幽静之地。此指

退隐修道之所。

④“乾坤”两句：谓达到五郎这种境地，天地间无谁可与其并立；人们只称许他的英雄气概，连帝王也为之感动。

二

阿师功业与天齐①，恨杀丹青不与题②。
倘得将军常在世③，宋朝争肯属单于④？

①阿师：即师傅。指五郎。阿，助词，用于称呼、姓名之前。

②恨杀：十分遗憾。恨，遗憾。杀，形容极盛之词。通“煞”。丹青：古代以丹册纪勋，青史纪事。丹青犹言史籍。

③倘得：倘若能够。

④争肯：犹怎肯。单（chán）于：汉时匈奴称其尊长为单于。此泛指外族。

灵峰寺①

一室千峰里②，幽居少客临。
经函就月案，禅榻倚云岑③。
极目空天地，潜心无古今④。
流馨到人世⑤，故我得相寻⑥。

①此诗录自《清凉山志》卷二。灵峰寺：在中台阳白谷。《清凉山志》卷二载：“灵峰寺，阳白谷，唐建。成化间，义宾上人约五十三人，结社参禅。皇戚周善世来游，观众有感，割金三千重修。”后废，仅存砖塔一座。现重修。此诗应以访灵峰寺某禅师诗读之。

②室：指禅室，犹禅房。佛徒习静之所。

③“经函”两句：谓佛经放置在月光映照的案几上，禅榻靠着云雾缭绕的山峰。经函：装经书的书套。此指佛经。禅榻：即禅床。禅师坐禅之床。

④“极目”两句：写灵峰寺禅师的道行。谓他已感悟诸法皆空的禅理，泯灭了古今的时间界限。潜心：此指专心于佛理。

⑤“流馨”句：谓灵峰寺某禅师美好的德行流播人世。馨：香气远闻。比喻可流传广远的德行、声誉。

⑥得：得以，能够。

竹林寺①

清凉山畔几丛林②，罗列千峰万木森。
溪涌寒云流碧玉③，风飘落叶散黄金④。
纵横雁塔星霜古⑤，攲侧龙碑岁月深⑥。
多少禅宫看代谢⑦，徘徊谁不动愁吟？

①此诗录自《清凉山志》卷二。竹林寺：见赵梦麟《竹林寺避雨》注①。

②丛林：众僧聚居念佛修道之地。《大智度论》："僧伽，秦言众，多比丘一处和合，是名僧伽；譬如大树丛聚，是名为林。"后泛指寺院为丛林。

③"溪涌"句：从唐李白《忆旧游寄谯郡元参军》诗"晋祠流水如碧玉"句化出。

④"风飘"句：暗用"黄叶止啼"之典。语出《涅槃经·婴儿行品》："又婴儿行者，如彼婴儿啼哭之时，父母即以杨树黄叶而语之言：莫啼，莫啼！我与汝金。婴儿见已，生真金想，便止不啼。然此杨叶实非金也。"众生如婴儿无知；婴儿啼哭，比喻众生作恶受苦。以黄叶为金，喻天上乐果，能止人间众恶。所谓"黄叶止啼"，即指佛以方便权宜之法，劝众生勿造恶业，渐渐诱导众生归向佛法。

⑤雁塔：唐玄奘《大唐西域记·摩揭陀国下》："有比丘经行，忽见群雁飞翔，戏言曰：'今日众僧中食不充，摩诃萨埵（意译"大士"，对菩萨的尊称）宜知是时。'言声未绝，一雁退飞，当其僧前，投身自殒。比丘见已，具白众僧，闻者悲感，咸相谓曰：'如来设法，导诱随机，我等守愚，遵行渐教……此雁垂诫，诚为明导，宜旌厚德，传记终古。'于是建窣堵波（塔），式昭遗烈，以彼死雁，瘗其下焉。"后因指佛塔。竹林寺有八角五层舍利塔。《清凉山志》卷二："竹林寺舍利塔，台南竹林寺前。成化间，耕者得石椁，内银匣，中有琉璃瓶，盛舍利数百粒，光色璀璨。系宋僧云宗藏之。弘治间，燕京穆氏建塔。嘉靖间，古灯重修。"星霜古：年代久远。星霜，星一年一周转，霜每年因时而降，故以星霜指年岁。

⑥攲（jī）侧：偏在一边；倾斜。攲，通"欹"。龙碑：即螭碑。碑额雕有螭形的石碑。螭，古代传说中无角的龙。

⑦禅宫：此指寺院。代谢：指新旧更迭，交替。

演教寺①

嵯峨高万丈，气宇眇蓬莱②。

塔影连云汉，钟声出斗隈[③]。
龙池藏日月[④]，圣地绝尘埃。
天下多名胜，难同是五台[⑤]。

①此诗录自《清凉山志》卷二。演教寺：在中台顶。隋开皇元年（581）创建，唐代重建，明弘治间玉禅师重修。寺内有唐代铁舍利塔，后建石塔包衔之。现存殿宇有清建石洞，内供孺童文殊像。

②“嵯峨”两句：谓中台巍峨高峻，气概不凡，连仙山蓬莱也显得渺小低微。眇：细小，微末。

③“塔影”两句：承上极写演教寺塔、殿高耸天际。云汉：银河，天河。斗：指北斗七星。隈：深曲之处。

④“龙池”句：谓龙池中倒映着日月之影。龙池：北台有灵迹黑龙池。此当泛指中台的水池。

⑤“难同”句：意谓无堪与五台比肩者。

李崇义

李崇义，明代山西盂县人。正德四年（1509）举人。曾知睢州（今河南睢县）。

五台山遍览名迹[①]

丹丘表西陲，五峰标云际[②]。
广袤数百里[③]，千秋开壮丽。
佛土名清凉，是借菩萨智[④]。
绀殿倚云根[⑤]，玄池通地肺[⑥]。
玉鸡号台东，扶光彻幽蔽[⑦]。
仰瞻空鹤天[⑧]，俯瞩乘狮地[⑨]。
罡风御羊角，蜉蝣怆人世[⑩]。
余忝烟客流[⑪]，晚得睹山笥[⑫]。
璇房幽可栖[⑬]，珠林森以翳[⑭]。
淮南环八公，日暮采苍桂[⑮]。

庶几窥鸿宝[16]，终古存灏气[17]。
时缮绿字篇，因订名山契[18]。

①此诗录自明万历《太原府志》。

②“丹丘”两句：意谓神仙所居的丹丘远在西陲之外，难以前往；而高耸入云的五台山就在眼前。丹丘：传说中神仙所居之地。参见乔羽《锦绣峰》注⑦。表，外。西陲：西部边境。

③广袤（mào）：宽广。东西曰宽，南北曰袤。

④“是借”句：五台山为文殊菩萨道场，文殊在诸菩萨中智慧第一，故云。

⑤绀殿：指佛寺。云根：深山高远云起之处。

⑥“玄池”句：因五台山水源充足，故云。玄池：水池名。《穆天子传》：“庚戌，天子西征，至于玄池。”此泛指五台山的水池。地肺：地名。《金楼子·志怪》：“地肺，荆州济门西岸安船处也。洪潦常浮不没，故云地肺也。”

⑦“玉鸡”两句：写东台日出。玉鸡：传说中的神鸡。《神异经·东荒经》：“盖扶桑山有玉鸡，玉鸡鸣则金鸡鸣，金鸡鸣则石鸡鸣，石鸡鸣则天下之鸡悉鸣。”扶光：扶桑之光。指日光。因传说日出于扶桑之下，拂其树杪而升，故云。

⑧鹤天：高天；高远的境界。因传说中的仙人多以鹤为坐骑，又白鹤为西方极乐世界的奇妙杂色鸟之一，故云。

⑨乘狮地：指五台山佛地。因五台山为文殊菩萨道场，且其坐骑为狮子，故云。

⑩“罡（gāng）风”两句：写从高空的旋风想到人生的无常。罡风：道家语。高空的风。羊角：曲而上行的旋风。《庄子·逍遥游》：“抟扶摇羊角而上者九万里。”成玄英疏：“旋风曲戾，犹如羊角。”蜉蝣：虫名。幼虫生活在水中，成虫褐绿色，有四翅，生存期极短，谓之“朝生夕死”。

⑪忝（tiǎn）：羞辱；有愧于。常用作谦词。烟客，传说中的仙人托身云里，因称仙人为烟客。

⑫山笥（sì）：此当指以笥珍藏于五台山寺庙中的典籍或珍宝。笥，方形竹器。

⑬璇（xuán）房：犹“璇室”，传说中仙人的居所。此指寺院的僧舍。

⑭珠树：神话传说中的仙树。森以翳：枝叶繁茂，遮天蔽日。

⑮“淮南”两句：写在五台山求仙访道。淮南：指汉朝淮南王刘安。安好文学，喜神仙之术。八公：即淮南八公。指淮南王刘安八位门客。汉王逸《招隐士》序：“昔淮南王安，博雅好古，招怀天下俊伟之士，自八公之徒，咸慕其德而归其仁。”后世传说为神仙。苍桂：翠绿的桂。古代传说中的仙人桂父（fǔ）常服桂及葵。见汉刘向《列仙传·桂父》。环：原作“怀”，径改。

⑯庶几：有幸。鸿宝：道教修仙炼丹之书。《汉书·刘向传》：“上复兴神仙方术之事，

而淮南有《枕中鸿宝苑秘书》。”

⑰终古：经常。颢（hào）气：弥漫于天地间之气。

⑱“时繙（fān）”两句：写作者与名山订契的缘由。繙：翻阅。绿字篇：指地理志、方志等。绿字，河图上绿色的文字。《晋书·地理志序》：“大禹观于浊河，而受绿字，寰宇之内可得而言也。”订名山契：即与名山订契。订契，即订交，谓彼此结为朋友。

龙洞①

阴阴石洞玉龙盘②，历历岩泉雪乳寒③。
红叶满庭山鸟寂，夜深明月倚栏看④。

①此诗录自明万历《太原府志》。龙洞：西台灵迹。相传为文殊大士受记五百毒龙潜修之所。《清凉山志》卷二：“龙洞，在秘魔岩。恳祷则龙现，见者非一。”

②玉龙：传说中的神龙。此借指蜿蜒流动的泉水。

③历历：象声词。雪乳：白色浓厚的浆液。指泉水。

④“夜深”句：写空寂明净的禅境。

张凤翀

张凤翀（gòng），号云吟山人，明代夹江（今四川夹江县）人。弘治九年（1496）进士。官忠宪大夫、山西按察使副使、钦差整饬雁门等关兵备副使。

重经再宿佛光寺①

重来野寺寄行窝②，聊得偷闲一放歌。
直上中台高处望，白云堆里是三峨③。

①此诗录自崔正森等《五台山碑文选注》。落款为“大明正德乙亥孟秋朔，钦差整饬雁门等关兵备副使西蜀云吟山人张凤翀书”（下同）。正德乙亥：正德十年（1515）。佛光寺：见敦煌文献《五台山赞》注⑯。

②行窝：宋人为接待邵雍仿其所居安乐窝而为之建造的居室。宋邵伯温《闻见前录》卷二十：“十余家如康节先公所居安乐窝，起屋以待其来，谓之行窝。故康节先公没，乡人挽诗有云：‘春风秋月嬉游处，冷落行窝十二家’。”后因指可以小住的安适之所。

③三峨：指佛光寺北代县峨岭、峨谷、峨口，均在中台之北。

次韵抒怀[①]

世摹风飘与浪浮[②]，尘纷坐久慕清幽[③]。
黄沙塞外无停骑[④]，白发年来已上头。
禾黍千家乐古岁[⑤]，梧桐一叶报新秋[⑥]。
边陲欲断匈奴臂[⑦]，安得余闲访贯休[⑧]？

①此诗为和汪藻《过五台山》之作。次韵：依次用所和诗中的韵作诗。也称步韵。世传次韵始于白居易、元稹，称“元和体”。

②“世摹”句：谓人世像风浪一样飘忽不定。摹，拟，仿佛。

③尘纷坐久：因久在纷乱的尘世。坐，因。

④“黄沙”句：意谓塞外战事尚未停息，自己须不停地骑马奔忙。塞外。边塞之外。泛指我国北方地区。

⑤“乐古岁”原作“古乐岁”，径改。乐岁：丰年。《孟子·梁惠王》：“乐岁终身饱，凶年免于死亡。”

⑥一叶报新秋：《淮南子·说山》：“见一叶落，而知岁之将暮。”又唐人诗：“山僧不解数甲子，一叶落知天下秋。”此用其意。

⑦匈奴：泛指外族侵略者。

⑧贯休：唐代诗僧。此借指五台山某僧人。

看刘知远墓[①]

英雄毕竟归黄土，但有芳名与恶名。
不见则天高冢在[②]，至今犹杂汉诸陵。

①刘知远：即后汉高祖（895—948）。五代汉王朝的建立者。公元947—948年在位。沙陀部人。后晋时为河东节度使，累封至北平王。开运四年（947）契丹灭后晋，他在太原称帝，建都汴（今河南开封），国号汉，史称后汉。据传其墓在佛光寺北5公里李家庄村。

②则天：即武则天（624—705），唐高宗后、武周皇帝。公元690—705年在位。名曌，并州文水（今山西文水东）人。死后，与唐高宗李治合葬于乾陵。

谢　榛

谢榛（1495—1575），字茂秦，号四溟山人，又号脱屣山人，明代山东临清人。十六岁时作乐府商调，流传颇广。后折节读书，刻意为诗歌，以声律闻于时。嘉靖间，游京师，与李攀龙、王世贞等结社，为“后七子”之一。后客游诸藩王间，以布衣终身。其诗以律句、绝句见长。著有《四溟集》、《四溟诗话》。

同李兵宪廷实刘计部伯柬宴集因谈五台山之胜遂赋长歌①

残冬游五台，几步一徘徊。
石罅松根出，云端山势来。
地接龙荒莽无际②，疏林但见冰花开。
绝顶下连万丈雪，阴崖长积千年苔。
经过险巇有藜杖③，天许诗人独放旷④。
青山不断马头前，红日忽翻鸦背上。
我来转折无尽时，奇处复奇难形状⑤。
焉得江南顾恺之⑥，为予写成岩壑障⑦？
五台山高齐插天，开辟有色同苍然⑧。
平生想象劳梦寐，到时飘逸如登仙。
蹑屩越丹崖⑨，挥手拂紫烟。
化城金界未深入⑩，远公逝矣谁相延⑪？
灵脉永存功德水⑫，仿佛彻耳来飞泉。
令人心思净于洗，不根突出纷青莲⑬。
指点烟岚动广席⑭，何当鹫岭共攀缘⑮？
二君壮图逢昭代⑯，岂暇联辔游山川⑰？
向予叹息且酌酒⑱，日下圭峰重回首⑲。

①此诗录自《四溟集》卷四。李兵宪廷实：即兵宪李廷实。兵宪，兵备道副使、佥事，俗称兵宪。刘计部伯柬：即计部刘伯柬。计部，明清以称户部。

②龙荒：漠北。龙，指匈奴祭天处龙城；荒，谓荒服。《汉书·叙传下》："龙荒幕朔，莫不来朝。"后泛指荒漠之地或处于荒漠之地的少数民族国家。

③险巇（xī）：崎岖险恶。

④放旷：豪放旷达，不拘礼俗。晋潘岳《秋兴赋》："逍遥乎山水之阿，放旷乎人间之世。"

⑤形状：描摹；形容比拟。

⑥顾恺之：东晋画家。无锡（今属江苏）人。多才艺，工诗赋，尤精绘画，尝有"才绝、画绝、痴绝"之称。多作人物肖像及神仙、佛像、禽兽、山水。

⑦岩壑障：绘有山峦溪谷的步障。障，屏风；步障。《晋书·石崇传》："恺作紫丝步障四十里，崇作锦步障五十里以敌之。"

⑧开辟：指宇宙的开始。古代神话，谓盘古氏开天辟地。

⑨蹑屩（juē）：穿着草鞋行走。屩，同"孱"。草鞋。丹崖：绮丽的岩壁。

⑩化城、金界：均指佛寺。

⑪远公：指晋释慧远。

⑫灵脉：犹灵泉。对泉水的美称。脉，指水脉。功德水：即八功德水。佛教谓西方极乐世界中，处处皆有七妙宝池，八功德水弥满其中。其水澄净、清冷、甘美、轻软、润泽、安和，饮时除饥渴，能增益种种殊妙善根。五台山西台有灵迹八功德水。此泛指五台山之水。

⑬"令人"两句：谓五台山的胜景令人尘俗之心一洗而光，毫无来由的心中突然出现众多的青莲花。意即产生了向佛之心。不根：没有根据；荒谬。

⑭"指点"句：谓人们纷纷离开坐席观赏品评山林间的云气。广席：众多坐席。

⑮何当：犹何日，何时。鹫岭：鹫山，即灵鹫山。在古印度摩羯陀国王舍城东北。梵名阇崛山。山中多鹫，或言山顶似鹫，故名。相传释迦牟尼曾在此居住和说法多年。因代称佛地。攀缘：依附；投靠。

⑯二君：指李廷实和刘伯柬。壮图：壮志，宏伟的意图。昭代：政治清明的时代。常用以称本朝或当今时代。

⑰联辔：犹联骑。即连骑，并乘。

⑱叹息：赞叹。

⑲圭峰：峰名。见王钥《圭峰寺》注①。

将登五台夜宿圭峰禅房①

驱车林壑晚②，不觉路萦回③。
钟响禅扉近④，僧迎山火来⑤。

登攀惟一径，开辟自多台[⑥]。
上有古松柏，当年谁为栽[⑦]？

①此诗录自《四溟集》卷四。
②林壑：山林涧谷。亦指隐居之地。
③萦回：盘旋往复。
④禅扉：禅房。亦指佛寺之门。
⑤山火：山中草木焚烧而燃烧起的火。此当指照明的火把。
⑥开辟：指宇宙的开始。古代神话，谓盘古氏开天辟地。
⑦谁为栽：为谁栽植。

圭峰晚望[①]

圭峰冠形胜[②]，幽事且禅林[③]。
石阁参云兴，山桥俯涧心[④]。
万松皆古色，孤磬自清音。
更觅最奇处，宁辞冰雪深[⑤]？

①此诗录自《四溟集》卷四。
②冠形胜：为形胜之冠。形胜，谓山川壮美。
③“幽事”句：谓此处既是山水胜景，又是佛教寺院。幽事：幽景，胜景。禅林：僧徒聚居之处。即佛寺。
④“石阁”两句：写作者醉心于云水林峦。谓登石阁，兴致在参玩天上的白云；过石桥，心思在俯察山涧流水。石阁：石砌的楼房。寺院藏经之所。
⑤宁（nìng）辞：岂能抱怨。

皇甫汸

皇甫汸（1497—1582），字子循，号百泉，明代长洲（今江苏苏州）人，嘉靖八年（1529）进士，官工部主事。因摘发武定侯郭勋弄权舞弊及忤太宰等事曾三次遭贬黜。后官至云南按察佥事。汸有兄弟四人，皆能诗，称“皇甫四杰”，以他最优。有《解颐新语》、《皇甫司勋集》、《百泉子绪论》。

五台行赠陆仪曹[①]

昔辛亥之岁，余谪澶州[②]。时陆子光祖令浚，任子环令滑，迄今辛酉十年矣[③]。陆以太夫人忧居，偶过吴门见访，命余作歌，因赋[④]。

驻马且勿辞，问君何所之？
开樽永今夕[⑤]，倾盖忆当时[⑥]。
忘年北海非文举[⑦]，为政东阿似子奇[⑧]。
官迁典礼朝趋省[⑨]，职守文园夜侍祠[⑩]。
君方用世晞时哲[⑪]，我已还山谢朝列。
览鬓不觉二毛侵[⑫]，弹指那禁十年别！
君家门阀人尽闻[⑬]，况复兄弟迈机云[⑭]。
栖迹人间世，游心物外群[⑮]。
山向五台开岳色，水从三晋引河汾[⑯]。
昔时尚有任安在[⑰]，挥麈谈兵气慷概[⑱]。
敢犯风波屡阽危[⑲]，宁知岁月不相待？
一朝功就身已亡，空留庙寝阖闾乡[⑳]。
阵望海营犹立帜，碑存岘首但沾裳[㉑]。
男儿及时策足据要路[㉒]，如君高才岂同瓠[㉓]？
会须施泽济苍生[㉔]，安事呼雷守墟墓[㉕]！
何颙贪佛宦情迁[㉖]，五峰深处谒文殊？
鸿濛相见曾无语[㉗]，象罔归来自得珠[㉘]。

①此诗录自《皇甫司勋集》卷十四。陆仪曹：指陆光祖（1531—1597），字与绳，明代平湖（今浙江平湖县）人。嘉靖二十六年（1547）进士。除浚（xùn）县知县，迁南京礼部尚书，补祠祭主事。历仪制郎中等多职，后引疾归。万历十五年（1581）起南京刑部尚书，入为刑部尚书，改吏部尚书。卒赠太子太保，谥庄简。生平信佛，于文殊本智有深契，自号五台居士，人称陆五台。仪曹：唐以后礼部郎官的别称。

②辛亥：明嘉靖三十年（1551）。澶（chán）州：同下“浚（县）”、“滑（县）”均在河南省北部，三处毗连。

③任子环：任环（1519—1558），明长治（今属山西）人。官至山东右参政，曾为滑县令。辛酉：明嘉靖四十年（1561）。

④忧：居丧。吴门：指苏州。

⑤“开樽”句：谓今晚要通宵举杯饮酒。永夕：长夜，通宵。

⑥倾盖：车上的伞盖靠在一起。《史记·鲁仲连邹阳列传》：“谚曰：‘白头如新，倾盖如故。’何则？知与不知也。”司马贞索隐引《志林》曰：“倾盖者，道行相遇，軿（píng）车相对，两盖相切，小敧之，故曰倾。”亦指初次相逢或订交。

⑦“忘年”句：谓你我是像祢衡和孔融那样的忘年之交，可我却无孔融那样的德才。忘年：不拘年龄、行辈，以德才相敬慕。《初学记》卷十八引晋张隐《文士传》：“祢衡有逸才，少与孔融交。时衡未满二十，而融已五十，敬衡才秀，忘年殷勤。”祢衡：汉末文学家，字正平，平原般（今山东临邑东北）人。北海：孔融，字文举，东汉人。曾任北海相，时称孔北海。

⑧“为政”句：写陆治浚的政绩。子奇：相传为春秋时齐国人，十八岁治阿县，阿大治。后用以称年少有才华的人。《后汉书·顺帝纪》李贤注：“子奇年十八，齐君使之化阿。至阿，铸其库兵以为耕器，出仓廪以赈贫穷，阿县大化。”

⑨典礼：掌管礼仪。此指陆迁礼部尚书事。趋省：赴台省办事。省，犹台省，指中央机关。

⑩文园：即孝文园。汉文帝的陵园。后亦泛指陵园或园林。此指陆补祠祭主事之事。倚祠：陪从祭祀。

⑪用世：见用于世，为世所用。晞（xī）时哲：为当代贤达所倾慕。晞，通“睎”。仰望，远望。

⑫二毛：斑白的头发，常用以指老年人。

⑬门阀：门第阀阅。陆祖淞、父杲皆进士。淞官光禄卿，杲官刑部主事。

⑭迈：超过。机云：晋陆机、陆云两兄弟的并称。亦借称两位杰出的兄弟。

⑮“游心”句：指陆信佛事。游心：留心；心神倾注在某一方面。物外群：犹物外人。尘世以外的人。

⑯“山西”两句：写陆游心于山西五台山。向：向往。引：牵连。此犹牵挂。河汾：黄河与汾河的并称。

⑰任安：字少卿，西汉荥阳（今河南荥阳县东北）人。武帝时为大将军卫舍人，有智略，被举为监护北军。征和二年（前91）七月，戾太子举兵，与节令发兵，他闭门不出。武帝认为他坐观成败，杀之。按：汉任安事迹似与下文所描绘的场景不合，疑为另一任安。

⑱挥麈谈兵：挥动麈尾，谈论军事。写其潇洒与从容。

⑲阽（diàn）危：临近危险。

⑳庙寝：寝庙。指宗庙的前庙和后寝。阖闾乡：即阖闾城。苏州的别称。

㉑“碑存”句：西晋羊祜都督荆州诸军事，驻襄阳。死后，其部属在岘山祜生前游息之地建碑立庙，每年祭祀。见碑者莫不落泪，杜预因称此碑为堕泪碑。见《晋书·羊祜

传》。岘（xiàn）山：在湖北襄阳县南。又名岘首山。东临汉水，为襄阳南面要塞。羊祜镇守襄阳时，常登此山，置酒吟咏。

㉒策足据要路：《文选·古诗十九首·今日良宴会》："何不策高足，先据要路津。"此用其意。策足：犹策高足。谓乘上等快马疾驰。高足，汉代驿传设高足、中足、下足三等马匹，高足为上等。

㉓岂同瓠（hú）：岂能象瓠瓜一样系而不食？宋梅尧臣《题刁经臣山居时已应辟西幕》诗："岂期同瓠瓜，常系蒿莱根。"语出《论语·阳货》："……吾岂匏瓜哉？焉能系而不食？"朱熹注："匏，瓠也，瓠瓜系于一处，而不能饮食，人则不如也。"后因以喻未得仕用或无作为的人。瓠，即瓠瓜。实圆长，首尾粗细略同，可食。

㉔会须：应当。

㉕"安事"句：因陆曾任南京礼部尚书，补祠祭主事，故云。呼雷：犹呼噜。鼾声。

㉖颙（yóng）佛：敬佛，仰慕佛。

㉗鸿濛：弥漫广大貌。曾（zēng）：乃，竟。

㉘"象罔"句：句意谓无心，即无执著，反而获得佛法真谛。意即劝陆对佛菩萨不要太执著，"平常心是道"。象罔：《庄子》寓言中的人物。含无心、无形迹之意。《庄子·天地》："黄帝游乎赤水之北，登乎昆崙之丘而南望，还归，遗其玄珠。使知索之而不得，使离朱索之而不得，使喫诟索之而不得也。乃使象罔，象罔得之。"王先谦集解引宣颖曰：象罔"似有象而实无，盖无心之谓"。后用以为典。珠：指玄珠。道家、佛教比喻道的实体，或教义的真谛。

一 江

一江（1501—1572），明代僧人，字真澧，俗姓刘，江右（今江西）人。嘉靖四十三年（1564）曾到五台山礼佛。

凤林寺①

五月清凉界，谈经入凤林。
松风和梵语②，流水奏幽琴。
云淡曼殊面，花妍古佛心③。
不须觅黄卷④，遍演法王音⑤。

①此诗录自《清凉山志》卷二。凤林寺：在中台凤林谷。《清凉山志》卷二："凤林

寺，嘉靖间，彻天和尚卓庵。尝有盗贼至，见二虎据门，贼乃革恶，因呼为二虎禅师。万历初，道闻于上，改建为寺，额曰凤林。五年（1577），敕建慈寿寺，使官征之，不可。使官强起，师辟谷三日，乃终。赐祭，塔于本山。”

②梵语：此犹梵声。指念佛诵经之声。

③“云淡”二句：谓淡淡的白云，像文殊菩萨的面容；妍丽的山花，显示了真如佛性。即“触目菩提”之意。曼殊：曼殊师利之省，即文殊。古佛：佛教指过去的佛。

④黄卷：谓书籍。古时用黄蘖染纸以防蠹，故名。此指佛经。

⑤“遍演”句：谓凤林寺的所见所闻都在讲说佛音。演：讲说。法王：佛教对释迦牟尼的尊称。

高叔嗣

高叔嗣（1502—1538），字子业，号苏门山人，明代河南祥符（今开封）人。嘉靖二年（1523）进士。授工部营缮司主事，改吏部稽勋，历员外郎中，嘉靖十二年（1533）出为山西左参政，迁湖广按察使。诗清新婉约，冲澹沉雄。有《苏门集》。

途经五台山不及攀游[①]

客路迂回甚，驱车怅此分[②]。
悬崖晴度日，洞壑晚生云。
怵迫非吾意，悲欢与众群[③]。
终当卧灵岳[④]，夙志岂徒云[⑤]？

①此诗录自《苏门集》卷三。

②怅此分：为与五台山失之交臂而怅惘。

③“怵（xù）迫”两句：写未攀游五台山的原因。谓我与下属同甘共苦，不愿诱迫他们迂道游台。怵迫：诱迫。语出《管子·心术上》：“不怵乎好，不迫乎恶。”

④灵岳：灵秀的山岳。此指五台山。

⑤夙志：平素的志愿。徒云：空说。

曾　铣

曾铣（1509—1548），字子重，号石塘，明代浙江台州黄岩县（今黄岩区）人。一说江都（今江苏扬州）人。嘉靖八年（1529）进士。任福建长乐知县，任满升御使，巡按辽东，擢右佥都御使巡抚山东、山西，进兵部侍郎。嘉靖二十五年（1546）以原官总督陕西三边军务。后遭严嵩诬陷被杀。隆庆初诏赠兵部尚书，万历中建祠陕西。

同刘兵宪督水至河口赋山川之盛①

青峦翠壁几周遭②，虎踞龙腾气势豪③。
万木萧森掩日月④，一泓清澈照戈旄⑤。
乾坤雄杰应千古，人世驱驰愧二毛⑥。
仰视飞鸿霄汉际，翛然清兴欲翔翱⑦。

①此诗录自清乾隆《五台县志》。兵宪：兵备道副使、佥事，俗称兵宪。河口：村庄名。在五台县高洪口乡。地处虒阳河与清水河交汇处，故名。

②“青峦”句：谓青翠的山崖四周重重环绕。周遭：周围。

③虎踞龙腾：如虎之蹲踞，如龙之腾飞。形容地势极峻峭险要。

④萧森：草木茂盛貌。

⑤戈旄：犹戈旗。军旗。旄，古代用牦牛尾作杆饰的旗子。

⑥“乾坤”两句：写作者为年已老大，尚未能建功立业的感慨。乾坤雄杰：顶天立地的英雄豪杰。千古：指千古不朽。二毛：斑白的毛发。常用以指老年人。

⑦“仰视”两句：写作者的鸿鹄之志。飞鸿：飞行着的鸿雁。翛（xiāo）然：无拘无束貌；超脱貌。清兴：清雅的兴致。

吴　璞

吴璞，明代山西代州人。嘉靖十年（1531）举人。官至户部郎中。

圭峰寺①

石壁山雨润，松径溪云结②。
岩溜下龙唇③，圭峰起凤阙④。
扪萝傍翠岑⑤，披藓读残碣⑥。

沧桑几变更[7]，山灵为我说[8]。

①此诗录自清道光《繁峙县志》。圭峰寺：见王钥《圭峰寺》注①。

②溪云：山间的云雾。

③岩溜：山岩上的水流。圭峰寺有滴水崖。龙唇：喻山岩的形状。

④“圭峰”句：谓圭峰寺高耸而起，犹如凤阙。凤阙：汉代宫阙名。《史记·孝武本纪》：“其东则凤阙，高二十余丈。”司马贞索隐引《三辅故事》：“北有圜阙，高二十丈，上有铜凤凰，故曰凤阙也。”

⑤傍：靠近。翠岑：青翠的山峰。

⑥披藓：拨开苔藓。

⑦沧桑：“沧海桑田”的略语。大海变成农田，农田变成大海。语本晋葛洪《神仙传·王远》：“麻姑自说云：‘接待以来，已见东海三为桑田。’”后以“沧海桑田”比喻世事变化之大。

⑧山灵：山神。

德　宝

德宝（1512—1581），明代临济宗高僧。俗姓吴，字月心，号笑岩。金台（今河北易县）人。22岁出家，依广慧寺大寂为师。后云游名山圣迹，遍参善知识，终得法。被尊为临济宗第二十八祖。圆寂后塔于北京西直门外小西门，顺治间扩建为塔院。毁于“文革”。有《笑岩集》4卷。

清凉契道歌并引[1]

予登清凉，冬观五顶如银，即知菩萨示剥白净露之真体[2]；夏睹千峰似锦，即知菩萨彰圆融具德之妙行[3]。此二不二，体用一如[4]。用心及此，忽然念断，心境两忘，共曼殊大士于石火光中暂一见耳[5]。乃为歌曰：

权舆化物谁云造，一切无心合至道[6]。
道合无心渠自知[7]，知及无知渠不疑[8]。
无心无知终无已，可中有数自成褫[9]。
成褫有数渠非豫[10]，脱体如愚任运去[11]。

泝流任运复逢原，芙蓉开遍我师轩⑫。
我师深隐悬河辩，万叠锦峰云夜卷⑬。

①此诗录自《清凉山志》卷八。契道：指领悟佛法。

②剥白净露：像剥去树皮以见树白一样完全裸露。真体：犹真如。佛教指永恒存在的实体、实性。

③圆融具德：佛教指破除偏执、完满融通，具备理德、妙行。

④“此二”两句：谓真体与妙行，即体与用（犹本质和作用）完全统一（即“一如”），没有区别（即“不二”）。《坛经·定慧如灯光品》：“灯是光之体，光是灯之用，名即有二，体无两般。”此用其意。一如：佛家语。不二曰一，不异曰如，不二不异，谓之“一如”，即真如之理，犹言“永恒真理”或“本体”。

⑤心境：自己的意念和外界的环境。石火：击石所发之火星。因其一发即灭，故以形容短暂。禅家常用“电光石火”比喻顿悟之迅速。

⑥“权舆”两句：谓自然界的万物最初是谁创造的？虽出于无心，却完全符合佛法极其精深微妙的道理。权舆：起始。《诗经·秦风·权舆》：“今也每食无余，于嗟乎，不承权舆。”无心：无存心，出于自然，初无本意。佛教指解脱妄念的真心。

⑦渠：他。指佛菩萨。

⑧“知与”句：谓对于知“道”的智者和不知“道”的愚者他都不疑忌。意为佛法平等，圣凡如一。

⑨“无心”两句：谓参禅修道者要解脱妄念，无知无识，毫不懈怠，精进不已；如有因缘，自然成就解脱之道。无已：不倦，不怠。《诗·魏风·陟岵》：“嗟！予子行役，夙夜无已。”可中：如果。有数：有气数，有因缘。旧谓命中注定。褫（chǐ）：解。此指解脱。

⑩非豫：没有事先为备。

⑪“脱体”句：谓作者身心解脱，不知不识，随缘任运而去。

⑫“泝（sù）流”两句：谓作者随缘任运，逆流而上，寻其本源，得悟文殊法要。泝流：亦作“溯流”。逆着水流的方向。逢原：即禅语“返本还源”。喻本心清净，无烦恼妄念，当体即诸法实相。原：“源”的古字。水源。“芙蓉”句：写文殊度化众生的情景。芙蓉：即莲花。喻清净佛性。轩：房屋。

⑬：“我师”两句：意谓静夜里，虽听不到文殊说法，而五台山丛叠的锦绣山峰和自然舒展的云彩，都显示了佛法真谛。深隐悬河辩：暗指无言无说的“不二法门”。悬河：喻论辩不绝。辩，此指辩才。梵语“钵底婆”。指解说佛法，贯通无滞，具辩说之才。

黎民表

黎民表（1515—1581），字维敬，号瑶石山人，明代从化（今广东从化县）人。嘉靖十三年（1534）举人。授翰林院孔目，迁吏部司务，以能文用为制敕房中书。万历中官至河南布政使参议。有《瑶石山人稿》、《北游稿》等。

送大庾僧游五台[①]

离却梅花国[②]，西游复渡河，
风沙僧律苦[③]，湖海梵缘多[④]。
远聚投人住[⑤]，残年避雪过。
愧予尘想在，频夜梦烟萝[⑥]。

①此诗录自《瑶石山人稿》卷七。大庾：即大庾岭。在广西广东交界处。相传汉武帝时，有庾姓将军筑城岭上，故名大庾，又曰庾岭。其上多梅花，又名梅岭。

②梅花国：指梅岭。

③僧律：佛教戒律。

④梵缘：与佛教的因缘。

⑤远聚：远处的村落。

⑥“愧予”两句：写作者对大庾僧的思念之情。尘想：犹俗念。烟萝：草树茂密，烟聚萝缠，谓之“烟萝”。此借指幽居或修真之处。

送歙僧大海真了游五台[①]

结伴西游去，灵山似竺乾[②]。
锡飞千嶂顶[③]，灯现五峰前[④]。
辛苦头陀行[⑤]，平生佛国缘[⑥]。
若论心印在[⑦]，还问海南禅[⑧]。

①此诗录自《瑶石山人稿》卷七。歙（shè）：歙州。治所在今安徽歙县。大海、真了：二僧名。

②“灵山”句：谓五台山似天竺灵鹫山。五台山有灵迹灵鹫峰，“以其宛似西天灵鹫山，故借为名”。见《清凉山志》卷二。竺乾：乾竺。即天竺。

③锡飞：飞锡。谓僧人出行。

④灯：指佛神。供于佛前的灯火。

⑤头陀行：佛教语。指佛教僧侣行头陀时，应遵守的住空闲处、常乞食、着百衲衣等十二项苦行。

⑥佛国：佛所生之地。指天竺，即古印度。此借指佛教圣地五台山等地。

⑦心印在：心印之所在。心印，佛教禅宗语。谓不用语言文字，而直接以心相印证，以期顿悟。《坛经·顿悟品》：“师曰：‘吾传佛心印，安敢违于佛经。’”

⑧海南禅：指南宗禅。即禅宗南宗。指由慧能创立的那一派禅。因初期流行于南方，同时为与北方神秀系的“北宗禅”相区别而得名。

杨　巍

杨巍（1516—1608），字伯谦，号梦仙，明代海丰（今广东海丰县）人。明嘉靖二十六年（1547）进士，知江苏武进县，入为兵科给事中。累官吏部尚书，进少保太保。中外居官有能声。归田后与山人吕时臣相倡和，得诗六百余首，辑《存家诗稿》。王士祯、池北偶称其五言简古得陶体，为明人所少。

柏林寺别王计部①

园陵今作寺，秋草向沙陀②。
事叹千年往，人怜两度过③。
山川明霁雪④，钟磬带烟萝⑤。
于此别知己，尊前意更多⑥。

①此诗录自《存家诗稿》卷二。柏林寺：原注：“寺即李晋王葬所。”李晋王，即李克用（856—908），沙陀贵族。其父朱邪赤心因助唐镇压庞勋起义有功，赐国姓。克用少骁勇，在军中号李鸦儿。僖宗时，率本部骑兵助唐镇压黄巢起义，受封为河东节度使，治于太原，晋爵晋王。其后割据一方，一度进犯长安，并长期与朱温混战。死后葬于山西代州城西3.5公里的七里铺村西。后其子存勗灭后梁，建立后唐，尊其为太祖。后唐同光三年（925），存勗在其墓侧建柏林寺。计部：明清以称户部。

②“秋草”句：写李晋王墓的荒凉景象。沙陀：我国古代部族名。西突厥别部，即沙

陀突厥。唐贞观间居金莎山（今尼赤金山）之南，蒲类海（今新疆巴里坤湖）之东。其境内有大碛（今古尔班通古特沙漠），因以为名。李克用为沙陀人，故以指代李晋王墓。

③怜：爱。

④明霁雪：因雪止放晴而明亮。

⑤烟萝：草木茂盛，烟聚萝缠，谓之“烟萝”。

⑥尊前：在酒樽之前。指酒宴上。

送圆上人还五台①

清凉古佛地，有屋傍西台②。
硐雪春仍积，岩花夏始开。
已知苦行满③，想见文殊来④。
二虎倘无恙⑤，为予问讯哉⑥。

①此诗录自《存家诗稿》卷三。

②屋：佛屋。即佛寺。此指凤林寺。

③苦行：宗教徒指受冻、挨饿、拔发、裸形、炙肤等刻苦自己身心的行为。谓行之可求得解脱。

④想见：推想而知。

⑤二虎：二虎禅师，即彻天和尚。《清凉山志》卷二：“凤林寺，嘉靖间，彻天和尚卓庵。尝有盗贼至，见二虎据门，贼乃革恶，因呼为‘二虎禅师’。”无恙：没有疾病；没有忧患。多作问候语。

⑥予：我。

闲居赠五台僧①

浮世岂忘我②，衰颓无片能。
绝交惟独往，问字几人曾③？
门径长青草，轩窗挂紫藤④。
莫言少访客，见有五台僧⑤。

①此诗录自《存家诗稿》卷三。

②浮世：人间、人世。旧时认为人世间是浮沉聚散不定的，故称。

③问字：据《后汉书·扬雄传》载，扬雄多识古文奇字，刘棻曾向扬雄学奇字。后来称从人受学或向人请教为“问字”。

④“门径”两句：写来客少，居室雅。轩窗：窗户。紫藤：木名。蔓生木本，茎缠绕他物，花紫色蝶形，可供观赏。

⑤见（xiàn）：“现”的古字。现在。

张大参前溪游五台山寄此二绝句①

一

峨口村南烟嶂开②，人无同类与谁来③。
不知万木千山里，上到文殊第几台④？

①此诗录自《存家诗稿》卷七。张大参前溪：张松，字前溪，明代洛阳人。大参：参政的别名。

②峨口：村名。在山西代县与繁峙交界处。烟嶂：云雾缭绕的山峰。

③人无同类：写张大参特立独行的操守。同类，指同僚、同行等亲近者。

④文殊第几台：即文殊道场五台山的哪个台。

二

灵山到处是花宫①，秋日登临忆上公②。
碧涧水喧箫管处③，寒岩松落酒杯中④。

①灵山：印度佛教名山灵鹫山的简称。此指五台山。花宫：指佛寺。

②“秋日”句：谓作者思念秋日登临五台山的张大参。上公：公爵的尊称。亦泛指高官显爵。此指张大参。

③水喧箫管：流水喧响，犹如箫管吹奏。箫管：排箫和大管。泛指管乐器。

④“寒岩”句：写张大参嵚崎磊落的胸怀。松落酒杯中：指松树映入酒杯之中。

滹沱河源赋①

俯源泉之一亩兮，极末流以千里②。
载涓涓以若蒙兮③，终浩浩而如驶④。

环晋赵以滗湃兮[5]，历昼夜而不止。
由泰戏以泝灵兮[6]，映台山之嵯峨。
经圣皋之百仞兮[7]，会沙濊之两河[8]。
尊芜蒌而东下兮[9]，与沧瀛而同波[10]。
聿滔滔之远势兮[11]，胡为起于细缕[12]？
曰发之有本兮，为前哲之所与[13]。
故无远之弗致兮，涵万物以吞吐。
蛟龙蟠于其内兮，兴塞上之云雨[14]。
嗟潆洄于孤山兮[15]，向秋露与春芜[16]。
胡不北流桑干兮[17]，限敌骑之长驱？
又不南入淮泗兮[18]，转香稻于东吴[19]？
徒汩汩于朔野兮[20]，为行人之所吁[21]！

①此诗录自《存家诗稿》卷八。滹沱河源：为青龙泉。在北台东北35公里泰戏山脚。

②极：至，到达。末流：水流的下游。

③载：开始。涓涓：细水缓流貌。蒙：蒙稚，幼稚无知。喻小水细流。

④如驶：如马之奔腾。驶，马行疾貌。泛指疾行。

⑤晋赵：滹沱河流域山西、河北为古晋赵之地。滗（bēn）湃：波浪互相冲击。

⑥泰戏：山名。滹沱河发源地。泝（sù）灵：流向灵山，即五台山。

⑦圣皋：神圣的大山。指五台山。

⑧沙濊（huì）：沙河、濊水。均在河北省境内。濊水今已湮废。

⑨尊：同"遵"。遵从、顺着。芜蒌：亭名，故址在今河北省饶阳县滹沱河滨。

⑩沧瀛：沧海，大海。

⑪聿（yù）：助词。用于句首或句中。

⑫胡为：何为，为什么。细缕：极细之线。喻细流。

⑬"曰发"两句：谓滹沱河的发源有其根据，是为前代的贤哲所赞赏的。荀子《劝学篇》有"不积细流，无以成江海"句，故云。曰：助词，用语句首，无义。前哲：前代的贤哲。指荀子。与：赞赏。

⑭塞上：边塞地区。古代州属边塞之地。

⑮嗟：感叹。潆洄：水流回旋貌。孤山：泰戏山的别称。

⑯向：爱，偏爱。春芜：浓碧的春草。

⑰桑干：河名。即古漯水。今永定河之上游。

⑱淮泗：淮河、泗水。淮泗流域为古吴地。

⑲东吴：泛指古吴地，大约相当于现在江苏、浙江两省东部地区。

⑳汩汩：水急流貌。朔野：北方荒野之地。

㉑吁（xū）：忧愁。

王世贞

王世贞（1526—1590），字元美，号凤洲、弇（yǎn）州山人，明代太仓（今属江苏）人。嘉靖二十六年（1547）进士，历官主事、按察使、布政使等职，因得罪权相严嵩去职。严嵩败，起复，官至南京刑部尚书，后病归。与李攀龙同为“后七子”代表作家，李死后，独主文坛，名重一时。有《弇州山人四部稿》、《弇州山人续稿》、《艺苑卮言》、《弇山堂别集》等。

龙泉关①

层峦不尽锁氤氲②，剑气时干北斗文③。
浩荡天为三晋党④，清凉水自五台分⑤。
关如赵璧常完月，岭似并刀欲剪云⑥。
总为山河能表里，蓟门何限羽林军⑦？

①此诗录自《弇州山人四部稿》卷三十九。作者于隆庆三年（1569）官山西按察使，次年到任。此诗当作于其任期北巡之时。龙泉关：位于河北省阜平县西35公里，为从保定入五台山的要口之一。旧为五台山四关之一。

②锁氤氲（yīnyūn）：为弥漫的云雾所封锁。

③剑气：宝剑的光芒。《太平御览》三四三引《雷焕别传》：“晋司空张华夜见异气起牛斗，华问焕见之乎？焕曰：此谓宝剑气。”后常用以比喻人的声望和才华。此喻关山的雄伟气势。干：干犯。北斗文：北斗星的光彩。

④“浩荡”句：谓浩渺无际的天宇下是三晋所处之地。浩荡：广大旷远。三晋：指山西。参见党同《和咏五台·西台》注③。党：处所。

⑤清凉水：泛指五台山的河流，如滹沱河、清水河等。因五台山又名清凉山，故称其水为清凉水。

⑥“关如”两句：写龙泉关之险固和山之高峻。赵璧：即赵氏璧。和氏璧的别称。春秋时，楚人卞和自山中所得宝玉。战国时，为赵惠文王所得，故称。《史记·廉颇蔺相如列传》载蔺相如完璧归赵故事，赵氏璧遂以著称。常完月：时常完满的月亮。并刀：即“并

州刀”，亦称“并州剪”。古时并州所产剪刀，以锋利著称。唐杜甫《戏题王宰画山水图歌》诗：“焉得并州快剪刀，剪取吴淞半江水。”

⑦“总为”两句：意谓边关虽险，内患难防。总为：都以为。山河能表里：即山河表里。亦作表里山河。语出《左传·僖公二十八年》：“楚师背酅而舍。晋侯患之，听舆人之诵曰：‘原田每每，舍其旧而新是谋。’公疑焉。子犯曰：‘战也。战而捷，必得诸侯；若其不捷，表里山河，必无害也。’”杜预注：“晋国外河而内山。”后以“山河表里”谓有山河天险作为屏障。蓟门：亦作“蓟丘”。古地名。在北京城西德胜门外西北隅。为北京关防要地。羽林军：负责保卫京都、警卫皇帝的部队。

望五台山初雪①

夜尽千峰紫更玄②，雪山俄觉曙来先③。
青狮坐改文殊地④，玉蝀桥横大梵天⑤。
会见九边消战色⑥，已从三晋兆丰年。
停鞭讵有阳春在，无奈王猷兴黯然⑦。

①此诗录自《弇州山人四部稿》卷三十九。

②紫更玄：紫中泛黑。写未雪时阴云密布的山景。

③“雪山”句：谓俄而雪满群山，使人觉得曙光早已来到。因雪光映射发亮，故云。

④“青狮”句：意谓文殊道场的青山变作银山。青狮坐：文殊的坐骑青狮。此指青山。

⑤玉蝀（dōng）桥：在北京西安门东，北海与中南海之间，又称御河桥。此喻五台山雪岭。大梵天：佛教语。色界初禅天之一。此指五台山佛国。

⑥“会见”句：谓适逢北方边境的战事已经消弭。九边：本谓明代设在北方边境的九个边防重镇。后为边境的泛称。战色：战争的气氛。

⑦“停鞭”两句：谓作者赏五台山雪景像王子猷一样，“乘兴而行，兴尽而返”。阳春：阳春、白雪，战国时楚国高雅歌曲名。见《文选·宋玉〈对楚王问〉》。此以“阳春”借指“白雪”，即雪景。王猷兴黯然：用王子猷雪夜泛舟访戴逵之典。南朝宋刘义庆《世说新语·任诞》：“王子猷居山阴，夜大雪……忽忆戴安道。时戴在剡，即便夜乘小船就之，经宿方至，造门不前而返。人问其故，王曰：‘吾本乘兴而行，兴尽而返，何必见戴？’”王猷，即王子猷。晋王徽之，字子猷。

送印上人朝五台[1]

僧朝五台去，毛孔皆文殊[2]。
及乎五台返，文殊为有无[3]。
清凉即烦恼，欲界是仙都[4]。
吾爱仰山弟[5]，从他来意孤[6]。

①此诗录自《弇州山人续稿》卷七。

②“毛孔”句：写印上人对文殊的执著。意即全身心皆为文殊。毛孔：喻极微小。又，汗孔。

③“文殊”句：写破除对文殊的执著，离开空（无）有或断常两边的实相，悟大乘中道。佛教认为，有与无是一法之二义。诸法由因缘生，确实存在，是为有；而以诸法由因缘所生，故无自性，是为无。主张一切皆无，须破除有、无二边之执著。

④“清凉”两句：意谓“境由心造”。不悟则“清凉即烦恼”，悟则“欲界是仙都”。清凉：佛教指清净，不烦恼。烦恼：佛教语。谓迷惑不觉。包括贪、嗔、痴等根本烦恼和随烦恼。能扰乱身心，引生诸苦，为轮回之因。见《唯识论》卷六。欲界：原为佛教语。三界之一。包括地狱、人间和六欲天等。以贪欲炽盛为其特征。后用以指尘世，人世。仙都：神话中仙人居住的地方。《海内十洲记·聚窟洲》：“沧海岛在北海中……岛中有紫石宫室，九老仙都所治。”

⑤仰山：指唐高僧慧寂。曾修行于江西仰山，故称。与沩山（今湖南宁乡西）灵佑同为佛教禅宗沩仰宗始祖。相传灵佑嗣法于百丈怀海，慧寂又嗣法于灵佑。

⑥“从他”句：谓因他对“祖师西来意”有独特的见解。禅宗公案有“仰山出井”：仰山慧寂于石霜性空座下为沙弥时，尝有一僧前来叩问性空“如何是西来意”，性空谓，如能将千尺深之井户中人，不借绳索而能救出，则回答汝何谓祖师西来意。后仰山四处行脚，遍参耽源、沩山等大德，皆举此则公案请示之，然皆不能了悟。最后仰山将此公案置诸脑后，不再烦恼井中人出不出之问题，始顿觉身心解脱，而悟得禅之究竟。见《景德传灯录》卷九。来意：指禅林用语“祖师西来意”（即佛法奥义，禅理精髓）之省。

送僧游五台[1]

见说中台北，长飞六月霜。
诸天尽烦热，此地独清凉[2]。
处处金刚窟[3]，人人妙吉祥[4]。

老夫在方内，高枕亦羲皇[⑤]。

①此诗录自《弇州山人续稿》卷十三。

②“见说”四句：写五台山为清凉境界。《清凉山志》卷一：“（五台山）以岁积坚冰，夏仍飞雪，曾无炎夏，故名清凉。”诸天：此指三界，即欲界、色界、无色界。一切众生六道轮回的处所。烦热：闷热，使人烦躁。

③金刚窟：北台灵迹。见无著《金刚窟》注①。

④妙吉祥：文殊师利汉译名。

⑤“老夫”两句：写作者“在欲行禅”之意。方内：指尘世。对“方外”而言。《庄子·大宗师》：“彼游方之外者也，而丘游方之内者也。”高枕：犹高卧。谓弃官退隐家居。羲皇：羲皇上人。指伏羲氏。古人想象羲皇之世其民皆恬静闲适，故隐逸之士自称羲皇上人。晋陶潜《与子俨等疏》：“常言：五六月中，北窗下卧，遇凉风暂至，自谓是羲皇上人。”

赠海上人参五台[①]

比丘拟参室利[②]，乞我一诗证明。
久矣毗耶杜口[③]，其奈菩萨求名[④]。
清凉自心自造，烦恼不灭不生。
毕竟都无可赠，别有繻传西行[⑤]。

①此诗录自《弇州山人续稿》卷十三。

②比丘：佛教语。梵语译音。意译“乞士”，以上从诸佛乞法，下就俗人乞食得名，为佛教出家“五众”之一。指已受具足戒的男性。俗称和尚。此指海上人。室利：为曼殊室利的省称。文殊菩萨梵语译音为文殊师利或曼殊室利。

③毗耶杜口：见元好问《台山杂咏十六首》之十一注①。毗耶，指维摩诘菩萨。诗文中常用以比喻精通佛法、善说佛理的人。此为作者自指。

④菩萨：此指海上人。求名：求我的文字。

⑤繻传（xūzhuàn）：古代出行证件。繻，古代作通行证用的帛。上写字，分成两半，过关时验合以为凭信；传，古代过关津、宿驿站和使用驿站车马的凭证。

观一上人将往五台礼文殊出行卷索赠[①]

一锡初开行脚缘[②]，五台高拥佛螺烟[③]。

闻师欲访金刚窟[④]，误却文殊鼻孔边[⑤]。
过耳便成狮子吼，安心莫堕野狐禅[⑥]。
从遭寂老揶揄后，不傍人间七百年[⑦]。

①此诗录自《弇州山人续稿》卷十六。行卷：唐代习尚，应举者在考试前把诗文写成卷轴，投送朝中显贵以延誉，称为行卷。此指观上人的诗卷。

②一锡：犹一僧。行脚：谓僧人为寻师求法而游食四方。

③佛螺：相传释迦牟尼佛的头发，旋屈为螺文状。此以“佛螺”借指盘旋高耸的峰峦。

④金刚窟：北台灵迹。见无著《金刚窟》注①。

⑤误却：耽误掉；失掉。文殊鼻孔边：意为文殊就在自身。为“即身即佛”之意。

⑥“过耳”两句：宋陈与义《题小室诗》：“随意时为狮子吼，安心懒作野狐禅。”此化用其意。安心：佛教语。谓心安然不动，即止息心之散乱，观照自性清净。野狐禅：佛家称外道异端谓野狐禅。言仅能欺世惑人，不足证道。禅宗对一些妄称开悟而流入邪僻者的讥刺语。据说从前有一老人谈因果，因错对一字，就五百年投胎为野狐。后遇百丈禅师点化，始得解脱。见《五灯会元·马祖一禅师法嗣·百丈怀海》。

⑦“从遭”两句：写观一上人道行高深。谓其亲受祖师慧寂接化，七百年不依托人间，今又返回以教化众生。寂老：对唐代高僧沩仰宗始祖之一慧寂的尊称。揶揄：嘲笑；戏弄。此指禅师接化学人时的杀活纵擒等方法。七百年：为仰山慧寂在世至作者写此诗时的约数。

送乐天和尚参五台[①]

和尚谓我：“忘言久矣。兹欲参五台而路警严甚，借子一诗以御关吏呼，可乎？”笑而许之。

其一

五台拔地五千丈，犹起浮屠插汉孤[②]。
我有一尊无缝塔[③]，烦师将寄老文殊。

①此诗录自《弇州山人续稿》卷二十五。

②浮屠：亦作“浮图”。佛教语。梵语译音。此指塔。插汉孤：孤然而立，直插霄汉。

③无缝塔：僧死入葬，地上立一圆石作塔，没有棱、缝、层级，故称无缝塔。此为禅宗用语。犹本来面目，即本觉真心。《南泉原禅师法嗣·灵鹫闲禅师》："仰山问：'寂寞无言，如何视听？'师曰：'无缝塔前多雨水。'"

其二

弇山居士诗名久[①]，一字堪师作传繻[②]。
其奈西方渺然路[③]，自家犹少护身符[④]。

①弇山居士：即作者。

②一字堪师：即一字师。谓订正一字之误读，即可以为师。五代齐己《早梅》诗有"前村深雪里，昨夜数枝开"句，郑谷改"数枝"为"一枝"，时人称郑谷为一字师。见《五代史补三·齐己》。古籍中称一字师的很多。此为作者自嘲之词。传繻：见作者《赠海上人参五台》注⑤。

③西方：指西方极乐世界。

④护身符：指佛教僧尼的度牒。因其可以作免除徭役的凭证，故称"护身符"。此借指到西方极乐世界的凭证。

清凉石[①]

台东一片清凉石，多少行人说行迹[②]？
不辨龙蛇绕策行[③]，金莲隐隐扶双屐[④]。

①此诗录自清乾隆《钦定清凉山志》卷十八。清凉石：中台灵迹。见觉同《和咏五台·总咏五台》注⑥。

②行迹：经行的足迹。此指文殊趺坐于清凉石上，为众说法事。

③不辨龙蛇：即不分好人和坏人。即佛法平等之意。绕策行：杖策围绕清凉石而经行。

④"金莲"句：意谓隐隐觉得如同走向清净解脱之道。此暗用"步步生莲花"之典。见元好问《台山杂咏十六首》之八注③。

徐　爌

徐爌，字文华，号泉岩，明代江苏太仓（今江苏太仓县）沙溪直塘人。

嘉靖三十二年（1553）进士，授长沙府推官。父死丁忧，服阕补武昌，后拜四川道御使，又改迁山东巡盐二淮。升江西按察副使督学江西，又迁山西道行太仆寺卿，致仕。有《四书初问》、《太极测》、《雁门集》、《琢玉新声》、《南游日记》、《淮海观风录》等。

柏林寺次韵①

闲来不厌频经寺，三箭英风问古陀②。
衰草园陵遗像在③，残经方丈病僧过④。
碑磨晋字听枫叶，剑老唐纹隐薜萝⑤。
一举清尊双洒泪，暮云西去雁声多⑥。

①此诗录自清乾隆《代州志》。为和杨巍《柏林寺别王计部》之作。

②三箭英风：指李晋王的英武气概。《新五代史·伶官传序》：“世言晋王之将终也，以三矢赐庄宗而告之曰：‘梁，吾仇也；燕王，吾所立；契丹，与吾约为兄弟。而皆背晋以归梁，吾遗恨也。与尔三矢，尔其无忘乃父之志！’庄宗受而藏之于庙。其后用兵，则遣从事以一少牢告庙，请其矢，盛以锦囊，负而前驱，及凯旋而纳之。”古陀：古沙陀人。指李克用。因其为沙陀人，故云。

③遗像：清乾隆《代州志》：“寺传遗像一轴，共七人。王着绯袍据床坐。其右冠王冠而衣黄者，亚子也；其左冠虎头而衣青者，存孝也。东西相向侍者各二，不知为谁。画甚工。明武宗过代，持真像去，摹像留寺中。”

④方丈：初指寺院。后指僧尼长老、住持的居室。

⑤“碑磨”两句：写李晋王昔日英风不再。谓记载有李晋王事迹的碑文已经磨损，一任枫叶飘零；有后唐文饰的宝剑隐没于荒草之中，已经锈蚀而陈旧。

⑥“一举”两句：写作者思乡之情。清尊：酒器。此指代祭祀用的清酒。

王三益

王三益，字小山，明代陕西朝邑（今陕西大荔县）人。嘉靖二十八年（1549）举人。三十五年（1556）任山西繁峙县知县。

九月正觉寺登高①

如带滹沱抱郭流②，夕阳红树万山秋。
黄花笑插乌纱侧③，白草遥看紫塞愁④。
烽火三边仍未息⑤，循良两字愧难收⑥。
催租莫败高人兴⑦，欲起苍生为解忧⑧。

①此诗录自清道光《繁峙县志》。九月：当作“九日”。指重阳节。正觉寺：亦名正觉禅院。西台外寺院。《清凉山志》卷二：“正觉禅院，台北，临滹沱。宋称天王院。宣和初，黄冠所侵，改神霄宫。三年，复为寺。时有真容院僧慧识主之，邑人仰重，相与踊跃葺之。复请额于朝，赐名正觉禅院。”寺原在繁峙县旧城西关。明万历间迁至今县城鼓楼北。清代以前僧会司、民国年间县佛教会均设于该寺。滹沱：河名。源于北台35公里处泰戏山青龙泉（亦称“品字泉”），始沿五台山北麓，出繁峙，继绕五台山西麓，经代县、原平、忻州、五台、盂县，入河北省子牙河。为五台山第一条大水，被誉为“环山玉带”。

②郭：外城。古代在城的外围加筑的一道城墙。此泛指城。

③“黄花”句：唐杜牧《九日齐山登高》诗：“尘世难逢开口笑，菊花须插满头归。”此用其意。黄花：菊花。重阳节又称黄花节。古人重阳节有赏菊之俗。乌纱：指古代官员所戴的乌纱帽。

④白草：牧草。干熟时呈白色，故名。紫塞：北方边塞。参见陆深《游五台》注④。

⑤烽火三边：指北方边境的战火。明嘉靖三十五年（1555）九月，俺答犯大同、宣府，入怀来、保安，又分兵扰山西，战事连年未息。三边：明代指延绥、甘肃、宁夏三地区。亦泛指北方边境地区。

⑥“循良”句：谓作者认为自己愧称循良。循良：谓官吏奉公守法。

⑦高人：志行高尚的人。多指隐士、修道者。

⑧起苍生：救治百姓。起，治愈。

王道行

王道行，字明甫，号方伯，明代晋阳（今山西阳曲）人。嘉靖二十九年（1550）进士。尝官常镇兵备副使。官至左布政使。能诗文，与石星、黎民表、朱多煃、赵用贤并称“续五子”。有《桂子圆稿》、《奕世增光录》。

游五台诗[①]

入山

七宝遥瞻五色莲[②]，一筇挑破上方烟[③]。
悬崖径仄危难度[④]，出谷峰回缺又圆[⑤]。
虎豹狺狺骄白日[⑥]，芙蓉面面插青天[⑦]。
冲飙失却投林鸟[⑧]，路滑须妨遇石迁[⑨]。

①此诗录自《清凉山志》卷八。

②“七宝”句：谓遥望五台山，犹如七宝池中盛开的五色莲花。七宝：此指七宝池。佛教语。西方净土中由七宝构成的莲花池。往生净土的人在该池莲花中化生。《阿弥陀经》：“极乐国土有七宝池，八功德水充满其中。”五色莲：《阿弥陀经》载，极乐世界有七宝池，“池中，莲花大如车轮，青色青光，黄色黄光，赤色赤光，白色白光，微妙香洁”。明袾宏《弥陀疏抄》卷二：“四色，其文省故。其实莲花具无量色，具无量光也。”

③“一筇（qióng）”句：谓手持竹杖，冲破天上的烟云登上五台山。筇：竹名。筇竹宜于制杖，故用以泛称手杖。

④径仄：山路狭窄。

⑤缺又圆：指刚找到山口，又被四面的群山包围。

⑥狺（yín）狺：犬吠声。此指虎豹啸叫之声。

⑦芙蓉：荷花的别名。此喻五台山山峰。

⑧冲飙：疾风，暴风。失却：失掉。

⑨妨：当为“防”字之误。迁：移动。

东台

台引吴阊练影同[①]，鸡鸣晓日已曈昽[②]。
身名都付浮云外[③]，眼界直穷沧海东。
一气混茫何所有[④]，九霄缥缈若为通[⑤]？
年年草色春先吐，知是山灵长育功[⑥]。

①“台引”句：谓东台日出前的茫茫云海如同拖曳的白练。引：牵引、拉。吴阊练影：《太平御览》卷八一八引《韩诗外传》：“孔子、颜渊登鲁东山望吴昌门，渊曰：‘见一

疋练，前有生蓝。’子曰：‘白马、芦刍也。’”后遂以“吴练”为典实，或指白马；或指吴阊门，代指苏州。此以“吴阊练影”形容茫茫云海。

②曈昽：日初出渐明貌。

③身名：身体和名誉。《列子·说符》：“仁义使我身名并全。”付浮云外：犹付诸九霄云外。

④一气：指混沌之气。古人认为是构成天地万物的本源。混茫：指广大无边的境界。

⑤九霄：天之极高处。若为：怎么。

⑥山灵：山神。此指佛菩萨。长育：养育，使之长大。语出《诗·小雅·蓼莪》：“拊我畜我，长我育我。”

南台

伐木丁丁日影疏①，猿吟虎啸傍僧居。
云穿两袂行相失②，雪散诸天画不如③。
南极老人迎杖屦④，西方大士借蘧庐⑤。
疑情莫问抛刀事，直往谁当广额屠⑥？

①丁（zhēng）丁：伐木声。

②“云穿”两句：写行走在云雾中飘飘欲仙的感觉。袂（mèi）：衣袖。行（hāng）相失：失去道路。行，道路。

③诸天：泛指天空；天界。

④南极老人：星名，即南极星。旧时以为此星主寿，故常用于祝寿时称颂主人。此指南台。杖屦（jù）：手杖和鞋子。对老者、尊者的敬称。此指作者。

⑤西方大士：此指文殊菩萨。蘧（qú）庐：古代驿传中供人休息的房子。犹今言旅馆。

⑥“疑情”两句：谓不要怀疑“放下屠刀，立地成佛”之事，径直以行，不曲施教化，谁还会像屠儿广额那样弃恶从善呢？抛刀事：指放下屠刀，立地成佛之事。北凉无谶译《涅槃经·梵行品》：“波罗捺国有屠儿，名曰广额，于日日中杀无量羊。见舍利弗，即受八戒，经一日一夜。以是因缘，命终得为北方天王毗沙门之子。”后由此敷衍为“放下屠刀，立地成佛”之说。谓停止作恶，立成正果。

西台

平原万木吐芳丛①，台上余寒迥不同。

落落龙翻寻母石[②]，翩翩鹤御上仙风。
近天白马山程苦，反照青林色界空[③]。
到此自无诸嗜好，归心极乐梵王宫[④]。

①芳丛：丛生的繁花。

②“落落”句：写台顶龙翻石。五台山传说，文殊菩萨从东海龙王处取得供小龙行雨后休息的歇龙石（即清凉石），改变了五台山燥热的气候。小龙行雨归来，不见了歇龙石，不听其父劝阻，到五台山寻宝。气急败坏的小龙以尾巴一扫，即将五峰削成平台，用利爪漫山乱翻，在台顶堆起乱石无数，是谓龙翻石。落落：多貌。母石：大石。指歇龙石。

③反照：夕阳的反光。色界：佛教语。三界之一。在欲界之上，无色界之下，但有色相，无男女诸欲，故名。

④极乐：指极乐世界。见敦煌文献《游五台赞文》注③。梵王宫：佛教称大梵天王的宫殿。此指佛寺。

北台

日御熙熙步晓晴[①]，苍山一片杖头横[②]。
天从北斗枢中转[③]，人在毗卢顶上行[④]。
风伯霁威如好客[⑤]，台卿拱手似从兄[⑥]。
不缘健鹄飞难到[⑦]，积雪何由与寺平？

①日御：古代有羲和御日的传说，故以“日御”指太阳。熙熙：和乐貌。

②“苍山”句：因北台为五台山最高峰，故扶杖登上台顶，其他山峰均若横呈杖下。

③“天从”句：因北台“亦名叶斗峰。其下仰视，巅摩斗杓”（见《清凉山志》卷二），故云。北斗枢：指北斗七星中的第一星，天枢。

④“人在”句：语出《景德传灯录》：“帝（唐肃宗）又曰：‘如何是无铮三昧?’师（南阳慧忠）曰：‘檀越蹋毗卢顶上行。’帝曰：‘此意如何?’师曰：‘莫认自己清静法身。’”毗卢：佛名。毗卢舍那（亦译作毗卢遮那）之省称，即大日如来。一说，法身佛的通称。此以“毗卢顶上”借指北台顶。

⑤风伯：神话中的风神。霁威：息怒。此指暴风停息。

⑥“台卿”句：谓站在北台顶，其他各台拱手相向，犹如恭从兄长。从，听从，顺从。

⑦缘：因。键鹄飞难到：极写北台之高。鹄，天鹅。

中台

芒屩麻衣冷不禁①，玉台缥缈梵宫临②。
交参宾主知中位③，不辨龙蛇证佛心④。
二室区分名并远⑤，双林地胜兴堪深⑥。
泠然止水清人意，常涌文殊脚下金⑦。

①芒屩（juē）：即芒鞋。用芒茎外皮编织成的鞋。亦泛指草鞋。麻衣，麻布衣。古时平民所穿。

②“玉台”句：谓在云雾中缥缈隐约的中台顶演教寺，犹如天帝所居的玉台。玉台：传说中天帝居处。《楚辞·王逸〈九思·伤时〉》：“缘天梯兮北上，登太乙兮玉台。”原注：“太乙，天帝所在，以玉为台。”梵宫：指佛寺。

③“交参”句：临济宗义玄将参禅者（宾）与禅师（主）之间的不同关系总结为“四宾主”，即宾看主、主看宾、主看主、宾看宾。宾主交互参求以明中位。中位即其中的正位，指本来无一物的空界。此一语双关，亦谓交参五台方位而知中台处于正中的位置。

④“不辨”句：唐司空图《山中》诗：“名应不朽轻仙骨，理到忘机近佛心。”此化用其意。谓不区分龙、蛇，表明参悟了佛的大慈大悲之心。龙：喻好人。蛇：喻坏人。《古尊宿语录》卷二：“大慧普觉禅师语录：无著却问：‘和尚此间佛法如何住持？’殊（文殊）云：‘凡圣同居，龙蛇混杂。’”《清凉山志》卷四《无著入金刚窟传》亦有同样的记载。盖佛法认为，龙、蛇的法相（即事物的表象）有异，而法性（现象的本体、本质）则一，故云。佛心：佛教语。谓佛的大慈大悲之心。《观无量寿经》：“诸佛心者，大慈悲是。”

⑤“二室”句：谓五台山与二室分处两地，而名俱远播。二室：谓太室、少室。嵩山东峰名太室，西峰曰少室，东西绵延一百余里，在今河南登封县北，为古代隐士隐居之地。

⑥双林：指释迦牟尼涅槃处。为佛教圣地。北魏杨衒之《洛阳伽蓝记·法云寺》：“神光壮丽，若金刚之在双林。”周祖谟校注：“佛在拘尸那城阿夷罗跋提河边娑罗双树前入般涅槃（见《大般涅槃经》）。”此借指中台寺院。

⑦“泠然”两句：写中台灵迹太华池。《清凉山志》卷二：“太华池，在台上西北隅，唐传，水深丈余，古今见者，深浅不定。临池鉴影，令心划然。”泠然：凉貌。止水：静止不动的水。《庄子·德充符》：“人莫鉴于流水，而鉴于止水。”止水澄清，可以照鉴。后用以比喻心境宁静，胸怀纯洁。清人：高洁之人。文殊足下金：指五台山之水，即太华池水。因五台山为文殊菩萨道场，故云。金，指水。五行学说相生说谓“金生水”，故以金指代水。郭沫若《〈侈靡篇〉的研究》：“相生，即是木生火，火生土，土生金，金生水，水又生木，如此循环以至无穷无尽。”

塔院寺①

千华成塔自何时②，七宝新瞻结构奇③。
曾是神僧飞锡去，俄传文母下檀施④。
空中铎引钧天乐⑤，庭际龙蟠护法碑⑥。
怪底昙花常一现⑦，太平天子本无为⑧。

①塔院寺：在显通寺南侧，旧为五台山五大禅林之一。原为显通寺塔院，明永乐五年（1407）重修舍利塔时始独立为寺。寺有传为阿育王所置佛舍利塔（即大宝塔，俗称大白塔）及文殊发塔。因改用今名。寺前有木牌楼三间，为明万历间所建。寺内主要建筑大雄宝殿在前，藏经阁在后，东列禅院，舍利宝塔位居其中。现为全国重点寺院。

②“千华”句：据佛教传说，古印度孔雀王朝国王阿育王，将释迦牟尼佛舍利，于世界各地建八万四千塔珍藏，中国得十九，其中五台山得一，塔藏，名释迦文佛真身舍利塔。因年代久远，故有“自何时”之问。千华成塔：千叶莲簇拥的佛舍利塔。嘉靖十七年（1583）《五台山大塔院寺重修阿育王所建释迦文佛真身舍利宝塔碑并铭》有“是塔之成也，而巉巉峭拔，如泰华之岌秋空，似华莲之涌平陆”之语。

③“七宝”句：谓瞻仰重修的佛舍利塔，七宝庄严，构造样式新奇。万历七年（1579）《敕建大宝塔记》载，新建大宝塔“高二十一丈，围二十五丈，镀金为饰。覆盘围七丈一尺，匝以垂带，悬以金铃”。

④“曾是”两句：写明万历七年（1579）重修大宝塔事。《清凉山志》卷七“宝塔重修”条：“台怀大塔，内藏阿育王所造释迦佛舍利宝塔，元朝重建。隆庆间，石塔寺僧，称小会首者，见其圮也，发愿募修。走京师，叩冯监。冯监初许之，而忍弗能予。此僧每指其事，而讽切焉。冯怒闻上，逮诏狱。既死，而时时入冯梦中，以为患，又闻上。圣母出宫金，遣中官范江、李友督修，撤而改作。凡二载，塔始成，实万历十年也。”神僧飞锡去：指石塔寺小会首飞锡西去（即圆寂）。文母：即明神宗之母慈圣宣文明肃皇太后，即李太后。檀施：布施。

⑤“空中”句：谓舍利宝塔覆盘上悬挂的金铃鸣响，犹如演奏仙乐。铎（duó）：风铃（即金铃）。引：乐曲体裁名。有序奏之意。此泛指吟唱。钧天乐：即钧天广乐。《史记·赵世家》：“赵简子疾，五日不知人……居二日半，简子寤。语大夫曰：‘我之帝所甚乐，与百神游于钧天（天的中央。古代神话传说中天帝居所），广乐九奏万舞，不类三代之乐，其声动人心。’”后因以“钧天广乐”指天上的音乐，仙乐。

⑥龙蟠护法碑：指万历七年《敕建大宝塔碑》。因碑额上有螭龙头像，故云“龙蟠”。

⑦怪底：难怪。昙花常一现：即昙花一现。昙花，即优昙钵花。开花短时即谢。《长阿

舍经·游行品》："（佛）告诸比丘，汝等当观，如来时时出世，如优昙钵花时一现耳。"后用以比喻事物之乍现即逝。此指万历七年重修佛舍利塔的盛事。

⑧太平天子：谓能治国平天下的皇帝。无为：道家主张清净虚无，顺应自然，称为"无为"。《老子》："道常无为而无不为，侯王若能守之，万物将自化。"

北台①

风伯常驱万壑松②，涛声为我故从容③。
霄中斗色侵孤剑④，云外天光失四峰。
暖日花飞常是雪，寒潭龙卧畏闻钟⑤。
食时典坐还相饷⑥，且向堂头问性宗⑦。

①此诗录自明万历《太原府志》。署名"前人"。因前一首署名"前人"者系王道行所作，故亦将此诗列其名下。

②风伯：神话中的风神。

③涛声：指松涛声。从容：悠闲自在，不慌不忙。此指松涛声持续而平缓。

④霄中：空中。斗色：犹星光。侵：逼近。孤剑：一把剑。亦借指单独的武士。此形容高标天际的北台。

⑤"寒潭"句：写外道皈依佛法。寒潭：此指北台灵迹黑龙池。

⑥典坐：亦作"典座"。僧寺职事名。掌管大众斋粥之事。相饷：让我进食。

⑦堂头：即堂头和尚。僧寺住持。性宗：法性宗的简称。与法相宗同为大乘的两大宗派，以破相显性为宗旨。

大宝塔①

浮图屹立奠坤仪②，从此群山势尽卑。
百丈高僧无我相③，万年天子竟檀施④。
轮光遍入星河影，金色浑成世界奇⑤。
借问曼殊何处是⑥，欲从言下决狐疑⑦。

①此诗录自《清凉山志》卷二。大宝塔：指塔院寺佛舍利塔。《清凉山志》卷二："大宝塔，灵鹫之前，五峰之中。汉摩腾天眼，见此有阿育王所置佛舍利塔，历代帝王不废修饰。明万历间圣母李太后重建。厥高入云，神灯夜烛，清凉第一圣境也。"据考，此塔为元

大德五年（1301）尼泊尔匠师阿尼哥设计建造。后屡有修葺。塔高54.37米，塔基周长84.8米，状若藻瓶，雄伟壮观，为五台山的标志。

②浮图：此指佛塔。即大宝塔。奠坤仪：奠基于大地。坤仪，大地。又“坤仪”犹母仪。多以称颂帝后，言天下母亲之表率。则“奠坤仪”指由李太后奠基兴建。

③百丈高僧：喻高耸入云的大宝塔。亦指佛。因塔中藏有佛舍利，故云。我相：佛教语。我、人等四相之一。指把轮回六道的自体当作真实存在的观点。佛教认为是烦恼之源。《金刚经·大乘正宗分》：“若菩萨有我相、人相、众生相、寿者相，即非菩萨。”

④“万年”句：指明代皇帝成祖、神宗等以内帑重修大宝塔事。

⑤“轮光”两句：谓夜间，大宝塔轮相放射的金光与天上的银河之光交相辉映，浑然成了一个奇妙的金色世界。星河：银河。轮：指轮相。塔顶上轮盖通常有九重，故亦称九轮。金色世界：佛教语。指佛所居住的世界。

⑥借问：向人打听情况时所用的敬辞。犹言请问。

⑦言下：一言之下。《景德传灯录·僧璨大师》：“信于言下大悟，服劳九载。”狐疑：猜疑。

金阁寺①

驾壑朱甍乍有无②，云开福地忽平铺③。
莲花十丈承神足④，贝叶千函锁佛图⑤。
香积厨中松火冷，涅槃会上石床孤⑥。
瞻依共说通身眼⑦，何似怀中不二珠⑧？

①此诗录自《清凉山志》卷二。金阁寺：在南台西北岭畔，距台怀15公里，为五台山著名佛寺之一。《清凉山志》卷二：“昔人见金阁浮空，因建寺。”唐开元二十四年（736）由道义草创，不久代宗命泽州僧道环起工事。时大兴善寺不空亦资助此举，作为密教弘布道场。唐大历五年（770），代宗李豫诏高僧赴五台山修功德，“铸铜为瓦，涂金于上，照耀山谷”（见《旧唐书·王缙传》），因名金阁寺。此后屡经兵燹。寺内现存建筑，均为明清时在旧址重建。该寺观音阁内供观音铜像，高达17米，为五台山之最。昔为五台山十大青庙之一，现列为全国重点寺院。

②“驾壑”句：写金阁寺云遮雾罩、忽隐忽现之景。朱甍（méng）朱红色的殿脊。借指帝王宫室和道院、庙宇等。此指金阁寺。

③福地：指神仙居住之处。道教有七十二福地之说。旧时常以称道观寺院。平铺：谓金阁寺规模宏大。

④莲花：指莲花座。神足：指佛菩萨之足。

⑤贝叶千函：言佛经之多。佛图：即佛屠。指寺院。

⑥“香积”两句：谓金阁寺僧人正举行涅槃法会，僧人的厨房里松火冷落，禅房里坐床孤清。香积厨：僧家的厨房。涅槃会：为纪念释迦牟尼逝世的节日而举行的法会。涅槃节汉传佛教定为阴历二月十五日。届时，寺院举行涅槃法会，挂释迦涅槃图像，诵《佛遗教经》等，并作各种供养。石床：供人坐卧的石制用具。或谓仙人所坐。北魏郦道元《水经注·夷水》：“村人骆都少时到此室边采蜜，见一仙人坐石床上，见都凝瞩不转。”此指僧人的坐床。

⑦通身眼：佛教谓观世音菩萨神通广大，为度化众生而变现种种形相。“千手千眼”乃其主要形相之一，以示无苦不见，无难不救。金阁寺观音阁所供即千手千眼观音，故云“通身眼”。通身，全身；浑身。

⑧怀中不二珠：喻众生所具的佛性。此用衣珠之典。《楞严经》卷四：“譬如有人，于自衣中系如意珠，不自觉知，穷露他方，乞食驰走，虽实贫穷，珠不曾失。忽有智者，指示其珠，所愿从心，致大饶富，方悟神珠非从外得。”

杨 綵

杨綵，字质夫，明代澄江（今云南澄江县）人。嘉靖三十二年（1553）进士。历官右佥都御使，巡抚山西。万历初到过五台山。

古南台①

沱水恒山一脉来②，清凉胜迹自天开③。
石门秘诀封何日，宝树灵根那为栽④？
演法当年缘正觉，传灯歧路谩相猜⑤。
停骖渐欲收登览⑥，先上南天紫翠台⑦。

①此诗录自《清凉山志》卷二。古南台：五台山山峰，南台灵迹。上有古寺遗址，原名云集寺。《清凉山志》卷二：“古南台，台南二里。嘉靖间，香林大士筑庵其上。”

②“沱水”句：恒山是桑干河与滹沱河的分水岭，且恒山与滹沱河上游一段均呈东北——西南走向，故云“一脉来”。沱水：即滹沱河。恒山：山名。五岳中的北岳。主峰在今河北省曲阳县西北。

③天开：谓天予以开发、启示。《史记·魏世家》：“以是始赏，天开之矣。”

④“石门”两句：《广清凉传》卷上：“金刚窟即文殊大宅。此窟在东北台二麓之下楼观谷内。南北岭间有石门，乃先圣出入之处，人多不识。昔有繁峙县佛慧师曾入此窟。行约三十里，有横河；既济，即抵平川，无复凡木，但见宝林。极望四周，金楼琼塔，炳然晃日。”又，日僧圆仁《入唐求法巡礼行记》载：佛陀波利到西天取经来到此山，“文殊接引，同入此窟。波利才入，窟门自闭，于今不开”。缘此而有问。宝树：指七宝之树。即极乐世界中以七宝合成的树木。《法华经·寿量品》：“宝树多花果，众生所游乐。”灵根：神木之根。那为栽：哪为其栽处，即栽于何处。

⑤“演法”两句：意谓当年以金刚窟的传说宣讲教义是为启迪众生洞明佛法真谛，达到大彻大悟的境界；后来在传法的过程中却出现歧途，致使人们徒然地加以猜测。因“石门秘诀”、“宝树灵根”均为声求色见，故云。正觉：佛教徒以洞明真谛，达到大彻大悟的境界为正觉。参见敦煌文献《五台山圣境赞·赞普贤菩萨》注①。传灯：佛家指传法。传法犹如明灯，能破迷暗，故称。谩：通“漫”。徒然。

⑥停骖：勒马不前。登览：登高览胜。

⑦南天紫翠台：指古南台。

清凉石①

禅林此石自何来②，胜迹长留说法台③。
独伴白云迷岁月④，寒风暑雨任摧隤⑤。

①此诗录自《清凉山志》卷二。《清凉山志》卷七：“万历初，佥事杨彩（綵），登石感异，有诗志之。”即指此诗。清凉石：见觉同《和咏五台·总咏五台》注⑥。

②禅林：指寺院。此指清凉寺。

③胜迹：有名的古迹、遗址。

④迷岁月：谓清凉石年代久远，不辨年月。

⑤“寒风”句：写虽历经风雨而清凉石常留。摧隤（tuí）：犹摧颓。摧折、衰败。

金阁寺①

尘中日夜恣昏狂②，暮景来参古佛堂③。
高阁崚嶒银汉近④，白云缥缈玉毫长⑤。
一乘此际窥宗旨，千手翻疑涉杳茫⑥。
兀坐颓然尘念净⑦，数声清磬倚斜阳⑧。

①此诗录自《清凉山志》卷二。金阁寺：见王道行《金阁寺》注①。

②尘中：指尘世。恣昏狂：放纵地昏乱狂悖。

③暮景：指夕阳。比喻垂老之年。

④高阁：指金阁寺主体观音阁。峻嶒：高峻突兀。银汉：天河，银河。

⑤“白云”句：以白云拟佛菩萨之玉毫。玉毫：指佛眉间白毫。佛教谓其有巨大神力。唐李白《秋日登扬州西灵塔》诗：“玉毫如可见，于此照迷方。”王琦注：“《法华经》：尔时佛放眉间白毫相光，照东方万八千世界，靡不周遍，下至阿鼻地狱，上至阿迦吒天。”

⑥“一乘”句：谓我在观看缥缈的白云之际，已了悟一乘这佛经教义；而观音菩萨有千手千眼之说，反而使人怀疑事涉渺茫。一乘：佛教语。谓引导教化一切众生成佛的惟一方法或途径。《法华经》首倡此说。乘，指车乘，比喻能载人到达涅槃境界。《法华经·方便品》：“十方佛土之中，唯有一乘法，无二亦无三，除佛方便说。”又，佛教华严宗以佛法最上一乘能使一切众生显明本性，与佛无异，因有“一乘显性教”之说。杳茫：渺茫。

⑦兀坐：独自端坐。颓然：恭顺貌。

⑧“数声”句：写幽寂的禅境。清磬：清越的磬声。

南峪口①

驱车南峪口，顿令心地清②。
无边古松色，泉听野鸟鸣。
迢迢几烟屋③，隐隐横山坪④。
更有最幽处⑤，一览世事轻。

①此诗录自碧山寺雷音宝殿左前壁所嵌诗碑，落款为“澄江杨綵书”。南峪口：见陆深《南峪口雨后取道上五台》注①。

②心地：佛教语。指心。即思想、意念等。参见张商英《咏五台诗·中台》注②。

③烟屋：炊烟升起的房屋。

④山坪：山间的平地。

⑤最幽处：指碧山寺。

柏林寺次韵①

荒园留李晋②，野寺入沙陀③。

流水千年去，樵人几度过。
乱云长护柏，闲径自生萝。
感慨还尊酒[4]，西风暮色多。

①此诗录自清乾隆《代州志》。为和杨巍《柏林寺别王计部》之作。柏林寺：见杨巍《柏林寺别王计部》注①。

②李晋：指五代晋王李克用。

③“野寺”句：谓进入有李克用陵墓的柏林寺。沙陀：见杨巍《柏林寺别王计部》注②。

④尊酒：犹杯酒。此指以酒祭奠。

彬庵山人

彬庵山人，当为明代人。姓名籍贯不详。

宿北山寺[1]

落日北山寺，萧然别是天[2]。
苍烟人迹少[3]，古木鸟声连[4]。
移榻亲云树[5]，焚香坐石泉[6]。
幽栖真素癖[7]，惆怅欲言旋[8]。

①此诗录自碧山寺雷音宝殿右前壁所嵌诗碑。落款为“彬庵山人书”。碧山寺：见净澄《普济寺》注①。

②萧然：空寂。别是天：犹别有天地。即另有一种境界。唐李白《山中问答》诗：“桃花流水窅然去，别有天地非人间。”

③苍烟：苍茫的云雾。

④鸟声连：谓鸟声啁啾，接连不断。

⑤榻：狭长而矮的坐卧用具。亲：亲近。云树：云和树木。

⑥石泉：原寺下有一小泉，泉水颜色冬夏不同，其味甘洌，谓可疗疾，誉为“灵泉”。

⑦幽栖：隐居；素癖：向来的癖好。

⑧“惆怅”句：谓欲回还而惆怅。言旋：回还。言，语首助词。

岳　梁

岳梁，字国济，明代通州（今北京通县）人。翰林。嘉靖间任太史之职，后谪汾阳断司。

登清凉石有感赋此①

君不见，清凉山前异灵石，一片方方大如席。
云是文殊说法座，千古流传夸胜迹。
我生闻说自孩提②，将信还疑难考索。
寄慕兹山四十春③，苦为浮名缚官帻④。
迩来谪宦游汾阳⑤，行旌北指台山冈⑥。
跻攀万仞不惮险，清秋气爽披清凉。
石旁拭目辨真伪，恐惑禅家虚诞累。
殷勤立石遍招呼，仆夫累百堪容萃⑦。
始信空中色相真⑧，石能幻化通灵神。
石灵愈信文殊道，道神常显空中身。
空中身，灵山塔，我问灵山山不答。
异石中藏玄妙机⑨，识破玄机输老衲。
老衲前知石性灵，坐石谈经神鬼听⑩。
经余晓月诸山净，神光绕石天花馨。

①此诗录自《清凉山志》卷八。《清凉山志》卷七："清凉石，古来显应颇多，不能悉录。且近见闻者，嘉靖间，太史岳国济谪汾阳断司，过此，率仆夫百余人，登之，刚容不隘，作歌以志其灵。"清凉石：见觉同《和咏五台·总咏五台》注⑥。

②孩提：幼小；幼年。

③寄慕：心存仰慕之情。

④缚官帻（zé）：为官职所牵绊束缚。官帻，汉代官员先戴帻（包头巾，犹便帽），帻上再加冠，合称官帻。此指代官职。

⑤谪宦：贬官另任新职。汾阳：县名。在山西省中部，太原盆地西南缘，汾河支流文峪河流贯，即今山西汾阳县。

⑥行旌：旧时官员出行时的旗帜。亦泛指出行时的仪仗。冈：山脊；山岭。

⑦容萃：容纳萃聚。

⑧色相：佛教语。佛教主万物皆空，以无相为归。人或物之一时呈现于外的形式，称为色相。《涅槃经·德王品四》：“（菩萨）示现一色，一切众生各各皆见种种色相。”此指文殊菩萨化现的形象。

⑨玄妙机：即玄机。深奥微妙的义理。

⑩“坐石”句：谓文殊坐石谈经，可使邪魔外道皈依佛法。

闵 煦

闵煦，字和卿，号水东，明代任邱（今河北任丘县）人。少年好学，遍览群书，学识渊博。嘉靖十四年（1535）进士。选开封府推官，调南京负责马政。后任朝廷会试副主考官。不久改任山西提学副使，曾主编《山西通志》。历任山西按察使、左右布政使。嘉靖三十五年（1556）迁山西巡抚。因守边靖虏有功，升任户部侍郎，后改兵部侍郎。官至刑部尚书。

显通寺[①]

马头山色向人来[②]，林里泉声带雨回。
秋兴不随孤鹜去[③]，傍君闲看百花开[④]。

①此诗录自清乾隆《五台县志》。显通寺：见贯休《遇五天僧入五台》其三注⑥。

②“马头”句：人骑马上，山色扑面而来，故云。唐李白《送友人入蜀》诗：“山从人面起，云傍马头生。”此用其意。

③孤鹜：孤飞的野鸭。

④君：对对方的尊称。犹言您。此指作者的随行者。

中峰寺[①]

野寺山深月出奇，飞泉洒雨任风催。
揽衣折竹扫苔色[②]，拭目寻檐认古碑[④]。

①此诗录自清乾隆《五台县志》。中峰寺：在五台山阳白谷，为灵峰寺支院。遗址尚存。

②苔色：苔藓苍翠之色。

③寻檐：寺庙碑石多立于殿宇檐下，而寺已荒废，殿已不存，故需“寻”。

王三聘

王三聘，明代山西代州人。嘉靖三十五年（1556）进士。曾任州中主事。

游白仁岩[①]

一

步入崎岖石径高，山风六月透征袍[②]。
岩前久坐无人到，静听松声沸海涛。

①此诗录自清乾隆《代州志》。白仁岩：原注：“仁，亦作‘人’。”山名。在山西代县城西北15公里处。清乾隆《代州志》：“晋释慧远建祠（寺）。巨石上有石浮图，峰头有说法台、棋枰石，而定心石则吐舌危崖之上，立者熊经（如熊攀树而悬。喻高险）。崖下石井五，瀱汋（jìzhuó，水时有时竭）者二，其三清冽可鉴。山径盘曲，古柏万株。从山半遥望巅顶，梵宇凌空，红楼朱户，缥缈松阴石壁间，居然仙境。寺后峭壁屏列，摩崖石刻‘白仁岩’三大字，字可盈丈，为明侍郎万恭书。”慧远（334—416），东晋高僧。俗姓贾，雁门楼烦（今山西原平市崞阳镇东。一说今山西宁武附近）人，世称远公。早年博通六经，犹善老庄，后从道安出家，精通般若性空之学。太元六年（381）入庐山，倡导弥陀净土法门。相传他和十八高贤共结莲社，同修净业。后世净土宗人推尊为初祖。著有《法性论》、《沙门不敬王者论》等。

②征袍：旅人穿的长衣。

二

松下何劳问小童，白云深处有仙翁[①]。
自从觅得长生诀，懒出桃花第一峰[②]。

①“松下”两句：唐贾岛《寻隐者不遇》诗：“松下问童子，言师采药去，只在此山中，云深不知处。”此反用其意。仙翁：或指晋释慧远。

②桃花第一峰：仙境第一峰。指白仁岩。桃花，指“桃花源”。晋陶潜作《桃花源

记》，谓渔人从桃花源入一山洞，见秦时避乱者后裔居其间，“土地平旷，屋舍俨然。有良田、美池、桑竹之属。阡陌交通，鸡犬相闻。其中往来种作，男女衣着悉如外人。黄发垂髫，并怡然自乐。”渔人出洞归，后再往寻找，遂迷不复得路。后遂用以指避世隐居之地，亦指理想的境地。

杨 顺

杨顺，明代德州卫（今山东德州市）人。嘉靖进士。由佥事历巡抚并副使。官至兵部侍郎、宣大都督。为严嵩党人。

咏圭峰寺[①]

鸟道回山麓[②]，琳宫对雪开[③]。
定香驯瓦雀[④]，阴雨荫苍苔。
塔影天边落，泉声树底来。
人间色相尽，何处著尘埃[⑤]？

①此诗录自明万历《太原府志》。圭峰寺：见王钥《圭峰寺》注①。

②鸟道：险峻狭窄的山路。回：迂回。

③琳宫：仙宫。此为对佛寺殿堂的美称。

④定香：僧人坐禅时用以计时的线香。瓦雀：麻雀的别称。明李时珍《本草纲目·禽二·雀》：“栖宿檐瓦之间……故曰瓦雀。”

⑤“人间”两句：《坛经》慧能偈：“佛心常清净，何处有尘埃。”此用其意。色相：佛教语。指万物的形貌。参见岳梁《登清凉石有感赋此》注⑧。

重游圭峰寺[①]

溪桥晓度入山幽，古寺云深记旧游。
句注遥从关外落[②]，滹沱近向槛前流。
时当上巳成春服[③]，客有狂歌劝酒瓯[④]。
日夕不烦催去马[⑤]，尘缨还濯碧嵾头[⑥]。

①此诗录自清道光《繁峙县志》。

②句（gōu）注：山名。又名陉岭、雁门山、西陉山。在今山西代县北。因山形句转，水势流注而得名。关：指雁门关。

③上巳：旧时节日名。汉以前以农历三月上旬巳日为“上巳”；晋魏以后，定为三月三日，不必取巳日。古代风俗，是日，至水边祓除不祥，称“修禊”。以后演变成在水边饮宴、郊外游春的一个节日。成春服：已能穿春天的衣服。《论语·先进》：孔子要侍坐的弟子各言其志，“（曾点）曰：‘莫春者，春服既成，冠者五六人，童子六七人，浴乎沂，风乎舞雩（yú），咏而归。’夫子喟然叹曰：‘吾与点也！’”此用其意。

④酒瓯：犹酒杯。

⑤不烦：不急躁。

⑥“尘缨”句：化用“濯缨”之典。《孟子·离娄上》：“沧浪之水清兮，可以濯我缨。”后以“濯缨”比喻超脱世俗，操守高洁。篸（zān）头：即簪子。绾住发髻的条状物。用金属、骨头、玉石等制成。篸，同“簪”。

广 莫

广莫，明代僧人。字仁安。嘉靖间，栖杭州秦亭山普慈院。有《怀净土诗》、《法华感应》、《楞严直解》等。曾瞻礼五台山，住显通寺。

送本无禅师谒五台①

出门芳草路漫漫，蓦直曾参婆子禅②。
塞上风尘双白足，杖头踪迹半青莲③。
重岩雪积僧初定，古寺春深花欲然④。
若问曼殊行履处，寒山寂寂水涟涟⑤。

①此诗录自《古今禅藻集》卷二十五。

②“蓦直”句：用“赵州勘婆”公案，以唐赵州禅师拟本无禅师。《清凉山志》卷三《赵州禅师传》：“有僧游五台，问一婆子云：‘台山路向什么处去？’婆子云：‘蓦直去。’僧便去。婆子云：‘又凭么去也？’其僧举似师。师云：‘待我去勘破这婆子。’师至明日，便去问：‘台山路向什么处去？’婆子云：‘蓦直去。’师便去。婆子云：‘又凭么去也？’师归院，谓僧云：‘我为汝勘破这婆子了也。’”蓦直：一径；笔直。

③“塞上”两句：意谓本无禅师在参访五台山途中不染人间风尘，踪迹所过之处多为佛寺。塞上：边境地区，亦泛指北方长城内外。此指五台山所在代州。白足：白足和尚。

见贞素《哭日本国内供奉大德灵仙和尚诗》注㉑。后用以指高僧。此借指本无禅师。青莲：佛教以莲花清净无染，故常用以指和佛教有关的事物。此指佛寺。或以“青莲”喻青山，亦通。

④“重岩”两句：悬拟本无禅师在五台山所见。定：指入定。佛教语。僧人静坐敛心，不起杂念，使心定于一处，叫入定。花欲然：喻鲜花盛开。唐杜甫《绝句二首》之二：“江碧鸟逾白，山青花欲然。”又南北朝庾信《奉和赵王隐士》诗有“山花焰火然”句。然，“燃”的古字。燃烧。

⑤“寒山”句：山寂水流，纯乎天意，正可彻见本来面目。亦即“触目菩提”之意。

谢畹溪

谢畹溪，名兰，字畹溪，明代人。赐进士第。嘉靖、隆庆间任通议大夫、兵部右侍郎、前都察院右副使，奉敕巡抚陕西地方。隆庆三年（1569）曾奉敕书五台山《重修圆照寺碑记》。

龙树庵①

三老习禅静②，结宇白云林③。
户外数峰秀，岩前众壑深。
夕阴连雨足，空翠落庭昏④。
看取莲花净，方知不染心⑤。

①此诗录自《清凉山志》卷二。龙树庵：《清凉山志》卷二：“龙树庵，在车沟。嘉靖初，宝印、楚峰、玉堂，同参大川和尚，曰：‘向去三人载一车。’后至蛇沟，共结庵而居，致成丛林。盖蛇沟，旧名车沟也。”

②三老：指龙树庵僧宝印、楚峰、玉堂。禅静：犹禅寂。佛教语。释家以寂灭为宗旨，故谓思虑寂静为禅寂或禅静。《维摩诘经·反便品》：“一心禅寂，摄诸乱意。”

③白云林：白云缭绕的树林。

④空翠：指绿色的树木或青色的潮湿的雾气。

⑤“看取”两句：意谓三老选取如此幽雅的地方结庵静修，可见他们具有佛眼般清净的眼界，方知三老怀有青莲花般纤尘不染之心。看取：看。取，作助词，无义。莲花：指青莲。佛家语。青莲花清净香洁，不染纤尘，佛家用以比喻佛眼。《维摩诘经》：“目净修广如青莲。”

按：此诗依唐孟浩然《题大禹寺义公禅房》改削而成，兹录于后：

义公习禅寂，结宇依空林。
户外一峰秀，阶前众壑深。
夕阳连雨足，空翠落庭阴。
看取莲花净，方知不染心。

慧　月

慧月，明代僧人。永平（今河北卢龙）人。嘉靖四十五年（1566）曾瞻礼五台山。

不二楼①

清凉有分归来晚②，大圣无缘奉觐难③。
一句了然千圣外④，相逢何事自颟顸⑤？

①此偈录自《清凉山志》卷二。不二楼：西台寺院。《清凉山志》卷二："不二楼，西台北，楼依二圣对谈石。景泰间，宣城公子游此，遥见紫金楼，跃出云表，因建重楼，拟所见也。嘉靖丙寅，永平法师慧月至此，见文殊、净名二圣对谈，须臾失之。有感，偈曰：（即此偈）。先是成化间，有老尼居此，自忆宣公子再来，发其隐私，皆符契。将终，勒石志曰：'吾若来时，必阐华严，重修是楼。'月公至此，讲华严凡五遍矣，故时人呼为华严楼，一曰三生楼。"

②清凉有分：谓与五台山有缘。

③大圣：佛家称佛或菩萨为大圣。此指文殊菩萨。奉觐（jìn）：犹奉谒、拜见。

④"一句"句：谓只要彻悟末后一句就可以超出千圣。一句：指末后一句。为见性之言。《碧岩种电抄》卷一："到彻悟极处，吐至极之语，更无语句过之者，谓之末后一句。"《景德传灯录》卷十六："末后一句，始到牢关，锁断要津，不通凡圣。"

⑤"相逢"句：谓今天既然有缘相见，你又何必自作糊涂呢？颟顸（mánhān）：面大貌。后指不明事理或漫不经心，即糊涂和马虎。

孙继皋

孙继皋（1550—1610），字以德，号柏潭，明代无锡（今江苏无锡县）

人。万历二年（1574）状元。任翰林院修撰。历任经筵讲官、少詹事兼侍读学士、礼部转吏部侍郎等职。万历二十四年，因皇帝不送太后出葬，上书劝说，因忤旨致仕。晚年讲学于东林书院，卒追赠吏部尚书。有《孙宗伯集》10卷。

送如空游五台①

离垢尔何著，亲情予意伤②。
辞天去辇毂③，皈佛向清凉。
戴笠关云白，闻钟岭树苍④。
家山亦净土⑤，相劝早还乡。

①此诗录自《孙宗伯集》卷上。如空：明代僧人。名无趣，字如空。有《无趣如空语录》。

②“离垢”两句：谓你已远离尘世的烦恼，并没什么执著、贪恋；而我却与你感情亲切，为离别而心中悲伤。离垢：佛教语。谓远离尘世的烦恼。《维摩诘经·佛国品》：“远离尘垢，得法眼净。”著（zhuó）：执著。佛教语。指对某一事物坚持不放，不能超脱。

③“辞天”句：谓告别皇帝，离开了京城。天：指君主。辇毂（gǔ）：皇帝的车舆。指代京城。

④“戴笠”两句：悬想如空将到五台山的情景。谓头戴笠帽在白云缭绕的雁门关行走，听到从山岭上苍翠的树林间传来的钟声。

⑤“家山”句：此用佛家“境由心生”之意。只要心常清净，到处都是净土，故云。家山：谓家乡。

胡应麟

胡应麟（1551—1602），字元瑞，又字明瑞，号少室山人，别号石羊生，明代兰溪（今浙江兰溪县）人。万历四年（1576）举人。尝与李攀龙、王世贞辈游，其所作诗皆附和世贞。虽布衣一生，在文献学、史学、诗学、小说及戏剧方面均有突出贡献。有《少室山房笔丛正集》、《少室山房集》、《诗薮》等。

秋日送僧游天竺遂之五台[1]

寒风挂席下沧溟[2]，是处名山适性灵[3]。
胜地蹔依三竺紫[4]，高天遥望五台青。
中林伏虎云生座，绝涧寻龙月满瓶[5]。
若见文殊劳寄语，法门何日拟谈经[6]？

①此诗录自《少室山房集》卷五十四。天竺：山峰名。亦为寺名。在浙江杭州市灵隐山飞来峰之南。山上有上、中、下三天竺寺。

②寒风：指秋风。挂席：犹挂帆。张帆行船。

③是处：到处；处处。性灵：内心世界。泛指精神、思想、情感等。

④蹔（zàn）：同“暂”。暂时，暂且。三竺：三天竺的简称。三天竺为天竺山上天竺、中天竺、下天竺三座寺院的合称。紫：紫气。

⑤“中林”两句：悬想该僧在五台山参禅修道的情景。谓或在林野里静坐，或在绝涧中经行，以清除烦恼，彻见真如自性。伏虎：制服猛虎。唐道宣《续高僧传·习禅一·僧稠》：“闻两虎交斗，咆响振岩，乃以锡杖中解，各散而去。”龙：指毒龙。佛教指机心妄念。《涅槃经》：“但我住处有一毒龙，其性暴急，恐相危害。”伏虎、寻龙，均指驱除妄念烦恼。云生座：祥云笼罩坐席。为得道的象征。月满瓶：月色映照净瓶。喻彻见真如自性。

⑥“若见”两句：写作者欲游五台山之意。寄语：传话，转告。法门：泛指佛门。

题画[1]

赤云遍长空，何处清凉国？
遥望五台山，中天挂金碧[2]。

①此诗录自《少室山房集》卷六十八。为“僧寺四景”之二。

②中天：高空中；当空。亦指上界，神仙世界。金碧：指金碧辉煌的佛寺殿宇。

秋日送僧游五台山二首[1]

挂锡辞吴峤[2]，支笻入晋关[3]。
秋风秋叶里，独向五台山。

五台五百僧，日暮鸣钟待。
独有病维摩，未赴文殊会[④]。

①此诗录自《少室山房集》卷七十。吴峤（jiào）：吴地的山岭。吴，指吴地。此指东汉时吴郡（今江苏省）。

②支筇：拄杖。筇，同“笻”。笻竹宜于制杖，故亦用以泛称手杖。晋关：山西的关山。

③病维摩：即维摩病。《维摩诘经·文殊师利问疾品》载，佛在毗耶离城庵摩罗园，城中五百长者子至佛所请说法时，居士维摩诘故意称病不往。佛遣舍利弗及文殊师利等问疾。文殊问：“居士是疾何所因起?”维摩诘答曰：“一切众生病，是故我病；若一切众生得不病者，则我病灭。”后用“维摩病”谓佛教徒生病。此借指作者生病。

姚士粦

姚士粦（1554—1644），字叔群，原籍浙江海盐（今浙江海盐县）。年二十未知书，以写照自给。偶往德清，教谕姜孩曰奇之，致以章句之学，三年学成。曾一度入陕西巡抚沈孝思幕。与陈继儒、曹学佺、胡震亨以奥博相尚，搜讨遗文秘闻，考证原委。例补国子生。冯梦祯为南祭酒，校刻南北诸史，具出其手。入清，穷饿以死。著有《蒙吉堂诗集》。

送化公之五台[①]

名山深代北[②]，登蹑暂离群。
一杖远穿雪[③]，五峰高入云。
经行临朔漠[④]，衣带见河汾[⑤]。
妙听证无语，清吟独为闻[⑥]。

①此诗录自《槜李诗集》卷十六。化公：对僧人化某的尊称。

②深代北：在代北深处。代北：代州北部。

③一杖：独自扶杖出行。

④经行：见王偁《送龙河杰首座自五台归将赴天台》注④。朔漠：指我国西北部一带的广大沙漠地区。

⑤“衣带”句：谓可见到犹如衣带的黄河和汾河。

⑥“妙听”两句：谓如果听了文殊的妙语，证悟了无言无说的不二法门，要通过你清雅的诗歌让我知道。

觉　玄

觉玄，明代僧人。

现圣台[①]

瑞霭云飞杳杳穷[②]，十千开士御寒空[③]。
缤纷不尽莲华雨[④]，无限真人到此峰[⑤]。

①此诗录自《清凉山志》卷二。现圣台：东台灵迹。《清凉山志》卷二：“现圣台，青峰之南，唐观国师，尝见万圣罗空，五台（疑为‘五云’）停岫。”

②杳（yǎo）杳：幽远。

③十千开士：即一万菩萨。《华严经》：“现有菩萨名文殊师利，与其眷属，诸菩萨众，一万人俱，常在其中而演说法。”开士：菩萨的异名。以能自开觉，又可开他人生信心，故称。御：临幸。

④莲华雨：莲花像雨一样降落。

⑤真人：佛教称证真理的人，即阿罗汉。

魏文人马迹[①]

魏帝銮舆避暑来[②]，旌旗卷日映山台[③]。
盘陀石上空留迹[④]，风雨千年印绿苔[⑤]。

①此诗录自《清凉山志》卷二。魏文人马迹：西台灵迹。《清凉山志》卷二：“魏文人马迹，在台上，石上印文，若人马足迹，俗以为魏帝至此。”魏文，即魏孝文帝。北魏皇帝。其在位期间，曾巡幸五台山，并创建大孚图寺、大佛光寺、清凉寺等寺院。

②銮舆：犹銮驾，即天子车驾。

③卷日：翻卷于阳光之下。

④盘陀石：凹凸不平的石头。

⑤“风雨”句：意谓虽经千年风雨，仍留有长满青苔的印痕。

二圣对谈石[①]

妙德弘开向上关[②]，维摩一默不轻还[③]。
对谈若谓无言说，风雨依前点石斑[④]。

①此诗录自《清凉山志》卷二。二圣对谈石：西台灵迹。见敦煌五台山文献《五台山赞》注⑳。

②“妙德”句：谓文殊菩萨向人弘扬开示不可思议的彻悟境界。妙德：文殊汉译名。《法华嘉祥疏》：“文殊，此云妙德。以了了见佛性故。德无不圆，果无不尽，称妙德也。”向上关：即“向上一路”。佛教禅宗谓不可思议的彻悟境界，亦即超悟之道。详见明本《送断崖禅师游五台歌》注⑭。

③维摩一默：即毗耶杜口。见元好问《台山杂咏十六首》之十一注①。

④“风雨”句：风雨石斑，无思无识，真实自然，千年如斯。暗示禅悟境界。

泥斋和尚处[①]

西台东北古岩阿[②]，尊者修行志不磨[③]。
日午自搓泥剂子[④]，旋充中食省檀那[⑤]。

①此诗录自《清凉山志》卷二。泥斋和尚处：西台灵迹。《清凉山志》卷二：“泥斋和尚处，台东北谷。昔有神僧住此，以泥作馔，与宾共食。”

②岩阿：山的曲折处或山窟旁侧之地。

③尊者：佛教对和尚的尊称。此指“神僧”。

④剂子：做馒头等面食时，从和好的大块面上分出的小块儿。

⑤旋：不久；立刻。檀那：佛教语。梵语译音。意译布施或施主。

隐峰塔[①]

隐峰倒化古岩前，笔立裙衣上耸然。
良妹已收灵骨后，石幢高树在峰巅[②]。

①此诗录自《清凉山志》卷二。隐峰塔：北台灵迹。《清凉山志》卷二："隐峰塔，唐邓隐峰，参马祖，飞锡解军，倒化于北台。妹尼立塔，近者僧明来重修。"隐峰：《清凉山志》卷三《隐峰禅师传》载，唐隐峰，福建邵武人，姓邓氏。初游马祖门，后冬居衡岳，夏往清凉。唐元和中，荐登五台，路出淮西，遇吴元济与官军交锋，未决胜负，师乃掷锡空中，飞身而过。两军将士仰观，事符预梦，斗心顿息。师既显神异，虑成惑众，遂入五台金刚窟前。将示寂时，师乃倒立，亭然而化，衣裳顺体。时众议舁就荼毗，屹然不动。师有妹为尼，时在山，乃抚而咄曰："老兄，畴昔不循法律，死更荧惑于人。"于是以手推之，偾（fèn）然而踣（bó），遂就阇维，收舍利，塔于北台之顶。

②石幢（chuáng）：佛教寺院中刻有经文的石柱。此指隐峰塔。树：树立，建立。

白水池[①]

江汉微茫尚炳灵，一泓池水自澄渟[②]。
溶溶淡染秋光白[③]，想是仙家玉液醽[④]。

①此诗录自《清凉山志》卷二。白水池：北台灵迹。见净伦《金刚窟》注③。

②"江汉"两句：意谓长江和汉水烟波浩渺尚且能焕发灵气，代生圣哲；白水池这一泓池水，本来清澈平静，更能启人超凡入圣。炳灵：焕发灵气。《文选·左思〈蜀都赋〉》："近则江汉炳灵，世载其英。"吕向注："炳，明也；载，犹生也。谓江汉明灵，故代生圣哲。"澄渟（tíng）：水清澈平静。

③溶溶：明净洁白貌。秋光：秋天的阳光。

④玉液：道家炼成的仙液。醽（líng）：美酒。

仙人庵[①]

何年仙子此修行[②]，服日餐霞道气清[③]。
袖拂天风骑鹤去[④]，至今传说有庵名。

①此诗录自《清凉山志》卷二。仙人庵：北台灵迹。在台北麓。

②仙子：即仙人。

③服日餐霞：均为道家修养之法。服日，存日象于心中，光照心内，后渐上升，出喉咙至齿间，再回还胃中。习之者以为可除疾、消灾、延年。餐霞，服食朝霞。道气：僧道修行的功夫。

④骑鹤：指飞升成仙。

般若泉①

般若池边止渴时，山瓢一吸乐何支②！
尘尘烦恼俱消歇③，无限清凉说向谁④？

①此诗录自《清凉山志》卷二。般若泉：中台灵迹。《清凉山志》卷二载："般若泉，大塔前左畔。唐僧慧潜，结庵于此，日课金刚经。久之，感庵侧涌泉，因为名。饮者生慧。"按：现般若泉在梵仙山北麓，泉旁建有六角凉亭，水质极佳。然恐非此诗所指般若泉。

②山瓢：山野中人所用的瓢。泛指粗陋的盛器或饮器。乐何支：即乐不可支。形容快乐到极点。

③尘尘：佛教语。犹言世界。又犹言世世；无量数。此当为后者。烦恼：佛教语。谓迷惑不觉。

④清凉：一语双关。既指般若泉水清冽凉快，又指清静，无烦恼。

梵仙山①

山头紫气日长浮②，上有仙人汗漫游③。
饵菊换教风骨异④，白云影里去悠悠⑤。

①此诗录自《清凉山志》卷二。梵仙山：见元好问《台山杂咏十六首》之十六注④。

②紫气：紫色的云雾。古代以为祥瑞之气，为仙人出现的预兆。

③汗漫游：世外之游。汗漫，渺茫不可知。

④"饵菊"句：梵仙山"昔有五百仙人，饵菊成道"（见《清凉山志》卷二），故云。换教风骨异：谓换掉血肉凡胎，变成仙风道骨。

⑤"白云"句：写仙人飞升之状。

玉花池①

何代池开白玉花②，香风拂拂散天涯③。
云行尊者飞空去④，万古芳声不浪夸⑤。

①此诗录自《清凉山志》卷二。玉花池：中台灵迹。见敦煌文献《五台山赞》注㉒。

②白玉花：《清凉山志》卷二："昔有五百梵僧于此过夏，白莲生池，坚莹若玉。"

②拂拂：风吹动貌。

③云行尊者：云游四方，行踪无定的和尚。此指"五百梵僧"。

④浪夸：随意夸饰。

万圣澡浴池[①]

六月中台既望期，圣凡交会在斯时[②]。
想应千佛同来此，一夜云生澡浴池。

①此诗录自《清凉山志》卷二。万圣澡浴池：中台灵迹。《清凉山志》卷二："万圣澡浴池，中北二台之间。古有涌泉，澄洁可爱。游人临之，于天光云影之间，或见天仙、沙门、莲花、锡杖之状。人或以为菩萨盥掌之所。故四方之民，于盛暑时，多持香花、拭巾而投之。后人甃方为砌，构亭藏之，而灵相遂隐焉。"

②"六月"两句：每年六月，台怀均举行盛大的庙会。届时，各寺院庙门大开，迎接香客；商贾聚集，铺棚林立，杂剧献艺，游人如云。既望：农历十五日为望，望后一日为既望。《释名·释天》："望，月满之名也。"圣凡：佛教语。圣者和凡夫。参见敦煌文献《五台圣境赞·赞大圣真容》注⑥。交会：会合，聚会。斯时：此时。

祈光塔[①]

一上中台自激昂，却将身世两相忘[②]。
彩虹五色圆光现[③]，人各居中不在旁[④]。

①此诗录自《清凉山志》卷二。祈光塔：中台灵迹。《清凉山志》卷二："祈光塔，台西南隅。成化间，秋崖法师，同晋主祈光遂愿，故建之。"

②身世两相忘：既忘自身，又忘人世。

③圆光：佛教谓佛菩萨头顶上的圆轮金光。

④人各居中：人人都在圆光之中。指"无一众生而不具如来智慧。"见《华严经·如来出现品》。

般若寺[1]

有缘尊者信前生[2]，童子开门远迓迎[3]。
尽说曾游般若寺，不知谁在里头行[4]。

①此诗录自《清凉山志》卷二。般若寺：在楼观谷，创建于大历二年（767）。《清凉山志》卷二："般若寺，楼观谷。唐无著尝入化般若寺，因建寺名焉。成化间，立禅和尚道行闻晋王，重建。"今已毁，遗址尚存。

②"有缘"句：谓我确信无著所以能进入化般若寺而得见文殊是前生有缘。

③迓迎：迎接。

④"尽说"两句：意谓游般若寺者多，真正悟道者少。

圭峰寺[1]

几年闻说圭峰寺，未暇从容试一游。
丹凤翻来形势古[2]，青猿啼断海山秋[3]。
霜钟捣日开金殿，铁钵分泉漾碧流[4]。
嘉赏每思酬宿愿[5]，爽吟先付管城侯[6]。

①此诗录自《清凉山志》卷二。圭峰寺：西台外寺院。见王钥《圭峰寺》注①。

②"丹凤"句：谓圭峰寺所在凤凰山如丹凤翻飞，形势非凡。丹凤：头和翅膀上的羽毛为红色的凤鸟。翻飞：飞舞。古：谓不同凡俗。

③"青猿"句：谓青猿在秋天的如海苍山中断断续续地啼叫。

④"霜钟"两句：谓迎着日光，晨钟敲响，佛殿打开；山间泉水，碧波荡漾。霜钟：指钟或钟声。语本《山海经·中山经》："（丰山）有九钟焉，是知霜鸣。"郭璞注："霜降则钟鸣，故言知也。"铁钵分泉：宋朱弁《曲洧旧闻》："清凉山清凉寺，文殊示现之地也。去寺一里余，有泉号一钵。泉一钵许，汲之不竭；或久不汲，虽盈不溢。"或用此典以喻圭峰山泉。

⑤嘉赏：赞赏。宿愿：素来的愿望，旧日的心愿。

⑥爽吟：心情畅快的咏吟。管城侯：即管城子。犹笔端。唐韩愈《毛颖传》："遂猎，围毛氏之族，拔其毛，载颖而归……秦皇帝使（蒙）恬赐之汤沐而封诸管城，号曰管城子。"《毛颖传》以笔拟人，后人遂以管城子为笔的别称。

唐文焕

唐文焕，字国华，明代镇江（今江苏镇江市）人。曾任中相。

和咏五台[①]

东台

振衣扶杖上层峦[②]，台上长吟老兴宽[③]。
地胜有缘方许到，心空无法可能安[④]。
淡烟沧海波光迥[⑤]，红日中天塔影团[⑥]。
笑指文殊埋发处[⑦]，行人常见紫云蟠。

①此诗录自《清凉山志》卷八。为和宋张商英《咏五台诗》之作。

②振衣：抖衣去尘，整衣。《楚辞·渔夫》："新沐者必弹冠，新浴者必振衣。"

③老兴宽：指年老而兴致勃发，心胸广阔。

④"心空"句：唐王维《青龙寺昙壁上人兄院集》诗："眼界今无染，心空安可迷。"此用其意。心空：佛教语。谓心性广大，含容万象，有如虚空之无际。亦指本心澄澈，空寂无相。无法：指无烦恼杂缘，亦即法空。可能：表示可以实现。意犹"方能"。

⑤"淡烟"句：切东台峰名"望海"。《清凉山志》卷二："东台……亦名望海峰，若夫蒸云寝壑，爽气澄秋，东望明霞，若陂若镜，即大海也。亦见沧瀛诸州，因以为名。"

⑥团：圆。

⑦文殊埋发处：指中台灵迹、塔院寺内文殊发塔。《清凉山志》卷二："文殊发塔，在大塔东侧，昔文殊化为贫女，遗发藏此。万历间，方广道人重修。见发色若金，随人视之不一。"

南台

天风吹上妙高台[①]，满眼山光紫翠开[②]。
钟破晚烟清落涧[③]，履拖春雨乱粘苔。
水边咒钵龙飞出[④]，松底翻经鹤下来[⑤]。
一坐清凉绝尘事[⑥]，浩歌归去几徘徊[⑦]。

①妙高台：指妙高山，即须弥山。原为古印度神话中的山名，后为佛教所采用，指一个小世界的中心。佛经说其由七宝合成，故名妙高。此借指南台。

②“满眼”句：切南台峰名锦绣。《清凉山志》卷二：“南台……亦名锦绣峰，山峰耸峭，烟光凝翠，细草杂花，千峦弥布，犹铺锦然，故以名焉。”

③清：指清亮激越的钟声。

④“水边”句：写高僧念动经咒而将龙收入钵中。《增一阿含经·高幢品》载，佛进毒龙居住的石室，以“慈悲三昧”转为“焰火三昧”，将其收入钵中。五台山佛教亦有类似传说。此指念动经咒而制伏妄念烦恼。

⑤翻经：指翻译佛经。此当指翻阅或诵读佛经。

⑥绝尘事：与尘俗之事隔绝。

⑦归去：即《归去来》。辞赋篇名，晋陶潜所作。《晋书·隐逸传·陶潜》：“执事者闻之，以为彭泽令……郡遣督邮至县，吏白：‘应束带见之。’潜叹曰：‘吾不能为五斗米折腰，拳拳事乡里小人邪！’义熙二年，解印去县，乃赋《归去来》。”后用为归隐之典。

西台

淡烟笼树霭苍苍①，环绕西台古道旁。
月小更知山势险②，天空应见地形方③。
泻来圣水迢迢绿④，流出仙花片片香。
最爱老禅栖隐处，秘魔岩畔好风光⑤。

①霭苍苍：云气迷茫，一片苍翠。

②“月小”句：化用宋苏轼《后赤壁赋》“山高月小”句。

③“天空”句：化用《淮南子·天文》“天圆地方”句。天空：谓天际空阔。

④“泻来”两句：写西台灵迹八功德水。

⑤“最爱”两句：写西台灵迹秘魔岩。见张商英《继哲和尚赞》注③。老禅：指唐秘魔和尚。得马祖道，居五台山秘魔岩。因其常持一木叉，逼拶参禅者，故人称木叉和尚。见《清凉山志》卷三《秘魔和尚传》。

北台

上方台榭枕崔嵬①，蹑磴扪萝百转回②。
鸦度晚林斜背日③，龙眠天井暗惊雷④。

好山如对丹青画，沧海疑倾潋滟杯[⑤]。
归去京华千里外[⑥]，白云回首也心灰[⑦]。

①上方台榭：指北台顶灵应寺的殿宇。台榭，积土高起者为台，台上所盖之屋为榭。枕：临近。

②蹑磴扪萝：脚踏石级，手攀萝蔓。

③斜背日：背负着西斜的太阳。

④天井：指北台灵迹黑龙池。《清凉山志》卷二："黑龙池，台上，亦名金井池。"

⑤"沧海"句：谓远望大海，波光潋滟，小得疑似从杯中倾倒的一汪水。从唐李贺《梦天》诗"一泓海水杯中泻"句化出。潋滟（liànyàn）：水波荡漾貌。

⑥京华：即京都。因京都均为文物、人才汇集之地，故称。

⑦白云回首：回首白云笼罩的五台山。心灰：指心灰意懒，厌倦尘世生活。

中台

笑登绝顶纵遐观[①]，身在穹窿第一峦[②]。
花雨乱飘千片锦[③]，松风常作九秋寒[④]。
眼空海岳尘中小[⑤]，心与乾坤分外宽[⑥]。
记得凤城明月夜[⑦]，几回飞梦绕台端。

①纵遐观：纵目远观。

②穹窿第一峦：天上第一峰。指中台。穹窿，中间隆起，四周下垂貌。此指天。第一峦，旧以为五台山中中台最高，且位于四峰之中，故云。

③花雨：佛教语。诸天为赞叹佛说法之功德散花如雨。《仁王经·序品》："时无色界雨诸香华，香如须弥，华如车轮。"后用为赞颂高僧颂扬佛法之词。又谓落花如雨或天降雪花。此为双关语。

④九秋：秋季九十天。

⑤"眼空"句：谓身在中台顶，目空一切，连尘世中的四海五岳也显得那么渺小。

⑥与：如同，好像。

⑦凤城：京都的美称。唐杜甫《夜》诗："步檐依杖看牛斗，银汉遥应接凤城。"仇兆鳌注引赵次公曰："秦穆公女吹箫，凤降其城，因号丹凤城，其后言京城曰凤城。"此指明都城北京。

总咏五台

钟磬泠泠落紫虚①，化人宫殿自成居②。
光生珠树佛灯近，香散石坛花雨疏③。
灵沼月来金镜小④，远山云去翠屏舒⑤。
朝簪羁却登临愿⑥，北望清凉思有余。

①泠泠：形容声音清脆。紫虚：天空。因云霞映日而天空呈紫色。

②化人宫殿：指佛寺。化人：佛教谓佛菩萨变形为人，以化度众生者。《翻译名义集·寺塔坛幢》："周穆王时，文殊、目连来化，穆王从之。即《列子》所谓化人者是也。"

③"光生"两句：因靠近佛前灯火，故光生于珠树。因花雨已疏（说法已毕），故石坛香散。珠树：神话传说中结珠的树。此为对寺院树木的美称。石坛：石筑高台。古代多用于祭祀，此指高僧说法时所坐之台。

④"灵沼"句：宋苏轼《后赤壁赋》："山高月小，水落石出。"此暗用其意。灵沼：灵异的水池。金镜：铜镜。此喻明月。

⑤翠屏舒：（远山）像翠绿的屏风一样舒展开来。

⑥"朝簪"句：谓作者身在京城做官，因公务羁縻，难遂登临五台山的夙愿。朝簪：朝廷官员的冠饰。常用以借指京官。

史　监

史监，一作史鉴，字元昭，明代姑苏（今江苏苏州）人。能诗，工山水画。

和咏五台①

东台

群峰历尽到巅峦，极目清凉境界宽。
山入雁门真设险②，地藏佛国即长安③。
雨来绝涧自成响④，云度碧溪时作团。
花落经台钟梵寂，袈裟香霭翠云蟠⑤。

①此诗录自《清凉山志》卷八。为和宋张商英《咏五台诗》之作。

②雁门：雁门关。设险：谓利用险要之地建立防御工事。《易·坎》："王公设险，以守其国。"

③佛国：佛所生之地，指天竺，即古印度。《维摩经略疏》："言佛国者，佛所居域，故名佛国。"亦指寺院。此指五台山。长安：国家长治久安。

④绝涧：高山陡壁之下的溪涧。

⑤"花落"两句：谓僧人诵经已罢，佛寺的钟磬声和诵经声沉寂，天降花雨落于经台；焚香的烟气在身披袈裟的僧人身旁缭绕，犹如碧云盘曲。经台：用于讽诵佛经的平台。袈裟：梵文音译。原意为"不正色"，佛教僧尼的法衣。佛制，僧人必须避免用青、黄、赤、白、黑五种正色，而用似黑之色，故称。

南台

翠拔南天第二台[①]，天成图画一方开。
巅崖有路皆悬石，古树无枝半是苔。
潭龙起处电光走[②]，木客啸时山雨来[③]。
俯仰独怀千古意[④]，诗成倚仗漫徘徊。

①"翠拔"两句：切南台峰名"锦绣"。第二台：旧以五台山五台中南台高居第二，故云。

②潭龙：因南台东南麓有灵迹白龙池，故云。

③木客：伐木工。又传说中的深山精怪。《太平御览》卷八八四引邓德明《南康记》："木客，头面语声亦不全异人，但手脚爪如钩利，高岩绝峰然后居之。"

④"俯仰"句：谓面对亘古不变的南台，不由得萌生千古一瞬之感。俯仰：喻时间短暂。晋王羲之《〈兰亭集〉序》："夫人之相与，俯仰一世，或取诸怀抱，晤言一室之内；或因寄所托，放浪形骸之外。"

西台

西台屹立逼穹苍[①]，紫翠遥分太白旁[②]。
天设奇峰卑两晋[③]，神开金地镇殊方[④]。
洞霞结彩春无际[⑤]，琪树生花夜有香[⑥]。
东望海门才咫尺[⑦]，月明时复吐珠光[⑧]。

①逼：迫近。穹苍：苍天。

②“紫翠”句：谓西台这紫云笼罩的苍翠山峰高与天接，其分野远在太白之旁。太白：星名。即金星，又名启明。

③卑两晋：使两晋之地显得卑下。两晋：战国初，赵、魏、韩三国分晋而立国，史称三晋。两晋指五台山周围古赵、魏两国的地域。

④金地：借指佛寺。参见元好问《台山杂咏十六首》之十二注①。镇殊方：安定边远之地。殊方：异域，他乡。

⑤洞霞结彩：神仙洞府霞光万丈，犹如张灯结彩。春：比喻真如境界的勃勃生机。

⑥琪树：仙境中的玉树。

⑦海门：海口。内河通海之处。

⑧时复：时常。珠光：珍珠的光华。此指海门之水明洁耀眼的光芒。

北台

攀萝扪磴上崔嵬，十步丹梯九折回[①]。
夜尽高峰先见日，云深阴洞自藏雷[②]。
飞泉影落银千尺[③]，老桂香分露一杯[④]。
到此都忘尘世念，争教心虑不成灰[⑤]？

①丹梯：指高耸入云的山峰。亦指寻仙访道之路。

②“云深”句：写北台灵迹龙门。《清凉山志》卷二：“龙门，台南麓。裂石如崩，涛声若雷。北有藏云谷，下有留云石。云出为雨，云入为霁。”

③“飞泉”句：从唐李白《望庐山瀑布》诗：“飞流直下三千尺”句化出。

④“老桂”句：写北台泉水之甘甜。谓犹如从月中桂树上分得一杯香露。

⑤争教：怎教。

中台

上方楼阁耸奇观[①]，金磬泠泠度翠峦。
深树浮岚晴带雨[②]，阴崖积雪夏生寒。
鳌行鼂屃星辰近[③]，云气氤氲宇宙宽[④]。
何处紫萧吹落月[⑤]，不胜清思绕岩端[⑥]。

①上方楼阁：指中台顶演教寺的殿宇。

②深树浮岚：深密的树林中飘动着山林雾气。

③“鳌行”句：谓海中的巨鳌作力顶戴，使中台靠近了天上的星辰。此用“鳌戴”之典。见元好问《台山杂咏十六首》之二注②。赑屃（bìxì）：气盛作力貌。

④氤氲：弥漫貌。

⑤“何处”句：暗用“吹箫客”之典。传说春秋时箫史善吹箫，秦穆公以女妻之，后升天仙去。参阅汉刘向《列仙传·箫史》。紫箫：以紫竹所制之箫。

⑥不胜：不尽。清思：清雅美好的情思。

总咏五台

悬崖削壁势陵虚①，中有金仙遁迹居②。
天近星河常掩映，云深草木自扶疏③。
六时花雨含香落④，五夜神光带月舒⑤。
绝顶登临飞鸟外⑥，一声长啸海天余⑦。

①陵虚：飞行于空际。

②金仙：指佛。佛家谓如来之身金色微妙，因称金仙。此指文殊菩萨。

③扶疏：枝叶繁茂分披貌。

④六时：犹昼夜。详见敦煌文献《游五台赞文》注⑦。花雨：见唐文焕《和咏五台·中台》注③。

⑤五夜：即五更。《汉旧仪》：“中黄门持五夜，甲夜、乙夜、丙夜、丁夜、戊夜也。”此泛指夜晚。神光：神异的灵光。

⑥飞鸟外：飞鸟难到之处。极言山之高。

⑦“一声”句：写作者归隐之志。长啸：撮口发出悠长清越的声音。古人常以此述志。《晋书·阮籍传》：“籍尝于苏门山遇孙登（隐士），与商略终古及栖神导气之术，登皆不应，籍因长啸而退。至半岭，闻有声若鸾凤之音，响乎岩谷，乃登之啸也。”余：遗留。即余音缭绕。

胡　镇

胡镇，号涵素居士，明代钱塘（今浙江杭州市）人。

和咏五台[①]

东台

喜共真僧陟翠峦[②]，笑谈殊觉道怀宽[③]。
无穷世事机前息[④]，一点灵台静里安[⑤]。
险峻只宜扶竹杖，清幽端可坐蒲团[⑥]。
那罗岩下蛟龙恶[⑦]，弹舌从教钵里蟠[⑧]。

①此诗录自《清凉山志》卷八。为和宋张商英《咏五台诗》之作。

②真僧：戒律精严的和尚。

③道怀：指佛家的心性、襟怀。

④机：指机锋。佛教禅宗用语。指问答迅捷锐利，不落迹象，含义深刻的语句。

⑤灵台：心。《庄子·庚桑楚》："不可内于灵台。"郭象注："灵台者，心也。"静：清静，不烦扰。

⑥端可：正好可以。坐蒲团：指坐禅。蒲团，用蒲编织的圆垫，为僧人坐禅及跪拜时所用。

⑦那罗岩下：指东台灵迹那罗延窟。见敦煌文献《五台山赞》注㉖。

⑧"弹舌"句：写真僧的法力。谓只要诵经念咒，就可使恶龙听命皈依，盘绕于钵内。元迺贤《铁钵盂》诗："山僧偶弹舌，引得老龙蟠。"此用其意。又唐李洞《送三藏归西天国》诗："十万里程多少碛，沙中弹舌授降龙。"自注："奘公弹舌念梵语《心经》，以授流沙之龙。"又《清凉山志》卷三《降龙大师传》："东台东百里，有毒龙池，龙常害物，四十里内，人畜不入。师（唐释诚慧）携净瓶锡杖，庐其侧。一夕暴风怒雷，自池而出，师咒之，龙即入瓶，风雷皆寝。师绕瓶诵大乘经咒，居七日，龙革毒心，白光洞室，师乃释之，乘风云而去。"弹舌：犹摇舌。谓唱念、说话等。

南台

淡烟缥缈隔仙台，混沌钟灵始凿开[①]。
霜叶半林红露寺[②]，石碑一片绿封苔。
晴空花雨有时下[③]，树杪金灯几度来[④]。
感应曾闻张相国[⑤]，令人追忆几徘徊。

①“混沌”句：谓天地混沌未分时，灵气聚集于此，才开凿出这一片福地。混沌：古代传说中指世界开辟前，元气未分模糊一团的状态。钟灵：谓灵秀之气聚集。

②霜叶：深秋季节经霜后的树叶。即红叶。

③花雨：佛教语。诸天赞叹佛说法之功德而散花如雨。参见唐文焕《和咏五台·中台》注③。

④树杪：树梢。金灯：犹圣灯。山谷间因光线通过云雾经衍射作用而产生的光环。古人以为神异，谓之圣灯。

⑤“感应”句：宋张商英曾任宰相，他在《续清凉传》中详细记载了目睹金桥、圣灯、文殊真容的情景，故云。感应：谓神明对人事的反响。

西台

老我登临鬓已苍，孤吟倚杖翠微旁①。
重重云树连西晋②，漠漠风烟控朔方③。
狮子有灵曾印迹④，蟠桃无岁不生香⑤。
曼殊境界吾能到⑥，宝树长悬不夜光⑦。

①孤吟：独自吟咏。翠微：此泛指青山。

②西晋：此指晋西。古晋国之西部，即今河北省西南部一带。

③控：贯通。朔方：北方。

④“狮子”句：写西台灵迹狮子踪。见敦煌文献《五台山圣境赞·题五台·西台》注②。

⑤“蟠桃”句：神话中的仙桃，三千年一结实；而西台“无岁不生香”，极写地之灵异。据《太平广记》卷三引《汉武内传》载：七月七日，西王母降，以仙桃四颗与帝。帝食辄收其核，王母问帝，帝曰：“欲种之。”王母曰：“此桃三千年一生实，中夏地薄，种之不生。”帝乃止。

⑥曼殊境界：指文殊道场五台山。

⑦“宝树”句：因佛教谓宝树为极乐世界中以七宝合成的树，昼夜放光，故曰“长悬不夜光”。

北台

历遍龙岩共马嵬①，何如此地漫周回②？

游人每惮峰头雪，定叟无惊槛外雷[③]。
平见斗罡明似烛[④]，静观尘海大如杯。
老夫屡有栖山志，争奈凡心尚未灰[⑤]。

①龙岩、马嵬：泛指名胜之地。龙岩，指福建龙岩县龙岩山。马嵬，指陕西兴平西马嵬坡。相传晋人马嵬在此筑城，故名。唐安史之乱，玄宗从长安西奔成都，缢死杨贵妃于此。

②漫周回：连绵无际，周旋回还。

③定叟：入定的老僧。

④“平见”句：切峰名叶斗。斗罡（gāng）：即北斗星。罡，北斗星的斗柄。

⑤争奈：怎奈。

中台

中峰高处纵吟观[①]，四面芙蓉耸碧峦[②]。
日影平临金塔晓[③]，天光倒浸玉池寒[④]。
隔林钟梵徐徐度，匝地楼台望望宽[⑤]。
为爱此中多胜概[⑥]，都将收拾入毫端[⑦]。

①纵吟观：纵目观赏，放情吟咏。

②四面芙蓉：指东南西北四台。芙蓉：莲花的别称。此指代山峰。

③金塔：指中台塔院寺大白塔。因旭日照耀，遍体金光，故称。

④玉池：指中台灵迹玉花池。见敦煌文献《五台山赞》注㉒。

⑤匝（zā）地：遍地。望望：瞻望貌。

⑥胜概：美景；美好的境界。

⑦入毫端：指写入诗篇。毫端，笔端。

总咏五台

五峰凝翠溢寒虚[①]，云是金仙旧隐居[②]。
祇树有花从代谢[③]，闲云无意任亲疏[④]。
才登绝顶频回顾，便觉愁眉一展舒。
万壑千岩皆胜境，芒鞋蹋遍肯留余[⑤]？

①溢：满，充塞。寒虚：寒空。

②云是：人说是。金仙：指佛。此指文殊菩萨。

③祇树：指祇园。祇陀太子所置园林。后借称佛寺。从代谢：任凭其或开或谢。代谢：新旧更替。

④任亲疏：听凭其是亲是疏。意即无亲疏之别。

⑤芒鞋：草鞋。肯留余：岂肯留有余地。意即要踏遍五台山。

朱友松

朱友松，亦称友松道人，明代人。代藩，宗室。

和咏五台[①]

东台

夜来飞梦到云峦[②]，境阔令人心亦宽。
佳致每从高处得[③]，浮生谁解静中安[④]？
萝窗香散烧云母，竹院烟斜煮月团[⑤]。
最爱白云岩下景，长松落落翠蛟蟠[⑥]。

①此诗录自《清凉山志》卷八。为和宋张商英《咏五台诗》之作。题下原注：“尝梦游五台。”

②“夜来”句：切“梦游”。

③佳致：优美高雅的情趣。每：常常。

④浮生：语本《庄子·刻意》：“其生若浮，其死若休。”以人生在世，虚浮不定，因称人生为“浮生”。

⑤“萝窗”两句：写想象中的五台山僧人的修道生活。寓“平常心是道”之意。萝窗：藤萝掩映的窗户。烧云母：煮白米粥。云母：此指“云母粥”，为白米粥的美称。唐白居易《晨兴》诗：“起坐兀无思，叩齿三十六。何以解宿斋，一杯云母粥。”竹院：栽竹的庭院。多指僧道所居。唐李涉《题鹤林寺僧舍》诗：“因过竹院逢僧话，又得浮生半日闲。”煮月团：即煮茶。月团，团茶的一种。唐卢仝《走笔谢孟谏议寄新茶》诗：“开缄宛见谏议面，手阅月团三百片。”

⑥“长松”句：谓高大的松树兀立岩下，如盘曲着的绿色蛟龙。落落：稀疏；零落。汉杜笃《首阳山赋》：“长松落落，卉木蒙蒙。”

南台

梦中缥缈上南台，长啸峰头宿雾开[①]。
问道频敲松下户[②]，寻幽遍蹋涧边苔。
云中楼阁凭高下[③]，谷口云霞自往来。
淡月未移疏竹影[④]，庄周蝴蝶几徘徊。[⑤]。

①宿雾：夜雾。

②问道：请教道理、道术。松下户：指结庵松树旁的修道者的门户。

③“云中”句：谓云雾缭绕的佛寺依山而建，或高或下。

④“淡月”句：写时间之短。

⑤庄周蝴蝶：《庄子·齐物论》：“昔者庄周梦为胡蝶，栩栩然胡蝶也。自喻（通“愉”）适志与，不知周也。俄然觉，则蘧蘧然（惊惶貌）周也。不知周之梦为胡蝶与，胡蝶之梦为周与？周与胡蝶，则必有分矣。此之谓物化。”此谓作者已完全陶醉于南台美景，进入物我交融的境界。

西台

西峰寒色暮苍苍，梦入烟霞古涧旁[①]。
紫府笑登山隐隐，清凉坐爱石方方[②]。
云中采得薇偏美[③]，花里流来水自香。
何处钟声幽梦破[④]，一窗萝月淡秋光[⑤]。

①烟霞：云雾缭绕的山水胜景。

②“紫府”两句：谓因喜爱面方平正的清凉石，我高兴地登上了隐隐约约的紫府山。石方方：指清凉石之形状“面方平正”（见《清凉山志》卷二）。坐：因为；由于。

③“云中”句：暗用“采薇”之典，表现作者出世之想。《史记·伯夷列传》载，殷末，孤竹君二子伯夷、叔齐，反对周武王伐纣，曾叩马而谏。周代殷而有天下后，他们“义不食周粟”，隐于首阳山，采薇蕨而食，及饥且死，作《采薇歌》，遂饿死于首阳山。后以“采薇”指归隐。薇：菜名。即巢菜，又名野豌豆。蔓生，茎叶似小豆，可生食或作羹。

④钟声幽梦破：写钟声打破作者游五台山的隐约梦境。因佛家认为暮击钟则破昏衢疏

冥昧，故云。

⑤萝月：松萝间的明月。

北台

夜来仿佛蹋崔嵬，空自临峰笑几回①。
一枕梅花飞蝶梦，半帘梧雨响蛟雷②。
未聆石上三生话，先献岩前万寿杯③。
见说个中生地狱④，梦魂尘虑悉全灰。

①空自：徒然地；白白地。

②“一枕”两句：谓雷声将作者在梅花纸帐中的虚幻梦境惊破，听到帘外雨打梧桐树叶之声。梅花：指梅花纸帐。一种由多样物件组合、装饰而成的卧具。宋林洪《山家清事·梅花纸帐》：“法用独床。旁置四黑漆柱，各挂以半锡瓶，插梅数枝，后设黑漆板约二尺，自地及顶，欲靠以清坐。左右设横木一。可挂衣，角安斑竹书贮一，藏书三四，挂白麈一。上作大方目顶，用细白楮衾作帐罩之。前安小踏床，于左植绿漆小荷叶一，置香鼎，然紫藤香。中只用布单、楮衾、菊枕、蒲褥。”亦省称“梅花帐”、“梅帐”。飞蝶梦：用“庄周梦蝶”之典。比喻虚幻的事物。见作者《和咏五台·南台》注⑤。

③“未聆”两句：谓虽无前世的因缘，你却先为我送来岩前的万寿杯。石上三生话：此用“三生石”之典。传说唐李源与僧圆观友善，同游三峡，见妇人引汲，观曰：“其中孕妇姓王者，是某托身之所。”更约十二年后中秋月夜，相会于杭州天竺寺外。是夕观果殁，而孕妇产。及期，源赴约，闻牧童歌《竹枝词》：“三生石上旧精魂，赏月咏风不要论。惭愧情人远相访，此身虽异性常存。”源因知牧童即圆观之后身。见唐袁郊《甘泽谣·圆观》。后人附会谓杭州天竺寺后山的三生石，即李源和圆观相会之处。诗文中常用为前因宿缘的典故。岩：山峰。当指北台。万寿杯：或指祝福之酒。

④“见说”句：写开元末代州都督不信因果，在北台见化地狱事。见敦煌文献《五台诗山赞》注㉔。个中：此中。指北台。

中台

梦上中台纵大观①，群峰似髻耸晴峦。
石屏影落天涯暮②，瀑布声来树杪寒。
始觉心衷无所碍③，方知眼界自然宽。

满腔赢得春如海[④]，无限波澜到笔端[⑤]。

①纵大观：放眼远望盛大壮观的景象。
②石屏：壁立如屏的山石。
③心衷无所碍：内心里一无牵挂。指悟道后万缘俱寂的心境。碍，牵挂。
④春如海：春光无限，广阔无边。指“触目菩提”的禅悟境界。
⑤波澜：指跌宕起伏的诗思。

总咏五台

五点青螺印碧虚[①]，翠微深处有僧居[②]。
花开晓嶂幽禽集[③]，雪拥衡门过客疏[④]。
偶尔梦随明月去，悠然心共白云舒。
归来无限清凉兴[⑤]，尽付愁吟醉咏余[⑥]。

①五点青螺：指五台山五峰。青螺，喻青山。碧虚：碧空；青天。
②翠微：指青翠掩映的山腰幽深处。
③晓嶂：曙光映照下的耸立如屏障的山峰。幽禽：鸣声幽雅的禽鸟。
④衡门：横木为门。指简陋的房舍。
⑤清凉兴：对清凉山的兴致。又指摆脱尘世懊热的愉悦心情。
⑥“尽付”句：谓全部寄托于愁中醉后吟咏的诗歌之中。

高　荣

高荣，字仲显，明代金陵（今江苏南京市）人。曾任儒学助教。

和咏五台[①]

东台

云飞雾卷露层峦，日射琼台法界宽[②]。
势插斗杓千叠险[③]，根维坤轴万年安[④]。
树声入耳波翻海，岚气蒸衣翠作团。

攀尽藤萝嗟力倦，何殊蜀路走千蟠[⑤]？

①此诗录自《清凉山志》卷八。为和宋张商英《咏五台诗》之作。

②琼台：玉饰的楼台，亦泛指华美的楼台。此指东台顶望海寺的殿宇。法界：见王陶《佛光寺》注③。此指五台山佛地。

③斗杓（biāo）：即斗柄。指北斗的第五至第七星，即衡、开泰、摇光。以其象柄，故称。

④根维坤轴：谓东台的山根连着大地。维，系，连接。坤轴，古人想象中的地轴。晋张华《博物志・地》："地下有四柱，四柱广十万里，地有三千六百轴，犬牙相举。"亦泛指大地。

⑤蜀路：即蜀道。通往蜀地的道路，以艰险著称。唐李白《蜀道难》诗："噫吁嚱，危乎高哉！蜀道之难，难于上青天。"千蟠：指山路盘曲，千回百绕。

南台

翠屏天设壮南台[①]，台上禅宫魏帝开[②]。
日影浮香僧晒药，烟光破绿鹤眠苔[③]。
化城钟磬忘昏晓[④]，尘境轮蹄绝往来[⑤]。
笑指赤崖幽寂处[⑥]，山云孤鹤自徘徊[⑦]。

①翠屏天设：天造地设的犹如翠绿屏障的山峰。

②"山上"句：禅宫，指佛寺。南台顶建有普济寺。魏帝，指北魏孝文帝。《清凉山志》卷五："元魏孝文帝，再建大孚灵鹫寺。环匝鹫峰，置十二院，岁时香火，遣官修敬。"《清凉山志》卷二："（隋文帝）开皇元年（581）下诏五顶各置寺一所，设文殊像，各度三人，令事焚修。"魏孝文帝是否在台顶建寺，则不见记载。

③"日影"两句：日影下，僧人晒药而浮香；烟光中，白鹤眠苔而破绿。烟霭：雾气。

④化城：指佛寺。忘：无。

⑤尘境轮蹄：指尘世的乘车骑马者。尘境，原为佛教语。佛教以色、声、香、味、触、法为六尘，因指现实世界为"尘境"。

⑥赤崖：寺名。在仙花山（即南台）之阳。

⑦孤鹤：此指孤栖修道的僧人。

西台

石磴崚嶒山色苍①，登临如在紫垣旁②。
孤蟾入夜悬中界③，八水流春到下方④。
日暮芙蓉呈好景，秋深薝蔔散余香⑤。
题诗远继张天觉⑥，添得云山草木光。

①崚嶒（léngcéng）：形容山高峻突兀。

②紫垣：星座名。古代天文学家分天体恒星为三垣，中垣有紫微十五星，称紫垣，亦称紫宫。神话中天帝的居室。

③孤蟾：指月亮。蟾，蟾蜍。俗称癞蛤蟆。《淮南子·精神训》："日中有踆乌，而月中有蟾蜍。"南朝刘昭注："羿请无死之药于西王母，姮娥窃之以奔月……姮娥托身于月，是为蟾蜍。"后因用为月亮的代称。中界：中天。

④"八水"句：写东台灵迹八功德水。春：春水。春水过处，草木生长，百花开放，春光无限，生机勃勃，常以喻禅悟之境，且八水有八种功德，故亦暗喻佛法。

⑤薝（zhān）蔔：梵语音译。意译郁金花。为佛教名花。

⑥张天觉：宋张商英，字天觉。

北台

岚侵斗柄郁崔嵬①，劳我跻攀恣往回。
寒气逼人飞夏雪，泉声落涧响晴雷。
灵踪犹见心为石②，浮世空传羽化杯③。
最喜山房留款夜④，地炉煨芋拨残灰⑤。

①岚侵斗柄：切北台峰名"叶斗"。《清凉山志》卷二："北台……亦名叶斗峰，其下仰视，巅摩斗杓，故以为名。"岚，山中的雾气。侵，迫近。

②心为石：指西台灵迹牛心石。见敦煌文献《五台山圣境赞·题五台·西台》注⑦。

③羽化杯：疑用"杯渡"之典。南朝梁慧皎《高僧传·神异下·杯渡》载，杯渡，晋宋时僧人，不知姓名。传说其常以木杯渡水，故以渡杯为名。羽化：古人称成仙为羽化，即"变化飞升"之意。

④山房：山中的寺庙。留款：即款留。谓殷勤留客。

⑤地炉：北方于室内地下挖砌，火通于土炕的炉子。亦称地灶。煨：用带火的灰烤熟

食物。芋：泛指薯类植物。此指马铃薯。

中台

凭高伫立豁遐观[①]，五髻参差列翠峦[②]。
岚色夜浮禅榻冷[③]，钟声晓度雁门寒。
云中楼阁重重现[④]，物外烟霞面面宽[⑤]。
好景满前吟兴发，自惊珠玉落毫端[⑥]。

①伫（zhù）立：久立。

②五髻参差：指五台山五峰高低错落。

③禅榻：僧人坐卧用具。即禅床。

④云中楼阁：指白云缭绕的中台寺院。

⑤物外：世外。谓超脱于尘世之外。汉张衡《归田赋》："苟纵心于物外，安知荣辱之所如。"烟霞：泛指山水、山林。

⑥珠玉：比喻妙语或者美好的诗文。《晋书·夏侯湛传》："（湛）作《抵疑》以自广，其辞曰'……咳唾成珠玉，挥袂出风云。'"此指作者的咏台诗。

总咏五台

嵯峨山势半陵虚[①]，野衲相逢问起居[②]。
天迥始知尘眼豁[③]，地偏应觉世情疏。
鹫峰云断青螺出[④]，龙沼光浮翠练舒[⑤]。
我欲此中成小构[⑥]，残阳归老乐何余[⑦]！

①嵯（cuó）峨；山高峻貌。

②野衲：指山野中的僧徒。起居：指饮食寝兴等一切生活情况。

③尘眼：俗眼。谦称自己的双眼。

④鹫峰：指中台支山灵鹫峰。青螺：青山。

⑤龙沼：当泛指五台山的水池。翠练：翠色的熟丝。此喻绿色的水纹。

⑥小构：即小筑。指规模小而比较雅致的住宅，多筑于幽静之所。

⑦残阳：犹夕阳。此喻暮年。乐何余：乐趣何其之多。余，丰饶。

高得裕

高得裕，字以宽，明代金陵（今江苏南京市）人。道士。

和咏五台[1]

东台

芒鞋竹杖蹑层峦[2]，万里烟波极目宽。
世事每惊流水去[3]，禅心常若泰山安[4]。
花开锦树霞千片[5]，鹤立苍松玉一团。
昨夜澜翻千嶂雨，神龙只在钵中蟠[6]。

①此诗录自《清凉山志》卷八，为和宋张商英《咏五台诗》之作。

②蹑（niè）：登。

③流水去：用“逝水”之典。《论语·子罕》：“子在川上曰：‘逝者如斯夫，不舍昼夜。’”

④禅心：佛教用语。谓清净寂定的心境。

⑤锦树：泛指鲜艳华美的树木。

⑥“昨夜”两句：化用“龙钵”之典。《晋书·艺术传·僧涉》：“（僧涉）能以秘祝下神龙，每旱，坚（苻坚）常使之咒龙请雨。俄而龙下钵中，天辄大雨，坚及群臣亲就钵观之。”涉，西域人，苻坚时入长安。

南台

杖藜迢递上南台[1]，台上奇花映日开。
黄鸟鸣春依碧嶂[2]，紫萝含雨滴苍苔[3]。
尘机尽向闲中息[4]，诗兴多从静里来。
吟罢芙蓉新月上[5]，更堪拽杖一徘徊[6]。

①杖藜：手扶藜杖。杖，执，持。藜，草名。又名莱。茎老可作杖。迢递：曲折貌。

②黄鸟：黄莺。

③紫罗：紫藤和女萝。均为蔓生木本植物。

④尘机：世俗深沉权变的心计。闲：安静。

⑤芙蓉：荷花的别称。此喻指南台。

⑥拽（yè）杖：扶杖。

西台

瑶台紫气射穹苍[①]，沱水行山绕四旁[②]。
地涌奇峰标上界[③]，天成佳境异诸方。
日移芳树高低影，风动幽兰远近香。
百草头边明历历[④]，不须更觅白毫光[⑤]。

①瑶台：指传说中的神仙居处。晋王嘉《拾遗记·昆仑山》："傍有瑶台十二，各广千步，皆五色玉为台基。"亦泛指雕饰华丽的楼台。此指西台顶法雷寺的殿宇。

②沱水：指滹沱河水。

③标：立。

④"百草"句：谓各种草木分明显现了真如本觉。为"触目菩提"之意。头边：方言。前边。历历：清晰貌。

⑤白毫光：佛光。《目连缘起》："圣贤此时来救济，世尊又施白毫光。"此指代佛菩萨。

北台

支郎结社傍崔嵬[①]，瑞鸟灵禽日往回。
座上袈裟生雨雾，筵前钟磬杂风雷[②]。
白云拖练浮金井[③]，丹桂飘香入茗杯[④]。
莫把豪华来换我，五侯七贵久成灰[⑤]。

①支郎结社：指僧人结社修道。据载，北台万年冰寺曾做过社址。支郎：称汉末、三国时僧人支谦。月支国人，为著名的佛经翻译家。其人细长黑瘦，眼多白而睛黄，但览经籍，莫不精究，世间技艺多所综习。时人为之语曰："支郎眼中黄，形躯虽细是智囊。"见隋费长房《历代三宝记·魏吴录》。后通称僧为支郎。

②筵：指法筵。见黄镇成《五台》注⑤。

③白云拖练：白云如同拖曳的白练。练，煮熟生丝或生丝织品，使之柔软洁白。此指练过的布帛。一般指白绢。金井：即金井池。为北台灵迹黑龙池的别称。

④丹桂：桂树的一种。晋稽含《南方草木状》卷中："桂有三种：叶如柏叶，皮赤者为丹桂。"

⑤"五侯"句：谓我早将功名富贵视若尘土。五侯七贵：泛指达官显贵。五侯，公、侯、伯、子、男五等诸侯；又指同时封侯者五人。如汉成帝母舅王谭、王根、王立、王商、王逢时同日封侯，号五侯。七贵，指西汉时七个以外戚关系把持朝政的家族，即吕、霍、上官、丁、赵、傅、王。又隋末，洛阳人称段达、王世充、元文都、卢楚、皇甫无逸、郭文懿、赵长文为七贵。

中台

紫翠峰头纵远观[①]，中台气概压群峦。
风来草木天香远[②]。雨歇谿山松籁寒[③]。
行处不闻弦管沸[④]，望中唯觉海天宽。
要知前后三三语[⑤]，须把玄机叩两端[⑥]。

①紫翠峰头：指中台翠岩峰。以其"巅峦雄旷，翠霭浮空"（见《清凉山志》卷二），故云。

②天香：特异的香味。

③松籁：风吹松树发出的自然声韵。

④弦管沸：喧腾的音乐声。弦管：弦乐器和管乐器。也泛指音乐。

⑤前后三三语：即禅宗机语"前三三与后三三"。见雪窦《金刚窟》注①。

⑥"须把"句：谓只有参究事物的两端而不执著于两端之分别，领会中道实相，才能把握其深奥的义理。两端，犹两边。佛教指事物相反的两个方面，如空与非空。前与后等。吕徵《中国佛学源流略讲》第五讲："这种中道实相论是既看到空，也看到非空；同时又不着两边，于是便成为非有（空）非非有（非空）。"

总咏五台

五朵芙蓉耸碧虚[①]，云中台殿梵王居[②]。
法门灵迹观来异[③]，人世嚣尘到此疏[④]。
菡萏华敷浓复淡[⑤]，兜罗界现卷还舒[⑥]。
怪来空翠生衣上[⑦]，山谷嶙峋夜雨余。

①五朵芙蓉：指代东南西北中五台。碧虚：碧空；青天。

②梵王居：犹梵王宫。指佛寺。

③法门：泛指佛门。灵迹：神灵的遗迹。

④嚣尘：指纷扰的尘世。

⑤菡萏：即荷花。敷：开，绽放。

⑥兜罗界：即“兜罗绵世界”。指佛菩萨光相显现前的满天祥云。参见元好问《台山杂咏十六首》之九注①。

⑦怪来：难怪。空翠：指青色的潮湿的雾气。唐王维《山中》诗：“山路元无雨，空翠湿人衣。”

滕季达

滕季达，明代吴郡（今江苏苏州市）人。处士，工诗。曾于万历十四年（1586）到代州。

咏五台①

东台

望海峰头玉树秋②，羽翰遥共白云留③。
金铺宇宙三千界④，翠涌蓬莱十二楼⑤。
风露凄其生阮啸⑥，星辰错落灿吴钩⑦。
鸡鸣欲眺扶桑日⑧，钟鼓宵残尚拍浮⑨。

①此诗录自《清凉山志》卷八。

②望海峰：东台峰名。玉树：神话传说中的仙树。此为对东台树木的美称。

③羽翰：翅膀。此指代高飞的鸟。

④“金铺”句：谓金色的月光洒满大地。金：金光。指月亮金黄色的光辉，亦暗指神佛之光。三千界：三千大千世界之略称。

⑤翠：青绿色。此指苍翠的山峦。蓬莱十二楼：指神话传说中仙人的居处。《汉书·郊祀记下》：“五城十二楼。”颜师古注引应劭曰：“昆仑玄圃五城十二楼，仙人之所常居。”亦泛指高层的楼阁。此为对东台望海寺殿宇的美称。

⑥“风露”句：谓夜晚的东台顶，风生露降，寒气袭人，不由得像阮籍般发出长啸。凄其：寒凉貌。阮啸：《世说新语·栖逸》：“阮步兵啸，闻数百步。”阮：指阮籍，字嗣

宗，三国魏人。曾任步兵校尉，世称阮步兵。能长啸，善弹琴，博览群书，犹好老庄。竹林七贤之一。

⑦“星辰”句：写西台气冲霄汉。此用“星辰剑”之典。典出晋张华望斗牛间紫气，掘狱基得剑事。见《晋书·张华传》。后以“星辰剑”泛指宝剑。吴钩：钩，兵器，形似剑而曲。春秋时吴人善铸剑，故称。后也泛指利剑。

⑧扶桑：日出之处。参见敦煌文献《大唐五台曲子六首》之二注②。

⑨“钟鼓”句：谓夜将尽，佛寺的钟鼓声的余韵还在空中飘浮。

南台

五岳高标是祝融①，南台嵂崒更称雄②。
磐陀石上诸天近，圆照光中万劫空③。
大野烟霏横紫塞④，高原落日丽丹枫⑤。
重重锦绣山灵护，不与尘凡色相同⑥。

①“五岳”句：谓在五岳之中，高耸天际，为一方标识的是祝融峰。五岳：一般指东岳泰山、南岳衡山、西岳华山、北岳恒山、中岳嵩山。高标：高耸，矗立。祝融：峰名。衡山最高峰，在湖南衡山县西北。

②嵂崒（lǜzú）：高耸貌。

③圆照光：即圆光。佛教谓佛菩萨头部放出的圆轮相光。万劫空：犹万世皆空。佛教以空为极致，故云。

④大野：广阔的原野、田野。烟霏：烟雾云团，迷蒙的云雾。紫塞：见陆深《游五台》注④。

⑤丽丹枫：犹如丹枫般绚丽。丹枫，枫树的美称。因其叶经霜而红，故称。

⑥色相：佛教语。指万物的形貌。参见岳梁《登清凉石有感赋此》注⑧。

西台

一轮宝月挂西岑①，万壑松涛觉海音②。
槛外星河秋皎皎③，席前村郭夜沉沉。
梵钟声散鳌鱼界④，贝叶光摇狮子林⑤。
莫道众生无舍利⑥，维摩元是本来心⑦。

①“一轮”句：切西台峰名“挂月”。宝月：明月。

②觉：表明。海音：大海波涛汹涌之声。此暗指“海潮音”。佛教语。海潮按时而至，其音宏大，故以喻佛、菩萨应时适机说法的声音。

③星河：银河。皎皎：明亮貌。

④鳌鱼界：此犹仙界，佛界。指五台山。用“鳌戴”之典。见元好问《台山杂咏十六首》之二注②。

⑤“贝叶”句：意谓寺院里，僧人们在翻阅佛经。贝叶，贝树之叶。贝树，即多罗树，其叶可以写经。此指佛经。狮子林：此指丛林、佛寺。因五台山为文殊道场，且其坐骑为青狮，故云。

⑥舍利：梵语音译。释迦牟尼遗体火化后结成的坚硬珠状物。参见李白《僧伽歌》注⑪。据佛家之说，“舍利”系由无染功德薰修而成。如《金光明经·舍身品》谓：“是舍利者，即是无量六波罗蜜功德所重……舍利是戒定慧所薰修，甚难可得，最上福田。”此用以指代佛慧，佛性。

⑦“维摩”句：谓维摩诘所示不二法门，原本就表明众生都具有本觉真心。佛教禅宗认为，心性本觉，佛性本有，主张明心见性，见性成佛；而不二法门就是绝思议，无分别的一实之理，故云。元：通“原”。本来心：佛教禅宗称“本来面目”（见《坛经·行由品》），意谓未受后天情识污染的本觉真心。

北台

乡风白羽正翛翛①，楼观参差傍斗杓②。
骋目黄河西域近③，振衣青汉北溟遥④。
牵牛夜半愁砧杵⑤，素女台端引凤箫⑥。
一吸金茎三百斗⑦，兴来浑欲驾云飙⑧。

①“乡（xiàng）风”句：谓雪花纷乱，犹如归化佛教的白色飞鸟交杂而飘落。乡风：趋从教化。乡，通“向”。白羽：白色羽毛。借指白色的鸟。翛（xiāo）翛：交杂貌。

②“楼观”句：切北台峰名叶斗。楼观（guàn）：泛指楼殿之类的高大建筑物。此指北台顶灵应寺殿宇。

③西域：犹西方，西天。汉牟融《正诬论》：“夫佛之所以夷迹于中岳，曜奇于西域者，盖有智趣。”

④振衣：抖衣去尘，整衣。《楚辞·渔夫》：“新沐者必弹冠，新浴者必振衣。”王逸注：“去尘秽也。”青汉：天汉，高空。北溟：北海。

⑤“牵牛”句：谓夜半，牛郎听到捣衣声勾起对织女的苦苦情思。牵牛：即河鼓，星座名。俗称牛郎星。亦指牛郎织女神话传说故事中的人物。曹植《洛神赋》：“叹匏瓜之无匹兮，咏牵牛之独处。”李善注引曹植《九咏》注：“牵牛为夫，织女为妇，织女牵牛之星，各处河鼓之旁，七月七日，乃得一会。”砧杵：捣衣石与棒槌。此喻捣衣声。

⑥“素女”句：谓弄玉厌世俗之纷扰，在北台顶吹奏凤箫，欲乘凤仙去。唐沈佺期《凤箫曲》诗：“昔时嬴女厌世纷，学吹凤箫乘彩云。”此用其意。素女：传说中古代仙女。见《史记·孝武本纪》。此借指弄玉。相传秦穆公之女弄玉，嫁善吹箫之箫史，日就箫史学箫作凤鸣。穆公为作凤台以居之。后夫妻乘凤飞天仙去。事见汉刘向《列仙传》。引：乐曲体裁名，有序奏之意。亦泛指吟唱。此指演奏。凤箫：即排箫。以竹为之，参差如凤翼，故名。

⑦金茎：用以擎承露盘的铜柱。此指承露盘中的露。传说将金茎露和玉屑服之，可得仙道。汉武帝迷信神仙，曾于建章宫筑神明台，立铜仙人舒掌捧铜盘承接甘露，冀饮以延年。斗：古代酒器名。

⑧浑欲：简直要，几乎要。

中台

壁立中台万丈峰，半空空翠落芙蓉①。
千年古塔函金象②，满谷寒冰卧玉龙③。
晴壑倒悬南磵瀑，春雷隐约下方钟。
青鞋久混缁黄迹④，瑶草天花处处逢⑤。

①“半空”句：切中台峰名翠岩。《清凉山志》卷二：“中台……亦名翠岩峰。巅峦雄旷，翠霭浮空，因为名。”空翠：指青色的潮湿的雾气。

②“千年”句：写中台灵迹台中舍利塔。《清凉山志》卷二：“唐蓝谷法师，从梵僧乞得舍利若干颗，造铁塔，盛于内，复建大塔藏之。”函：用匣子装盛。金象：亦作“金像”。此指佛舍利。

③“满谷”句：写中台灵迹万年冰。《清凉山志》卷二：“万年冰，台东麓。有冰数丈，九夏不消，地多静居。”玉龙：喻冰。

④“青鞋”句：谓作者长久以来混迹于僧道。青鞋：犹“青鞋布袜”，借指隐士和平民生活。此为作者自指。缁黄：指僧道。僧人缁服，道士黄冠，故称。

⑤瑶草天花：仙境里的花草。此指中台的奇异花草。

钟 英

钟英，明代邺下（故址在今河北临漳县西南）人。进士。

送僧游五台二首[①]

一

囫囵法界内[②]，策杖欲何求？
念歇无生灭[③]，机圆任戏游[④]。
风生千壑爽，云卷万山幽[⑤]。
只这文殊是，五台一掌收[⑥]。

①此诗录自《清凉山志》卷八。

②“囫囵”句：即“地水火风，本性圆融，周遍法界，湛然常住”（《楞严经》卷七）之意。《华严经》从诸法本清净的观点出发，认为法界诸法反映了同一佛理。举一微尘就反映了整个世界之理，因而世间万法，一即一切，一切即一；大小泯，内外非，圆融无碍。囫囵：完整，浑然一体。佛教禅宗用以喻法性圆通，即不偏倚，无障碍。法界：见王陶《佛光寺》注③。此指五台山佛地。

③念歇：尘念止息。无生灭：即“无生”。与涅槃、法性等含义相同。指诸法之法性为“无生”，无生即无灭，大寂如涅槃。《仁王经》卷中：“一切法性真实空，不来不去，无生无灭。”

④机圆：机根成熟，修行圆满。即体悟法性圆通。任戏游：即得游戏三昧。见赵秉文《秘魔岩》注③。

⑤“风生”两句：风生云卷，壑爽山幽。形象描绘清幽、自然的禅悟境界。

⑥“只这”两句：谓五台山一掌收揽的境界——“风生千壑爽，云卷万山幽”，即是文殊。文殊：此借指真如、法性。

二

个里虽无事[①]，法门行欲全[②]。
一尘含大界[③]，百刹绕诸天[④]。
知识参来遍，菩提道始圆[⑤]。
文殊非独智[⑥]，莫惜草鞋钱[⑦]。

①个里：此中。指佛门。

②法门；佛教语。指修行者入道的门径。亦泛指佛门。行欲全：赵注：行，指修行。佛教有两种修行，即自利行和利他行，二者均修即谓全。

③“一尘”句：谓一粒尘土中包含三千大千世界。即“芥子须弥”之意。

④百刹：指众多的国土。刹，梵语刹多罗的音译省称。意为土地或国土、世界。《华严经·入法界品》：“严净一切刹，灭除三恶道。”诸天：泛指天界；天空。

⑤“知识”两句：谓只有参遍善知识，才能洞明佛法真谛，达到大彻大悟的圆通境界。知识：即善知识。佛教语。梵语意译。闻名为“知”，见形为“识”：即善友、好伴侣之义。指了悟一切知识，高明出众的人。《摩诃般若经》：“能说空、无相、无作、无生、无灭法及一切种智，令人心入喜欢信乐，是名善知识。”后亦以泛指高僧。菩提：佛教名词。梵文音译。意译“觉”、“智”、“道”等。佛教用以指豁然彻悟的境界。又指觉悟的智慧和觉悟的途径。

⑥“文殊”句：菩萨乘修持六度，上求菩提，下化众生，且文殊在诸菩萨中智慧第一，故云。独智：犹“独觉”。佛教语。又称缘觉。谓无佛之世，修行功成，自己觉悟缘起之理者。《俱舍论·分别世品》：“言独觉者，谓现身中离禀至教，唯自悟道，以能自调，不调他故。”亦即只自利而不利他。

⑦草鞋钱：佛教禅宗用语。习禅者行脚修持，若无彻底明心见性，死后阎王会征收草鞋钱。《景德传灯录》卷八：“师（普愿禅师）又别时问黄蘗：‘定慧等学，此理如何？’黄蘗云：‘十二时中不依倚一物。’师云：‘莫是长老见处么？’黄蘗云：‘不敢。’师云：‘浆水价（茶水钱）且置，草鞋钱教阿谁还！’”

曹子登

曹子登，字以荐。明代万历年间人。进士。历官右参政，甘肃巡抚。著有《甘州之变》。

送光上座归台山四首①

一

飞锡东回万里赊②，玉关春色映袈裟③。
尘寰不识曹溪路④，独卧空山对月斜。

①此诗录自《清凉山志》卷八。题下原注："时抚甘肃。"光上座：指智光法师。万历十四年（1586），智光、净立等约五十三人，于五台山中台西南岭狮子窝构屋结社，创建十方净土院。上座：亦作上坐。佛教语。一寺之长，"三纲"之首。多由朝廷任命年高德劭者担任。

②飞锡东回：指光上座从甘肃向东返回五台山。飞锡，指僧人游方。赊：距离遥远。

③玉关：即玉门关。在今甘肃敦煌县西北，阳关在其东南，古为通西域要道。

④尘寰：人世间。此指尘世之人，为作者自指。曹溪路：指代佛教禅宗顿悟法门。曹溪，禅宗南宗别号。以六祖慧能在曹溪（水名，在广东省曲江县东南双峰山下）宝林寺演法而得名。唐柳宗元《曹溪第六祖赐谥大监禅师碑》："凡言禅，皆本曹溪。"

二

云锁山腰塔影孤[①]，禅林扫月听猿呼[②]。
衲衣犹带天门色[③]，疑是百城访道徒[④]。

①"云锁"句：写五台山景象。

②禅林扫月：谓佛寺殿宇掠过月亮。极写寺院之高。禅林，指佛教寺院。寺院多建于山林之地，故称。

③"衲衣"句：谓光上座身上还带着天门的景象。衲衣：僧衣。此指代光上座。天门：天宫之门。此指佛菩萨居处之门。

④百城访道徒：用"南参"之典。《华严经·入法界品》载，善财因文殊指点，历经百城烟水，参访了五十三个善知识而成菩萨。

三

五台高拥碧崔嵬[①]，不断涛声万壑来。
遥看狮窝云护杖[②]，老僧出定夜深回[③]。

①高拥：簇拥而上，高耸天际。

②狮窝：即狮子窝。见赵梦麟《狮子窝二首》之一注②。杖：指禅杖。此指代光上座。

③老僧：指光上座。出定：指僧人脱离入定状态。

四

寒潭月影净禅心[①]，我愧无缘接道林[②]。
见说雪山天万里[③]，长风吹送海潮音[④]。

①“寒潭”句：谓寒潭月影清净明洁犹如光上座清净寂定的心境。

②接：交往，结交。道林：晋高僧支遁，字道林。此借指光上座。

③见说：犹听说。雪山：山名。原指印度北部喜马拉雅诸山，见说释迦牟尼成道前曾在此苦行。后借指佛教圣地或僧侣住地。此指五台山。天万里：长空万里。极言视野广阔。

④海潮音：佛教语。海潮按时而至，其音宏大，故以喻佛、菩萨应时适机说法的声音。《法华经·观世音菩萨普门品》：“妙音观世音，梵音海潮音，胜彼世间音。”亦指僧众诵经的声音。此指光上座在五台山诵经说法之声。亦暗指愿得到光上座的音讯。

永　庆

永庆，明代僧人，燕京（今北京市）人。

龙泉寺[①]

龙泉抱古寺，梵影出重城[②]。
乔木团青盖，丹崖列翠屏[③]。
朝烟诸壑暝，秋水半溪明。
讲罢西斋月，萧然一榻清[④]。

①此诗录自《清凉山志》卷二。龙泉寺：在东台东南旧路岭。岭有龙泉，寺依泉名。创建于宋代，明代重修。今废。

②“梵影”句：谓龙泉寺的殿宇塔幢高出城墙。梵影：指佛寺殿宇塔幢的形影。重城：指城墙。寺附近有长城岭，故云。

③“乔木”两句：谓高大的树木树冠团团，有如绿色的伞盖；绚丽的崖壁高耸，好像绿色的屏风。

④“讲罢”两句：谓讲经完毕，月临西斋；清冷的月光洒在简陋的卧榻上。萧然：简陋。

魏　伦

魏伦，明代人。官至参政。

过五台山遇雨①

年年逢此日，策马问民俗②。
乍见树头青，翻疑麦浪绿③。
一犁春雨深④，四野报沾足⑤。
遥忆山中人，其人天上玉⑥。

①此诗录自清乾隆《五台县志》。

②“年年”两句：此日，指“立春”。二十四节气之一。在阴历二月三、四或五日。《礼记·月令》：“（孟春之月）立春之日，天子亲帅三公、九卿、诸侯、大夫，以迎春东郊。”后地方官吏亦于此日到乡间督促农事，了解民情。

③翻疑：反而猜疑。

④一犁春雨：又作“一犁雨”。指春雨。雨量相当于一犁入土的深度，足够开犁种地，故名。宋苏舜钦《田家词》诗：“山边夜半一犁雨，田父高歌待收获。”

⑤沾足：指雨水充足。

⑥“其人”两句：写对五台山某僧人的怀念和赞美。天上玉：指方外的君子、贤才。玉：比喻美德、贤才。《礼记·聘义》：“君子比德于玉。”

天池寺①

一脉通幽窈②，中涵万象清③。
细流山下去，莫教野尘萦④。

①此诗录自清乾隆《五台县志》。天池寺：台外寺院。在五台县阳白乡大林村（俗称大天池）。唐贞观末年重修，历代均有修葺，民国年间重建。现存正殿三间，唐天祐四年（907）经幢一尊，金天会九年（1131）僧德保铸铁钟一口，元至正二年（1342）圣躅碑一通。

②一脉：河流或山脉的一支。幽窈：深幽的山谷。

③涵：沉浸。南朝梁元帝《望江中月影》诗：“澄江涵皓月，水影若浮天。”万象：宇

宙间的一切事物和景象。

④“细流”两句：从唐杜甫《佳人》诗：“在山泉水清，出山泉水浊”生发而出。野尘：荒野的尘土。萦：牵缠。

金阁岭①

山行情不极②，复听远流声。
夜来拥衾坐，僧窗月自明③。

①此诗录自清乾隆《五台县志》。金阁岭：南台灵迹。见齐己《送灵辩上人游五台》注⑥。

②不极：无穷，无限。

③“僧窗”句：暗写僧人皎洁的自性。

天城寺①

孤磬发清响，松声起乱涛。
梦醒闻梵语②，愧尔绝尘嚣③。

①此诗录自清乾隆《五台县志》。天城寺：在中台阳白谷。为灵峰寺支院。始建于北齐。今废。存明正德十六年（1521）《成公大用、兴公大牛二师灵塔》碑一通。

②梵语：指诵经声。

③“愧尔”句：谓你超脱世间的纷扰、喧嚣而潜心修道的高行，让我自愧弗如。尔：你。指天城寺的僧人。绝：摒弃，超脱。

华严寺①

鹤影穿谷落②，笙声隔水听③。
顿忘尘俗想，直欲识无形④。

①此诗录自清乾隆《五台县志》。华严寺：即今显通寺。见贯休《送僧游五台》注⑦。

②鹤影：喻僧人的身影。

③笙声：即笙笛之声。指佛乐声。

④直：真；简直。无形：犹无相。佛教指摆脱世俗之有相认识所得之真如实相。

李北沙

李北沙，明代西陵（今浙江省萧山市）人，曾任副使之职。

八功德水[①]

台山闻自昔，今日见青冥[②]。
翠抹千寻壁，祥看五色屏[③]。
云笼七宝树[④]，水绕八功亭[⑤]。
散落天花夜，清音送客听[⑥]。

①此诗录自《清凉山志》卷八。八功德水：西台灵迹。见觉同《和咏五台·西台》注④。

②青冥：指仙境。唐李白《梦游天姥吟留别》诗："青冥浩荡不见底，日月照耀金银台。"

③"祥看"句：谓看到五色祥云笼罩的丹崖翠壁宛如画屏。

④七宝树：佛教指西方极乐世界以七宝装饰的圣树。

⑤八功亭：即八功德亭。在八功德水旁。

⑥"散落"两句：写作者雪夜听僧人念经。天花：指雪。亦暗指天界仙花。清音：清越的声音。此指诵经声。

储御史

储御史，姓储，明正德（1506—1521）初任御史之职。

大广宗寺[①]

仙宫开晓日[②]，鹫岭住高僧[③]。
气宇闲林鹤，襟怀古涧冰[④]。
秋崖图晚节，苦海羡先登[⑤]。

坐见超凡界[⑥]，昆仑驾大鹏[⑦]。

①此诗录自《清凉山志》卷二。大广宗寺：见宗林《送友之五台讽华严》注⑮。

②“仙宫”句：谓日出云开，广宗寺殿宇有如仙宫。

③高僧：指秋崖。明代僧人。法名祖印，法号天玺，别号秋崖道人。正德二年（1507）受武宗敕命，住持广宗寺。

④“气宇”两句：谓秋崖气宇闲雅，像林间白鹤；襟怀清白，如古涧冰雪。

⑤“秋崖”两句：谓秋崖说他住持广宗寺是图安度晚年；我却羡慕他脱离苦海，先登彼岸。晚节：晚年。

⑥坐见：犹言眼看着，徒然看着。超凡界：从人世间超生。

⑦“昆仑”句：谓秋崖前程远大，将驾着大鹏到西方极乐世界。昆仑：山名。在新疆西藏之间，西接帕米尔高原，东延入青海省境内，层峰叠岭，势极高峻。古代神话中谓仙人所居之地。此借指西方极乐世界。大鹏：传说中的大鸟。《庄子·逍遥游》：“鹏之徙于南冥也，水击三千里。抟扶摇而上者九万里……”

王啸庵

王啸庵，明代人。生平不详。

大显通寺[①]

五月行踪入大孚[②]，万松如翦雪平铺[③]。
寻真客到青萝嶂[④]，驻锡僧居白玉壶[⑤]。
几代苔文留锦字[⑥]，诸天钧乐护灵符[⑦]。
炉烟经卷停云阁[⑧]，不信人间有画图[⑨]。

①此诗录自《清凉山志》卷二。大显通寺：见贯休《送僧游五台》注⑦。

②大孚：指显通寺。显通寺在东汉时称大孚灵鹫寺，北魏时称大孚图寺，故称。

③翦（jiǎn）：斩断；除去。

④寻真客：寻求仙道之人。此为作者自指。青萝嶂：松萝掩映的如屏障般的山峰。此指灵鹫峰。

⑤驻锡僧：指在显通寺居留的僧人。白玉壶：用“玉壶”之典。东汉费长房欲求仙，见市中有老翁悬一壶卖药，市毕即跳入壶中。费便拜叩，随老翁入壶。但见玉堂富丽，酒

食俱备。后知老翁乃神仙。事见《后汉书·方术传下·费长房》。后遂用以指仙境。因显通寺白雪覆盖，故以为喻。

⑥“几代”句：谓长满青苔的几代碑文上留下华美的文辞。锦字：锦字书。指前秦苏惠寄给丈夫的织锦回文诗。《晋书·列女传·窦滔妻苏氏》：“窦滔妻苏氏，始平人也，名惠，字若兰。善属文。滔，苻坚时为秦州刺史，被徙流沙，苏氏思之，织锦为回文旋图诗以赠滔。宛转循环读之，词甚凄婉。”后多用以指妻子给丈夫的表达思念之情的书信。此指华美的文辞。

⑦诸天钧乐：即钧天广乐。指天上的音乐。参见王道行《塔院寺》注⑤。此喻指显通寺的钟梵声或佛乐声。灵符：道教的符箓。此借指佛法。

⑧云阁：高耸入云的楼阁。

⑨“不信”句：谓显通寺之美非人间所有。画图：比喻美丽的自然景色。

杨海州

杨海州，明代人。曾任侍郎之职。

金阁岭①

年来踪迹厌红尘②，此日登临托胜因③。
紫界左窥连渤岱④，银潢西指控周秦⑤。
堂斋罢柝钟声静，梵偈传香月印新⑥。
赢得缁流询姓字，便疑驱遣幻中身⑦。

①此诗录自《清凉山志》卷二。金阁岭：南台灵迹。见齐己《送灵辩上人游五台》⑥。

②红尘：佛教、道教等称人世为红尘。

③胜因：即善因。佛教语。谓招感善果的业因。与“恶业”相对。

④紫界：仙界。此指五台山。渤岱：指渤海、泰山一带。

⑤银潢：即银河。控：贯通。周秦：周秦两代的并称。此指代陕西一带。因周都镐京（今陕西西安）、秦都咸阳均在陕西，故称。

⑥“堂斋”两句：谓金阁寺僧人用斋已毕，钟声响过，开始做法事。斋：即斋堂。寺院的殿堂，为僧尼设斋诵经的地方。亦指寺院食堂。罢柝（tuò）：柝已敲过。柝：古代巡夜人敲以报更的木梆。此指寺院法器挺直木鱼，吊库堂前，粥饭或集会僧众时用之，俗称

梆。钟声静：钟，寺院作法事时，击之召集僧众。钟声静，则僧众已集，法事开始。梵偈：佛经中的唱颂词。传香：谓行法事时持香绕行道场。月印新：一轮新月初上，如印碧空。月光皎洁明亮，亦暗喻僧人的真如自性。

⑦“赢得”两句：谓作者博得僧人们询问自己的姓名、字号的礼遇，便好像脱离虚幻中的自身。缁流：僧人之辈，僧侣。驱遣：逐之使去。幻中身：即幻身。佛教语。肉身；形骸。谓身躯由地、水、火、风假合而成，无实如幻，故曰幻身。《圆觉经》卷上：“彼之众生，幻身灭故，幻心亦灭。”

龙树庵①

岩扉一榻安②，便遣红尘累。
巾裾带月清③，枕簟流松翠④。
梵磬夕转幽⑤，花雨晴还坠⑥。
莲社倘相容⑦，日耽菩提醉⑧。

①此诗录自《清凉山志》卷二。龙树庵：见谢晼溪《龙树庵》注①。

②“岩扉”句：写龙树庵的简陋。岩扉：岩洞的门。榻：狭长而低的坐卧用具。《释名·释床帐》：“人所坐卧曰床……长狭而卑曰榻。”

③巾裾：古人以巾裹头，后演变成冠的一种，称作巾；裾，衣服的前后襟。此泛指衣帽。

④枕簟（diàn）：枕席。泛指卧具。

⑤梵磬：佛寺之磬。此指佛寺击磬之声。夕转悠：晚上更加清幽。

⑥花雨：见唐文焕《和咏五台·中台》注③。

⑦莲社：指佛寺。此指龙树庵。

⑧“日耽”句：谓每日沉醉于修道。菩提：见钟英《送僧游五台二首》之二注⑤。

梦　觉

梦觉，明代僧人。

华严岭①

好静寻山谷，探奇上岭头。

双眸廓海宇[②]，两足跨云楼[③]。
杖倚寒空月，人临碧汉流[④]。
吾知非宿善[⑤]，安得五台游？

①此诗录自《清凉山志》卷二。华严岭：北台灵迹。《清凉山志》卷二：“华严岭，台之东南，二台（东台、北台）之间。”

②廓：廓穹。犹包容。海宇：犹言海内、宇内。谓国境以内之地。

③云楼：耸入云霄的高楼。

④碧汉：银河。

⑤宿善：佛家指前世的善缘。

善　安

善安，明代僧人。

化竹林[①]

茅房小筑万松间[②]，幕幕烟光四壁环[③]。
深谷岂宜俗客住，溪云常共野僧闲。
夜深山鬼闻经去，日午天人送供还[④]。
自是身心常寂泊[⑤]，不知飞瀑日潺湲[⑥]。

①此诗录自《清凉山志》卷二。化竹林：东台灵迹。《清凉山志》卷二：“化竹林，台西南支山二十里，亦名袛竹林。昔人远望，万竹鳞鳞，近之则失，遂此卓庵。”

②小筑：规模不大的建筑。

③幕幕：纷布貌。烟光：云霭雾气。

④“夜深”两句：写外道皈依佛法。山鬼：山神，或山中的精怪。天人：天上的人。即仙人，神人。

⑤自是：从此。寂泊：恬静淡泊；不追求名利。

⑥“不知”句：写心无外骛、物我两忘的境界。潺湲：流水声。

性　善

性善，明代僧人。

般若寺[①]

古洞岩阿一径通，石门幽掩薜萝中[②]。
青衣自昔迎先觉[③]，金色于今摄后蒙[④]。
风奏松音回劫梦，日薰花气露春容[⑤]。
自怜未会三三意[⑥]，把笔徒劳绘太空[⑦]。

①此诗录自《清凉山志》卷二。般若寺：见觉玄《般若寺》注①。

②薜萝：薜荔、女萝。均为野生植物，常攀缘于山野林木或屋檐上。

③“青衣”句：写文殊童子均提迎唐无著入金刚窟（化般若寺）事。见无著《金刚窟》注①。青衣：穿青衣或黑衣的人。此指侍童。先觉：觉悟早于常人者。此指无著。

④“金色”句：谓文殊道场五台山这个金色世界今天要摄化我这个蒙昧的后觉者。金色：指金色世界。佛教指佛所居住的世界。摄：摄化。佛教谓以佛慈悲之光明感化救苦众生。后蒙：蒙昧的后觉者。此为作者自指。

⑤“风奏”两句：意谓松韵、鲜花，都体现了真如自性，使自己从尘世长长的迷梦中清醒过来。劫梦：指尘世长长的迷梦。

⑥三三意：指禅宗机语“前三三与后三三”的意旨。

⑦绘太空：指对着天空指画、寻思。

普济寺[①]

策杖寻幽上翠巅，清凉春尽景芳妍。
千崖花缀千崖锦[②]，五顶峰连五顶天[③]。
梵刹岧峣陵日月[④]，经堂寂寞锁云烟[⑤]。
真容欲睹知何在，极目苍苍意惘然[⑥]。

①此诗录自《清凉山志》卷二。普济寺：在南台顶。始建于隋开皇元年（581），宋重建，明成化间重修。现有殿宇均为石建，大殿供智慧文殊像，殿后有普贤塔。

②“千崖”句：南台“细草杂花，千峦弥布，犹铺锦焉”（见《清凉山志》卷二），故云。

③五顶天：指五方天宇。

④梵刹：指佛塔。李相之《五台山游记》载，普济寺东行六、七十步，有一七级浮

图，传为公输子所造，内为木构，外砌砖石，高达云端。岧峣（tiáoyáo）：高峻，高耸。陵：超越，超过。

⑤经堂：即禅堂。僧人诵经、静修之所。

⑥苍苍：指苍天。惘然：失意貌。

金灯寺①

梵刹碧山旁②，金灯夜吐光③。
众生心有感，菩萨用无方④。
萝月庭秋冷，松风海曙苍⑤。
五更初定起⑥，清磬听何长⑦！

①此诗录自《清凉山志》卷二。金灯寺：五台山寺院。《清凉山志》卷二："金灯寺，南台东北麓，元建。成化间，一庵重修。"

②梵刹：此指佛寺，即金灯寺。

③"金灯"句：切金灯寺名。金灯：犹"佛灯"。

④"菩萨"句：谓文殊菩萨教化众生并无一定的方法。意指"金灯夜吐光"亦是一法。用：作用。指作用于人生，即教化人生。

⑤"萝月"两句：谓天将晓时的秋夜，藤萝间的月光映照，庭院里格外凄冷；寺外松风如涛，云海苍茫。

⑥初定起：指僧人刚出定而起身。

⑦"清磬"句：谓清冷的磬声何其悠扬。

白头庵①

皤然一老叟②，来自无何有③。
手携紫节藜④，飘飘鹤随后。
两鬓带秋霜⑤，未拟年多寿⑥。
隐显翠微中⑦，樵牧传之久。
乞食向人间，结庵倚山阜⑧。
紫气拥崖巅⑨，丹砂煮星斗⑩。
乘兴入蓬莱⑪，相寻不相偶⑫。
题诗细咨询，遗迹果非谬。

①此诗录自《清凉山志》卷二。白头庵：《清凉山志》卷二："白头庵，南台东北十余里。昔有行者，生而皓首，神异颇多。嘉靖间，卓庵于此，后罔知终焉。"庵今废。

②皤（pó）然：白貌。多指须发。

③无何有："无何有之乡"之省称。指空无所有的地方。《庄子·逍遥游》："今子有大树，患其无用，何不树之于无何有之乡，广莫之野。"后多用以指空洞而虚幻的境界和梦境。

④紫节藜：紫色带节的藜杖。

⑤秋霜：喻白发。

⑥拟：揣度，估量。

⑦隐显：犹言出没。

⑧山阜：山丘。

⑨紫气：紫色的云气。古人以为祥瑞之气，附会为帝王、圣贤等出现的预兆。

⑩"丹砂"句：谓煮丹砂的器皿中有星斗映入。丹砂：指丹砂（朱砂）炼成的丹药。

⑪蓬莱：古代传说中的仙山。此借指白头庵。

⑫偶：遇，值。

雨花老人

雨花老人，明代人。善画。姓名生平不详。

明月池[①]

倚杖看明月，沧浪水正清[②]。
悠然歌此曲，可以濯吾缨[③]。
未入非熊兆，空沉老兔精[④]。
若逢知道者[⑤]，相与结鸥盟[⑥]。

①此诗录自《清凉山志》卷二。明月池：东台灵迹。在台怀南七公里处观海寺内。《广清凉传》卷上："东台南足南岭上有观海寺，内有明月池，方圆一里，水深八尺，虽在晦朔，月影中现。"《清凉山志》卷二："台西南廿里，昔人晦夜，见皎月澄池。""清凉山上说清凉，明月池中话明月"，一直为五台山佳话。现池泉已砌为小井。

②"沧浪"句：语出《孟子·离娄上》："有孺子歌曰：'沧浪之水清兮，可以濯我缨；

沧浪之水浊兮，可以濯我足。'" 后遂以"沧浪"指此歌。沧浪：水名。即汉水。此指代明月池水。

③濯缨：洗濯冠缨。比喻超脱世俗，操守高洁。参见杨顺《重游圭峰寺》注⑥。

④"未入"两句：谓在明月池中，未出现隐士（作者自指）将被起用的预兆，却只看到沉在水中的月影。非熊兆：《六韬·文师》载，文王将往渭水边打猎，行前占卜，卜辞曰："田于渭阳，将大得焉，非龙非彲，非虎非罴，兆得公侯。天遣汝师以之佐昌。"后果见太公坐渭水边垂钓，与之语而大悦，遂同车而归，拜为师。古熊罴连称，后遂以"非熊"为姜太公的代称，"非熊兆"指隐士将被起用的预兆。老兔精：《太平御览》四晋傅玄《拟天问》："月中何有，玉兔捣药。"传说月中有白兔，后因称月为玉兔。"老兔精"本此，借指月。

⑤知道者：指了悟佛法真谛者。

⑥鸥盟：谓与鸥鸟为友。比喻退隐。

狮子踪[①]

谁跨狻猊到五峰，徐行踢遍玉芙蓉[②]。
一方石上遗灵迹，八水池边绝异踪[③]。
花落每经香雨湿，春深惟有绿苔封。
杖藜归去应寻觅，见在西岩第几重[④]？

①此诗录自《清凉山志》卷二。狮子踪：西台灵迹。见敦煌文献《五台山圣境赞·题五台·西台》注②。

②"谁跨"两句：写文殊跨狮踏遍五台山。狻猊（suānní）：即狮子。文殊坐骑。玉芙蓉：白莲花。此指五台山。

③八水池：指西台灵迹八功德水。见觉同《和咏五台·西台》注④。绝异踪：无其他踪迹。意即只有狮子踪。

④"杖藜"两句：写作者因瞻仰狮子踪而产生对文殊菩萨的向往之情。见（xiàn）：通"现"。此指化现。西岩：指西台。

白水池[①]

五郎沟下卧残碑，一径斜通白水池[②]。
雨歇空山澄罔象[③]，风生曲岸动涟漪[④]。

银沙布底月来处[5]，雪浪滔天云起时。
到此君应怀藻鉴[6]，洗清法眼是便宜[7]。

①此诗录自《清凉山志》卷二。白水池：北台灵迹。见净伦《金刚窟》注③。

②“五郎”两句：写到白水池之路径。五郎沟：在楼观谷内，西有五郎祠。

③“雨歇”句：谓山雨初歇，山色空明，白水池一平如镜，呈现出虚无空寂的景象。罔象：虚无。《文选·王褒〈洞箫赋〉》：“薄索合沓，罔象相求。”李善注：“罔象，虚无罔象然也。”

④涟漪：水面波纹。

⑤“银沙”两句：谓月光照临，水底白沙如银；行云映入，犹如雪浪滔天。银沙布底：从“金沙布地”化出。《佛说阿弥陀经》：“极乐国土，有七宝池，八功德水，充满其中。池底纯以金沙布地，四边阶道，金、银、琉璃、玻璃合成。”

⑥藻鉴：品藻鉴察，即品评鉴别之意。

⑦“洗清”句：因“其泉若乳，山人多取洗眼”（见《清凉山志》卷二），故云。法眼：佛教语。“五眼”之一。谓佛菩萨为度脱众生而照见一切法门之眼。《无量寿经》卷下：“法眼观察，究竟诸道。慧眼见真，能渡彼岸。”慧远义疏：“智能照法，故名法眼。”便（biàn）宜：方便而适宜。

明　渊

明渊，明代僧人。亦名远清，字澄芳，新安（今属河南）人。初习贤首，精通教观。曾南下吴越，受戒于灵隐寺慧云律师，后归五台山。精研戒律，犹善属文。明神宗时，奉旨南下召慧云赴五台山说戒三年，慧云南归，命远清继席，戒法大兴。其灵塔峙五台山。

净土庵[1]

雪发头陀遁僻林[2]，定忘昏散道犹深[3]。
双眉不著人间梦[4]，一麈高挥劫外音[5]。
野衲从风因有道[6]，山禽相狎为无心[7]。
蒲团夜照清凉月，一榻松风独自任[8]。

①此诗录自《清凉山志》卷二。净土庵：《清凉山志》卷二：“净土庵，栖贤谷。嘉靖

间，玉峰和尚开山，历试苦行，尝四十余日，昏散不入。后广集缁流，事净土行，因结庵。”今废。

②头陀：梵语称僧人为头陀。意为抖擞。谓少欲知足，去离烦恼，如衣抖擞，能去尘垢，故从喻为名。此指玉峰和尚。

③定忘（wáng）昏散：谓玉峰和尚修习禅定，断绝了昏沉、散乱。忘，通“亡”。终止，断绝。昏：昏沉（亦作“惛沉”）。佛教语。指昏沉蒙昧的状态。法相宗归于随烦恼，以身心沉重不调畅，“无堪任性”（不能自作主宰而入定境）为特征。坐禅昏沉表现为头低垂如打盹，心中不清醒明了，被视为痴之所摄。散：散乱。梵文意译。心所法之一。法相宗归之于随烦恼，指带有贪嗔痴等烦恼的胡思乱想。昏散均为修习禅定的大忌。

④“双眉”句：意谓身心远离尘世烦恼。著（zhù）：贮存。人间梦：即人间。佛教认为人间的一切皆为虚幻，故以梦喻之。

⑤“一麈”句：谓玉峰禅师高挥麈尾，讲经说法。麈：指麈尾。佛教道具名。鹿之大者曰麈，群鹿随之，皆看麈所往，随麈所转为准。讲经者执之以示有所指麾。劫外音：指佛音。劫外，即劫外天，谓未受劫难之天地，犹净土。

⑥“野衲”句：写玉峰和尚“广集缁流，事净土行”。野衲：隐居山野的僧人。从风：比喻迅即附和相应。

⑦“山禽”句：谓山中之鸟所以和玉峰禅师亲近，是因他无尘世的机心。此化用“鸥鹭忘机”之典。《列子·黄帝》：“海上之人有好沤鸟者，每旦之海上，从沤鸟游，沤鸟之至者百住而不止。其父曰：‘吾闻沤鸟皆从汝游，汝取来，吾玩之。’明日之海上，沤鸟舞而不下也。”指人无巧诈之心，异类可以亲近。后以“鸥鹭忘机”比喻淡泊隐居，不以世事为怀。相狎：亲近，亲密。无心：佛教指解脱妄念的真心。此指无尘世之机心。

⑧“一榻”句：谓独坐榻上任由松风吹拂。任：旧读平声。随；任凭。

法　光

法光，明代僧人，伏牛（山名，在今河南省西南部）人。

大钵庵①

住老台山不记年②，蔬餐涧饮乐心田。
云埋五顶谁人到，雪覆千峰独自眠。
击钵谩歌佛祖句③，缚茅常结水云缘④。
自从勘破西来旨，此段因缘不易传⑤。

①此诗录自《清凉山志》卷二。大钵庵:《清凉山志》卷二:“大钵庵,紫霞谷。群峰拱抱,茂林森耸。无边禅师,得楚峰和尚道,济下廿八代。楚峰尝嘱曰:‘而后有钵饭,当共衲子食。’嘉靖甲子,卓庵于此,掘得铜钵,受斗余,遂成丛林。”

②“住老”句:写无边禅师长久以来在大钵庵潜心修道,忘记了人间岁月。

③击钵:敲击钵盂。谩歌:随意吟唱。佛祖句:指佛经中的语句。佛祖,指佛教的创始人释迦牟尼。

④“缚茅”句:谓无边禅师身居茅屋,却常接待行脚僧人。缚茅:谓盖造简陋的房屋。水云:即水云僧。佛教语。指行脚僧。因其身如行云流水,居无定处,故称。

⑤“自从”两句:谓自从勘破“祖师西来意”,证悟明心见性,即心即佛的佛法真谛,解缚破执,就不再轻易宣扬大钵庵得名的因缘。西来旨:即“祖师西来意”。禅宗用语。祖师谓禅宗初祖菩提达摩。他从西天来此土传禅的意旨,亦即佛祖心印。

卧云庵[①]

卧破白云不出山[②],终朝无事乐闲闲[③]。
一声清唳松头鹤[④],格外风光那可攀[⑤]!

①此诗录自《清凉山志》卷二。卧云庵:在中台西南麓,明建。今废。

②卧破白云:意为隐居于白云之中。卧,隐居。破,助词。

③闲闲:从容自得貌。《庄子·齐物论》:“大智闲闲,小智间间。”

④“一声”句:喻卧云庵僧人高洁不凡,道声远播。清唳:清亮的鸣叫。

⑤格外风光:指卧云庵独特的自然风光,亦指卧云庵僧人不同凡俗,已彻见“本地风光”,即“本来面目”。攀:追攀,攀比。

西　屏

西屏,明代晋阳(今山西太原市)人。生平不详。

法雷寺[①]

台山远蹑势陵虚[②],台上高飙不可居[③]。
五顶插霄皆嵲屼[④],万林蔽日总扶疏[⑤]。

旧闻胜概风光异[⑥]，今觉闲游怀抱舒。
遍历峰巅望四极[⑦]，恍疑天近地无余[⑧]。

①此诗录自《清凉山志》卷二。法雷寺：在西台顶。始建于隋开皇元年（581），唐、明各代均有修葺。现存正殿石洞，供狮子文殊像。寺内有石塔一座。

②远蹑：远远地登临。蹑，登。陵虚：飞行于空际。

③高飙：山高风暴。

④嵲嶪（nièyè）：山石高耸貌。

⑤扶疏：枝叶繁茂纷披貌。

⑥胜概：美景。

⑦四极：四方极远之地。

⑧无余：没有剩余、残留。意即一览无余。

明　让

明让，明代僧人。

紫霞谷[①]

紫气絪缊昼不开[②]，灵霞日护法王台[③]。
云栖道者谈经后[④]，散落天花遍九垓[⑤]。

①此诗录自《清凉山志》卷二。紫霞谷：北台灵迹。《清凉山志》卷二："紫霞谷，台南，俗呼北台沟。清凉深处，禅侣幽栖也。"

②絪缊：同"氤氲"。云气弥漫之状。

③法王台：此指紫霞谷内高僧讲经之处。法王，佛教对释迦牟尼的尊称。此借指高僧。台，指经台。用于讽诵佛经的平台。

④云栖道者：指隐居于紫霞谷的僧侣。

⑤散落天花：即天花乱坠。一作"天华乱坠"。佛教传说，佛祖讲经，感动天神，诸天各色香花，纷纷下坠。《法华经·序品》："尔时世尊，四众围绕，供养恭敬尊重赞叹，为诸菩萨说大乘经……佛说此经已，结加（跏）趺坐，入于无量义处三昧，身心不动。是时天雨曼陀罗华、摩诃曼陀罗华、曼殊沙华、摩诃曼殊沙华，而散佛上及诸大众。"九垓（gāi）：中央至八极之地。犹言九州。

寂　江

寂江，明代僧人。

静林庵[①]

静林庵结碧岩阿[②]，目极溪山乐处多。
帘卷白云生远岫，窗含明月映澄波[③]。
灯寒绝涧龙蛇冷[④]，路僻羊肠虎豹过。
门掩清凉无个事[⑤]，数声啼鸟隔烟萝[⑥]。

①此诗录自《清凉山志》卷二。静林庵：《清凉山志》卷二："静林庵，紫霞谷，释真云所构。学天目中峰禅，梓其书以施人。"今废。

②结：构筑。

③"帘卷"两句：写静林庵环境的清幽。唐杜甫《绝句四首》其三："窗含西岭千秋雪，门泊东吴万里船。"此化用其意。谓门帘卷起，可眺望远山生起的白云；凭窗观看，可看见映于清澈溪水中的明月。远岫（xiù）：远山。澄波：清波。指清澈的溪水。

④龙蛇：喻非常之人。此指释真云。

⑤个事：犹一事。

⑥"数声"句：写清幽的禅境。烟萝：草树茂密，烟聚萝缠，谓之烟萝。亦借指幽居或修真之处。

紫　崖

紫崖，明代僧人。

栖凤庵[①]

峰头嘉木绿依依[②]，客子寻芳路转迷[③]。
清磬一声寒雨外[④]，淡烟缥缈隔幽栖[⑤]。

①此诗录自《清凉山志》卷二。栖凤庵：《清凉山志》卷二："栖凤庵，天盆（谷名，在金阁岭左）北岭。嘉靖间宝峰建。"已废。

②依依：茂盛的样子。

③客子：旅居异地的人。此为作者自指。寻芳：游赏美景。

④清磬：清亮的磬声。

⑤幽栖：幽僻的栖止之处。此指栖凤庵。

大　千

大千，明代僧人。山西大同人。曾住五台山西台。

秘密寺[1]

览胜登临兴有余，秘魔岩畔几闲居[2]。
羊肠石径通幽谷，鲸首钟声透碧虚[3]。
隐隐龙宫多子母[4]，萧萧僧舍少亲疏[5]。
何时得遂归来志，相共云间展钵盂[6]。

①此诗录自《清凉山志》卷二。秘密寺：西台外寺院。在西台西二十公里、繁峙县岩头乡岩头村北3公里处秘魔岩。始建于北齐，唐木叉和尚重建，历代均有修葺，由主寺、中庵、西庵、七佛湾、龙洞等组成。

②秘魔岩：西台灵迹。秘密寺所在处。见张商英《继哲和尚赞》注④。闲居：闲静的住所。此指僧人静修之居室。

③鲸（jīng，旧读 qíng）首钟声：指洪亮的钟声。鲸首钟，即鲸钟。古代的大钟。钟纽为蒲牢状，钟杵为鲸鱼形，故名。碧虚：碧空；青天。

④龙宫：此指龙洞。西台灵迹。《清凉山志》卷二："龙洞，在秘魔岩，恳祷则龙现，见者非一。"相传为文殊菩萨受记五百毒龙潜修之所。

⑤少亲疏：无亲无疏。即"佛法平等"之意。

⑥展：察看，省视。

正　秀

正秀，明代僧人，白下（今南京）人。万历间曾修行于五台山。

灵鹫峰[①]

大士栖灵地[②]，何缘得共登？
光中披梵夹[③]，象外见真灯[④]。
举杖风堪御，腾身虚可凭[⑤]。
人天相接处，知是最高层。

①此诗录自《清凉山志》卷二。灵鹫峰：中台灵迹。《清凉山志》卷二："灵鹫峰，台东南支山，今称菩萨顶，宛似西天灵鹫山，故借为名。"

②大士：佛教对菩萨的通称。此指文殊菩萨。

③光中：指佛光之中。披：翻阅。梵夹：佛书。佛书以贝叶作书，贝叶重迭，以板木夹两端，以绳穿结，故称。

④象外：谓尘世之外。真灯：犹神灯、圣灯。佛家谓佛的教旨能破除迷暗，犹灯之照明。意指佛法真谛。

⑤"举杖"两句：写作者凌空欲飞、飘飘欲仙的感觉。虚：空际，天空。

金刚窟[①]

为访金刚窟，相将启石扉[②]。
无心能造诣，有相可归依[③]。
阁迥云阴重，岩深暑气微[④]。
三三前后语[⑤]，千古露真机[⑥]。

①此诗录自《清凉山志》卷二。金刚窟：见无著《金刚窟》注①。

②相将：相共，相随。石扉：石门。

③"无心"两句：谓只有顿息诸缘、无分别心者，才前来拜访；而金刚窟这一灵迹正可启发人归依佛法。无心：佛教谓离妄念分别，不起烦恼、无明，禅宗以之为修行法要。能：乃。造诣：拜访；访问。亦泛指足迹所至。有相：佛教主张万有皆空，心体本寂。称造作之相或虚假之相为有相。相，指事物外部的形象状态。此指金刚窟。

④"阁迥"两句：写所见所感的"本地风光"。谓楼阁高耸，浓云覆盖；岩窟深处，一片清凉。

⑤"三三"句：指禅宗机语"前三三与后三三"。见雪窦《金刚窟》注①。

⑥“千古”句：即露千古之真机。真机：玄妙之理，秘要。

万圣澡浴池[1]

一池清且浅，甘洁胜琼浆[2]。
能洗愚痴垢，还生定慧香[3]。
光浮千界白，色映四天苍[4]。
无以凡情测，神哉不可量。

①此诗录自《清凉山志》卷二。万圣澡浴池：中台灵迹。见觉玄《万圣澡浴池》注①。

②琼浆：仙人的饮料。

③“能洗”两句：写池水神用。愚痴：佛教语。三毒之一。谓无通达事理之智明。定慧：佛教定学与慧学的并称。《法华经·序品》：“佛子定慧俱足。”

④“光浮”两句：写池水之明澈。千界：大千世界的省称。四天：四方的天空。

五郎祠[1]

正行将令，却入禅那[2]。
外彰威武，内息干戈[3]。
扫除六贼[4]，戡翦四魔[5]。
金汤教法，屏障山河[6]。
名标寰宇，迹寄岩阿。
偶来稽首，漫说伽陀[7]。

①此赞录自《清凉山志》卷二。五郎祠：北台灵迹。在楼观谷西山麓太平兴国寺内。相传为宋杨业第五子出家处。祠内所奉为五郎坐化后的肉身。“文革”中，寺、庙俱毁。

②“正行”两句：谓五郎正行使将军的职权而发号施令，却幡然悔悟，遁入空门，修习禅定。禅那：梵语。又译作“思维修”，省作“禅”，即禅定。

③“外彰”两句：谓五郎外表显得威风凛凛，内心里却早已止息了争战之心。干戈：干，盾；戈，戟。均为古代常用兵器，故亦用为武器通称。此指代争战。

④六贼：同“六尘”。佛教称色、声、香、味、触、法六者为尘。六尘与六根（眼、耳、鼻、舌、身、意）相接，而产生种种嗜欲，导致种种烦恼，能劫夺一切善法，故又称

六贼。

⑤戡翦（kānjiǎn）：征服翦除。四魔：佛教语。指烦恼魔、五阴魔、死魔、天魔，均为破坏人修习佛道的因素。

⑥“金汤”两句：谓佛教教义如金城汤池，坚不可摧，能护卫国土。金汤：即金城汤池。金属造的城，沸水流淌的护城河。形容城池险固。《汉书·蒯通传》：“必将婴城固守，皆为金城汤池，不可攻也。”颜师古注：“金以喻坚，汤喻沸热不可近。”教法：教义教理。

⑦漫说伽（qié）陀：谓随意写下这一赞词。伽陀：梵语译音。偈。佛经中的赞颂之词。

大宝塔院寺[①]

佛刹岧巍倚碧空[②]，诸天寒色照帘栊[③]。
琼楼静掩娑罗月[④]，宝塔香飘薝葡风[⑤]。
百道明霞浮几上[⑥]，数声清梵落云中。
万年慧炬通霄汉[⑦]，洪福应归圣主宫[⑧]。

①此诗录自《清凉山志》卷二。大宝塔院寺：见王道行《塔院寺》注①。

②佛刹：此指大宝塔。

③诸天：此泛指天界，天空。帘栊：亦作“帘笼”。窗帘和窗牖。也泛指门窗的帘子。

④琼楼：对殿宇的美称。娑罗月：此指月光。娑罗，树名。世俗多指月中桂树为娑罗，故以之代月。

⑤薝（zhān）葡风：从薝葡花丛中吹来的香风。薝葡：花名，梵语音译。意译为郁金花。

⑥几：小桌子。古代设于座侧，以便凭依。

⑦慧炬：佛教语。犹“慧灯”、“慧烛”。谓无幽不照的智慧。此指大白塔。

⑧圣主宫：此指明神宗朱翊钧之母李太后。万历七至十年，李太后施资敕建塔院寺及佛舍利塔。见《清凉山志》卷五。

普济寺[①]

斋余聊结伴[②]，来此叩禅关[③]。
古寺开前代，危楼倚北山[④]。
僧持灵锡去，龙带岭云还[⑤]。

寂寞烟霞里[⑥]，优游且共攀[⑦]。

①此诗录自《清凉山志》卷二。普济寺：即今碧山寺。见净澄《普济寺》注①。

②斋余：饭后。斋，指素食。

③叩：敲。此有寻访之意。禅关：此犹禅门，即丛林。指普济寺。

④危楼：高楼。指寺内殿宇。北山：山名。北台之余脉。普济寺即在北山之麓。

⑤“僧持”两句：谓普济寺的僧人有的杖锡游方而离开，有的则翻山越岭而返回。灵锡：指锡杖。龙：佛家以龙象指高僧。此以龙指僧人。

⑥烟霞里：指栖隐之地。

⑦优游：悠闲自得。

郑　材

郑材，号诚轩，明代庆阳（今甘肃庆阳县）人。万历二年（1574）进士，官至户部郎中。有《悦偃斋文集》。

咏五台[①]

百转羊肠蹊径幽[②]，五台崿崿拥神州[③]。
扶桑影动乌光出[④]，溟渤寒生蜃气浮[⑤]。
东海圣人灵欲秘[⑥]，函关老子事堪求[⑦]。
乘空寓目曾何极，万里风云此尽收[⑧]。

①此诗录自《清凉山志》卷八。

②蹊径：小路，山路。

③崿（è）崿：山高峻貌。

④扶桑：神木名。参见《大唐五台曲子六首》之二注②。乌光：指日光。古代神话传说太阳中有三足乌，因以“乌”为太阳的代称。《山海经·大荒东经》：“一日方至，一日方出，皆载于乌。”郭璞注：“中有三足乌。”

⑤溟渤：溟海和渤海。泛指大海。溟渤为神话中的海。蜃（shèn）气：一种大气光学现象。海面风平浪静时，远处出现由折光所形成的城郭楼宇等幻象。沙漠中亦可出现。古人误认以为蜃（传说中的蛟属）吐气而成，故称。

⑥“东海”句：谓孔子对神灵之事秘而不宣。《论语·述而》：“子不语怪、力、乱、

神。”故云。东海圣人：指孔子。春秋末期思想家、政治家、教育家，儒家的创始者。名丘，字仲尼。鲁国陬邑（今山东曲阜东南）人。后世尊之为圣人。东海，指我国东方滨海地区。又指今江苏连云港市东海县。春秋为鲁之东境，剡之国也。其地有孔夫子望海的传说。秘：不公开的；难以预测的。

⑦“函关”句：谓老子之事（指其行为和学说）倒可以探求。函关老子：指春秋时期思想家，道教创始人老子。姓李，字聃，故亦称老聃。《史记·老庄申韩列传》载，老子见周室衰微，弃官而去。至函谷关（一说散关）遇见关尹。关尹求其著书，“于是，老子乃著书上下篇，言道德之意，五千言，而去”。最后成了隐士，莫知所终。又《后汉书·襄楷传》：“或言老子入夷狄为浮屠（即佛）。”南齐道士顾欢《夷狄论》曰：“道经云：‘老子入关，之天竺维卫国，国王夫人名曰净妙，老子因其昼寝，乘日精入净妙口中，后年四月八日夜半时，剖右腋而生。坠地即行七步，于是佛道兴焉。’此出《玄妙内篇》。”《西升记》卷一：“老子西升，开道竺乾（即天竺），号古先生。”函关，函谷关的省称。古关为战国秦置，在今河南灵宝县境。因其路在谷中，深险如函，故称。

⑧“乘空”两句：谓登高一望，无边无际；万里风云，尽收眼底。乘空：凌空；腾空。寓目：观看。曾：乃。

登清凉石赋①

劳劳游宦子②，坐此清凉石。
顿似超苦海，刹那化国适③。
昙云万壑生④，宝山四面辟⑤。
繄此五台奇⑥，浩劫谁擘划⑦？
兹石不盈丈，一何灵异积⑧！
广容八部众，廓然摩诘宅⑨。
芥子纳须弥⑩，斯谈信确实。

①此诗录自《清凉山志》卷八。清凉石：见觉同《和咏五台·总咏五台》注⑥。

②劳劳：辛劳；忙碌。游宦子：异乡为官迁转不定之人。为作者自指。

③刹那：梵语音译。古印度最小的计时单位。本指妇女纺绩一寻线所用的时间，但一般用来表示时间之极短者，如一瞬间。化国适：适化国。即到了化国。化国，犹化土。佛家指三佛土之一的变化土，即佛为化度众生所化现的国土，亦即佛变化身所居之土。此指五台山。

④昙云：密布的云。

⑤辟：开阔。

⑥繄（yī）：唯。

⑦“浩劫”句：谓很久之前，五台山是由谁来安排的。浩劫：极长的时间。佛经谓天地从形成至毁灭为一大劫。擘（bò）划：筹划，安排。泛指谋划。

⑧“一何”句：《清凉山志》卷二：“清凉石……或能容多人不隘。古者尝有头陀趺坐其上，为众说法，梵音琅琅，异状围绕，望之悚怖，近之即失”，故云。一何：为何；多么。积：蓄积，蕴蓄。

⑨“广容”两句：以维摩丈室拟清凉石。维摩丈室：佛教语。维摩居士的方丈室。室虽一丈见方，其所包容极广。《维摩诘经·不思议品》载，文殊带领诸菩萨大弟子、凡释四天王等到毗耶离城维摩诘丈室问疾时，“长者维摩诘现神通力，即时彼佛遣三万二千师子座，高广严净，来入维摩诘宅，诸菩萨大弟子、释梵四天王等，昔所未见。其室广博，悉皆包容三万二千师子座，无所妨碍”。八部：佛教分诸天鬼神及龙为八部。因八部中以天、龙二部为首，故又称天龙八部。

⑩“芥子”句：《维摩诘经·不思议品》：“若菩萨住是解脱者，以须弥山之高广，内芥子中，无所增减，须弥山王本相如故。”后以“芥子须弥”喻诸相皆非真，巨细可以相容。

妙　峰

妙峰（1540—1612），明代高僧。俗姓续，名福登，山西平阳（今临汾）人。7岁失恃怙，12岁出家于蒲州万固寺，苦行潜修。后归中条山栖岩蓝若闭关修禅有悟，又遍参知识。万历三年（1575）与德清同到五台山，居北台下龙门之妙德庵，曾刺舌血和硃写《华严经》。晚年，万历皇帝敕命住持五台山护国圣光永明寺（今显通寺），敕封“真正佛子”。一生兴建大道场十余处，五台、峨眉、普陀铜殿及太原双塔寺亦为其所造。李太后亦曾拜其为师，时称“人天师表，法门砥柱”。

隐峰塔①

人间重苦是无常②，谁不临歧手脚忙③？
唯有吾师惺大梦④，等闲游戏死生场⑤。

①此诗录自《清凉山志》卷二。隐峰塔：见觉玄《隐峰塔》注①。

②无常：佛教谓世间一切事物不能久住，都处于生灭成坏之中，故称。

③临歧：到歧路之处。指分道惜别。此指面临生死之际，即面临死亡。

④惺（xīng）大梦：从人生这一迷梦中清醒过来。惺，清醒。大梦，古人用以喻人生。

⑤游戏：见赵秉文《秘魔岩》注③。生死场：即生死关头。场，一事起讫的时间。

金刚窟[①]

金刚窟子无缝罅，入者还他师子儿[②]。
铁壁银山直拶透[③]，三三之语许渠知[④]。

①此诗录自《清凉山志》卷二。金刚窟：见无著《金刚窟》注①。

②还他：还是他。师子儿：即狮子儿。犹小狮子。指佛菩萨的弟子。此指唐僧无著。

③铁壁银山：亦作“银山铁壁”。形容十分坚固不可摧毁的事物。佛教禅宗用以喻公案难以参透，用一般情识或分别智所难以明了。拶（zā）透：意为参透。即学人穿越银山铁壁，参悟佛法真谛。

④三三之语：即禅宗机语“前三三与后三三”。此喻佛法真谛。渠：他。指拶透铁壁银山者。

真　可

真可（1543—1603），明代高僧。俗姓沈，字达观，晚年自号紫柏，吴江（今属江苏）人。少任侠，17 岁仗剑出游，遇虎丘僧明觉，遂从出家。20 岁受足具戒。后入庐山学法相深义，至京师参遍融、笑岩诸禅师。与德清为至交。他曾于万历元年（1573）、十四年（1586）、二十年（1592）三上五台山，瞻仰文殊圣容。万历十二年（1584）发起倡募、于十七年（1589）创刻藏经于五台山妙德庵，后移于径山寂照庵，世称“径山藏”或“嘉兴藏”。万历三十一年（1603），因“妖书”案被诬，死于狱中。他与莲池、憨山、藕益合称明代四大高僧。后人辑有《紫柏尊者全集》30 卷、《紫柏尊者别集》4 卷、《附录》1 卷。

礼北台大文殊菩萨赞[①]

稽首文殊智中尊[②]，不离万法得根本[③]。

譬如金师不废器，废器独露金之体[④]。
善财一见难再逢，遥伸金臂摩其顶[⑤]。
此顶无分圣与凡，清净显露不可见。
不可见处见妙相，亦如出水妙莲华[⑥]。
妙容缥缈香云中，一切见者皆欢喜。
宝瓶借此兽中王，欣然荷负恬于几[⑦]。
翻惜人为万物灵，相参若个生悲恋[⑧]？
有心来此礼菩萨，解闻师吼轮英杰。
积劫情根当下消，龙蛇混杂常自在[⑨]。
妙观察智谁为母，烟水百城老人祖[⑩]。
率怀仰承菩萨力，吐此微词赞功德。
菩萨功德赞可尽，何异晴空轰霹雳[⑪]？
巍巍妙首妙吉祥[⑫]，惟愿智光常照我。
浮云飞尽空无际，叶斗峰头月孤冷。
尽在清光妙湛中，瞥而生心隔千里[⑬]。

①此诗录自《紫柏尊者全集》卷十七。北台大文殊菩萨：指北台顶灵应寺所供无垢文殊菩萨。

②智者尊：指文殊菩萨。因文殊菩萨主智慧，于诸菩萨中号称智慧第一，故称。

③不离万法：意谓法性包含在一切事物之中。万法：佛教语。法为梵语意译，指事物及其现象，也指理性，法性。此指一切事物。根本：指佛法的根本，即法性。

④“譬如”两句：以“金”与“器”的关系为喻，阐明“不离万法”这一佛法根本。《楞伽经》卷三：“云何形处转变？为形处异见，譬如金，变作诸器物，则有种种形处显现，非金性变；一切形变亦复如是。”两句由此化出。意谓这好像制作金器的金匠，他不会废弃各种各样的金制器具；如果废弃各种各样的金制器具，那它们所显露的则只有金的体性。意指参禅修道者，不能脱离器世间，却要从器世间的万事万物中体悟佛法的真谛。

⑤“善财”两句：意谓文殊菩萨虽不可亲见，却以其般若之智教化世人。意在破除人们亲见文殊的执著。善财一见：《华严经·入法界品》谓，因文殊指点，童子善财参访了五十三个善知识，而成菩萨。摩顶：《法华经》谓释迦牟尼佛以大法付嘱大菩萨时，用右手摩其顶。后为佛教授戒传法时的仪轨。

⑥出水妙莲花：《法华经·提婆达多品》：“尔时文殊师利坐于千叶莲花，大如车轮，俱来菩萨亦作宝莲花，从于大海娑竭龙宫，自然涌出。”

⑦“宝瓶”两句：意谓得到文殊之智，欣然承担起教化众生之职责，恬然自安。宝瓶：佛教语。尊称盛佛具法具之瓶器。有花瓶、水瓶等数种。此借指文殊的般若之智。兽中王：狮为兽中之王。此指文殊。

⑧“翻惜”两句：写对世人轻视佛法的惋叹。翻惜：反而怜惜。相参：参拜佛菩萨像。若个：哪个。悲恋：慈悲顾恋。

⑨“有心”四句：写作者对礼拜文殊求得解脱的渴望。师吼：同“狮吼”。即狮子吼。见敦煌文献《五台山赞》注⑧。轮英杰：转变为英雄豪杰。意即成为觉者。龙蛇混杂：喻好人坏人混杂在一起。语出《清凉山志》卷四《无著入金刚窟传》：“无著却问老人：‘此间佛法，如何住持?’老人曰：‘龙蛇混杂，凡圣交参。’”自在：佛教以心离烦恼之系缚，通达无碍为自在。

⑩“妙观”两句：谓文殊菩萨是妙观察智之母。妙观察智：见八思巴《赞颂文殊菩萨——花朵之鬘》注⑨。烟水百城：指善财南参中经历的南方各地。《华严经·入法界品》载，文殊菩萨曾在天竺福城之东的庄严幢娑罗林中说法，文殊指示善财前往南方乐胜国妙峰山参问德云比丘。于是善财风尘仆仆，经历“烟水百城”，依次参访了五十三处五十五位善知识而证入法界。此指人世间。老人祖：对文殊菩萨的敬称。

⑪“率怀”四句：对文殊菩萨的赞颂。率怀：放情。晴空轰霹雳：喻文殊说法，犹如虚空响雷。《涅槃经》卷八谓，若虚空震雷，一切象牙上皆生花，无震雷则花不生，亦无名字。以喻众生佛性得闻此经始能见之，不闻则不见。

⑫妙首、妙吉祥：均为文殊师利的意译。

⑬“浮云”四句：意谓叶斗峰（北台）头孤月“清光妙湛”正体现了文殊的智光；一旦生分别心，则与文殊远隔千里。妙湛：精妙澄清。瞥而：突然，迅速地。生心：佛教语。指生起妄念、分别之心。

春日登清凉[①]

昨来进幽谷，草木时雨足[②]。
欣欣向人笑，红黄间紫绿。
挥戈日难返[③]，流泉去甚速。
正思东家邱，川上嗟不复[④]。

①此诗录自《紫柏尊者全集》卷二十五。清凉：山名。即五台山。

②时雨：应时之雨。

③“挥戈”句：意谓恨无鲁阳公挥戈回日之术，以挽回佛法衰落的局面。挥戈：用

“挥戈回日”之典。语本《淮南子·览冥训》：“鲁阳公与韩搆难，战酣，日暮，挥戈而撝之，日为之返三舍。”后多用为力挽危局之典。

④“正思”两句：意谓此时此刻，我想起孔子面对逝川而所发的时不复返的感叹。东家邱：指孔子。据《孔子家语》载，孔子的西邻不知孔丘的才学出众，轻蔑地称之为“东家丘”。邱，同“丘”。《说文·邑部》：“邱，地名。”段玉裁注：“今制，讳孔子名之字曰邱。”“川上”句：《论语·子罕》：“子在川上曰：‘逝者如斯夫！不舍昼夜。’”

秋日礼清凉塔[①]

人代风烟知几霜[②]，石函灵骨自珍藏[③]。
珠林倒影天垂盖[④]，宝塔鸣空地拥幢[⑤]。
泽被乾坤归梦杳[⑥]，春回岩谷炼泥香[⑦]。
重来尽敬增悲慨[⑧]，落木秋高旧影堂[⑨]。

①此诗录自《紫柏尊者全集》卷二十六。清凉塔：当指五台山塔院寺佛舍利塔。

②人代：人世。风烟：此犹风尘、尘世。几霜：犹几年。霜，历年称霜。

③石函：石制的匣子。灵骨：指佛舍利。

④“珠林”句：谓佛寺在天上最到处，天宇犹如为之垂挂的伞盖。珠林：指佛寺。倒影：亦作“倒景”。指天上最高处，日月之光反由下上照，而与其下处视日月，其影皆倒，故称天上最高的地方为倒影。

⑤宝塔鸣空：谓宝塔昭示佛法，如雷鸣空。幢：佛教的一种柱状标识，饰以杂彩，建于佛前，表示麾导群生、制服魔众之意。后用以称经幢，即写经于其上的长筒圆形绸繖；亦用以称石幢，即刻经于其上的石柱形小经塔。

⑥“泽被”句：谓佛菩萨的恩德遍及天地，但我归乡之梦还十分渺茫。归：归乡。指彻见本来面目，证悟真如自性。

⑦炼泥：冰消雪化后的泥土。

⑧尽敬：竭尽敬意。

⑨影堂：寺庙道观供奉佛祖、尊师真影的殿堂。

清凉有感[①]

幽谷深云里，楼台知几重[②]？
茜裙歌夜月，缁衲醉秋风[③]。

鸡犬声将遍，猿猱迹岂同[④]？
因思张相国，一怒净龙宫[⑤]！

①此诗录自《紫柏尊者全集》卷二十五。

②楼台：高大建筑的泛称。此指五台山佛寺的殿宇。

③“茜裙”两句：写五台山声色泛滥，寺院戒律松弛。茜（qiàn）裙：红裙。借指女子。缁衲：僧衣。借指僧侣。

④“鸡犬”两句：意谓鸡犬之声几乎遍及全山，僧侣岂能与之为伍？鸡犬：鸡鸣狗盗之徒。指无耻之徒。猿猱：因猿猱栖止山林之中，故借指僧侣。

⑤“因思”两句：张相国，指宋张商英。蔡京死后，其曾为宰相，故尊称其为张相国。宋元祐二至四年，他借任河东提点刑狱之便，数度上五台山，对五台山佛教多有护持。净龙宫：指清除寺院不法之事。龙宫，指佛寺。参见敦煌文献《五台山圣境赞·题五台·北台》注⑤。

清凉有感二首[①]

一

因悲热恼入清凉[②]，白发头陀粉黛香[③]。
应是秋深霜露冷，白云明月共绳床[④]。

①此诗录自《紫柏尊者全集》卷二十七。

②热恼：亦作“热脑”。谓焦灼苦恼。清凉：即清凉山。又佛教指清净，不烦恼。此指清凉之地，借指寺院，亦通。

③“白发”句：写寺院戒行松弛。粉黛：妇女的化妆品。粉以傅面，黛以画眉。此借喻美女。

④“应是”两句：对违反戒行者的调侃。白云：喻白发头陀。明月：指皎若明月的美女。绳床：一种可折叠的轻便坐具。以板为之，并用绳穿织而成。又称“胡床”、“交床”。

二

翠卷轻烟紫陌中[①]，东风一夜扫残红[②]。
相逢尽道春归去，谁料寒岩春更浓[③]。

①紫陌：指帝都郊野的道路。

②残红：指落花。

③寒岩：指五台山。春：一语双关。既指春天的风光，又指春意盎然的禅境。

过清凉义冢园示某禅人[①]

艳姬游花林[②]，过者谁不赞？
白骨乱荒草，见之谁不叹？
从来百年中，好丑随时判[③]。
叹者未死时，容仪何粲粲[④]！
赞者埋黄土，白骨同一贯[⑤]。
佛说女三昧，即身成境观[⑥]。
比邱住尸林[⑦]，摄念厌分段[⑧]。
如观一枝花，洞悉春无畔[⑨]。

①此诗录自《紫柏尊者全集》卷二十五。义冢园：掩埋无主尸体的公墓。

②艳姬：美女。

③“从来”两句：意谓人生百年，如过眼烟云，生死随时可见分晓。好丑：指代生死。判：区分，分别。

④粲粲：鲜明貌。此指容光焕发。

⑤“白骨”句：谓被赞的艳姬也同样要变成白骨。一贯：同样，一样。

⑥“佛说”二句：谓佛以女子为喻，讲说“三昧”，以眼前的弃尸展现无常的景象。《观佛三昧海经·观相品》载，魔王波利有三女，长名悦彼，中名喜心，小名多媚。三女得知其父为“沙门瞿昙（释迦牟尼之姓）结誓深，今坐道树，要坏我民”而忧愁，便告诉父亲“我能往乱”。遂装饰华美，姿现妖冶，乘羽宝车，伴鼓乐弦歌声，各以五百女为侍御，至瞿昙所在树下，自言“我是天女，美盛无比，今以微身奉上太子”。太子寂然，身心不动，以白毫拟，令三女自见身内之肮脏，且让其头上化生九色死尸，如九观相，即：新死相、青瘀相、脓血相、绛汁相、食不消相、筋缠束薪相、顾节分离相、烧燋可恶相、骨相。谓“我所爱身亦复当尔”，以熄灭对肉身的贪爱。是为菩萨始在树下开不净观门。又《七女观经》：“昔冥缘王有七女……出城东门，到其塚间，见一死尸，膖胀烂臭，狐狼践踏，形骸异处。姊妹相将，绕尸三匝，涕零号泣：我等女身，会当如是。”三昧：见彻照《清凉契道歌》注⑮。

⑦比邱：即比丘。受具足戒的男僧。尸林：梵语译音“尸陀林”的缩写。即弃尸之

处；僧人墓地。唐应玄《一切经音义》卷十八："尸陀林正言尸多婆那，此云寒林。其林幽邃而且寒，因以名也，在王舍城侧……今总指弃尸之处名尸陀林者，取彼名。"

⑧摄念：收敛心神。分段：佛教语"分段身"的略称。谓轮回六道的凡身俗体。轮回六道之身，各随其业因而寿命有分限，形体有段别，故曰分段身。

⑨"如观"两句：意谓见微知著，可洞悉佛法真谛。春无畔：春色无边。喻禅悟之境界。

清凉寺双柏歌①

君不见，古清凉，伯仲干霄知几霜②？
窗前倏忽神飚生③，翠涛吼唤寒焦肠④。
此时趣，谁领略，积劫情尘俱廓落⑤。
堂堂一片旧灵台，塞破虚空无处着⑥。
好家风，谩从聋⑦，浮生如梦梦如空。
今昔豪华镜里狂，劝君莫负主人公⑧。
淮阴功，留侯策，究竟都来闲费力⑨。
三月桃花雨后看，残红满地悲狼藉。
大将军，五大夫，荣名无故落江湖。
争似清源堤下柏，难兄难弟世中无⑩。
又不见，鸾凤高，去去来来爱此巢。
香叶玲珑韵独奇，静听瀑水涤心苗⑪。
俗渐薄，真可哀，几人痴想制棺材。
金郛玉廓终须坏⑫，木板安能保久埋！
勿短见，取势便⑬，呼奴喝隶呈好汉⑭。
直谓青天亦可欺，青天较汝更会算。
大张罗，任他钻，到头一一结公案⑮。
何如当年即回光⑯，留取清阴后人感。

①此诗录自《紫柏尊者全集》卷二十八。清凉寺：指古清凉。中台灵迹。在清凉谷（在台南四十余里）中，僧法聚构蓝若。

②"伯仲"句：谓双柏并列，犹如兄弟，直冲云霄，不知经过了多少岁月。伯仲：指兄弟的次第，亦代称兄弟。

③神飚：谓迅疾若有神灵的风。

④寒焦肠：谓使世人焦虑烦热之心肠变冷。

⑤积劫情尘：几世几劫的情欲。情尘：指情爱，情欲。佛教视情欲为尘垢，故称。廓落：虚无貌。

⑥“堂堂”两句：意谓原被情尘污染的心灵，变得虚空而不再执著。灵台：指心。

⑦家风：此指禅家某宗派独特的禅风。谩从聋：谓不要跟从那些耳聋的糊涂者。谩，莫，不要。

⑧“今昔”两句：此用佛经“迷头认影”之典。《楞严经》卷四载，楞严会上，弟子富楼那问：“一切众生何因有妄，自蔽妙明，受此沦溺?”佛告诉他：“汝岂不闻室罗城中演若达多，忽于晨朝，以镜照面，爱镜中头，眉目可见，嗔责己头不见面目，以为魑魅，无状狂走。于意云何，此人何因无故狂走?”富楼那说：“是人心狂，更无他故。”喻众生认妄相为真，不见自己的本来面目。主人公：禅家语。犹“本来面目”。指人人具有的清净真实的自性，即佛性。

⑨“淮阴”三句：意谓尘世对功名利禄的追求都是一场空忙。淮阴：指秦末汉初的韩信。他初从项羽，后从刘邦，战功卓著，为“兴汉三杰”之一，先封楚王，后降为淮阴侯，终被杀。留侯：指“兴汉三杰”之一的张良。秦末，刘邦起兵，良为谋士，运筹帷幄，佐汉灭秦楚，因功封留侯。

⑩“大将”五句：谓以树而言，受帝王荣封的“大将军”、“五大夫”，不如闲生清源堤下的双柏。大将军：指河南登封书院的大将军柏。相传西汉元丰元年（前110），汉武帝刘彻礼登中岳嵩山后，到此游览，见一棵参天古柏，感叹之余，赐封为“大将军”。五大夫：松的别名。《史记·秦始皇纪》载，二十八年，始皇上泰山行封禅望祭山川之时，“下，风雨暴至，休于树下，因封其树为五大夫”。争似：怎似。难兄难弟：谓兄弟皆佳，难分高下。此指双柏。

⑪“又不”五句：写双柏之高洁。韵：和谐的声音。瀑水：喻松风。心苗：心，内心。

⑫金郛（fú）玉廓：指精美华贵的棺椁。郛廓，屏障。此喻棺椁。

⑬取势便：采用具有权势之有利条件。

⑭呈：当作“逞”。显示；夸耀。

⑭“大张”三句：意谓天网恢恢，疏而不漏，欺天者必得恶报。直：只。张罗：设罗网以捕鸟。此喻张设法网。公案：指案件。

⑮回光：即回光返照。谓自我省察。

峨眉送人游清凉①

冰雪风尘路不同，出门拄杖便成龙②。

朝来何处桃花浪③，片片香云接五峰④。

①此诗录自《紫柏尊者全集》卷二十七。峨眉：指四川峨眉山，为中国四大佛教圣地之一。

②“冰雪”两句：谓“岁积坚冰，夏仍飞雪”的清凉圣地五台山与尘世是截然不同的两条道路；只要发愿踏上到五台山的道路便可成为佛门龙象。风尘：指尘世，即纷扰的现实生活境界。拄杖便成龙：用龙杖之典。见普明《南台歌》注⑥。指出门参访便可成为佛门龙象。

③桃花浪：桃花乱落，犹如翻波逐浪。

④香云：美好的云气。此指如云的落花。唐李白《寻山僧不遇作》：“香云遍山起，花雨从天来。”五峰：指五台山。

送得心开士游五台①

牢山去五台，相近亦相远。
近则在刹那，远则靡涯岸②。
生心礼文殊，何啻太虚电？
转眼光已沉，掌纹不可见③。
秋高风色寒，落叶情无限。
望望孤云遥，令人增眷恋④。
读经曾敷莲，陆地清馨遍⑤。
今昔俯仰中，千里宁隔线⑥？
大士笑相迎，茗贮玻璃碗。
鼻风生浪华，香光摇台殿⑦。
无错箭锋机，掉头空绝巘⑧。

①此诗录自《紫柏尊者全集》卷二十五。得心：明代僧人。名道开，号密藏，字得心，南昌（今属江西）人。青年出家，剃度于浙江普陀山。闻真可道风，往归之。真可于五台山倡刻方册大藏（后移径山，称《径山藏》，又称《嘉兴藏》），道开主其事。开士：此为对得心的敬称。参见觉玄《现圣台》注③。

②“牢山”四句：以“牢山去五台”之远近喻参禅：不生分别心则近，生分别心则远。牢山：即劳山，又作崂山。在山东青岛市东北海滨。刹那：梵语音译。意为一念之间。指极短的时间。靡：无。涯岸：边际。

③“生心”四句：谓若生分别心瞻礼文殊菩萨，就如天空之闪电，转瞬即逝；即使近在眼前，也目光昏沉，视而不见。生心：此指生分别心。即心存思量一切事理之心，如圣凡等。何啻（chì）：犹何止，岂止。

④“秋高”四句：写与得心的惜别之情。望望：一再瞻望，表示依恋。孤云：喻得心。

⑤“读经”两句：写作者对在五台山修道生活的回忆。谓曾在铺满陆地莲的五台山读经。暗用“天花乱坠”之典。敷莲：遍地开满金莲花。莲，指五台山的奇花金莲花，亦称“旱地莲”、“陆地莲”。

⑥“今昔”两句：谓抚今追昔，只不过转瞬之间；五台山虽说在千里之外，其实不隔一线。宁：岂。

⑦“大士”四句：悬想得心在五台山得见文殊菩萨。《清凉山志》卷四《无著入金刚窟传》：“童子捧二玻璃盏，盛满酥蜜，一奉无著，一奉老人。”茗：茶。玻璃碗：言碗之珍贵。玻璃，指天然水晶石一类。鼻风：指鼻子呼出的气。胡祖德《沪谚外编·薄粥嘲》：“数粒煎成一大瓯，鼻风吹起浪千秋。”此用其典戏称其品茗之情景。香光：指香火之光。

⑧“无错”两句：写对得心悟道的希冀。箭锋机：宋苏轼《以玉带施元长老元以衲裙相报次韵》诗：“病骨难堪玉带围，钝根仍落箭锋机。”佛教禅宗法眼宗所用指导学人的四种机法之一，称作箭锋相拄。意为师家针对学人上中下各种机根而弯弓投矢，机锋相当，接化与领受双方紧密相契，无有间隙。掉头：转头。表示不顾而去。空绝巘（yǎn）：目空极高的山峰。意谓参透银山铁壁般的禅机，得悟佛法真谛。

重登叶斗峰怀西竺禅人①

六月人间热如火，此中六月冻折指②。
仰观俯察一天地，冷热不均何如此！
暖阁香厨谁所营③，劳筋苦骨西竺耳。
重来啜茗不见渠④，杖屦翩翩下苍紫⑤。

①此诗录自塔院寺大白塔底座南侧诗碑。叶斗峰：北台峰名。西竺：明代僧人。俗姓杨，晋阳太谷（今山西太谷县）人。曾在五台山苦修多年，得临济二十七代孙玉峰和尚衣钵，以为法嗣。万历间，受皇太后命住持塔院寺。

②冻折指：形容严寒。《白孔六帖》：“漠北苦寒之野，堕指者十有六七。”

③暖阁：旧时为防寒而从大屋分割出的小间。香厨：即香积厨。指僧厨。营：建造。

④啜茗：饮茶。渠：他。指西竺。

⑤杖屦（jù）：即杖履。指拄杖漫步。苍紫：即紫苍。紫云笼罩的苍山。指五台山。

西台挂月峰[①]

地入寒空天倒垂[②]，芙蓉万朵丽招提[③]。
君主翠辇曾留此[④]，松下千官月正西[⑤]。

①此诗录自《紫柏尊者全集》卷二十七。

②“地入”句：极写西台之高。

③“芙蓉”句：写西台顶法雷寺之壮美。芙蓉：莲花。此指五台山名花金莲花。招提：梵语音译为“拓斗提奢”，省作“拓提”，后误为“招提”。其义为“四方”。四方之僧称招提僧，四方僧之住处称招提僧坊。北魏太武帝造伽蓝，创招提之名，后遂为寺院的别称。

④“君主”句：写西台灵迹“魏文人马迹”。相传魏孝文帝曾到西台而留此迹，故云。

⑤“松下”句：悬想当年魏孝文帝侍从环立松下的情景。

夜登中台[①]

师子峰头纵大观[②]，翻身直上碧云端。
一声长啸乾坤外[③]，五顶风生月影寒[④]。

①此诗录自《紫柏尊者全集》卷二十七。

②师子峰：指中台西南岭狮子岭，亦称竹林岭，为狮子窝所在地。纵大观：放眼所见，景象盛大壮观。

③“一声”句：写诗人激昂慷慨，精进求法之气概。

④“五顶”句：谓五台山风起云散，彻见明月。写作者之心地清纯无染。

秋日同澄公开侍者宿南台[①]

丹梯宛转路迢遥[②]，兴亟宁知杖履劳[③]？
明月满台淆雪色，白云横谷误江涛。
金坛端许藏真骨，宝偈能将化毒蛟[④]。
吾道只今寥落甚，为谁流涕湿缁袍[⑤]？

①此诗录自《紫柏尊者全集》卷二十六。澄公：僧德清，字澄印。此为对其的尊称。

开侍者：作者之侍者僧道开。

②丹梯：指高入云霄的山峰。亦指寻仙访道之路。

③兴亟：兴致高昂急迫。杖屦劳：指登山的劳累。

④“金坛”两句：意谓佛塔内如的确藏有佛舍利，一定能口念宝偈，降伏邪魔外道。金坛：道教供奉神仙的坛。此指佛塔。宝偈：佛教语。对偈颂的敬称。化毒蛟：使毒蛟受到教化而皈依佛法。《佛本行经·迦叶三兄弟品》载有如来降伏毒龙事。五台山亦有文殊菩萨降伏五百毒龙的传说。毒蛟，犹毒龙。喻邪魔外道。

⑤“吾道”两句：写诗人对佛法衰落的痛切之情。吾道：指佛法。只今：如今。寥落：衰落。为谁：谁为。缁袍：浅黑色的僧袍。

宿东台[①]

绝顶风高白日寒，云山重叠槛前看[②]。
夜深徙倚南楼柱[③]，喜见沧溟涌玉团[④]。

①此诗录自《紫柏尊者全集》卷二十八。

②槛：栏杆。

③徙倚：站立。南楼：指望海寺南殿。

④沧溟：大海。亦指苍天，高远幽深的天空。玉团：指明月。象征真如自性。

登那罗窟有感[①]

君不见，太朴未凿混沌始，情与无情无彼此[②]。
瞥然一念是谁生，骨肉山河成碍窒[③]。
那罗窟，甚深密，底里空明不可测[④]。
见说神僧向入中，云边千古遗包笠[⑤]。
闻其风[⑥]，我亦来，幽岩感慨增徘徊。
自惭身见仍还在[⑦]，菩萨有门不为开。
一直上，莫分别，凡圣都卢干屎橛[⑧]。
当头若许著思量，石人脑后重加楔[⑨]。
由是观，休外参，眼声耳色髑髅寒[⑩]。
常光一片色非色，乾坤摄取一毛端[⑪]。
又不见，维摩丈室十笏许，百千师座皆容处[⑫]。

若言老汉弄神通⑬，分明瞌睡成错去。
这妙用，孰不有，吃饭穿衣记得否⑭？
自是男儿不丈夫，超踔金毛变痴狗⑮。
风吹草，本非贼，望影狺狺吠不息⑯。
及乎大盗劫主人，烦恼刀鸣遂窜匿⑰。
业酒醉，何日醒，碌碌浮华俱酩酊。
轻裘肥马送时光，愁杀相知多此病⑱。
且由他，各管自，沐猴性躁方痛治。
好恶关头林木深，上下何曾有定止⑲？
鞭其后，即回首，叱去呼来不敢扭。
掌中绳索尚相持，禅翁谩笑狂奴丑⑳。
明道易，履道难，习水情潭岂易干㉑？
不是一番拌命做，说时似悟用时瞒㉒。
话到此，泪如雨，滴滴皆从肝肺吐。
相逢罕遇个中人㉓，愁人莫向愁人语㉔。
既有苦，必有甜，阴尽阳回洞口干㉕。
闲来暴背解麻衲㉖，宁知身在重峦间？
夜来趣，忘人情，万里烟波海月生㉗。
设使侯王知此境，便教弊屣视功名㉘。

①此诗录自《清凉山志》卷八。那罗窟：即东台灵迹那罗延窟。见敦煌文献《五台山赞》注㉖。那罗延，梵语音译。意译为天上力士、金刚等。

②“太朴”两句：谓远古元气未分，混沌一团，无情无识。此禅家所谓“本地风光”。太朴：指原始质朴的世界。混沌：古代传说中指世界开辟前元气未分，混沌一团的状态。情：指有情。梵语意译。也译作“众生”。指人和一切有情识的动物。无情：亦作“非情”。指与有情相对的一切无情无识之物，如山河、大地、草木、土石等。

③“瞥然”两句：谓一生分别心，有情（骨肉）与无情（山河）就彼此隔绝。瞥然：忽然。碍窒：障碍；阻碍。

④底里：里边。空明：通明透彻。

⑤“见说”两句：指神僧入那罗延窟事。《清凉山志》卷七《神僧入洞》：“宋宣和八年夏，代牧赵康弼、巡检董梁，同真容院慈化大师，数十人至那罗洞。赵公同慈化入窟，行数步，隘不可入，低旋而回。既出，见异僧立于洞口，赵公戏曰：‘我从深里来，师何不

入?’僧曰：‘我能入一尘，游沙界，况此恢恢者乎。’即踊身而入，殊无阻碍。众待数日不出，检遗物，唯有笠子一顶，建塔东台。”向：旧时，往昔。

⑥闻其风：听到神僧入那罗延窟的传闻。

⑦身见：佛教语。即五恶见中的萨迦耶见。意译“我见”、“身见”。执五蕴为常一自主的“我”的见解。可分为“我见”（执身心为我）、“我所见”（执我所有的东西为我的）二见。《大乘广五蕴论》谓一切烦恼都必与此见同起，一切邪见都从此见而生。

⑧“圣凡”句：意谓众生与佛菩萨无别，都有佛性。都卢：统统，总是。干屎橛：即粪筹。拭粪的小竹木片。佛家比喻至秽至贱之物。《景德传灯录·义玄禅师》：“时有僧问：‘如何是无位真人?’师便打，云：‘无位真人是什么干屎橛!’”《朱子类语》卷七：“今之禅家多是‘麻三斤’、‘干屎橛’之说，谓不落窠臼，不坠理路。”禅宗为粉碎凡夫迷执，促其开悟，对寻佛问法者，每每答以“干屎橛”，旨在破斥学人对佛的清净性的执著，打破参问者的妄情执见，使之恍然有悟。

⑨“当头”两句：谓对生分别心者要予以棒喝，破其执著，使之开悟。当头：（事情）到了跟前；临头。著（zhuó）：著意，用心。石人：比喻人无感受，徒具人形。此指痴迷不悟的参禅者。脑后重加楔：犹禅语“顶门一椎”。比喻师家以峻烈手段粉碎迷情，促使学人觉悟。亦禅家“棒喝”之意。

⑩“眼声耳色：眼听声，耳见色。指“六根清净”后达到“六根互用”的境界，亦即“六根”中的任何一根都能代替其他诸根的作用。《涅槃经》：“如来一根则能见色，闻声、嗅香、别味、知法，一根现尔，余根亦然。”髑髅寒：冰冷的死人的骨头。喻六根清净、断灭情识之后的解脱状态。

⑪“常光”两句：写体悟佛法真谛后圆融互摄的境界。常光：即常寂光。佛教指真常不灭的真如之光，亦即无生灭变化、无烦恼扰乱的真如之光。色非色：即“色即是空”。佛教谓一切事物皆由因缘所生，虚幻不实。“乾坤”句：《大波若波罗蜜多经》：卷五六六：“以神通力，用一毛端举赡部洲或四洲界，或大千界，乃至十千无量殑伽（恒河）沙等世界，还置本处，而无所损。”亦即“芥子须弥”之意。喻诸相皆非真，巨细可以相容。

⑫“维摩”两句：亦即“芥子须弥”之意。参见郑材《登清凉山赋》注⑨。丈室：即一丈见方的斗室。唐道世《法苑珠林》卷三八：“大唐显庆年中，敕使卫长史王玄策因向印度，过净名（维摩诘）宅，以笏量基，止有十笏，故号方丈之室也。”笏：古时朝会时所执手板。

⑬老汉：指维摩诘。

⑭穿衣吃饭：即禅家所说“平常心是道”（《景德传灯录》卷一0南泉禅师语）。又《临济语录》：“道流！佛家无用功处，只是平常心。屙屎送尿，着衣吃饭，困来即卧，愚人笑我，智乃知焉。古人云：‘向外作功夫，总是痴顽汉。’”

⑮“自是”两句：意谓圣凡不二，即心即佛。只是因为作为一个男子汉而不求进取，

致使本应是佛菩萨而变为凡俗之人。自是：犹只是。丈夫：犹大丈夫。指有作为的人。超踔（chuō）：谓跃登高位，腾达。金毛：指佛教所谓文殊世尊所乘金毛狮子。此指代文殊菩萨。痴狗：喻凡人。

⑯“风吹”三句：写志行不坚者的无名妄见。贼：即“六贼”。见正秀《五郎祠》注④。“望影”句：汉王符《潜夫论·贤难》：“谚曰‘一犬吠形，百犬吠声’，世之疾此，固久已哉！吾伤世之不察真伪之情也。”后遂以“吠形吠声”或“吠影吠声”以比喻不察真伪，盲目附和。狺（yín）狺：犬吠声。

⑰“即乎”两句：写六贼对修道的危害。《楞严经》卷四：“汝现前眼耳鼻舌及身心，六为贼媒，自劫家宝。”大盗：指六贼，即烦恼。主人：指自性清净心，即各人本具的佛性。窜匿：逃窜隐藏。指佛性隐而不见。

⑱“业酒”五句：写世人的痴迷不悟。业酒：佛教谓恶业害身如酒，使人迷醉。酩酊（mǐngdǐng）：大醉貌。

⑲“且由”五句：勉励禅人精进求真。沐猴性躁：喻学人浮躁，不能专注一境。《大日经·住心品》分述六十种心相，最后一种称为“猿猴心”。谓此心如猿猴，躁心散乱而不能专注于一事。痛治：指禅家以“杀人剑”、“活人刀”破其迷妄，得见自性。好恶关头：指迷误的关键之处。

⑳“鞭其”五句：写学人在禅师严厉推逼下的情态。扭：违拗。绳索：喻无明的束缚。狂奴：指未悟的学人。

㉑习水情潭：指烦恼的影响。习，即“习气”。谓烦恼的残余部分。佛教认为一切烦恼皆分现行、种子、习气三者，既伏烦恼之现行，且断烦恼之种子，尚有烦恼之余气，现烦恼相，名为“习气”。情，指情障。即烦恼。为信修佛法而获得解脱的三大障碍之一。

㉒“不是”两句：意谓非经刻苦修炼，不能真正悟道。拌命：拚命。瞒：即瞒瞒。神志昏乱貌，犹糊涂。

㉓个中人：犹言此中人。指悟道之人。

㉔愁人：指未悟道者。

㉕“阴尽”句：喻经诚心修炼，方能摒弃烦恼而悟道。

㉖“闲来”句：喻万事放下，身心解脱。

㉗“夜来”三句：谓入夜，得悟道之趣，断灭世情，领略澄明圆融的真如境界。

㉘弊屣视功名：谓将尘世的功利名誉视若弊屣。弊屣，破旧的鞋子。喻无用之物。《太平御览》卷六九八引《孟子》：“舜视弃天下犹弃弊屣也。”

宿洪福寺怀古[①]

浮生若电露[②]，岂有山河寿？

磨笄高入云[③]，还同天地久。
其谁张丽筵，夜半操铜斗[④]。
逐鹿不畏险，攫金宁顾丑[⑤]！
滹沱镇长流，覆宿千峰首[⑥]。
骨肉靡暇念，侈心若渊薮[⑦]。
霸功高几许，直道难箝口[⑧]。
野寺秋风清，塔铃解狮吼[⑨]。
灯前闻草虫，更复悲蒲柳[⑩]。

①此诗录自《紫柏尊者全集》卷二十五。洪福寺：台外寺院，在山西代县城东南10公里峪口村。已废，尚存明嘉靖四十五年所建砖塔一座。

②“浮生”句：以山河之长久（寿）反衬人生之短暂。电露：闪光和露水。喻短暂。

③磨笄（jī）：山名。又名夏屋山。在代县城东北胡家滩乡。旧称五台山四埵之西埵。

④“其谁”两句：写春秋末晋国大夫赵襄子诱杀代君事。《吕氏春秋·义赏》：“襄子谒于代君而请觞之……先令舞者置兵其羽中，数百人先具大金斗。代君至，酒酣，反斗而击之，一成，脑涂地。舞者操兵以斗，尽杀其从者。因以代君之车迎其妻，其妻遥闻之状，磨笄以自刺。”张：张设；陈设。丽筵：美好的筵席。

⑤“逐鹿”两句：写世人争权夺利之丑态。逐鹿：喻争夺帝位。《史记·淮阴侯列传》：“（蒯通）对曰：‘秦失其鹿，天下共逐之，于是高材疾足者先得焉。’”攫金：谓盗劫财物。语出《列子·说符》：“昔齐人有欲金者，清旦衣冠而之市，适鬻金者之所，因攫其金而去。吏捕得之，问曰：‘人皆在焉，子攫人之金何?’对曰：‘取金时，不见人，徒见金。’”后因以“攫金”谓盗劫财物。攫，夺取，抓取。

⑥“滹沱”两句：以滹沱河水长流、覆宿山高标千峰，反衬“霸功”之短暂渺小。镇长：经常；常。覆宿：山名，在夏屋山之后。按：此两句似应置于“骨肉”两句之后。

⑦“骨肉”两句：谓为争名夺利连骨肉之情也无暇顾及，恣肆之心真是万恶之渊薮。骨肉：喻至亲。侈心：恣肆之心。此指贪得无厌之心。渊薮：渊，鱼所处；薮，兽所处。喻事物汇聚之地。

⑧“霸功”两句：称霸的功业并无多高，正直之道并不会因权势胁迫而不言。箝（qián）口：闭口，胁迫使不言。

⑨“野寺”两句：写禅理永存，佛法常在，必将战胜邪恶。狮吼：见敦煌文献《五台山赞》注⑧。

⑩“灯前”两句：写作者对世人的悲悯之情。草虫：泛指草木间的昆虫。三国魏曹丕《杂诗》之一：“草虫鸣何悲，孤雁独南翔。”蒲柳：指蒲和柳。二者均早落叶，故以喻人

之早衰。《世说新语·言语》："蒲柳之姿，望秋而落；松柏之质，经霜弥茂。"

师子窝[①]

狐兔成群白日嗥[②]，天开此地育金毛[③]。
翦除荆棘凭君相，培植栴檀在我曹[④]。
静蔼刳心成大义，法琳张胆建清操[⑤]。
祖宗风格陵夷尽，哮吼扶颠敢惮劳[⑥]？

①此诗录自《清凉山志》卷二。师子窝：中台灵迹。见赵梦麟《狮子窝二首》注①。

②"狐兔"句：写狮子窝原来的荒凉。亦暗指外道猖獗，佛法陵替。

③天开：谓天予开发、启示。《史记·魏世家》："以是始赏，天开之矣。"育金毛：指培育高僧大德。金毛，指佛教所谓文殊世尊所骑金毛狮子。此借指高僧。

④"翦（jiǎn）除"两句：谓披荆斩棘，崇建佛寺，护持佛法，需要皇上和大臣；而培植佛法，使之兴旺发达，则全在于我辈（僧人们）。栴（zhān）檀：梵语"栴檀那"的省称。即檀香。此指代佛法。

⑤"静蔼"两句：写对古代高僧大德舍身护法的赞美。静蔼：北周僧人。曾隐居终南山中，学侣依之，蔚成丛林。时武帝听信道士张宾之言，欲废佛法，静蔼上表投诉。帝不纳谏，遂携门人入终南山，依岩附险，造寺27所。宣政元年（578），趺坐石上，自割其肉而死。法琳：唐代僧人。少出家，广悉儒释经书。隋末一度研究道教典籍。唐初再入释门，住长安济法寺。武德四年（621）著《破邪论》，驳斥太史令傅奕废佛之议。再著《辩正论》，驳斥道士李仲卿《十异九迷论》、刘进喜《显正论》排佛之说。贞观十三年（639），道士秦世英告其《辩正论》"谤讪皇宗"，唐太宗大怒，召琳辩对，判为死刑，改判流徙益州，未至而卒。刳（kū）心：道教语。谓摒弃杂念。《庄子·天地》："夫道，覆载万物者也，洋洋乎大哉！君子可以不刳心焉。"成玄英疏："刳，去也，洗也。洗去有心之累。"此指洗去妄心，以求佛道。张胆：即明目张胆。形容有胆识，敢作敢为。

⑥"祖宗"两句：写诗人重振佛法的决心。祖宗风格：指佛祖和祖师所遗留的纯正教风。陵夷：衰落。啸吼扶颠：指大声疾呼，扶起颠仆的佛法。敢惮劳：岂敢畏惧劳苦。

大广宗寺[①]

其一

方丈萧萧倚鹫峰[②]，显通久寂讲经钟[③]。

更怜铜瓦风霜老[4]，只恐重来不易逢。

①此诗录自《清凉山志》卷二。大广宗寺：见宗林《送友之五台讽华严》注⑮。

②方丈：此指寺院。萧萧：萧条。鹫峰：即灵鹫峰。

③“显通”句：以名刹显通寺之冷落，衬广宗寺之萧条。讲经钟：即讲时钟。指高僧讲经说法时敲击的钟。

④铜瓦：指广宗寺。因寺内有铜瓦殿，故以铜瓦称之。风霜老：久经风霜，年深日久，已呈衰颓之态。

其二

鳞鳞万瓦五峰中[1]，不用泥烧用铸铜[2]。
无奈朔方冰雪甚[3]，住僧无力可支倾。

①鳞鳞：鱼鳞状物。五峰：五台山别名。

②泥烧：指用泥土烧制砖瓦。

③朔方：北方。

雷音寺[1]

云里有雷音[2]，逶迤一径深[3]。
好将三里雾，化作万方霖[4]。
蛟室寒岩裂[5]，僧房夏木森。
我来了宿约[6]，去住两无心[7]。

①此诗录自《清凉山志》卷二。雷音寺：在南台天盆谷之东的海螺城。明建。

②“云里”句：写雷音寺笼罩在云雾之中。亦暗喻佛说法，犹如天响惊雷，其音无比，一切众生都会闻雷音而皈依佛法。

③逶迤：弯曲而连续不断貌。

④万方霖：指遍布四方的甘霖。喻普降法雨，即佛法遍及众生，如雨之滋润万物。

⑤蛟室：犹龙宫。此指雷音寺。

⑥了宿约：了结（兑现）早先的约定。

⑦“去住”句：谓不执著于去住。写随缘任运的心态。

华严岭[①]

丹楹画栋锁凡峰[②]，绝巘盘回有路通[③]。
一部杂花乖古调[④]，龙蛇曾此领真风[⑤]。

①此诗录自《紫柏尊者全集》卷二十七。华严岭：北台灵迹。见梦觉《华严岭》注①。

②丹楹画栋：指华严岭法云寺殿宇的华丽。扣岭名“华严”。

③绝巘（yǎn）：极高的山峰。

④“一部”句：杂花，指《杂华经》，为《华严经》（全名《大方广佛华严经》）的别称。乖：不同。古调：古代的乐曲。此指之前的佛经。《华严经》的主要内容是讲因果缘起理实世界。该经认为整个世界都是法身毗卢遮那佛的显现；而毗卢遮那佛并非在这世界之外、世界之上或世界背后，而是就在世界当中，就是这世界本身。全经体系雄阔，义海赡博，气势恢宏，妙喻纷呈，机语隽发。在此基础上形成的华严宗，建构起四法界、十玄无碍、六相圆融等哲学体系，对禅宗思想、禅悟思维、禅宗公案等产生了深刻影响。这些，都有别于之前诸经，故云“乖古调”。

⑤龙蛇：喻杰出的人、物。此指高僧。真风：淳朴的风范。此指佛家所说“本来面目”，即佛法真谛。

过华严庵[①]

流水青山曲，诛茅拭心镜[②]。
法界虽四重[③]，了之凡可圣。
风高铁磬寒，月上松窗净[④]。
莫谓故纸厚[⑤]，钻研力须劲。
一尘忽剖破，大藏顿究竟[⑥]。
且说春光深，杏花正当令。
浮生能几何，谁悟身为病[⑦]！

①此诗录自《紫柏尊者全集》卷二十五。华严庵：在南台天盆谷北岭。《清凉山志》卷二：“华严庵，栖凤庵东北。嘉靖末，僧古檀能诵华严，于此卓庵。”今废。

②“诛茅”句：谓古檀诛茅结庵修炼佛法。诛茅：剪茅为屋。心镜：佛教语。指清净

之心。谓心净如明镜，能照万象，故称。

③“法界”句：《华严经》将诸法真实之义理分为四个层次，称四法界。一是事法界，指世间万事万物，这些万事万物看似各有各的特征，互相具有无限的差别性。二是理法界，指千差万别的事物内部蕴含着平等、同一的理性，即“真如法性”。三是理事无碍法界，是指有差别的事法与平等的理性，相互圆融无碍。四是事事无碍法界，指一切有差别的事法，由于内在的理性同一，故其差别只是一种表面现象，本质则是相互契合，圆融无碍。四法界终归为“一真法界”或“一心”所含摄。

④“风高”两句：对古檀品格和禅悟的赞美。松窗：临松之窗。指庵舍。

⑤故纸：指《华严经》。

⑥“一尘”两句：谓只要忽然领悟《华严经》举一微尘就反映了整个世界的奥理，即可顿时穷尽大藏经。此亦阐明《华严经》的中心思想：从诸法本清净的观点出发，法界诸法反映了同一佛理，举一微尘就反映了整个世界之理。因而，世间万法，一即一切，一切即一。剖破：分判；点破。一尘：一粒微尘。比喻事物的微小。大藏：即大藏经。又名“一切经”。汉文佛教经典的总称。究竟：穷极，穷尽。

⑦“且说”四句：意谓时日苦短，人生几何，应及时精进，早悟佛理。杏花：喻古檀。当令：合时令。此指古檀年纪尚轻，精力旺盛。身为病：指由地、水、火、风四大构成的身体本来就意味着烦恼。病，佛教喻烦恼。

龙嘴有序[①]

日光之前，有岭棱棱，垂于涧旁，势若虬然，曰龙嘴[②]。嘴上茅庵初结，喜其清旷；且有二禅者转经于此，一杂华，一莲华[③]。予由梵仙而下，适闻音响泠泠，赋此[④]。

鸟道盘回不易登，此中清旷惬幽情。
阴笼翠岭春云度，影落空潭海月生[⑤]。
山菜尽堪供瓦钵，道人偏喜听莲经。
泠泠滴向焦肠里[⑥]，宝所休将喻化城[⑦]。

①此诗录自《紫柏尊者全集》卷二十六。

②日光：指日光寺。在中台凤林谷。明嘉靖初独峰和尚建。棱棱：形容山石突兀、重叠。虬：虬龙。龙的一种。

③转经：佛教语。唱念佛经。杂华：《华严经》的别名。莲华：指《妙法莲花经》。

④梵仙：山名。见元好问《台山杂咏十六首》之十六注④。泠泠：形容声音清脆。

⑤“阴笼”两句：翠岭春云、空潭海月，均写空寂的禅境。

⑥泠泠：指清脆的泉水声，亦指二禅者的转经声。焦肠：焦虑的心肠，即为烦恼所煎熬的心。

⑦“宝所”句：谓龙嘴是涅槃之境，不能以化城为喻。宝所：佛教语。本谓藏珍宝之所，喻指大乘涅槃，谓自由无碍的境界。《法华经·化城喻品》：“若能前至宝所，亦可得去。”化城：幻化的城郭，在近而非实。喻小乘涅槃。参见元好问《台山杂咏十六首》之十注①。

明月池[①]

老衲闲消遣，云边斫此泉。
浅深不可测，今古但澄然。
照影渠看我，涵虚地压天[②]。
夜寒群籁寂[③]，明月几亏圆[④]？

①此诗录自《紫柏尊者全集》卷二十五。明月池：东台灵迹。见雨花老人《明月池》注①。

②“照影”两句：谓临池照影，影在看我；水映天空，犹如地覆盖天。此写明月池的圆融境界。渠：它。指影。涵虚：指水映天空。

③群籁：犹万籁。指自然界的一切声响。

④“明月”句：谓明月圆了又缺，缺了又圆，万古如斯。写时间的永恒。暗喻佛法常在。

甘露泉[①]

寒流我惯枕[②]，消渴非口饮[③]。
虽弗爱长生，心地清凉甚[④]。

①此诗录自《紫柏尊者全集》卷二十六。甘露泉：中台灵迹。在中台右侧。

②“寒流”句：谓我惯于在清冷的泉水旁睡觉。此用“枕流漱石”之典。南朝宋刘义庆《世说新语·排调》：“孙子荆年少时欲隐，语王武子当枕石漱流，误曰漱石枕流。王曰：‘流可枕石可漱乎？’孙曰：‘所以枕流，欲洗其耳；所以漱石，欲砺其齿。’”后以喻

隐居山林泉。

③“消渴”句：意谓口饮甘露泉水并不能解除尘世的烦恼。消渴：病名。口渴，善饮，尿多。《史记·司马相如列传》：“相如口吃而善著书，常有消渴疾。”此借指众生的热恼。

④“心地”句：写诗人见甘露泉而体悟佛法。心地：指心。参见张商英《咏五台诗·中台》注②。清凉：佛教指清净，不烦恼。

般若泉[①]

独坐苔龛万虑空[②]，灢然一脉泻层峰[③]。
从教龙象如云集[④]，供佛浇花用不穷。

①此诗录自《紫柏尊者全集》卷二十八。般若泉：见觉玄《般若泉》注①。

②苔龛：苔藓丛生的小洞穴。

③灢然：水曲貌。层峰：高峰。

④从教：听凭；任凭。龙象：龙与象。水行中龙力大，陆行中象力大。故佛氏用以喻诸阿罗汉中修行勇猛有最大力者。后亦指高僧。

白仁岩[①]

谁云山路险，我觉山路幽，
空林鸣落木[②]，断壁泻寒流。
径曲难可记，云闲时复留。
楼台斜碍石，松柏老成虬。
拭藓读残碣，远公岂凡俦[③]？
五篇悟古今[④]，六事羞王侯[⑤]。
危峰代主人，玉雪泛磁瓯[⑥]。
莲漏滴弗涸，棋枰局未收[⑦]。
悲歌曳杖去，日暮不胜秋[⑧]。

①此诗录自《紫柏尊者全集》卷二十五。白仁岩：见王三聘《游白仁岩》注①。

②落木：落叶。

③远公：指晋释慧远。见王三聘《游白仁岩》注①。凡俦：平凡之辈。

④五篇：指慧远写的《在家一》、《出家二》、《求宗不顺化三》、《体极不兼应四》与《形尽神不灭五》，合称《沙门不敬王者论》。在五篇中，全面阐述了佛教的一些基本理论、教义和沙门不敬王者的基本立场。

⑤六事：释慧远在庐山东林寺的待人之道。《佛祖历代通载》卷七："宋朝明教大师契高过远影堂，列六事题之。其辞曰：陆修静异教学者而送过虎溪，是不以人而弃言也；陶渊明耽缅于酒而与之交，盖简小节而取其达也；跋陀高僧以显异被擯而延且誉之，盖重有识而矫嫉贤也；谢灵运以心杂不取而果没于刑，盖识其器而慎其终也；卢循欲叛而执手求旧，盖自信道也；桓玄震威而抗对不屈，盖有大节也。"

⑥"危峰"两句：写人生的短暂。谓高高的白仁岩，主人在不断更迭；人生犹如磁瓯中茶煮沸时泛起的雪白乳花，转瞬即逝。

⑦"莲漏"两句：写白仁岩灵迹。莲漏：即莲花漏。棋枰：即棋枰石。

⑧不胜秋：面对白仁岩的萧条景象不堪承受。秋：破败，萧条。

旧路岭龙泉寺普同塔歌[①]

君不见，隆兴东，龙泉西，棱层窣堵倚云霓[②]。
山高灵骨鳞虫长，地发琳琅鸾凤栖[③]。
老别传，愿行坚[④]，峨眉补怛咸周旋[⑤]。
戒珠圆洁光饮日[⑥]，兴福十万并八千[⑦]。
了此心，非一生，十方三世时精诚[⑧]。
谁料髑髅无着处，清凉山里伴缁英[⑨]。
金阁岭，亦曾住，再来矢愿立标帜[⑩]。
可怜一片好心肠，深郎徒剖驴肝肺[⑪]。
照法师，涅槃义[⑫]，皮肉相连无断际[⑬]。
生公尽道是前生，来往白云知几祀[⑭]？
临终时，显大机，讲堂端坐称阿弥。
十气未残神独逝，莲花国里诞婴儿[⑮]。
义禅客，实难得，天生一段混沌质[⑯]。
无论早晚话头勤[⑰]，采药林间忽禅寂[⑱]。
红日暮，不知归，虎豹群中身正遗。
儿孙满望阿爹还[⑲]，灯烛相寻鸟道迷。
古涧边，定松烟[⑳]，痴儿一见叫苍天：

如何连日不归家，却向深林伴虎眠？
既唤醒，忘所证[21]，犹道须臾无片顷。
尔曹无故恼老僧，好场瞌睡多破静。
这三老，谁解表，输与皮球闲炒闹。
家丑翻腾无剩留，浩浩声光千古调[22]。
齐一变，至于鲁，鲁一变，至于道，
从粗至精成风教[23]。
花落花开不记春，年年黑白来祭扫[24]。
此道场，初起难，数番血战清寒岩。
枪疤刀口谁知痛，会首当年命几拚。
助战者，老与少，僧俗横死真可悼[25]。
而今大众得安然，饥餐渴饮皆温饱。
如是恩，莫忘却，举首虚空有菩萨。
行藏好歹渠尽知[26]，劝君莫为没傝㑩[27]。
我作歌，意甚美，但恐吾曹忘所始。
始忘本折枝叶衰，前人辛苦成何事？
话到此，肝胆裂，知恩报恩须豪杰。
春来寺外桃花开，前后残红亡者血。

①此诗录自《紫柏尊者全集》卷二十八。旧路岭：东台山岭名。在东台东南25公里。龙泉寺：见永庆《龙泉寺》注①。普同塔：又称海会塔。是收藏僧众遗骨的塔。

②“隆兴”三句：写普同塔的方位和高峻。隆兴、龙泉：均为寺名。峻层：高峻貌。窣（sù）堵：梵语“窣堵波”之省。佛塔。

③“山高”两句：意谓此处山岭高峻，藏有灵骨的普同塔拔地而起，高僧大德栖息于此。灵骨：指佛舍利。此泛指佛教徒火化后的遗骸。鳞虫：体表有鳞甲的动物，一般指鱼类和爬行类。《大戴礼记·曾子天圆》：“介虫之精者曰龟，鳞虫之精者曰龙。”此指龙蛇。鳞虫、鸾凤均喻高僧大德。地发：即发地。拔地而起；起自地面。琳琅：精美的玉石。此指精美华丽的普同塔。

④老别传：年老的禅师。别传，即禅宗。禅宗南宗直指人心，见性成佛，不立文字，称教外别传，故又名别传宗。愿行：即行愿。佛教语。谓身心修养的境界。

⑤补怛（tá）：即补陀，“补陀落迦”的省称。即普陀。在浙江定海县治东百里许海中。周旋：盘桓。此指参访。

⑥“戒珠”句：谓老别传戒律圆融精洁，其光芒使日光隐而不现。戒珠：佛教语。比喻戒律精严，有如明珠。

⑦兴福：造福。十万并八千：极言其多。

⑧十方三世：佛教语。十方，为东南西北及四维上下。三世，即过去、现在、未来三世。

⑨缁英：僧之精英。

⑩矢愿：立下心愿。标帜：独树旗帜。指树立榜样。

⑪“可怜”两句：对深郎好心不为人理解的惋叹。深郎：当指老别传，“深”当为其名。驴肝肺：比喻极坏的心肠。

以上写老别传的行迹。

⑫“照法”两句：谓照法师深谙涅槃的义理。涅槃：佛教语。梵语音译。意译“灭”、“灭度”、“寂灭”、“圆寂”等。是佛教全部修习所要达到的最高理想。一般指熄灭生死轮回后的境界。

⑬“皮肉”两句：谓他作为人的皮肉一直相连，过、现、未三际没有隔断。意谓他早已得道，只不过化现尘世而已。

⑭“生公”句：谓人们都说他前生是生公，像白云一样飘游世界不知多少年。生公：晋末高僧竺道生的尊称。相传生公曾于苏州虎丘寺立石为徒，讲《涅槃经》，至微妙处，石皆点头。后世有“生公说法，顽石点头”的美谈。祀：殷代称年曰祀。

⑮“临终”五句：写照法师临终时显示佛法的真谛，往生西天佛国。大机：佛教语。真谛，精义。称弥陀：口念阿弥陀佛。阿弥陀，梵语音译。意译“无量”。佛家净土宗以阿弥陀佛为西方极乐世界的教主，凡愿往生彼土者，一心不乱，长念其名号。临终时，佛即出现前来接引，往生阿弥陀佛极乐国土。十气：指一口气念十声“南无阿弥陀佛”。莲花国：即西天佛国。

以上写照法师的行迹。

⑯混沌质：指自然淳朴的品质。

⑰话头：佛教禅宗和尚用来启发问题的现成语句。往往拈取一句成语或古语加以参究。

⑱禅寂：谓僧人坐禅寂定。

⑲儿孙：指晚辈僧人。阿爹：指义禅客。

⑳定：指入定。松烟：松林中的云烟。

㉑忘所证：忘记了所印证的佛法。

以上写义禅客的行迹。

㉒“这三”五句：写龙泉寺现在佛法衰落，三老的行迹已成往事。解表：了解鉴察。皮球：即禅球，佛教法器名。以毛制作。坐禅中如有睡者，掷之令醒。

㉓“齐一”五句：写作者勉励龙泉寺的僧众发扬三老教风，将佛法发扬光大。《论语

·雍也》："齐一变，至于鲁；鲁一变，至于道。"意谓要进行改革，推行教化。因春秋时齐国虽强，但施行霸道，急功近利，离王道甚远；而鲁国虽弱，但重礼教，崇信义，犹存先王之遗风，仁厚而近于王道，故云。此借指龙泉寺虽已衰落，但"三老"的遗风尚存，若思变革，可成风教。

㉔黑白：指僧俗。

㉕"此道"八句：写龙泉寺初创的历史。《清凉山志》卷二："嘉靖初，群盗纵横，往来惮之。有马大士者，不知何来，依止废寺（龙泉寺），遇贼即杀，群盗乃绝。由是道路复通，往来无难。"道场：指佛寺。会首："会"这种组织的发起人或主持人。此指龙泉寺的开山者僧慧定，即马大士。慧定，字无尽，号南泉，明潞安（今山西长治）人。其人貌奇伟，性倜荡，力艺绝人，言行质直无文，故呼之为"莽"。万历二年圆寂，世寿七十六，僧腊五十。见《五台山旧路岭龙泉寺开山莽会首塔铭》。据清末学者了翁考证，马大士又称莽会首。

㉖行藏：此指"三老"、"会首"的出处和行止。

㉗傝偅（tàsà）：出息，能耐。多与否定词连用。

龙泉念仲淳①

晓露风高便结霜，冰凌入夏袭衣裳。
人间暑气浑无有②，五顶经行少缪郎③。

①此诗录自《紫柏尊者全集》卷二十七。龙泉：寺名。见永庆《龙泉寺》注①。仲淳：僧人名。

②浑：简直，几乎。

③经行：见王偁《送龙河杰首座自五台归将赴天台》注④。缪（miào）郎：即仲淳。缪当为其姓。

龙泉寺啜茶①

一带秋泉断复流，向阳回壑厂珠楼②。
是谁小歇云边石，劫外龙团啜七瓯③。

①此诗录自《紫柏尊者全集》卷二十七。龙泉寺：见永庆《龙泉寺》注①。啜（chuò）茶：饮茶。

②回壑：曲折的山谷。厂：同“敞”，显露。珠楼：指华丽的楼阁。此指龙泉寺的殿宇。

③“劫外”句：谓喝茶七碗犹如到了净土。意即“平常心是道”。龙团啜七瓯：即喝七碗茶。传为唐卢仝作《七碗茶歌》：“一碗喉吻润，两碗破孤闷。三碗搜枯肠，唯有文字五千卷。四碗发轻汗，平生不平事，尽向毛孔散。五碗肌骨清，六碗通仙灵。七碗吃不得也，唯觉两腋习习清风生。蓬莱山，在何处？玉川子，乘此清风欲归去。”又有茶诗：“七碗受至味，一壶得真趣。空持千百偈，不如吃茶去。”劫外：指劫外天。谓未遭受灾难的土地，犹净土。龙团，宋代贡茶名。饼状，上有龙纹，故称。

赠龙泉关刘善友之峨眉①

五峰与三峨②，相去路无多③。
想念才生处，蒲衣笑薜萝④。

①此诗录自《紫柏尊者全集》卷二十六。龙泉关：见王世贞《龙泉关》注①。之：到。

②五峰：指五台山。三峨：四川峨眉山有大峨、中峨、小峨三峰，故称三峨。

③“相去”句：佛家进入无差别境界，则泯灭远近之别，故云。

④“想念”两句：意谓你只要想着佛法真谛，正如蒲衣和薜荔均为隐者的衣服一样，五台山和峨眉山并无什么区别。才生处：指初生的赤条条一丝不挂的婴儿。即禅家所谓“本来面目”。蒲衣：用蒲草编的衣服。为隐逸者所服。薜萝：薜荔和女萝。均为蔓生植物。屈原《九歌·山鬼》：“若有人兮山之阿，被薜荔兮带女萝。”后借以指隐者或高士的衣服。

陆太宰以宝带施清凉赋此赠之①

一语参差宝带输②，等闲笑倒老文殊③。
金汤吾道山河旧，八觉聊将抵钵盂④。

①此诗录自《紫柏尊者全集》卷二十七。《清凉山志》卷六《明吏部尚书陆光祖传》：“万历辛卯（1592）春，（陆光祖）以致仕归田，假道清凉，税驾龙泉寺。紫柏尊者遣开侍者谓公曰：‘昔东坡居士，对佛印一筹不及，输玉带以镇山门。今奉紫柏命，有一问，答得，即与相见；答不得，则效东坡故事耳。’问曰：‘尽大地是个清凉。’言未已，公以手

掩开口曰：‘老夫未出部庭，早输此带了也，用问奚为？’即度带与开。开曰：‘先生鼻孔，得凭么长。’公曰：‘莫谤人好。’举似紫柏，柏曰：‘这老汉，申东坡老子四百年来之冤。’即遂与相见，赠《八大人觉经》并偈（即此诗）。带留紫霞谷之妙德庵焉。”陆太宰：即陆光祖（1531—1597），字与绳，明代平湖（今浙江平湖）人。十七岁中进士，官至南京吏部尚书。史载，他“清强有识，练达朝章，每议大政，一言辄定”。生平信佛，自号“五台居士”。太宰：明清时往往用作吏部尚书的别称。

②一语参差：一句话不投机。参差，差池，差错。

③等闲：无端；平白。老文殊：作者自指。

④“金汤”两句：谓佛教历史悠久，固若金汤，坚不可摧；我姑且把《八大人觉经》当作自己的衣钵送给你。金汤：“金城汤池”之省。见正秀《五郎祠》注⑥。

早春谒方山李长者还清凉招陆太宰特赋此二绝①

其一

饭吃黄精衣着麻②，长菘七碗胜芽茶③。
相知若问山中事，定起岩前扫落花④。

①此诗录自《紫柏尊者全集》卷二十七。作于万历二十年（1592）春。方山：在山西平定县西北25公里、寿阳县东北20公里处。李长者：指李通玄（635—730），又称枣柏大士。唐代沧州（今属河北）人。为华严学者。《清凉山志》卷四《李长者见圣授道传》载，其“尝游五台，于善住院逢异僧，授以华严大旨……欲造论，释大经。见此地太寒，遂南徙盂阳之方山，凿岩为龛居之，造论”。有《新华严论》四十卷、《略释华严经修行次第决疑论》等。

②黄精：药草名。多年生草本，中医以根茎入药。道家以为其得坤土之精华，久服轻身延年，故名。麻：指麻衣，无彩饰的布衣。

③长菘（sōng）：白菜。此指菜羹。芽茶：最嫩的茶叶。宋熊蕃《宣和北苑贡茶录》：“凡茶芽数品，最上曰小芽，如雀舌、鹰爪，以其劲直纤锐，故号芽茶。”

④“定起”句：写五台山修道生活的悠闲自在。定起：指出定起身。

其二

五峰冰雪古来深，春满乾坤冷莫禁。
曼室老人虚别室，遥知端不负登临①。

①“曼室”两句：谓我早已为你空出别室，虽在远处，我也知道你应当不会辜负我邀请你到五台山的殷切之情。曼室：曼殊师利之略语。即文殊。此为作者自指。别室：正室以外的房间。此指客室。端：准定，应当。

别陆太宰有序[①]

余童时知太宰名，既脱白，始识于嘉善之大胜寺[②]。今逆推之，凡易二十二寒暑矣。余尝见太宰出处无常，得失参互，不可以凡情测也[③]。如维摩以卧疾为广长舌，说不二法门[④]。夫疾与不疾为二，死与生为二，荣与辱为二，老与少为二，凡与圣为二。了知疾即不疾，死即不死，荣即不荣，老即不老，凡即不凡，是谓不二法门。苟能入之，虽火聚刀山，皆清凉慈忍地[⑤]。惟太宰久入是法门，故能于生死荣辱出处之际，纵横自在耳。余少太宰二十二年，辱太宰不以齿少贫病，托与道义之分。今将别而之晋阳，披晤未期，感而赋此[⑥]。

春过丈室维摩疾[⑦]，夏到维摩丈室安。
此别不知何处去，浮生开口笑多难[⑧]。

①此诗录自《紫柏尊者全集》卷二十八。

②脱白：脱去白衣，穿上缁服。指出家为僧。嘉善：县名。在浙江省北部，邻接上海市及江苏省。

③出处：进退。参互：互相参杂。

④维摩以卧疾为广长舌：指维摩诘“示疾”毗耶离城，与诸大乘菩萨共论“不二法门”事。广长舌：指佛的舌头。据说佛舌广而长，覆面至发际，故名。广长舌为佛三十二相之第十七，其象征为：一语必真实；二辩说无穷，非他人所能超越。不二法门：佛家语。谓平等而无差别之至道。参见陈氏《赠五台尼姑云秀峰》注⑧.

⑤火聚：佛教语。指火聚地狱（烈火聚集的地狱）。《正法念经》卷十一：“彼人所作恶业势力，急掷其身，堕彼火聚。”刀山：佛教语。地狱中的酷刑之一。《三昧海经·观佛心品》：“狱卒罗刹驱蹙罪人，令登刀山，未至山顶，刀伤足下乃至于心。”清凉慈忍地：即佛地。

⑥披晤：分别之后再见面。

⑦丈室：即维摩丈室。见郑材《登清凉石赋》注⑦。此借指陆太宰的居室。维摩疾：亦作“维摩病”。谓佛教徒生病。参见胡应麟《秋日送僧游天竺遂之五台》注③。

⑧“浮生”句：唐杜牧《九日齐山登高》诗：“尘世难逢开口笑，菊花须插满头归。”此用其意。

寄陆太宰[①]

黄尘未已复青山[②]，阶下流泉去不还[③]。
到海从教为巨浪，输他幽石抱云闲[④]。

①此诗录自《紫柏尊者全集》卷二十七。

②“黄尘”句：写冬去春来。又“黄尘”喻尘世。“黄尘未已”暗示陆太宰尘缘未了。

③“阶下”句：喻陆太宰去而不还。

④“到海”两句：写对陆太宰离开五台山的惋惜之情。意谓你返回尘世即使能大有作为，但总是失去了隐居修道的乐趣。海：喻尘海，即茫茫尘世。从教：从而使得。输：负，失去。

清凉山怀陆太宰[①]

重叠寒云住底人，世间无路可相亲[②]。
期君不至长啸去[③]，杨柳桃花处处春[④]。

①此诗录自《紫柏尊者全集》卷二十七。

②“重叠”两句：写陆太宰离五台山后作者的孤独之感。底人：何人。

③“期君”句：写作者离开五台山之意。期：期待。

④“杨柳”句：意谓作者体悟不二法门，泯灭了一切对立，彻见本来面目，通达洒脱，左右逢源，触处皆春。

谒五台大贤村苏子庙[①]

古庙萧萧锁万峰[②]，寒云踏遍觅遗踪。
殷勤再拜不忍别[③]，自笑参寥是旧容[④]。

①此诗录自《紫柏尊者全集》卷二十七。大贤村（现分南、北两大贤两村），在五台县城东阁子岭西侧，因村建有大贤寺而得名。寺一说唐建，一说建于北宋太平兴国五年

(980)。苏子庙或即大贤寺。苏子，即宋苏轼。

②“古庙”句：因苏子庙所在地群山环抱，故云。

③再拜：拜了又拜，表示恭敬。古代的一种礼节。

④“自笑”句：作者以参寥子自比。参寥：即参寥子，宋僧道潜的别号，于潜（今浙江临安）人。善诗，与苏轼、秦观等友善，多有唱和。苏轼《次韵参寥师寄秦太虚三绝》之三：“何妨却伴参寥子，无数新诗咳唾成。”

饭凤林寺有感①

昔人依寒岩②，虎豹常为伍③。
片心委寂寥，颓然混沌父④。
古木不知春，鸟不惊樵夫。
一旦阳光回，白云化丹圃⑤。
我老欲投杖⑥，已生峨眉羽⑦。

①此诗录自《紫柏尊者全集》卷二十五。凤林寺：见一江《凤林寺》注①。

②昔人：指凤林寺彻天和尚。师名德胤，字彻天，明代山西太原人。始终发迹，修行缘山，素著中外。万历初，李圣母为建凤林寺居之。人称二虎禅师。

③为伍：作伙伴。

④“片心”两句：写彻天和尚自甘寂寞，潜心修道；不知不识，无情无识的解脱境界。颓然：衰老貌。混沌：古代传说中指世界开辟前元气未分，模糊一团的状态。此指无情无识自然淳朴的解脱境界。

⑤丹圃：指丹丘、瑶圃。均为传说中的仙境。

⑥投杖：扔掉禅杖。意指不再行脚。

⑦“已生”句：意谓已产生归隐峨眉山的想法。

宿文殊寺怀凤林禅伯别诸法侣①

覆宿风高白草凄②，孤桐空在凤先飞③。
月光如水清人梦④，杯茗相看动所思⑤。

①此诗录自《紫柏尊者全集》卷二十七。文殊寺：即今菩萨顶。见李师圣《游台感兴古风》注④。凤林禅伯：指凤林寺彻天和尚，人称二虎禅师，明嘉靖、万历间僧人。法侣：

犹道友。

②覆宿：山名。在代县城北胡家滩乡境内，古称五台山四埵之北埵。

③孤桐：特生的梧桐。此喻凤林寺。凤：指代彻天和尚。

④清人梦：梦清人。清人，纯洁的人。晋葛洪《抱朴子·行品》："体冰霜之粹素，不染洁于势利者，清人也。"此指彻天和尚。《清凉山志》卷二载："万历初，（彻天和尚）道闻于上……五年敕建慈寿寺，使官征之，不可。使官强起，师辟谷七日，乃终。"以故称之为"清人"。

⑤"杯茗"句：写作者面对杯茗，想起当年与彻天和尚饮茶论道的情景。杯茗：一杯茶。

悼大千老师①

八功德水最清凉②，饮者能消热恼狂。
不二楼高云散尽③，十千龙象益悲伤④。

①此诗录自《紫柏尊者全集》卷二十八。大千：明代僧人，山西大同人。曾住西台。

②八功德水：西台灵迹。

③"不二"句：不二楼已无祥云笼罩。婉言大千圆寂。不二楼：西台寺院。见慧月《不二楼》注①。

④龙象：此指高僧。参见作者《般若泉》注④。

过龙门静室①

羊肠路高低，深林秘禅宫②。
既到坐门次③，重叠皆云峰。
刳木三百尺④，阁石架虚空。
寒泉委曲泻⑤，点滴落厨中。
昨见僧头上，水声来匆匆。
相看拍手笑，王维难形容⑥。
惟有无心者，会旨超尘封⑦。

①此诗录自《紫柏尊者全集》卷二十五。龙门：北台灵迹。《清凉山志》卷二："龙门，台南麓，裂石如崩，涛声若雷。北有藏云谷。下有留云石。云出为雨，云入为雾。顺

安胡公题其石，妙峰刺舌血书华严处。”万历三年（1575）憨山与妙峰同到五台山，卜居于北台下龙门之妙德庵。真可创刻方册藏经亦在此处。净室：指寺院住房或隐士、居士修行之室。

②秘：隐秘，隐藏。禅宫：僧人所住的房屋；寺院。此指妙德庵。

③门次：门前。

④刳木：剖凿木头（用以作渡槽）。

⑤委曲：委婉曲折。

⑥“王维”句：谓（此情此景）就连王维也难以描摹。王维：唐代诗人、画家，以对自然美的锐敏感受和细致观察著称，苏轼称其诗“诗中有画，画中有诗”。形容：描摹；描述。

⑦“惟有”两句：谓只有具备解脱邪念的真心者，才能超脱尘世的感情而悟其深意。会旨：领悟意旨。尘封：犹尘世。

辞赐紫以让憨公①

三十年来江海游，寻常片衲度春秋②。
自惭贫骨难披紫，转施高人福更优。

①此诗录自《紫柏尊者全集》卷二十七。《清凉山志》卷三《紫柏大师传》载：真可在刻藏有成议后，又四处访游。“复北游至潭柘，慈圣圣母闻可至，命近侍陈儒致斋供，特赐紫伽黎（即紫袈裟）。可固让曰：‘自惭贫骨难披紫，施与高人福倍增。’”赐紫：此指皇家特赐紫袈裟于德高望重的僧人，以示恩宠。憨公：明代高僧德清，号憨山。

②片衲：一片衲衣。

灯下怀憨公①

支郎昔住此，冰雪记流年②。
已就屠龙技，犹参伏虎禅③。
法雷鸣十地，花雨散诸天④。
信宿空心累，焦桐拟彻弦⑤。

①此诗录自《紫柏尊者全集》卷二十八。憨公：即憨山。僧德清之号。

②“支郎”两句：谓憨山往年曾在这里潜修，龙门的冰天雪地还记着那如水般流逝的

年华。支郎：此为僧人的通称。参见高德裕《和咏五台·北台》注①。

③“已就”两句：写憨山谦逊自处，精进不止。屠龙：语出《庄子·列御寇》：“朱泙漫学屠龙于支离益，单（同‘殚’，耗净）千金之家，三年技成，而无所用其巧。”后因以高超的技艺为屠龙之技。又佛曾降迦叶火龙于钵中。见《佛本行集经·迦叶三兄弟品》。按：龙，指毒龙。佛教认为，妄念烦恼，能危害人之身心，使不得解脱，故以毒龙喻之。《禅秘要法经》卷中：“今我身内，自有四大毒龙，无数毒蛇……集在我心。如此身心，极为不净，是弊恶聚，三界种子，萌芽不断。”屠龙技，喻灭除妄念烦恼之法。伏虎：使虎降伏驯顺。唐道宣《续高僧传·习禅一·僧稠》：“闻两虎交斗，咆响振岩，乃以锡杖中解，各散而去。”龙、虎，此均喻心魔外道。

④“法雷”两句：写憨山修行菩萨道，讲经说法，声如雷霆，能惊觉群迷；感动诸天，散花如雨以为供养。法雷：佛教语。谓佛法如雷，能惊觉群迷。十地：梵语意译。或译为“十住”。佛家谓菩萨修行所经历的十个境界。详见敦煌文献《五台山圣境赞·赞普贤菩萨》注③。

⑤“信宿”两句：写作者未见憨山的怅惘。信宿：连宿两夜。《左传》庄三年：“凡师一宿为舍，再宿为信，过信为次。”空心累：连清净无染的禅心也感到忧伤。焦桐拟彻弦：拟撤去琴弦而不再弹奏。此暗用“绝弦”之典，写作者感到世无知音怅惘。《吕氏春秋·本味》：“伯牙鼓琴，钟子期听之。方鼓琴而志在太山，钟子期曰：‘善哉乎鼓琴，巍巍乎若太山。’少选之间，而志在流水，钟子期又曰：‘善哉乎鼓琴，汤汤乎若流水。’钟子期死，伯牙破琴绝弦，终身不复鼓琴，以为世无足复为鼓琴者。”后遂以“绝弦”喻失去知音。焦桐：琴名。东汉蔡邕曾用烧焦的桐木造琴，后因称琴为焦桐。

铜犊歌[①]

扶桑之西，黑水之东[②]。
牢盛凌厉，海色朦胧[③]。
奇岩异壑，曲涧巨峰。
烟云深处，惊涛振空[④]。
中有美人，寂默禅宫[⑤]。
予曾叩关，如桴击钟。
不虑而酬，即问而通[⑥]。
见斯苍犊，背负仙翁。
展卷勿收，意托冲融[⑦]。
神游混茫之初，迹符既判之后[⑧]。

长者绪言，久承下风⑨。
睹物思人，真怀忡忡⑩。

①此歌录自《紫柏尊者全集》卷二十八。作者自注："憨公遗在龙门者。"铜犊：铜牛。

②"扶桑"两句：写劳山方位。扶桑：东方古国名。《南齐书·扶桑国》："扶桑在大汉国东二万余里，地在中国之东，其土多扶桑木，故以为名。"后亦代称日本。黑水：古代传说中的水道，无可确指。《山海经》屡被提到的是在西方发源于昆仑山的一条，当为本句所指。

③"劳盛"两句：谓在劳山，憨山禅风凌厉，像朦胧的海色一样（犹"混沌之初"），彻悟佛理。劳盛：即劳山，在青岛崂山县境，《华严经》所谓那罗岩窟。万历十年（1582）德清（憨山）曾结茅劳山之南而居之。

④"奇岩"四句：写五台山北台下龙门之奇景。

⑤"中有"两句：写憨山曾居于龙门之妙德庵。美人：德行美好的人。

⑥"予曾"四句：写作者参禅于憨山。叩关：上门请益。如桴（fú）击钟：喻有问必答，响应迅速。桴：通"枹"，鼓槌。酬：答。

⑦"见斯"四句：想象铜犊伴憨山研读经卷的情景。意托冲融：仪态中寄托着冲和恬适。

⑧"神游"两句：意谓憨山已达到彻悟的境界，却又能在俗行禅。混茫之初：指古代传说中天地未开辟前的混沌的元气状态。禅家喻"本来面目"。既判之后：指天地开辟之后产生情识的尘世。

⑨"长者"两句：谓对憨山所著《憨山绪言》早已承教，甘拜下风。

⑩真怀：犹真心。忡忡：忧愁貌。《诗·召南·草虫》："未见君子，忧心忡忡。"

为宝峰禅师赋①

驰马试剑少所长，一旦断发依空王②。
日用维持我怕我，诚乃触境清凉方③。
种来麻麦资主病，四百四病难为殃④。
南台雅俊卓乎前，朝暮云物频苍黄。
鸟道迢遥车马稀，斋余静坐烧异香⑤。
从他人代英雄生，那知大地各分张⑥？
君不见，望中楼台花锦处，劫初浩渺鱼龙藏⑦。

功成名遂世为上，道人视之如黄粱。
伏枕未经弹指顷，入相出将何忙忙[8]！
其如老衲居层峰，万事从来弗挂肠。

①此诗录自《清凉山志》卷八。宝峰：明代僧人。嘉靖间曾于南台天盆谷建栖凤庵静修。

②依：皈依。空王：佛之尊称。

③“日用”两句：意谓宝峰禅师在日常生活中坚持自己警惕我执的产生，这的确是进入清凉境界之良方。日用：日常，平常。我怕我：前一“我”，指自己；后一“我”，指“我执”，亦称“我见”。佛教指执著于我，以身为实体的观点为“我执”，被视为烦恼之源。

④“种来”两句：意谓坚持农禅以解除烦恼。资：减。主病：指根本烦恼。亦称“本惑”。法相宗心所法之一类，谓一切烦恼的根本，有贪、嗔、痴、慢、疑、恶见六种。四百四病：佛经称，人身地、水、火、风四大，每一大皆能生一百零一种病，四大共生四百零四种病，称四百四病。

⑤“南台”四句：写宝峰在南台天盆谷栖凤庵静修之趣。雅俊：高雅俊秀。卓乎前：高耸于面前。苍黄：《墨子·所染》：“见染丝者而叹曰：染于苍则苍，染于黄则黄；所入者变，其色亦变。”后以喻事物变化不定，反复无常。烧异香：指焚香坐禅。异香，气味异常浓烈的香料。

⑥“从他”两句：写人世英雄，如过眼烟云。从他：任由他。人代：人世。分张：离别。

⑦“望中”两句：意谓成劫之初，鱼龙混杂，人们开始竞逐繁华。劫初：佛教语。成劫之初，亦即形成此世界（有情世界）之初。鱼龙：指好人和坏人。

⑧“功成”四句：写尘世功名，不过黄粱一梦，为修道之人所鄙弃。黄粱：指黄粱梦。唐沈既济《枕中记》载：卢生于邯郸客店中遇道者吕翁。生自叹穷困，翁乃授之枕，使入梦。生在梦中入相出将，历尽富贵荣华。及醒，主人炊黄粱尚未熟。后因以比喻富贵终归幻灭。弹指：一弹指的略语，极言时间短暂。

与开侍者[1]

龙泉侍者名道开，白云飞去又飞回[2]。
山深迢递劳去来[3]，萧萧祖道生尘埃[4]。
羊蹄马迹遍苍苔，优昙枯悴不复开[5]。

几番搔首忆黄梅，轮椎斫出栋梁材[⑥]。
竭力晚季支倾颓，犒汝特赐茶七杯[⑦]。

①此诗录自《紫柏尊者全集》卷二十九。开侍者：作者侍者道开。见作者《送得心开士游五台》注①。

②“白云”句：喻道开像白云一样漂泊无定。此当指道开为创刻方册藏经奔忙事。

③迢递：远貌。

④“萧萧”句：谓当年在秋意萧萧中为你送别之地已布满尘埃。暗指离别日久。萧萧：形容草木摇落声。祖道：古代为出行者祭祀路神，并饮宴送行。

⑤“羊蹄”两句：写道开离开后作者心情忧郁，道场冷落。优昙：即优昙钵花。此花如莲花十二瓣，一开即敛。佛教以为优昙钵开花是佛的瑞应，称为祥瑞花。

⑥“几番”两句：谓我几番搔首寻思，禅宗五祖弘忍遣慧能于碓房踏碓舂米，终于造就出禅宗六祖那样的栋梁之才。黄梅：山名。在湖北省黄梅县西北，佛教禅宗五祖参禅得道处。又弘忍蕲州黄梅人，七岁依道信出家，尽传其禅法，人以黄梅称之。轮椎：大椎。此指六祖慧能参五祖弘忍于大梵寺时在碓房踏碓舂米事。《坛经》第三节：“（弘忍）遂发遣慧能令随众作务。时有一行者，遂遣慧能于碓房踏碓八个余月。”斫：用刀砍或削。此喻造就，培养。

⑦“竭力”两句：写作者对与道开一道振兴佛法的希冀。晚季：犹末季。指衰弱时代。此指末法，即佛教衰微时期。犒：犒劳。茶七杯：活用禅茶（赵州茶）之典。意谓要消除妄想分别，即所谓“佛法但平等，莫作奇特想”。

别开侍者[①]

日光寺前日已西[②]，空山摇落语离违[③]。
行尘垺垺两条路，头上青天不可移[④]。

①此诗录自《紫柏尊者全集》卷二十八。

②日光寺：在中台凤林谷，明嘉靖初独峰和尚建。

③摇落：凋谢，零落。语离违：话别离。

④“行尘”两句：意谓你虽然要风尘仆仆，远到他地，但追求佛法真谛的决心切不可改变。垺（bó）垺：尘土飞扬貌。头上青天：此喻真如本觉。

悼鹏郎①

瘦骨棱层上五台②，顿除须发断尘埃。
出山不见入山去，恼杀文殊泪满腮③。

①此诗录自《紫柏尊者全集》卷二十七。鹏郎：沙弥。姓鹏。少为书生，及学为古文诗赋，精阴阳谶纬之学，皆臻其奥。后皈依佛法。继而游学燕京，遂决剃染。万历十九年(1591) 十一月望日，到五台山访真可于妙德庵，翌年四月十日去世，俗寿三十二岁，僧腊一百四十五日。见作者《〈鹏沙弥塔铭〉序》。

②瘦骨棱层：同“瘦骨嶙峋”。形容消瘦露骨。

③恼杀：亦作“恼煞”。犹言恼甚。杀，语助词，表示程度深。文殊：作者自指。

示唐凝庵并序①

凝庵诣清凉参师。师问曰：“曾看楞严②否？”曰：“看。”师曰：“楞严云：‘缘见因明，暗成无见，不明自发，则诸暗相永不能昏③。’如何理会？”答曰：“见暗之见，即是见明之见④。”师曰：“明中则万境昭然，暗中则一物不见，如何唤得见暗之见，即是见明之见？”唐沉吟次，师命侍者灭灯，以掌张其面。唐不知，师震威一喝，因示以偈：

迥合群峰里，其谁踏入来⑤？
过桥云不碍，寻我鹿犹猜⑥。
一喝鸣千古，多生住五台⑦。
吹灯休按剑，直下夜光开⑧。

①此诗录自《紫柏尊者全集》卷十九。唐凝庵：僧名。序中“师”即真可。

②楞严：即《楞严经》，一名《大佛顶首楞严经》。

③“缘见”四句：出《楞严经》卷八。意为凡夫之眼，借助光亮才能见物，在黑暗中则一无所见；若回光返照，彻见真如本觉，生起观照功能，六根互用，则永远不会被黑暗中的外物所蒙蔽。

④“见暗”两句：见暗之见，是谓真觉；见明之见，是谓缘觉。二者截然不同，故师拶逼之。

⑤“迥合”两句：写唐凝庵入五台山。迥合：僻远而群峰环合。其谁：谁。其，助词，

无义。

⑥“过桥”两句：写凝庵初见作者时的疑虑心态。鹿猜：鹿胆小易惊，常现惊疑之态。

⑦“一喝”两句：意谓通过棒喝而悟道，受轮回之苦的众生就可以进入清凉圣境。多生：佛教以众生造善恶之业，受轮回之苦，生死相续，谓之“多生”。

⑧“吹灯”两句：谓为破除凝庵之迷妄，只要“吹灯”以拶逼之即可，并不用“临济剑”之法；只要径直相趋，就能明心见性。按剑：以手抚剑，预示击剑之势。夜光：珠名。南朝梁任昉《述异记》卷上：“南海有明珠，即鲸目鱼瞳，鲸死而目皆无精，夜可以鉴，谓之夜光。”此喻真如自性。

为新剃可禅人字止台有序①

昔人有言曰：“知人者智，自知者明②。”马大师③住山时，猎人石巩逐鹿过其前，问曰：“鹿何之？”大师曰：“汝一箭射几鹿？”巩曰：“一鹿。”大师曰：“吾则不然。”巩曰：“师射几鹿？”曰：“一群④。”巩闻而骇之。大师乘其骇而启迪之，曰：“汝能射鹿，何不自射？”巩遂反弓自射，曰：“直无下手处。”大师曰：“这汉千劫无明⑤当下冰消去也。”若然者，信知人易而自知难。人能自知，如己眼见眼。苟非就中人⑥，则石巩之无下手处，宁⑦易言哉？禅人名常可，余字之曰止台。以渠剃染清凉，诚无忘文殊老汉，并其受益和尚之德耳。虽然，止台能自知，则台可止；台可止，斯恩不负。人寿几何，老而知反。脱⑧不能于空闲寂寞之滨、冰枯雪老之地以终其志。非夫也？止台勉之。

世上稀逢七十人⑨，羡君老大出风尘。
慧刀举处情根断⑩，去住无忘五顶春⑪。

①此诗录自《紫柏尊者全集》卷二十八。剃：指剃发出家，而得超度。字：取表字。
②“知人”两句：语出《老子》三十三章。
③马大师：当即“马大士”，又称“莽会首”，即龙泉寺开山祖师慧定。
④一群：谓泯灭差别，一则一群，一群则一。
⑤无明：梵语意译。谓痴愚无智慧。
⑥就中人：其中人。指有宿善慧根者。
⑦宁：岂。
⑧脱：倘或，或许。

⑨“世上”句：从唐杜甫《曲江二首》其二：“人生七十古来稀”句化出。

⑩慧刀：佛教语。谓能斩断一切烦恼的智慧。

⑪五顶春：五台山的春光。犹禅语“本地风光”。喻真如觉性。

秋夜半室崖闻法云庵居士读经[①]

片雨初收生夜凉，半峰趺坐石为床[②]。
忽闻松下读经响，清磬敲残斜月光[③]。

①此诗录自《紫柏尊者全集》卷二十七。半室崖：当为北台龙门附近石崖。法云庵：《清凉山志》卷二：“法云庵，即古弥陀庵，在龙门上。长干德清居此，号为憨山子。清幼岁人呼为清郎。万历乙亥，与友妙峰卓庵于此，掘地得石座，上勒‘清郎居’三字，有契焉，遂居之。”居士：在家奉佛的人。

②趺坐：双足交叠而坐。为僧人坐式。石为床：把石头当作禅床。

③“清磬”句：谓月已西斜，夜将尽，仍传来清亮的磬声。

山居[①]

相逢多劝罢仙游[②]，行脚终难可到头[③]。
片月在天光不断，千峰当户翠常浮。
清闲石上题黄叶[④]，解渴云边饮碧流。
潦倒那堪闻此语，感怀方且暂淹留[⑤]。

①此诗录自《紫柏尊者全集》卷二十六。

②仙游：指信奉道教的人远行求仙访道。此指僧人远出参访。

③行脚：犹上“仙游”。指僧人周游各地。可：可巧，恰好。

④题黄叶：指题写犹如黄叶止啼般诱导众生归向佛法的诗歌。黄叶：用“黄叶止啼”之典。见祖印《竹林寺》注④。

⑤“潦倒”两句：写作者的困顿和欲罢游之意。潦倒：蹉跎失意。形容衰颓。淹留：滞留，停留。

山居喜雪霁[①]

一室万山中，何人问远公[②]？

雪迷樵子路，冻合蚁王宫[3]。
照性知非染，无思始契同[4]。
朝来饘粥罢[5]，海日上东峰[6]。

①此诗录自《紫柏尊者全集》卷二十五。雪霁：雪后初晴。

②远公：对晋代高僧慧远的敬称。此为作者自指。

③“雪迷”两句：写五台山冬季的严寒。樵子：打柴的人。蚁王宫：蚂蚁的洞穴。此似有“蚁穴自封”之意。

④“照性”两句：谓观照自性，知道自己未受尘世污染；只有无思无识，才能契合佛法真谛。非染：指未受尘世污染，即超越烦恼、执著，心性清净。无思：犹无念。佛教指无妄念。

⑤饘（zhān）粥：稀饭。此指吃稀饭。

⑥“海日”句：写作者明澈的心境。

岩居即事[1]

潜壑堆云处[2]，寒泉不断流。
千峰常锁翠，六月只如秋。
蚁斗惊天地，人空恣马牛[3]。
山林与城市，心歇便相投[4]。

①此诗录自《紫柏尊者全集》卷二十五。即事：以当前事物为题材的诗。

②潜壑：幽深的沟壑。

③写城市与山林的不同景况。蚁斗：比喻微末的争斗。此指城市的喧嚣，即人世间的争名夺利。恣马牛：听凭马牛栖息饮食。五台山自古为牧地，故云。此指山林的闲适、寂静。

④“山林”两句：谓无论山林，还是城市，只要妄念止息，便可与自己投合。此亦有随缘任运之意。

自肯寮[1]

年来足迹遍江山[2]，五顶清凉未欲还。
却笑今朝心自肯，河沙龙象任跻攀[3]。

①此诗录自《紫柏尊者全集》卷二十八。自肯寮：为作者静修之室的题名。自肯，自我肯定参禅的造诣，意即已彻见真如本觉。

②年来：近年以来。

③“河沙”句：谓任何栖止高僧大德的名山我都可以登攀。河沙：恒河沙数的略语。佛教以为佛世界如恒河沙数，多至不可胜数。龙象：喻高僧。参见真可《般若泉》注④。

宽　悦

宽悦，明代僧人，字臞鹤，应天（今江苏南京）人。曾住普德寺。有《尧山藏草》5卷。

宿龙门精舍为衲云让公赋[①]

珍兹玄徒人，嘉遁逃空谷[②]。
初中后夜分，坐卧行来独。
定慧等持心，春秋良自牧[③]。
室中竹篦语，阶下龙虎踧[④]。
白石静为临，青天磬如屋。
厉风卷塞云，万木惊号哭。
玉硐践冰雪，松杉荡炎伏[⑤]。
大智友文殊，埋尘混鱼目[⑥]。
而我陟五顶，参寻遍无复[⑦]。
山风冷飕飕，灵台深穆穆。
芙蓉削空苍，锦绣敷林麓[⑧]。
神光摄慈颜，天花堕缁服。
布衲备头陀，金环觉一宿[⑨]。
寂灭菩提场，究竟随饮啄[⑩]。
丐此龙门居，言陈愿自复。
投身一壑中，清凉谢烦燠。
不像四方人，东西竞驰逐[⑪]。

①此诗录自《清凉山志》卷八。龙门：北台灵迹。见真可《过龙门静室》注①。衲云让：明代僧人。名让，号衲云（一作“衲空”），一号罕峰，陕右（今河南陕县西）人。至五台山以真可为师，曾住狮子窝十方禅院。万历间赐紫衣大师。

②“珍兹”两句：谓你这个佛家弟子多可贵呀，隐遁到这空旷的山谷修道。玄徒：圣教之徒。指佛家弟子。嘉遁：旧时谓合乎正道的退隐，合乎时宜的隐遁。此指高情避世，修习佛法。

③“初中”四句：写云让的苦修。谓他整夜静坐参禅或经行，定慧双修，一年四季注重自我修炼。初中后夜：佛教分一昼夜为六时：晨朝、日中、日没、初夜、中夜、后夜。初中后夜即整夜。定慧：定学和慧学的并称。定，禅定；慧，智慧。良：能。自牧：自我修养。《易·谦》：“谦谦君子，卑以自牧。”此指修道。

④“室中”两句：写云让道行之深。谓云让在室内持竹篦以参禅问答，接引学人；连龙、虎也恭伏台阶之下，皈依佛法。竹篦语：即禅林语“竹篦商量”。于禅林中，师家或禅徒以争锋相对，往来挨拶，参究禅机之际，师家或首座持竹篦以参禅问答，称为“竹篦商量”。竹篦，即劈头棍，为竹制法器。龙虎：喻邪魔外道。踧（cù）：恭敬貌。

⑤“白石”六句：写龙门精舍的环境。“青天”句：谓青天象磬一样弯曲隆起，有如屋宇。荡：涤除，清除。炎伏：伏日的炎热。喻烦热。

⑥“大智”两句：谓云让这样的大智者可与文殊为友，却像明珠被尘土掩埋，混同鱼目。

⑦无复：指不再有。

⑧“山风”四句：写五台山佛地的美妙和作者的感受。灵台：指心。穆穆：沉静。芙蓉：荷花的别称。此喻五台山。削：形容陡峭如经刀削。锦绣：比喻美丽的花草。敷：铺。

⑨“神光”四句：写云让佛法的精深。谓云让谈论佛法时，神异的灵光集聚于他慈祥和蔼的容颜；诸天感动，飘洒天花以为供养，从他的僧服坠落。他满足了我这个行脚僧人，以金轮般无坚不摧的法力，使我一夜之间就豁然开悟。布衲：麻布僧衣。此指代云让。备：满，满足。头陀：行脚乞食之僧人。此为作者自指。金环：犹金轮。佛教语。轮是印度古代战争用的一种武器，印度古传说中征服四方的转轮王出生时，空中自然出现此轮宝，预示他将来的无敌力量。此喻佛法。觉一宿：即“一宿觉”。佛家语。谓一个晚上就豁然而悟。参见栖白《送造微上人游五台及礼本师》注⑥。

⑩写作者的体悟。意谓在道场修行就是为了达到涅槃境界；而要达到这样的理想境界就要像云让这样随缘任运，自由自在。寂灭：佛教语。“涅槃”的意译，指超脱生死的理想境界。菩提场：即道场。究竟：佛教语。犹言至极，即佛典里所指最高境界。《大智度论》卷七二：“究竟者，所谓诸法实相。”此指修得究竟位。佛教谓修得究竟位，即具有佛教的最高智慧。《唯识论》卷九：“究竟位，谓住无上正等正觉。”饮啄：饮水啄食。语本《庄子·养生主》：“泽雉十步一啄，百步一饮，不蕲畜乎樊中。”比喻自由自在的生活。

⑪“丐此”六句：写作者对云让的赞美。丐：求；乞求。“陈言”句：谓虽是旧话，我还是愿意再说一次。谢烦燠（yù）：告别尘世的烦躁燠热。燠，热。四方人：指尘世各处之人。驰逐：驰驱追逐。喻为争名夺利而奔走。

登中台有感①

日月双轮五顶明，徘徊殊觉一身轻。
祥云忽涌金毛现②，风雨时来舍利鸣③。
塔控诸天光叶斗，经函半偈胜连城④。
若能析骨书弘愿⑤，刹海菩提果顿成⑥。

①此诗录自《清凉山志》卷八。

②金毛：指佛教所谓文殊世尊所乘的金毛狮子。此指代文殊菩萨。

③“风雨”句：谓风雨经常到来，佛舍利塔上的金铃鸣响，犹如佛在说法。因中台灵鹫峰塔院寺有释迦舍利塔，故云。舍利：意译“身骨”。释迦牟尼佛遗体火化后结成的坚硬珠状物。

④“塔控”两句：谓佛舍利塔凭临诸天，金光照耀叶斗峰；佛经中的半偈，价值超过连城。控：即凭临。经函：佛经的封套。此指代佛经。半偈：《涅槃经·圣行品》载，释迦牟尼前世在雪山苦行。帝释化作罗刹，试探其心，诵读了过去诸佛所说的“半偈”：“诸行无常，是生灭法。”大士闻半偈，心生喜欢，求闻其余半偈。罗刹为了视其诚意，故意说：我甚疲乏，须食人暖肉，饮人热血。大士表示，为了听闻半偈，愿意“以身奉施供养”。罗刹于是宣说了后半偈：“生灭灭已，寂灭为乐。”大士深思其义，然后从树上投身于地。此时罗刹还复为帝释，接住大士之身，安置平地，忏悔顶礼而去。大士“为半偈舍身因缘，超十二劫，在弥勒前成无上道”。半偈，当指后半偈的八字而言。据说，佛以“善巧方便”说法，能在一句中演无量法，或以无量法为一句。本偈虽四句，但概括了全部佛法，道破了一切事物生灭无常的本质，指明了断生死、证涅槃的解脱目标。尤其后“半偈”至为重要。如《涅槃经疏》卷二一：“‘生灭灭已’，即是永断于生死；‘寂灭为乐’，即是常得无量乐。”连城：战国时，赵惠文王得和氏璧，秦昭王寄书赵王，愿以十五城易璧。见《史记·廉颇蔺相如列传》。后以“连城”指和氏璧或珍贵之物。

⑤析骨书弘愿：用释迦牟尼本身故事“皮纸骨笔”，写不惜生命，舍身求法之决心。据《集一切福德三昧经》等载，释迦牟尼生前曾为最胜仙人，生于“无佛恶世”中。时有天魔化为婆罗门，对仙人诡称：“我今有佛说一偈，汝今若能剥皮为纸，刺血为墨，析骨为笔，书写此偈，当为汝说。”仙人寻思：我要舍弃幻躯，换取妙法。于是欢喜踊跃，即以利

刀剥皮、刺血、析骨，然后合掌向天，请说佛偈。天魔见状，隐身逃遁。仙人恳切地大呼："我今为法不惜身命……余方世界有大慈悲能说法者，当现我前！"时东方普无垢国净名王佛鉴其精诚，放大光明照耀仙人，仙人痛苦即除，身体平复。佛为仙人说深经，仙人闻法豁悟，获得无碍辩才，广为众生宣讲妙法。宏愿，佛教语。谓拯救一切众生的大愿。

⑥"刹海"句：谓广大世界的一切众生都能顿时成就佛果。刹海：佛教语。谓国土世界广大如海，即"世界海"的别称。或即"刹土大海"，指十方世界。菩提：见钟英《送僧游五台二首》之二注⑤。果：佛家语。指按佛法修行达到一定的证悟境界。

法 本

法本，明代万历年间僧人。号幻余，亦作幻予。亲近云谷、紫柏二师。紫柏倡刻方册大藏，法本与道开同任其事。

观音洞①

足蹑云梯上翠巅②，画楼飞阁接云天。
殷勤瞻礼圆通相③，一滴甘泉热恼蠲④。

①此诗录自《清凉山志》卷二。观音洞：东台灵迹。在栖贤谷口崖畔，为观音禅院（古名路贤寺，始建年代不详，清代重修。现为全国重点寺院）上院的重要组成部分，亦为观音禅院的别称。洞在山腰，距下院垂直高度近百米，有盘曲陡峭的石级相连。上院前有大洞，建观音阁三间。殿后崖壁上有二小洞：西洞供观音像，像前滴水成池，水甘甜，人视为圣水，名观音泉；东洞较小，相传六世达赖仓央嘉措在康熙年间避难到五台山，曾于此洞静坐修行。

②云梯：此指通向观音洞山崖上的石级。

③殷勤：情意深厚。圆通相：指观音菩萨的塑像。圆通：佛教语。圆，不偏倚；通，无障碍。谓悟觉法性。《楞严经》卷六："尔时观世音菩萨即从座起，顶礼佛足而白佛言：由我所得，圆通本根，发妙耳门，然后身心微妙含容，遍周法界，能令众生，持我名号。"后因称观音为"圆通大士"。

④热恼：焦灼苦恼。蠲（juān）：消除。

青峰①

蹋遍尘区念已休②，归来结社碧峰头③。

无穷松韵清双耳[④]，不尽云山豁两眸[⑤]。
一个蒲团消白日，半肩破衲度寒秋[⑥]。
人间八万四千梦，尽向无生一念收[⑦]。

①此诗录自《清凉山志》卷二。青峰：即今黛螺顶。东台灵迹。在灵鹫峰东二里许。古因峰上下遍布林木，苍翠碧绿，故称青峰。以山色如黛，山形似螺，故又称黛螺顶。黛螺顶古称佛顶庵，始建于明成化年间，清乾隆五十一年（1786）改今名。黛螺顶背依东台，面临台怀寺庙群，地势高耸，风景秀丽。上奉五方文殊像，登顶参拜，谓之“小朝台”。

②尘区：犹尘世；尘界。

③结社：组织团体。此指结社同修佛法。

④松韵：松风，松涛。

⑤豁两眸：双目豁然开朗。

⑥半肩破衲：衲，即衲衣，又名五衲衣。因系用人们遗弃的破碎布片或衣片缝纳而成，故称。僧人穿着袈裟袒露右肩，故云半肩破衲。

⑦“人间”两句：谓只要体悟佛教无生无灭的真谛，尘世的各种迷梦都会很快消散。八万四千：《法华经·宝塔品》：“若持八万四千法藏，十二部经，为人演说。”后用以形容极多。一念：佛家语。指极短的时间。《翻译名义集·时分》：“一念中有九十刹那。”

说法台[①]

闻道仙人说法台，法音寥寂石生苔[②]。
谈经大士今何在[③]，惟有白云空去来[④]。

①此诗录自《清凉山志》卷二。说法台：北台灵迹。见觉同《和咏五台·北台》注⑤。

②法音：佛教语。解说佛法的声音。亦指诵经奏乐声。寥寂：寂静无声，冷落。

③谈经大士：指文殊菩萨。

④“惟有”句：白云空灵澄明，来去无心。暗示真如境界。

隐峰塔[①]

金锁玄关不可留[②]，邓公遗塔晚峰头。
颠亡倒化乘神浪[③]，千古令人仰未休。

①此诗录自《清凉山志》卷二。隐峰塔：北台灵迹。见觉玄《隐峰塔》注①。

②“金锁”句：意谓对佛法不可执著，应舍弃佛见、法见。金锁玄关：指凡情圣见。语出《碧岩录》第八十八则：“当机敲点，击碎金锁玄关。”佛经称，菩提涅槃如黄金之美，然被彼所缚，便如金锁；玄关，为出入玄旨之门。若为法缚、佛缚，便失门径，即为金锁玄关。

③颠亡倒化：指邓隐峰倒立而圆寂于北台事。

金刚窟[①]

无著寥寥不复闻[②]，古岩余瑞尚氤氲[③]。
游人千载希灵迹[④]，犹向峰头礼白云。

①此诗录自《清凉山志》卷二。金刚窟：北台灵迹。见无著《金刚窟》注①。

②“无著”句：谓像唐僧无著一样能入金刚窟得见文殊菩萨者，数量极少，已不再听说。

③氤氲：云气弥漫貌。

④希：仰慕。灵迹：神灵的遗迹。此指金刚窟。

文殊发塔[①]

昔有髿髿女[②]，领犬复携儿。
入众乞辰斋[③]，既得还索之。
我固无贪妒，愍尔多嗔痴[④]。
个中无是物[⑤]，何必生嫌疑？
飞空明玉相[⑥]，断发留金丝。
大士乘通去[⑦]，灵踪万古遗。
绀塔陵云霄[⑧]，慈光破世迷。
稽首大智王[⑨]，神功不可思[⑩]。

①此诗录自《清凉山志》卷二。文殊发塔：中台灵迹。在大塔院寺东侧。《清凉山志》卷四《贫女乞斋传》：“元魏大孚灵鹫寺，每春三月，设无遮斋。不简道俗，不别贵贱男女乞儿，悉令饱足。于食等者，于法亦等。有穷女，莫知所从，携抱二子，一犬随之。身无

余资，剪发以施。未遑众食，告主僧曰：'吾有急务，遽就他行，请先分我食。'僧可之，与馔三分，意令二子俱足。女曰：'吾犬亦当得食。'僧勉强与之。女曰：'我腹有子，更须分食。'僧怒曰：'汝求僧食无厌，在腹未生，若为须食？滥饕之心，乃至此乎！'贫女被呵，即说偈曰：'苦瓠连根苦，甜瓜彻蒂甜。三界无著处，致使阿师嫌。'即踊身虚空，化菩萨相，犬为狮子，儿为二天童子，云光缥缈，复说偈曰：'众生学平等，心随万境波。百骸俱舍尽，其如憎爱何！'时会千人，悲泣向空曰：'大圣，愿示平等法门，我等奉行。'空中偈曰：'持心如大地，亦如水火风。无二无分别，究竟如虚空。'会主自恨不识真圣，取刀欲剜其目，众遮乃止。即以贫女所施之发，于身起处，建塔供养。万历初，主僧圆广，重加修饰。塔下掘得圣发数绺，其色如金，视之不定。"

②䍀毵（lánsān）：褴褛貌。

③辰斋：晨斋。辰，通"晨"。

④"我固"两句：谓我本无贪妒之心，却哀怜你正有嗔痴之意。贪，贪爱五欲；嗔，嗔恚无忍；痴，愚痴无明。再加上慢（骄慢自大）、疑（狐疑猜忌）、不正见（不正确的见解），为六根本烦恼，均为解脱之阻碍者。

⑤个中：此中。是物：此物。指嗔痴。

⑥玉相：此犹"玉面"，尊称人的容颜。此指文殊菩萨的相状。

⑦乘通：凌空。

⑧绀塔：佛塔。此指文殊发塔。

⑨大智王：指文殊菩萨。因其主智慧，于诸菩萨中号称智慧第一，故称。

⑩不可思：即"不可思议"。佛家语。指思维和语言所不能达到的微妙境界。《维摩诘经·不思议品》："诸佛菩萨有解脱名不可思议。"慧远义记："不思据心，不议就口，解脱真德，妙在情妄心言不及，是故名为不可思议。"

观海寺①

万松深处梵王宫②，幕翠回岚知几重③？
定起峰头新月上，一枝松影下帘栊④。

①此诗录自《清凉山志》卷二。观海寺：《清凉山志》卷二："观海寺，即明月池。在大文殊院南二里，元魏建。成化间，月舟禅师重修。清康熙间，吻叶和尚重建。后有夫缘和尚中兴，立为十方常住，慈心利物，本分为人。"

②梵王宫：本指大梵天王的宫殿。泛指佛寺。

③幕翠回岚：像屏幕般的青翠山崖和回旋的山间云气。

④下帘栊：映照在门窗的帘子上。帘栊，窗帘和窗牖。也泛指门窗的帘子。

灵境寺①

萧萧灵境倚云层②，拽杖南来试一登③。
匝地莓苔敷卧具，半龛萝月代昏灯④。
缁衣有力耕南亩，白社无人叩上乘⑤。
览尽清凉多少寺，不堪愁思忆衰兴⑥。

①此诗录自《清凉山志》卷二。灵境寺：见贞素《哭日本国内供奉大德灵仙和尚诗》注⑭。

②萧萧：萧条，寂静。云层：成层的云。此指云雾缭绕的高山。

③拽杖：犹“扶杖”。

④“匝地”两句：写殿宇的荒废。谓寺院长满青苔，犹如铺设的卧具；从松萝间照进来的半龛月光代替了佛阁前的灯烛，匝地：遍地。卧具：枕席被褥的通称。此指佛教制定的僧人服具，用两重布料复叠一起，四边加贴布条缝制而成，随身携带，供坐卧使用。

⑤“缁衣”两句：写佛法荒废。南亩：谓农田。南坡向阳，利于农作物生长，古人田土多向南开辟，故称。《诗·小雅·大田》：“俶载南亩，播厥百谷。”白社：古隐士之居，以白茅为屋，故借指隐士或隐士之居。又晋释慧远等十八人结社于庐山东林寺，同修净土之法，号白莲社，简称“莲社”或“白社”。此指代佛寺或寺僧。上乘：佛教语。即大乘。见敦煌文献《游五台赞文》注⑧。

⑥“不堪”句：写作者对佛寺倾颓、佛事衰落的愁思。

洪　恩

洪恩，（1545—1608），明代僧人。俗姓黄，字三怀，号雪浪，上元（今南京市）人。12岁出家于长干寺，受业于无极湛禅师。常讲经于雪浪山中，故以为号。通经论儒书，百药方剂，犹精《华严》。工诗善书，时称明代第一诗僧。著有《雪浪集》。

送僧游五台①

遍参南北了无从，瓢笠经行万壑松②。
螺髻雪中旋五顶，鹫头云外宿诸峰③。

平铺世界光悬镜，倒射关门日下舂[④]。
草树总彰前后偈，漫寻童子不知踪[⑤]。

①此诗录自《清凉山志》卷八。

②“遍参”两句：谓僧某参访遍南北各地仍全然无所适从，于是携带饮水的葫芦和遮阳挡雨的斗笠，在长满松树的山谷中经行。经行：见王偁《送龙河杰首座自五台归将赴天台》注③。

③“螺髻”两句：悬想僧某在五台山参访的情景。谓白天返于大雪覆盖的形如螺髻的五峰，夜晚留宿于犹如仙境的灵鹫峰。云外：比喻仙境。诸：之于。

④“平铺”两句：为僧某指示修行门径。谓佛光如同明镜高悬，平铺大千世界；要像日下踏碓舂米的禅宗六祖慧能一样，直指本心，得见真如自性。倒射关门：意为反求诸本心，以破禅关、悟佛理。舂（chōng）：用杵臼捣谷类以去其壳，亦即碓。《坛经》载有慧能于碓房踏碓之事。踏碓劳作，亦为一种修行的方便法门。

⑤“草树”两句：为五台山的一草一木都昭示了“前三三与后三三”这一禅门机语的真谛；若要执著于佛菩萨，到处寻找文殊童子，那是不知道他的踪迹的。童子：此指文殊菩萨。因文殊清纯无执，常化作童子形以普度众生，故称。

周宏禴

周宏禴（yuè）（1545—?），字元孚，号二鲁，明代湖北麻城（今湖北麻城县）人。万历二年（1574）进士。授户部主事，历任无为州同知，迁顺天府判。万历十三年（1585）春，上疏指斥宦官乱政，忠谠敢言，风采震朝右，触帝怒，谪代州州判。后迁南京兵部主事。十七年，又疏谏早建皇储，寻召为尚宝丞。明年，任监察御史巡视宁夏边务。因所荐将领谋反，被连坐降职，谪澄海典史，遂告老还乡。有《何之子》1卷、《代州志》2卷。

宿沙涧驿[①]

西来车骑好谁共[②]，云锁关门近几重[③]？
拾字何须寻补缺，采薪还自问开封[④]。
山中芥子书难就[⑤]，江上陶潜酒未逢[⑥]。
会得禅心无去住[⑦]，五台月朗照高峰[⑧]。

①此诗录自清乾隆《代州志》。沙涧驿：清乾隆《代州志》：“沙涧驿……西接代州雁门驿一百二十里，东接平型关七十里。”驿址即今繁峙县沙河镇，据五台山45公里，为五台山北路游客到台怀的必经之路。

②“西来”句：谓向西到五台山的乘车骑马的高官无与自己休戚与共者。

③关门：指雁门关。

④“拾字”两句：意谓自己现在仅仅是从事文书工作的低级官吏而已，何必再寻求递补官职之机会；虽是见识浅陋之人，却还要询问朝廷大事。拾字：当为捡取文字，以连缀成文。犹“拾陈蹈故”，即因袭陈词滥调。采薪：砍柴。此犹“刍荛采薪之人”，即在山割草采薪，见识浅陋之人。开封：在河南省，为著名古都。此借指朝廷。

⑤山中芥子：山中小事。此或指编撰《代州志》之事。芥子，犹“纤芥”，细微。

⑥“江上”句：谓自己想如晋朝陶潜那样处身江湖，以诗酒自娱，却未逢其机缘。

⑦会得：犹理会，懂得。禅心：佛教语。为清净寂定的心境。无去住：即不执著于去留。

⑧“五台”句：暗写作者明澈的心境。

德　清

德清（1546—1623），明代四大高僧之一。字澄印，号憨山。俗姓蔡，南京全椒（今属安徽）人。19岁在金陵栖霞山出家，从法会学禅及净土，从明信学《华严玄谈》，后云游各地。万历元年（1573）游五台山，见北台憨山风景秀丽，遂取憨山为号。万历二年，在山西蒲州会见妙峰，遂相偕上五台山，居北台下龙门之妙德庵，刺舌血书写《华严经》。万历七年（1579）奉旨到五台山监修塔院寺佛舍利塔。万历十一年（1584）住东海牢山，主持太后所建海印寺。万历二十三年（1595）因“私创”寺宇罪充军广东雷州，五年始归。曾住曹溪宝林寺振兴禅宗，并一度居庐山五乳峰法云寺。主张禅、华严教义融合，兼弘净土，融通释、道、儒三教。著有《法华经通义》、《圆觉经直解》、《观楞伽经记》、《金刚决疑》、《中庸直指》、《道德经注》、《庄子内篇注》等，后人编有《憨山老人梦游全集》55卷、《憨山语录》20卷。

文殊大士赞[①]

金色界里月，五台山上雪[②]。

云端狮子儿，空中霹雳舌[③]。
谁识饮牛翁，原是甘露灭[④]。
宴坐金刚窟，似踞猛虎穴[⑤]。
玻璃一盏茶，聊清烦恼热。
借问窟中多少人，前后三三非浪说[⑥]。

①此赞录自《憨山大师梦游全集》卷三十三。

②“金色”两句：写五台山圣境。金色界：“金色世界”之省。指佛所居住的世界。

③“云端”两句：谓文殊菩萨在空中化现说法。霹雳舌：佛经谓佛说法时声音有如雷震，称“雷音”，故以“霹雳舌”指佛菩萨说法。

④“谁识”两句：意谓文殊只是一种涅槃境界，可得而不可见。饮牛翁：文殊化现之身。《清凉山志》卷四《无著入金刚窟传》载，唐无著在楼观谷口跏趺小寐，见一牵牛老人（文殊化身），引其入窟，童子以玻璃盏盛满酥蜜予之饮，并在无著问“多少众”时，答以“前三三与后三三”。甘露灭：指涅槃。《维摩经略疏》卷二：“见四谛理，名得甘露；正习俱尽，故名灭也。”

⑤“宴坐”两句：谓坐禅于菩萨住处的金刚窟，如踞于猛虎之洞穴，其烦恼惑业将被吞食除灭。宴坐：佛教指坐禅。《维摩诘所说经·弟子品》：“夫宴坐者，不于三界现身意，是为宴坐。”

⑥“借问”两句：意谓“前三三与后三三”之语并非随意乱说，而正是去其执著，直指本心，明示佛法真谛。

山居四首[①]

其一

此身元是寄[②]，暂住即为生。
不属人间有，何居世上名？
大千观去小[③]，万物自来轻[④]。
破釜沉舟计，而今借令行[⑤]。

①此诗录自《清凉山志》卷八。

②元：通“原”。原来，本来。寄：寄居。

③“三千”句：谓三千大千世界在我眼里已经变得十分渺小。即“芥子须弥”之意。

④自来：由来，本来。

⑤“破釜”两句：谓破釜沉舟以身弘法的计划，现在借皇家之命令来实行。破釜沉舟：《史记·项羽本纪》：“项羽乃悉引兵渡河，皆沉舟，破釜甑，烧庐舍，持三日粮，以示士卒必死，无一还心。”后以比喻下定决心，义无反顾。借令：借皇家之令。《清凉山志》卷三：“时神宗未有太子。万历九年，李太后遣官五台，建祈储道场，以妙峰与清主之。”

其二

尘海谁能度，空居我独任[①]。
风云千载事，冰铁万年心[②]。
古木留春浅，寒岩积雪深。
只因贪纵目，长踞最高岑[③]。

①“尘海”两句：谓谁能普度众生于茫茫尘世中呢？幽居山间的我可以独自承担。空居：幽居。

②“风云”两句：谓弘扬佛法、普度众生是千年大事；我的一颗心像冰和铁一样纯洁、坚贞，万年不变。风云：比喻雄韬大略或高情远志。

③踞：蹲或坐。岑：山峰，山顶。

其三

劳生如逆旅，天地即蘧庐[①]。
已见真非假[②]，才知实是虚[③]。
龙门依藉草，鼠壤拾余蔬[④]。
尽有闲田地，谁当共荷锄[⑤]？

①“劳生”两句：谓人在世间辛苦劳累如同旅居，而天地间就是人们的旅舍。劳生：《庄子·大宗师》：“夫大块载我以形，劳我以生，佚我以老，息我以死。”后以劳生指辛苦劳累的生活。逆旅：旅居。常用以比喻人生匆遽短促。蘧（qú）庐：旅舍。

②真非假：法性真而非假。佛教认为人的心性是真如实性，不二不异，真实不变。

③实是虚：尘世似实而虚，即“色空”。佛教认为万事万物均由因缘和合而成，虚幻不实。

④“龙门”两句：写作者清贫的静修生活。龙门：指北台下龙门之妙德庵，为德清静

修处。藉草：以草为衬垫，即草垫。鼠壤拾余蔬：在老鼠打洞扒出的细土中拾出残剩的粮食以充饥。《庄子·天道》："鼠壤有余蔬。"余蔬，残剩的粮食。蔬，通"糈"。一说残剩的菜。

⑤"尽有"两句：从晋陶渊明《归田园居》："晨兴理荒秽，带月荷锄归"化出。意谓人世间多有被烦恼污染、犹如杂草丛生的心田，有谁同我一道去荷锄清理呢？闲田地：未耕种的、杂草丛生的土地。此借指被尘世污染的心田。佛教谓，心藏善恶种子，随缘滋长，如田地生长五谷萁稗。荷锄：扛锄（清理杂草）。喻弘扬佛法，普度众生。

其四

日月谁将去，春秋似大迷①。
不知人寂寂，但见草萋萋②。
聚鹿劳挥麈③，群峰费杖藜。
倦来方假寐④，何处叫山鸡⑤？

①"日月"两句：谓日居月诸，岁月飞逝；人生一世，如同迷梦。将去：携带而离开。春秋：光阴；岁月。此指人生。

②"不知"两句：写作者恬静淡泊、随缘任运的心境。人寂寂：指自己的孤单。草萋萋：春草茂盛。暗指"触目菩提"。

③"聚鹿"句：写作者聚集学人以传授佛法。聚鹿：即"鹿聚"。如鹿一样聚居。《子华子·孔子赠》："太古之时，澹泊恬愉，鹿聚而麕居。"此用其意，喻僧徒聚居。挥麈（zhǔ）：挥动麈尾。指讲经说法。详见明渊《净土庵》注⑤。

④假寐：谓和衣打盹。指疲倦。

⑤叫山鸡：因山鸡鸣叫而警觉。暗示因山鸡鸣叫而悟道。山鸡：形似雉。雄者羽毛红黄色，有黑斑，尾长；雌者黑色，微赤，尾短。古称鸐雉，今名锦鸡。

山居（二十八首录二）①

一

灌木丛中一小庵，石床为座草为龛②。
杜门口似维摩诘③，莫问前三与后三④。

①此诗录自《憨山大师梦游全集》卷四十九。录诗标号为注者另加。

②座：指讲经的坐席。龛：小的窟穴或房屋。宋范成大《一龛》诗："一龛窄似鸟窠禅，世界悠悠任大千。"

③"杜门"句：谓自己闭门参禅象维摩诘一样杜口不言，深悟不二法门。口似维摩诘：见元好问《台山杂咏十六首》之十一注①。

④"莫问"句：即言忘虑绝，自性清净，法不外求之意。前三与后三：即禅宗机语"前三三与后三三"。见雪窦《金刚窟》注①。

二

寒冬独照影微微，疏屋风吹雪满衣①。
忽忆五台趺坐处，万年冰里一柴扉②。

①疏屋：简陋的房屋。

②"万年"句：指作者在五台山的静修处北台下龙门之妙德庵。

龙泉关①

策杖烟霞外②，重关虎豹林③。
路当崎曲险，山入塞垣深④。
惨淡黄云色，萧条落日阴。
边笳如怨客⑤，呜噎岭头吟⑥。

①此诗录自《清凉山志》卷二。龙泉关：见王世贞《龙泉关》注①。

②烟霞外：极言其高。

③重关：有重兵把守的重要关隘。

④塞垣：本指汉代为抵御鲜卑所设的边塞。后亦指长城；边关城墙。

⑤边笳：边关的胡笳声。笳，古管乐器名，其声悲凉。汉时流行于西域一带少数民族间，故称胡笳。怨客：悲伤的客子。

⑥呜噎：犹"呜咽"。悲泣声。

石城①

青山白社意何真②，不厌孤游杖屦频③。

石裂峭崖天作障，寺居空界日为邻[4]。
瑶花紫术春常在，丰草长林鹿自驯[5]。
怅望餐霞人已去[6]，峰头明月好谁亲[7]。

①此诗录自《清凉山志》卷二。石城：南台灵迹。《清凉山志》卷二："石城，台南二十里。四山峭壁，若城焉。"

②"青山"句：谓青山中的白社真切地显示了祖师西来意。白社：借指僧人静修之所。

③杖屦频：频频扶杖出游。

④"石裂"二句：写石城形胜。天作障：天造地设的屏障。空界：佛教语。空大。谓虚空的范畴。六界之五。

⑤"瑶花"两句：写石城犹如仙境。瑶花：亦作"瑶华"。玉白色的花。此借指仙花。紫术（zhú）：草名。根茎可入药。道家言，饵术可久寿。

⑥餐霞人：得道成仙的人。餐霞，餐食日霞。指修仙学道。

⑦"峰头"句：唐杜甫《宿府》诗："永夜角声悲自语，中天月色好谁看。"此化用其意。应读作"峰头明月好，谁亲"。谓峰头的明月虽然皎洁美好，然有谁与之亲近呢？明月：象征真如自性。

秘魔岩[1]

羊肠百折任青藜[2]，草莽萧萧仄径迷[3]。
绝壁倚天应隘日，断崖无路只飞梯[4]。
依人野鹤寻常下，逐客山猿日夜啼[5]。
自是烟霞随去住，到来元不费招携[6]。

①此诗录自《清凉山志》卷二。秘魔岩：西台灵迹。见张商英《继哲和尚赞》注③。

②任青藜：任凭扶杖攀援。青藜，指藜杖。

③仄径：倾斜的山间小路。

④"绝壁"两句：写山岩之险峻。隘日：隔断日光。飞梯：古代攻城的长梯。此指陡峭的登山石级。

⑤"依人"两句：野鹤亲近，山猿依人。写秘魔岩是使人忘机的仙境。

⑥"自是"两句：谓我只一个是烟霞侣，去住随缘，到秘魔岩原本就不劳谁招呼、提携。烟霞：此指"烟霞侣"，指隐居修道者。

金阁岭[①]

一

祇园杰阁境清虚[②]，布尽黄金计不疏[③]。
山指岳莲瞻玉气，地从尘海入空居[④]。
青天有客乘鸿鹄，白社何人揭梵书[⑤]？
万里风烟仍击目[⑥]，不堪登眺转愁予[⑦]。

①此诗录自《清凉山志》卷二。金阁岭：见齐己《送灵辩上人游五台》注⑥。

②祇园：祇树给孤独园之略称。此泛指佛寺。杰阁：高阁。清虚：天空。

③“布尽”句：谓兴建金阁寺曾布尽黄金，当年的考虑并没有什么疏失。布尽黄金：此用“金地”之典。见元好问《台山杂咏十六首》之十二注①。指建金阁寺耗资巨大。《资治通鉴·唐纪·代宗大历二年》：“造金阁寺于五台山，铸铜涂金为瓦，所费钜亿。给中书符牒，令五台僧数十人，散四方，求利以营之。”

④“山指”两句：谓金阁岭直指五台，可遥瞻其祥瑞之气；从尘世拔地而起，成为隐居修道之所。岳莲：五台山诸峰耸立，状如莲花，故云。玉气：祥瑞之气。空居：幽居。唐王维《登辨觉寺》诗：“空居法云外，观世得无生。”

⑤“青天”两句：谓世人多有怀抱“鸿鹄之志”，青云直上，追求功名利禄者；有谁能在佛寺翻开佛经，精研佛法呢？鸿鹄（hú）：指鸿鹄之志。喻远大志向。《史记·陈涉世家》：“嗟乎，燕雀安知鸿鹄之志哉。”

⑥“万里”句：谓目光所及，人间仍是风尘滚滚，烟雾迷茫，污浊不堪。击目：即目击。目光所及，熟视。

⑦转愁予：反而引起我的愁绪。

二

一片轻云日夜浮，即看春色又神州[①]。
无边芳草年年路，不尽滹沱滚滚流[②]。
人世即今频侧目，乾坤自古一登楼[③]。
凭虚直欲陵风去[④]，更许何人汗漫游[⑤]？

①春色又神州：暗示佛教在中国又呈生机。

②“无边”两句：由唐杜甫《登高》诗“无边落木萧萧下，不尽长江滚滚来”句化出。承上写春色。暗示禅悟境界。滹沱：河名。见王三益《九日正觉寺登高》注②。

③“人世”两句：谓尘世现在仍污浊不堪，令人侧目；古往今来，有多少仁人志士独自登楼，抒发自己的伤世之感！侧目：此指因哀矜而不忍正视。登楼：汉末王粲避乱客荆州，思归，作《登楼赋》，有“登兹楼以四望兮，聊暇日以销忧”之句。

④凭虚：凌空。陵风：驾着风，乘风。

⑤“更许”句：谓又有何人应允我，一道作世外之游呢？汗漫游：世外之游。此指远离尘世，参禅修道。

金刚窟[①]

均提相送出精蓝[②]，无著投机事已惭[③]。
莫谓当年人不荐[④]，至今谁解话三三[⑤]？

①此诗录自《清凉山志》卷二。金刚窟：见无著《金刚窟》注①。

②“均提”句：谓唐僧无著入金刚窟，与文殊对谈后，文殊童子均提将其送出金刚窟（化般若寺）。事见《清凉山志》卷四《无著入金刚窟传》，下引同。精蓝：佛寺。

③“无著”句：谓无著与文殊对谈中未能投机之事，已足以让人感到惭愧。“（无著）又问：‘多少众?’老人曰：‘前三三与后三三。’无著无语。”此指其事。投机：佛教语。契合佛祖心机。喻彻底大悟。

④当年人不荐：指无著以“日色将晡”而“乞留一宿”，老人却以“汝有两伴，此是执处，故不应住”为由婉拒一事。荐，垫席，垫褥。此指留宿。

⑤“至今”句：写对至今仍无人彻悟的惋叹。

寄五台妙峰师[①]

一

玻璃世界水晶宫，金色银光处处同[②]。
独跨金毛狮子步，游行八面不通风[③]。

①此诗录自《憨山大师梦游全集》卷三十七。妙峰：明代僧人。本书录其诗。

②“玻璃”两句：为五台山佛寺犹如玻璃和水晶装饰的宫殿，是一个处处充满银光的金色世界。玻璃：古为玉名，亦称“水玉”，或以为即水晶。水晶宫：亦作“水精宫”，以

水晶装饰的宫殿。此指白雪覆盖的殿宇。

③“独跨”两句：写作者对妙峰道行的赞美。谓只有他可与文殊一样，各处出游而八风不动。八风：佛教语。谓世间能煽动人心之八事：得可意事名“利”，失可意事名“衰”，背后排拨为“毁”，背后赞美为“誉”，当前赞美为“称”，当前排拨为“讥”，逼迫身心名“苦”，悦适心意名“乐”。见《释氏要览下·躁静》。如心有所主，安住正法，不为世间爱憎惑乱，真正进入解脱境界，则不为八风所动。

二

冰霜鹤骨发如银①，谁识曼殊最后身②？
一自窟中相别后③，至今不隔一微尘④。

①“冰霜”两句：写妙峰的气质和外貌。冰霜：喻操守坚贞清白。鹤骨：修道者的骨相。

②曼殊最后身：在生死场中最后一次受身的文殊菩萨。意即妙峰已证菩萨果位。最后身：佛教语。谓生死身中最后一次的身体。小乘指断一切见思烦恼、证无余依涅槃的阿罗汉；大乘指证佛果的等觉菩萨之身。

③一自：自从。窟中：此指北台下龙门之妙德庵。作者曾在此地与妙峰一起静修。

④不隔一微尘：指心心相应。微尘：佛教语。色体的极小者称为极尘，七倍极尘谓之微尘。常用以指极小的事物。

三

拄杖横挑刹海游①，无边刹土一尘收②。
闲来擘破微尘看③，落尽空花剩两眸④。

①拄杖：手杖，拐杖。刹海：佛教语，犹言水陆。

②“无边”句：谓妙峰已泯灭大小分别，达到涵容互摄的圆融境界。刹土一尘收：即“芥纳须弥”之意。刹土，佛教语。田土，国土。

③擘（bò）破：分剖开。此指参究。

④空花：佛教语。隐现于病眼者视觉中的繁花状虚影。比喻纷繁的妄想和假象。《楞严经》卷四：“亦如翳人，见空中华；翳病若除，华于空灭。忽有愚人，于彼空华所灭空地，待华更生；汝观是人，为愚谓慧？”两眸：喻真如本觉。

四

千尺寒岩百尺冰，当年相对坐崚嶒[①]。
即今火宅清凉界，一个维摩一个僧[②]。

①"千尺"两句：写当年作者与妙峰在龙门妙德庵同修佛法的情景。崚嶒（léngcéng）：高耸突兀。

②"即今"两句：谓到如今你已是清凉界的维摩诘，我却还是火宅中的一个僧人。火宅：佛教语。多用以比喻充满众苦的尘世。清凉界：清净无热恼的境界。与火宅相对，是佛菩萨所居之处。

寄大千法师[①]

三十年前同法席[②]，别来消息断他乡[③]。
忽闻近住千峰里，想已心空闻妙香[④]。

①此诗录自《憨山大师梦游全集》卷三十七。大千：明代僧。山西大同人，曾住西台。

②法席：佛教语。讲解佛法的坐席。亦泛指讲解佛法的场所。

③消息断他乡：因各在他乡而消息断绝。

④心空闻妙香：指体悟佛法真谛。心空：佛教语。谓心性广大，包容万象，有如虚空之无际。亦指本心澄澈，空寂无相。妙香：佛教谓殊妙之香气。

寄空印法师[①]

忆昔台山百尺冰，与君对坐骨崚嶒[②]。
翻思三十余年事[③]，梦里相看似不曾[④]。

①此诗录自《憨山大师梦游全集》卷四十九。空印：释镇澄之号。

②骨崚嶒：即瘦骨嶙峋。写空印的消瘦貌。

③翻思：回思。

④"梦里"句：写对空印的梦魂萦绕之情。

寄五台空印师[①]

一

遥思游戏杂花林，独坐旃檀宝树阴[②]。
不动舌根常说法[③]，万人时听海潮音[④]。

①此诗录自《憨山大师梦游全集》卷三十七。

②“遥思”两句：写空印禅师在五台山讲说《华严经》的情景。游戏杂花林：指空印精通《华严经》，讲解时绰有余力，不经意而为之。杂花：指《华严经》。《清凉山志》卷三《镇澄法师传》载，镇澄“参穷性相宗旨，融贯华严，靡不该练”。在狮子窝十方禅院，镇澄“讲演华严，学者数千指，坐寒岩冰雪，俨金刚窟中也……时妙峰造千佛铜殿于大显通寺。神宗嘉其功行，命重修，更赐额曰永明，建七处九会道场，延诸法师，讲演华严，以澄主第一座……说法三十余年，三演华严，虽登高座，万指围绕，意若无人……其于演讲，提纲契要，时出新意，北方法席之盛，稽之前辈，无出其右者”。旃檀宝树：即檀香树。

③不动舌根：指无有尘劳，“淡性常在”，即已明真如自性。语出《楞严经》卷五：“譬如有人，以舌舐吻，熟舔令劳。其人若病，则有苦味；无病之人，唯有甜触。由甜与苦，显此舌根不动之时，淡性常在。”

④海潮音：见曹子登《送光上座归台山四首》之四注④。

二

一自抛身瘴海澜，蛮烟毒雾尽加餐[①]。
归来渴饮曹溪水，不减清凉彻骨寒[②]。

①“一自”两句：写作者于万历二十三年（1596）坐“私造寺院”，充军雷州的情景。《清凉山志》卷三：“（憨山）坐私造寺院，戍雷州……岁大疫，死者相藉，清率众掩埋，作广荐法会七日，大雨三日，疫即止。”瘴海澜：即瘴海。旧指岭南有瘴气的海域。蛮烟毒雾：蛮荒之地的烟雾。指瘴气。尽加餐：《古诗十九首》其一：“弃捐勿复道，努力加餐饭。”此用其意。

②“归来”两句：意为身在曹溪，心在清凉（五台山）。曹溪：水名。在广东曲江县东南双峰山下，以六祖惠能在曹溪宝林寺演法而名。万历二十八年（1600），南诏道祝君，请作者住曹溪祖庭。

空印法师半身赞[①]

问者老汉[②]，从何处来？
不知为甚，满面尘埃。
千年冰雪冻不死，留得一半令人猜。
可怪狮子项下铃，自系自解真奇哉[③]！

①此赞录自《憨山大师梦游全集》卷三十五。空印：明五台山名僧镇澄，号空印。半身：指半身画像。

②者：指示代词。相当于“这”。

③“可怪”两句：此化用“解铃还得系铃人”之典。见明本《送断崖禅师游五台歌》注③。谓空印法师已进入自证自悟的解脱状态。

清凉山玉峰和尚半影赞[①]

明月半轮，浮云一片。
雪老冰枯，水清沙浅。
人传作鼻祖儿孙[②]，我说是文殊侣伴。
八十年苦行无穷，百千劫圆成一念[③]。
不知那世旧冤家，来此人间偿夙欠[④]。
晚得个俗不俗阿郎[⑤]，却做出真不真皮面[⑥]。
咦，今朝一笑再相逢，直待龙华初会见[⑦]。

①此赞录自《憨山大师梦游全集》卷三十五。玉峰：明五台山僧。嘉靖间，结净土庵于栖贤谷，历试苦行，尝四十余日昏散不入。后广集缁流，事净土行。

②鼻祖：比喻某一学派或某一行业的创始人。此指释迦牟尼或菩提达摩。儿孙：此犹弟子，徒弟。

③“百千”句：谓玉峰和尚已进入念劫融通的彻悟境界。百千劫：犹千万世。佛教形容时间极长。圆成：佛教语。成就圆满。一念：佛家语。指极短的时间。

④“不知”两句：谓玉峰早已得道，只不过是又来尘世超度众生。冤家：此为对道友的昵称。

⑤俗不俗：在俗而不俗。即在俗行禅之意。俗：佛教谓尘世间为俗。与出家相对。

⑥真不真皮面：指人的形体真而不真，假有真无。佛教认为，一切色相均为因缘和合而生，并非实体，故云。皮面：浮皮；表面。

⑦龙华初会：指度人出世的初次法会。参见敦煌文献《五台山圣境赞·阿育王瑞塔》注③。

送慈公还五台[①]

一别台山三十年，眼前冰雪尚依然。
君来细说窟中事[②]，又结多生未了缘。

①此诗录自《憨山大师梦游全集》卷四十九。慈公：明代五台山僧人。

②窟：当指作者曾静修之北台下龙门之妙德庵。又北台有灵迹金刚窟，乃万圣秘宅。用以指代五台山，亦通。

送如证禅人造旃檀像还五台[①]

一

火云赤日满炎荒，金色光含古道场[②]。
不是曼殊亲出现，谁知随处是清凉[③]？

①此诗录自《憨山大师梦游全集》卷三十七。如证：明代五台山僧人。旃檀像：用檀香木刻的佛菩萨像。

②“火云”两句：写刻制旃檀像的南方某寺院。谓在这炎热荒远之地，佛光显现于古老的寺院。火云：红云。多指炎夏。炎荒：指南方炎热荒远之地。金色光：指佛光。

③“不是”两句：赞文殊。意谓如果不是文殊以般若之智揭示“不二法门”，使人彻悟平等而无差别之至道，有谁知道只要证得本心，随处都是清凉境界呢？

二

海岸旃檀净法身[①]，无边相好隐微尘[②]。
分明剖出诸人看，觌面当机一句新[③]。

①净法身：清净法身。法身，佛教语。谓证得清净自性，成就一切功德之身。“法身”

不生不灭，无形而随处现形，也称为“佛身”。

②“无边”句：谓旃檀像中的每一微尘都隐藏有无边相好。相好：见敦煌文献《五台山圣境赞·赞肉身罗睺》注⑤。

③“分明”两句：意谓旃檀像中的每一微尘都可供人参究；人们得睹旃檀像，都会对佛法有新的感悟。觌（dí）面：见面。当机：符契于所对之根机、时机。一句：禅门有“最初一句”、“第一句”、“一句道得”、“末后一句”、“透关的一句”等用语，均指见性之言。《法华经·法师功德品》：“以是清净意根，乃至闻一偈一句，通达无量无边之意。”

赠太和老人①

金刚窟里旧相逢②，雪鬓蓬松气更雄。
一盏玻璃茶尚醉，依稀犹记放牛翁③。

①此诗录自《憨山大师梦游全集》卷三十七。太和：太和老人：作者《憨山老人梦游集》卷二十一《赠太和老人序》：“老人不知何许人，掀髯瑰玮，肩横一杖，足遍诸方。随身佛事，到处指迷，见形而归心、聆音而解缚者，不知其无量亿万矣。云行鸟飞，飘然度岭来游于粤。”

②金刚窟：北台灵迹。见无著《金刚窟》注①。

③“一盏”两句：借无著入金刚窟事写太和老人与文殊菩萨的机缘。一盏玻璃、放牛翁：均见《清凉山志》卷四《无著入金刚窟传》。

送暹侍者游五台兼讯空印法师①

遥从火宅入清凉，万里休言道路长②。
倪见文殊问消息，窟中今空几禅床③？

①此诗录自《憨山大师梦游全集》卷三十七。暹（xiān）侍者：德清的侍者。暹，当为其姓。空印：释镇澄之号。

②“万里”句：有泯灭远近差别之意。

③“倪见”两句：对空印的问讯。表示作者欲再到五台山与空印一道焚修之意。倪：同“倘”。文殊：此借指空印。

寄王居士①

清凉雪夜共谈禅，一别于今二十年。
常忆毗耶真面目②，寒空明月几回圆③。

①此诗录自《憨山大师梦游全集》卷三十七。

②毗耶：梵语音译。又作“毗耶离”等。古印度城名。《维摩诘经》说维摩诘居士住毗耶城（今印度比哈尔邦南部），曾“称疾”与众菩萨共论“不二法门”。故亦以指维摩诘菩萨。诗文中常以比喻精通佛法，善说佛理的人。此指王居士。真面目：指“本来面目”。意即王居士已彻悟真如自性。

③寒空明月：写彻悟的境界。

五羊喜谭子文至自蓟门（二首录一）①

炎风朔雪两无凭，火宅何如大地冰②？
相对莫惊须鬓改，此心元是五台僧③。

①此诗录自《憨山大师梦游全集》卷四十九。五羊：指五羊城。广州的别称。相传古代有五仙人乘五色羊执六穗秬而至此，故称。蓟门：即蓟丘。古地名。在北京城西德胜门外西北隅。

②“炎风”两句：尽管热风蒸人的广州和夏犹冰雪的五台山两者都是虚幻不实，没有凭据；但犹如火宅的广州还是不如冰雪覆盖的五台山。

③“此心”句：写作者对五台山的一往情深。

示顿利禅人游五台①

一条拄杖曳单瓢②，参礼休辞万里遥。
倘遇曼殊斋会日③，休教恶水蓦头浇④。

①此诗录自《憨山大师梦游全集》卷三十八。顿利：僧人名。

②曳：牵引，拖。此指挂。单瓢：剖开的一半葫芦。

③斋会：禅寺在特定日期的集会。

④恶水蓦头浇：比喻禅师对学人的严厉勘验、接引。《佛果圜悟禅师碧岩录》：“达磨

初见武帝，武帝问：‘朕起寺度僧，有何功德？’磨云：‘无功德。’早是恶水蓦头浇。若透得这个‘无功德’话，许你亲见达磨。”

示有明了重礼五乳[①]

昔年参罢礼清凉，一见文殊返故乡[②]。
不识三三多少众[③]，故来重请为敷扬[④]。

①此诗录自《憨山大师梦游全集》卷三十八。有明、了重：二僧名。五乳：峰名。在江西庐山。明万历四十四年（1616）德清结庵五乳峰下，名曰法云寺。

②一见文殊：指只见文殊的塑像。

③“不识”句：意谓未悟佛法真谛。三三多少众：见雪窦《金刚窟》注①。

④敷扬：传播宣扬。

蕴真禅人时从五台来参双径[①]

金刚窟里旧行踪[②]，别后云山隔万重。
今夜长空千里雪，当年曾把洞门封。

①此诗录自《憨山大师梦游全集》卷三十八。双径：即径山。为浙江临安天目山之东北峰，以径通天目山而名。又因径有东西两条，故又名双径。山麓之兴圣万寿寺（亦名径山寺），是禅宗五山之首。

②金刚窟：见无著《金刚窟》注。

怀五台旧居[①]

叶斗峰头雪未消[②]，别来音信久寥寥。
炎方屡梦经行处，曳杖闲过独木桥[③]。

①此诗录自《憨山大师梦游全集》卷四十九。五台旧居：指五台山北台下龙门之妙德庵。

②叶斗峰：北台峰名。

③“炎方”两句：写作者身在南方，屡忆昔年在妙德庵前经行的情景。《清凉山志》

卷三《憨山大师传》："（德清居龙门妙德庵时）当春夏交，大风时作，流澌冲击，如万马驰骤声。以问妙峰，妙峰云：'不见古人道，三十年闻水声不转意根，当证观音圆通。'清然之。溪边有独木桥，行坐其上，久之，忽然忘身，众籁都寂，自此水声不复入耳矣。一日，粥罢经行，忽立定，及从定起，光明湛然，觅身与心，了不可得。说偈曰：'瞥然一念狂心息，内外根尘俱洞彻。翻身触破太虚空，万象森罗从起灭。'"

怀五台龙门旧居①

万年冰雪拥茅庐②，一别于今廿载余。
叶斗峰头明月夜③，不知谁在此安居？

①此诗录自《憨山大师梦游全集》卷四十九。龙门：见真可《过龙门静室》注①。

②茅庐：指作者在五台山时所居北台下龙门之妙德庵。

③叶斗峰：北台峰名。

自赞①

一

曾向钵中，见有万众。
问是文殊，被他掉弄②。
直到五台，亲承奉重。
闻说净土法门，恰是开眼作梦。
想是此老前身③，今日重来打哄。

①此赞录自《憨山大师梦游全集》卷三十五。序号为注者所加。

②"曾向"八句：《清凉山志》卷四《法照入竹林寺传》载，法照于大历二年，在衡州云峰寺僧堂粥钵五色云内现其五台诸寺，文殊一万圣众而处其中。大历五年到五台山，入大圣竹林寺（化寺），见文殊、普贤二菩萨，并亲承教诲。后依所见造竹林寺，专弘净土。

③此老：指法照。

二

五台冰雪枯，东海波涛恶。

炎荒瘴疠深，曹溪缘分薄。
只待心疲力倦，赤身走归南岳。[①]
七十峰头睡正浓，醒来两眼空落落。
坐倚长松独自看，白云一片生幽壑[②]。

①“五台”六句：写作者行脚修道经历。《清凉山志》卷三《憨山大师传》载德清与妙峰之五台，入龙门修道。万历九年，李太后遣官五台，建祈储道场，以妙峰与清主之。清寻遁入东海之牢山。万历二十三年，因“私创”寺院罪，充军广东雷州五年始归。二十八年，受南诏道祝君请，住曹溪宝林寺。其间，因妖书事连坐，还戍所。四十四年还，过庐山，结庵五乳峰下。

②“白云”句：写禅悟之境。

三

坐五台之冰雪，听东海之波涛；
饮炎荒之瘴毒，卧南岳之高峰；
拈双径之竹篦，吹云栖之布毛[①]。
且看者些行脚，恰是月上松梢[②]。
若问大人作略[③]，全没半点；
求其衲僧巴鼻[④]，绝无一毫。
只有一副肝胆，痛痒不在皮毛。
再三扪摸，仔细抓搔，
求之不得，切处难挠。
且道毕竟如何？
咦，巫峡猿啼霜夜月，断肠声使梦魂销[⑤]！

①“拈双”两句：写作者在各处传法授徒。双径：寺名。即径山寺。以位于余杭市径山而得名。竹篦：禅宗法器。又称竹篦子、披头棍。师家持以使弟子警觉悟道。云栖，山名。在杭州五云山之西。山中云栖寺，以明代莲池大师袾宏居此而闻名。吹布毛：《景德传灯录》卷十五载，唐牛头宗僧会通，礼鸟窠落发，居杭州招贤寺。一日，通欲辞，鸟问何往，通说往诸方学佛法去。鸟曰：“若是佛法，吾此间亦有少许。”通曰：“如何是和尚佛法？”鸟于身上拈起布毛吹之，通遂悟其玄旨。

②月上树梢：喻空寂的禅境。

③作略：作为谋略。

④巴鼻：禅宗用语。巴者，把捉；鼻者，准。意谓抓住要领。不得要领，谓“没巴鼻”。亦解作来由；根据。

⑤“巫峡”两句：喻指人世的悲哀使作者从尘梦中清醒。

镇　澄

镇澄（1547—1617），明代僧人。字月川，别号空印，俗姓李，宛平（今属北京市）人。15岁出家于北京西郊广应寺。3年后受具足戒。先从高僧江澧、西峰深等研学法相宗。后从小山、笑岩究西来密意，妙契心印。因其参穷性相宗旨，融贯华严，造诣深厚，被义学僧人选为上首。万历十年（1582年），应憨山、妙峰之邀至五台山，与智光等创建狮子窝十方禅院，并开讲《华严经》。后应塔院寺住持圆广法师之请，撰写《清凉山志》，于万历二十四年完成。慈圣太后闻其高风，特赐《大藏经》，不久命于都城千佛寺讲所著《楞严正观》，于慈因寺讲解大乘诸经。显通寺千佛铜殿建成后，神宗命建七处九会道场，延请法师讲演华严，以师为第一座主。万历四十五年（1617）圆寂，塔于竹林寺之左。著有《楞严正观》、《金刚正眼》、《般若照真论》、《因明起信摄论》、《永嘉集注解》等。

梦游神境诗并引①

往予于万历乙亥岁，听一江老人讲华严于燕山之隆化②。于时景慕菩萨住处，即驰神五顶，托志清凉，以尘缘碌碌，复经五载③。至庚辰秋，禅源教海，一无措心④。自知根器浅陋，不足以载斯道，遂罢游讲肆，而企慕清凉之心，日益切矣⑤。是秋九月初夕，俄尔一梦，适兹神境，然其所见，万状交辉，群真穆穆，实非人间山林境比也⑥。乃作古风一首，略以志其万一云耳⑦。

久慕清凉境，日远凝机思⑧。
月明半窗户，秋风淅沥时。
杳然适清梦⑨，缥缈天之西。
五峰凝黛色，千硐流清滋⑩。

锦烟笼月殿[11]，宝树磨琼枝[12]。
奇花香馥馥[13]，好鸟声嵩嵩[14]。
巍哉妙德尊[15]，飘然驾狻猊。
诸天擎翠盖，仙人散紫芝[16]。
群真率严卫，释梵相追随[17]。
光幢蔽白日[18]，天乐遏云驰[19]。
上悬百尺纛[20]，大书七佛师[21]。
列圣驭云霄，荡然而逶迤。
陟彼黄金殿，地匝青琉璃[22]。
中耸莲华台，上有珠网垂。
文殊坐其中，肃尔若冰池[23]。
梵音洞玄赜[24]，为我宣真慈[25]：
四句不可说，百非亦以离[26]；
向上有玄关，千圣绝施为[27]。
我闻如甘露[28]，既喜且复悲。
夜雨湿芭蕉，忽听声澌澌。
惊觉开双眼，触物仍沉迷。
何当得真诣[29]，一洗多生痴
稽首大智王，斯言当证知[30]。

①此诗录自《清凉山志》卷八。神境：指五台山。引，文体名。大略如序而稍为简短。

②万历乙亥：万历三年（1575）。一江老人：即一江沣。明西山广应寺僧人。燕山：燕京。今北京市。隆化：寺名。

③尘缘：佛教谓与尘世的因缘。

④庚辰：万历八年（1580）。禅源：谓禅门的根本道理。唐宗密《〈禅源诸诠集〉都序》：“禅是天竺之语，具云禅那，中华翻为思维修，亦名静虑，皆定慧之通称也。源者，是一切众生本觉真性，亦名佛性，亦名心地。悟之名慧，修之名定。定慧通称为禅那。此性是禅之本源，故云禅源。”

⑤根器：佛教以木譬喻人性曰根，根能堪物曰器。泛指人的禀赋、气质。讲肆：讲舍。

⑥群真：众菩萨、罗汉。真，即真人。佛教称证真理的人，即阿罗汉。佛与证得佛法真谛而不自贵、不贱他人之圣人，皆称真人。

⑦云耳：如此而已。耳，同“尔”。

⑧“日远”句：谓自己的机思每天凝聚在远方的清凉山。机思：机巧的心计。

⑨适清梦：进入美好的梦境。清梦，犹美梦。

⑩清滋：清水。

⑪锦烟：色彩鲜艳的云烟。月殿：指佛殿。

⑫“宝树”句：谓宝树与琼枝相摩。宝树：佛教称西方净土的草木。磨：通“摩”。琼枝：玉树之枝。

⑬馥馥：香气浓烈。

⑭鹥（yī）鹥：鸟鸣声。

⑮妙德尊：即妙德尊者。妙德，文殊师利的意译。

⑯紫芝：真菌的一种，也称木芝。似灵芝。古人以为瑞草。

⑰释梵：帝释和梵天。佛经中天的名称。此指护法众天神。

⑱光幢（chuáng）：华美的幢。幢，佛教的一种柱状标识，饰以杂彩，建于佛前，表示麾导群生、制服魔众之意。

⑲“天乐”句：谓天宫的音乐响遏行云。

⑳纛（dào）：大旗，用于仪仗队。

㉑七佛师：指文殊菩萨。佛经称文殊为七佛之师。七佛，见敦煌文献《五台山圣境赞·题五台·南台》注④。

㉒匝：遍及；满。青琉璃：青色的光宝石。

㉓“肃尔”句：谓文殊菩萨神情肃穆，如结冰的池塘一样晶莹明洁。

㉔洞幽赜（zé）：透彻地阐明了深奥的佛理。洞，透彻；深入。幽赜，幽微深奥。

㉕真慈：犹真谛。佛教以慈悲为本，故称。

㉖“四句”两句：即禅林用语“离四句，绝百非”之意。即除去心中的见解，亦即除去相对的意识。四句：通常指有、无、亦有亦无、非有非无，或者常、无常、亦常亦无常、非常非无常。表示作为一般议论的形式。佛教认为，这些观点都是外道的邪见和戏论，属于虚妄的分别执著。百非：百种之否定，为佛书中所思考判断的108个问题，称“百八句”。禅宗认为，四句百非是基于一切判断与议论之立场而设立的假名概念，而参禅者必须超越这种假名概念，言忘虑绝，方可契入真如本体之境。

㉗“向上”两句：写“向上一路”为千圣不传的超悟之道。《碧岩录》卷二：“向上一路，千圣不传。学者劳形，如猿捉影。”此用其意。向上玄关：指“向上一路”。参见明本《送断崖禅师游五台歌》注⑭。绝施为：弃绝作为。意即无法实行其教法。

㉘甘露：佛教语。梵语意译。喻佛法、涅槃等。《法华经·药草喻品》：“为大众说甘露妙法。”

㉙得真诣：能够真的拜访文殊菩萨。诣，晋谒，造访。

㉚斯言：此言。指“四句”四句。证知：参悟。

清凉遐思[①]

久慕清凉境，未遂清凉游。
尘缘竟碌碌，遐想空悠悠。
所思不在山，希觏大圣颜[②]。
圣颜在何处，缥缈虚无间。
我欲往从之，何由生羽翰[③]？
羽翰不可到，情关万里漫[④]。
报尔游台人，休索别思量。
情忘关亦空，当处即清凉[⑤]。
文殊只这是，元不离羹墙[⑥]。

①此诗录自《清凉山志》卷八。

②觏（gòu）：视，见。大圣：此指文殊菩萨。

③羽翰：羽翼。

④“羽翰”两句：谓若不勘破情关，即使身生羽翼也不能依从文殊，获得解脱。情关：犹情障。即烦恼障。佛教指由我执而所生的贪、嗔、痴等一切烦恼。是为信修佛法而获得解脱的三大障碍之一。故以关喻之。

⑤“当（dàng）处”句：谓此处就是清凉净土。当处：本处，此处。指破除情关后的解脱境界。

⑥“元不”句：即禅宗“即心是佛，见性成佛”之意。元：本来。羹墙：《后汉书·李固传》：“昔尧殂之后，舜仰慕三年，坐则见尧于墙，食则睹尧于羹。”后以“羹墙”为追念先辈或仰慕圣贤之意。

师子歌[①]

君不见，五台山上师子踞，师子窝在云深处[②]。
师子说法师子听，百兽闻之皆远去[③]。
大师子，小师子，猛烈威狞谁敢拟[④]！

爪牙才露便生擒[5]，顾伫思惟言下死[6]。
不说空，不说有[7]，四句百非不著口[8]。
金刚宝剑倚天寒，外道天魔皆斩首[9]。
不是心，不是佛[10]，父母未生全底物[11]？
无量劫来绝点痕[12]，痴人欲解梦中缚[13]。
不属迷，不属悟[14]，白云断处青山露[15]。
丈夫拶透两头关[16]，天上人间信独步[17]。
也无玄，也无妙，一切平常合至道[18]。
等闲拈得火柴头，击碎人间无价宝[19]。
达磨宗，般若旨，六代相传只这子[20]。
马师翻作涂毒声，众生闻者偷心死[21]。
师子吼，逼乾坤，直前跳跃忽翻身[22]。
小师子儿犹迷影，野干狐兔那窥真[23]？
德山棒，临济喝[24]，亦能杀，亦能活[25]。
临崖一拶命根休，三藏玄机无不夺[26]。
师子王，忽嚬伸，虚空走，须弥瞋，
无边刹海现微尘[27]。
文殊普贤忙不彻，拥出如来大法轮。
法轮转，无休歇，五十三人得一橛[28]。
楼阁门开须善财，头头拶出光明月[29]。
阙俱圆，圆俱阙，一毛端上同发越[30]。
众生空界有穷时，此法滔滔无尽竭[31]。

①此诗录自《清凉山志》卷八。师子：即狮子（师为“狮”的古字，下同）。佛家用以喻佛，指其无畏，法力无边。此指文殊。诗中亦指在狮子窝参禅修道的僧侣。

②师子窝：中台灵迹。见赵梦麟《师子窝二首》注①。

③百兽：喻邪魔外道。

④猛烈威狞：指禅师威猛精进之态。拟：猜度，推测。亦即有所疑虑。

⑤爪牙才露：喻学人刚显露出妄想、分别之意识思维。生擒：喻禅师夺其思路。

⑥顾伫思维：指学人回首久立，犹豫不决。言下死：指禅师言语喝断（打念头），将学人逼于绝境（大死一番），从而息妄显真。

⑦“不说”两句：意谓不于境界作“有”、“无”的分别。佛教谓诸法因缘和合而生，

本无自性，称作“空”；然事属存在，称作“有”。因妄想分别而生空有二执，就不能成就佛果。

⑧四句百非：见作者《梦游神境诗》注㉖。

⑨“金刚”两句：佛教谓金刚界中，文殊的三昧耶形是金刚宝剑，表示文殊的般若之智能斩断万千烦恼丝。天魔外道：佛教谓扰碍佛道者。天魔，佛教语。天子魔之略称。为欲界第六天之主，常为修道者设置障碍。《大智度论》：“天子魔者，欲主，深著世间乐，用有所得，故生邪见，憎嫉一切贤圣涅槃道法，是名天子魔。”外道，佛教称其他宗教及思想为外道。

⑩“不是”两句：即“非心非佛”（《古尊宿语录》卷一），为“是心是佛”翻来的禅家公案。禅宗主张彻见本心，而不受识心摆布，即超越妄心，净化染我，方可达到悟境。又禅宗主张“廓然无圣”（《祖堂集》卷二）、“此心即是佛心”（《景德传灯录》卷六）。

⑪“父母”句：即禅家话头“父母未生以前，哪个是你本来面目?”指人人具有的真如自性，即佛性。底物：何物。

⑫无量劫：指极长的时间。绝点痕：指全无“心”、“佛”的点滴痕迹。

⑬“痴人”句：犹“痴人说梦”。《五灯会元·道行禅师》：“佛说三乘十二分顿渐偏圆，痴人前不得说梦。”此谓痴人为“心”、“佛”所束缚，难以彻悟。

⑭“不属”两句：意即“凡圣不二”。《笑岩集》：“各人直下本有灵鉴真心，体原湛寂，初无迷误之相。”此用其意。

⑮“白云”句：谓息灭妄念，即可显露真如自性。《景德传灯录》卷一一：“有僧问：‘如何得出离生老病死?’师（志勤）曰：‘青山元不动，浮云飞来去。’”

⑯丈夫：佛教称人中之最胜者为丈夫。拶透两头关：即禅宗用语“坐断两头”。指经拶逼参究而超越、破除对空有、凡圣、迷误等对立名相的执著，彻见澄明的本心。

⑰“天上”句：指彻悟后自由自在的境界。

⑱“也无”三句：《景德传灯录》卷十：“（从谂）问南泉：‘如何是道?’南泉曰：‘平常心是道。’”此用其意。

⑲“等闲”两句：意谓索性连“自性”也可毁弃不顾。写无思无识、随缘任运的解脱境界。火柴头：燃烧着的木头。人间无价宝：指人人具有的真如自性，即佛性。

⑳“达磨”三句：谓禅宗代代相传般若空观。达磨（亦作“达摩”）宗：禅宗的异名。中国禅宗奉南天竺僧人菩提达摩为初祖，故名。般若旨：即大乘般若空观。六代：指禅宗自达摩始，经慧可、僧璨、道信、弘忍到慧能。这子：这个。指“般若旨”。

㉑“马师”两句：写马祖对禅宗教法的革新。马祖：即僧道一。唐什邡（今属四川）人，俗姓马，故号马祖。禅宗洪州宗创始人。在接引学人中，洪州禅根据“为病不同，药亦不同”的原则，创造出更为机动、灵活的手段，如隐语、暗示、象征，乃至喝、打、踢，开棒喝之先河。翻作：按旧谱制新词。此指在原有的基础上创造新教法。涂毒声：指涂毒

鼓之声。涂毒鼓，谓涂有毒料，使人闻其声即死之鼓。禅宗以此比喻师家令学人丧心或灭尽贪、嗔、痴之一言一句的机言。《景德传灯录》卷十六“全豁禅师”条：“全豁禅师上堂，一僧出礼拜请。师曰：‘吾教意犹如涂毒鼓，击一声，远近闻者皆丧。’”偷心：禅林用语。指向外寻求之心。

㉒“师子”三句：谓禅师说法如狮子大吼，声震乾坤；话语大起大落，忽前忽后，令人扑朔迷离。

㉓“小师”两句：谓参禅的学人尚且迷头认影，那些邪门外道者更难以窥其真相。迷影：即“迷头认影”。喻众生认妄相为真，不见自己本来面目。详见真可《清凉寺双柏歌》注⑧。野干狐兔：犹野狐外道，即野狐禅。禅宗对一些妄称开悟而流入邪僻者的讥刺语。野干：兽名。《翻译名义·悉伽罗比》：“野干似狐而小，形色青黄如狗，群行，夜鸣如狼。”

㉔“德山”两句：棒喝，佛教禅宗用语。禅师接待初机学人，对其所问，不用言语答复，或以棒打，或以口喝，以验知其根机的利钝，叫“棒喝”。相传“棒”的使用，始于唐代德山宣鉴与黄檗希运；“喝”的使用，始于临济义玄，故有“德山棒，临济喝”之称。以后禅师多棒喝交施，无非借此促使人觉悟。

㉕“亦能”两句：禅家谓棒喝能杀无明，谓之“死”；使学人悟得本心，得大解脱，谓之“活”。

㉖“临崖”两句：谓关键时刻，禅师以棒喝之法拶逼能杀无名，连佛教经、论、律三藏深奥微妙的义理也被否定。禅宗常借呵佛骂祖、贬斥佛经等否定权威之法，为学人解缚破执，故云。夺：用强力使之动摇、改变。

㉗“师子”五句：写高僧大德彻悟的状态。嚬伸：打呵欠，伸懒腰。须弥瞋：对须弥山瞪目而视。须弥，佛教传说山名。意译妙高、妙光。参见敦煌文献《游五台赞文》注①。刹海现微尘：指超越大小差别，达到大彻大悟，圆融无碍的境界。《北齐书·樊逊传》：“法王自在，变化无穷，置世界于微尘，纳须弥于黍米。”谓广狭、大小等相融自在，融通无碍。

㉘“文殊”五句：意谓文殊、普贤二菩萨亲自为师子窝的五十三位禅师说法，均体悟了真如自性。忙不彻：犹忙不迭。法轮：佛教语。比喻佛说法。谓佛说法，圆通无碍，运转不息，能摧破众生烦恼。五十三人：《华严经·入法界品》载，善财童子奉文殊教敕，渐次南行，历参五十三名善知识，便证入法界。此借指师子窝结社修道的五十三人。得一概：禅宗用语。指了悟佛法真谛，即真如自性。一了百了，一彻尽彻，故云。《五灯会元》卷第二十二：“若向牧庵门下检点将来，只得一概。千种言，万般说，只要教君自家歇。一任大地虚空，七凹八凸。”

㉙“楼阁”两句：写五十三人得诣弥勒，证入法界。《祖庭事苑》卷三载，善财童子历一百一十城，见五十三名善知识。至弥勒楼阁前白曰：大圣开楼阁门，令我得入。时弥

勒菩萨前诣楼阁，弹指出声，其门即开，命善财入，入已还闭。须，等待。“头头”句：亦即“头头是道”。佛教语。指处处存在着道。语本《续传灯录·慧力洞源禅师》：“方知头头方是道，法法本圆成。”光明月：喻自性。

㉚“阙俱”两句：写《华严经》所说圆缺如一，大小相容自在，事理无碍的真如境界。发越：犹显露。

㉛“众生”两句：唐白居易《长恨歌》：“天长地久有时尽，此恨绵绵无绝期。”此化用其意，写佛法永存。空界：佛教语。空大。谓虚空范畴。六界之一。

怀妙峰澄印二师长歌有引[①]

蒲坂[②]妙峰、金陵[③]澄印居龙门。蓬壶道人[④]守河东，因视戍，登清凉，闻其道，过龙门而见访[⑤]。本分事外，言及台山之废。二师泣曰：“兹山赖有幽林深谷，禅者藏修。今山民砍伐殆尽，公如不护，则菩萨圣境不久残灭矣。况兹山实国家内藩[⑥]，保固边防，亦国宰[⑦]之职也。”公颔之[⑧]，呈于抚台高君[⑨]，奏请禁革[⑩]，砍伐乃寝[⑪]焉，实二师之力也。今乃舍此远遁他山，千岩隐者，感慕依望，有至泣下而不能自已者。余乃发为长歌，以颂其德，亦以见兹山废兴所系云。

震旦有山名清凉[⑫]，五顶郁郁接穹苍。
千岩万壑嘉木长，玉芝瑶草凝清香[⑬]。
曼殊大士真寂乡，一万开士协赞扬[⑭]。
自古崇真帝与王，生民得以沐休康[⑮]。
栖寂之流数无央[⑯]，刳心咸得悟真常[⑰]。
天龙扶卫不暂忘[⑱]，是故兹山久乃昌。
世远道衰圣哲亡，魔力盛兮法力尫[⑲]。
凡民侵暴不可当，灵木尽遭斤斧伤。
易我居兮夺我粮，寒岩隐者皆惊惶。
大士端居常寂光，潸然泪下沾天裳[⑳]。
咄哉斯民何猖狂，欲毁如来化法场！
顾彼一万童真行[㉑]，谁能为我拯颓纲？
中有贤善二吉祥[㉒]，稽首合掌立其傍。
贤兮德比妙高众宝庄，善兮心澄海印湛汪洋[㉓]。

自云我力能恢张[24]，即乘悲愿为舟航。
二人握手且徜徉，归来卓锡叶斗峰之阳[25]。
不知岁月几风霜，但见四山数数青复黄。
舌头刺血血淋浪，书写杂华无尽章[26]。
刻苦真修不可量，嘉声浩尔聆八方[27]。
王公闻者来相将[28]，或从之求度，或为之金汤[29]。
乃以慈悲力，驱彼豺与狼。
不敢折其枝，况敢求栋梁？
由是道人居，遐迩得安藏。
所作亦大奇，于己犹秕糠[30]。
功成而不有，遂别台山冈。
长空云渺渺，曲涧水琅琅。
哲人向何处，令我长相望。
何啻长相望[31]，更有无限藏修老衲，
闻君归去，无不断枯肠。

①此诗录自《清凉山志》卷八。妙峰、憨山（德清之号），均为明代高僧（本书录其诗，详见作者简介）。二僧于明万历三年（1575）同登五台，居北台下龙门之妙德庵。《清凉山志》卷三《憨山大师传》：“因奸商伐木不能禁，往雁门，祈兵备道胡公护持，居署中，入定五昼夜，胡公撼之不动，鸣引磬数声，乃出定。”本诗即纪其事。

②蒲坂：地名。故城在今山西永济。

③金陵：今南京市。

③蓬壶道人：胡来贡，字顺安，号蓬壶道人。明代东莱（今山东东莱）人。明万历八年（1580）七月，由平阳太守转雁门兵备。

⑤见访：尊称他人的访问。

⑥内藩：对内的屏障。

⑦国宰：国家官吏。宰，官吏的通称。

⑧颔（hàn）之：对之点头以示同意。

⑨抚台高君：指高文荐，明巴蜀凤渚（今四川）人。时巡抚山西。

⑩禁革：禁止革除（砍伐山林之风）。

⑪寝：止、息。

⑫震旦：梵语译音。即中国。

⑬玉芝瑶草：玉芝，芝草，以色白如玉而名，亦名白芝。瑶草，仙草，也泛指珍异之草。

⑭“曼殊”两句：《大华严经》：“东北方有处，名清凉山，从昔以来，诸菩萨众，于中止住。现有菩萨名文殊师利，与其眷属，一万人俱，常在其中而演说法。”真寂乡：涅槃之地。真寂，佛教语：谓佛之涅槃。对二乘之伪涅槃而言，故谓之“真寂”。开士：菩萨异名。参见觉玄《观圣台》注③。

⑮生民：人民。沐休康：享受美善与安乐。

⑯栖寂之流：指隐居修道的僧人们。无央：犹无数。

⑰刳（kū）心：谓澄清内心的杂念。真常：佛教语。谓如来的教义真实常在。

⑱天龙：即“天龙八部”。见郑材《登清凉石赋》注⑨。

⑲尪（wāng）：懦弱。

⑳“大士”两句：谓文殊在净土见此情况，亦为之泪下沾裳。大士：此指文殊菩萨。常寂光：即常寂光土。佛教语。四土之一。指诸佛如来法身所居净土，即真常不灭的智慧光明常照之意。

㉑童真行：僧侣们。童真，佛教语。指受过十戒的沙弥。

㉒二吉祥：指妙峰、澄印二师。吉祥，元代授予僧人的美号。

㉓“贤兮”二句：将妙峰、澄印嵌于句中，赞美二师贤与善。德比妙高：其德行堪与妙高山相比。妙高众宝庄：指妙高山，即须弥山的意译。佛教称其由七宝合成，故称。心澄海印：谓心境澄澈如海印三昧。海印，即“海印三昧”，亦作“海印定”。佛教语。《华严经》等所说佛所入的一种定。意谓如大海，能影现一切众生形象，能容纳一切诸法。华严宗谓《华严经》即依海印三昧而说。

㉔恢张：张扬。即发扬光大。

㉕卓锡：谓僧人居住为卓锡。叶斗峰：北台峰名。

㉖“舌血”两句：《清凉山志》卷三《妙峰大师传》：“（妙峰与德清）卜居于北台下龙门之妙德庵。越三年，各写《华严经》。憨山用泥金刺血和金写……登（福登，妙峰名）则刺舌血和硃写。”杂华：指《华严经》。无尽章：以佛法包容一切，无有穷尽，故云。

㉗浩尔：广大貌。聆八方：为八方所聆听。

㉘相将：相偕，相共。

㉙金汤：“金城汤池”之省。见正秀《五郎祠》注⑥。此指护持佛法，使坚不可摧。

㉚“于己”句：谓对二师而言视之若秕糠。秕糠：秕子和糠，均属糟粕。比喻没有价值的东西。

㉛何啻（chì）：何止。

五台山天花歌[①]

君不见，五台山上产灵葩[②]，山人目之为天花。
多在巅崖深险处，枯木云蒸抽菌芽[③]。
厥色浑如玉，厥味薄于瓜[④]。
樵牧得之如获璧[⑤]，持来献入司公衙[⑥]。
司公得之亦甚喜，歌筵舞席争相夸。
烹羊宰鹅不足美，必得是物充珍佳。
在上欲得索其下，公使展转来山家[⑦]。
僧吏鸣钟告其众[⑧]，众闻官令惊复嗟。
裹粮探求入深谷，岂辞猛兽及毒蛇[⑨]？
求之不得须贷易[⑩]，归来典却佛袈裟[⑪]。
昔谓人间苦尘役，偷闲学道归烟霞[⑫]。
岂知寂寞寒岩下，营营公事数如麻[⑬]！
异物有时尽，人欲自无涯[⑭]。
我愿君子心[⑮]，如月绝疵瑕[⑯]。
清光遍照饥寒屋，肯令一念恣骄奢[⑰]？

①此诗录自《清凉山志》卷二。天花：五台山名贵菌类。见朱弁《谢崔致君饷天花》注①。

②灵葩（pā）：神异之花。此指天花。

③云蒸：指因日晒而云气蒸腾。

④“厥色”两句：谓天花的颜色浑如玉石，味道比瓜淡薄。厥，其。浑如：浑似，完全像。

⑤樵牧：樵夫、牧人。璧：美玉。

⑥司公衙：上司的官署。司公，对上司的尊称。

⑦展转：形容经过多种途径，非直接的。

⑧众：指僧众。

⑨“岂辞”句：谓哪敢因山间有猛兽毒蛇而推辞？

⑩贷易：借债去买。

⑪典却：典当掉。

⑫烟霞：泛指山水、山林。

⑬营营：往来不绝貌。

⑭无涯：无止境。

⑮君子：此指上位者。

⑯“如月”句：谓像月亮般晶莹明洁，毫无瑕疵。瑕疵：喻缺点和过失。瑕，玉上的斑点；疵，小病。

⑰“肯令”句：谓岂能在一念之间便恣意地骄横奢侈呢。恣：恣意，放肆，任意。

和咏五台[①]

东台

翩翩一锡上巅峦[②]，极目乾坤逸兴宽[③]。
历历明霞窥大海[④]，重重紫气望长安[⑤]。
云舒大漠绵千缕，月涌沧波玉一团[⑥]。
从把太行移北冀[⑦]，皇畿迢递大龙蟠[⑧]。

①此诗录自《清凉山志》卷八。为和宋张商英《咏五台诗》之作。

②翩翩：行动轻疾貌。一锡：一僧。锡，即锡杖。锡杖为僧所持，故以指代僧。此为作者自指。

③逸兴：清闲脱俗的兴致。

④“历历”句：切东台望海峰名。

⑤长安：即今西安。周代开始建都，以后西汉、前赵、前秦、后秦、西魏、北周和隋唐各代，均建都于此，故诗文中常以长安指代都城。此指代明代都城北京（今北京市）。

⑥“云舒”两句：谓云雾在大漠铺张，有如千万缕丝绵；月亮在碧波间涌起，好像一团晶莹的白玉。大漠：指塞外的大沙漠。

⑦太行移北冀：把太行山由冀州之南移到冀州之北。《列子·愚公移山》载：太行、王屋二山，本在冀州之南，河阳之北。愚公以其堵塞出路，遂挖山不止。“帝感其诚，命夸娥氏二子负二山，一厝朔东，一厝雍南。”太行，山名。绵延山西、河北、河南的大山脉。北冀，冀州之北。

⑧“皇畿”句：谓太行山（五台山属太行山脉）犹如一条大龙盘曲，连绵不绝，将皇畿护卫。皇畿：旧称京城管辖的地区。迢递：连绵不绝貌。

南台

巍峨崚岏是南台[①]，无限岚光照眼开[②]。

古佛岩前长吐瑞，曼殊床畔细生苔[3]。
迢迢硐水流清去[4]，匝匝云山叠翠来[5]。
十载空悬青霭梦，杖藜今日始徘徊[6]。

①“巍峨”句：因南台高耸天际，不与其他四峰相连，故云。峧屼（tūwù）：孤秃的山峰。

②岚光：即风光。

③“古佛”两句：写所见灵迹。古佛岩：指南台灵迹“七佛洞”所在的山崖。《清凉山志》卷二载：“七佛洞，台西南二十里。古有七梵僧，至此入寂不起，遂立七佛像。”曼殊床：中台灵迹。又称清凉石。见觉同《和咏五台·总咏五台》注⑥。

④迢迢：深貌。

⑤匝匝：一圈圈。

⑥“十年”两句：作者在万历三年就“神驰五顶”，万历十年始上五台，时近十年，故云。空悬：徒然地挂念、牵挂。青霭梦：指在紫气缭绕的五台山修行的企慕之心。青霭，指云气。因其色紫，故称。

西台

西台郁郁接穹苍[1]，楼阁门开八水旁[2]。
见说善财询有道，却疑曼室住无方[3]。
坐沾云雾袈裟湿，行踏莓苔草屦香[4]。
莫向禅关重叩启[5]，峰头残月露真光[6]。

①郁郁：烟气升腾貌。穹苍：即“苍穹”，指天空。

②楼阁：指西台北的寺院不二楼。亦暗指“弥勒楼阁”。参见作者《师子歌》注㉙。八水：指西台灵迹“八功德水”。

③“见说”两句：谓我听说善财童子南参之事，却猜度文殊居住之处没有方位、处所的限制。善财询有道：用“善财南参”之典。见贯休《遇五天僧入五台五首》其三注②。曼室：曼室师利的略称。为文殊师利的又一译名。

④草屦（jù）：草鞋。

⑤禅关：犹禅门。佛教禅宗的教门。重叩启：再次叩门，请其为自己打开。

⑥“峰头”句：写“触目菩提”之意。真光：真如之光，即佛光。

北台

梵王宫殿倚崔嵬[①]，鸟道穿云天际回[②]。
山鬼呼吸生雾雨，毒龙吟啸即风雷[③]。
仰瞻斗柄摩金刹[④]，俯瞰滹沱泻月杯[⑤]。
何事头陀身寄此[⑥]，为渠心虑久如灰[⑦]。

①梵王宫殿：指北台顶灵应寺的殿宇。

②鸟道：谓险绝的山路，仅通飞鸟。唐李白《蜀道难》诗："西当太白有鸟道，可以横绝峨眉巅。"回：盘旋。

③"山鬼"两句：写北台云雾弥漫，"时或猛风怒雷，令人悚怖"（《清凉山志》卷二）的景象。山鬼：指山精。毒龙：凶恶的龙。北台有灵迹黑龙池，故云。

④"仰瞻"两句：因北台"亦名叶斗峰，其下仰视，巅摩斗杓"（见《清凉山志》卷二），故云。斗柄：北斗柄。摩：迫近，接近。金刹：佛塔顶部的金属装饰。北台顶有石塔一座。

⑤"俯瞰"句：从李贺《梦天》："一泓海水杯中泻"句化出。谓俯瞰滹沱河，犹如从杯中倾泻出的细流。滹沱：河名。见王三益《九日正觉寺登高》注②。泻月，形容泉水如月光倾泻。唐方干《山中》诗："飞泉高泻月，独树迥含风。"

⑥何事：为何，何故。头陀：见李白《僧伽歌》注⑥。此为作者自指。

⑦渠：他。此为作者自指。

中台

中台倚杖纵遐观，突出孤峰压众峦[①]。
古木崖前看鹤逸，太华池畔照人寒[②]。
自怜世事尘中扰，静觉诸天象外宽[③]。
览尽烟霞无限境[④]，漫将吟兴付毫端[⑤]。

①突出：突兀而起，耸立天际。

②"古木"两句：写中台圣境。古木崖：泛指长有古树的山崖。太华池：中台灵迹。见王道行《游五台诗·中台》注⑦。

③"自怜"两句：写作者登中台而尘虑尽消，心胸开阔。诸天：此泛指天界；天空。象外：尘世之外。

④烟霞：烟雾、云霞。此泛指僧侣幽居的山林。

⑤漫：随意，不经意地。毫端：犹笔端。

总咏五台

金口曾谈事不虚，灵峰谁隔圣凡居①？
情知大士身非远，叵耐众生念自疏②。
芳草和烟寒更绿，山云带雨卷还舒③。
狂机歇尽无生灭④，始信人人绝欠余⑤。

①“金口”两句：《清凉山志》卷二《无著入金刚窟传》载：无著问老人（文殊）：“此间佛法，如何住持？”老人曰：“龙蛇混杂，凡圣同居。”“曾谈”即指此语。金口：佛教语。谓佛之口舌如金刚坚固不坏。不隔圣凡居：圣者（佛菩萨）与凡夫居于一处。意同“凡圣交参”，即无论凡夫还是圣者，都足具真如法性。

②“情知”两句：谓深知文殊菩萨就在自己的身边，这就是自己的清净自性；可恨众生妄加分别，自行疏远而已。叵（pǒ）耐：不可忍受。引申为可恶，可恨。

③“芳草”两句：写“触目菩提”的禅悟境界。

④狂机：狂妄无知的机心，即执著、分别之心。无生灭：佛教指解脱生死轮回、不生不灭的涅槃境界。

⑤人人绝欠余：明僧德宝《笑岩集》：“佛性平等，人人个个无欠无余。能悟之者即佛，能体信行之者即为佛事。本无圣凡愚智之隔，宁有僧俗男女等殊？”此用其意。意谓人与人之间比较，谁也不多什么，谁也不少什么，人人足具圆满佛性。

紫府①

西望龙泉锦绣开②，紫云郁郁锁仙台③。
就中一片清凉地④，劫火曾经几度来⑤。

①此诗录自《清凉山志》卷二。紫府：五台总称。参见张商英《咏五台诗·南台》注②。

②“西望”句：谓站在龙泉关西望五台山，铺开一片花团锦簇。

③“紫云”句：《清凉山志》卷二“紫府……远望五峰之间，紫气盘郁，神人所居也。”

④就中：其中。

⑤劫火：佛教谓坏劫之末所起的大火。《仁王经》："劫火洞然，大千俱坏。"后亦借指兵火。此当指佛教在"三武一宗"灭佛过程中所遭劫难。

那罗延窟①

石窟开岩畔，灵踪接上方②。
云霞常出没，神物自幽藏。
冷积千年雪，虚明五夜光③。
东南观海岱，烟水思茫茫④。

①此诗录自《清凉山志》卷二。那罗延窟：东台灵迹。见敦煌文献《五台山赞》注㉖。

②"灵踪"句：谓那罗延窟与上界相接。因那罗延窟"是菩萨住处，亦是神龙所居"(《清凉山志》卷二)，故云。

③"虚明"句：谓虚空（天空）在夜间常出现明亮的神光。五夜：即五更。古人将一夜分为甲夜、乙夜、丙夜、丁夜、戊夜，故云。

④"东南"两句：谓向东南方遥望东海和泰山一带烟雾茫茫的景象，联想起善财童子风尘仆仆，经历"百城烟水"，寻访五十三处善知识的情景（见《华严经·入法界品》），不由得思绪茫茫。

笠子塔①

梦里乾坤度几秋②，穷源直到海峰头③。
短筇击碎那罗窟，佛国恒沙任尔游④。

①此诗录自《清凉山志》卷二。笠子塔：东台灵迹。《清凉山志》卷二："笠子塔，台顶。宋宣和间，代牧赵康弼，同慈化大师，见异僧入那罗窟，留笠子，建塔藏之。"

②梦里乾坤：指人生天地间犹如梦幻。

③穷源：穷尽水流的源头。暗喻探求佛法真谛。海峰头：指东台望海峰顶。

④"短筇（qióng）"两句：意谓只要打破对佛菩萨的执著，彻悟本源清净心，就可达到圆通无碍的境界，任游不可胜数的佛国。短筇：即短杖。筇，竹名，可作杖。亦为杖的代称。那罗窟：即那罗延窟。东台灵迹。见敦煌文献《五台山赞》注㉖。恒沙："恒河沙

数”的省称。言多至不可胜数。

栖贤谷[①]

路入清凉境，幽栖独此多。
烟霞藏梵宇，钟磬出松萝[②]。
叠嶂呈奇画，流泉弄玉珂[③]。
寻真未相识[④]，且看白云过[⑤]。

①此诗录自《清凉山志》卷二。栖贤谷：东台灵迹。《清凉山志》卷：“栖贤谷，台西南沟，俗呼宰杀沟，自古真人藏修处也。”

②“烟霞”两句：承上写“幽栖处”。梵宇：佛寺。松萝：又称女萝。地衣类植物。常寄生在送树上，丝状，蔓延下垂。

③“叠嶂”两句：写自然风光之美。玉珂：马勒，以贝饰之，色似玉，振动则有声。

④真：泛指得道者。

⑤“且看”句：写作者来去无心，随缘任运的境界。

古竹林[①]

森森万竹拂苍烟，可信人间别有天[②]。
回首不知谁是梦，夕阳山色意茫然[③]。

①此诗录自《清凉山志》卷二。古竹林：南台灵迹。《清凉山志》卷二：“古竹林，台西南三十里，唐法照入圣境。”

②别有天：别有天地，即另有一番境界。唐李白《山中问答》：“桃花流水窅然去，别有天地非人间。”

③“回首”两句：意谓回首当年，法照入圣境的故事，也只不过一场迷梦而已；面对透露真如自性的夕阳山色，想到一些人仍执著于耳闻目见，我不禁心绪茫然。

海螺城[①]

怅望青山思更依，化城缥缈隔烟霏[②]。
曼殊境界原非外，只要当心一息机[③]。

①此诗录自《清凉山志》卷二。海螺城：南台灵迹。《清凉山志》卷二："海螺城，天盆之东，昔人于此见化城，若海旋焉。"

②"怅望"两句：意谓化城虽令人喜欢赞叹，但终有烟霏相隔，虚幻不实；怅望青山，有如"本来面目"，更引起我对佛法的依恋。化城：见元好问《台山杂咏十六首》之十注①。

③"曼殊"两句：意谓法不外求，只要息灭机心，彻见本来面目，就是曼殊境界。曼殊境界：佛菩萨的境界，即彻悟真如自性的境界。当心：胸部正中，即心中。一息机：佛教语。即一刹那间遣散所覆盖的妄念浮云，顿现真如本性。

黑龙池[①]

万丈峰头金井开[②]，醍醐甘露谩相猜[③]。
龙王神力难思议[④]，一滴能令遍九垓[⑤]。

①此诗录自《清凉山志》卷二。黑龙池：北台灵迹。见张商英《咏五台诗·北台》注⑥。

②金井：即金井池。黑龙池别名。

③"醍醐（tǐhú）"句：谓有人说金井池的水是醍醐，还有人说是甘露，这都只不过是徒然猜测而已。醍醐：从酥酪中提制出的油。佛教用以比喻佛性。见《涅槃经·圣行品》。甘露：梵语意译。喻佛性、涅槃等。《法华经》："为大众说甘露净法。"谩，通"漫"。徒然。

④难思议：即不可思议。佛家语。指思维和语言所不能达到的微妙境界。参见法本《文殊发塔》注⑩。

⑤"一滴"句：谓龙王吐一滴水（甘露）就可洒遍九州。亦即不能执著于醍醐、甘露。有佛法平等之意。九垓（gāi）：九州。

隐峰塔[①]

大士曾参马祖关[②]，陵空一锡向青山[③]。
头陀本自无生死，争肯区区取涅槃[④]？

①此诗录自《清凉山志》卷二。隐峰塔：见觉玄《隐峰塔》注①。

②“大士”句：《清凉山志》卷三《隐峰禅师传》：“唐隐峰……初游马祖门，而未窥其奥，复来往石头，虽两番不捷，而后于马大师言下契悟。”马祖：唐著名禅师马祖道一。

③“陵空”句：谓隐峰飞锡来到五台山。陵空一锡：即飞锡。佛教语。谓僧人等执锡杖飞空。参见朱元璋《赠金璧峰》注⑫。

④“头陀”两句：谓隐峰已去掉尘垢烦恼，没有生灭，怎肯匆匆忙忙的求取涅槃呢？意谓隐峰所以倒化是为教化众生泯灭生死界限。争肯：怎肯。区区：匆忙、急忙。

生陷狱①

迷里清凉生地狱，悟时地狱即清凉。
须知二法元无相②，不离当人一念彰③。

①此诗录自《清凉山志》卷二。生陷狱：北台灵迹。《清凉山志》卷二：“生陷狱，台后半麓。隋繁峙民张爱，盗龙池钱若干，将归，暴风卒起，吹堕于此。上耸巉崖，下临绝涧，黑云四蔽，冰雪拥身，求出莫由。志心悔咎，称菩萨名，经宿云开，见白兔随出。”

②二法：指地狱和清凉。法，佛教语。梵语意译。指事物及其现象。无相：此同“无性”，佛教认为一切诸法无实体，“凡所有相，皆是虚妄”（《金刚经·如理实见分》），故云。

③“不离”句：意谓清凉与地狱其实则一，其差别只在当事人的“迷”、“悟”之间。迷则地狱，流转生死；悟则清凉，解脱自在。一念：一动念间。

金刚窟①

石门寂寂锁苍苔，波利寻真去不回②。
大智愿王无向背③，游人何事浪相猜④？

①此诗录自《清凉山志》卷二。金刚窟：北台灵迹。见无著《金刚窟》注①。

②“波利”句：见贯休《遇五天僧入五台五首》之五注⑤。

③大智愿王：指文殊菩萨。因其在诸菩萨中号称智慧第一，且本身是佛，因“二尊不并化”而为菩萨，有“众生不成佛，我不成佛”的甚难大愿，故称。无向背：不迎合谁，也不背弃谁。文殊主张“一切刹土平等，一切佛法、众生平等”（见《寂调音所问经》），故云。

④何事：为何，何故。浪相猜：轻率地猜测。指游人对文殊偏爱波利而让其居金刚窟

的猜测。

五郎祠[1]

国士寥寥马不嘶[2]，白云深锁五郎祠。
宋家世界空成梦，铁棒常拈欲恨谁[3]？

①此诗录自《清凉山志》卷二。五郎祠：见正秀《五郎祠》注①。

②国士：勇力冠于全国的人。此指五郎。寥寥：寂寞、孤单。

③“宋家”两句：有佛家“万有皆空”，应熄灭嗔心之意。佛教认为，嗔心（愤恚之心）能造恶业而生苦果，属于“三毒”之一，故云。宋家世界：宋王朝。铁棒：五郎祠五郎塑像手持铁棒。棒长8尺，粗约2寸，铸有“共重八十一斤谢荣揽段思礼造”字样。传为五郎出家后所用兵器。

附：《古今图书集成·方舆汇编·山川典》卷三十二“五台山”部，亦载镇澄《五郎祠》诗，文字有异，兹录于后：

豪杰投荒马不嘶，千秋犹识五郎祠。
宋家九庙荆榛尽，留得祠堂满壁诗。

龙门[1]

独宿龙门夜，寥寥心自如[2]。
神灯出杳霭，清籁发寒虚[3]。
雪色千山迥，秋声万木疏。
坐来诸念寂[4]，因识古曼殊[5]。

①此诗录自《清凉山志》卷二。龙门：见真可《过龙门静室》注①。

②“寥寥”句：谓环境空阔，心境自然清净。自如：自由；不受拘束。

③“神灯”两句：写龙门圣境。神灯：此犹圣灯、佛灯。杳霭：深远幽暗的云气。清籁：清妙的音乐。寒虚：寒空。

④坐来：犹适才。

⑤古曼殊：文殊。

灵鹫峰①

青山藏白社②，寂寞隔尘寰。
钟磬丹霄外，楼台翠霭间③。
鹤依双树老，僧共野云闲④。
欲识曼殊面，还应过别山⑤。

①此诗录自《清凉山志》卷二。灵鹫峰：见李师圣《游台感兴古风》注④。

②“青山”两句：写灵鹫峰为远隔尘世的静修之地。白社：指佛寺。参见法本《灵境寺》注⑤。

③“钟磬”两句：承上写佛寺的幽静。丹霄：谓绚丽的天空。翠霭：苍郁的云雾。

④“鹤依”两句：写僧人的悠闲自在。鹤：鹤性孤高，喜幽静，资质超凡脱俗，常以喻隐居修道者。此喻僧人。双树：即娑罗双树，也称双林。为释迦牟尼入灭之处。此借指寺院。老：历时长久。

⑤过别山：宋义远《天童山景德寺如净禅师续语录》：“上堂云：列坐昭鉴古今之间。竖起拂子云，还见么。德云比丘从来不下山。善财童子于别峰相见。已不下山，为什么别山相见。良久云：风临寒水波，月浸云中镜。德云不下山，谁相见别山。经事长一智，善财隔关山。”此谓应破除执著，以达悟境。

大宝塔①

浮图何缥缈，卓出梵王宫②。
远带青山色，孤标紫界雄③。
金瓶涵海月，宝铎振天风④。
自是藏灵久，神邦万古崇⑤。

①此诗录自《清凉山志》卷二。大宝塔：亦称大白塔。即塔院寺佛舍利塔。

②“浮图”两句：写大宝塔的高峻。浮图：亦作“浮屠”。梵语音译。指佛塔。缥缈：高远隐约貌。卓出：高出。梵王宫：本指大梵天王的宫殿。此泛指佛寺。

③“远带”两句：谓白色的大宝塔与远处的青山的苍翠之色相映衬；清峻突出，雄踞仙界。带：映带，景色互相关联映衬。孤标：指山、树等突出的顶端。此指大宝塔突出的顶端。紫界：犹仙界。

④“金瓶”两句：写大宝塔法力不可思议。谓塔顶的金瓶之光如海之映月，可以涵容

一切诸法；天风吹来，塔檐上的金铃摇动，发出泠泠的妙音。金瓶：亦称宝瓶、塔刹。为塔顶的瓶状装饰物。宝铎：佛殿和宝塔檐端悬挂的金铃。

⑤“自是”两句：谓自从重建大宝塔竣工，可以永远珍藏佛舍利，佑护神州千秋万代兴旺昌盛。时李太后重建大宝塔刚竣工，故言。神邦：美好的疆土。崇：兴盛。

佛足碑赞①

巍巍大雄，浩劫忘功②。
神超化外，迹示寰中③。
刹尘混入，念劫融通④。
开兹觉道，扇以真风⑤。
竭诸有海，烁彼空濛⑥。
岩中留影，石上遗踪⑦。
碎身作宝，永益群盲⑧。
稽首佛陀，悲愿何穷⑨！

①此赞录自《清凉山志》卷二。佛足碑：中台灵迹。《清凉山志》卷二：“佛足碑，在大塔左侧。按西域记云，摩羯陀国波吒釐精舍大石，释迦佛所遗双足迹……唐贞观中，玄奘法师自西域图写持归，太宗敕令刻石祖庙，以福邦家。至明万历壬午秋，少林嗣祖沙门，威县明成、德州如意，一夕，一梦莲花，一梦月轮，现于塔际。既觉，各言所梦，异之。及晓，少室僧正道，持佛祖图贻之，及展，见是双轮印相，喜曰：‘此梦真也。’遂倾囊，兼募众立石，时孟秋既望也。”

②“巍巍”两句：谓崇高伟大的释迦牟尼历时长久，其功德之大，使人难以记起。大雄：梵文意译。原为古印度耆那教对其教主的尊称。佛教亦用为释迦牟尼的尊号。浩劫：佛教语。极长的时间。佛经谓天地从形成至毁灭为一大劫。

③“神超”两句：谓释迦牟尼虽在超出化土之外的净土居住，他的足迹却示现于天下。化外：化土之外。化土，佛家指三佛土之一的变化土，即佛为化度众生所化现的国土。

④“刹尘”两句：写佛法的圆融互摄。谓空间上，广大的世界可与一尘互摄；时间上，极短的一念可和漫长的一劫相通。刹：梵语刹多罗的音译省称。意为土地和国土、世界。念：极短的时间。宋洪迈《容斋随笔·瞬息须臾》：“又《僧祇律》云：二十念为一瞬，二十瞬为一弹指。”劫：梵文音译“劫波”的略称。指时间久远。

⑤“开兹”两句：写佛的功德。觉道：佛教指成佛，正觉之路。扇：传播。真风：真如之风。

⑥“竭诸”两句：谓佛虽在有相的尘海中消失，却于迷茫的尘世间闪烁佛光，为众生示以觉道。空濛：迷茫的境界。比喻尘世。

⑦“岩中”两句：写“佛足碑”。

⑧“碎身”两句：意谓释迦牟尼佛将遗体化为舍利，并遗留足迹，信众作为至宝以供养，从而体悟佛法。益：利。群盲：谓无知的人们。

⑨“稽首”两句：写对佛的礼敬赞叹。悲愿：指佛大悲大智、普度众生的誓愿。

令公塔①

山色苍苍锁暮烟，令公遗塔白云边。
将军忠义乾坤并②，千古清标尚凛然③。

①此诗录自《清凉山志》卷二。令公塔：中台灵迹。《清凉山志》卷二载：“令公塔，在九龙岗，宋杨业忠死，子五郎收骨建塔。”令公：指杨令公，即宋初名将杨业，并州人，善骑射，以骁勇著名。雍熙三年（986）北征契丹，矢尽援绝，被俘，绝食而死。死后，皇帝追赠太尉中书令，故世称杨令公。

②乾坤并：堪与天比高，地比厚，即与天地并存。

③清标：俊逸的风采。凛然：容貌严正而令人敬畏。

竹林小像①

无边浩荡春，寄之在纤草。
万里长天色，印之于盆沼②。
佛身等太虚，促之在微眇③。
至道无古今，圆通绝大小④。
一龛藏法界⑤，神功自天巧。
稽首共瞻依，谁识衣中宝⑥？

①此赞录自《清凉山志》卷二。竹林小像：中台灵迹。在竹林寺内。为一组铜质佛像，名闻遐迩。《清凉山志》卷二：“竹林小像，本寺小像一龛，精巧入神，殆非人力所造也。”

②“无边”四句：写圆融互摄的境界，暗喻竹林小像。有“芥子纳须弥”之意。纤草：纤细的小草。盆沼：象盆子一样的小水池。

③“佛身”两句：谓佛身大如天空，却将其缩小为竹林小像。佛身：也称“法身”。梵语意译。谓证得清净自性。法身不生不灭，无形而随处现形。促：缩。

④“至道”两句：写佛法的圆融互摄。谓古今一如，巨细相容。

⑤法界：见高荣《和咏五台·东台》注②。

⑥衣中宝：此用“衣珠”之典。喻众生本具的佛性。参见王道行《金阁寺》注⑧。

清凉石[①]

一方灵石倚山峦，劫火曾经体正完[②]。
造化刻雕文藻丽，风云磨拭玉光寒[③]。
瞻依尽灭多生障[④]，摩触能令万世安。
更有一般难信事，包容法界未为宽[⑤]。

①此诗录自《清凉山志》卷二。清凉石：见觉同《和吟五台·总咏五台》注⑥。

②劫火：佛家语。指世界毁灭时的大火。体正完：形体端正完好。

③“造化”两句：写清凉石的秀美光洁。造化：指自然创造化育。文藻丽：文采华丽。因清凉石上有“自然文藻”，故云。

④瞻依：敬仰依恃。多生障：生死相续的烦恼。多生，佛教以众生造善恶之业，受轮回之苦，生死相续，谓之“多生”。障，佛教指业障、烦恼。

⑤“包容”句：写清凉石的法性。有“芥子须弥”之意。法界：见王陶《佛光寺》注③。未为宽：不足以说明其宽广。

太华池[①]

灵沼开云际[②]，泠泠下翠微[③]。
虚涵千嶂碧，影落四天辉[④]。
曾盥仙人掌，还停客子机[⑤]。
登临春欲尽，花雨晓菲菲[⑥]。

①此诗录自《清凉山志》卷二。太华池：中台灵迹。见王道行《游五台诗·中台》注⑦。

②灵沼：池沼的美称。

③泠泠：形容声音清脆。翠微：指青山。

④“虚涵”两句：写太华池的明洁。虚：此指明净如天空的池水。四天：四方的天空。

⑤“曾盥”两句：写太华池的神用。《古清凉传》卷上：“太华泉，亦名池也……其水清澈凝映，未尝减竭，皆以为圣人盥漱之处。”盥：洗手。停客子机：止息客子的机心。客子，旅居异地的人。

⑥花雨：见唐文焕《和咏五台·中台》注③。菲菲：花落貌。

大宝塔院寺①

御节下清凉②，山林品汇光③。
皇华辉鹫岭，佛日焕龙章④。
宝刹开初地，金绳界上方⑤。
功兮何所致，明祚万年昌⑥。

①此诗录自《清凉山志》卷二。作于明万历十年（1582）。时大塔院寺工程竣工，憨山与妙峰二师奉旨举办无遮大会，邀作者到山。大宝塔院寺：见王道行《塔院寺》注①。

②御节：皇帝所赐符节。此指皇帝的使节。《清凉山志》卷五载：“是年（万历十年）正月，上为祈国储，遣太监尤用、张本，诣大塔院寺，修无遮斋七日。”

③“山林”句：谓五台山万物生辉。品汇：事物之品种类别。

④“皇华”两句：谓皇家使节的到来使灵鹫峰增光，佛日和皇帝的题字交相辉映。皇华：《诗经·小雅》篇名。《序》谓：“《皇皇者华》，君遣使臣也。送之以礼乐，言远而有光华也。”后因以为赞颂奉命出使或出使者的典故。佛日：佛教语。佛教认为佛的法力广大，广济众生，如日之普照大地，故以日为喻。龙章：称颂帝王的书法。此当指明神宗的题匾。

⑤“宝刹”：谓因大宝塔而开创佛寺，皇家以金绳界定了大塔院寺的区域。《清凉山志》卷二：“永乐五年（1407），上敕太监杨升重修大塔，始建寺。”初地：佛教寺院。金绳：佛教传说，离垢国以黄金为绳界其道侧。《法华经·譬喻品》：“世界名离垢，清净无瑕秽，以玻璃为地，金绳界其道。”

⑥“功兮”两句：谓崇建大宝塔院寺之功德，能使明代的国统千年万代，永远昌盛。祚：皇位；国统。

大文殊寺①

古寺晚峰头②，登临兴未休。

林烟笼绀殿，幡影挂朱楼[3]。
僧度溪桥月，鹤翻双树秋[4]。
坐来深院寂[5]，夜雨一灯浮。

①此诗录自《清凉山志》卷二。大文殊寺：即今菩萨顶。见李师圣《游台感兴古风》注④。

②“古寺”句：写作者到大文殊寺的时间（晚）和大文殊寺所在（灵鹫峰顶）。

③“林烟”两句：写峰顶所见和文殊寺之清幽。绀（gàn）殿：佛寺。幡影：影影绰绰的旗幡。

④“僧度”两句：写僧之闲雅。溪桥月：月下溪流上的小桥。鹤：喻幽居修道者。参见作者《灵鹫峰》注④。翻：飞舞。此指步履轻捷。双树：娑罗双树。也称双林。为释迦牟尼入灭之处。此借指寺院。

⑤坐来：正当。

普济寺[1]

落日北山寺，萧然古涧边。
白云生翠崦[2]，明月下寒泉。
孤鹤栖双树，疏钟破晓烟[3]。
焚香坐清夜[4]，暂尔已忘缘[5]。

①此诗录自《清凉山志》卷二。普济寺：又称北山寺、碧山寺、广济茅蓬。参见净澄《普济寺》注①。

②翠崦（yān）：青翠的山峦。

③“孤鹤”两句：写僧人的修道生活。孤鹤：喻孤特高洁的人。此喻僧人。双树：借指寺院。

④“焚香”句；谓在清静的夜晚焚香坐禅。

⑤暂尔：暂时，暂且。忘缘：忘记尘缘。

殊像寺[1]

一

瞻对金容意黯然[2]，依稀身在福城边[3]。

南询有路无人践④，烟水茫茫镜暮天⑤。

①此诗录自《清凉山志》卷二。作于万历壬午（1582）春。作者于万历戊申（1608）孟春所撰《重修殊像寺碑记》载：“万历壬午春，妙峰道者，建会大塔庙所，禅侣云从，澄亦愿塔顶礼真容，感激流涕，长跪发十大宏愿。既而说偈赞曰：（即此诗之三），悲怆俞日乃已。”殊像寺：在台怀西南里许、梵仙山之左。昔为五台山五大禅处、十大青庙之一，今为全国重点寺院、山西省重点文物保护单位。始建于唐，宋元祐年间重建，后毁于火。明成化二十三年（1487）再建。现存文殊大殿内明弘治九年（1496）塑文殊驾狻猊宋代塑像，高9.3米，造型生动传神，名闻遐迩。明释镇澄谓“神人所造，见者肃然，生难有想”。见《清凉山志》卷二。殿内五百罗汉过江悬塑，亦为珍贵文物。

②金容：指金光明亮的佛像面容。此指文殊真容。黯然：感伤沮丧貌。

③“依稀”句：写对文殊菩萨的向往之情。福城：古天竺地名。在孟加拉湾西岸。《华严经·入法界品》载，佛灭后，文殊菩萨曾在天竺福城之东的庄严幢娑罗林中说法，善财在座。文殊说：“求善知识，勿生废懈；见善知识，勿生厌足；于善知识所有教诲，皆应随顺；于善知识善巧方便，勿见过失。”并指示善财前往南方胜乐国妙峰山参访德云比丘。于是，善财风尘仆仆，经历“百城烟水”，依次参访了五十三处的五十五位善知识，便得证入法界。

④南询：像善财那样前往南方参访善知识。

⑤“烟水”句：一语双关。既写五台山傍晚烟雾迷茫的景象，又写想象中善财南参中所经历“百城烟水”的情景。镜暮天：谓傍晚明净的天空。

二

南国莺啼花雨天①，吾师开化福城边②。
等闲一顾青莲眼③，证入无生已六千④。

①“南国”句：写想象中的南国，即福城的景象。南朝梁丘迟《与陈伯之书》：“暮春三月，江南草长，杂花生树，群莺乱飞。”此用其意。花雨天：亦写文殊说法，诸天赞叹，降花如雨。

②吾师：指文殊。开化：开导教化。

③等闲：寻常，随便。青莲眼：即青莲花目。指如来的如同青莲花瓣的眼目。此指文殊之眼。

④证入无生：因参悟佛法真谛而进入无生无灭的涅槃境界。证入：佛教语。谓以正智如实证得真理。六千：言证入者之多。

三

吉祥妙德相难穷[①]，有作何能尽至功[②]？
唯有菩提心界里[③]，一轮秋月下寒空[④]。

①“吉祥”句：谓文殊菩萨为教化众生可化作各种相状。吉祥、妙德：皆文殊师利汉译名。《清凉山志》卷一：“（文殊菩萨）以万德圆明，皆彻性源，故称妙德；生有十征，见闻获益，故称妙吉祥也。”

②“有作”句：谓有因缘之造作即不能证入佛菩萨的果位，自度度人。有作：佛教语。对无作而言。无作，谓无因缘之造作，为佛的境界；有作，谓有因缘之造作，为凡夫的境界。

③菩提心界：指彻悟后心中境界。菩提：见钟英《送僧游五台二首》之二注⑤。

④“一轮”句：写明净圆融的禅悟境界。

凤林寺[①]

古木寒岩寺[②]，山门控碧流[③]。
丹梯接上界，复道绕重楼[④]。
松老鹤巢稳，云闲僧舍幽[⑤]。
何时投杖屦，于此事清修[⑥]。

①此诗录自《清凉山志》卷二。凤林寺：见一江《凤林寺》注①。

②“古木”句：谓凤林寺坐落在古木参天的高寒山崖间。

③控：引，萦绕。

④“丹梯”两句：写寺之高。丹梯：指高入云霄的山峰。复道：悬崖间的上下两条道路。重楼：高楼。指寺宇。

⑤“松老”两句：写凤林寺的清幽境界。鹤巢：借指僧寺。

⑥“何时”两句：写作者欲在凤林寺清修的愿望。投杖屦：弃置手杖和鞋子。指不再行脚。

护国寺[①]

探奇来古寺，触目动幽怀[②]。

路绕万松曲，门迎一水开[3]。
丹墀迷蔓草，画壁没青苔[4]。
不见谈经者，空堂云自来。

①此诗录自《清凉山志》卷二。护国寺：《清凉山志》卷二："护国寺，鹫峰南三里许。元成宗敕建，真觉国师住此，著《慧灯集》。明弘治间，周国母重建。"今废，遗址尚存。

②幽怀：隐藏内心的感情。此指对佛寺荒废的伤感之情。

③"路绕"两句：写寺环境之优美。一水：指清水河。

④"丹墀（chí）"两句：写寺之荒废。丹墀：此指寺院的台阶。蔓草：蔓生的野草。

万圣佑国寺[1]

白社翠巅头[2]，登临思转悠[3]。
风烟千嶂暮，钟磬一林幽。
清写藤萝月，寒生薜荔秋[4]。
虚堂无一物，坐看大云流[5]。

①此诗录自《清凉山志》卷二。万圣佑国寺：今南山寺前身。在台怀镇南2公里南山半麓。创建于元元贞元年（1295），为元英宗为海印大师所建。明嘉靖二十年（1541）重建。清末民初，在该寺基础上扩建。全寺共分七层院落三个部分：上三层称佑国寺，下三层称极乐寺，中一层称善德堂，合称南山寺。

②白社：指佛寺。

③思转悠：思绪反而变得悠远。

④"清写"两句：谓月光映照在藤萝上，使人感觉格外清冷；深秋时节，薜荔丛生，让人顿生寒意。写：映照。藤萝：蔓生植物白藤、紫藤等的统称。薜荔：常绿灌木名，蔓生。

⑤"虚堂"两句：写佛寺的荒废。虚堂：空荡荡的殿堂。

金阁寺[1]

杰阁倚雄峰[2]，登临兴未穷。
怡然观物化[3]，肃尔礼慈容[4]。

帘卷千山雨，窗含万壑风[⑤]。
倚阑何所思，霜月挂寒空[⑥]。

①此诗录自《清凉山志》卷二。金阁寺：见王道行《金阁寺》注①。

②杰阁：高阁。

③物化：事物的变化。此指寺周围自然风光的变化。

④肃尔：恭敬貌。慈容：指佛菩萨像的慈悲面容。

⑤“帘卷”两句：写“物化”。

⑥“依阑”两句：写“礼慈容”之所得，即对佛法的体悟。阑：栏杆。霜月，清冷圆融；寒空，空阔无际。均喻真如自性。

望海寺[①]

宝刹陵霄汉[②]，登临意廓然[③]。
云霞连海岱，岚色接青天[④]。
远塞冥鸿杳，长空孤月悬[⑤]。
始知身是梦，回向礼金仙[⑥]。

①此诗录自《清凉山志》卷二。望海寺：在东台望海峰顶。始建于隋开皇元年(581)，元重建，明嘉靖间秋月禅师重修。现存正殿石洞三间（供智慧文殊），普贤塔一座，明万历、成化间和清康熙间重修碑三通。

②宝刹：此指佛寺。

③意廓然：心胸为之开阔。

④“云霞”两句：写登望海峰所见。海岱：今山东渤海至泰山之间的地带。海，渤海；岱，泰山。岚色：山间苍翠的雾气。

⑤“远塞”两句：借景抒情，写作者对真如自性的向往和体悟。冥鸿：高飞的鸿雁。亦喻高远之志。此指作者对佛法的向往和追求。长空孤月：象征真如自性。

⑥回向：佛教谓回转自己的功德，趋向众生和佛果。《大乘义章》：“回己善法有所趋向，故名回向。”金仙：佛家谓如来之身，金色微妙，因称金仙。

龙兴庵[①]

纷纷逐荣辱，大士独惊心[②]。

避俗离寰阓，诛茅入远岑[3]。
林花观代谢，沤影识浮沉[4]。
定入千峰夜，寒云一榻深[5]。

①此诗录自《清凉山志》卷二。龙兴庵：《清凉山志》卷二："龙兴庵，栖贤谷。嘉靖初，太虚和尚卓庵于此。初住，林茂无人，正旦，见金色女，手执莲花，立石上，俄而不见，流光满谷。又尝闻龙鸣。居无何，大开社火，广接方来，丛林鼎盛，因为名。"今废。

②"纷纷"两句：谓世人忙忙碌碌争名夺利，只有太虚和尚为之触目惊心。荣辱：偏意复词。指荣。大士：佛教对菩萨的通称。此指太虚和尚。

③"避俗"两句：写太虚避开喧闹的尘世，在深山筑庵静修。寰阓（huì）：指喧扰的尘世。阓，市区的门，后亦借指市区。诛茅：剪茅为屋。

④"林花"两句：谓通过观看林间的花开花落而了知事物的变化无常，辨识水中气泡的沉浮而体悟万法皆空的佛理。代谢：更替变化。沤影：即"沤浮泡影"。指水中气泡。比喻容易消失的事物。《楞严经》："空生大觉中，如海一沤发。"

⑤"定入"两句：谓太虚和尚在群峰中龙兴庵入定时，清冷的云雾深深地笼罩着他的坐榻。

大钵庵[1]

群山环抱树森森，大士开图岁已深[2]。
铜钵埋来应有谶[3]，可知原是旧丛林[4]。

①此诗录自《清凉山志》卷二。大钵寺：即大钵庵。见法光《大钵庵》注①。

②大士：指无边禅师。开图：即"开塔"。犹开山。在名山创立寺院。

③"铜钵"句：《清凉山志》卷二："大钵寺……无边禅师得楚峰和尚道，济（临济）下廿八代。楚峰尝嘱曰：'而后有钵饭，当共衲子食。'嘉靖甲子卓庵于此，掘得铜钵，受斗余，遂成丛林。"谶（chèn）：指将来要应验的预言。

④旧丛林：古老的佛寺。

法云庵[1]

独宿千峰里，良宵开竹房[2]。
幽松发爽籁，澹月生微凉[3]。

野色凝心静，溪声引兴长[4]。
魂清眠不得，拥衲坐绳床[5]。

①此诗录自《清凉山志》卷二。法云庵：见真可《秋夜半室崖闻法云庵居士读经》注①。

②良宵：美好的夜晚。竹房：犹竹屋。用竹子作材料建造的房屋。亦泛指简陋的小屋。此以“竹林精舍”喻法云庵。竹林精舍为古代印度最初的寺院，在中印度迦兰陀村。本迦兰陀的竹林，迦兰陀归佛后，即以竹园奉佛立精舍，为如来说法的场所。

③“幽松”两句：谓清风吹来，深幽的松树林发出阵阵松涛声；淡淡的月光下，使人顿生微微的凉意。爽籁：清风激物之声。

④“野色”两句：谓山野的景色积聚在心间，使我感到十分宁静；潺潺的溪水声引起的清雅兴致却格外深长。

⑤“魂清”两句：写作者深夜不眠。魂清：意念纯正。拥衲：身披衲衣。绳床：亦称“胡床”、“交床”。一种可折叠的轻便坐具。以板为之，并用绳穿织而成。

不二楼[1]

其一

大士谈经不二楼[2]，八功德水印明秋[3]。
泠泠清梵满山谷[4]，散入冥空不可收[5]。

①此诗录自《清凉山志》卷二。不二楼：西台寺院。见慧月《不二楼》注①。

②大士：佛教对菩萨的通称。《清凉山志》卷二：“不二楼……嘉靖丙寅，永平法师慧月至此，见文殊、净名二圣对谈，须臾失之。”又大士亦为对高僧的敬称。细味后两首，似指慧月禅师。

③八功德水：西台灵迹。在台北。明秋：明净的秋色。

④“泠泠”句：谓满山满谷泠泠的溪水声犹如诵经之声。清梵：谓僧尼的诵经之声。

⑤冥空：空虚、渺茫。

其二

谈经人在翠微中[1]，缥缈烟霏隔几重[2]。
欲寄此心无可托，长随片月挂西峰[3]。

①谈经人：当指慧月禅师。

②烟霏：烟雾云团。

③“欲寄”两句：唐李白《闻王昌龄左迁龙标遥有此寄》诗：“我寄愁心与明月，随君直到夜郎西。”此用其意，表达对慧月禅师的思慕之情。

其三

冰雪谈经岁已深①，萧条瓶钵挂高岑②。
虚空不住娑婆影③，劫火难销刻苦心④。

①冰雪：指台顶的冰天雪地，亦暗喻慧月禅师的心地冰清玉洁。

②“萧条”句：写慧月禅师修道生活的简朴和孤独。瓶钵：僧人出行所带的食具。瓶装水，钵盛饭。

③“虚空”句：谓慧月禅师心如碧空，不留尘世的阴影。娑婆：指娑婆世界。见敦煌文献《游五台赞文》注⑨。

④“劫火”句：写慧月禅师志行之坚。谓虽经劫难而刻苦修炼佛法之心未曾消磨。

娑婆寺①

华座巍巍树影重②，白云不散讲时钟③。
龙闻了义乘通去④，梵宇犹存翠霭中⑤。

①此诗录自《清凉山志》卷二。娑婆寺：《清凉山志》卷二：“娑婆寺，（南）台西南三十里。高齐释玄赜，卓庵于此，诵华严。有妇携子，数来听经，赜疑之。妇即知其疑，告曰：‘师莫疑，我名娑婆，乃龙母也。因闻法得悟，我将脱是类矣。’赜曰：‘孰当信汝耶？’妇指龙池曰：‘我若真悟无生者，此之深陂，涌成高阜。’言讫，随手而起，即成高阜，妇即化去。后人目其阜，名龙宫圣堆。玄赜于此建寺，名曰‘娑婆’，龙母名也。”

②华座：莲花座的省称，即佛座。佛座作莲花形，故名。此指代娑婆寺。

③“白云”句：谓玄赜当年讲经说法时敲击的钟声仿佛依然在白云中回荡。

④“龙闻”句：谓龙听了佛法真谛后凌空而去。了义：谓佛法真实、究竟、圆满的义理。《圆觉经略疏》卷一：“了义者，抉择究竟显了之说，非覆相密意含隐之说。”乘通：犹“乘虚”。凌空。

⑤梵宇：指娑婆寺。翠霭：淡青的云雾。

铁勤寺①

西出清凉路转遥，铁勤方丈倚青嶸②。
铿锵涧水幽琴合，起伏云山翠浪朝③。
僧定虚堂生白月，鹤飞双树动清飙④。
头陀更在深岩下，默默无言味寂寥⑤。

①此诗录自《清凉山志》卷二。铁勤寺：西台外寺院。《清凉山志》卷二：“铁勤寺，台西南六十里铁勤山，唐慧洪大师建。”今已废，遗址尚存。

②“西出”两句：写铁勤寺的方位和形势。方丈：佛寺长老及住持的居室。此指佛寺。青嶸（biǎo）：青翠碧绿的山顶。

③“铿锵”两句：写寺之幽。谓山涧流水叮咚，犹如幽雅的琴声和鸣；云雾笼罩的山岭高低起伏，好像翠浪翻滚，在向铁勤寺朝拜。

④“僧定”两句：写寺之静。白月、清飙：均象征真如自性。

⑤“头陀”两句：写作者对佛法真谛的体验。默默无言：《维摩诘经·如不二法门品》载，文殊师利问维摩诘什么是不二法门，“时维摩诘默然无言。文殊师利叹曰：‘善哉，善哉！乃至无有文字语言，是真入不二法门。’”此用其意，暗示作者对不二法门的体悟。味寂寥：体味空无的境界。

兰若寺①

清凉北控太行峰②，望入烟霄紫翠重。
日暮白云飞不尽，几回敲断夕阳钟③。

①此诗录自《清凉山志》卷二。兰若寺：西台外寺院。《清凉山志》卷二：“兰若寺，大黄尖北二十里（繁峙县大宋峪村南3公里），唐建。万历初，法华道者，游行五顶，诵法华，日夜无怠。后挂锡于此重修。中有卓锡泉、宋谷寺、天宫寺，入焉。”

②“清凉”句：谓五台山向北与太行山贯通。因五台山为太行山脉最高峰，故云。

③“几回”句：谓夕阳西下，从寺院几次传来断断续续的钟声。

润渠法友礼五台归南海赋此赠之①

上人本住补陀崖，大悲光里普门开。
更求文殊无相智，一锡翩翩入五台②。
穷幽直上最高顶，俯仰尘寰发深醒。
忽闻一声狮子鸣，万象森罗增威猛。
大悲大愿俱不着，一超直入毗卢境③。
上人果到此境界，百亿须弥内纤芥。
天堂地狱总如如，令心所向皆无碍④。
芒鞋拄杖却归还，问讯如来观自在⑤。

①此诗录自明万历《重修普陀山志》卷六。润渠：明代普陀山僧名。法友：指佛教徒间有交往的人。南海：指东海。特指南海观音所在普陀山。

②“上人”四句：写润渠从普陀山来礼五台。补陀：补陀落迦之省，即普陀。大悲光：此指观世音菩萨之光。救人苦难之心，谓之悲；佛菩萨悲心广大，故称为大悲。观世音为慈悲的化身，救苦救难之神，故称其光为大悲光。普门：佛教语。谓普摄一切众生的广大圆融的法门。隋吉藏《法华义疏》卷十二：“所言普门者，普以周普为义，门是开通无滞之名。”无相智：指摆脱有相认识后所得真如实相的般若之智。

③“穷幽”六句：写文殊教法。万象森罗：纷然罗列的各种事物和现象。毗卢境：指圆融无碍的真如境界。毗卢，毗卢舍那的省称。法身佛的通称。

④“上人”四句：写作者对润渠的希冀。须弥内纤芥：即“须弥芥子”。谓广狭、大小等相融自在，融通无碍。内，“纳”的古字。使进入；放入。“天堂”句：意谓悟则天堂，迷则地狱。二者的法性理体平等不二。如如：佛教语。谓诸法皆平等不二的法性理体。如，理的异名。

⑤如来观自在：如来，佛的别名。此为对观世音的尊称。观自在，观世音的别名。据唐法藏《心经略疏》，观自在之意有二：其一，表示大智慧。菩萨能够完全“自在”地观察事理无碍的境界。其二，表示大慈大悲。菩萨应机赴感，寻声救苦，从心所欲，了无障碍。

昱光上人自南海来清凉将图南别赋此送之①

清凉南海两名山，万里区区独往还②。
信有如来真胜迹③，肯将行色畏艰难④？

大悲深广谁能到，妙智孤高尔欲攀[⑤]。
为忆善财珍重去[⑥]，丈夫须透死生关[⑦]。

①此诗录自明万历《重修普陀山志》卷六。昱光：明代僧人。名如耀，定海（今浙江宁波镇海）人。智慧果敢，才略过人。创建白华庵于雨花峰南麓。万历四十年（1612），被请任普陀寺住持。寂后塔于白象庵左。图南：典出《庄子·逍遥游》：鹏“而后乃今将图南”。南，指南海。后以“图南”比喻人的志向远大。此有“南归”之意。

②万里区区：意为不以万里为远。有泯灭远近差别之意。区区，少，形容微不足道。

③信有：确实有。

④肯：副词。表示反问。犹岂。

⑤“大悲”两句：赞昱光上人的志行。谓其既有观音菩萨的大悲，又欲得文殊菩萨的大智。妙智：为“妙观察智”的缩语。佛教谓善观察诸法自相、共相，得无量总持之门，能适应众生不同根机自在说法，令众生断疑生信。在诸菩萨中，文殊菩萨以智慧著称。

⑥“为忆”句：用“善财南参”之典，指昱光上人即将图南。《普陀洛迦新志》：“普陀洛迦山……为《华严经》善财第二十八参观世音菩萨说法处。”珍重：保重。常用于道别。

⑦透生死关：指超离流转轮回，真正解脱。

真　一

真一，明代僧人。字无用，俗姓李，广陵（今江苏扬州）人。性恬淡，曾修儒业，通经传，能诗文，工绘画。万历间于武林购丘氏园，建龙归院，植梅种竹，研几经论禅观，阒接人事。刻方册经版60种。有《楞严顶说》、《醒杀论》等。

昱光道兄礼五台还南海赠之[①]

道人今自五台来，还同昔日五台去[②]。
若言去自昔时踪，我心不得去时处。
若言今是来时路，我心飘飘浑无住[③]。
翘足南望洛伽山，依旧洋洋娑竭海。
伫思六月清凉寺，塞风栗栗何曾改？

两山情境俱不迁，道人去住亦何言[4]？
但令心无来去想，此山可北彼可南[5]。
君不见，昔有真人居南岳，一钵翛然出行脚。
偶然挂锡大慈山，双虎移泉童子涸[6]。

①此诗录自《古今禅藻集》卷二十一。南海：指东海。特指南海观音所在处。

②“道人”两句：写昱光来去不二。

③“若言”四句：写“昔时踪”与“来时路”均变动不居，不可执著。

④“翘足”六句：以普陀、五台二山情境不迁，写“万境自如如”（《坛经·行由品》），说明应有如如之心，而不应执著于去住。洛伽山：亦作洛迦山。在浙江普陀县莲花洋中，距普陀山千步沙3海里。与普陀山合称“普陀洛迦”。洋洋：广远无涯。娑竭：梵语“娑竭罗”之省。意译为海。伫思：沉思，凝思。清凉寺：五台山名刹。此指代五台山。栗栗：颤抖貌。

⑤“但令”两句：谓只要破除对去来的执著，即可泯灭南北之别。

⑥“昔有”四句：以昔日真人的故事写佛法的神用，进一步说明不应执著于来去。明张岱《西湖梦忆·虎跑泉》：“虎跑寺本名定慧寺，唐元和十四年性空师建……今人皆以泉名其寺云……先是，性空师为蒲坂卢氏子，得法于百丈海，来游此山（杭州西南隅大慈山），乐其灵气盘郁，栖禅其中。苦于无水，意欲他徙。梦神人语曰：‘师毋患水，南岳有童子泉，当遣二虎驱来。’翌日，果见二虎跑地出泉，清香甘洌。大师遂留。”宋苏轼《虎跑泉》诗：“故知此老如此泉，莫作人间来去想。”真人：佛教指证真理的人，即阿罗汉。此指唐高僧寰中。翛然：无拘无束貌；超脱貌。

沈泰鸿

沈泰鸿，字云将，明代鄞县（今浙江宁波）人。万历四十七年（1619）进士。官至尚宝司丞。有《闲止楼诗论》38集、《慈向集》13卷。

送无用法师礼五台歌[1]

五顶峰头失炎热，六月清凉积冰雪。
溶溶土石灿晶光[2]，闪闪楼阁濯金碧[3]。
南台北台耸入天，东西次第相钩连。
中峰直与灵鹫接[4]，山河大地缥缈仿佛如浮烟。

龙腾虎啸不可攀，小池浴佛波汍澜[5]。
奇花细草黄金界[6]，银树琼柯白玉团。
巍哉妙德曼殊叟[7]，狮子无声日夜吼[8]。
毛吞不尽海涛宽，掌握恒沙若培嵝[9]。
诸天翠盖纷相送[10]，群真紫芝足清供[11]。
拈槌那摈万亿身[12]，飞钵遍饱祇陀众[13]。
扫尽圣解与凡情，脱离烦恼归虚空。
妙智洞明不思议[14]，自他兼利超无生[15]。
无成无现亦无名[16]，圆通万德纤尘清[17]。
划然昏涂朗慧炬[18]，金刚窟底翻冥冥[19]。
峨眉嵯峨俯玉垒[20]，洛伽孤绝娑竭海[21]。
劫火洞烧天地灰，此三真相何曾改[22]？
释子无用师普门[23]，磐陀石下随朝昏[24]。
芒鞋踏破孤云根[25]，远来燕都访陆沉[26]。
拟谒清凉不动尊[27]，悲智双用翳其伦[28]。
我闻文殊不在五台山，尔今独往何为者？
五台由来是洛伽，无即非真有即假。
沧溟漏干沃焦溺，赤日当空旸谷黑[29]。
阿难悟入只一宵[30]，少林九载还面壁[31]。
茎草谁知死活得[32]，利剑刚把如来逼[33]，
是非二相了不系[34]。
屈伸臂顷，粉碎印度将安去[35]？
请君为我读长句，且还我一个无文殊处[36]。

①此诗录自明万历《重修普陀山志》卷六。无用：明代僧真一，字无用。

②溶溶：盛多貌。

③濯：盛大。

④“中峰”句：因灵鹫峰为中台东南支山，故云。

⑤小池浴佛：指中台灵迹万圣澡浴池。见觉玄《万圣澡浴池》注①。汍（wán）澜：指流波。

⑥黄金界：即金色世界。指佛所居住的世界。

⑦妙德曼殊叟：即文殊。妙德为意译，曼殊为梵语音译曼殊师利之省。

⑧“狮子”句：即“毗耶杜口”之意。详见元好问《台山杂咏十六首》之十一注①。

⑨“毛吞”二句：写广狭、大小等相融自在，融通无碍的解脱境界。《维摩诘经·不思议品》：“乃见须弥入芥子中，是名住不思议解脱法门。又以四大海水，入一毛孔。”毛：指毛孔。小孔。喻极小。不尽海涛宽：指无边无际的大海波涛。恒沙：即恒河沙数。形容多至无法计算。培嵝：小土丘。

⑩诸天：佛教语：指护法众天神。翠盖：饰以翠羽的车盖。此泛指华美的车辆。

⑪真：即真人。佛教称证真理的人。即阿罗汉。紫芝：真菌的一种。也称木芝。似灵芝。古人以为瑞草。清供：清雅的供品。

⑫“拈槌”句：写文殊神用。亦借指五台山不会摒弃游方僧人。《清凉山志》卷一引《宝箧经》：“世尊自恣日，文殊三处过夏，迦叶白槌，欲摈出。才拈槌，乃见百千万亿文殊，迦叶尽其神力，槌不能举。世尊问曰：‘汝摈那个文殊?’迦叶无对。”那（nǎ）：如何，怎么。

⑬“飞钵”句：写文殊神用。亦借指五台山寺院可令众僧饱食。《清凉山志》卷一引《宝箧经》：“佛在舍卫，八百比丘，万余菩萨，连雨七日，不能行乞。阿难乞文殊济众，文殊在室，为释天说法，不起本座，入城乞食。魔蔽檀门，文殊神力，令门俱开。令魔唱道：‘当施文殊，得福无量。’既得食已，以钵置地，令魔持行，魔不能动，曰：‘我之神力，举沙陀山，今此小钵，尽力不举。’文殊取钵授魔，令持前行，归祇陀林。无量大众，悉令饱足，饭无所损。”祇陀：佛教语。梵文音译。意译胜。相传为舍卫国波斯匿王太子名。他将园林献佛，供佛说法，称祇陀林。后人用以泛指佛寺。

⑭妙智：即妙观察智。谓修行圆满者，能把烦恼的“八识”转为清净的“四智”。其中，“意识”转为“妙观察智”。是如理分别、应机说法的智慧。不思议：即不可思议。见法本《文殊发塔》注⑩。

⑮自他兼利：即上求菩提（自利），下化众生（利他）。是大乘菩萨四宏愿的简要概括。

⑯“无成”句：写文殊菩萨的真如境界。无成：即无为。佛教指无因缘造作，无生住异灭四相之造作。无现：义同无相。即弃绝众相，得真如实相。无名：即无言无说，入不二法门。

⑰圆通万德：谓文殊菩萨的智德、证德、慧德圆融无碍。《清凉山志》卷一：“文殊师利……以万德圆明，皆彻性源，故称妙德。”

⑱划然：犹豁然。开朗貌。慧炬：佛教语。谓无幽不照的智慧。

⑲金刚窟：北台灵迹。见无著《金刚窟》注①。翻：反而。

⑳峨眉：山名。在四川峨眉县西南，因山势逶迤，有山峰相对，故名。佛教传为普贤菩萨说法道场，为我国佛教四大名山之一。玉垒：指玉垒山。在四川理县东南。多作为成都的代称。

㉑娑竭海：即海。娑竭，梵语译音娑竭罗之省，意译为海。

㉒此三：指五台、峨眉、洛伽三山。

㉓普门：佛教语。谓普摄一切众生的广大圆融法门。参见镇澄《渠润法友礼五台归南海赋此赠之》注②。

㉔磐陀石：普陀山石名。《普陀洛迦新志》卷二："山之西境，两石相累如盘。"

㉕云根：山石。亦指深山云起处。

㉖燕都：指燕京。即今北京。因市区在春秋时为燕国国都而得名。陆沉：陆地无水而沉。比喻隐居。《庄子·则阳》："方且与世违而心不屑与之俱，是陆沉者也。"郭象注："人中隐者，譬无水而沉。"又指愚昧迂执，不合时宜。汉王充《论衡·谢短》："夫知古不知今，谓之陆沉，然则儒生，所谓陆沉者也。"晋葛洪《抱朴子·审举》："而凡夫浅识，不辨斜正，谓守道者为陆沉，以履径者为知变。"此为作者自况。

㉗不动尊：佛教语。即不动明王。亦泛指佛菩萨。因其不为生死、烦恼所动，故称。此指文殊菩萨。

㉘悲智双用：即悲智双行。唐善导《法事赞》上："乃至今时释迦诸佛皆乘弘誓，悲智双行。"悲智，佛教语。谓慈悲和智慧。智者，上求菩提，属于自利；悲者，下化众生，属于利他。翳其伦：意谓超越了他的同辈。翳，遮蔽。

㉙"沧溟"两句：写湿与干、明与黑，均非固定不变。沃焦：古代传说中东海南部的大石山。《文选·郭璞〈江赋〉》："出信阳而长迈，淙大壑与沃焦。"李善注引《玄中记》："天下之大者，东海之沃焦焉，水灌之而不已。沃焦，山名也，在东海南方三万里。"旸（yáng）谷：古称日出之处。

㉚"阿难"句：阿难：梵语译音"阿难陀"的省称。意译欢喜、庆喜。佛经说他是释迦十大弟子之一，斛饭王之子，释迦之从弟。二十五岁出家，随侍释迦二十五年，长于记忆，称多闻第一。章炳麟《大乘佛教缘起考》："时阿难陀与诸苾刍在竹林园，有一苾刍而说颂曰：'若人寿百岁，不见水白鹤，不如一日生，得见水白鹤。'佛入灭后，集结佛经，大迦叶选499个阿罗汉参加，阿难尚未证果，未入选。他当夜发奋修行，证得阿罗汉果，参加集结。"

㉛"少林"句：指天竺高僧、中华禅宗初祖菩提达摩，止嵩山少林寺，面壁十年事。

㉜"茎草"句：《清凉山志》卷一引经："文殊一日令善财采药，曰：'是药者采来。'善财遍观大地，无不是药，却白文殊。文殊曰：'是药者采将来。'善财遂于地上拈一茎草，度于文殊。文殊接得，以示众曰：'此药亦能杀人，亦能活人。'"

㉝"利剑"句：见彻照《清凉契道歌》注⑥。

㉞"是非"句：谓完全不要被是与非两种外观形状所束缚。亦即"一相无二相"。

㉟屈身臂顷：弯腰屈臂之时。犹言顷刻。粉碎印度：意为破除对佛和佛法的执著。佛、佛法从印度而来，故以之为喻。

㊱无文殊处：即破除对文殊有无的执著、“无是非二相”之地，亦即无相而清净的世界。参见萧贡《真容院》注④。

补陀润渠昱光二上人行脚之燕访余邸舍遂礼五台赋此送之①

绿阴满户云峰老②，白业忘言鸟雀清③。
忽见真僧双驻锡④，谁当大隐一逃名⑤？
观空好借炎凉色⑥，对□常遮去住情⑦。
月落苍苍五顶寂，金狮不吼得无生⑧。

①此诗录自明万历《重修普陀山志》卷六。补陀：见镇澄《润渠法友礼五台归南海赋此赠之》注②。邸舍：府第。亦指客馆。

②老：迟暮。多用指自然景物。

③白业：指善业。参见杜甫《夜听许十一诵诗爱而有作》注②。忘言：谓心中领会其意，不须用言语来说明。语本《庄子·外物》：“言者所以在意，得意而忘言。”又忘，通“无”。忘言即“无言无说”，即“毗耶杜口”之意。鸟雀清：连小鸟都没有。反衬人迹罕至。清，尽。

④真僧：戒律精严的和尚。指润渠、昱光。

⑤大隐：指身居朝市而志在玄远的人。晋王康琚《反招隐诗》：“小隐隐于薮，大隐隐朝市：伯夷窜首阳，老聃伏柱史。”一：或者。逃名：逃避名声而不居。《后汉书·逸民传·法真》：“法真名可得而闻，身难得而见；逃名而名我随，避名而名我追。”

⑥“观空”句：谓借气候冷热的变化而观察诸法体空之理。观空：佛教语。谓观察诸法体空之理。

⑦遮：遏止；阻拦。

⑧金狮不吼：即悟“无言无说”的不二法门。得无生：指进入无生无灭的境界，犹涅槃。

沈泰冲

沈泰冲，明代鄞县（今浙江宁波）人。举人。

送补陀润渠师自长安礼五台①

海云无端百千色，为向吾师送飞锡。
莲花洋畔香满衣②，泠然御风来北极③。
怜予寂寞不得意，乍吐玄言解愁惄④。
玻璃镜底照重昏，雕鹗纲中开六翮⑤。
片时置我松风间⑥，涤尽烦襟坐萧飒⑦。
却月之游未便忘⑧，倏忽弃去心转恻⑨。
五顶名山亦化城，师今一往问消息⑩。
文殊拈草梵刹竟⑪，何事恒沙劳羽翼？
试与海中洛伽山，谁是如来真托迹⑫？

①此诗录自明万历《重修普陀山志》卷六。

②莲花洋：亦称莲洋。在舟山本岛与普陀山之间。明万历《重修普陀山志》卷二："宋元丰中，倭奴入贡，见观音灵异，欲载还国，满海生铁莲花，舟不能行，倭惧而还之。洋之得名以此。"

③泠然御风：《庄子·逍遥游》："夫列子御风而行，泠然善也。"泠然，轻妙貌。北极：北方边远之地。此指长安。

④玄言：此指佛教义理。愁惄（nì）：忧伤。

⑤"玻璃"两句：谓润渠师的玄言像玻璃镜一样照亮了我这个愚昧之人；使我的思想进入雕鹗行列之中，打开双翅，凌风高翔。重昏：十分昏暗；愚昧。亦指愚昧之人。雕鹗：雕与鹗。均为大型猛禽。喻才望超群者。纲：行列。。六翮（hé）：谓鸟类双翅中的正羽，因以指鸟的两翼。

⑥松风间：像松风那样清凉的境界。

⑦烦襟：烦闷的心怀。坐：致，以致。萧飒：潇洒自然。

⑧却月：半月形。凡物之形状似半月者多以却月形容。此指时间为半个月。

⑨弃去：弃我而去。即离开我到五台山。恻：忧伤。

⑩消息：奥妙；真谛。

⑪"文殊"两句：意谓一茎草即一梵刹，心佛不二，物我如一；梵刹多如恒河沙数，何必劳苦奔波，到处游方呢。拈草梵刹竟：见明本《送断崖禅师游五台歌》注⑰。

⑫托迹：犹寄身。

斯　学

斯学，明代万历间僧人。字悦文，号庾山，先住浙江海盐慈慧寺，后隐灵佑道林庵。善诗，天分绝高，吐词自然秀丽。有《幻华集》2卷。

五台山叶斗峰[①]

楼台萧飒雪巑岏，襆被来登六月寒[②]。
古殿西风吹铁瓦，长空北斗挂阑干[③]。
太原山绕中条近，小有天通上界宽[④]。
欲向阴崖振鸣策，恐惊林下黑龙蟠[⑤]。

①此诗录自《古今禅藻集》卷二十五。叶斗峰：北台峰名。

②“楼台”两句：写峰之寒。楼台：指北台顶灵应寺的殿宇。萧飒：萧条冷落。巑岏（cuánwán）：高峭的山峰。襆（pú）被：以包袱裹束衣被，意为整理行装。

③“古殿”两句：写北台之高和西风之疾。铁瓦：北台灵应寺有铁瓦殿，在正殿之后。北斗挂阑干：以叶斗峰“其下仰视，巅摩斗杓”（见《清凉山志卷二》），故云。阑干：栏杆。

④“太原”两句：写北台之壮美和境界之阔大。谓高而广的北台顶群山环抱，美不胜收，近似悬挂于厅堂的中条；这像小有天一样的名胜之地，直通境界开阔的仙佛所居之处。太原：地势较高的宽阔平地。《书・禹贡》：“既修太原，至于岳阳。”孔传：“高平曰太原，今以为郡名。”孔颖达疏：“太原，原之大者……孔以太原地高，故言高平，其地高而广也。”此指北台顶。以其“顶平广，周五里”（见《清凉山志》卷二），故云。中条：悬挂在厅堂正中尺寸较大的字画。小有天：道家所传洞府名。在河南省济源县西王屋山。《太平御览》卷四十引《太素真人王君内传》：“王屋山有小天，号曰小有天，周迴一万里，三十六洞天之第一焉。”后用以泛指名胜之地。上界：天界。指仙佛所居之地。

⑤“欲下”两句：写北台灵迹黑龙池。振鸣策：指持锡杖而行。策，手杖。此指锡杖。其制：杖头有一铁卷，中段用木，下安铁纂，振时作声。

行　忞

行忞（mín），明代万历间僧人。号复元，湖州（今浙江吴兴）人。少出紫柏真可之门，居于南浔。工诗。有《且止庵草》。

过王快镇时余将登五台[1]

野旷烟无色，村荒树不皮[2]。
十年劳梦想，万折此驱驰[3]。
投憩罕香刹[4]，行瞻但废词[5]。
丰干期不与[6]，独往亦宜之。

①此诗录自《古今禅藻集》卷二十三。王快镇：在河北阜平东南。旧为从北京到五台山的必经之地。

②“野旷”两句：写路途荒凉。烟无色：无烟色。即无人烟。树无皮：指树木枯死，树皮脱落。

③“十年”两句：写游台夙愿和路途艰险。万折：种种挫折。驱驰：指劳苦奔波。

④香刹：佛寺的别称。

⑤“行瞻”句：谓一路观赏，只是默默无言。写作者已参悟“无言无说”的不二法门。废词：废弃言辞，亦即默默无言。此有“无言无说”之意。或“废词”为“废祠”之讹。

⑤“丰干”句：谓我原曾约定一位道友与我同往，但未能如愿。丰干：唐代诗僧，与寒山、拾得并称国清寺三隐，传说其为弥陀化身。《景德传灯录》载，丰干曾指引新任台州刺史闾丘胤去访寒山、拾得，曰：“寒山文殊，拾得普贤，当就见之。”禅林遂有“丰干饶舌”之趣谈。此借指作者的道友。

自中台至西台[1]

步随莲瓣转溪东[2]，满屐微香飏晓风[3]。
有客总游华藏界，无僧不住宝池中[4]。
平攀玉笋群峰绕，四坼云根百道通[5]。
直怪登临无侣伴，独邻绛汉友冥鸿[6]。

①此诗录自《古今禅藻集》卷二十五。

②“步随”句：用“步步生莲花”之典。见元好问《台山杂咏十六首》之八注③。因五台山有名花金莲花，故云。

③飏：“扬”的异体字。屐（jī）：木制的鞋，底大多有二齿，以行泥地。泛指鞋。

④“有客”两句：写沿路处处佛地。华藏界：即华藏世界。见敦煌文献《五台山圣境赞·赞大圣真容》注④。宝池：指七宝池。西方净土中由七宝构成的莲花池，池中有八功德水。往生净土的人在该池的莲花中化生。参见王道行《游五台诗·入山》注②。因西台有灵迹八功德水，故云。

⑤“平攀”两句：写沿途所见险峰。平攀：因从中台到西台较为平坦，故云。玉笋：喻秀丽耸立的山峰。四坼（chè）云根：指四面分开的山岩。

⑥“直怪”两句：写独自攀登。直：只。绛汉：犹绛河，即银河。此指高及银汉的东台。友冥鸿：与远处高飞的鸿雁为友。

登北台①

北峰直上不支藜②，侧立中天景忽移③。
狮子窟前晴雨暗，雁门关外朔风悲④。
峰标叶斗凌高汉，石被龙翻卧别陂⑤。
草树未秋摇落尽，无端游思动凄其⑥。

①此诗录自《古今禅藻集》卷二十五。作者题下自注：“台名叶斗峰，峰下有龙翻峰。”

②不支藜：不持藜杖。

③中天：高空中。移：改变。

④“狮子”两句：写北台奇特的自然景象。《清凉山志》卷二：北台“有时下方骤雨，其上曝晴……时或猛风怒雷，令人悚怖。”狮子窟：即狮子窝。中台灵迹。见赵梦麟《师子窝二首》之一注①。雁门关：见皎然《乌程李明府水堂同卢使君幼平送奘上人游五台》注⑦。

⑤“峰标”两句：写北台之高和龙翻石之奇。峰标叶斗：北台叶斗峰高耸天际。标：标立，高立。石被龙翻：指龙翻石。见王道行《游五台诗·西台》注②。陂（bēi）：山坡。

⑥“草树”两句：写北台的凄冷和作者的凄凉之感。摇落：凋残，零落。游思：指不专一的心思。凄其：凄凉悲伤。

丘坦之

丘坦之，明代万历间西陵麻城（今湖北麻城市）人。与李贽友善。

黑龙池[①]

一片黄沙起，山川总不分。
满空飞乱石，四谷合乌云。
莫是龙王怒，疑从虎口闻[②]。
春光已三月，犹自雪纷纷。

①此诗录自《清凉山志》卷二。黑龙池：北台灵迹。见张商英《咏五台诗·北台》注⑥。

②“莫是”两句：谓北台顶山风怒号，如虎啸龙吟，令人悚怖。莫是：莫非是；或许是。

台中舍利塔[①]

四台环四面，金殿向中开[②]。
埋宝方成塔[③]，祈光别有台[④]。
鸣钟千谷应，听法万人来。
莫怪牛山哭[⑤]，浮生真可哀[⑥]。

①此诗录自《清凉山志》卷二。台中舍利塔：中台灵迹。在中台顶演教寺内。石建，13 层，高约 4 丈。《清凉山志》卷二：“唐蓝谷法师，从梵僧乞得舍利若干颗，造铁塔，盛于内，复建大塔藏之。万历庚辰，塔将倾，一夕怒雷大震，塔乃正焉。”

②金殿：宫殿。演教寺原有楼式正殿五间，金碧辉煌，故云。

③宝：指佛舍利。

④“祈光”句：写中台灵迹祈光塔。见觉玄《祈光塔》注①。

⑤牛山哭：《晏子春秋·谏》：“景公游于牛山，北临其国城而流涕曰：‘若何滂滂去此而死乎?’”后以“牛山哭”、“牛山叹”、“牛山泪”、“牛山悲”、“牛山下涕”等喻为人生短暂而悲叹。牛山，山名。在今山东省淄博市。

⑥浮生：指人生。

大显通寺[①]

却向凋陵后[②]，追思初建时[③]。

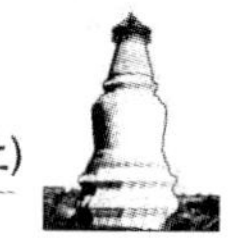

空廊留古像，毁殿落新泥[4]。
幡断犹存字[5]，苔封不辨碑。
圣人不复作[6]，遗迹重伤悲[7]！

①此诗录自《清凉山志》卷二。大显通寺：见贯休《送僧游五台》注⑦。
②凋陵：衰败凋敝。
③初建时：指大显通寺初建时美轮美奂的情景。
④“毁殿”句：新泥不时脱落，足见殿之残破。
⑤幡：佛寺的旗幡。
⑥圣人：君主时代对帝王的尊称。此指当年崇建大显通寺的帝王。作：兴起，出现。
⑦重（zhòng）：深，甚。

大宝塔院寺[1]

其一

宝塔白毫光[2]，传从阿育王[3]。
万山如磬拜[4]，千佛共称扬[5]。
铃铎迎风乱，栴檀逆鼻香[6]。
夜深闻梵乐[7]，清切动悲伤[8]。

①此诗录自《清凉山志》卷二。大宝塔院寺：见王道行《塔院寺》注①。
②白毫光：指佛光。
③阿育王：见敦煌文献《五台山圣境赞·题五台·阿育王瑞塔》注①。
④“万山”句：极写大宝塔之高之尊。磬拜：指弯腰礼拜曲折如磬。表示恭敬。
⑤称扬：称许赞扬。
⑥栴檀：梵文“栴檀那”的省称。即檀香。
⑦梵乐：指佛教音乐，包括佛曲呗（bài）赞等。
⑧清切：形容声音清亮急切。

其二

百尺轮王藏[1]，庄严不可当[2]。
曲藏无量佛[3]，巧创大明王[4]。

登眺多高阁，经行有步廊[5]。
规模拟忉利[6]，形胜擅清凉[7]。

①轮王藏：即转轮藏。佛教语。能旋转的藏置佛经的塔形木结构建筑，下大上小，依次为藏座、藏身和天宫楼阁，绘有佛像、图案等。通高十米左右，多为八角形，分若干层次，可左右旋转。塔院寺藏经楼内的华藏世界轮藏明万历九年（1581）僧憨山设计、募资制造。高11.3米，八角，33层。轮王：转轮王的略称。印度古代神话中的国王，亦称“转轮圣王”。此王即位时，自天感得轮宝，转其轮宝，威伏四方。佛教也采用其说，说世界到一定时期，有金、银、铜、铁四轮王先后出现，金轮王统治四大部洲，银轮王统治三洲，铜轮王统治二洲，铁轮王统治一洲。他们各御宝轮，转游治境，故名。

②“庄严”句：谓轮王藏装饰严整，无与匹敌。当：对等，相当。

③曲藏：详尽储藏。

④大明王：指明神宗朱翊钧。

⑤经行：佛教语。见王偁《送龙河杰首座自五台归将赴天台》注④。

⑥忉（dāo）利：即忉利天。梵语音义兼译。即三十三天。六欲天之一。佛教谓须弥山顶四方各有八天城，合中央帝释所居天城，共三十三处，故云。即一般所说的天堂。

⑦“形胜”句：谓其形制壮美，在五台山独特出群。

法云寺[1]

欲览诸山胜，先须渡法云。
万山开釜口，五顶各支分[2]。
侑佛山中乐[3]，留宾涧底芹[4]。
老僧慰辛苦[5]，安置费殷勤。

①此诗录自《清凉山志》卷二。法云寺：在东北二台之间的华严岭。为朝山僧侣去北台、东台路经歇脚之处。《清凉山志》卷二：“法云寺，即华严岭，唐三昧姑开化处。代藩中官王朝，因僧真善开拓重修。”

②“万山”两句：谓站在华严岭，见群山环绕，如在釜底，而此处独留一口；五峰均从此处相分而各成支脉。釜，无脚之锅。

③侑（yòu）佛：指辅助宣扬佛理。侑，助，佐助。

④芹：蔬菜名。即水芹。多年生水生宿根草本植物，茎叶可作蔬菜。此泛指五台山野蔬。

⑤慰辛苦：因作者游山辛苦而予以慰劳。

竹林寺①

遍刻千尊佛，存来不记年。
纤微岂人力，妙丽自天然②。
殿毁塔犹在③，山荒名尚传。
寺僧头尽白，亦复昧因缘④。

①此诗录自《清凉山志》卷二。竹林寺：见赵梦麟《竹林寺避雨》注①。

②“遍刻”四句：写中台灵迹竹林小像。见镇澄《竹林小像》注①。纤微：细微。

③塔：指中台灵迹竹林舍利塔。《清凉山志》卷二：“竹林舍利塔，台南竹林寺前。成化间，耕者得石椁，内银匣，中有琉璃瓶，盛舍利数百粒，光色璀璨。系宋僧云宗藏之。弘治间，燕京穆氏建塔。嘉靖间，古灯重修。”

④“亦复”句：谓白头老僧也不了解竹林寺的历史沿革和兴衰的经过。因缘：佛教语。佛教谓使事物生起、变化和坏灭的主要条件为因，辅助条件为缘。《翻译名义集·释十二支》：“前缘相生，因也；现相助成，缘也。”

灵应寺①

客子新游地②，文殊旧道场。
庄严托圣母③，护法有龙王④。
殿与云霄近，山多松柏香。
风涛复暴作，愁绝老僧房⑤。

①此诗录自《清凉山志》卷二。灵应寺：北台顶寺院。创建于隋开皇元年（581），历代均有修葺。现存正殿石洞五间，供无垢文殊像。

②客子：离家在外的人。此为作者自指。

③“庄严”句：写万历十五年（1587）重建事。《清凉山志》卷二：“灵应寺……万历丁亥，释佛秀，募造文殊大像，未遂，竟以劳死。感梦慈圣施金，佛始成。遣中使陈儒，载送峰顶，更建殿宇供奉，为祝釐之所。”圣母：君主时代对皇太后的尊称。此指明神宗朱翊钧之母慈圣皇太后。

④“护法”句：北台有灵迹黑龙池，侧有龙王庙，故云。

⑤愁绝：极端忧愁。

瞿汝稷

瞿汝稷（1548—1610），字元立，号那罗窟学人、幻寄道人等，明代南直隶苏州府常熟（今属江苏）人。以荫补官，三迁刑部主事。万历中历任黄州、邵武、辰州知府，迁长芦盐运使。后以太仆寺少卿致仕。博览强记，宿通内外典，历从紫柏、密藏、散木等诸公游，又闻禅法于竹堂寺之管东溟。其后，紫柏于径山刻大藏，汝稷乃为文导诸信善，共襄盛举。有《石经大学质疑》、《指月录》、《瞿冏卿集》等。

般若寺[①]

寒岩一片云，徘徊长松顶。
下偶幽栖人[②]，往来樵牧境[③]。
相看两相得，无言意自永[④]。
冷风忽飘拂，吹度清凉岭。
斐亹金色界[⑤]，望望何辽迥[⑥]！
如逢绣墩翁[⑦]，或对均提名[⑧]。
为问般若寺，可与衡茅并[⑨]？
仙衣几时还[⑩]，天末日引领[⑪]。
那得寒潭中，复驻悠悠影[⑫]？

①此诗录自《清凉山志》卷二。般若寺：见觉玄《般若寺》注①。

②偶：遇见；碰上。遇一人则成双，故谓之偶。幽栖人：指隐居修道者。

③樵牧境：樵夫与牧童所在之山林。

④“相看”两句：谓互相一见面就彼此投合；虽无交谈却情意深长。

⑤斐亹（wěi）：文采绚丽貌。金色界：即金色世界。指佛菩萨所居住的世界。

⑥望望：一再瞻望。表示依恋。何辽迥：多么辽阔。

⑦绣墩翁：指无著。《广清凉传·无著和尚入化般若寺》：“老人（文殊）延无著升堂，自坐柏木牙床，指一锦墩令无著坐。”故名。

⑧均提：无著于化般若寺中所见文殊的童子。

⑨“为问”两句：谓请（绣墩翁或均提）为我问文殊菩萨，化般若寺可否与茅屋平列一处呢。此表达了作者欲在般若寺附近筑庵修道的之心。衡茅：衡门茅屋。指陋室。

⑩仙衣：指“幽栖人”。

⑪“天末”句：谓每日向天边引颈远望。

⑫悠悠影：指幽栖人闲适的身影。

送僧游五台①

欲叩三车奥，还过五髻西②。
飞云先锡住，怖鸽觅灯栖③。
金阁看长在，珠林望不迷④。
天花开处处，知与石床齐⑤。

①此诗录自《明诗综》卷六十七。

②“欲叩”两句：谓欲探求佛法奥旨，还须向西参访五台山。叩：求教、探问。三车：喻三乘。参见李白《僧伽歌》注②。过：前往拜访。五髻：喻指五台山。

③“飞云”两句：谓僧某行脚如飞云，已超过居留的僧寺；日暮途穷时，要寻觅有灯光（即有人烟）之处栖息。飞云：即“飞云掣电”，形容非常迅速。锡住：即住锡。谓僧人在某地居留。怖鸽：佛教传说，一鸽为鹰所逐，飞向佛旁，佛以身影蔽鸽，鸽乃不怖。见《涅槃经》卷二八、《大智度论》卷十一。后诗文中常以“怖鸽”为穷无所归的典故。

④“金阁”两句：谓五台山金阁浮空，一望可知；珠林处处，不会迷路。金阁：指金阁寺。见王道行《金阁寺》注①。珠林：林木的美称。亦指佛寺。

⑤“天花”两句：唐王维《过乘如禅师萧居士嵩丘兰若》诗：“迸水定侵香案湿，雨花应共石床平。”此用其意。天花：佛教语。天界仙花。《维摩诘经·观众生品》：“时维摩诘室有一天女……见诸大人闻所说法，便现其身，即以天花散诸菩萨大弟子上。”亦指雪。此语意双关。石床：供坐卧的石制用具。多为仙人所用。此指僧床。

鸥　江

鸥江，明代万历间云中（今山西大同）人。生平不详。

游台山清明值雪①

故国清明雨②，高山作雪飞。

藏名甘阒寂，远市厌轻肥[③]。
谢客云连社[④]，虚窗雾染衣。
春鸿频送目[⑤]，飘泊澹忘归[⑥]。

①此诗录自《清凉山志》卷八。值：逢，遇。

②故国：故乡，家乡。

③“藏名”两句：谓隐匿名声，甘于寂寞；远离城市，厌弃轻裘肥马的豪华生活。阒(qù)寂：静寂、宁静。轻肥：轻裘肥马的缩语。《论语·雍也》：“（公西）赤之适齐也，乘肥马，衣轻裘。”此借指富贵豪华的生活。

④谢客：谢绝会客。社：此指白社。白莲社的省称。借指佛寺。

⑤“春鸿”句：谓多次目送春天的鸿雁北归。暗写萌生了归乡之意。

⑥飘泊：比喻东奔西走，行止无定。

狮子窝访空印禅师不遇[①]

结社傍山阿[②]，昙花绕涧多[③]。
声名传宦海[④]，音问隔恒河[⑤]。
云障菩萨顶，风号狮子窝[⑥]。
特来寻不见，应是问维摩[⑦]。

①此诗录自《清凉山志》卷八。狮子窝：见赵梦麟《狮子窝二首》之一注①。空印：明僧镇澄之号。

②结社：指于狮子窝创十方禅院共修净土事。《清凉山志》卷三载，明万历丙戌(1586)“释智光于狮子窝创十方禅院，效远公结莲社，修净业，澄亦预社”。

③昙花：见陈氏《赠五台尼姑云秀峰》注⑤。此为对狮子窝鲜花的美称。

④“声名”句：谓空印禅师声名显赫，在官场广为传扬。宦海：指官场。谓仕宦升沉，有如风波不定的海洋，故称。

⑤“音问”句：谓作者与空印禅师相距遥远，音问隔绝。此有凡圣相隔之意。音问：音信，书信。恒河：河名。发源于喜马拉雅山南麓，流经印度、孟加拉国入海。印度人多视为圣河福水。此指恒河沙数，喻遥远。

⑥“云障”两句：写空印禅师的栖止之处。菩萨顶：见李师圣《游台感兴古风》注④。

⑦问维摩：《维摩诘经》载，维摩诘大士反便“示疾”，佛遣文殊菩萨前往“问疾”，

共论不二法门。此将空印禅师比作文殊菩萨。

吴用先

吴用先，字体中，一字本如，号余庵，明代安徽桐城（今安徽桐城县）人。万历二十年（1592）进士。授临川知县，后出任浙江按察使，迁布政使。后因病辞官，居家八年，复召为工部侍郎，出为蓟辽总督。后因魏忠贤诬杀左光斗等，愤而辞官归里。笃信佛教，居士，常从紫柏尊者游。著有《周易语》、《塞玉山房集》。

赠竹林寺方丈月川禅师①

法照重来开法筵②，香林翠竹宛如前③。
坐挥玉麈超三乘，定入蒲团悟十玄④。
注疏毫端飞义虎，谈经舌上吐青莲⑤。
暂辞尘鞅来仙地，入室同参不二禅⑥。

①此诗录自《清凉山志》卷八。竹林寺：见赵梦麟《狮子窝二首》注①。月川：明僧镇澄之字。

②法照：唐代僧。大历二年（767）住衡州云峰寺。据称于钵中见五台山大圣竹林寺（化竹林），文殊、普贤，教以念佛法门（见《高僧传》卷二一及《清凉山志》卷四《法照入化竹林传》），遂与众僧依所见立竹林寺。创五会念经法，后人尊为净土四祖。此以法照喻指月禅法师。

③“香林”句：“化竹林……昔人远望，万竹鳞鳞，近之则失，遂此卓庵”（见《清凉山志》卷二），故云。

④“坐挥”两句：写月川禅师的修道生活。谓或讲经说法，或静坐修禅。玉麈，玉柄麈尾。见明渊《净土庵》注⑤。超三乘：以三乘（泛指佛法）超度众生。十玄：中国佛教华严宗的核心教义。又称十玄门、十玄缘起。“十玄”旨在发明华严宗特有的相即相入、圆融无碍的“法界缘起”。见智俨《华严一乘十玄门》和法藏《华严一乘教义分齐章》卷四。

⑤“注疏”两句：对月川禅师佛学造诣的赞美。注疏：解释性文辞称注，疏通文义称疏。一般对旧注进行解释或发挥称注疏。镇澄著有《楞严正观》、《金刚正眼》、《般若照真论》等。飞义虎：注疏义理畅达，才气雄杰。舌上吐青莲：犹口吐红莲。见朱元璋《入如

来禅》注⑦。

⑥“暂辞”两句：写作者到竹林寺参禅。尘鞅（yāng，旧读 yǎng）：世俗事务的束缚。鞅，套在马颈上的皮带。入室：比喻学问或技艺得到师传，造诣高深。参见贞素《哭日本国内供奉大德灵仙和尚诗》注⑧。不二禅：即不二法门。佛家语。谓平等而无差异之至道。

吕纯如

吕纯如，字孟谐，一字益轩，明代吴江（今江苏吴江县）人。万历二十九年（1601）进士。授偃师县令，历官三关（今山西境内沿内长城的雁门关、宁武关、偏头关）校士、副使佥事。官至兵部侍郎。辑《学古适用编》91卷。

竹林寺访月川病榻①

五峰开圣域②，千骑走置轺③。
金落祇园布④，台从鹫岭标⑤。
荆榛披盛世⑥，碑碣识前朝。
为问维摩疾，香车过草桥⑦。

①此诗录自显通寺诗碑。竹林寺：见陆深《竹林寺避雨》注①。

②圣域：犹言圣人的境界。《汉书·贾捐之传》：“臣闻尧舜，圣之盛也。禹入圣域而不优。”此指五台山佛地。

③“千骑”句：写为崇建五台山寺院而奔走于京城和五台山之间的驿站的使者之多。置，驿站。轺（yáo）：使节所用之车。

④“金落”句：以“金地”之典指代历代帝王对五台山的崇建。见元好问《台山杂咏十六首》之十二注①。

⑤“台从”句：谓鹫岭（灵鹫峰）为五台山的标识。

⑥“荆榛”句：谓盛代披荆斩棘，在荒芜之地崇建佛寺。荆榛：泛指丛生灌木。盛世：犹盛代。旧时对当代的谀称。此指明代。

⑦“为问”两句：写作者访月川病榻。维摩疾：谓佛教徒生病。参见胡应麟《秋日送僧游五台山》注③。香车：用香木做的车。泛指华美的车或轿。亦指神仙乘的车。

便道游五台宿显通寺①

千山盘地出②，五岭插天高。

岚势晴飞雨，松风怒作涛。
以兹丘壑好[③]，转觉簿书劳[④]。
何事惠行役，将迎反驿骚[⑤]。

①此诗录自显通寺诗碑。显通寺：见贯休《送僧游五台》注⑦。

②盘地：盘绕于地。

③兹：此。指五台山。丘壑：山陵和溪谷。亦泛指山水幽美之地。

④簿书：官署中的文书簿册。此指代官署事务。

⑤“何事”两句：谓为何承蒙上司惠顾，让我外出公务得以便道游五台山；反而因迎送我给显通寺带来骚扰。何事：为何，何故。行役：旧指因服兵役或公务而外出跋涉。将迎：迎来送往。《庄子·知北游》：“颜渊问乎仲尼曰：‘回尝闻诸夫子曰：‘无有所将，无有所迎。’回敢问其游。’仲尼曰：‘……唯无所伤者，为能与人相将迎。’”亦指迎接。驿骚：扰动；骚乱。驿，通“绎”。

孙　孜

孙孜，明代阜平（今河北省阜平县）人。隆庆三年（1569）《重修圆照寺碑记》载，孜与其兄儒曾舍金五百造像修殿。

华严岭[①]

策杖登层岭，攀萝上极巅。
深林迷白日[②]，古涧落寒泉。
四望山川尽[③]，平临星斗悬。
不须求羽化[④]，际此是登仙[⑤]。

①此诗录自《清凉山志》卷二。华严岭：北台灵迹。见梦觉《华严岭》注①。

②迷：迷失，看不见。

③山川尽：山川尽收眼底。

④羽化：指飞升成仙。

⑤际此：到此。际，靠近，接近。

孙　枝

孙枝，号泰山樵子，明代仁和（今浙江杭州市）人。隆庆五年（1571）到过五台山。

驻北山寺①

朝发南峪口②，暮宿北山寺。
层峦几转登③，远岫周回视。
长风喜不飏④，丽日欣偶值。
群僧道左迎⑤，焚香引前驷⑥。
谓余不易来，历览宜周至⑦。
宝殿展金容，琅函启珠秘⑧。
扶掖上层台⑨，摩挲观古记⑩。
禅关镇日闲⑪，石室经年閟⑫。
境鲜牧与樵，又何官与吏？
山泉不必凿，山菜无庸莳⑬。
声色本来无，耳目何由肆⑭？
轻肥未尝有⑮，口体安得恣⑯？
白云常往还，玄鹿时追比⑰。
鸟鹊纵翱翔，松杉多芾蔽⑱。
涧草与岩花，随时竞芳媚。
此境岂尘寰，意者别天地⑲。
余素厌纷华⑳，来游喜停辔㉑。
心赏殊恋恋㉒，徘徊去难弃。
越宿登前途，别僧良负愧㉓。

①此诗录自碧山寺雷音宝殿后壁右侧所嵌诗碑。落款为“隆庆辛未（1571）八月二十五日，泰山樵子仁和孙枝书”。北山寺：即今碧山寺。见净澄《普济寺》注①。

②南峪口：代县村名。在五台山鸿门岩北南峪沟口。为从北入五台山台怀的必经之地。

③转登：宛转攀登。

④飏：飞扬。

⑤道左：道路旁边。

⑥“焚香”句：谓僧人们焚香迎接，并拉着前边的马为带路。驷，古代一车套四马，因以称四马之车或车之四马。此指马。

⑦周至：详尽。

⑧琅函：书匣。此指经函。珠秘：珍贵的典籍。

⑨扶掖（yè）：搀扶。

⑩古记：指古代碑记。

⑪禅关：禅门。此指寺院。镇日：整日。

⑫石室：岩洞。指山中隐居之室。此当指金刚窟。经年：即经年累月。经历很多年月。指时间长。閟（bì）：闭门。

⑬无庸：无须，不必。莳（shì）：移栽；种植。

⑭肆：纵恣，放肆。

⑮轻肥：轻车肥马之略。指富贵繁华的生活。

⑯恣：放纵，听任。

⑰玄鹿：传说中的黑鹿，古人以为食其肉可长寿。南朝梁任昉《述异记》卷上：“鹿千年化为苍，又五百年化为白，又五百年化为玄。汉盛帝时，山中人得玄鹿，烹而视之，骨皆黑色，仙者说玄鹿为脯，食之，寿二千岁。”时追比：指时而前后相逐，时而并列而行。

⑱芾（fú）蔽：树木茂盛，遮天蔽日。

⑲意者：表示测度。大概；或许；恐怕。别天地：别有天地。

⑳纷华：繁华盛丽。

㉑停辔：勒马使止。

㉒心赏：有契于心，欣然自得。

㉓良：甚，很。负愧：抱愧，心中感到惭愧。此指因辜负僧人的盛情而惭愧。

天盆谷①

石磴穿云上，松萝觅路除②。
山深无客到，地僻有僧居。
刳木通泉水③，开畦种野蔬。
好游浑不倦④，空阁且停舆⑤。

①此诗录自《清凉山志》卷二。天盆谷：南台灵迹。在金阁寺之左。原有北齐所建天

盆寺，久废。《广清凉传》卷上："山形似盆，其势如盎。东北仙桥，西南神溪，池水当心，楼台四绕。今绝迹矣。"

②"松萝"句：谓披开松萝寻找山路。除，台阶。此指石磴。

③刳（kū）木：挖空木头（制作渡槽）。

④浑：全。

⑤空阁：指耸入云霄的金阁岭。舆：轿。

宿金阁寺①

阁岭初环辙②，山房暂息程。
色缘空后灭，觉向寂中生③。
法磬当檐转④，禅灯照榻明⑤。
深山无刻漏⑥，夜尽不知更。

①此诗录自金阁寺诗碑。落款为"隆庆辛未（1571）八月二十六日泰山樵子仁和孙枝书。"金阁寺：见王道行《金阁寺》注①。

②阁岭：指金阁岭。环辙：乘车周游。泛指游历。

③"色缘"两句：谓悟色空之理，才知一切形质之虚幻不实；寂灭常静，方能领悟佛法真谛。色：佛教指一切可以感知的形质。空：佛教谓万物从因缘生，没有固定，虚幻不实。觉，即觉悟，佛教谓领悟佛教的真理。寂：佛教谓寂灭常静之道。

④法磬：即磬。寺院中召集僧众用的云板形鸣器。

⑤禅灯：寺院灯火。

⑥刻漏：古计时器。以铜为壶，底穿孔，壶中立一有刻度的箭形浮标，壶中水滴漏渐少，箭上度数即渐次显露，视之可知时刻。

无题①

台山闻自昔，今日见青冥。
翠抹千寻玉，祥看五色屏。
云笼七宝树，水绕八功亭。
最喜天花夜，清音送客听。

①此诗录自金阁寺诗碑。落款为："万历癸酉（1573）夏津季逯令题。"按：此诗与

《清凉山志》卷二所载副使李北沙《八功德水》基本相同。唯“千寻璧”改为“千寻干”，“散落”改为“最喜”。疑非孙枝所作。

李环洲

李环洲，名华甫，号环洲道人，明代海岱（今山东）人。隆庆间进士。万历二年（1574）到过五台山。

仙花山[①]

南极名山绝汉开[②]，扪萝直上最高台。
白云缥缈峰前过，红日曈昽地底来[③]。
望眼敢云空四海，飞身应拟近三台[④]。
寻真到此聊经宿[⑤]，莫谓丹成便浪猜[⑥]。

①此诗录自《清凉山志》卷二。仙花山：南台之山名。见普明《南台歌》注①。

②南极名山：指仙花山。因其为南台，故云。绝汉开：超越天河在天际铺开。汉，天河；银河。

③曈昽（tónglóng）：日初出渐明貌。

④三台：星名。谓上台、中台、下台，共六星，两两相比，起文昌，列于太微。也作三阶，又称泰阶。

⑤寻真：寻求仙道。

⑥丹成：道教内丹名词。《中和集》卷三：“身心合一，神气混融，情性成片，谓之丹成。”此指作者与天地融合，忘却尘世烦恼，身心自由的感觉。浪猜：胡乱猜测。

三塔寺[①]

八十禅翁号了尘，锡飞来自天之津[②]。
见明水月成空寂，风静岩花解悟真[③]。
法藏度流三塔寺[④]，江山收尽五台春。
浮生半日逢君话，浪迹乾坤愧此身[⑤]。

①此诗录自《清凉山志》卷二。三塔寺：《清凉山志》卷二：“三塔寺，鹫峰之西，万

历初敕建，僧了尘主之。”寺内有三塔，故名。

②锡飞：即飞锡。僧徒游方。天之津：犹天涯。指极远的地方。津，涯，岸。

③“见明”两句：谓了尘见水中月亮而成就空寂之性；睹风静时岩上百花而领悟佛法真谛。见明水月：《维摩诘经·观众生品》：“如智者见水中月……菩萨观众生为若此。”此言观诸法如水中之月，虚而不实。空寂：佛教语。谓事物了无自性，本无生灭。《楞严经》卷五：“我旷劫来，心得无碍；自忆受生如恒河沙，初在母胎，即知空寂。”

④法藏（zàng）：佛教语。佛所说的教法。佛法含藏无量妙意，故称“法藏”。

⑤浪迹：到处漫游，行踪不定。

别湛空上人①

晓发北山②，道中憩华严禅林③，感湛空上人远送之雅德④，此别之。

缓步山行六月期，眼前山色总成奇。
阴崖积雪当千古，曲径繁花自四时。
衲子有缘来送我⑤，山灵无主却属谁⑥？
临歧欲话无生□⑦，怅望云天慰以思。

①此诗录自圆照寺室利沙塔石刻。落款为：“万历二年（1574），海岱环洲道人前进士李氏华甫书于五台之华严岭。时携交城侯齐君惟斋，草此识之。”

②北山：寺名。即今碧山寺。

③华严禅林：即今显通寺。因武则天时曾改称大华严寺，故名。

④雅德：谓德行高尚。

⑤衲子：僧人。此指湛空上人。

⑥“山灵”句：意谓湛空上人可作山灵之主。山灵，山中的神灵。此指五台山僧侣。属（zhǔ）：依托。

⑦临歧：本为面临歧路，后亦用为赠别之词。

万象春

万象春，字仁甫，明代锡山（今江苏无锡市）人。万历五年（1577）进士，选庶吉士，授工科给事中，迁礼科都给事。后出为山东参政，历山西左布政。万历二十五年（1597），以右副都御使巡抚山东，忤中使，夺俸，引疾归。起南京工部右侍郎，未上，卒。赠右都御使。

和咏五台[①]

东台

攀岩耸步上层峦[②]，身世悠然宇宙宽[③]。
一望沧波迷大海[④]，遥瞻紫气接长安[⑤]。
丹峰隐隐霞光映[⑥]，碧树重重月影团。
怪道阴云生石洞，从知灵物此中蟠[⑦]。

①此诗录自《清凉山志》卷二。为和张商英《咏五台诗》之作。

②耸步：高步。

③悠然：闲适貌，淡泊貌。

④“一望”句：切东台峰名望海。谓一眼望去，云海漫漫，犹如碧波，反而迷失了大海所在。

⑤紫气：紫色云气。古人以为祥瑞之气。长安：指代明都城北京。

⑥丹峰：绮丽的山峰。

⑦“怪道”两句：写东台灵迹那罗岩窟。《清凉山志》卷二：“那罗岩窟……华严云，是菩萨住处，亦是神龙所居。”怪道：怪不得，难怪。灵物：指神龙。

南台

南台孤耸隔诸台[①]，极目氤氲瑞气开[②]。
花满重冈堆锦绣[③]，岩藏湿雾锁莓苔。
千寻宝刹摩云出[④]，百道飞泉带雨来。
欲证菩提何处是[⑤]，暂从法地一徘徊[⑥]。

①“南台”句：《清凉山志》卷二：“五台……其东西南北四台，皆自中台发脉。一山连属，势若游龙。唯南台特秀而窎居焉”，故言。

②氤氲：云烟弥漫貌。

③“花满”句：切南台峰名“锦绣”。重（chóng）冈：重叠的山冈。

④千寻宝塔：指南台顶普济寺石砌七级古塔。千寻，形容极高。

⑤菩提：见钟英《送僧游五台二首》之二注⑤。

⑥从：到。法地：弘扬佛法之地。此指普济寺。

西台

重峦硉矹倚青苍①，绀宇参差八水旁②。
欲向法门探上乘③，闲来净土即西方④。
泉飞石壁三衣湿⑤，花吐金莲万壑香⑥。
指点诸天僧话久⑦，峰头明月已生光⑧。

①硉矹（lùwù）：高耸。青苍：深青色。常用以形容树色、山色、天色。此指苍天。

②绀宇：佛寺。此指西台北不二楼、西台顶法雷寺。八水：指西台灵迹八功德水。

③法门：佛教语。指修行者入道的门径。此泛指佛门。上乘：即大乘。见敦煌文献《游五台赞文》注⑧。

④净土：佛教语。佛所居住的无尘世污染的清净世界。亦名佛土。多指西方阿弥陀佛净土。此借指西台。西天：即西方极乐世界。

⑤三衣：梵文意译。佛教比丘穿的三种衣服。一种叫僧伽黎，即大衣或名众聚时衣，在大众集会或行受戒礼时穿着；一种叫郁多罗僧，即上衣，礼诵、听讲、说戒时穿着；一种叫安陀会，日常作业和安寝时穿用，即内衣。亦泛指僧衣。

⑥金莲：指五台山名花金莲花。

⑦诸天：此泛指天界；天空。

⑧明月：象征真如法性。

北台

高台天际郁崔嵬，几见山僧杖锡回①。
幢影翻时陵日月②，钟声鸣处隐风雷③。
身依北斗怀宸极④，面对南山献寿杯⑤。
冰结万年消不尽⑥，何时穷谷起飞灰⑦？

①杖锡：持执锡杖。谓僧人出行。

②幢（chuáng）：佛教的一种柱状标帜，饰以杂彩，建于佛前，表示麾导群生、制服魔众之意。此后用以称经幢，即写经于其上的长筒圆形绸繖。翻：翻飞。

③风雷：亦暗喻说法声。

④宸极：即北极星。借指帝王。

⑤“面对”句：谓作者站在北台顶，俯视南台，它犹如给皇家祝寿之酒杯。此用“南山寿”之典。《诗·小雅·天保》：“如南山之寿，不骞不崩。”孔颖达疏：“天定其基业长久，且又坚固，如南山之寿。”后用为为人祝寿之词。

⑥“冰结”句：以“万年销不尽”的冰雪暗喻尘世难销的恶业。

⑦“何时”句：谓何时律管中葭灰飞动，深山谷中阳气萌动，冰雪消融，大地回春呢。暗喻何时人间可成为西方极乐世界。飞灰：律管中飞动的葭灰，古代以此候测节气。唐阴行先《和张燕公湘中九日登高》诗：“重阳初启节，无射正飞灰。”按：律管，亦称“律琯”。用竹管或金属管制成的定音器具。古代亦用作测候季节变化的器具。《梦溪笔谈·象数一》引晋司马彪《续汉书》：“候气之法，于密室中，以木为案，置十二律琯，各如其方，实以葭灰，覆以缇縠，气至则一律飞灰。”

中台

群峰面面拥奇观，朝雨和烟积翠峦。
策杖千山浑不倦[①]，披裘六月尚余寒。
苍崖碧嶂周遭合[②]，古木黄沙四望宽[③]。
云雾渐看山半起，却疑身已在云端。

①策杖：拄杖。也称杖策。浑：简直；几乎。

②周遭：四周，周围。

③古木黄沙：指塞外景象。

顾绍芳

顾绍芳，字实甫，明代昆山（今属江苏）人。一说太仓（今属江苏）人。万历五年（1577）进士，选庶吉士，授检讨，官至左春坊左赞善，兼翰林院编修。假归卒。平生孝友介廉，以古学自励。善诗，犹工五律。朱彝尊称其近孟襄阳。有《宝庵集》8卷行世。

古清凉[①]

窈窕回峰众木阴[②]，凭陵双屐暮云深[③]。

千盘磴里开僧寺[④]，万壑泉中出梵音。
室利西来曾示迹[⑤]，清凉此地足栖心[⑥]。
亦知世网终成幻[⑦]，一钵何年倚道林[⑧]？

①此诗录自《清凉山志》卷二。古清凉：中台灵迹。在中台清凉谷清凉寺东北山半麓。《清凉山志》卷二："古清凉，在清凉谷中。僧法聚（明僧）构兰若。"

②窃窕：深远貌。

③凭陵：登临其上。屐（jī）：木屐。底有二齿，以行泥地。此泛指鞋。

④千盘磴里：无数盘曲的登山石径之中。

⑤室利：曼殊室利的省称。即文殊菩萨。

⑥栖心：犹寄心。即寄托心意。

⑦世网：此犹尘网。旧谓人在世间受到的种种束缚，如鱼在网，故称。

⑧倚：取法，效法。道林：晋代高僧支遁，字道林。此借指古清凉僧法聚。

邢云路

邢云路（1548—?），字士登，明代安肃（今河北省徐水县）人。五岁时诵读诗书，过目不忘。万历八年（1580）进士。知繁峙县，历汲县、临汾，升兵部主事，累官至陕西按察司副使。精通天文、地理、历法，著有《古今律历考》72卷。另有《泽宇集》。

咏五台[①]

清秋有客御风来[②]，直上梯空望海台[③]。
白社逢僧谈上乘[④]，青山无地著尘埃[⑤]。
蜃蒸溟渤千灵现[⑥]，乌出扶桑万灶开[⑦]。
欲觅慈航何处是[⑧]，归依从此渡轮回[⑨]。

①此诗录自《清凉山志》卷八。

②客：即客子。离家在外的人。此为作者自指。

③梯空：腾空。望海台：指东台望海峰。

④白社：指佛寺。参见法本《灵境寺》注⑤。上乘：见敦煌文献《游五台赞文》注

⑧。

⑤“青山”句：从《坛经》慧能偈“明镜本清净，何处染尘埃”化出。

⑥“蜃蒸”句：谓东望大海，蜃气蒸腾，犹如千万神灵（佛菩萨）示现。蜃：传说中的蛟属。能吐气成海市蜃楼。

⑦乌出扶桑：太阳从东方升起。万灶开：指千家万户生火做饭，炊烟四起。形容日出时云雾缭绕的景象。

⑧慈航：佛教语。谓佛菩萨以慈悲之心度人，如航船之济众，使脱离生死苦海。

⑨归依：佛教指信从佛、法、僧三宝。也作“皈依”。渡轮回：指渡过人生苦海，往生西方极乐世界。轮回，佛教语。梵语意译，原意是流转。佛教认为众生各依善恶业因，在天道、人道、阿修罗道、地狱道、饿鬼道、畜生道等六道中交替，有如车轮般旋转不停，故称。也称六道轮回。

北台叶斗峰①

玄冥高岭与云齐②，回首风烟下界低。
北斗平临孤岫上，玉绳微度大崖西③。
昙花作雪铺金界④，法雨凝冰冻虎溪⑤。
更有烛龙衔慧日，阴山光照万方迷⑥。

①此诗录自塔院寺大白塔底座所嵌诗碑。

②玄冥：深远幽寂。此指北方。唐杜甫《前出塞》诗：“誓开玄冥北，持以奉吾君。”

③“北斗”两句：极写北台之高。孤岫：特立的峰峦。玉绳：星名。张衡《西京赋》：“上飞闼而仰眺，正睹摇光与玉绳。”李善注引《春秋元命苞》曰：“玉衡北两星为玉绳。”此泛指群星。

④昙花：见陈氏《赠五台山尼姑云秀峰》注⑤。金界：佛地，佛寺。

⑤法雨：佛教语。佛家谓佛法普度众生，如雨之润泽万物，故称。虎溪：水名。在江西九江庐山东林寺前。相传晋慧远法师居此，送客不过溪，过此，虎则号鸣，故名虎溪。此借指北台溪水。

⑥“更有”两句：元张宪《烛龙行》诗：“烛龙，烛龙，女（汝）居阴山之阴，大漠之野……蛇身人面发如赭，衔珠吐光照天下。”因北台有灵迹黑龙池，故云。烛龙：古代神话中的神名。传说其张目（亦有谓其驾日、衔烛或珠）能照耀天下。《山海经·大荒北经》：“西北海之外，赤水之北，有章尾山。有神，人面蛇身而赤，直目正乘，其瞑乃晦，其视乃明，不食不寝不息，风雨是谒。是烛九阴，是谓烛龙。”慧日：指普照一切的法慧、

佛慧。《法华经·普门品》："无垢清净光，慧日破诸暗，能伏灾风火，普明照世间。"阴山：传说为烛龙所居之所。

舍利塔[①]

名山宝刹俯流泉[②]，一塔当空丽日鲜。
舍利光悬金色界[③]，风幡影落大罗天[④]。
尔时解脱原无相，彼岸慈悲可渡川[⑤]。
见说恒沙难住著，清凉聊此欲延年[⑥]。

①此诗录自塔院寺大白塔基座南侧所嵌诗碑。舍利塔：即大白塔。

②宝刹：佛寺的通称。此指塔院寺。

③金色界：金色世界的省称。佛教语。指佛所居的世界。此指五台山佛地。

④风幡：在风中翻飞的旗幡。大罗天：道教所称三十六天中最高一重天。《云笈七籤》卷二一："《玉京山经》曰：玉京山冠于八方诸大罗天……《原始经》云：大罗之境，无复真宰，唯大梵之气，包罗诸天太空之上。"

⑤"尔时"两句：谓当年释迦牟尼涅槃之时原已弃绝众相，但他在彼岸却以大慈大悲普度众生。彼岸：梵语波罗的意译。佛教以有生有死的境界，譬曰此岸；烦恼苦难，譬曰中流；超脱生死，即涅槃境界，譬曰彼岸。川：即中流。

⑥"见说"两句：意谓听说佛世界多如恒河沙数，不能执著于某处；我姑且在这清凉圣境以益寿延年。《金刚经·一体同观分》："如一恒河中所有沙，有如是沙等恒河，是诸恒河所有佛世界，如是宁为多否？"上句即用其意。住著：意犹执著。

登清凉石赋[①]

四围山面面[②]，九步石方方。
石方方，何清凉！
广容千万众，传者疑荒唐。
触蛮蜗国战[③]，大地黍珠藏[④]。
睠兹九步石[⑤]，行者宜徜徉[⑥]。
兹石能令来者行，兹石能令行者悦[⑦]。
兹石自清凉，人心自烦热[⑧]。

①此诗录自《清凉山志》卷八。清凉石：中台灵迹。见觉同《和咏五台·总咏五台》注⑥。

②“四围”句：谓清凉石所在地清凉寺四周青山环绕。

③“触蛮”句：《庄子·则阳》：“有国于蜗之左角者，曰触氏；有国于蜗之右角者，曰蛮氏。时相与争地而战，伏尸数万。”触和蛮，古代寓言中蜗牛角上的两个小国。后因以称因争夺细微私利而兴师动众。

④“大地”句：谓大地可藏于微小的东西之内。此即“须弥芥子”之意。黍珠：当作“黍铢”。古时度量衡定制皆以黍为准。重量千有二百黍重十二铢，二十四铢为一两。黍铢比喻轻微、细小。

⑤睠（juàn）：同“眷”，依恋。

⑥“行者”句：谓值得修道者留恋瞻顾。行者：佛教语。指头陀。行脚乞食的人。此泛指修道者。

⑦“兹石”两句：谓此石能让前来观赏的人修行佛道，能让修行佛道者心生愉悦。

⑧烦热：闷热，使人烦躁。

与重玄谈禅①

海内谁知己，空门得上人②。
怜予僧有发，共尔幻成身③。
觉路诸天近④，传灯半偈真⑤。
无须婚嫁毕，便欲卜山邻⑥。

①此诗录自塔院寺大白塔底座南侧所嵌诗碑。落款为“司马氏安肃邢云路万历壬辰（1592）仲夏吉日立石”。重玄：明代五台山塔院寺僧人。谈禅：谈说佛经教义。

②“海内”两句：唐王勃《送杜少府之任蜀州》诗：“海内存知己，天涯若比邻。”此化用其意。空门：泛指佛法。大乘以观空为入道之门，故称。《大智度论·释初品》：“空门者，生空、法空。”后泛称佛家为空门。亦指佛寺。上人：佛教称具备德智善行的人。此指重玄。

③“怜予”两句：谓承你怜爱我这个有发之僧；其实，同你一样，咱们都是幻化之身。幻成身：即幻身。佛教语。肉身；形骸。参见杨海州《金阁岭》注⑦。

④觉路：佛教指成佛正觉之路。诸天：此指佛寺。

⑤“传灯”句：写对重玄为自己传法的赞美。传灯：佛家谓佛的教旨可以破除迷暗，像灯照明一样，因称传法曰传灯。半偈：见宽悦《登中台有感》注④。

⑥“无须”两句：活用“向平愿了”之典。《后汉书·逸民列传》：“向平，字子平，河内朝歌人也。隐居不仕，性尚中和。……建武中，男女聚嫁既毕，敕断家事勿相关，‘当如我死也’。于是肆意与同好北海禽庆俱游五岳名山，竟不知所终。”卜山邻：在五台山择地而居，与重玄为邻。卜，选择。

赠诗僧重玄①

暇日云生屋，清宵月满轩②。
观空金不若③，得句欲忘言④。

①此诗录自塔院寺大白塔底座南侧所嵌诗碑。

②“暇日”两句：写重玄修道环境的清幽，衬托其心境的悠闲静穆。暇日：休息闲暇的时间。清宵：清静的夜晚。轩：堂的前沿，外周有槛。

③观空：观察诸法体空之理。金不若：言其珍贵。

④“得句”句：从晋陶潜《饮酒》诗：“此中有真意，欲辨已忘言”化出。暗喻重玄深悟佛法真谛，已达到“无言无说”的境界。得句：谓诗人觅得佳句。

敕修塔院寺赠西竺①

五峰回合护空门②，福地香台道自尊③。
十丈莲花开净界④，千秋贝叶响祇园⑤。
光摇鹫岭灵藏塔⑥，诏下龙宫鬼筑垣⑦。
中有焚修玄度者⑧，净名终日坐无言⑨。

①此诗录自塔院寺大白塔底座南侧所嵌诗碑。明万历七年至十年（1579—1582）神宗皇帝之母李太后为国祝福，遣使对大白塔进行大规模修建，故曰“敕修”。西竺：明代僧人。俗姓杨，晋阳太谷（今山西太谷县）人。得临济宗二十七代孙玉峰和尚衣钵，以为法嗣。万历间，受皇太后命住持塔院寺，

②回合：环绕。空门：见作者《与重玄谈禅》注②。

③福地：此指寺院。参见王道行《金阁寺》注③。香台：烧香之台。佛殿的别称。

④“十丈”句：写塔院寺有如佛所居住的清净世界，有巨大的莲花盛开。《如来藏经》：“尔时世尊于旃檀重阁，正坐道场而现神变，有千叶莲华，大如车轮，华中化佛，各放无数百千光明。”净界：佛教指清净无垢的世界。此借指佛寺。

⑤贝叶：泛指佛经。祇园："祇树给孤独园"的简称。后用为佛寺的代称。

⑥光摇鹫岭：佛光在灵鹫峰上升起。摇，上升。灵藏塔：大白塔藏有佛舍利，故云。灵，神灵。此指释迦牟尼之灵骨。

⑦"诏下"句：谓修建塔院寺的诏书一下，神鬼相助。亦有大白塔规模宏大，技艺精湛，鬼斧神工，疑非人力所致之意。

⑧焚修玄度者：指西竺。焚修，焚香修道。玄度，玄妙的法理。指佛法。

⑨"净名"句：谓西竺禅师深悟佛法，超凡入圣。净名：此指维摩诘。南朝梁慧皎《高僧传·义解五·释昙斐》："夫至理无言，玄致幽寂……所以净名杜口于方丈，释迦缄默于双树，将知理致渊寂，故圣为无言。"

题塔院寺西竺禅僧精舍[1]

羡尔栖真地[2]，青山绿树荫。
锡飞千岭外，龙护五云深[3]。
金界窥无相[4]，青莲不染心[5]。
夜深趺坐处[6]，明月照空林[7]。

①此诗录自塔院寺大白塔底座南侧所嵌诗碑。精舍：僧人修炼居住之所。

②尔：你。指西竺。栖真地：指塔院寺。栖真，道家谓存养真性，返其本元。此借指修法悟道。

③"锡飞"两句：谓西竺禅师云游四方，有天龙护持；栖止之处，有五彩祥云笼罩。

④"金界"句：谓西竺禅师在佛寺觉察、体悟了真如实相。金界：指佛地，佛寺。无相：佛教指摆脱世俗有相认识所得之真如实相。

⑤"青莲"句：谓西竺禅师双眼有如青莲花瓣，心地一尘不染。唐孟浩然《题义公禅房》诗："看取莲花净，方知不染心。"此用其意。

⑥趺坐：双足交叠而坐。指静坐参禅。

⑦"明月"句：写明净空寂的禅悟境界。

零苓香[1]

玉毫金相照清凉[2]，花雨云流湿不妨[3]。
佛散妙香香满路[4]，骚人采采入诗囊[5]。

①此诗录自《清凉山志》卷二。零苓香：五台山名花。又称零陵香。生于台顶，高10～20厘米，花白色，有异香。宋沈括《梦溪补笔谈·药议》："零陵香，本名'蕙'，古之兰蕙是也，又名'薰'。《左传》曰：'一薰一莸，十年犹有臭。'即此草也。唐人谓之'铃铃香'，亦谓之'铃子香'，谓花倒悬枝间如小铃也。"

②"玉毫"句：谓零苓香犹如佛菩萨眉间的白毫，光照清凉山。玉毫：指佛眉间的白毫，佛教谓其有巨大神力。金相：指贴金的佛菩萨等相。

③花雨：佛教语：诸天赞叹佛法之功德而散花如雨。又指花季所降之雨。

④"佛散"句：唐日僧圆仁《入唐求法巡礼行记》卷三载，文殊化为僧形，敷一座具遍满五台，魏孝文帝以为神奇，不与共居此处，"遂以葱韭散五台上，便出山去。其僧在后，将零凌香子散葱韭之上，令无臭气。今见每台遍生葱韭，总不闻臭气。有零凌香满台生茂，香气氛氲"。妙香：佛教谓殊妙的香气。指零苓花香。

⑤"骚人"句：谓诗人为零苓香引出诗情，将其写入诗中。骚人：指诗人。自《离骚》以降，作诗者多仿效之，故称诗人为骚人。采采：采了又采。诗囊：装诗稿的袋子。语本唐李商隐《李长吉小传》："每旦日出，与诸公游，恒从小奚奴，骑距驴，背一古破锦囊，遇有所得，即书投囊中。"

鬼见愁①

神呵诸怖远②，僧定百魔休③。
一夜生灵草④，犹令鬼见愁。

①此诗录自《清凉山志》卷二。鬼见愁：五台山名花。无患子的俗称。旧俗采之令童子佩戴，或悬于门上，云可以避鬼魅。《清凉山志》卷二："鬼见愁，生台麓，能驱邪。"

②"神呵"句：谓有神灵（指佛菩萨）呵护，各种可怖的事物都远离五台山。呵：呵护。即呵禁守护。休：离开。

③魔：梵语摩罗之简称。意译为障碍、扰乱、破坏。亦指妨碍修行、破坏佛法的邪恶之神。

④灵草：指鬼见愁。

董　基

董基（1550？—1620），字巢雄，明代掖县（今属山东）人。一说东莱（今山东莱州）人。万历八年（1580）进士。授刑部主事。十二年（1584），

以抗疏忤帝，谪万全都司都事。后迁南京礼部主事，终南京大理卿。

题大塔院寺[1]

名山开创自何年，此日登临始有缘。
郁郁古松青嶂外，森森高阁紫云边。
金炉不断千秋火[2]，宝塔时成九品莲[3]。
来者尘心应尽洗，宁须万里问西天[4]？

①此诗录自塔院寺大白塔底座南侧所嵌诗碑。落款为“万历庚寅（1590）五月九日东莱董基书”。大塔院寺：见王道行《塔院寺》注①。

②金炉：金属铸的香炉。千秋火：千年不断的香火。

③九品莲：即九品莲台。佛教净土宗认为，修行圆满者死后可往西方极乐世界，身坐莲花台座，因各人生前修行深浅不同，而所坐莲台有九等之别，九品莲台是最高一等。也就是阿弥陀佛的净土。

④宁须：岂须。宁，岂，难道。

王　传

王传，字雁峰，明代万历间高陵（今陕西高陵县）人。进士。曾知山西阳城县，有政声。

咏圭峰寺[1]

已觉驰驱苦，来逢胜地游[2]。
看山疑树出[3]，陟阁喜僧幽。
清磬随风落，碧泉带月流。
凭栏觅祖句[4]，不负此登楼。

①此诗录自明万历《太原府志》。圭峰寺：见王钥《圭峰寺》注①。

②胜地：名胜之地。

③“看山”句：因山周围有绿树覆盖，故云。

④祖句：初创之句，即新的诗句。祖，初，开始。

五台山寺观百岁老僧[①]

其一

白发黧颜老此山[②]，衲衣盂饭坐禅关[③]。
游人若问何年腊[④]，屈指宣英禅代间[⑤]。

①此诗录自碧山寺雷音宝殿东山墙所嵌诗碑。落款为“关中雁峰王传万历辛巳（1581）春正，太原府推官男嗣美书，五台县知县张益智立”。

②黧颜：面目色黑而黄。老：终老。

③盂：钵盂。僧人的食器。禅关：禅门。即丛林。僧侣群聚的寺院。

④何年腊：犹言出家多少年。僧受戒后每度一年为一腊。

⑤宣英禅（shàn）代间：指明英宗朱祁镇承继明宣宗朱瞻基帝位之时。禅代，指帝位的禅让和接替。

其二

眼昏不辨天花落[①]，口说前朝事可凭[②]。
铁棒五郎曾护驾[③]，铜台大显五台僧[④]。

①天花：佛教语。天界仙花。亦指雪花。

②前朝：指宋朝。可凭：可以凭信。

③铁棒：为杨五郎兵器。

④“铜台”句：据传，杨五郎在兵败金沙滩后，愤奸臣当道，忠良惨遭迫害，便“弃却干戈披衲衣”，出家于五台山太平兴国寺。但他仍不忘国恨家仇，组织僧兵习武。后辽军南侵，杨五郎率僧兵拒敌，棒劈辽将韩昌。铜台：关名。在宋保州（辖境相当于今河北满城、清苑及保定），地近燕山。宋、辽时战事频仍，为边关之地。

其三

手种青松数十围[①]，白头弟子换缁衣[②]。
耳边听得喃喃语，又是春风燕子飞[③]。

①手种：指百岁老僧亲手种植。数十围：言松之粗。围，计量周长的约略单位。旧说尺寸长短不一。现多指两手或两臂之间合拱的长度。

②白头弟子：指百岁老僧。弟子，佛教徒众。缁衣：浅黑色的僧服。

③“耳边”两句：写百岁老僧不计人间岁月，任凭冬去春来，季节交替。喃喃：象声词。此指燕啼声。

其四

百年人问养生方[①]，寡欲无思寿命长。
惭愧高僧说名理，红尘苍鬓尚奔忙[②]。

①养生方：摄养身心，以期保健延年的方法。

②“惭愧”两句：谓听了百岁老僧的至理名言（即“寡欲”句），我不禁暗自惭愧；自己已两鬓斑白，仍在人间苦苦奔忙。又，惭愧，感幸之词。意为多谢，难得，亦通。

王　基

王基，字对沧，明代青州卫（治所在今山东益都县）人。进士。万历初为大同知府。万历十一年（1583）任河东道，累官户部尚书，政绩卓著。

柏林寺次韵[①]

妙法真无相[②]，园林即普陀[③]。
白云双屋满[④]，黄叶一僧过。
断碑眠沙草[⑤]，疏廊挂薜萝[⑥]。
不堪怀古意，回首夕阳多[⑦]。

①此诗录自清乾隆《代州志》。为和杨巍《柏林寺别王计部》之作。柏林寺：见杨巍诗注①。

②“妙相”句：《金刚经·如理实见分》：“凡所有相，皆是虚妄。若见诸相非相，即见如来。”故云。妙法：佛教语。指义理深奥的佛法。无相：此指弃绝众相。

③“园林”句：意谓李晋王墓地园林就是寺院。普陀：梵语补陀落迦的省音译。古印

度山名。传为观音菩萨住处。又中国佛教四大名山之一的普陀山在今浙江省普陀县。传为观音菩萨道场。此借指佛地，寺院。

④双屋：指佛殿和李晋王墓的寝殿。

⑤沙草：疑为“莎草”之误。

⑥薜萝：薜荔和女萝。两者皆野生植物，常攀援于山野林木或屋壁之上。

⑦“不堪”两句：写人世沧桑，叹年已老大。夕阳：谓晚景。喻年老。

董其昌

董其昌（1555—1636），字玄宰，号思白、香光居士，明代华亭（今上海松江）人。万历十七年（1589）进士。累官至南京礼部尚书，卒谥文敏。工诗文，尤精书画。有《画禅室随笔》、《容台文集》等。

送僧游五台①

孤锡清凉去②，人天此路分③。
僧寮长扫雪④，香饭半蒸云⑤。
欲辨龙蛇种，须穿虎豹群⑥。
西游多证入，合遣老庞闻⑦。

①此诗转录于五台山碑林诗碑。

②孤锡：独自杖锡。指独自一人游方。

③“人天”句：意谓踏上到五台山的道路即可由人道进入天道。人天：佛教语。六道轮回中的天道和人道。《魏书·释老志》：“人天道殊，卑高定分。”

④僧寮：僧舍。寮，指僧舍。《释氏要览·住持》：“言寮者，《唐韵》云：同官曰寮。今禅居意取多人同居，共司一务，故称寮也。”

⑤香饭：香积饭。佛寺的斋饭。典出《维摩诘经·香积品》：“是化菩萨以满钵香饭与维摩诘，饭香普薰毗耶离城及三千大千世界。”

⑥“欲辨”两句：意谓欲分辨出一个参禅者究竟是圣者还是凡夫，须经禅师的严厉逼拶。龙蛇：喻圣者与凡夫。虎豹群：喻众禅师。禅师接引弟子时，常用棒喝推逼之法，威猛如虎豹，故以之为喻。

⑦“西游”两句：谓向西到五台山参访者多有证入者；倘若你证入之时，应当让我知道。证入：佛教语。谓以正智如实证得真理。合：应当，应该。遣：令，使。老庞：指庞

蕴。蕴字道玄，唐衡阳人。贞元初与石头和尚丹渊禅师为友。信佛，不剃发，举家入道，挈其所有沉入水中，以鬻手制竹器为生。后居襄阳，机辩迅捷，人称阳庞居士，誉为东土维摩。此为作者自指。

圆　澄

圆澄（1561—1626），明代僧。字湛然，别号散木道人，俗姓夏。会稽（今浙江绍兴）东关人。幼颖悟，具辩才，触事解了，性不羁。童年亲没，依止僧寮。初依玉峰，次依隐峰，有省。万历十二年（1584），诣天荒山，投妙峰，为祝发，后受戒于云栖。还，叩南宗师，在天妃宫、宝林寺闭关修道得悟。后止住风庵，与南宗朝夕究竟，得少林慈舟师印可。至京师，为达观、月川等称赞。中年以后，法席兴隆，沾溉甚多。平生不为律缚，脱略规仪。修大刹凡五，治石塘、造亭桥，利济有情。天启六年寂于天华寺，塔于显圣寺南山。著有《宗门或问》、《慨古录》、《思益简注》、《楞严臆说》、《法华意语》、《会涅槃疏》、《金刚三昧注》及门人所记法语。

途中[①]

为客千里出，渺然萍藻心[②]。
回头绿树隔，问路白云深。
蓦直无容议[③]，狐疑似欲寻。
夕阳也投宿，淡影隐疏林[④]。

①此诗录自《会稽湛然澄禅师语录》（下同）。

②渺然：广远貌。萍藻心：指萍浮浪踪、云游四方之心。萍藻，即浮萍。

③蓦直：一径，笔直。此用”赵州勘婆“之典。见广莫《送无本禅师谒五台》注④。议：指拟议。

④“夕阳”两句：写夕阳西下，隐于疏林。暗写作者亦须投宿。

旧路岭[①]

屹崒峙云磴[②]，迢迢翠影低。

山城邻古寺[③]，天汉接前谿[④]。
怪石玲珑处，奇松俯仰西[⑤]。
隔林清磬响，知是近招提[⑥]。

①旧路岭：东台灵迹。在台东南五十余里。其上建有龙泉寺。
②屹崒（zú）：高峻貌。云磴：高耸入云的山路。
③古寺：指龙泉寺。见永庆《龙泉寺》注①。
④天汉：即银河。谿（xī）：深峭的山谷。
⑤俯仰：此指树枝或俯伏，或高昂。
⑥招提：佛寺的别称。参见真可《西台挂月峰》注③。

途中二首

一

辞京已半月，客路几盘桓[①]。
谿峻浪花逆[②]，山高风色寒。
马蹄轮石磴[③]，鸟道渡云端。
绝顶如穷到[④]，方知身世宽。

①盘桓：盘旋；曲折回绕。
②谿峻：深峭的山谷间山崖高峻。逆：回旋。
③轮：轮流，依次更替。此指依次更替踩踏。
④如穷到：好像到了空中。穷，空。

二

屈曲台山路，峥嵘霄汉齐。
谿声近听好[①]，山色远看低。
旅况随时度[②]，风尘逐马蹄。
日阑岚气拥[③]，设宿问招提[④]。

①谿声：同溪声。山间水流之声。

②旅况：旅途的情怀或景况。

③日阑：白日将尽。

④设宿：设想投宿。招提：寺院的别名。

山行口占

坐久忽劳生[①]，携筇门外行。
好花山径满，细草暮烟轻。
虎迹新泥印，风声襍雨清[②]。
遥看猿落涧，著意抱枯茎[③]。

①劳生：《庄子·大宗师》："夫大块载我以形，劳我以生，佚我以老，息我以死。"后以"劳生"指辛苦劳累的生活。此指产生尘劳。尘劳，佛教徒谓世俗事务的烦恼。

②襍（zá）：同"杂"。

③著（zhuó）意：集中注意力；用心。

登西台

觅险寻奇不觉劳，层层石磴响风颾。[①]
悬崖万仞鸟不度，峭壁千重云卷涛。
回首却教群岫小，抬眸又见远山高[②]。
幽林独坐疑求伴，忽见猿猴挂树梢[③]。

①颾（sāo）：象声词。形容风声。

②抬眸：抬头观看。

③"幽林"两句：因隐居之人常与猿狖为伍，故云。

古清凉[①]

精蓝恰近碧溪边[②]，听得豀声日夜传。
数鸟群呼隔林去，两山排出白云前[③]。
厨中熟煮连根菜，室内唯参五味禅[④]。
倚槛漫吟诗兴远，仰看只剩一丝天[⑤]。

①古清凉：中台灵迹。《清凉山志》卷二：“在清凉谷中，僧法聚构兰若。”

②精蓝：佛寺；僧舍。精，精舍；蓝，阿兰若。

③排出：排空而出。即凌空而出。

④五味禅：五味交杂之禅。‘一味禅’之对称。又称五禅、五类禅。乃相对祖师一味之禅，斥责五种交杂之如来禅之意。圭峰宗密于《禅源诸诠集·都序》卷上之一中分别一切禅为五种，谓禅有浅深，阶级殊等，其中：（一）带异计，欣上厌下而修者，称为外道禅。（二）正信因果，亦以欣厌而修者，称为凡夫禅。（三）悟我空（人空）偏真之理而修者，称为小乘禅。（四）悟我、法二空所显之真理而修者，称为大乘禅。（五）若顿悟自心本来清净，原无烦恼，本自具足无漏之智性，此心即佛，毕竟无异，依此而修者，称为最上乘禅，又称如来清净禅、一行三昧、真如三昧，为一切三昧之根本，即达磨门下展转相传者。即将达磨所传之禅称为如来最上乘禅，以简别四禅八定大小诸禅之意。盖宗密原主张教禅一致，以教内所说之一行三昧为根本王三昧，即是佛祖所传之真实禅，然禅门之徒贬之为五味交杂之如来禅，与一味清净之祖师禅迥异。见《景德传灯录》卷十三、《联灯会要》卷四、卷七、《古尊宿语录》卷三、《禅宗颂古联珠通集》卷十一、《五灯严统》卷三、《五灯全书》卷五。

⑤一丝天：犹一线天。洞窟中或两崖之间仅可见一缕光线者。

上西台过清凉桥①

西峙将邻顶，崎岖路转弯。
人行彩云里，心入画图间。
谿水穿空去，石桥依寺还。
松前蹔箕踞②，消得半时闲。

①清凉桥：中台灵迹。《清凉山志》卷二：“清凉桥，台（中台）南溪上。”清乾隆《钦定清凉山志》卷二：“罗汉洞，在中台南清凉寺北溪上，晴虹卧波，曰清凉桥。”

②蹔：同“暂”。箕（jī）踞：一种轻慢、不拘礼节的坐的姿态。即随意张开两腿坐着，形似簸箕。

中台

万山寂寂护高台，四顾风情面面开①。

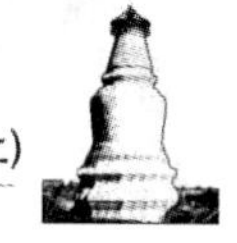

一路天河凭滥度②，几行秋雁傍时来③。
太华有意留星斗④，淋雨无心长石苔。
直是道人生计少⑤，破衣曾把白云裁。

①风情：此指风光情趣。

②滥（jiàn）：泉水涌出貌。此指银河之“水”。

③傍时来：伴随秋季而来。时，季节。

④太华：指中台灵迹太华池。见王道行《游五台诗·中台》注⑦。

⑤直是：只要是，凡是。直，副词。但是。道人：佛教徒；和尚。生计：指维持生活的办法。

北台

岃崱高岩马不前①，委蛇散步入霞巅②。
凌虚乍识无多地，仰面唯余尺五天。
星斗傍帘疑散雪，风云渡槛似铺锦。
浑忘身世知何处③，唯见台山几朵莲④。

①岃崱（lìzè）：形容山峰高耸。

②委蛇（yí）：曲折行进貌。

③浑忘：完全忘记。

④莲：比喻山峰。

东台

望海峰前望转遥，拟从海外驾云飘。
狂心不识高千里，痴眼犹疑上九霄。
匍匐江山如有意①，低昂草木似相招②。
红霓应是文殊遣③，雨过山腰布锦桥④。

①匍匐：谓仆倒伏地；趴伏。有意：指有相迎之意。

②低昂：起伏。

③红霓：当为“虹霓”。为雨后或日出、日没之际天空中所出现的七色圆弧。

④锦桥：色彩鲜艳华美的桥梁。此借指普度众生的桥梁。

那罗洞[①]

铁壁崖心通小窦[②]，圣贤居护宅神龙[③]。
五王寺伴天城迹[④]，望海峰前箬笠踪[⑤]。
有意漫劳窥缝罅，无心何所不从容[⑥]？
文殊满目君知否，变化林边几处逢[⑦]。

①那罗洞：即那罗延窟。东台灵迹。见敦煌文献《五台山赞》注㉖。

②铁壁：坚黑如铁的崖壁。窦：孔穴；洞。

③“圣贤”句：《清凉山志》卷二：“那罗延窟……华严云，是菩萨住处，亦是神龙所居”，故云。

④五王寺：西台寺院。在东台东北数十里五王城。天城：东台灵迹。《清凉山志》卷二载：“天城，五王城侧。灵迹记云，天城，即化寺也。不依地立，迥出云霞，朱楼绀殿，皎若天城，得遇之人，尘机顿息。”

⑤箬笠踪：指东台灵迹笠子塔。见镇澄《笠子塔》注①。

⑥无心：佛教语。指解脱邪念的真心。

⑦“文殊”两句：写“触目菩提”之意。

再登北台

崔嵬复崔嵬，再登此高台。
五月名花发，六月寒冰开。
忽而烟云合，凛然风雪来。
长年无暑色，爽彼幽人怀[①]。

①幽人：幽隐之人；隐士。

王尔康

王尔康，字道安，号性海居士。明代庐陵（今安徽合肥）人。万历二十三年（1595）进士。授行人，掌传旨、册封等事。初受戒于云栖袾宏，修念

佛三昧。复参求宗要，一日舆行杆折有省。有《起信论疏》。

文殊菩萨赞[①]

谁为法王子，谁作七佛师[②]？
劫前证龙种[③]，云外吼金狮[④]。
去来杳无定，语默恍难期[⑤]。
持剑逼如来，咄嗟亦何危[⑥]！
三三重三三[⑦]，外人那得知？
缅彼金色界[⑧]，可见不可思[⑨]。

①此赞录自《清凉山志》卷八。

②“谁为”两句：谓文殊为法王子、七佛师。法王子：法王，佛教对释迦牟尼的尊称。菩萨为佛的继承者，故称“法王子”。又北凉昙无忏译《悲华经》载，过去无数世，有世界名删提岚，劫名善持，佛名宝藏如来。时有转轮圣王，名无诤念。无诤念在宝藏如来前发二十四愿，经宝藏如来授记，后来成佛，便是西方极乐世界无量寿佛，即阿弥陀佛。无诤念王的太子不眴为观音菩萨，第二王子尼摩为大势至菩萨，第八王子泯图为普贤菩萨，第三王子即文殊菩萨。七佛师：《清凉山志》卷一：“七佛未出世，天生大德以为师。”七佛，佛教谓释迦牟尼及其先出世的六佛。详见敦煌文献《五台山圣境赞·题五台·南台》注④。

③“劫前”句：见支遁《文殊师利赞》注③。

④吼金狮：喻文殊说法时震慑一切外道邪说的神威。文殊以金猊〔金狮〕为坐骑，有“狮子吼文殊”之相，故云。

⑤“去来”两句：谓文殊菩萨为游方大士，行迹杳然，去来不定；奉不二法门，无言无说，恍恍惚惚，似乎令人难以期待。

⑥“持剑”两句：见彻照《清凉契道歌》注⑥。咄嗟：呵叱。

⑦“三三”句：指禅宗机语“前三三与后三三”。见雪窦《金刚窟》注①。

⑧缅：缅怀。金色界：金色世界之省。佛教谓佛所居的世界。

⑨“可见”句：谓只有达到情妄心言不及的解脱境界，才可得见文殊。不可思：即不可思议。见法本《文殊发塔》注⑩。

栾　浩

栾浩，明代万历间益都（今山东益都县）人。喜读书，不趋时，绝意功名，布衣终身。万历二十四年（1596），度雁门登五台游。

五台山①

势耸天原近②，云连禅院孤。
雪山迎客冻，寒月照僧疏③。
石影虚空住④，溪声梵诵无⑤。
禅那真妙相，不数辋川图⑥。

①此诗录自《颜山杂记》卷二。

②天原：指广阔无际的天空。

③“雪山”两句：谓五台山用严寒迎接客子，寒空的月亮以稀疏的光辉照耀僧人。雪山：借指佛教圣地或僧侣住地。参见曹子登《送光上座归台山四首》之四注③。

④“石影”句：写五台山高插云霄。石影：山石之影。

⑤梵诵：谓佛家诵经。

⑥“禅那”两句：谓五台山这庄严肃穆的山水胜景犹如僧人禅定的庄严相貌，其美妙不亚于王维的名画《辋川图》。禅那：佛教用语。梵语音译。简称为禅，六度之一。意译为思维修、静虑（即禅定）。妙相：庄严的相貌。亦指美丽的景象。不数（shǔ）：不亚于。辋川图：唐诗人王维绘的名画。绘辋川别业二十胜景于其上，故名。唐朱景云《唐朝名画录》：“（王维）画《辋川图》，山谷郁盘，云水飞动，意出尘外，怪生笔端。尝自题诗云：‘当世谬诗客，前生应画师。’其自负也如此。秦太虚云：‘余卧病，高符仲携《辋川图》示余曰：阅此可以愈病。予甚喜，恍然若与摩诘入辋川，数日而疾愈。’”

高数仞

高数仞，字孔垣，明代关中（今陕西宝鸡）人。万历举人。曾任五台县令。秉心清约，为人长厚。万历二十四年（1596）修五台城垣，民不劳力，为人称道。秩满，迁升潞安通判。

遥望台山①

曾莅五台邑②，遥瞻紫府山③。

疏钟寒雨外，野寺暮云间。
至圣谁能睹[④]，游人空自还。
欲明前后偈[⑤]，须过上头关[⑥]。

①此诗录自《清凉山志》卷八。题下原注“二首。时宰五台县。”然细揣其意，疑为五律一首。

②莅（lì）：到。邑：旧时县的别称。

③紫府山：五台总称。

④至圣：谓极圣明；超脱凡俗。此指文殊菩萨。

⑤前后偈：指禅宗机语“前三三与后三三”。见雪窦《金刚窟》注①。

⑥上头关：即“向上一路”。见明本《送断崖禅师游五台歌》注⑭。

梦游清凉[①]

一夕清斋梦[②]，神登古佛台[③]。
岚光长掩映，云影共徘徊。
炼性求真火[④]，逢僧问劫灰[⑤]。
慈航何处是[⑥]，假我渡轮回[⑦]？

①此诗录自《清凉山志》卷八。题下原注：“尝梦登一山，高峻无极，疑若五台。”

②清斋：清净之室。

③古佛台：指文殊台。即五台山。

④炼性：道家谓修炼心性。真火：谓心中的火。比喻旺盛的生命力。此借指佛性。

⑤劫灰：劫火的余灰。南朝梁慧皎《高僧传·译经上·竺法兰》：“昔汉武帝穿昆明池底，得黑灰，问东方朔。朔云：‘不知，可问西域胡人。’后法兰既至，众人追以问之，兰云：‘世界终尽，劫火洞烧，此灰也。’”后因谓战乱或大火毁坏后的残迹和灰烬。此借指佛法。

⑥慈航：佛教语。谓佛、菩萨以慈悲之心度人，如航船之济众，使脱离生死苦海。

⑦假：借。渡轮回：即成佛。佛教认为，惟成佛之人始能免除轮回之苦。

怀空印澄公[①]

万木寒山外，澄公遁迹居[②]。

已空尘世梦，乐诵觉皇书[③]。
养性资禅悦，支形藉饭蔬[④]。
何当随杖屦[⑤]，导我礼曼殊[⑥]。

①此诗录自《清凉山志》卷八。空印澄公：五台山高僧镇澄，字空印。

②遁迹：犹隐迹。

③觉皇书：指佛经。觉皇，佛的别称。

④“养性”两句：谓空印凭借禅悦以修真养性，依靠粗茶淡饭以支撑形体。《维摩诘经·方便品》：“虽服宝饰，而以相好严身；虽复饮食，而以禅悦为味。”此用其意。《清凉山志》卷三《镇澄法师传》：“澄生而安重，寡言笑，律身甚严，而处众以和……天厨日至，而粗粝自如。”养性：修养身心，涵养天性。禅悦：佛教语。谓入于禅定，使身心愉悦。藉：助，有助于。饭蔬：吃蔬菜，吃粗劣食品。

⑤何当：犹何日，何时。杖屦：对老者、尊者的敬称。此指空印。

⑥礼曼殊：礼拜文殊菩萨。即皈依佛法。

冯明期

冯明期，字闇若，一字熙宁，明代山西代州（今代县）人。万历二十八年（1600）科乡试亚元。父母早丧，性情淡泊，疏财仗义。有《咬菜轩遗稿》一卷。

读书白人岩作[①]

读书学避世[②]，结屋山之东。
开户白云里，行歌秋色中[③]。
鸟啼高树静，猿挂石楼空[④]。
忆昔岩居此，将无此意同[⑤]？

①此诗录自清乾隆《代州志》。白人岩：见王三聘《游白仁岩》注①。

②避世：逃避尘世；逃避乱世。《庄子·刻意》：“就薮泽，处闲旷，钓鱼闲处，无为而已矣；此江海之士，避世之人，闲暇者之所好也。”

③行歌：边行走边歌唱。借以发抒自己的感情，表示自己的意向、意愿等。《晏子春秋·杂上十二》：“梁丘据左操琴，右挈竽，行歌而出。”

④“鸟啼”两句：南朝梁王籍《入若耶溪》诗：“蝉噪林逾静，鸟鸣山更幽。”此化用其意。

⑤“忆昔”两句：谓回想当年慧远在此岩居穴处，隐居修道，恐怕与我现在的情趣相同吧。因传晋释慧远曾于白人岩建寺修道，故有此联想。将无：莫非，恐怕。

施重光

施重光，字庆征，号误生，别号裕吾，明代代州振武卫（今山西代县）人。万历二十九年（1601）进士。历任户部主事、刑部郎中。后以刚直罢归。撰有《主臣言》、《赋征》、《近体集》等，编有《唐诗近体集韵》。曾参与编撰《代州志》。

岩寺晚钟[①]

一径蹑招提[②]，烟萝覆丹井[③]。
钟鸣月上楼，人在瑶华境[④]。

①岩寺：指白仁岩寺。见王三聘《游白仁岩》注①。岩寺晚钟为古代州八景之一。

②招提：指寺院。见真可《西台挂月峰》注③。

③烟萝：草树茂密，烟聚萝缠，谓之“烟萝”。丹井：炼丹取水的井。此为对白仁岩之井的美称。

④瑶华境：指瑶圃。语本《楚辞·九章·涉江》：“驾青虬兮骖白螭，吾与重华游兮瑶之圃。”瑶圃，产玉的圃。指仙境。

王廷策

王廷策，号对扬，明代蒲圻（今湖北蒲圻县）人。万历三十一年（1603）知代州。

怀五台诗[①]

五台，天下名山也，辖代。予守代三年矣，而不得一览其胜，作诗怀之。

出守因缘有五台[②]，登游未遂重徘徊[③]。
文殊圣迹千年在，向子幽心五岳催[④]。
岁岁天花开法雨[⑤]，山山佛火映空陔[⑥]。
何时兀坐清凉石[⑦]，悟到无生只履回[⑧]。

①此诗录自《清凉山志》卷八。

②“出守”句：谓因我与五台山有因缘，才得以出任代州知府。

③重（zhòng）徘徊：深深地留恋。重，副词，表示程度深。相当于“极”，“甚”。徘徊：流连；留恋。

④“向子”句：谓正如五岳促使向平隐居一样，五台山促使我萌生幽栖之心。向子：指东汉高士向长。见邢云路《与重玄谈禅》注⑥。

⑤天花开法雨：谓高僧说法，普度众生，天降仙花以为供养。法雨：佛教语。喻佛法。佛法普度众生，如雨之润泽万物，故称。

⑥佛火：指供佛的油灯香烛之火。空陔（gāi）：空际。

⑦兀坐：独自端坐。清凉石：中台灵迹。见觉同《和咏五台·总咏五台》注⑥。

⑧“悟到”句：谓领悟无生无灭的佛法真谛，获得真正解脱。只履回：用“只履西归”之典。此喻到西方极乐世界，即获得解脱。见贞素《哭日本国内供奉大德灵仙和尚诗》注㉑。

唐公靖

唐公靖（？—1614），原名一相，后改公靖，字君平，号理髯，明代直隶宁国府宣城（今属安徽宣州）人。万历十三年（1585）举于乡，犹困公车，携家居长安，矜名节，通轻侠，傲视公卿间。万历三十八年（1610）举进士，除太原府司推官，严惩奸徒，豪右莫不慑服。曾上备御三策，慨然有试属国、系单于之志。边吏忌其能，中考功法罢归，侨居白门，结庐雨花台下，杜门纵酒，抑郁而卒，年六十有几。著有《视舌草》、《抱膝稿》、《髯吟稿》。

同李令君佩韦登南台书于月川丈室[①]

日朗云开万界明[②]，忻逢此地话无生[③]。
斋分香积偏余供，谛听如来若有声[④]。

解脱可能空五蕴[5]，昏沈转觉堕三彭[6]。
木鱼敲罢人天寂[7]，会见众生入化城[8]。

①此诗录自《清凉山志》卷八。李令君佩韦：县令李佩韦。月川：僧镇澄，字月川。

②万界：指普天下。

③忻：心喜。话无生：此指讲经说法。

④“斋分”两句：谓僧人们在僧厨分食斋饭，专意留下余供品；仔细倾听，好像有佛说法的声音。香积：指香积厨，即僧家的厨房。余供：按密宗会供仪轨，享用饮食时，不可全用，须留下少分，逮自下而上收后，成“浊余供”，而供鬼神。

⑤解脱：佛教语。指摆脱烦恼业障的系缚而复归自然。可能：表示可以实现。空五蕴：即五蕴皆空。五蕴，梵语意译。佛教语。指色、受、想、行、识五者假合而成的身心。色为物质现象，其余四者为心理现象。佛教不承认灵魂实体，以为身心虽由五蕴假合而不无烦恼、轮回。又称“五阴”、“五众”。

⑥昏沈（chén）：沉迷。沈，同“沉”。堕：脱落。三彭：道家用语。即三尸神。传说三尸姓彭，常居人身中，伺察功罪。学仙的人，先当绝三尸。见唐张读《宣室志》卷一。

⑦人天：佛教语。六道轮回中的人道和天道。亦泛指诸世间、众生。

⑧会见：将会见到。化城：此指佛寺。见祝颢《清凉寺》注⑥。

谢令君李佩韦留意书于妙峰精舍[1]

雨阻，辍登五台，遂还车太原。时令君李佩韦留意甚恳，因赋此谢之。

剩有寻山兴[2]，相将向五台[3]。
天公何事妒[4]，雨伯为谁催[5]？
供亿纷前导[6]，攀跻俨后陪[7]。
知君无限意，惜别更重来。

①此诗录自显通寺无量殿内诗碑。妙峰：僧福登，别号妙峰。曾任显通寺住持。

②剩：更，更加。

③相将：相偕。解作“行将”亦通。

④天公：天。以天拟人，故称。

⑤雨伯：司雨之神。

⑥供亿：按需要供给。此指负责招待之人。

⑦俨：恭敬貌。

苏惟霖

苏惟霖，字元浦，号潜夫，明代江陵（今属湖北）人。万历二十六年（1598）进士。官至监察御史曾巡视两淮。四十年（1612）以监察御史巡按山西。又任河南按察使。后辞官归里，诗酒度日。与袁宏道友善。有《两淮游草》、《西游草》等。巡按山西期间，曾于五台山为妙峰法师题“敕封真正佛子·清凉妙高处”碑额。

夜谭偶作①

相逢只说平常话，及到无言见肺肝②。
师岂曼殊聊问疾，我非摩诘且加餐③。
山灵有约浮云尽④，客路无遮眼界宽。
熟处渐生生处熟⑤，不堪匹马又三关⑥。

①此诗录自显通寺碑刻（“敕封真正佛子·清凉妙高处”碑阴）。夜谭：与显通寺妙峰禅师夜谈。谭，同“谈”。

②“相逢”两句：写妙峰法师虽平易近人，但深通佛法，超凡入圣。无言：指深得佛教奥妙的旨趣。南朝梁慧皎《高僧传·义解五·释昙斐》：“夫至理无言，玄致幽寂……所以净名杜口于方丈，释迦缄默于双树，将知理致渊寂，故圣为无言。”肺肝：比喻内心。《礼记·大学》：“人之视已如见其肺肝然。”

③“师岂”两句：写妙峰探问作者的疾病。谓妙峰师难道像文殊菩萨一样，乐于来探问我的疾病；我却不是维摩诘大士，不能示以不二法门，只能姑且多进饮食，保重身体。《维摩诘经》载，维摩诘大士方便“示疾”，佛遣文殊菩萨前往问疾，维摩诘随机宣说不可思议的解脱法门。聊：愿意；快乐。

④“山灵”句：谓山神好像与我有约定，知道我即将返程，特地扫清浮云，变成晴天。

⑤“熟处”两句：意谓通过与妙峰师夜谈，本来熟悉的官场反而觉得渐渐生疏；而本来生疏的佛门反而觉得亲近了。

⑥不堪：不忍心。三关：此泛指关隘。

说偈问病[①]

别师方六日，怪师胡不来[②]？
老龙传近事，示疾在高台[③]。
斗篷陈宝榻，半跏身正隈[④]。
前日走山足，几番不能抬。
四寸狮子口，守瓶持摄雷[⑤]。
赢得居士笑，此病病殊妙[⑥]。
妙若不受病，应真争号召[⑦]。
岂有丈夫观，向人骄独跳？
任他猢狲子，逢场随戏闹[⑧]。
七大本无病，亦无病病者[⑨]。
明日下禅床，扶竿来问我[⑩]。
莫道师无问，还愁我有说[⑪]。
合取两片皮，迦文笑不彻[⑫]。
况把粪浇头[⑬]，施于傍人羞。
鲜果持将供，天花已乱投[⑭]。

①此诗录自显通寺碑刻。说偈问疾：即以此偈探问妙峰禅师的疾病。

②胡：为什么。问原因。

③“老龙”两句：谓传来妙峰禅师的近事，得病在显通寺修养。老龙：佛教以“龙象”比喻诸阿罗汉中修行勇猛有最大力者，亦以称高僧，故以“老龙”喻妙峰禅师。示疾：佛教语。谓佛菩萨及高僧得病。高台：指显通寺“清凉妙高处”，即显通寺。

④“斗篷”两句：写妙峰禅师的病态。斗篷：方言。斗笠。宝榻：僧人的卧榻。半跏：结跏趺坐是佛教中修禅者的坐法。两足交叉置于左右股上，称“全跏坐”；或单以左足押在右股上，或单以右足押在左股上，叫半跏坐。隈：指弯曲。

⑤“前日”四句：写前些日子妙峰禅师的病态。狮子口：指妙峰禅师之口。因佛教以“狮子吼”喻佛菩萨说法时震慑一切外道邪说的神威，又指高僧讲经说法，故云。守瓶：守口如瓶之略语。形容谈话谨慎，不轻易出言。唐道世《诸经要集·择交部·惩过》引《维摩诘经》：“防意如城，守口如瓶。”持摄雷：谓保有像雷声一样震慑一切外道邪说的神威。摄，通“慑”。畏惧；威胁。

⑥“赢得”两句：写作者对妙峰禅师之病大惑不解。居士：指作者。殊妙：犹绝妙。

⑦“妙若”两句：写作者感到“殊妙”的原因：侍从的僧人们争相召唤，而竟不因其有失僧家尊严而受到妙峰禅师的指斥。受病：受诟病，受指责。应真：佛教语。罗汉的意译。意谓得道的人。此指妙峰禅师的侍者。号召：召唤；招聚。

⑧“岂有”四句：承上写作者“笑”的原因。丈夫观：大丈夫的观念。此指妙峰禅师对事理的观念。丈夫：犹大丈夫。佛教指人中最胜者，谓其有四义：自正、正他、能随回答、善解因缘义。观：犹观念。佛教语。对特定对象或义理的观察、思维和记忆。向人骄独跳：谓侍者面对客人（作者）骄纵地独自跳踉（实因妙峰法师生病而慌乱）。猢狲子：小猕猴。指侍者。

⑨“七大”两句：谓人体由七大和合而成，并无自性，本无所谓病；因而也就无生病的病因。七大：佛教指地、水、火、风、空、见、识七种周遍一切的要素。其中前五大为色声等境，“见大”为眼、耳等根，“识大”为视、听等识。

⑩“明日”两句：悬想妙峰禅师第二天会扶杖问候作者。

⑪“还愁”句：“至理无言，玄致幽寂”。佛法真如离言绝相，只能证悟，故云。

⑫“合取”两句：写作者故意闭口不言而导致妙峰禅师之笑。合取：即合起。取，助词，表动态。迦文：释迦文佛的略称。即释迦牟尼佛。此指代妙峰禅师。不彻：不尽，不完。

⑬粪浇头：义同“恶水蓦头浇”。比喻禅师对学人的严厉勘验。

⑭“天花”句：谓妙峰说法，天降仙花以为供养。

左光斗

左光斗（1575—1625），字遗直，号浮云，明代安庆桐城（今属安徽）人。万历中与杨涟同举进士。任御史时办理屯田，在北方兴水利，提倡种稻。天启四年（1624）任左佥都御史。杨涟劾魏忠贤，他参与其事。又亲劾魏忠贤三十二斩罪。次年，与涟同被诬陷，死于狱中。

送友人①

可惜春明道②，春光二月间。
故人何事别，形色有余闲③。

言上五台去，经游二宝山④。
何如僧结侣，独往帐南还⑤。

①此诗录自《御选宋金元明四朝诗·御选明诗》卷六十二。

②春明：春光明媚。

③行色：行旅出发前后的情状。余闲：余暇。

④二宝山：不详。

⑤“何如”两句：写作者友人未能与僧人结伴到五台山的惋惜之情。

永　觉

永觉（1578—1657），名元贤，字永觉，俗姓蔡，名懋德，字闇修，明代建州建阳（今属福建）人。初为邑名诸生，嗜周程张朱之学。二十五岁时，读书山寺，开始学佛，从曹洞宗无明慧经禅师学禅。四十岁逢博山无异和尚，从其出家受具戒。五十七岁后出世说法，先后主持鼓山涌泉寺、泉州开元寺等。有《永觉元贤禅师广录》30卷传世。弟子有道霈等。

送僧谒五台①

见说文殊不易探，金刚窟外碧蓝毵②。
君逢直夺玻璃盏，休管前三与后三③。

①此偈录自《永觉元贤禅师广录》卷二十二。

②金刚窟：北台灵迹。传为万圣秘宅。见无著《金刚窟》注①。碧蓝毵（sān）：指草木青翠碧绿，枝叶纷披。蓝毵，即氍毵。枝叶披拂下垂貌。

③“君逢”两句：谓你若像唐无著一样进入金刚窟得见文殊，径直夺过童子奉上的玻璃盏，畅饮酥蜜；不要理会“前三三与后三三”是多少数。意即廓然无圣，不要存在分别心即可悟道。玻璃盏：《清凉山志》卷四《无著入金刚窟》载，唐无著入金刚窟，得见文殊。对谈间，“童子捧二玻璃盏，盛满酥蜜，一奉无著，一奉老人（文殊）。老人举盏问著曰：‘南方有这个么？’著云：‘无。’老人云：‘无这个，将甚么喫茶？’著无对。”前三与后三：即禅宗机语“前三三与后三三”。见雪窦《金刚窟》注①。

赠清凉山僧①

山头剩有千年树，涧底犹藏百尺冰②。

坐对嶒嶙忘夏日，冷云深处一闲僧[③]。

①此诗录自《永觉元贤禅师广录》卷二十六。

②百尺冰：指中台灵迹万年冰。《清凉山志》卷二："万年冰，台东麓，有冰数丈，九夏不消，地多静居。"

③"坐对"两句：既写清凉山之清凉，又写清凉山僧清静、无烦扰的解脱境界。嶒（céng）嶙：山石高峻突兀。

董斯张

董斯张（1586—1628），原名嗣章，字然明，号遐周，又号借庵，明代浙江湖州（今浙江吴兴）人。国子监生。耽溺书海，手抄书达百部。因体弱多病，自号"瘦居士"。雅好诗词，与周永年、茅维为友，结社联诗，力扶诗教。有《静啸斋集》、《广博物志》、《吴兴备志》等。

送忞公至五台[①]

宴息清凉国[②]，吾嗟愿未俱。
谁能空世谛[③]，似尔即修途[④]。
迫暮停斋乞，柔桑坐不枯[⑤]。
雪山应有见[⑥]，是否二文殊[⑦]？

①此诗录自《吴都法乘》卷二十一。忞（mín）公：明代僧人。即行忞。

②宴息：休息。此指安居坐禅。

③世谛：佛教语。二谛之一。谓有关世间种种事相的真理。《大智度论》卷三八："佛法中有二谛，一者世谛，二者第一义谛。为世谛故，说有众生；为第一义谛故，说众生无所有。"

④即修途：就长途。指动身去遥远的五台山。

⑤"迫暮"两句：悬想忞公途中情景。迫暮：薄暮，傍晚。柔桑：始发芽的桑树。坐不枯：不枯坐。全句意为不在柔桑下默坐、呆坐。《后汉书·襄楷传》："浮屠不三宿桑下，不欲久生恩爱，精之至也。"

⑥雪山：此指五台山。参见贯休《遇五天僧入五台五首》之二注①。

⑦二文殊：见萧贡《真容院》注④。

佚　名

紫罗山[①]

云抱峰头雨，农耕沟底田。
常怜土硗薄[②]，莫放一时干。

①此诗录自明《太原府志》（下同）。紫罗山：亦名台神脑。在五台县城西南4公里。海拔1284米，人称小西台。上有明阳观，建有台神庙，为金代道士姬志元创建。

②硗（qiāo）薄：土质贫瘠。

龙泉关[①]

碧涧深千丈，苍岚仰万寻[②]。
一夫荷戈戟，何惧虏如林[③]？

①龙泉关：见王世贞《龙泉关》注①。

②苍岚：指山岭上苍茫的云气。

③“一夫”两句：由“一夫荷戟，千人莫当”化出。形容地势险要。《晋书·羊祜传》：“蜀之为国，非不险也，高山寻云霓，深谷肆无景，束马悬车，然后得济，皆言‘一夫荷戟，千人莫当。’”虏：古代对北方外族或南方人对北方人的蔑称。指敌人。

兀突山[①]

兀突峰何峻，月明鹤自栖。
相看不成寐，起听麓南溪。

①兀突山：俗名孤突店，今名国都店。在五台县城东南15公里。明万历《太原府志》：“兀突山，俗名孤突店，状如笔锋，上建老君祠。”

铁拐崖[①]

一川流水慢，何以促征桴[②]？
空插山头拐，舟人但仰呼。

①铁拐崖：山崖名。在五台县城东南25公里。明万历《太原府志》："铁拐崖临东河，削壁千仞，中插二拐。谚云，铁拐仙所遗五灵脂灌其缝。"铁拐：指铁拐李。传说中的八仙之一。相传姓李，曾遇太上老君得道。神游时因其肉身误为徒弟火化，游魂无所归依，乃附一饿死者的尸身而起，蓬首垢面，坦腹跛足，并用水喷倚身竹杖，变成铁拐，故称铁拐李。

②征桴：远行的舟筏。桴，小的竹、木筏子。

西峨山[①]

日昃登烟麓[②]，星移下碧岩[③]。
回盘如几曲，踏碎蹑云鞋[④]。

①西峨山：亦名峨岭、西峨岭。在五台县城25公里的白云村北，海拔1731米，北接代县。明万历《太原府志》："西峨山，石盘百转。"

②日昃：太阳偏西。约下午二时左右。

③星移：星位移动。亦指已到夜晚。

④蹑云鞋：仙人的鞋。蹑云，腾云。晋葛洪《神仙传·刘根》："仙道有升天蹑云者。"

皮箱崖[①]

一索悬方笥[②]，人传中有书。
千年容易过[③]，何日发琼琚[④]？

①皮箱崖：明万历《太原府志·五台县·山川》："天生朱书十六字在石上，人莫敢抄，岩中系皮箱一个，攀莫能及。"

②方笥：方形的竹器。指皮箱。

③"千年"句：写人生苦短。

④琼琚：精美的玉佩。比喻美好的诗文。唐韦应物《善福精舍答韩司录清都观会宴见

忆》诗："忽因西飞禽，赠我以琼琚。"

陈懋章

陈懋章，明代人。官至布政使。

登环城山[①]

削壁俯联千岭秀，曲泉旁引一泓幽。
已将胜概耽俗绊[②]，更拟何年续旧游？

①此诗录自清乾隆《五台县志》。环城山：即峰山。见姚孝锡《九日题峰山》注①。
②"已将"句：应读作"已将胜概耽，俗绊"，意谓我行走并沉湎于峰山这美景之中；但因俗务缠绊而未能久留。将：行进。

王大辂

王大辂，明山东济南（府名。治所在历城，即济南市）人。曾任五台教谕，以文行著名。

峰山[①]

石叠千寻翠，泉流一派清。
芹宫常过爱[②]，开户与相迎。

①此诗录自清乾隆《五台县志》（下同）。峰山：见姚孝锡《九日题峰山》注①。
②芹宫：《诗·鲁颂·泮水》："思乐泮（pàn）水，薄采其芹。"朱熹集传："泮水，泮宫之水也。诸侯之学，乡射之宫，谓之泮宫。"后因以"芹宫"指学官、学校。过爱：因喜爱而前往游览。

阁岭[①]

一阁当苍峡，连峰锁白云。

东南凭此寄，霜雪望弥殷[②]。

①阁岭：山名。俗称阁子岭，在五台县城东北5公里。两岭夹道，架山为阁（真武阁），重檐飞甍，时屯白云，远望如卧龙，人称“阁道穿云”。为五台旧八景之一。阁岭古称清凉山圣境的关锁，或称“五台南山门”（见日僧圆仁《入唐求法巡礼行记》卷三）。

②“东南”两句：俗谓，每当天雨之前，总有云雾穿阁道而过，故云。东南凭此：指凭借阁岭远望东南田野。

咏滹沱河[①]

既识浮官筏[②]，宜怜近濑田[③]。
入山还自戢[④]，过旷却腾骞[⑤]。

①滹沱河：见王三益《九日正觉寺登高》注②。
②官筏：指官家运送物资的舟筏。
③怜：爱。近濑田：靠近河流的农田。濑（lài）：急流。
④自戢（jí）：自我约束。
⑤过旷：流过旷野。腾骞（xiān）：飞腾。

何　灿

何灿，字天章，明代人。善书画。与陈洪绶（明末著名画家）相熟。

送观公游五台[①]

清凉飞锡陟嵯峨，六月寒生积雪多。
绝顶千盘通碧落[②]，中原一线走黄河[③]。
野猿听法呈珍果，山鬼闻经带女萝[④]。
好问浮图安舍利[⑤]，白毫光放烛岩阿[⑥]。

①此诗录自清雍正《山西通志》卷二百二十四。
②碧落：道教语。天空；青天。
③中原：地区名。此指今河南一带。走：流动，滚动。

④“野猿”两句：写观公道力高深，外道皈依。《法苑珠林》卷三十六：“唐始州永安县释慧主，姓贾，持律第一，兼营福业。后至故乡南山藏伏，惟食松叶，异类禽兽，同集无声，或有山神与送茯苓甘松香来。”带女萝：以女萝为衣带。《楚辞·九歌·山鬼》：“若有人兮山之阿，被薜荔兮带女萝。”

⑤好（hào）问：勤于向人请教。浮图安舍利：舍利安放于佛塔之中。指塔院寺佛舍利塔。

⑥白毫光：佛光。烛：照亮。

孙传庭

孙传庭（1593—1643），字伯雅，号白谷，明末振武卫（今山西代县）人。性沉毅，多筹略。万历四十七年（1619）进士。天启中，由商丘知县入为吏部主事。魏忠贤乱政，乞归。崇祯九年（1636），擢右佥都御使巡抚陕西，领兵镇压农民起义，俘获高迎祥。十一年，大败李自成。不久奉诏入卫京师。因忤杨嗣昌下狱三年。十五年，起为兵部侍郎，总督陕西，大败于河南郏县。次年进兵部尚书改称督师，再败于郏县；退至潼关，又大败，死于阵前。有《孙忠靖公全集》十卷。

谒台初发①

炎天城市畏喧豗②，特觅清凉谒五台。
暑溽恍从兹日去③，山灵应道此人来。
驱车翠巘排空出④，卷幔新花夹路开⑤。
为语奚囊休索莫，尽教领取入诗裁⑥。

①此诗录自《孙忠靖公全集》卷十。谒：晋见；拜见。

②喧豗（huī）：纷扰。

③暑溽（rù）：谓夏季潮湿闷热。

④翠巘（yǎn）：青翠的山峰。排空：凌空。

⑤卷幔：卷起车窗的帘子（以观赏）。

⑥“为语”两句：谓告诉诗囊不要感到寂寞无聊，尽管教它把诗稿收入其中。宋楼钥《山阴道中》诗：“奚囊莫怪新篇少，应接山川不遐诗。”此化用其意。奚囊：即诗囊。见

邢云路《零苓香》注④。索寞：寂寞无聊；失意消沉。

峨谷[①]

五峰知不远，峨谷亦殊佳。
水绕明珠曲，山排翠髻丫[②]。
岚光衔古寺，树色吐村家[③]。
岩畔寻高隐[④]，忻分羽士茶[⑤]。

①此诗录自《孙忠靖公全集》卷九。峨谷：西台灵迹。在台西五十余里。

②“水绕”两句：谓清澈的河水环绕，犹如一串弯曲的明珠般闪亮；青山排列两旁，犹如髻丫。髻丫：盘于头顶左右两边的发髻。喻秀丽的山峦。

③“树色”句：村家为绿树掩映，行进中忽然出现，故云“吐”。

④高隐：隐居。此指隐居之处或隐居者。

⑤“忻分”句：即“羽士欣分茶”。谓道士欣喜地分茶招待我。分茶：宋元时煎茶之法。注汤后用箸搅茶乳，使汤水波纹幻变成种种形状。宋杨万里《澹庵座上观显上人分茶》诗，详细描绘了分茶的情景。忻：同“欣”。欣喜。羽士：道士的别称。

入山[①]

才到山前已绝尘[②]，马蹄随意看嶙峋[③]。
瞻依五顶心同远，怀想十年愿始伸[④]。
翠岫开颜如见迓[⑤]，白云倾盖即相亲[⑥]。
不辞幽险须游遍，漫向归樵问路频[⑦]。

①此诗录自《孙忠靖公全集》卷十。

②绝尘：超脱凡俗。

③马蹄随意：信马由缰之意。

④伸：展现，实现。

⑤见迓：迎接我。

⑥倾盖：车上的伞盖靠在一起。此指初次相遇。参见皇甫汸《五台行赠陆仪曹》注⑥。

⑦归樵：回家的樵夫。

山行[①]

一

尽日崎岖路，登跻意自闲[②]。
云深时有寺，树密若无山。
怪石崚嶒见[③]，奇峰曲折攀。
何当归隐地[④]，长此隔人寰？

①此诗录自《孙忠靖公全集》卷九。
②登跻：犹登攀。
③崚嶒：山岭高峻突兀貌。
④何当：犹何日，何时。

二

行处山俱好，何妨任意游。
草间横乱石，树梢落寒流。
古洞晴如雨，阴崖夏亦秋。
尽知延胜赏[①]，随地有高楼[②]。

①延，引导；迎接。胜赏：犹胜览。畅快的观赏。
②高楼：指佛寺殿宇。

三

惟恐行将尽[①]，行来境益偏。
石林披雾入，翠壁挽萝穿[②]。
径转全无路，峰回别有天[③]。
渐看日欲暮，爱此且停鞭[④]。

①行（xíng，又读 háng）：道路。

②挽萝：《白谷集》卷五作“扪萝”。穿：穿行，通过。

③“径转”两句：由宋陆游《游山西村》诗：“山重水复疑无路，柳暗花明又一村”化出。别有天：即别有天地。另有一种境界。

④停鞭；谓驻足。

四

不识五峰路，真游杳霭间①。
回岩行欲住②，曲径往疑还。
惜马知僮健，寻僧信客闲。
翠微如见许③，投老键柴关④。

①真游：寻真访圣之游。杳霭：迷漫的云霭。

②回岩：曲折的山崖。

③翠微：此泛指青山。见许：答应我。见，用于动词之前，称代自己。

④“投老”句：原注：“一作‘投老合键关’。”投老：告老。旧指官吏辞官退休。键柴关：关闭柴门。指入山隐居。唐刘长卿《送郑十二还庐山别业》诗：“浔阳数亩宅，归卧掩柴关。”键，锁闭，关闭。

山中杂咏①

一

盛夏全无暑，风来任地寒②。
离尘才几许，天上作何观③？

①此诗录自《孙忠靖公全集》卷十。

②任地：这么，多么。

③“离尘”两句：谓离开尘世仅仅多少，就这么寒冷；不知到了天上又作何观想呢。此有“高处不胜寒”（苏轼《水调歌头》“明月几时有”）之意。

二

人迹真难到，奇花自在生①。

原皆天女散[②]，安得尽知名？

①自在：犹自然。

②天女散：即天女散花。《维摩诘经·观众生品》："时维摩诘室有一天女，见诸大人闻所说法，便现其身，即以天华散诸菩萨、大弟子上，华至诸菩萨即皆堕落，至大弟子便著不堕。"华，同"花"。

三

引水遥通灶，裁山曲抱墙。
高楼窥树远，虚牖纳云长[①]。

①虚牖：洞开的窗户。

四

天半数声钟[①]，听之清思发[②]。
独起步空阶，但见空山月。

①天半：《白谷集》卷五作"天畔"。

②清思：清雅美好的情思。

五

细路何盘折[①]，重径碧藓封[②]。
钟鸣知寺近，只隔数重松。

①细路：狭小的路径。

②重径：深幽的小径。

六

树起不见山，云生不见树，

往来翠微中，衣湿非关雨①。

①“往来”两句：写山色苍翠欲滴。唐王维《山中》诗：“山路元无雨，空翠湿人衣。”此化用其意。翠微：指青翠掩映的山腰幽深处。

七

空林寂无人，清言共谁订①？
流水涧中鸣，泠然动我听②。

①“清言”句：谓与谁约定作高雅之谈呢。清言：高雅的言论。订：约定。

②“流水”两句：意谓涧中流水即为“清言”者。泠然：形容清越激扬的声音。

八

一片清凉石①，凭余任意眠。
归来倘有意，不用买山钱②。

①清凉石：中台灵迹。见觉同《和咏五台·总咏五台》注⑥。

②买山钱：为隐居而购买山林所需的钱。南朝刘义庆《世说新语·排调》：“支道林因人就深公买印山，深公答曰：‘未闻巢由买山而隐。’”后以“买山”喻贤士归隐。亦用以形容人的才德之高。此亦有“清风明月不用一钱买”（见唐李白《襄阳歌》）之意。

九

留骖僧罢磬，肃客寺敲钟①。
迎送俱能废②，愿将幽意容③。

①“留骖”两句：写寺僧迎接作者的情景。留骖：谓停车。肃客：迎接客人。

②俱能废：《白谷集》卷五作“能俱废”。废，止，免除。

③“愿将”句：谓只愿僧人们容受我悠闲的情趣。

十

辍卷入山来[①]，搜吟非自苦[②]。
好景携不去，只合倩诗取[③]。

①辍（chuò）卷：放下书卷。

②搜吟：寻觅诗句。

③“只合”句：谓只应请托诗歌来得到它。只合：只应；本来就应该。倩：请，恳求。取：得到。

东台[①]

东顶嵯峨不易攀，平看渤澥漫惊颜[②]。
须知观海难为水[③]，乃信登台始是山[④]。
蜃市楼台缥缈外[⑤]，蓬莱宫阙有无间。
奋飞欲塞双丸窟，莫遣居诸速往还[⑥]。

①此诗录自《孙忠靖公全集》卷十。

②“平看”句：谓人说在东台顶可平视渤海，对此，你且莫大惊失色。渤澥（xiè）：渤海。漫：休，莫。

③“须知”句：原注：“峰名‘观海’。”按：应为“望海”。观海难为水：语出《孟子·尽心上》：“孔子登东山而小鲁，登泰山而小天下，故观于海者难为水，游于圣人之门者难为言。”

④登台始是山：写五台山的出类拔萃。

⑤蜃市楼台：即海市蜃楼。

⑥“奋飞”两句：意谓作者欲阻止太阳落山，以尽情观赏东台美景。双丸：指日月。语出元朱德润《题陈直卿一碧万顷》诗：“日月双吐丸，江山万古愁。”莫遣：莫使，莫让。居诸：日居月诸之略词。《诗·邶风·柏舟》：“日居月诸，胡迭而微。”孔颖达疏：“居、诸者，语助也。”后用以借指日月、光阴。

过观来石断愚上人留斋微雨旋霁遂行[①]

一

灵石知何自[②]，观来几岁华[③]？

地幽疏履舄[4]，僧韵带烟霞[5]。
香供雷生菌[6]，元言雨散花[7]。
阴晴莫递变，津渡已无槎[8]。

①此诗录自《孙忠靖公全集》卷九。观来石：东台灵迹。

②何自：自何而来。

③“观来”句：谓观来石的出现有多少年华。岁华：年华。

④疏履舄（xì）：人迹罕至。履舄，古代单底鞋称履，复底鞋称舄，故以“履舄”泛称鞋。此借指足迹。

⑤“僧韵”句：谓僧人们带有神仙的风姿。韵：神韵。指人的神采、风度。烟霞：此犹“烟霞色相”，指神仙的风采。若解作僧人们的风采带有山林气息，亦通。

⑥雷生菌：原注：“蕈属，雷震始生。”指五台山菌类天花。

⑦“元言”句：即“山人目之为天花”（镇澄《五台山天花歌》）之意。元：通“原”。雨（yù）：像下雨一样降落；散播。

⑧“阴晴”两句：谓阴天和晴天不要再交替变化（意为不要再下雨），到天河的渡口已没有木筏（意为无望成仙）。槎（chá）：木筏。晋张华《博物志》卷十载，传说天河与海通，年年八月，有浮槎去来，不失期。

二

归路临兰若[1]，仍余揽胜情[2]。
云烟携客至[3]，麋鹿夹僧迎[4]。
经罢龙收雨，斋余马趁晴[5]。
重来非漫约，诸衲记深盟[6]。

①兰若：指寺院。参见祖咏《题远公经台》注②。

②“仍余”句：谓览胜之情未尽。揽胜：犹揽秀。谓观赏秀丽景色。

③客：作者自指。

④“麋鹿”句：原注：“将至，群鹿随行不去。”

⑤马趁晴：谓作者趁天晴而乘车马上路。

⑥深盟：指作者重来某寺的盟约。

栖贤社[①]

十里青松一径烟[②]，嵩阳老衲此安禅[③]。
宽余许似渊明饮，贤社何妨继白莲[④]？

①此诗录自《孙忠靖公全集》卷十。栖贤社：即栖贤寺，亦称大社。在台怀南二公里栖贤谷口。传说宋皇曾囚杨六郎于此，后赦免，故名大赦，后渐改大社。后又改称栖贤社、栖贤寺。现已辟为栖贤阁宾馆。

②烟：指烟状物，如云、雾。

③嵩阳：指河南省登封县嵩阳寺。

④“宽余”两句：谓栖贤社何妨继承白莲社的遗风，宽容并应允我像陶渊明那样饮酒（意为以道外友的身份加入栖贤社）。渊明饮：《庐阜杂记》载，东晋释慧远于庐山东林寺结白莲社，以书招陶渊明，陶曰：“弟子性嗜酒，若许饮即往矣。”远许之，遂造焉。饮：《白谷集》卷五作“否”。

南台[①]

离方孤峙郁巑岏[②]，森秀真如锦绣攒[③]。
金阁晓霞环翡翠[④]，竹林晴日拥琅玕[⑤]。
老人星近堪齐寿，大士潮邻足纵观[⑥]。
欲与山灵争巨丽[⑦]，漫将好句挂林峦[⑧]。

①此诗录自《孙忠靖公全集》卷十。

②“离方”句：谓南台孤峙于南方，勃然奋起，耸入云霄。离方：指南方。语出《易·说卦》：“离也者，明也，万物皆相见，南方之卦也。”巑岏（cuánwán）：耸立貌。

③“森秀”句：原注：“台名锦绣。”森秀：清秀，秀异。攒（cuán）：簇聚，聚集。

④金阁：指金阁寺。在南台岭畔。见王道行《金阁寺》注。翡翠：借指绿云。

⑤竹林：指南台灵迹古竹林。见镇澄《古竹林》注①。琅玕：传说和神话中的仙树，其实似珠。《山海经·海内西经》：“服常树，其上有三头人，伺琅玕树。”郭璞注：“琅玕子似珠。”此为对古竹林树木的美称。

⑥“老人”两句：谓南台顶与老人星相近，堪与之同寿；茫茫云海与东海潮近似，足以放眼观赏。老人星：亦省称“老人”。南部天空一颗光度较亮的二等星。古人认为它象征长寿，故又名“寿星”。大士潮：指东海潮。大士，佛教对菩萨的通称。此指观音大士。

南海，指东海。特指南海观音所在处。邻：近似，相仿。

⑦山灵：原作“山林”，据《白谷集》卷五改。巨丽：极其美好的事物；极其美好。

⑧林峦：树木和峰峦。泛指山林。

金阁岭[①]

宝刹崔嵬俯夕阴[②]，何人曾此布黄金[③]？
岭头风雨来天地，阁上浮云变古今[④]。
正好凭虚生远眺[⑤]，何妨揽胜入孤吟？
诗成却自嫌饶舌，欲证菩提不染心[⑥]。

①此诗录自《孙忠靖公全集》卷十。金阁岭：南台灵迹。见齐己《送灵辩上人游五台》注⑥。

②宝刹：佛寺。指金阁寺。夕阴：傍晚阴晦的气象。

③“何人”句：指唐大历二年（767），“造金阁寺于五台山，铸铜为瓦，涂金于上，照耀山谷，计钱巨亿万”（《旧唐书·王缙传》）事。布黄金：用“金地”之典。见元好问《台山杂咏十六首》之十二注①。

④“岭头”两句：从唐杜甫《登楼》诗：“锦江春色来天地，玉垒浮云变古今”化出。谓金阁岭上的风云与天地俱来，寺内金阁上的浮云与古今俱变。

⑤凭虚：凌空。

⑥“诗成”两句：谓游览五台山本欲参悟一尘不染的真如佛性，那就应该知道“圣为无言”之理，故诗篇写就之后反而自嫌饶舌。证：参悟修行得道。

西林寺 有序[①]

寺经寇火，惟圣水一楼[②]巍然灵光。他如二圣对谭殿、七宝树，皆诸山未有之胜，无复存者。即石上狮迹[③]，亦俱焚裂，仅能于灰烬中辨识耳。

八水空怜翠云浮[④]，西林胜概委荒丘。
鹫宫半没祥光杳[⑤]，狮迹徒存猛气收[⑥]。
游客无缘瞻宝树，寺僧犹自说灵湫[⑦]。
岂因二圣谭锋尽，只合同归一默休[⑧]。

①此诗录自《孙忠靖公全集》卷九。西林寺：在西台北侧八功德水旁。已废。

②圣水一楼：指八功德亭。

③狮迹：指西台灵迹狮子踪。见敦煌文献《五台山圣境赞·赞五台·西台》注②。

④八水：指西台灵迹八功德水。见觉同《和咏五台·西台》注④。

⑤鹫宫：犹“鹫殿”。指佛殿。此指二圣对谭殿，即不二楼。见慧月《不二楼》注①。

⑥猛气收：失去了原来勇猛的气概。

⑦灵湫：深潭，大水池，古代以为大水池中往往多灵物，故称。此指八功德水。

⑧“岂因”两句：谓并非文殊、维摩诘二人谈锋已尽，不再坐在二圣对谭石上对谈；而是因为“圣为无言”，故只应“同归一默”。休：助词。犹耳、罢等。

西台有序[①]

台寺[②]为寇火焚毁殆尽，一望瓦砾，诸佛铁像数尊，悉委丛草中。

才过八水上西台，瞻眺那堪重客哀[③]。
佛解固应藏瓦砾，法身岂合委蒿莱[④]！
金莲火后花弥发[⑤]，宝炬燃时影自开[⑥]。
莫讶诸僧悲怆甚，只余法像未全灰[⑦]。

①此诗录自《孙忠靖公全集》卷十。

②台寺：指西台顶法雷寺。

③重客哀：客重哀。即客子（作者）产生了深沉的悲哀之情。

④“佛解”两句：谓佛解脱之后，遗骨本应收藏于瓦砾之中；而佛法岂能荒废。法身：见德清《送如证禅人造旃檀像还五台》之二注①。岂合：难道应该。蒿莱：野草；杂草。

⑤“金莲”句：原注：“金莲花唯台山产，各顶尤胜。”

⑥“宝炬”句：原注：“台顶时放金灯。”

⑦法像：指佛菩萨等圣像。灰：烧毁。

秘魔岩[①]

一

夙慕灵岩胜[②]，扶筇共客探。

危崖悬佛宇，峭壁嵌僧龛[③]。
鹤舞高松健，龙眠古洞酣[④]。
幽踪藏绝顶[⑤]，攀陟独余堪[⑥]。

①此诗录自《孙忠靖公全集》卷九。秘魔岩：北台灵迹。见张商英《继哲和尚赞》注③。

②灵岩：指秘魔岩。

③僧龛：小的僧居。

④“鹤舞”两句：谓鹤健舞于高松，龙酣眠于古洞。秘魔岩多古松，又有灵迹龙洞，“恳祷则龙现”（见《清凉山志》卷二），故云。

⑤幽踪：谓归隐。此指归隐者。

⑥攀：《白谷集》卷五作“扳”。

二

岩前夏日冷，岩上晚云多。
我到真遗世[①]，人传古秘魔[②]。
深林禽鸟息，幽径虎狼过。
老衲饶闻见，其如山鬼何[③]！

①遗世：超脱尘世。

②古秘魔：当指高齐之代，比丘尼法秘在秘魔岩修道事。见张商英《继哲和尚赞》注④。

③“老衲”两句：谓即使秘魔岩的老僧见多识广，可又能把山鬼怎么样呢。其如：怎奈，无奈。

北台[①]

独雄五顶撼清虚[②]，策杖登临眼界殊。
五夜每惊凌斗柄，万年常见拱辰居[③]。
俯环雁塞烽皆息[④]，平倚恒峰岳可如[⑤]。
指点沧溟真一勺，图南漫效化鲲鱼[⑥]。

①此诗录自《孙忠靖公全集》卷十。

②“独雄”句：原注：“《清凉山志》：唯北台顶最高。”清虚：天空；太空。

③“五夜”两句：切北台峰名“叶斗”。五夜：即五更。泛指黑夜。拱辰居：犹拱辰。拱卫北极星。语本《论语·为政》：“为政之要，譬如北辰，居其所，而众星共（拱）之。”后因以喻拱卫帝王或四裔归附。辰居：《白谷集》卷五作“宸居”。帝王居处。

④俯环：俯首环视。雁塞：泛指北方边塞。烽：指烽火。即战火。

⑤恒峰：恒山的山峰。岳可如：谓（北台之高）比得上五岳之一的恒山。如，及，比得上。

⑥“图南”句：谓作者欲效鲲鹏雄飞万里。《庄子·逍遥游》：“北冥有鱼，其名曰鲲。鲲之大，不知其几千里也；化而为鸟，其名为鹏……鹏之徙于南冥也，水击三千里，抟扶摇而上者九万里……而后乃今将图南。”后以“图南”比喻人的志向远大。

澡浴池戏题口号①

圣水谁将澡浴名②，不知智慧几人生③。
日来劫火名山遍④，安得灵泉一洗清！

①此诗录自《孙忠靖公全集》卷十。澡浴池：即中台灵迹万圣澡浴池。见觉玄《万圣澡浴池》注①。口号：古诗标题用语。表示随口吟成，和“口占”相似。

②圣水：宗教信徒及民间迷信用以降福、驱邪、治病的水。此指澡浴池水。

③“不知”句：明正秀《万圣澡浴池》诗中有“能洗愚痴垢，还生定慧香”之句，故云。智慧：此指使人智慧，给予智慧。

④劫火：见觉同《和咏五台·北台》注⑤。此当指战火。

中台①

中峰清胜俯诸天②，六月登临倍爽然。
泉迸都从绝顶出③，雷鸣还自下方传。
经楼骋望群峰列，佛塔投诚一炬燃④。
衲子似怜尘梦苦，梵声彻夜醒人眠⑤。

①此诗录自《孙忠靖公全集》卷十。

②清胜：清凉胜境。诸天：此泛指天界；天空。

③“经楼”句：原注：“寺有经楼，登其上五峰俱见。”

④“佛塔”句：原注：“寺有文殊发塔，僧言游人虔诚则金灯见。”投诚：投献诚心。

⑤醒入眠：使沉湎于尘梦中的人清醒。

万年冰①

谁斧凌阴结玉虹②，炎天赤日总难融。
缘何不与夏虫语，此地由来无夏虫③。

①此诗录自《孙忠靖公全集》卷十。万年冰：中台灵迹。《清凉山志》卷二：“万年冰，台东麓。有冰数丈，九夏不消，地多静居。”

②“谁斧”句：谓是谁用斧砍下地窖的藏冰构筑成一道白虹。凌阴：藏冰的地窖。《诗·豳风·七月》：“二之日凿冰冲冲，三之日纳于凌阴。”毛传：“凌阴，冰室也。”玉虹：白虹。此指洁白的冰川。

③“缘何”两句：写万年冰无浅薄无知的人。夏虫语：即“夏虫语冰”。喻人囿于见闻，知识短浅。语本《庄子·秋水》：“井蛙不可以语于海者，拘于虚也；夏虫不可以语于冰者，笃于时也。”由来：自始以来，从来。

万年社①

合受清凉福②，还依云水僧③。
到来莲社寂④，真似玉壶澄⑤。
夏日犹飞雪，东风不解冰。
家乡逾百里⑥，三伏苦炎蒸⑦。

①此诗录自《孙忠靖公全集》卷九。万年社：作者自注：“即万年冰寺。”在东台东麓。

②合：应该；应当。

③云水僧：行脚僧。因僧道云游四方，如行云流水，故称。

④莲社：佛教净土宗最初的结社。晋代庐山东林寺高僧慧远，与僧俗十八贤结社念佛，因寺池有白莲，故称。此指万年冰寺。

⑤玉壶：指仙境。见王啸庵《大显通寺》注⑤。

⑥家乡：指作者家乡代县。

⑦苦炎蒸：为暑热熏蒸所苦。

清凉石僧舍同诸丈坐谈[1]

落落襟期总出尘[2]，看花况复尽闲身[3]。
世情龌龊惟儿女[4]，我辈萧疏自主宾[5]。
掬得青霞同作饭[6]，借来碧草共为茵[7]。
相怜欲问清凉隐，孰是人生未了因[8]？

①此诗录自《孙忠靖公全集》卷十。清凉石僧舍：指清凉寺僧舍。丈：对长辈的尊称。《大戴礼记·本命》："丈者，长也。"

②落落襟期：光明磊落的襟怀、志趣。出尘：佛教语。脱离尘世的尘垢。

③看花：唐时举进士及第者有在长安城中看花的风俗。此借指有闲情逸致者。况复：何况，况且。闲身：古代指没有官职的身躯。《白谷集》作"看山"。

④龌龊：卑鄙，丑恶。儿女：指儿女子。犹言妇孺之辈。此指小人。《史记·高祖本纪》："此非儿女子所知也。"

⑤萧疏：洒脱；自然不拘束。自宾主：自为宾主。临济宗义玄对参禅者与禅师之间的不同关系总结为"四宾主"，即宾看主、主看宾、主看主、宾看宾。此借用禅语谓凡事自己做主，不受他人约束。

⑥饭：《白谷集》卷五作"帔"。

⑥茵：衬垫；褥子。

⑦"相怜"两句：谓承诸丈怜爱而问我，你到五台山隐居，还有什么人生未了的因缘呢。

清凉石与王永泰对弈[1]

欲证三乘妙[2]，非争一局强。
山中人自静，石上日偏长。
子夺琉璃色，枰分薝蔔香[3]。
岂同赌墅客，定不碍清凉[4]。

①此诗录自《孙忠靖公全集》卷九。清凉石：中台灵迹。见觉同《和咏五台·总咏五台》注⑥。

②“欲证”句：谓我对弈是为参悟佛法的深奥义理。三乘：见李白《僧伽歌》注②。此借指佛法。

③“子夺”两句：谓棋子光彩耀眼胜过琉璃的色泽，棋盘也分享了薝蔔的异香。薝蔔：梵语音译。意译郁金花。产西域，花甚香。

④“岂同”两句：谓自己与人对弈，并非像谢安那样为了争名夺利，一定不会有碍于清凉寂静之道。赌墅客：指谢安。《晋书·谢安传》载，苻坚率众百万，次于淮淝，京师震恐。晋孝武帝加谢安为征讨大都督。“安遂命驾出山墅，亲朋毕集，与玄围棋赌别墅。”后遂以“赌墅”表示临危不惧的大将风度。此借指争名夺利。

竹林寺忆月川上人①

高衲曾闻隐竹林②，应怜空翠似禅心③。
一从寂后荒凉甚，明月川前自古今④。

①此诗录自《孙忠靖公全集》卷十。竹林寺：见陆深《竹林寺避雨》注①。月川：明代五台山名僧镇澄，字月川。镇澄曾住竹林寺。

②高衲：高僧。指月川上人。

③“应怜”句：谓月川上人应是喜爱竹林寺清澈的泉水犹如佛家清净寂定的心境吧。空翠：指清澈的泉水。

④一从：自从。寂：指死亡。佛教多用以称僧尼死亡。

⑤“明月”句：意谓月川上人虽已圆寂，但其教法法永存。明月川前：既嵌镇澄之字“月川”，又以月映寒川象征空寂的禅悟之境。

永明寺同诸友夜酌①

一

此日真堪号最闲，忻随暝色扣禅关②。
祇园宫阙凌霄构③，鹫岭烟峦入夜攀④。
僧为谈深偕看月⑤，客因游倦拒登山⑥。
坐来我倍饶清兴⑦，一路新诗取次删⑧。

①此诗录自《孙忠靖公全集》卷十。题下原注：“不坏广莫二上人啜茗在座”。永明寺：即今显通寺。明代后期曾改称“护国圣光永明寺”。

②扣禅关：敲禅门求见。

③祇园宫阙：指永明寺的殿宇。

④鹫岭：即灵鹫峰。

⑤谈深：谈得深入、投机。

⑥“客因”句：原注：“诸友倦游，颇挠登山之兴。”

⑦坐来：犹适才；正当。饶：余。

⑧取次：草草，仓促。删：指删润。即删改润色。

二

闲心元与白云亲[①]，此际犹疑失幻身[②]。
月满琳宫晴若洗[③]，风清玉宇净无尘[④]。
偶逢禅侣知诗妄[⑤]，忽悟玄宗觉酒真[⑥]。
我欲醉中窥秘密，传言护法莫深嗔[⑦]。

①闲心：闲适的心境。元：通“原”。

②犹：《白谷集》卷五作“尤”。失幻身：谓进入无我的境界。幻身：佛教语。肉身；形骸。谓身躯由地、水、火、风假合而成，无实如幻，故曰“幻身”。

③琳宫：仙宫。此为对永明寺的美称，

④玉宇：华丽的宫殿。

⑤“偶逢”句：因禅家认为“诸佛妙理，非关文字”；作诗以文字参禅，禅家以为非分，故云。

⑥“忽悟”句：“不饮酒”为佛门清规戒律之一。然佛教南宗禅强调见性成佛，所以并不提倡坐禅静修、诵经礼佛，甚至反对一切清规戒律。东土二祖慧可也曾以纵酒为“调心法门”。此本其意。玄宗：指佛教的深奥旨意。晋僧肇《注〈维摩诘经〉序》：“而恨支竺所出，理滞于文，常恐玄宗，坠于译人。”真：指本觉真心。

⑦护法：护持佛法者。上自梵天帝释、八部鬼神，下至人世檀越、施主，都可称护法。

塔院寺[①]

名蓝薄暮挹新晴[②]，云构天开象外清[③]。
月色半空浮塔影[④]，松涛满谷带钟声。
千年功德扬先后[⑤]，万圣庄严佑我明[⑥]。

瞻礼不禁心地肃，欲从檀越悟三生[⑦]。

①此诗录自《孙忠靖公全集》卷十。塔院寺：见王道行《塔院寺》注①。

②蓝：佛寺。梵语伽蓝的简称。挹：引。新晴：刚放晴的天气。

③“云构”句：谓宏伟高大的殿宇倚天建造，尘世之外的塔院寺格外清净。元陈赓《寒食祀坟回登临晋西原废寺》诗有“当年云构倚天开”句，此用其意。云构：高大的建筑物，大厦。天开：倚天而开创、构筑。

④塔：指塔院寺佛舍利塔，即大白塔。

⑤“千年”句：谓崇建塔院寺并大白塔这盛事，显扬了李太后千年不朽的功德。先后：已去世的母后。指明神宗之母李太后。《清凉山志》卷二。“大塔院寺……万历戊寅(1578)，圣母敕中相范江、李友重建。恢弘壮丽，冠于清凉。”

⑥万圣庄严：众佛菩萨的法像装饰严整。

⑦“欲从”句：谓我欲从塔院寺的施主身上领悟三生的含义。檀越：梵语音译。施主。佛教对布施者的敬称。此指李太后等。三生：佛教语。指前生、今生、后生。

广宗寺[①]

灵鹫峰南半麓高，护持曾此荷宸褒[②]。
残碑漫讶沉苔藓[③]，功德元逾铜瓦牢[④]。

①此诗录自《孙忠靖公全集》卷十。广宗寺：见宗林《送友之五台讽华严》注⑮。

②“护持”句：谓广宗寺曾蒙帝王的护持与嘉奖。《清凉山志》卷二：“正德初，上（明武宗）为生民祈福，遣中相韦敏等建寺，铸铜为瓦，今称铜瓦殿，赐印，并护持。命秋崖等十高僧住。”宸：北极星所居。即紫微垣。借指帝王之所居，又引申为王位和帝王的代称。

③漫讶：不要惊讶。漫，休，莫。

④“功德”句：谓明武宗护持佛法的功德本来就超过牢固的铜瓦殿。

圆照寺[①]

圆照旌幢望欲遮[②]，我来空自问袈裟[③]。
旃檀寂寞香花冷[④]，几杵疏钟撞晚霞[⑤]。

①此诗录自《孙忠靖公全集》卷十。圆照寺：在台怀显通寺东北。初名普寿寺。元至大二年（1309）创建，明永乐间重修。宣德间为奉安永乐初来华的尼泊尔高僧室利沙而建金刚宝座塔于本寺，并予重修，名曰圆照。宗喀巴弟子蒋全曲尔计到五台山传法居此，为藏传佛教格鲁派传入五台山之始，是五台山最早的黄庙。清代又予修葺。现为山西省重点文物保护单位。

②旌幢：供佛的幢幡。

③空自：徒然，白白地。袈裟：此指代僧人。

④“旃檀”句：谓佛寺香火冷落。旃檀：此指旃檀瑞像。檀香木刻的释迦牟尼像。香花：指供佛的香与花。冷：冷落。

⑤“几杵（chǔ）”句：谓几声稀疏的钟声在晚霞间回荡。杵：撞钟之棒槌。

罗睺寺[①]

一路寻僧苦寂寥[②]，罗睺寺里漫相招[③]。
番僧貌古言难晓[④]，片语都无意较饶[⑤]。

①此诗录自《孙忠靖公全集》卷十。罗睺寺：在台怀东隅。唐初创建，时为大华严寺（今显通寺）十二院之一，名善住阁院，是专供罗睺罗的道场。明成化间赵惠王重建，改名罗睺寺。明隆庆间李彦妃施巨资重修。清初改为黄庙。乾隆、雍正间均予修葺。现存殿堂僧舍，齐备无损。藏经殿内“开花现佛”为五台山一景。旧为五台山五大禅处之一，今为全国重点寺院。

②寂寥：冷落萧条。

③漫相招：随意与僧人招呼。

④番僧：指番之僧。即喇嘛僧。貌古：容貌古朴，不同凡俗。

⑤片语：《白谷集》作“一语”。意较饶：意趣明白而丰饶。较，明也。

别山[①]

一

看山殊慰十年盟[②]，隐计犹怜尚未成[③]。
到日云霞如有意[④]，归时猿鹤岂无情？
丹崖翠壁皆留咏[⑤]，瑶草琪花半识名[⑥]。
此去清凉应笑我，劳劳城市欲何营[⑦]？

①此诗录自《孙忠靖公全集》卷十。

②殊：甚，极。十年盟：指作者十年前瞻依五台山的愿望。

③隐计：归隐之计。

④“到日”句：作者《入山》诗有“白云倾盖即相亲”之句，故云。

⑤丹崖翠壁：绮丽的山崖，青翠的岩壁。

⑥琪花瑶草：仙境里的花草。此为对五台山奇花异卉的美称。

⑦劳劳：辛苦，忙碌。欲何营：想谋求什么呢。

二

又驱匹马向风尘[①]，回首名山漫怆神[②]。
身类向平终有属，宅如谢朓久为邻[③]。
林峦此会成知己，杖履重来是故人[④]。
蹑磴探萝仍有日[⑤]，攒峰列巘莫相嗔[⑥]。

①风尘：尘世，纷扰的现实世界。

②漫：长久。怆神：伤心。

③“身类”两句：谓自己最终将像东汉向平一样以五岳为归属，如南朝齐谢朓那样卜宅于青山。向平：见邢云路《与重玄谈禅》注⑥。谢朓：南朝齐人，字玄晖，与谢灵运同族，称小谢；曾任宣城太守，又称谢宣城。长五言诗，以山水风景诗最为出色，风格秀丽清新。钟情于山水，曾筑室于青山（在当涂县东南三十里）。唐李白《题东溪公幽居》诗“宅近青山同谢朓，门垂碧柳似陶潜。”

④杖履：对老者、尊者的敬称。此为作者自指。

⑤有日：有期。

⑥攒峰列巘：攒聚相连的山峰。嗔：责怪；埋怨。

谒台归逢大雨旋霁[①]

入山何晴佳，归来雨满道。
其初始霡霂[②]，倏焉势倾倒[③]。
万壑怒雷奔，涨川涨霪潦[④]。
我马不能前，仆夫不自保。

余谓天胡然[5]，应是山灵恼。
谓子与我期，已在十年早。
十年始一来，归去何草草[6]！
云烟粗领略，深幽未全讨。
倏尔遽言旋，使我心如捣[7]。
余乃祝山灵，无因逋客懆[8]。
有约愿重游，胜迹容再考。
向平婚嫁毕[9]，尚图此中老[10]。
应言遂清霁[11]，当空日杲杲[12]。

①此诗录自《孙忠靖公全集》卷九。

②霡霂（màimù）微雨飘洒貌。

③倏焉：迅疾貌。下“倏尔”同义。

④泐川：满川。霪潦：久雨成涝。

⑤胡然：谓不知何故。表示不明原因。

⑥“谓子”四句：悬想山灵恼怒的原因。子：代词。表示第二人称。相当于“您”，指作者。期：约定。草草：匆忙仓促貌。

⑦“云烟”四句：写作者归时惋惜之情。云烟：云气烟雾。此指五台山的大略景观。讨：寻觅，访问。遽：仓促，忽然。言旋：回还。言，语首助词。心如捣：心如捶击。喻痛苦之情。

⑧逋（bū）客：逃离的人。懆（cǎo）：急躁。

⑨“向平”句：用“向平愿了”之典。见邢云路《于重玄谈禅》注⑥。

⑩老：终老，度晚年。

⑪清霁：雨止雾散。谓天气清朗。

⑫杲（gǎo）杲：明亮貌。

五台山詩歌注釋

WUTAISHAN SHIGE ZHUSHI

下

张申伟 编注

山西出版传媒集团
三晋出版社

目　录（下册）

〔三〕乾隆辛巳作

阿王老藏

阿王老藏（1601—1687），清代高僧。亦名罗桑旦巴。俗姓贯，燕京（今北京）西山人。10岁出家于崇国寺，18岁受具戒。参游讲肆，遍聆奥机，究明瑜伽秘法。顺治十六年（1659）奉诏至五台山，食奉台邑，住菩萨顶，督理番汉僧众。康熙二十二年（1683），圣祖幸临所居，御书题赐，号为“清凉老人”。圆寂后塔于凤林谷。著有《清凉山新志》十卷。

五台盛事赞[①]

圣驾登山喜异常[②]，风云卷散宝幢香[③]。
寿高万载称无量，福衍三千拱大邦[④]。
社稷绵长开舜日，兆民安乐荷尧光[⑤]。
今朝不比蟠桃宴[⑥]，八部天龙卫法王[⑦]。

①此诗录自《清凉山新志》卷九（下同）。盛事：指康熙皇帝玄烨于康熙二十二年（1683）秋巡礼五台山，为太皇太后（康熙祖母孝庄文皇后）做延寿道场事。

②圣驾：皇帝或临朝皇后的车乘。此指代康熙皇帝。

③风云：《易·乾》：“云从龙，风从虎，圣人作而万物睹。”此喻康熙皇帝君臣的威仪。宝幢：幢幡，幢旗。

④“寿高”两句：写太皇太后（或康熙皇帝）寿高福广。无量：不可计算。福衍三千：谓皇家的福祉遍布三千大千世界。衍：散布。拱：环卫。大邦：大国。指清王朝。

⑤“社稷”两句：写皇权永固，百姓安乐。社稷：国家的代称。舜日、尧光：谓太平盛世。荷：承受恩德。

⑥蟠桃宴：原指西王母在瑶池举行的蟠桃盛会，后借指庆祝宴会，多用于祝寿。

⑦八部天龙：亦作“天龙八部”。指诸天护法神。参见郑材《登清凉石赋》注⑨。法王：佛教对释迦牟尼的尊称。

东台

望海峰高在此中，举身平睹近龙宫[①]。

一轮红日翻波浪，三界清光照太空②。
笠塔远能传古迹，那罗幽爱落松风③。
今朝圣祖亲临处，寿永山河福衍同④。

①“举身”句：切东台峰名望海。举身：挺直身子。平睹：平视。龙宫：龙王宫殿。为龙王神力所化。此借指大海。

②三界：佛教指众生轮回的欲界、色界、无色界。一切众生六道轮回的处所。见《俱舍论·世分别品》。清光：清亮的光辉。

③“笠塔”两句：写东台灵迹。笠塔：即东台灵迹笠子塔。见镇澄《笠子塔》注①。那罗：指东台灵迹“那罗延窟”。见敦煌文献《五台山赞》注㉖。

④“今朝”两句：对康熙皇帝登台的赞颂。福衍同：谓其福祉遍及天下。衍：广博，大。

南台

南台锦绣郁葱哉，瑞霭祥云次第开①。
异样鲜花从地涌，无边胜景自天来②。
竹木芳草游贤士，狮子球圆引善财③。
谁道梵僧寂不见，居然七佛共徘徊④。

①次第：依次。

②“异样”两句：南台“山峰耸峭，烟光凝翠，细草杂花，千峦弥布，犹锦绣然”（见《清凉山志》卷二），故云。

③“竹木”两句：谓南台胜景，吸引贤士游览；文殊化现之地，吸引僧人参访。贤士：志行高洁、才能杰出的人。狮子球圆：喻文殊圆融无碍的般若之智。善财：借指到五台山参访的僧人。

④“谁道”两句：写南台灵迹七佛洞。《清凉山志》卷二：“七佛洞，台西南二十里。古有七梵僧，至此入寂不起，遂立七佛像。”七佛：见敦煌文献《五台山圣境赞·题五台·南台》注④。

西台

挂月孤峰应在秋，金生丽水盛瀛洲①。

白龙池畔祥云现，狮子崖前爽气收[②]。
两涧青松花雨露，三川绿柳涌轻流[③]。
登山圣祖福如海，坐向文殊注寿筹[④]。

①“挂月”两句：借五行学说赞美西台胜景。亦暗写康熙皇帝登西台适逢其时。金生丽水：《韩非子·内储说上》：“荆南之地，丽水之中生金，人多窃采金。”又金为五行之一，于位为西，于时为秋。康熙巡台季节为秋天，所登为西台，故云。瀛洲：传说中的海中仙山。此借指西台。

②“白龙”两句：写登西台所见灵迹。白龙池：南台灵迹。在台东南麓。狮子崖：指中台灵迹“狮子窝”附近的山崖。

③“两涧”两句：写登西台所见景象。三川：泛指西台附近的河川。轻流：细小的水流。

④“登山”两句：写康熙皇帝登山为太皇太后祝寿。坐：因。注寿筹：此用“海屋筹添”之典。宋苏轼《东坡志林·三老语》：“尝有三老人相遇，或问之年……一人曰：‘海水变桑田时，吾辄下一筹，尔（迩）来吾筹已满十间屋。’”原谓长寿，后以“海屋筹添”为祝寿之词。筹，筹签，算筹。计数的用具。

北台

叶斗峰高四顶升[①]，三庚猷冷积寒冰[②]。
春间人住凭柴火，夏景僧游若水泓[③]。
举步龙门升紫雾[④]，抬头霜雪散琼霙[⑤]。
九重福主登临地[⑥]，寿与天齐满颂声。

①“叶斗”句：意谓北台叶斗峰高出其余四峰。
②三庚：三伏。猷：同“犹”。
③水泓：深广的水。喻清凉。
④龙门：北台灵迹。见真可《过龙门静室》注①。
⑤琼霙（yīng）：玉片般的雪花。
⑥九重福主：指康熙皇帝。九重：指帝王。

中台

翠岩峰窅梵王宫[①]，坡岭层层拱太空[②]。

明月西升寒自照，祥光东去霭无穷。
三川花木庄如锦，四水生香湾远通。
胜境屡蒙天驻跸[3]，寿山福海盛兴隆[4]。

①窅（yǎo）：岑寂貌。梵王宫：指中台顶演教寺。
②拱：隆起。
③天：指君。此指康熙皇帝。
④寿山福海：吉祥语。比喻寿如山高、福似海深。明刘基有《寿山福海图歌》。盛兴隆：即兴旺昌盛。

菩萨顶二首[1]

一

贵山灵鹫坐居中[2]，宝像文殊狮子雄。
龙藏祝延千古瑞[3]，佛声经雨万年隆[4]。

①菩萨顶：即大文殊寺。见李师圣《游台感兴古风》注④。
②“贵山”句：中台位于其他四台之中，而菩萨顶所在灵鹫峰为中台支山，故云。
③龙藏：指大乘经典。传说佛陀入灭后，大乘经典藏于龙宫，故称。祝延：祝人长寿。
④雨：指皇家雨露。喻皇帝的恩惠。

二

皇恩高厚将何报，惟仗真言几句通[1]。
大定乾坤歌咏盛，酬天谢地法门崇[2]。

①真言：指佛教经典的要言秘语。
②法门：泛指佛门。

傅　山

傅山（1607—1684），初名鼎臣，字青竹，改字青主，又字侨山，号公之它、石道人、朱衣道人、啬庐等。明末清初山西阳曲（今太原）人。明亡，

穿朱衣，住土穴，与顾炎武等为友，坚决不出仕。康熙间举博学鸿词，强征至京，以死相抗，放还。他诗文书画均有盛名，哲学上也有建树，尤精医学。有《霜红龛集》十二卷。清末有丁宝诠编四十卷本。

五台八首[①]

一　中台

中台五六月，积雪在经厨[②]。
阒梵木鱼瘦[③]，斋钟麦燕腴[④]。
雾云堆冷絮，花草荐寒毹[⑤]。
信是清凉地[⑥]，中烦独不除[⑦]！

①此诗录自山西人民出版社1987年版《傅山全书》卷八。作于康熙元年（1662）五六月间。时作者登北岳恒山，经五台山。据有关学者考证，傅山的“北岳、五台山之行，是与秘密策划反清活动分不开的”（见刘海清《傅山为什么上五台山》，载《五台山研究》1986年第1期），故诗句中多怨愤之词。

②经厨：此犹“经藏”。寺院存放佛经处。厨，同“橱”，柜子。

③“阒梵”句：谓寺院里僧人诵经之声静了下来，木鱼的敲击声也沉寂了。阒（qù）：寂静。梵：指诵唱佛经。木鱼瘦：即木鱼声止息。因声音止息而联想到“瘦”，此用“通感”的表现手法。又瘦，中医指脉象沉细。借指木鱼声沉寂，亦通。

④“斋钟”句：谓寺院中报斋的钟声响过，僧人们在斋厨用餐，燕麦面的味道醇厚肥美。麦燕：即燕麦。五台人称莜麦为燕麦。腴：谓滋味美厚。

⑤“雾云”两句：谓山上的云雾堆积，犹如冰冷的棉絮；杂花细草茂密丛聚，好像御寒的地毯。荐：草茂密丛聚。毹（yú，又读shū）：即氍（qú）毹。毛织的地毯。

⑥信：果真，确实。

⑦中烦：胸中的烦热。

二　北顶龙祠[①]

斗柄那伽藏[②]，连天海雾蒸[③]。
非人来水怪，缔影髽香僧[④]。
潜德谁能豢，瞋心佛可盟[⑤]。

莲花悲相好，身作毒龙曾⑥？

①北顶龙祠：指北台顶黑龙池侧的龙王祠。

②“斗柄”句：《清凉山志》卷二：“北台……亦名叶斗峰，其下仰视，巅摩斗杓，故以为名……四方云气，每归朝而宿泊焉，盖龙帝之宫也。”斗柄：此指代北台。那（nà）伽：梵语音译。义为龙。《翻译名义集·八部》：“那伽，此云龙。别行疏云：龙有四种，一守天宫殿……二兴云致雨，益人间也；三地龙，决江开渎；四伏藏，守转轮王大福人藏也。”

③“连天”句：谓北台的云烟如同大海的雾气蒸腾，与天相接。

④“非人”两句：意谓佛教传说文殊曾使五百毒龙归顺，寺僧们则编造说龙的身影是一足跳行。非人：道家语。指游心于物外，形神寂静，有如槁木的异人。《庄子·田方子》：“孔子见老聃，老聃新沐，方将披发而干，慹（通“蛰”）然似非人。”郭象注：“寂泊之至。”成玄英疏：“慹然不动，若槁木，故似非人。”此借指佛菩萨。来：归服；归顺。《左传·文公七年》：“若吾子之德，莫可歌也，其谁来之？”杜预注：“来，犹归也。”水怪：水中精怪。此指龙。缔：指缔造，即编造。踭（qīng）：一足跳行。此借指龙被制服之状。香僧：即寺僧。因佛寺又称香刹，故称僧为香僧。

⑤“潜德”两句：谓正如龙性倔强难驯，不能为人豢养一样，一个具有潜德者，谁能收买利用呢？尽管佛家把瞋心作为“三毒”之一，我的愤恚之心却可以对佛盟誓。潜德：谓不为人知的美德。豢：豢养。引申为饵人以利，即收买利用。《左传·哀公十一年》：“吴将伐齐，越子率其众以朝焉，王及列士皆有馈赂。吴人皆喜，唯子胥惧，曰：‘是豢吴也夫！’”杜预注：“豢，养也。若人养牺牲，非爱之，将杀之。”瞋：即瞋心，佛教谓能造恶业而生苦果的愤恚之心，属“三毒”之一。此暗指对满清的愤恨。

⑥“莲花”两句：谓莲花座上的佛像是那样大慈大悲，他难道真的曾身为毒龙，输皮全蚁吗？相好：对佛像的敬称。参见敦煌文献《五台山圣境赞·赞肉身罗睺》注⑤。身作毒龙：指佛本生故事“毒龙输皮全蚁”。《大智度论》等载，释迦牟尼在过去无量劫前，曾作“大力毒龙”。后受戒出家，入林静思，疲懈而睡。时一猎人欲取其皮献王。毒龙自忖以其力倾覆此国虽易如反掌，然为持戒，不计其身，忍受剧痛，任猎人割取其皮。皮剥光后，毒龙酷热难忍，欲趋水饮之，又有许多小虫竞相噬食龙肉。毒龙不忘持戒，忍耐不动，自念今以身施虫，后成佛时当以法施以益其心，终肉尽而亡，因持戒舍身的功德而转生忉利天上。

三　万年冰旧社①

甚处堪双眼，佳人或一僧②。

壶芦空玉豉，楖栗猛金灯[③]。
佛性尽多狗，骏神无复鹰[④]。
波伦多少泪[⑤]，添结万年冰。

①万年冰旧社：指万年寺旧址。在中台东麓。其地有灵迹万年冰。

②“甚处”两句：谓那两眼窟穴是什么地方？恐怕只有君子贤人或专心修道者可安居于此吧。堪：同“龛”。小的窟穴或房屋。佳人：美好的人。指君子贤人。一：专一；纯一不杂。

③“壶芦”两句：写佛法衰微。谓道人存放丹药的葫芦里玉豉已空无所有；可作僧人禅杖的楖栗也被无义草所残暴。壶芦：即葫芦。道人用以存放丹药。玉豉（chǐ）：中药地榆的别名。以花子紫黑色如豉，故名玉豉。道家谓与五茄煮服之可神仙。楖（jí）栗：亦作“楖栃”，木名。可为杖，后借为手杖、禅杖的代称。金灯：草名。山慈姑的别称。唐段成式《酉阳杂俎·草篇》：“金灯，一曰九形，花叶不相见，俗恶人家种之，一名无义草。”

④“佛性”两句：写佛性的蜕变。谓佛教一旦沦为皇家的工具，佛性也就全部蜕变为趋炎附势、摇尾乞怜的狗性；这正如骏马被人豢养，称为骏神的时候，就不再具有鹰扬的雄姿了。佛性尽多狗：佛教禅宗有公案“狗子佛性”，谈狗有无佛性的问题（见《五灯会元》卷三、卷四），意在破除学人对佛性有无的执著。此活用其典。佛性：佛教名词。谓众生觉悟之性。《涅槃经》卷二十七：“我常宣说，一切众生悉有佛性。”尽多：全部，尽皆。骏神：即神骏。良马。无复：不再。

⑤“波伦”两句：写作者对佛法衰微的悲哀。波伦：“萨陀波伦”的略称。梵语音译。为《般若经》所载之勤求般若的在家菩萨，意译“常啼”。谓其“求般若波罗蜜时，不惜身命，不望供养，不求名称，常在寂处闻空中之声。”《大智度论》卷九十六：“问曰：何以名萨陀波仑？为是父母与作名字？是因缘得名字？答曰：有人言以其小时喜啼，故名常啼。有人言此菩萨行大悲心柔软故，见众生在恶世贫穷老病忧苦，为之悲泣，是故众人号为萨陀波仑。有人言是菩萨求佛道故……忧愁啼哭七日七夜，因是故天龙鬼神号曰常啼。”

四　清凉石[①]

疏磬可林冷，云根一片秋[②]。
无情薰不热，有骨踏难柔[③]。
眼孔齐芥子，肘弓量石头[④]。
坚贞见龙象，施利颔吾游[⑤]。

①清凉石：中台灵迹。见觉同《和咏五台·总咏五台》注⑥。

②“疏磬”两句：谓稀疏的磬声对着山林传送，格外清冷；一片清凉石，更使人感到浓重的秋意。可：当；对着。云根：山石。此指清凉石。

③“无情”两句：谓清凉石本是无情之物，即使薰灼也不会变热；坚硬有如铁骨，即使践踏也难以变得柔软。此暗写作者指对满清的态度：任凭利诱，亦不会对之产生热情；铁骨铮铮，任凭威胁也不会屈服。无情：即非情。指一切没有情识的生物和非生物，即草木、土石、山河大地等。

④“眼孔”两句：谓需以肘弓来丈量的清凉石，在我眼里如同芥子般渺小。此暗用“芥子须弥”之典。肘弓：肘、弓均为古印度长度单位。《大唐西域记·印度总分》：“分一拘卢舍为五百弓，分一弓为四肘，分一肘为二十四指。”一弓长八尺，则一肘长二尺。

⑤“坚贞”两句：谓坚贞的清凉石，正可体现高僧大德的本性；想来，文殊也会点头赞许我的看法，并同我交游的。龙象：此指高僧。参见真可《般若泉》注④。施利：即文殊师利。颔：即颔首。点头以示同意。

五　滴淋岭①

颠哉一杖癯②，滑滑滴淋岖③。
滴艳山玟紫，淋浓石桦纑④。
崖粘云不起，泾断鸟无余⑤。
一羽深深度⑥，花林抹两须。

①滴淋岭：五台山山岭名。在东台之东。以其山岭间滴水淋淋不断而得名。

②颠：此犹癫狂。形容放浪不受约束。杖癯：扶杖而行的清癯老人。为作者自指。

③滑滑：犹“滑擦”。指脚下打滑。滴淋岖：滴林岭崎岖不平。

④“滴艳”两句：谓水滴处，岭上紫色的玟石更加艳丽；水淋处，山石间桦树枝叶浓绿油黑的颜色愈益显得浓重。玟（mín）：质次于玉的美石。纑（lú）：黑色。

⑤泾：通“径”。无余：没有剩余、残留。

⑥一羽：一个道人。为作者自指。羽，即羽人。为神话中有羽翼的仙人。道家学仙，因称道士为羽人。深深：浓密貌。度：通“渡”。

六　旃檀岭①

问渡旃檀海②，招招甚处过③？

子臣痴一结，钟板顿能磨[④]？
法许婠妸了，疑当抖擞多[⑤]。
金乘空万有[⑥]，何外富兰那[⑦]？

①旃檀岭：五台山山岭名。在台怀镇东南10公里处。其地有旃檀寺。

②“问渡”句：谓问渡于佛，即向佛询问如何渡过尘海。旃檀海：指佛。《清凉山志》卷一引《观佛三昧海经》：“是诸世尊，皆说如是观佛三昧。其后有百万佛出，皆同一字，名旃檀海。”旃檀，即檀香。明李时珍《本草纲目·木一·檀香》：“释氏呼为旃檀，以为汤沐，犹言离垢也。”

③招招：招呼貌。

④“子臣”两句：谓作为大明的子臣，我反清复明的痴心一直纠缠不去；而这又岂是钟板之声能顿时消磨的呢。痴：佛教语。三毒之一。梵语意译。也译作“无明”。谓愚昧无知，不明如实之事理。此借指作者沉迷于反清复明的心思。结：意为缠结系缚。烦恼的异名。佛教谓能结集生死，系缚众生，使不得解脱。钟板：钟和云板。均为佛教法器。钟，击之召集僧众；云板，亦称大板，一种两端作云头形的铁质响器，击之以报时辰。

⑤“法许”两句：谓佛法认为万事不可执著，应糊里糊涂，依违随人，予以了结；我却猜度，应该像头陀一样，重视抖擞尘垢，（消灭满清）。婠妸（ānē）：依违阿曲，无主见。疑：猜度，估计。抖擞：佛教语。梵语头陀的意译。《法苑珠林》一〇一：“西云头陀，此云抖擞，能行此法，即能抖擞烦恼，去离贪著，如衣抖擞，能去尘垢，是故从喻为名。”又“抖擞”解作振作、奋发，亦通。多：称赞，重视。

⑥金乘：指佛教大乘空宗。是以性空之理破斥妄相的宗派。空万有：即“万法皆空”。万有，即万物。

⑦外：排斥。富兰那：释迦牟尼的弟子之一。据南传《善见律》、北传《四分律》、《五分律》载，当第一次结集后，富兰那长老率五百比丘从南方或南山来王舍城，与摩诃迦叶讨论法与律的问题，对于律的某些看法与迦叶有分歧。一说，他为佛在世时六师外道之一。据《长阿含》卷十七《沙门果报经》载，他为舍卫国婆罗门师，有五百弟子，曾与佛陀较量道力，落败后投水而死。《长阿含》卷十七《沙门果报经》、《大般若经》卷十九等载，他不明因果有今世、来世等迟速之别，因眼见行善者招感恶果、行恶者反得善果，便谓因果皆空，是空见外道。他主张无因论、无道德论，并宣称“使用暴力不以为罪”。按：作者曾潜心研究佛学理论，对之既有肯定，亦有否定。作者显然是同情富兰那，甚至以富兰那自居的。

七　狮子窝[①]

斜日淡金松，松林响玉淙[②]。

新兰欢祝国，败寺泣神宗[③]。
梦薄明灯阁，云沈黑夜钟[④]。
裂天鸣佛子，击塔一生龙[⑤]！

①狮子窝：见赵梦麟《师子窝二首》注①。

②“斜日”两句：谓傍晚，西斜的太阳给翠绿的松树抹上了淡淡的金光；松林深处的小溪传来淙淙的流水声如玉相击，清脆悦耳。

③“新兰”两句：谓当年新建的大护国文殊寺为大明长治久安而欢庆祝福；而如今残败的狮子窝却在为神宗而哭泣。兰：即兰若。指寺院。按：《清凉山志》卷五载，明神宗于万历“二十六年（1598）夏六月，遣御马监太监王忠、曹奉，于五顶并狮子窝等处，修建弘福万寿报国祐民吉祥大斋……秋九月，遣官曹奉，赍白银一千两，于狮子窝修建洪福万寿藏经楼阁。二十七年春三月，遣御马监太监王忠，赍送佛大藏经一藏于狮子窝，并赐寺额曰‘大护国文殊寺’。”明神宗对狮子窝多有崇建。作者抚今追昔，自然不胜感慨。

④“梦薄”两句：谓入夜，作者满腹心思，难以入眠，佛阁的灯火显得格外明亮；云雾沉沉，黑夜的钟声愈益清越。

⑤“裂天”两句：谓作者索性披衣出户，手拍佛塔，发出撕裂苍天的呼叫，祈求降生具有龙性的人。佛子：佛教泛称一切众生，以其悉具佛性，故称。此为作者自指。一：助词，表示加强语气。龙：喻才俊之士。此指潜德难驯、立志抗清复明者。

八　北山寺[①]

金碧燀狮子，名山敕署巍[②]。
蒲团孤黑撮，钤榷乱缁衣[③]。
薰习何时尽[④]，丹元触著违[⑤]。
长旛工绣字[⑥]，来往甚幡飞[⑦]。

①北山寺：见净澄《普济寺》注①。

②“金碧”两句：谓北山寺金碧辉煌，使佛菩萨显得更加光彩耀眼；地处名山，得到皇帝的题匾，庙貌愈益显得巍峨。燀（dǎn）：光耀。狮子：文殊菩萨称狮子文殊，又佛为狮王。此指佛菩萨。敕署：皇帝的题匾。老藏丹巴《清凉山新志》卷七载：代王成炼为孤月禅师建寺，功始于成化二十二年（1486）正月，迄于二十三年九月，期年而竣，成一大刹。“然寺虽成，而额弗匾，则无美名以达四方，王乃申请于朝，即日敕下，赐匾曰‘普济禅寺’。”

③“蒲团”两句：谓我孤身一人坐在蒲团上，想借助坐禅以求心定；但寺院的钟磬之声却反使我心乱如麻。黑撮：缁撮。即缁布冠。其制小，仅可束发髻。此指代作者。钤椎（qiánchuī）：即钳椎、揵椎。梵语音译。意译板、磬、钟等，为寺院中报时用的打击器具。缁衣：黑布之衣。《礼记·缁衣》：“子曰：‘好贤如《缁衣》，恶恶如《巷伯》。’”郑玄注：“《缁衣》、《巷伯》皆《诗》篇名也……此衣缁衣者贤者也。”此为作者自指。

④薰习：指尘世熏染的习气。习，习气。佛教语。谓烦恼的残余部分。参见真可《般若泉》注④。此借指作者的民族气节。

⑤“丹元”句：谓所接触到的现实都同我的心神相违背。丹元：道教语。心神。触著（zhuó）：触及；触到。

⑥旛：长条下垂的旗。后作幡。寺前立有幡刹（幡柱），求道的僧侣得一法，每于此建幡昭告远方。工：工巧。

⑦“来往”句：暗示作者心旌摇曳。来往：反复，来回。幡飞：即翻飞。飞舞，飘动。按：“来往”句《霜红龛集》注：一作“丙戌已龙飞”。丙戌为顺治三年（1646）。龙飞，语出《易·乾》：“飞龙在天，利见大人。”孔颖达疏：“若圣人有龙德，飞腾而居天位。”遂以“飞龙”为帝王兴起或即位。亦喻仕途得意。史载，是年十一月，苏观生等立唐王于广州，改元绍武；未几，桂王亦称帝，改明年元为永历。或指其事。

吴伟业

吴伟业（1609—1672），字骏公，号梅村，明末清初太仓（今属江苏）人。明崇祯四年（1631）以会试第一、殿试第二考取进士，参加复社，官至翰林院编修。弘光朝任少詹事。因与马士英等政见不合，辞官归隐。入清，杜门不出十年之久。顺治十年（1653），被迫应召仕清，出为弘文院侍讲，迁国子监祭酒。一年后，即以奔继母丧而归隐。生平著述甚多，犹长于诗，歌行体承长庆体传统，为清初一大家。所著《梅村集》著录于《四库全书》，为清人别集之冠。

清凉山赞佛诗①

一②

西北有高山，云是文殊台③。
台上明月池，千叶金莲开④。

花花相映发，叶叶同根栽。
王母携双成[5]，绿盖云中来。
汉王坐法宫，一见光徘徊[6]。
结以同心合[7]，授以九子钗[8]。
翠装雕玉辇，丹鬃沉香斋[9]。
护置琉璃屏，立在文石阶[10]。
长恐乘风去，舍我归蓬莱。
从猎往上林[11]，小队城南限[12]。
雪鹰异凡羽[13]，果马殊群材[14]。
言过乐游苑[15]，进及长杨街[16]。
张宴奏丝桐[17]，新月穿宫槐。
携手忽太息，乐极生微哀：
千秋终寂寞[18]，此日谁追陪？
陛下寿万年，妾命如尘埃。
愿共南山椁，长奉西宫杯[19]。
披香淖博士[20]，侧闻私惊猜：
今日乐方乐，斯语胡为哉？
待诏东方生[21]，执戟前诙谐：
薰鑪拂黼帐，白露零苍苔[22]。
吾王慎玉体，对酒毋伤怀。

①此诗录自《梅村集》卷三。题下程穆衡笺释：“为皇贵妃董氏咏……贵妃上所爱幸，薨后命五台山大喇嘛建道场。诗特叙致瑰丽，遂有若《长恨歌序》云尔者。”又云：“佛者，顺治也。赞佛，即赞颂顺治出家成佛也。”按：福临于顺治十三年（1656）册封内大臣鄂硕之女董鄂氏为贵妃，百般宠爱。不料董鄂氏于十七年（1660）夭逝。为此，他悲痛万分，除在宫中大办丧事外，更在五台山大建道场超度，甚至产生过出家的念头。第二年福临亦染病身亡。由是便有传闻说顺治皇帝并未死，而在五台山出家为僧。时作者隐居乡里，得此传闻，构此长篇组诗。全诗借史事、比喻和隐语，虚括曲措，闪烁其词，写出了顺治和董鄂妃缠绵悱恻的爱情和董鄂氏夭逝后顺治出家皈依佛门的故事。

②第一首写董鄂妃进宫。

首六句写五台山明月池中金色莲花盛开，暗示董鄂妃本是投生于西方极乐世界的佛国神女。

③文殊台：即五台山。因其为文殊说法道场而有此称。

④千叶金莲：即千叶莲。神话传说中的多瓣莲花。《楞严经》卷一："于时世尊顶放百宝无畏光明，光中生千叶宝莲，有佛化身，结跏趺坐。"

王母以下十二句写董鄂氏的进宫与得宠。

⑤王母：西王母的简称。神话传说中的女神。在旧题为班固所撰的《汉武故事》中，西王母曾降临承华殿斋，赐蟠桃于武帝。双成：董双成。神话中西王母的侍女名。此暗指董鄂氏。

⑥"汉王"两句：谓顺治正坐在法宫处理政务，一见董鄂氏的到来，便觉得光彩照人，目眩神摇。汉王：汉武帝。此借指顺治。法宫：帝王处理政务的宫殿。

⑦"结以"句：谓顺治赠之以同心结表示爱情。同心结：旧时用锦带编成的连环回文样式的结子，用以象征合欢恩爱。

⑧九子钗：饰有九雏凤的金钗。

⑨"翠装"两句：谓用翠羽装饰着镶金嵌玉的车子给她坐，用红漆涂饰着沉香木造的宫室让她居住。髹（xiū）：上漆。

⑩文石：有文理的石头。

"从猎"以下六句写顺治陪董鄂氏游猎。

⑪上林：即上林苑。秦旧苑，汉初荒废，至汉武帝时重新扩建，周围三百里，有离宫七十所。苑中养禽兽供皇帝春秋打猎。故址在今西安市西及周至、户县界。按：上林及以下汉时园囿、宫苑、街道名称，均为以汉代清。

⑫隈：弯曲处。

⑬雪鹰：羽毛洁白如雪的鹰。凡羽：普通的鸟。羽，鸟类。

⑭果马：即果下马。矮小的马。因可行于果树之下，故名。《后汉书·东夷传·涉》："（涉）又多文豹，有果下马，海出班鱼，使来皆献之。"李贤注："高三尺，乘之可于果树下行。"群材：此指普通的马。

⑮乐游苑：古苑名。故址在今陕西西安市郊。原为秦宜春苑。汉宣帝神爵三年修乐游庙，因以为名。

⑯长杨街：指通向汉行宫长杨宫的街道。因宫有长杨树而得名。故址在今陕西周至县东南。

"张宴"以下十句写乐极生悲的不祥之兆。

⑰张宴：设帐幕以饮宴。张，通"帐"。丝桐：指琴。古多用桐木制琴，练丝为弦，故称。

⑱千秋：犹言"千秋万岁"。婉言帝王之死。

⑲"愿共"两句：谓（万一陛下真有那么一天）我愿与你同棺共椁，长守南山，尽我嫔妃的侍奉之责。

“披香”以下写侍臣们的惊讶和劝慰。

⑳披香淖（zhuō）博士：指汉宣帝时教授后宫披香殿的淖方成。《飞燕外传》：“宣帝时，披香博士淖方成，白发教授，宫中号曰淖夫人。”此借指顺治的近臣。披香，汉时后宫名。在长安，故址在今陕西西安市长安故城。

㉑待诏东方生：指汉武帝时“官不过侍郎，位不过执戟”，以滑稽多智而闻名的东方朔。此借指清宫的侍卫之臣。执戟：秦汉时宫廷侍卫名，因执勤时手持戟而名。

㉒“薰罏”两句：谓室内香炉里的香燃得正旺，暖气薰拂着帐幔；外面露水浓重，淋漉在苍苔上。此为劝慰顺治回到宴会上。薰罏：亦作“薰炉”。用于烧香等的炉子。黼（fǔ）帐：犹华帐。

二①

伤怀惊凉风，深宫鸣蟋蟀②。
严霜被琼树，芙蓉凋素质③。
可怜千里草，萎落无颜色④。
孔雀蒲桃锦⑤，亲自红女织⑥。
殊方初云献⑦，知破万家室。
瑟瑟大秦珠⑧，珊瑚高八尺。
割之施精蓝⑨，千佛庄严饰。
持来付一炬，泉路谁能识⑩？
红颜尚焦土，百万无容惜。
小臣助长号，赐衣或一袭。
只愁许史辈，急泪难时得⑪。
从官进哀诔，黄纸抄名入。
流涕卢郎才，咨嗟谢生笔⑫。
尚方列珍膳，天厨供玉粒。
官家未解菜，对案不能食⑬。
黑衣召志公，白马驮罗什⑭。
焚香内道场，广座楞伽释⑮。
资彼像教恩，轻我人王力⑯。
微闻金鸡诏，亦由玉妃出⑰。
高原营寝庙，近野开陵邑⑱。

南望苍舒坟⑲，掩面添凄恻。
戒言秣我马，遨游凌八极⑳。

①第二首写董鄂氏夭逝。

首六句隐写董鄂氏由生病到病逝。

②“伤怀”两句：谓董鄂氏染了风寒静卧，听见深宫蟋蟀鸣叫。《诗·唐风·蟋蟀》：“蟋蟀在堂，岁聿其暮，今我不乐，日月其除。”《诗·豳风·七月》：“七月在野，八月在宇，九月在户，十月蟋蟀入我床下。”意指已到岁暮。暗示董鄂妃来日无多。

③“严霜”两句：喻董鄂妃被疾病折磨，已憔悴不堪。被：覆盖。琼树：玉树。指美好的事物。素质：天然本质。

④“可怜”两句：写董鄂妃病逝。千里草：“董”的隐语。《后汉书·五行志一》：“献帝践祚之初，京都童谣曰：‘千里草，何青青。十日卜，不得生。’”其言董卓将死。

“孔雀”以下十二句从不惜代价的厚葬与隆重的祭奠中写顺治的哀伤之情。

⑤“孔雀”句：写入殓的衣物、帐幔都是织有孔雀与葡萄图案的华贵锦缎。

⑥红（gōng）女：古指从事纺织、缝纫、刺绣等的妇女。亦作“工女”。

⑦殊方：异域。云：语中助词，无义。

⑧瑟瑟：碧珠。大秦：古国名。古代中国史书对罗马帝国的称呼。

⑨“割之”句：谓对这些葬仪用品如肯割爱而施舍给佛寺。精蓝：佛寺。

⑩“泉路”句：谓黄泉路上的人无人能领会此意。

“小臣”以下十二句铺叙宫中办丧事的忙乱景象和哀伤气氛。

⑪“只愁”两句：意谓众外戚本应痛哭流涕，以示哀悼，却连应急的眼泪也难以适时流出。许史：指汉宣帝时两家外戚。许，宣帝许皇后家；史，宣帝母家，皆显贵。后借以泛称外戚。

⑫“从官”四句：谓侍臣竞相献哀诔文，且以黄纸誊好，署上自己的名字，俨然有卢思道的才华和谢庄的笔力。卢郎：指卢思道。北朝诗人，善写挽歌。《北史·卢思道传》：“文宣帝崩，当朝文士各作挽歌十首，择其善者而用之。惟思道独有八篇，故时人称为‘八采卢郎’。”咨嗟：叹息。谢生：指谢庄。南朝文学家，善写哀策文。《南史·宋殷淑仪传》：“及薨，谢庄作哀策文奏之。”

⑬“尚方”四句：写顺治哀伤过度，茶饭不思。尚方：泛称为宫廷制办和掌管饮食器物的官署、部门。天厨：星名。《星经》上：“天厨六星，在紫微宫东北维，近传舍北百官厨，今光禄厨象之。”借指皇帝的庖厨。官家：指天子。解菜：即解素。解除素食，恢复荤食。

“黑衣”以下八句写大规模的佛事活动。

⑭“黑衣”两句：谓从各地的名山大寺中选召住持道场的禅林名师。黑衣：即黑衣宰

相。指南朝宋释慧琳。《资治通鉴》载，宋文帝常与释慧琳谈论朝政，因此慧琳便参与权要，宾客盈门。会稽孔觊目为黑衣宰相。志公：尊称南朝梁高僧宝志。《南史·隐逸传·释宝志》："虽剃须发而常冠帽，下裙衲袍，故俗呼为志公。"罗什：即鸠摩罗什。东晋时高僧，天竺人。专习大乘，通东西方言。后秦弘始三年（401），姚兴迎入长安，待以国师之礼，率弟子翻译经书74部，为中国佛教史上四大译师之一。

⑮"焚香"两句：谓在宫中焚香拜佛，设立道场；道场上僧众们诵读《楞伽经》等经文。按：顺治十七年八月十五日，董鄂妃薨于承乾宫，于景山寿椿殿大祭二十一天，命八旗朝官轮番守灵，召僧徒一百零八名，启建法会，超度亡灵。顺治还亲撰《董鄂后行状》以哀悼。九月九日，召五台山僧茆溪禅师依佛教葬仪火化。

⑯"资彼"两句：谓凭借佛恩超度亡魂，使身为人主的哀悼相形见绌。像教：即佛教。以释迦牟尼离世，诸弟子想慕不已，刻木为佛，以形象教人而得名。

⑰"微闻"两句：谓当年大赦，据说也是出于对贵妃的悼念。金鸡诏：朝廷大赦的诏书。古颁赦诏日，设金鸡于杆，以示吉祥。鸡以黄金饰首，故名金鸡。

"高原"以下六句写安葬。

⑱"高原"两句：写对董鄂妃安葬的特殊礼遇。寝庙：古代宗庙的正殿称庙，后殿称寝，合称寝庙。《礼记·月令》："寝庙必备。"郑玄注："凡庙，前曰庙，后曰寝。"孔颖达疏："庙是接神之处，其处尊，故在前；寝，衣冠所藏之处，对庙为卑，故在后。"陵邑：汉代为守护帝王陵园所置的邑地。

⑲苍舒：曹操之子曹冲，字苍舒。《三国志·魏书·邓哀王冲传》："（冲）年十三，建安十三年疾病，太祖亲为请命。及亡，哀甚……为娉甄氏亡女与合葬。"此指董鄂妃所生子荣亲王。其只活三个月，于顺治十七年正月二十四日夭折。

⑳"戒言"两句：写顺治吩咐侍从喂饱马匹，决意遨游八极之地，以排忧遣烦，另找精神寄托。戒：敕令，命令。

三①

八极何茫茫，曰往清凉山。
此山蓄灵异②，浩气共屈盘。
能蓄太古雪，一洗天地颜。
日驭有不到③，缥缈风云寒。
世尊昔示现④，说法同阿难⑤。
讲树耸千尺，摇落青琅玕⑥。
诸天过峰头⑦，绛节乘银鸾⑧。

一笑偶下谪，脱却芙蓉冠⑨。
游戏登琼楼，窈窕垂云鬟⑩。
三世俄去来，任作优昙看⑪。
名山初望幸，衔命释道安。
预从最高顶，洒扫七佛坛⑫。
灵境乃杳绝，扪葛劳跻攀。
路尽逢一峰，杰阁围朱栏。
中坐一天人⑬，吐气如栴檀⑭。
寄语汉皇帝，何苦留人间？
烟岚倏灭没，流水空潺湲⑮。
回首长安城，缁素惨不欢。
房星竟未动，天降白玉棺⑯。
惜哉善财洞⑰，未得夸迎銮。
唯有大道心⑱，与石永不刊⑲。
以此护金轮⑳，法海无波澜㉑。

①第三首写顺治魂游五台山。

首十二句写五台山圣境。

②蓄灵异：蕴藏有神灵。意即有佛菩萨居住。

③日驭：太阳。日形如轮，周行不息，故称。

④世尊：佛家对释迦牟尼的尊称。示现：佛教语。谓佛菩萨应机缘而现种种化身。

⑤阿难：即阿难陀。梵语音译。意译欢喜、喜庆。佛经说他是释迦十大弟子之一，斛饭王之子，释迦从弟。二十五岁出家，随释迦二十五年，长于记忆，称多闻第一。

⑥“讲树”两句：谓世尊在高耸千尺的讲树下讲经说法；要言妙道，犹如琅玕之实摇落。讲树：三国魏嵇康家有大柳树，康尝于树下与客清谈讲论，故称。见《晋书·嵇康传》。此借指说法道场的树木。琅玕：传说中的仙树，其实似珠。此喻优美的文辞。

“诸天”以下八句暗示董鄂氏是仙人并游戏于五台山。

⑦诸天：佛教语。指护法众天神。

⑧绛节：传说中上帝或仙君的一种仪仗。银鸾：白色的鸾车。鸾车为神仙所乘之车。

⑨“一笑”两句：追述董鄂妃与顺治相爱事。谓董鄂妃本为仙人，因偶动凡心被贬谪，脱下仙人的芙蓉冠，来到人间与顺治结合。一笑偶下谪：《买愁集·续窈闻记》：“寒簧偶以书生托言，不觉心动失笑。实则既示现后即已深悔，断不愿谪人间行鄙亵事。然上

界已切责其一笑，故来。因复自悔，而不与合也。”芙蓉冠：指仙人之冠。《神仙服食经》：“汉武帝闲居未央殿，有人乘白云车，驾白鹿，冠芙蓉冠，曰我中山卫叔卿也。”

⑩“游戏”两句：谓董鄂氏容貌闲静，云鬟低垂，游戏于佛寺。琼楼：形容华美的建筑物。诗文中多指仙宫中的楼台。此指佛寺殿宇。

⑪“三世”两句：谓过去、现在、未来三世虽长，俄顷即逝，如昙花一现。言外之意，董鄂妃与顺治的结合，更是转瞬即逝。

“名山”以下十四句写顺治寻访灵境，得见天人。

⑫“名山”四句：写五台山僧人预备接驾。望幸：希望皇帝临幸。衔命：遵奉命令。道安：东晋时高僧。本姓卫，常山扶柳人。僧以释为氏，由道安倡导。此借指五台山僧人。七佛堂：供有释迦牟尼及其先出世的六佛的殿堂。此非确指。

⑬天人：指仙人、神人。此指佛菩萨。

⑭栴檀：即檀香。

⑮“烟岚”两句：谓烟岚笼罩中的殿宇和天人忽然不见，只剩下潺湲的流水。

“回首”六句写顺治仙去。

⑯“房星”两句：谓顺治拟到五台山的车驾尚未出发，他已归天。房星：即房宿。二十八宿之一。古时以之象征天马。《晋书·天文志》上：“房四星……亦曰天驷，为天马，主车驾。”白玉棺：传说东汉王乔为叶县令，天堕玉棺于堂前，王即沐浴盛饰卧于棺中，棺盖立阖。县人为葬于城东，土自成坟。见《后汉书》本传。后因用作成仙的典故。唐李白《赠王汉阳》诗：“天落白玉棺，王乔辞叶县，一去未千年，汉阳复相见。”

⑰善财洞：五台山寺院。在华严寺东里许，有上下善财洞。传说顺治出家五台山曾住此。

“惟有”四句写顺治决心皈依佛门。

⑱大道心：此指皈依佛门，以求解脱之心。大道，成仙之道。

⑲“与石”句：谓如同金石一样永远不可改变。与：如同，好像。不刊：古代文书书于竹简，有误，即削除，谓之刊。不刊谓不容更动和改变。

⑳金轮：佛经言，转轮王中，以金轮王最胜；王出时，诸国咸服。此喻佛法。

㉑“法海”句：意谓佛法深广如海，泛之不易；但我以永不改变之心护持佛法，一定会而波平浪静，顺利到达彼岸。南朝梁简文帝《庄严旻法师〈成实论义疏〉序》：“慧门深邃，入之者固稀；法海波澜，泛之者未易。”此反用其意。

四①

尝闻穆天子，六飞骋万里②。
仙人觞瑶池，白云出杯底③。

远驾求长生，逐日过蒙汜④。
盛姬病不救⑤，挥鞭哭弱水⑥。
汉皇好神仙，妻子思脱屣⑦。
东巡并西幸，离宫宿罗绮。
宠夺长门陈，恩盛倾城李⑧。
秾华即修夜，痛入哀蝉诔⑨。
苦无不死方，得令昭阳起⑩。
晚抱甘泉病⑪，遽下轮台悔⑫。
萧萧茂陵树，残碑泣风雨⑬。
天地有此山，苍崖阅兴毁。
我佛施津梁⑭，层台簇莲蕊。
龙象居虚空⑮，下界闻斗蚁⑯。
乘时方救物，生民难其已⑰。
澹泊心无为，怡神在玉几⑱。
长以兢业心，了彼清净理⑲。
羊车稀复幸，牛山窃所鄙⑳。
纵洒苍梧泪，莫卖西陵履㉑。
持此礼觉王㉒，圣贤总一轨㉓。
道参无生妙，功谢有为耻㉔。
色空两不住㉕，收拾宗风里㉖。

①第四首写顺治皈依佛门。

首八句写穆天子故事，证人生无常。

②“尝闻”两句：写穆天子远驾求仙。穆天子：周穆王姬满。先秦古书《穆天子传》凡六卷，前五卷记周穆王驾八骏西征及见西王母事；后一卷记其美人盛姬之死及葬仪。六飞：亦作“六騑”、“六蜚”。古代皇帝的车驾六马，疾行如飞，故名。

③“仙人”两句：写穆天子为西王母设宴于瑶池，西王母为之咏唱《白云谣》。《穆天子传》卷三：“乙丑，天子觞西王母于瑶池之上，西王母为天子谣曰：‘白云在天，山陵自出。道里悠远，山川间之。将子无死，尚能复来。’”瑶池：古代传说中昆仑山上的池名，西王母所居。

④“逐日”句：谓周穆王驾八骏很快到达蒙汜。逐日：典出《山海经·海外北经》“夸父逐日”故事。喻行走急速。蒙汜（sī）：蒙水之边。古代神话中指日出之处。

⑤盛姬：周穆王的美人。《穆天子传》：“天子游于河济，盛君献女。天子西征至元池之上，乃奏乐三日。盛姬亡，天子殡姬于谷邱之庙，葬于乐池之南。”

⑥弱水：指西方绝远处。《后汉书·西域传·大秦国》：“或云其国西有弱水、流沙，近西王母所居处。”

“汉皇”以下十四句写汉武故事，证人生无常。

⑦脱屣：比喻看得很轻，无所顾恋，犹如脱掉鞋子。《汉书·郊祀志上》：“嗟乎！诚得如黄帝，吾视去妻子如脱屣耳。”颜师古注：“屣，小履。脱屣者，言其便易，无所顾也。”

⑧“宠夺”两句：谓汉武帝改变了对陈皇后的宠幸，格外加恩于极其美丽的李夫人。长门陈：指陈皇后。陈皇后失宠于武帝，别居长门宫。倾城李：指李夫人。《汉书·外戚传》：“延年侍上起舞，歌曰：‘北方有佳人，绝世而独立；一顾倾人城，再顾倾人国。宁不知倾城与倾国，佳人难再得。’上叹息曰：‘善世岂有此人乎?’平阳主因言延年有女弟。上乃召见之，实妙丽善舞，由是得幸。”

⑨“秾华”两句：写李夫人死后汉武帝的悲痛之情。《汉书·外戚传》载，李夫人死后，汉武帝作诗、作赋以伤悼之。又晋王嘉《拾遗记·前汉上》：“汉武帝思怀往者，李夫人不可复得……因赋《落叶哀蝉》之曲。”秾华：指女子青春美貌。语本《诗·召南》：“何彼秾矣，棠棣之华。”即修夜：婉言死。

⑩昭阳：汉宫殿名。后泛指后妃所住的宫殿。此借指李夫人。起：指起死回生。

⑪“晚抱”句：谓晚年抱病于甘泉宫。甘泉：宫名。故址在今陕西淳化西北甘泉山。本秦宫，汉武帝增筑扩建，在此朝诸侯王，飨外国客；夏日亦作避暑处。

⑫“遽下”句：指汉武帝下《轮台罪己诏》事。《汉书·西域传》载：“自武帝初通西域，置校卫屯田渠犁。是时，军旅连出师，行三十二年，海内虚耗。征和中，贰师将军李广利以军降匈奴，上既悔远征。”而搜粟都尉桑弘羊等奏言，遣屯田卒于轮台东。“上乃下诏，深陈既往之悔。”诏书中有“乃者贰师败，军士死略离散，悲痛常在朕心。今请远田轮台，欲起亭燧，是扰劳天下，非所以优民也，今朕不忍闻”等语，是谓《轮台罪己诏》。遽：遂，就。

⑬“萧萧”两句：写汉武帝陵墓的凄凉景象。茂陵：汉武帝陵墓。在今陕西兴平县东北。

“天地”以下八句写佛菩萨在五台山施教，普度众生。

⑭津梁：桥梁。喻普度众生的途径。

⑮龙象：佛氏用以比喻阿罗汉中修行勇猛有大力者。后亦以指高僧。参见真可《般若泉》注④。

⑯斗蚁：善斗之蚂蚁。比喻争名夺利、纷乱不已的世人。

⑰“乘时”两句：谓佛菩萨利用一定的机缘拯救众生，生民的灾难即可止息。物：

人，众人。

“澹泊”以下十四句写顺治决心远离烦恼，潜心修道，以求解脱。

⑱“澹泊”两句：谓恬淡寡欲，不追名逐利，归心于无为，凭玉几而怡悦心神。无为：佛教语。指无因缘造作，无生住异灭四相之造作为无为。

⑲“了彼”句：谓了悟佛家清净之理。清净：佛教语。指远离恶行与烦恼。

⑳“羊车”两句：谓不再宠幸嫔妃，视牛山之叹为可鄙。羊车：宫中用羊牵引的小车。《晋书·后妃传上·胡贵嫔》：“（晋武帝）常乘羊车，恣其所之，至便宴寝。宫人乃取竹叶插户，以盐汁洒地，而引羊车。”后常以羊车降临表示宫人得宠；不见羊车表示宫怨。牛山：用“牛山叹”之典。见丘坦之《台中舍利塔》注⑤。

㉑“纵洒”两句：谓即使妻妾为我之死而悲痛不已，我也不会在临死前对之恋恋不舍。苍梧泪：古代神话传说，舜南巡不返，葬于苍梧；舜妃娥皇、女英思帝不已，泪下沾竹，竹悉成斑。见旧题南朝梁任昉《述异记》。苍梧，山名。又名九疑。在湖南宁远县南。西陵履：此用“卖履分香”之典。曹操《遗令》：“余香可分于诸夫人，不命祭。诸舍中无所为，可学作组、履卖也。”后因以指死者临终前对妻妾的留恋。西陵，陵墓名。三国魏武帝陵寝。在河南临漳县西。

㉒觉王：佛的别称。佛陀，意译为净觉，故佛也称觉王。

㉓“圣贤”句：谓成为佛菩萨皆经由一种途径。圣贤：指佛菩萨。

㉔“道参”两句：谓要参悟无生之妙道，拒绝令人羞愧的有为之功。无生：佛教语。谓无生无灭，不生不灭。有为：佛教语。指有为法。谓因缘所生、无常变幻的现象世界。《金刚经·应化非真分》：“一切有为法，如梦幻泡影，如露亦如电，应作如是观。”

㉕“色空”句：谓既不住于色，也不住于空。此为佛教大乘中道，即大乘无差别，无偏倚的至理，离开空、有或断、常两边的实相。

㉖“收拾”句：谓恪守宗风，参禅悟道，以求解脱。收拾：解脱。宗风：指佛教各宗系特有的风格、传统。多用于禅宗。

顾炎武

顾炎武（1613—1682）初名绛，字忠清，清兵渡江以后改为炎武，字宁人，号亭林，明末清初昆山（今江苏昆山县）亭林镇人。学者称亭林先生。少年时参加“复社”反宦官权贵斗争。明亡后，清兵南下，参加昆山、嘉定一带人民抗清起义。失败后，十谒明陵，遍游华北，致力于西北地理的研究，不忘复兴。晚岁卜居华阴，卒于曲沃。学问渊博，于国家典制、郡邑掌故、天文仪象、河漕、兵农以及经史百家、音韵训诂之学，莫不穷尽原委。晚年治经侧重考证，开清代朴学之风。著有《日知录》、《天下郡国利病书》、《肇域志》、《音学五书》、《韵补正》、《亭林诗文集》等。

五台山①

东临真定北云中②，盘薄幽并一气通③。
欲得宝符山上是④，不须参礼化人宫⑤。

①此诗录自《亭林诗集》卷四。作于康熙二年（1663）春。时作者在太原会见傅山后，北上游五台山，作《五台山游记》及本诗。

②“东临”句：写五台山的方位。真定：府名。治所在真定（今河北正定）。元改为路，明复为府。云中：府名。宋宣和四年改辽大同府预置，治所在今大同市。

③“盘薄”句：谓五台山之气脉延伸到幽并二州。幽：幽州。古九州之一。即今河北北部及辽宁一带。并：并州，古九州之一。其地约相当于今河北保定和山西太原、大同一带地区。一气：指混沌之气。古代认为是构成天地万物之本原。

④“欲得”句：意谓五台山本身就是形胜之地。宝符：古代朝廷用作信物的符节用。一说所谓代表天命的符节。《史记·赵世家》：“简子乃告诸子曰：‘吾藏宝符于常山（恒山。旧称五台山东埵）上，先得者赏。’诸子驰之常山上，求，无所得。毋恤还，曰：‘已得符矣。’简子曰：‘奏之。’毋恤曰：‘从常山上临代，代可取也。’简子于是知毋恤果贤，乃废太子伯鲁，而以毋恤为太子。”后遂以“宝符”为称美赵之地势或赵氏子孙的典实。

⑤化人宫：仙人所居之处。语本《列子·周穆王》：“化人之宫构以金银，络以珠玉；出云雨之上，而不知下之据，望之若屯云焉。”此指佛寺。

张　熏

张熏，字孔昭，号龙池，明末清初山西五台小豆村人。清顺治八年（1651）举人。从小好学，淹贯经史。一生潜心著述，不求闻达，四方学者称其龙池先生。有《玉芝堂集》十卷。康熙元年（1662），傅山游五台山归，曾宿其家，视为知己，并为其所著《四书正义》、《易注》等题签作序。

龙湾二首①

一

不到龙湾里，而今已数年。

青山倚巃嵸[②]，碧水自潺湲[③]。
野树真常地[④]，闲鸥别有天[⑤]，
独怜贾道士[⑥]，高卧洞中元[⑦]。

①此诗录自清乾隆《五台县志》。龙湾：五台县河湾名。在豆村镇东南5公里。因其地有泉名龙池，故名龙湾。“龙湾烟雨”为五台古八景之一。清乾隆《五台县志》：“城东四十里有太师山，山下大泉有二，曰龙池，小泉近百。山上长松数千覆，林气水风，时含烟雨。”

②“青山”句：谓青翠碧绿的太师山依附着蒸腾的云气。巃嵸（lóngzōng）：云气蒸腾貌。

③潺湲：流水声。

④真常：释道用语。真实常住之意。

⑤闲鸥：犹闲云野鹤。比喻退隐闲散的人。别有天：犹别有洞天。谓尘世之外另有仙境。

⑥怜：爱。

⑦洞中元：即洞天。道教称神仙的居处。意为洞中别有天地。元，天。《广雅·释言》：“元，天也。”

二

策蹇寻旧路[①]，迤逦过前岗[②]。
山霭柴扉合，宵清野水长[③]。
孤竹悬夕照，疏钟破林荒[④]。
嘉尔桃源客[⑤]，踉跄谢世忙[⑥]。

①策蹇（jiǎn）：即策蹇驴。乘跛足驴。

②迤逦：缓行貌。

③宵清：即清宵。清静的夜晚。

④“疏磬”句：谓稀疏的钟声打破了林间的荒凉寂静。

⑤嘉：嘉许。桃源客：指隐居者。

⑥踉跄：跌跌撞撞，行步歪斜貌。喻指困顿。谢世：去世，死去。细寻诗意，似可解为远离尘世。

施闰章

施闰章（1618—1683），字尚白，一字屺云，号愚山，晚号矩斋，又号蠖斋，清代江南宣城（今属安徽）人。少失怙恃，养于祖母。从同里名士沈寿民游，遂博综群书，善诗古文辞。顺治六年（1656）进士，授刑部主事，擢山东学政等职。康熙十八年（1679）举博学鸿儒，授翰林院侍讲，预修《明史》，进侍读。文章淳雄，尤工于诗，与山东莱阳宋琬齐名，号“南施北宋”。诗风淡雅，影响颇大，时称“宣城体”。有《学余堂文集》、《学余堂诗集》、《试院冰渊》、《矩斋杂记》、《蠖斋诗话》等。

御札赐内直诸臣天花①

灵卉蒙将丽藻夸，惊分珍馔出天家②。
秀疑汉殿铜池草③，洁比云霄玉树花④。
生摘余香如带露⑤，烹来仙液胜餐霞⑥。
共传藜阁承恩重⑦，不数东林五色瓜⑧。

①此诗录自清乾隆《钦定清凉山志》卷十二。御札：一作“御劄”。帝王的书札；手诏。内直：在宫内值勤。天花：见朱弁《谢崔致君饷天花》注①。

②“灵卉”两句：写御札赐天花事。灵卉：具有灵异特征的花卉。指天花。蒙：敬辞。承蒙。将：助词。用在动词之后。丽藻：华丽的辞藻。亦指华丽的诗文。此指御札。天家：对天子的称谓。

③铜池草：指金芝。铜池，檐下承接雨水的铜槽。《汉书·宣帝纪》：“金芝九茎产于函德殿铜池中。”颜师古注：“铜池，承霤是也，以铜为之。”

④云霄：天际，高空。玉树：神话传说中的仙树。《淮南子·地形训》：“（崑岺）上有木禾，其修五寻。珠树、玉树、璇树、不死树在其西。”

⑤生摘：刚采摘的。生，新鲜。

⑥餐霞：餐食日霞。指修仙学道。

⑦藜阁：指天禄阁。此借指翰林院。藜，指藜火。晋王嘉《拾遗记·后汉》载：汉刘向校书天禄阁，夜默诵，有老父杖藜以进，吹杖端，烛燃火明。取《洪范五行》之文，天文舆图之牒以授焉，向请问姓名。云“太乙之精”。后因以“藜火”为夜读或勤奋学习之典。

⑧不数（shǔ）：不亚于。东林：当作“东陵”。汉邵平的别称。五色瓜：即东陵瓜。汉初有召（劭）平，本秦东陵侯，秦亡，为民，种瓜于长安城东，故称。南朝任昉《述异记》卷下：“吴桓王时，会稽生五色瓜。吴中有五色瓜，岁时充贡献。”

汪　琬

汪琬（1624—1691），字苕文，号钝庵，晚号尧峰，又号玉遮山樵。明末清初长洲（今江苏苏州）人。顺治十二年（1655）进士。授户部主事，屡迁刑部郎中，再迁户部主事。被疾假归，结庐尧峰山，闭门著书。康熙十八年（1679）召试博学鸿儒科一等，授翰林编修，预修《明史》。在史馆六十余日，撰《史稿》，又因病乞归，遂不出。诗文均称大家。著有《钝翁类稿》、《尧峰文钞》等。

送圣禅师游五台二首①

一

翻然如野鹤②，矫首忽西行③。
花雨诸峰暝④，松风六月清。
往来非有相⑤，登眺不论程。
欲识文殊竟⑥，微茫磬一声。

①此诗录自《尧峰文钞》卷四十四。

②翻然：高飞貌。野鹤：鹤居林野，性孤高，常喻隐士。

③矫首：昂首。

④花雨：见唐文焕《和咏五台·中台》注③。

⑤非有相：即不执著于事物的外相。有相：佛教主张万有皆空，心体本寂，称造作之相或虚假之相为“有相”。

⑥文殊竟：即五台山。因五台山传为文殊菩萨道场，故云。竟，通“境”。

二

见说心无系①，悠悠道路间②。

云归狮子窟，日落雁门关[3]。
洗钵承飞瀑，寻钟踏乱山[4]。
宰官方惜别[5]，杖履几时还[6]？

①见说：犹听说。心无系：心无牵挂。

②悠悠：闲适貌。

③“云归”两句：悬想圣禅师的行踪。狮子窟：即狮子窝。五台山寺院。见赵梦麟《狮子窝二首》之一注①。雁门关：见皎然《乌程李明府水堂同卢使君幼平送樊上人游五台》注⑦。

④寻钟：寻找钟声。亦即寻找寺院。

⑤宰官：泛指官吏，特指县官。此为作者自指。方：却；反而。

⑥杖履：对老者、尊者的敬称。此指圣禅师。

缪　彤

缪彤（1627—1697），字歌起，号念斋，清代江南长洲（今江苏苏州）人。康熙六年（1667）进士，殿试状元。授修撰，历官侍讲。有《双泉堂集》。

假归南下欲游五台山[1]

排空历历五高台[2]，想象先教眼界开。
客路风光随马去[3]，家乡树色渡江来[4]。
探奇亦自安禅味[5]，济胜须谁作赋才[6]？
莫道上方钟磬杳[7]，此身今已出尘埃。

①此诗录自《清诗别裁》卷九。

②排空：凌空；耸向天空。历历：清晰貌。

③客路：指旅途。

④家乡：指作者故乡江南。

⑤安禅味：指静坐入定时安稳寂静的妙趣。

⑥济胜：攀登胜境。须：等待。

⑦上方：此借指佛寺。杳：隐约。

东台望海峰①

层层峭石拥高台，就里藤萝百道开②。
身在云中天水合，更于何处见蓬莱③？

①此诗录自《清诗别裁》卷九。

②就里：个中。即此中，其中。

③“更于”句：意谓此处即仙岛蓬莱。

蒋宏道

蒋宏道（1629—1703），字扶三，又字裕庵，清代山西平阳（今临汾）人。一说顺天大兴（今北京市大兴县）人。顺治十六年（1659）进士。选庶吉士，授编修。累迁礼部右侍郎，调户部侍郎，迁左都御史。

阿王老藏塔铭①

台峰有融兮②，繄维师之功兮③。
师来台峰，浴象濯龙④。
师去台峰，噫铎凄钟⑤。
台峰不骞兮⑥，师也不没。
台之峰，风之谷⑦，
秋月与明兮，春山与绿⑧。

①此铭录自《五台山研究》1996年第1期。阿王老藏：本书录其诗。见作者简介。

②有融：长远；长久。《诗·大雅·既醉》：“昭明有融，高朗令终。”毛传：“融，长。”高亨注：“融，长远。”

③繄：是。维：助词。

④浴象沐龙：教化出很多高僧大德。龙象：指高僧。浴、沐：洗其尘垢。喻培养、教化。

⑤噫铎凄钟：风铃悲叹，钟声凄切。铎，檐铃，风铃。

⑥骞（qiān）：亏损。
⑦凤之谷：指凤林谷。五台山中台东南山谷。阿王老藏墓塔所在地。
⑧“秋月”两句：谓阿王老藏与秋月共明，同春山常绿。

朱彝尊

朱彝尊（1629—1709），字锡鬯（chàng），号竹垞（chá），又号西区舫、惊风亭长，晚号小长庐钓鱼师。清代浙江秀水（今嘉兴）人。少肆力古学，博览群书。客游南北，所至以搜剔金石为事。康熙十八年（1679）应试博学鸿词科，官翰林院检讨，参与修纂《明史》，后充日讲官，入值南书房。时因抄禁中书，被劾降一级。后补原官，引疾乞归。学问博洽，精于金石考证，长于古文诗词。诗与王士祯齐名，时称“南朱北王”。词宗姜夔、张炎，为浙西词派创始者，与陈维崧合称朱陈。著有《经义考》、《日下旧闻》、《曝书亭集》。辑有《明诗综》、《词综》。

送董孝廉恺游五台①

军都关外朔云屯②，过尽龙堆入雁门③。
一路金光瑶草色④，青天直上五峰尊⑤。

①此诗录自《曝书亭集》卷十。孝廉：明清两代对举人的称呼。
②军都关：即居庸关。军都，山名。在今北京市昌平县境，居庸关居其上。
③龙堆：白龙堆的略称。古西域沙丘名。此泛指雁门关外的荒野之地。
④金光：指神佛之光。喻神道佛法的力量。瑶草：传说中的香草。
⑤尊：高。

驾幸五台山恭纪三首①

一

图经曾识五台名②，想见云从帐殿生③。
节物乍分春恰半④，登临最好雪初晴。
林香紫鸽翻风上⑤，月黑金莲照地明⑥。

定有山灵呼万岁⑦，不徒龙象下方迎⑧。

①此诗录自《曝书亭集》卷十一。作于康熙二十二年（1683）二月。时作者随清圣祖玄烨巡游五台山。驾幸：帝王巡幸。驾，指帝王乘坐的车马轿舆。借指帝王。幸，封建时代称帝王亲临。纪：通“记”。记载。

②图经：附有图画、地图的书籍或地理志。

③帐殿：古代皇帝出行，休息时以帐幕为行宫，称帐殿。

④“节物”句：谓春季正好过去一半，而五台山春天的景象刚开始分辨出来。五台山气候寒冷，春色迟迟方到，故云。节物：各个季节的风物景色。

⑤翻风：迎风飞舞。

⑥金莲：指五台山名花金莲花。又暗指莲座，即呈莲花形的佛座。此一语双关。

⑦山灵呼万岁：此用“嵩呼”之典。语出《汉书·武帝纪》：“翌日，亲登嵩高，御史乘属，在庙旁吏卒，咸闻呼万岁者三。”后臣下祝颂帝王，高呼万岁，亦谓之“嵩呼”。山灵，山神。

⑧不徒：不止，不仅仅是。龙象：指高僧。

二

花宫高下绕台怀①，铁锁层层雁齿阶②。
代郡云山连朔郡③，北街星斗划南街④。
千夫试转清凉石，二月如燔泰岱柴⑤。
望秩百王曾不到，天教宸藻首磨崖⑥。

①“花宫”句：谓佛寺依山势高低错落有致，环绕着台怀。花宫：指佛寺。相传佛说法天雨天花，故诗文中以佛寺为花宫。台怀：五台山集镇名。原址在今杨林街东南，清水河南岸山麓。以其地处五台怀抱之中，故名。

②铁锁：铁锁链。用铁环连串而成。此指置于陡峭山路上的铁链扶手。雁齿阶：指佛寺前高低有序的台阶。雁齿，比喻排列有序之物。

③“代郡”句：意谓五台山佛教的影响遍及边远的少数民族地区。代郡：此指代州，借指五台山佛地。云山：云和山。亦指远离尘世的地方。隐者或出家人的居处。朔郡：西汉置朔方郡，辖境相当于今内蒙古河套西北部及后河套地区。此借指内蒙古、西藏等少数民族地区。

④“北街”句：承上谓（五台山佛国影响所及）使原来的夷狄（指边远少数民族地

区）之国划归华夏（原指我国中原地区，后复包举我国全部领土而言，遂又为我国的古称）之国。《史记·天官书》："昴、毕间为天街。"张守节正义："天街二星，在毕、昴间，主国界也。街南为华夏之国，街北为夷狄之国。"北街：即街北。南街，即街南。

⑤"千夫"两句：谓好多人尝试着想推动清凉石；时虽二月，五台山天气尚冷，人们却像在泰坛燔柴祭天一样，热汗淋漓。千夫：形容人多。清凉石：中台灵迹。见觉同《和咏五台·总咏五台》注⑥。俗谓心虔诚，即可推动，故有"试推"之举。燔（fán）柴：古代祭天仪式。将玉帛、牺牲等置于积柴上而焚之。《尔雅·释天》："祭天曰燔柴。"邢昺疏："祭天之礼，积柴以实牺体、玉帛而燔之，使烟气之臭上达于天，因名祭天曰燔柴也。"泰岱：即泰山。

⑥"望秩"两句：谓康熙皇帝为首位望祭五台山，并磨崖的帝王。望秩：即望祭。谓按等级望祭（遥望而祭）山川。百王：泛指古代帝王。曾（zēng）：乃；竟。宸藻：帝王的文字。磨崖：磨平山崖石壁镌刻文字。

三

紫庙仙居岳镇同①，削成太古想神功②。
地传竺法兰栖处③，山入勾龙爽画中④。
曲磴溪流频度马，晴云舄下数归鸿⑤。
省方岂为寻沙界⑥，特采天花寿两宫⑦。

①紫庙：犹紫府。道教称仙人所居。此指紫府山，即五台山。岳镇：指四岳（泰山、华山、衡山、恒山的总称）等名山。《新唐书·礼乐志一》："中祀社稷、日月星辰、岳镇、海渎、帝社、先蚕。"

②"削成"句：谓看到五台山的险峻奇特，不由联想到开天辟地之初由神功砍削而成的情景。太古：远古，上古。神功：神奇的超人的力量。

③"地传"句：竺法兰。中印度僧人。相传东汉永平十年（67），与迦叶摩腾同在月支受汉使的邀请，来到洛阳，住白马寺，与迦叶摩腾合译《四十二章经》。摩腾圆寂后，他又自译《十地断结经》、《佛本生经》、《法海藏经》等五部十三卷。为中国佛教传播和佛经翻译之始。《清凉山志》卷三："摩腾、法兰二菩萨……于永平十年丁卯十二月至洛阳……明年春，礼清凉山回，奏帝建伽蓝。腾以山形若印度灵鹫山，寺依山名也。"

④勾龙爽：北宋蜀（今四川）人，神宗时画院祗候，善画佛道人物，笔法飘逸。《宣和画谱》载其绘有《紫府仙山图》。

⑤"曲磴"两句：写随康熙皇帝五台山游览的情景。曲磴：山间曲折的石阶。舄（xì）

下：脚下。舄，古指复底而着木之鞋。

⑥省（xǐng）方：视察四方。《易经·观》："先王以省方观民设教。"寻：周行视察。沙界：佛教语。谓多如恒河沙数的世界。此犹天下。

⑦采天花：天花，佛教语。谓天界仙花。采天花为礼拜佛菩萨的形象说法。又，天花为五台山珍贵菌类植物。两宫：指康熙朝太皇太后孝庄文皇后和皇太后孝惠章皇后。穆尔赛《神武泉碑记》："康熙二十有二年二月，皇帝西巡清凉山，为太皇太后祈景福也。"

驾自五台回赐金莲花①

紫府蕃神草②，金花近御床。
献非缘鹿女③，恩许载牙箱④。
一束叨殊数，千金补禁方⑤。
丁宁须什袭⑥，或恐夜生光⑦。

①此诗录自《曝书亭集》卷十一。金莲花：五台山名花。又称旱地莲。

②蕃：生息；繁殖。

③"献非"句：谓五台山所献金莲花并非鹿女足迹所生莲花。鹿女：佛经中所说仙女。此女足迹，皆生莲花。见元好问《台山杂咏十六首》之八注③。

④"恩许"句：谓皇帝恩允记载于书籍中。牙箱：以象牙装饰的书箱。此指代书籍。

⑤"一束"两句：谓皇帝赏赐一束金莲花，我真是承受了异乎寻常的恩遇；（面对它，可以远离烦恼，获得清净），这可是价值千金的补养身心的秘方。叨：犹"忝"。表示承受之意。常用作谦词。殊数：异乎寻常的际遇；特例。补：补养、滋养。

⑥丁宁：嘱咐。告诫。什袭：重重包裹。喻郑重珍藏。什，十。

⑦或恐：或许，可能。夜生光：写金莲花之神异。

银盘菇①

细菌多无算②，银盘大一围③。
未殊榆肉脆，更较树鸡肥④。
御墨题犹湿⑤，嘉蔬物岂微？
流传文馆记⑥，盛事景龙稀⑦。

①此诗录自《曝书亭集》卷十一。银盘菇：五台山蘑菇中最佳品种之一。肉厚体肥，

气味芬芳，营养价值极高。

②细菌：微小的菌类植物，即小蘑菇。无算：不计其数。极言其多。

③围：量词。两只手的拇指和食指合拢起来的长度。

④“未殊”两句：谓吃起来银盘菇的清脆同榆肉没什么区别，但其味道比树鸡更加肥厚。榆肉：指榆耳。生在榆树上的木耳。树鸡：木耳的别名。

⑤御墨：帝王写的字。此指康熙皇帝在所赐银盘菇包装上的题字。

⑥文馆：张德泽《清代国家机关考略》：天聪三年（1629）四月，命儒臣翻译汉字书籍，并记注“本朝得失”，名叫“文馆”。天聪十年（1636）三月，改文馆为内三院，即内国史院、内秘书院、内弘文院。

⑦“盛事”句：意谓这是“景龙之瑞”一样少有的大事。景龙：大龙。《宋书·符瑞志上》：“燧人氏没，宓牺代之受《龙图》，画八卦，所谓‘河出图’者也，有景龙之瑞。”

李因笃

李因笃（1631—1692），字子德，又字孔德、号天生，清代陕西富平人。康熙十八年（1679）应博学鸿儒之征，授翰林院检讨，参修《明史》。旋以母老辞归不复。通经史，工诗文音训，崇尚实学。。曾在朝阳书院讲学，强调以礼教人。学宗朱熹。有《春秋说》、《古今韵考》、《受祺堂诗集》、《受祺堂文集》等。

登代州白人岩因饮孙园[1]

一

高仞悬孤嶂[2]，双崖划一门[3]。
好人多在野，春水自依村[4]。
雨走空天角[5]，松藏老石根。
危梯攀古洞，仿佛说桃源[6]。

①此诗录自沈德潜《清诗别裁》卷十一。白人岩：见王三聘《游白仁岩》注①。

②高仞：疑为“万仞”之误。

③划：开，开辟。

④“春水”句：沈德潜评注：“为野外人生色。‘春水自依人’五字，天然佳景，不在

镂刻。”

⑤大角：指大之一隅。

⑥说：描述。桃源：桃花源的省称。本晋陶潜《桃花源记》。后遂用以指避世隐居的地方。

二

只觉前崖好，何人并结庐？
鹫岩光倚薄[①]，香阁静含虚[②]。
法境清凉外[③]，人烟战伐余[④]。
因声寄莲社[⑤]，吾志在山居。

①“鹫岩”句：谓结庐隐居之处迫近佛地之光。鹫岩：鹫山。古印度灵鹫山的省称。相传释迦牟尼在此居住和说法多年，因代称佛地。此指五台山灵鹫峰。倚薄：交迫；迫近。

②香阁：宫廷或佛寺的台阁。含虚：谓虚若无物。

③“法境”句：谓白人岩地处清凉山之外。法境：犹法界。此指白人岩。

④人烟：住户的炊烟。此泛指人家。战伐：征战；战争。

⑤因声：犹言寄语。指托人带话。莲社：指佛寺。

赵骠骑招饮柏林寺[①]

一径绿溪入，流云野寺深。
残碑余晚照，古屋带归禽[②]。
地静连沙碛[③]，楼高俯碧岑[④]。
幽怀何所寄，搔首回诸林[⑤]。

①此诗录自1988年《代县志》。骠骑：古代将军的名号。柏林寺：见杨巍《柏林寺别王计部》注①。

②“残碑”两句：写傍晚柏林寺景色，突显其荒凉。谓残破的碑石上残留着夕阳的余晖；古旧的屋宇旁环绕着归巢的飞禽。带：环绕。

③沙碛：沙滩。

④碧岑：青山。

⑤搔首：以手搔头。有所思貌。回诸林：回首于林野。写退隐之心。林，指野外或退

隐之地。

题柏林寺壁间达摩画像①

此翁归路已茫然②，何事相逢面壁年③？
户外白云看不尽，春风吹散二陵烟④。

①此诗录自1988年《代县志》。柏林寺：见杨巍《柏林寺别王计部》注①。达摩：菩提达摩的省称。天竺高僧。为中华禅宗始祖。

②“此翁”句：达摩的归路无明确说法。一说因人毒害，入寂于洛浜，葬于河南熊耳山；又传魏使宋云奉使西域归，遇祖于葱岭，只履西归，故云。

③何事：为何，何故。面壁年：指柏林寺壁间所绘达摩当年于嵩山少林寺面壁坐禅时的画像。

④“户外”两句：写空寂的禅境。暗示二李以及世间一切均如过眼烟云。二陵：柏林寺址为晋王李克用之陵，寺附近有其义子李存孝之陵，故称二陵。

永明奇后阁谒九莲观音为神宗母孝定李太后恭制长歌①

太行西北山中来，中有凌空之高台②。
月挂苍岩龙虎啸，云生赤迹风雷哀③。
千松万松立窈窕，十步五步行徘徊。
纵目清凉在霄汉，抠衣灵鹫逼蓬莱④。
鹫岭后阁屹如峰，九莲阁中瞻圣容⑤。
庄严具足得未有⑥，草莽何知争为恭⑦。
炎山忽飘孤屿雪⑧，静夜时落翠微钟。
秋色苍茫吊余址，夕阳明灭怀故封⑨。
神宗垂拱五十载⑩，太后斋居多光彩⑪。
内启祠尝恩不遗⑫，旁搜象教力仍逮⑬。
五台禅龛近京辅⑭，两宫敕赐兼鼎鼐⑮。
时移物换凋碧梧⑯，篆冷灰飞逐沧海⑰。
出门惟睹白雪飞，涧水松风听不违。

攀弓抱剑悲相向[18]，鹤驾鸾旂久未归[19]。
此刹翻同灵光在[20]，他年仿佛魂魄依。
君不见，画壁金铺光照眼，贝花隐隐发灵机[21]。

①此诗录自清诗汇《晚晴簃诗汇》卷四十一。永明：寺名。即今显通寺。明万历间改称护国圣光永明寺。参见贯休《送僧游五台》注⑦。奇后阁：当为纪念明神宗生母孝定李太后所建楼阁。李太后生前好佛，京师内外多置梵刹，对五台山多有护持。九莲观音：以九品莲台为座的观音菩萨像。此像或拟李太后容貌而塑造。

②高台：指五台。

③“月挂”两句：写五台山傍晚苍凉的景象。月挂苍岩。或写西台挂月峰。《清凉山志》卷二：“西台……亦名挂月峰，月坠峰巅，俨若悬镜，因以为名。”云生赤迹：生赤色云迹，即生起红色的低垂的云气。云迹，犹云脚，低垂的云气。

④“抠衣”句：谓我提起衣襟登上灵鹫峰，好像到了仙境蓬莱。抠衣：提起衣服前襟。古人迎趋时的动作，表示恭敬。《礼记·曲礼上》：“毋践屦，毋踖席，抠衣趋隅，必慎惟诺。”

⑤九莲阁：即奇后阁。圣容：此指九莲观音之容颜。

⑥具足：具备。得未有：即得未曾有。谓前所未有，今始得之。

⑦草莽：草野；民间。与“朝廷”、“庙堂”相对。《孟子·万章》：“孟子曰：‘在国曰市井之臣，在野曰草莽之臣，皆谓庶人。’”亦比喻平庸，轻贱。常用作谦辞。此为作者谦称。

⑧炎山：传说中的火山。晋郭璞《〈山海经〉叙》：“阳火出于冰水，阴鼠生于炎山。”此借指五台山。孤屿：孤立的岛屿。此指灵鹫峰。

⑨故封：指旧时（明朝）封赠的孝定李太后。《明史·后妃列传》：“（万历）四十二年二月崩，上尊谥曰孝定贞纯钦仁端肃弼天祚圣皇太后。”

⑩垂拱：垂衣拱手。谓不亲理事务。《书·武成》：“惇信明义，崇德报功，垂拱而天下治。”孔颖达疏：“谓所任得人，人皆称职，手无所营，下垂其拱。”后多用以称颂帝王无为而治。

⑪斋居：斋戒别居。

⑫“内启”句：谓在宫内开启祠堂，敬奉列祖列宗，不遗忘祖宗的恩德。祠尝：当为“祠堂”之误。遗：遗忘。

⑬旁搜：旁搜博采。广泛搜集采取。象教：释迦牟尼离世，诸大弟子想慕不已，刻木为佛，以形象教人，故称佛教为象教。逮：及。

⑭禅龛：佛堂。指五台山的寺院。京辅：国都及其附近地区。

⑮两宫：指太后和皇帝或皇帝和皇后。亦指太上皇和皇帝或两后。因其各居一宫，故

称两宫。此指明神宗和其母后李太后。鼎鼐（nài）：古代的两种烹饪器具。此喻指宰相等执政大臣。

⑯时移物换：时代更替，景物改变。指明亡清兴。

⑰“篆冷”句：指随着明朝的消亡，对奇后阁九莲观音的焚拜一去不复返。篆冷：盘香燃尽。即香火冷落。灰飞：即灰飞烟灭。比喻人亡或事物迅速消失。沧海：此犹“沧海桑田”。比喻世事变化巨大。

⑱攀弓抱剑：手挽弓，腰悬剑。此指以清代明的战争年代。

⑲鹤驾鸾旂：驾鹤：仙人的车驾。死的讳称。鸾旂：亦作“鸾旗”。天子仪仗中的旗子。上绣鸾鸟，故称。

⑳此刹：指永明寺。翻：反而。灵光：神灵的光辉。此指李太后的光辉。

㉑贝花：指贝多罗和优昙花。借指佛教。灵机：犹玄机。天意。

王士祯

王士祯（1634—1711），字子真，一字贻上，号阮亭，别号渔洋山人。清代新城（今山东桓台）人。顺治十二年（1655）进士。授扬州府推官。后升任礼部主事。历充经筵讲官，国史副总裁。官至刑部尚书。卒，谥文简。士祯是康熙朝数十年诗坛盟主。创神韵说，沾溉一代，影响极大。生平著述甚富，有《带经堂集》、《南海集》、《蚕尾集》、《渔洋诗话》、《香祖笔记》，所编有《十种唐诗选》，又有《唐贤三昧集》。另有笔记《居易录》、《池北偶谈》。

五台山新贡天花恩赐内廷诸臣恭纪①

春直铜龙昼未阑，忽传天语下云端②。
名山包贡来中禁③，珍赐封题出大官④。
曾耻稻粱靡厚禄⑤，敢忘藿藜负儒冠⑥？
宛然身到清凉境，圣祖恩深胜露盘⑦。

①此诗录自清乾隆《钦定清凉山志》卷二十。天花：天花：五台山菌类。见朱弁《谢崔致君饷天花》注①。

②“春直”两句：写康熙皇帝赐天花于内廷诸臣。直：当值，值勤。铜龙：漏器的吐水龙头。亦借指漏壶。阑：将尽，将完。天语：谓天子诏谕；皇帝所语。

③包贡：《书·禹贡》：“厥包橘柚锡贡。”谓包裹橘柚而进献天子。后以“包贡”指进

贡。中禁：禁中。皇帝所居之处。亦指皇帝。

④封题：物品封装妥善后，在封口处题签。大（tài）官：太官。官名。秦有太官令、丞，属少府。两汉因之。掌皇帝膳食及燕享之事。《后汉书·皇后纪上·和熹邓皇后》："减大官、尊官、上方、内者服御珍膳靡丽难成之物。"李贤注："《汉官仪》曰：'大官，主膳羞也。'"

⑤曾耻稻粱：曾经因以尸位素餐徒食皇家的稻粱为耻。南朝宋鲍照《野鹅赋》："空秽君之园地，徒惭君之稻粱。"稻粱，稻和粱，谷物的总称。靡：耗费，浪费。

⑥"敢忘"句：谓岂敢因享受天花这美味而背弃甘食藿藜的儒生本分？儒家以安贫乐道为高尚品质，如《论语·里仁》："士志于道，而耻恶衣恶食者，未足与议也。"藿藜：藿香和蒺藜。泛指粗食。儒冠：借指儒生。参见耶律楚材《赠五台长老》注④。

⑦圣祖：此指清圣祖康熙皇帝。露盘：即承露盘。汉武帝时建于建章宫。此借指承露盘里的甘露。

邵长蘅

邵长蘅（1637—1704），一名衡，字子湘，号青门山人，清代江南武进（今属江苏）人。诸生。江南"奏销案"起，被削去功名。遂弃帖括业，肆力于辞章。尝游京师，时贤皆重之。就太学试，得授州同知，不就，以布衣终身。尝客于江苏巡抚宋荦幕，选王士祯及宋荦诗，编为《二家诗钞》。其文步趋唐顺之、归有光，诗宗唐，格高气遒。有《青门集》。

送董舜民游五台山[①]

我闻云代间，兹山神仙窟[②]。
碑版虽茫昧[③]，图经忆仿佛[④]。
黄河右萦缭[⑤]，恒岳左嵂崒[⑥]。
壑凝六月冰，岩嵌千年雪。
松柏森地底[⑦]，绝顶但石骨[⑧]。
五台五芙蓉，诡状斗奇绝[⑨]。
东埵古雪峰[⑩]，俯视见溟渤[⑪]。
半夜天鸡鸣[⑫]，日照蓬莱阙[⑬]。
西埵秘魔岩[⑭]，天池神龙穴[⑮]。

危磴干云霄[16]，复嶂隐日月。
南埵益嵚岑[17]，林麓互蓊蔚[18]。
仙花昼缤纷，钟声暮超忽[19]。
北埵覆雪堆，古柏枝郁屈[20]。
一气俯大荒[21]，化城时灭没[22]。
中台万仞余，削成表崒矶[23]。
下方走雷雨，阴崖缠虹霓。
湾澴太华池[24]，窗寮珊瑚碧[25]。
君携绿玉杖[26]，兹游恣探历[27]。
四月别蓟门[28]，青青坡陀麦[29]。
五月渡滹沱，褦襶触日赤[30]。
遂登清凉台，结夏住绝壁[31]。
跣脚踏层冰，山风冷心魄。
余本岩栖人[32]，颇爱谢公屐[33]。
失足辞故山[34]，留滞京华陌[35]。
逸兴坐飞翻[36]，送君徒掎摭[37]。
烦君语山灵，后期傥来觌[38]。

①此诗录自《晚晴簃诗汇》卷三十三。

②“我闻”两句：写五台山是文殊住处。云代间：指五台山所在山西北部。因该地区旧属云中郡、代郡，故云。神仙窟：神仙居处。亦用以比喻隐居处或逍遥自在的住所。

③碑版：碑碣上所刻的志传文字。茫昧：模糊不清。此有茫无所知之意。

④图经：附有图画、地图的书籍或地理志。

⑤萦缭：萦回缭绕。

⑥恒岳：即北岳恒山。嵽嵲（diéniè）：高峻。

⑦森地：满地。

⑧石骨：坚硬的岩石。

⑨诡状：奇异的形状。

⑩东埵：指东台。

⑪溟渤：溟海和渤海。泛指大海。

⑫天鸡：神话中天上的鸡。《初学记》三十引郭璞《玄中记》：“桃都山有大树曰桃都，枝相去三千里，上有天鸡。日出照木，天鸡即鸣，天下鸡皆鸣。”

⑬蓬莱阁：神话传说仙山蓬莱的宫阙。此指东台顶望海寺的殿宇。

⑭秘魔岩：西台灵迹。见张商英《继哲和尚赞》注③。

⑮天池：天上（仙界）之池。此泛指秘魔岩之池。神龙穴：指西台灵迹龙洞。《清凉山志》卷二："龙洞，在秘魔岩，恳祷则龙现，见者非一。"

⑯危磴：高峻的石级山径。干：冲犯。

⑰嵚岑（qīnyín）：高峻。

⑱林麓：犹山林。互：交错。蓊蔚：草木茂盛貌。

⑲超忽：遥远貌。

⑳郁屈：屈曲貌。

㉑"一气"句：谓俯瞰荒远之地，一片混沌弥漫。一气：指混沌之气。古代认为是构成天地万物的本源。

㉒化城：幻化的城郭。此指佛寺。灭没：隐没。

㉓"削成"句：谓犹如刀削成一般，尤其险峻。表：特出，迥异于众貌。崒矶（zúwù）：险峻貌。

㉔湾澴（huán）：水流回旋聚集处。太华池：中台灵迹。在台上西北隅。

㉕窅窱（yǎotiǎo）：幽深貌。珊瑚碧：碧色珊瑚。《本草纲目·金石八·珊瑚》："珊瑚生海底，五七株成林，谓之珊瑚……昔人谓碧者谓青琅玕，俱可作珠。"

㉖绿玉杖：传说中仙人所用的手杖。

㉗探历：探赏涉历。

㉘蓟门：即蓟丘。古地名。在今北京城西德胜门外西北隅。

㉙坡陀：山坡。

㉚褦襶（nàidài）：夏天遮日的凉笠。触日赤：冒着火红的太阳。

㉛结夏：佛教僧人自农历四月十五日起静居寺院九十日，不出门行动，谓之"结夏"，又称结制。

㉜岩栖：栖息在山岩上。借指隐居。

㉝谢公屐：一种前后齿可装卸的木屐。原为南朝宋诗人谢灵运游山时所穿，故称。事见《宋书·谢灵运传》："寻山陟岭，必造幽峻，岩嶂千重，莫不备尽。登蹑常著木履，上山则去其前齿，下山去其后齿。"《南史·谢灵运传》引此作"木屐"。此指代游山玩水。

㉞故山：旧山。喻家乡。

㉟京华：京城的美称。因京城是文物、人才汇集之地，故称。陌：街陌，街道。

㊱坐：因。

㊲掎摭（jǐzhí）：摘取。此指转述五台山胜景。

㊳后期：迟误日期。此指过些日期。傥来：自来。傥，同"倘"。觌（dí）：相见。

张　英

张英（1637—1708）字敦复，号乐圃，清代安徽桐城人。康熙进士。十六年（1677）入值南书房。先后任《一统志》、《渊鉴类函》、《政治典训》、《平定朔漠方略》总裁。累官文华殿大学士兼礼部尚书。著有《周易衷论》、《聪训斋语》、《恒产琐言》、《文瑞集》等。

闰三月二十一日五台山新贡天花至特颁手敕分赐恭赋应制[①]

灵岳珍蔬贡尚方[②]，欣从紫禁沐恩光[③]。
清芬远带山岚色[④]，鲜洁犹含石髓香[⑤]。
圣藻温纶深雨露[⑥]，仙厨异味重琳琅[⑦]。
同时宠赉成佳事[⑧]，千祀流辉照玉堂[⑨]。

①此诗录自《文瑞集》卷二。作于康熙十七年（1678）。天花：五台山菌类。见朱弁《谢崔致君饷天花》注①。手敕：帝王亲手写的诏书。应制：特指应皇帝之命写作诗文。

②灵岳：犹灵山。指五台山。尚方：泛称为官廷制办和掌管饮食器物的官署、部门。

③紫禁：古以紫微垣比喻皇帝的居处，因称官禁谓“紫禁”。恩光：犹恩泽。

④清芬：清香。

⑤石髓：即钟乳石。古人服食。也可入药。《晋书·嵇康传》：“康又遇王烈，共入山，烈尝得石髓如饴，即自服其半，余半与康，皆凝而为石。”

⑥圣藻温纶：指皇帝手书的诏令。温纶，对皇帝诏令的敬称。雨露：比喻恩泽。

⑦仙厨：对皇家御厨的美称。琳琅：精美的玉石。借指美好的事物。

⑧宠赉（lài）：指帝王的赏赐。

⑨千祀：千年。玉堂：官署名。汉侍中有玉堂署，宋以后翰林院亦称玉堂。

五月初八日赐五台山新贡香菌恭赋二首[①]

其一

包贡西来入九重[②]，石英遥自白云封[③]。
君恩分得名山味，身到清凉第一峰[④]。

①此诗录自《文瑞集》卷二。作于康熙十七年（1678）。香菌：香菇。此指台蘑。

②包贡：指进贡。见王士祯《五台山新贡天花恩赐内廷诸臣恭纪》注③。九重：此指宫门。

③石英：英，花。石英指山石之精英。此指香菌。

④“君恩”两句：谓承蒙君恩分得名山美味（香菌），犹如亲自到了五台山最高峰。

其二

香菌离奇细石纹，紫芝瑶草斗清芬①。
只因野性甘藜藿，最爱山蔬带水云②。

①“紫芝”：句：谓五台山香菌之清香可与紫芝、瑶草争胜。紫芝：真菌的一种。也称木芝。似灵芝。古人以为瑞草，道教以为仙草。瑶草：传说中的香草。

②“只因”两句：谓只因我生性乐居林野，觉得藜藿之味可口，所以最喜爱带着林野间水和云之气息的野蔬。野性：指喜爱自然，乐居田野的性格。藜藿：藜和藿。均为野蔬名。

爱新觉罗·福临

爱新觉罗·福临（1638—1661），即清世祖。满族。清朝第一代皇帝。1644—1661 年在位。清皇太极（太宗）第九子。六岁即位，年号顺治。由叔父多尔衮辅政。顺治元年入关，镇压李自成农民军，定都北京。

归山词①

天下丛林饭似山②，钵盂到处任君餐③。
黄金白玉非为贵，惟有袈裟披最难。
朕乃大帝山河主，忧国忧民事转烦。
百年三万六千日，不及僧家半日闲。
悔恨当初一念差，黄袍换去紫袈裟。
吾本西方一衲子④，因何流落帝王家！

未曾生我谁是我，生我之时我是谁？
长大成人方是我，合眼朦胧又是谁？
兔走乌飞东复西[⑤]，为人切莫用心机。
百年世事三更梦，万里乾坤一局棋[⑥]。
禹疏九河汤伐夏，秦吞六国汉登基[⑦]。
古来多少英雄将，南北山上卧土泥。
来时欢喜去时悲，空在人间走一回。
不如不来也不去，也无欢喜也无悲。
每日清闲自己知，红尘之事若相离。
口中吃的清和味[⑧]，身上常披百衲衣[⑨]。
五湖四海为上客，逍遥佛殿任君栖。
莫当出家容易得，只缘累代种根基[⑩]。
十八年来不自由[⑪]，征南战北几时休？
我今撒手归山去[⑫]，管甚千秋与万秋！

①此诗录自魏国祚《五台山导游》。据称《归山词》原书于善财洞上院正殿山墙，诗末落款“时在癸亥年二月书”。传为顺治皇帝在五台山出家后所作。

②丛林：泛指寺院。见祖印《竹林寺》注②。

③钵盂：僧人的食器。亦指传法之器。衲子：僧徒的别称。

④西方：指西方净土，即西方极乐世界。

⑤兔走乌飞：指日月运行。兔，传说中的月中玉兔。此指月亮。乌，古代神话传说太阳中有三足乌，因以“乌”为太阳的代称。《山海经·大荒东经》：“一日方至，一日方出，皆载于乌。”郭璞注：“中有三足乌。”

⑥一局棋：比喻时局变化无常。

⑦“禹疏”两句：以中国历史的变迁说明“万里乾坤一局棋”。谓大禹疏通九河，治水成功，受舜禅，建立夏朝；其后夏桀无道，成汤讨伐而亡国。秦吞并六国而建立秦王朝，结果在始皇之子胡亥手，即被刘邦取代而登上汉帝宝座。九河：古代黄河自孟津而北，分为九道，故名。《史记·五帝纪》：“唯禹之功为大，披九山，通九泽，决九河，定九州。”六国：战国时秦以外的楚、齐、燕、韩、魏、赵。

⑧清和饭：指僧人清淡和软的素食。

⑨百衲衣：僧衣。衲谓补衲。百衲，极言其补衲之多。

⑩根基：佛教称道性、根性。

⑪十八年：顺治在位约十八年。

⑫撒手：放开手。此指放弃帝位而出家为僧。

陈廷敬

陈廷敬（1639—1712），字子瑞，号说岩，晚号午亭山人，清代泽州（山西晋城市阳城县）人。顺治十五年（1658）进士，改庶吉士。历任翰林院学士、礼部右侍郎。官至文渊阁大学士兼吏部尚书。曾任三朝《圣训》、《政治典训》、《方略》、《一统志》、《明史》、《康熙字典》等总裁官。好诗文。著有《午亭文编》、《尊文阁集》、《河上集》、《杜律诗》、《老姥掌游记》、《三礼指要》、《说岩诗集》等。

赐五台山新贡天花恭赋有序[①]

闰三月，臣廷敬同翰林院侍读臣士祯直南书房[②]，盖是时臣谬掌翰林篆[③]，前后同内直诸臣率常寓直。是日，蒙特赐手诏："朕召卿等编辑，适五台山新贡天花，鲜馨罕有，可称佳味，特赐卿等，使知名山风土[④]也。"臣恭纪赋诗进呈。

珍蔬远贡自瑶岑[⑤]，翰墨亲题赐禁林[⑥]。
三殿恩颁天上蚤[⑦]，九重封送御前深[⑧]。
含风玉蒂香仍动[⑨]，映日金茎露未沉[⑩]。
退食和羹添味美[⑪]，盐梅还欲效余箴[⑫]。

①此诗录自清乾隆《钦定清凉山志》卷二十。

②南书房：在北京故宫乾清宫西南隅，本清康熙帝早年读书处。后选调翰林或翰林出身之官员到里面当值，除应制撰写文字外，并遵照皇帝旨意起草诏令，一度成为发布政令的地方。

③翰林篆：翰林院的官印。篆，名字印章多为篆文，故称名为篆，称字为次篆。亦以为官印的代称。

④风土：本指一方的气候和土地。后泛指风俗习惯和地理环境。

⑤瑶岑：指积雪的山。

⑥翰墨：笔墨。禁林：翰林院的别称。

⑦三殿：指皇宫中的三大殿。亦借指皇宫。蚤：通“早”。朝，早晨。

⑧九重：指帝王。御前：皇帝座位之前。代指帝王所在之处。

⑨玉蒂：白色的菌柄。蒂，花或果与枝茎相连的部分。

⑩金茎：指承露盘中的露水。

⑪退食：退朝之后就食于家。

⑫“盐梅”句：谓我还要仿效《书》中的告诫，作国家的贤才。盐梅：盐和梅子。盐味咸、梅味酸，均为调味所需。亦喻指国家所需的贤才。《书·说命下》：“若作和羹，尔惟盐梅。”孔传：“盐咸梅酸，羹须咸醋以和之。”《梁书·处士传·庾诜》：“勒州县时加敦遣，庶能屈志，方冀盐梅。”余箴：遗留的告诫。此指《书·说命下》中的告诫之词。

高士奇

高士奇（1645—1704），字澹人，号江村，又号竹窗，清代浙江钱塘（今杭州）人。监生。康熙初以荐供奉内廷，迁内阁中书。超擢侍讲，屡迁至少詹事。以结党营私劾罢。康熙三十三年（1694）复起，值南书房。以养母乞归，特授詹事。后就家授礼部侍郎。谥文恪。以才思便给得清圣祖宠遇。能诗文，善书法，精鉴赏。有《左传纪事本末》、《春秋地名考略》、《清吟堂集》等。

北台山行蒙恩赐御服文狸裘麋鹿裳御寒恭纪二首[①]

一

玉楼冻合雪初晴[②]，喜傍双龙尾后行[③]。
惭愧此身非国士[④]，解衣顿使一军惊[⑤]。

①此诗录自《扈从西巡日录》。作于康熙二十二年（1683）二月。时康熙皇帝巡台，作者以侍讲扈从，曾作《扈从西巡日录》以纪其事。《扈从西巡日录》：“甲午……将至台（北台）上，猛风簪发，凛若隆冬，吹人如槁叶，几堕涧中。虽衣重裘，寒气矢透。上解御服文狸裘及麋鹿裳，命臣衣之，顿觉阳和被体。真异数也。”

②玉楼：传说中天帝或仙人的居所。此指五台山寺宇。冻合：犹言冰封。

③双龙：指康熙皇帝和太子允礽。康熙皇帝此次巡台，太子允礽随驾。

④国士：一国中才能最优秀的人物，或一国中最勇敢、有力量的人。

⑤解衣：即解衣推食。慷慨赠人衣食。谓施惠于人。语出《史记·淮阴侯列传》："汉王授我上将军印，予我数万众，解衣衣我，推食食我，言听计用，故吾得以至于此。"惊：此为受宠若惊之意。

二

绝巘非关地气舒[①]，欣承璀璨曳华裾[②]。
小虫顿变寒号语，夸道光辉凤不如[③]。

①绝巘（yǎn）：极高的山峰。此指五台山北台。地气：犹气候。舒：指舒和。抒发阳和之气。

②璀璨：光彩绚丽之物。此指"华裾"，即文狸裘、麋鹿裳。曳：穿。华裾：犹美服。

③"小虫"两句：借寒号虫的传说，写着赐衣后的得意之态。作者《扈从西巡日录》载，五台山有鸟，名寒号虫。当暑，文彩绚烂，乃自鸣曰："凤凰不如我。"比至深冬日，羽毛脱落，遂自鸣曰："得过且过。"

娑罗树[①]

传是安西种[②]，空山百余岁。
一花常灿烂[③]，七叶自扶疏。
干老虬龙出，庭荒燕雀虚[④]。
何人纪嘉树，重继李邕书[⑤]。

①此诗录自《扈从西巡日录》。《扈从西巡日录》："（康熙二十二年二月）丙申，车驾发自菩萨顶。去台怀二十余里，经一山村，崇岗灌木，微见曦影。禅栖数楹，在山深处。前有古树，高二丈许，枝干盘虬，相传为娑罗树也。其生特异凡木，树数百枝，枝十余头，头六七叶，惜未见其花时也。"娑罗树：中台灵迹。《清凉山志》卷二："清顺治间，一梵僧指宝塔峰曰：'有娑罗树焉。'山人随视，只见无（疑为"五"）云生岫，一树浮光，而僧不见矣。圣祖驻跸，忽闻异香，敕赐梅林，顿成法席。"梅林寺在台怀东南10公里山间，亦名娑罗寺。按：娑罗树亦名柳安，为龙脑香料常绿乔木，木质优良，高大美观，盛产于印度及东南亚。娑罗的意思是"坚固"。佛教传说释迦牟尼在拘舍那城河边娑罗树下涅槃。

②安西：唐方镇名。唐贞观二十二年（649）在西域设四个军事重镇，为龟兹、疏勒、于阗、焉耆（亦作碎叶），称"安西四镇"。此泛指西域。

③“一花”句：《扈从西巡日录》引《荆州记》：“巴陵县南有寺，僧房下生一木，外国僧见之，说是娑罗树……元嘉十一年，忽生一花，状如芙蓉。”

④虚：空无所有。

⑤“重继”句：唐李邕曾撰《楚州淮阴县娑罗树碑》，纪娑罗树事，故云。

扈从清凉山三首①

一（用谢灵运《登池上楼》韵）

霓旌卫仙跸②，月驷扬銮音③。
井参乍扪历④，岩窦逾深沉⑤。
寻山异台向⑥，载笔惭沈任⑦。
绵绵骑出谷⑧，淰淰云栖林⑨。
我后展遐瞩⑩，乘时此西临。
飞軨越幽坱⑪，驻罕眺崎嶔。
春冰杂古雪，午风回薄阴。
枝岐曲涧水⑫，木末寒号禽⑬。
幸陪紫府游，侧听清笳吟⑭。
披图稽往辙⑮，览物谐素心。
皇情一以眷⑯，名区传至今⑰。

①此诗录自《扈从西巡日录》。扈（hù）从：随从，侍从。

②霓旌：彩色旌旗。仙跸（bì）：指天子的车驾。

③月驷：犹天马，神马。銮音：銮铃的响声。

④“井参（shēn）”句：即扪参历井。唐李白《蜀道难》诗：“扪参历井仰胁息，以手抚膺坐长叹。”参井，皆星名。分别为蜀秦分野。谓自秦入蜀途中，山势高峻，可以摸到参、井两星。后因以形容山势高峻，道路险阻。乍：突然。

⑤岩窦：即岩穴。

⑥“寻山”句：谓探究山势区别五台方位。异：区别，分开。

⑦“载笔”句：谓携带文具以记录王事，我比起沈约和任昉来自愧弗如。沈任：南朝沈约和任昉的并称。沈约，南朝宋武康人。博通群籍，能为文，历仕宋、齐、梁。初任记室，齐文惠太子时校四部图书，迁太子家令。入梁拜尚书仆射，封建昌县侯，官至尚书令。任昉，南朝梁博昌人，仕宋、齐、梁三代。梁武帝时为黄门侍郎，出任义兴、新安太守。

擅长表、奏等各体散文。当时有“任笔沈诗”之称。

⑧骑：指车马。

⑨谂（shěn）谂：散乱不定貌。

⑩我后：指康熙朝太皇太后庄孝文皇后和皇太后孝惠章皇后。展遐瞩：放眼远望。

⑪飞軨（líng）：轻便的猎车。车上有窗。幽坱（yǎng）：深邃。此指幽深的山林。

⑫枝岐：支流。

⑬木末：树梢。

⑭清笳：凄清的胡笳声。

⑮披图：展阅图籍、图画等。往辙：前车之辙。

⑯“皇情”句：谓皇家的情意一贯垂爱五台山。

⑰名区：指有名之地；名胜。

二（用谢灵运《从斤竹涧越岭溪行》韵）

像教从西来[①]，兹山名已显。
佛树根互盘[②]，天花露常泫[③]。
毒龙卧其湫[④]，绀塔浮于岘[⑤]。
升高骇岁崱[⑥]，陟遐信纡缅[⑦]。
铁凤千寻翔[⑧]，金轮六时转[⑨]。
仰瞩台衣深[⑩]，近觉髻螺浅[⑪]。
霜钟夜镗鞳[⑫]，白云昼舒卷。
仿佛赤华林[⑬]，对谈人在眼[⑭]。
修蛇常山伏[⑮]，归翼雁门展[⑯]。
旷怀得所欣[⑰]，远目讵能辨[⑱]？
宣游自多豫[⑲]，顿使物虑遣[⑳]。

①像教：释迦牟尼离世，诸大弟子想慕不已，刻木为佛，以形象教人，故称佛教为像教。

②佛树：相传释迦牟尼于菩提树下得正觉，故菩提树称为佛树。此为对五台山树木的美称。

③天花：此泛指五台山的花卉。泫：指露珠晶莹发亮。

④湫（qiū）：深潭。当指北台灵迹黑龙池。

⑤绀塔：佛塔。此指塔院寺大白塔。岘（xiàn）：小而高的山岭。此指灵鹫峰。

⑥屴崱（lìzè）：形容山峰高耸。

⑦陟遐：远行。信：果真，确实。纡缅：迂回曲折。

⑧铁凤：古代屋脊上的一种装饰物。铁制，形如凤凰。下有转枢，可随风而转。

⑨金轮：佛塔上的相轮。又，佛教语。佛经言，转轮王中，以金轮王为最胜；王出时，诸国咸服。见《俱舍论》十二。六时：犹昼夜。参见敦煌文献《游五台赞文》注⑦。句意谓法轮常转。

⑩台衣：指五台山的树木植被。

⑪髻螺：盘旋如螺状的发髻。比喻耸起如髻的峰峦。

⑫霜钟：指钟或钟声。参见觉玄《圭峰寺》注④。镗鞳（tāngtà）：形容钟声。

⑬赤华林：即育华林。指仙境。《云笈七籤》："上清紫精天中有树，其叶似竹而赤，其花似鉴而明，其子似李而无核，名曰育华之林。食其叶而辟饥，食其花以不死，食其实即飞仙。所谓绛树丹实，色照五脏者也。"

⑭"对谈"句：谓仿佛亲眼看到对谈的文殊菩萨和维摩诘居士。因西台顶有灵迹二圣对谈石，故云。

⑮"修蛇"句：谓登高而望，五台山盘旋起伏，互相连接，犹如修长的常山蛇。常山：指常山蛇。古代传说中一种能首尾互相救应的蛇。

⑯归翼：犹归翮。指飞鸟。此指鸿雁。雁门：雁门关。

⑰旷怀：豁达的襟怀。

⑱讵：岂。

⑲宣游：遍游，周游。豫：喜悦，欢快。

⑳物虑：对外物的思虑。

三（用谢灵运《从游京都北固应诏》韵）

山风吹不已，山月忽已高。
飞鸣众鸟散，缥缈孤云超[①]。
澄烟拂华旗[②]，吉日旋春镳[③]。
晨炊夹俞骑[④]，旧路循单椒[⑤]。
静听谷口松，宛似江门潮[⑥]。
潺湲历涧壑，出没经亭皋[⑦]。
七叶青娑罗[⑧]，一萼红山桃[⑨]。
泉因见龙发，川以射虎昭[⑩]。
宿莽迷平冈[⑪]，选徙乃于苗[⑫]。

回顾岭上村，林居等橧巢⑬。
谐此耕凿民⑭，载路康衢谣⑮。

①超：飘过。

②澄烟：淡青的烟。

③旋：回还。春镳（biāo）：春天的车马。镳，马嚼子。指代乘骑。

④俞（yú）骑：俞儿骑之省。古代帝王大驾出行时充当仪仗队伍前导的骑卫。俞儿，登山之神，长足善走（见《管子·小问》），故以名之。

⑤单椒：孤峰。

⑥江门潮：指钱塘潮。浙江的下游，称钱塘江。江口呈喇叭状，海潮倒灌，成著名的“钱塘潮”。江门：此指浙江的入海处。

⑦亭皋：水边的平地。

⑧“七叶”句：因娑罗树“枝数百枝，枝十余头，头六七叶”（见作者《娑罗树》注①），故云。

⑨一萼：犹一朵。萼，花萼、萼片的总称。

⑩“泉因”二句：作者《扈从西巡日录》载，康熙二十二年二月“丙午……经一小山村（红崖村）……一虎伏道旁。灌莽间逐之，即登山椒，复跃至平陆。上援弓射之，立毙。巡抚山西右副都御使穆尔塞、按察司库尔康奏言：此虎盘踞道左，伤人甚众。皇上巡幸此土，为商旅除害，当名其地为射虎川。固请至再，上乃可之。”清乾隆《钦定清凉山志》卷九载，神武泉在射虎川旁。康熙皇帝“既殪虎于射虎川，守土之臣薙除林莽，忽有泉自地涌出，清甘澄净，经冬不竭，佥云此圣武之瑞也。因以名泉。”昭：显扬。

⑪宿莽：经冬不死的草。平冈：指山脊平坦处。

⑫“选徒”句：意谓在归途中清点随从的车辆士卒。语出《诗·小雅·车攻》：“之子于苗，选徒嚣嚣。”苗，古称夏季田猎。一说春猎为苗。选徒：选兵。一说，为清点车辆士卒。

⑬橧（zēng）巢：聚柴薪造的巢形住处。《礼记·礼运》：“昔者先王未有宫室，冬则居营窟，夏则居橧巢。”

⑭谐：和谐。此指民风和谐淳朴。耕凿：耕田凿井。语出古诗《击壤歌》：“日出而作，日入而息，凿井而饮，耕田而食，帝力于我何有哉?”后常用“耕凿”形容人民辛勤劳动，生活安定。亦泛指耕种、务农。

⑮载路：满路。康衢谣：《列子·仲尼》：“尧治天下五十年，不知天下治欤，不治欤；不知亿兆之愿戴己欤，不愿戴己欤……尧乃微服游于康衢，闻儿童谣曰：‘立我蒸民，莫非尔极。不识不知，顺帝之则。’尧喜问曰：‘谁教尔为此言?’儿童曰：‘我闻之大夫。’问大夫，大夫曰：‘古诗也。’”后因称歌颂盛世之歌为“康衢谣”。

扈从杂记[①]

一

仙跸陪游陟井参[②]，年来万里越崎嵚[③]。
东西行遍关山路，三度春风宿羽林[④]。

①此诗录自《扈从西巡日录》。十八首选五。序号为注者所加。

②仙跸：犹仙驾。借称皇帝的车驾。陟井参（shēn）：犹扪参历井。形容山势高峻，道路险阻。参见作者《扈从清凉山三首》之一注④。

③崎嵚：形容山路险阻不平。

④“三度”句：原注：“辛酉（1681）扈从出喜峰口巡历喀尔沁，壬戌扈从奉天府至大乌喇，今扈从清凉山，皆于二月望前出都。”

二[①]

书压牛腰趋紫禁[②]，芹浮凤藻采春池[③]。
此时应念毡庐客[④]，好赋清凉扈从诗。

①原注：“时朱检讨彝尊移禁垣，励编修杜讷遣子归河间应试，故念及之。”

②书压牛腰：即汗牛充栋之意。形容藏书极多。趋紫禁：指朱彝尊移禁垣事。

③“芹浮”句：写朱彝尊河间应试事。谓此次河间考试在众士子中浮现出朱彝尊这样文采出众之人。芹、藻：比喻贡士或才学之士。语本《诗·鲁颂·泮水》：“思乐泮水，薄采其芹……思乐泮水，薄采其藻。”凤藻：华美的文辞。采春池：采芹、藻之池塘。喻芹宫。指学宫、学校。

④毡庐客：宿于毡帐的行旅之人。为作者自指。因作者扈从出巡途中须宿于帐幕，故云。毡庐：即毡帐。

三

雄关一线倚天开[①]，峭壁攒崖入五台[②]。
极目雁门沙塞远[③]，雪中更得辨纤埃[④]。

①雄关：指龙泉关。

②攒崖：密集重迭的山崖。

③雁门：指雁门关。沙塞：沙漠边塞。

④纤埃：微尘。喻细微之处。

四

绝顶分来五髻青，浮空凤刹玉舆停[①]。
茜衫黄帽摇金铎，宫锦齐开梵字经[②]。

①凤刹：指寺庙。玉舆：玉饰的车。此指帝王的车。

②“茜衫”两句：写五台山僧众摇金铎诵佛经以迎接康熙皇帝的情景。茜衫黄帽：指代僧侣。茜，绛红色。金铎：即铃。法器名。铜制，有柄，手摇发声，念佛、作法事时用。宫锦：宫中特制或仿造宫样所制的锦缎。此指皇家所赐以包佛经的锦缎。

五

紫府仙山实奥区[①]，长杉郁郁壑争趋[②]。
兴来那得勾龙爽，重写峰峦入画图[③]。

①奥区：深奥之处。

②长杉：高大的杉树。壑争趋：谓高山大壑迎面而来。

③“兴来”两句：原注：“《宣和画谱》载，蜀人勾龙爽有《紫府仙山图》。”

陈　恭

陈恭，清代福建侯官（今福州）人。康熙十二年（1673）任五台县令。后升知州。

宿台山僧舍[①]

古墙萝薜满松关[②]，此地应令俗迹删[③]。
小涧断桥寒雨水，短筇双屐夕阳山[④]。

林深树下僧僧谈[5]，门闭钟敲事事闲。
暂傍幽栖尘梦隔[6]，白云留辖未教还[7]。

①此诗录自清乾隆《代州志》。

②萝薜：指女萝和薜荔。皆蔓生植物。松关：犹松门。谓以松为门；前植松树的屋门。

③俗迹：世俗之人的踪迹。删：消除；消失。

④短筇双屐：手扶竹杖，脚穿木屐。

⑤僧僧：三三两两的僧人。谈：当作“淡”。淡泊；闲适。

⑥尘梦：尘世的幻梦。佛法认为万有皆空，人生的一切皆如梦幻。

⑦留辖（xiá）：《汉书·陈遵传》：“遵嗜酒，每大饮，宾客满堂，辄关门，取客车辖投井中，虽有急，终不得去。”辖，车轴两端的键。后以“投辖”、“留辖”指殷勤留客。

孔尚任

孔尚任（1648—1718），字聘之、季重，号东塘、岸堂、云亭山人。清代山东曲阜人。孔子六十四代孙。初隐居石门山中，康熙南巡至曲阜，被召讲经，破格授国子监博士，自以为是“异数”；累迁户部主事、员外郎等职。经十余年时间，于康熙三十八年（1699）写成传奇剧本《桃花扇》。时与《长生殿》作者洪升有“南洪北孔”之称。其后不久即罢官回乡。另有传奇《小忽雷》，诗文集《湖海集》、《岸堂文集》、《长留集》等。

送牧堂上人游五台[1]

层崖翠接蔚蓝天[2]，百丈清风待皎然[3]。
古雪难消山北面，春莺懒到寺东边[4]。
经包渡水何妨湿，衲袖穿花更觉鲜[5]。
不比人间行路苦，离情也废一宵眠[6]。

①此诗录自崔正森等《五台山诗歌选注》。牧堂：名元珑，清代华亭（今江苏松江）人。生有异质，聪明过人。好学不倦，通内外，能诗绘。康熙皇帝南巡时，曾献《万寿颂》、《长生图》，蒙赐匾额诗扇。

②层崖：高耸而重叠的山崖。

③百丈清风：指百丈清规风行之地。唐代名僧怀海，住洪州百丈山，因以为号，称“百丈禅师”。他制《禅门规式》，后称《百丈清规》。皎然：唐代著名诗僧。字清昼，俗姓谢，为南朝谢灵运十世孙，湖州（今浙江吴兴县）人。与陆羽同居杼山妙喜寺。此借指牧堂上人。

④春莺：莺，黄莺。又称黄鹂、鸧鹒等。莺鸟于春日飞鸣，故云“春莺”。懒到：因高寒而不到的婉辞。

⑤“经包”两句：写牧堂上人的旷达与喜悦。

⑥“离情”句：写作者对牧堂上人的离情别绪。废：停止；中止。

拟五台应制二十二韵①

辑瑞亨嘉会，属车侍从辰②。
灵山探奥秘③，初地仰嶙峋④。
象卧坤形厚，龙蟠水脉真⑤。
何年开宝刹⑥，此境示金身⑦。
佛力无边界，皇图绝等伦⑧。
燔柴非望秩，礼梵亦时巡⑨。
补助资群牧，讴歌采细民⑩。
风和天仗静⑪，雪霁御烟匀⑫。
宛转提珠勒，逍遥碾玉轮⑬。
迎銮钟隐隐，戒道雨虢虢⑭。
鹫岭松林古⑮，琳宫藻井新⑯。
池寒常得月，洞老不生尘⑰。
木石顽能悟，禽鱼妙见因⑱。
慧光符舜智，慈性体舜仁⑲。
稽首恫瘝切，燃香祝愿申⑳。
清朝皆净土㉑，莲座是枫宸㉒。
北岳神同位，西方圣有邻㉓。
登临须极顶，流览欲经旬。
万岁昆仑响，八埏騄耳驯㉔。
卿云随大辂，湛露洒微臣㉕。
指顾恩辉布，回环化日均㉖。

五峰如掌列，总作帝台春㉗。

①此诗录自郭士星《孔尚任咏晋诗评注》。据郭先生考，孔尚任于康熙二十四年（1685）进京任国子监博士，于康熙三十九年（1710）被罢官。其间，康熙皇帝曾于康熙三十七年（1698）三月第三次巡幸五台山。此诗当作于此时。拟：仿效。应制：应诏。特指应皇帝之命写作诗文。亦以称其所作。

②“辑瑞”两句：谓作者在乘属车侍从康熙皇帝巡台之日，参加了康熙皇帝会见属下的典礼和宴集。辑瑞：《书·舜典》：“辑五瑞，既月乃日，觐四岳群牧，班瑞于群后。”后遂以“辑瑞”指会见属下的典礼。辑，敛，收敛；瑞，古代用作符信的玉。亨嘉会：即亨会、嘉会。均指众美之会。语本《易·乾》：“亨者，嘉之会也。”孔颖达疏引庄氏曰：“嘉者，美也。言天地能通畅万物，使物嘉美之会聚，故云嘉之会也。”属车：帝王出巡时的侍从车。辰：日子，时光。

③灵山：印度佛教圣地灵鹫山的简称。此指五台山。

④初地：佛教语。谓修行过程十个阶位中的第一阶位。三乘共修十地中，以“乾慧地”为“初地”；大乘菩萨“十地”中，以“欢喜地”为“初地”。《华严经·十地品》：“今明初地义，但以略解说……是初菩萨地，名之为欢喜。”唐玄奘《大唐西域记·摩竭陀国上》：“出家修习，深究妙理，位登初地。”亦指佛教寺院。

⑤“象卧”两句：谓五台山像大象卧在那里，大地形体博厚；河流似巨龙蟠绕，水脉清晰可见。真：清楚，真切。

⑥宝刹（chà）：佛国，佛土。据佛经，佛土有七宝庄严，故称。刹，梵语刹多罗的音译省称。意为土地或国土。亦指佛寺，佛塔。

⑦金身：装金的佛像。

⑧“皇图”句：谓清国的版图超过历朝历代。皇图：封建王朝的版图。亦指封建王朝。绝；超过。等伦：同辈，同类。

⑨“燔（fán）柴”两句：谓康熙皇帝巡台并非为燔柴祭天，望祭山川；而是瞻礼佛菩萨并按时巡行。梵：梵语音译词“梵摩”、“婆罗贺摩”、“梵览摩”之省。意为“清净”、“寂静”。此借指佛菩萨。燔柴：见朱彝尊《驾幸五台山恭纪三首》之二注⑤。望秩：见朱彝尊《驾幸五台山恭纪三首》之二注⑥。

⑩“补助”两句：谓皇帝凭借地方长官得到增益匡助，通过平民的歌谣以体察民情民意。群牧：古称九州治民的官长，后用以泛指众诸侯或地方长官。细民：平民。

⑪天仗：天子的仪卫。借指天子。静：静穆。

⑫御烟：御炉（御用香炉）中的香烟。匀：遍，普遍。

⑬“宛转”两句：谓在蜿蜒曲折的道路上，驾车者不时控持马络头；銮驾的车轮缓缓碾过道路。珠勒：珠饰的马络头。逍遥：徜徉；缓步行走貌。玉轮：月的别称。此指车轮。

⑭“戒道”句：谓人们行进，道路上发出的响声像下雨般密集。戒道：登程，出发上路。骁（shēn）骁：众多貌。

⑮鹙（qiū）岭：当为“鹫岭”之误。鹫岭，即鹫山。灵鹫山的省称。在古印度摩揭陀国王舍城东北。梵名耆闍崛山。山中多鹫，或言山顶似鹫，故名。相传释迦牟尼在此居住和说法多年。因代称佛地。此指五台山。

⑯琳宫：仙宫。亦为道观、殿堂的美称。此指佛寺殿宇。藻井：我国传统建筑中天花板上的一种装饰处理。一般做成圆形、方形或多边形的凹面，上有各种花纹、雕刻和彩画。

⑰洞老：指洞窟年代久远。

⑱“木石”两句：谓在五台山佛地，连冥顽不灵的木石也能领悟佛理，连天上的飞鸟、水中的游鱼都能知道佛教精微的因果道理。

⑲“慧光”两句：谓佛的智慧之光符合尧舜的智慧，佛的慈悲心性贴近尧舜的仁爱之心。慧光：佛教语。谓能使一切明澈，破除黑暗的智慧之光。《无量寿经》卷下：“慧光明净，超逾日月。”尧、舜：均为传说中的古代贤君。此借指康熙皇帝。

⑳“稽首”两句：谓礼敬佛菩萨急迫希望解除人们的疾苦，燃香敬佛以表明自己良好的愿望。恫瘝（tōngguān）亦作“恫矜”、“恫鳏”。疾病，疾苦。

㉑净土：佛教语。佛所居住的无尘世污染的清净世界。一名佛土。多指西方阿弥陀佛净土。

㉒莲座：即“莲花座”。佛座。佛座作莲花形，故名。枫宸：宫殿。宸，北辰所居，指帝王的殿庭。汉代宫廷多植枫树，故有此称。

㉓“北岳”两句：谓康熙皇帝的功德与北岳恒山之神处于同一地位，他与西方的圣人释迦牟尼堪作比邻。

㉔“万岁”两句：谓山呼万岁之声在遥远的昆仑山响彻，从八方边远之地进献来的良马騄（lù）耳也恭顺地为康熙皇帝乘用。八埏（yán）：八方边远之地。《汉书·司马相如传下》：“上畅九垓，下泝八埏。”颜师古注引孟康曰：“埏，地之八际也。”騄（lù）耳：亦作“騄駬”。良马名。周穆王八骏之一。《竹书纪年》卷下：“（周穆王）八年春，北唐来宾，献一骊马，是生騄耳。”

㉕“卿云”两句：谓祥云随着康熙皇帝的车驾，皇帝的恩泽洒在我这个微臣的身上。卿云：即庆云。一种祥云。参见苏轼《送张天觉得山字》注④。大辂（lù）：亦作“大路”。王辂。古时天子所乘之车。湛露：《诗·雅》篇名。《左传·文公四年》：“昔诸侯朝正于王，王宴乐之，于是乎赋《湛露》，则天子当阳，诸侯用命也。”后因喻君主的恩泽。

㉖“指顾”两句：谓康熙皇帝在手指目视，指点顾盼之间，恩泽广布；回环往复，像阳光一样遍洒大地。恩辉：犹恩光。恩泽。

㉗“总作”句：谓都化作皇家的春光。总：皆；都。帝台：犹帝阙。皇城之门。此借指皇家。

陈梦雷

陈梦雷（1650—1741），字则震，号省斋，晚号松鹤老人，清代福建侯官（今福州）人。康熙九年（1670）进士。选庶吉士，授编修。“三藩之乱”中，因被耿精忠逼授官职，谪戍沈阳。后召还京师，为康熙帝三子胤祉侍读。雍正帝即位，复谪戍黑龙江，卒于戍所。编有《奉天通志》、《古今图书集成》等，著有《闲止书堂集钞》。

拟游五台山不果[①]

五峰天半锁烟霞，宝藏珠幢释子家[②]。
势控太行蟠巨镇[③]，派分灵鹫落昙花[④]。
寒深六月常飞雪，塞近三秋早听笳[⑤]。
策马长安看未得[⑥]，西风回首暮云遮。

①此诗录自《闲止书堂集钞》卷二。

②宝藏：储藏的珍宝和珍贵物品。此指大藏经。珠幢：犹宝幢。以宝珠装饰的幢杆。

③控：贯通。巨镇：一方的山主。此指五台山。

④派分灵鹫：中台分出的支脉灵鹫峰。派，江河的支流。此指支脉。昙花：佛教名花优昙钵花的简称。

⑤塞：险要之处。多指边界上可以据守的要地。此指雁门关。飞笳：指从远处传来的胡笳声。笳，古管乐器。即胡笳。

⑥策马：驱马使行。长安：此借指清都城北京。

冯　璧

冯璧，清代代州（今山西代县）人。康熙二十七年（1688）进士。曾官南宁府同知。

柏林寺饯李翰林辞官归秦[①]

车遥遥兮马洋洋[②]，送子归秦返故乡[③]。

今日终南无捷径[4]，好支高枕傲羲皇[5]。

①此诗录自清乾隆《代县志》。柏林寺：见杨巍《柏林寺别王计部》注①。

②遥遥：形容摇摆不定的样子。洋洋：迟缓貌。

③秦：陕西省的简称。

④终南无捷径：此反“终南捷径”之意而用之。唐卢藏用举进士，隐居终南山中，以冀征召，后果以高士名被召入仕，时人称之为随驾隐士。司马承祯尝被召，将还山，藏用指终南山曰：“此中大有嘉处。”承祯徐曰：“以仆视之，仕宦之捷径耳。”见唐刘肃《大唐新语·隐逸》。后因以“终南捷径”比喻谋求官职或名誉的捷径。

⑤羲皇：此犹“羲皇上人”。羲皇，指伏羲氏。古人想象羲皇之世其民皆恬静闲适，故隐逸之士称羲皇上人。晋陶潜《与子俨等疏》：“常言：五六月中，北窗下卧，遇凉风暂至，自谓是羲皇上人。”

爱新觉罗·玄烨

爱新觉罗·玄烨（1654—1772），即清圣祖。1661—1722 年在位，年号康熙。在位六十一年，多文治武功，开创“康乾盛世”。他曾五次巡游五台山。

龙泉寺[1]

狭径才容骑[2]，香台欲起龙[3]。
悬崖千仞落[4]，断碣百年封[5]。
泉细通幽壑，庭深暗古松[6]。
临高一骋望[7]，积翠霭重重[8]。

①此诗录自《圣祖仁皇帝御制文集·初集》卷三十七。作于康熙二十二年（1683）二月。时康熙帝带太子允礽第一次巡台。龙泉寺：见永庆《龙泉寺》注①。

②骑（旧读 jì）：一人一马的合称。

③“香台”句：谓佛殿巍峨，仿佛欲腾空而起的龙。香台：佛殿的别称。起龙：旧建筑物多附丽以龙形建筑，称“起龙”。

④千仞：古以八尺为仞，千仞言其高或深。

⑤断碣：断碑。即断裂残缺的石碑。

⑥“庭院”句：谓古松掩映，寺院的庭院更显得深幽昏暗。

⑦骋望：纵目远望。

⑧积翠：翠色重叠。形容草木繁盛。亦指青山。

自长城岭至台怀[①]

山行竟日夕[②]，风景一以殊[③]。
万马鱼贯前[④]，宛若登天衢[⑤]。
云际冠层峰[⑥]，雪外辨修途。
丛卉未甲坼[⑦]，寒禽互喧呼。
曲涧响环玦[⑧]，空籁鸣笙竽[⑨]。
纵乏绮丽观，烟萝澹相娱[⑩]。
流览多所欣[⑪]，未觉道路纡。
五台遥入抱，郁郁诚灵区[⑫]。
翠微未及上[⑬]，身已临清都[⑭]。
佳气惬遐赏，旷怀抗远图[⑮]。
陶唐此故土，余泽仍渐濡[⑯]。
刻玉缅往迹，游河景前模[⑰]。
载咏蟋蟀吟，遗风今有无[⑱]？

①此诗录自《圣祖仁皇帝御制文集·初集》卷三十七。作于康熙二十二年（1683）二月。长城岭：在五台山与河北阜平县交界处。旧为河北、山东方向朝山者必经之道。

②竟日夕：竟日、竟夕。即终日终夜。

③一以殊：谓与它地全然不同。

④鱼贯：指连续前进，如鱼相接。

⑤天衢：天路。

⑥“云际”句：谓重叠的山峰高标尘世之外。云际：白云深处。亦指尘世之外。冠：超凡出众。

⑦“丛卉”句：谓天气寒冷，丛生的草木尚未发芽。甲坼（chè）：谓草木发芽时种子外皮裂开。

⑧响环玦（jué）：发出像环玦一样响声。环玦，玉环和玉玦。皆为古人所佩带的玉器。

⑨“空籁”句：谓风过处，山间孔穴发出像笙竽一样的声音。空，通“孔”。孔窍。籁，孔穴所发之声。

⑩“烟萝”句：谓僧侣恬静的幽居之处也足以使人愉悦。烟萝：草树茂密，烟聚萝

缠，谓之“烟萝”。此借指幽居或栖真之处。

⑪流览：亦作“流揽”。周流观赏。

⑫“郁郁”句：谓紫气升腾，确为神灵所在之地。郁郁：烟气升腾貌。灵区：神灵所在之地。

⑬翠微：此指青山。

⑭清都：古时谓天帝所居的宫阙。此借指五台圣境。

⑮“佳气”两句：谓从远处观赏祥瑞之气，使人惬意；更可令人胸襟开阔，树立远谋。佳气：美好的云气。古代以为是吉祥、兴隆的象征。旷怀：豁达的胸怀。抗：立，树立。远图：长远之谋。

⑯“陶唐”两句：谓五台山属于帝尧的故乡，他遗留给后人的德泽还在熏陶着后人。陶唐：即古帝尧。帝尧为帝喾之子，姓伊祁，名放勋。先居于陶，后封于唐，为唐侯，号陶唐氏。尧都平阳，后属晋地；而五台山属晋地，故云。余泽：遗留给后人的德泽。渐濡：浸染，熏染。即感化影响。

⑰“刻玉”两句：谓缅怀帝尧当年“刻玉”、“游河”的事迹，不由得景仰当年圣君的风范。刻玉、游河：典出《帝王世纪》：“后年二月，尧率群臣刻璧为书，东沉洛水。”书，指尧禅帝位于舜的书契。所以“刻璧”、“沉洛水”，意乃让山河大地作证，为帝尧欲使天下长治久安之举。

⑱“载咏”两句：谓我咏唱《蟋蟀》篇，不禁想问，这里是否还存在勤俭质朴、忧深思远的唐尧遗风？载咏：曼声长吟。蟋蟀：《诗·国风·唐风》篇名。宋朱熹集传：“唐，国名，本帝尧旧都……其地土瘠民贫，勤俭质朴，忧深思远，有尧之遗风。”唐风：指唐尧遗风。

显通寺①

兰若翠微重，诸天第一峰②。
金轮开汉日③，紫府觅仙踪。
雪映交窗迥，云封阁道浓④。
夕阳松影外，处处报疏钟⑤。

①此诗录自《圣祖仁皇帝御制文集·初集》卷三十七。作于康熙二十二年（1683）二月。显通寺：见贯休《送僧游五台》注⑦。

②“兰若”两句：谓显通寺地处群山环抱之中，它所在的灵鹫峰是天界第一峰。翠微：指青山。重：重叠。诸天：此犹天界。指五台山佛地。

③“金轮”句：谓佛法在东汉时开始在中土流传。《清凉山志》卷二：“大孚灵鹫寺（即今显通寺）肇于汉明，立寺之始也。”金轮：喻佛法。

④“雪映”两句：谓远处的积雪映照着佛寺的窗户，浓重的云雾笼罩着山间的复道。交窗：即窗户。古代窗户用木条横竖交叉而成，故称。阁道：复道。悬崖间有上下两重的通道。

⑤疏钟：稀疏的钟声。

殊像寺法相最异①

五髻瞻殊像②，千花聚法筵③。
经营思哲匠④，仿佛见初禅⑤。
绁马明霞外，燃灯画壁前⑥。
不须仙梵放⑦，清磬已泠然⑧。

①此诗录自《圣祖仁皇帝御制文集·初集》卷三十七。作于康熙二十二年（1683）二月。殊像寺：见镇澄《殊像寺》注①。法相：指佛像。此指文殊驾狻猊像。

②五髻：发结五髻。文殊菩萨形象一般为五髻，称五髻文殊。《大日经疏》：“文殊师利，身郁金色，顶有五髻，作童子形……首有五髻者，为表如来五智久已成就。”

③“千花”句：谓千叶莲花簇拥着文殊菩萨的坐席。法筵：佛教语。讲经说法者的坐席。

④经营：筹划营造。哲匠：指有高明技术的工匠。

⑤见初禅：进入初禅的境界。初禅：佛教语。四禅之一。初禅的主要特征是“八触”，即痒、动、轻、重、冷、暖、涩、滑；“十功德”，即空、明、定、智、善心、柔软、喜、乐、解脱、境界相应。见隋智𫖮（yǐ）《摩诃止观》卷九之一。《楞严经》卷九：“清净心中，诸漏（烦恼）不动，名为初禅。”

⑥“绁（xiè）马”两句：写“见初禅”的情景。谓在初禅中，眼前浮现灿烂的云霞，烦恼被驱除；面对画壁，仿佛燃灯佛出现在面前。绁马：拴着的马。喻尘世的牵绊、烦恼。燃灯：佛名。梵语意译。过去世诸佛之一。佛经说他生时周身光明如灯，故名。《大智度论》卷九：“如燃灯佛，生时一切身边如灯，故名燃灯太子。作佛亦名燃灯。旧名锭光佛。”

⑦仙梵：此指佛教徒诵经的声音。放（fǎng）：至。

⑧清磬：清亮的磬声。泠然：形容清越激扬的声音。

驻跸灵鹫峰文殊寺[①]

地敞层台近[②]，林开法像遥[③]。
香泉分乳钵[④]，佛火簇松寮[⑤]。
绀马迎銮入，朱幢引队飘[⑥]。
竺兰遗迹在，选胜历山椒[⑦]。

①此诗录自《圣祖仁皇帝御制文集·初集》卷三十七。驻跸（bì）：指帝王出行，中途暂住。跸，指帝王车驾。文殊寺：即菩萨顶真容院。见李师圣《游台感兴古风》注④。

②层台：高台。指菩萨顶。

③“林开”句：谓林木分开处，远远地看到供奉有佛像的文殊寺。

④香泉：指甘露泉。在灵鹫峰西侧。乳钵：研磨药物的器皿，形如臼而小。此指钵盂。

⑤佛火：指供佛的油灯香烛之火。松寮：犹松窗。即临松之窗。寮，窗。

⑥“绀（gàn）马”两句：写文殊寺僧人盛情迎接。绀马：《长阿含·转轮圣王游行经》等谓，四轮王皆有七宝，其中之一为绀马宝。经载，绀马宝者，马青绀色，髦鬣贯珠，揾摩洗刷，珠则堕落。须臾之间，更生如故，其珠鲜洁，又逾于前。鸣声于远闻一由旬，力能飞行。王时乘骑，案行天下，朝去暮回，力不疲竭。马脚触尘，皆成金沙。此指佛寺法物。銮：皇帝车驾。朱幢（chuáng）：红色的幢幡。幢幡，旌旗之类。仪仗和军事指挥所用。亦指佛道教所用的旌旗。

⑦“竺兰”两句：谓圣僧竺法兰的遗踪尚在；我选择胜地驻跸，行进在山顶上。竺兰遗迹：指显通寺（即大孚灵鹫寺）。参见朱彝尊《驾幸五台山恭纪三首》之三注③。历：行，游行。山椒：山顶。

天花[①]

灵山过雨万松青，朵朵缃云摘翠屏[②]。
玉笈重缄敕飞骑[③]，先调六膳进慈宁[④]。

①此诗录自《圣祖仁皇帝御制文集·初集》卷三十七。天花：五台山著名菌类。见朱弁《谢崔致君饷天花》注①。

②缃云：浅黄色的云。此指天花的色泽和形状。高士奇《扈从西巡日录》：“有杉丛生，下视若荠，土人目为落叶松，又曰柴木，雨后产菌如斗，其色甘黄，是谓天花。”翠屏：形容峰峦排列的绿色山岩。

③“玉笈”句：谓将天花置于玉笈，严加封缄，命飞骑送往京城。玉笈：玉饰的书箱。飞骑：快马。

④六膳：指马、牛、羊、豕、犬、鸡。泛指宫廷膳食。慈宁：慈，慈母的省称；宁，探望、省视父母。此以“慈宁”指作者之母皇太后。

登望海峰[①]

谁架鳌为柱[②]，神州左一方[③]。
重关连委粟[④]，半夜豁扶桑[⑤]。
晓散岚光白，晴收水气黄[⑥]。
瀛壖不可极[⑦]，万里自苍茫。

①此诗录自《圣祖仁皇帝御制文集·初集》卷三十七。作于康熙二十二年（1683）二月。

②架鳌为柱：神话传说女娲用大龟之四足作天柱。典出《淮南子·览冥训》：共工氏怒触不周山，天柱折，地维缺，“于是女娲炼五色石以补苍天，断鳌足以立四极。”高诱注：“鳌，大龟。天废顿以鳌足柱之。”因东台“顶若鳌背”（《清凉山志》卷二），故云。

③“神州”句：谓东台为神州一方的辅佐。左：佐助。或解作在神州之左方，亦通。

④重（chóng）关：重深的关塞。此指龙泉关。委粟：山名。在今山东临朐县东北。以其“孤阜秀立，形若委粟”而名。见《水经注·巨洋水》。

⑤豁扶桑：写东台日出的景象。谓夜半，日出东方，天地豁然开朗。扶桑，见敦煌文献《大唐五台曲子六首》其二注②。

⑥“晓散”两句：谓天亮后山林的雾气气消散，露出山顶的白雪；天气阴晦了，水气一片昏黄。

⑦瀛壖（ruán）：海滨。不可极：目不可及。看不到。极，至，到达。

北台眺望[①]

绝磴摩群峭[②]，高寒逼斗宫[③]。
钟鸣千嶂外[④]，人语九霄中[⑤]。
朔雪晴犹积，春冰暖未融。
凭虚看陆海[⑥]，此地即方蓬[⑦]。

①此诗录自《圣祖仁皇帝御制文集·初集》卷三十七。作于康熙二十二年（1683）二月。

②“绝磴”句：谓极其陡峭的山路紧贴座座峻峭的山崖。

③“高寒”句：切北台峰名叶斗。斗官：北斗星所在的区域。

④千嶂：无数高险像屏障的山峰。

⑤九霄：九天云霄。天空极高处。

⑥凭虚：犹言凌空。虚，天空。陆海：大高原。旧指关中一带。《汉书·地理志下》：“（秦地）有鄠杜竹林，南山檀柘，号称陆海，为九州膏腴。”颜师古注：“言其地高陆而饶物产，如海之无所不出，故云陆海。”

⑦方蓬：传说中的海中二神山方丈（亦名方壶）、蓬莱的并称。

娑罗树歌①

娑罗珍木不易得，此树惟应月中植②。
想见初从西域移③，山中有人多未识。

海桐结蕊松栝形④，千花散尽七叶青⑤。
山禽回翔不敢集⑥，虚堂落子风泠泠⑦。

楚州遗碑今已偃⑧，峨眉雪外双林远⑨。
未若兹山近可游，灵根终古蟠层巘⑩。

繁阴亭午转团圞⑪，回睇精蓝路几盘⑫。
凭教紫府仙山树⑬，写入披香殿里看⑭。

①此诗录自《圣祖仁皇帝御制文集·初集》卷三十七。作于康熙二十二年（1368）二月。娑罗树：见高士奇《娑罗树》注①。

②“此树”句：俗谓月中之树为娑罗树，故云。宋欧阳修《定力院七叶木》诗：“伊洛多佳木，娑罗旧得名。常于佛家见，宜在月中生。”

③西域：泛指葱岭以西诸国。

④“海桐”句：谓娑罗树之花蕊若海桐，树冠像松树和桧树。海桐：常绿乔木，叶厚有光泽，呈椭圆形。夏季开白花，聚于小枝头，成伞形。以后变黄，芳香溢鼻。栝（guā）：木名。即桧树。

⑤七叶：娑罗树“树数百枝，枝十余头，头六七叶”。见高士奇《娑罗树》注①。另，娑罗树亦附会为七叶树。

⑥“山禽”句：唐李邕《娑罗树碑》：“恶禽翔而不集，好鸟止而不巢。”此用其意。

⑦虚堂：高堂。此似指空旷的山坪。堂，山间宽平之处。

⑧楚州遗碑：指楚州淮阴县（今江苏淮阴）唐开元十一年（723）海州刺史李邕所撰《娑罗树碑》。碑文中有“非中夏物土所宜有者，娑婆十亩，蔚映千仞。恶禽翔而不集，好鸟止而不巢……随所方向，颇证灵应”等语，描绘了楚州娑罗树的神奇。偃：倒仆。

⑨“峨眉”句：谓雪山之外的峨眉山虽有娑罗树，但路途遥远。峨眉：即四川峨眉山。其处有娑罗坪，“坪有娑罗树。春夏之间，花开如锦，非人间所有。”见高鹤年《名山游访记》。雪外：雪山之外。指印度北部喜马拉雅诸山之外。双林：即双树、双娑罗树。指释迦牟尼涅槃处。此借指娑罗树

⑩层巘：重迭的山峰。

⑪亭午：中午。

⑫回睇：回首顾盼。精蓝：佛寺。

⑬凭教：请让。凭，请求，烦劳。

⑭写：描摹，画。披香殿：汉时后宫的殿名，在长安。此借指清代宫室。

再驻龙泉关[①]

高临晴雨外[②]，绝磴似凌空。
节物经冬异，关山对月同[③]。
龙泉冰未白，雁塞叶初红[④]。
历历重游地，香台在眼中[⑤]。

①此诗录自《圣祖仁皇帝御制文集·初集》卷三十八。作于康熙二十二年（1863）九月。时作者第二次巡游五台山。龙泉关：见王世贞《龙泉关》注①。

②晴雨外：犹言上界，不关人间风雨。极言龙泉关之高。

③“节物”两句：意谓景物经冬已变，月下关山依旧。节物：应时节的景物。

④雁塞：泛指北方边塞。此指龙泉关。

⑤香台：佛殿的别名。此指龙泉寺的殿宇。

冬日重登清凉山[①]

紫府名山忆旧踪，招提驻罕认云松[②]。

阴崖尚有春时雪，落日仍听下界钟[3]。
塞远浑河寒更白[4]，林疏恒岳翠愈重[5]。
祝釐交叶人天庆[6]，银牓新题遍五峰[7]。

①此诗录自《圣祖仁皇帝御制文集·初集》卷三十八。作于康熙二十二年（1683）冬。

②招提：寺院的别称。驻罕：帝王出行，中途暂住。罕，仪仗的一种。

③下界：人间。对天上而言。

④塞：关塞。此指雁门关。浑河：水名。指山西、河北的桑干河，因流浊易淤而称。

⑤恒岳：即北岳恒山。主峰在河北省境内。

⑥“祝釐（xī）”句：谓在五台山祈求福佑，与佛交融和协；人间与天上共同庆祝国泰民安。祝釐：祈求福佑。釐，通“禧”，福。交叶：交融和协。叶，和合，“协”的古字。

⑦“银牓”句：写作者为五台山诸寺题写匾额事。银牓：亦作“银榜”。宫殿或庙宇门端所悬的辉煌华丽的匾额。

初冬自五台回次日雪[1]

鸣銮多霁日[2]，停旆雪纷纷[3]。
色向寒初积[4]，声宜静里闻[5]。
卷帘山忽近，扫石径犹分。
却忆清凉界[6]，峰连万壑云。

①此诗录自《圣祖仁皇帝御制文集·初集》卷三十八。当作于康熙二十二年（1683）十月。

②鸣銮：装在轭首或车衡上的铜铃。车行摇动作响。此借指皇帝出行。

③停旆（pèi）：指停驾返京。旆，同“斾”，旗帜的通称。此指皇帝的车驾仪仗。霁日：晴日。

④色：指白色的雪景。

⑤声：指落雪之声。

⑥清凉界：清凉世界。指五台山。

五台有怀[1]

又到清凉境，巉岩卷复垂[2]。

劳心愧自省[3]，瘦骨久鸣悲[4]。
膏雨随春令，寒霜惜大时[5]。
文殊色相在[6]，惟愿鬼神知[7]。

①此诗录自《圣祖仁皇帝御制文集·三集》卷四十九。作于康熙四十一年（1702）二月。时作者第四次巡游五台山。《圣主仁皇帝实录》载：庚申，住于五台山射虎川。“是日，山西百姓伏前官前奏曰：‘晋省饥馑，蒙恩蠲免钱粮，又动支仓粟，普行赈济，愚民无以报答高厚，愿于菩萨顶建万寿亭一座。’叩恳谕旨，又献各种果品。上命各取果品少许，其建造万寿亭，着停止。”

②巉岩：险峻的山岩。

③“劳心”句：谓作为治人者，自行省察，我问心有愧。劳心：动脑筋；费心思。《孟子·滕文公》：“劳心者治人，劳力者治于人。”

④瘦骨：指饥饿的老百姓。

⑤“膏雨”两句：谓膏雨应随春季节令的到来而降落；寒霜也应顾惜农时而推迟降落。大时：大秋作物生长的时节。

⑥色相：佛教主万物皆空，以无相未归。人或物之一时呈现于外的形式，称色相。此指塑像。

⑦“惟愿”句：谓自己关心民瘼的一片诚心只愿佛菩萨知悉。鬼神：偏意复词。此指神，即佛菩萨。

菩萨顶[1]

四十余年礼世伽[2]，本来面目是天家[3]。
清凉无物何所有，叶斗峰横问法华[4]。

①此诗录自清乾隆《代州志》。作于康熙四十一年（1702）二月。时作者第四次巡游五台山，宿于菩萨顶。菩萨顶：见李师圣《游台感兴古风》注④。

②礼：礼拜，致礼于所信仰的神佛。世伽：即释迦。释迦牟尼的简称。

③“本来”句：释迦牟尼姓乔达摩，名悉达多。为中印度迦毗罗国王净饭王长子，故云。本来面目：佛教语。犹言本觉真心。此泛指真相。天家：帝王之家。

④叶斗峰：北台峰名。法华：佛经名，全称《妙法莲华经》。此经为佛在印度灵鹫山所说，而菩萨顶坐落于五台山灵鹫峰，故有此问。

金莲映日并序[①]

广庭数亩，植金莲花万本[②]，枝叶高挺，花面圆径二寸余。日光照射，精彩焕目。登楼下视，直作黄金布地观[③]。

正色山川秀[④]，金莲出五台。
塞北无梅竹[⑤]，炎天映日开[⑥]。

①此诗录自《圣祖仁皇帝御制文集·三集》卷五十。金莲：五台山名花。一年生或多年生草本植物。徐珂《清稗类钞·植物·金莲花》："金莲花，草本，蔓生，直隶、山西等省有之，一名金芙蓉，又称旱地莲。茎卧地，出多枝，叶圆，有缺刻，似荷叶而小。夏季叶腋开花五瓣，瓣萼皆深黄，瓣心有红点，色甚艳。至秋，花干而不落。康熙时，圣祖赐以此名，高宗亦有诗咏之。"

②本：株。

③黄金布地：佛经载，古印度憍萨罗国舍卫城豪商给孤独长者须达曾倾家布金，购祇园精舍请如来居之说法。此用其典。

④正色：古以五色配五行五方，土色为黄，居中，故以黄为中央正色。《诗·邶风·绿衣》："绿兮衣兮，绿衣黄里。"毛传："黄，正色。"

⑤塞北：泛指我国北边地区。此指五台山。

⑥"炎天"句：因金莲花开于夏季六七月，故云。炎天：夏天；炎热的天气。

金莲盛放[①]

曾观贝叶志金莲[②]，再见清凉遍地鲜。
近日山房栽植茂[③]，参差高下共争妍。

①此诗录自《圣祖仁皇帝御制文集·四集》卷三十三。

②贝叶：古代印度人用以写经的树叶。此借指佛经。志：记。

③山房：山中的房舍。此当指清康熙、乾隆间在承德所建离宫承德山庄。

纳兰性德

纳兰性德（1655—1685），原名成德，字容若，号楞伽山人，满洲正黄旗人。大学士明珠长子。康熙十五年（1676）进士，官一等侍卫。淡于荣利，善骑射，好读书。又爱才喜客，所与游皆一时名士。晚更笃意经史。性德笃于情性，善诗古文辞，尤工于词。著有《通志堂集》。词集名《纳兰词》。

驾幸五台恭纪①

杳杳丹梯上②，迢迢翠辇回③。
慈云笼户牖④，佛日现楼台⑤。
珠树参天合⑥，金莲布地开⑦。
共传天子孝，亲侍两宫来⑧。

①此诗录自《通志堂集》卷四。作于康熙二十二年（1683）九月。时作者随康熙帝巡游五台山。

②杳杳：幽远貌。丹梯：指高耸入云的山峰。

③迢迢：高貌。翠辇：饰有翠羽的帝王车驾。回：回旋。

④慈云：佛教语。比喻慈悲心怀如云之广被世界、众生。

⑤佛日：对佛的敬称。佛教认为佛之法力广大，普济众生，如日之普照大地，故以日为喻。

⑥珠树：神话、传说中结珠的树。此为对五台山树木的美称。

⑦金莲：原注："金莲花，唯山中有此种。"布地：一作"帀地"。即遍地。

⑧两宫：指康熙朝太皇太后孝庄文皇后和皇太后孝惠章皇后。《清史稿·圣主本纪》："（康熙二十二年）九月己卯，上奉太皇太后幸五台山，壬辰次长城岭，太皇太后以道险回銮，上如五台山。"

宿龙泉山寺①

招提偶然到②，再宿离喧杂③。
列岫霁始开④，双扉晚初阖。
禅心投钵龙⑤，梵响下檐鸽⑥。
既闲陵阙望，亦谢主宾答⑦。
遥夜一灯深⑧，石炉烧艾蒳⑨。

①此诗录自《通志堂集》卷三。龙泉山寺：见永庆《龙泉寺》注①。

②招提：寺院的别称。

③再宿：连宿两夜。参见陆深《竹林寺拟宿》注③。

④列岫：群峰。

⑤“禅心”句：唐王维《过香积寺》诗：“薄暮空潭曲，安禅制毒龙。”此用其意。禅心：佛教语。谓清静寂定的心境。投钵龙：即龙投钵。指制伏毒龙，即灭除妄念烦恼。《增一阿含经·高幢品》载，那提迦叶归依佛前属事火外道，遇佛求宿，迦叶让佛住于大龙石窟。至夜半，龙吐火欲害龙，佛起慈心，现三昧火，龙避而投身佛钵中。迦叶遂率弟子五百人归依佛。龙，即毒龙。佛家喻世人的妄念烦恼。《涅槃经》：“但我住处，有一毒龙，其性暴急，恐相危害。”

⑥“梵响”句：谓鸽子闻僧人念佛诵经之声而从屋檐上飞下。此暗用“怖鸽”之典。见瞿汝稷《送僧游五台》注③。

⑦“既闲”两句：谓作者既未参与望祭陵阙的礼仪，也避开了主人和客人之间的应酬。闲：阻隔。引申为未参与。陵阙：帝王的坟墓。阙，墓前的牌楼。望：即望祭。遥望而祭。《书·舜典》：“望于山川，遍于群神。”孔传：“九州名山大川、五岳四渎之属，皆一时望祭之。群神谓丘陵坟衍，古之圣贤者皆祭之。”主宾答：主客之间的应对。或解为与僧人谈禅，亦通。参见孙传庭《清凉石僧舍同诸丈坐谈》注⑤。

⑧深：幽。

⑨艾蒳（nà）：香名。晋郭义恭《广志》下：“艾蒳香出西国，似细艾。又有松树皮上绿衣，亦名艾蒳，可以和合诸香，烧之能聚，其烟青白不散，于此不同。”

龙泉寺书经岩叔扇①

一

雨歇香台散晚霞②，玉轮轻碾一泓沙③。
来春合向龙泉寺④，方便风前检校花⑤。

①此诗录自《通志堂集》卷五。经岩：系某人之字。当系康熙侍臣。

②香台：烧香之台。佛殿的别称。

③“玉轮”句：指月亮映于布沙的水池。玉轮：月的别名。

④合：应该，应当。

⑤“方便”句：唐白居易《僧院花》诗：“细看便是华严偈，方便风开智慧花。”此化用其意。方便：梵语意译。亦名善巧、善权。犹言权宜。是利益他人，度化众人的一种智

慧。又，方便风：指摇扇产生之风。《乐府诗集·清商曲辞二·团扇郎》："动摇玉郎手，因风托方便。"此一语双关。检校（jiào）：查核察看。引申为观赏。唐王建《赠人诗》："朝回不向诸余处，骑马城西检校花。"花：既指自然界之花，亦指智慧花。

二

绣幡风定昼愔愔，证取莲花不染心①。
佛法自来空色相②，当年何事苦吞针③？

①"绣幡"两句：《祖师堂》卷二："印宗是讲经僧也。有一日正讲经，风雨猛动，法师问众：'风动也？幡动也？'一个云：'风动。'一个云：'幡动。'各自相争，就讲主证明，讲主断不得，却请行者（指慧能，称卢行者）断。行者云：'不是风动，不是幡动。'讲主云：'是什么物动？'行者云：'仁者自心动。'"盖风动，幡动，皆为境相。一切相从心生，故心生法生，心灭法灭。"绣幡风定"说明体悟万法皆空，境由心造的之佛理，故云。愔（yīn）愔：悄寂貌。证取：即证。参悟，修行得道。取，助词，无义。莲花不染心：从唐孟浩然《题义公禅房》诗："看取莲花净，方知不染心"化出。指自性清净心。即佛性。

②空色相：以色相为空。色相，佛教语。指万物的形貌。

③何事：为何，何故。吞针：《渊鉴类函》卷三百一十七："（鸠摩罗什）不拘细行，诸僧故多效之。什乃聚针盈掬，食之，诸僧尽皆愧服。"吞针之举，涉于色相，故云。

汤右曾

汤右曾（1656—1722）字西厓，清代仁和（今杭州）人。康熙二十七年（1688）进士，改庶吉士，授编修。历官提督河南学政、光禄寺卿、太常寺卿、通政使、翰林院掌院学士、日讲起居注官、经筵讲官、吏部右侍郎。有诗才，人称"诗公"，与朱彝尊齐名。著有《怀清堂集》20卷。

金莲花①

移根幸植玉阶旁②，宝地莲台万品香③。
天与十分端正色④，承恩光借御袍黄⑤。

①此诗录自清乾隆《钦定清凉山志》卷二十。金莲花：见玄烨《金莲映日》注①。

②玉阶：玉石砌成或装饰的台阶。亦为台阶的美称。此指殿堂的台阶。

③宝地：佛地。指五台山。莲台：亦作“莲花台”、“莲华台”。佛座。《法苑珠林》卷二十：“故十方诸佛，同出于淤泥之浊；三坐正觉，俱坐于莲台之上。”又佛教有“九品莲台”之说。佛教净土宗认为：修行完满者死后可往西方极乐世界，身坐莲花台座，因各人生前修行深浅不同，而所坐莲台有九等之别，九品莲台是最高一等。此指金莲花。

④与：给予。端正色：即正色。指黄色。参见玄烨《金莲映日》注④。

⑤“承恩”句：因金莲花瓣的颜色为黄色，有如君王袍服之色，故云。光借：借光。比喻凭借别人的名声、地位和荣誉得到好处。

陆　攀

陆攀，字威咫，清代浙江平湖人，陆楙之弟。康熙二十五年（1686）拔贡。工书善琴，兼精岐黄之术。为诗纵横兀奡（ào），颇肖苏梅。有《易义》、《枕上吟》。

树根文殊像得之五台山僧[①]

五台古树蟠杈枒[②]，几劫山中雨鬘华[③]。
蛟龙穴石五千仞，善根不受诸泥沙。
文殊说法忉利上[④]，历历白榆依瑞相[⑤]。
忽然倒影落青冥，印入祇林自成像[⑥]。
老樵腰斧若猿猱[⑦]，掀萝担取侪蓬蒿[⑧]。
归来夜半霹雳声，圆光照眼怖欲逃。
苍虬脱鳞木兰裂[⑨]，中有文殊身似雪。
庄严螺髻妙无伦，纯漆点瞳香海澈[⑩]。
南来有意伴长耳[⑪]，应与肉身笑相视[⑫]。
古佛法相总天成[⑬]，刻画丹青徒幻诡[⑭]。
人言此是真文殊，我来瞻礼抚掌吁[⑮]。
聊作转语开蒙愚[⑯]：是相非相何别区[⑰]，
万川月影皆如如[⑱]。

①此诗录自《槜李诗系》卷二十九。

②蟠杈枒：树枝盘曲交错。杈枒，树枝纵横交叉貌。

③“几劫”句：谓多少年代以来在五台山天降花雨的滋润下生长。曼华：曼陀罗花。传说为佛说法时，天雨之花。

④忉利：忉利天。梵语音义兼译。即三十三天。六欲天之一。佛教谓须弥山顶四方各有八天城，合中央帝释所居天城，共三十三处，故云。即一般所说的天堂。晋法显《佛国记》：“佛上忉利天三月，为母说法。”

⑤白榆：指星。《古乐府·陇西行》：“天上何所有，历历种白榆。”

⑥祇林：即祇园。指佛寺。

⑦腰：佩在腰上。

⑧担取：担。侪：等同。

⑨苍虬：形容树木盘曲的枝干。木兰：香木名。又名杜兰、林兰。皮似桂而香，状如楠木。

⑩香海：佛经指须弥山周围的海。亦借指佛门。

⑪长耳：指传说中的散仙长耳定光仙。印度密教传说：崇尚婆罗门教的国王“毗那夜迦”残忍成性，杀戮佛教徒，释迦牟尼派观世音化为美女和“毗那夜迦”交媾，醉于女色的“毗那夜迦”终为美女所征服而皈依佛教，成为佛坛上众金刚的主尊。在封神演义中，长耳定光仙是主动背叛截教（章回小说《封神演义》中虚构的一种宗教。与阐教对立。）的一个二代弟子，后皈依佛教，被准提、接引列为定光欢喜佛。

⑫肉身：佛教称地、水、火、风“四大”和合而成的幻身。

⑬法相：指佛像。

⑭幻诡：犹幻诞。虚妄诡异。

⑮抚掌：拍手。多表示高兴，得意。吁：叹词。表示惊怪、不然、感慨等。

⑯转语：佛教语。禅宗谓拨转心机，使之恍然大悟的机锋话语。如云门三转语、赵州三转语等。

⑰是相非相：佛教认为，所有色身相中均无真实之体，所以都是虚妄的，故云。《金刚经·如理实见分》：“凡所有相，皆是虚妄。若见诸相非相，即见如来。”

⑱“万川”句：意谓就像万川月影一样，所有的文殊像都是佛身的体现。万川月影：以月喻佛身，以川（水）喻众生之心，谓一佛能应众生之心而化现种种身形。《华严经》：“譬如净满月，普应一切水；影像虽无量，本月未曾二。如是无碍智，成就等正觉；映现一切刹，佛身无有二。”如如：佛教语。指永恒存在的真如，犹实相。

曹　寅

曹寅（1658—1712），字子清，号荔轩，又号楝亭。先世为汉族。原籍丰

润（今属河北）。自其祖父起为满清贵族的包衣（奴仆），隶属于正白旗。为小说家曹雪芹祖父。官至通政史、管理江宁织造、巡视两淮盐漕监察御史。善骑射。能诗及词曲。有《楝亭诗钞》、《词钞》、《续琵琶记》等。又汇刻前人文字、音韵书为《楝亭五种》，艺文杂著为《楝亭藏书十二种》，校勘颇精。

中台①

五台势连峙，峪口森崄岈②。
琳宫娑罗树③，布地金莲花。
清旸晃雪岭④，宝网纷交拏⑤。
修罗敛指臂，神龙护袈裟⑥。
冰崖木皮厚⑦，四月麦始芽。
道力苟不坚，白骨横撑叉。
吾闻毗岚风⑧，历劫过河沙⑨。
兹山具成坏⑩，世说徒虚夸。
别峰访德云，𪗾然树齿牙⑪。
出语一无多，共瀹园中茶⑫。
松门多虎迹，稳驾青牛车⑬。

①此诗录自《楝亭诗钞》卷七。

②峪口：山谷口。森：阴沉幽暗貌。崄岈（hánxiā）：深邃空广貌。

③琳宫：仙宫。此为佛寺殿宇的美称。

④清旸（yáng）：明净的阳光。旸，太阳。

⑤宝网：谓珍宝结成的网。一般指帝释天的因陀罗网，亦作“帝网”。宋凝然《五教章通路记》述“帝网珠”谓：“忉利天王帝释宫殿，张网覆上，悬网饰殿。彼网皆以宝珠作之，每目悬珠，光明赫赫，照烛明朗。珠玉无量，出算数表。网珠玲玲，各现珠影；一珠之中，现诸珠影……天帝所感宫殿网珠，如是交映，重重影现，隐映互彰，重重无尽。”元天如《净土或问》亦谓：“如帝释殿上千珠宝网，千珠光影咸入一珠，一珠光影遍入千珠……参而不杂，离而不分。”在华严宗的基本宗旨“十玄门”中，有“因陀罗网境界门”，藉以喻说“无尽缘起”之理。华严宗认为：一切事物的缘起，“举一为主，余则为伴，犹如帝网，举一珠为首，众珠现中。”见唐智俨《华严一乘十玄门》。此喻佛法。交拏（ná）：谓交织错杂。

⑥“修罗”两句：意谓有天龙八部护持。修罗：梵语“阿修罗”省称。意译为“不端正”或“非天”。是古印度神话中的一种恶神，住在海底，常与天神战斗。佛教采用其名，把它列为天龙八部之一。又列为轮回六道之一。袈裟：此指代僧侣、佛法。

⑦木皮：树皮。《汉书·晁错传》：“胡貉之地，积阴之处也，木皮三寸，冰厚六尺。”

⑧毗岚：梵语译音。意为迅猛的风，狂风。指一种劫灾起时能吹坏世界的大猛风。

⑨历劫：佛教语。谓宇宙在时间上一成一毁叫“劫”。经历宇宙的成毁为“历劫”。河沙：恒河沙数。此指数不清的国土。

⑩兹山：此山。指五台山。成坏：形成、毁坏。即经历成劫和坏劫。

⑪“别峰”两句：意在说明法不外求，劝白云长老到五台山参访应去除分别之想。德云：为善财童子五十三参中参访的第一位善知识，住胜乐国妙峰山。《碧岩录》第二十三则：“教中说妙峰孤顶，德云比丘从来不下山。善财去参，七日不逢，一日却在别峰相见。及乎见了，却与他说一念三世一切诸佛智慧光明普见法门。德云既不下山，因什么却在别峰相见?”辴（zhěn）然：大笑貌。

⑫“出语”两句：谓白云长老到五台山参访也不会听到高僧的要言妙旨，只不过在庭院中共同喝茶而已。此暗用“赵州茶”公案，意在消除学人的妄想分别，所谓“佛法但平常，莫作奇特想”。《五灯会元》卷四：“师（从谂）新到：‘曾到此间么?’‘曾到。’师曰：‘吃茶去。’又问僧，僧曰：‘不曾到。’师曰：‘吃茶去。’后院主问曰：‘为什么曾到也云吃茶去，不曾到也云吃茶去?’师召：‘院主!’主应诺。师曰：‘吃茶去。’”瀹(yuè)：煮。

⑬“松门”两句：原注：“二十八年前见白云长老于此。”松门：指松门山。《清一通志·江西南昌府一》：“松门山在新建县北二百五十里。”《寰宇记》：“其山多松，北临大江及彭蠡湖。山有石镜，光明照人。”或指前植松树的门。指佛寺。青牛车：即牛车。佛教语。喻普度一切众生的菩萨道。《法华经·譬喻品》：“愍念安乐无量众生，利益天人，度脱一切，是名大乘，菩萨求此乘故，名为摩诃萨，如彼诸子为求牛车出于火宅。”

张　瑜

张瑜，字怀公，清代山西代州（治所在今代县）人。康熙甲子（1684）副榜。生平规行矩步，文亦超拔绝俗，教授生徒严明有法，选授孝义教谕而卒。有《雪崖文集》、《可居诗草》。

覆宿晴岚①

孤峰上逼蔚蓝天，天影山光一色连。

极目晴空如画里，葱葱佳气映前川[②]。

①此诗录自清乾隆《代县志》。覆宿：山名。明代所传五台山四埵之北埵。在山西代县县城东北胡家滩乡境内，俗称馒头山，海拔2426米，属恒山山脉。

②葱葱：形容草木青翠茂盛或气象旺盛。

滹水孤舟[①]

背城流水自东来[②]，一叶孤舟两岸苔。
早晚渡头人闹处，悠悠烟浪画图开[③]。

①此诗录自清乾隆《代州志》。滹水：即滹沱河。

②城：指代州城，即今代县县城。

③烟浪：犹烟波。指烟雾苍茫的水面。

岩寺晚钟[①]

巉岩月上洞云归[②]，古殿深松正掩扉。
寥落清钟通万壑[③]，不知何处是禅机[④]？

①此诗录自清乾隆《代州志》。岩寺：指白仁岩寺。见王三聘《游白仁岩》注①。

②巉岩：高而险峻的山岩。

③寥落：稀疏。清钟：清亮的钟声。

④禅机：禅法机要。

杨　瞰

杨瞰，清代云南定远（今云南牟定县）人。康熙二十六年（1687）举人。四十八年（1709）任五台县令。

登东台[①]

到来老眼一时空，飘渺奇观入望中[②]。

银海波浮元气外[3]，金莲花遍碧山东[4]。
风吹六月衣裳冷，云静千峰呼吸通[5]。
人世炎炎殊不觉[6]，青葱岩岫意何穷[7]！

①此诗录自清乾隆《五台山志》。

②飘渺：高远空旷。望中：视野之内。

③“银海”句：切东台峰名望海。银海：银色的海洋。云、水、冰雪与日、光华互相辉映产生的景色。元气：指天地未分前的混沌之气。

④金莲花：五台山名花。亦名旱地莲。碧山东：指碧绿的东台。

⑤千峰呼吸通：谓各峰之间人们的声气可以相通。呼吸，指声气；讯息。又唐李白《登华山落雁峰》：“此山最高，呼吸之气可通帝座矣。”则谓千峰高耸，呼吸之气可通天帝之座。

⑥炎炎：灼热貌。亦暗喻尘世的烦热。

⑦岩岫：峰峦。意：意趣。亦暗指“祖师西来意”。

佚　名

五台八景[1]

阁岭白云似卧[2]，林泉晚照人家[3]。
峰山无树落松花[4]，西望河阳月挂[5]。

朝看黄围雨雾[6]，河边落雁交加[7]。
槐荫春色更堪夸[8]，东冶秋光如画[9]。

①此词录自清乾隆《五台县志》。志载：“邑中八景旧有西江月词，不知谁何氏所作。后复采景色称佳者，志八景焉。”后志八景为：山城夜月、阁道穿云、茹湖落雁、龙湾烟雨、河边归雁、槐荫春绿、东冶秋黄（黄，亦作“禾”）、石窟跃鱼。

②原注：“岭有夹道，时屯白云，远望如卧龙。”

③原注：“在县北三里许，晚日光照人家。”

④原注：“其巅衍平，有黑气仙洞，时落松花。余按：山石多天然松纹，当指此。”

⑤原注：“地接峰山，多杨树，夜月挂其梢。余按：当指月挂山，山上一孔，玲珑如

月。”

⑥原注：“俗称围坨。一峰耸峙，每有云戴其上即雨，最验。”

⑦原注：“即滹沱河浅濑明沙，社日燕集，芦荻尽黑。”

⑧原注：“多槐树，春来各花先开二十余日，光景明媚。”

⑨原注：“沃壤水田，秋日稻熟，田家景色可玩。”

张　绅

张绅，清代山西五台人。能诗。康熙二十六年（1687），知县周三进编纂《五台山志》，绅参校。

阁道穿云①

翠岩依碧落②，高阁晓含云。
映日龙鳞动，因风凤翼分③。
奇峰疑楚岫，触石乱湘裙④。
莫衍为霖意⑤，苍生望已殷⑥。

①此诗录自清乾隆《五台县志》（下同）。阁道穿云：旧为五台八景之一。在五台县城东北5公里处。其地有阁岭山。双峰夹道，架山为阁，重檐飞甍，时屯白云。每当天雨之前，总有云雾穿阁道而过，故称。

②碧落：道教语。天空；青天。

③“映日”两句：谓在日光映照下，阁道穿云犹如巨龙飞动，鳞光闪耀；因风吹拂而散开，又像凤凰翅翼双分。

④“奇峰”两句：谓白云缭绕的阁岭犹如亭亭玉立的巫山神女；云雾触石而乱，又像她的湘裙在翻飞。唐李群玉《同郑相并歌姬小饮戏赠》诗：“裙拖六幅湘江水，鬓耸巫山一段云。”此化用其意。楚岫：楚地山峦。此指楚天云雨。战国宋玉《高唐赋》写楚王在阳台梦见巫山神女，女去而辞曰：“妾在巫山之阳，高丘之阻，旦为朝云，暮为行雨。”后因以“楚天云雨”指巫山神女。湘裙：湘地丝织品制成的女裙。

⑤莫：表示猜度。或许；大约；莫非。衍：演变。此有酝酿之意。为霖意：降雨之意。

⑥苍生：指百姓。

茹湖落雁[①]

芦荻花如雪[②]，波光澹不流[③]。
似云成锦字，列阵下汀州[④]。
关塞千峰雨[⑤]，衡阳万里愁[⑥]。
茹湖霜尚薄，疑是洞庭秋[⑦]。

①茹湖落雁：旧为五台八景之一。在五台县城东10公里阁岭山下。其地有盆地，俗称濮子坪。四面皆山，水无出路，夏秋雨季，则聚水成湖。蘋蘩苇蓼，映带参差；春秋雁鹜，翔集其滨，有洞庭、潇湘之致，故称。

②芦荻：芦与荻。均为沼泽中所生植物。

③澹：水波起伏。

④“似云”两句：谓飞集茹湖的雁群犹如白云，成为优美的锦字；它们布列阵势，飞下茹湖中的小洲。锦字：见王啸庵《大显通寺》注⑥。汀州：水中小洲。

⑤关塞：边塞；边关。此泛指雁群飞越的重重关山。

⑥“衡阳”句：此化用“衡阳雁断”之典。湖南衡阳有回雁峰，传说雁至此峰不过。因以“衡阳雁断”比喻音信阻隔。此借指鸿雁欲到冬季的栖息之地，征程遥远。

⑦“茹湖”两句：谓落雁之所以齐集茹湖，是将之当作秋季的洞庭湖。洞庭：湖名。在湖南省北部，长江南岸。

龙湾烟雨[①]

仙阁迷丹若，龙宫昼冥濛[②]。
深蒲鸣野鹤[③]，翠浪落松风[④]。
绿径苔莎润[⑤]，青畦秫稻峰[⑥]。
依稀云树里，几杵暮钟通[⑦]。

①龙湾烟雨：旧为五台八景之一。在五台县城东20公里处。参见张爋《龙湾二首》注①。

②“仙阁”两句：谓太师山上的仙阁布满晚照；而山下的龙池即使白天也是烟雾弥漫，一片幽暗。仙阁：仙人的楼阁。借指太师山上的龙王庙。迷：通“弥”。布满。丹若：石榴的别名。唐段成式《酉阳杂俎·木》：“石榴，一名丹若。”明李时珍《本草纲目·果二·安石榴》：“若木乃扶桑之名，榴花丹赪似之，故有丹若之称。”此以“丹若”指若木，

即扶桑。指代太阳。

③深蒲：蒲草深处。蒲，香蒲。多年生草本植物，俗称蒲草。生长在水边或池沼内。

④“翠浪”句：谓太师山上松林间的风吹来，蒲草起伏不定，犹如绿色的波浪。

⑤苔莎：地衣和莎草。

⑥秫（shú）稻：秫和稻。秫，粱米和粟米之黏者。此泛指庄稼。峰：疑为“丰”之误。

⑦几杵：几声。杵，敲钟的木槌。

石窟跃鱼①

凌空绝鸟迹②，覆地列牺罍③。
不许鹰鹯度④，谁知鲸鲤来⑤。
冲风疑破壁⑥，激水自生雷。
碣石西千里，龙门尚暴鳃⑦。

①石窟跃鱼：旧为五台八景之一。在五台县李家庄村清水河南岸石壁下。有石窟径尺许。每逢清明节前后，窟中有鱼随流水拥出，乃至破身曝鳃，五六日方止，故名。

②“凌空”句：写石壁之高。凌空，耸立空中。

③牺（suō，今读 xī）罍（léi）：即牺和罍。牺，即牺尊。古代酒尊名。作牺牛形。也有于尊腹刻画牛形者。罍，古代的一种容器，外形或圆或方，小口，广肩，深腹，圈足，有盖和鼻，与壶相似。用来盛酒和水。《礼记·礼器》：“罍尊在阼，牺尊在西。”此喻石窟所在河滩中的累累巨石。

④鹰鹯（zhān）：鹰和鹯。均为猛禽。

⑤鲸鲤：泛指鱼类。

⑥冲风：暴风；猛烈的风。

⑦“碣石”两句：谓此地西距碣石所在的大海千里之外，为什么还会出现暴鳃龙门之景象呢。碣石：山名。在河北省昌黎县北。碣石山余脉的柱状石亦称碣石，该石自汉末起已逐渐沉没海中。此借指碣石所在之大海。暴（pù）鳃：同“曝鳃”。晋刘欣期《交州记》：“有堤防龙门，水深百寻，大鱼登此门化成龙，不得过，暴鳃点额，血流此水，恒如丹池。”

陈鹏年

陈鹏年（1663—1723），字北溟，号沧州，清代湖广湘潭（今属湖南）

人。康熙三十年（1691）进士。历知县、知府、布政使、江南河道总督等职。为官清廉，有政声，谥恪勤。有《道荣堂文集》、《历仕政略》、《沧洲近诗》等。

送静庵僧之五台结夏[1]

五月正炎热，山寒不可胜[2]。
好将双赤脚，去踏万年冰[3]。
虎石阶前伏[4]，龙云钵底兴[5]。
欲随飞锡住[6]，松雪路层层。

①此诗录自《清诗别裁》卷十七。结夏：佛教僧尼自农历四月十五日起静居寺院九十日，不出门行动，谓之“结夏”，又称结制。

②不可胜：不可承受。

③万年冰：中台灵迹。见孙传庭《万年冰》注①。

④“虎石”句：《清凉山志》卷七《二虎慑盗》：“明嘉靖四十五年夏，祁县僧德胤，隐居凤林谷。值岁凶，暮夜，贫民从之贷粮，胤以饘橐，授之而去。出篱数步，见二伏虎，大怖而返，还所授橐。胤笑曰：‘虎自汝心耳。’送之出，惟见卧石二焉。因以二虎称之。”

⑤“龙云”句：写收龙于钵，即除灭妄念烦恼。参见纳兰性德《宿龙泉山寺》注⑤。

⑥飞锡：指僧人游方。

超　揆

超揆，清代僧人。俗姓文，名果，又名同揆，字庵轮，长洲（今江苏苏州）人。善画山水，工诗。康熙十七年（1678）住绍兴大能仁寺。雍正间召入京，赐赉优渥。年七十余示寂，谥文觉禅师。有《浉海丛谈》、《寒溪诗稿》。

五台山[1]

五岭茏葱宝气腾[2]，云中恍听叱牛僧[3]。
松当密处楼台涌，涧为寒多冰雪凝。

菩萨顶高瞻瑞像④，金刚窟窅悬神灯⑤。
蒙恩破夏来千里⑥，次第悬崖曳瘐藤⑦。

①此诗录自《清凉山新志》卷十。

②茏葱：即葱茏。草木青翠茂盛。宝气：指祥瑞之气。

③叱牛僧：指文殊。《清凉山志》卷四《无著入金刚窟传》载，唐无著“抵清凉山……至楼观谷口，心思圣境，礼数百拜，跏趺小寐，闻叱牛声，惊觉，见一老人，弊巾苎服，牵牛而行，至无著前。”后随老人入金刚窟，并与晤谈。

④菩萨顶：见李师圣《游台感兴古风》注④。瑞像：佛教语。称佛教始祖释迦牟尼之像。此指菩萨顶文殊真容。

⑤金刚窟：北台灵迹。见无著《金刚窟》注①。窅（yǎo）：幽深貌。

⑥蒙恩：受恩惠。此指由清帝恩准。破夏：佛教语。僧人在夏季三月须安居静修，谓坐夏；坐夏期内出外谓“破夏”。

⑦次第：依次。曳瘐藤：拽着枯死的藤蔓。意为攀援。

东台①

飘飖身忽透虚空②，绝顶难胜大块风③。
髻绾螺纹星斗近，形排雁字塞门通④。
峰峦环拱台连北，海峤平临日出东⑤。
竺子塔前罗万圣⑥，紫云长绕梵王宫⑦。

①“飘飖（yáo）”句：谓轻风吹拂，身体忽然间好像穿过天空。飘飖：风吹貌。

③难胜：难以承受。大块风：大地之风，大自然之风。《庄子·齐物论》：“夫大块噫气，其名为风。”成玄英疏：“大块者，造物之名，亦自然之称也。”

④“髻绾”两句：谓犹如结成螺纹状发髻的东台顶与天上的星斗相近，成列而飞的大雁通过雁门关。雁字：成列而飞的雁群。群雁飞行时常排成“一”字或“人”字，故称。塞门：边关。此指雁门关。

⑤“峰峦”两句：谓连绵的山岭环绕着的东台与北台遥遥相连；立于东台，平对着海边的山岭，看东方日出。海峤（qiáo）：海边的山岭。

⑥竺子塔：东台灵迹。见镇澄《笠子塔》注①。罗万圣：罗列着一万菩萨。因东台东畔有灵迹“那罗岩窟”，《华严经》谓“是菩萨住处”，故云。

⑦梵王宫：此指东台顶望海寺。

南台[①]

山布鲜花若覆盂[②]，普贤犹剩旧浮图[③]。
氤氲瑞霭连中顶，迢递名区尚半途[④]。
景幻竹林留圣像，岭开金阁现冰壶[⑤]。
须知神异难思议[⑥]，佛境何劳辨有无？

①此诗录自《清凉山新志》卷十。

②若覆盂：写南台顶相状。《清凉山志》卷二："南台……顶若覆盂，周一里。"

③"普贤"句：因南台普济寺有灵迹普贤塔，故云。

④迢递：连绵不绝貌。名区：有名之地；名胜。

⑤"景（yǐng）幻"两句：写所见灵迹。景幻竹林：指南台灵迹"古竹林"。为唐释法照入圣境处。景：后多作"影"。影子。岭开金阁：写南台灵迹"金阁岭"。《清凉山志》载："昔人见化金阁，建寺以拟之。"冰壶：即玉壶。指仙境。见王啸庵《大显通寺》注⑤。

⑥难思议：即不可思议。参见法本《文殊发塔》注⑩。

西台[①]

层峦矗矗镇庚方[②]，胜地先占妙吉祥[③]。
八水普滋金色界[④]，一峰长吐白毫光[⑤]。
对谈石绣莓苔雨，洗钵池薰药草香[⑥]。
不是大慈洪感应，荆榛久已塞遐荒[⑦]。

①此诗录自《清凉山新志》卷十。

②层峦：重叠的山峰。庚方：西方。庚，天干的第七位。古代谓五方中属西。

③妙吉祥：文殊菩萨汉译名。以其"生有十征，见闻获益"（见《清凉山志》卷一），故称。

④八水：指西台灵迹八功德水。金色界：即金色世界。佛教语。指佛所居住的世界。

⑤白毫光：佛光。

⑥"对谈"两句：写西台灵迹。对谈石：即二圣对谈石。见敦煌文献《五台山赞》注⑳。洗钵池：即文殊洗钵池。《清凉山志》卷二载："文殊洗钵池，台东北谷。昔有白发母，洗钵于此，僧明信问其故，曰：'中台乞食而来。'言讫忽隐，唯见光映林谷。"薰：

香，发出香气。药草：喻佛法。见沈泰鸿《送无用法师礼五台歌》注㉜。

⑦塞遐荒：充满于这遥远而荒凉之地。

北台①

说法台高迴出云②，隐峰飞锡古今闻③。
源流泰戏山中接，霞彩华严岭畔分④。
雪积银沙澄白水，天围珠斗卓青雯⑤。
鸟声绝响人踪断，春色何曾草木薰⑥？

①此诗录自《清凉山新志》卷十。

②说法台：北台灵迹。见觉同《和咏五台·北台》注⑤。

③隐峰飞锡：指唐高僧隐峰由淮西执锡杖飞空游五台山事。因北台有灵迹“隐峰塔”，故云。

④“源流”两句：谓滹沱河的源头与泰戏山相连，彩霞笼罩的华严岭将北、东两台分开。泰戏山：北台灵迹。在北台东北35公里繁峙县横涧乡。为滹沱河之源头。《山海经》云：“泰戏之山无草木，多金玉，滹沱之水出焉。”华严岭：北台灵迹。见梦觉《华严岭》注①。

⑤“雪积”两句：谓北台白雪集聚，犹如银沙，白水池水更显得澄澈；天上，北斗七星环绕着的北台耸立高空。白水：指北台灵迹白水池。珠斗：指北斗七星。因斗星相贯如珠，故称。青雯：高空。

⑥“春色”句：意谓春天虽已来临，但北台顶还无草木的芳香。薰：香，发出香气。《文选·江淹〈别赋〉》：“闺中风暖，陌上草薰。”李善注：“薰，香气也。”

中台①

水从峨谷出中台②，大愿船乘圣域开③。
峰挺翠岩朝雨合，山从灵鹫暮云来④。
东西列派如观掌，南北分支此结胎⑤。
我到雪深迷洞壑⑥，澡池遥望重徘徊⑦。

①此诗录自《清凉山新志》卷十。

②水：指滹沱河。峨谷：山谷名。在中台之北。

③大愿船乘：指普度一切众生的舟船和车马。大愿："大誓愿"之省。佛教指普度一切众生的广大愿心。

④"峰挺"两句：谓挺拔的翠岩峰因朝雨而被笼罩，灵鹫峰从暮云中露出它的身影。

⑤"东西"两句：为互文对举。谓站在中台顶观看，东西南北四台分列，犹如观看手掌般清晰；四台从中台分支而出，均由中台孕育。《清凉山志》卷二："五台，亦曰五峰……其东西南北四台，均自中台发脉。"列派：犹派列。分列。

⑥迷：迷失，分辨不清。洞壑：洞穴。旧指仙人所居之处。唐沈佺期《岳馆》诗："洞壑仙人馆，孤峰玉女台。"中台有灵迹西天洞、罗汉洞，当为所指。

⑦澡池：指中台灵迹"万圣澡浴池"。见觉玄《万圣澡浴池》注①。重：庄重，神情肃穆。

清凉山歌[①]

清凉山中万菩萨，递代相沿衣与钵[②]。
真容狮子坐文殊[③]，广度群生臻解脱。
万水千山得得来[④]，踏步须凭脚板阔。
此山名著华严经，天龙八部常潜形。
每逢说法共围绕，六窗洞启何曾扃[⑤]？
灼然圣境举目是，法身遍满青山青[⑥]。
中台里高三十九，翠岩之峰即台首。
四望群山跬武间[⑦]，儿孙罗列勤奔走。
东台峰以望海称，三十八里崎岖登。
圣僧菩萨并杂处[⑧]，云霞变幻悬神灯。
西台四十里欠五，挂月峰磨明镜古[⑨]。
洗钵池逢白发婆，泥斋和尚惯吃土[⑩]。
三十七里陟南台，花铺锦绣烟峦开。
神龟石罅插箭岭，那吒八臂凌空来[⑪]。
北台最高四十里，峰名叶斗冲霄起。
云雨风雷麓半生，极目滹沱衣带矣。
更探幽界秘魔岩，密箐深林境不凡[⑫]。
月出岫云堆枕箪[⑬]，日沉岚翠湿衣衫。
远寻龙宅盂潭隐[⑭]，险凿螺龛石壁嵌。

窣堵木叉遗蜕在，对人默默口三缄[15]。
秘魔路半清凉石，周遭四丈厚八尺。
圣君驻跸验奇踪，一百八人有余隙[16]。
其他金阁与天城，紫府丹崖留胜迹。
台怀梵刹六十四，刹刹庄严炫金碧[17]。
瓣香我自长安至[18]，祖德佛慈同一致。
愿祈不动至尊躯[19]，疢疾永消如药树[20]。
遐方臣服四时礼[21]，百职咸熙黔首治[22]。
钵囊鞋袋历边陲[23]，叩我胸中惟此事[24]。
中峰赋赠断崖诗[25]，就手拗折枯藤枝。
要将五峰摄入草鞋双耳孔，踏翻秘魔崖石，
归来说与傍人知。
咄哉，此老殊诞妄[26]，大都一茎草上立教[27]，
狮子返掷全神奇。
老僧铺张圣境，连篇不能尽，漫比天台作赋时[28]。

①此诗录自《清凉山新志》卷十。

②递代：依次替代；轮换。相沿衣与钵：即衣钵相传。中国禅宗初祖至五祖师徒间传授道法，常付衣钵为信，故称。

③“真容”句：大文殊寺（菩萨顶）有文殊真容。

④得得：特地。

⑤六窗洞启：指六窗清净后所达到的“六根互用”的境界。六窗：犹“六根”。谓眼、耳、鼻、舌、身、意。扃（jiǒng）：关闭。

⑥“灼然”两句：即“触目菩提”之意。灼然：明显貌。法身：见德清《送如证禅人造旃檀像还五台》其二注②。

⑦跬（kuǐ）武：指极短的距离。跬、武，均指半步。

以上十二句总写五台山文殊道场。

⑧“圣僧”句：即“凡圣交参”之意。

⑨“挂月”句：《清凉山志》卷二：“西台……亦名挂月峰，月坠峰巅，俨若悬镜”，故云。佛教禅宗有“磨镜调心”之语。喻通过修习佛法，除去心灵尘垢，即可明心见性。弘忍《修心要论》：“譬如磨镜，尘尽自然见性。”句意谓挂月峰自古为僧人静修之所。

⑩“洗钵”两句：写西台灵迹。文殊洗钵池：见作者《西台》注⑥。泥斋和尚处：见

觉玄《泥斋和尚处》注①。

⑪“神龟”两句：写南台灵迹。神龟、石罅：俱在仙花山南半麓。插箭岭：南台灵迹。《清凉山志》卷二载：“插箭岭，台东二十里。宋太宗北征入此，见菩萨，现八臂相，插箭而回。”那吒：佛教护法神名。梵语音译那吒俱伐罗省称。相传为毗沙门天王（多闻天王）之子，析骨还父，析肉还母，运用神力，为父母说法。

以上十二句分写五台及其灵迹。

⑫“更探”两句：写西台灵迹秘魔岩。秘魔岩：见张商英《继哲和尚传》注③。密箐（qìng）深林：泛指茂密的树林。箐，山间大竹林。

⑬枕箪（dān）：枕席，泛指卧具。

⑭龙宅盂潭：写西台灵迹“龙洞”。

⑮“窣堵”两句：写北台灵迹“隐峰塔”。遗蜕：僧道认为死是遗其形骸而化去，故称其尸体为“遗蜕”。口三缄：即三缄其口。轻易不说话。此寓“净名无言”之意。

⑯“秘魔”四句：写康熙皇帝观赏中台灵迹“清凉石”。驻跸：帝王出行，中途暂住。

⑰“其他”四句：总括其他灵迹和佛寺。金阁：指南台灵迹“金阁岭”，岭上有金阁寺。天城：东台灵迹。《清凉山志》卷二载：“天城，五王城（在台东北数十里）侧。灵迹记云：‘天城，即化寺也。不依地立，迥出云霞，朱楼绀殿，皎若天城，得遇之人，尘机顿息。’”

以上写进一步探幽访胜。

⑱瓣香：犹一瓣心香。谓心中虔诚敬礼，如燃香供佛。又佛教语。犹一瓣香，即一炷香。佛教禅宗长老开堂讲道，烧至第三炷香时，长老即云，这一瓣香敬献传授道法的某某法师。后以“一瓣香”指师承和仰慕某人。

⑲不动至尊：指不动尊，即不动明王。亦泛指佛菩萨。因其不为生死、烦恼所动，世间所尊，故称。

⑳疢（chèn）疾：疾病。药树：喻佛法。《清凉山志》卷一引经：“舍利弗叹羡，文殊知之，告曰：‘吾能持一切草木树林，无心之物，变相说法，皆如佛也。’”

㉑遐方：远方。此指远方的外族和属国。四时礼：按季节对朝廷朝拜。

㉒“百职”句：谓百官和乐，百事兴旺，百姓安宁。黔首：百姓。

㉓囊钵：僧人盛放钵盂的袋子。

㉔扣我胸中：谓我心中诚恳关注。扣，诚恳。

以上八句写作者朝台的目的。

㉕“中峰”句：元释明本，字中峰。其有《送断崖禅师游五台歌》。以下三句均引明本诗句。

㉖咄哉：表示感叹。此老：指文殊。

㉗一茎草上立教：指心佛不二，物我一如的教法。一茎草：见明本《送断崖禅师游五

台歌》注⑰。

以上写作者对文殊教法的理解。

㉘“老僧”三句：写作者以此歌拟晋孙绰《游天台山赋》。铺张：铺叙渲染。漫：副词。聊，姑且。

射虎川台麓寺恭赋①

圣主天威悚百灵，省方雁代按图经②。
谷中云暗穿林密，马首风生带血腥。
一发贯胸全没羽，八衢何物敢潜形③？
敕营梵宇名台麓，万祀千秋永泐铭④。

①此诗录自《清凉山新志》卷十。射虎川：见高士奇《扈从清凉山三首》之三注⑩。台麓寺：在射虎川。始建于康熙二十四年（1685），光绪、民国年间重修。清代为黄教二喇嘛驻地。寺内建有清帝朝台行宫。

②“圣主”两句：谓依据图经巡视五台山，康熙皇帝的威严使各种神灵惊惧。天威：帝王的威严。省方：巡视四方。见朱彝尊《驾幸五台山恭纪三首》之三注⑥。雁代：雁门郡代州。此指五台山。图经：附有图画、地图的书籍或地理志。

③“谷中”四句：写康熙皇帝在射虎川射虎事。全没羽：谓箭杆后的雕翎全部隐没不见。羽，古代箭杆上的羽毛。八衢：四通八达的道路。

④“敕营”两句：写康熙皇帝敕建台麓寺，并立碑以纪之。泐（lè）铭：镌刻铭文。泐，通“勒”，铭刻。

题秘魔岩①

山势奇难状，精蓝结断崖②。
泉从刳木引，潭以种松埋③。
八面岩疑坠，千层岭若排。
登临神异境，济胜仗芒鞋④。

①此诗录自《清凉山新志》卷十。秘魔岩：见张商英《继哲和尚赞》注③。

②“山势”两句：写秘魔岩之奇险。状：形容，描绘。精蓝：寺院。指秘魔寺。结：结构。

③“泉从”两句：谓泉水从剖凿的木槽引来，水潭因种植松树而被遮掩。埋：掩盖，遮蔽。

④“登临”两句：写作者登临秘魔岩。济胜：攀登胜境。芒鞋：用芒茎外皮编织成的鞋。亦泛指草鞋。

同李莱嵩居士宿栖贤社即赠主人桂公禅德①

名山今挂锡，耆德重丛林②。
欲重栖贤约，先空涉世心③。
白云烟嶂合，金地雨花深④。
应有亭前石，时时听法音⑤。

①此诗录自《清凉山新志》卷十。题下原注：“桂久亲讲席，与李公旧交。”栖贤社：即栖贤寺。见孙传庭《栖贤社》注①。禅德：有道禅师。

②“名山”两句：写作者挂锡五台山寺院而闻桂禅师高名。挂锡：游方僧投宿寺院。因投宿时把衣钵挂在僧堂钩上，故称。耆（qí）德：年高德劭，素孚众望者之称。此指桂禅师。重丛林：为寺院所推崇。丛林，见祖印《竹林寺》注②。

③“欲重”两句：写作者和李莱嵩居士应约到栖贤社。重：严肃。涉世心：指尘心。涉世，经历世事。

④“白云”两句：写栖贤社环境之幽和法席之盛。金地：借指佛寺。参见元好问《台山杂咏十六首》之十二注①。雨花：佛教故事。佛祖说法，诸天降众花满空而下。

⑤“应有”两句：用“顽石点头”之典，写桂禅师佛法精深。语本晋佚名《莲社高贤传·道生法师》：“师被摈，南还，入虎丘山，聚石为徒。讲《涅槃经》，至阐提处，则说有佛性，且曰：‘如我所说，契佛心否？’群石皆为点头，旬日学众云集。”后因以“顽石点头”比喻道理讲得透彻，说服力强，足以使人信服。

顶增坚错

顶增坚错，清代僧人。为清政府选派至菩萨顶提督五台山喇嘛事务的第四代大喇嘛。康熙四十三年（1704），袭康熙三十七年（1698）敕封老藏丹巴之职，为清修禅师、提督五台山番藏扎萨克大喇嘛。曾捐资重修金刚窟、太平兴国寺、金灯寺、杂花庵（后改称宝花寺）等寺院。

题五郎祠[①]

弃却干戈披衲衣[②]，个中争许几人窥[③]？
只今惟有台山月，夜夜空临杨老祠[④]。

①此诗录自作者康熙五十三年（1714）《重修太平兴国寺碑记》。碑记中载："癸巳（康熙五十二年）仲春，见四殿圯颓，承蒙龙主，奉旨来山修建祈保今上皇帝万寿无疆道场，普饭番汉诸僧，广施负馁。路经其寺，见五郎影，遂援笔题曰：（即此诗）。此乃千古之绝词。而五郎数百年之心迹，却被此词道破了也。"五郎祠：见正秀《五郎祠》注①。

②干戈：干和戈是古代常用兵器，因以"干戈"用作兵器的代称。

③"个中"句：谓五郎出家的缘由无几人可知。个中：此中。争：怎。

④"只今"两句：从唐李白《苏台览古》诗"只今惟有西江月，曾照吴王宫里人"化出。

按：此诗或谓康熙皇帝玄烨之作，然碑文所指不明，殊难断定。若谓顶增坚错作，自撰碑文中似不宜有"此乃千古之绝词"等语。姑录于此。

游五郎祠寺[①]

六十年来住此山，皇恩未报已苍颜[②]。
五郎祠近频相过[③]，怅望高风不可攀[④]。

①此诗录自崔正森等《五台山碑文选注》。五郎祠寺：即太平兴国寺。见祖印《太平兴国寺》注①。中有五郎祠，故称。

②苍颜：面色苍苍。指年老。

③频相过：屡次前往拜访。

④高风：高卓的风范。

嵇曾筠

嵇曾筠（1670—1738），字松友，号礼斋，清代江苏无锡人。康熙四十五年（1706）进士。历任编修、侍讲、巡抚、兵部侍郎、吏部尚书等职，累官至文华殿大学士加太子太保。康、雍、乾三朝屡任河道总督，颇有政绩。卒谥文敏。有《师善堂集》、《河防奏议》。

五台山[①]

昔人一览五台胜，谓可不须五岳游[②]。
把诗令我神辄往[③]，襆被欲发仍勾留[④]。
那知山灵有深眷[⑤]，衔命太原偿此愿[⑥]。
见山已自开心颜，况复驱车到天半。
摩霄跨汉何嵸巃[⑦]，呼吸直与精灵通[⑧]。
疑是娲皇此炼石[⑨]，化作五朵青芙蓉。
闻说东台特奇妙，拾级先登纵遐眺。
夜半涌出硃砂丸[⑩]，海外天鸡犹未叫[⑪]。
山僧复导过西台，举头正喜鸿濛开[⑫]。
阴晴凉暖变俄顷，飒然万里边风来。
遥指南台高几许，蹈虚蹑险如霞举[⑬]。
上方历历见星辰，下界冥冥自风雨。
欲往北台更飘瞥[⑭]，分明引入水晶窟。
阴崖高叠万古冰，幽涧长流千岁雪。
中台宛在山中央，云是文殊旧道场。
驯虎何曾避行客，伏龙犹自依空王[⑮]。
飞泉宛转当檐落，注入清池长不涸。
镜中大可印禅心[⑯]，惟见一泓开澹漠[⑰]。
小憩刚逢梵课余[⑱]，妙香冉冉飘衣裾。
到此能令众缘息[⑲]，只有夙好犹难除。
摄衣余勇更一鼓，直上莲花岭头坐。
两丸日月足底生，百道烟霞腰下裹。
一峰万状难具论，诸山环侍犹儿孙[⑳]。
置身合在最高顶，俯瞰一气浑无垠。
登高倘使心不猛，奇胜何由得全领？
从知万事须造巅[㉑]，赖得兹游发深省。
朅来幸得公务闲[㉒]，闲情暂寄水石间。
幽吟颇得清净理，遐赏适在清凉山[㉓]。

却为王程难久住㉔，摇鞭又入红尘去。
回首一片出山云，不识为霖向何处㉕？

①此诗录自《清诗别裁》卷二十二。

②五岳：我国五大名山的总称。一般指东岳泰山、南岳衡山、西岳华山、北岳恒山、中岳嵩山。

③把诗：手执诗卷。

④襆（pú）被：以包袱裹束衣被。意为整理行装。勾留：耽搁。

⑤深眷：深切的关怀、照顾。

⑥衔命：受命，奉命。

⑦摩天跨汉：迫近蓝天，跨越天汉。形容极高。汉，天汉。即天河。嵸巃（zōnglóng）：高耸貌。

⑧“呼吸”句：谓呼吸之气真可通天上的神仙。唐李白《登华山落雁峰》：“此山最高，呼吸之气想通帝座矣。”

⑨娲皇：即女娲氏。传说中的古帝王。或谓伏羲之妹，或谓伏羲之妇。炼石：即炼石补天。古代神话传说。上古之时，天破地裂，女娲炼五色石以补苍天。语本《淮南子·览冥训》：“往古之时，四极废，九州裂，天不兼覆，地不周载……于是女娲炼五色石以补苍天。”

⑩硃砂丸：喻初升的太阳。

⑪天鸡：见邵长蘅《送董舜民游五台》注⑫。

⑫鸿濛开：指天刚破晓。鸿濛，东方之野，日出之处。

⑬霞举：飘行；飞升。

⑭飘瞥：迅速飘落或飘过。

⑮空王：佛教语。佛的尊称。佛说世界一切皆空，故称“空王”。

⑯镜：指一平如镜的水池。禅心：佛教用语。谓清净寂定的心境。

⑰澹漠：恬静寡欲。

⑱梵课：指僧人的朝暮课诵，亦称“早晚功课”。内容包括唱诵显密经咒、偈赞，礼拜、回向等。

⑲众缘：世俗的情缘。

⑳“一峰”两句：唐杜甫《望岳》诗：“四岳崚嶒竦处尊，诸峰罗列如儿孙。”此用其意。具论：全部论述。具，通“俱”。

㉑造巅：登上山顶。造，到，去。

㉒朅（qiè）来：犹尔来。

㉓“遐赏”句：谓在清凉山遍览充满悦乐。遐赏：犹遐观。纵观，遍览。适：悦乐，

满足。

㉔王程：奉公命差遣的行程。

㉕为霖：天降甘霖。即降雨。

霖　笨

霖笨，清代康熙间江西庐山僧人。

题五郎祠[1]

关关野鸟声初歇[2]，满径山花香浸骨[3]。
我折山花拜五郎，五郎赠我天边月[4]。

①此诗录自崔正森等《五台山碑文选注》。

②关关：鸟鸣声。

③香浸骨：香气浸透肌骨。极言花香之浓。

④天边月：月亮圆融皎洁，喻真如佛性。

郑　嶲

郑嶲，字乐山，号凤岐，清代山西五台蒋坊村人。少有才藻，不拘绳墨。康熙五十七年（1718）进士，改庶吉士。六十年殿试夺魁，授翰林院检讨，参与国史编写。寻督学福建，授吉安知府，调南昌知府。所到之处，皆有政声。后卒于政所。雍正二年（1724），曾就山西各州县历年空亏、加大火耗、鱼肉百姓及五台山喇嘛横索扰民事上书，并协助新任县令惩治不法喇嘛，为人称颂。

游台指迷歌[1]

五峰高出云表[2]。登其上者，下视城廓村庄如蚁穴，平看斗枢天汉，有遗弃一切、洗空万有[3]之概。乃四方游者，或怯于神宫梵宇，或惑于佛光神灯，或骇于清凉石[4]、金刚窟[5]之灵异；又有庸夫俗子，假进香之名，各行其货殖[6]

之术。是虽终日游台，吾直[7]以为未尝游也。当自白云寺[8]南，直上南台，延连诸峰，踏顶而来，大观备矣。下入台怀，不过一览可了。若先到台怀，逡巡濡滞[9]，则游其所游，非吾所谓游矣。

神京西望五台山，紫府巍巍碧汉间。
欲礼文殊何路入，杖藜先从龙泉关[10]。
出关直上长城岭[11]，岭畔马跑泉窟冷[12]。
宋将还留挂甲松[13]，苍鳞绝巘蟠虬影[14]。
过岭一寺名涌泉[15]，万松蓊郁霭云烟。
从兹初入清凉境，数里还经射虎川[16]。
赫赫天威此射虎，山间樵牧皆欢舞。
敕营宝刹台麓寺[17]，路旁有泉号神武[18]。
行来石嘴径北回[19]，普济禅堂茶一杯[20]。
还从海会庵前过[21]，白云寺畔上南台。
问道西行千佛洞[22]，洞边隐隐金灯动[23]。
仙花之山是南台[24]，花开锦绣香风弄。
此台三十七里高，到此游人莫惮劳。
南去古南台不远[25]，北看金阁涌松涛[26]。
下台欲问清凉石，欢喜旃檀取径窄[27]。
盘回密树见幽居，一石方方大如席。
云是曼殊说法床，人容五百非荒唐。
岩下有桥兼有阁，禅居处处名清凉[28]。
崎岖欲觅中台路，狮子窝中狮子住[29]。
穿林陟磴上中台，中有浮图滴甘露[30]。
西北隅有太华池[31]，临池照人魂欲驰。
西南隅有祈光塔[32]，祈得毫光五色奇。
五色凝台名翠岩[33]，胎结中央支分四[34]。
正脉中崛灵鹫峰，半山王子焚身寺[35]。
玉花池侧梵宫开[36]，铁佛五百俱自来[37]。
西去西台十五里，牛心石畔漫徘徊[38]。
积土天成名挂月，洗钵池边尘虑歇[39]。

更闻有客煮泥餐[40]，异事千年长不没。
八功德水是精蓝[41]，二圣坐石曾对谈[42]。
更讶狮子遗踪在[43]，说与游人着意探。
秘魔之岩在峨谷[44]，此地遥看画一幅。
断壑层崖最险奇，木叉和尚曾栖宿。
北望北台势更崇，途经澡浴水融融[45]。
万年冰在阴岩中[46]，欲跻高台又怯风。
不信炎天风尚怯，风来坠人如坠叶[47]。
峰名叶斗果不虚，生陷狱深不可涉[48]。
雪花飞散黑龙潭[49]，潭畔阴森冷不堪。
远望长城连大漠，低看雁塞覆晴岚[50]。
此去东台三十里，华严岭上僧施水[51]。
饮余迤逦上东台[52]，笠子塔前歇行李[53]。
此台名为望海峰，五更遥见水溶溶[54]。
岩下那罗古洞在[55]，洞中传说有神龙。
下路直抵龙蟠树[56]，平章寺前生烟雾[57]。
松风吼处是北山[58]，巍巍古刹高僧住。
傍山斜入五郎沟[59]，白水池中水自流[60]。
金刚窟子深无际，石门常闭少人游。
紫霞谷去向西北[61]，谷内有庵名妙德[62]。
树密山深俗客稀，信是修真人憩息。
回寻旧路循水涯，五峰历遍到台怀。
菩萨顶在云霄里，琉璃为瓦玉为阶。
广宗圆照在阶下[63]，显通铜塔真精舍[64]。
大塔院在显通前[65]，塔上奇珍能照夜。
左边山脚是罗睺[66]，文殊真像石山口[67]。
寺前斜入凤林谷[68]，日光西照好藏修[69]。
山势西来回北拱，梵仙山向鹫峰耸[70]。
大罗顶是旧青峰[71]，脉发东台半空拥。
紫府护国共碑楼[72]，栖贤之谷出清流[73]。
观音洞里甘露滴[74]，大社小社人栖留[75]。

渡水西寻杨柏峪[76]，九龙岗下人络绎[77]。
化竹林在狮岭根[78]，车沟日照一山隔[79]。
回头却转交口南[80]，道东新建万缘庵[81]。
飞泉西下真瀑布，寺名镇海就中含[82]。
海螺城在此山后[83]，路僻岩幽人罕观。
雷音寺与明月池[84]，沐浴禅堂次第走[85]。
黑崖洞外清河清[86]，护众庵中听鸟鸣[87]。
隔岭还有娑罗树[88]，万古千年永擅名。
至兹搜尽灵山奥，秘魔岩远须亲到。
如能亲到秘魔岩，别有乾坤凭啸傲[89]。
此歌是踏五台行，历遍诸天返帝京[90]。
假若先从台怀去，白云寺北问山名。

①此诗录自崔正森《五台山游记选注》。

②云表：云外。

③万有：犹万物。

④清凉石：中台灵迹。见觉同《和咏五台·总咏五台》注⑥。

⑤金刚窟：北台灵迹。见无著《金刚窟》注①。

⑥货殖：经商。居集财货，经营取利。

⑦直：真，简直。

⑧白云寺：在南台东北麓，地处五台山入口。为康乾时代五台山行官所在地之一。

⑨逡巡濡滞：徘徊不前，停留迟滞。

⑩龙泉关：见王世贞《龙泉关》注①。

⑪长城岭：见玄烨《自长城岭至台怀》注①。

⑫马跑泉：五台山泉名。在长城岭畔。传说宋名将杨六郎到五台山探望出家为僧的杨五郎，路经此处，口渴难耐，其坐骑奋蹄一刨，出一清泉，故名。明徐霞客《游五台山日记》："从（南台）西北历栈拾级而上，十二里，抵马跑泉。泉在路隅山窝间，石隙仅容半蹄，水从中溢出。窝亦平坦可寺，而跑马寺却在泉侧一里外。"

⑬挂甲松：古松名。在长城岭。传说杨六郎镇守三关时，到五台山看望杨五郎，路经此地小憩，曾解甲挂于此松，以示对佛尊重，故名。清高士奇《扈从西巡日录》："壬辰，度长城岭，又名十八盘。岭凡二十里，关山险隘，石磴崎岖，一松苍翠。临崖碑题：'宋杨延昭挂甲树'。"

⑭绝巘：陡峭的山峰。蟠虬：盘曲的虬龙。

⑮涌泉：寺名。在长城岭西南约1公里处。即旧路岭龙泉寺。清改名涌泉寺。

⑯射虎川：见清高士奇《扈从清凉山三首》之三注⑩。

⑰“敕建”句：原作“敕官宝刹台麓寺”，官，当为“营”，径改。台麓：寺名。见超揆《射虎川台麓寺恭赋》注①。

⑱神武：泉名。见清高士奇《扈从清凉山三首》之三注⑩。

⑲石嘴：五台县集镇名。地处交叉路口。东通河北省阜平县，北通台怀镇，南通五台县城。

⑳普济禅堂：即普济寺。古称崇福寺。在五台县石嘴镇西北方。

㉑海会庵：在金岗库乡小甘河村清水河东岸。创建年代不详。清代重修，民国年间再修。

㉒千佛洞：南台灵迹。亦名佛母洞。《清凉山志》卷二：“千佛洞，台东北崖畔。嘉靖末，道方者，夜游至此，见神灯万点，既出旋入。方随入，见玉佛像森列其中，穹窿深迥。近里许，黤然闻波涛，悚怖不能出。念观音名，愿造像，忽见一灯，寻光得出。乃造石佛于洞口。”千佛洞为天然岩洞，分内外两洞。外洞阔大，供有明代石佛像，深处有小口通内洞。内洞呈葫芦状，洞壁有石乳、石笋，酷似人体肋骨、五脏六腑。小口仅可容一人出入。进洞，谓投胎佛母；出洞，谓佛母重生。

㉓金灯：寺名。在千佛洞附近。《清凉山志》卷二：“金灯寺，南台东北麓，元建。成化间，一庵重修。”

㉔仙花之山：即仙花山。南台之山名。是：原作“上”，据他本改。

㉕古南台：南台灵迹。见杨綵《古南台》注①。

㉖金阁：岭名。见齐己《送灵辩上人游五台》注⑥。

㉗欢喜旃檀：指欢喜岭。在中台东、台怀西20里处。

㉘清凉：寺名。见李邕《清凉寺碑铭》注①。

㉙狮子窝：中台灵迹。见赵梦麟《狮子窝二首》注①。

㉚浮图：塔。指中台顶演教寺舍利塔。甘露：泉名。中台灵迹。在台右。

㉛太华池：中台灵迹。见王道行《游五台诗·中台》注⑦。

㉜祈光塔：中台灵迹。见觉玄《祈光塔》注①。

㉝名翠岩：原作“应翠岩”，据他本改。翠岩，中台峰名。

㉞“胎结”句：中台位居其他四峰之中。“其东西南北四台，皆自中台发脉。一山连属，势若游龙”（《清凉山志》卷二），故云。

㉟王子焚身寺：即今寿宁寺。在灵鹫峰西北岭。《清凉山志》卷二：“寿宁寺，在三泉寺南岭，古名王子焚身寺。高齐第三子，自识宿命，厌尘劳，于此燃身供圣，菩萨现形火光中。内侍刘谦之回奏，帝悼之，敕建寺焉。唐普雨大师，奏昭宗重修……宋景德初，敕改建曰寿宁。元华严菩萨者，有道僧。成宗及英宗幸山，命右丞相巴思重修葺焉。”

㊱玉花池：中台灵迹。见敦煌文献《五台山赞》注㉒。梵宫：指玉花寺。创建于唐大历五年，明改名万寿寺。

㊲“铁佛”句：相传明成化年间，玉花寺老僧去江南募化，铸五百铁罗汉，让其自行回寺。路上，一尊铁罗汉落伍，行至五台县虒阳河畔寺沟村，问一洗衣女子当天能否回寺。女子说，你就是铁铸的罗汉也走不回去了。一语点破其真相而僵立河畔，后当地人筑佛殿以供之。以故寺中只有四百九十九尊铁罗汉。“俱自来”，当由此而来。铁佛：原作“铁邪”，据他本改。

㊳牛心石：西台灵迹。见敦煌文献《五台山圣境赞·题五台·西台》注⑦。

㊴洗钵池：指文殊洗钵池。西台灵迹。见超揆《西台》注⑥。

㊵有客煮泥餐：指泥斋和尚处。西台灵迹。见觉玄《泥斋和尚处》注①。

㊶八功德水：西台灵迹。见觉同《和咏五台·西台》注④。精蓝：佛寺。八功德水旁原建有八功德水寺。

㊷“二圣”句：写西台灵迹二圣对谈石。见敦煌文献《五台山赞》注⑳。

㊸狮子遗踪：指西台灵迹师子踪。见敦煌文献《五台山圣境赞·题五台·西台》注②。

㊹秘魔之岩：即秘魔岩。西台灵迹。见张商英《继哲和尚赞》注③。

㊺澡浴：即万圣澡浴池。中台灵迹。见觉玄《万圣澡浴池》注①。

㊻万年冰：中台有灵迹万年冰。又清光绪《繁峙县志》：“县东南，北台背也。冰结不消，鉴悬崖背，常莹莹，朗若夜照之珠，俗呼万年冰。”

㊼“风来”句：《清凉山志》卷二：“北台……时或猛风怒雷，令人悚怖。尝有大风，吹人堕涧，若槁叶耳。”此用其意。

㊽生陷狱：北台灵迹。见镇澄《生陷狱》注①。

㊾黑龙潭：即黑龙池。北台灵迹。见张商英《咏五台诗·北台》注⑥。

㊿雁塞：泛指北方边塞。此指雁门关。晴岚：晴日山中的雾气。

51华严岭：北台灵迹。见梦觉《华严岭》注①。

52迤逦：斜延貌。

53笠子塔：东台灵迹。见镇澄《笠子塔》注①。

54溶溶：水流盛大貌。

55那罗古洞：指东台灵迹那罗延窟。见敦煌文献《五台山赞》注㉖。

56龙蟠树：原作“龙蟠村”。据赵林恩注，五台山东台顶西北沟谷名东台沟，有村名东沟村，并无龙蟠村。显通寺明万历三十六年造钟铭文有“五台山东台沟龙盘树白云庵”字样。据此，“龙蟠村”为“龙盘（或蟠）树”之误。龙盘树当为东台沟地名。其地有白云庵，今已不存。

57平章寺：在华严谷。金建。遗址尚存。

(58)北山：寺名。见净澄《普济寺》注①。

(59)五郎沟：即楼观谷。因其西山麓建有太平兴国寺，寺内有五郎庙，故称。

(60)白水池：北台灵迹。见净伦《金刚窟》注③。

(61)紫霞谷：北台灵迹。见明让《紫霞谷》注①。

(62)妙德：庵名。在紫霞谷西北。

(63)广宗、圆照：均为寺名。广宗寺，见宗林《送友之五台讽华严》注⑮。圆照寺，见孙传庭《圆照寺》注①。

(64)显通铜塔：显通，寺名。见贯休《送僧游五台》注⑦。该寺铜殿前矗立铜塔五座，以示五台。旧为五台山十景之一。明万历三十四年由妙峰募化而铸造。其中三座毁于民国间，1993 年予以补造。

(65)大塔院：即塔院寺。原为显通寺塔院，故称。见王道行《塔院寺》注①。

(66)罗睺：寺名。见孙传庭《罗睺寺》注①。

(67)文殊真像：指殊象寺文殊殿内所塑文殊驾狻猊像。《清凉山志》卷二："殊像寺，梵仙山左，有文殊驾狻猊像，神人所造，见者肃然，生难有想。"

(68)凤林谷：中台灵迹。在台东南谷。谷内原有凤林、日光、宝林等寺院。

(69)日光：寺名。在凤林谷。嘉靖初，独峰和尚建。

(70)梵仙山：中台灵迹。见元好问《台山杂咏十六首》之十六注④。

(71)大罗顶：亦作大螺顶。即今黛螺顶。原名青峰。见法本《青峰》注①。

(72)"紫府"句：指紫府庙、护国寺、碑楼寺。紫府庙，在梵仙山东山脚下，旧台怀南，始建年代不详，已废。护国寺，见镇澄《护国寺》注①。碑楼寺，在灵峰寺东。始建于明，现存嘉靖三十六年石碑一通，刻五台山 98 处寺庙名称。

(73)栖贤之谷：即栖贤谷。东台灵迹。见镇澄《栖贤谷》注①。

(74)观音洞：东台灵迹。见法本《观音洞》注①。

(75)大社：即栖贤寺。见孙传庭《栖贤社》注①。小社：无考。盖由大社述及之。

(76)杨柏峪：五台山村名。与栖贤寺隔清水河相望。

(77)九龙岗：山岭名。在中台之南。其地有九条山脊，蜿蜒若龙，故名。岗麓建有九龙岗寺，亦称龙泉寺。

(78)化竹林：东台灵迹。见善安《化竹林》注①。狮岭：化竹林所在山岭名。

(79)车沟、日照：均为寺名。车沟寺，在车沟。明宝印、楚峰、玉堂三僧结庵于此，遂成丛林。遗址尚存。日照寺，在车沟南天盆谷，与车沟隔一山岭。始建于北齐，曾属南山寺。遗址尚存。

(80)交口：地名。在车沟口。其地为车沟水与清水河水汇合处，故名。

(81)万缘庵：在交口南里许清水河西岸摊子村。清康熙间僧人悟尘建。

(82)镇海：寺名。在台怀南 4 公里清水河西侧。始建于明成化年间，清康熙间重修。寺

依山而建，由上院、下院、塔院（南院）三部分组成，占地16100平方米。殿堂百余间。清代后期和民国初期，清封章嘉活佛住此，统管北京、西宁、和五台山黄教，在佛教界颇有影响。相传此地有一海眼，佛陀以铜锅覆盖，且建塔镇之，名镇海塔，寺以塔名，曰镇海寺。寺周山峦起伏，松柏掩映，风景如画。风起时，响声如涛，称为“镇海松涛”。

㉝海螺城：南台灵迹。见镇澄《海螺城》注①。

㉞雷音寺：在海螺城。明建。明月池：见雨花老人《明月池》注①。

㉟沐浴禅堂：即大文殊院。在镇海寺南里许。《清凉山志》卷二：“大文殊院，即沐浴堂，在佑国寺南三里，吻叶和尚建。后有本空和尚中兴，立为十方常住，授戒安禅，躬行慎切。”今废。

㊱黑崖洞：天然岩洞。在明月池南2.5公里清水河畔。清河：即清水河。发源于东台西麓东台沟，由东北向西南贯穿五台县境，于神西乡坪上村汇入滹沱河，全长104公里。

㊲护众庵：《清凉山志》卷二：“护众庵，在观海寺（明月池）南五里。原是丛林，因无其人，数年歇响。后有如然和尚，复整为十方常住，葺废修残，弘戒演经，晓夜不懈。”

㊳娑罗树：即栴林寺。见高士奇《娑罗树》注①。

㊴啸傲：放歌长啸，傲然自得。形容放旷不受拘束。

㊵诸天：泛指天界。此指五台山。

爱新觉罗·允礽

爱新觉罗·允礽（réng）（？—1724），清圣祖爱新觉罗·玄烨次子。康熙十四年（1675）立为太子，四十六年废；四十八年复立，五十一年复废。雍正二年薨，追封理密亲王。

陪驾幸五台①

凤刹虹幡碧落悬②，盘空磴道白云穿③。
上方恍在诸天外④，积雪疑从太始前⑤。
山号清凉澄法界⑥，地开功德引飞泉⑦。
曼陀花雨纷纷落⑧，总为君王种福田⑨。

①此诗录自《晚晴簃诗汇》卷五。允礽曾于康熙二十二年（1683）二月、四十一年（1702）二月、四十九年（1710）二月三次随玄烨巡台。其诗创作年代不详。

②凤刹：刹上饰凤。指寺庙或佛塔。虹幡：指寺庙前幡柱上所悬彩旗。碧落：道教语。

天空；青天。

③磴道：登山的石径。

④上方：此借指佛寺。诸天：泛指天界；天空。

⑤太始：古代指天地开辟、万物开始形成的时代。《列子·天瑞》："太始者，形之始也。"张湛注："阴阳既判，则品物流形也。"

⑥法界：见王陶《佛光寺》注③。此指五台山佛地。

⑦"地开"句：写西台灵迹八功德水。

⑧曼陀花雨：诸天为赞叹佛说法之功德而散花如雨。《法华经·序品》："是时天雨曼陀罗华。"曼陀：指曼陀罗。梵语译音。意译为悦意花。在印度被视为神圣的植物，特栽培于寺院之间。此借指雪花。

⑨君王：此指康熙皇帝。福田：佛教语。佛教以为供养布施，行善修德，能受福报，犹如播种田亩，有秋收之利，故称。

菩萨顶雪月①

山川皎洁一时匀，始信空王道力真②。
蓬海三千皆种玉，绛楼十二不飞尘③。
侵衣夜色浑疑昼，绕座寒光未觉春。
总为圣神征瑞应④，万年有道福骈臻⑤。

①此诗录自《晚晴簃诗汇》卷五。菩萨顶：见李师圣《游台感兴古风》注④。

②空王：佛的尊称。道力：谓修道而得之功力。

③"蓬海"两句：谓雪中五台山及其寺宇洁白如玉，一尘不染，犹如仙境。蓬海：指海中仙山蓬莱。三千：三千大千世界。此极写范围之大。绛楼十二：即十二楼。指神话传说中仙人的居处。此借指五台山佛寺的殿宇。

④圣神：封建社会称颂帝王之词。亦借指皇帝。此指康熙皇帝。征：征兆。瑞应：古代以为帝王修德，时世清平，天就降祥瑞以应之，谓之瑞应。《西京杂记》卷三："瑞者，宝也，信也。天以宝为信，应人之德，故曰瑞应。"

⑤万年：犹万岁。此为对康熙皇帝的称颂。骈（pián）臻：并至，一并到来。

爱新觉罗·胤禛

爱新觉罗·胤禛（1678—1735），即清世宗。清圣祖第四子，年号雍正。

1722—1735年在位。他对佛法修持严密，悟入深远，自号“圆明居士”，著有《御选语录》。

恭谒五台过龙泉关偶题[①]

隔断红尘另一天[②]，慈云常护此山巅[③]。
雄关不阻骖鸾客[④]，胜地偏多应迹贤[⑤]。
兵象销时崇佛象，烽烟靖始飏炉烟[⑥]。
治平功效无生力，赢得村翁自在眠[⑦]。

①此诗录自《世宗宪皇帝御制文集》卷二十四。作于康熙四十一年（1702）二月（以下录诗同）。时作者以贝勒（满语译音。清代为满洲、蒙古贵族的爵号，位在郡王下，贝子上）的身份随康熙皇帝巡游五台山。恭谒：恭敬地晋见。龙泉关：见王世贞《龙泉关》注①。

②另一天：清乾隆《钦定清凉山志》作“又一天”。即别有天地。

③慈云：佛家称佛以慈悲为怀，如大云覆盖世界。

④骖鸾客：喻康熙皇帝一行。骖鸾，谓仙人驾驭鸾鸟云游。

⑤应迹贤：符合心迹的贤者。指高僧大德。应迹，符合心迹。宋程颢《答横渠张子厚先生书》：“自私则不能以有为为应迹，用智则不能以明觉为自然。”此指符合佛菩萨心迹，即深谙佛理。

⑥“兵象”两句：意谓太平盛世则崇尚佛教。兵象：预示战争的天象。指代战争。烽烟：即烽火狼烟。古代边防报警的信号。指代战争。靖：止息。炉烟：指供佛菩萨的香火。

⑦“治平”两句：谓因国家政治清明、天下安定和佛菩萨的法力，赢得百姓自由自在的生活。治平：本指治国平天下。后指政治清明，天下安定。无生：此指代佛法。

将至五台山月下作[①]

深沉院落隔嚣尘[②]，夜静高悬月一轮。
芍药栏边藏祖意，葡萄架里露天真[③]。
契机且共论诗酒[④]，忘我何妨互主宾[⑤]？
闻说台山蓦直路[⑥]，明朝不必问前津[⑦]。

①此诗录自《世宗宪皇帝御制文集》卷二十四。

②嚣尘：指纷扰的尘世。

③“芍药”两句：写触目菩提之意。祖意：即禅宗用语“祖师西来意”，亦即禅宗祖师达摩从西方来到中国的意旨。此指代禅心，禅意。天真：不受世俗影响的天然本性，即“本来面目”，犹本觉真心。

④契机：相互契合投机。

⑤“忘我”句：忘我，意同无我。无我为三法印之一。意谓世间一切现象皆无实在的自体，与“无自性”、“性空”基本同义。无我则无他，故无妨互为宾主，即不分宾主。主宾：临济宗义玄对参禅者与禅师之间不同的关系总结为四宾主：即宾看主、主看宾、主看主、宾看宾。主，谓禅师或已开悟者；宾，谓参禅者或未悟者。见《五灯会元》卷十一。此借用其意。

⑥台山蓦直路：语出禅宗公案“赵州勘婆”。见广莫《送本无禅师谒五台》注②。蓦直，一径，直接。

⑦前津：前边的渡口，即前边的道路。此一语双关。亦暗指通向佛门之路。

清凉纪游一十四首

入山①

清凉境界梵王宫②，碧染芙蓉耸昊穹③。
万古云封五顶寺，千株松纳四时风。
盘回鸟道珠幡里④，缭绕炉烟画障中⑤。
石立俨然如接引⑥，疑逢青髻化身童⑦。

①此诗录自《世宗宪皇帝御制文集》卷二十五。

②梵王宫：本指大梵天王的宫殿。泛指佛寺。

③芙蓉：莲花的别称。此指山峰。昊（hào）穹：犹苍天。

④鸟道：谓险绝的山路，仅通飞鸟。珠幡：饰珠的旗幡。

⑤画障：画屏。此指有如画屏的青山。

⑥接引：佛教语。泛指助人度脱凡尘。谓佛与观世音、大势至两菩萨引导众生入西方净土。净土宗谓阿弥陀佛能接引众生往生净土，故亦称“接引佛”。

⑦青髻化身童：指文殊。文殊顶结五髻，如童子般清纯无执，常化现为童子，故云。

东台

嵯峨东陟插云峰①，壁翠峦苍亘百重②。

妙吉祥师常说法[③]，那罗延窟惯藏龙[④]。
远窥沧海初升日，响振空林欲曙钟[⑤]。
一派明霞光绚烂，天然佛境豁心胸[⑥]。

①嵯峨：山高峻貌。东陟：向东登上。

②亘：连接，绵亘。

③东台顶望海寺供聪明文殊像，故云。妙吉祥：文殊师利意译。谓具有不可思议的微妙功德，最胜吉祥，故名。师，对文殊的尊称。

④那罗延窟：东台灵迹。见敦煌文献《五台山赞》注㉖。

⑤欲曙钟：指晨钟。

⑥豁心胸：使心胸豁然开朗。

南台

岿然秀拔峙南台[①]，顶势穹窿若覆杯[②]。
香阁遥瞻烟锁处[③]，宝灯闻说夜飞来[④]。
仙岩铺锦凭谁绣[⑤]，虎窟屯云为我开[⑥]。
欲礼真容先在望[⑦]，频催前骑蹑崔嵬[⑧]。

①秀拔：秀丽挺拔。峙：耸立。

②“顶势”句：谓南台顶的形势中高而周下垂，犹如倒扣的杯盂。《清凉山志》卷二：“南台……顶若覆盂，周一里。”穹窿：中间隆起，四周下垂貌。常用以形容天的形状。

③香阁：佛寺的台阁。南台顶有普济寺。

④“宝灯”句：写南台灵迹千佛洞。《清凉山志》卷二：“千佛洞……嘉靖末，道方者夜游至此，见神灯万点，既出旋入。”

⑤“仙岩”句：切南台峰名锦绣。

⑥虎窟：当泛指南台的洞穴。

⑦在望：谓远处的东西在视野之内。

⑧蹑：登。崔嵬：高耸貌。此指高耸的南台。

西台

挂月岩前一径探[①]，岧峣紫翠叠烟岚[②]。

圆机风与溪相答[3]，秘义人同石共谭[4]。
灵异迹多难罄笔[5]，清凉峰好尽如簪[6]。
无边觉海毫端入[7]，八水源头不用参[8]。

①挂月岩：即挂月峰。西台峰名。一径探：谓沿着一条小路去探访。

②岧峣（tiáoyáo）：高峻，高耸。烟岚：山林间蒸腾的雾气。

③“圆机”句：谓风声与溪水声互相应和，显示了圆融互摄的禅机。

④“秘义”句：写西台灵迹二圣对谈石。传为文殊和维摩诘谈论佛法处。见敦煌文献《五台山赞》注⑳。谭：同“谈”。秘义：隐秘的意旨。此指不二法门。

⑤难罄笔：犹罄竹难书。此极言灵迹之多，难以尽载。

⑥簪：插定发髻或冠的长针。此如“碧玉簪”。喻苍翠挺拔的山峰。唐韩愈《送桂州严大夫》诗：“江作青罗带，山如碧玉簪。”

⑦“无边”句：意谓从细微处即可以深入佛教深广的教义。觉海：指佛教。佛以觉悟为宗，海喻教义深广。毫端：细毛的末端，比喻极细微。此句亦有佛法“圆融互摄”、“芥纳须弥”之意。

⑧“八水”句：自注：“西台有八功德水。”参：指参访。

北台

北台秀矗斗杓傍[1]，楼殿凌虚结上方[2]。
众壑俱从檐下落，万缘都向槛边忘[3]。
洪河如带明分野[4]，恒岳为邻接大荒[5]。
世界三千空色喻，岂离般若一毫光[6]？

①“北台”句：切北台峰名叶斗，极言其高。《清凉山志》卷二：“北台……亦名叶斗峰，其下仰视，巅摩斗杓（biāo），故以为名。”

②结：结构。即连接架构，以成屋舍。上方：道家谓天上，仙界。

③万缘：指一切因缘。槛：栏杆。

④洪河：大河。此指滹沱河。分野：古天文学说，把十二星辰的位置跟地上州、国位置相对应。就天文说，称分星；就地上说，称分野，犹地域界限。

⑤恒岳：北岳恒山。大荒：泛指辽阔的原野和边远的地方。

⑥“世界”两句：谓三千大千世界也可以用空色“六喻”来说明；它同样离不开佛智之一丝毫光。空色喻：指六喻。佛教以梦、幻、泡、影、露、电，喻世事之空幻无常。《金

刚经·应化非真分》："一切有为法，如梦幻泡影，如露亦如电，应作如是观。"毫光：如毫毛一样四射的光线。此指佛的白毫相光。

中台

五朵青莲簇翠鬟①，峨峨一朵拥中间②。
近来若个宗风彻③，至此方知佛日闲④。
采菊梵仙归洞去⑤，踏花狮子自空还⑥。
法身宝塔门门现⑦，毕竟游人未到山⑧。

①"五朵"句：谓五朵青莲花般的五台犹如丛聚的翠鬟。翠鬟：妇女发式的美称。

②峨峨一朵：指东台。峨峨：高峻，高耸。

③若个宗风彻：谓那个宗派的风格最明彻。宗风：指佛教各宗系特有的风格，传统。多用于禅宗。彻，《周语中》："其何事不彻"，《华严经音义》引贾逵曰："彻，明也。"此指明心见性，见性成佛。

④佛日闲：指佛教的法度。佛日，佛教认为佛的法力广大，普济众生，如日之普照大地，故以为喻。闲：法度；界限。多指礼仪道德规范。《论语·子张》："大德不踰闲，小德出入可也。"或解作佛家修道生活的清静、闲适，亦通。

⑤"采菊"句：写中台灵迹梵仙山。《清凉山志》卷二："梵仙山……昔有五百仙人，饵菊成道。"洞：指神仙洞府。

⑥踏花狮子：写中台灵迹狮子窝。《清凉山志》卷二："狮子窝……昔人见万亿狮子，游戏其中。"踏花，脚踩莲花。

⑦"宝塔"句：谓宝塔的每个门都体现了佛法真谛。法身：见德清《送如证禅师造旃檀像还五台》注①。此借指佛法真谛。宝塔：指中台灵迹台中舍利塔。《清凉山志》卷二载，中台演教寺"中有铁塔，藏舍利焉"。

⑧游人未到山：指世人不谙佛理。

真容院①

殊像原无二②，庄严属画工③。
昔闻叱牛叟④，今见跨狮翁⑤。
月面光莹玉⑥，珍缨贯慧风⑦。
真容从未隐，谩道现虚空⑧。

①真容院：即今菩萨顶。见李师圣《游台感兴古风》注④。

②殊像：指真容院文殊塑像。因传其为塑士据光中所现文殊像图模塑成（见《清凉山志》卷二），故谓之“殊象”。

③庄严：佛教指装饰美盛。

④叱牛叟：指文殊化身。见无著《金刚窟》注①。

⑤跨狮翁：指文殊塑像。因其以狮为座，故称。

⑥“月面”句：谓文殊塑像面如满月，像宝玉般光亮晶莹。月面：面净满如满月。佛八十随行好之一。

⑦珍缨：以珍珠装饰的缨络，为塑像的饰物。贯：穿。慧风：指破惑证真的智慧风采。

⑧谩道：欺骗说，浮夸虚妄地说。现虚空：指真容院拟塑圣像时“忽光中现文殊像”之事。

清凉石[①]

一

光寒如镜卧深云，半是云斑半藓纹[②]。
谁识方方一片里，古今容尽屐交纷[③]。

①清凉石：中台灵迹。见觉同《和咏五台·总咏五台》注⑥。

②云斑：像云彩般的斑痕。指清凉石的“自然文藻”。藓纹：苔藓生成的花纹。

③“古今”句：谓容纳了古往今来纷至沓来的游人的足迹。

二

体本清凉自解烦，天然秀色蓄云根[①]。
曼殊说法今何在[②]，参客空寻趺坐痕[③]。

①天然秀色：指清凉石的“自然文藻”。云根：山石。此指清凉石。

②曼殊：文殊菩萨梵文译音“曼殊室利”的略称。

③参客：参访者。趺坐痕：因清凉石又名曼殊床。传说文殊尝“趺坐其上，为众说法”（见《清凉山志》卷二），故云。

过清凉山诸寺

祇林几处隐松关[①]，门带寒溪碧玉湾[②]。
历叩花宫寻白足[③]，遍登香阁看青山[④]。
无尘觉地猿能定[⑤]，不系禅心云共闲[⑥]。
一片清凉苍翠色，家家分得满窗间[⑦]。

①祇林：即祇园，也称祇树林。此泛指佛寺。松关：此犹松门。谓以松为门；前植松树的屋门。

②“门带”句：谓寺门前清冷、碧绿的一湾溪水如带。碧玉：指澄净、青绿色的流水。唐李白《忆旧游寄谯郡元参军》诗：“时时出向城西曲，晋祠流水如碧玉。”

③“历叩”句：谓询问遍了佛寺以寻访高僧。叩：探问；询问。花宫：相传佛说法处天雨众花，故诗文中以佛寺为花宫。白足：指高僧。见贞素《哭日本国内供奉大德灵仙和尚诗》注㉑。

④香阁：指佛寺的台阁。

⑤“无尘”句：谓在无尘世烦恼的佛地，即使浮躁不安的猿猴也可入定。猿：指心猿。佛教语。喻攀援外境、浮躁不安之心有如猿猴。语本《维摩诘经·香积佛品》：“以难化之人，心如猿猴，故以若干种法，制御其心，乃可调服。”定：佛教语。三学或六度之一。谓心专注于一境而不散乱。

⑥不系禅心：指不为烦恼所系缚的清静寂定之心境。

⑦“一片”两句：寓“佛光普照”之意。

出山途中口占[①]

—

路转层台树几重[②]，绿荫如幄护金容[③]。
行从琪草瑶花过[④]，衣染生香百和浓[⑤]。

①口占：不用起草而随口成文。

②层台：高台。此指高山。

③幄（wò）：帐幕。金容：指金光明亮的佛像。

④琪草瑶花：古人谓仙境中的花草。

⑤百和：即百和香。由各种香料和成的香。

二

日射关门宿雾开[①]，化城咫尺首重回[②]。
仙云片片随行骑[③]，直自清凉山顶来。

①关门：指龙泉关。宿雾：夜晚的雾气。

②化城：此指寺院。咫尺：八寸曰咫。咫尺比喻极近。

③行骑（jì）：行走的马。

射虎川台麓寺[①]

精蓝郁起碧岩幽[②]，此日斋诚驻紫骝[③]。
东指凤城双阙迥[④]，西瞻鹫岭半空浮。
梵钟缥缈香云外[⑤]，宝翰昭回古殿头[⑥]。
神表天弧开净域[⑦]，河沙浩劫颂圣游[⑧]。

①射虎川：见高士奇《扈从清凉山三首》之三注⑩。台麓寺：见超揆《射虎川台麓寺恭赋》注①。

②“精蓝”句：谓幽静的台麓寺卓然耸立于青山之中。

③斋诚：斋戒虔诚。紫骝：良马名。又名枣骝。此指代康熙皇帝一行的车马。

④凤城双阙：指京城北京的宫门。凤城：京都的美称。相传秦穆公之女弄玉吹箫引凤，凤降其城，故曰丹凤城。后因称京都为凤城。双阙：古代宫殿、祠庙、陵墓前两边高台上的楼观。此借指宫门。

⑤梵钟：佛寺中的大钟。香云：美好的云气。

⑥“宝翰”句：谓康熙皇帝的题匾在古殿上头如日月般光辉灿烂。宝翰：珍贵的墨迹。此指康熙皇帝为台麓寺的题匾“十刹圆光”、“五峰化育”等。昭回：《诗·大雅·云汉》：“倬彼云汉，昭回于天。”意为云汉星辰光辉回转于天。后借以比喻日月的光辉。

⑦“神表”句：谓康熙皇帝以神武之姿挽天弓，射猛虎，开创了台麓寺。神表：神明的仪容。天弧（hū）：犹天弓。指帝王之弓。净域：佛教语。原指弥陀所居的净土。后为寺院的别称。

⑧“沙河”句：谓人们将千秋万代歌颂康熙皇帝巡游五台山的盛举。沙河：恒河沙数的略语。形容数量多的无法计算。浩劫：极长的时间。佛教谓天地从形成到毁灭谓一大劫。

再度龙泉关①

遨游从净土，安稳度香城②。
鸟亦通禅悦③，松如响梵声。
山岚朝夕幻，关柳去来迎。
凤阙慈云近④，惟殷问寝情⑤。

①再度：返京途中又经龙泉关，故云“再度”。

②香城：犹佛国。此指五台山。

③禅悦：佛教谓入于禅定时安稳寂静的妙趣。《华严经·净行品》：“若饭食时，当愿众生，禅悦为食，法喜充满。”

④凤阙：汉宫阙名。此指代北京皇宫。慈云：此犹“慈颜”。指其母后。

⑤惟殷：殷勤。惟，语首助词，无义。寝情：指饮食起居的情形。

张　瑄

张瑄，清代山西五台人。雍正十年（1732）举人。有《石兰遗集》6卷。

咏东台①

东台高耸俯层峦，笑问阎浮何处宽②？
日月双丸空冥转③，乾坤万古太虚安④。
学宗溟渤霞千点⑤，道证华严翠一团⑥。
好待苍生霖雨后，那罗洞里作龙蟠⑦。

①此诗录自清乾隆《五台县志》。为和宋张商英《咏五台诗·东台》之作。

②“笑问”句：谓人世间无此视野广阔之处。阎浮：见敦煌文献《五台山赞文》注㉖。

③空冥：指天空。

④太虚：谓宇宙。

⑤“学宗”句：谓在学问上要以大海为推崇和效法的对象，像它那样深广，霞光万点。《清凉山志》卷二：“东台……亦名望海峰。若夫蒸云寝壑，爽气澄秋，东望明霞，若

陂若镜，即大海也。亦见沧瀛诸州，因以为名。”故联想及此。

⑥“道证”句：谓在修道上要参悟《华严经》所揭示的大乘境界，像翠绿一团的东台一样，圆融无碍。因东台顶翠绿一片，故生此联想。

⑦“好待”两句：写作者功成身退的政治理想。苍生霖雨：喻众生的幸福。那罗洞：即东台灵迹那罗延窟。见敦煌文献《五台山赞》注㉖。作龙蟠：喻退隐。

咏西台①

西峰已半入穹苍，绀宇全临四界傍②。
冰鉴晶莹悬北斗③，金狮腾踏耸西方④。
烟云过眼多奇变，红绿漫山有异香。
闪烁更逢千嶂上，飞来飞去乱灯光⑤。

①此诗录自清乾隆《五台县志》。为和宋张商英《咏五台诗·西台》之作。

②绀宇：即绀园。佛寺之别称。此指西台顶法雷寺。四界：四方的界限。傍（páng）：旁边，侧近。

③“冰鉴”句：《清凉山志》卷二：“西台……亦名挂月峰。月坠峰巅，俨若悬镜”，故云。冰鉴：指月亮。

④“金狮”句：因西台有灵迹狮子踪，故云。腾踏：飞腾。西方：此指西台。

⑤“闪烁”两句：写神灯。《清凉山志》多有出现神灯的记载。乱：混淆。

德　亮

德亮，清代诗僧。字雪床，江南长洲（今江苏苏州）人。出家后，豪气未除，能面斥人过；人以理责之，亦拜而后。诗不多作，出语必欲胜人。

龙泉关①

绝域龙泉限②，横关鸟道开。
塞云昏客路，虎气伏山隈③。
风土犹三晋，人烟自五台④。
当年频设险，因忆出群材⑤。

①此诗录自《清诗别裁》卷三十二。龙泉关：见王世贞《龙泉关》注①。

②绝域：绝远之地。

③“塞云”两句：写龙泉关的险要。虎气：雄壮的气势。山隈：山的弯曲处。

④“风土”两句：写龙泉关地近山西，紧临五台。

⑤“当年”两句：寓当年英雄，一场空梦之意。群材：有才能的人们。

岑 霁

岑霁，清代诗僧。字樾亭，江南长洲（今江苏苏州）人。沈德潜《清诗别裁》：“上人将母柏堂，尽子道。喜读儒书，敦友生谊，盖隐于禅者也。诗品清澈无尘，远近名流争欲识其面，樾亭没，吴中无诗僧矣。”著有《柏堂诗钞》。

自龙泉关过岭宿白云寺①

万丈雄关到始谙，空中斗插五浮岚②。
白云僧下山头寺，黑雨龙飞石上潭③。
冰雪百层寒代北，波光一线认江南④。
闲身随处堪投宿，直上诸天是蔚蓝⑤。

①此诗录自《清诗别裁》卷三十二。岭：指龙泉关所在长城岭。白云寺：在台怀南10公里南台东北麓。旧名接待院。清康熙时重建。地处五台山中心区入口。为清康乾时代皇帝巡台“坐落”处。

②“万丈”两句：写岭上所见五台山。谙：熟悉；知道。斗插五浮岚：谓云气缥缈的五台山直插北斗星。

③“白云”两句：写岭上近观。白云僧：白云寺的僧人。黑雨：暴雨。

④“冰雪”两句：写岭上远眺。

⑤“闲身”两句：写作者投宿白云寺。诸天：指天空。

沈起元

沈起元（1685—1763），字子大，清代江南太仓（今江苏太仓县）人。康熙六十年（1721）进士。选庶吉士，改吏部主事，擢员外郎。以知府发福建用，权福州，调兴化、台湾。因忤按察使潘体丰，镌四级，遂告归。高宗即位，起江西驿盐道副使，历任河南按察使、直隶布政使、光禄寺卿。乾隆十三年（1748）移疾归。后为济南沥源书院山长。有《学古录》、《敬庐诗文集》等。

扈驾巡幸五台上以龙泉关路隘命从臣半止关外途中即事次周兰坡学士韵[①]

少日游迹万里隘[②]，兹行喜扈周王迈[③]。
极睇龙泉矗天雪[④]，羸马怯登意仍快。
君恩留意次行唐[⑤]，回辔纡徐入图画[⑥]。
连岩邃壑断行踪，谁剪长虹压泉派[⑦]？
山深无人风日闲，乌桕一株红日晒[⑧]。
何年樵牧剔云根[⑨]，虎卧龙腾僵不坏。
马首箕山吊许由[⑩]，可识人间几兴败？
山枢隰栗载唐风[⑪]，今古何须发深喟[⑫]？
一鞭投宿玉亭村，尘容却恐乡农怪。
千章乔木夕阳多，愧乏甘棠歌勿拜[⑬]。
解鞍茆屋息心魂[⑭]，乍而逃虚领清瀣[⑮]。
我闻五台六月寒，坚冰不消木生介[⑯]。
金根玉辂此日登[⑰]，凛冽寒空冻云砦[⑱]。
微臣晏安圣祖劳[⑲]，耿耿填胸空蒂芥[⑳]。
曼殊师利果有灵，阳和早转清凉界[㉑]。

①此诗录自清乾隆《钦定清凉山志》卷二十。龙泉关：见王世贞《龙泉关》注①。周兰坡：周长发，字兰坡，一字朗庵，号石帆，清代会稽（今浙江绍兴）人。雍正二年（1724）进士，历官侍讲学士。工诗文，研究经史。有《赐书堂诗集》。

②万里隘：以万里为狭小。即不远万里之意。

③周王：指周文王。姬姓，名昌，商纣时为西伯，亦称伯昌。曾被商纣囚禁于羑（yǒu）里。统治期间，国势强盛。在位五十年。此借指乾隆皇帝。

④极睇：极尽目力看；极力注视。

⑤次：停留。行唐：县名。在河北西部，潴龙河上游。

⑥纡徐：从容宽舒貌。

⑦泉派：溪流。派，江河的支流。

⑧乌桕：落叶树。实如麻子，多脂肪，可制肥皂即蜡烛等。

⑨剔，剪除。此指砍伐。云根：深山云起之处。

⑩箕山吊许由：凭吊箕山之许由。许由，传说中的隐士。相传尧让以天下，不受，遁居于颍水之阳箕山下；尧又召为九州长，由不愿闻，洗耳于颍水之滨。事见《庄子·逍遥游》。作者看到“虎卧龙腾僵不坏”的山间乌桕，故联想到许由。

⑪“山枢”句：《诗·唐风·山有枢》：“山有枢，隰有榆，子有衣裳，弗曳弗娄……山有漆，隰有栗，子有酒食，何不日鼓瑟？”序：“刺晋昭公也。不能修道以正其国，政荒民散，将以危亡，国人作诗以刺之。”枢：木名。即刺榆。隰：低湿之地。栗：木名。落叶乔木。果实为坚果，包在多刺的球状壳斗内。果实可食，亦可入药。木材坚实，可供建筑与制器具用。

⑫“古今”句：意谓有道者昌，无道者亡，古往今来都是如此，何必为消亡者发出深深的喟叹呢！

⑬“千章”两句：谓山上虽然生长着千株高大乔木，但使人感到羞愧的是缺乏《诗·召南·甘棠》中所歌颂的甘棠，因此无需拜谒。千章：千珠大树。《史记·货殖列传》：“水居千石鱼陂，山居千章之材。”乔木：高大的树木。《诗·周南·汉广》：“南有乔木，不可休思。”《孟子·梁惠王下》：“所谓故国者，非谓有乔木之谓也，有世臣之谓也。”赵岐注：“所谓是旧国也者，非但见其有高大树木也，当有累世修德之臣，常能辅其君以道，乃为旧国可法则也。”后因以“乔木”为形容故国或故里的典实。甘棠：木名。即棠梨。《诗·召南·甘棠》：“蔽芾甘棠，勿翦勿伐，召公所茇。”《史记·燕召公世家》：“周武王之灭纣，封召公于北燕……召公巡行乡邑，有棠树，决狱政事其下，自伯后至庶人各得其所，无失职者。召公卒，而民人思召公之政，怀棠数不敢伐，哥咏之，作《甘棠》之诗。”后遂以“甘棠”称颂循吏的美政和遗爱。

⑭茆（máo）屋：即茅屋。茆，通“茅”。

⑮乍而：暂时。逃虚：逃避世俗，寻求清净无欲的世界。宋王安石《次韵酬吴彦珍见寄》之二：“白日忆君聊远望，青林嗟我似逃虚。”清瀣（xiè）：清净的夜间水气。

⑯木生介：树木上生冰。木介，即木冰（雨雪霜沾附于树木遇寒而凝结成冰）。因木冰如树枝披介胄然，故又名木介。

⑰金根玉辂（lù）：指乾隆皇帝的车驾。金根，即金根车。以黄金为饰的根车。帝王所乘。玉辂：古代帝王所乘之车，以玉为饰。

⑱云砦（zhài）：山顶上的营寨。

⑲晏安：安乐；安定。

⑳蒂芥：同“芥蒂”。比喻因细故而耿耿于怀。

㉑阳和：春天的暖气。

汪由敦

汪由敦（1692—1758），字师茗，号谨堂，又号松泉居士，清代钱塘（今浙江杭州）人。原籍安徽休宁。雍正二年（1724）进士。以庶吉士迁内阁学士，直上书房，参与编撰《明史》。乾隆时累迁工部尚书、刑部尚书、吏部尚书、协办大学士等，并充《平定金川方略》副总裁、《平定准格尔方略》总裁。善书法。著有《松泉集》。

恭和御制《台麓寺有作》元韵①

穹窿五鼎列五方②，一度龙泉即其麓。
回蟠百里横众岭③，侧者为峰深者谷。
相轮梵网各标奇④，一一化城谁所筑？
气寒路僻少人至，冰涧常封白云宿。
舍利腾光灯耿耿，真容示现神穆穆。
是文殊即无文殊⑤，莫误盲参口头熟⑥。
应真五百何处来，也似打包礼尊足⑦。
法王曾记圣祖朝，凤盖鸾旗映乔木⑧。
五年两度奉安舆⑨，即事绳其昭嗣服⑩。
山灵迎跸快雪晴⑪，长为祇林纪仙躅⑫。

①此诗录自《松泉集》卷十七。台麓寺：见超揆《射虎川台麓寺恭赋》注①。作于乾隆庚午年（1750），时作者随高宗巡台（下同）。

②穹窿：高大貌。五鼎：喻五台。

③回蟠：回旋盘结。

④相轮：塔刹的主要部分，贯穿于塔顶上的圆环。多与塔的层数相应，为塔的表相，故称。梵网：指因陀罗网。见曹寅《中台》注⑤。此当借指佛域。

⑤“是文”句：指文殊无是非二相，即“凡所有相，皆是虚妄”（见《金刚经》）之意。参见萧贡《真容院》注④。

⑥口头熟：指口头禅。佛教语。指不能领会禅宗哲理，只袭用它的某些常用语以为谈话的点缀。此种常用语亦称为“口头禅”。

⑦“应真”两句：写台麓寺殿内五百罗汉。打包：特指僧人行脚云游。谓其所带行李不多，仅打成一包而已。尊足：指两足尊，如来佛的尊号。

⑧“法王”两句：写清圣祖玄烨巡礼五台山事。法王：佛教对释迦牟尼的尊称。凤盖鸾旗：指皇帝出行时的车驾和仪仗。

⑨“五年”句：指清高宗弘历于乾隆十一年、十五年两度奉皇太后礼五台山事。安舆：安车。古代可以坐乘的小车。古车立乘，此为坐乘，故称安车。供年老的高级官员及贵妇人乘用。

⑩“即事”句：谓乾隆皇帝即事赋诗，表明要继承先人的事业。昭嗣服：语出《诗·大雅·下武》：“永言孝思，昭哉嗣服。”郑玄注：“服，事也。明哉，武王之嗣行祖考之事，谓伐纣定天下。”嗣服，继承先人的事业。亦用以指继承帝位。

⑪快雪晴：快雪时晴为王羲之所书帖名。此指雪后很快晴朗。

⑫“长为”句：谓台麓寺将永远铭记乾隆皇帝的踪迹。祇林：指佛寺。仙躅（zhú）：仙人的踪迹。

恭和御制《白云寺小憩》元韵①

众峰回合白云栖，胜境重邀天笔题②。
雾气重添烟树冥，钟声遥应谷禽啼。
清泉说偈谁听者，积素披图亦绚兮③。
若问狮王方便法④，飞行不假蹑层梯⑤。

①此诗录自《松泉集》卷十七。

②“胜境”句：谓白云寺这佳境又一次邀请乾隆皇帝提笔题诗。天笔：皇帝使用的笔。

③积素披图：积雪的山林犹如展开的图画。

④狮王：指佛菩萨。佛陀被称为“人中狮子”。反便法：即反便法门。佛教称随机度人的法门。

⑤“飞行”句：因佛教“五神通”（一说六神通）之一为神足通（亦称神境智证通、神境通、如意通、身通、神变通等），指飞行无碍、此没彼出、穿越地水山石、隐显自在、随意变化自身及外物的能力，故云。假：凭借。层梯：犹层级。指登山的石级。

恭和御制《命张若澄图镇海寺雪景》元韵[1]

名山如名人，觌面初不奇[2]。
遇事一吐露，妙绪时纷披。
苟非值真赏，曷足语于兹[3]？
清凉古胜地，灵迹释典垂[4]。
宸跸今再至[5]，岁二月维时[6]。
一望灵鹫峰，同云缭绕之[7]。
朝来散六花，到眼光陆离[8]。
中岩揭宝坊[9]，佳景要聚斯[10]。
琼囿森瑶林[11]，不著纤尘缁[12]。
恍忆去年秋，大猎兴安陲[13]。
山祇默效灵，素旄间翠蕤[14]。
洒道铺玉屑[15]，迎銮不遑迟[16]。
曼殊亦神通，天龙合掌随。
岂用作公案[17]，应藉供新诗[18]。
侍臣擅能事[19]，淬翰临清渠[20]。
奉诏继难兄[21]，肯数河阳熙[22]？
信手拈不尽，凡笔那许窥[23]？
画禅参指要，名理穷言辞[24]。
得游戏三昧[25]，稽首人天师[26]。

①此诗录自《松泉集》卷十七。

②“名山”两句：从弘历原诗“寺景宜遥看，到寺无多奇”化出。觌（dí）面：当面；迎面；见面。

③“遇事”四句：对乾隆皇帝赏识能力的称颂。妙绪：精妙的思绪、思想。纷披：盛多貌。真赏：确能赏识，此指真能赏识的人。

④“灵迹”句：《大华严经》等佛经中有文殊与其眷属在五台山游行居住，演说佛法的记载，故云。

⑤宸跸：帝王的车马。

⑥维：助词。

⑦同云：《诗·小雅·信南山》：“上天同云，雨雪雰雰。”朱熹集传：“同云，云一色

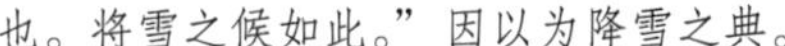

也。将雪之候如此。”因以为降雪之典。

⑧光陆离：即光怪陆离。色彩斑斓错杂。

⑨中岩：山岩之中。揭：显露。宝坊：对寺院的美称。《大集经·璎珞品》：“尔时世尊，至宝坊中升师子座。”此指镇海寺。

⑩要（yāo）聚：汇聚，聚集。要，会合。

⑪琼圃：犹琼苑。指仙人的住所。森：满。玉林：泛指仙境。因林木披雪，故云。

⑫尘缁：语本晋陆机《为顾彦先赠妇》诗之一：“京洛多风尘，素衣化为缁。”后因以“尘缁”谓尘污，污垢。

⑬“大猎”句：《清史稿·高宗纪》：“（十四年）八月庚辰，上行围于巴颜沟。”或指其事。

⑭“山祇”两句：写镇海寺周围的景色。山祇：山神。素旄：即白旄。用牦牛尾为饰的白旗。古代用以指挥军队作战。亦用作君主的仪仗。此喻指白雪覆盖的树木。翠蕤：饰以翠羽的旗帜。此喻指青松。

⑮玉屑：玉的粉末。此喻雪末。

⑯不遑（huáng）：无暇，没有闲暇。迟：等待。

⑰公案：官府案件文书。

⑱藉：顾念，思考。

⑲擅：据有。能事：所擅长之事。

⑳淬翰：浸洗毛笔。

㉑“奉诏”句：指张若霭之弟张若澄奉诏图镇海寺雪景。难（nán）兄：犹贤兄。

㉒肯：表示反问。犹岂。数（shǔ）：亚于，次于。河阳熙：犹河阳色。晋潘岳为河阳令，于一县遍种桃李，后因以“河阳色”指桃李之花艳丽的色泽。熙，明媚。

㉓“信手”两句：谓在高明的画家笔下，镇海寺雪景可信手拈来，无穷无尽；平庸的画家，哪许窥其堂奥？

㉔“画禅”两句：谓作画和参禅一样，须领悟其要旨；其名称和道理非用言辞所能表达。指要：要旨，要义。

㉕游戏三昧：佛教语。意为自在无碍，不失定意。后指达到超脱自在的境地。此指张若澄深通绘画之道，而以游戏出之。

㉖人天师：即天人师。释迦牟尼的别号。以其为天与人之师，故名。亦指皈佛成正果者。

恭和御制《瞻礼菩萨顶有作》元韵①

宝刹层层俯众峰，范金应现礼慈容②。

中天梵呗随风落[3]，初地炉烟挹雾浓[4]。
鹫岭岧峣开净域[5]，螭碑赑屃仰仙踪[6]。
春晴又值回銮近，万帐遥听五夜钟[7]。

①此诗录自《松泉集》卷十七。

②范金应现：指菩萨顶（大文殊寺）塑文殊像时“相与恳祷，求圣一现。七日，忽见光中现文殊像，随图模塑成”之事。见《清凉山志》卷二。范金：用模子浇注金属品。应现：佛教语。谓佛菩萨应众生机缘而现身。

③中天：高空中。梵呗（bài）：佛教谓做法事时的歌咏赞颂之声。南朝梁释慧皎《高僧传》卷十三：“然天竺方俗，凡是歌咏法言，皆称为呗；至于此土咏经，则称为转读，歌赞则号为梵呗。”

④初地：佛教语。见孔尚任《拟五台应制二十二韵》注④。此指佛教寺院。挹（yì）：牵引。

⑤鹫岭：灵鹫峰。岧峣：高峻。净域：寺院的别称。

⑥“螭碑”句：康熙十年玄烨巡台时曾亲撰菩萨顶大文殊寺碑文，故云。螭（chī）碑：碑额雕有螭形的石碑。螭，古代传说中无角的龙。赑屃（bìxì）：蠵（xī）龟的别名。旧时石碑下的石座相沿雕作赑屃状，取其力大能负重之义。仙踪：指康熙皇帝的踪迹。

⑦五夜：即五更。

恭和御制《回銮即事》元韵[1]

云瑞卷幔城[2]，回望列峥嵘。
山色变昏晓，春光时雨晴。
雪飞迷玉勒[3]，风劲拂华旌[4]。
亲历知名胜，因之有定评。

①此诗录自《松泉集》卷十七。

②幔城：张帷幔围绕如城，故称“幔城”。此指乾隆皇帝侍从的帐幕。

③玉勒：玉饰的马勒。此借指马。

④华旌：彩色的旌旗。

初见道旁杏花[1]（三首选一）

千林积雪拥台怀，七日经行去却回。

一过龙泉才几里[②]，杏花已报五分开。

①此诗录自《松泉集》卷十七。

②龙泉：关名。见王世贞《龙泉关》注①。

梁诗正

梁诗正（1697—1763），字养仲，号芗林，清代浙江钱塘（今杭州）人。雍正八年（1730）进士。授编修，旋充清《一统志》纂修官，累迁侍讲学士。乾隆间，历任礼、刑、户、吏部侍郎，户、兵、吏、工部尚书，官至东阁大学士，执掌翰林院。卒谥文庄。著有《矢音集》。

恭和御制《长城岭雪霁》元韵[①]

台麓星陈转[②]，关城雪霁初[③]。
银沙参色相[④]，云梵忆钟鱼[⑤]。
晓气迷行骑，寒光飒佩琚[⑥]。
苍茫连野戍[⑦]，迢递带林庐[⑧]。
雁翮催相接，羊肠戒少胥[⑨]。
滑愁千步磴，溜待早春渠[⑩]。
放眼穷清旷[⑪]，赓诗度欝纡[⑫]。
风花迎睿藻[⑬]，丰玉喜冬余[⑭]。

①此诗录自清乾隆《钦定清凉山志》卷二十。为和弘历丙寅（1746）作《长城岭雪霁》之作。

②“台麓”句写弘历一行在台麓行走的情况。星陈：谓如星宿般陈列有序。

③关城：关塞上的城堡。长城岭上有明建长城。

④“银沙”句：谓面对银沙般的积雪一片洁白的形貌参究一切皆空的佛法真谛。色相：佛教语。指万物的形貌。《涅槃经·德王品四》：“（菩萨）示现一色，一切众生各各皆见种种色相。”

⑤云梵：梵云。喻佛法的庇护。此指佛地之云。钟鱼：形同鲸鱼的撞钟的大木。此借指钟声。

⑥飒：拂拭而过。佩琚：犹佩玉。古代系于衣带用作装饰的玉。琚，佩玉。

⑦野戍：指野外驻防之处。

⑧迢递：遥远貌。带：环绕。林庐：林中茅屋。多指隐居之处。

⑨“雁翮”两句：谓侍从的人马如高飞大雁般在山路上列队行走，有人催促要互相跟从；面对羊肠小路，只得告戒后边的人稍稍等待。翮：指鸟的翅膀。少胥（xū）：稍等。胥，等待。

⑩“溜待”句：谓面临早春滑溜的水渠要多加防备。待：防备。

⑪穷：尽。清旷：清朗开阔。

⑫赓诗：和诗。欝（yù）纡：抑郁，郁结。此指山岭连绵纡曲。

⑬风花：风中的花。此指风中的雪花。睿藻：指皇帝或后妃所作诗文。此指乾隆皇帝的诗。

⑭丰玉：丰年玉。南朝宋刘义庆《世说新语·赏誉》：“世称庾文康为丰年玉，稺恭为荒年谷。”刘孝标注：“谓亮有廊庙之才，翼有匡世之才，各有用也。”后多用以比喻可贵的人才。此用瑞雪兆丰年之意。指瑞雪。玉，喻雪。

徐天叙

徐天叙（1707—1778），字典五，号惇庵。清代山西五台人。增生。为清末思想家徐继畬之曾祖父。乾隆四十二年（1777）五台知县王秉韬续修《五台县志》，天叙曾参与编修。

五台奇胜①

屈指奇峰数，清凉绝尘埃②。
万年冰似玉③，九夏雪如梅。
泉水山头出，灯花雨里开④。
秀灵推第一⑤，仿佛是蓬莱。

①此诗录自清乾隆《五台县志》。

②绝尘埃：超凡脱俗。

③万年冰：中台灵迹。见孙传庭《万年冰》注①。

④灯花：灯芯余烬结成的花状物。俗以为吉兆。此似指神灯。

⑤秀灵：灵秀，秀美。

爱新觉罗·弘历

爱新觉罗·弘历（1711—1799），即清高宗。清世宗第四子。1735—1795在位，年号乾隆。即位后，先后平定准格尔部和大、小卓木等地方割据势力。开馆纂修《四库全书》，并命撰《会典》、《一统志》、《各省通志》等。晚年宠信和珅，政事渐衰。他曾六次巡游五台山。

〔一〕乾隆丙寅作

（乾隆十一年，1716年。是年九月，乾隆皇帝奉皇太后第一次巡台。录自清高宗《御制诗集·初集》卷三十六）

龙泉关恭依皇祖元韵①

云关临木杪②，石壁矗秋空。
据胜三边接，销烽九塞同③。
寒迟莎阪绿④，旭放堞楼红⑤。
花雨霏天外⑥，清凉指顾中⑦。

①本诗为和其祖父玄烨《再驻龙泉关》之作。以下凡有“恭依皇祖元韵”者均为和玄烨之作，连同地名等均不复加注。

②云关：云雾所笼罩的关隘。木杪：树梢。

③“据胜”两句：谓龙泉关占据形胜之地，与三边相接；同九塞一样，战事已经消除。三边：泛指边境，边疆。九塞：《吕氏春秋·有始》：“山有九塞……何为九塞？大汾、冥阸、荆阮、方城、殽、井陉、令疵、句注、居庸。”此泛指形势险要之地。

④莎阪（suōbǎn）：长满莎草的山坡。

⑤堞（dié）楼：城楼。

⑥花雨：见唐文焕《和咏五台·中台》注③。此指雪。霏：飘洒，飞扬。

⑦指顾：手指目视。

积素①

积素递晨寒，寥空留晓月。
鸡号埘上霜②，澌碍溪边筏③。
钟声古寺传，炊烟茅店发。
光景堪揽结④，云岚倏出没。
残梦谁复续，闲情于以越⑤。
得句让坡仙⑥，拈髭兴无歇⑦。

①结素：积雪。《文选·谢灵运〈雪赋〉》："结素未亏，白日朝鲜。"递：传送，传递。

②埘（shí）：凿垣为鸡窝曰埘。《诗经·王风·君子于役》："君子于役，鸡栖于埘。"

③澌（sī）：漂流的冰。

④光景：风光；景象。揽结：挹取，收取。

⑤"残梦"两句：意谓苏轼有"马上续残梦"的诗句，这"残梦"由谁再来继续下去呢？想到此，我的闲情逸致因此更胜于平时。续残梦：宋苏轼《太白山下早行至横渠镇书崇寿院壁》诗："马上续残梦，不知朝日升。"残梦，零乱不全之梦。于以：是以，因此。

⑥让坡仙：不及坡仙。让，逊色，不及。坡仙，宋苏东坡号东坡居士，文才盖世，仰慕者称为坡仙。

⑦拈髭：用手指搓转胡须。髭，嘴唇上边的胡子。此写思索状。

度龙泉关山西省诸臣来接

西巡临九月，肆觐接群工①。
圭璧虽无辑，量衡应有同②。
豫游遵夏谚③，蟋蟀验唐风④。
疾苦闾阎切，休徒颂屡丰⑤。

①"肆觐"句：谓我接见了前来迎接的群臣。肆觐：《书·舜典》："岁二月，东巡守，至于岱宗，柴。望秩山川，肆觐东后。"原谓以礼见东方诸国之君，后常用为语典，以称见天子或诸侯之礼。群工：群臣。

②"圭璧"两句：意谓虽未像舜一样举行会见群臣的正式典礼，但我勤于国政之举应与之相同。圭璧：古代帝王、诸侯祭祀或朝聘时所用的一种玉器。辑：敛，收敛。郑玄《礼记·丧大记》注："辑，敛也。敛者，谓举之不以柱地也。"圭璧按公、侯、伯、子、

男五等爵位执不同的圭或璧，以为王者瑞信，称“五瑞”。《书·舜典》：“既月乃日，觐四岳群牧，班瑞于群后。”后遂以“辑瑞”指会见属下的典礼。量衡：“衡石量书”之省。《史记·秦始皇本纪》：“天下之事，无大小皆决于上，上至以衡石量书，日夜有呈，不中呈不得休息。”古代文书用竹简木札，以衡石（泛指称重量的器物）来计算文书的重量。因用以形容君主勤于国政。

③“豫游”句：《孟子·梁惠王下》：“春省耕而补不足，秋省敛而助不给。夏谚曰：‘吾王不游，吾何以休？吾王不豫，吾何以助？一游一豫，为诸侯度。’”游：特指帝王春季巡行。豫：古代专指帝王秋天出巡。《晏子春秋·问下一》：“春省耕而补不足者谓之游，秋省实而助不足者谓之豫。”

④“蟋蟀”句：见玄烨《自长城岭至台怀》注⑱。

⑤“疾苦”两句：谓应深切关注民间的疾苦，而不要只是歌颂连年丰收。闾阎：里巷内外的门。此泛指民间。

自长城岭至台怀恭依皇祖元韵

五台夙所企①，结念礼文殊。
行将至香界②，先此蹑云衢③。
秋色驻枫岭，霜华霏椒途④。
来来就日民⑤，杂沓声欢呼⑥。
峰矗村前髻，泉鸣涧底竽。
闾井西成佳⑦，对此颇自娱。
抚众意弥钦⑧，绳武念更纡⑨。
十年纵小康⑩，岂足言区区⑪？
清凉信清凉⑫，宜为佛所都⑬。
天花上下雨⑭，梵云朝暮图⑮。
延禧祝慈宁⑯，端资法润濡⑰。
时巡藉讲武⑱，皇祖有鸿模。
申命仆御臣⑲，此行其可无⑳？

①夙所企：早已企盼。

②行将：即将：将要。香界：指佛寺。

③云衢：云中的道路。

④霜华：白花。指雪花。椒途：即椒涂。以椒泥涂饰的道路。《文选·曹植〈洛神

赋〉》："践椒涂之郁烈，步蘅薄而流芳。"又，椒，山顶。则"椒途"指山顶之路。

⑤来来：来了又来，即不断涌来。就日：比喻对天子的崇仰或思慕。语出《史记·五帝本纪》："帝尧者，放勋。其仁如天，其知如神。就之如日，望之如云。"司马贞索隐："如日之照临，人咸依就之，若葵藿倾心以向日也。"

⑥杂沓：众多纷乱貌。

⑦闾井：村落。西成：谓秋天庄稼成熟，农事告成。《书·尧典》："平秩西成。"孔颖达注："秋位在西，于时万物成熟。"

⑧钦：谨慎；戒备。

⑨绳武：《诗·大雅·下武》："昭兹来许，绳其祖武。"朱熹传："绳，继；武，迹。言武王之道，昭明如此，来世能继其迹。"后因称继承祖先业迹为"绳武"。纡：萦回。

⑩十年：指作者主政之年。作者写此诗时为乾隆十一年。十年为约数。

⑪"岂足"句：即区区岂足言。谓政绩尚微，不足以谈论。区区：小；少。形容微不足道。

⑫"清凉"句：前一"清凉"指清凉山，即五台山；后一"清凉"指清净，不烦扰。

⑬都：居。

⑭天花：此指雪花。取"天花乱坠"之意。作者巡台诗中均取此意。雨（yù）：像下雨一样降落，即撒播。

⑮梵云：比喻佛法的庇护。此指佛地之云。

⑯延禧：旧时祝颂语。谓迎来福祥。慈：慈母的省称。多用以自称其母。

⑰"端资"句：谓全凭借佛施予恩惠。端：全，都。资：凭借；依靠。润濡：滋润。喻施予恩惠。

⑱"时巡"句：谓按时巡行并借以讲习武事。讲武：《国语·周语上》："三时务农，而一时讲武。"韦昭注："讲，习也。"

⑲申命：命令。

⑳其：表诘问。犹岂，难道。

射虎川①

遵长城岭而西，绝壁嵌丹，灌丛缬（xié）绿，我皇祖西巡时射虎处也。神武泉在其旁。因成是什，用志景钦。

从莽荒榛霁霭凝②，川经射虎仰威棱③。
孙权却笑为车怯④，李广徒闻没石能⑤。

讵是雄矜一夫勇，由来圣有百灵凭[⑥]。
何人政致於菟避，到处农桑信可征[⑦]。

①射虎川：见高士奇《扈从清凉山三首》之三注⑩。

②丛莽荒榛：杂乱丛生的草木。霁霭：正在消散的雾霭。

③仰：敬慕。威棱：威力，威势。《汉书·李广传》："是以名声暴于夷貉，威稜憺乎邻国。"王先谦补注："《广韵》：'稜，俗棱字。'……《一切经音义》十八引《通俗文》：'木四方为棱。'人有威，如有棱者然，故曰威稜。"

④"孙权"句：谓孙权虽亦曾射虎，却笑其作射虎车，只能示其胆怯而已。《三国志·张昭传》："权每田猎，常乘马射虎。虎尝突前攀持马鞍。昭变色而前，曰：'将军何有当尔？夫为人君者，谓能驾驭英雄，驱使群贤；岂谓驰逐于原野，校勇于猛兽者乎？如有一旦之患，奈天下笑何！'权谢昭曰：'年少虑事不远，以此惭君。'然犹不能已，乃作射虎车，为方目间，不置盖，一人为御，自于中射之。"

⑤"李广"句：《史记·李将军列传》："广出猎，见草中石，以为虎而射之，中石没镞，视之石也。因复更射之，终不能复入石矣。"

⑥"讵是"两句：谓我皇祖射虎岂是以英雄自矜的匹夫之勇，历来圣明的君主都有各种神灵护持。讵：岂。凭：依托；依仗。

⑦"何人"两句：原注："五台旧闻多虎，今则垦田艺植，猛兽避迹矣。"於菟(wūtú)：老虎的别名。农桑：农耕与蚕桑。指耕织。征：证明，验证。

即事[①]

远峰积雪玉为屏，近嶂开云髻矗青[②]。
应是耆阇域相望[③]，不教形色擅山灵[④]。

①即事：以当前事物为题材的诗。

②髻矗青：即青髻矗。青髻，喻指山峰。

③耆阇（shé）：耆阇崛山的简称。梵语译音。意译为灵鹫山、灵鸟山、灵鸟顶山。在中印度摩羯陀国王舍城东北，为释迦牟尼说法之地。此借指五台山。

④"不教"句：谓不让山神独占山峰的形状和颜色。因山神为山之主，山本色为青，而现变为白色，故云。

娑罗树恭依皇祖元韵

树闻如意随求得①，梵典曾标鹿苑植②。
层层幢节古佛前，碧眼番僧来尚识③。

东土西天岂定形，飞来灵鹫干云青④。
安知此树不忆石⑤，因风作语犹泠泠。

七叶茏葱缃盖偃⑥，纵移根越千年远。
益都楚州疑附会⑦，那睹月木依云巘⑧？

如桐如栝影团圞⑨，雪覆霜凝翠郁盘⑩。
不殊调御丈夫倚⑪，曾沐曼殊师利看⑫。

①“树闻”句：原注：“梵云噶尔布喇瓦喇斯，此云如意树，即娑罗树也。”

②鹿苑：即野鹿苑。在中天竺波罗奈国。释迦成道后，始来此说四谛之法，度憍陈如等五比丘，故名仙人论处。

③“层层”两句：《清凉山志》卷二：“清顺治间，一梵僧指宝塔峰曰：‘有娑罗树焉。’山人随视，只见五云生岫，一树浮光，而僧不见矣。”幢节：旌旗和符节。此喻指娑罗树。番僧：即喇嘛僧。指西番之僧。

④“飞来”句：谓娑罗树从西天飞到东土的灵鹫峰，青翠碧绿，直冲云霄。

⑤忆石：想念原来生长的西天山岩。

⑥“七叶”句：谓娑罗树树冠青翠碧绿有如淡黄色的车盖。七叶：指娑罗树。因其每个小枝头生有七叶，故称。

⑦益都楚州：当作“益部楚州”。此指荆楚一带关于娑罗树的传说。益部，汉武帝所置十三刺史部之一。即益州。此借指四川峨眉山。参见玄烨《娑罗树歌》注⑦、⑧。

⑧月木：原注：“娑罗花佛日盛开，每朵十二瓣，遇闰辄多一瓣，故云月木。见云南志。”

⑨如桐如栝：从玄烨《娑罗树歌》“海桐结蕊松栝形”化出。

⑩郁盘：郁勃回绕。

⑪“不殊”句：原注：“用涅槃经事。”《大般涅槃经》卷一：“一时佛在拘施郡城，力士生地，阿利罗跋提河边，娑罗双树间……二月二十五日大觉世尊将欲涅槃。”调御丈夫：佛十号之一。佛能教化引导一切可度者，故云。

⑫“曾沐”句：原注：“乌斯藏（元明时对西藏的称呼）进表皆称曼殊师利大皇帝。曼殊是佛妙观察智，更切音与满洲二字相近，故云。”句谓娑罗树曾蒙其祖父观看。沐：受滋润。引申为蒙受。

清凉山恭依皇祖元韵

桥度西巡仰圣踪[①]，崇崖仍旧矗尧松[②]。
隔峦未见雪中寺，应谷先闻云外钟。
敢觅新题清咏别，惟应元韵敬依重[③]。
山灵有问如何答，再过还期叩碧峰[④]。

①“桥度”句：原注：“西巡桥在宝塔院前，康熙二十二年因乘舆临幸，故名。”

②“崇崖”句：玄烨《冬日重登清凉山》中有“招提驻罕认云松”之句，故云。崇崖：高大的山崖。尧松：高松。

③“敢觅”两句：原注：“五台诸胜，一依皇祖旧作元韵，不敢稍有增益也。”敢：岂敢。清咏：犹清吟。清雅的吟诵。

④叩：探访。

五台山天花诗恭依皇祖元韵

仙菌多盘古柏青[①]，金幢玉节倚云屏[②]。
山僧雨后锄悬壁[③]，饭佐胡麻万虑宁[④]。

①“仙菌”句：谓仙菌天花多盘曲生长于长满青松之地。

②玉节金幢：写天花的相状。菌冠如黄色车帏，菌柱白如莲藕。玉节，藕的美称。云屏：喻层叠之山峰。

③锄悬壁：在悬崖峭壁上用锄采摘。

④饭佐胡麻：以芝麻为佐料调制而食。佐，此指佐料。烹制用的配料，调味品。胡麻，即芝麻。相传汉张骞得其种于西域，故名。

北台眺望恭依皇祖元韵

其一

此地诚初地[①]，花宫切昊宫[②]。

攀梯九天半[③]，驻罕五云中[④]。
夙道夏犹冷，今来冰却融[⑤]。
禅关最高处，放眼豁心蓬[⑥]。

①初地：见孔尚任《拟五台应制二十二韵》注④。

②“花宫”句：谓佛寺贴近天宫。花宫：指佛寺。昊宫：即天宫。

③攀梯：攀登。梯，攀登，登上。

④驻罕：指天子出行，车驾暂驻。罕，旌旗名。五云：五色瑞云。多作吉祥征兆。又，指皇帝所在地。

⑤“夙道”两句：原注：“北台为五台最高处，咸谓积雪经夏不消，仲秋即绝人来往。兹已立冬候而天气暄和，山径雪融泥泞，人言岂可尽信耶！”

⑥心蓬：亦作“蓬心”。《庄子·逍遥游》：“今子有五石之瓠，何不虑以为大樽而浮乎江湖，而忧其瓠落无所容？则夫子犹有蓬之心也夫！”成玄英疏：“蓬，草名。拳曲不直也……言惠生既有蓬心，未能直达玄理。”比喻知识浅薄，心无主见，不能通达事理。后亦常作自喻浅陋的谦词。

其二

昨向云中望，今徒云外跻。
瞰余三晋小，凭处万峰低[①]。
化国多神迹[②]，雕楹焕宝题[③]。
勋华是峰并，不敢道思齐[④]。

①“瞰余”两句：从唐杜甫《望岳》诗：“会当凌绝顶，一览众山小”化出。

②化国：犹化土。佛家指三佛土之一的变化土。即佛为化度众生所化现的国土，亦即佛变化身所居之土。

③“雕楹”句：谓饰有浮雕、彩绘的柱子与其皇祖玄烨所题匾额交相辉映。北台灵应寺山门前悬有康熙二十二年（1683）御书匾额“敕建大北台寺”。

④“勋华”两句：谓其皇祖像尧舜一样，功德高如北台，自己不敢说“思齐”这样的话。勋华：尧舜的并称。勋，放勋，尧名；华，重华，舜名。思齐：思之与齐。《论语·里仁》：“见贤思齐，见不贤而内自省也。”朱熹集注：“冀己亦有是善。”

望海峰恭依皇祖元韵

天半瞻兰若①，钟声发上方②。
只疑查到汉③，空说海生桑④。
积雪山皴白⑤，经霜叶染黄。
圣踪余想像，云际辨微茫⑥。

①兰若：指寺院。东台顶有望海寺。

②上方：天上，天界。亦借指佛寺。

③“只疑”句：极写望海峰之高。谓只疑乘槎泛于天河。查：木筏。本作“楂”，通“槎”。汉：天汉，河汉，即天河。晋张华《博物志》卷十载，传说天河与海通，年年八月有浮槎去来，不失期。有人乘之去十余日，至一城，见一丈夫在河边饮牛，便问此是何处，答曰，君还至蜀郡访严君平则知。“后至蜀，问君平，曰：‘某年月日有客犯牵牛宿。’计年月，正是此人到天河时也。”

④“空说”句：谓人们说在东台顶可见海上日出，则是无稽之谈。桑：指扶桑。传说日出扶桑之下，拂其树杪而升，因谓为日出处。此指代太阳。

⑤“积雪”句：谓山岭上的积雪，像以国画的皴法染擦上的白色。皴（cūn）：国画的一种技法。先勾出山石树木的轮廓，用侧笔蘸水染擦，以显脉络纹理及凹凸向背。

⑥“圣踪”两句：原注：“望海峰在东台。是日，北台望见而未至。”圣踪：指康熙皇帝的踪迹。想像：亦作“想象”。缅怀；回忆。微茫：隐约模糊。

灵鹫峰文殊寺恭依皇祖元韵

灵鹫标乾竺，飞来无近遥①。
穹窿开梵宇②，左右列僧寮③。
葆羽峰头驻④，天花云外飘⑤。
从臣传往烈⑥，指点话崇椒⑦。

①“灵鹫”两句：“灵鹫峰……宛似西天灵鹫山，借为名”（见《清凉山志》卷二），故云“飞来”。标：即高标。耸立。乾竺：即天竺。对印度的古称。无近遥：无所谓远近。即泯灭了远近之差别。取佛家“不二”之意。

②穹窿：中间隆起，四周下垂貌。此指灵鹫峰的形状。梵宇：佛寺。此指文殊寺。

③僧寮：僧舍。

④葆羽：仪仗名。以鸟羽为饰。

⑤天花：指雪。

⑥往烈：往年的功业。此指康熙皇帝当年崇建大文殊寺的功业。

⑦崇椒：高山顶。

殊像寺恭依皇祖元韵

跨猊自何至[1]，驻此象龙筵[2]？
乍睹无殊像[3]，堪明不二禅[4]。
神光烛空际[5]，柏子落阶前[6]。
那用登层顶[7]，凭临意豁然[8]。

①跨猊：指殊像寺文殊殿内文殊跨狻猊像。

②象龙筵：犹法筵。指讲经说法者的坐席。此指殊像寺殿堂。

③无殊像：表明作者已体悟“可现可见之法，即为有相；凡皆有相，皆为虚妄”之理（见《大日经疏》），超越了“殊”与“不殊”之差别。

④不二禅：即不二法门。谓平等而无差别之至道。

⑤神光：神异的灵光。此指佛光。烛：照亮。

⑥柏子：即柏子香。禅宗僧人参禅时多焚此香。

⑦层顶：高耸的山顶。

⑧凭临：据高俯瞰。

显通寺恭依皇祖元韵

窣堵入云重[1]，高盘灵鹫峰。
无先梵网域，最古化人踪[2]。
岚影交窗翠[3]，松阴入座浓。
归舆凹外转[4]，犹听隔林钟。

①窣（sū）堵：即“窣堵波”或“窣堵坡”，梵语音译。即佛塔。

②“无先”两句：原注：“是寺创自汉明帝，盖佛法始入中国时。震旦祇园，此为最古。”梵网域：犹佛域。梵网，即因陀罗网。此借指佛法。参见曹寅《中台》注⑤。化人：佛教谓佛、菩萨变形为人，化度众生者。参见唐文焕《和咏五台·总咏五台》注②。

③岚影：犹岚光。山间雾气经日光照射时发出的光彩。交窗：即窗户。

④凹：指山岭低洼处。

回銮即事①

时巡绳武阅金穰②，台麓延缘礼法王③。
最爱唐风犹近古，时从好乐戒无荒④。

祝釐回奉大安车⑤，空里筛筛度岭斜⑥。
应是文殊送归辔⑦，故教随路散天花⑧。

天公玉戏变暄寒⑨，迤逦银衢碾翠銮⑩。
回望五台霄汉上，虚无真作化城观。

①回銮：旧时帝王车驾叫銮驾，故称帝王回京叫回銮。

②“时巡”句：谓继承祖先的传统按时出巡视察秋天的收成。金穰（ráng）：古代根据太岁星运行的方位来预测年成的丰歉。太岁星运行至西宫（正西方）称“岁在金”，预示农业丰收。语出《史记·天官书》：“然必察太岁所在：在金，穰；水，毁；木，饥；火，旱。此其大较也。”穰，丰收。

③台麓：指台麓寺。延缘：顺延，循行。犹顺路。

④好乐戒无荒：喜好娱乐、逸乐，不废乱（政事）。语出《诗·唐风·蟋蟀》：“好乐无荒，良士瞿瞿。”孔颖达疏：“时农功以毕，人君可以自乐。”郑玄笺：“荒，废乱也。良，义也。君之好义，不当至于废乱政事。”

⑤祝釐（xī）：祈求福佑，祝福。釐，通“禧”，福也。大安车：即安车。古代可以坐乘的小车。古车立乘，此为坐乘，故称安车。供年老的高级官员及贵妇人乘用。此指皇太后的车驾。

⑥筛（shāi）筛：色白貌。

⑦归辔：指回归的车驾。

⑧“故教”句：原注：“是日雪。”

⑨玉戏：指下雪。宋陶谷《清异录·天文》：“比邱清传与一客同入湖南，客曰：‘凡雪，仙人亦重之，号天宫玉戏。’”暄寒：犹寒暑。

⑩“迤逦”句：谓饰有翠羽的车驾缓缓地碾过铺满白雪的道路。迤逦：缓行貌。

回銮至镇海寺[①]

积雪在林，凹峰露寺，天然画意，因命张若霭写之。

蓝田生玉有波涛[②]，古干拏龙染鬣髦[③]。
好是天公传粉本[④]，从教呵冻一挥毫[⑤]。

路遥昨过禅虚叩[⑥]，泥泞今来涧未登。
多谢山灵不相吝[⑦]，却将全体露银棱[⑧]。

煨芋烟霏香积厨[⑨]，山僧消受合清癯[⑩]。
诗禅契处参形色，不可图中如是图[⑪]。

①镇海寺：见郑嶂《游台指迷歌》注㉜。张若霭：字晴岚，清代桐城（今安徽桐城）人，雍正元年（1723）进士。由编修历官内阁学士兼礼部侍郎，袭封勤宣伯。善画山水、花卉。有《晴岚诗存》。

②“蓝田”句：谓雪后镇海寺周围的山岭一片雪白，真像盛产美玉的蓝田；连绵起伏，犹如大海的波涛。蓝田：山名。在陕西蓝田县东、骊山之南阜，山出美玉，故又称玉山。

③“古干”句：谓古松枝干有如凌空欲飞的龙，积雪的树梢，好像被染成白色的龙的鬣髦。拏龙：拏云之龙。即凌云之龙。鬣髦（lièmáo）：动物头颈部的长毛。

④好是：好在，妙在。表示赞叹。粉本：画稿。清方薰《山静居画论》：“画稿谓粉本者，古人于画稿上，加描粉笔。同时扑入缣素，依粉痕落墨，故名之也。”

⑤从教：听任；听凭。呵冻：谓嘘气使画笔上冻凝的墨汁融解。

⑥禅虚叩：意谓未进入镇海寺参禅。

⑦不相吝：对我不吝啬，即慷慨。

⑧银棱：指雪后镇海寺及其周围山岭有棱有角的外貌。

⑨“煨（wēi）芋”句：谓镇海寺僧家厨房正烧烤芋头，云烟弥漫。煨芋：唐衡岳寺有僧，性懒而食残，自号懒残。李泌异之，夜半往见。时懒残拨火煨芋。见泌至，授半芋而曰：“勿多言，领取十年宰相。”见宋《高僧传》卷十九《邺侯外传》。后因以“煨芋”为典，多指方外之遇。此指食物粗劣简陋。

⑩消受：享用；受用。合：应当。清癯：清瘦。

⑪“诗禅”两句：意谓诗与禅相契之处，在于都需参透形体和颜色，领悟其精神和本

质；绘画也是如此，不可拘泥于形似，而要追求神似。图中如是图：在绘画中依照看到的景像摩写。宋苏轼《书鄢陵王主簿所画折枝二首》诗其一："论画以形似，见与儿童邻。赋诗必此诗，定知非诗人。诗画本一体，天工与清新。"又宋吴可有《学诗诗》其一："学诗浑似学参禅，竹榻蒲团不记年。直待自家都了得，等闲拈出便超然。"此用其意。

长城岭雪霁

祇域林游遍①，雄关辔返初②。
看峰真积玉，度岭似凌虚③。
松翠张圆盖，溪澌响佩琚④。
茶烟扬僧舍，酒望飐村庐⑤。
风俗分燕晋⑥，驰驱戒旅胥⑦。
农祥多黍稌⑧，水利仿沟渠⑨。
台麓回眸远，云端结念纡⑩。
不教吟兴尽，佳处每留余⑪。

①祇域林：即祇林所在之地域。指五台山。祇林，即祇园。为佛寺的代称。

②辔返：即返辔。犹回马。

③凌虚：升于空际。

④澌：漂流的冰。佩琚：即佩玉。古人系于衣带用作装饰的玉。

⑤酒望：即酒帘。酒店所用的幌子。以布缀竿，悬于门首，作招徕酒客之用。飐（zhǎn）：风吹物使颤动摇曳。

⑥"风俗"句：以长城岭为界，东为燕地，西为晋地，故云。

⑦戒：告诫。旅胥：军队和胥吏。

⑧农祥：指农事。黍稌（tú）：稻谷等粮食。

⑨"水利"句：原注："是处有引水灌田者。"

⑩结念：念念不忘。纡：萦回。

⑪留余：使我流连忘返。

〔二〕乾隆庚午作

（乾隆十五年，1750年。是年，乾隆皇帝奉皇太后第二次巡台。录自清高宗《御制诗集·二集》卷十五、十六）

恭奉皇太后西巡瞻礼五台发轫京师即目得句①

巡方指西晋②，行令发春旗③。
洒路前旬雨，省耕二月时④。
觐光来岳牧⑤，观俗切畴咨⑥。
治理思臻厚⑦，慈宁愿祝釐⑧。
芳郊供揽结⑨，旭景渐舒迟⑩。
排日成新什⑪，题端视此诗。

①发轫（rèn）：拿掉支住车轮的木头，使车前进。借指出发，起程。

②巡方：指天子出巡四方。西晋：西面的晋地。指五台山。

③春旗：青旗。即青色的旗帜。北周庾信《答赵王启》："都尉青旗，即时春色。"倪璠注："此言赵王出师，载青旗，与春同色也。"

④省（xǐng）耕：古代帝王视察春耕。《孟子·梁惠王下》："春省耕而补不足，秋省敛而助不给。"

⑤觐光：朝见天子。光，《诗·小雅·蓼萧》："既见君子，为龙为光。"俞樾《群经平议·毛诗三》："为龙为光，犹云为龙为日，并君象也……此言远国之君朝见于天子，故曰'既见天子，为龙为光'。龙光，并以天子言也。"后用以指皇帝的容颜。岳牧：传说为尧舜时四岳十二牧的省称。语本《书·周官》："曰唐虞稽古，建官惟百，内有百揆四岳，外有州牧侯伯。"后用"岳牧"泛称封疆大吏。

⑥观俗：谓观察民情风俗。切：靠近，切近。畴咨：《书·尧典》："畴咨若时登庸。"孔传："畴，谁；庸，用也。谁能咸熙庶绩，顺是事者，将登用之。"后以"畴咨"为访问、访求之意。

⑦臻厚：使人心风俗达到敦厚的境界。

⑧"慈宁"句：谓到五台山瞻礼祈福，愿使皇太后安康。

⑨揽结：见作者丙寅作《积素》注④。

⑩旭景：犹朝阳。舒迟：犹舒徐。从容不迫貌。

⑪排日：每天，逐日。什：《诗经》中《雅》、《颂》部分多以十篇为一组，称之为"什"。如《鹿鸣之什》、《清庙之什》等。后用以泛指诗篇、文卷，犹言篇什。

龙泉关再依皇祖元韵

峰峦攒插汉[①]，关塞迥临空。
形控千秋固，方巡两度同[②]。
柳丝烟酿绿，桃萼冷含红[③]。
圣迹辉岩壑[④]，绳承勉用中[⑤]。

①攒：聚集。汉：天河。

②方巡：即巡方。

③桃萼：桃花蕾。含红：红花含而未绽。

④圣迹：往古圣人的遗迹。此指其祖父康熙皇帝的遗迹。

⑤绳承：继承。勉：努力。用中：实行中庸之道。《礼记·中庸》：“（舜）隐恶而扬善，执其两端，用其中于民。”郑玄注：“两端，过与不及也。用其中于民，贤与不肖皆能行之也。”

度龙泉关有寺名涌泉者寺僧以绳系钟杵引于户内可卧而撞之前度即欲题诗而未果今复见之戏成是作[①]

楼阁涌祇林[②]，楗椎发大音[③]。
不消劳撞杵[④]，可以稳蒙衾。
霜籁常教度[⑤]，晨寒岂虑侵?
山僧真会懒，未免有机心[⑥]。

①涌泉寺：即旧路岭龙泉寺。在台怀南10公里、南台东北麓。后改名涌泉寺。清乾隆四十二年《五台县志》：“龙泉寺，后改名涌泉寺。”

②涌祇林：在寺院中涌现。祇林：为寺院的代称。

③楗椎：亦作楗槌。钟鼓；铃铎。《释氏要览》：“梵云楗槌，此云钟磬。”大音：《老子》：“大方无隅，大器晚成，大音希声。”意谓至大之音则不辨宫商，犹如无声。后以“大音”指美妙的乐音。

④撞杵：以杵撞钟。

⑤霜籁：秋籁，秋声。草木摇落的肃杀之声。

⑥机心：巧诈之心；机巧功利之心。

示山西巡抚阿里衮及其属吏

策骑度龙泉[①]，山川限晋燕。
入疆今两度[②]，省俗幸仍前。
穿窖堆陈粟[③]，梯冈辟野田[④]。
唐风知尚俭，示礼要为先[⑤]。

①策骑：犹策马。驱马使行。龙泉：指龙泉关。

②疆：疆域。

③穿窖：挖掘地窖。窖，地窖。贮藏物品的地洞或坑。

④梯冈：依着山冈。梯，凭，依着。

⑤“唐风”两句：《礼记·檀弓下》：“国奢则示之以俭，国俭则示之以礼。”此用其意。唐风：见玄烨《自长城岭至台怀》注⑱。尚俭：崇尚俭朴。示礼：示民以礼。示，教导。

台麓寺作[①]

五台梵宇如丛林[②]，第一琳宫即台麓[③]。
度长城岭不十里，结构是间据林谷[④]。
尚有涌泉在此东[⑤]，岁久废颓未兴筑。
明朝即可礼鹫峰[⑥]，止顿台怀留信宿[⑦]。
川名射虎仰威棱[⑧]，重过碑亭心肃穆[⑨]。
金容月相原如如[⑩]，而我重来阅五熟[⑪]。
其旁行宫亦旧有，室宇无多幽事足。
背依峭壁高崔嵬，绿云滃郁饶佳木[⑫]。
时有天风翻翠涛，寒逼衣裳怯春服。
弹指光阴谩忆昔[⑬]，当前印证狮王躅[⑭]。

①台麓寺：见超揆《射虎川台麓寺恭赋》注①。

②丛林：茂密的树林。此形容数量极多。

③“第一”句：台麓寺为从长城岭进入五台山后的第一座佛寺，故云。琳宫：仙宫。此为对台麓寺殿堂的美称。

④结构：连接架构，以成房舍。

⑤涌泉：原注：“寺名。”

⑥“明朝”句：原注：“菩萨顶为五台之中山，名灵鹫峰。”

⑦止顿：居住，停留。信宿：连宿两夜。《诗·豳风》：“公归不复，于女信宿。”毛传：“再宿曰信。宿，犹处也。”

⑧“川名”句：原注：“是处名射虎川，皇祖射虎处也。有泉名神武，台麓寺即在其北。”威棱：威风，威势。参见作者丙寅作《射虎川》注③。

⑨碑亭：护碑的建筑物。玄烨曾于康熙二十八年（1689）亲撰《射虎川台麓寺碑文》，以纪其射虎事。

⑩金容月相：指金光明亮、面如满月的佛像。如如：佛教语。指永恒存在的真如。引申为永存，常在。

⑪阅五熟：经过了五年。熟，成熟。《书·金縢》：“岁则大熟。”此借指岁，即年。

⑫绿云：喻绿叶。滃（wěng）郁：云烟弥漫。

⑬弹指：一弹指的略语。极言时间的短暂。

⑭“当前”句：谓应当前往菩萨顶，请狮王认可我的踪迹。狮王：此指文殊。

阴

名山能出云，屡试信前闻。
度岭崇台近[①]，铺空霁景分[②]。
酿寒增料峭[③]，傍晚转氤氲[④]。
应是文殊喜，天花似昔纷[⑤]。

①岭：指长城岭。崇台：高台。指五台。

②霁景：雨雪后晴明的景色。

③酿寒：谓逐步酿成的寒冷天气。料峭：形容风力寒冷、尖利。

④氤氲：形容云雾弥漫。

⑤“天花”句：原注：“丙寅秋来五台，于始至及回跸日，皆得雪。”

雪

昨来无缝见天衣[①]，一夜银林缬蕊霏[②]。

望里连空方散漫[3]，度余别墅辨依微[4]。
诗原践约碧峰礼[5]，雪亦如期玉叶飞[6]。
山地向寒无宿麦[7]，惟欣泽润夏田肥。

①无缝见天衣：即见无缝天衣。无缝天衣，典出《太平广记》六八引前蜀牛峤《灵怪录·郭翰》："稍闻香气渐浓，翰甚怪之，仰视空中，见有人冉冉而下，直至翰前，乃一少女……徐视其衣并无缝。翰问之，谓翰曰：'天衣本非针线为也。'"后因以"无缝天衣"喻诗文自然浑成，或事物周密完美，泯然无迹。此指天空密布的阴云。

②银林：枝干上积满雪花的树木。缬（xié）蕊：彩花。此指雪花。霏：弥漫，笼罩。

③望里：四望之内，即视野之内。散漫：弥漫四散。

④依微：隐约，不清晰貌。

⑤"诗原"句：原注："丙寅秋来五台时，凡吟咏诸题皆敬依皇祖元韵，而未有别作，曾有'再过还期礼碧峰'之句。"

⑥玉叶：喻雪花。

⑦"山地"句：原注："若有麦则恐伤稚苗，而五台地冷，例不种麦云。"

白云寺小憩[1]

白云深处称禅栖[2]，便访云关一觅题[3]。
密雪埋蹊僧未扫，韶春入树鸟先啼[4]。
三间静室依然也[5]，五载流阴亦迅兮[6]。
此去鹫峰应不远，玉丛林里望丹梯[7]。

①白云寺：见岑霁《自龙泉关过岭宿白云寺》注①。

②称（chèn）：相称，符合。禅栖：谓出家隐居。

③云关：此指白云笼罩的禅关，即白云寺。觅题：寻觅写诗的题材。

④"韶春"句：宋苏轼《惠崇春江晓景》诗有"春江水暖鸭先知"句，此化用其意。韶春：美好的春光。

⑤静室：指寺院的住房。

⑥五载：距作者丙寅（1746）第一次巡台恰好五年。

⑦玉丛林：白云覆盖的寺院。丹梯：指高入云霄的山峰。此指灵鹫峰。

命张若澄图镇海寺雪景因而有作[①]

寺景宜遥看，到寺无多奇。
却见遥看处，纷然画景披。
予因是絜矩[②]，万事皆如兹。
动而世为道，言行法则垂[③]。
此言往者然，至若生同时[④]。
远则有望耳，不厌更近之[⑤]。
偶此道中庸，释典何即离[⑥]？
阇黎粥饭罐，奚足语以斯[⑦]！
可惜占福地，尽属黄与缁[⑧]。
忆我前度来，回銮驻道陲。
彼时亦逢雪，瑞叶纷葳蕤[⑨]。
翠柏红墙间，寒剽送响迟[⑩]。
谓是宜图取[⑪]，若霭属车随[⑫]。
粉本为指授，帧端题以诗[⑬]。
逮今成旧迹，宝笈藏石渠[⑭]。
六霙仍践盟[⑮]，旋融春光熙。
数间精舍中，月户亲凭窥[⑯]。
千林复万巘，色相难为辞[⑰]。
传语示其弟，坚頫踪可师[⑱]。

①张若澄：字镜壑，号潇碧，清代桐城（今安徽桐城）人。乾隆十年（1745）进士，改庶吉士，授编修，历官内阁学士兼礼部侍郎。衔勤宣伯张若霭之弟，亦善画山水。镇海寺：见郑嶂《游台指迷歌》注㉜。

②是：肯定。絜（xié）矩：絜，度量；矩，画方形的用具，引申为法度。儒家以絜矩来象征道德上的规范。

③“动而”两句：谓上位者有所动作，世间就成为一种道德风尚；上位者的言行，则成为法度而流传。

④“此言”两句：谓这样的话对于过往的上位者是正确的；至于生活在同一时代的（则又当别论）。至若：连词，表示另提一事。

⑤“远则”两句：谓从远处看，则有风姿；更近一些看，就不满足了。有望：有风姿，

耐看。《文选·宋玉〈神女赋〉》："近之则夭，远之有望。"

⑥"偶此"两句：儒家的"中庸之道"与佛家的"中道"有相通之处，故云。中庸：儒家的政治、哲学思想。主张待人处事不偏不倚，无过无不及。中道：佛家语。谓无差别、无偏倚。即离开空、有或断、常等两边的实相。

⑦"阇（shé）梨"两句：谓僧人是粥饭罐，那里值得同他们谈论这样的道理。阇梨：梵语"阿阇梨"的省称。意为高僧。此泛指僧人。粥饭罐：犹言饭囊、饭桶。此讽喻只吃粥饭而不努力修行之庸碌无为者。奚：何。足：值得。

⑧黄与缁：指道士和僧人。因道士戴黄冠，僧人穿缁衣，故云。

⑨瑞叶：比喻雪花。葳蕤（wēiruí）：纷披貌。

⑩剽（piáo）：原注："钟中者谓之剽。"《尔雅·释乐》："大钟谓之镛，其中谓之剽，小者谓之栈。"

⑪宜图取：适宜选取为绘画的题材。

⑫属车：帝王出行时的侍从车。

⑬帧（zhèng）端：画幅空白处的某一端。

⑭宝籍：珍贵的书籍。此指张若霭所绘镇海寺雪景图。石渠：阁名。西汉皇室藏书之处，在长安未央宫殿北。此借指清室藏图籍之所。

⑮六霙（yīng）：亦作"六英"。雪花。

⑯凭窥：据高窥视。

⑰"色相"句：谓其形貌难以用语言表达。

⑱"传语"两句：谓传话告诉张若霭之弟张若澄，赵孟坚和赵孟頫的前踪可供你兄弟二人师法。赵孟坚（1199—1264?），南宋画家。字子固，号兰坡，又号彝斋居士，湖州（今属浙江）人。晚年隐居嘉兴海盐（今属浙江吴兴）。宋宗室，太祖十一世孙，为孟頫从兄。曾为湖州掾，入转运司幕，知诸暨县。能诗，擅书法，工画水墨梅、兰、竹、石，取法杨无咎，犹精白描水仙，笔致细劲挺秀。存世书画有《白描水仙图》、《墨兰卷》、·《自书诗卷》等。有《彝斋文编》。赵孟頫（1254—1322），元书画家。字子安，号松雪道人、水精宫道人，湖州人。亦为宋宗室，太祖十一世孙。宋亡后，在家闲居。入元，世祖搜访"遗逸"，经举荐，官刑部主事，后累官至翰林学士承旨，封魏国公，谥文勉。其诗、书、画、印皆有很高造诣。诗文风格和婉，有《松雪斋集》。书法学李邕而以王羲之、王献之为宗，风格圆转遒利，人称"赵体"。其画山水主要师法董源、巨然；人物、鞍马学李公麟，上追唐人；并用书法技巧写古木竹石，开创了元代画风。画迹有《重江迭嶂》、《东洞庭》、《鹊华秋色》、《秋郊饮马》《红衣天竺僧》等。

殊像寺再依皇祖元韵

再至瞻殊像，维新焕法筵①。

匪因修福业，可以悦真禅②。
结揽千山外③，平量五载前④。
鹫峰直北望，树杪郁葱然⑤。

①“维新”句：原注：“丙寅秋来礼是寺，惜其颓废，稍为鼎新之。”维新：谓乃始更新。《诗·大雅·文王》：“周虽旧邦，其命维新。”后因称改革旧法推行新政为维新。此指重新修葺。法筵：佛教语。指讲经说法者的坐席。此泛指讲经说法的场所，即佛寺。

②“匪因”两句：谓所以修葺殊像寺，并非积德行善，想得到福业，而是可以使戒律精严的和尚心神愉悦。匪：同“非”。福业：佛教语。指布施行善、慈悲利生等造福的功德。

③结揽：收揽。

④平量：公正评定，衡量。

⑤树杪：树梢。

再题殊像寺①

夷嵕此地开绀园②，屏息一礼两足尊③。
文殊师利无定相，优娄比丘多譌言④。
翠柏风舞鸾凤盖⑤，玉峰寒入云霞轩⑥。
不须拙速催成句，少憩吾将意与存⑦？

①殊像寺：见镇澄《殊象寺》注①。

②夷嵕（zōng）：平治山岭。嵕，数峰并峙的山。绀园：佛寺的别称。

③屏（bǐng）息：犹屏气。形容注意力集中或恐惧。两足尊：如来佛的尊号。《行集经》：“如来世尊福足、慧足，称两足尊。”此指文殊菩萨。

④“优娄”句：对殊像寺塑制文殊像的传说而言。传说殊像寺塑文殊跨狻猊像时，像身已就，其首难成。一天，塑匠正和荞面做饭，忽天现彩云，酷肖文殊之首，遂以手中荞面图模而塑成。以后几次重塑，无以过之，遂将荞面首置于像身。优娄：亦作“优楼”。梵语“优楼频螺迦叶”之略称。“三迦叶”之长，在佛诸弟子中称“供养第一”。此泛指僧人。比丘：俗称和尚。譌（wèi）言：虚妄不足信的话。

⑤鸾凤盖：饰有鸾和凤的车盖。此喻树冠。

⑥云霞轩：饰有彩云图案的轩车。此喻云霞。

⑦“不须”两句：谓不必等待，而要用“拙速”之法促使成为诗句；否则，稍事休

息，我的情趣还存在吗？拙速：谓用兵宁拙于机智而贵在神速。《孙子·作战》："兵闻拙速，未睹巧之久也。"杜牧注："攻取之间，虽拙于机智，然以神速为上。"此借指写诗要抓住灵感，快速成句，不能一味讲究技巧。与（yú）：表疑问与反诘。

清凉山再依皇祖元韵

雪蹊历历度桥踪①，白玉层梯认碧松②。
春月景殊秋月景，下方钟和上方钟③。
得教触目清裁别，间复翘心赓韵重④。
只有清凉无改度⑤，迎人翠罨五云峰⑥。

①雪蹊：积雪的小路。历历：逐一，一一。

②白玉层梯：积满白雪的高峻山崖。

③"春月"两句：唐白居易《游天竺》诗："前台花发后台见，上界钟清下界闻。"此化用其意。

④"得教"两句：原注："丙寅秋，凡清凉诸题，皆依皇祖元韵，概未别寻蹊径。兹始略有所作，间亦敬步元韵云。"得教触目：指遇到可以令人注目的情景。清裁：清新别致的（诗歌）。间：间或，偶尔。翘心：仰慕。

⑤改度：违反常度。

⑥罨（yǎn）：覆盖。

瞻礼菩萨顶有作①

拾级亲登灵鹫峰，和南月相仰真容②。
云标楼阁丹青焕③，雪霁林峦雾霭浓。
七日现身传古迹④，五年来礼续前踪。
传言回跸行营近⑤，风度泠泠隔嶂钟⑥。

①菩萨顶：见李师圣《游台感兴古风》注①。

②"和南"句：原注："是寺旧名真容院，今称中台菩萨顶。"和南：佛教语。佛门称稽首、敬礼叫和南。

③"云标"句：原注："是寺亦为鼎新。"云标：高耸于云际。

④七日现身：《清凉山志》卷二："大文殊寺，即菩萨顶真容院。唐僧法云，自建殿

堂，拟塑圣像。有塑士安生，不委何（疑为“而”）来，请言圣仪。云曰：‘大圣德像，我何能言?’相与恳祷，求圣一现。七日，忽光中现文殊像，遂图模塑成，因名真容院。”

⑤回跸：指皇帝返驾回宫。

⑥度：同“渡”。引导，传送。

雪水茶

山中雪水煮三清，大邑瓷瓯入手轻①。
屏去姜盐嫌杂和，招来风月试闲评②。
适添今夕灯前趣，宛似当年霁后程③。
只有一端差觉逊④，三希即景对时晴⑤。

①“山中”两句：原注：“水以最轻者为佳。此处水较京都玉泉为重，惟雪水比玉泉犹轻云。”三清：一种以松实、梅花、佛手和雪水烹沏之茶。清陆以湉《冷庐杂识·玉泉雪水》：“遇佳雪，必收取。以松实、梅英、佛手烹茶，谓之三清。”大邑：县名。在四川省成都平原西缘，邛崃山东麓。唐置县。因邑广大，故曰大邑。其地出瓷器。唐杜甫《又于韦处乞大邑瓷盌》诗：“大邑烧瓷轻且坚，叩如哀玉锦城传。”

②风月：清风明月。泛指美好的景色。评：品评。

③“宛似”句：原注：“丙寅秋巡五台时，回程至定兴遇雪，曾于毡帐中有烹三清茶之作。”

④差觉逊：略微觉得有点逊色。

⑤“三希”句：谓面对雪霁后的清风明月，即景观赏三希堂所藏《快雪时晴帖》。三希：即三希堂。在北京故宫博物院养心殿西室。乾隆皇帝曾将晋王羲之《快雪时晴帖》、王献之《中秋帖》、王珣《伯远帖》真迹收藏于此，认为是三种稀有的珍贵文物，故名三希堂。

雪霁

雪霁晓暾烘①，春光渐冶融②。
涧深浑有瀑③，山静却无风。
积素依阴峭，徂云向远空④。
龙泉东去路⑤，度麦念何穷⑥！

①晓暾（tūn）：朝阳。

②冶融：同“融冶”。和煦明媚。

③浑：皆。

④徂（cú）云：行云。

⑤龙泉：关名。见王世贞《龙泉关》注①。

⑥度（duó）麦：推测小麦生长的情况。

暖

向闻五台极寒处，九夏常有冬时冰[①]。
况复昨朝霏密雪，谓当清晓寒不胜。
朱鸟腾空一谷暖[②]，雄风不作春烟凝。
阳崖积素消欲尽，阴巘叠玉欹崚嶒[③]。
和气融盎韶光媚[④]，山林润逼云霞蒸[⑤]。
昨来值雪颇切虑，保阳一带经过曾[⑥]？
来牟扑陇已勃发[⑦]，纽芽虞被寒威乘[⑧]。
关外暄妍有如此，东望腹里心差宁[⑨]。

①“九夏”句：《清凉山志》卷二：“万年冰，台（中台）东麓。有冰数丈，九夏不消，地多静居。”九夏：夏季九十天。

②朱鸟：星宿名。二十八宿中南方七宿（井、鬼、柳、星、张、翼、轸）的总称。七星相联呈鸟形，朱色象火，南方属火，故名。此指代太阳。

③欹：斜倚。崚嶒：指高峻的山。

④和气：古人认为天地间阴气和阳气交合而成之气。万物由此“和气”而生。此指阳和之气。融盎：融通洋溢。韶光：指春光。

⑤润逼：潮湿侵袭。

⑥保阳：保定府（今河北保定）的别称。经过曾：曾否经过。

⑦来牟：古时大小麦的通称。《诗·周颂·思文》：“贻我来牟，帝命率育。”朱熹集传：“来，小麦。牟，大麦也。”陇：通“垄”。丘垄，田埂。

⑧纽芽：指麦茎的嫩芽。纽，本。虞：忧虑。

⑨腹里：犹内地。元时为对中书省直辖地区的通称。差宁：略为安定。

清凉寺[①]

莲宇台西麓[②]，榛蹊一往寻[③]。
石潭空禅性，松籁发仙音[④]。
春转暄迎谷，冰融雨坠林。
清凉名独占[⑤]，分别不生心[⑥]。

①清凉寺：见李邕《清凉寺碑铭》注①。

②莲宇：佛寺。

③榛蹊：草木丛生的山间小路。

④“石潭”两句：从唐常建《题破山寺后禅院》诗“山光悦鸟性，潭影空人心”句化出。谓潭水清澈，可以荡涤修禅者的心性；风吹松树发出的自然声韵，犹如佛菩萨的说法之声。空：原注：“去声。”使明净无挂碍，荡涤。

⑤“清凉”句：原注：“五台名清凉山，而此寺乃名清凉寺，故云。”

⑥“分别”句：谓作者不生分别之心。分别：佛教语。谓凡夫之虚妄计度。

再至镇海寺[①]

朝礼清凉寺，山川聊结揽[②]。
岂能向片石，执著论诚感[③]。
回跸已卓午[④]，路便寻精厂[⑤]。
日融雪已消，石磴不滑险。
月户昨所凭[⑥]，林岚顿改形[⑦]。
稍见翠微际，几峰凝黛青。
黛青仍间白，万景纷刻画。
信哉乾闼城[⑧]，宜为化人宅[⑨]。
昼漏催泠泠[⑩]，椒涂惜举策[⑪]。
何当坐夜静[⑫]，笑问松梢魄[⑬]。

①镇海寺：见郑嶹《游台指迷歌》注㊷。

②聊：快乐。结揽：包揽；收揽。

③“岂能”句：原注：“清凉寺内有清凉石，体本活动，寺僧即谬谓能扛动者为虔诚

云。”

④卓午：正午。

⑤精厂（hǎn）：犹精蓝、精舍、精庐。指佛寺。厂，山崖边较浅的岩穴。

⑥月户：月下的门户。凭：指凭眺。据高远望。

⑦林岚：指雾气缭绕的山林。

⑧乾闼（tà）城：指幻化的城郭，即海市蜃楼。乾闼，梵语译音乾闼婆的省称，亦译作“犍闼婆”，天龙八部之一。意译为“寻香”，以香气为食，住于须弥山南金刚窟。从属于忉利天主帝释，能凌空作乐，是八部众中的乐神。能以幻术变现城郭，叫作“乾闼婆城”，经中常以比喻事理的幻化者。《大智度论》卷六：“犍闼婆者，日初出时，见城门楼橹宫殿行人出入，日转高转灭。此城但可眼见而无有实，是名犍闼婆城。”

⑨化人：佛教谓佛、菩萨变形为人，以化度众生者。

⑩“昼漏”句：谓白天的时光飞逝。昼漏：谓白天的时间。漏：漏壶。古代计时的器具。

⑪椒涂：用椒泥涂饰的道路。取芳香之意。此借指沿途美景。涂，道路。举策：扬鞭催马。

⑫何当：犹何日，何时。

⑬魄：指月初出或将没时的微光。一说，指月初生或圆而始缺时不明亮处。亦指月；月光。

花朝①

每遇花朝率有诗②，清愁薄喜一凭之③。
无何复值青春半④，不住且看红日移。
山里芳菲应尚早⑤，篱边幡胜未教迟⑥。
向来愁喜浑无著⑦，咫尺文殊礼导师⑧。

①花朝（zhāo）：旧俗以农历二月十五日为“百花生日”，故称此日为“花朝节”。宋吴自牧《梦粱录·二月望》：“仲春十五日为花朝节，浙间风俗，以为春序正中，百花争放之时，最堪游赏。”

②率：大概，一般。

③“清愁”句：谓无论遇有凄凉的愁绪，还是略微喜欢，都凭借诗歌来抒发。

④无何：无几何时，不久。青春：指春天。春季草木茂盛，其色青绿，故称。

⑤芳菲：香花芳草。

⑥“篱边”句：原注：“罗睺寺旁行官数字，寺僧缚竹为篱，缀以杂彩，颇应节物云。”幡胜：即彩胜。用金银箔罗彩制成，为欢庆春日来临，用作装饰或馈赠之物。

⑦浑：全。无著：佛教语。无所羁绊，无所执著。

⑧咫尺文殊：文殊寺（即菩萨顶）近在咫尺。导师：佛教语。导引众生入于佛道者的通称。《佛报恩经·对治品》：“夫大导师者，导以正路，示涅槃径，使得无为，常得安乐。”

罗睺寺少憩[①]

一

试问谁能转法轮[②]，岫云松籁总天真[③]。
维摩不二曾无语，已是分明说与人[④]。

①罗睺寺：见孙传庭《罗睺寺》注①。

②“试问”句：原注：“寺后有转轮阁。”转轮阁，即后殿藏经阁。后殿中央，有一木制圆形佛坛，上雕水涛和十八罗汉过江图案，当中荷蒂上有木制大型莲瓣，“四方佛”分坐其上；另设中轴、转盘，绳索牵引，莲瓣时开时合，“四方佛”时隐时现，名曰“开花现佛”。法轮：佛教语。比喻佛法。谓佛说法，圆通无碍，运转不息，能摧破众生的烦恼。释迦牟尼成道之初，三度宣讲“苦、集、灭、道”四谛，称为“三转法轮”。

③“岫云”句：谓峰峦间的云雾和风吹松树发出的自然声韵皆显示了佛法真谛。天真：谓事物的天然性质和本来面目。

④“维摩”两句：《维摩诘经》：“文殊师利问维摩诘：‘我等各自说已，仁者当说，何等是菩萨入不二法门?’时维摩诘默然无语。文殊师利叹曰：‘善哉，善哉！乃至无有语言文字，是真入不二法门。’”曾（zēng）：乃；竟。

二

松亭如笠坐冥搜[①]，却喜潇然满意幽[②]。
节物花朝谁点缀[③]，篱遍剪彩十分稠[④]。

①松亭：松间之亭。笠：笠帽。用竹篾、箬叶或棕皮等编成，可以御暑，亦可御雨。冥搜：深思苦想。

②潇然：清幽寂静貌。满意幽：充盈幽雅的意趣。

③节物：应节的物品。此指“剪彩”。花朝：指花朝节。

④剪彩：剪裁花纸或彩绸，制成虫鱼花草之类的装饰物。即“彩胜”。

登塔院寺塔①

曼殊是佛观察智②，讵有遗发藏窣堵③？
设以眉毛例翠岩，则不胜藏岂仅许④？
花朝风物春暄妍⑤，探奇一访青莲宇⑥。
摄齐拾级登初地⑦，骋望千峰近可数。
穹窿梵网鹳鹤摩，庄严火劫天龙护⑧。
谁能于此净六根⑨，惟觉轩轩兴霞举⑩。

①塔院寺：见王道行《塔院寺》注①。塔：指佛舍利塔和文殊发塔。

②“曼殊”句：曼殊师利为释迦牟尼左胁侍，司“智”，故云。观察智：即妙观察智。为佛观察诸法及一切众生根器而应病予药与转凡成圣的智慧。参见八思巴《赞颂文殊菩萨——花朵之鬘》注⑨。

③“讵有”句：原注：“清凉山志：塔院寺有文殊发塔。”讵：表示反诘。相当于“岂”、“难道”。窣堵：即塔。

④“设以”两句：谓假使以翠岩类比文殊的眉毛，则比比皆是，藏之不尽；岂能只藏有一点呢？眉毛例翠岩：佛教认为，万法之相，唯识所变，故以“眉毛例翠岩”。仅：指数量少。许：助词，表感叹。

⑤花朝风物：花朝节的风光景物。暄妍：天气暖和，景色明媚。

⑥青莲宇：同“莲宇”。佛寺。

⑦摄齐（zī）：提起衣摆。古时官员升堂时谨防踩着衣摆，跌倒失态。表示恭敬有礼。《论语·乡党》：“摄提登堂，鞠躬如也。”朱熹集注：“摄，抠也。齐，衣下缝也。礼，将升堂，两手抠衣，使去地尺，恐蹑之而倾跌失容也。”初地：此指佛教寺院。

⑧“穹窿”两句：谓鹳鹤迫近的天空有如梵网笼罩，且有天龙八部在护持，故庄严美盛的佛塔虽经火劫而未毁。乾隆年间，塔院寺曾经火灾，而佛舍利塔未毁，故云。穹窿：中间隆起，四周下垂貌，常用以形容天的形状。此指天。梵网：即因陀罗网。见曹寅《中台》注⑤。火劫：佛教语。坏劫中的“大三灾”之一。谓劫火洞烧，直至光音天。《法苑珠林》卷三引《观佛三昧经》：“无日月星辰，亦无昼夜，唯有大冥，谓之火劫。”此指火灾。

⑨六根：佛教语。谓眼、耳、鼻、舌、身、意。根为能生之意，眼为视根，耳为听根，

鼻为嗅根，舌为味根，身为触根，意为念虑之根。六根是一切“有情”（众生）的身心的总和，故亦称六情。佛教认为“六根”为生死之根，罪孽的根源。六根清净，方得解脱。

⑩轩轩：飞升貌。霞举：飘升，飞行。

显通寺①

雪霁翠微峰②，蒸为紫雾浓。
精蓝游历历③，楼阁见重重。
静悟庭前柏④，闲听云外钟。
徒闻十二院⑤，谁复辨遗踪？

①显通寺：见贯休《送僧游五台》注⑦。

②翠微峰：青翠缥缈的山峰。指灵鹫峰。

③精蓝：佛寺。

④庭前柏：即禅语“庭前柏树子”。语出《五灯会元》卷四：“僧问：‘如何是祖师西来意？’师（赵州从谂禅师）曰：‘庭前柏树子。’僧又问：‘和尚莫将境示人？’师曰：‘我不将境示人。’僧又问：‘如何是祖师西来意？’师曰：‘庭前柏树子。’”

⑤“徒闻”句：原注：“显通寺旧名大孚灵鹫寺，后魏孝文重建十二院。”

回銮即事

祝釐礼化城①，台顶陟峥嵘②。
迎喜一天雪，驻当三日晴③。
趁闲寻奥境④，蒇事返行旌⑤。
佳处留余兴⑥，前诗偶静评。

①祝釐：祈求福佑，祝福。化城：指佛寺。

②峥嵘：高峻貌。

③当：值，遇到。

④奥境：幽隐之地。

⑤蒇（chǎn）事：谓事情办理完成。

⑥“佳处”句：原注：“丙寅秋来五台，回驾时有‘不教吟兴尽，佳处每留余’之句。”

回銮至台麓[1]

前日至台麓，云容方酿雪[2]。
今日来台麓，雪色高峰列。
向阳冻渐融，溪流声汩澌[3]。
柳绿欲招烟，芜青已铺埒[4]。
往还才五宿，景物何顿别？
山灵想置邮[5]，火报花朝节[6]。

①台麓：寺名。超揆《射虎川台麓寺恭赋》注①。

②酿雪：空中的水蒸气逐步凝聚而形成的雪。

③汩（yù，今读 gǔ）澌（jié，亦读 zhì）：同“澌汩”。水流激荡貌。

④芜青：丛生的杂草返青。埒（liè）：指田间的土埂。

⑤山灵：山神。置邮：用车马传送文书信息。古制，置为马递，邮为步递，原有区别，后即混用。

⑥火报：火速报告。花朝节：见作者庚午作《花朝》注①。

度龙泉关[1]

长城走太行[2]，梯云据豁险[3]。
人力非鬼工，崚嶒何以錾[4]？
守国亦云德，是谓善用坎[5]。
丸泥岂能固[6]，吊古徒兴感。
台怀返行旌，雄关度峻巉。
高处且停辔，千里纵流览。
胡为一岭隔，阴阳判舒敛[7]？
乃知地势限，便是天功范[8]。
保阳春应佳[9]，历历入结揽。

①龙泉关：见王世贞《龙泉关》注①。

②走：通向。

③梯云：腾云。

④“人工”两句：写修筑长城的艰难。鬼工：谓事物精妙高超，非人工所能为者。錾（zàn）：凿筑。

⑤“守国”两句：坎：《易》卦名。八卦之一。坎象征险难，代表水，为北方之卦。象曰：“水洊至，习坎；君子以常德行，习教事。”意谓水一再到来，不分昼夜。君子应当效法这一精神，片刻不可停顿，不断进修自己的德性学业，熟悉教化他人的方法。因作者见到地势险要的长城岭，故产生这一联想。

⑥丸泥：一粒泥丸。汉王元说隗（wěi）嚣以兵守函谷关东拒刘秀：“今天水完富，士马最强……元请以一丸泥为大王东封函谷关，此万世一时也。”见《后汉书·隗嚣传》。后用守险拒敌的典实。

⑦阴阳：指山丘北面和南面。山北背日为阴，山南向日为阳。判：分割；区别。舒敛：伸展和收缩。指冷暖。

⑧天功：犹天工。天然形成的工巧。与“人工”相对。范：规范。引申为限制。

⑨保阳：保定府（今河北保定）的别称。

〔三〕乾隆辛巳作

（乾隆二十六年，1761年。是年二月，乾隆皇帝奉皇太后第三次巡台。录自高宗《御制诗集·三集》卷十、十一）

恭奉皇太后谒泰陵因至五台瞻礼卜吉起程得诗八韵有序[①]

葱岭[②]风清，群品[③]咸占已盛；萱庭[④]日永，大年适会辛穰[⑤]。于时，春露缅丹邱[⑥]，起吉行之五十[⑦]；晨辉依绀宇[⑧]，绵长纪乎亿千。傍辇青回，仲月耄年[⑨]并茁；前旌翠重，上旬霡霂[⑩]初收。城南碣表双趺[⑪]，庶以酬庸[⑫]承祖德；路右峰开一帧，更因增算祝慈耋[⑬]。信是神皋[⑭]，式展芳辰之蠲涤[⑮]；无非佛国，言皈宝界之清凉。既典协于观民[⑯]，亦恩推于给复[⑰]。行见迎门香案，篆碧[⑱]家家兼闻。拥路华帘，誊黄[⑲]处处。

启跸仲春天，谒陵懿旨宣[⑳]。
未行周十载，先叩合今年[㉑]。

岂不劳躬虑，由来养志先[22]。
顺程佛域礼，藉祝睿龄绵[23]。
是日金根奉[24]，沿途云馆便[25]。
浑河方瀌瀌[26]，宿麦已芊芊[27]。
申命驱驰禁，兹为饼饵缘[28]。
省耕吾要务，施惠例依前。

①泰陵：清世宗陵墓。

②葱岭：古代对帕米尔高原和昆仑山、天山西段的通名。地势极高。

③群品：万事万物。

④萱庭：古称母亲居室为“萱堂”。后因以“萱”为母亲居处的代称。萱庭即母亲所居庭院。

⑤大年：谓年寿长。辛穰（ráng）：新的农作物。辛，通“新”。穰，禾秆。

⑥缅：思念。丹邱：即丹丘。传说中神仙所居之地。此指五台山佛地。

⑦五十：作者时年五十。

⑧依：依恋。绀宇：佛寺。

⑨麰（lái）牟：麰，通“来”，小麦；牟，通“麰”，大麦。

⑩霡霂（màimù）：小雨。

⑪碣：圆顶碑。趺：碑刻等的底座。

⑫酬庸：犹酬功；酬劳。

⑬增算：增寿。祝慈釐（xī）：为母后祝福。釐，福。

⑭神皋：指京畿。

⑮式展：显现。式，语助词。芳辰：美好的时光。蠲（juān）涤：清除，除去。此指清除尘垢。

⑯典协于观民：符合观民的常道。典，常道，准则。协，符合。

⑰恩推：即推恩。广施恩惠。给复：免除赋税徭役。

⑱篆碧：犹篆烟。指盘香淡青色的烟缕。篆，盘香的喻称。

⑲誊黄：旧时皇帝下的诏书，由礼部用黄纸誊写，叫誊黄。

⑳懿旨：古时亦称皇后、皇太后或皇妃、公主的命令。亦用为贵显人家长辈妇人命令的敬称。此指皇太后的命令。

㉑“未行”两句：原注：“辛未，圣母六旬大庆，亦恭奉谒陵，逮今又历十年矣。”叩：探问；询问。合，适合。

㉒养志先：以养志为先。桓宽《盐铁论·养孝》：“故上孝养志，其次养色，其次养

体。”养志，谓奉养父母能顺从其意。《孟子·离娄上》：“若曾子，则可谓养志也。事亲若曾子者，可也。”养（yàng，今读 yǎng），奉养，事奉。

㉓睿龄：皇帝或太子的年龄。此借指皇太后的年龄。

㉔金根：“金根车”的省称。以黄金为饰的根车，帝王所乘。根车，用自然圆曲的树木做车轮装配成的车子。古代以为帝王有盛德，则山出根车，为祥瑞之兆。

㉕云馆：高耸入云的馆舍。

㉖浑河：卢沟河在元、明以后的别称，因河水浑浊得名。即今永定河。虢（huò）虢：水流声。

㉗芊（qiān）芊：草木茂盛貌。

㉘饼饵：饼类食品的总称。此指百姓的吃食。

谒陵礼毕载启西巡瞻彼台山祝兹介祉后作祇言庆典前涂况值甘膏[1]

巡銮载启指清凉，七袠方开庆典彰[2]。
圣母自然无量寿[3]，文殊已放大祥光。
试看洒道甘膏霈[4]，可卜如山宝算长[5]。
下隰高原同力作[6]，天恩诚感益诚蘉[7]。

①谒陵：指作者奉皇太后谒泰陵事。介祉：大福。祇言：祈求祝祷的话。指本诗。

②七袠（zhì）：七十岁。袠：通“秩”。十年为一袠。

③圣母：君主时代对皇太后的尊称。

④甘膏：甘雨，膏雨。霈：雨雪充沛貌。

⑤卜：推断；预料。宝算：称帝王寿数的敬辞。

⑥下隰（xí）：低湿的地方。力作：努力耕作。

⑦“天恩”句：谓因皇家的精诚感动上天而降恩，才能人寿年丰，因此要更加精诚努力。诚感：谓精诚感动神祇，因而出现奇迹。蘉（máng）：勉力。

雪（二月十九日）

入山气冷雨为雪，著地消融原利农[1]。
只有最高偏好看，皑皑玉积两三峰。

泛泛滇滇拂跸旌[2]，杏林开处认梅坪。
道场知近文殊境，故散天花载道迎[3]。

雪与清凉有夙期[4]，丙寅庚午两留诗[5]。
西来迎跸人传说，镇海寺前如昔时[6]。

剪水镂冰卒未休[7]，山田过冷恐伤牟[8]。
三春竟有望晴事，患失无厌我尚犹[9]。

①著（zhuō）：接触。

②泛泛滇（tián）滇：形容大雪纷纷扬扬，漫天飞舞的样子。泛泛，飘浮貌；滇滇，盛貌。跸旌：古代帝王的车驾和旌旗。

③载道：满路。

④夙期：预约。

⑤“丙寅”句：作者丙寅有《积素》诗、庚午有《雪》诗，故云。

⑥“镇海”句：原注：“前两度至五台，一命张若霭图镇海寺雪景，一命其弟若澄图之。”

⑦剪水镂冰：剪水，翦（同“剪”）水花。雪的别称。唐陆畅《惊雪》诗：“天人宁许巧，翦水作飞花。”镂冰，雕刻冰块。剪水、镂冰均指雪。卒：终。

⑧牟：通“麰”，大麦。

⑨“患失”句：谓患得患失，毫无满足，连我犹如此。尚犹：犹，还。尚、犹同义并列。

龙泉关三依皇祖元韵

当年燕晋界[1]，割据迹成空[2]。
来往一家内，豫游昔日同[3]。
岭云无改白，陇杏欲舒红[4]。
正是省耕候[5]，民依咨度中[6]。

①当年：指春秋战国之时。

②割据：分割占据。谓占据一方领土，成立政权。

③豫游：见作者丙寅《度龙泉关山西诸臣来接》注③。

④陇：高丘。舒红：绽放红花。舒，展开。

⑤省耕：古代帝王视察春耕。

⑥咨度（duó）：咨询。

雪中度长城岭①

三度五台三度雪，名山灵应真殊绝②。
瀌瀌或或无定形③，回薄林峦喷玉屑④。

入云那见向来蹊，马踏冰花不作泥。
盘盘磴道徐策骑⑤，已廑吏役劳铲治⑥。

低飞乱洒皆入画，冲烟越岭真宜诗⑦。
我无文殊平等智⑧，沾衣压帽夫岂辞⑨？

①长城岭：见玄烨《自长城岭至台怀》注①。

②殊绝：特出；超绝。

③瀌（biāo）瀌或或：谓雪纷纷扬扬，一片迷茫。瀌瀌，雨雪盛貌。或或：迷惑貌。

④“回薄”句：谓回旋飞舞的大雪逼近山林，喷洒着雪末。

⑤磴道：登山的石径。

⑥廑（jǐn）：蒙受，接受。

⑦冲烟：冒着如同烟雾的大雪。

⑧平等智：即平等智性。谓如来观一切法，自他有情，悉皆平等，大慈大悲恒共相应的智慧。参见八思巴《赞颂文殊菩萨——花朵之鬘》注⑦。

⑨“沾衣”句：谓即使大雪沾衣压帽，我又岂能抱怨？夫，语中助词。辞：责备；抱怨。

射虎川①

西来圣迹仰依前②，岭谷重经射虎川。
榛薄鼠如真不啻③，寺楼麟楦尚居然④。
三驱弧矢罢平野⑤，万户耕桑遍大田。
稍可弗孤前烈者⑥，秋围一试示于阗⑦。

①射虎川：见高士奇《扈从清凉山三首》三注⑩。

②仰：敬慕；仰望。

③“榛薄”句：谓在皇祖的威势面前，榛薄中的老虎真无异于胆小的老鼠。榛薄：丛生的草木。不啻（chì）：无异于；如同。

④“寺楼”句：原注：“至今其虎尚楦置台麓（清乾隆《钦定清凉山志》作“台怀”，当是。）寺中。”麟楦：“麒麟楦”的省称。唐朝人称演戏时假装麒麟的驴子叫麒麟楦。比喻虚有其表没有真才的人物。《云仙杂记·麒麟楦》引唐张鷟《朝野佥载》：“唐杨炯每唤朝士为麒麟楦。或问之，曰：‘今假弄麒麟者，以修饰其形，覆之驴上，宛然异物。及去其皮，还是驴耳。’无德而朱紫，何以异是。”此借指去其骨肉而以他物填充后的老虎。居然：俨然，形容很像。

⑤“三驱”句：原注：“承平日久，垦辟率无隙地，不似康熙初年此地尚有野兽可行围也。”三驱：古王者田猎之制。谓田猎时须让开一面，三面驱赶，以示好生之德。一说，田猎一年以三次为度。弧矢：弓箭。

⑥弗孤：不辜负。前烈：祖先。

⑦“秋围”句：原注：“去秋木兰行围，尝一日射殪二虎。时回部郡王霍集斯等及哈萨克赴觐陪臣并扈从与观。”于阗（tián）：古西域名，在今新疆和田一带。此泛称外族。

台麓寺①

山寺台之麓，襟溪复带峰②。
前三正如是③，不二即真宗④。
春色那藏杏⑤，禅心且付松⑥。
长城岭回望，岚霭蔚重重⑦。

①台麓寺：见超揆《射虎川台麓寺恭赋》注①。

②“襟溪”句：谓台麓寺以溪为襟，以峰为带。即前临溪水，背依山峰。

③“前三”句：谓像台麓寺这样“襟溪复带水”，自自然然，不假造作，正是“前三三与后三三”所揭示的意旨。前三：即禅宗机语“前三三与后三三”。见雪窦《金刚窟》注①。

④不二：即不二法门。佛教语。谓平等而无差别之至道。真宗：释道两教谓所持的真正宗旨；正宗。

⑤“春色”句：宋宋祁《玉楼春》有“杏花枝头春意闹”之句。此反用其意。谓春色

怎么只藏在杏花枝头？那（nǎ），今作“哪”。如何，怎么。

⑥禅心：佛教用语。谓清静寂定的心境。

⑦岚霭：山中的雾霭。蔚：盛貌。

题静寄斋①

麓寺旁精舍②，三间无取宽。
清宵堪托宿③，飒景不妨寒④。
图省多人力，欣兹容膝安⑤。
松岩皴积雪⑥，静寄惬澄观⑦。

①静寄斋：清台麓寺行宫后殿名。乾隆二十六年（1761）葺。

②麓寺：即台麓寺。精舍：精致的居室。

③清宵：清静的夜晚。

④飒景：飒然之景。即众多的景物。

⑤“图省”两句：原注：“向幸五台，皆驻行营，驮载过长城岭为劳。兹于寺旁精舍驻宿一夕，实省众力，因题曰静寄斋。”

⑥皴（cūn）积雪：积雪如用皴法画就。皴：见作者丙寅作《望海寺恭依皇祖元韵》注⑤。

⑦“静寄”句：谓静寄斋正适合于静心观赏。惬：恰当；合适。

白云寺①

春云出谷如流，十年一度来游②。
底识蜂台殊胜③，今朝名实兼收④。

①白云寺：见岑霁《自龙泉关过岭宿白云寺》注①。

②作者曾于乾隆十五年（1750）游白云寺，并作《白云寺小憩》，距此次再游实时隔十一年。十年为约数。

③底识：何识。底，疑问代词。何。蜂台：借指佛塔。远望佛塔，状如蜂房，故称。

④名实兼收：既游览了名为“白云”之寺，又观赏到真正的白云，故云。

跋马[1]

跋马台山路，绥绥雨雪濛[2]。
冻凝虽未泞，旭隐不为烘[3]。
虑恐寒过甚，如云景最工[4]。
轻舆宁弗逸，欲与众人同[5]。

①跋马：骑马跋涉。

②绥绥：缓行貌。雨（yù）雪：降雪。

③旭：初出的太阳。烘：映照。

④工：精美。

⑤“轻舆”两句：谓乘坐轻车岂不安逸，（但我却弃车乘马）是想与众人相同。

雪中过镇海寺未入[1]

岩寺从来雪景宜[2]，今朝如约画情披[3]。
何须更问石栏径[4]，海印发光按指时[5]。

①镇海寺：见郑嶂《游台指迷歌》注㉜。

②岩寺：山间的佛寺。宜：指宜于观赏。

③“今朝”句：原注：“丙寅、庚午两度皆遇雪，并命侍臣图之。”

④“何须”句：谓不须再从两旁置有石栏杆的小径到镇海寺内。

⑤“海印”句：《楞严经》卷七：“如我按指，海印发光。”海印：即海印三昧，亦称海印定。《华严经》等所说佛所入的一种定。意谓佛智如同大海，能容纳一切诸法。发光：指影现诸法。按指：承“譬如琴瑟、箜篌，琵琶，虽有妙音，若无妙指，总不能发”（见《楞严经》卷七）而言，喻智契于理，即入海印定。此喻指只要静心回忆，镇海寺雪景就会影现眼前。

自长城岭至台怀再依皇祖元韵

西巡第三度，山川了不殊[1]。
计里宿所悉[2]，底须问路衢[3]？
长城背指岭，台怀面循途[4]。

此是清凉境，奚事警跸呼⑤？
梵僧迎我来，铙鼓杂螺竽⑥。
无耳亦无声⑦，试参谁为娱⑧？
虚殿礼古佛⑨，招提散步纡⑩。
不悟慈悲源，安知超度区⑪？
庭柏翠而静，山花妍且都⑫。
将以祝遐龄⑬，即是万寿图⑭。
可用罢南巡，况因霪潦濡⑮。
爱民延禧本，慈训申懿模⑯。
至矣敢不遵⑰，钦哉奉三无⑱。

①了：完全，皆。

②计里：计算里程。宿：预先，早先。

③底须：何须；何必。

④“长城”两句：背指长城岭，面循台怀途。指：直立，竖起。

⑤奚：何。事：作，从事。警跸：古代帝王出入时，于所经路途侍卫警戒，清道止行，谓之“警跸”。

⑥铙（náo）：一种打击乐器。形似钹而大。螺：寺院所用乐器法螺的省称。竽：簧管乐器名，似笙而大。

⑦“无耳”句：按佛家不二法门，有无不二，且“凡所有相，皆是虚妄”（见《金刚经》），故有耳亦有声即“无耳亦无声”。

⑧“试参”句：谓试按照佛法参究，这些佛乐为谁带来愉悦呢？

⑨虚殿：虚寂、清静的殿宇。

⑩招提：寺院的别名。参见真可《西台挂月峰》注③。纡：从容宽舒貌。

⑪“不悟”两句：谓未领会真实不变、无所不在的法性，又怎会认识超度众生的佛地呢。慈悲源：犹法源。即法海真谛，法性。即真实不变，无所不在的体性。因佛家以慈悲为本，故以“慈悲源”指代法源。超度区：超度众生之地。此指五台山。

⑫妍且都：美丽而闲雅。《诗·郑风·有女同车》：“彼美孟姜，洵美且都。”

⑬遐龄：高龄，长寿。

⑭“即是”句：谓“庭前翠柏静，山花妍且都”的景象即为万寿图。

⑮“可用”两句：原注：“今春将奉安舆南巡，以去秋高宝下游数邑被水，因传谕暂停，遵懿旨诣台山瞻礼祝延。”用：犹言以。表示原因。霪（yín）涝：久雨成涝。濡：沾湿。

⑯“慈训”句：谓母亲的教训表明了美好的道德风范。

⑰至矣：犹“至矣尽矣”。赞美之词。谓达到了无以复加的地步。敢：岂敢。

⑱钦哉：戒告之词。钦，谨慎，戒慎。三无：《礼记·孔子闲居》：“孔子曰：‘无声之乐，无体之礼，无服之丧，此之谓三无。’”孔颖达疏：“此三者，皆谓行之在心，外无形状，故称三无。”又三无，佛教语。指空、无相、无作。亦泛指佛法。此似指前者。

清凉山三依皇祖元韵

历历前巡是旧踪①，依然涧水与岩松。
未忘者个纵乎地②，且听七条披以钟③。
一念祝釐算期永④，万几绳武韵赓重⑤。
追从有愿吾惟怵⑥，圣度崇于叶斗峰⑦。

①历历：逐一，一一。

②者个：同“这个”。禅宗用语。指本来面目，即清净自性。此指塔院寺佛舍利塔。纵（chuāng）乎地：从地面高耸。

③七条披以钟：《古尊宿语录》卷十五：“（云门文偃禅师）上堂，因闻钟声，乃云：‘世界与么广阔，为什么钟声披七条?’”七条：即郁多罗僧。僧人之上着衣。因衣有横截七条，故称。此指代僧人。

④一念：一个念头。祝釐：祈求福佑。算期永：犹万寿无疆。算，寿命。

⑤万几：《书·皋陶谟》：“无教逸欲有邦，兢兢业业，一日二日万几。”孔传：“几，微也，言当戒惧万事之微。”后以“万几”指帝王日常处理的纷繁的政务。绳武：指继承祖先业绩。此指效法康熙皇帝。韵赓：即赓韵。和韵。

⑥追从：追随跟从（皇祖）。怵：犹怵怵。戒惧、警惕貌。

⑦圣度：谓帝王的气度。此指其皇祖康熙皇帝的气度。叶斗峰：北台峰名。

殊像寺①

是像即非像②，文殊特地殊③。
毫端宝王刹④，镜里焰光珠⑤。
法雨沧桑润⑥，梵云朝暮图⑦。
高山仰止近⑧，屏气步霄衢⑨。

①殊像寺：见镇澄《殊像寺》注①。

②“是像”句：《金刚经·如理实见分第五》：“凡所有相，皆为虚妄。若见诸相非相，即见如来。”因一切事物的相状，均由因缘和合而成，都是虚妄不实的假象。殊像寺的文殊像亦是如此，故云。

③文殊：指殊像寺的文殊跨狻猊像。特地：特意；特为。此有人为、造作之意。

④“毫端”句：谓宝王刹可纳于毫端。意同“芥子须弥”。喻诸相皆非真，巨细可以相容。毫端：细毛的末端。比喻极细小。宝王刹：即佛刹，佛土。佛教谓佛陀所居住和应化的种种国土。

⑤“镜里”句：写法空。焰光珠：古印度对摩尼珠（即清净如意珠）的别称。相传用佛舍利制成。《智度论》卷五九：“此宝珠名如意，无有定色，清澈微妙，四天下物，悉皆照现，是宝常能出一切宝物，衣服饮食，随意所欲，尽能与之。”《景德传灯录·永嘉真觉大师》：“既能解此如意珠，自利利他终不竭。”

⑥“法雨”：句：谓世事变化，而佛法如雨，滋润万物如故。沧桑：“沧海桑田”的略语。喻世事变化巨大。

⑦梵云：比喻佛法庇护。此指佛地五台山之云。图：绘画；描绘。

⑧“高山”句：谓我敬仰的文殊菩萨近在眼前。高山仰止：语出《诗经·小雅·车舝》：“高山仰止，景行行止。”后用以谓崇敬仰慕。

⑨屏气：抑止呼吸。形容恭谨畏惧的神态。霄衢：天上的通途。

五台山天花诗再依皇祖元韵

延龄仙菌斸崖青，仇十洲曾图作屏。
埏埴前身定何物，一株古柏是青宁。

①延龄仙菌：指天花。因谓其可延年益寿，故云。斸（zhú）：掘取。

②仇十洲：明代画家仇英，字实父，号十洲，太仓（今属江苏）人。擅画人物、山水。与沈周、文徵明、唐寅并称“明四家”。图：画。

③埏埴（shānzhí）：和泥制作陶器。引申为培育。定：副词。究竟；到底。

④“一株”句：谓天花为古柏根部之青宁所化。青宁：虫名。生于老竹根部。《庄子·至乐》：“羊奚比乎不笋，久竹生青宁。”

灵鹫峰文殊寺再依皇祖元韵

云边看寺迥①，雪里听螺遥②。

忽尔到香界[③]，居然憩法寮[④]。
禅枝无处住[⑤]，梵呗静中飘[⑥]。
欲觅尧年句[⑦]，烟萝隐翠椒[⑧]。

①迥：高。

②螺：法螺。此指法螺声。

③忽尔：忽然。香界：指佛寺。

④居然：犹安然。形容平安，安稳。法寮：僧舍。

⑤禅枝：寺庙禅堂周围的树木。无处住：在“无”处生长。无，指“无相”、“无执”等。

⑥梵呗：佛教谓作法事时的歌咏赞颂之声。

⑦“欲觅”句：意谓欲依其皇祖元韵赋诗。尧年：古史传说尧时天下太平，因以“尧年”比喻盛世。此指康熙盛世。

⑧烟萝：借指幽居或修真之处。此指文殊寺。翠椒：青翠碧绿的山顶。

题雨花堂[①]

祝釐恒此奉慈闱[②]，不日成之难重违[③]。
冬令特奇三月暖[④]，今来还见六花飞[⑤]。
繄予宁可逸为务[⑥]，雱彼都标静者机[⑦]。
羃岭筛林谁弗著[⑧]，欲因师利悟依稀[⑨]。

①雨花堂：清台麓寺行宫殿侧小书轩名。乾隆二十六年（1761）葺。

②“祝釐”句：作者于乾隆十一、十五年及本次巡礼五台均奉皇太后，故云。恒此：经常如此。慈闱：旧时对母亲的代称。

③“不日”句：原注：“去岁冬月降旨西巡，抚臣鄂弼与地方吏即葺筑行宫数宇，以备慈宁燕息。因事已成，且省驮载，故许之。兹来驻跸，爰名其堂曰雨花。”

④“冬令”句：原注：“五台最寒地，九月即冰。去岁三冬暄暖异常，工作不误，皆以为奇。”

⑤“今来”句：原注：“三度来此皆遇雪。”

⑥“繄（yī）予”句：谓（在此雪天）我岂可追求安逸。繄：语气词。宁可：岂可，难道可以。务：致力。此有追求之意。

⑦“雱（pāng）彼”句：谓纷飞的大雪都显示出静者的机趣。雱：雪盛貌。彼：语气

助词。静者：深得清静之道、超然恬静的人。多指隐士、僧侣和道徒。

⑧“羃（mì）岭”句：谓天花（雪花）覆盖山岭，洒落林峦，有谁能不沾附于身呢？《维摩诘经·观众生品》：“时维摩诘室有一天女，见诸大人闻所说法，便现其身，即以天华散落诸菩萨、大弟子上，华至诸菩萨即皆堕落，至大弟子便著不堕。一切弟子神力去华，不能令去。”华，同“花”。天女以散花说法，谓“积习未尽（未断除“分别想”），华著其身；积习尽者，华不著身。”此反用其意。羃：同幂。覆盖。筛：即筛寒洒白。形容飞雪。

⑨“欲因”句：谓我欲凭借文殊师利依稀体悟佛法真谛。意谓“羃岭筛林谁弗著”这无差别的境界，正体现了文殊的不二法门。

晴

春来频有喜晴诗，益喜春膏渥可知[①]。
尽敛霏雰和旭朗[②]，千峦画景座前披[③]。

①“益喜”句：谓我更喜欢春雨滋润万物的心情可想而知。春膏：指春雨。渥（wò）：沾湿、沾润。

②霏雰（fēn）：雨雪盛貌。和旭：温和的旭日。

③披：翻开。

戏题宝塔院[①]

声求色见总邪谈[②]，安得文殊发弃龛[③]？
试看眉毛翠岩在[④]，春来依旧绿毶毶[⑤]。

①题下原注：“相传藏佛舍利及文殊发。”宝塔院：即塔院寺。见王道行《塔院寺》注①。

②声求色见：凭借声音寻求、凭借形色观见佛菩萨。语出《金刚经·法身非相分》：“若以色见我，以音声求我，是人入邪道，不能见如来。”

③安得：岂能，怎么能。文殊发弃龛：指“昔文殊化为贫女，遗发藏此（文殊发塔）”。见《清凉山志》卷二。龛：塔下室。

④眉毛翠岩：作者庚午作《登塔院寺塔》有“设以眉毛例翠岩”之句。

⑤毶毶（lánsàn）：植物枝叶或花蕊下垂貌。

显通寺即事①

有恤精蓝灵鹫前②，大孚犹忆永平年③。
域中佛法最初地④，院外春光二月天。
回禄似观成坏相，维新仍列象龙筵⑤。
阇黎冀施教先施⑥，不戒当勤种福田⑦。

①显通寺：见贯休《送僧游五台》注⑦。

②有恤（xù）：清净。有，发语词。《诗·鲁颂·閟宫》："閟宫有恤，实实枚枚。"精蓝：佛寺。

③"大孚"句：《清凉山志》卷二："大显通寺，古名大孚灵鹫寺。汉明帝时，滕兰西至，见此山，乃文殊住处，兼有佛舍利塔，奏帝建寺。滕以山形若天竺灵鹫，寺依山名，帝以始信佛化，乃加大孚二字。大孚，弘信也。"永平：东汉明帝年号。

④域中：国中。即中国境内。

⑤"回禄"两句：显通寺在乾隆年间曾发生火灾，又予修复，故云。回禄：传说中的火神。成坏：佛教认为一大劫（意为极久远的时间）包括成、住、坏、空四大劫，大千世界历一次成毁。如此循环不已。此借指显通寺的毁坏和重新修葺。维新：谓乃始更新。象龙筵：高僧说法的坐席。此指佛寺。

⑥"阇梨"句：谓僧人希望众生布施，首先要向众生施教。原注："二施皆去声。"按：今读阴平。

⑦"不戒"句：原注："寺僧不戒于火，以致回禄。命以寺资重修葺之，其不足者，稍为补助，不费民力也。而僧人以费己资，未免不满所望，故戏及之。"句意谓寺僧们把不警戒火灾，当作勤种福田（意即让人布施）的办法。

罗睺寺①

庵罗园据亩平巅②，雪后春光静处妍。
一任安名还立字③，文殊不二只如然④。

①罗睺寺：见孙传庭《罗睺寺》注①。

②庵罗园：即菴罗园。在古天竺毗耶离（亦作毗舍离）。佛教传说为佛说《维摩诘经》处。《高僧法显记传》："毗舍离城北大林重阁精舍……城南三里道西，菴婆罗女以园施佛作佛住处。旧译柰园。"此借指罗睺寺。亩平巅：地处山巅平坦之处。

③"一任"句：任凭起什么名，叫什么字。此就寺名"罗睺"而言。

④“文殊”句：意谓按照文殊的不二法门只不过如此而已。意即不应有分别心。如然：如此。指像“雪后春光二月妍”这不假雕琢的自然景象一样。

跋马至黛螺顶[①]

螺顶不为高，积雪路颇滑。
策我云锦骓[②]，遂至金轮刹[③]。
狮王坐堂堂[④]，黛髻足底齾[⑤]。
莫作颠倒会，十六本二八[⑥]。

①黛螺顶：见法本《青峰》注①。

②云锦骓：原注：“马名。”骓，原作“锥”，据清乾隆《钦定清凉山志》卷五改。

③金轮刹：犹佛刹。指佛寺。

④狮王：此指文殊菩萨。堂堂：形容容貌庄严大方。

⑤“黛髻”句：写文殊像的状貌。谓其顶结青黑色的五髻，但足底有残缺。齾（yà）：缺齿。引申为器物残缺。

⑥“十六”句：谓十六就是二八，毫无区别。意指“齾”与“不齾”不二。十六：为密教表圆满无尽之数。

祇林[①]

祇林无数名山占[②]，或焕庄严或废堕[③]。
若论化身千百亿[④]，声求色见总虚为[⑤]。

①祇林：即祇园。此用为佛寺的代称。

②“祇林”句：由“天下名山僧占多”句化出。

③堕（huī）：毁坏。

④化身千百万：佛菩萨为方便度化各类众生，就要示现与众生同类、“同事”，“由成事智，变现无量随类化身，居净秽土，一一称彼机宜，现通说法”（《唯识论》）。因此，有所谓三十二应身，千百亿化身出现。

⑤声求色见：见作者辛巳作《戏题宝塔院》注②。虚为：虚构。

寿宁寺[①]

崖路入松青，给园峰作屏[②]。
金人无量寿[③]，都以祝慈宁[④]。

①寿宁寺：在三泉寺南岭。古名王子焚身寺。始建于高齐。唐昭宗时重修。宋景德初，敕改建曰寿宁。

②给园：祇树给孤独园的省称。此泛指佛寺。

③金人：指佛像。无量寿：极言高寿，长生不老。

④以：为。慈宁：母亲身体安好。

玉华池[①]

乳窦泠泠岩半淙[②]，古松千尺布阴浓。
前朝六出来何自[③]，可识天池是所从[④]？

①玉华池：即玉花池。中台灵迹。见敦煌文献《五台山赞》注㉒。

②“乳窦”句：写玉花池之源泉。乳窦：泉眼。淙（cóng）：水流貌。

③前朝（zhāo）：以前。六出：花分瓣叫出。雪花六角，因以“六出”为雪的别名。来何自：自何而来。

④“可识”句：意即雪花从玉花池而来。因“玉花”亦比喻雪花，故云。天池：天上（仙界）之池。此指玉花池。

罗汉坪[①]

昔闻台山迹[②]，五百应真过[③]。
其来夫何自，其去又向那？
至今传此坪，花宫据岩阿[④]。
中坐人天师[⑤]，应真围骈罗[⑥]。
范铁各写形[⑦]，神通不同科[⑧]。
偏乃缺其一[⑨]，未至工传讹[⑩]。
不禁哑然笑[⑪]，其然岂然呵[⑫]？
峰树及涧花，孰非应真么[⑬]？

①罗汉坪：即万寿寺。《清凉山志》卷二：“万寿寺，亦名玉花寺，中台东南麓。隋有五百应真栖此，龙神修供。有骡数十疋，不用人驱，自能入市运粮，朝去暮归，率以为常。过夏俱隐。是时白莲生池，坚莹若玉，七日乃烁。代牧砌其池，志曰玉花，明改为万寿。”

②迹：指灵迹。

③应真：佛教语。罗汉的意译。意为得真道的人。

④花宫：指佛寺。岩阿（ē）：山的曲折处。

⑤人天师：即天人师。释迦牟尼佛的别号。

⑥骈罗：骈比罗列。

⑦“范铁”句：谓以模子浇注铁，分别刻画其形象。

⑧科：品类；等级。

⑨“偏乃”句：见郑嶂《游台指迷歌》注㊲。

⑩“未至”句：谓说一应真未至是巧妙编造的谎言。

⑪哑然：笑声；笑貌。

⑫“其然”句：语出《论语·宪问》：“子曰：‘其然？岂其然乎？’”谓如此吗，难道真如此吗。

⑬“峰树”两句：谓峰树和涧花都是应真。意谓不能执著于外相，亦即不能相信声求色见。孰非：哪个不是。

文殊寺静舍少憩[1]

祇苑鹫峰顶[2]，攀登片刻延[3]。
真容佛光仰[4]，斗室御题悬[5]。
到处惟钦圣[6]，无心更问禅[7]。
壁诗一再读[8]，俯仰缅流年[9]。

①文殊寺：即菩萨顶。静舍：指寺院住房。

②祇苑：即祇园。为佛寺的代称。

③延：及，到。

④“真容”句：原注：“相传寺成时文殊现相，因名真容院。”佛光：谓佛像上空呈现的光焰。

⑤“斗室”句：原注：“寺侧静舍，皇祖赐额曰斗室。”

⑥钦圣：指对其皇祖的敬仰。

⑦问禅：犹参禅。佛教禅宗的修持方法。有游访问禅、参究禅理、打坐禅思等形式。

⑧壁诗：当指其皇祖的题诗。又作者丙寅有《灵鹫峰文殊寺恭依皇祖元韵》，庚午有《瞻礼文殊寺有作》。

⑨俯仰：形容沉思默想。流年：如水般流逝的光阴、年华。

梵呗①

人言梵呗原无解，会解翻嫌废译思②。
剥尽蕉芽心莫得，寻穷鹿角梦方知③。
全提可识由来半④，三点还他只是∴⑤。
咨汝衣黄偏袒辈⑥，文殊成所作奚为⑦？

①梵呗（bài）：见汪由敦《恭和御制〈瞻礼菩萨顶有作〉原韵》注③。

②“会解”句：原注：“梵语自天竺译为乌斯藏（元明时对西藏的称呼）语，即今唐古忒（清代文献中对青藏地区及当地藏族的称谓）也。其地多喇嘛，而蒙古等最重之。以有资设教，故亦习其语。天竺语则不甚解，然不出乌斯藏所译也。”翻：反而。废：用同“费”。

③“剥尽”两句：以芭蕉无心、兔角难寻喻法空。即诸法（物质和精神现象的总和）由因缘所生，并无独立的实体。意谓梵呗亦空。“剥尽”句：《维摩诘经·方便品》：“是身如芭蕉，中无有坚。”鹿角：疑为“兔角”之误。兔不生角，故以兔角喻必无之事。《楞严经》卷一：“无则同于龟毛兔角，云何不著？”《成实论》卷二：“世间事中，兔角、龟毛、蛇足，盐香风色等，是为无。”

④全提：禅宗谓完全提起宗门之纲要。《碧岩录》第二则垂示曰：“历代诸师全提不起。”无关门颂曰：“狗子佛性，全提正令。”此借指梵呗之全部内涵。

⑤“三点”句：句意谓所谓伊字，还其梵语的本来面目只不过“∴”而已。∴：自注：“音伊，出梵典。”按：古印度婆罗迷字母是梵语天成字母的前身，共有五十个，其中的母韵之一读音为i，汉语佛经中称为“伊字”。大体上，“伊字”可简化为∵，称为“伊字三点”。“三点”的位置，本是二点在上，一点在下，所谓“如倒品字”。然《涅槃经·哀叹品》谓：“犹如伊字三点，若并则不成伊，纵亦不成，如摩醯首罗面上三目，乃得成伊。”“三目”者，二目下而一目上。隋灌顶《涅槃经会疏》卷六谓“伊字”如草书汉字的∴字。佛经中提到“伊字三点”，无非是借这个婆罗迷字母作为发挥教义的符号而已。“伊字三点”多被用来喻说“涅槃三德”。语本《涅槃经·哀叹品》：“三点若别，亦不得成。我亦如是。解脱之法亦非涅槃，如来之身亦非涅槃，摩诃般若亦非涅槃，三法各异亦非涅

槃。我今安住如是三法，为众生故，名入涅槃。如世伊字。”唐王勃《释迦如来成道记》：“唱四德以显三伊，指万有而归一性。”宋道诚注：“此三是涅槃体也。梵书伊字只三点。一点在上表法身；两点在下，左表般若，右表解脱。”见李明权《佛门典故》。

⑥咨：征询；商议。衣黄偏袒辈：指藏传佛教的喇嘛们。以其穿黄衣，袒一肩，故云。

⑦成所作：即成所作智。谓能于十方示现种种变化身口意三业，成就本愿所应作事，利乐化度众生之智。奚为：何为。干什么，做什么。用于询问。

真容院再题①

调御威光赫②，画工惊以退③。
至今旃檀像，曰就水中绘④。
而何彼曼殊，全体现无晦⑤？
安生肖真容⑥，见僾闻如忾⑦。
恒此住鹫峰，法雨三千溉⑧。
谁能悟同异⑨，欲与论触背⑩。

①真容院：即菩萨顶。见李师圣《游台感兴古风》注④。

②调御：调御丈夫的省称。佛的十号之一。

③惊以退：因惊慌恐惧而后退。意谓不敢逼视。

④“至今”两句：原注：“出梵典。”谓佛威光赫然夺目，不可逼视，只能从水中所映之相绘制。旃檀像：即旃檀瑞像。檀香木刻的释迦牟尼像。宋蔡絛《铁围山丛谈》卷五：“释氏有旃檀瑞像者，见于内典。谓释氏在世时说法于忉利天，而优填王思慕不已，请大目犍连运神力于他方取旃檀木，摄匠手登天，视其相好，归而刻焉。释氏者身长丈六尺，紫金色，人间世绝不可拟。独他方有旃檀木者能比方故也。瑞像则八尺而已，盖减师之半。”亦作“旃檀佛像”。

⑤“全体”句：谓整个身体全部显现，毫无隐蔽。

⑥安生：传为据光中所现文殊像图模塑圣像的塑士。

⑦“见僾（ài）”句：谓当时人们所见到的文殊像本来隐隐约约，却传闻全部看清了。僾：隐约，仿佛。闻如忾（xì）：由佛经开卷语“闻如是”化出。忾，满，全。

⑧“恒此”两句：谓文殊常住灵鹫峰真容院昭示佛法，普度广大众生。三千：三千大千世界的略称。

⑨悟异同：领会真容院之文殊“真容”与其他寺院的文殊像相同还是不同。

⑩触背：又作“触背关”。为宋临济宗黄龙派黄龙祖心禅师接化学人之机语。《禅苑蒙

求》卷下："黄龙祖心室中常举拳问僧曰：'唤作拳头则触，不唤作拳头则背，唤作什么？'莫有契之者。"

晓山

晓山岚气凝[①]，旭影上崚嶒[②]。
玉润裴叔则，冰清温子升[③]。
雪消溪水涨，风定野烟澄[④]。
触目皆仙趣[⑤]，不孤紫府称[⑥]。

①岚气：山中的雾气。

②旭影：日光。崚嶒：指高峻的山。

③"玉润"两句：以"玉润"、"冰清"状晓山景色之高洁美丽。裴叔则：裴楷，字叔则，晋河东闻喜（今山西闻喜县）人。晋武帝时，曾任常侍、侍中，官至中书令。《世说新语·容止》："裴令公有俊容仪，脱冠冕，粗服乱头皆好，时人以为玉人。见者曰：'见裴叔则，如玉山上行，光映照人。'"温子升：字鹏举，北魏济阴冤句（今山东菏泽西南）人。《南史·儒林传》载，他"博览群书，文章清婉"，为时所重。明人辑有《温侍读集》。

④野烟：指荒僻处的蔼蔼雾气。澄：止。

⑤仙趣：仙境的情趣。

⑥"不孤"句：谓不辜负紫府山的名称。孤：辜负，对不住。

甘露泉[①]

一滴之露通苍天，一滴之水通黄泉[②]。
彻上彻下本如是[③]，何独称甘此渫然[④]？
文殊问不二，维摩默无语[⑤]。
栖岩枕谷刹若林[⑥]，安名立字乃尔许[⑦]。
涓涓流作功德池[⑧]，五百应真曾浴斯[⑨]。
问谁是能谁是所，泠泠澄照付不知[⑩]。

①甘露泉：中台灵迹。在台右。

②黄泉：地下的泉水。

③彻：通。

④“何独”句：谓为何单单称此水流不断的山泉为甘露泉呢。渫（xiè）然：水流不断貌。

⑤“文殊”两句：借不二法门说甘露泉与他泉不二。

⑥栖岩枕谷：指隐居山林。刹若林：言佛寺之多。

⑦乃：竟然。而许：犹言如许、如此。

⑧功德池：佛教谓西方极乐世界中，处处皆有七妙宝池，八功德水弥满其中。其水澄净、清冷、轻软、润泽、安和，饮时除饥渴，能增益种种殊胜善根。此指甘露泉。

⑨“五百”句：此出何典，不详。

⑩“问谁”两句：意谓能所无别，诸法一相，才是“泠泠澄照”、不识不知的甘露泉可以告诉人们的。能、所：佛教语。“能”指认识的主体，“所”指认识的客体。二者相对而不可相离。能所相对，犹言主客观。《大波若经》卷五六八：“作是思维，所观境界皆悉空无，能观之心，亦复非有，无能所观二种差别，诸法一相，所谓无相。”《坛经·机缘品》：“汝但心如虚空，不著空见，应用无碍，动静无心，凡圣忘情，能所俱泯，性相如如，无不定时也。”

寄题北台叠旧作北台眺望恭依皇祖元韵①

叶斗昔曾到②，峰巅构梵宫③。
擘云天以外，得路石之中④。
省役修除罢⑤，寄题机象融⑥。
司空廿四品，可似远春蓬⑦？

高山游目足⑧，岂必重攀跻⑨？
昨雪犹然积，春云况复低⑩。
事关恤民力，韵赓载尧题⑪。
不二文殊法，奚容拟议齐⑫？

①叠韵：指赋诗重用前韵。作者曾于丙寅作《北台眺望恭依皇祖原韵》，此即重用其韵。

②叶斗：北台峰名。

③梵宫：指佛寺。北台顶有灵应寺。

④“擘（bò）云”两句：写北台之高和攀登的艰难。擘：分开。

⑤“省役”句：原注：“北台地高峻，修治稍艰，昨岁即饬有司，不令预备，以恤民

力。”修除：修治道路，铲除积雪。罢：免去。

⑥“寄题”句：谓题咏北台以寄托自己的情思，并融进了机象。机象：犹机境。禅师相机而设的勘验学禅者的方法，如提问、下一转语、扬眉竖目、拳打脚踢等，成为一种内含机用的境界。

⑦“司空”两句：谓眺望北台是否会出现像司空图《诗品·纤浓》中所描绘的“蓬蓬远春”的景象呢？司空：指司空图。唐朝诗人。其所著《诗品》把诗歌分为雄浑、冲淡、纤浓等二十四类，每类各以十二句形象的韵语来形容其风格的面貌。其中《纤浓》品有“采采流水，蓬蓬远春”之句，写春日景象。蓬蓬：茂盛、蓬勃的样子。

⑧游目足：足以游目。游目，放眼纵观。

⑨重：原注：“去声。”

⑩况复：更加。

⑪尧题：指作者祖父康熙皇帝玄烨之诗《北台眺望》。

⑫“不二”句：谓虽然文殊的不二法门是平等而无差别之至道，可我哪能与皇祖相提并论呢？

栖贤寺①

尚有幽佳处，乘闲一历之②。
居然皆佛土③，栖者曰贤谁④？
学固不同道，境真可乐饥⑤。
缁衣如咏什，于此得无疑⑥？

①栖贤寺：见孙传庭《栖贤社》注①。

②历：经过。

③居然：显然。佛土：佛教谓佛陀所居住或应化的种种国土。有净土、秽土、性土、报土等。亦特称净土。此指佛寺。

④“栖者”句：对栖息在这里的修道者能说谁是贤者呢。贤：指贤士。儒家谓有才德的人。

⑤“学固”两句：谓僧人学佛，贤士学儒，其道固然不同；这幽寂的环境却可使人乐道而忘饥。乐（liáo）饥：疗饥；充饥。乐，同“疗”。《诗·陈风·衡门》：“衡门之下，可以栖迟。泌之洋洋，可以乐饥。”郑玄笺：“泌水之流洋洋然，饥者见之，可饮以疗饥。”一说“乐”音le，“乐饥”谓乐道而忘饥。

⑥“缁衣”两句：谓如果吟咏《缁衣》这首诗，在此修道的僧人能不感到迷惑不解

吗？缁衣：《诗·郑风》篇名。朱熹《诗集传》谓：《缁衣》，“记曰：‘好贤如缁衣。’又曰：‘于缁衣见好贤之至。’”则《缁衣》为上位者好贤之诗，故云。什：犹言篇什。泛指诗篇、文卷。得无：能不，岂不。

镇海寺即目①

前朝冒雪未登临②，今日春和试重寻③。
不必升堂还入室④，钟声早觉空尘心⑤。

一溪流水沿洄落⑥，几栈迴蹊曲折跻⑦。
除却云栖上天竺⑧，世间何处更堪齐⑨？

向来看寺原如画，此际分明画里人⑩。
欲问陌头凝望者⑪，果真谁是主和宾⑫？

①镇海寺：见郑嶂《游台指迷歌》注㉜。

②前朝（zhāo）：以前。

③春和：春日和暖。寻：指寻幽访胜。

④升堂还入室：语出《论语·先进》：“由也升堂矣，未入于室也。”堂，指厅堂；室，指内室。原比喻学习所达到的境地有程度深浅的差别。后用以称赞在学问和技艺上的由浅入深，渐入佳境。此借指进入寺院殿堂。

⑤空：原注：“去声。”腾让出来。

⑥洄（huí）：回旋的流水。

⑦几栈：犹几条。迴蹊：高高的山路。

⑧云栖：寺名。在浙江杭州五云山西，明僧袾宏，号云栖大士，曾结庵于此。“云栖竹径”为西湖十景之一。上天竺：寺名。在浙江杭州市灵隐山飞来峰之南天竺山。五代后晋天福间建，吴越钱俶改建号天竺观音看经院。

⑨齐：相同；一样。此有比拟之意。

⑩画中人：指作者。

⑪陌头凝望者：指路旁凝视作者之人。

⑫“果真”句：作者看寺，则作者为主，寺为客；凝望者看作者，则凝望者为主，作者为客。主客难分，故云。

清凉石[①]

清凉山里清凉石，恰是东坡凿井泉[②]。
白足僧人冀檀施[③]，鞠躬扛动表诚虔[④]。

①清凉石：中台灵迹。见觉同《和咏五台·总咏五台》注⑥。

②东坡：宋苏轼号东坡。凿井泉：语出苏轼《韩文公庙碑》："公之神在天下者，如水之在地中，无所往而不在也。而潮人独信之深，思之至，焄蒿凄怆，若或见之，譬如凿井得泉，而曰水专在是，岂理也哉！"

③白足僧人：僧人。白足，借指高僧。见贞素《哭日本国内供奉大德灵仙和尚诗》注㉑。檀施：布施。梵语"檀那"和汉语"布施"的合音。施：原注："去声。"

④"鞠躬"句：俗谓，只要对佛礼敬虔诚，即可扛动清凉石。鞠躬：弯腰曲体。

明月池[①]

花宫隐翠微[②]，云衢入深邃[③]。
春禽唱梵声[④]，石泉洗尘意。
西岭跋马返，于焉可小憩[⑤]。
明月在池无，山僧难拟议[⑥]。

①明月池：见雨花老人《明月池》注①。

②花宫：指佛寺。此指望海寺。翠微：指青翠掩映的山腰幽深处。

③云衢：云中的道路。

④梵声：念经诵佛之声。

⑤于焉：在此。

⑥拟议：揣度议论。多指事前考虑。

回銮过白云寺[①]

雪中斯过晴斯返[②]，山色溪声惬重寻[③]。
却是白云占胜义[④]，无心亦不曰无心[⑤]。

①白云寺：见岑霁《自龙泉关过岭宿白云寺》注①。

②斯：连词。犹则，乃。

③重：原注："去声"。此有"着重"之意。

④占：具有。胜义：佛教语。指一切事物当体即空的第一义谛。唐刘禹锡《袁州萍乡县杨岐山故广禅师碑》："如来说法，遍满大千。得胜义者，强名为禅。"

⑤"无心"句：意谓白云默然无语，显示了禅悟的境界。前一"无心"：用晋陶潜《归去来辞》："云无心以出岫"句意，犹无意，没有打算。后一"无心"：佛教语。指解脱妄念的真心。

游千佛洞得古体四十韵[①]

古洞西峪巅，向未寻禅约[②]。
不可更虚掷，试一观其窍[③]。
初从白云寺，右转循蹊峤[④]。
谷口尚阔豁，峦腰渐兀寡[⑤]。
盘盘历羊肠，如与峰云拗[⑥]。
阴崖冰滑刺[⑦]，阳巘泥泞淖[⑧]。
驽骀怯鹅鸭[⑨]，骏骥腾鹰鹞[⑩]。
蹒跚起复跌[⑪]，振迅立还踔[⑫]。
直前乃逾险，顾旁每致娆[⑬]。
马亦视所御，志定则弗摇。
咫尺有如兹，何况彼荒徼[⑭]？
诸将成功回，扈跸同欢笑[⑮]。
葱岭雪途中[⑯]，嘉尔丹诚效[⑰]。
劳者我勿忘，怠者我令劭[⑱]。
肯因戢武时[⑲]，竟懈诘戎要[⑳]？
我乘锦云骓，稳于轻步轿。
身先有名言[㉑]，相如漫致诮[㉒]。
钟声闻已近，奇峰益环抱。
乃知神明境，不许人轻造[㉓]。
路转忽得门，矮屋低妨帽。
大似云栖寺[㉔]，弗诩庄严闹[㉕]。
拾级升其阶，三间峙古庙。

屏息瞻月相，调御丈夫貌[26]。
稍西得牝洞[27]，岭岈深窈窕[28]。
毗卢坐堂堂[29]，莲座千佛绕。
一穴刚容人，中有灯光耀。
云须秉虔诚，入可闻天乐。
或入迷故步，忏悔始出窖。
一笑真是哉，陷阱岂佛教？
精舍在洞南，凭轩畅远眺。
下视向来路，蚕丛如蜀道[30]。
非经尔许劳[31]，安得揽众妙？
窗中含画意，眼底皆诗料。
插空刺峻棱[32]，摩天耸群峭。
野芳优昙䨴[33]，山鸟命命叫[34]。
苍松张盖影，碧泉奏琴调。
应接虽无暇，而都归静照[35]。
清凉设孤注[36]，观止于虞韶[37]。
归鞭不半时[38]，谷口倏已到[39]。
进难退斯易，常情即理奥[40]。

①千佛洞：见郑《游台指迷歌》注㉒。
②寻禅约：指应约到千佛洞参禅。寻禅：犹问禅，参禅。
③窍：洞。指千佛洞。
④蹊峤（jiào）：山间小路。峤，山道。
⑤兀奡（ào）：孤傲不羁。借指山岩嶙峋。
⑥拗：不顺从。
⑦滑刺：即方言“滑刺溜”。形容非常光滑。刺，清乾隆《钦定清凉山志》作“剌”。
⑧阳巘：山之向阳处，即山南。淖（nào）：烂泥。
⑨驽骀（nútái）：指劣马。
⑩骏骥：泛指良马。
⑪“蹒跚”句：写驽骀。蹒跚：行走摇摆跌撞貌。
⑫“振迅”句：写骏骥。振迅：奋起。踔（chuō）：腾跃。
⑬致娆（rǎo）：导致烦扰。娆，烦扰，扰乱。

⑭荒徼（jiào）：荒远的边域。

⑮扈跸：随从皇帝出行到某处。此指侍从者。

⑯葱岭：古代对今帕米尔高原和昆仑山、天山西段的通名。

⑰“嘉尔”句：谓嘉许你们扈跸时尽心效力的赤诚之心。

⑱劭（shào）：劝勉。

⑲肯：表示反问。犹岂。戢（jí）武：息兵。

⑳诘戎要：诘戎治兵之要务。诘戎，诘戎治兵之省。谓整顿军事。语本《书·立政》：“其克诘尔戎兵，以陟禹之迹。”诘，整治。戎，戎服。兵，兵器。

㉑身先：身先士卒。语本《史记·淮南衡山列传》：“当敌勇敢，常为士卒先。”又《三国志·吴志·孙辅传》：“（孙）策西袭庐江太守刘勋，辅随从，身先士卒，有功。”

㉒“相如”句：谓司马相如不要随便给予嘲讽。相如：指司马相如。汉成都人，字长卿。其所著《子虚赋》、《上林赋》铺张皇帝打猎的游乐生活，意含讽喻。又《史记·司马相如列传》：“是时，天子方好自击熊彘，驰逐野兽，相如上书谏之。”

㉓造：到，去。

㉔大似：极似。云栖寺：见作者辛巳作《镇海寺即目》注⑧。

㉕“弗诩”句：意谓千佛洞谈不上装饰美盛，佛事兴盛。诩：夸耀。闹：繁盛。

㉖调御丈夫：佛十号之一。参见作者丙寅作《娑罗树恭依皇祖元韵》注⑪。

㉗牝（pìn）洞：溪谷中的山洞。指佛母洞。牝，溪谷。

㉘峆岈（hánxiā）：深邃空广貌。窈窕（yǎotiǎo）：奥秘貌。

㉙毗卢：佛名。毗卢舍那之省称，即密宗大日如来。一说法身佛的通称。

㉚蚕丛：相传为蜀王的先祖，教人蚕桑。此借指蜀道，即崎岖险绝的山路。唐李白《送友人入蜀》诗：“且说蚕丛路，崎岖不易行。”

㉛尔许：犹言如许、如此。

㉜峻棱：突兀貌。

㉝优昙：即优昙钵花。佛教以为优昙钵开花是佛的瑞应，称为祥瑞花。馡（fēi）：香气散逸。

㉞“山鸟”句：名叫命命的山鸟在鸣叫。命命鸟：即共名鸟。佛经所称的雪山神鸟，一身两头。一说是鹧鸪之类。唐玄应《一切经音义》卷一：“梵言婆耆婆耆鸟，此言命命鸟是也。”

㉟静照：静心观照。观照，佛教语。指静观世界以智慧照见事理。

㊱“清凉”句：谓清凉山设置了一个令人“孤注一掷”之地。孤注：倾其所有以为赌注。此喻下最大的决心而涉险。

㊲观止：称赞所见的事物好到极点。《左传·襄公二十九年》：“（季札）见舞《韶箾》者，曰：‘……观止矣，若有他乐，吾不敢请已。’”虞韶：谓虞舜时的《韶》乐。

㊳归鞭：挥鞭驱马返回。

㊴谷口：清乾隆《钦定清凉山志》作“峪口”。

㊵理奥：即奥理。深奥的义理。

台麓寺[①]

雪中宿去雪晴旋[②]，益喜山容翠且妍。
小忆前遭期后度[③]，曼殊无语只如然[④]。

①台麓寺：见超揆《射虎川台麓寺恭赋》注①。

②宿去：住宿后离开。旋：回还；归来。

③前遭：前次，前回。后度：下次，下回。

④曼殊无语：意为“不二”。如然：如此。

涌泉寺[①]

雪里昨过未暇登，言旋径到礼金绳[②]。
文殊相好本无垢，安得灵泉盥掌曾[③]？

中北台间志所传，今何台麓更东边[④]？
从来纪述多讹舛[⑤]，我只屏营叩法莲[⑥]。

门外泠泠一水环，禅房小座对青山[⑦]。
徘徊未负前巡约[⑧]，得许新诗适可还[⑨]。

①涌泉寺：在长城岭西南1公里处。即原旧路岭龙泉寺。清乾隆四十三年《五台县志·寺观》：“龙泉寺，后改名涌泉寺。”

②言旋：回还。言，语首助词。金绳：佛教传说，离垢国以黄金为绳，界其道侧。《法华经·譬喻品》：“世界名离垢，清净无瑕秽。以琉璃为地，金绳界其道。”此指代佛寺。

③“文殊”两句：宋苏轼《见温泉壁上有诗亦作一绝》：“若信众生本无垢，此泉何处觅寒温。”此化用其意。“安得”句：原注：“见志书。”《清凉山志》卷二：“万圣澡浴池，中北二台之间。古有涌泉，澄洁可爱，游人临之，于天光云影之间，或见天仙、沙门、莲花、锡杖之状。人或以为菩萨盥掌之所。”池在涌泉寺旁，故云。相好：佛教语。对佛像的

敬称。无垢：佛教语。谓清净无污染。

④“今何”句：原注：“离五台四十余里。”五台，指台怀。

⑤讹舛（chuǎn）：错误；误谬。多指文字方面。

⑥屏（bīng）营：惶恐；彷徨。叩：询问。法莲：佛经《妙法莲华经》的省称，即《法华经》。或指莲花座，指代佛菩萨，亦通。

⑦小座：即小坐。随便坐坐，稍坐片刻。座，同“坐”。

⑧前巡约：作者庚午作《回銮即事》中有“佳处每留余”之句。

⑨许：这样，如此。

过长城岭①

山岭回清跸②，晋燕接壤间③。
由来在一室④，奚用设重关？
地吏自迎送⑤，材官喜往还⑥。
雪消无冻滑，涧水落潺湲。

①长城岭：见玄烨《自长城岭至台怀》注①。

②清跸：皇帝出行，清道戒严。清谓清理道路，跸谓辟止行人。此借指帝王的车辇。

③“燕晋”句：谓长城岭地处山西与河北交界处。

④由来：自古以来；从来。一室：一家。

⑤地吏：地方官吏。

⑥材官：武卒或供差遣的低级武职。

〔四〕乾隆辛丑作

（乾隆四十六年，1781年。是年二月，乾隆皇帝第四次巡台。录自清高宗《御制诗集·四集》卷七十九、八十）

二月二十二日启跸幸正定府庆落隆兴寺并至五台瞻礼有序①

金身隋寺，重瞻相好②千年；琳宇台怀，已隔清凉廿载③。启吉适仲春下浣[4]，岁阳更叶[5]，辛穰[6]迎銮；正积雪才融，农庆[7]恰符，土觅新膏。普遍省耕，睹耆幼同欢。旧馆仍因捐费，饬缗钱[8]预赐。圆成法果，携来赞喜真僧[9]；涌现佛轮，证入妙明师利。弹指纪，翠华四度[10]，犹感前巡；含毫咏[11]，绣甸初程[12]，爰[13]抒八韵。

隆兴逮庆落[14]，台顶重瞻依[15]。
并以廿年隔，恒萦一念微。
光阴诚迅速，来往弗稽迟[16]。
是日启春跸，行程历帝畿。
恤民还逭赋[17]，察吏验歌祈[18]。
憩馆禁新构，行营按旧圻[19]。
对时思育物[20]，敕命谨惟几[21]。
蓦忆前巡况，怅非奉懿翚[22]。

①隆兴寺：在河北正定县城东隅。始建于隋开皇六年（586），初名龙藏寺，宋开宝四年（971）扩建，改名龙兴寺。清改今名。俗称大佛寺。

②相好：此用作对佛像的敬称。

③“已隔”句：距作者上次（乾隆二十六年）巡台恰二十年。

④下浣（huàn）：指为官逢下旬的休息日。亦指农历每月的下旬。

⑤岁阳更叶：谓十干更替相合。岁阳，古代以干支纪年，十干叫“岁阳”。

⑥辛穰（ráng）：新的农作物。辛，通“新”。穰，禾秆。

⑦农庆：指农祥。即农作时节。

⑧饬（chì）：命令；告诫。缗（mín）钱：用绳穿连成串的钱。一千文为一缗。

⑨“携来”句：原注：“命章嘉国师扈跸行庆赞礼。”

⑩翠华四度：指作者第四次至五台瞻礼。翠华：天子仪仗中以翠羽为饰的旗帜或车盖。此为对帝王的代称。

⑪含毫：含笔于口中。比喻构思为文或作画。

⑫绣甸：花木繁盛的京郊。甸，古代指京城郊外的地方。初程：刚开始的旅程。

⑬爰：助词，无义。

⑭逮：趁。

⑮重：原注：“去声。”副词。表示程度深。相当于“极”、“甚”。瞻依：敬仰依恋。

⑯“并以”四句：原注：“自辛巳巡幸五台，阅今二十年。本年二月举行社稷坛经筵典礼后，于二十二日启行，计来往程途不过一月。”微：隐藏。稽迟：迟延；滞留。

⑰逭（huàn）赋：免除赋税。

⑱歌祈：百姓在歌谣中反映的祈求。

⑲“憩馆”两句：原注：“去岁即预行降旨直隶、山西，境内跸路所经，除旧有行宫四处，赏给直隶银三万两，山西银五万两，以资修葺，毋庸捐廉办理。此外，总御行营不许再有添建。”旧圻（qí）：旧地。圻，地域。

⑳育物：使万物生长。《礼记·中庸》：“致中和，天地位焉，万物育焉。”

㉑谨惟几：谓隐微之处，亦必须慎重对待。惟，助词。用于句中调整音节。几，隐微。

㉒“怅非”句：因作者之母孝圣宪皇太后已于乾隆四十二年正月逝世，未能再次“奉皇太后”瞻礼五台山，故云。懿翚（huī）：对皇太后的讳称。翚，指翚衣，皇后服的一种。素质，五色，以翚雉为领褾。

龙泉关四依皇祖元韵

巀嶭岩关度[①]，六花飞舞空。
虽云两省判[②]，原是一家同。
陌柳风舒绿，村桃寒勒红[③]。
四番赓祖韵，承显自惭中[④]。

①巀嶭（jiéniè）：高峻貌。

②判：分开；区别。

③寒勒红：严寒抑制了红花的开放。

④承显：继承先人。显，旧时子孙尊美先人之称。惭中：惭于中。从内心里感到惭愧。

雪中过长城岭三首[①]

于原为雨于岭雪，高下寒暄理实该[②]。
六见山灵显神异[③]，廿年清跸五台来[④]。

巘腹出云如划界[⑤]，树头戴雪讶藏根[⑥]。
阿谁借得并州剪[⑦]，琢水裁冰花样繁[⑧]。

容容云挟漫漫雪[⑨]，空雪峰云两莫分。
宁为凭舆得奇句[⑩]，颇廑仆役特劳勤[⑪]。

①长城岭：见玄烨《自长城岭至台怀》注①。

②寒暄：冷暖。该：应当；理该如此。

③六见：谓周时诸侯见天子的六种形式：朝、宗、覲、遇、会、同。《周礼·春官·大宗伯》："春见曰朝，夏见曰宗，秋见曰覲，冬见曰遇、时见曰会，殷见曰同。"此泛指会见天子。

④清跸：借指帝王的车辇。参见作者辛巳作《过长城岭》注②。

⑤巘腹：山腰。

⑥讶藏根：惊讶其根之深。藏，深。

⑦阿谁：疑问代词。犹言谁，何人。并州剪：古代并州所产的剪刀，以锋利著称。唐杜甫《戏题王宰画山水图歌》："焉得并州快剪刀，剪取吴淞半江水。"

⑧琢水裁冰：犹剪水镂冰。指雪。参见作者辛巳作《雪》注⑦。

⑨容容：烟云浮动貌。

⑩宁为：岂为，难道为了。为，原注："去声。"

⑪廑（qín）：廑念。殷切关注。

涌泉寺二首一韵[①]

精蓝台麓更东隅[②]，涌出神泉护佛都[③]。
却是志乘偏纪异，云曾盥掌奉文殊[④]。

滮滮不复计边隅[⑤]，柳亦笼之雪亦都[⑥]。
欲问当年纪异者，灵泉大士定同殊[⑦]？

①涌泉寺：见作者辛巳作《涌泉寺》注①。

②精蓝台麓：台麓寺。精蓝，佛寺。

③神泉：指万圣澡浴池。佛都：犹佛国。

④"却是"两句：原注："志传涌泉为文殊盥掌地，辛巳诗（即《涌泉寺》）曾辨之。"志乘（shèng）：志书。此指《清凉山志》。纪异：记载有异。纪，同"记"。

⑤滮（biāo）滮：水流貌。计：考虑。

⑥都：通"潴"。泛指汇聚。

⑦"灵泉"句：谓志书所纪涌泉——万圣澡浴池，与此涌泉究竟相同还是不同。灵泉大士：指万圣澡浴池。定：副词。究竟，到底。

射虎川[①]

射虎传尧迹[②]，当年此御弧[③]。
久哉辟田野，远矣避於菟[④]。
李广诚卑耳[⑤]，刘昆或诞乎[⑥]？
诘戎兼问政[⑦]，此意实殷吾[⑧]。

①射虎川：见高士奇《扈从清凉山三首》之三注⑩。

②尧：指代其祖父康熙皇帝。

③御弧：弯弓射箭。御，控，使用。

④“久哉”两句：谓当年射虎之地早已开辟成田地，老虎已远远地避开此地。

⑤“李广”句：以李广以石为虎，“中石没镞”为低下。参见作者丙寅作《台麓寺》注⑤。

⑥“刘昆”句：原注：“《后汉书》载刘昆守弘农，虎负子渡河事，语殊荒诞。盖人聚则地辟，地辟则兽远，此不易之理，岂为守土之贤而避去。向曾作文以辨其讹。”刘昆，字桓公，东汉陈留人。曾任弘农太守。时“崤黾驿道多虎灾，行旅不通。昆为政三年，仁化大行，虎皆负子渡河，帝闻而异之”。见《后汉书·刘昆传》。

⑦诘戎：整治军事。问政：咨询或讨论为政之道。

⑧殷：深切。

台麓寺[①]

蜿蜒台之麓，祇园特地排[②]。
闻钟遥识路，入户遂循阶。
北望郁葱处[③]，中多相好皆[④]。
如云尝鼎味，此是一脔佳[⑤]。

①台麓寺：见超揆《射虎川台麓寺恭依》注①。

②祇园：指佛寺。排：安排。

③郁葱处：佳气旺盛之处。此指台怀周围寺庙区。

④相好皆：皆相好。相好，对佛、菩萨像的敬称。

⑤“如云”两句：《吕氏春秋·察今》：“尝一脟（同“脔”）肉，而知一镬之味，一鼎之调。”此化用其意。尝鼎味：喻了解整个五台山。鼎，古代炊器，又为盛熟牺之器。一

脔：喻台麓寺。脔，量词。用于块状的鱼肉。

题静寄斋[1]

左厢有朴宇[2]，往岁驻于斯。
地古树多荫，春寒花未蕤[3]。
骋怀足佳矣[4]，容膝且安之[5]。
设曰寄乎静，静当寄向谁[6]？

①静寄斋：原注："在台麓寺行馆中。"清台麓寺行宫后殿。静寄：悠闲地寄寓、依托。晋陶潜《停云》诗："静寄东轩，春醪独抚。"

②朴宇：简朴的房屋。指静寄斋。

③蕤（ruí）：指草木开花。

④骋怀：开畅胸怀。晋王羲之《兰亭集序》："所以游目骋怀，足以极视听之娱，信可乐也。"

⑤容膝：仅能容纳双膝。指狭小之地。晋陶潜《归去来兮辞》："依南窗以寄傲，审容膝之易安。"

⑥"设曰"两句：谓假使说寄托于清静之处，清静又依托于谁呢？

雪妍堂[1]

每来必对雪妍山[2]，宁喻梅姿梨态颜[3]？
仍旧贯毋新构筑[4]，值几暇喜特悠闲[5]。
不殊昔日是今日，却愧三间作五间[6]。
壁有前巡一再咏，都因纪实未宜删。

①雪妍堂：清台麓寺行宫前殿名。乾隆二十六年（1761）葺。

②"每来"句：原注："丙寅、庚午、辛巳三至台麓皆遇雪，有诗纪事。"雪妍山：雪把山装点得十分美丽。

③"宁喻"句：古代诗文中多以梅花、梨花喻雪者，作者不以为然。宁，岂。

④"仍旧"句：原注："昨岁将幸五台，先期降旨直隶、山西督抚，除旧有行馆赏银修葺外，毋许再行增置。"旧贯：原来的样子。《论语·先进》："鲁人为长府。闵子骞曰：'仍旧贯，如之何？何必改作。'"

⑤值：遇到；碰上。几暇：万几之暇。指纷繁的政务之闲暇。万几，见作者辛巳作《清凉山三依皇祖元韵》注⑤。

⑥“却愧”句：原注：“台麓寺傍精舍，向题曰静寄斋，并有‘麓寺旁精舍，三间无取宽’之句。此次改作五间，殊增烦费也。”

戏题雨花堂①

此非问疾维摩处，安得雨花忽有堂②？
却笑拘墟于道远③，西方震旦岂殊方④！

①雨花堂：见作者辛巳作《题雨花堂》注①。

②“此非”两句：为作者悬拟他人之疑问。《维摩诘经·观众生品》载，大乘菩萨维摩诘在毗耶离城的方丈室中“示疾”，以致文殊等诸大菩萨、弟子都来“问疾”。维摩诘借此机缘，宣说“不可思议解脱”。“维摩诘室中有一天女，见诸大人闻说佛法，便现其身，即以天华散诸菩萨大弟子上。”

③拘墟：亦作“拘虚”。比喻孤处一隅，见闻狭窄。语本《庄子·秋水》：“井鼃（同“蛙”）不可语于海者，拘于虚也。”

④“西方”句：谓西方（古印度）与震旦（中国）一而不二。以“不二”的观点看，“殊方”即“非殊方”，故云。

春晴

春雪既已足，春晴斯正当①。
法云千嶂敛②，慧日一川祥③。
显示天花喜④，明标佛宇光⑤。
最宜行旅者，跋涉为全忘⑥。

①斯：连词。则，乃。

②法云：佛教语。谓佛法如云，能覆盖一切。此为对五台山云雾的美称。

③慧日：佛教语。指普照一切的法慧、佛慧。此借指五台山的阳光。

④天花：原注：“梵语以雨雪为天花。”

⑤佛宇：佛寺。

⑥“跋涉”句：谓（面对这美好祥和的景象）人们为之全然忘记了跋山涉水之苦。忘

（旧读 wáng）：忘记。

白云寺[①]

无寺不依山，无山不出云。
云山寺三一[②]，倩谁与疏分[③]？
台中寺多矣，独占惟斯云[④]。
其他皆非乎，非即是之因[⑤]。
是非究何定，拟议徒纷纭。
满天欣霁景，笑莫副名勤[⑥]。

①白云寺：见岑霁《自龙泉关过岭宿白云寺》注①。

②三一：三位一体。三者合而为一。

③倩：（qìng）：请，恳求。疏分：疏离分析，分开。

④“独占”句：谓只有此寺独占白云之名。

⑤“非即”句：谓“是”就是“非”的原因。亦即是即非，非即是，二者互为因果。

⑥“满天”两句：谓雪后晴明之景一片喜色，好像在讥笑人们剖析“白云”这寺名是否名实相副的辛苦。莫：通“谟”。谋；谋划。

题镇海寺[①]

依岩梵宇郁岧峣[②]，题额分明镇海标。
设以武林拟灵隐，只疑门对浙江潮[③]。

向来三度都逢雪[④]，兹复千峰积六花[⑤]。
自是招提示白业，极无尘处演三车[⑥]。

海印生光闻佛语[⑦]，镇之无语此莲区[⑧]。
云生足底容容者[⑨]，比似沧瀛亦底殊[⑩]？

寺旁精舍本无多[⑪]，凭牖云山四面罗[⑫]。
原我每来会心处[⑬]，可教虚掷此回过？

①镇海寺：见郑嶹《游台指迷歌》注㉜。

②梵宇：佛寺。郁岧峣：葱郁而高耸。

③“设以”句：谓假使把五台山的镇海寺比作武林山的灵隐寺，还以为是面对浙江潮呢。唐宋之问《灵隐寺》诗：“楼观沧海日，门对浙江潮。”武林：山名。在今浙江杭州西灵隐山。灵隐：寺名。在杭州西湖西北北高峰下。晋咸和元年印度僧人慧理创建，慧理以为“佛在世日，多为仙灵之所隐”，因建寺名“灵隐”。唐会昌年间曾毁，五代时吴越国王钱俶命高僧王延寿主持扩建，规模宏大，盛极一时。以后历经毁建。该寺为我国禅宗十刹之一。浙江潮：即钱塘潮。其潮水以壮观而闻名于世。此拟镇海寺前汹涌的云雾。

④向来：从前，此前。

⑤兹复：此次又。六花：指雪。

⑥“自是”两句：谓（白雪覆盖）本来是寺院在昭示善业，在最无尘的地方传布佛法。无尘：不着尘埃。常表示超凡脱俗。演三车：指传布佛法。三车，喻三乘。此借指佛法。参见李白《僧伽歌》注②。

⑦“海印”句：《楞严经》卷七“如我按指，海印生光。”参见作者辛巳作《雪中过镇海寺未入》注⑤。

⑧“镇之”句：谓这座佛寺却镇之而不再有佛所说的“海印生光”。莲区：犹莲宇。指佛寺。

⑨容容：烟云浮动貌。

⑩“比似”句：谓与大海相比有何不同呢？比似：与……相比；比起。

⑪精舍：僧人修炼居住之所。

⑫牖（yǒu）：窗户。罗：罗列。

⑬会心：领悟。

明月池[①]

与山为出，与池为入[②]。
辗轮皓魄初不知[③]，一任名安及字立。
即今在池合言池[④]，我来白日非宵时。
如是当前咏明月[⑤]，鱼兔莫得何筌蹄[⑥]？

①明月池：见雨花老人《明月池》注①。

②“与山”两句：谓明月升起，对于山说是出，对于池说是入。

③辗轮、皓魄：均指明月。初：全；始终。

④“即今”句：谓我今天来明月池（观海寺）应当谈明月池（观海寺内池名）。

⑤如是：像这样。指白日无明月的情形。

⑥“鱼兔”句：谓连鱼兔都未曾得到，还谈什么捕鱼兔的蹄筌呢？意谓既然看不到明月，又咏什么明月池呢？《庄子·外物》：“筌者所以在鱼，得鱼而忘筌；蹄者所以在兔，得兔而忘蹄。言者所以在意，得意而忘言。”鱼兔：此喻明月。筌蹄：筌，捕鱼竹器；蹄，捕兔之网。此以蹄筌指代明月池。

祇林[1]

到处祇林倚翠微，半居白足半黄衣[2]。
可知像教联中外[3]，何必其间辨是非！

①祇林：即祇园。此为佛寺的代称。

②白足：见贞素《哭日本国内供奉大德灵仙和尚诗》注㉑。此指汉传佛教僧人。黄衣：指代藏传佛教的喇嘛。

③像教：即像法。亦泛指佛教。中外：此指中国内地和蒙藏等少数民族地区。

戏题栖贤寺[1]

贤固读书家者称[2]，程朱于此尚思膺[3]。
何须反面学韩语[4]，墨行儒名是孰曾[5]？

①栖贤寺：见孙传庭《栖贤社》注①。

②“贤固”句：谓贤本来是对读书而自成一家者的称谓。

③程朱：宋代理学家程颢、程颐兄弟和朱熹的合称。因他们三人提倡性理之学，成一学派，故后人以“程朱”指代这一学派。此指“读书家”的代表人物。句意谓连程朱这样的读书家对“贤”这样的称谓也会衷心服膺。思膺：想望而衷心信奉。膺，服膺。衷心信奉。

④反面学韩语：唐韩愈《送浮图文畅师序》：“人固有儒名而墨行者，问其名则是，校其行则非，可以与之游乎？如有墨名而儒行者，问之名则非，校其行而是，可以与之游乎？扬子云称，在门墙则挥之，在夷狄则进之，吾取以为法焉。”盖韩愈愿与墨名而儒行者交游。而“墨行儒名”正与韩愈所愿相反，故云。

⑤“墨行”句：谓栖贤寺的僧人行佛家之道，而借儒家之名，他们究竟是什么家呢？墨：指墨家。谓战国初年墨翟所创立的学派。此借指佛家。东汉佛教传入，融入华夏文化，常以儒墨概括儒释道三家。孰：疑问代词。谁，什么。曾（zēng）：代词。表示疑问。相当于“何”。

娑罗树再依皇祖元韵

即空即色两无得[①]，此理该飞潜动植[②]。
而何居然见娑罗，西天震旦名俱识？

育根台岳传其形[③]，金幢玉节恒青青[④]。
朝螺夕梵相问答，春风秋籁含清泠[⑤]。

盘盘庭际张盖偃[⑥]，毗舍浮佛迹已远[⑦]。
前境若无心亦无[⑧]，何有益部及晋巘[⑨]？

奎章留咏歌攒囷[⑩]，观民宁渠缘游盘[⑪]？
率殷绳武励无逸[⑫]，勿忘角弓同此看[⑬]。

①即色即空：“色即是空，空即是色”（见《心经》）的略语。佛教认为，“色”（物质现象）都是因缘假合而生起的，没有独立的实体，虚幻不实，自性是“空”。两无得：意为既不执著于空，亦不执著于色。是为中道。

②该：包容；包括。飞潜动植：鸟和鱼、动物和植物。此泛指一切事物。

③台岳：指五台山。

④金幢玉节：喻娑罗树的形状。见作者丙寅作《五台山天花诗恭依皇祖元韵》注②。

⑤“朝螺”两句：谓无论春风还是秋声都包含娑罗树叶发出的清越的声响；其声响与早晨的法螺声和晚间的诵唱佛经声互相应答。

⑥盘盘：巨大貌。此形容娑罗树冠。张盖：张设伞盖。偃：覆盖。

⑦“毗舍”句：原注：“昨岁写娑罗树并为赞，有‘树下得道，心境示参’之语。”毗舍浮佛：亦译作“毗舍婆佛”。为过去七佛之第三佛。《长阿含经》载，此佛出世于过去三十一劫中，于娑罗树下成道。初会说法度众七万，次会说法度众六万。

⑧“前境”句：原注：“即毗舍浮佛偈语。”

⑨“何有”句：世传峨眉山和五台山均有娑罗树，故云。益部：即益州。汉武帝所置

十三刺史部之一，故称。此指四川。晋巘：山西的山。指五台山。

⑩“奎章”句：玄烨《娑罗树歌》有“繁阴亭午转团圞”之句，故云。奎章：指帝王的诗文书法等。攒圞：攒聚团圞。

⑪“观民”句：谓巡台是为观察民风，难道是为游逸娱乐。宁渠（nìngjù）：难道。渠，原注：“去声。”通“讵”。游盘：游逸娱乐。

⑫率殷绳武：都因深切地希望继承祖先的业绩。

⑬角弓：以兽角为饰的硬弓。此指代武事。

自长城岭至台怀三依皇祖元韵

三依原韵同，四来新况殊。
三均奉翟舆，四独历岩衢①。
以此心怅恍②，无已遵前途③。
昨度长城岭，晋民迎笑呼。
兹辰至台怀④，梵僧声钟竽。
依然向巡景⑤，而我意鲜娱。
精蓝夙所识，径庭路不纡⑥。
瞻礼师利尊⑦，憩馆别一区。
于斯驻信宿⑧，轩斋嫌已都⑨。
曼殊示灵处⑩，遥见祥云图。
言念昔祝釐⑪，未语泪已濡。
勉抑抚时慽⑫，且励勤民模⑬。
传宣覶大吏，民隐咨有无⑭。

①“三均”两句：作者前三次巡台均奉皇太后同行。此次巡台前皇太后已薨，故云。翟（dí）舆：犹翟车。古代后妃所坐的以雉羽为饰的车子。此指皇太后的车驾。

②怅恍（huǎng）：恍惚。

③无已：不倦。不怠。遵前途：遵循以前走过的道路前进。

④兹辰：此时。

⑤向：从前；原先。

⑥径庭：即径廷。度越，穿行。

⑦师利：曼殊师利之略。尊：尊者。

⑧信宿：连住两夜。

⑨轩斋：高敞的馆舍。都：华丽。

⑩“曼殊”句：指真容院所在菩萨顶。

⑪言念：想念。言，助词。昔祝釐：指前几次奉太后到五台山祈福事。

⑫抚时慽：抚今追昔引起的悲伤之情。抚时，即抚时感事。谓感念时事，伤怀往事。

⑬励：振奋。勤民：尽心尽力于民事。模：模楷，榜样。

⑭民隐：民众的痛苦。

殊像寺三依皇祖元韵

廿载别真域[①]，重来谒净筵[②]。
默标戒定慧[③]，总括律经禅[④]。
面面日和月[⑤]，三三后即前[⑥]。
绘图成庙貌[⑦]，不二那疑然？

①真域：犹佛地。

②净筵：犹法筵：此指佛寺。

③“默标”句：谓在静默之中显示出三无漏法。戒定慧：佛教语。指“三无漏法”。即防非止恶、息虑静缘、破惑证真。

④律经禅：原注：“佛家以持戒、讲经、参禅分三宗。”

⑤面面：指一尊尊佛、菩萨相。日和月：喻佛菩萨像貌的光亮和圆满。

⑥三三：指禅宗机语“前三三与后三三”。后即前：即后三三即前三三。亦即一而不二。

⑦“绘图”句：原注：“向瞻礼五台殊像寺时，见文殊相好，因摹图归，于香山南建宝相寺，命工依像装塑。详见宝相寺落成诗并像赞。”按：作者在《写五台殊象寺文殊像成并赞》中有“像即非像，真岂诚真？本无同异，何弗云云”之句。

灵鹫峰文殊寺三依皇祖元韵

一念原无隔[①]，廿年夫岂遥[②]？
重兹礼净域[③]，仍尔憩禅寮[④]。
春草半枯菀[⑤]，风幡任寂飘[⑥]。
奎章辉日月[⑦]，翘首盼云椒[⑧]。

①“一念”句：佛家认为一念即无量劫，无量劫即一念，念劫融通，故云。一念：佛家语。指极短的时间。《仁王般若波罗蜜经·观空品》：“九十刹那为一念。”

②“廿年”句：佛家认为：“长短是心，非干时分。”（《宗镜录》录卷四十），故云。

③重兹：再次来此。净域：为寺院的别称。

④仍尔：仍然。禅寮：僧房。

⑤枯菀（yù）：犹枯荣。谓死生。菀，荣，指生。

⑥风幡：风中的旗幡。《景德传灯录·慧能大师》：“师寓止廊庑间。暮夜风飏刹幡，闻二师对论，一云幡动，一云风动，往复酬答，未曾契理。师曰：‘可容俗流辄预高论否？直以风幡非动，动自心耳。’”后用为典实。

⑦“奎章”句：谓其皇祖（康熙皇帝）的题匾、诗文与日月争辉。康熙皇帝曾为文殊寺题“五台圣境”、“灵峰圣境”等匾额，并有诗歌及碑文等。

⑧盼：顾盼。云椒：云雾缭绕的山顶。椒，山顶。

文殊寺静舍作①

静舍花宫侧②，春朝憩偶然。
三间仍斗室③，廿载阅流年④。
花色真如示⑤，禽音妙偈宣⑥。
奎文重仰焕⑦，到处勉绳前⑧。

①文殊寺：即菩萨顶。见李师圣《游台感兴古风》注④。静舍：寺院住房。

②花宫：指佛寺。

③斗室：原注：“二字乃皇祖御书题额也。”

④“廿载”句：原注：“未至此者二十年矣。”阅，经过。流年：如水般流逝的光阴、年华。

⑤真如示：示真如。真如，佛教语。真实不变的本体。也称为“实相”、“佛性”、“法身”等。参见敦煌文献《五台山赞文》注⑦。

⑥妙偈宣：宣妙偈。妙偈，佛教语。含义深远的偈语。

⑦奎文：犹御书。焕：焕发光芒。

⑧绳前：继承前辈的业绩。

梵呗①

梵呗原于汉乘同②，无过文语异西东。

解其意者原非二[③]，问以行斯鲜得中[④]。
即此黄衣偏袒诵[⑤]，几曾白教秘传穷[⑥]？
吟成不觉笑予执[⑥]，鹊噪鸦鸣岂不通[⑧]！

①梵呗：见汪由敦《恭和御制〈瞻礼菩萨顶有作〉元韵》注③。

②于：犹与。汉乘（shèng）：指汉语中四字一句的文辞。乘，原注："去声。"数词。古代计物以四为乘。

③"解其"句：原注："梵呗从天竺语译成乌斯藏语，即唐古忒字也。盖中国与卫藏诸经俱来自天竺。唐元奘（即玄奘，为避"玄烨"之讳而改）所取经系由云南前往，即鸠摩罗什及达摩等亦由彼取道，并不经历卫藏。故自唐以前，诸经皆从天竺语译成汉字。今唐古忒字之藏经，则亦由卫藏前往天竺译成者。是藏经与汉字经，文字虽殊，经义则一也。"

④"问以"句：谓问之以梵呗如何传布，则很少有人能恰当地说明。行：流传，传布。斯：语气词，无义。得中：适当，适宜。

⑤"即此"句：原注："文殊顶皆喇嘛僧，诵梵呗。"

⑥"几曾"句：谓白教秘密承传，何曾能彻底探求梵呗的奥旨呢？几曾：何曾，那曾。白教：喇嘛教噶举派的俗称。秘传：藏传佛教（密宗）的特点是师徒传承。以噶举派为例，在承传方式上采取口耳相传，也不见诸文字。

⑦执：执著。佛教语。指对某一事物坚持不放，不能超脱。

⑧"鹊噪"句：谓鹊噪鸦鸣亦与梵呗相通。

题真容院[①]

真容此院纪文殊，相好云从示现图[②]。
设谓斯真余属假，其然师利岂然乎[③]？

色见声求都未可[④]，如何此院有真容？
曼殊是处传亲切，流者为川峙者峰[⑤]。

①真容院：见李师圣《游台感兴古风》注④。

②"真容"两句：谓根据关于文殊寺的记载，其文殊像依从光中现文殊像图模塑成。见《清凉山志》卷二。

③"其然"句：意谓文殊师利亦不会认可。其然：犹言如此。《论语·宪问》："子曰：'其然？岂其然乎？'"

④色见声求：见作者辛巳作《戏题塔院寺》注②。

⑤“曼殊”两句：写触目菩提之意。谓处处描述文殊的真切相貌；流淌的河川，峙立的山峰，都是文殊的示现。是处：处处；到处。亲切：真切；确实。

题恒春堂[①]

台怀每幸必于春[②]，恒住斯堂有宿因[③]。
六字真言听梵呗[④]，一天皎日照嶙峋。
前堂召对非无事[⑤]，大吏咨诹总为民[⑥]。
岁美风淳率完赋[⑦]，只蠲少许沛恩纶[⑧]。

①恒春堂：原注：“台怀行宫内正殿也。”五楹，清乾隆二十五年（1760）改建。台怀行宫，俗谓皇城。清建。在塔院寺、万佛阁之南。今已不存。

②幸：皇帝亲临为幸。

③恒：常。宿因：佛教语。前世因缘。

④六字真言：原注：“文殊本咒曰阿喇巴咱那底，亦六字，与南无阿弥陀佛亦无异也。”

⑤召对：君主召见臣下令其回答有关政事、经义等方面的问题。

⑥涤诹（zōu）：访问商酌；谋划。

⑦岁美风淳：年景好，百姓风俗淳厚。

⑧“只蠲（juān）”句：原注：“晋省逋赋甚少，惟五台县有四十五年未完常平仓谷三千六百余石，因降旨悉行蠲免。”蠲：除去；减免。沛：降。恩纶：犹恩诏，即帝王降恩的诏书。

清凝斋六韵[①]

寝室曰清凝，旧斋居以仍[②]。
无过停信宿[③]，已觉未相应。
信弗民劳力，微嫌吏逞能[④]。
精蓝雅可望[⑤]，后苑底须增[⑥]？
凝碧亦曲沼，清寒自迥陵[⑦]。
五言聊志愧[⑧]，未豫戒之曾[⑨]。

①清凝斋：清代台怀行宫后殿名。乾隆二十五年（1760）改建，五楹。

②仍：一再；频繁。

③信宿：谓两三日。

④“微嫌”句：原注：“昨岁预行敕谕，毋许增添座落，而地方之承办各员，仍不免欲藉办差见长，亦外吏积习也。”

⑤精蓝：佛寺。雅：甚；颇。

⑥“后苑”句：原注：“行宫率依旧制，于后略增池榭，为之怃然，但成事不说耳。”底须：何须。

⑦“凝碧”两句：谓浓绿的草木亦如曲沼，高峻的山陵自然带来清寒之气。言外之意，自然景色本已清幽宜人，不必再人工凿筑。凝碧：浓绿。曲沼：曲池。曲折迂回的池塘。迥陵：高峻的山陵。

⑧五言：指五言诗。即本诗。志愧：记载愧疚之情。

⑨“未豫”句：谓未预先对地方官员深加告诫。曾：深。

题董邦达雪山兼命董诰别图雪山得诗二首用一韵[①]

辛巳西巡携侍臣，雪山即景写嶙峋。
今来积玉仍千嶂[②]，图上之人作古人[③]。

扈跸侍臣即世臣[④]，最欣快霁雪存峋。
命图真景相辉映，亦识斯人有后人[⑤]。

①董邦达（1698—1769）：字孚存、非闻，号东山，清代富阳（今属浙江）人。雍正进士，改庶吉士，授编修。乾隆初，迁侍读学士，直南书房。擢内阁学士。官至礼部尚书。工山水画，苍逸古厚，论者谓其承董其昌。董诰（1740—1818）：字雅伦，号蔗林，邦达子，乾隆进士，选庶吉士，授编修，入直南书房。亦善画，为高宗所赏识。累迁内阁学士，擢工部侍郎，充四库馆副总裁。任军机大臣，擢户部尚书。嘉庆间，拜东阁学士，纂修《高宗实录》。

②积玉：指积雪。

③图上之人：指《雪山图》上署名的董邦达。古人：指亡故的人。

④世臣：历代有功勋的旧臣。

⑤斯人。此人。指董邦达。

题董诰雪山图

枚氏皋随跸①，雪山因命图。
霁情宛可挹②，家法未全殊③。
有树皆桥梓④，无峰不瑾瑜⑤。
廿年弹指迅⑥，视昔若斯乎？

①枚氏皋：指枚皋。西汉辞赋家，字少孺，淮阴（今属江苏）人。枚乘之子，武帝时为郎，屡随武帝巡狩各地。此借指董诰。

②宛可挹：仿佛可以用手捧取。形容图上情状逼真。

③家法：此指父传子受的绘画技巧。

④桥梓：《文选·任昉〈王文宪集序〉》李善注引《尚书大传》：“伯禽与康叔朝于成王，见乎周公，三见而三笞之。二子有骇色，乃问于商子曰：‘吾二子见于周公，三见而三笞之，何也?’商子曰：‘南山之阳有木名桥，南山之阴有木名梓，二子盍往观焉!’于是二子如其言而往观之，见桥木高而仰，梓木晋而俯。反以告商子。商子曰：‘桥者，父道也；梓者，子道也。’”后因以称父子为“桥梓”。

⑤瑾瑜：二美玉名。泛指美玉。此语意双关。既指山上积雪晶莹如玉，又暗指董氏父子均为美德贤才。

⑥弹指：捻弹手指作声。佛家喻时间短暂。

胡桂长城岭①

清凝斋壁偶题诗②，补空应教画间之③。
写得长城岭雪景，恰真前日过舆时。

①胡桂：号月香，清代吴（今江苏苏州）人。少时为梨园子弟，在景山最久。工于山水，酷似恽寿平（清初画家）。高宗爱其笔墨，尝召入内府，呼之曰桂花。

②清凝斋：台怀行宫室名。

③空：原注：“去声。”空白之处。间：原注：“去声。”间杂，夹杂。

汪承霈古柏水仙①

古柏于斯千万年，一开生面顿教鲜②。

似嫌山景邻寒俭[3]，文石边傍厕水仙[4]。

①汪承霈（？—1805）：字受时，一字春农，号时斋，别号斋雪，清代安徽休宁人。乾隆十二年（1747）举人。以主事入直军机处，累官左都御使，署兵部尚书。善诗古文词，能书，工山水人物及花卉画。有《时晴斋集》。

②开生面：展现新的面貌。唐杜甫《丹青引赠曹将军霸》诗："凌烟功臣少颜色，将军笔下开生面。"后指在内容、形式、风格等方面有所创新。

③寒俭：寒酸俭啬。此指内容单薄。

④文石：有文理的石块；厕：杂置。

清凉山四依皇祖元韵

廿载重来寻昔踪，岭巅仍蔚后凋松[1]。
依然古佛瞻相好[2]，伙有番僧声鼓钟[3]。
谁谓祝釐竞孤负[4]，那堪资爱意深重[5]？
曼殊如是无些子[6]，莫莫春云罩五峰[7]。

①蔚：草木茂盛。后凋松：语出《论语·子罕》："岁寒，然后知松柏之后凋也。"

②相好：此为对佛身塑像的敬称。

③伙：多。番僧：指藏蒙喇嘛僧。声：使发声；敲击。

④"谁谓"句：原注："辛巳诗有'一念祝釐算期永'之句。"孤负：违背，对不住。作者之母圣宪皇后于乾隆四十二年正月逝世，故云。

⑤那（nǔ）堪：怎堪；怎能禁受。资爱：此指母亲对子女之爱。资，送。重（chóng）：多。

⑥"曼殊"句：谓文殊菩萨印可的没有一点，万法皆空。如是：佛教语。印可、许可之词。些子：少许，一点儿。

⑦"莫莫"句：写空寂的禅境。莫莫：犹默默。

甘露寺[1]

五台刹若林[2]，一刹一名字。
是处有山泉，即号甘露寺。
泉出于地露降天，是一是二犹疑焉？

天生地成胥为水[3]，则其同也理固然。
露无不甘此独占，膻芗实以依金仙[4]。
应真五百皆离垢[5]，既称离垢身何有[6]？
乃曰居然浴于斯，此可质诸师利否[7]？

①甘露寺：在中台右侧。因有灵迹甘露泉而得名。

②刹：佛寺。

③胥（xū）：皆，都。

④膻芗（shānxiāng）：五谷的香气。因以指祭祀所用的黍稷等谷物。膻，通“馨”；芗，通“香”。《礼记·祭义》：“建设朝事，燔燎膻芗，见以萧光，以报气也。”此指美好的名气。金仙：指佛。

⑤应真：罗汉的意译。意谓得道的真人。离垢：佛教语。谓远离尘世烦恼。

⑥“既称”句：佛教认为，身为六根之一，为罪孽的根源。既称离垢，则六根清净，故云。

⑦质：询问；就正。

宝塔院[1]

宝塔崔巍倚昊穹，云藏师利发于中[2]。
阇黎谨守天龙护[3]，可识内空与外空[4]？

①宝塔院：即塔院寺。因其原为显通寺的塔院，故称。

②“云藏”句：《清凉山志》卷二：“文殊发塔，在大塔东侧。昔文殊化为贫女，遗发藏此。”

③阇（shé）黎：亦作“阇梨”梵语“阿阇梨”的省称。意为高僧。亦泛指僧。

④内空与外空：内空、外空，分别为《般若经》所说的十八种空的第一、第二空。内空，亦名能食空，谓身内诸物因缘合集故空；外空，亦名所食空。谓身外之物亦缘起故空。

显通寺再依皇祖元韵

精蓝瞻礼重[1]，灵鹫倚巍峰。
汉代兴初地[2]，历朝振旧踪[3]。
天花霏座郁[4]，慧树布庭浓[5]。

驯鸽纷来集，应闻声讲钟[⑥]。

①精蓝：佛寺。重（chóng）：重复，第二次。

②“汉代”句：《清凉山志》卷二载，显通寺（原大孚灵鹫寺）兴建于东汉明帝时，故云。初地：佛教寺院。

③振旧踪：指在原有寺院的基础上修葺、重建。振，整理。

④霏座：在法席上飘洒。郁：香气浓郁。

⑤慧树：佛教语。智慧之树。此为对佛寺树木的美称。

⑥“驯鸽”两句：谓驯顺的鸽子闻钟声而齐集。此暗用“怖鸽”之典。见瞿如稷《送僧游五台》注③。声讲钟：讲钟声。讲钟，即讲时钟。高僧讲经说法时敲击的钟。

罗睺寺[①]

罗睺明示寺名嘉[②]，弟子亲承佛训加[③]。
密行由来称第一[④]，峰峰树树总无遮[⑤]。

①罗睺寺：见孙传庭《罗睺寺》注①。

②“罗睺”句：原注：“罗睺，佛十弟子之一也。”明示：清楚的示现。传说罗睺罗曾在罗睺寺所在之地示现真容。

③“弟子”句：谓作为佛弟子，罗睺罗亲承佛的教诲，超过一般人。

④“密行”句：原注：“见《名义集》。”密行：佛教语。小乘指持戒严密的修行，大乘指蕴善于内而不外著的修行。释迦牟尼弟子罗睺罗以“密行第一”著称。行，原注：“去声。”今读 xíng。

⑤“峰峰”句：谓每一座山峰、每一棵树木，都包容了无遮的佛法。无遮：佛教语。谓包容广大，没有遮隔。亦即宽容一切，解脱诸恶，不分贵贱、僧俗、智愚、善恶，一律平等看待。

望海峰再依皇祖元韵

峰据东台迥[①]，岧峣俯下方[②]。
几番阅火劫[③]，一瞬视空桑[④]。
古寺业标白[⑤]，西僧衣祖黄[⑥]。
沧溟只杯水[⑦]，眼底远茫茫。

①“峰据”句：谓凭借东台望海峰之高处。迥：高。

②岧峣（tiáoyáo）：高峻；高耸。下方：犹下界，人间。

③阅：经历。火劫：见作者庚午作《登塔院寺塔》注⑧。

④“一瞬”句：谓佛门视之为一瞬。空桑：指僧人或佛门。

⑤业标白：标白业，即显扬善业。

⑥西僧：西域僧人；西番僧人。此指喇嘛。衣袒黄：穿着黄色袒肩衲衣。

⑦“沧溟”句：从唐李贺《梦天》诗“遥望齐州九点烟，一泓海水杯中泻”化出。

寿宁寺①

虚空万古静为寿，峰色四邻恒与宁②。
底事弗欣于此慽，前巡曾奉翟舆停③。

①寿宁寺：见作者辛巳作《寿宁寺》注①。

②“虚空”二句：既写寿宁寺高入虚空、四邻山峰的环境，又释寺名“寿宁”。与：谓，叫做。

③“底事”两句：因作者之母皇太后已薨，抚今追昔，悲从中来，故有是语。底事：何事。慽：忧伤；悲伤。翟（dí）舆：古代后妃乘坐的以雉羽为饰的车子。

玉华池①

灵山必有泉，泉实山之脉②。
然而一就平③，入地率无迹。
兹池号玉华，方塘半亩积。
经冬不结冰，遇旱弗竭泽④。
松为幕隐浓⑤，藻因漾波碧。
是谓玉之华，英而不离白⑥。

①玉华池：即玉花池。中台灵迹。见敦煌文献《五台山赞》注㉒。

②脉：指地下水。

③就平：到平坦之处。

④竭泽：池水干漏。

⑤为：原注："去声。"给，替。幕：覆盖。清乾隆《钦定清凉山志》作"幂"。

⑥"是谓"两句：释池名。谓"浓荫"和"碧波"叫做玉的华，但华不脱离洁白如玉的水。

戏题罗汉坪[①]

五百应真缺其一，相传其一到来迟[②]。
是诚执相而求者[③]，吾谓曼殊或哂之[④]。

①罗汉坪：见作者辛巳作《罗汉坪》注①。

②"五百"两句：见郑嶂《游台指迷歌》注㊲。

③"是诚"句：谓这确实是执著于外相而欲求其真（佛法真谛）。

④曼殊：曼殊师利之省。哂（shěn）：讥笑。

五台山天花诗三依皇祖元韵

老绛由来始嫩青[①]，忆曾作赋制为屏。
昔年摩诘饭覆釜，藉草深知此味宁[②]。

①"老绛"句：原注："天花生于古树，嫩则色青，为菌，可食；老则色绛，为芝，可作屏。"

②"昔年"两句：唐代诗人王维，字摩诘。其《饭覆釜山僧》诗有"藉草饭松屑，焚香看道书"之句。覆釜：山名。赵殿成注："山名覆釜者，不止一处，然右丞所指疑在长安，未详所在。"郑铁民按："诗曰'远山'，疑非在长安；唐虢州湖城县（今河南灵宝县阌乡）南有覆釜山，亦名荆山，本诗之覆釜山或即指此。"藉草：以草为垫席而卧。宁：指宁静，安逸。

寄题北台再叠北台眺望恭依皇祖元韵

依例罢攀陟[①]，云端眺梵宫。
游神越空色[②]，想象泯边中[③]。
也觉诸人豫[④]，因之五蕴融[⑤]。
东溟眼界里，奚必问瀛蓬[⑥]？

既怯鸣鞭上，兼休步辇跻[7]。
寄怀徒向迥[8]，成咏且从低。
人子彼当惜[9]，高年未罢题。
惟斯赓圣藻[10]，瞠后那能齐[11]！

①“依例”句：原注：“五台唯北台最高。自丙寅有‘攀梯九天半，驻罕五云中’之句，庚午、辛巳俱罢登陟。”

②游神：犹神游。谓形体不动而心神向往，如亲游其境。越空色：超越空与色之区别。空，佛教语。谓万物从因缘生，没有固定，虚幻不实。色，佛教指一切可以感知的形质。

③泯边中：泯灭了边与中之差别。边、中：均为佛教语。边，指边执见，亦称边见。谓片面、极端的见解。主要有常见、断见两类。中，指三谛（空、假、中）的第一义谛，即不二之至理。此借指山边远眺和山中观赏。

④豫：喜悦，欢快。

⑤五蕴融：五蕴为之消融。亦即体会到五蕴皆空。或解作自己的身心完全融合与神游之中，亦通。五蕴：见唐公靖《同李令君佩韦登南台书于月川丈室》注⑤。

⑥“东溟”两句：谓站在北台顶就可以看到东海，又何必探问什么瀛洲、蓬莱呢？因传说中的仙山瀛洲、蓬莱在渤海之东，即东海，故云。

⑦“既怯”两句：原注：“丙寅登北台策马而上，今既不能，遂并肩舆亦罢之。”

⑧迥：高。

⑨“人子”句：写“兼休步辇跻”的原因。谓仆役亦是人子，应当顾惜。彼：语气词。

⑩赓圣藻：和其皇祖之诗。

⑪瞠后：瞠乎其后的略词。干瞪着眼，落在后面赶不上。语出《庄子·田子方》：“夫子奔逸绝尘，而回瞠若乎后矣。”

戏题清凉石[1]

石不动为恒[2]，动则反厥常[3]。
僧神其说者，曰诚斯能扛。
试之乃弗然，笑问诚何藏？
彼其寂弗移，是谓真清凉[4]。

①清凉石：见觉同《和咏五台·总咏五台》注⑥。

②恒：寻常；普通。

③厥：其。

④“彼其（jì）”两句：真如（或如如）即真实不虚，常住不变者。“寂弗移”正是真如的特征；而清凉寂静之道即为真如，故云“寂弗移”是“真清凉”。彼其：代词。那，那个。此指清凉石。

回銮至白云寺驻跸作①

前往台怀过此时，初霁白云犹恋岭。
今日台怀驾言旋②，霁久白云无片影。
大士显佑示真诠③，云之有无胥平等④。
然而愁泞实舆情⑤，及其喜晴亦因境。
我固忧乐同众者，那能忘物真空省⑥？
慧贶禅机两默参⑦，以手加额心自领⑧。
白云出没岂其知，岩寺萧闲镇清永⑨。
名之副乎云弗知，实实循兮寺兹肯⑩。
何来寺侧构行馆，一宿之居过华整。
未能忘言言则惭，题壁恒斯对山静⑪。

①白云寺：见岑霁《自龙泉关过岭宿白云寺》注①。

②言旋：回还。言，语首助词。

③大士：佛教对菩萨的通称。此指文殊。显佑：显灵保佑。真诠：犹真谛。佛教指真实不妄之义理。

④胥（xù）：皆，都。平等：佛教认为宇宙本质皆同一体，一切法、一切众生本无差别，故称平等。

⑤舆情：群情；民情。

⑥“那（nǎ）能”句：谓哪能忘记众人的忧乐而只省悟真空呢？物：人，众人。真空：佛教语。一般谓超出一切色相意识界限的境界。

⑦慧贶（kuàng）：指佛菩萨所赐。慧，梵语音译般若，意译为慧、智慧。指破惑证真的无分别智慧。此借指佛菩萨。贶，赐给，赐予。禅机：佛教禅宗和尚谈禅说法时，用含有机要秘诀的言辞、动作或事物来暗示教义，使人得以触机领悟，故名。亦指禅法机要。参：领悟；琢磨。

⑧加额：双手放置于额前。旧为祷祝仪式之一。亦用以表示敬意。

⑨萧闲：潇洒悠闲；寂静。镇：常。清永：清静而永恒不变。

⑩“名之”两句：谓白云寺是否名副其实，云对之不知不识；而白云确实环绕，白云寺则会乐意的。实实：确实。循：环绕。兹：则。

⑪恒斯：恒于斯。长久在此。

题引怀堂①

白云寺侧构行馆，创也非仍旧觍颜②。
回跸聊因驻一宿③，虚窗讶许纳千山④。
底须名实与云责⑤，耐可推敲消昼闲⑥。
问我引怀信何所⑦，寸心恒在万民间⑧。

①引怀堂：清代白云寺行宫前殿名。清乾隆二十年（1755）建。

②创也非仍：创建而非沿袭（原有建筑）。旧：长久。觍颜：羞愧的脸色。

③聊因：姑且相就。

④虚窗：空阔的窗户。讶许：惊诧。许，助词。表示惊叹。

⑤“底须”句：原注：“是日晴。”句意谓何必因今日无云而使白云寺名不副实而责怪。

⑥耐可：宁可；愿得。推敲：相传唐代诗人贾岛，骑驴赋诗，吟得“鸟宿池中树，僧敲月下门”之句。初拟用推字，又思改敲字，在驴上引手作推敲之势，不觉冲撞京尹韩愈。愈询其故，岛具言所以，韩立马良久思之，谓岛曰：“敲字佳矣。”遂并辔共论诗道。见后蜀何光远《鉴戒录·贾忤旨》。后因谓对诗文辞赋的字句反复斟酌为推敲。

⑦引怀：牵心。信何所：究竟在何处。

⑧寸心：心事，心愿。

静宜书屋①

云散山犹在，名标实自如②。
可知万缘静③，遂与一宵居。

①静宜书屋：清白云寺行宫后殿名。乾隆二十年（1755）建。

②自如：相当。

③可知：犹可知道。须知。万缘：指一切因缘。静：净尽，没有剩余。

度长城岭[①]

五日晴光晒，几盘山路宽。
全殊践泥泞，顿觉众娱欢。
可识情何定，多因境以安。
满川绘桃柳，一岭隔暄寒。
画意如开帧[②]，诗材得据鞍[③]。
回看西北迥，尚有玉峰攒[④]。

①长城岭：见玄烨《自长城岭至台怀》注①。
②开帧：打开画卷。
③据鞍：跨着马鞍。
④玉峰：白雪覆盖的山峰。攒：簇聚。

〔五〕乾隆丙午作

（乾隆五十一年，1786年。是年二月，乾隆皇帝第五次巡台。录自清高宗《御制作诗集·五集》卷二十一、二十二）

驻行营作[①]

五台弗常幸，幸则驻行营。
颇觉提携便[②]，更饶淳朴情[③]。
春曦暄非热，野景淑而清[④]。
雪后土膏润，豫游当省耕[⑤]。

①行营：出征时的军营。
②提携：携带。
③饶：增加；另外增添。
④淑而清：美好而清新。

⑤豫游：见作者丙午作《度龙泉关山西诸臣来接》注③。当：原注："去声。"适合；符合。省（xǐng）耕：古代帝王视察春耕。

龙泉关五依皇祖元韵

百雉雄当道[①]，千岩迥倚空[②]。
东西两省界，迎送一朝同。
栈路雪皴白，羽林帽羃红[③]。
民风何若昔[④]，舆凭默存中[⑤]。

①百雉：指城墙的长度达三百丈。雉，古代计算城墙面积的单位。长三丈高一丈为一雉。此借指城墙。

②迥：高远。

③"栈路"两句：原注："是日雪。凡御前大臣、乾清门侍卫等，例著红猩猩毡帽。"栈路：指上下盘曲的山路。皴（cūn）白：犹如以皴法描绘的白色。羃（mì）：同"幂"。覆盖。

④何若昔：较之往昔如何。

⑤舆凭：凭舆。凭靠在车驾中。默存，谓形不动而神游。《列子·周穆王》："化人复谒王同游，所及之处，仰不见日月，俯不见河海……既寤，所坐犹向者之处，侍御犹向者之人。视其前，则酒未清，肴未昲。王问所从来。左右曰：'王默存耳。'"

雪中过长城岭三首[①]

长城岭亦海喇汗[②]，五度都曾雪景观[③]。
灵岳自当著灵异[④]，镂冰翦水正攒团[⑤]。

冻涂滑刺颇难登，兵役铲除劳可矜。
或竞拽舆安稳过，太平尽力此为应[⑥]。

古稀那复称筋力，雪蹬还艰辗幰轮[⑦]。
乘锦云骓辞步辇，回思此况是何人[⑧]？

①长城岭：见玄烨《自长城岭至台怀》注①。

②“长城”句：原注：“木兰灵山曰海喇汗，每经行必有雨雪。兹长城岭亦然。信乎，山神灵异无间中外云。”

③“五度”句：原注：“丙寅、庚午、辛巳、辛丑过长城岭皆得雪，并有诗纪事。兹二月三十日度岭，雪片风花弥山遍谷，真宜入画也。”

④著：明示；显示。

⑤镂冰翦水：指雪。参见作者辛巳作《雪》注⑦。攒团：簇聚成团。

⑥“冻涂”四句：原注：“雪中山径冰滑难行，弁兵幸际太平，无事征戍，铲除积雪，扶护乘舆，乃分应出力之处。然念其冲寒劳力，因命分别赏赉银币有差。”滑刺：清乾隆《钦定清凉山志》作“滑剌”。可矜：值得矜夸。

⑦雪蹬：积雪的山间石径。幰（xiǎn）轮：指车轮。幰：指幰车。施有帘幔的车子。

⑧“乘锦”两句：原注：“往年策骑度长城岭，有‘马踏冰花不作泥，盘盘磴道徐策骑’之句。盖其时所乘者乃锦云骓也，性驯步稳，余马多仆跌，此马独稳步而过滑蹬，诚可尚也。兹年逾古稀，雪中乘舆而行，回思往事，不觉今昔之殊矣。”步辇：古代一种用人抬的代步工具，类似轿子。

涌泉寺[①]

涌来雪窦泻成川[②]，滴滴泠泠高下悬。
可识文殊通体净，底须盥手藉斯泉[③]？

志称中北两台间，台麓东今泉见潺。
相去地讹四十里[④]，从来纪载信诚艰。

梵寺边旁有精舍，不妨小憩领清便[⑤]。
壁间辛丑曾留咏[⑥]，眨眼光阴又五年。

①涌泉寺：见作者辛巳作《涌泉寺》注①。

②雪窦：指浪花喷涌如雪的泉眼。窦，孔穴；洞。

③盥手藉斯泉：《清凉山志》卷二载：“万圣澡浴池……古有涌泉，澄洁可爱……人或以为菩萨盥掌之所。”藉，同“借”。因；凭借。

④“相去”句：原注：“《志》称涌泉在中北两台间，今乃在台麓寺之东，相去已四十余里矣。”

⑤领：领会；领悟。清便（pián）：指清静安适的情趣。

⑥辛丑曾留咏：作者曾于辛丑作《涌泉寺二首一韵》。

射虎川①

射虎当年圣迹留，於菟皮尚寺中收②。
昔疑此尚山林险，今则比看民户稠③。
百岁熙和致富庶④，一心绳继敢优游⑤？
昨年秋狝神枪用⑥，无忝虔增家法修⑦。

①射虎川：见高士奇《扈从清凉山三首》之三注⑩。

②“於菟”句：原注：“虎皮至今尚楦置台怀菩萨顶寺中，是以辛巳诗有‘寺楼麟楦尚居然’之句。”

③“今则”句：原注：“此地耕桑日辟，绝无虎迹矣。”比：近；靠近。

④熙和：清明和乐；兴盛和乐。

⑤绳继：继承。敢：不敢；岂敢。

⑥“昨年”句：原注：“昨岁秋狝木兰，至阿济格鸠罢围后憩行营，虞人报西山有虎，复策骑率众往。时虎伏丛薄中，左右约指其处，即用皇祖所遗虎神枪，一发中其要害，众蒙古无不欢忭。”秋狝（xiǎn）：国君秋季狩猎之称。

⑦无忝（tiǎn）：不玷辱，不羞愧。家法：此指清廷习武的传统。修：美；美好。

台麓寺①

震旦之佛宇②，崇台峙以五。
中天而悬居③，右弼更左辅④。
万壑曼千岩⑤，面前列樽俎⑥。
斯为台之麓，初步超尘所⑦。
即有招提寺⑧，庄严建以古。
如是瞻色相⑨，而弗可目睹⑩。
非我创是言，金刚明示语⑪。

①台麓寺：见超揆《射虎川台麓寺恭赋》注①

②震旦：古代印度称中国为震旦。佛宇：佛寺。

③“中天”句：晋孙绰《游天台山赋》：“双阙云竦以夹路，琼台中天而悬居。”中天：

犹参天。悬居：高踞。

④“右弼”句：语出《孔丛子·论书》：“王者前有疑，后有丞，左有辅，右有弼，谓之四近。”后以“左辅右弼”指帝王或太子左右的辅佐近臣。此借指周围的山峰。

⑤曼：曼衍。意为分布。

⑥樽俎（zǔ）：古代盛酒食的器皿。樽以盛酒，俎以盛肉。此喻其他山峰。

⑦初步：开始步入。超尘所：超脱尘俗之地。

⑧招提寺：在五台山东麓、河北省阜平县城西39公里处龙泉关村，建于明朝初年。寺居进五台山要道。

⑨色相：佛教语。指万物的形貌。

⑩目睹：指目见如来。

⑪“金刚”句：原注：“‘若以色见我……是人行邪道’，《金刚经》语也。”《金刚经·法身非相分》：“尔时，世尊而说偈言：‘若以色见我，以音声求我，是人行邪道，不能见如来。’”意为法身如来（真性之佛）无形无相，离一切有，所以不能凭借形色观见、凭借声音寻求。假如执著于有，想凭借形色声音求真性之佛，就是走入邪道，永远不能得见如来之性。

题雪妍堂①

台麓寺东馆，雪妍昔额堂②。
每来吟白战③，谁为幻银妆④？
过岭势略小，安居兴颇长。
命人护橐载⑤，莫匪政之方⑥？

①雪妍堂：清台麓寺行宫前殿名。参见作者辛丑作《雪妍堂》注①。

②额：指题写匾额。

③白战：空手作战。指作“禁体诗”时禁用某些较为常用的字。宋欧阳修为颍川太守，曾与客会饮，作咏雪诗，禁用玉、月、梨、梅、絮、鹤、鹅、银、舞、白诸字。此指代雪。

④为：原注：“去声”。幻：以法术变幻。

⑤“命人”句：原注：“雪中山径驼载艰行，虑有阻滞，命诚郡王舒常等董率管押，次第前进。盖争拥反致阻隔也。”

⑥莫匪：同“莫非”。副词，表示揣测。或须。政：指为政。谓主持政事，施政。

静寄斋[①]

行当谒中台[②]，清斋宿初地[③]。
花宫既精严[④]，别室亦幽致。
徘徊瞻檐额，是我题静寄。
于焉净尘心[⑤]，亦匪参禅意[⑥]。
隔墙阅风幡[⑦]，抚松喜苍翠。
却忆盘之庄[⑧]，是一还是二？

①静寄斋：清台麓寺行宫后殿名。参见作者辛巳作《静寄斋》注①。

②行当：即将，将要。

③初地：佛教寺院。此指台麓寺。

④花宫：指佛寺。精严：精致严整。

⑤于焉：于是，在此。

⑥匪：不仅，不但。

⑦阅：观看。风幡：风中的旗幡。见作者辛丑作《灵鹫峰文殊寺三依皇祖元韵》注⑥。

⑧“却忆”句：原注：“盘山亦有静寄山庄。”

题雨花台[①]

维摩室里天花雨[②]，西竺飞来现五台[③]。
此事已邻莫须有，梁王建业若为哉[④]？

①雨花台：当为“雨花堂”之误。雨花堂，见作者辛巳作《题雨花堂》注①。

②“维摩”句：见作者辛丑作《戏题雨花堂》注②。雨：原注：“去声”。散播。

③西竺：指天竺。

④“此事”两句：原注：“雨花数典，西竺、五台已涉傅会；若金陵之雨花台，尤为牵强也。”梁王：指梁武帝。建业：即今南京市。雨花台：江苏名胜。在南京市中华门外，平顶低丘，原称聚宝山。多石英质卵石，晶莹圆润。并有雨花泉等。相传梁武帝时云光法师在此讲经，感动诸天雨花，花坠为石，因名雨花台。莫须有：恐怕有；也许有。《宋史·岳飞传》：“狱之将上也，韩世忠不平，诣桧诘其实。桧曰：‘飞子云与张宪书虽不明，其事体莫须有。’世忠曰：‘莫须有三字何以服天下？’”后用以表示凭空诬陷。此指牵强附

会，凭空捏造。若为：怎能。

驻白云寺行馆作[①]

何山弗出云，何云弗笼寺？
而此独擅名[②]，真足惬人意。
行馆依碧岩，原是向年置[③]。
有峰亦有池，嫌他多点缀。
白云应笑斯，千乘复万骑。

①白云寺：见岑霁《自龙泉关过岭宿白云寺》注①。

②擅名：享有名声。此指享有白云之寺名。

③向年：往年。置：建造。

祇林[①]

岭樾峰枝互郁森[②]，连延佛境总祇林。
谓称此处祇林者，犹有寻常分别心[③]。

①祇林：即祇园。“祇树给孤独园”的简称。后用为佛寺的代称。此当为佛寺名。

②樾（yuè）：成荫的树木。枝：此指树木。互：并。郁森：苍翠繁盛

③分别：佛教语。谓凡夫之虚妄计度。唐白居易《答次休上人》诗：“禅心不合生分别，莫爱余霞嫌碧云。”

静宜书屋有会[①]

是处芸斋号静宜[②]，静宜之趣合研思[③]。
沉潜未可荒唐过，涵养须防玩愒驰[④]。
静则一心无外骛[⑤]，宜乎万卷有深资[⑥]。
慢言今宿明当去，大块书橱触目披[⑦]。

①静宜书屋：清白云寺行宫后殿名。会：领悟，理解。

②芸斋：书斋。

③合：应该；应当。研思：深思；反复思考。

④“沉潜”二句：谓要深入研究学问，但不可过分追求荒诞离奇；要修真养性，但须防止向往安逸，荒废时光。沉潜：指沉浸其中。谓深入探究。荒唐：犹荒诞。谓思想言行不符合常理人情，使人感到离奇。或解作广大、漫无边际，亦通。涵养：修身养性。亦指道德、学问等等方面的修养。玩愒（kài）：“玩岁愒日”的略语。谓贪图安逸，旷废时日。语本《左传·昭公元年》：“赵孟将死矣。主民，玩岁而愒日，其与几何？”驰：向往。

⑤外骛：谓别有追求，心不专。

⑥“宜乎”句：谓这正适宜读万卷书，以具备深厚的知识储备。深资：即资深。蓄积深厚。语出《孟子·离娄下》：“君子深造之以道，欲其自得之也。自得之则居之安，居之安则资之深，资之深则取之左右逢其原，故君子欲其自得之也。”

⑦大块书橱：唐李白《春夜宴从弟桃李园序》：“阳春召我以烟景，大块假我以文章。”此用其意。大块：大自然，大地。《庄子·齐物论》：“夫大块噫气，其名为风。”成玄英注：“大块者，造物之名，亦自然之称也。”披：披露，展示。

娑罗树三依皇祖诗韵

精蓝寻古行得得①，娑罗依旧庭前植。
应从天竺自飞来，是谁所种谁能识？

万叶都作七其形②，七佛说偈出莲青③。
徐听却不涉文字④，惟因风动吹泠泠。

高枝为娇低枝偃⑤，写赠班禅事已远⑥。
曼殊应笑结习之⑦，无言古树映苍巘⑧。

鸾翔凤翥恒囷囷⑨，嘉荫下立聊娱盘⑩。
三赓圣韵志钦述⑪，卌载光阴瞥眼看⑫。

①精蓝：佛寺，得得：频频，频仍。或解作“特地”亦通。

②“万叶”句：原注：“娑罗树叶皆七出分明”。

③“七佛”句：此以娑罗树叶之七出喻七佛说偈。佛教称过去七佛曾各举得法之偈，谓之七佛之说偈。见《景德传灯录》。莲青：青莲。喻妙法。此指娑罗树绿叶。

④不涉文字：用佛教禅宗“不立文字，教外别传，直指人心，见性成佛”之意。

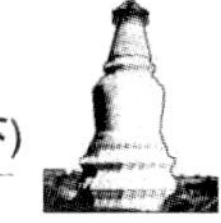

⑤娇：高举。偃：偃伏。

⑥“写赠”句：原注：“庚子岁曾写娑罗树并为赞，以赠班禅。”

⑦“曼殊”句：句后原有“未忘试观”四字。结习之：以之为结习。即把“未忘试观”这种行为看成结习之体现。结习，佛教称烦恼。

⑧苍巘：苍翠的山峰。

⑨鸾翔凤翥（zhù）：犹鸾飞凤舞。此喻婆罗树枝叶飘逸飞动之态。囷囷：即团囷。

⑩娱盘：游乐。

⑪志欲述：志在恭敬地阐述皇祖诗意。述，阐述前人成说。《论语·述而》：“述而不作。”皇侃疏：“述者，传于旧章也。”

⑫“卌（xì）载”句：原注：“丙子岁初见是树，逮今丙午四十年矣。”按：“丙子”为“丙寅”之误。卌：数词，四十。

题栖贤寺①

几间竺宇号栖贤②，过此为之一辴然③。
陈第三章乐饥者④，视兹是异是同焉⑤？

①栖贤寺：见孙传庭《栖贤社》注①。

②竺宇：佛殿。

③辴（zhěn）然：大笑貌。

④“陈第”句：《诗·陈风》第三章《衡门》有“衡门之下，可以栖迟。泌之洋洋，可以乐饥”之句。朱熹集传：“此隐者居自乐而无求者之词。”乐（liáo）饥：疗饥，充饥。乐，借为疗。一说“乐”音 lè。“乐饥”谓乐道而忘饥。

⑤兹：此。指栖贤寺。是异是同：与《诗·陈风·衡门》中所指描绘的情景是异是同。衡门：横木为门，指简陋的房屋。

殊像寺四依皇祖元韵

灵鹫峰之麓①，珠宫启法筵②。
四山龙象卫③，六度色空禅④。
中顶犹屏后⑤，一溪宛带前。
圣踪世出世，钦缅两应然⑥。

①“灵鹫”句：写殊像寺所在之地。

②珠宫：指佛寺。法筵：佛教语。指讲经说法者的坐席。引申指讲说佛法的集会。

③“四山”句：谓殊像寺周围的山岭护卫着高僧大德。龙象卫：即卫龙象。龙象：此指高僧。

④六度：佛教语。又译为“六到彼岸”。“度”是梵文波罗蜜多的意译。指使人由生死之此岸度到涅槃（寂灭）之彼岸的六种法门：布施、持戒、忍辱、精进、静虑（禅定）、智慧（般若）。色空禅：色空即禅。《坛经·坐禅一切无碍》：“外离相即禅。”

⑤“中顶”句：原注：“灵鹫峰即中台，亦名中顶。”按：灵鹫峰为中台支山。

⑥“圣踪”两句：谓无论世间的圣踪还是出世间的圣踪，两者都应该如此钦敬缅怀。世间的圣踪，指其皇祖康熙的遗踪；出世间的圣踪，指文殊的遗踪。

咏清凉石①

清凉山中石，独以清凉名。
享帚始何时②，至今传其称。
可知古德言，水不洗水曾③。
或云扛则动，以表其心诚。
扛而或弗动，恧哉僧面赪④。

①清凉石：见觉同《和咏五台·总咏五台》注⑥。

②享帚：“享帚自珍”的省语。语出《东观汉记·光武帝记》：“家有敝帚，享之千金。”喻物虽微劣，而自视为宝。

③“可知”二句：南宋万松行秀《从容录》：“水不洗水，金不博金。”意为诸物污垢，水能洗之；然水本清净，非用水洗而净。喻法身本净，非修而成。此借指石在清凉山，即不必以清凉名；在清凉山而以清凉名，犹如以水洗水。古德，佛教徒对教门先辈的称呼。

④恧（nǜ）：惭愧。赪（chēng）：红。

镇海寺①

如来按指海生光②，擎以须弥芥子藏③。
山寺括余三藏义，镇之不更费言长④？

文殊示迹五斯台⑤，瞻礼于今五度来。

来去今胥不可得⑥，忘言初地且徘徊⑦。

莫谓沧瀛去此遥，何人于是误名标。
宾王可识咏灵隐⑧，观海依然更对潮⑨。

佛殿边傍别一区，三间精舍坐斯须⑩。
二难前后曾图景，谁识都成旧迹乎⑪！

①镇海寺：见郑嶂《游台指迷歌》注㉜。

②“如来”句：原注：“‘如我按指，海印生光；汝暂举心，尘劳先起。’语见《楞严经》。”参见作者辛巳作《雪中过镇海寺未入》注⑤。

③“擎以”句：语出《维摩诘经·不思议品》：“以须弥之高广内芥子中，无所增减。”谓广狭，大小等相容自在，融通无碍。

④“山寺”两句：意谓镇海寺名中的“海”字已把佛教经典之要义囊括无余，何必再为加一个“镇”字多费口舌呢？因“海”喻佛法之深广，故云。三藏（zàng）：梵文意译。佛教经典的总称。分经、律、论三部分。经，总说根本要义；律，记述戒律威仪；论，阐明经义。藏，原注：“去声。”言长：长篇大论。

⑤五斯台：斯五台。斯，此。

⑥来去今：佛教指未来、过去、现在三世。胥：皆，都。不可得：意为不执著。

⑦忘言：无言。初地：佛教寺院。

⑧“宾王”句：《唐诗纪事》卷七：“宋之问贬黜，放还至江南，游灵隐寺。夜月极明，长廊行吟曰：‘鹫岭郁岧峣，龙宫鏁寂寥。’句未属。有老僧点长明灯，问曰：‘少年夜久不寐，何耶？’之问曰：‘适偶欲题此寺，而兴思不属。’僧请吟上联，即曰：‘何不云楼观沧海日，门对浙江潮。’之问愕然，讶其遒丽……迟明更访之，则不复见矣。寺僧有知者曰：‘此宾王也。’”宾王：即骆宾王（640？—684?），唐代婺州义乌（今浙江义乌）人，著名诗人，唐初“四杰”之一。

⑨“观海”句：谓骆宾王如在镇海寺前观看云海，会再次对潮咏叹。更：再，又。

⑩斯须：须臾，片刻。

⑪“二难”两句：原注：“丙寅经镇海寺，命张若霭写雪景，庚午复命其弟若澄写之，今皆成陈迹矣。”二难：谓兄弟皆佳，难分高低。语出南朝宋刘义庆《世说新语·德行》：“（陈群与陈忠）各论其父功德，争之不能决，咨于太丘。太丘曰：‘元方难为弟，季方难为兄。’”

至灵鹫峰文殊寺即事成句①

开塔曾闻演法华②，梵经宣教率章嘉③。
台称以五崇标顶④，乘列维三普度车⑤。
萦缪抒诚陟云栈⑥，霏微示喜舞天花⑦。
曼殊师利寿无量，宝号贞符我国家⑧。

①此诗有诗碑存于菩萨顶（文殊寺）。汉白玉四棱碑，四面分别以蒙、满、藏、汉四种文字镌刻此诗。落款为“乾隆丙午暮春月上澣御笔。”文殊寺：见李师圣《游台感兴古风》注④。

②开塔：犹开山。在名山创立寺院。因创建寺宇之前，必预先择定起塔之地，故云。演法华：宣讲《法华经》。《法华经》载，佛在王舍城耆崛山（即灵鹫山）中与众人说是法；而文殊寺所在灵鹫峰以形若天竺灵鹫峰而得名，故云。

③“梵经”句：原注：“是日，章嘉国师率众喇嘛诵经迎驾。”梵经：贝叶经；佛经。章嘉：即章嘉呼图克图，俗称章嘉活佛，为内蒙古地区格鲁派最大转世活佛。此指三世章嘉活佛罗赖毕多尔吉。他奉诏驻北京旃檀寺、嵩祝寺。雍正十二年（1734）封大国师。乾隆十六年（1751）赐“振兴黄教大慈大国师”印。从乾隆十五年至五十一年间，差不多每年四至八月都要到五台山闭关静坐，弘扬佛法。在五台山驻锡期间，曾四次迎接乾隆皇帝巡台，依次为庚午、辛巳、辛丑、丙午。乾隆五十一年（1786）四月圆寂，塔于五台山镇海寺。

④崇标顶：台顶高标天际。

⑤乘（shèng）列为三：乘列而为三，即三乘。《法华经》把佛教学说分为身闻、缘觉、菩萨三乘，分别喻以羊年、鹿年、牛年。三者均为浅深不同的解脱之道。这是佛在说法时因时机和众生根性的不同所采取的一种“方便”措施。三乘最后要归于一佛乘，这一佛乘才是佛所说的真实内容。此泛指佛法。维：助词。

⑥“萦缪（liáo）”句：谓为表达对文殊菩萨的虔诚，我登上回旋缭绕的云间山路。萦缪：回旋缭绕。缪，同“缭”。缠绕。云栈：悬于半空中的栈道。此指高入云霄的山路。

⑦“霏微”句：原注：“三月初二日，至灵鹫峰瞻礼文殊宝相，时适值瑞雪霏霙，扈从及僧俗人众，咸谓天花飞舞，文殊示喜也。”霏微：雨雪细小貌。

⑧“曼殊”两句：原注：“文殊，梵经本称曼殊师利，汉藏经内亦或书之。曼殊对音即满殊。今卫藏呈进丹书，均称曼殊师利大皇帝。竺兰宝号与我朝国号相符，用征亿万年无量福祚也。”竺兰宝号：指文殊寺之寺名“文殊”。竺兰，指佛寺。贞符：正好相符。贞，正。按：满珠，即满洲。清王朝入关前的国号为满珠。其易“珠”为“洲”，盖由洲

字义近地名，故汉字假借承用之。

题真容院①

五台既曰文殊境，那独真容此院居？
凿井得泉水在是，东坡佳喻雅相如②。

设或有真那有假③，有无真假定纷焉。
金容相好于何见④，应见维摩之默然⑤。

①真容院：原注："即旧灵鹫峰文殊寺也。"

②"凿井"两句：苏轼《韩文公庙碑》："譬如凿井得泉，而曰水专在是。"参见作者辛巳作《清凉石》注②。在是：在此。雅：颇。相如：相同；相类。

③"设或"句：谓假如说有真的（即真容院的文殊像是真），哪里又有是假呢？

④金容相好：此指文殊像。

⑤维摩之默然：维摩诘"默然无言"，示不二法门。见《维摩诘经·入不二法门品》。意谓应摒弃执著于真、假的色相之见。

自长城岭至台怀四依皇祖元韵

五岁斯重来，行馆原不殊。
虽云符虞巡①，而实惭康衢②。
民计与民风，历历觇跸途。
春旱夏有收，幸无庚癸呼③。
过岭至台怀，梵寺迎螺竽。
左右觐光民④，摩肩色总娱⑤。
昨岁为汝愁，今怀犹郁纡⑥。
借种与蠲租⑦，几经详画区⑧。
沟壑幸鲜瘠⑨，人士仍此都⑩。
可知尔所苏⑪，经许宵旰图⑫？
即今念复廑⑬，春膏及时濡。
振古允如斯⑭，皇祖贻鸿模⑮。

爱民而已矣，其外治术无。

①符：符合。虞巡：虞，朝代名。帝舜有天下之号。虞巡，指虞舜的巡狩制度。《史记·封禅书》引《尚书·舜典》，“舜在璇玑玉衡，以齐七政，遂类于上帝，禋于六宗，望山川，遍群神”，先后东巡狩至于岱宗，巡狩至南岳衡山、西岳华山、北岳恒山、中岳嵩高。五载一巡狩。

②惭康衢：有愧于《康衢》这盛世之歌的称颂。康衢，即“康衢谣”。见高士奇《扈从清凉山三首》之三注⑮。

③“春旱”两句：原注：“昨岁春间，晋省颇旱。望雨时，梁敦书以祭告岳渎，面京回奏，随严谕该抚平粜缓征，加意抚恤。旋据该抚奏报，普得透雨，通省秋收获稔。”庚癸呼：古代军中隐语。谓告贷粮食。典出《左传·哀公十三年》：“吴申叔仪乞粮于公孙有山氏……对曰：‘粱则无矣，麤则有之。若登首山以呼，曰“庚癸乎”，则诺。’”杜预注：“军中不得出粮，故为私隐。庚，西方，主谷；癸，北方，主水。”后称向人告贷为“庚癸之呼”。

④觐光：觐见天子。光，指皇帝的容颜。《诗·小雅·蓼萧》：“既见君子，为龙为光。”

⑤摩肩：肩挨着肩，形容人多拥挤。

⑥郁纡：忧思萦绕貌。

⑦蠲（juān）租：免除租税。

⑧画区：筹划安排。区，区处，处理。

⑨幸鲜瘠：所幸少有贫困者。瘠：贫困。

⑩人士：民众。都：居。

⑪尔：你们。指民众。所苏：得以拯救的原因。苏：拯救，解救。

⑫许：多；许多。宵旰（gàn）：即宵衣旰食。天不亮就穿衣起身，天黑了才吃饭。形容非常勤劳。多用以称颂帝王勤于政事。南朝陈徐陵《陈文帝哀策文》：“勤民听政，昃食宵衣。”唐陆贽《论两河及淮西利害状》：“今师兴三年，可谓久矣，税及百物，可谓繁矣，陛下为之宵衣旰食，可谓忧勤矣。”图：考虑；谋划；计议。

⑬念复廑（qín）：复廑念。又殷切关注。廑，“勤”的古字。殷切。

⑭振古：往昔。允：确实。

⑮贻：遗留。鸿模：宏伟的楷模。

题恒春堂叠辛丑诗韵①

行宫堂昔额恒春，驻跸依然适静因②。

左右有溪自环抱，高低无巘不嶒峋[3]。
亮功觌面资诸吏[4]，生计廑心询万民[5]。
侯度由来在施惠[6]，肯教恺泽靳宣纶[7]？

①恒春堂：清台怀行宫正殿名。参见作者辛丑作《题恒春堂》注①。

②适：适从，顺应。静因：指静因之道。战国时期一部分道家的认识方法。认为心要保持虚静，并因应事物之理而偶合之，才能有正确的认识。《管子·心术上》："是故有道之君，其处也若无知，其应物也若偶之，静因之道也。"

③嶒（yíng）峋：峥嶒嶙峋。即高峻而突兀。

④亮功：谓辅佐天子以立天下之功。语本《书·舜典》："钦哉，惟时亮天功。"孔传："各敬其职，惟是乃能信立天下之功。"觌（dí）面：当面。资：通"咨"。商量，咨询。

⑤廑（qín）心：犹"廑念"。殷切关注。

⑥侯度：为君之法度。《诗·小雅·抑》："质尔人民，谨尔侯度，用戒不虞。"

⑦"肯教"句：谓为万民得到安乐与恩惠岂能吝惜下达施惠的诏令。肯教：岂能。恺：安乐。泽：恩泽。靳（jìn）：吝惜。宣纶：下达诏命。

清凝斋[1]

清凉山麓此行斋[2]，斋与清凝意与谐[3]。
几叠翠屏墙后护[4]，数株苍盖院前排[5]。
春葩熏以红开朵，砌草寒才绿到荄[6]。
略有池亭为缀景，对之翻觉不忻怀[7]。

①清凝斋：清台怀行宫后殿名。参见作者辛丑作《清凝斋》注①。

②清凉山：原注："五台本名清凉山，有《清凉山志》。"行斋：静修的斋室。

③"斋与"句：谓此斋的环境与"清凝"这一斋名的情趣完全协调。后一"与"：皆，全部。

④翠屏：形容峰峦排列的绿色山岩。

⑤苍盖：青翠团圂有如伞盖的树木。

⑥"春葩"两句：原注："五台气寒，所见惟唐花，其他草木才露萌芽而已。"熏：用火熏炙。唐花：在温室培养的花卉。清王士桢《居易录谈》卷下："今京师腊月即卖牡丹、梅花、绯桃、探春，诸花皆贮暖室，以火烘之，所谓堂花，又名唐花是也。"荄（gāi）：草根。

⑦翻：反而。

灵鹫峰文殊寺四依皇祖元韵

赓韵卌年阅[①]，光阴弹指遥[②]。
息心礼莲座，骋目凭松寮[③]。
不觉新诗引[④]，徐听梵诵飘[⑤]。
忽思辛巳景，怅望白云椒[⑥]。

①“赓韵”句：原注：“自丙寅、辛巳、辛丑及今岁丙午展礼五台谒文殊寺，凡四赓元韵，阅今已四十年矣。”阅，经过，经历。

②弹指遥：岁月遥远却感到十分短暂。弹指，捻弹手指作声。佛家多以喻时间短暂。

③松寮：犹松窗。临松之窗。

④引：乐曲体裁名。有序奏之意。此泛指吟唱。

⑤梵诵：谓佛家诵经，

⑥“忽思”两句：原注：“跸途经历，回忆前度三（原为“两”，据乾隆《钦定清凉山志》改）恭奉大安，只增怅望。”椒：山顶。

文殊寺静舍叠辛丑韵

寺侧三间屋，居之安信然。
虽云额斗室[①]，可以识尧年[②]。
又五春秋阅[③]，来听经咒宣[④]。
未能忘结习[⑤]，每忆祝釐前[⑥]。

①斗室：原注：“二字为我皇祖御题。”

②尧年：古史传说尧时天下太平，因以“尧年”比喻盛世。此借指康熙盛世。

③春秋：年数。阅：经过；经历。

④经咒：指佛教的经文与咒文。

⑤结习：佛教称烦恼。

⑥祝釐前：指以前两度奉皇太后至五台山瞻礼事。

梵呗

梵呗西番诵，原非天竺音[①]。
由来皆佛旨，谁果得真心[②]？
应识法化报[③]，不关来去今[④]。
殷勤译国语，绳祖意犹深[⑤]。

①“梵呗”两句：原注：“中国与卫藏诸经俱来自天竺。唐元奘所取经像由云南前往，即鸠摩罗什及达摩等亦由彼取道，并不经历卫藏。故唐以前诸经，皆从天竺语译成汉字。今之梵呗即唐古特字，由卫藏前往天竺译成。藏经与中国汉字经文字虽殊，经义则一。”西番：亦作“西蕃”。我国古代对西域一带及西部边境地区的泛称。此指喇嘛。

②真心：佛教用语。谓真实无妄之心。

③法化报：原注：“佛之三身为法身、化身，报身也。”法身：见德清《送如证禅人造旃檀像还五台》之二注①。化身：见元好问《台山杂咏十六首》之九注②。报身：亦称“报身佛”或“报佛”。指以法身为因，经过修习而获得佛果之身。

④来去今：佛教指未来、过去、现在三世。

⑤“殷勤”两句：原注：“我太宗制清字（即满文）意蕴闳深，较之蒙古、汉书尤为精当。我朝百数十年来，凡谕旨章奏及四书五经等书，一经翻译，文义了然。且蒙古尚有所翻三藏诸经，国书岂宜阙略。因特开清字经馆翻译各经，几余呈览，钦定颁发，俾资诵习，以志绍承家法之意。”殷勤：关注；急切。

题董邦达雪山图[①]

镇海图雪景，埙篪伯仲唱[②]。
台怀图雪景，桥梓前后望[③]。
侍臣多佳话，诚不孤琼璋[④]。
子舆乔木喻，得贤以为当[⑤]。
勖尔扈跸人[⑥]，尚其勤寅亮[⑦]。

①董邦达：见作者辛丑作《题董邦达雪山兼命董诰别图雪山得诗二首一韵》注①。

②“镇海”两句：原注：“镇海寺雪景命张若霭、张若澄兄弟先后为图。”埙篪（xūnchí）：埙、篪皆古代乐器，二者合奏时声音相应和。因常以“埙篪”比喻兄弟亲密和睦。《诗·小雅·何人斯》：“伯氏吹埙，仲氏吹篪。”毛传：“土曰埙，竹曰篪。”郑玄笺：

"伯仲，喻兄弟也。我与女恩如兄弟，其相应和如埙篪，以言俱为王臣，宜相亲爱。"此借指兄弟。唱：指唱和。

③"台怀"两句：原注："辛巳幸五台，曾命董邦达为雪山图；至辛丑岁，其子董诰扈从，适复遇雪，亦命写图。"桥梓：指父子。参见作者辛丑作《题董诰雪山图》注④。

④不孤：不辜负，对得住。琼嶂：雪山的美称。

⑤"子舆"两句：战国时思想家孟子，名轲，字子舆。他曾以乔木喻世臣。《孟子·梁惠王下》："所谓故国者，非谓有乔木之谓也，有世臣之谓也。"赵岐注："所谓是旧国也者，非但见其有高大树木也，当有累世修德之臣，常能辅其君以道，乃为旧国可法则也。"

⑥勖（xù）：勉励。扈跸：随侍帝王出行。

⑦尚：尊崇。勤寅亮：指勤于王事，恭敬信奉天地之教。寅亮：恭敬信奉。《书·周官》："贰公弘化，寅亮天地，弼予一人。"孔传："敬信天地之教，以辅我一人之治。"

题董诰雪山图①

前度斋粘壁，今仍雪见山②。
已看成昔景，供我适几闲③。
笔意得神处，峰容对面间。
松针凤毛似，杜句若相关④。

①董诰：见作者辛丑作《题董邦达雪山兼命董诰别图雪山得诗二首用一韵》注①。

②"今仍"句：谓现在仍见雪山图。

③适几闲：在纷繁政务的闲暇得到愉悦。适，愉悦。几，指万几。见作者辛巳作《清凉山三依皇祖元韵》注⑤。

④"杜句"句：原注："董邦达于辛巳年扈从来此，曾命为雪山图。此图乃辛丑年命诰所绘者。"杜句：杜撰之句。指"松针凤毛似"。

汪承霈古松水仙①

古柏自是灵山有，水仙却惜寒岩无②。
不妨合绘示平等③，苍颜丽质相蒲苏④。
侍臣昔岁恰扈跸，秀笔留壁供清娱⑤。
唐花缶里或改面⑥，虬干云间自故吾⑦。
文殊之智即佛智⑧，故宜斯地张斯图。

①汪承霈：见作者辛丑作《汪承霈古柏水仙》注①。

②“水仙”句：原注：“五台气寒，水仙不耐寒，只有盆中熏卉耳。”

③平等：梵文音译。亦译作“舍”。佛教名词。意谓无差别。指一切现象在共性或空性、唯识性、心真如性等上没有差别。《金刚经·净心行善分》：“是法平等，无有高下，故名无上正等菩提。”

④蒲苏：即“扶疏”。枝叶茂盛分披貌。

⑤清娱：清雅欢娱。

⑥唐花：即堂花。暖室培育之花卉。缶：瓦盆。

⑦虬干：盘屈的枝干。指古松。故吾：故我，过去的我。意即形态依旧。

⑧“文殊”句：原注：“文殊是佛平等性智，出梵典。”

胡桂长城岭叠辛丑韵①

粘壁兼存旧咏诗，消闲原韵一赓之。
依然雪度长城岭，丙午不殊辛丑时。

①胡桂：见作者辛丑作《胡桂长城岭》注①。

清凉山五依皇祖元韵

处处瞻依仰圣踪①，圣踪万劫共云松②。
未能二谛登乎筏，那识七条披以钟③？
慧草禅枝春霭霭④，蜂台雁塔古重重⑤。
清凉山寄清凉意，不计岧峣第几峰⑥。

①圣踪：语义双关。指文殊菩萨传说的遗迹，亦指其皇祖康熙皇帝的遗迹。

②万劫：佛教称在世界从生成到毁灭的过程为一劫。万劫犹万世，形容时间极长。

③“未能”两句：谓不能认识到二谛只是登渡彼岸的舟筏，又哪能知道“七条披以钟”这禅语的真义呢。二谛：原注：“谓世谛、圣谛。”佛教语。即真谛和俗谛。凡随顺世俗，说现象之幻有，为俗谛。凡开示佛法，说理性之真空为真谛。换言之，世谛谓关于世间种种事相的真理，圣谛为神圣的真理，即出世间的真理。二谛互相联系，为大乘佛教基本原则之一。世谛虽为不究意之法，然可借之探索、趋近圣谛，实为趋向圣谛之舟筏。既

至涅槃彼岸，正法亦当舍弃。七条披以钟：原注：“出《指月录》云门文偃禅师语。”意为执著于佛法，在晨钟暮鼓中披衣枯坐，是不能悟道的。参见作者辛巳作《清凉山三依皇祖无韵》注③。

④慧草禅枝：寺庙禅堂周围花草树木的美称。霭霭：茂盛貌。

⑤蜂台、雁塔：均指佛塔。

⑥不计：不考虑。此指无分别之想。岧峣：高峻；高耸。

喜晴

台怀每有喜晴诗，灵境真标震旦奇①。
五度由来成一例，昔年实不异今时。
而何人作古稀者②，仍此寺瞻常住斯？
万壑千林都绘玉③，晶光晃朗与神之④。

①真标：真切显示。震旦：古代印度称中国为震旦。

②古稀：唐杜甫《曲江》诗之二：“酒债寻常行处有，人生七十古来稀。”后因以“古稀”为七十岁的代称。作者时年七十五岁。

③绘玉：指白雪覆盖。

④晶光：光亮。晃朗：明亮貌。与神之：神与之。与，给予。

宝塔院①

隆崇窣堵倚穹苍，建自何时未易详②。
大地文殊一丝发，奚云独在个中藏③？

①宝塔院：即塔院寺。以其原为显通寺塔院，故称。

②“隆崇”两句：原注：“《一统志》载，宝塔院在灵鹫峰下，内有阿育王所置佛舍利塔，左有文殊发塔。今只存一塔，记载亦未详其岁月。”隆崇：高耸貌。

③“大地”两句：写文殊发塔。意谓大地就是文殊，其发比比皆是，为什么只有一缕发丝藏于其中呢？奚云：何云，为什么说。

显通寺三依皇祖元韵

轻舆陟巘重，寺据翠微峰。

白马负经际，碧山最古踪[①]。
仙花向春馥[②]，慧树布阴浓[③]。
行馆近非远[④]，时闻云外钟。

①“白马”两句：相传东汉明帝永平十一年，摩腾、竺法兰初自西域以白马驮经而入华，舍于洛阳鸿胪寺，并于城外建白马寺。翌年，二僧到五台山，以山形若天竺灵鹫，奏帝建寺，即显通寺之前身大孚灵鹫寺。此为五台山最早的寺院。

②馥：香气浓郁。

③慧树：智慧之树。此指五台山佛地之树。

④行馆：指台怀行宫。

罗睺寺[①]

罗睺佛子更弟子，密行由来传阿含[②]。
何亦台山显灵迹[③]，前三三即后三三[④]。

①罗睺寺：见孙传庭《罗睺寺》注①。

②“罗睺”两句：原注：“佛妻耶输陀罗，生子罗睺罗，九岁出家修行。佛于王舍城竹林迦兰哆园，留水覆器，示以大道，在十大弟子中密行第一。见《中阿含经》内。又《翻译名义集》云，阿含即言教也，又言法归。所谓万法之渊府，总持之林苑也。”行：原注：“去声。”今读 xíng。阿含：梵语阿那含之省。意译为不还。佛教声闻乘（小乘）的四果之三。为断尽欲界烦恼，不再还到欲界来受生的圣者名。

③“何亦”句：原注：“《一统志》载，此寺宋元祐中建。张商英尝于寺中见神灯云云。”

④“前三”句：从“前三三与后三三”化出。见雪窦《金刚窟》注①。此意即“不二”，不能执著于外相。

寄题北台三叠北台眺望四依皇祖元韵

初到登云顶[①]，三番望雾宫[②]。
兹当循例近，遂以返途中。
到点应双忘[③]，色空一念融。
如云怯陟巘，却笑彼心蓬[④]。

普乐山腰寺[⑤]，因之路便跻。
北仍眺以迥[⑥]，南已望成低[⑦]。
既用咨般若[⑧]，亦欣解咏题[⑨]。
少徘徊即返，肃跸羽林齐[⑩]。

①“初到”句：原注：“丙寅年曾登。”

②“三番”句：原注：“庚午、辛巳、辛丑皆遥望而未登也。”雾宫：云雾笼罩的宫殿。指北台项灵应寺。

③“到点”句：原注：“去声。‘到即不点，点即不到’，出《指月录》。”禅林用语。僧众集会时，缺席者之名上即被记以一点，称“点即不到”；到席者之名上则不作记号，称“到即不点”。《指月录》用以指于宗门要旨有所领会者，则少有言说；反之，少有领会者，则噪聒多言。

④心蓬：亦作“蓬心”。喻指见识浅薄，心无主见，不能通达事理。参见作者丙寅作《北台眺望恭依皇祖元韵》注⑥。

⑤“普乐”句：原注：“章嘉国师所居寺也。”

⑥北：原注：“谓北台。”

⑦南：原注：“谓台怀。”

⑧用：适宜。般若（bōrě）：佛教指破惑证真的智慧。参见普明《南台歌》注⑨。

⑨“亦欣”句：原注：“章嘉竟通汉文。”咏题：即题咏。歌咏某一景物、书画或某一事件而题写诗词以志纪念。

⑩肃跸：即肃驾。犹言车驾庄严。跸，指帝王车驾。羽林：禁卫军名。

五台山天花诗四依皇祖元韵

瑞菌犹看著树青[①]，嵚崎峰石护为屏[②]。
维摩室里天女散[③]，不二法中供养宁[④]。

①瑞菌：吉祥的菌类。指天花。著树青：作者辛丑作《五台山天花诗三依皇祖元韵》自注：“天花生于古树，嫩则色青为菌，可食”，故云。

②嵚崎：险峻；不平。峰石：清乾隆《钦定清凉山志》作“松石”。

③“维摩”句：见作者丙午作《题雨花台》注②。

④“不二”句：谓按照不二法门，平等、宁静地供养众生。

寿宁寺①

山为仁者寿②，地得一以宁③。
世出世间法④，平等非径庭⑤。
净域多招提，随遇可憩停。
习静亦云偶⑥，忘物实未能⑦。
一仁而已矣，勉者王之贞⑧。
新葺宁寿宫，归政堪怡情。
待以十年久，能乎听昊灵⑨。

①寿宁寺：见作者辛巳作《寿宁寺》注①。

②“山为”句：语出《论语·雍也》：“子曰：‘知（智）者乐水，仁者乐山；知者动，仁者静；知者乐，仁者寿。’”疏：“言仁者少思寡欲，性常安静，故多寿考也。”

③“地得”句：语出《老子》：“昔之得一者：天得一以清，地得一以宁；神得一以灵；谷得一以盈；万物得一以生；侯王得一以为天下贞。”王弼注：“一，数之始而物之极也，各是一物之生，所以为主也。物皆各得此一以成。”得一：得道。

④“世出”句：谓世法和出世法。世法，对出世法而言。佛教把世间一切生灭无常的事物都叫作世法。《华严经·世主妙严品》：“佛观世法如光影。”出世法，佛教谓达到超脱生死境界之法。《心地观经》：“诸佛子等，应当至心求见一佛及一菩萨，如是名为出世法要。”

⑤径庭：过分；偏激。引申为悬殊。谓相去甚远。

⑥习静：谓习养静寂的心性。此指修习佛法。亦云偶：也只是偶一为之。云，助词，无义。

⑦忘物：指物我两忘，完全进入超脱的境界。物，与“我”相对的他物。

⑧“一仁”两句：谓人君至善和为政之要只不过一个“仁”字而罢了，尽力施政是王者的正道。仁，古代一种含义极广的道德观念。其核心指人与人相互亲爱，孔子以之作为最高的道德标准。此指爱人民、施仁政。贞：谓正规；正道。

⑨“新葺”四句：原注：“余于丙申年新葺宁寿宫。宁寿则寿宁也，待归政颐养。由今计之，尚有十年，益当惟日孜孜，敬俟上苍眷佑耳。”昊灵：上苍；苍天。

玉华池①

石窦淙灵乳②，一泓贮岩隩③。

旱涝弗竭溢，万古泌波渌[④]。
云在亦弗流，月印亦非独[⑤]。
藻荇任纵横，华此天池玉[⑥]。
设使东坡临，定当认松竹[⑦]。

①玉华池：即玉花池。中台灵迹。见敦煌文献《五台山赞》注㉒。

②石窦：石穴。指泉眼。灵乳：对泉水的美称。

③岩隩（yù）：山的深曲处。

④泌（bì）：泉水涓流貌。渌（lù）：清澈。

⑤月印：月亮如盖章般在水面上留下的痕迹。

⑥“藻荇（xìng）”两句：谓任由藻荇纵横生长，使此仙界之池清澈如玉的池水变得华美。藻荇：藻，水生藻类植物。荇，水生草本植物。华：华美，有文采。此为使动用法。

⑦“设使”两句：苏东坡《东坡志林》卷一《记承天寺夜游》有“庭下如积水空明，水中藻荇交横，盖竹柏影也”之句，故云。

题罗汉坪[①]

五百阿罗汉[②]，曼殊来谒斯[③]。
相传阙其一[④]，未识因何迟。
是谓色声求[⑤]，平等性或违[⑥]。
妙手安生造[⑦]，酷肖神莫遗。
讵知不二法，维摩默无辞[⑧]。
欲质诸应真，其一乃得之[⑨]。

①罗汉坪：见作者辛巳作《罗汉坪》注①。

②“五百”句：指罗汉坪，即玉花寺。因其寺奉有五百罗汉，故云。

③曼殊：为作者自称。因“曼殊”音同“满珠”，卫藏进呈丹书，均称曼殊师利大皇帝，故云。

④“相传”句：见郑嶹《游台指迷歌》注㊲。

⑤色声求：即声求色见。

⑥平等性：即平等性智。见八思巴《赞颂文殊菩萨——花朵之鬘》注⑦。

⑦“妙手”句：原注：“相传曼殊示现真容，安生肖像。佛家万法归一，何有异同？则罗汉虽缺其一，正不必作分别相也。”

⑧“讵知”两句：指维摩诘“默然无言”，示不二法门。见《维摩诘经·入不二法门品》。讵：岂。

⑨“欲质”两句：因应真（即罗汉）已破惑证真，不作分别相，故能得“其一”。质，询问；就正。

登黛螺顶[1]

峦回谷抱自重重[2]，螺顶左邻据别峰[3]。
云栈屈盘历霄汉[4]，花宫独拥现芙蓉[5]。
窗间东海初升日，阶下千年不老松。
供养五台曼殊象[6]，阇黎疑未识真宗[7]。

①此诗有诗碑存黛螺顶。落款为“乾隆丙午暮春月御笔”。黛螺顶：见法本《青峰》注①。

②峦回谷抱：峰峦回绕，山谷环抱。

③据别峰：依靠着另外的山峰。黛螺顶为东台望海峰西南支山，故云。

④云栈：此指云雾笼罩的山路。历霄汉：像行走于天空。历，行；游历。霄汉，天河。此借指天空。

⑤“花宫”句：谓佛寺独自占据的黛螺顶展现出莲花世界。花宫：指佛寺。拥：据有，拥有。芙蓉，荷花的别称，即莲花。此指莲花世界。指佛地。佛教所称西方极乐世界。

⑥“窗间”句：东台又名望海峰。“若夫蒸云寝壑，爽气澄秋，东望明霞，若陂若镜，即大海也。”见《清凉山志》卷二。而黛螺顶为东台支山，故云。

⑦“供养”句：原注：“黛螺顶为清凉山东峰，林峦回互，络绎奔凑，与五台顶灵气若接。寺中像设中台演教寺孺童文殊师利菩萨，东台望海寺聪明文殊师利菩萨，北台灵应寺无垢文殊师利菩萨，南台普济寺智慧文殊师利菩萨，西台法雷寺狮子吼文殊师利菩萨。夫菩萨，言一亦可，言百千万亿亦可，岂拘五台五像乎？未考始自何时，亦如是随喜而已。”

⑧“阇黎”句：因“五台五像”执著于外相，存有分别心，故“疑”其“未识真宗”。阇（shé）黎：亦作“阇梨”。梵语“阿阇梨”的省称。意谓高僧，亦泛指僧。真宗：释道两教谓所持的真正宗旨；正宗。

望海峰三依皇祖元韵

最迥东台处[1]，精蓝别一方[2]。

可瞻壶与峤[3]，奚论水和桑[4]？
日照峰先赤，教兴衣尚黄[5]。
外藩仰神道[6]，祖烈耀荒茫[7]。

①“最迥”句：即“东台最迥处”，即东台顶。迥，高远。

②精蓝：佛寺。指东台望海寺。

③壶与峤（jiào）：指传说中的仙山方壶和员峤。《列子·汤问》：“渤海之东，不知几亿万里，有壑焉……其中有五山焉：一曰岱舆，二曰员峤，三曰方壶，四曰瀛洲，五曰蓬莱。”

④奚论：何论。意谓不必说，不值得一提。水和桑：即沧海和扶桑。指东方日出之处。

⑤衣尚黄：崇尚着黄衣的喇嘛教。

⑥“外藩”句：原注：“蒙古诸藩皆尊佛法，重黄教。我皇祖于此建寺，居以喇嘛，内外各札萨克岁时来叩，允神道设教之意也。”札萨克：蒙语音译。源出“札撒”一词，意为“支配者”、“尊长”。清代蒙古地区旗长的称呼。

⑦“祖烈”句：原注：“九服荒茫，见沈约铭语。”祖烈：祖宗的功业。此指其皇祖康熙皇帝的功业。荒茫：犹渺茫。旷远迷茫。此指边远的外藩。

暖[1]

清凉山本清凉处，日朗雪消暖亦融[2]。
万有由来无不有[3]，一空因示色皆空[4]。
喜温畏冷众生愿，寒肃暄妍大士同[5]。
何必清明忆花柳[6]，惟祈和煦净微风[7]。

①原注：“是日清明节。”

②暖亦融：温暖而和煦。

③万有：犹万物。

④一空：佛教语，谓一切法的自性皆空。

⑤寒肃：严寒。暄妍：天气暖和，景色明媚。大士：佛教对菩萨的通称。

⑥“何必”句：原注：“是处气寒，柳才发黄，花则全无。”

⑦“惟祈”句：原注：“清明日农谚有‘清明风刮土，牵连四十五’之语。今幸春雪初晴，纤埃不起。惟愿此后甘和协应，惠我农田也。”

甘露寺[1]

一滴之露生乎天，一滴之水成乎地。
曰天曰地霄壤隔[2]，露与水融原不二。
忘其不二合其一，是谓甘露之妙义[3]。
甘露妙义无不遍，岂在数间此山寺？
山寺即无不遍者，又岂不然甘露是[4]？
佛家或复喻以法，世道更有称为瑞[5]。
愈出愈远有何涉[6]，露付不知万物备[7]。

①甘露寺：见作者辛丑作《甘露寺》注①。

②霄壤：天和地。比喻相去极远，差别很大。

③“忘（wú）其”两句：宋圆悟《碧岩录》第八七则：“三十一菩萨皆以二见合为一见，为不二法门。”此用其意。忘其：选择连词。犹抑。或须。甘露之妙义：甘露（即佛法）的微妙义理。甘露，佛教语。梵语意译。喻佛法、涅槃等。

④“山寺”两句：谓即使无山寺，又难道不是这样的甘露？

⑤世道：世间。称为瑞：古人认为甘露降，是太平瑞征。《汉书·宣帝纪》：“乃者凤皇集泰山，陈留，甘露降未央宫……获蒙嘉瑞，赐兹祉福，夙夜兢兢，靡有骄色。”

⑥愈出愈远：越来越远。有何涉：有何关连。意即与露毫无关系。

⑦“露付”句：谓露对佛家喻以法，世间称为瑞，都付与不知不识，而照样周遍各地，滋润万物。备：周遍。

明月池[1]

一泓岩里水贮池，云有明月每印之。
何处无水无明月，而此享帚名偏垂[2]？
我来见水弗见月，会心亦复因之别[3]。
试看溶溶朗朗中[4]，玉轮当面初不阙[5]。

①明月池：见雨花老人《明月池》注①。

②享帚：见作者丙午作《咏清凉石》注②。垂：留传；流传。

③“会心”句：谓我又因之（见水弗见月）有了另外的领悟。会心：领悟，领会。亦复：又。

④溶溶朗朗中：月色明净洁白的夜空。

⑤“玉轮”句：谓明月就在面前，本不空缺。初：本，本来。句意谓明月当空正是常理，明月印水亦是常理，何必编造“昔人晦夜，见皎月澄池”（见《清凉山志》卷二）之类的谎言而为之安名立字，称“明月池”呢。

回銮至白云寺叠辛丑旧作韵

昨从此路造台怀[①]，岭嶒北望多峰岭[②]。
今自台怀返跸来，迢迢惟见白云影。
白云在彼寺在兹，名称颇类弗相等。
岂知大圆镜智中[③]，光光相印无殊境。
凡因物转故致迷，圣能转物堪深省[④]。
招提当面弗致遥[⑤]，别馆徘徊静香领[⑥]。
研净瓯芳句可拈[⑦]，山峙川流兴因永[⑧]。
畺吏供奉固其宜[⑨]，一宿之故弗多肯[⑩]。
大凡佳处戒留滞，明当返跸翠华整[⑪]。
回思慈舆奉延禧，仁杰同怅待云静[⑫]。

①造：到；去。

②岭嶒（yíng）：深邃貌。

③大圆镜智：佛智之一。佛教谓此智离诸分别，于一切境离染清静，能现能生三身四土，如大圆镜中影现众相而离分别。

④“凡因”两句：《楞严经》卷三：“一切众生，从无始来，迷己为物，失于本心，为物所转，故于是中观大观小。若能转物，则同如来，身心圆明，不动道场，于一毛端，遍能含受十方国土。”此用其意。凡：指凡夫。佛教谓未断惑证理之人。转物：为物所转。指执著于事物的外相而不见其真如自性，从而存在分别心。圣：指圣者。佛家小乘初果以上，大乘初地以上，皆为圣者。转物：指透过事物外相证得真如自性。深省：深刻地醒悟。

⑤招提：寺名。见作者丙午作《台麓寺》注⑧。弗致遥，因远而未至。致：通“至”。

⑥静香领：领悟幽静和馨香。

⑦“研（yàn）净”句：谓砚池干净，茶瓯芬芳，正可拈毫作诗。研：通“砚”。

⑧兴因永：兴致因之而深长。

⑨畺（jiāng）吏：即“疆吏”。负镇守一方重责的高级地方官吏。清代称总督、巡抚为封疆大吏，省称疆吏或疆臣。畺，同“疆”。

⑩多肯：称赞、肯定。即赞同。

⑪翠华整：车驾严整。翠华，天子仪仗中以翠羽为饰的旗子或车盖。此为帝王御车的代称。

⑫“回思”两句：原注：“自丙寅逮庚午、辛巳，三奉安舆五台展礼。今瞻望白云，不禁黯然于狄仁杰之言也。”狄仁杰，唐大臣，字怀英，太原（今属山西）人。史称其“孝友绝人”。《旧唐书》卷八九：“（狄仁杰）荐授并州都督法曹，其亲在河阳别业。仁杰赴并州，登太行山南望，见白云孤飞，谓左右曰：‘吾亲所居，在此云下。’瞻望伫立久之，云移乃行。”

引怀堂[①]

引怀今日昔书堂[②]，今日引怀昨岁长[③]。
祭使回称南府旱，抚臣严饬赈灾忙[④]。
幸逢夏雨秋田获，稍救鸠形鹄面殃[⑤]。
旋跸于焉一宵驻，讵耽林色与山光[⑥]？

①引怀堂：清白云寺行宫前殿名。参见作者辛丑作《题引怀堂》注①。

②昔书堂：往昔题额的殿堂。

③引怀昨岁：指因去年的旱情而牵心。

④“祭使”两句：原注：“昨岁，梁敦书祭告山陕，差还奏称，三月内经过山西平阳、蒲州一带，民间望泽甚殷。朕恐农起，意存讳饰，再四严切驰谕，令其速即亲往查勘。续据奏到，南府各属，春雨虽缺，自四月中旬后连得透雨盈尺，麦秋尚好，大田亦可有收。因降旨，于平粜缓征之外，赏给两月口粮，以资接济，民情赖以安妥，不致失所。”祭使，古时国有事，祭神而告之，称祭告。奉使祭告的官员称祭使。

⑤鸠形鹄面：形容人久饥枯瘦之状。鸠形，谓腹部低陷，胸骨突起。鹄面，谓两颧瘦削。

⑥“讵耽”句：谓岂能沉湎于山林景色？

白云寺西斋作[①]

行馆西斋对碧峻[②]，松岩上更有轩凭[③]。
千庐万幕俯当见[④]，不肯肩舆一揽登[⑤]。

①白云寺：见岑霁《自龙泉关过岭宿白云寺》注①。

②碧峻：指苍翠峻峭的山岭。

③轩：指亭阁之类的建筑。

④千庐万幕：指作者侍从所居帐幕。

⑤肩舆：抬着轿子。谓乘坐轿子。揽登：登揽，登高揽胜。

策马度长城岭①

昨日轻云落雨点，踊虞酿雪岭难行②。
凌晨快霁千峰朗，旭景迎人辔缓鸣③。

去逢喜雪散天花，还迓温曦晃巘霞④。
虽是曼殊泯色相⑤，慧恩迎送示无遮⑥。

壮年雪栈跋嶔崎⑦，视以为常众勉随。
今日坦途聊策马，翻惭众喜诧新奇⑧。

①长城岭：见玄烨《自长城岭至台怀》注①。

②踊：上；登临。虞：忧虑。酿雪：空中水蒸气逐渐凝聚而形成雪。

③辔缓：缓辔。谓放松缰绳，骑马缓行。

④“还迓”句：谓返回来时温暖的阳光下山顶霞光明亮，好像在迎接我。

⑤泯色相：佛教认为万物的形貌假有真无，故泯灭之。

⑥慧恩：佛恩。无遮：佛教语。谓包容广大，没有遮隔。

⑦雪栈：指雪中山路，嶔崎：险峻。

⑧“翻惭”句：谓众人把自己的策马坦途当作新奇之事而高兴、诧异，自己反而感到惭愧。

〔六〕乾隆壬子作

（乾隆五十七年，1792年。是年二月，乾隆皇帝第六次巡台。录自清高宗《御制诗集·五集》卷七十一、七十二）

启跸西巡往五台瞻拜之作

五台隔五岁，趁老一瞻临[①]。
马御试己力，鸳班喜众心[②]。
沿途柳发线[③]，平野麦抽针[④]。
益切思甘雨，西山作薄阴。

①隔五岁：作者巡台上次为丙午，距此时恰为五年。

②“马御”两句：原注：“今日起程于泉宗庙。传膳后御马以试己力，颇觉控驭如常，送驾及扈从诸臣无不欣喜。”鸳班：指朝班。泛称朝廷百官之列。

③柳发线：柳条发芽。柳线，柳条细长下垂如线，故名。

④麦抽针：麦抽穗有芒如针，故云。

龙泉关六依皇祖元韵

岩关界燕晋，崇岭矗云空。
迎送两省异，诹咨一意同[①]。
官方戒贪墨[②]，仓贮可陈红[③]？
本是旰宵念[④]，临观更切中[⑤]。

①诹（zōu）咨：咨询。

②贪墨：贪污。语本《左传·昭公十四年》：“贪以败官为墨。”杜预注：“墨，不絜之称。”

③“陈红”句：谓仓库中的粮食岂能让其腐败变质？意即亦不可不作为。可：表示反诘。犹岂，难道。陈红：《史记·平准书》：“太仓之粟，陈陈相因，充溢露积于外，至腐败不可食。”《汉书·贾捐之传》：“太仓之粟红腐而不可食。”颜师古注：“粟久腐坏，则色红赤也。”后因以“陈红”指陈年的谷物。

④旰宵：“旰食宵衣”之省。见作者丙午作《自长城岭至台怀四依皇祖元韵》注⑫。

⑤切中：切要中肯。

策马度长城岭[①]

诣台长岭必经过，向每逢斯雨雪沱[②]。

因建行宫备憩宿，欣看今岁值晴和。
千乘万骑愿同惬，黍陇麦町惜独多[③]。
瞻仰遂他众情切，依然策马度岩峨[④]。

①长城岭：见玄烨《自长城岭至台怀》注①。

②向：从前；原先。沱（tuō）：大雨貌。此为雪大貌。

③“千乘”两句：原注：“此次策骑度岭，幸赖天气晴明，即扈从人员下及夫役，无不庆幸。惟春田待泽，欣喜之余，仍深缱念。”陇：通“垄”。畦，田块。町（tǐng，又读tīng）：田亩；田地。

④岩峨：巍峨的山岭。

涌泉寺[①]

一岭东西分两界，岭西晋水岭东燕。
曼殊境近因何识[②]，即看涌崖功德泉[③]。

寺侧萧斋备驻跸[④]，朴非华憩一宵便[⑤]。
举头壁上旧题句，昔隔五年今十年[⑥]。

中台台麓由旬隔[⑦]，志乘一泉两处讹[⑧]。
却笑从来史笔者，似兹鱼鲁实诚多[⑨]。

①涌泉寺：见作者辛巳作《涌泉寺》注①。

②曼殊境：指五台山。因五台山传为文殊道场，故云。

③功德泉：对涌泉，即万圣澡浴池的美称。

④萧斋：唐张怀瓘《书断》：“武帝造寺，令萧子云飞白大书‘萧’字，至今一字存焉。李约竭产自江南买归东洛，建一小亭以玩，号曰‘萧斋’。”后人称寺庙、书斋为“萧斋”。

⑤便（pián）：安适；安宁。

⑥“举头”两句：作者曾于辛丑作《涌泉寺》诗，丙午年作者巡台时与题句时正隔五年，此次巡台与题句时约隔十年。

⑦“中台”句：原注：“台麓寺在中台东四十余里，梵语谓四十里为一由旬。”

⑧“志乘”句：原注：“泉更在台麓寺东。旧志称在中北两台之间，误也。文人记载

失实，类多似此。”乘（shèng），原注：“去声。”春秋时晋国的史书。后用以称一般史书。

⑨鱼鲁：谓将鱼误写成鲁。泛指文字错讹。

射虎川[①]

几度经川翘圣武，一经必一企神威[②]。
百年休养人烟富，此日山林兽迹希[③]。
力怯步攖枪未试[④]，心勤马射策曾挥[⑤]。
频诗岂为夸摛藻[⑥]，家法钦垂永莫违[⑦]。

①射虎川：见高士奇《扈从清凉山三首》之三注⑩。

②“几度”两句：原注：“遵长城岭而西，绝壁灌丛，昔年皇祖曾射虎于此，是川因以得名。每一经过，辄深钦仰。”翘企：翘，翘首，抬头而望；企，企足，踮起脚。此形容敬慕之殷切。

③“百年”两句：原注：“此地旧有虎，今则人烟稠密，耕壤相错，猛兽屏迹，足征百数十年休养之效。”休养：谓安定人民生活，使其经济力量得到恢复和发展。

④“力怯”句：原注：“昔侍皇祖于南苑，曾亲见手持利枪刺虎。予愧力怯，却未一试。”步攖（yīng）：徒步猎取。

⑤“心勤”句：原注：“己亥，木兰行围伊绵沟，虞人报有虎，率虎枪击刺，虎忽逸去。因御安吉聪追及之，壹发而殪。是日，新附诸厄鲁特台吉适至，随往围场，无不齰（zé，咬）舌惊喜。曾作《射虎行》记其事。”

⑥摛（chī）藻：铺陈辞藻。意为施展文才。

⑦钦垂：敬奉留传。

台麓寺[①]

灵鹫中峰据[②]，斯麓实南屏。
气象已觉殊，入路所必经。
精蓝坦向阳[③]，日面月面呈[④]。
佛大圆镜智[⑤]，随处示色形。
百千万亿身，是一非一明[⑥]。
左侧列静室，微嫌点缀精。
成事久不说[⑦]，遂与春夕停。

旧句历历观，适可悦性灵。

①台麓寺：见超揆《射虎川台麓寺恭赋》注①。

②“灵鹫”句：灵鹫峰为中台东南支山，故云。据：依靠；依从。

③精蓝：佛寺。指台麓寺。

④“日面”句：谓太阳和佛、菩萨的面容都呈现在面前。

⑤“佛大”句：原注：“文殊为佛大圆镜智。见《秘密无上阳体根本经》。”

⑥是一非一：诸法无自性，本性为空，是谓“一”；诸法由因缘所生，其外相千差万别，是谓“非一”。

⑦成事：指“点缀”静室之事已成。说（yuè）：通“悦”。

静寄斋[①]

静寄盘之庄[②]，静寄台之斋。
为一抑为二，殊难置辨哉。
彼则所常住，此隔数岁来。
住已过去幻，来谓现今乖[③]。
斯诚寄而已，曼殊如是该[④]。

①静寄斋：清台麓寺行宫后殿名。参见作者辛巳作《题静寄斋》注①。

②“静寄”句：原注：“盘山为静寄山庄。”盘山，本名四正山，又名盆山，位于天津蓟县西北，相传古有田盘先生在此隐居，故名。清代建有行宫，名静寄山庄。

③“住已”两句：谓在静寄山庄居住已成过去，犹如梦幻；来静寄斋居住称现在，可是今天就要离开，又将成为过去。乖：分离；离开。

④“斯诚”句：意谓无论“静寄盘之庄”还是“静寄台之斋”，其实都是寄居罢了，一而不二；对此，文殊是应该印可的。如是，佛教语。印可，许可之意。

驻白云寺行馆作[①]

台谷由旬路[②]，吉行鲜忙事[③]。
适于其中间，旧有白云寺。
边傍行馆在，亦久向年置。
奚妨驻一宿[④]，且便息从骑[⑤]。

云与寺常住，而我适重至。
过去来现在，幻也胥名字[⑥]。
堂中坐金仙，首肯如是义[⑦]。

①白云寺：见岑霁《自龙泉关过岭宿白云寺》注①。

②“台谷”句：见作者壬子诗《涌泉寺》注⑦。

③吉行：为吉事而出巡。

④奚妨：何妨。

⑤从：原注：“去声。”按：此或标“骑”为去声。从骑，骑马的随从。骑，旧读jì。

⑥“过去”两句：谓云，寺与我，连同所谓过去、现在、未来三世，也是虚幻的，皆为名字而已。胥（xū）：皆，都。

⑦首肯：点头同意。

雨花堂口号[①]

堂以雨花数梵典[②]，雨其花者究为谁？
若论台谷亲切句[③]，却合文殊致问时[④]。

①雨花堂：见作者辛巳作《题雨花堂》注①。

②“堂以”句：谓此堂以雨花命名，详察之，出自佛经典实。典出《维摩诘经·观众生品》。数（shǔ）：分辨；详察。

③台谷亲切句：指作者壬子作《驻白云寺行馆作》：“过去来现在，幻也胥名字”之句。因其诗首句为“台谷由旬路”，故称。亲切句：佛教禅宗用语。宋代临济宗善昭禅师接引学人所立三语句之一。谓学人契入佛法时疾速而紧密相契。

④文殊致问时：指不二法门，即平等而无差别之至道。《维摩诘经·入不二法门品》载：维摩诘“示疾”毗耶离城，文殊等诸大菩萨前往“问疾”，共论不二法门。诸菩萨说毕，文殊“问维摩诘：‘我等各自说已，仁者当说何等是菩萨入不二法门？’时维摩诘默然无言。文殊师利叹曰：‘善哉，善哉！乃至无有文字语言，是真入不二法门。’”

静宜书屋戏为禅句[①]

昨者两静寄[②]，已曾留有咏。
兹为两静宜[③]，亦复摛吟兴[④]。

静当无一物，何致四称并？
曰寄及曰宜，各双互据胜⑤。
斯诚分其心⑥，役于物纷竞⑦。
然而转语存⑧，有应即无应⑨。
是地合是语，却非王道正⑩。

①静宜书屋：清白云寺行宫后殿名。参见作者辛丑作《静宜书屋》注①。禅句：佛教谈禅之偈语、文句。

②“昨者”句：原注：“昨于台麓咏静寄斋，因及盘山之静寄山庄。”

③“兹为”句：原注：“此书屋名亦与香山静宜园同义。”

④亦复：又。摛（chī）吟兴：铺陈辞藻，抒发自己的诗兴。摛：摛藻。

⑤据胜：占据名胜之地。

⑥分其心：即有分别心。

⑦“伇（yì）于”句：谓为外物所役使，纷起竞进。伇：“役”的古字。役使，驱使。

⑧转语：佛教语。禅宗谓拨转心机，使之恍然大悟的机锋话语。存：鉴察；省察。

⑨“有应”句：谓有应该即有不应该。指：“纷进”的行为。

⑩“是地”两句：谓在此地应当说这样的话，却并不是纯正的王道。王道，儒家提出的一种以仁义治天下的政治主张。与霸道相对。《书·洪范》：“无偏无党，王道荡荡。”

白云寺西斋作①

西斋举首见崇山，山上虚轩叠翠间②。
八十老人懒攀陟，白云付尔往和还③。

①白云寺：见岑霁《自龙泉关过岭宿白云寺》注①。

②虚轩：空阔敞朗的亭、阁等建筑物。叠翠：层叠的翠绿色。指层叠的翠绿山色。

③“白云”句：谓一任白云往还。付尔：交由你。

寄咏清凉石①

山本清凉山②，寺即清凉寺。
石亦号清凉，一以含三暨③。
忆我辛巳年，跋马曾偶至。

见石如卧牛，番僧陈其义[④]。
秉诚可转动，即命彼为试。
颓然略弗摇[⑤]，面赧僧徒愧[⑥]。
笑而谓之言，弗动乃佳事。
是诚真清凉，默契第一谛[⑦]。
岩蹊阻且幽，弗往诗权寄[⑧]。

①清凉石：中台灵迹。见觉同《和咏五台·总咏五台》注⑥。

②“山本”句：原注：“《华严经疏》谓，五台山岁积坚冰，夏仍飞雪，曾无炎夏，故又名清凉山。”

③“一以”句：谓同一“清凉”而所包含的却涉及山、寺、石三者。暨：到、至。

④番僧：此指轮值守护佛堂的僧人，亦称堂守。陈其义：陈说清凉石的道理。

⑤颓然：疲惫不堪之态。略弗摇：丝毫不动。略，稍微。

⑥面赧（nǎn）：面赤。

⑦“是诚”两句：谓这（弗动）确实是真正的清凉，与佛教的第一义谛暗相契合。清凉：指清净、无热恼的真如境界。第一谛，即第一义谛，亦称第一义。佛教指最上至深的妙理，与世谛、俗谛和俗谛对称。《坛经·付嘱品》：“能善分别相，第一义不动。但作如此见，即是真如用。”

⑧诗权寄：姑且以诗寄托自己的情思。

祇林[①]

重看两字由谁起，横岭竖峰总郁森[②]。
会得文殊采药语[③]，不妨随地入祇林。

①见作者丙午作《祇林》注①。

②郁森：丛集茂密。

③会得：领会、领悟。文殊采药语：见沈泰鸿《送无用法师礼五台歌》注㉜。此用其“遍观大地，无不是药”句意，谓一茎草即一切草，万法如一，实无是非二相，无须较其是非。

娑罗树四依皇祖诗韵

欲稽谁种不可得，沧桑恒此中台植[①]。

震旦曾弗知其名，曰是娑罗梵僧识[②]。

色空空色传真形[③]，殿前耸峙太古青。
七出叶衍七佛偈[④]，以风拂偈鸣泠泠。

有说为仰无说偃，狮吼狐鸣相去远[⑤]。
乔枝落落息分别[⑥]，挐影虚无映峣巘[⑦]。

奎文妙义包团圞[⑧]，覆同古干垂影盘。
四赓八韵卌五载[⑨]，师利只作如是看[⑩]。

①沧桑："沧海桑田"的略语。喻世事变化巨大。

②"震旦"两句：《清凉山志》卷二："清顺治间，一梵僧指宝塔峰云：'有娑罗树焉。'山人随视，只见五云生岫，而僧不见矣。"曾（zēng）：乃；竟。

③色空空色：即"色不异空，空不异色。色即是空，空即是色。"见《心经》。

④"七出"两句：见作者丙午作《娑罗树三依皇祖元韵》注③。七出：原注："娑罗树叶皆七出。"衍：散布。

⑤"有说"两句：原注："有所说为野狐鸣。无所说为狮子吼。见梵典。"有说，即有所说。佛家指修行未臻成熟而妄称开悟，喋喋不休者。禅林中讥刺为"野狐鸣"。仰，形容其仰首视天，目无旁人，自鸣得意之态。无说：即无所说，指修行得道者"无言无说"，言必尽其理致，具有震慑一切外道邪说的神威者，禅林中喻为"狮子吼"。偃，形容其俯首自谦，胸有城府之态。

⑥乔枝：高耸的树枝。落落：稀疏。分别：佛教语。谓凡夫之虚妄计度。

⑦挐（ná）影：凌空的树影。峣（yáo）巘：高山。

⑧"奎文"句：谓皇祖御书的《娑罗树歌》将佛法妙义概括在"团圞"二字之中。玄烨《娑罗树歌》有"繁影亭午转团圞"之句，故云。团圞：此喻佛法圆融无碍。奎文：犹御书。

⑨"四赓"句：谓四十五年中（从丙寅到壬子）四次依其皇祖八韵《娑罗树歌》原韵作诗。

⑩只作如是看：《金刚经·应化非真分》："一切有为法，如梦幻泡影，如露亦如电，应作如是观。"此借其意谓"四赓八韵卌五载"亦如"六喻"所指，万法皆空。

戏题栖贤寺[1]

栖贤题寺是谁为，前绕清流可乐饥[2]。
设使紫阳忽到此[3]，定当不顾背而驰[4]。

①栖贤寺：见孙传庭《栖贤社》注①。

②乐饥：见作者辛巳作《栖贤寺》注⑤。

③紫阳：宋代理学家朱熹的别称。朱熹之父朱松曾在紫阳山（在安徽省歙县）读书。朱熹后居福建崇安，题厅事曰紫阳书室，以示不忘。后人因以“紫阳”为朱熹的别称。

④“定当”句：以“道不同，不相为谋”，故“不顾背而驰”。不顾：不回头看。背而驰：背道而驰。

殊像寺五依皇祖元韵

五度赓奎什，六番经净筵[1]。
惟乘一时暇，那解四科禅[2]？
结习忘存昔[3]，妙因不碍前[4]。
曾亲图相好[5]，未识否乎然？

①“五度”两句：原注：“自丙寅至今岁凡六经此，惟辛巳年系另拈韵题句，余皆恭依元韵。”奎什，皇帝的诗篇。净筵：犹法筵。指讲经说法者的坐席。此借佛寺。

②四科禅：又称四禅、四禅定。佛教语。色界初禅天至四禅天的四种禅定。人于欲界中修习禅定时，忽觉身心凝然，遍身毛孔，气息徐徐出入，入无积聚，出无分散，是为初禅天定；然此禅定中，尚有觉观之相，更摄心在定，觉观即灭，乃发静定之喜，是为二禅天定；然以喜心涌动，定力尚不坚固，因摄心谛观，喜心即谢，于是泯然入定，绵绵之乐，从内以发，此为三禅天定；然乐能扰心，犹未彻底清净，更加功不已，出入息断，绝诸妄想，正念坚固，此为四禅天定。

③“积习”句：谓存在于往昔的积习已经忘记。积习：佛教称烦恼。

④妙因：神妙的因缘。前：指前来参禅。

⑤“曾亲”句：原注：“辛巳瞻礼此寺，心识文殊相好，于行营即摹为小图，回銮后又展为大图。随命于香山建宝相寺，肖像其中。”

灵鹫峰文殊寺瞻礼偶效禅语①

六度重兹到五台②，默符天地数中该③。
不期再至却常住④，既曰言归底幻来⑤？
大士如如据莲座⑥，金容永永镇华垓⑦。
梵宗儒理本无二，七字因缘讵辩才⑧？

①此诗有汉白玉四棱诗碑存菩萨顶。碑身四面分别以蒙、满、藏、汉四种文字镌勒此诗，落款为“乾隆壬子季春之下澣（huàn，即浣）御笔”。诗末原注：“右‘据莲座’一作‘弗念动’，‘镇华垓’一作‘泯心灰’，更觉超然，并书识之。”文殊寺：即今菩萨顶。见李师圣《游台感兴古风》注④。

②重兹：重复。兹，语气词。相当于“哉”。

③“默符”句：原注：“汉书云，五六者，天地之中合。予凡六度来五台，其数适相符协云。”默符，暗相符合。该：包容，包括。

④“不期”句：原注：“予八旬正寿以前，丁中祀已皆亲祭一周，以尽抱蜀之职。兹来五台瞻谒，亦犹中祀一周之义。归政前可不再至矣。”不期：不意，不料。常住：佛教语。永存。又法无生灭变迁称作长住。中祀：次于大祀的祭礼。所祭对象历代略有不同。清以日、月、先农、先蚕、前代帝王、文昌、太岁等为中祀对象。抱蜀：抱持祠器。《管子·形势》：“抱蜀不言，而庙堂既修。”

④“既曰”句：谓既然说要回去，为什么又在虚幻中觉得是到来了。此释“常住”意，表明已泯灭了“归”与“来”之分别。言归：回归。言，助词。底；何，何故。

⑤大士：菩萨的通称。此指文殊菩萨。如如：佛教语。谓诸法皆平等不二的法性理体。如：理的异名。又指永恒存在的真如。

⑥“金容”句：原注：“乌斯藏（元明时对西藏的称呼）进表，皆称曼殊师利大皇帝。曼殊，是佛妙观察知，而切音与‘满洲’二字相近。瞻谒金容，实祝国朝万年丕基（巨大的基业）之庆。”永永：谓长远；长久。华垓：犹华域。指中国。垓，谓兼备天下八极九州之地。

⑦“梵宗”句：谓佛家的宗旨和儒家的理体本无二致。儒学以中庸为最高道德标准，佛家诸乘道皆以中道为最高真理，故云。

⑧“七字”句：谓佛教有七经，儒学亦有七经，两者的缘分岂为能言善辩之人所编造？讵，岂。辩才：佛教谓善于说法之才。此指善于言谈或辩论的才能。按：七经为汉以来历代封建王朝所推崇的七部儒家经典。七经名目，历来说法不一。清康熙《御纂七经》作《易》、《书》、《诗》、《春秋》、《周礼》、《仪礼》、《礼记》为七经。佛家净土宗的七种

经典。即《无量清净平等觉经》、《大阿弥陀经》、《无量寿经》、《观无量寿经》、《阿弥陀经》、《称赞净土佛摄授经》、《鼓音声王陀罗尼经》。

真容院口号①

五台寺那屈指数②，此院独称容是真。
设曰一真余则幻，天花知必著斯身③。

①真容院：原注："即灵鹫峰文殊寺旧名。"口号（hào）：古诗标题用语。表示随口吟成，和"口占"相似。

②"五台"句：谓五台山佛寺很多，屈指难数。那（nǎ）：疑问代词。今亦作"哪"。

③"设曰"两句：谓假如说"一真余皆幻"，即其身闻结习未尽，有分别想，天花必着其身。《维摩诘经·观众生品》载："时维摩诘室有一天女，见诸大人闻所听法，便现其身，即以天华散诸菩萨、大弟子上，华至诸菩萨即皆堕落，至大弟子便著不堕。一切弟子神力去华，不能令去。"此以花是否着身验证诸菩萨、声闻的向道之心，声闻结习未尽，花即着身。华：同"花"。

清凉山六依皇祖元韵

六度全依庸作踪①，五台仍旧柏和松。
是清凉者山头画②，忘色空惟云外钟。
奎藻流辉世以永③，曼殊如识我来重。
相提漫问全与半，证在岧峣几叠峰④？

①"六度"句：原注："昨题殊像寺、灵鹫峰文殊寺，计六度俱五依皇祖元韵，此清凉山则已六赓韵矣。"庸作踪：把皇祖的踪迹用作自己追随的对象。庸：用，用作。

②山头画：指如画的山头积雪。

③奎藻：指帝王的诗文书画。此指其皇祖玄烨的诗文、题额。

④"相提"两句：谓莫问我对宗门之纲要能完全提起还是只能提起一半，在高耸的第几峰才可以参悟佛法真谛呢？意谓不在于对佛法知之多少，关键在于证悟。全：指全提。佛教禅宗指完全提起宗门之纲要。碧岩第二则垂示曰："历代祖师全提不起。"无关门颂曰："狗子佛性，全提正令。"

登中台灵鹫峰瞻礼遂驻台怀优赉晋省众民诗以志事①

中台今复陟峰巅，风日晴和法有缘。
欣我七年愿重遂②，宜他通省惠加宣。
例之三者增为五③，欠以半当逭与全④。
乘步舆登罢策马，八旬有二合应然。

①优赉（lài）：优厚的赏赐。

②“欣我”句：作者于丙午年曾至文殊寺瞻礼，并有诗《至灵峰文殊寺即事成句》，迄今恰七年。

③“例之”句：原注：“每年巡行所至，例免经过沿途州县钱粮十分之三。兹因五台非清跸常临之地，所有该县本年地丁钱粮，命加恩蠲免十分之五。”

④“欠以”句：原注：“昨经直隶地方，宽免大兴、安肃等八州县民欠米麦谷三万四千五百余石。兹询，据冯光熊奏，晋省大同、朔平二府旧欠粮二万余石，已经征收一半。所有未完一万二千余石，因即降旨全予豁免，以示省方施惠至意。”

清凝斋叠丙午韵①

前为堂即后为斋②，旧句重瞻韵与谐。
参佛几曾泥空色③，吟诗却不费安排。
寒因地迥林迟叶，阳向暖烘砌发荄④。
摛藻已多宜静坐⑤，凝思片刻适清怀。

①清凝斋：清台怀行宫后殿名。参见作者辛丑作《清凝斋六韵》注①。

②“前为”句：台怀行宫前有恒春堂，后有清凝斋，故云。

③几曾：何曾。

④砌：台阶。发荄（gāi）：指草之宿根发芽。荄，草根。

⑤摛藻：铺陈辞藻。此指吟诗。

题恒春堂再叠辛丑诗韵①

恒春复此度光春②，适可文殊参宿因③。

朴斲行宫据岗阜[④]，耸围后岭峙巍峋[⑤]。
虽云结构成畺吏[⑥]，岂不扫除劳里民？
奚待更咨岁丰歉，施恩一例涣新纶[⑦]。

①恒春堂：清台怀行宫正殿名。参见作者辛丑作《题恒春堂》注①。

②光春：春光。

③适可：适合；适宜。宿因：佛教语。前世的因缘。

④朴斲（zhuó）：砍斫；削治。岗阜：山岗。

⑤巍峋：高大，突兀。

⑥畺（jiāng）吏：封疆大吏。

⑦涣新纶：发布新的恩诏。涣，谓帝王发布号令。《汉书·刘向传》：“《易》曰：‘涣汗其大号。’言号令如汗，汗出而不反也。”纶，指帝王的诏书旨意。

雪

三月二十二日

度岭及登峰，晴和众喜容。
布云卓午厚[①]，降雪逮申浓[②]。
亟畅配藜势，那量尺寸重[③]？
向东希作雨，优赐一犁农[④]。

①卓午：正午。

②逮：及；及至。申：十二时辰之一。指一日中的十五时至十七时。

③“亟畅”两句：原注：“二十日过长城岭，风日喧和。即本日早至台怀诣灵鹫峰文殊寺瞻礼，犹觉晴朗。午刻作云，及申而祥霙酣渥，须臾委积约有尺余，曷胜欣感。”配藜：分散貌。《文选·扬雄〈甘泉赋〉》：“樵蒸昆上，配藜四施。”李善注：“张晏曰：‘配藜，披离也。’言燔燎之盛，故樵蒸之光同上，而披离四布也。”那（nǎ）量：意即不须量。重（chóng）：多。此指多少。

④“向东”两句：原注：“京师一带正值望泽之际，或今日已获沾膏亦未可知。即驰谕留京王大臣迅即覆奏，以慰廑怀。”一犁：即“一犁雨”。指春雨。雨量足够开犁耕种，故名。

晴

彻夜雪酣渥[①]，辰晴恰是佳[②]。
地灵真示佑，春暖更宜怀。
万旅同增悦[③]，一心独觉乖[④]。
虎臣中路返，怜惜恨无涯[⑤]。

①酣渥：盛大貌。

②辰：十二时辰之一。指午前七时至九时。佳，美好。

③“万旅”句：原注：“山中气候本寒，遇雪益甚。幸今早即晴，午间便已和暖，扈从人等无不欣悦。”旅，泛指军队。此指扈从者。

④乖：不如意。

⑤“虎臣”两句：原注：“奎林向在军营，勇略过人，屡著功绩。此番征讨廓尔喀，因自台湾调往，为参赞大臣。前接孙士毅奏，伊过打箭炉，病势颇重，犹自力疾趱行。今早据孙士毅奏称，已于中途病故。戎行少一得力之人，为之悼惜靡已。因加恩赏给内库银两千两，并入祀贤良祠，仍照例议予恤典，以示优眷。”虎臣，比喻勇武之臣。返：对死的婉称。

题董诰雪山[①]

晓霁申霏六出奇，特教题画有真姿[②]。
仍斯山也仍斯雪，底论羲之与献之[③]？

①董诰：见作者辛丑作《题董邦达雪山兼命董诰别图雪山得诗二首用一韵》注①。

②“晓霁”两句：原注：“昨廿二日得雪，竟夕酣渥，逮晓暄霁。山容图景，互相辉映，益多真趣。”申：十二时辰之一。指一日的十五时至十七时。

③“仍斯”两句：原注：“辛巳西巡时，董邦达扈从，命即景为雪山。阅廿年辛丑，其子诰扈跸来兹，曾命仿父作，至今又十二年矣。再题兹什，聊识流阴。”底：疑问代词。何。羲之与献之：喻父子俱佳。羲之，即王羲之，字逸少，东晋琅琊临沂（今属山东）人。官至右军将军，人称“王右军”。著名书法家。其第七子献之，字子敬。官至中书令。人称“王大令”。亦为著名书法家。

题胡桂山水口号①

名山过雪真容现，顶上浮云脚底归。
不是台怀亲见者，谁能如此入精微②？

①胡桂：见作者辛丑作《胡桂长城岭》注①。

②精微：精深细微。

宝塔院①

两塔今惟一尚存，既成必坏有名言②。
如寻舍利及丝发，未识文殊与世尊③。

①此诗有诗匾悬于塔院寺大藏经阁，落款为“壬子季春御笔”。

②“两塔”两句：原注：“宝塔寺在灵鹫峰下，云有阿育王所置佛舍利塔，左有文殊发塔。见《一统志》。今只存其一。物之成坏固各自有其时，然亦未识今所存者为何塔也。”按：乾隆五十四年（1789）十月五日，塔院寺围楼起火，殃及文殊发塔，被烧成红土（见道光八年塔院寺山海楼记刻石及嘉庆三年文殊发塔碑记），故当时只存佛舍利塔。“既成”句：汉王允《论衡·治期篇》：“昌必有衰，兴必有废。”又宋苏轼《凌虚台记》：“废兴成毁，相寻于无穷。”或为所指。

③“如寻”两句：如寻佛舍利与文殊头发，即为执著于诸法外相；而文殊与世尊（佛陀的尊称），即佛法真谛是“法空”，故云。

显通寺四依皇祖元韵

有暇命舆重①，招提非迥峰②。
既因寻佛迹，亦在仰尧踪③。
境以通而显，云如淡且浓。
忽成片时坐，行漏屡鸣钟④。

①命舆：犹命驾。谓立即动身。

②“招提”句：原注：“寺构山岗平坦处，旧名大孚灵鹫寺。汉明帝时，摩腾、法兰西来，见此山乃文殊住处，奏请建寺。明永乐时方改今名。”招提，寺院别称。迥峰：高

峰。

③尧踪：指其皇祖康熙皇帝的踪迹。

④“行漏”句：原注：“今西洋小表有自鸣钟，颇准。”行漏，古时计时的漏壶。因水随时移而持续滴注，故称。

罗睺寺[①]

佛子罗睺罗，九岁家能舍[②]。
十大弟子中，密行第一者。
试问与曼殊，是一抑二也[③]？
庭松独无言，谡谡清籁泻[④]。

①罗睺寺：见孙传庭《罗睺寺》注①。

②佛子两句：原注：“《长阿含经》：佛说，我今有子名罗睺罗，九岁出家为沙弥。”

③“试问”两句：作者认为曼殊与罗睺罗一而不二。抑：抑或，还是。

④谡（sù）谡：劲风声。清籁：犹清响。清脆的响声。

寄题北台叠旧作北台眺望五依皇祖元韵二首

北顶最高处，曼殊有法宫[①]。
初来曾造极，五度例回中[②]。
为念众劳切[③]，不妨一意融[④]。
笑如望沧海，谁果到其蓬[⑤]？

章嘉驻锡寺[⑥]，梵行众谁跻[⑦]？
示寂无来去[⑧]，迹陈徙仰低[⑨]。
兹虽弗顾返，难罢重吟题。
却被蒙庄笑，似忘论物齐[⑩]。

①“北顶”两句：北台顶有灵应寺，寺中供无垢文殊菩萨像。法宫：宫室的正殿，古代帝王处理政事之处。此指佛寺中供奉文殊的殿堂。

②“初来”两句：原注：“丙寅年初来曾登北台。自后以其地高峻，修筑道途众劳堪念，于是庚午、辛巳、辛丑、丙午遂皆遥望未登。兹来亦即依例仅至中途。之普乐寺，亦

弗入便回銮也。”造极：到达最高地。

③为：原注：“去声。”

④一意融：融望台、登台于一意，即将望台当作登台。

⑤“笑如”两句：谓我不由发笑，（自己不登北台而神游），正像那些登顶望沧海者，有谁果然到了蓬莱仙岛呢。言外之意，他们也只是凭想象而已。

⑥寺：原注：“名普乐。”普乐院在北台东南楼观谷，建于清乾隆四十年（1775），是章嘉活佛的五处寺院之一。

⑦梵行：佛教语。谓清净除欲之行。行，作者自注：“去声。”今读 xíng。跻：逾越。

⑧“示疾”句：原注：“章嘉国师戒律精严，清、汉、唐古特文皆深通。尝与谈论，无不心契。乃丙午于此别后，遂而示疾。虽在彼法本无来去，而俯仰之间难忘陈迹。”示寂：佛教语。称佛菩萨及高僧身死。寂即梵语“涅槃”的意译。言其寂灭乃是一种示现，并非真灭。无来去：因“示寂”为熄灭生死轮回后的境界，故云。

⑨仰低：仰望低回。此指敬慕怀念之情。

⑩“却被”两句：蒙周，即庄周，战国时期宋蒙城（今河南商丘县东北）人，著名思想家。《庄子·齐物论》是一篇专论境界的文章。他认为，以大道观之，万物都是齐同的。生与死、祸与福、物与形、梦与觉等，都是自然变化的现象，圣人应顺其自然，随之变化。而作者对章嘉的“示寂”却耿耿于怀，故云。

五台山天花诗五依皇祖元韵

试问天花红白青，撷芳拟欲画为屏①。
维摩居士应含笑，似此于心那得宁②？

①撷芳：采摘芳草。此指采摘天花。

②“维摩”两句：维摩诘默然无言所示“不二法门”是绝思议、无分别的一实之理。“一实之理，妙寂离相，如如平等，亡于彼此，故云不二。”见隋慧远《大乘义章》卷一。作者对天花如此执著，且取相于“红白青”，故云。维摩，维摩诘的省称。

灵鹫峰文殊寺五依皇祖元韵

五度赓歌遍，六番岁月遥①。
屏营瞻法座②，示像镇云寮③。
日并奎章耀④，风随梵韵飘。

章嘉宣诵处，窣堵忽崇椒[⑤]。

①“五度”两句：原注：“丙寅至今岁，六诣五台瞻礼此寺，已五依皇祖元韵。惟庚午未曾赓韵，亦未题句。”

②屏（bīng）营：惶恐貌。法座：指佛菩萨像的莲花座。

③示像：指文殊寺拟塑文殊像时，相与恳祷，光中现文殊像事。见《清凉山志》卷二。云寮：云烟笼罩的僧舍。此指文殊寺。

④奎章：指帝王的诗文书法等。此指作者皇祖康熙皇帝为文殊寺所题匾额“五台圣境”、“灵峰胜景”。

⑤“章嘉”两句：原注：“丙午来此，章嘉国师犹率番僧诵经，今示寂已七年矣。”窣堵：佛塔。崇椒：高山之顶。

文殊寺静舍作

古屋只三间，却自尧年有[①]。
十笏可容膝[②]，五字曾题手[③]。
隔壁喧番唱[④]，云祝无量寿。
有言野狐鸣，无言狮子吼[⑤]。
问汝偏袒者[⑥]，此义亦知否？

①尧年：古史传说尧时天下太平，因以尧年比喻盛世。此指其皇祖时代，即康熙盛世。

②十笏：犹方丈，丈室。《释氏要览·住处·方丈》载：唐显庆年间，王玄策奉敕出使印度，过维摩诘故宅，乃以手板纵横量之，仅得十笏，因号方丈，丈室。此犹“斗室”，言房间狭小。

③“五字”句：作者于辛巳、辛丑、丙午曾分别作五言诗《文殊寺静舍少憩》、《文殊寺静舍作》、《文殊寺静舍叠辛丑韵》。题手：手题，亲手题识。

④番唱：指喇嘛作法事时的歌咏赞叹之声。

⑤“有言”两句：见作者壬子作《裟罗树四依皇祖诗韵》注⑤。

⑥偏袒者：指喇嘛。

寿宁寺得句[①]

寿宁宁寿文义一，预葺菟裘娱老丁[②]。

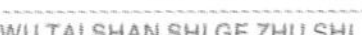

丙岁来兹偶会意[③]，壬年如是未殊形[④]。
耄龄不拟重涉远[⑤]，暇日何妨且静停。
昔以十期今剩四[⑥]，承恩近矣仰圆灵[⑦]。

①寿宁寺：见作者辛巳作《寿宁寺》注①。

②“寿宁”两句：原注：“丙申年葺宁寿宫，为丙辰归政后娱老之地，亦凡事预则立之意耳。”菟（tú）裘：地名。在今山东省泗水县。《左传·隐公十一年》：“羽父请杀桓父，以求大宰。公曰：‘为其少故也，吾将授之矣。’使营菟裘，吾将老焉。”注：“菟裘鲁邑，在泰山梁父县南，不欲复居鲁朝，故别营外邑。”后因以称告老退隐的居处。老丁：年老而强壮。《急就篇》卷四：“长乐无极老复丁。”丁，壮盛；强壮。

③“丙岁”句：原注：“寿宁即宁寿也。丙午来此偶会其意，因有‘待以十年久，能乎听昊灵’之句。”丙：原注：“午。”指丙午年。

④壬：原注：“子。”指壬子年。殊形：不同的形状。

⑤耄龄：高龄。耄，古称大约七十岁到九十岁的年纪。

⑥“昔以”句：原注：“逮归政尚余四年。”

⑦圆灵：天。

玉华池[①]

山泉流就下[②]，亩平艰致池[③]。
是处一泓聚，镜影居然披[④]。
崖根淙乳窦[⑤]，溪面拖云脂[⑥]。
月亦朗为圆，风亦清为漪
是谓玉之花[⑦]，而玉付不知。

①玉华池：见敦煌文献《五台山赞》注㉒。

②就下：趋于低下之处。《孟子·告子上》：“犹水之就下也。”

③亩平：地势平坦。致池：形成水池。

④镜影：指一平如镜的水中之影。披：披露，显现。

⑤淙：水流貌。乳窦：泉眼。

⑥云脂：像油脂般润滑的白云。

⑦是：此，这。指代映于水中的圆月和风吹水面形成的涟漪。

题罗汉坪[①]

净慈五百罗汉像，东坡曾是言其理[②]。
我因一再肖为之，不独兀坐而已耳。
各种游戏无不具，甲乙作记亦久矣[③]。
台坪示此参曼殊，却阙其一艰议拟。
安生或具别解乎，一与五百岂殊视[④]？
无一即是无五百，所参大士同斯旨。
言之是乎抑否乎，掷笔大笑前途指[⑤]。

①罗汉坪：见作者辛巳作《罗汉坪》注①。

②“净慈”两句：原注：“西湖净慈寺有五百罗汉，东坡《诣本长老和周长官》诗有‘卧闻禅老入南山，净扫松风五百间’之句。”

③“我因”四句：原注：“予于万寿山肖钱塘建罗汉堂，第不似净慈俱作兀坐状。惟各取梵经所载，自甲至癸作十记，以标其形状，不复一一安名立字。亦惟是不即不离之意耳。热河罗汉堂则皆列坐，且各具名号。”游戏：指游戏三昧。见赵秉文《秘魔岩》注③。甲乙：次第。

④“台坪”四句：原注：“世传安生肖像五百罗汉，曾阙其一，其故不可拟议。要之，一与五百原无殊视，正不必作分别想。安生亦弗传为何人。”台坪：指五台山罗汉坪。

⑤前途：犹登程。

登黛螺顶[①]

黛螺不比叶斗高[②]，东顶峰之降冈也[③]。
北望东可复罢乎，笋舆乘暇言登者[④]。
五步十步率一息，羽林都许乘轻马。
更东望海峰实近，廓然真足小天下[⑤]。
五台文殊智与号，殿中真容肖非假[⑥]。
一乎五乎孰是乎，不出金刚六如写[⑦]。

①黛罗顶：见法本《青峰》注①。

②叶斗：即叶斗峰。北台峰名。

③降冈：下面的山冈。

④“北望”两句：谓北台只是眺望，东台也可再一次停止攀登了；乘着闲暇坐竹轿而登上黛螺顶。笋舆：竹舆。即竹轿。言：而。登者：登之。

⑤“廓然”句：《孟子·尽心上》：“孔子登东山而小鲁，登泰山而小天下。”廓然：空旷貌。

⑥“五台”两句：原注：“黛螺顶寺中，像设中台演教寺孺童文殊师利菩萨，东台望海寺聪明文殊师利菩萨，北台灵应寺无垢文殊师利菩萨，南台普济寺智慧文殊师利菩萨，西台法雷寺狮子吼文殊菩萨。未知其义起于何时，盖出傅会，然总不出金刚六如之观耳。”

⑦六如：也称六喻。佛教以梦、幻、泡、影、露、电，喻世事之空幻无常。《金刚经·应化非真分》：“一切有为法，如梦幻泡影，如露亦如电，应作如是观。”

望海峰四依皇祖元韵

寺据东峰迥①，廓然俯下方。
并肩拟叶斗②，纵目到榑桑③。
一揽赤县赤④，永绥黄教黄⑤。
莫非继家法⑥，兹正翦昏茫⑦。

①“寺据”句：望海寺在东台之顶，故云。迥，高。

②叶斗：原注：“北台峰名。”

③榑（fú）桑：神话中的神木。榑，同“扶”。传说日出于扶桑之下，拂其树杪而升，因谓为日出处。

④“一揽”句：谓朝阳下，神州大地尽收眼底，一派红色。赤县，“赤县神州”的省称，指中国。

⑤“永绥”句：谓对着黄衣的黄教要永远安抚。绥，安抚。黄教，藏族地区喇嘛教的一派。十四世纪末宗喀巴所创，是喇嘛教中最大的教派。

⑥“莫非”句：原注：“前后藏为达赖喇嘛、班禅额尔德尼驻锡之地。自本朝开创以来，即恃国威，以为护法。康熙、雍正年间，并两次用兵永绥黄教。至今西北各蒙古每岁赴藏及来此熬茶，各安畜牧。予亦惟有谨守家法，俾彼藏地番僧人众长享安辑之福耳。”莫非：莫不，无不。

⑦“兹正”句：原注：“廓尔喀以近藏小番，在其部落并吞巴勒布之地。往岁侵扰后藏聂拉木、济咙等处边界，彼时命鄂辉、成德、巴忠等往彼进剿。而巴忠自恃在御前行走，特蒙派往，诸事专擅，又素解唐古特语言，竟私同噶布伦、丹津班珠尔，许每年给廓尔喀元宝三百个赎回侵地，并未振以兵威，使之震怖慑服。于是贼匪肆无畏忌，借口索欠，甫

越一年，复来侵扰，并至扎什伦布抢掠器物，披猖已极。此番不得不厚集兵力，大加惩创，以绝后患。现在福康安、海兰察等并发往之，巴图鲁及索伦屯练各劲兵，俱将齐集，至彼即命深入声讨，庶蠢尔小丑不敢再滋事端矣。”翦：翦伐，讨伐。

镇海寺四首①

海印发光按指际，尘劳先见举心时②。
设云此是第一谛，无我无人语出谁③？

灵隐居然见海潮，有人却议近和遥④。
如如大士莲花座⑤，一例无心付剥蕉⑥。

过去波罗似重听，何来窣堵见新安⑦？
不殊调御金刚句，一切有为如是观⑧。

大地周遭自海中⑨，镇之本不费其功⑩。
欲谘五髻乘狮者⑪，此是色乎抑是空⑫？

①此诗又见镇海寺文殊殿内诗匾，落款为“镇海寺作四首，壬子季春下浣御笔”。镇海寺：见郑嶂《游台指迷歌》注㉜。

②“海印”两句：原注：《楞严经》云“我若按指，海印生光；汝才动念（按：通行本作“汝暂举心”），尘劳先起。”尘劳：佛教徒谓世俗事务的烦恼。

③“设两句：谓假如说这是第一谛，那么“无人无我”这话又出自于谁呢？《金刚经·一体同观分》：“是故，佛说一切法，无我、无人、无众生、无寿者。”谓佛所说诸法，其根本是真空无相，故离我人四相之执著。即“凡所有相，皆是虚妄”。而所引《楞严经》语，则有“我”，“汝”之分别，作者不以为然，故发此问。此：指前两句所引述《楞严经》语。第一谛：佛教语，指最上至深的妙理。

④“灵隐”两句：意谓我说在镇海寺像灵隐寺一样，可以见到海潮；有人却以此处离钱塘江太远，故不以为然。作者丙午作《镇海寺》中有“宾王可识咏灵隐，观海依然更对潮”之句。

⑤如如大士：指文殊菩萨。如如：佛教语，谓诸法皆平等不二的法性理体。如，理的异名。

⑥一例：一律，一同。无心：佛教语。指解脱妄念的真心。剥蕉：喻空、无。因芭蕉

有叶而无主干，剥尽蕉叶不见心，故以为喻。《维摩诘经·方便品》：“是身如芭蕉，中无有坚。”

⑦“过去”两句：原注：“章嘉国师深契梵宗，兼通汉文，向与之言，每契禅意。丙午尚于此率众梵僧讲经，即于其年示寂，建塔是寺。追思禅聚，不胜流阴之感。”句意谓我似乎又一次听到章嘉国师过去讲经之声，为什么此次来却看到新建的灵塔。波罗：即波罗蜜。梵语音译。意译为：“到彼岸”或“度”。即由此岸（生死岸）度人到彼岸（涅槃、寂灭）。此指代佛法。窣堵：“窣堵波”之省。梵语音译。即佛塔。安，安置。即构筑。

⑧“不殊”两句：谓这与佛在《金刚经》中的语句并无什么不同，“一切有为法，如梦幻泡影，如露亦如电，应作如是观。”（见《金刚经·应化非真分》）调御，即调御丈夫，佛号之一。

⑨周遭：四周，周围。

⑩“镇之”句：相传镇海寺侧有泉，是为海眼。为防其喷发为害，故筑塔以镇之。此句当为此而发。

⑪五髻乘狮者：指文殊。因其形象为顶分五髻，乘狮子，故称。

⑫“此是”句：意谓“镇海”之说，亦为声求色见。

甘露寺作歌[①]

泠泠之露降乎天[②]，瀼瀼之露现乎地[③]。
天地相遥难计量，而露一滴原非二。
曰二曰一与分疏[④]，是谓迷头认影辈[⑤]。
于其迷中复名甘，更以甘露强名寺。
毫厘之失千里谬[⑥]，那得曼殊谓之是[⑦]？
喻以佛法本来幻[⑧]，笑其世法或称瑞[⑨]。
更有文人骋饔辞[⑩]，曰文曰武分疏义[⑪]。
空中楼阁付弗知，那涉语言及文字！

①甘露寺：见作者辛丑作《甘露寺》注①。

②泠泠：清凉洁白貌。

③瀼（ráng）瀼：露浓貌。

④分疏：辩白；诉说。此犹分别。佛教指凡夫之虚妄计度。

⑤迷头认影：喻众生迷失真性，执著妄相。参见真可《清凉寺双柏歌》注⑧。

⑥“毫厘”句：语出《大戴礼记·保傅》：“《易》曰‘正其本，万物理，失之毫厘，

差之千里，故君子慎始也。'" 后以谓由极微小的失误而造成巨大的差错。

⑦谓之是：认为这是正确的。

⑧佛以喻法：佛家用甘露比喻佛法。

⑨"笑其"句：原注："世间以甘露为瑞也。"

⑩骋，施展，显示。譌（wèi）辞：虚妄不足信的文词。

⑪曰文曰武：将甘露分为"文"、"武"两种。明永乐辛丑（1422）春，天降甘露，文人纷纷献赋。金幼孜《皇都大一统赋》云："于是，天心协顺，灵应弥彰，布轮囷之卿云，发璀璨之祥光，醴泉涌其浩浩，甘露下其瀼瀼，赫万灵之呵护，霭瑞气于穹苍。乃卜良辰，乃蠲吉日，以构宫室栋宇……惟华盖之中，竦摩天之伟构，文华翼其在左，武英峙其在右。"此或为所指。

笑题明月池①

盘转山腰至山寺，苍松怪石清绝伦②。
寺额明月池三字③，寻胜笑昔题非真。
一泓碗大隐石罅④，日间那得瞻冰轮⑤？
设云无乃孤名也，却是刻舟求剑人⑥。

①此诗有诗匾悬挂于观海寺金刚密迹殿前殿，落款为"笑题明月池，壬子季春月御笔。"明月池：见雨花老人《明月池》注①。

②清绝伦：清幽静谧，无与伦比。

③"寺额"句：观海寺（明月池）门前木构牌楼题写"明月池"三字。额：指题写匾额。

④一泓：犹言一汪。碗：诗匾为"椀"。石罅（xià）：山石缝隙。

⑤冰轮：指明月。

⑥"设云"两句：谓假使有人说，既然看不到月亮，岂非有负于"明月池"这美名？如这样看，反而成了刻舟求剑之人。意谓对明月池无须执著于见到明月。无乃：相当于"莫非"、"恐怕是"，表示委婉测度的语气。孤：有负，辜负。却：反而；倒。刻舟求剑：《吕氏春秋·察今》："楚人有涉江者，其剑自舟中坠于水，遽契其舟曰：'是吾剑之所从坠。'舟止，从其所契者入水求之。舟已行矣，而剑不行。求剑若此，不亦惑乎？"后因以喻拘泥成法，固执不知变通。禅宗用以喻黏着语言文字，不能领悟语言所表示的意义。

回銮至白云寺作[①]

数日台怀骋静游[②]，亦无妨政废咨诹。
便宜成什卌余首[③]，峻岭崇山处处留。

曼殊岂止一曼殊，梵语清文国号符[④]。
万岁千秋恒若是，子孙永保在兹乎？

向南归辔顿成暄[⑤]，驹隙光阴逝水翻[⑥]。
才过石桥识熟路，却寻余兴向行轩[⑦]。

水流云在杜诗思[⑧]，来往傥然或似之[⑨]。
却与写楹白者道[⑩]，无妨一宿与俱迟[⑪]。

①白云寺：见岑霁《自龙泉关过岭宿白云寺》注①。

②骋：骋情。犹纵情。静游：清净安闲的游览。

③便（biàn）宜：方便，顺当。此有“顺便”之意。

④“曼殊”两句：原注：“曼殊与满珠音相近，今俗谓之满洲，盖讹称也，以习久亦弗改正。每岁藏中喇嘛进丹书，即称曼殊室利大皇帝。”清文：同“清字”，即满文。

⑤顿成暄：天气蓦然变热。

⑥驹隙：喻光阴易逝。语本《庄子·知北游》：“人生天地之间，若白驹之过郤，忽然而已。”陆德明释文：“郤，本亦作隙。隙，孔也。”逝水：比喻流逝的光阴。北齐颜子推《颜氏家训·勉学》：“光阴可惜，譬语逝水。”

⑦行轩：古时指高贵者所乘的车。

⑧“水流”句：唐杜甫《江亭诗》：“水流心不竞，云在意俱迟。”仇兆鳌注：“水流不滞，心亦从此无竞；闲云自在，意亦与之俱迟（缓慢）。二句有淡然物外，优游观化意。”此用其意。

⑨傥（tǎng）然：漠然，无思虑貌。

⑩写楹白者：倾泻在楹柱上的白色日影。指代时光。写，倾泻。

⑪迟：迟留；逗留。

引怀堂叠丙午韵[①]

前韵重赓丙午堂，引怀总是为民长[②]。

使臣因悉平蒲旱，大吏频教赈济忙[3]。
阅岁仍逢五谷熟[4]，登秋屡苏万民殃[5]。
往来此番惟静赏[6]，不异明窗昔日光[7]。

①引怀堂：清白云寺行官前殿名。参见作者辛丑作《题引怀堂》注①。

②引怀：牵心。

③“使臣”两句：原注：“乙巳岁，梁敦书祭告山陕还，奏称，经过山西平阳、蒲州二府，春雨未沾。因虑抚臣农起或有讳饰，再四严饬亲往查勘，并令于平粜缓征之外，加赏两月口粮。幸于其年四月内即得透雨，秋成报获，农民大资接济。”平：原注：“阳”。蒲：原注：“州”。

④阅岁：经过一年。

⑤“登秋”句：原注：“丙午西巡来此，跸途望见春田长发，是岁复获稔收。今番所见无异午岁，实堪欣慰。”登秋：秋收。屡：急速。苏：原注：“上声。”今读 sū。拯救：解救。

⑥番：原注：“去声。”今读 fān，量词，回，次。

⑦明窗昔日光：作者丙午作《引怀堂》有“讵耽林色与山光”之句。

五台旋跸过长城岭作[1]

去时乘马返乘舆，风日晴和总霭如[2]。
大胜往遭逢雨雪，普教此番乐儓胥[3]。
天时人事都称顺，旰食宵衣敢略疏[4]？
畿辅望霖藏盼捷，愁因二者倍殷予[5]。

①长城岭：见玄烨《自长城岭至台怀》注①。

②霭如：和气可亲之貌。此指天气温和宜人。

③“大胜”两句：原注：“前数次过岭多遇雨雪，此次来往俱值晴朗，扈从官员下逮舆儓夫役无不欣喜。”番：原注：“去声。”今读 fān。儓（tái）：古代最下一级奴隶的通称。亦泛指奴仆。胥（xū）：古代官府中的小吏。

④旰（gàn）食宵衣：见作者丙午作《自长城岭至台怀四依皇祖元韵》注⑫。敢略疏：岂敢略微疏忽。

⑤“畿辅”两句：原注：“廿二日驻跸台怀，下晚即得雪逾尺。迤东阜平县一带，亦同日得雨三寸，永瑸等亦报得雨三寸；复向东南。则不成分寸。又成德克复聂拉木之后，

即往济咙歼贼，至今亦尚未闻捷奏。此二事正深殷念。”畿辅：京城附近的地方。畿，京畿；辅，三辅。予：我。

刘 纶

刘纶（1711—1773），字眘（shèn）涵，号绳庵，清代江苏武进人。乾隆初举应博学鸿词试，授编修，与修《世宗实录》。十五年（1750）以工部侍郎兼军机大臣，前后入直军机处近二十年，与刘统勋同为高宗所依任，有“南刘北刘”之称。累官至文渊阁大学士。工诗文，有《绳庵内外集》。

恭和御制《度龙泉关》元韵①

天光通一牖，重关此设险②。
神州自锁钥，茫昧谁凿錾③？
凭高螘旋磨，视下鼃在坎④。
山呼而谷应，卫跸百灵感⑤。
承平如户阈，联骑忘峭巉⑥。
川原绘燕晋，尺幅收胜览⑦。
披吟仰御题，云烟气为敛⑧。
有德以守之⑨，至言垂世范。
登临不能赋，征衣愧重揽⑩。

①此诗录自清乾隆《钦定清凉山志》卷二十（下同）。为和弘历庚午（1750）作《度龙泉关》之作。

②“天光”两句：意谓龙泉关遮天蔽日，极其险要。牖：窗户。

③“神州”两句：意谓神州大地的山岭本来就如同锁钥，不需于此处设关。锁钥：用于扃固门户。喻军事重镇，亦喻防守。茫昧：模糊不清。

④“凭高”两句：写人在高山峻岭中的无助与渺小。谓登临高出，人们如同蚂蚁行走在磨石之上；向下看，好像青蛙在浅井里。螘旋磨：《晋书·天文志上》：“天旁转如推磨而左行，日月右行，随天左转，故日月实东行，而天牵之以西没。譬之于蚁行磨石之上，磨左旋而蚁右去，磨疾而蚁迟，故不得不随磨以左回焉。”后以“蚁旋磨”比喻芸芸众生皆由命运摆布。螘（yí）：同“蚁”。鼃在坎：即坎井之鼃。亦作“埳井之鼃”。浅井里的

青蛙。《庄子·秋水》："子独不闻夫埳井之鼃乎？谓东海之鳖曰：'吾乐与！出跳梁乎井干之上……且夫擅一壑之水，而跨跱埳井之乐，此亦至矣，夫子奚不时来入观乎！'"后因以比喻见识短浅。鼃（wā）：即蛙。

⑤卫跸：卫护警跸。百灵：各种神灵。

⑥"承平"两句：谓天下太平，来到这边远之地如同出入门户；同众多的人马在一起，忘记了山岭的险峻。户闼（tà）：门户。联骑：连骑。多形容骑从之众。

⑦尺幅：指小幅的纸和绢。胜览：畅快的观赏。

⑧"披吟"两句：谓人们翻阅吟诵乾隆皇帝的题诗，仰慕不已，连雄关云烟的气势也为之收敛。

⑨"有德"句：弘历原诗中"守国亦云德，是谓善用坎"之句。此化用其意。

⑩"征衣"句：谓以随乾隆皇帝再次出巡而惭愧。征衣：旅人之衣。亦指出征将士之衣。揽：提起。

恭和御制《台麓寺》元韵①

昔时天外晞神山②，此日行縢已山麓③。
排霄五朵青芙蓉④，倒影斜阳入虚谷⑤。
首途初地忆经过⑥，城号化人谁卜筑⑦？
忍草先春绕径生⑧，慈云向晚巡檐宿⑨。
钟磬泠泠到下方，逆风波利传清穆⑩。
銮舆再到光金轮⑪，山鸟山花见应熟。
曼殊示现百千亿，岂直台怀尊两足⑫？
宝相元同月满川，人间捧土空揭木⑬。
圣文无隐发真诠，会识诸天龙象服⑭。
赞佛同拈第一偈⑮，万古香林志高躅⑯。

①为和弘历庚午作《台麓寺作》之作。

②天外：谓极远的地方。晞（xī）：通"希"。希求，向往。

③行縢（téng）：指裹脚以行。清顾炎武《日知录·行縢》："（邪幅）今谓之行縢。言以裹脚，可以跳腾轻便也。"

④"排霄"谓五台犹如五朵青莲花高耸云霄。排霄：犹排空。凌空；耸向高空。

⑤倒影：夕阳返照。

⑥首途：启程，上路。初地：佛教寺院。

⑦城号化人：即化人城。指佛菩萨所居之地，即佛寺。化人：佛教谓佛、菩萨变形为

人，以化度众生者。卜筑：择地建筑。

⑧忍草："忍辱草"之省。见皎然《春日和卢使君幼平开元寺听奘上人讲时上人将游五台》注③。

⑨慈云：佛教语。比喻慈悲心怀如云之广被世界、众生。向晚：傍晚。

⑩波利：经云为忉利天宫树名。其树周七由旬（古印度计程单位，一由旬的长度，我国有八十里、六十里、四十里等诸说），高百由旬，枝叶四布五十由旬。其根茎枝叶花果皆有香气，能遍薰忉利天宫，故称香遍树。此树有神，名为漫陀，常作伎以自娱，故成为三十三天娱乐之所。此为对五台山树木的美称。清穆：清静；清和。

⑪"銮舆"句：谓乾隆皇帝再一次到五台山使佛地增添光彩。金轮：佛教语。"轮"，是印度古代战争用的一种武器。印度古传说中征服四方的转轮王出生时，空中自然出现此轮宝，预示他将来的无敌力量。轮宝有金银铜铁四种，感得金轮宝者，为金轮王，乃四轮之首，领东南西北四大洲。此借指佛法。

⑫岂直：岂止。犹何止。台怀两尊足：此指台怀殊像寺文殊驾狻猊像。弘历庚午作《再题殊象寺》："夷峻此地开绀园，屏息一礼两足尊。文殊师利无定相，优娄比丘多饔言。"此化用其意。尊两足，即两足尊。对佛的尊称。

⑬"宝相"两句：意谓佛的庄严形象如月映万川，其月不变；可人间却以为自己所塑造的是佛菩萨真相，这如同捧土以塞孟津、揭竿以测海深一样，纯属徒然。捧土：东汉初，朱浮为大将军幽州牧，负责讨定北边。渔阳太守抗命，朱浮写信给他说："今天下几里，列郡几城，奈何以区区渔阳而结怨天子？此犹河滨之人，捧土以塞孟津，多见其不知量也。"见《后汉书·朱浮传》。后以"捧土"喻不自量力，或反用其意。揭木：犹"揭竿"。举竿，持竿。《庄子·庚桑楚》："若规规然，若丧父母，揭竿而求诸海也。"成玄英疏："似儋（担）揭竿木，寻求大海，欲测深底，其可得乎？"亦有徒然之意。

⑭"圣文"两句：谓乾隆皇帝的诗句清楚地揭示了这一佛法真谛；护法众天神和高僧大德对此是应当佩服的。会：应当；总会。诸天：护法众天神。龙象：见真可《般若泉》注④。

⑮第一偈：指以无病、知足、善友、涅槃四事阐述无上幸福之偈颂。据《大庄严论经》卷二载，有一优婆塞，因受他人之讥而伤感自己为最贫穷者，佛闻之，乃说偈赞叹知足，即："无病第一利，知足第一富，善友第一亲，涅槃第一乐。"又《法句经》卷下《泥洹品》译此四句为："无病最利，知足最富，厚为最友，泥洹最快。"《出曜经》卷二十三《泥洹品》。

⑯香林：禅林。即佛寺。志：通"识（誌）"。记住；记载。高躅：比喻雄健豪迈的艺术风格。此指乾隆皇帝的诗歌。

恭和御制《雪》元韵①

五出朝来乍糁衣②，征尘不动草含菲③。
三千界里恒沙净④，百八盘中磴道微⑤。
佛国清凉花自落，天文催璨玉为飞⑥。
笼鞭共指寻诗处⑦，饮马璇源水亦肥⑧。

①为和弘历庚午（1750）作《雪》之作。

②“五出”句：谓早晨，雪花忽然洒在衣服上。五出：犹五瓣。《太平御览》卷十二引《韩诗外传》：“凡草木花多五出，雪花独六出。”此或为“六出”之误。糁（sǎn）：散落；洒上。

③征尘：路上扬起的尘埃。

④“三千”句：谓三千大千世界到处都纯净无染。恒沙：即恒河沙数。

⑤百八盘：长城岭称十八盘。此极言山路之盘曲。磴道：登山的石路。微：细。

⑥天文：日月星辰等天体在宇宙间分布运行等现象。古人把风、云、雨、露、霜、雪等地文现象也列入天文范围。催璨：当作“璀璨”。光彩绚丽。玉：指雪。

⑦笼（lǒng）鞭：犹挥鞭。谓策马。寻诗处：指乾隆皇帝获得诗意之处。寻诗，寻觅诗句。

⑧璇源：产珠的水流。《文选·颜延之〈赠王太常诗〉》：“玉水记方流，璇源载圆折。”李善注引《尸子》：“凡水，其方折者有玉，其圆折者有珠。”此为对五台山溪水的美称。

恭和御制《菩萨顶》元韵①

台怀如掌抱群峰②，古刹中开示妙容③。
兜率高寒春已到④，陀罗沾洒雪还浓⑤。
水从般若回空照，石拟清凉证旧踪⑥。
共识帝车来上界，隔林僧杵及时钟⑦。

①为和弘历庚午作（1750）《瞻礼菩萨顶有作》之作。

②台怀：见朱彝尊《驾幸五台山恭纪》之二注①。

③妙容：犹妙相。佛教语。庄严的相貌。

④兜率：指兜率天。梵语音译。佛教谓天分许多重，第四层叫兜率天。它的内院是弥勒菩萨的净土，外院是众生所居之处。《法华经·劝发品》：“若有人受持读诵，解其义趣，

是人命终，即往兜率天上弥勒菩萨所。”此借指五台山。

⑤陀罗：即曼陀罗。传说佛说法时，天雨之花。此借指雪花。

⑥“水从”两句：谓五台山之水顺遂佛智，映照出一切皆空的佛法真谛；五台山的石头模拟清静无烦恼的境界，印证了乾隆皇帝旧游的踪迹。般若：见普明《南台歌》注⑨。照：佛教语。博大精深的慧力。与“寂”相对。南朝宋宗炳《答何衡阳书》：“资清和以疏微言，故遂能澄照观法，法照俱空。”

⑦“共识”两句：由弘历原诗：“传言回跸行营近，风度泠泠隔嶂钟”化出。杵：木棒。此指以木棒撞击。

恭和御制《殊像寺》元韵①

狮窝胜地标鸡园②，合十人天皈一尊③。
已知圆相符圣契④，焉用瓣香白佛言⑤。
慧日重光镇临槛，祥云五顶纷窥轩⑥。
留题重说上乘指⑦，始知目存皆道存⑧。

①为和弘历庚午（1750）作《再题殊像寺》之作。

②“狮窝”句：意谓殊像寺突出于五台山佛地。狮窝：狮子聚集之地。亦即佛菩萨或高僧大德所在之地。此指五台山。鸡园：指鸡头摩寺。佛教传说中的圣地。《释氏要览·居处》：“《中阿含经》云‘佛灭度后，众多上尊名德比丘，皆住鸡园。’”此指代殊象寺。

③合十：原为印度的一般敬礼，佛教徒亦沿用。两手当胸，十指相合。人天：佛教语。六道轮回中的人道和天道。亦指诸世间、众生。一尊：犹独尊。“唯我独尊（亦作‘唯吾独尊’）”为佛教推崇释迦牟尼之语。《五灯会元·七佛·释迦牟尼》：“天上地下，唯吾独尊。”此指佛菩萨。

④“已知”句：弘历原诗有：“文殊师利无定相”之句，故云。圆相：佛教徒参禅，在地上或空中画一个圆圈，叫圆相。《景德传灯录·慧忠国师》：“师见僧来，以手作圆相，相中书日字，僧无对。”符圣契：符合乾隆皇帝对佛法的领悟。圣：古之王天下者。亦为对帝王和太后的极称。契：体会，领悟。

⑤焉用：何用。瓣香：佛教语。犹言一瓣香。喻崇敬的心意。白佛言：指诵读佛经。

⑥“慧日”两句：写乾隆皇帝到殊像寺的吉祥景象。慧日：佛教语。指普照一切的法慧、佛慧。亦指释迦牟尼。此暗指乾隆皇帝。重（chóng）光：比喻累世盛德，辉光相承。《书·顾命》：“昔君文王、武王，宣重光。”孔传：“言昔先君文武，布其重光累圣之德。”镇：显示重要，尊重。槛：门槛，门限。此指佛门。轩：古代一种前顶较高而有帷幕的车

子，供大夫以上的人乘坐。此指乾隆皇帝的车驾。

⑦“留题”句：谓乾隆皇帝写的《再题殊像寺》中，再次讲述了佛法上乘的旨意。上乘：佛教语。即大乘。见敦煌文献《游五台赞文》注⑧。指：或为“旨”。

⑧“始知”句：对乾隆皇帝的赞颂。目存：品评鉴察。道存：道之所存。亦即都符合道。

恭和御制《命张若澄图镇海寺雪景》元韵[①]

山行转深曲，物色呈灵奇[②]。
清光发滕六[③]，万状纵横披。
精庐石罅开，选胜应在兹[④]。
树杪辨略约，亘如匹练垂[⑤]。
石级瞻空王[⑥]，梵呗闻三时[⑦]。
裨海及香海，云此足镇之[⑧]。
顾惟法眼藏，堕义芟支离[⑨]。
冲怀会真契，妙谛实取斯[⑩]。
远取而近取[⑪]，厥判若素缁[⑫]。
身住庐山中[⑬]，未暇周四陲[⑭]。
不知睫在目，障翳空分蕤[⑮]。
谁为邕宗风[⑯]，箭筈锋犹迟[⑰]。
宝绘记当年，迹寓神亦随[⑱]。
因之见性因[⑲]，更写无声诗[⑳]。
匪用壹真幻，触景资轩渠[㉑]。
传宣试泼墨，具体芾与熙[㉒]。
想将证大罗[㉓]，色天庸可窥[㉔]？
生气出指端[㉕]，句外参微词[㉖]。
倘能悟圣言[㉗]，万物皆堪师。

①为和弘历庚午（1750）作《命张若澄图镇海寺雪景因而有作》之作。

②物色：景色；景象。灵奇：奇异秀丽。

③清光：清亮的光辉。滕（téng）六：传说中雪神名。唐牛僧孺《玄怪录·萧志忠》：“黄冠曰：‘萧使君每役人，必恤其饥寒，若祈滕六降雪，巽二起风，即不复游猎矣。’”此

用以指雪。

④“精庐”两句：谓镇海寺开辟于山岭之间，寻游名胜之地正应该到这里。精庐：佛寺；僧舍。石罅：石头的缝隙。此指山岭之间。

⑤“树杪”二句：写镇海寺周围山岭雪景。谓树梢约略可辨，白雪绵延如同白绢。匹练；白绢。

⑥空王：佛的尊称。佛说世界一切皆空，故称空王。

⑦梵呗：佛教谓作法事时的歌咏赞叹之声。三时：早、午、晚。

⑧“裨海”两句：写镇海寺的得名。裨（pí）海：小海。《史记·孟子荀卿列传》：“中国外如赤县神州者九。于是有裨海环之。”司马贞索引：“裨音脾。裨海，小海也。九州之外，更有大瀛海，故知此裨是小海也。且将有裨将，裨是小义也。”香海：佛经指须弥山周围的海。

⑨“顾惟”两句：谓只有得正法眼藏的乾隆皇帝，才能传达佛教义理，清除妄言。顾：发语词。法眼藏：即正法眼藏。佛教语。禅宗用来指全体佛法（正法）。堕（huī）：输，送。此有传达之意。芟（shān）：清除。支离：离奇，虚妄。指镇海寺的得名。

⑩“冲怀”两句：谓乾隆皇帝以旷淡的胸怀领会其真义，那精妙之真谛实在是从这里得到的。真契：谓妙趣，真义。

⑪“远取”句：指弘历原诗：“远则有望耳，不厌更近之”的体会。

⑫“厥判：句：谓其判断黑白分明。厥：代词。其。

⑬庐山：山名。在江西省九江市南，耸立于鄱阳湖、长江之滨。又名匡山、匡庐。相传周有匡姓七兄弟结庐隐居于此，故名。

⑭周：周览，遍览。四陲：四方边疆地区。

⑮“不知”两句：谓尽管这里的美景如花之纷披，自己却被遮蔽，近在眼前却视而不见。不知睫在目：《韩非之·喻老》：“智如目也，能见百步之外而不能自见其睫。”

⑯鬯（chàng）：通“畅”。畅通。宗风：指佛教各宗系特有的风格、传统，多用于禅宗。

⑰“箭筈（kuò）”句：谓乾隆皇帝的机锋比飞箭还迅疾。箭筈：箭的末端。筈，即箭发射时搭在弓弦上的部分。

⑱“宝绘”两句：谓张若澄的绘画，既寄托着当年行动的踪迹，又体现了神采。宝绘：珍贵的画。

⑲性因：佛教语。指事物的本质。与“相”相对。

⑳写：摹画，绘画。无声诗：指画。古人以画虽不能吟哦，但有诗意，故称为无声诗。宋黄庭坚《次韵子瞻子由题憩寂园》之一：“李侯有句不肯吐，淡墨写出无声诗。”苏轼《和文与可洋川园池·溪光亭》：“溪光自古无人画，凭仗新诗与写成。”宋施元之注：“诗人以画为无声诗，诗为有声画。”

㉑“匪用”两句：谓不用肯定所画是真是幻，看到眼前的情景就可供人愉悦。壹：的确，实在。轩渠：欢悦貌；笑貌。《后汉书·方术传下·蓟子训》：“儿识父母，轩渠笑悦，欲往就之。”一说，谓儿童举手耸身欲就父母。见宋黄朝英《靖康缃素杂记·轩渠》。后多用作笑悦之意。

㉒具体：即“具体而微”。总体的各部分都具备而形状和规模较小。芾（fèi）：微小貌。熙：和乐。

㉓相将：相偕，相共。证：验证。大罗：指大罗天。道教所称三十六天中最高一重天。《云笈七籤》卷二一：“《玉京山经》曰：玉京山冠于八方诸大罗天……《元始经》云：大罗之境，无复真宰，惟大梵之气，包罗诸天太空之上。”

㉔“色天”句：谓非色界之人可以看透。色天：同“色界”。佛教语。三界之一。在欲界之上，无色界之下，有精美的物质而无男女贪欲。

㉕生气：活力；生命力。

㉖“句外”句：谓从语句之外琢磨委婉而含讽喻的言词。参：领悟；琢磨。

㉗圣言：指乾隆皇帝的话。

恭和御制《千佛洞四十韵》元韵[①]

真宰敕谷神，五丁同受约[②]。
台维化人域，不凿閟元窍[③]。
俄占东北艮，飚轮蹑飞峤[④]。
司钥问灵威[⑤]，万笏排奇奡[⑥]。
一洞海眼穿[⑦]，太古风雪拗。
福地谁津梁，品莲清擢淖[⑧]。
瑶空羽幢下[⑨]，窣堵避盘鹞[⑩]。
诸天此回向，望象皈跄踔[⑪]。
善哉千佛都[⑫]，名实讵侵娆[⑬]？
朝听迦陵语，檐铃息颠摇[⑭]。
迨夕礼圣灯[⑮]，葆光弥代徼[⑯]。
悬知法从临[⑰]，帝座通燕笑[⑱]。
洪惟岁寅午，呵卫山祇效[⑲]。
今年驻信宿，古德靡弗劭[⑳]。
以何因缘故，有待兹领要[㉑]。

九九属车末，蹇者缀乘轿[22]。
愧乏济胜具，曷解猿鹤诮[23]？
少焉抵周庐[24]，蓬心忽开抱[25]。
至人游物初，自得纪深造[26]。
钞胥竞揎袖，雒诵欢侧帽[27]。
上言所遵涂，出险祛众闹。
中言所罗景，入谷暨登庙。
既言所契诠，取精并遗貌[28]。
虎旅畚捐娴，拟身陟霄窕[29]。
视郭毕打坂，何有丸螺绕[30]？
豹尾顾鄂褒，赐帛俾躯耀[31]。
匪娱山水音，相悦君臣乐[32]。
行卷编清凉，气压冰雪窖[33]。
昔曼殊室利，不二阐宗教[34]。
万亿频示现，肉眼徒惊眺[35]。
千佛是一佛，乃至无佛道[36]。
虚牝真之栖[37]，塞内以观妙[38]。
弹指觅金粟，十殑迦沙料[39]。
密谛揭孤注，愿丐携青峭[40]。
如参罗睺钟，寂叩蒲牢叫。
闻闻各异趋，寸莛敢节调[41]？
又如证燃灯，印心勘疲照。
见见各强名，持爝晞阳韶[42]。
寅缘步屡窘[43]，百尺杆不到[44]。
不到洞如如，醯瓮窥天奥[45]。

①为和弘历辛巳（1761）作《游千佛洞得古体四十韵》之作。

②“真宰”两句：意谓千佛洞为天造地设。真宰：宇宙的主宰。《庄子·齐物论》：“若有真宰，而特不得其眹（zhèn，端倪，迹象）。”谷神：谷，山谷；神，一种渺茫恍惚无形之物。谷神即指空虚无形而变化莫测、永恒不灭的“道”。《老子》：“谷神不死。”三国魏王弼注：“谷中央无谷也。无形无影，无逆无违，处卑不动，守静不衰，谷以之成而不见其形，此至物也。”五丁：神话传说中的五个力士。《艺文类聚》卷七引汉扬雄《蜀王本

纪》："天为蜀王生五丁力士，能献山，秦王（秦惠王）献美女与蜀王，蜀王迁五丁迎女。见一大蛇入山穴中，五丁并引蛇，山崩，秦五女皆上山，化为石。"一说"秦惠王欲伐蜀而不知道，作五石牛，以金置尾下，言能屎金，蜀王负力。令五丁引之成道。"见北魏郦道元《水经注·沔水》。

③"台维"两句：谓五台山是佛菩萨所居，千佛洞未经开凿，原来的洞窟还关闭着。维：乃；是。閟：关门，泛指关闭。

④"俄占"两句：写乾隆皇帝一行游千佛洞。俄：短暂的时间，不久。占：选择。东北艮：即东北方。艮：《易》卦名。八卦之一。其方位为东北。飙轮：指御风而行的神车。飞峤（jiào）：指耸入云霄的山岭。

⑤司钥：掌管锁钥者。灵威："灵威仰"的省称。即青帝。五帝之一。东方之神，春神。《隋书·礼仪志二》："春迎灵威仰者，三春之始，万物禀之而生，莫不仰其灵德，服而畏之也。"

⑥万笏：笏，封建时代大臣朝见天子时所执的狭长的手板。"万笏"比喻丛立的群山。明华钥《吴中胜记》："庙后天平如锦屏。入座，其峰皆立，僧曰：'此万笏朝天也。'"奇奡（ào）：奇特而孤傲。

⑦一洞：指千佛洞。海眼：泉眼。泉水的流出口。古人认为井泉的水潜流地中，通江海，故称。

⑧"福地"两句：谓这仙佛所居之地谁来济度众生呢？九品莲台出污泥而不染。品莲：指九品莲台。佛教净土宗认为：修行完满者死后可往西方极乐世界，身坐莲花台座，因各人生前修行深浅不同，而所坐莲台有九等之别，九品莲台是最高一等。擢（zhuó）：耸出。淖（nào）：烂泥，泥沼。

⑨瑶空：明净的天空。亦指仙境。羽幢：以鸟羽为饰的旌旗之属。

⑩窣堵：指塔。避盘鹞：盘旋飞翔的鹰鹞为之回避。

⑪"诸天"两句：谓护法诸天神在此皈依佛道；望其（千佛洞）景象，那些邪僻者都皈依佛法。回向：佛教语。谓回转自己的功德，趋向众生和佛果。跉踔（língchuō）：跉，偏邪。踔，跛行貌。此指邪僻不正者。

⑫都：居。

⑬"名实"句：意谓千佛洞名副其实。名实：名称和实际。讵：表反诘。相当于"岂"、"难道"。侵娆：侵害。娆（rǎo），烦扰，扰乱。

⑭"朝听"两句：谓早晨听到好声鸟的鸣叫，连挂在檐下的风铃也停止了振动摇摆。迦陵："迦陵频伽"之省。意译为好声鸟。见皎然《春日和卢使君幼平开元寺听妙奘上人讲时上人将游五台》注③。

⑮迨（dài）：等到。

⑯"葆光"句：谓圣灯虽隐其光辉，却弥漫于代州这荒远之地。葆光：隐蔽其光辉。

比喻才智不外露。《庄子·齐物论》："注焉而不满，酌焉而不竭，而不知其所由来，此之谓葆光。"成玄英疏："葆，蔽也。至忘而照，即照而忘，故能韬蔽其光，其光弥朗。"

⑰悬知：料想；预知。法从临：佛法跟从乾隆皇帝而降临。

⑱"帝座"句：谓人们的欢笑之声上通帝座。帝座：亦作"帝坐"。古星名。属天市垣。又帝座，指帝王的座位。燕笑：欢笑。

⑲"洪惟"两句：当写乾隆皇帝以前巡游五台山之事。洪惟：语助词。用于句首。岁寅午：指丙寅年和庚午年。为乾隆皇帝第一次和第二次巡台之年。呵卫：指（神灵）保佑。山祇：山神。效：尽心尽力地服务。

⑳"今年"两句：谓今年连宿两夜，对高僧大德没有不加以劝勉的。

㉑兹：此。领要：领会其要点。

㉒谓作为众多属车末尾的人，我虽步履艰难也下车马而步行。九九：泛指极多数。属车：帝王出行时的侍从车。缀：停；中止。乘轿：意同"乘舆"。泛指车马。

㉓"愧乏"两句：谓我为缺乏攀登胜境的才能而惭愧，又哪能理解隐逸之士的讥诮呢？济胜具：指能攀越胜境、登山临水的好身体。语出南朝宋刘义庆《世说新语·栖逸》："许掾好游山水，而体便登陟，时人云，许非徒有胜情，实有济胜之具。"猿鹤：猿和鹤。借指隐逸之士。

㉔少焉：少刻，一会儿。周庐：古代皇宫周围所设警卫庐舍。

㉕"蓬心"句：谓我原来拳曲的心胸忽然敞开。蓬心：见弘历丙寅作《北台眺望恭依皇祖元韵》注⑥。

㉖"至人"两句：谓乾隆皇帝初次游览此地，自然应该记载这精深的境界。至人：道家指超凡脱俗，达到无我境界的人。亦指思想或道德修养最高超的人。游物：指游览。南朝梁刘勰《文心雕龙·神思》："故思理为妙，神与物游。"深造：谓不断前进，以达到精深的地步。

㉗"钞胥"两句：写读到乾隆皇帝的诗歌时，侍从竞相抄写，兴奋阅读的情况。钞胥：专事誊写的胥吏、书手。亦讥笑抄袭陈言，不能自出新意的人。揎（xuàn）袖：捋袖露臂。雒（luò）诵：反复诵读。雒，通"络"。侧帽：斜戴帽子。《周书·独孤信传》："在秦州，尝因猎，日暮，驰马入城，其帽微侧，诘旦，而吏人有戴帽者，咸慕信而侧帽焉。"后以谓洒脱不羁的装束。

㉘"上言"六句：概述乾隆皇帝原诗内容。上言：先说。遵涂：亦作"遵途"。谓遵循道路前进。祛（qū）：除去。中言：中间说。罗景：分布的景色。既言：尽言。即表述穷尽。契诠：领悟的道理。取精而遗貌：谓从大量的景物中选取精华而忽略其具体形貌。

㉙"虎旅"两句：写卫士奋勇争先。虎旅：虎贲氏与旅贲氏的并称。两者均掌王之警卫。后因以"虎旅"为卫士之称。畚挶（běnjū）：盛土和抬土的工具。此指以畚挶开辟道路。娴：熟悉。扨（sǒng）身：挺身。窅窕：清寂幽深貌。丸螺：圆形的小山。

㉚“视郭”两句：谓视其周边之人，全部精神振作，好像并没有山岭环绕。郭，周边。打坂：当作“打扳”。振作。丸螺：圆形的螺髻。指山。

㉛“豹尾”两句：写乾隆皇帝向将帅们赏赐丝织物。豹尾：古代将帅旌旗上的饰物。或悬以豹尾，或在旗上画豹文。鄂褒：唐开国名将鄂国公尉迟敬德、褒国公段志玄的并称。此借指乾隆帝的侍卫将领。俾（bì）：使。躯耀：身份荣耀。

㉜乐（yào）：喜好。

㉝“行卷”两句：谓将君臣们歌咏清凉山的诗歌编集，其气势压倒了五台山的冰窖般的严寒。行卷：见王世贞《观一上人将往五台礼文殊出行卷索赠》注①。此指乾隆帝君臣唱和的诗歌。

㉞“不二”句：谓阐发了佛教不二之至理。

㉟肉眼：佛经所说五眼之一。谓肉身之眼。认为肉眼见近不见远，见前不见后，见明不见暗。

㊱“千佛”两句：佛教认为，佛法身常一，应身随方应现，各各不同，故有“千佛万佛，只是一佛”之说。又佛教禅宗认为即心即佛，心即是佛，故有“非心非佛”之说。全句意为自性即佛。

㊲虚牝：指佛母洞。真：旧时谓仙人。此指佛菩萨。

㊳“塞内”句：谓人们蜂拥而入观其奥妙。塞：堵塞；充塞。

㊴“弹指”两句：谓人们寻觅金粟如来而心生喜欢；其实金粟如来多如恒河沙数。弹指：拈弹手指作声。原为印度风俗。用以表示欢喜、许诺、警告等含义。《法华经·神力品》：“一时謦欬（qǐngkài），俱共弹指。”智顗文句：“弹指，随喜也。”吉藏义疏：“弹指者，表觉悟众生。”金粟：金粟如来的省称。即维摩诘大士。十殑（qīng）伽沙：即十恒河沙数。殑伽沙，为恒河沙的异译。料：估计其数。

㊵“密谛”两句：弘历原诗中有“清凉设孤注”之句。此化用其意。意谓这须孤注一掷才能参访之地揭示了佛法微妙而真实的法门，我愿乞求与这青翠峭拔的山峰携手同游。密谛：佛教谓微妙而真实的法门。

㊶“如参”四句：以参罗睺钟为例，说明境由心造。罗睺钟：即罗睺击钟。典出《楞严经》卷四。佛以阿难“未尽诸漏”，令罗睺罗击钟，以“击钟一声”和“钟歇无声”以问其“闻不（否）”、“声不”。最后说“声于闻中自有生灭，非为汝闻声声生灭”的结论，意在破除其“循诸色声，逐念流转”的尘俗观念，领悟法性真常不灭。寂叩：停止敲击。寂，安定不动，静止。蒲牢：古代传说中的一种生活在海边的兽。据说它吼叫的声音非常宏亮，故古人常在钟上铸上蒲牢的形象。《文选·班固〈东都赋〉》：“于是发鲸鱼，铿华钟。”李善注引三国吴薛综曰：“海中有大鱼曰鲸，海边又有兽名蒲牢。蒲牢素畏鲸，鲸鱼击蒲牢，辄大鸣。凡钟欲令声大者，故作蒲牢于上。所以撞之者为鲸鱼。”后因以“蒲牢”为钟的别名。闻闻：语出《庄子·则阳》：“旧国旧都，望之畅然；虽使丘陵草木之缗，入

之者十九，犹之畅然，况见见闻闻者也，以十仞之台县众间者也。”本谓听到曾经听过的，引申为随时可以听到。异趋：不同的志趣。《淮南子·泰族训》：“箕子、比干异趋而皆贤。”寸莛（tíng）：指不长的撞钟木。莛，用同“挺”。棍棒。节调：节拍和音调。

㊷“又如”四句：以参悟燃灯佛为例，进一步说明境由心造。证燃灯：孙仲益《修华严轮藏疏》：“……不住心不退不转，无量福无数无边。凡我华严界中，共证燃灯佛所。”燃灯：佛名。见玄烨《殊像寺法相最异》注⑥。印心：佛家谓印证于心而顿悟。尠（xiǎn）疲照：很少停止观照者。尠：同“鲜”。少。疲：停止。照：观照。佛教指静观世界以智慧照见事理。见见：看到曾经看到的。谓接触熟悉的事物。强（qiǎng）名：勉力称做；虚名。爝（jué）：小火。晞（xī）阳韶：沐浴于太阳的光辉。

㊸寅缘：沿着某物盘桓或顺着某物前进。步屡窘：屡屡窘步。窘步，步履艰难。

㊹“百尺”句：谓差几步没能到达。百尺杆：即百尺杆头。佛教语。比喻道行达到很高的境界。《五灯会元·径山杲禅师法嗣·天童净全禅师》：“百尺杆头须进步，十方世界现全身。”此借指拟到的地方。

㊺“不到”两句：为作者自谦之词。谓没有到（千佛洞），却想明察法性理体，这无异于从酒坛中窥视天的奥秘。洞：明察。如如：佛教语。谓诸法皆平等不二的法性理体。隋慧远《大乘义章》卷三：“诸法体同，故名为如……彼此皆如，故名如如。”唐慧能《坛经·行由品》：“万境自如如，如如之心，即是真实。”醯（xī）瓮：酒坛。

恭和御制《即事》元韵

即事赋春春色欣，骈罗万象瞻奎文①。
重关青巘作螺旋，半岭绿畦同罫分②。
功德水流影沈湛③，人天花散香絪缊④。
早知福地此中近⑤，音乐鸟声琳树闻⑥。

①“即事”两句：对乾隆皇帝《即事》诗和春光的赞美。骈罗：骈比罗列。奎文：犹御书。

②罫（guǎi）：围棋盘上的方格。

③功德水流：指八功德水。此为对五台山流水的美称。沈湛：亦作“沉湛”。深厚。此有深沉而清湛之意。

④絪缊：形容云烟弥漫、气氛浓盛的景象。

⑤福地：指神仙居住之处。道教有七十二福地之说。旧时常以称道观寺院。

⑥音乐鸟声：鸟声犹如音乐。琳树：琳宫之树。即寺院之树。

若必多吉

若必多吉（1717—1786），宗教、政治活动家，佛学家，翻译家。亦名业西丹毕蓉梅，即三世章嘉图克图，清代甘肃凉州人。学识广博，懂汉、满、蒙、梵等多种文字。雍正十二年（1734）袭封“灌顶普惠广慈大国师”。在辅佐清廷维护国家安定、促进民族团结中贡献卓著。著文及翻译佛经百余部。乾隆十五至五十一年（1750—1786）的36年间，每年夏季在五台山静修，先后住善财洞、金刚窟、普乐院、菩萨顶、镇海寺。寂后乾隆皇帝敕命“金顶玉葬”，塔于镇海寺普乐院。

清凉道歌[①]

顶礼上师[②]！
对各种智慧的坛城，明白理解的大近侍[③]，
具有十力的善知识[④]，将吉祥智慧藏心中。
先将佛以戒律庄严，又在诸经典中授记[⑤]，
各部大德及成就者，也同声赞颂此圣地。
如天界的尊胜法轮[⑥]，又如具五发髻童子，
为向具缘众生显现，以此地为自身道场。
圣地下的整个坛城，都比各方高一闻距[⑦]，
向漂流世间的众生，作指引解脱的手势[⑧]。
又如珍宝的五须弥[⑨]，插入蓝天中显威严，
以五种智慧的功业[⑩]，作救护众生的手势。
碧玉般的青青草坪，开放五颜六色鲜花，
用高洁清净的功德，作使有情欢乐手印。
一群群娇媚的蜜蜂，低声歌唱来回飞绕，
一目了然的诸喜缘，显示因果奇异道理。
具八支的山间溪流[⑪]，缓缓流下弹奏乐曲，
无边慈悲四大菩萨[⑫]，作救护众生的手印。
被清风吹拂的树木，摇动青绿色的枝叶，
是召唤各类具缘众，皈依大乘道的手印。

各种各类香甜果实，沉甸甸低挂在树梢，
是解脱的殊胜果实，向人显示禅定安乐。
美丽飞鸟婉转啼叫，像乐器合奏传十方，
是摄集四法谛真义[13]，使人舒畅欢乐手印。
眼目细长的野兽群，悠闲地在山谷游荡，
是圆满菩提道众生[14]，增盛欢乐心的手印。
山崖像巍峨的宫殿，闪射各种美丽光辉，
是四身佛陀的果位[15]，显示无量功德手印。
各种药草治疗百病[16]，散发满足心愿香气，
以各种方便和智慧，去除有寂各种衰损[17]。
天空中一团团云彩，瞬息显现无数形状，
是怙主三密语狮子，示现各种神幻戏乐[18]。
在此奇特神圣之地，有上万清净的寺塔，
无数佛陀佛子身像，成为具信福德之区。
处处放射奇异光辉，互相辉映一起戏乐，
向宿业清净具缘众，赐给上百殊胜体验。
是阿罗汉名摄摩腾，与大班智达竺法兰，
在此最先创建寺院，兴造了尊胜的身像[19]。
杰出佛子鸠摩罗什[20]，与摩揭陀百名罗汉[21]，
由印度圣地来此处，变化成为智慧之身。
地上的勇士名佛护[22]，遵照文殊菩萨之命，
来此驻锡于金刚洞，修得持明空行成就[23]。
东方中原的大菩萨，与弥勒菩萨位相同，
尊号叫做清凉国师[24]，以及修法师杜顺等[25]，
历辈无数高僧大德，曾亲见尊胜大救护，
得到教语宝贝甘露，修证菩提解脱果位。
此外历代君臣僧俗，以其虔诚信仰之力，
在此见佛闻法之事，奇异故事难计其数。
以上是依常人智慧，所见的成就和功德；
再将具大法力佛子，秘密功业略述如下：
先前世尊释迦牟尼，与恒河沙数众弟子，

迎请吉祥智慧宝藏[26]，在此开启大乘法门。
十方佛陀如同海聚，大力佛子无数菩萨，
在此讲习深密教法[27]，此后也常常如云聚。
断除尘障烦恼束缚，诸位圣者阿罗汉们，
在此享受禅定安乐，聚集在语自在脚下[28]。
广大密法续部本尊[29]，所依止的无数坛城，
如同须弥山的五峰，排列五部佛的形象。
圣地四周勇士空行，各种妙姿欢乐歌舞，
如同莲海中的黄鸭，善业聚集成就雨降。
净居天的七十依怙[30]，也率领各自的部众，
来听文殊金刚说法，并作守护圣地礼仪。
具大法力的阎罗王[31]，与其妃仁底及甘切[32]，
带领八部可怕随从，修习瑜伽守护圣地[33]。
又有龙王祖那父子[34]，印度若干大成就者，
阿底峡及萨迦班智达[35]，化作虹身一再降临[36]。
具恩德上师宗喀巴[37]，带着他的智慧宝藏，
为此地的无数菩萨，转动密续中观法轮[38]。
他们有时化身仙人，有时化现童男童女，
以及汉人青衣和尚，甚至贫穷悲苦乞丐；
有时化作有情鸟兽，乃至药草花朵果木，
各种有形无形物品……
业障厚重的邪见者，三心二意的学经者，
被骄傲无知所迷醉，佛在身前也不认识。
如此圣地各种奇异，我们难以详尽说明，
唯有依据先辈著述，择其可信稍作讲说。
老年贫僧若必多吉，善恶混染身不由己，
尘世喧闹心生散逸，修清净法缘分低下，
不过在此清凉圣地，数次听受宗喀巴法，
体验学佛二部道次[39]，修持禅定稍得舒适。
验证之福虽难获得，但是由阿旺却丹等[40]，
恩德无比的上师们，听到文殊菩萨教语，

先前学过的经典等，因本身习气稍解悟。
我欲在此终生修行，一再祝愿反复祈请，
从今直到证得菩提，永久不离甚深密道，
无碍完成诸种成就，受到上师慈悲护佑。
你等真心修习佛法，应抛弃世间之八法[41]，
在如此圣地苦体验，寻求永久牢固欢乐。
寿命无常如山涧水，财富受用如草尖露，
亲朋至友如集市客，心思众多一事无成。
善男子不应欺自己，在被死神抓住之前，
努力修行宝贵佛法，修得悉地有何不可[42]？
你等具信善男善女，此时此地依止三宝，
犹如佛陀在世之时，在此向他礼拜祈愿。
具大法力佛陀佛子，将因发心祈愿之故，
关闭堕入恶趣之门[43]，赐给获得解脱之因。
真心发出如此规劝，愿诸弟子以及施主，
不受偏见尘垢蒙蔽，真实执行必能受益。
愿因讲说此语善根，与六道轮回之众生，
从今直到证得菩提，都受文殊菩萨护佑。

①此诗录自土观·洛桑却吉尼玛著，陈庆英、马连龙译《章嘉国师若必多吉传》第十八章。乾隆三十二年（1767）作者撰藏文《圣地清凉山志》，并写此《道歌》。题为注者所加。

②上师：至高无上的导师。此指文殊菩萨。

③“对各”两句：因文殊为释迦左胁侍，表智，故云。坛城：密教修行者作法修行的处所，意同道场。

④十力：梵文意译。佛教谓佛所具有的十种智力：知觉处非处智力、知三世业报智力、知诸禅解脱三昧智力、知众生上下根智力、知种种解智力、知种种界智力、知一切至处道智力、知天眼无碍智力、知宿命无漏智力、知永断习气智力。见《俱舍论》卷二九、《大智度论》卷二五等。又《华严经》、《首楞严经》等说，菩萨具有深心力、增上深心力、方便力、智力、愿力、行力、乘力、神变力、菩提力、转法轮力十力。

⑤“先将”两句：王璐译为“将昔日佛著经典《华严饰》等讲解明白透彻。”（见《五台山研究》1990 年第 2 期，下同）授记：佛教语。谓佛对菩萨或发心修行的人给予将

来证果、成佛的预记。

⑥尊胜：尊贵、尊严。

⑦闻距：梵语意译。音译“拘卢舍”。古印度计程单位。意为“一牛吼地”。

⑧手势：指“手印”。佛教语。密宗修持以“三密相应”为主。“手印”谓配合所修的本尊而作出的各种手形。

⑨五须弥：须弥，信佛者泛指山。五须弥指五台山。

⑩五种智慧：密宗以五方佛分表大日如来的五智：中央毗卢遮那佛表法界体性智；东方阿閦佛表大圆镜智，亦名金刚智；南方宝生佛表平等性智，亦名灌顶智；西方阿弥陀佛表妙观察智，亦名莲花智或转法轮智；北方不空成就佛表成所作智，亦名羯磨智。

⑪“具八”：指八功德水。佛书谓阿耨达池（无热恼池）中有水，“号八功德水，分派而出”，故云。参见敦煌文献《大唐五台山曲子词六首》其二注①。此指五台山的泉水。又暗指“八支正道”，即“八正道”。佛教谓修习圣道的八种基本教门：正见、正思维、正语、正业、正命、正精进、正念、正定。见《八正经》。

⑫四大菩萨：汉传佛教徒依大乘经典所说，以表大智的文殊师利、表大行的普贤菩萨、表大悲的观世音菩萨、表大愿的地藏菩萨为四大菩萨，分别以五台山、峨眉山、普陀山、九华山为其应化道场。又《法华经》称弥勒、文殊、观音、普贤为四大菩萨。

⑬四法谛：即“四圣谛”，亦称“四谛”。即苦谛、集谛、灭谛、道谛四条圣谛。为佛教声闻乘基本教义体系。

⑭菩提：见钟英《送僧游五台二首》之二注⑤。

⑮四身：佛教指佛身的分类。据《大乘义章》为法身、报身、应身、化身。一说为自性身、自受用身、他受用身、变化身。又有化佛、功德佛、智慧佛、如如佛四身之说。

⑯药草：指文殊教法。见沈泰鸿《送无用法师礼五台歌》注㉜。

⑰有寂：即生死。指众生。

⑱“是怙”两句：王璐译为“这是护法妙音狮子，在表演三密幻术的象征。”怙主：堪作众生依怙者、救护者、主心骨的人，为对佛、菩萨和本尊的尊称。三密：佛教用语。佛教密宗以结印为身密，诵咒为语密，观理为意密。“三密相应”为修密之要。

⑲“是阿”四句：写摄摩腾与竺法兰观五台山为文殊所居，“奏帝建寺”事。见敦煌文献《五台山圣境赞·阿育王瑞塔》注③。班智达：梵文音译，意为大学者。

⑳鸠摩罗什：十六国时龟兹国（今新疆库车一带）僧人，后秦弘始三年（401）应秦主姚兴之迎请至长安，待以国师之礼，译经论凡35部294卷，一说74部384卷，为中国佛教四大译经家之一，门人号称三千。

㉑摩揭陀：古印度国名，在今比哈尔邦南部，是早期佛教的中心。国内王舍城为佛最常说法之处。

㉒佛护（470？—540?）：又译觉护，音译佛陀波利，南印度坦婆罗国人（《清凉山志》

卷四谓北印度罽宾国人）。为中观派著名论师。下文“驻锡于金刚洞（金刚窟）”事，见贯休《遇五天僧入五台五首》之五注⑤。

㉓持明空行：持明，梵文陀罗尼意译，真言之异称，或受持真言。《大日经疏》卷九：“持明谓总持一切明门明行。”空行，指修习空法。

㉔清凉国师：即唐代高僧澄观（738—839）。俗姓夏，字大休，越州山阴（今浙江绍兴）人。11岁出家，20岁后遍访名山。大历十一年（777）居五台山大华严寺讲《华严经》，撰《华严经疏》60卷。贞元十一年（795）唐德宗召入内殿讲经，赐号“清凉法师”。元和五年（810）加号“大统清凉国师”，赐金印。著述有《华严经疏》、《华严法界玄镜》、《华严经略策》、《三圣圆融观门》等凡300余卷，被尊为华严宗第四祖。

㉕杜顺：即法顺（577—640），隋唐间僧人。俗姓杜，故又称杜顺。敦煌人。一说雍州万年（今西安）人。18岁出家，修习禅定。后在终南山讲《华严经》。唐太宗曾召见问道，赐号“帝心”，因称“帝心禅师”。著有《华严五教止观》、《华严法界观门》等，被尊为华严宗初祖，称为文殊菩萨化身。

㉖吉祥：即妙吉祥。指文殊菩萨。

㉗深密教法：指禅宗“以心传心”的教法。

㉘语自在：指文殊菩萨。

㉙续部：续，梵文意译。有接续、秘密之意，为佛乘尤密乘无上瑜伽部的经典。续分根续（净化的对象众生的心续）、道续（净化的方法和途径）、果续（佛的果位），为开示根、道、果的经典，称作续部。本尊：梵文意译。意为本有而于出世间最胜最尊，于诸尊中最为尊崇。指密乘修行者所尊奉观修的一至数位佛、菩萨，或金刚、空行母。

㉚净居天：佛教称修四禅定，死后可生于色界四禅天。四禅又分为十七天，计初、二、三禅各三天，四禅八天。四禅八天中最胜的五天（无烦天、无热天、善现天、善见天、色究竟天），称净居天，亦称五净居天。《俱舍颂疏·世品》一：“（净居天）唯圣人居，无异生（凡夫）杂，故曰净居。”依怙：义同“怙主”，众生所仰赖之菩萨。

㉛阎罗王：佛教称主管地狱的神。

㉜甘切：王璐译为“女师”。

㉝瑜伽：梵语。相应之意。《瑜伽焰口施食要集》：“瑜伽，竺国语，此翻相应，密部之总名也。约而言之，手结密印，口诵真言，意专观想，身与口协，口与意符，意与身会，三业相应，故曰瑜伽。”

㉞“又有”句：王璐译为“那卡朵那师徒五人”。那卡朵那，又译为“那伽阏剌树那”，意译为“龙树”、“龙猛”、“龙胜”。南印度毗达婆国人，为佛教中观派创始人，三论宗、天台宗、禅宗、密宗、迦当派、格鲁派等多家尊为祖师。

㉟阿底峡（982—1054）：印度高僧。法名燃灯吉祥智。北宋宝元初年，进藏弘法17年，译著颇丰。其门下开葛当派，其学说思想后为宗喀巴继承发挥，创格鲁派。萨迦班智

达（1182—1251）：萨班衮噶坚赞的尊称，藏传萨迦派第四祖。1247 年，应诏蒙古阔瑞皇太子，议定西藏归元之条件，致书西藏各地首领，劝说归顺。

㊱虹身：密乘中的一种果位，亦称光身。证得此果位后，能转五蕴成光明身像。

㊲宗喀巴：本名罗桑扎巴（1357—1419），因生于宗喀地方（今青海湟中一带），故名宗喀巴，为藏传佛教新宗格鲁派的创始人。幼出家，长入藏，遍学喇嘛教各派显密教法，而以葛当派教义为立说之本。著有《菩提道次第论》、《密宗道次第论》等。他针对西藏佛教戒行废弛等积弊，进行改革，提倡僧人严守戒律，规定学经次第，严密寺院组织。永乐七年（1409）创办并主持大企愿会，建甘丹寺为传教中心，从而形成格鲁派。

㊳密续：即“密集续”，密乘无上瑜伽父部主经。以“自性清净光明”为宗，说五欲性本解脱，及观修而证悟自性光明的密法。中观：即“中观见”，为中观派、噶当派、格鲁派等的根本见地。大略谓诸法由因缘生故性空，由性空故缘起，实相离生灭、有无等一切戏论，离一切名言概念分别，为中道的极旨。

㊴二部道次：指宗喀巴所著《菩提道次第论》和《密宗道次第论》。

㊵阿旺却丹：即阿旺罗桑却丹（1642—1715），为藏传佛教内蒙古地区格鲁派最大转世活佛、二世章嘉。从五世达赖受戒。清康熙三十三年（1693）奉诏驻北京法源寺，后奉旨常住内蒙古多伦汇宗寺，封“灌顶普善广慈大国师”。五十三年（1712）命掌管西藏以东格鲁派。

㊶八法：佛教语。又名八风。见德清《寄五台妙峰禅师》其一注③。

㊷悉地：梵文音译。意译念原成就，指修习密法所得的成就。《大日经疏》卷十二：“悉地是真言妙果。”多种密法的成就皆分上中下三品悉地，而三品的内容、标准说法不一。通常多以成就四种事业法（四小悉地）为下品悉地，以“八大悉地”为中品悉地，以见道、成就六通三明乃至佛果为上品悉地。其中前二品属世间悉地，上品为出世间悉地。

㊸恶趣：亦称“恶道”。佛教语。指地狱、饿鬼、畜生三道。

王居正

王居正，字季方，号贞斋，别号玉溪，清代山西蒲县人。乾隆四年（1739）进士。授翰林院编修。庚午岁（1750）二月，接驾五台，复蒙简授陕西永寿知县。后母亡归乡，修辑县志及《王氏宗谱》，杜门著书，不预外事。

庚午二月驾幸五台山恭纪[①]（三十首选十）

其一

春光澹荡引和风[②]，御辇时巡出禁中。

五色卿云丛捧日[③]，一天佳气绕行宫。

①此诗录自清光绪《蒲县志》。

②澹荡：犹骀荡。谓使人和畅。多形容春天的景物。

③卿云：即庆云。一种彩云，古人视为祥瑞。丛：聚集。捧日：喻忠心辅佐帝王。语本《三国志·程昱传》："表昱为东平相，屯范。"裴松之注引晋王沈《魏书》："昱少时常梦上泰山，两手捧日，昱私异之，以语荀彧……彧以昱梦白太祖。太祖曰：'卿当终为吾腹心。'"

其二

凤刹凌空接五峰[①]，岩开帐殿候飞龙[②]。
登临直上清凉界，回看云山数万重。

①凤刹：指寺庙。唐王勃《梓州通泉县惠普寺碑》："瑶龛宝座，光华震旦之墟；凤刹霓裳，斧藻阎符之域。"蒋清翊注："凤刹，刹上饰凤也。"亦指佛塔。此当指塔院寺大白塔，

②帐殿：古代帝王出行，休息时以帐幕为行宫，称帐殿。飞龙：喻帝王。语出《易·乾》："九五，飞龙在天，利见大人。"

其三

瞿昙香刹雨花台[①]，拟取峰霞献寿杯。
怪底仙山名望圣[②]，翠华早识圣人来[③]。

①"瞿昙"句：谓寺院的僧众在望圣台上诵经迎驾，诸天降天花（此指雪花），犹如雨花台。瞿昙：释迦牟尼的姓。一译乔达摩。亦作佛的代称。此指代佛家。香刹：佛寺的别称。雨花台：见弘历丙午作《题雨花台》注④。

②怪底：难怪。望圣：或指东台灵迹现圣台。《清凉山志》卷二："现圣台，青峰之南。唐观国师尝见万圣罗空，五台（疑为"五云"之误）停岫。"

③翠华：天子仪仗中以翠羽为饰的旗帜或车盖。亦为御车或帝王的代称。圣人：君主时代对帝王的尊称。此指乾隆皇帝。

其十三

龙泉仙仗傍山村①，父老都教觐至尊②。
只说太平无一事，不知何者是君恩③。

①“龙泉”句：谓乾隆皇帝的车驾停留在紧靠山村的龙泉寺。仙仗。指皇帝的仪仗。

②觐（jìn）：拜见。

③“只说”两句：写天下承平日久，百姓已习以为常，反而忽略了君恩的存在。

其十五

凤池十载列朝班①，高厚恩波霄汉间②。
幸看六龙扶日御③，小臣得复见天颜④。

①“凤池”句：指作者授翰林编修事。凤池：即凤凰池。魏晋南北朝时设中书省于禁苑，掌管机要，接近皇帝，故称中书省为“凤凰池”。此指翰林院。朝班：古代群臣朝见帝王时按官品分班排列的位次。朝堂列班时，除侍奉官外，一般官品越高的官列帝王越近。后泛称朝廷百官之列。

②恩波：谓帝王的恩泽。

③六龙：古代天子的车驾为六马，马八尺为龙，因以为天子车驾的代称。日御：古代神话中为太阳驾车的神，名羲和。

④天颜：天子的容貌。

其十六

龙飞甲子十余年①，圣世熏风入舜弦②。
几度巡游绳祖武③，犹传射虎旧时川④。

①“龙飞”句：谓乾隆皇帝即位已十余年。龙飞：见傅山《五台八首》之八注⑦。甲子：泛指岁月，光阴。

②“圣世”句：谓像舜用五弦琴以歌《南风》一样，乾隆皇帝已把当今的太平盛世吟咏在诗歌之中。熏风：典出《孔子家语·辨乐》：“昔者舜弹五弦之琴，造《南风》之诗。其诗曰：‘南风之薰兮，可以解吾民之愠兮；南风之时兮，可以阜民之财兮。’”后以“熏

风”指《南风歌》。舜弦：五弦琴。相传为舜所创，故云。

③几度巡游：时乾隆皇帝第二次巡台。绳祖武：指继承其祖父康熙皇帝的遗迹。祖武，谓先人的遗迹、事业。武，指步武、足迹。

④射虎旧时川：即旧时射虎川。射虎川为康熙皇帝巡台时射杀猛虎处。

其二十二

霞重岚深路渺茫，山光云影晚苍苍。
风吹万幕闻天语[①]，八水长留御辇香[②]。

①“风吹”句：唐李白《夜宿山寺》诗：“不敢高声语，恐惊天上人。”此用其意，极写山之高。又“天”，暗指乾隆皇帝。

②八水：八功德水。西台灵迹。此泛指佛地五台山之水。

其二十五

峰峦千叠阁千重，古洞常悬五色冰。
灵境时时飞圣藻[①]，焚香珍重属山僧[②]。

①灵境：庄严妙土，吉祥福地。多指寺庙所在的名山胜境。圣藻：帝王的文辞。

②珍重：郑重地告诫。属（zhǔ）：委托。嘱咐。

其二十七

御赏名山兴转深[①]，銮舆往往遍祇林[②]。
□□斑驳回金勒[③]，披尽残碑仔细寻[④]。

①御赏：皇帝观赏。

②祇林：即祇园。为佛寺的代称。

③斑驳：色彩错杂貌。回金勒：回转坐骑。指乾隆皇帝返驾。金勒：金饰的带嚼口的马络头。借指坐骑。

④披：分析；辨析。

其二十八

三春翠霭绕清岚[1]，百道飞泉喷碧潭。
欣看六龙回驾处，千官虎拜雁门南[2]。

①三春：春季三个月。亦指春季的第三个月，即暮春。晓岚：晴日山中的雾气。

②虎拜：召穆公名虎，周宣王时人。因平定淮夷之乱有功，王赐给他山川土田。召穆公拜谢。《诗·大雅·汉江》有“虎拜稽首，天子万年”之语。后因称大臣朝拜天子为虎拜。

周铭诒

周铭诒，字有容，号慕劬，清代江西鄱阳（今波阳）人。乾隆十年（1745）进士。乾隆十一年（1746）任繁峙知县，为政精勤。在治十年，调长治令，送之者至百里外。后升礼部仪制司主事。

和竺洲清凉石道上韵[1]

祝釐灵鹫路纡漫[2]，群峭摩天秀色宽。
霡霂初停飞爽籁[3]，空濛乍敛散轻寒[4]。
诗敲霁晚储囊佩[5]，人眺高秋入画看。
遥想嵩呼随虎拜[6]，上方香绕碧阑干[7]。

①此诗录自清道光《繁峙县志》。从诗中高秋可知，此诗作于乾隆十一年（1746）九月。时乾隆皇帝第一次巡台。

②祝釐灵鹫：指乾隆皇帝奉皇太后瞻礼五台山事。祝釐，祈求福佑。

③霡霂（màimù）：小雨。爽籁：指清风。

④空濛：弥漫貌。此指弥漫的云雾。

⑤诗敲：即敲诗。推敲诗句。囊佩：即佩囊。随身系带用以放零星物品的小口袋。此借指诗囊。见邢云路《零苓香》注④。

⑥嵩呼：见朱彝尊《驾幸五台山恭纪》之一注⑦。虎拜：见王居正《庚午二月驾幸五台山恭纪》其二十八注②。

⑦上方：此指寺院。碧阑干：指碧空的北斗。阑干，横斜貌。三国魏曹植《善哉行》：

"月没参横，北斗阑干。"此借指北斗。

王秉韬

王秉韬（？—1802），字含溪，清代汉军镶红旗人。乾隆十二年（1747）举人。四十一年（1776）任五台知县。在任十一年。任内立书院、兴义学、办义仓、修道路、编县志，政声颇高。后继吴摄州事，迁知保德州，升卢凤道，奉天府尹。官至河东河道总督。有《含溪诗草》。

题塔院寺[①]

忽逢绀殿在中膺[②]，仿佛行来天可升。
缥缈云间无上塔[③]，光明海宇不传灯[④]。
小池亦寓沧桑幻[⑤]，东阁全将岱岳凭[⑥]。
暂憩尘氛都涤净，一帘细雨话川僧[⑦]。

①此诗录自清乾隆《五台县志》。塔院寺：见王道行《塔院寺》注①。

②绀殿：指佛寺。中膺（yīng）：即膺中。胸前两旁的高处。《素问·气府论》："膺中骨间各一。"清张隐庵集注："言膺中之骨间，正诸穴之所在。"因塔院寺地处中台支山灵鹫峰山腰，故云。

③无上塔：指塔院寺佛舍利塔（即大白塔）。无上，至高，无出其上。因大白塔为佛舍利塔，且"厥高入云，神灯夜烛，清凉第一胜境也"（见《清凉山志》卷二），故云。

④"光明"句：谓大白塔是照耀宇内的不移动传法明灯。海宇：犹海内、宇内。谓国境以内之地。传灯：佛家指传法。佛法犹如明灯，能破除迷暗，故云。

⑤沧桑：沧海桑田的略语。大海变成农田，农田变成大海。语本晋葛洪《神仙传·王远》："麻姑自说云：'接待以来，已见东海三为桑田。'"后以喻世事变化巨大。

⑥东阁：指望海楼。在塔院寺方丈院东南。岱岳：泰山的别名。

⑦川僧：指月川上人。明代五台山高僧镇澄，字月川。

显通寺[①]

显通通显亦通微[②]，法乘昭然照日晖[③]。
古殿雄楼超物累[④]，晨钟暮鼓动天机[⑤]。

偶来眷属逢僧话，到此清凉久客归[⑥]。
每念不忘学校童[⑦]，阐扬吾道敢依违[⑧]？

①此诗录自清乾隆《五台县志》。显通寺：见贯休《送僧游五台》注⑦。

②“显通”句：系对寺名显通的释义。谓显通者，表明佛法既与显赫者相通，亦与微末者相通。意为佛法平等。

③“法乘”句：谓佛法彰明昭著，犹如太阳的光辉普照大地。法乘：佛教语。指佛法。谓佛法如车乘，可度众生于彼岸。

④物累（lěi）：指外物给予人的拖累。《庄子·天道》：“故知天乐者，无天怨，无人非，无物累，无鬼责。”

⑤天机：谓天的机密。犹天意。此指佛法真谛。

⑥“偶来”两句：谓偶尔到显通寺观看，适逢僧人说法；我好像久在尘世客居又回到自己的家，顿时感到心地一片清凉。眷属（zhǔ）：顾盼；环视。

⑦每念：指每当念及入山修道。

⑧吾道：指儒道，即孔孟之道。敢：不敢；岂敢。依违：迟疑。

题佛光寺[①]

雄殿压东岭[②]，重门锁四隅[③]。
精严法律似，蟠际地天殊[④]。
樵采疑无路[⑤]，风烟别有区[⑥]。
一乘归万象，于此见痴愚[⑦]。

①此诗录自清乾隆《五台县志》。佛光寺：见敦煌文献《五台山赞》注⑯。

②雄殿：气势雄浑的殿宇。指佛光寺大殿（东大殿）。该殿坐东向西，高踞山腰。

③“重门”句：谓佛光寺之山门将四周关锁。四隅：四方；四周。重门：宫门。此指佛寺之门。

④“精严”两句：谓佛光寺的布局精细严密，有似佛教的戒律；殿宇气势博大，非同寻常。蟠际地天：即蟠天际地。谓从天到地无所不在。此用以形容气势博大。语出《庄子·刻意》：“精神四达并流，无所不及，上际于天，下蟠于地，化育万物，不可为象，其名为同帝（同于天帝）。”殊：特出；卓越。

⑤樵采：打柴。此指打柴的人。

⑥“风烟”句：谓佛光寺的风光别有天地。区：区宇，境域。

⑦“一乘”两句：谓其实宇宙间的万事万物都体现了众生的真如本觉；（我却迷恋于佛光寺），从这一点也许正体现了我的愚昧吧。一乘：佛教语。谓引导教化一切众生成佛的唯一方法和途径。《法华经》首创此说。乘，车乘。比喻能载人到达涅槃境界。又佛教华严宗以佛法最上一乘能使一切众生显明本性，与佛无异，因有“一乘显性教”之称。

题清凉寺①

一

凭陵千向上②，回合万峰青③。
云气穿窗牖，松声在殿庭。
清凉法不灭④，炎热醉初醒⑤。
日夕投鞭坐⑥，东岗到锦屏⑦。

①此诗录自清乾隆《五台县志》。清凉寺：见李邕《清凉寺碑铭》注①。

②“凭陵”句：谓清凉寺所在山岭高峻，千回百转攀登而上。凭陵：高峻。千向：方向多变。指山路曲折。

③回合：环绕。

④清凉：佛教指清静，不烦扰。

⑤“炎热”句：意谓一到此地，尘世的热恼一扫而光，犹如从沉醉中清醒。炎热：此指尘世的热恼（焦灼苦恼）。

⑥投鞭：扔掉马鞭。借谓下马。

⑦锦屏：锦绣的屏风。此指犹如锦屏的山岭。

二

天心高莫测①，佛力广无垠。
不谓方丈石②，能容数百人。
低徊瞻礼至③，往复抚摩频。
说法如闻见④，老僧自有真⑤。

①天心：天意。

②不谓：不意，不料。方丈石：指清凉石。其“围长四丈七尺，面方平正”（见《清凉山志》卷二），故云。

③低徊：徘徊；流连。至：真挚；诚恳。

④“说法”句：《清凉山志》卷二：“清凉石……古者尝有头陀趺坐其上，为众说法……后人目其所坐之石，曰曼殊床。”

⑤老僧：指文殊。真：为佛教观念，与“妄”相对。

平　梓

平梓，清代山西壶关人。举人。乾隆三十九年（1774）任五台儒学教谕。五台知县王秉韬续修《五台县志》，平梓曾参校。

题清凉寺①

一

六月秋先到，一螺寺外青②。
松风寒曲槛③，金篆冷中庭④。
雨罢峰初沐，座深暑欲醒⑤。
新茶煎活火⑥，香气透云屏⑦。

①此诗录自清乾隆《五台县志》。为和王秉韬《题清凉寺》之作。

②螺：螺髻。比喻耸起如髻的峰峦。

③曲槛：曲折的栏杆。

④金篆：篆文弯曲如烟，因以比喻缭绕之香烟。中庭：庭院；庭院中。

⑤“座深”句：王秉韬原作有“清凉法不灭，炎热醉初醒”之句，此化用其意。座，同“坐”。深：历时久。

⑥活火：有焰的火。唐赵璘《因话录·商上》：“茶须缓火炙，活火煎。活火谓炭火之焰者也。”

⑦云屏：喻重叠之山峰。

二

咒钵驱龙去①，安禅荡海垠②。
千山皆是道③，片石也容人④。
停履摩挲久，回廊顾盼频。

当年蝌蚪字⑤，细看幻耶真？

①“咒钵”句：《清凉山志》卷三《降龙大师传》：“东台东百里，有毒龙池，龙常害物，四十里内，人畜不入。师（唐释诚慧）携净瓶锡杖，庐其侧。一夕暴风怒雷，自池而出，师咒之，龙即入瓶，风雷皆寝。师绕瓶诵大乘经咒，居七日，龙革毒心，白光洞室，师乃释之，乘风云飞去。”此谓禅师诵经念咒而驱除了妄念烦恼。

②“安禅”句：谓僧人在喧嚣的松涛中静坐入定。安禅：佛教语。指静坐入定。俗称打坐。荡海垠：语出唐柳宗元《唐铙歌鼓吹曲》：“奔群沛，荡海垠。”喻巨大的声浪。海垠，海岸边。

③“千山”句：即“触目菩提”之意。

④“片石”句：写清凉石“或能容多人不隘”。见《清凉山志》卷二。

⑤蝌蚪字：古代字体的一种。笔画多头大尾小，形如蝌蚪，故称。此指清凉石上的“自然文藻”。见《清凉山志》卷二。

王　昶

王昶（1724—1806），字德甫，号述庵，又号兰泉，清代江苏青浦（今属上海）人。乾隆十九年（1754）进士。二十二年（1757）南巡召试，赐内阁中书。官至刑部侍郎。博学，能诗文，工书法，尤嗜金石之学，时为“吴中七子”之一。著有《金石萃编》、《春融堂集》，辑有《明词综》、《国朝词综》、《湖海诗传》、《湖海文传》等。

大文殊寺①

五岳泰华衡恒嵩，出云降雨参神功②。
此外灵区表绝胜③，菩提娑树侔天宫④。
普陀独镇巨瀣中⑤，峨眉鸡足西南雄⑥。
妙吉祥居道场启⑦，若非天眼焉能穷⑧？
萦青缭白千万叠，须弥鹫岭遥相通⑨。
风沙万里截紫塞⑩，冰雪三伏浮苍穹。
十方三界来听法⑪，龙王鬼伯相随从⑫。
烟霄朝现应真像⑬，刀杖夜伏修罗凶⑭。

鲸钟鼍鼓互震吼[15]，狮林鹿苑殷虚空[16]。
窣堵波高扬铃铎[17]，睺罗那厂开荒丛[18]。
望海峰峦更奇伟，归墟赴壑连鸿蒙[19]。
恒沙净众得未有[20]，梵呗响答千岩松。
忆自摩腾入中夏[21]，昙鸾灵辩追前踪[22]。
长者雨花撰合论[23]，导师海墨分禅宗[24]。
弥天并尽未来际，一切摄授归圆融[25]。
生平梦游安得至，何幸万骑随飞龙[26]！
登山入寺首瞻仰，已觉壮丽非人工。
狞狮狂象悉调御，华严楼阁森重重[27]。
严寒渐退春意足，慈云慧日交曈昽[28]。
南台中台次第到，水田万指咸趋风[29]。
黄衣红帽亦密教[30]，大宝所授薰修同[31]。
山灯夜炬闻可见，愿乞加被昭颛蒙[32]。

①此诗录自徐世昌《晚晴簃诗汇》卷八十三。作于乾隆五十七年（1792）二月。时作者随驾五台山，撰有《台怀随笔》。大文殊寺：即今菩萨顶。见李师圣《游台感兴古风》注④。

②参：验证。

③灵区：美善之区。指佛地。表：突出。迥异于众貌。绝胜：最佳。

④菩提：此指菩提树。梵文音义合译，意译“道树”、“觉树”，本名“毕钵罗树”，产印度，干黄白，枝叶青翠，经冬不凋。据传释迦牟尼坐此树下成佛，故名。娑树：即娑罗树。见高士奇《娑罗树》注①。相传释迦牟尼涅槃于娑罗双树间。侔（móu）：齐等；相当。

⑤巨澥（xiè）：大海。

⑥鸡足：山名。中国佛教名山。在云南宾川县城西北40公里处。山势前伸三支，后出一支，形似鸡足，故名。印度摩羯陀国有鸡足山者，为佛弟子迦叶入灭之处。因此山亦名鸡足，明人附会为迦叶道场。

⑦妙吉祥：文殊师利中译名。

⑧天眼：佛教所说五眼之一。又称天趣眼，能透视六道、远近、上下、前后、内外及未来等。《大智度论》卷五：“于眼，得色界四大造清净色，是名天眼。天眼所见，自地及下地六道中众生诸物，若近，若远，若粗、若细，诸色无不能照。”穷：识破。

⑨“须弥”句：谓印度灵鹫山与五台山灵鹫峰遥遥相通。

⑩截：直渡；跨越。

⑪十方：佛教谓东南西北及四维（指东南、西南、东北、西北四隅）上下。此指十方世界。佛教谓十方无量无边的世界。三界：佛教指众生轮回的欲界、色界和无色界。

⑫“龙王”句：写外道皈依。龙王：传说中统领水族之神。鬼伯：指鬼王。即阎王。

⑬烟霄：云霄。应真：罗汉的意译。

⑭修罗：见曹寅《中台》注⑥。

⑮鲸钟：古代的大钟。参见大千《秘密寺》注③。鼍（tuó）鼓：用鼍皮蒙的鼓，其声如鼍鸣，故名。

⑯狮林鹿苑：泛指寺院。狮林：即狮子林。古寺名。在安徽省黄山狮子峰。鹿苑，即野鹿苑。北魏杨衒之《洛阳伽蓝记·法云寺》：“摹写真容，似丈六之见鹿苑。”范祥雍注：“鹿苑，即野鹿苑，佛成道处。”亦指僧园、佛寺。殷虚空：处于空中。

⑰窣堵波：梵语音译。即佛塔。

⑱睺罗那：疑指尸多婆那，即尸陀林。梵语译音。弃尸之处；僧人墓地。唐玄应《一切经音义》卷十八：“尸陀林正言尸多婆那，此云寒林。其林幽邃而且寒，因以名也。在王舍城侧……今总指弃尸之处名尸陀林者，取彼名。”厂：同“敞”。宽绰。

⑲“归墟”句：谓在众水汇聚的渤海之东连着日出之处。归墟赴壑：指众水汇聚之处。归墟，亦作“归虚”。传说海中无底之谷，谓众水汇聚之处。《列子·汤问》：“渤海之东，不知几亿万里，有大壑焉，实惟无底之谷，其下无底，名曰归墟。”赴壑，水赴大壑。鸿蒙：东方之野，日出之处。《淮南子·俶真训》：“提携天地而委万物，以鸿濛为景柱，而浮扬乎无畛崖之际。”高诱注：“鸿濛，东方之野，日所出，故以为景柱。”

⑳恒沙净众：指无数的僧众。得未有：即得未曾有。谓前所未有，今始得之。

㉑摩腾：即迦叶摩腾。传说谓中天竺僧人。东汉永平十年㊼，与竺法兰同在月氏受汉使请携经像来华，居白马寺，译出《四十二章经》，为佛教正式入华之始。中夏：指华夏；中国。

㉒昙鸾（476—542）：南北朝僧。雁门（今山西代县）人。十余岁出家，研学“四论”等。后专修净土。东魏孝静帝尊称为“神鸾”，敕住并州大寺。晚年移居汾州玄中寺。有《往生论注》、《略论安乐净土义》等。灵辩（477—522）：北朝僧。太原人。幼年出家，好读《华严经》。后居五台山清凉寺、玄兑山嵩岩寺注释《华严》，曾一度入宫讲经。终于清凉。

㉓长者：指唐代华严学者李通玄，世称李长者。详见真可《早春谒方山李长者还清凉招陆太宰特赋此二绝》之一注①。合论：指后人将李通玄关于《华严经》的论著会入经文之下，所成《新华严论》120卷。雨花：佛教故事。佛祖说法，诸天降众花满天而下。此喻长者合论的精妙。

㉔“导师”句：指禅宗东土祖师达摩面壁事。导师：佛教对导引众生入于佛道者的通

称。此指达摩。海墨：海，喻极大；墨，通“默”。据传达摩面壁九年，终日默然，故云“海墨”。

㉕“弥天”两句：谓世间的一切在未来际一齐消亡，全部收取于圆满融通的真如自性。弥天：满天。摄授：佛教语。谓佛以慈悲心收取和护持众生。圆融：佛教语。破除偏执，圆满融通。《楞严经》卷十七：“如来观地、水、火、风，本性圆融，湛然常住。”

㉖飞龙：比喻帝王。参见傅山《五台八首》之八注⑦。此指乾隆皇帝。

㉗“狂狮”两句：意谓在大文殊寺，僧众的各种妄心恶念全部被佛法调教驾驭而除灭。狞狮狂象：喻妄心狂迷，难以禁制。《涅槃经》卷三十一：“心轻躁动转，难捉难调，驰骋奔逸，如大恶象。”同书卷二十五：“譬如恶象，狂痴暴恶，多欲杀害。有调象师，以大铁钩钩断其颈，及时调顺，恶心都尽。一切众生亦复如是。”悉：一作“愁”。调御：调教驾驭。华严楼阁：《华严经》中所描绘的大乘境界。谓华严楼阁，帝网重重，一毛孔中，万亿莲花，一弹指顷，万亿浩劫。此借指大文殊寺的殿宇楼阁。

㉘慈云：佛教比喻慈悲心怀如云之广被世界、众生。慧日：佛教指普照一切的法慧、佛慧。曈昽：日初出渐明貌。此指映照。

㉙水田万指：指众多的僧人。水田，水田衣的省称。袈裟的别名。因用多块长方形布片连缀而成，宛如水稻田之界画，故名。万指，一万个指头。古代以手指来计算奴隶的人数。万指即千人。常用以形容奴仆之多。趋风：疾行至下风，以示恭敬。《左传·成公十六年》：“郤至三遇楚子之卒，见楚子，必下，免胄而趋风。”

㉚密教：大乘佛教后起的一派，相对于“显教”而言。唐开元年间由善无畏、金刚智等传入中国，自称受法于法身佛大日如来亲证的秘密法门和真言实教。主要经典是《大日经》、《金刚顶经》和《苏悉地经》等。密教仪轨繁复，主要修持方法是“三密加持”。流传于中国西藏等地区的称“藏密”（俗称“喇嘛”教）。

㉛大宝：指佛法。《法华经·信解品》：“法王大宝，自然而至。”薰修：佛教语。谓净心修行。

㉜加被：保佑。昭颛（zhuān）蒙：使蒙昧者得到光明。颛蒙，愚昧。

靳荣藩

靳荣藩（1726—1784），字价人，一字朴园，号绿溪，清代黎城（今山西黎城县）人。出身诗书之家，聪慧好学，博闻强记，通读诗书。乾隆十三年（1748）进士。历任河南新蔡县知县、河南乡试房考官、龙门知县、蔚州知府、遵化知府、大名府知府。有《绿溪全集》、《吴诗谈薮》、《潞郡旧闻》，编注《吴诗集览》20卷。

金莲花歌[①]

龙门边外缘陂陀[②]，芙蓉菡萏交枝柯[③]。
妍如重台滴早露[④]，洁如百子凌清波[⑤]。
脆如并头晓日映[⑥]，正如千叶春风和[⑦]。
却看黄中通理吉[⑧]，才知不是寻常荷。
忆昔金源绍耶律[⑨]，行宫帐殿俱嵯峨。
肇锡嘉名曷里改[⑩]，金枝玉叶原非讹[⑪]。
莲曲新翻白羽起[⑫]，莲杯既醉朱颜酡[⑬]。
遂令此花得所遇，史臣载笔为编摩[⑭]。
五百年来岸谷异[⑮]，只随塞草缘山阿[⑯]。
退之无繇吟玉井，子安不复谣黄螺[⑰]。
夙闻五台此花盛，裕之游赏曾吟哦[⑱]。
曷为塞垣竟寂寞，春风秋雨长蹉跎[⑲]？
讵比为灯送子直，奚知作烛随东坡[⑳]？
名花如旧时代远，田父樵子相诋诃[㉑]。
我谓赏花纪史册，已留名字辉羲娥[㉒]。
汗青缃绿自可贵[㉓]，纷纷赋颂何足多？
愿以此诗为花慰，见者应复来游歌。
名花闻之似解语[㉔]，风前摇曳常娑娑[㉕]。

①此诗录自《晚晴簃诗汇》卷七十九。金莲花：见玄烨《金莲映日》注①。

②龙门：古楚国都城郢都门名。《楚辞·九章·哀郢》："过夏首而西浮兮，顾龙门而不见。"王逸注："龙门，楚东门也。"后以泛指都门、国门。此指清都城北京城门。陂（pō）陀：倾斜不平貌。

③芙蓉、菡萏（hàndàn）：均为荷花别名。《楚辞·离骚》："制芰荷以为衣兮，集芙蓉以为裳。"洪兴祖补注：《本草》云："其叶名荷，其花未发为菡萏，已发为芙蓉。"此指金莲花。

④妍：美好。重（chóng）台：复瓣的花。

⑤洁：洁净，纯洁。百子：指花果多子实。晋王嘉《拾遗记·周穆王》："素莲者，一房百子，凌冬而茂。"此指代莲花。

⑥脆：即"脆好"，指柔软。并头：犹"并蒂"。指两朵花并排地长在同一个茎上。

⑦正：端正，不斜不歪。此有端庄之意。千叶：指千叶莲。神话中传说的一种多瓣莲花。《楞严经》卷一："于时世尊顶放百宝无畏光明，光中出生千叶宝莲，有佛化身，结跏趺坐。"

⑧"却看"句：谓再看金莲花花色为黄，有君子"黄中通理"之美。黄中通理：语出《易·坤》："君子黄中通理，正位居体，美在其中，而畅于四支，发于事业，美之至也。"黄中：心脏；内德。古代以五色配五行五方，土居中，故以黄为中央正色。心居五脏之中，故称黄中。吉：善；美。

⑨金源绍耶律：金国继承辽国的政权。金源：金国的别称。《金史·地理志上》："上京路即海古之地，金之旧土也。国言'金'曰'按出虎'，以按出虎水源于此，故名金源。"耶律：复姓。初为契丹部落名。辽建立后为国族之姓。此指代辽国。

⑩"肇锡"句：指金世宗改曷里浒东川为金莲川事。《金史·世宗上》："（大定八年五月）庚寅，改旺国崖曰静宁山，曷里浒东川曰金莲川。"曷里，即曷里浒东川之略称。肇锡嘉名：始赐美名。语出《楚辞·离骚》："皇览揆余初度兮，肇锡余以嘉名。"

⑪金枝玉叶：形容美好的花枝树叶。此喻皇族子孙以及出身高贵的人。

⑫"莲曲"句：《采莲曲》，乐府清商曲名。本于"江南可采莲，莲叶何田田"的《江南曲》。南朝梁武帝曾新改编作《采莲曲》，有"棹动芙蓉落，船移白鹭飞"之句。新翻：新改编。白羽：借指白色的鸟。此指白鹭。

⑬莲杯：谓以女鞋载杯行酒。《辍耕录·金莲杯》："杨铁崖耽好声色，每于筵间见歌儿舞女有缠足纤小者，则脱其鞋，载盏以行酒，谓之金莲杯。"酡（tuó）：饮酒脸红貌。

⑭编摩：犹编集。

⑮岸谷异：即"岸谷之变"。《诗·小雅·十月之交》："高岸为谷，深谷为陵。"毛传："言易位也。"郑玄笺："易位者，君子居下小人处上之谓也。"后因以"岸谷之变"比喻政治上的巨大变化。

⑯"只随"句：写金莲花被冷落的处境。

⑰"退之"两句：意谓诗人们无法再像退之、子安一样歌咏莲花。退子：唐代文学家韩愈，字退之。其《古意》诗有"太华峰头玉井莲，开花十丈藕如船"之句。无繇：同无由。没有门径；没有办法。子安：唐文学家王勃，字子安。其《采莲赋》有"风低绿干，水溅黄螺"之句。黄螺：莲实。

⑱"裕之"句：裕之，金诗人元好问，字裕之。其《台山杂咏十六首》之八有"佛土休将人境比，谁家随步得金莲"之句。

⑲"曷为"两句：意谓此后金莲花遭遇冷落。曷为：为何。塞垣：指北方边境地带。五台山濒临雁门关，古属边地。蹉跎：失意；虚度光阴。

⑳"讵比"两句：以"金莲华炬"和"金莲烛"之典，写金莲花不再有往昔不凡的际遇。讵：岂，难道。为灯送子直：子直，唐令狐绹，字子直。《新唐书·令狐绹传》：

“（綯）夜对禁中，烛尽，帝以乘舆、金莲华炬送还，院吏望见，以为天子来。”奚：疑问词。犹何。作烛随东坡：东坡，宋苏轼，号东坡。《宋史·苏轼传》：“轼尝锁宿禁中，召入对偏殿……已而命坐赐茶，彻御前金莲烛送归院。”

㉑“田父（fǔ）”句：谓老农和打柴的人不知金莲花之珍贵，对之肆意诋毁。

㉒辉羲娥：与日月同辉。羲娥：日御羲和与月神嫦娥的并称。借指日月。

㉓“汗青”句：谓史册上诸多关于金莲花的记载，足以说明其可贵。汗青：古时在竹简上记事，先以火烤青竹，使水分如汗渗出，便于书写，并防虫蛀，故称。一说，取竹青浮滑如汗，易于改抹。后以“汗青”指著述完成。此借指史册。缃绿：黄绿色。此指竹简之色。

㉔解语：领会。

㉕娑娑：飘动、轻扬貌。

方应清

方应清（1729—1785），字澄湖，号鉴秋，清代湖南巴陵（今岳阳）人。贡生。初官广西永醇县巡检，后升陕西榆林知县。乾隆四十二年（1777）任代州知府。二年后入朝，以其洁身自爱，不事逢迎，乾隆皇帝为之亲笔题匾。四十九年（1784）分守雁平大朔宁忻代保兵备道，兼管水利事务。

乾隆辛丑季春圣驾再幸五台值雪恭纪①

翠罕重临警跸催②，满空瑞雪绕天来。
土宜自应丰年兆③，膏沃仍从御辇回④。
晋冀山河皆执玉⑤，并汾草木尽装梅⑥。
如云扈从争相向⑦，直步瑶阶上五台⑧。

①此诗录自清乾隆《代州志》。乾隆辛丑：乾隆四十六年（1781）。时乾隆皇帝第四次巡台，于行殿召宴作者。

②翠罕：用翠羽装饰的旌旗。指代帝王的车驾。警跸：古代帝王出巡时，于所经路途侍卫警戒，清道止行，谓之“警跸”。

③“土宜”句：原注：“五台多寒少麦，三春得雪，与夏谷最宜。”

④膏沃：肥沃。

⑤“晋冀”句：谓山西、河北的山河冰封雪盖，一片雪白，犹如古代诸侯执圭朝见天

子。执玉：执玉圭。古以不同形制之玉圭区别爵位。因以称仕宦。《易·益》："有孚中行，告公用圭。"古代朝见天子以圭为贽。

⑥并汾：并州、汾水。指山西。草木尽装梅：谓草木枝头挂满雪花，全部装扮成梅花。宋王安石《梅花》诗："遥知不是雪，为有暗香来。"此反用其意。

⑦如云：原作"如雪"，径改。

⑧瑶阶：玉砌的台阶。此指积雪的山路。

台怀行宫值宿①

玻璃为堵玉为宫②，夜值清凉行在东③。
山捧五台开帐殿，地连三晋入帡幪④。
金灯影映当阶现，法鼓声随刻漏通⑤。
悚惕中宵环卫近⑥，独持敬慎是臣衷。

①此诗录自清乾隆《代州志》。

②"玻璃"句：写台怀行宫白雪覆盖。堵：泛指墙。

③行在：即行在所。指天子所在的地方。《汉书·武帝纪》："谕三老孝弟以为民师，举独行之君子，征诣行在所。"颜师古注："天子或在京师，或出巡狩，不可豫定，故言行在所耳。不得亦谓京师为行在也。"后专指天子巡行所到之地。

④帡幪（píngméng）：本指帐幕。后引申为覆盖。

⑤法鼓：佛教法器之一。举行法事时用以集众唱赞的大鼓。亦指禅寺法堂东北角之鼓，与茶鼓相对。

⑥悚惕：警惕。

恭谢御赐貂皮荷包大缎①

温卷香云彩照梅②，中官捧敕叠传来③。
鸳行乍拥金貂出④，鱼袋双团彩缎开⑤。
宠渥匪颁逢异数⑥，荣叨华衮耀新裁⑦。
只今纫佩从容日⑧，长听嵩呼动九垓⑨。

①此诗录自清乾隆《代州志》。荷包：随身佩戴或缀于袍上装盛零星物品的小囊。

②香云：美好的云气，祥云。梅：指雪。

③中官：宦官。亦指宫内、朝内之官。捧敕：手捧皇帝的诏书。叠：连续，连连。

④鸳行（háng）：即鸳鹭行。比喻朝官的行列。鸳和鹭止有班，立有序，故称。金貂：皇帝左右侍臣的冠饰。汉始，侍中、中常侍之官，于武冠上加黄金珰，附蝉为文，貂尾为饰，谓之赵惠文冠。

⑤鱼袋双团：即双鱼袋。鱼袋，唐代官吏所佩盛放鱼符（朝廷颁发的符信，雕木或铸铜为鱼形，刻书其上，剖而分执之，以备符合为凭信）的袋。宋以后，无鱼符，仍佩鱼袋。

⑥宠渥（wò）：皇帝的宠爱与恩泽。匪颁：分赐。匪，通“分”。异数：特殊的礼遇。

⑦荣叨：犹叨荣。忝受恩荣。叨，犹“忝”，表示承受之意。常用作谦词。华衮（gǔn）：古代王公贵族多彩的礼服。常用以表示极高的荣宠。新裁：新剪裁制作的。

⑧只今：如今；现在。纫佩：语出《楚辞·离骚》：“纫秋兰以为佩。”谓拈缀秋兰，佩带在身。后用以比喻对别人的德泽或教益铭感于心，如纫佩在身。

⑨嵩呼：见朱彝尊《驾幸五台山恭纪》之一注⑦。九垓：九重。指天。

清凉山侍宴恭纪一首①

日丽清凉景气融①，瑞云高簇御筵红。
春排帐殿千官集，食向天厨午宴同③。
八簋既呈歌燕衎④，万年有道庆穰丰⑤。
微臣饱饫真何幸⑥，咫尺钦承宠命隆⑦。

①此诗录自清乾隆《代州志》。

②景气：景色；景象。

③天厨：皇帝的庖厨。

④八簋（guǐ）：簋为古代祭祀宴享时盛黍稷或食品用的圆口圈足器皿。周制，天子八簋。燕衎（kàn）：宴饮行乐。燕，通“宴”。语本《诗·小雅·南有嘉鱼》：“君子有酒，嘉宾式燕以衎。”毛传：“衎，乐也。”

⑤万年：祝祷之词。犹万岁；长寿。《诗·大雅·江汉》：“虎拜稽首，天子万年。”穰丰：年岁丰登。

⑥饱饫（yù）：吃饱。

⑦钦承：恭敬地继承和承受。宠命：加恩特赐的任命。封建社会中对上司任命的敬词。隆：深厚。

恭谢赐克食[①]

侍宴行宫宫畔回，天厨克食又颁来。
珍传碧饽疑包玉[②]，庆洽元宵更嚼梅[③]。
温饱何曾逾素志[④]，饔飧愧许及庸才[⑤]。
六飞候晓仍东发[⑥]，鼓腹齐歌辇道隈[⑦]。

①此诗录自清乾隆《代州志》。克食：即克什。满语。原意为恩，赐予。指皇上恩赐之物。清郝懿行《证俗文》卷十七："满州以恩泽为克什，凡颁赐之物出自上恩者，皆谓之克什。"

②饽：方言，指面食或糕点。

③庆洽：吉庆和协。元宵：汤圆的别名。旧俗元宵节要吃汤圆，所以称汤圆为"元宵"。

④逾：远。

⑤饔飧（yōngsūn）指馈食及宴饮之礼。愧许：惭愧。许，助词，表示感叹。及：涉及。

⑥六飞：亦作"六騑"、"六蜚"。古代皇帝的车驾六马，疾行如飞，故名。

⑦鼓腹：拍击腹部，以应歌节。《史记·范雎蔡泽列传》："（伍子胥）膝行蒲伏，稽首肉袒，鼓腹吹篪，乞食于市。"辇道：指皇帝车驾所经之路。隈：此指路边。

聚　用

聚用，清代僧人。住江苏淮阴闻思寺。乾隆甲戌（1754）春，与其徒养淳、蕴哲徒步朝五台山。曾重新校刻《清凉山志》。

说法偈[①]

今年元夜却无云，春雪三分月十分[②]。
大地清凉除热恼，梅花忘我我忘君[③]。

①此偈录于乾隆乙亥（1755）上元淮阴教授金坛史震林《淮阴重刻〈清凉山志〉序》，题为注者所加。《序》云："元夜月满地，有雪天无云。访聚用长老于淮阴闻思寺，问佛与法……又问：'如何是祖师西来意？'聚公曰：'如何是祖师，如何是西，如何是来？不师

师，不西西，不来来，且道且道。’余遂默然。聚公说偈曰：（即此偈）。”

②“春雪”句：写明洁圆融的真如境界。

③“梅花”句：写物我两忘的彻悟境界。

徐敬儒

徐敬儒（1731—1782），字东冶，清代山西五台人。为清末思想家徐继畬（yú）之祖父。乾隆二十四年（1759）举人。历官直隶永定河南岸同知、九江府同知。四十二年（1777）诰授奉政大夫。

东台望海峰①

滔滔江汉尽朝东，向若登峰倚碧空②。
蓬岛讵分高下势，蜃楼不在有无中③。
数痕紫气难为障，一线清光自可通④。
彩结云霞扶日出，六鳌背上晓天红⑤。

①此诗录自清乾隆《五台县志》。

②“滔滔”两句：谓登上望海峰，身倚碧空，面对江汉滚滚东流、奔赴大海的壮观景象，不由得发出由衷的感叹。江汉：长江和汉水。向若：“向若而叹”的略语。语出《庄子·秋水》：“至于北海，东面而视，不见水端，于是焉河伯始旋其面目，望洋向若而叹曰：‘……今我睹子之难穷也，吾非至于子之门则殆矣。’”后因以“向若而叹”比喻向高明者折服，而自叹不如。若，海神名。

③“蓬岛”两句：谓东台望海峰的气势同仙岛蓬莱山难分高下；东台望海，海市蜃楼并非若有若无，时有时无，而是随时可见。

④“数痕”两句：写东台日出前的情景。痕：犹道，条。用于某些轻淡的东西。清光：清亮的光辉。此指日光。

⑤六鳌背上：指“顶若鳌背”（见《清凉山志卷二》）的东台。六鳌，神话中负载五仙山的六只大龟。相传渤海之东，有一深壑，中有岱舆、员峤、方壶、瀛洲、蓬莱五山，乃仙圣所居之地。然五山皆浮于海，常随潮波上下往还。“帝恐流于西极，失群仙之居，乃命禺彊使巨鳌十五，举首而戴之。迭为三番，六万岁一交焉。五山始峙而不动。而龙伯之国有大人，举足不盈数步而暨五山之所，一钓而连六鳌，合负而趣归其国，灼其骨以数焉。于是岱舆、员峤二山流于北极，沉于大海，仙圣之播迁者巨亿计。”事见《列子·汤问》。

晓天：拂晓时的天色。

了 彙

了彙（huì），清代僧人。号度博。出家于北京西山戒台寺。

五台偈[①]

东台

诚心策杖礼东台[②]，万仞峰头眼豁开。
四望群山环拱伏，风高一夜吼如雷[③]。

①此偈录自周祝英《五台山诗文撷英》。作于清乾隆二十八年（1763）。时作者礼五台山。

②策杖：拄杖。

③吼如雷：一语双关。写自然界的风雷，亦暗喻文殊说法声震大千（下“震地雷”、“付风雷”同）。

北台

五月怀香拜北台[①]，龙潭冰雪未曾开[②]。
风寒透体如三九，疑有飘空震地雷。

①怀香：犹“心香”。佛教语。谓心中虔诚，如供佛之焚香。

②龙潭：指北台灵迹黑龙池。

南台

风恬日暖到南台[①]，各样仙花尽放开[②]。
西望黄河飘玉带，碧天云净不闻雷。

①恬：平静。

②“各样”句：切南台之山名“仙花山”。

西台

峰头挂月是西台[①]，遥望潜龙洞户开[②]。
相对无言惟石友[③]，个中妙意付风雷[④]。

①“峰头”句：切西台峰名“挂月”。
②潜龙洞：指西台灵迹龙洞。
③石友：指西台灵迹二圣对谈石。
④个中妙意：指“不二法门”的奥义。

中台

群峰发脉自中台[①]，极顶平临五里开[②]。
演教寺存人不在[③]，放光有塔已经雷[④]。

①“群峰”句：《清凉山志》卷二：“五台，亦曰五峰……其东西南北四台，皆自中台发脉。”
②五里开：写中台“顶平广，周五里。”见《清凉山志》卷二。
③演教寺：在中台顶。
④放光有塔：指中台灵迹祈光塔。见觉玄《祈光塔》注①。

彭绍升

彭绍升（1740—1796），清代居士。字尺木，又字允初；法名际清，号知归子，长洲（今江苏吴县）人。乾隆二十二年（1757）进士。工古文，治陆、王之学。既而专心净土，创社念佛，受菩萨戒。晚岁屏居僧舍十数载。有《一乘决疑论》、《华严念佛三昧论》、《观河集》等。

果堂上人还自五台延住海会庵以诗代简二首[①]

蓦直台山路未赊[②]，偶同文喜吃杯茶[③]。

南方佛法无多子[4]，一笠秋风到处家。

冷落门庭蔓草深，不教尘虑暂相侵[5]。
石门文字寒山句[6]，写向虚空何处寻[7]？

①此诗录自《续藏经》第110册《观河集节抄》。

②蓦直台山：语出禅宗公案“赵州勘婆”。见广莫《送本无禅师谒五台》注②。蓦直，一径；笔直。赊：距离远。

③“偶同”句：用“无著吃茶”之典。《清凉山志》卷四《无著入金刚窟传》载，唐僧无著入金刚窟“童子捧二玻璃盏，盛满酥蜜，一奉无著，一奉老人。老人举盏问著曰：‘南方有这个么？’著云：‘无。’老人云：‘无这个，将甚么吃茶？’著无对。”文喜：即无著。

④“南方”句：《无著入金刚窟传》：“老人复问曰：‘彼方佛法，如何住持？’著曰：‘末法比丘，少奉戒律。’又问：‘多少众？’著曰：‘或三百五百。’无著却问老人：‘此间佛法，如何住持？’老人曰：‘龙蛇混杂，凡圣交参。’又问：‘多少众？’老人曰：‘前三三与后三三。’无著无语。”无多子：即没有多少人。

⑤“冷落”两句：写作者之庵是人迹罕至，远离尘虑的静修之所。尘虑：犹俗念。

⑥石门文字：指《石门文字禅》。为宋代江西石门寺僧洪觉范之诗文集，其门人觉慧编。其诗文以不学之学、不立文字之文字而发挥禅旨，禅味横溢。寒山句：指唐代僧人寒山（亦称寒山子）的诗句。寒山好吟诗唱偈。其诗偈清奇雅致，风格独具，专注于心灵与智慧的活泼展现，紧契佛理。

⑦“写向”句：写对“文字禅”的否定。因佛教禅宗主张不立文字，直指人心，顿悟成佛，故云。

深 福

深福，当为清代乾隆间僧人。生平不详。

佛光寺藏经碑赞[1]

古竹林深处[2]，碧云说法来[3]。
藏经千古秘[4]，持向佛光开[5]。

①此赞录自清乾隆三十二年〔1746〕六月吉日谷旦立《佛光寺藏经碑记》。题为注者所加。佛光寺：见敦煌文献《五台山赞》注⑯。

②古竹林：南台灵迹。见镇澄《古竹林》注①。

③碧云：唐末清凉桥僧。《佛光寺藏经碑记》："唐末，经文延访清凉桥碧云大和上坐，后古竹林讲经三载。佛经之中，妙语无言，开示众僧，阐发无数。僧众感激，咸欲立碑，以纪其盛。"

④藏经：即一切经。佛教经典的总称。

⑤开：开示。

张 修

张修，清代乾隆间人。生平不详。

佛光寺东殿重修①

冀北禅林第一宫②，何年结构此奇峰③？
层台耸立巉岩里，巨殿危凌峭壁中④。
座后莲花开邑邑⑤，门前铁磬响空空⑥。
灵凭浩劫真容在⑦，万载常昭补葺功⑧。

①此诗录自《佛光寺重修东殿碑记》。落款为"大清乾隆三十三年（1768）岁次戊子莲月。"题为注者所加。佛光寺东殿：即大佛殿。为佛光寺主殿。创建于北魏孝文（471—499）时，唐大中十一年重修。为我国现存唐代木构殿堂的范例。

②冀北：冀州之北。冀州，古九州之一。包括今山西全省、河北西北部、河南西部。汉以后，历代都设冀州，但所辖地区逐渐缩小，一般包括今河北、河南北部。

③结构：连接架构，以成房舍。

④危凌：危然凌空。即高耸。

⑤莲花：佛光寺所在东岭名。《佛光寺重修东殿碑记》："予不敏，窃尝观夫佛光胜状在东岩大殿，后靠莲花，前临峨水，南峰、北峰竞秀，而殿独宏伟雄奇，巍巍上中立，诚钜观也。"邑邑：当作"浥浥"。形容香气浓郁。

⑥铁磬：铁铸的乐器。以代更鼓。也称云板。空空：象声词。又佛教谓一切皆空而不执著于空名与空见。《大品波若经·如化品》："以空空，故空。不应分别是空、是化。"此一语双关。

⑦浩劫：大灾难。此或指唐武宗灭法佛光寺殿宇遭毁事。真容：指大佛殿所奉佛像。作者在碑记中云："盖是殿为佛祖藏真显像之所。"又《佛光寺藏经碑记》："至大明万历四十五年（1617），天皇敕赐'真容古刹'。"

⑧昭：彰明，显示。

冯锡旂

冯锡旂，清代山西代州（今山西代县）人。乾隆间岁贡。曾任永宁州训导。

游白人岩①

一瓣名香礼白人②，行行曲磴石嶙峋。
长松拥寺全消暑，短木蒙岩半是榛③。
雷电忽来迷远岫，风云乍合舞神蜦④。
欣逢野老连宵话⑤，朴樕真同太古民⑥。

①此诗录自清乾隆《代州志》。白人岩：亦作："白仁岩"。见王三聘《游白仁岩》注①。

②一瓣名香：疑为"一瓣心香"之误。心香，佛教语。谓中心虔诚，如供佛之焚香。

③榛：果木名。落叶灌木和小乔木。实如栗，可食用或榨油。

④神蜦（lún）：即"蜦"。传说中的神蛇。《说文》："蜦，蛇属也，黑色，潜于神泉之中，能兴云致雨。"

⑤野老：村野老人。连宵：犹通宵。

⑥朴樕（sù）：犹朴素。质朴，无文饰。

题白人岩八景①

说法台②

远公台畔日华明，四望千村陇陌平③。
闲依松根扪石笋④，古今独尔解无生⑤。

①此诗录自清乾隆《代州志》。白人岩：见王三聘《游白仁岩》注①。

②说法台：在白人岩寺南端。台平正肃然，相传东晋高僧慧远说法处。

③陇陌：犹陇亩。田地。

④石笋：挺直的大石。其状如笋，故名。

⑤尔：你。指石笋。无生：此指无生理。佛教谓无生无灭的真谛。

玉龙宫[①]

水晶宫阙胜昆仑[②]，灵爽千秋庙貌存[③]。
老衲打钟迎社鼓[④]，昨朝山下雨翻盆[⑤]。

①原注：“白衣龙王祠。”

②水晶宫阙：即水晶宫。传说中水神和龙王宫殿。昆仑：山名。在西藏、新疆和青海之间。势极高峻，多雪峰、冰川。古代神话传说，昆仑山上有瑶池、阆苑、增城、县圃等仙境。此指代仙境。

③灵爽：指神灵，神明。

④社鼓：旧时社日祭神所鸣奏的鼓乐。

⑤雨翻盆：犹大雨倾盆。

古南庵[①]

晋代开山自远公[②]，胜游曾此驻仙翁[③]。
只今遗迹空鼯鼠[④]，压屋山花照眼红。

①古南庵：在修真洞南。依岩成庐，古朴纯真。相传明兵部尚书张凤翼和孙传庭均曾于此处读书。

②开山：在名山创立寺院。远公：晋释慧远。

③胜游：快意的游览。

④只今：如今；现在。鼯（wú）鼠：鼠名。别名夷由。俗名大飞鼠。外形像松鼠，生活在高山树林中。尾长，背部褐色或黑色，前后肢间有宽大的薄膜，能借此在树间滑翔，吃植物的皮、果实和昆虫，古人误以为鸟类。

玉皇阁[①]

巍峨轮奂壮乾坤[②]，拱揖诸天象魏尊[③]。
梵呗似从天上落[④]，云来虎豹九关蹲[⑤]。

①玉皇：道教称天帝曰玉皇大帝，简称玉帝、玉皇。

②轮奂：形容屋宇高大众多。语出《礼记·檀弓下》："晋献文子成室，晋大夫发焉。张老曰：'美哉轮焉，美哉奂焉！'"郑玄注："轮，轮囷，言高大；奂，言众多。"

③"拱揖"句：谓玉皇阁前，双阙高大，像在向天空拱手作揖。象魏：古代天子、诸侯宫门外的一对高建筑，亦叫"阙"或"观"，为悬示教令的地方。尊：犹尊大。至高至大。

④梵呗：佛教谓做法事时的歌咏赞颂之声。

⑤九关：谓九重天门或九天之关。语本《楚辞·招魂》："魂兮归来，君无上天些。虎豹九关，啄害下人些。"王逸注："言天门凡有九重，使神虎豹执其关闭。"王夫子通释："九关，九天之关。"

试心石[①]

窅然大壑石森森[②]，矗立孤危几百寻。
纵使悬崖能撒手[③]，何如清夜问吾心[④]？

①试心石：绝壁悬崖，二尺见方。相传晋释慧远在白仁岩弘法时，为辨鱼目混珠者而设。凡前来朝山者，必先试心于石，度其虔诚者，方准入寺。

②窅（yǎo）然：幽深貌。森森：高耸貌。

③悬崖撒手：比喻人至绝境，只能另作选择，义无反顾。《景德传灯录·苏州永光院真禅师》："直须悬崖撒手，自肯承当。"

④清夜：清静的夜晚。

棋枰石[①]

纷纷黑白竞元黄[②]，一局频消岁月长。
不为踌躇难措手，危机应鉴错中忙[③]。

①棋盘石：天然石刻棋盘。相传为慧远与众仙品棋悟道之所。

②黑白：围棋分黑子、白子。竞元黄：即争天斗地。元黄：即玄黄。指天地的颜色。玄为天色，地为黄色。《易·坤》："夫玄黄者，天地之杂也，天玄而地黄。"

③"不为"两句：谓要想避免踌躇再三而难以下手的被动局面，应预先洞察可能出现的危机，沉着应付，从而避免发生忙中出错的情况。

七星泉[①]

高岩岩畔草青青，平列灵源号七星[②]。
唤起神龙作好雨，山中一夜走雷霆。

①在峭壁凹处，有七眼石井，形如北斗七星，如出一源，故称。

②灵源：对水源的美称。

桃源洞[①]

蚕丛鸟道半天横[②]，险设重关此避兵。
圣代久经戎马息[③]，颓垣斜傍夕阳明。

①原注："昔人造以避兵者。"桃源：典出晋陶潜《桃花源记》。见王三聘《游白仁岩》之二注①。

②蚕丛鸟道：指绝险的山路。蚕丛，借指蜀地。

③圣代：旧时对当代的谀称。此指清代。戎马：战乱，战争。

吴重光

吴重光，字萱山，清代江苏江都人。清乾隆四十一年（1776）由举人任代州州判。四十九年（1784）迁代州直隶州知州。曾主编《代州志》。

赴五台山[①]

久识清凉境，晴光四望收。
岩头明积雪[②]，峨口咽溪流[③]。

路转千峰侧，云深古寺幽。
和风扇暖日，习习动林邱[4]。

①此诗录自清乾隆《代州志》。

②岩头：村名。在繁峙县城南。

③峨口：集镇名。在代县东与繁峙县交界处，峨河穿村而过。

④习习：微风和煦貌。林邱：亦作“林丘”。树木与土丘。泛指山林。此指隐居之处。

岩寺晚钟[1]

夕阳山郭晚烟浓[2]，古寺依稀动远钟。
解脱尘缘应大觉[3]，数声缥缈入云空。

①此诗录自清乾隆《代州志》。岩寺：指白仁岩寺。见王三聘《游白仁岩》注①

②山郭：山村。

③大觉：佛教语。谓正觉。即佛智。对凡夫的“不觉”、外道的邪观而言。《楞严经》卷六：“空生大觉中，如海一沤发。”

游白人岩杂咏八首[1]

入山

久知岩畔辟幽栖[2]，七载于今快马蹄。
红日荡胸临绝巘[3]，翠微深处白云低[4]。

①此诗录自清乾隆《代州志》。白人岩：见王三聘《游白人岩》注①。

②幽栖：幽僻的栖止之处。

③绝巘：极高的山峰。

④翠微：指青翠碧绿的山腰幽深处。

岩前石壁

嶙峋千丈屹如屏，谁信当年役五丁[1]？
叠翠拖蓝开净域[2]，悬崖直对半山亭。

①五丁：神话传说中的五个力士。参见刘纶《恭和御制〈千佛洞四十韵〉元韵》注②。

②叠翠拖蓝：层叠的青翠山峦拖曳着蔚蓝的云烟。净域：佛教语。原指弥陀所居之净土。后为寺院的别称。

岭上乔松[①]

作阵松风吼怒涛[②]，穿林一过兴偏豪。
龙鳞未老千年植[③]，盘错由来更几遭[④]？

①乔松：高大的松树。

②作阵：排成阵势。此形容连续不断。

③龙鳞：指松。其皮如龙鳞，故称。

④盘错："盘根错节"之省。谓树木根株盘曲，枝节交错。由来：自始以来；历来。更（gēng）几遭：指经历多少次雷霆风暴。更，经过，经历。

七星泉

闻道神龙此伏潜，清甘最是七星泉。
何当奋发春雷起[①]，飞洒村村大有年[②]。

①何当：犹何日，何时。

②大有年：丰收年景。

棋盘石

未经凿削俨棋枰，谁共仙家一局争？
莫道满盘无著处，举头峰外看输赢[①]。

①"莫道"两句：意谓不要为"满盘无著处"而烦恼；举头看看峰外尘世的纷争，那才是真正的烦恼（用赵林恩说）。

试心石

孤悬片石耸危崖，如履如临怵素怀①。
但使扪心常自定②，直教坦步上云阶③。

①“如履”句：谓言行小心谨慎，心怀恐惧，是我的本心。如履如临：《诗·小雅·小旻》：“战战兢兢，如临深渊，如履薄冰。”后以“如履如临”形容做事极为小心谨慎。

②但使：只要。

③云阶：高阶。指试心石。

讲经石

勾注晴光拂槛开①，登临暂憩讲经台。
若能不昧前因果②，狐鼠曾经醒悟来③。

①勾注：山名。即雁门山。见杨顺《重游圭峰寺》注②。晴光：晴朗的日光。

②前因果：前世的因果。因果，佛教语。谓因缘和果报。根据佛教轮回之说，种什么因，结什么果；善有善报，恶有恶报。

③狐鼠：城狐社鼠的省语。城墙洞中的狐狸，社坛里的老鼠。比喻有所凭依而为非作歹的人。语本《晏子春秋·问上九》：“夫社，束木而涂之，鼠因往托焉，熏之则恐烧其木，灌之则恐败其涂，此鼠所以不可得杀者，社故也。”《晋·谢鲲传》：“及敦将为逆，谓鲲曰：‘刘隗奸邪，将危社稷。吾欲除君侧之恶，匡主济时，何如?’对曰：‘隗诚始祸，然城狐社鼠也。’”宋洪迈《容斋四笔·城狐社鼠》：“城狐不灌，社鼠不熏。谓其所栖穴者得所凭依，此古语也。故议论者率指人君左右近习为城狐社鼠。”

归途

夕阳斜挂影重重，归路犹听傍晚钟。
苍翠满山藏暮霭，一轮明月出高峰。

徐攀桂

徐攀桂，清代河南郑州人。副贡。乾隆四十四年（1779）以代州粮捕州判摄令定襄。四十九年参与修撰《代州志》。喜文工诗，有《柳塘集》。

岩寺晚钟①

闻道禅林发晚钟，我来惟见几株松。
白人岩上留仙迹②，不许风尘邂逅逢③。

①此诗录自清乾隆《代州志》。岩寺：即白仁岩寺。见王三聘《游白仁岩》注①。

②仙迹：指晋释慧远的足迹。清乾隆《代州志》："晋释慧远建祠（寺）。"

③风尘：指风尘中人。即作者。邂逅：不期而遇。

李秉忠

李秉忠，清代乾隆间山东蓬莱人。

望海楼偶题①

天公强生我，生我亦何为？
无衣使我寒，无食使我饥。
父母无我靠，妻子无我依。
还你天公我，还我天公你。

①此诗录自李相之《五台山游记·东台顶》。游记称，此诗题于东台望海楼二层粉壁上，落款为"山东蓬莱李秉忠偶题"。寺僧谓李为清乾隆间人。诗题为注者所加。

爱新觉罗·颙琰

爱新觉罗·颙琰（1760—1820），即清仁宗。1796—1820在位，年号嘉庆。即位之初，政事由太上皇帝决定。嘉庆四年亲政后，立即诛杀和珅。在位期间，土地高度集中，政治腐败，农民起义纷纷爆发，清政府日益衰落。

五台赞①

东台

曼殊师利，住锡来东②。
顶若鳌背③，杰峙云中④。
峰标望海，元气庞洪⑤。
日轮耀采，霞取升空⑥。
沧瀛一碧，天外溟濛⑦。
华严胜境⑧，心印圆通⑨，
得大自在⑩，济度愚蒙。
佛法王道⑪，原无异同。

①此赞录自菩萨顶碑刻。落款为“嘉庆十六年（1811）岁次辛未闰三月上澣御笔”。是年三月作者巡游五台山。于三十日到达台怀，住菩萨顶行宫，游览七日后返京。

②住锡：即驻锡。僧人出行，以锡杖自随，因称僧止住为住锡。

③“顶若”句：写东台顶的状貌。《清凉山志》卷二：“东台，约高三十八里，顶若鳌脊，周三里。”

④杰峙：高高耸立。

⑤元气：指天地未分前的混沌之气。庞洪：亦作“庞鸿”。古人以天体未形成之前，宇宙混沌一体称为“庞鸿”。

⑥取：迎接。

⑦溟濛：模糊不清。

⑧“华严”句：谓东台是《华严经》所说的大乘境界。

⑨心印：佛教禅宗用语。谓不用语言文字，直接以心相应，以期顿悟。圆通：佛教语。圆，不偏倚；通，无障碍。谓悟觉佛性。

⑩“得大”句：谓彻底解脱。自在：佛教以心离烦恼之系缚，通达无碍为自在。

⑪王道：儒家提出的一种以仁义治天下的政治主张。与霸道相对。

西台

栲栳名山①，高凌贝阙②。
寺额法雷，峰标挂月。

圆镜光明[③]，慧风清越[④]。
八功德水[⑤]，不盈不竭。
文殊西来，迷津宝筏[⑥]。
初地清凉，那罗延窟[⑦]。
常转法轮[⑧]，原无休歇。
灵鹫遥天，仰瞻崒岏[⑨]。

①栲栳（kǎolǎo）：西台别名。《广清凉传》卷上："据古图所载……栲栳山是西台。"

②贝阙：以紫贝为饰的宫阙。本指河伯所居的龙宫水府，后用以形容壮丽的宫室。语出《楚辞·九歌·河伯》："鱼鳞屋兮龙堂，紫贝阙兮珠宫。"此形容西台顶法雷寺殿宇的壮丽。

③圆镜：切峰名"挂月"。借指圆月。又指大圆镜智。佛四智之一。谓佛观照一切事相理相无不明白的智慧。

④"慧风"句：谓佛智有如清风，高超出众，清秀拔俗。

⑤八功德水：西台灵迹。见觉同《和咏五台·西台》注④。

⑥迷津：佛教语。指迷妄的境界。宝筏：比喻引导众生渡过苦海到达彼岸的佛法。

⑦"初地"句：谓清凉山那罗岩窟为文殊住处。初地：见汪由敦《恭和御制〈瞻礼菩萨顶有作〉》注④。那罗延窟：西台灵迹。见敦煌文献《五台山赞》注㉖。

⑧转法轮：指说法。法轮：佛教语。比喻佛法。谓佛说法，圆通无碍，运转不息，能摧破众生的烦恼。

⑨崒岏（zúwù）：亦作"崒兀"。险峻貌；高耸貌。或作"翠屼"、"翠兀"，似误。

南台

入山初见，台顶云浮。
佛法普济[①]，南瞻部洲[②]。
大方广室[③]，万圣同修。
覆盂峻极[④]，物外遨游[⑤]。
燕豫秦晋[⑥]，一目全收。
众生六道[⑦]，接引莲舟[⑧]。
须弥纳芥[⑨]，形影周流。
身有三宝[⑩]，精进自求[⑪]。

①普济：犹普度众生。佛教谓广施法力使众生普遍得到解脱。因南台顶建于普济寺，故云。

②南瞻部洲：佛教中所说的四大洲之一。亦作阎浮提洲。在须弥山南。即人类所居世界。

③“大方”句：指普济寺或五台山佛地。方广：佛教语。大乘经典、教义的通称。其言富，其理正，故名。隋吉藏《胜鬘宝窟》卷中：“方广者，是大乘经之通名也……理正为方，言富为广。”亦以指佛寺。

④覆盂：倒置的钵盂。比喻南台顶的相状。《清凉山志》卷二：“南台……顶若覆盂，周一里。”

⑤物外：世外。谓超脱于尘世之外。

⑥燕豫秦晋：分别为河北、河南、陕西、山西的简称。

⑦六道：佛教语。谓众生轮回的六去处：天道、人道、阿修罗道、畜生道、饿鬼道、地狱道。

⑧接引：佛教语。谓佛与观世音、大势至两菩萨引导众生入西方净土。莲舟：普度众生之舟筏。喻佛法。

⑨须弥纳芥：佛教语。谓广狭、大小等相容自在，融通无碍。

⑩三宝：佛教以佛、法、僧为三宝。

⑪精进：佛教语。为“六波罗蜜”之一。梵语意译。谓坚持修善法，断恶法，毫不懈怠。

北台

巍峨北台，凌虚叶斗。
仰山九霄，俯临众阜[①]。
崱岁嵚崎[②]，万神护守。
积雪夏停，罡风夜路[③]。
嵩岱气连，华恒脉厚[④]。
飞锡曼殊，超离尘垢[⑤]。
绝顶雷音，震荡嵣嵝[⑥]。
居所高高，与天地久。

①众阜：指其他较低的山岭。阜，山。

②崱岁（zèlì）：高大险峻貌。嵚崎：险峻；不平。一作“岭崎”，似误。

③罡风：高空的风。路，经过。

④“嵩岱”两句：谓北台的气脉与中岳嵩山、东岳泰山、西岳华山、北岳恒山紧密相连，同样浑厚。

⑤尘垢：犹世俗。

⑥“雷音”两句：谓北台顶雷音寺文殊说法，有如雷音，震荡群山。培塿（pǒulǒu）：形容山低矮。

中台

四极四和①，环拱演教②。
卓立中峰，云崖霞峤③。
现大吉祥，佛光普照。
慈愿甚深④，静觉圆妙⑤。
顶礼真容，心钦目眺。
锡福兆民⑥，随缘感召⑦。
慧日高悬⑧，智珠朗耀⑨。
勉绍前修⑩，未窥奥窔⑪。

①四极四和：语出《周髀算经》卷下：“日运行处极北，北方日中，南方夜半；日在极东，东方日中，西方夜半；日在极南，南方日中，北方夜半；日在极西，西方日中，东方夜半：凡此四方者，天地四极四和。”赵爽注：“四和者，谓之极。子午卯酉，得东西南北之中，天地之所合，四时之所交，风雨之所会，阴阳之所和。然则百物阜安，草木蕃庶，故曰四和。”此借指东南西北四台处于四方，和谐协调。

②演教：寺名。在中台顶。

③“云崖”句：谓云霞缭绕于山崖。峤（qiáo）：本指高而锐的山。泛指高山或山岭。

④“慈愿”句：佛教大乘菩萨行者必发四大誓愿：“众生无边誓愿度，烦恼无边誓愿断，法门无量誓愿学，佛道无上誓愿成。”其愿慈悲，故称慈愿；其愿深广，故言甚深。

⑤静觉：通过静修而领悟佛法真谛。圆妙：佛教语。谓圆满融通。隋智顗《四教仪集注》：“三谛圆融，不可思议，名曰圆妙。”

⑥锡：通“赐”。赐予。

⑦随缘：佛教语。谓佛应众生之缘而施教化。缘，指身心对外界的感触。感召：犹感应。

⑧慧日：佛教语。指普照一切的法慧、佛慧。

⑨智珠：即“摩尼珠”。宝珠。晋法显《佛国记》：“（师子国）多出珍宝珠玑，有出摩尼珠地，方可十里。”在经论中，“摩尼珠”多比喻清净的佛性，亦即“本觉真心”。

⑩勉绍：尽力承继。前修：犹前贤。

⑪奥窔（yào，又读 yǎo）：指奥妙精微之处。

陈裴之

陈裴之（1794—1826），字孟楷，号小云，又号朗玉山人，清代钱塘（今浙江杭州）人。诸生。其父为当时著名诗人陈文述，其妻汪瑞是陈文述女弟子。裴之与汪瑞以诗唱和无间。官云南府南关通判。有《澄怀堂集》。

五台山金莲花诗①

一

五台山色本清凉，种出金莲满上方②。
宝相千层围法界③，琼蕤四照散天香④。
风裳水佩游仙引⑤，月地云阶选佛场⑥。
为问几枝开并蒂，瑶池长覆紫鸳鸯⑦。

①此诗录自徐世昌《晚晴簃诗汇》卷一百三十四。金莲花：见玄烨《金莲映日》注①。

②上方：天上；天界。此指五台山。

③宝相：佛的庄严形象。又，花名。蔷薇花的一种。《广群芳谱·花谱二一·蔷薇》：“蔷薇，一名刺红……他如宝相、金钵盂、佛见笑、七姊妹、十姊妹，体态相类，种法亦同。”此借指金莲花。法界：见王陶《佛光寺》注③。此指五台山佛地。

④琼蕤（ruì）：玉花。此为对金莲花的美称。

⑤“风裳”句：谓风裳水佩的金莲花常见于人们的游仙诗中。风裳水佩：以风为衣裳，以水作佩饰。语本唐李贺《苏小小墓》诗：“风为裳，水为佩。”本写美人的妆饰，后形容荷花之状貌。此形容金莲花的状貌。游仙：古人谓游心仙境，脱离尘俗。引：乐曲体裁名，有序奏之意。亦为古歌曲名。此泛指诗歌。

⑥“月地”句：谓金莲花在仙境般的五台山佛地生长。月地云阶：以月为地，以云为阶。指天上。唐杜牧《七夕》诗：“云阶月地一相过，未抵经年别恨多。”选佛场：《景德

传灯录·天然禅师》载：唐代天然禅师初习儒，将入长安应举，途逢禅僧，谓选官不如“选佛”，“今江西马大师出世，是选佛之场，仁者可往。”天然改变初衷，出家习禅。后因以“选佛场”指开堂、设戒、度僧之地。亦泛指佛寺。

⑦“瑶池”句：谓五台山的池水中永远晃动着如同紫鸳鸯般双栖双息的并蒂金莲花的身影。瑶池：古代传说中昆仑山上的池名。西王母所居。此泛指美池。

二

一花一叶一因缘①，阿耨池边种几年②？
功德水涵众香国③，华鬘云拥四禅天④。
灵根漫佐伊蒲馔⑤，嘉树应翻贝叶编⑥。
旧是文殊留影地⑦，折来还供法王前⑧。

①“一花”句：谓五台山金莲花有不凡的因缘。《华严经》：“佛土生五色茎，一花一世界，一叶一如来。”此用其意。因缘：佛教语。佛教谓使事物生起、变化和坏灭的主要条件为因，辅助条件为缘。《翻译名义集·释十二支》：“前缘相生，因也；现相助成，缘也。”

②阿耨（nòu）池：阿耨达池的省称。梵语译音。意译为“无热恼”。唐代称为无热恼池。参见敦煌文献《大唐五台曲子词六首》之五注①。此泛指五台山的水池。又五台山西台北有灵迹八功德水。

③涵：浸润；滋润。众香国：佛国名。《维摩诘经·香积佛品》：“上方界分过四十二恒河沙佛土有国名‘众香’，佛号‘香积’，今现在。”此喻金莲花盛开的五台山佛国。

④华鬘云：如云的华鬘。华鬘：即花鬘。古印度人用作身首饰物的花串。也有用各种宝物雕刻成花形，联缀而成的。此指如云的金莲花。四禅天：佛教有三界诸天之说。三界指欲界、色界、无色界。色界诸天又分为四禅：初禅为大梵天之类，二禅为光音天之类，三禅为遍净天之类，四禅为色究竟天之类。色究竟天为色界的极处。此指佛地五台山。

⑤“灵根”句：谓金莲花的根苗可随意用作斋供的佐料。伊蒲馔：斋供，素食。《书言故事·释教》：“齐（通“斋”）供食曰伊蒲馔。”

⑥“嘉树”句：谓金莲花这样的嘉树应记载于佛经。嘉树：菜名。《吕氏春秋·本味》：“余瞀之南、南极之崖，有菜，其名曰嘉树，其色若碧。”贝叶编：指佛经。因其写于贝叶上，故称。

⑦文殊留影地：指五台山。因五台山为文殊化现之地，故云。

⑧法王：佛教对释迦牟尼的尊称。亦借指高僧。

三

铸金辛苦布金难，谁向仙家鬓上看[①]？
蔓市栽来品优钵[②]，迦陵衔处味旃檀[③]。
山经补系天花菜[④]，禅悦分参竺法兰[⑤]。
休比南朝玉儿步[⑥]，捧珠龙女最姗姗[⑦]。

①“铸金”两句：意谓金莲花得来不易，不轻易施于人；仙家为种金莲花而辛苦，已霜染两鬓。

②“蔓市”句：谓金莲花栽种于天界仙花丛聚之处，其品格如同青莲花。蔓：指蔓陀。花名。传说佛说法时，天雨之花，即曼陀罗，可为饰品。《法华经·序品》：“是时天降曼陀罗华。”市：比喻人或物类会聚而成的场面。亦指聚集。优钵：即优钵罗。植物名。梵语。即青莲花。多产于天竺，其花香洁。

③迦陵：迦陵频伽的省称。梵语译音。鸟名。意译为好声鸟。佛教传说中的妙禽。味旃檀：发出檀香般的妙香。

④“山经”句：谓山经附有金莲花之名，和菌类天花记于一处。按：《清凉山志》卷二《五峰灵迹》后录有名花八种，其中有金芙蕖（金莲花）、天花之名。

⑤“禅悦”句：谓金莲花的香味可以分给参禅的僧人，使之心神愉悦。竺法兰：传说为中天僧人。见朱彝尊《驾幸五台山恭纪三首》之三注③。此借指僧人。

⑥南朝玉儿步：用“金莲”之典。事本《南史·齐纪下·废帝东昏后》：“凿金为莲花以帖地，令潘妃行其上，曰‘此步步生莲花也。’”后因以称美人步态之美。玉儿：潘妃小字玉儿。

⑦“捧珠”句：谓金莲花随风摇曳，犹如捧珠龙女缓步向佛，那才是真正的高洁飘逸呢。捧珠龙女：《法华经》载：龙女有一宝珠，价值三千大千世界，持以供佛，佛即纳受。龙女谓舍利弗等言：“我献宝珠，世尊纳受，是事疾不？”答曰：“甚疾。”龙女言：“以汝神力，观我成佛，复速于此。”姗姗：高洁飘逸貌。此状金莲花随风摇曳之态。

四

映日流辉艳绮霞[①]，山庄移至梵王家[②]。
九天湛露凝仙掌[③]，一路春风护属车[④]。
照影绿环灵沼水[⑤]，分香红出苑墙花[⑥]。
宸游玩物非无意[⑦]，定有遗芳望翠华[⑧]。

①“映日”句：谓金莲花在日光的映照下光彩闪耀，比美丽的彩霞还要艳丽。

②“山庄”句：谓将金莲花移栽到帝王家的山庄。玄烨《金莲花盛放》有“近日山房栽植茂”之句。梵王家：指帝王家。梵王：指色界初禅天的大梵天王。亦泛指此界诸天之王。此借指康熙皇帝。

③“九天”句：谓如同仙掌凝聚着高空的浓重仙露，金莲花承受着帝王的恩泽。九天：谓天空的最高处。又指宫禁。亦指帝王。湛露：浓重的露水。又湛露为《诗·小雅》篇名。《左传·文公四年》：“昔诸侯朝正于王，王宴乐之，于是乎赋《湛露》。则天子当阳，诸侯用命也。”后因以喻君主的恩泽。仙掌：《三辅黄图》：“神明台，武帝造，上有承露盘，有铜仙人舒掌捧铜盘、玉杯，以承云表之露，以露和玉屑服之，以求仙道。”

④“一路”句：谓返京的路上金莲花满面春色，有帝王的侍车为之护驾。春风：形容喜悦的表情。属车：帝王出行时的侍车。亦借指帝王。

⑤“照影”句：谓在宫禁中，金莲花绿色的倩影四面环绕，映照在池沼中。灵沼：池沼的美称。又，《诗·大雅·灵台》：“王在灵沼，于牣鱼跃。”毛传：“灵沼，言灵道行于沼也。”后喻帝王的恩泽所及之处。

⑥分香：“分香卖履”之省。东汉末，曹操造铜雀台，临终时吩咐诸妾：“汝等时时登铜雀台，望吾西陵墓田。”又云：“余香可分与诸夫人。诸舍中无为，学作履组卖也。”见陆机《吊魏武帝文》序。后以“分香卖履”喻临死不忘妻妾。此喻帝王生前对金莲花的宠爱。红出苑墙花：即红杏出墙。语出宋叶绍翁《游园不值》诗：“春色满园关不住，一枝红杏出墙来。”苑，古称养禽兽、植林木的地方，多指帝王和贵族的园林。

⑦宸游：帝王出行。玩物：观赏景物。亦指沉迷于所爱好的事物。此指沉迷于金莲花。

⑧遗芳：指寒冬季节百花凋谢后遗留下来的香花、芳草，如兰花、菊花、梅花等。此指帝王去世后的金莲花。翠华：天子仪仗中以翠羽为饰的旗帜或车盖。亦为御车或天子的代称。此指代天子。

祁　垛

祁垛，清代山西高平人。岁贡。道光十三年（1833）任繁峙县儒学教谕，迁湖北利川县知县。

台背冰岩①

北台高耸接苍茫，万古寒冰一壑藏。

我亦清心坚自励[2]，不知人世有炎凉[3]。

①此诗录自清道光《繁峙县志》。台背冰岩：为繁峙十景之一。清《道光县志》："县东南，北台背也。冰结不消，鉴悬崖畔，常莹莹，朗若照夜之珠，俗呼万年冰。"

②清心：纯正之心。

③"不知"句：意谓将世态炎凉置之度外。

侯劾职

侯劾职，清代山西繁峙人。道光十七年（1837）举人。曾任灵石县儒学教谕。

岩山滴翠[1]

万岩层出似芙蓉，拾翠入来第一峰[2]。
路已到头犹百转，山才开眼又千重。
疑看绿石成飞羽[3]，误认苍苔作老松。
搔首青天携谢句[4]，藤萝倚杖水淙淙。

①此诗录自清道光《繁峙县志》。岩山滴翠：繁峙十景之一。在秘魔岩。清光绪《繁峙县志》："（县）南山之南，石屏横列，紫色参天，细草烟痕，皆堪题画，洵胜景也。"滴，亦作"叠"。

②拾翠：拾取翠鸟羽毛以为首饰。后多指妇女游春。语出三国魏曹植《洛神赋》："或采明珠，或拾翠羽。"此泛指踏春。

③飞羽：飞鸟。

④携：指携取。即拿取。谢句：指谢灵运那样的诗句。谢灵运，南朝宋诗人。喜游览，其诗大都描写山水名胜，善于刻画自然景物，开文学史上山水诗一派。

周人甲

周人甲，清代湖北蒲圻人。拔贡。道光二十三年（1843）任五台知事。

圭峰古柏[①]

塞云深处辨花之[②]，百丈虬龙影倒垂[③]。
神物飞腾终有日，稳看风雨会来时[④]。

①此诗录自清道光《繁峙县志》（下同）。圭峰古柏：繁峙十景之一。圭峰，寺名。西台外寺院。坐落于峨谷（繁峙县岩头乡安家村北凤凰山中），隋建。寺周多柏树，树干像麻花，有相同的扭纹，人称“拧纹柏”。传说古时寺内有一聚宝盆，和尚为防被人抢劫，将盆埋于一棵小柏树下，把树干拧为绳形作记号，不料一夜之后，满坡柏树均成绳形。遂将此景名曰“圭峰古柏”。

②辨花之：辨别其“之”子形的花纹。

②虬龙：传说中一种无角的龙。比喻盘屈的树枝。

③“神物”两句：此将圭峰古柏比喻成龙。《易·乾》：“云从龙，风从虎，圣人作而万物睹。”故云。

台背冰岩[①]

六月重阴冱北台[②]，炎威曾不到林隈[③]。
乾宫合是寒凝位[④]，莫道冰山势易摧[⑤]！

①台背冰岩：见祁埰《台背冰岩》注①。

②重（chóng）阴：双重庇护。此指重重冰凌。冱（hù）：冻结。

③曾（zēng）：副词。乃；竟。

④“乾宫”句：《易》纬家有“九宫八卦”之说，即离、艮、兑、乾、坤、坎、震、巽八卦之宫，加上中央宫。其中乾宫为“九宫”之第六宫，位于西北方，于时为立冬，故言“寒凝位”。《令枢经·九宫八风》：“立冬六，新洛，西北方。”

⑤冰山势易摧：冰山遇天气转暖即消融，故亦以比喻不可长久依赖的靠山。五代王仁裕《开元天宝遗事》卷上：“杨国忠权倾天下，四方之士，争诣其门。进士张彖者，陕州人也，力学有大名，志气高大，未尝低折于人。有人劝彖令修谒国忠，可图显荣。彖曰：‘尔辈以谓杨公之势，依靠如泰山，以吾所见，乃冰山也，或皎日大明之际，则此山当误人尔。’后果如其言。”

岩山叠翠[①]

晴峰高耸夏云收，古木阴浓翠欲流。
恰是倪迂新画稿[②]，轻烟淡抹碧山头。

①岩山叠翠：见侯効职《岩山叠翠》注①。

②倪迂：元画家倪瓒。无锡（今属江苏）人。性好洁而迂僻，人称“倪迂”。擅山水，多以水墨为之。好作疏林坡岸、浅水遥岑之景，意境幽淡萧瑟。他的简中寓繁、似嫩实苍的风格，给文人水墨山水画以新的发展。与黄公望、吴镇、王蒙合称“元四家”。

三泉涌冽[①]

两岸青青柳色妍，灵源映澈碧连天[②]。
道元注水微嫌略[③]，不载孤山品字泉。

①三泉：泉名。为滹沱河源。位于繁峙县大营镇老泉头村。清光绪《繁峙县志》：“县东三泉渤沸，如珠乱喷，虽盛夏，对之亦寒。一名品字泉。”“三泉涌冽”为繁峙十景之一。又《清凉山志》列为北台灵迹。

②灵源：对水源的美称。

③道元注水：北魏郦道元注释汉桑钦撰《水经》，称《水经注》。

圭峰古柏[①]

古寺幽深径转螺[②]，亭亭翠柏郁山阿。
前朝岁月消磨尽，边塞风霜阅历多。
鳞甲生成形变化，羽毛丰满影婆娑[③]。
秦封未受真君子，纵到严寒不改柯[④]！

①圭峰古柏：见周人甲《圭峰古柏》注①。

②古寺：指圭峰寺。径转螺：山径在青山间盘旋。螺，形容深碧色山石蟠旋似螺髻。借指青山。

③“鳞甲”两句：谓古柏之皮有如龙蛇之鳞甲，其形态变化多端；而其枝叶扶苏，却有如羽毛丰满的鸟儿。鳞甲：鳞介类的鳞片和甲壳。此喻松树皮。婆娑：犹扶苏。纷披貌。

④“秦封”两句：写古柏富贵不能淫，威武不能屈的高尚节操。秦封：指五大夫松。秦始皇二十八年封禅泰山，风雨暴至，避于树下，因此树护驾有功，按秦官爵封为五大夫。事见《史记·秦始皇本纪》。改柯：改变其枝干笔直，威风凛凛的雄姿。柯，草木的枝茎。

台背冰岩

仄径崎岖不易登，北台高耸白云层。
寒崖惯积三冬雪，阴壑犹余六月冰。
涧底石都成玉骨[①]，佛前水合映银灯[②]。
游人到此尘心净，细把华严问老僧[③]。

①“涧底”句：因涧底的石头凝结有冰，一片洁白，故称“成玉骨”。

②“佛前”句：北台为佛地，台背冰岩“悬鉴崖岸，常莹莹，若照夜之珠”（清道光《繁峙县志》），故云。合：应该；应当。

③“细把”句：暗写“台背冰岩”之景犹如华严境界。华严：指华严经所说的大乘境界。

岩山叠翠

苍苔满径草成茵[①]，万仞峰峦豁翠颦[②]。
深树浮岚晴带雨，边山入望夏犹春。
沾衣欲湿容如滴，印屐无痕态更新。
抱涧流泉都着色，随波皱绿到前津[③]。

①草成茵：即绿草如茵。茵，衬垫，褥子。

②豁翠颦：满眼苍翠排遣了自己的忧愁。豁，排遣。颦，忧愁。

③前津：前边的渡口。

三泉涌冽[①]

泰戏山前品字开[②]，清泉并注碧潆洄[③]。
堤边树绿三春柳，涧底石青万点苔。
藻荇波流分复合[④]，板桥人踏去还来。

尘缨许我临溪濯，不是沧浪意莫猜[⑤]。

①三泉涌冽：见周人甲《三泉涌冽》注①。

②泰戏山：北台灵迹。见王钥《泰戏山作》注①。

③注：倾泻。潆洄：水流回旋貌。

④藻荇（xìng）：藻，藻类植物；荇，多年生草本植物。叶呈对生圆形，嫩时可食，亦可入药。“藻荇”泛指水藻和水草。

⑤“尘缨”两句：此用“濯缨”之典。见杨顺《重游圭峰寺》注⑥。谓我期望在三泉洗涤冠缨上的尘土；但这里并非沧浪，因此不要猜测我是自表超尘脱俗，操守高洁。

宫三杰

宫三杰，清代山西繁峙人。咸丰四年（1854）恩贡。

三泉涌冽[①]

浩浩滹沱水，萧萧战马秋。
渡河当日事，将军麦饭酬[②]。
繁峙城东百余里，泰戏山下滹沱起[③]。
起处细流本涓涓，一泉三窟如鼎峙[④]。
活活喷出飞浪白，万派奔腾摇空碧。
大波小澜萦黄沙，洗尽红尘灌紫陌[⑤]。
脉穿岩底隐复现，激湍高涌雪花堆。
流入郊原田万顷，家有秧针傍水栽[⑥]。
我来正值春日暮，扶杖临流独闲步。
春老潭边花自舞，山花乱落红如雨[⑦]。
花落水面水流花，宛似桃源入渔父[⑧]。
渔父鼓棹访归途[⑨]，执我手问溯源无？
年年溯源寻槎去[⑩]，但见昼夜如斯夫[⑪]！

①此诗录自清光绪《繁峙县志》。三泉涌冽：见周人甲《三泉涌冽》注①。

②“浩浩”四句：用“滹沱麦饭”之典。《后汉书·冯异传》载，刘秀称帝前，自蓟

东南驰至饶阳无蒌亭，众皆饥疲。冯异上豆粥。及至南宫，遇大风雨，异复进麦饭菟肩，因复渡滹沱河至信都。刘秀称帝后，诏赐异以珍宝衣服钱帛，曰：'仓卒无蒌亭豆粥，滹沱河麦饭，厚意久不报。'" 后因称粥和麦饭为"滹沱饭"或"滹沱麦饭"。

③泰戏山：北台灵迹。见王钥《泰戏山作》注①。

④如鼎峙：如鼎足并峙。因鼎有三足，故云。

⑤紫陌：指京师郊野的道路。

⑥秧针：谓初生的稻秧。

⑦"山花"句：唐李贺《将进酒》诗："况是青春日将暮，桃花乱落红如雨。"此化用其意。

⑧桃源入渔父：用晋陶渊明《桃花源记》事。见王三聘《游白仁岩》之二注②。

⑨鼓棹：划桨。

⑩寻槎：用"槎客"之典。见弘历丙寅作《望海峰恭依皇祖元韵》注③。

⑪昼夜如斯夫：语本《论语·子罕》："子在川上曰：'逝者如斯夫！不舍昼夜。'" 后用以谓光阴如流水，一去不返。

张守廉

张守廉，清代江都（今江苏扬州）人。咸丰十年（1860）任繁峙县典史。

咏峨岭松[①]

青青岭上松，矫矫巢松鹤[②]。
爱此松性贞[③]，高栖得所托。

①此诗录自清道光《繁峙县志》（下同）。峨岭：五台山中台支脉，在五台县与繁峙县交界处。

②矫矫：卓然不群貌。

③贞：操守坚定不移，忠贞不贰。

祷雨赴蟒牛泉夜宿峨口西寺[①]

两日招提宿[②]，参禅悟上乘[③]。
圆光松顶月，慧业佛前灯[④]。

咒钵龙难起[⑤]，谈经鹤解应。
虔求甘露洒，沾足润秋塍[⑥]。

①蟒牛泉：在代县峨口西寺南，峨河之西。峨口西寺：亦称文殊寺。在峨口镇。

②招提：指佛寺。参见真可《西台挂月峰》注③。

③上乘：犹“大乘”。见敦煌文献《游五台赞文》注⑧。

④“圆光”两句：谓松顶的明月如同佛菩萨头顶的圆轮金光；能在佛灯前参佛，说明我具有慧业。慧业：佛教语。指智慧的业缘。《维摩诘经·菩萨品》：“知一切法，不取不舍，入一相门，起于慧业。”

⑤“咒钵”句：谓念经诵咒，可制伏妄念烦恼。参见纳兰性德《宿龙泉山寺》注⑤。

⑥沾足：谓雨水充足。秋塍（chéng）：秋天的田野。塍，田埂；畦田。

宫三诏

宫三诏，清代山西繁峙人。同治元年（1862）恩贡。

台背冰岩[①]

此日登临古北台[②]，行人疑向玉壶来[③]。
万峰都在光明里，处处梅花对面开[④]。

①此诗录自清道光《繁峙县志》。台背冰岩：见祁埰《台背冰岩》注①。

②古北台：亦名大黄尖。北台灵迹。在台北十公里。海拔2725米，顶平坦，周一里。唐以前，为五台之北台。

③玉壶：指仙境。见王啸庵《大显通寺》注⑤。

④梅花：指树木枝头的积雪。

邢文治

邢文治，清代山西繁峙人。同治三年（1864）拔贡。

咏圭峰寺古柏[①]

圭峰幽绝处，老柏柯如铁。

冷翠不知春②，上有太古雪③。

①此诗录自清光绪《繁峙县志》。圭峰寺：见王钥《圭峰寺》注①。

②冷翠：给人以清凉感的翠绿色。

③太古：远古；上古。

佚　名

镇海古松①

五台镇海多古松，霜皮黛色高参天②。
白日沉沉不到地，秋风飒飒生寒烟。
或如龙爪拿云出③，或如山鬼摩空拳④。
或如青牛森五柞⑤，铁杆不受枯藤缠⑥
或如黄葛耸翠盖⑦，虬枝四茁盘云巅⑧。

①此诗录自杨正平《镇海古松》（载《五台山研究》1992年第3期）。镇海寺周围山岭长满古松，遮天蔽日，古朴苍劲，绮丽多姿，松涛时作，被誉为“镇海松涛”，为五台山著名的景观。

②“霜皮”句：唐杜甫《古柏行》诗：“霜皮溜雨四十围，黛色参天二千尺。”此用其意。霜皮：苍白的树皮。黛色：青黑色。参天：高耸于天空。

③拿云：亦作拏云。犹凌云。

④摩空拳：出拳而迫近天空。

⑤青牛：千年木精所变之牛。《太平御览》卷九百引《嵩高记》：“山有大松，或千岁。其精变为青牛。”森：高耸。五柞（zuò）：五柞宫的省称。汉离宫名。故址在今陕西省周至县东南。《汉书·武帝纪》：“二月，行幸盩厔五柞宫。”颜师古注引张晏曰：“有五柞树，因以名宫也。”

⑥杆：当作“干”。指树干。

⑦“黄葛”句：唐李白《黄葛篇》诗：“黄葛生洛溪，黄花自绵幂。”此用其意。黄葛：葛的一种。多年生草本植物，延蔓而生，引长二三丈。

⑧虬枝：盘曲的树枝。四茁：向四面生长。茁，泛指植物生长。

李光乾

李光乾，清代人，生平不详。

游秘魔岩[①]

脚踏佛门总是空，无端色相似屏风[②]。
不生不灭魔缘尽[③]，留得游人自慧通[④]。

①此诗录自清道光《繁峙县志》。秘魔岩：见张商英《继哲和尚赞》注③。

②“无端”句：谓无意之间觉得秘魔岩的风光像屏风上的图画一样美丽。写自己仍有色相之见。无端：无心，无意。

③不生不灭：即无生。魔缘：犹尘缘。

④自慧：犹自性。佛家指人人本具的清净自性，即佛性。

殷承修

殷承修，清代道光间五台县人。生平不详。

佛光寺赏桃花[①]

寺后桃花万朵开，光辉灿烂满坡堆。
夭夭媚蝶穿林舞，灼灼游蜂驾山来[②]。
同志英雄思结义[③]，于归佳节信初回[④]。
赏心尚有余乐在[⑤]，劝进良朋酒一杯。

①此诗录自王学斌等《五台山碑文匾额楹联诗赋选》。题下原注：“甲子季春”。即同治三年（1864）三月。佛光寺：见敦煌文献《五台山赞》注⑯。

②“夭夭”两句：写寺后桃花盛开后蜂飞蝶舞的热闹景象。夭夭：美盛貌。灼灼：鲜明貌。《诗·周南·桃夭》：“桃之夭夭，灼灼其华。”媚蝶：传为鹤子草所生之蝶。晋稽含《南方草木状》卷上：“（鹤草）上有虫，老蜕为蝶，赤黄色。女子藏之，谓之媚蝶，能致其夫怜爱。”游：原作“迎”，径改。

③“同志”句：谓二三志同道合的好友在桃花盛开的寺后山坡上，不由得想起三国时刘关张桃园三结义的故事。结义：以义气相交好。罗贯中《三国演义》第一回写了刘备、关羽、张飞三位英雄豪杰，在桃花盛开的桃园祭告天地，结为兄弟，共图大事的故事。

④“于归”句：于，助词，无义。毛传训“于”为往。后来相承称女子出嫁为于归。

⑤赏心：谓娱乐心志。

感言①

宦海周游十数秋②，当年悔恨不回头。
晨钟敲动出家意，暮鼓惊醒溷世愁③。
休信归生傲命话④，须思孔氏比云浮⑤。
莫贪富贵争荣耀，试问阿房今在不⑥？

①此诗录自王学斌等《五台山碑文匾额楹联诗赋选》。原书于佛光寺壁。题下原注：“甲子夏荷月十二日午前”。即同治三年（1896）六月十二日。

②宦海：指官场。谓仕宦升沉无定，多风波险阻，如处海潮之中，故称。

③溷（hùn）世：混乱污浊的尘世。屈原《离骚》：“世溷浊而不分兮，好蔽美以嫉妬。”

④归生傲命话：指明代文学家归有光傲视命运、不甘沉沦的话。归有光《项脊轩志》：“项脊生（作者别号）曰：‘蜀清守丹穴，利甲天下，其后秦皇帝筑女怀清台。刘玄德与曹操争天下，诸葛孔明起陇中。方二人之昧昧于一隅也，世何足以知之？余区区处败屋中，方扬眉瞬目，谓有奇景；人知之者，其谓与坎井之蛙何异？’”此借蜀清和诸葛亮为世所知的典故，表达了自己对于前途的自信。他人讥之为“坎井之蛙”，虽为自嘲，却更显示出强烈的自尊态度。

⑤孔氏比云浮：孔氏，指孔子。《论语·述而》：“不义而富且贵，于我如浮云。”

⑥阿房（páng）：指阿房宫。秦宫殿名。故址在陕西省长安县西。《三辅黄图·宫》：“阿房宫，一曰阿城。惠文王造宫未成而亡。始皇广其宫，规恢三百余里。离宫别馆，弥山跨谷，辇道相属，阁道通骊山八百余里。”项羽入关后，付之一炬。不：通“否”。

夏公官

夏公官，清代光绪间人。生平不详。

独树庵饭僧歌[①]

独树庵中独住僧，独行独坐百无能[②]。
长披一世无温衲，静对平生不灭灯[③]。
平生担破残经裹，是处名山乞香火[④]。
偶得团瓢胜普陀[⑤]，京城人海安心坐[⑥]。
鸟至惟栖雨后枝，人来不舍霜前果[⑦]。
贪斋只办一人餐，也似丛林任挂单[⑧]。
自甘半食长饥惯，示觉千僧供养难[⑨]。
有人布施向禅林，唯乞将心奉世尊[⑩]。
常见定时双履在，曾无化后一衣存[⑪]。
当时手种阶前树，树长荫成僧已去。
老树空庵四十年，独忆孤僧饭僧处。

①此诗录自《新续高僧传》卷第四十八。独树庵：五台山庵名。清光绪间释清苦所建。《续高僧传·清燕都南城观音院沙门释清苦传》载，释清苦是五台山独树庵净土宗僧人。曾居燕京城南观音院修头陀行。因其清苦自甘，故以为名。他尝发脚游山，浮舟下游普陀，溯江而上瞻峨眉，渡洞庭，登衡岳，旋即陟险礼五台。他见五台山僻处寒荒，道途难行，数十里不见水火，遂发悲愿修石路、设亭庵。于是，他制作简册，随缘题请布施。他但有移山之志，本无敛金之意，乃在道旁自盖一庵，萧然块处。钵中之食，分而食之；庵中之床，随汝住宿。凡所布施，全部用于修路、筑庵、建亭。至诚所感，如愿以偿。夏公官嘉其德行，遂作此歌。饭僧：犹言斋僧。施饭于僧人。

②百无能：即百无一能。百事中无一事能做。此指不屑于人间俗事。

③“长披”两句：写清苦平生虔诚礼佛。无温衲：破旧不堪难以御寒的僧衣。

④“平生”两句：写清苦曾行脚各地。经裹：经书和包裹。是处：到处，处处。

⑤团瓢：即团焦。圆形草屋。元马致远《任风子》第四折：“编四围竹寨篱，盖一座草团瓢。”普陀：山名。在今浙江普陀县。四面环海，风景佳丽，谓中国佛教四大名山之一。

⑥“京城”句：谓即使在京城繁华喧闹之地，也可安然坐禅。

⑦“鸟至”两句：写清苦以其慈悲之心感化了众生。唯栖雨后枝：雨前不栖，恐损花叶。唐王驾《晴景诗》：“雨前初见花间叶，雨后兼无叶底花。”不舍霜前果：不忍心采摘霜前果实，以其尚未成熟。

⑧“贪斋”两句：即“钵中之食，分而食之”之意。贪斋：欲吃斋饭。丛林：泛指寺

院。挂单：指行脚僧投寺院居住。单，指僧堂里的名单。游方僧投宿寺院把衣钵挂在名单下，故称。

⑨示觉千僧：为众多的僧人指示觉路。

⑩世尊：佛陀的尊称。

⑪曾（zēng）：乃；竟。化：成仙。指圆寂。

昭　吉

昭吉，清代僧人，俗姓赵，字圣宣，无锡（今属江苏）人。曾住崇安寺。中年后尝游普陀、九华、五台、峨眉，归作《名山纪游》。

名山纪游①

杖锡清凉道，五峰净如沐。
飞翠入清霄②，云霞起平陆③。
地菜产灵岩④，天花满空谷⑤。
伊彼长松子⑥，纷纷落山曲。

①此诗录自徐世昌《晚晴簃诗汇》卷一百九十七。

②飞翠：指突兀而起的青翠山峰。清霄：天空。

③平陆：此指平地。

④地菜：五台山菌类。清高士奇《扈从西巡日录》："其（五台山）石阴崖丛薄，落叶委积，蒸湿，怒生白茎，是谓地菜。"

⑤天花：五台山特产菌类植物。多生巅崖深险之处。

⑥伊：发语词。无义。长松子：松子。长松，高大的松树。

慈　海

慈海，清代僧人。曾住京师拈花寺。有《随缘集》。

张毅夫弟西川硕学近闻落发五台口占以坚其志①

业火心薪昼夜煎，无常自古不知怜②。

汉家得鹿今安在，陆氏如龙亦枉然[③]。
碧眼胡僧九载坐[④]，白衣大士一经传[⑤]。
洛阳春满花成锦，终对斜晖泣杜鹃[⑥]。

①此诗录自徐世昌《晚晴簃诗汇》卷一百九十七。西川：即四川。硕学：博学的人。落发：剃发出家。

②“业火”两句：写尘世的烦恼和无常。业火：佛教谓恶业害身如火。心薪：心中燃薪。喻尘世的烦恼。

③“汉家”两句：写功名富贵转头空。汉家得鹿：指汉高祖刘邦取得天下。得鹿，《史记·淮阴侯列传》：“秦失其鹿，天下共逐之，于是高材疾足者先得焉。”裴骃集解引张宴曰：“以鹿喻帝位也。”比喻取得天下。陆氏如龙：指西晋陆机、陆云二兄弟飞黄腾达。陆机，字士衡；陆云，字士龙。吴郡（今江苏吴县）人，均以才学著称。晋武帝太康末，陆机、陆云二兄弟入洛阳，张华很赏识，有“君兄弟龙跃云津”之赞。见《世说新语·赏誉》。陆机被辟为祭酒，累迁太子洗马、著作郎。晋惠帝太安初，成都王颖与河间王颙起兵讨长沙王乂，任命他为后将军、河北大都督，战败，被诬遇害。陆云十六岁举贤良，曾任清河内史，兄机为成都王司马颖所诛，云亦同时遇害。

④“碧眼”句：写禅宗初祖达摩在嵩山少林寺面壁九年事。

⑤“白衣”句：达摩于梁武帝普通年间（520—526）航海东来，梁武帝萧衍派人专程迎至金陵，因与梁武帝见解不合，大失所望，遂决定离金陵北上。据传，达摩离开宫廷后，梁武帝把他与达摩的问答告知其师父志公禅师。志公听后，说达摩是观音菩萨乘愿西来传佛心印。白衣大士：指观音菩萨。一经：指《楞伽经》。达摩初来华传播大乘禅法，提出要“籍教悟宗”。这“教”，即指四卷本《楞伽经》。

⑥“洛阳”两句：意谓一个人即使春风得意，犹如牡丹盛开，花团锦簇，天下无双；但终有一天会面对夕阳，哀痛自己的零落。洛阳：牡丹的别称。因唐宋时洛阳盛产牡丹，故称。杜鹃：鸟名，又名杜宇、子规。相传为古蜀王杜宇之魂所化。春末夏初，常昼夜啼鸣，其声哀切，故常用以形容哀痛。

王介庭

王介庭（？—1916），名廉，以字行，清代河南开封人。同治间翰林。历任安徽凤颍六泗道，湖南布政使，护理湖南巡抚，安徽、直隶布政使等。为人坦率，为政清廉，有学行，喜游能诗。著有《出行日记》三卷。

长城岭有感[①]

扼要龙泉古有关[②]，两朝遗物镇穷边[③]。
长城火器俱无用，大宝由来只听天[④]。

①此诗录自作者光绪二十三年（1896）九月《游五台日记》。时作者从天津府出发游览了五台山。诗题均为注者所加（下同）。《游五台日记》："十九日，过长城岭，至益寿寺……上长城岭。见长城随山高下，俯仰弯环，一如长龙，何其雄也！然已节节坍塌，不可收拾。城上有断碑，额曰'长城岭记'，字多漫灭，不可读，大约言龙关之扼要。傍卧铁砲一尊，铸有年月，上曰'崇祯戊寅，总监军门方倡捐'，下曰'监造把牌尚邦泰'。徘徊摩挲，有怆然下涕之感。诗曰：（即此诗）。"

②扼要：扼制要冲。

③两朝遗物：指明洪武朝所筑长城与崇祯朝所铸铁砲。穷边：荒僻边远地区。

④大宝：指帝位。《易·系辞下》："圣人之大宝曰位。"

过长城岭

晓过长城岭，轻寒似早秋。
登峰逐飞鸟，转壑失前驺[①]。
古寺花争放[②]，深山水乱流。
解鞍聊小憩，松下风飕飕。

①"转壑"句：写沟壑纵横，山路盘曲。前驺（zōu）：指古代官吏出行时在前边开路的侍役。

②古寺：指益寿寺。在长城岭附近。

台麓至台怀途中[①]

绝壑崩崖际[②]，羊肠傍岭根[③]。
朔风鸣老树，白日照荒村。
山合疑无路，松开忽有门[④]。
劳人真草草[⑤]，吾欲返家园[⑥]。

①作者《游五台日记》："二十日早发射虎讯（射虎川）……途中山重水复，人家绝少，荒凉之至。《李陵答苏武书》：'清秋九月，塞外草衰，胡地玄冰，边土惨裂。'今于吾身亲见之矣。有腹稿一首，曰：（即此诗）。台麓至五台（台怀）仅五十里耳，自辰及申，五时之久始到，则路之难行可想。"

②"绝壑"句：谓悬崖绝壁，乱石如崩。

③岭根：山脚。

④"山合"两句：从宋陆游《游山西村》诗"山重水复疑无路，柳暗花明又一村"句化出。

⑤"劳人"句：语出《诗·小雅·巷伯》："骄人好好，劳人草草。"劳人：忧伤的人。草草：忧伤劳神貌。

⑥家园：家中的庭园。泛指家庭或家乡。

别五台山[①]

我来五台山，物物见文殊[②]。
弟子有夙根[③]，吾师长弃吾[④]。
溷迹尘世间[⑤]，花甲老眉须。
身家与名利，在在成永图[⑥]。
譬之笼中鸟，何日翔林箊[⑦]？
譬之网中鱼，何日纵江湖？
圣贤愧不敏，仙佛愿又虚。
虚生六十年，负此千金躯[⑧]。
高山攀仰绝[⑨]，涕泣归旧庐[⑩]。

①作者《游五台日记》："二十三日送各寺布施，轻重不一。治装言旋……午初起程，酉刻宿台麓寺，与蔺、武二喇嘛谈笑甚欢。余因诵别五台山诗，蔺喇嘛欲磨崖中台。其诗曰：（即此诗）。"

②"物物"句：即"触目菩提"之意。

③夙根：谓前生的灵根。

④吾师：指佛菩萨。

⑤溷（hùn）迹：混迹。使行踪混杂在大众间。此有不思进取之意。

⑥"在在"句：谓桩桩件件（身家与名利）都成为长久之计。在在：处处，到处。此犹桩桩，件件。

⑦林箊（yū）：竹名。亦泛指竹。此犹山林、林下。

⑧千金躯：极言身体之宝贵。

⑨“高山”句：意谓成圣贤，成仙佛之意愿难以实现。高山攀仰：即高山仰止。《诗·小雅·车舝》：“高山仰止，景行行止。”后用以谓崇敬仰慕。

⑩旧庐：旧居。

复过长城岭[1]

来时下山易，回时上山难。
一销复一息[2]，万事因皆然。
难时毋忧苦，易时毋喜欢。
难易吾顺受，聊以全吾天[3]。
可怜世上人，二字相熬煎[4]。
忧喜能伤我，道于何有焉[5]？
寄语学道者，此处认蹄筌[6]。

①作者《游五台日记》：“二十四日将行，喇嘛絷维白驹。余曰：‘今朝可也。’早餐而去，三点抵龙泉关。自五台归，复过长城岭，诗曰：（即此诗）。”

②“一销”句：谓一销一息，互为更替。销息：同消息。消长，增减；盛衰。《易·丰》：“日中则昃，月盈则食，天地盈虚，与时消息，而况于人乎？况于鬼神乎？”高亨注：“消息，犹消长也。”作者从“来时下山易，回时上山难”中悟出此理。

③全吾天：使自己的天性与生命得以保全。《吕氏春秋·本生》：“故圣人之制万物也，以全其天。”

④二字：指忧喜。

⑤“道于”句：谓（忧喜）对于我们追求的道有什么作用呢。道：此泛指各种规律与事理、思想与学说。

⑥蹄筌：见许景衡《赠五台山妙空师》注⑪。此指“求道”的思想方法。

龙关早发[1]

晓别雄关马首东，东升旭日正曈曈[2]。
人家竹树烟云里，世界胭脂一抹红。

①龙关：龙泉关。见王世贞《龙泉关》注①。

②曈曈：日初出渐明貌。

印　光

印光（1861—1940），近代高僧。俗姓赵，名丹桂，号绍伊，法名圣量，字印光，别号常惭愧僧。陕西郃阳（今合阳）人。光绪八年（1882）出家，专修净土。曾创弘化社，广弘法化；办灵岩山净土念佛道场，为十方伽蓝之表率。1887年曾到五台山礼佛。1930年至1933年，在苏州报国寺重修五台、普陀、峨眉、九华四大名山志书。卒后僧徒尊为净土宗第十三祖。著有《净土决疑论》、《嘉言录》等。

文殊菩萨赞[①]

文殊菩萨德难量，久成龙种上法王[②]。
因怜众生迷自性[③]，特辅释迦振玄纲[④]。
为七佛师体莫测[⑤]，作菩萨母用无方[⑥]。
常住寂光应众感[⑦]，万川一月影咸彰[⑧]。

①此赞录自作者民国二十二年（1933）九月所撰《清凉山志重修流通序》。《序》云："五台虽为文殊菩萨道场，未见念菩萨时发起之赞。今夏，华严岭僧静栖师祈作一赞，以备念诵之仪，乃凑成八句寄彼。"

②"久成"句：原注："龙种上佛，系文殊师过去劫中成佛之名，出《首楞严三昧经》。龙种上尊王，另是一佛，不可误引。"

③自性：佛教语。指诸法各自具有的不变不灭之性，亦称佛性。

④振玄纲：振兴佛法。玄纲：犹天纲，指维系社会人伦的最高准则。此借指佛法。

⑤七佛师：《文殊师利般涅槃经》："文殊师利常为无量诸佛之母，常为无量诸佛之师。"又《清凉山志》卷一："七佛未出世，天生大德以为师；九世祖瞿昙，人仰能忍而秉教。"七佛，佛教谓释迦牟尼及其先出世的六佛。见敦煌文献《五台山圣境赞·题五台·南台》注④。体莫测：谓其体性深不可测。体，体性，本质。即真如法身。

⑥菩萨母：《华严经·入法界品》："（弥勒谓善财）文殊大愿，非余无量百千亿那由他菩萨所能有。其行广大，其愿无边，出生一切菩萨功德，无有休息。常为无量诸佛之母，常为无量菩萨之母，教化一切众生，名称普闻十方世界。"用无方：谓其神用无固定方法。

用，功能作用，即应化众生的种种妙用。

⑦“常住”句：谓文殊菩萨真常不灭的智慧光明应众生之感念而常照。常住寂光：即“常寂光土”，为天台宗所立“四土”之一。本有法身常住，智依于礼，故亦名土。即真常不灭之意。

⑧“万川”句：谓文殊菩处处存在，犹如千万条江河都会映照一轮明月之影。佛经以月喻佛身，以水喻众生之心，谓一佛能应众生之心而化现种种身形。《华严经》：“譬如净满月，普应一切水；影像虽无量，本月未曾二。如是无碍智，成就等正觉；映现一切刹，佛身无有二。”又《嘉泰普灯录》卷十八：“千江同一月，万户尽逢春。千江有水千江月，万里无云万里天。”此用其意。

胡瑞霖

胡瑞霖（1864 或 1877—1943），字子笏，法名妙观。为近代居士，佛学教育家。原籍湖北黄陂，寄居江陵。初习科举之学，后留学日本明治大学政治经济系。回国后，创办实业，倡言立宪。民国之初，先后任军政府实业司司长、湖南省内务司长兼财务司长、湘江道尹、政务厅长等职。1918 年出任福建省省长。1919 年皈依佛门，追随太虚法师参与弘法活动。1933 年 2 月，为避日寇侵扰，携全家住五台山，在碧山寺东侧建莲花精舍居之，为广济茅蓬（碧山寺）护持。1939 年于显通寺设汉藏佛学院，由其精通藏文的三个女儿担任教授，培养藏文翻译人才。1941 年，北京的佛教同愿会成立大乘佛教弘化院，延请其为院长。翌年秋，又回五台山，在显通寺开设藏文研究班。1943 年病逝。有《玄玄遗著》刊行。

五台山歌①

高山万仞，五台罗列，文殊古道场。
佛经万卷，牙签玉轴②，满架尽琳琅③。
还有那，层峦叠嶂，云起千般样。
拍手呵呵，不知几生，修得住清凉。

多少梵宇④，多少琳宫⑤，供养大法王⑥。
高僧头陀，水边林下，都是福田乡⑦。

更不少，奇花异草，有色又有香。
稽首文殊，不知几时，心地得清凉[8]。

①此歌录自李宏如《〈五台山歌〉与〈显通寺歌〉》（载《五台山研究》1991年第3期）。后录《显通寺歌》同。两歌均为作者办佛学院时创作，并谱曲教僧人唱诵。

②牙签：系在书卷上作为标识，以便翻检的牙骨等制成的签牌。玉轴：轴卷的美称。

③琳琅：精美的玉石。借指精美诗文。此指佛教典籍。

④梵宇：佛寺。

⑤琳宫：对佛寺殿宇的美称。

⑥大法王：即法王。佛教对释迦牟尼佛的尊称。

⑦福田乡：供养布施、行善修德之地。

⑧心地：佛教语。指心。即思想、意念等。参见张商英《咏五台诗·中台》注②。清凉：指清凉地。喻涅槃境界。因涅槃境界无热恼，故云。

显通寺歌

寄调《西湖十景》

一

青山白云间，显通古寺历二千年[1]。
五顶攒拥，鹫峰连绵。
灵山一会[2]，至今仿佛犹能见。
如来家业，付予子孙肩[3]。

①“显通”句：《清凉山志》载，显通寺（古称大孚灵鹫寺）始建于东汉明帝永平十一年（68），至作者写歌时约二千年。

②灵山一会：《五灯会元·七佛·释迦牟尼佛》：“世尊在灵山会上，拈花示众，是时众皆默然，唯迦叶尊者破颜微笑。世尊云：‘吾有正眼法藏，涅槃妙心，实相无相，微妙法门，不立文字，教外别传，付嘱摩诃迦叶。’”此为佛教禅宗以心传心的第一公案。显通寺所在的灵鹫峰，以宛似西天灵鹫山而借以为名，故联想到“灵山一会”。灵山：印度佛教圣地灵鹫山的简称。

③付予：给予。引申为托付，委任。

二

摩腾与法兰，手赍经像东土流传①。
峰似西竺，慧眼遥观。
大孚灵鹫，首先开建于此山②。
四十二章，译与汉人看。

①“摩腾”两句：摄摩腾、竺法兰，传为东汉高僧。原系中天竺人。汉明帝永平中，遣使往天竺寻求佛法，在月氏遇摄摩腾、竺法兰，邀二人来中国。永平十年至洛阳。明帝于京城西雍门外立伽蓝以处之。所译《四十二章经》一卷，为佛教传入中国之始。

②“峰似”四句：写显通寺始建之缘由。《清凉山志》卷二：“大显通寺，古名大孚灵鹫寺。汉明帝时，腾兰西至，见此山乃文殊住处，兼有佛舍利塔，奏帝建寺。腾以山形若天竺灵鹫，寺依山名，帝以始信佛化，乃加大孚二字。”慧眼：佛教语。五眼之一。指二乘的智慧之目。亦泛指能照见实相的智慧。

三

大方广华严①，如日初出先照高山。
清凉作疏，住锡十年②。
华严寺名，留于后人为纪念③。
神龙翘首，法雨遍三千④。

①大方广华严：即《华严经》。全称《大方广佛华严经》。是大乘佛教的一部重要经典。

②“清凉”两句：写清凉国师澄观在五台山大华严寺（今显通寺）撰《华严经疏》事。参见若必多吉《清凉道歌》注㉔。住锡十年：续法《法界宗五祖略记》载，澄观在大华严寺“住锡十稔”，作《华严经疏》与《华严经随疏演义钞》。

③“华严”句：《清凉山志》卷二：“大显通寺，古名大孚灵鹫寺……武后（则天）以新译《华严经》中，载此山名，改称大华严寺。观国师于中造疏。”

④“神龙”两句：《清凉山志》卷三《清凉国师传》：“（《华严经疏》成，澄观）又梦身为龙，矫首南台，尾蟠北台，宛转凌虚，鳞鬣耀日，须臾变百千数，蜿蜒青冥，分散四方而去。识者以为流通之象。”

四

西藏噶哩嘛[①]，大宝法王嗣宗喀巴[②]。
显通寺里，安置袈裟。
敕塑遗容，留在法堂释迦下。
显密次第[③]，早已莅中华。

①噶哩嘛（1384—1415）：明代西藏葛居派大师，噶玛噶举黑帽系第五代活佛。道怀冲漠，神用叵测，声闻于中国。永乐四年（1406），明成祖遣使迎之，应命至金陵，永乐五年，诰封如来大宝法王西天大善自在佛。师性乐林泉，“遣使卫送于五台山大显通寺，更敕太监扬升重修其寺，兼修育王所置佛舍利塔，以饰法王之居。”永乐六年，入灭火化。“上惊叹追慕，敕太监扬升，塑像于显通法堂。”见《清凉山志》卷三。

②“大宝”句：谓大宝法王是宗喀巴的法嗣。宗喀巴（1357—1419）：见若必多吉《清凉道歌》注㊲。按：明成祖曾遣使迎请宗喀巴，宗喀巴命大弟子释迦益希进京，封大慈法王。

③显密次第：指宗喀巴所著《菩提道次第论》和《密宗道次第论》。前者为修习显乘的次第，后者为修习密乘的次第。

五

环峰十二院，杂花满地锦绣当前。
胜景堪记，亦名花园[①]。
芬芳绮丽，风光想象兜率天[②]。
莫忘两序，戒定慧俱全[③]。

①“环峰”四句：《清凉山志》卷二：“大显通寺……元魏孝文帝再建，环匝鹫峰，置十二院。前有杂花园，故名花园寺。”

②兜率天：梵语译音。意译妙足、知足。佛教谓天分许多层，第四层叫兜率天。它的内院是弥勒菩萨的净土，外院是天上众生所居之处。《法华经·劝发品》：“若有人受持诵读，解其义趣，是人命终……即往兜率天上弥勒菩萨所。”

③“莫忘”两句：《清凉山志》卷二：“大显通寺……古传中有两堂圣众，非戒定慧全者，莫预此寺。”两序：为禅寺僧职。据《百丈清规》，大禅寺设东西两序。东部设都寺、监寺、维那、副寺、典座、直岁六“知事”，告香上堂时居住持东侧；西序设首座、书记、

知藏、知客、知浴、知殿六“头首”，告香上堂时居住持西侧。举行法事时，住持居中，东西两序六知事、六头首居左右，合称两序。戒定慧：佛教语。指“三无漏法”，即防非止恶、息虑静缘、破惑证真。为佛教的修行方法。

蔡东藩

蔡东藩（1877—1945），名郕，字椿寿，浙江萧山人。以贡生朝考入选，调江知县候补。因不愿做官，称病归里，埋头著述。著有《历朝通俗演义》、《中等新论说文苑》。

清凉山赞佛诗①

双成明靓影徘徊②，玉作屏风璧作台。
薤露凋残千里草③，清凉山下六龙来④。

①此诗录自《清史演义》第二十回。诗前云：“后人有《清凉赞佛诗》，相传是咏清圣祖事。”诗后云：“诗中有‘双成’及‘千里草’字样，是暗指董鄂妃；清凉山是五台山一峰（误。清凉山即五台山），是暗指世祖出家。小子也不能辨别真假，只好作为疑案。”

②“双成”句：吴伟业《清凉山赞佛诗》：“王母携双成，绿盖云中来。汉王坐法宫，一见光徘徊。”此用其意。明靓（jìng）：明洁而娴静。

③“薤（xiè）露”句：暗指董鄂妃死。薤露：乐府《相和曲》名。是古代的挽歌。晋崔豹《古今注》卷中：“《薤露》、《蒿里》，并丧歌也。出田横门人，横自杀，门人伤之，为之悲歌，言人命如薤上之露，易晞灭也，亦谓人死，魂归乎蒿里……至孝武时，李延年乃分为二曲，《薤露》送王公贵人，《蒿里》送士大夫庶人，使挽柩者歌之，世呼为挽歌。”凋残千里草：从吴伟业《清凉山赞佛诗》：“可怜千里草，萎落无颜色”化出。

④六龙：天子车驾的代称。参见王居正《庚午二月驾幸五台山恭纪》其十五注③。

陈子修

陈子修，近代人。上海名流，中医，居士。

民国二年送鹤年居士朝五台①

烦恼菩提事一般，刹那迷误隔千山②。

直心到处堪回向，净土何妨在世间[③]？
平地风波人道苦，漫天荆棘路途艰[④]。
羡君妙手空空也[⑤]，南北东西自往还。

①此诗录自高鹤年《名山游访记·附编》。鹤年：指高鹤年（1872—1962）。江苏兴化人。佛教居士。曾在镇江金山寺、扬州高旻寺等处参禅，在终南山茅蓬潜修。与印光法师过从甚密，携其文稿刊印。曾在天津、湖南等地从事赈灾救济。多年行脚天涯，参访名山大川，纪其见闻为《名山游访记》，有徐霞客第二之称。

②“烦恼”两句：意谓“烦恼即菩提”，其差别就在自性的“迷”与“悟”。《坛经·般若品》：“凡夫即佛，烦恼即菩提。前念迷即凡夫，后念悟即佛。前念著境即烦恼，后念离境即菩提。”此用其意。菩提：见钟英《送僧游五台二首》之二注⑤。

③“直心”两句：意谓世间即净土，只要有正直的心胸，一心向佛，到处都可以趋向佛果。回向：佛教语。谓回转自己的功德，趋向众生和佛果。

④“平地”两句：写尘世之苦。平地风波：语本唐刘禹锡《竹枝词》：“长恨人心不如水，等闲平地起风波。”后以“平地风波”比喻突然发生的纠纷和变故。荆棘：比喻人世纷乱。

⑤妙手空空：犹言两手空空，一无所有。指无烦恼系缚，一无牵挂，洒脱自在。

又

水陆兼程达上方，霎时炎热化清凉。
曾于海上参经座[①]，又向山中礼法王[②]。
遇食不忘甘露味，逢僧应问木樨香[③]。
金刚窟里传消息，话到三三莫较量[④]。

①海上：海岛。指普陀山。

②法王：佛教对释迦牟尼的尊称。亦借指高僧。

③“遇食”两句：写五台山为仙境。甘露味：语出《维摩诘经》卷七：“天食为甘露味也。”甘露，佛教语。梵语意译。喻佛法、涅槃等。应问木樨（xī）香：木樨，通称桂花。因传说月中有桂树，五台山犹如仙境，且西台名挂月峰，故云。

④谓假如进入金刚窟得遇文殊为你传递佛法真谛，千万不要执著于“前三三与后三三”。金刚窟：北台灵迹。见无著《金刚窟》注①。因唐无著入金刚窟与文殊对谈中，当无著问“多少众”时，文殊回答“前三三与后三三”，无著无语（见《清凉山志》卷四），

故云。消息：奥妙；真谛；底细。莫较量：意为不要执著。

又

愧我无缘难附骥[①]，此身犹滞沪江滨[②]。
暗将去日推来日[③]，愿换前因作后因[④]。
六月仙槎泛青岛[⑤]，五台花雨洗红尘。
归期未便频相问，我亦萍踪浪迹人[⑥]。

①附骥：犹“附骥尾”。蚊蝇附在马的尾巴上，可以远行千里。比喻依附先辈或名人之后而成名。《史记·伯夷列传》：“颜渊虽笃学，附骥尾而行益显。”司马贞索引：“按：苍蝇附骥尾而致千里，以譬颜回因孔子而名彰也。”此自谦未能随鹤年共访名山。

②沪江：上海的别名。

③“暗将”句：写推算鹤年之归期。

④“愿换”句：写作者皈依佛法之愿。按佛教轮回之说，种什么因，结什么果。前因已误，后因可追，故云。前因：佛教语。谓事皆种因于前，故云。

⑤“六月”两句：悬想鹤年的行踪。仙槎：见弘历丙寅作《望海峰恭依皇祖元韵》注③。

⑥萍踪浪迹：犹“浪迹萍踪”。到处漫游，行踪不定。

陈永谷

陈永谷，近代人。生平不详。

乙亥秋七月上浣承鹤年高老居士惠赠《名山游访记》捧阅之余顿开觉路勉成七言十绝聊以志感[①]（十首选一）

其四

五台耸秀是南台，异草奇花日日开[②]。
四至金刚无所见[③]，临危仗佛化身来[④]。

①此诗录自高鹤年《名山游访记·附编》。

②“五台”两句：原注：“五台山惟南台独秀，亦名仙花山，乃文殊师利与诸菩萨说法处，神人彰显甚多。如灵芝神药、金芙蕖、日日菊、陆地莲、零苓香种神奇花，繁不胜数。然非肉眼可识，亦非人间所有。”

③“四至”句：原注：“台上有金刚窟，在般若寺左畔，深不可测，今已杜塞。乃三世诸佛供养器俱藏于此。居士（指高鹤年）四至，屡参未见，心觉有憾。”

④“临危”句：原注：“居士遇急难时，文殊菩萨即化身牧童骑牛或其他种种现相，寻声救苦，其灵显真正不可思议。”

黎瑞甫

黎瑞甫，近代学者。居士。宣统二年（1910）参加杨仁山在南京组织的佛学研究会，民国元年曾与欧阳渐、李证刚、桂柏华等七人发起组织佛教会。

送鹤年禅兄由庐山往五台①

一

连年奔走逐风尘②，谁识当初错用心③。
来去有无今斩却，慢留纤芥惜行人④。

①此诗录自高鹤年《名山游访记·附编》。

②“连年”句：写鹤年连年奔波，风尘仆仆，遍访名山事。

③错用心：谓对鹤年的行为不理解。

④“来去”两句：谓鹤年现已断绝了来去，有无的分别，进入自由无碍的境界；对他这个出行的人无须存在丝毫的吝惜之情。斩却：断绝。慢：且慢。即无须。

二

匡山不比紫云山①，昼不安门夜不开②。
云在峰头泉在壑③，任君登至几重岩④。

①匡山：山名。即江西省的庐山。紫云山：指五台山。五台山又名紫府山，“远望五峰之间，紫气盘郁，神人之所居也”（见《清凉山志》卷二），故云。

②“昼不”句：意谓五台山对彻悟者大开方便之门，对暗昧者则关门紧锁。

③“云在”句：从唐惟俨禅师语：“云在天，水在瓶”（《景德传灯录》卷十四）化出。写禅悟之境。

④“任君”两句：意谓鹤年已进入随缘任运、自在无碍的境界。

三

皇皇北渡礼文殊[①]，要识文殊有与无[②]。
此个毒虫消未尽[③]，南蔬北笋不关渠[④]。

①皇（wǎng）皇：向往貌。皇，通“暀”。《礼记·少仪》：“祭祀之美，齐齐皇皇。”郑玄注：“皇，读如归往之往。”孔颖达疏：“谓心所系往。”

②文殊有与无：见萧贡《真容院》注④。

③此个毒虫：指对“文殊有与无”的执著。

④“南蔬”句：谓那么，无论南方的寺院，还是北方的寺院，都与你了不相关。蔬、笋，均为寺院之素食。此指代寺院或佛门。

唾 葊

唾葊（ān，“菴”的古字），民国政府文职官员。居士。生平不详。有罗杰编《唾葊诗集》9卷。

从阜平县雁子岭至龙泉关[①]

晨登雁子岭，夜宿龙泉关。
细路入危石[②]，澄流夹乱岩[③]。
投林飞鸟绝[④]，负驾蹇驴艰[⑤]。
晋俗燕西近，斯民问未敢[⑥]。

①此诗录自作者《五台山礼佛日记》（下同）。作于民国九年（1920）三月。时作者从浙江起程赴京，至五台山游览。

②细路：狭小的路径。

③澄流：清澈的流水。

④“投林”句：写天色已晚。

⑤负驾：驮负驾窝。驾，指驾窝。旧时交通工具，形似轿，由两头牲畜驮负。蹇驴：跛蹇驽弱的驴子。

⑥“晋俗”两句：谓燕西（河北西部）与晋（山西）民俗相近，不敢轻易询问当地之人。

登五台山顶

燕晋阻长城①，粗安道无梗②。
回望拥翠岩，杳杳寒烟泯。
层峦络忽开，迥窟相招引③。
飞泉喷白云，苍松得年永。
琳宫射金碧④，佛意弥乡井。
万嶂扶五台，屈曲递乘岭⑤。
冈陵卷波涛，浩浩绿无尽。
奇葩吐仙芬，石乱龙翻陨⑥。
绝壑衍斜畦⑦，晚麦擢新颖⑧。
禅房闼积雪⑨，惨惨严飙冷⑩。
夏仲犹著棉，欲雨臆先怲⑪。
顶平草蒙茸，天霁逢更幸。
北峰何独尊，诸巘不能逞⑫。
维南挺神秀，特立气雄整⑬。
争长何纷纷，一气连脊颈⑭。
近展恒滹图⑮，遥辨模糊影。
其阴紫塞横，其阳秀容岭⑯。
左瞰瀛渤澄⑰，右揽摩笄景⑱。
周览春态浓⑲，况乃无域畛⑳。
地洁暑无蚊，到此世缘靖㉑。

①长城：指长城岭。

②粗安：大致安定；大致安好。梗：阻塞。

③迥窟：远处的仙境。窟：指仙窟，即仙境。

④琳宫：佛寺的美称。

⑤递乘岭：依次登上山岭。因山路狭窄，故须依次而登。递，顺次；依次。乘，登；升。

⑥“石乱”句：谓凌乱的龙翻石如从天陨坠。龙翻：指龙翻石。见王道行《游五台诗·西台》注②。

⑦“绝壑”句：谓陡峭的沟壑中散布着歪斜的田地。衍：散布。

⑧擢：抽，拔。颖：带芒的谷穗。此指麦穗。

⑨閟（bì）：隐藏。

⑩严飙：寒风。

⑪臆：心间。怲（bǐng）：忧愁。

⑫“诸巘”句：谓其他诸峰面对北峰（北台）不能显示其高。逞：夸耀，显示。

⑬“维南”两句：谓只有南台挺拔而神奇秀丽，耸立南天，气势雄伟而端庄。《清凉山志》卷二：“五台……其东西南北四台，皆自中台发脉，一山连属，势若游龙。唯南台特秀而窎居焉。”维，同“唯”。

⑭“争长（zhǎng）”两句：谓五峰纷纷争高；但它们一气相通，脊颈相连，不相上下。一气：指混沌之气。古人认为是构成天地万物之本源。

⑮恒滹图：指恒山和滹沱河展现眼前，犹如图画。

⑯秀容：郡名。北魏永兴二年（410）置，治所在秀容。辖境约当今山西忻州城区、原平市地。北齐废。

⑰瀛渤：渤海。

⑱摩笄：亦作“磨笄”。山名。即今代县境内夏屋山（一说在今河北省张家口市东南），赵襄子姊代君夫人因国亡夫死而在此磨笄自杀，故名。

⑲周览：遍览。

⑳域畛（zhěn）：即畛域。界限，范围。

㉑靖：止息。

圆　瑛

圆瑛（1878—1953），法名弘悟，字圆瑛，别号韬光，一号一吼堂主人，俗姓吴，福建古田人。19 岁出家，先后从冶开、寄禅等参禅，从通智、谛闲、祖印、慧明学习教观，精通《楞严经》。31 岁起讲经于闽、浙、京、津等地，远及南洋。历任宁波天童寺、上海圆明讲堂、南洋槟城（今马来西亚）极乐寺等九大名刹住持。1929 年与太虚发起成立中国佛教会，任理事长。抗日战争期间，曾组织僧侣救护队，办难民收容所，并赴南洋募款抗日。1945年开办楞严专宗学院。1953年被推选为中国佛教学会第一任会长。著有《楞严经讲义》、《大乘起信论讲义》、《一吼堂文集》、《一吼堂诗集》等近20种，编为《圆瑛法汇》。

咏五台[①]

癸丑[②]四月，入都开释迦佛二千四百五十七年纪念大会，并追悼寄禅[③]长老，修建无遮法会[④]圆满，偕智圆、自真、竹溪、慧朗诸法师朝礼五台山。见张相国无尽居士[⑤]《咏五台》六首，即次原韵。

东台

东台高峻叠层峦，图画天开法界宽[⑥]。
缭绕烟痕连泰岱[⑦]，逶迤山势赴长安。
悬崖倒泻泉千丈，沧海初升日一团。
万古清凉留圣迹，那罗延窟卧龙蟠[⑧]。

①此诗录自《一吼堂诗集》。

②癸丑：民国二年（1913）。

③寄禅：近代爱国诗僧敬安（1851—1912），字寄禅，号八指头陀，湖南湘潭人。曾住持宁波天童寺。1912年任中华佛教会第一任会长。为保护寺产入京请愿，未果，卒于法源寺。有诗集《嚼梅吟》及文集、语录，1984年辑为《八指头陀诗文集》出版。

④无遮法会：佛教节日，意为贤圣道俗上下贵贱无遮，平等行财施和法施的法会。

⑤张相国无尽居士：即宋代张商英。

⑥天开：犹天造地设。法界：见王陶《佛光寺》注③。此指五台山佛地。

⑦泰岱：即东岳泰山。

⑧那罗延窟：东台灵迹。敦煌文献《五台山赞》注㉖。

南台

扶筇荷笠叩南台[①]，直上峰巅眼界开。

双树烟痕横白练[②]，千年碑碣蔽苍苔。
定中心入三摩地[③]，梦里身疑几度来。
古洞金容似旧识[④]，归途一步一徘徊。

①扶筇荷笠：手扶竹杖，背挎斗笠。叩：造访。

②双树：即娑罗双树，亦称双林，谓释迦牟尼入灭之处。此指佛寺。白练：喻像白绢一样的东西。此喻白云。

③定：入定。三摩地：梵文音译。又译作三摩提或三昧，是正定之意。

④古洞金容：指南台顶普济寺石洞内主供的智慧文殊像。

西台

石磴嵯峨接上苍[①]，西台高傍紫垣旁[②]。
一龛风月留千古[③]，无数峰峦拜下方。
半壑泉流功德水[④]，满林风袭曼陀香[⑤]。
静观点点灯无尽，为拟文殊智慧光[⑥]。

①上苍：上天。

②紫垣：星座名。又称紫宫，为紫微十五星所在中垣。

③一龛风月：指西台顶法雷寺石洞内所供文殊菩萨像。风月：清风明月。喻真如佛性。

④“半壑”句：写西台灵迹八功德水。

⑤曼陀：即曼陀罗，花名。梵语音译，意译为悦意花。《阿弥陀经》：“昼夜六时，天雨曼陀罗花。”

⑥为拟：即拟为，揣度之词。

北台

北台山势郁崔嵬，鸟道盘旋九曲回。
人在上方临斗宿[①]，龙眠幽壑隐风雷[②]。
旷观大陆峰千点，俯瞰沧溟水一杯。
欲识清凉真化境[③]，几经劫火不曾灰。

①斗宿：星名。南斗六星，总称斗宿。

②“龙眠”句：写北台顶灵迹“龙门”。因其地“裂石如崩，涛声若雷”（见《清凉山志》卷二），故云。

③化境：佛经中指可教化的境域。

中台

中台秀起壮奇观①，无数群峰绕碧峦。
四面岚光晴带雨②，满身云气夏生寒。
迷漫河汉当头近③，浩荡乾坤入眼宽。
要识曼殊亲住处，本来不隔一毫端④。

①秀起：翠绿秀丽，拔地而起。

②岚光：山间雾气经日光照射而发出的光彩。

③河汉：即银河。

④“要识”两句：写“凡圣一体”。

总咏五台

绝磴盘旋耸太虚①，五峰化宇圣凡居②。
林泉隐约龙蛇杂③，石栈崎岖车马疏。
境入清凉忘热恼，心游冥漠觉安舒④。
文殊无是无非相⑤，识得文殊智有余。

①绝磴：陡峭的登山石径。太虚：指天，天空。

②化宇：犹化境。佛家指佛教化的境界。《华严经疏》卷六：“佛境界有二：一，如如法性，是佛所证；二，十方国土，是佛化境。”圣凡居：即“圣凡同居”。

③龙蛇杂：即“龙蛇混杂”。

④冥漠：高远而寂静的境界。

⑤无是无非相：《文殊摩诃般若经》：“文殊曰：‘如是世尊，我真文殊，无是文殊。何以故？若有是者，则二文殊。然我今日，非无文殊，于中实无是非二相。’”大乘佛法主张“中观”，即既不执著于“是”，亦不执著于“非”，不落是非两边，即得中道义谛。

李木庵

李木庵（1884—1959），中国当代著名法学家。原名振堃，字典武（午），湖南桂阳人。清末毕业于京师法律专门学堂。民国初年曾任广东高等检察厅检察长等职。1925年加入中国共产党。抗日战争期间，曾任陕甘宁边区高级法院院长、检察长，边区政府法律顾问等职。新中国建立后任中央人民政府司法部党组书记和副部长等职。1955年任最高人民法院首席顾问。博学多才，善诗，有《西北吟》、《解放吟》和《窑台诗话》。

五台山色袖中收①

乌延别驾已三秋②，我亦扬鞭莅广畴③。
胜事一宗堪告慰④，五台山色袖中收⑤。

①此诗作于1947年。时作者随中央机关转移，途径五台山。

②乌延：城名。在陕西省横山县南。唐长庆间节度使李祐筑。此或指陕甘宁边区首府所在地。别驾：官名。汉置别驾从事史，为刺史的佐吏，刺史巡视辖境时，别驾乘驿车随行，故名。宋于诸州置通判，近似别驾之职。后世因沿称通判为别驾。通判除与州府长官共同处理政务外，还握有监察官吏的实权。此指任检察长事。

③莅：来，到。广畴：广阔的田野。此当指河北阜平。

④胜事：美好的事情。告慰：感到安慰。

⑤袖中收：此化用“袖里乾坤”之典。谓袖中收藏有五台山的壮丽风光。

叶剑英

叶剑英（1897—1986），原名叶宜伟，字沧白，广东梅县人。1917年入云南讲武堂，后参与筹建黄埔军校。1927年参加中国共产党，参加领导了广州起义。1930年任中共中央军委参谋长、中国工农红军学校校长。1934年任红军前敌总指挥部参谋长。新中国成立后历任广东省政府主席、华南军区司令员、国防委员会副主席，国防部长、全国政协副主席、中共中央副主席、全国人大常委会委员长等职。1955年被授予元帅军衔。工诗词，有《远望集》。

过五台山[①]

一

千年古刹千年债，万个金身万姓粮[②]。
打破禅关惊破梦[③]，未妨仇恨是轻狂[④]。

二

荒凉殿宇有啼鸦[⑤]，稀世藏经灰化也[⑥]。
昔日庄严金佛像，而今流落万人家。

三

南台山上白云低，人在云中路径迷。
可有神工能扫雾[⑦]，让吾放眼到平西[⑧]。

①此诗录自1988年《五台县志》。作于1947年4月。时作者任中国人民解放军总参谋长，由晋西北前往河北平山县西柏坡参加会议，路经五台山。

②金身：装金的佛像。

③禅关：禅门。

④“未妨”句：唐李商隐《无题二首》诗其二：“直道相思了无益，未妨惆怅是轻狂。”此化用其意。意谓不妨因对反动僧人的仇恨而放浪轻浮。

⑤“荒凉”句：写土改清算后五台山寺院后的荒凉景象。

⑥“稀世”句：写土改清算中焚烧佛经事。藏经：大藏经的省称。佛经典籍的总称。

⑦神工：犹神人。

⑧平西：指平山县西柏坡。时为党中央所在地。

游五台山诗[①]

绕道五台仰名胜，辉煌怪诞前未闻。
三十六丈高耸塔[②]，百零八级石阶层[③]。
南山寺院工程大，二十三年未筑成[④]。

雕刻塑画实维妙，亿万工匠碑无名。
开花显佛施诡计，千万蒙民舍白银[5]。
章嘉活佛密室里[6]，多少良女被污凌。
难怪农民翻身日，摧毁破坏不留情。
可怜当局无远见，徒留后悔于人民[7]。

①此诗录自赵培成《叶剑英同志在五台》（见《五台山研究》1987 年第 3 期）。作于 1947 年夏初。时，中共中央工委在河北平山西柏坡召开的全国土地会议结束，作者在李卓然、马明的陪同下绕道五台山。

②“三十”句：指塔院寺佛舍利塔，即大白塔。实高二十一丈。

③菩萨顶、南山寺山门前均有一百零八级石台阶。

④“南山”两句：南山寺的前身，下三层为极乐寺，上三层为佑国寺，中一层谓善德堂。因年久失修，清末已坍塌。1941 年，由东北善人姜福忱和普济和尚将三处合建。因寺院坐落于南山，故名南山寺。整个寺院全部由青石和汉白玉构成，规模宏大。动工二十三年后，因“七·七”事变而被迫停工。

⑤“开花”两句：罗睺寺后殿（藏经殿）中央设置有“开花现佛”。谓信徒瞻礼时，多施钱币，则谓其心诚，方使花开佛现。

⑥章嘉活佛：即章嘉呼图克图的俗称。内蒙古地区格鲁派最大的转世活佛。七世章嘉活佛叶锡道尔济，于光绪二十五年（1899）入京，三十年（1904）授大国师。民国政府授“宏济光明大国师”号。曾住锡五台山镇海寺。

⑦“可惜”两句：赵培成《叶剑英同志在五台山》载，在视察五台山后，叶剑英到五台县城，应邀在为五台县委召开的区委书记联席会议作形势报告时，曾严肃批评五台县委领导干部：“土改中你们不该把五台山破坏得那样厉害。庙是劳动人民修筑的，是人民的财产；现在破坏了，将来还得人民来修建。”

董必武

董必武（1885—1975），亦名贤琮，又名用威，号壁伍，湖北黄安（今红安）人。青年时代加入同盟会，参加了辛亥革命。1920 年在湖北组织共产主义小组，1921 年出席中共第一次全国代表大会。1932 年任中共中央党校校长、中央党务委员会书记。抗日战争时期任中共中央华北局书记处书记、华北人民政府主席。新中国成立后历任中央财经委员会主任、政务院副总理、政法委员会主任、最高人民法院院长、全国政协副主席、国家副主席、代理主席、全国人大常委会副委员长等。著作有《董必武选集》等。

和叶参谋长《过五台山》三绝句用原韵[①]

一

历万劫魔犹有债[②]，食千年粟要还粮。
前人造业后人报[③]，如是我闻佛亦狂[④]。

二

无神无佛好栖鸦，绀宇琳宫是幻也[⑤]。
贝叶忽飞金像散[⑥]，文殊何处再为家？

三

秋雨秋风一叶飞，白云深处五台迷[⑦]。
抚今感昔多豪宕[⑧]，好句传来我欲西[⑨]。

①此诗录自1988年《五台县志》。题下原注：“一九四七年十月十二日，时客阜平温塘。”

②万劫：佛经称世界从生成到毁灭的过程为一劫。万劫犹万世。形容时间极长。

③造业：即造孽。佛教以过去世之恶因为今生之障碍者，谓之业障，俗作孽障。后来泛称做恶事谓造业或造孽，本此。

④如是我闻：佛经开卷语。传说释迦牟尼灭后，弟子们汇集他的言论，因阿难为佛侍者，所闻最多，就推他宣唱佛说，他以“如是我闻”开场，意为我闻佛如此说。“如是”指经中的内容；“我闻”指阿难亲自听闻。着此一句，以昭信实。见《佛地经论》卷一。此犹言我听得这样说。

⑤绀宇：即绀园。佛寺的别称。琳宫：此为佛寺殿堂的美称。

⑥贝叶忽飞：指土改中焚烧佛经事。

⑦“秋雨”两句：从叶诗“南台山上白云低，人在云中路径迷”化出。一叶飞：一语双关。指叶剑英过五台山，又有一叶知秋之意。

⑧豪宕：亦作“豪荡”。谓意气洋溢，气量阔大。

⑨西：指西至五台山。

朱　德

朱德（1886—1976），字玉阶，四川仪陇县人。早年加入同盟会，参加了辛亥革命活动，并先后参加反袁起义和护法战争。1922 年加入中国共产党。1927 年参加领导武昌起义，翌年率部与毛泽东会师井冈山，成立中国工农红军，任军长。1930 年起，任红军第一军团军团长，第一方面军总司令。抗日战争时期，任八路军总司令。解放战争时期，任解放军总司令。新中国成立后历任中央政府副主席、全国人大常委会委员长、中共中央政治局常委等。1955 年被授予元帅军衔。

和叶剑英同志《过五台山》诗三首[①]

一

广大神通难赖债，强舍金身偿旧粮[②]。
食尽农民千载粟，清还一点不为狂。

二

禅宫寥落乱飞鸦[③]，扫地出门罪佛也[④]。
修道院成休养院，荣军个个好为家[⑤]。

三

五台高耸白云飞，天朗气清路不迷。
世人觉醒何须佛，来自西天去自西。

①此诗录自 1988 年《五台县志》。当作于 1947 年。
②强舍金身：指土改中强迫僧人交出金装佛像。
③禅宫：佛寺。
④扫地出门：土改清算时的用语。指让被清算对象交出一切财产，空手离开家门。

⑤荣军：荣誉军人的略称。对残废军人的尊称。

陈　毅

陈毅（1901—1972），字仲弘，四川乐至人。早年赴法勤工俭学并于1923年加入中国共产党。1927年八一南昌起义后参加工农红军，历任第四军政委、军委主任。1934年红军长征后留江西苏区坚持游击战。解放战争时期先后任山东野战军、华东野战军、第三野战军司令员兼政治委员。解放后历任华东军区司令员、上海市市长、中共中央军委副主席、国务院副总理兼外交部长等职。1955年被授予元帅军衔。有《陈毅诗词选集》、《陈毅诗稿》等。

五台[1]

本不游五台，迂道时日紧。
至今有余欢，曾踏菩萨顶[2]。

①此诗录自1988年《五台县志》。作于1944年。时作者赴延安时路经五台山。
②菩萨顶：见李师圣《游台感兴古风》注④。

赵朴初

赵朴初（1907—2000），安徽太湖人。幼承家学，勤学文史，肄业于东吴大学文科。大学时开始学佛，后从事佛教和社会救济事业。30年代初任中国佛教会主任秘书。抗战中发起成立中华佛教护国和平会，参加上海慈善团体联合救灾会。1945年与马叙伦、许广平等发起组织中国民主促进会。1949年代表佛教界参加全国政协第一届全会。与陈铭枢等创立现代佛学社，发起成立中国佛教协会，历任副会长兼秘书长、会长，民进副主席，全国政协副主席。对推动佛教事业、促进国际友好交流贡献甚多。著有《佛教常识问答》等。又为当代著名诗人、书法家，有诗集《滴水集》、《片石集》等。

访五台山杂咏[①]

——调寄忆江南

一

清凉地，偿梦五台山[②]。
浅紫深红花织锦[③]，轻雷急鼓水鸣滩。
身在白云间。

①此词录于显通寺藏珍楼条幅。落款为“一九五九年访五台山杂咏，录奉碧山广济茅蓬补壁。”是年夏，作者陪同中国佛教学会副会长喜绕嘉错访五台山。

②偿梦：梦境得以实现。

③“浅紫”句：谓奇花异卉，万紫千红，犹如织锦。

二

清凉地，意态自雍容[①]。
缓岭平峰虚入浑[②]，高山大地健为雄。
灵气满长空[③]。

①意态：神情姿态。雍容：舒缓；从容不迫。

②平峰：因“五台，一曰五峰。台言高平，峰言耸峭”（见《清凉山志》卷二），故云。虚入浑：即入虚浑。进入虚无浑茫的天空。

③灵气：指仙灵之气。

三

清凉地，三伏已如秋。
北岭风来松送磬，东林月上水明楼[①]。
清意共云浮[②]。

①“东林”句：唐杜甫《月》诗：“四更山吐月，残夜水明楼。”此用其意。水明楼：月光如水，映照着寺院楼宇。

②清意：清凉、清净之意。

四[①]

名王塔[②]，终古倚长天[③]。
静听风铃飞八表[④]，欣窥筹幄想当年[⑤]。
景仰为留连。

①原注："塔院寺。"见王道行《塔院寺》注①。

②名王塔：指塔院寺佛舍利塔，即大白塔。名王：指古代少数民族声名显赫的王。泛指皇族有封号的王。此指古印度阿育王。阿育王改奉佛教后，传说于各地建八万四千塔，五台山塔院寺佛舍利塔即其中之一，故云。

③终古：自古以来。

④八表：八方之外。指极远的地方。

⑤"欣窥"句：塔院寺方丈院设有毛主席路居馆。1948年4月9日，毛泽东、周恩来、任弼时等领导人，由晋绥边区前往西柏坡，曾取道鸿门岩到台怀镇，宿于塔院寺方丈院。筹幄：即运筹帷幄。谓在后方决定作战策略。

五[①]

寻幽趣，行脚雨中山[②]。
四望烟云迷去处，忽开境界见苍然[③]。
万树拥伽蓝[④]。

①原注："访碧山寺。"碧山寺：见净澄《普济寺》注①。

②行脚：谓僧人步行参访禅师。《祖庭事苑》："行脚者，谓远离乡曲，脚行天下，脱情捐累，寻师访友，求法证悟也。"

③苍然：此指青翠的树林。

④伽蓝：梵语僧伽蓝摩的略称。意译为"众园"或"僧院"，即僧众居住的园林。后因把佛寺称为伽蓝。

六[①]

清凉地，清福属僧家。

玉味蔬羹香积饭[②]，深禅盐笋赵州茶[③]。
心地发奇葩[④]。

①原注："碧山寺午饭。"

②玉味：美味。香积饭：佛寺的斋饭。典出《维摩诘经·香积品》："是化菩萨以满钵香饭与维摩诘，饭香普薰毗耶离城及三千大千世界。"

③"深禅"句：佛教认为，以素食为斋、饮茶也是一种参禅方式。僧众食时，不仅要肃静，而且要静心作"五观"（初计功多少量他来处，二自忖己身德行，三防心离过，四正事良药，五为成业道），视所食如药物，故云。赵州茶：禅宗典故。见曹寅《中台》注⑫。此以"赵州茶"指寺院招待的茶水。

④心地：指心。参见张商英《和咏五台·中台》注②。

七[①]

幽深绝，岩涧护禅关[②]。
神窟休疑真幻别，老僧漫作圣凡参[③]。
谁与解三三[④]？

①原注："金刚窟。"见无著《金刚窟》注①。

②禅关：即禅林。僧侣众聚的寺院。此指般若寺。

③"老僧"句：语出《清凉山志》卷四《无著入金刚窟传》："无著却问老人：'此间佛法，如何住持？'老人曰：'龙蛇混杂，凡圣交参。'"老僧：指文殊。漫作：犹漫言，宣言。凡圣参：即凡圣交参。谓凡夫与圣者交互参禅。即佛法平等之意。

④三三：即禅宗机语"前三三与后三三"。见雪窦《金刚窟》注①。

八[①]

来寻处，风雨五郎祠[②]。
百战艰辛留铁棒，千秋飒爽想英姿[③]。
卓卓释家儿[④]。

①原注："兴国寺。"全称太平兴国寺。在楼观谷口。兴建于北宋太平兴国七年(982)。中有五郎祠。毁于"文革"。五郎，见顶增坚错《五郎祠》注①。

②飒爽：矫健挺拔貌。唐杜甫《丹青引赠曹将军霸》诗："褒公鄂公毛发动，英姿飒爽犹酣战。"

③卓卓：特立；高超出众。

九①

栖心处②，飞阁俯奔湍③。
回首狂澜惊险渡，举头危磴喜先攀④。
一勺试泉甘⑤。

①原注："观音洞。"见法本《观音洞》注①。

②栖心：犹寄心。寄托心意。

③飞阁：指观音阁。奔湍：急速的水流。

④危磴：高峻的山间石径。

⑤泉甘：观音殿后有二小洞，其中西洞供观音像，像前滴水成池，水甘甜，人们视为圣水。

十①

花园寺②，还似北朝无③？
异代空留皇帝宇④，几人还读国师疏⑤？
消息问毗卢⑥。

①原注："显通寺。"见贯休《送僧游五台》注⑦。

②花园寺：显通寺曾用名。《清凉山志》卷二："大显通寺……元魏孝文帝再建，环匝鹫峰，置十二院。前有杂花园，故亦名花园寺。"

③北朝：南北朝时，北魏、东魏、西魏、北齐、北周立国北方，史称北朝，以与立国南方的南朝（宋、齐、梁、陈）相对。此指北魏孝文帝再建事。

④帝王宇：指帝王崇建的显通寺殿宇。

⑤国师疏：唐华严高僧、清凉国师澄观所著《华严经疏》。参见若必多吉《清凉道歌》注㉔。

⑥消息：消长，增减；盛衰。参见王介庭《复过长城岭》注②。此指佛法的盛衰。毗卢：佛名。毗卢舍那之省称。即大日如来。一说，法身佛的通称。华严宗认为是报身佛，

乃莲花藏世界的教主。

十一

清凉地，从此证清凉①。
梵宇久悲狐鼠乱②，垢衣今解宝珠光③。
意净发心香④。

①证：佛教语。参悟，修行得道。清凉：佛教指清净，不烦扰。此指代佛法真谛。

②梵宇：佛寺。狐鼠：城狐社鼠的省语。城墙洞中的狐狸，社坛里的老鼠。比喻有所凭依而为非作歹的人。参见吴重光《游白人岩杂咏八首·讲经石》注③。

③“垢衣”句：此用“衣珠”之典。见王道行《金阁寺》注⑧。此指僧众了解了自身本具的佛性。垢衣：即无垢衣。僧人袈裟的别名。此指代僧人。

④心香：佛教语。谓中心虔诚，如供佛之焚香。

十二

清凉地，凡圣可同参①。
举起锄头开净土②，穿来牛鼻透重关③。
努力事农禅④。

①“凡圣”句：见作者本词之七注③。

②“举起”句：指五台山僧人植树种菜事。净土：佛教语。指佛所居住的无尘世污染的清净世界。多指西方阿弥陀佛净土。此指五台山佛地。

③“穿来”句：意谓“农禅”这一修道方式抓住了悟道的关键。此为作者对“举起锄头开净土”，亦即“农禅”的肯定和高度评价。穿鼻：比喻操纵，控制。《资治通鉴·后梁均王贞明元年》：“天子愚暗，听人穿鼻。”胡三省注：“谕之以牛，为人穿鼻，旋转、前却一听命于人，以鼻为所制也。”重关：佛教语。谓悟道的关键。

③农禅：即农禅并重的修道方式。为中国佛教的三大传统之一，唐百丈怀海禅师首创禅门清规，提倡农禅之风，实施“一日不作，一日不食”的严格制度，名闻海内。

五台杂咏[①]

——调寄忆江南

一

偿宿愿，重上五台山。
十八年间喧寂异[②]，无穷刹那海田迁[③]。
到此证真诠[④]。

①此词录自《片石集》。作于1977年8月。时作者偕日本佛教界友人访五台山。

②十八年：作者于1959年第一次访五台山，距此次重访正好十八年。喧寂异：以前喧闹，现在寂静，截然不同。按：时十年浩劫刚结束。其间，中国一片喧闹，佛教界在十年浩劫中饱经摧残。如今拨乱反正，重现生机，作者自然感慨系之。

③“无穷”句：谓令人压抑的漫长岁月倏忽而过，人间发生了翻天覆地的变化。刹那：梵语音译。一般用以表示时间之极短者，如一瞬间。海田迁：即沧海变桑田。比喻世事变化巨大。

④证：印证。真诠：亦作“真荃”。犹真谛。原为佛教语。与俗谛合称“二谛”。亦泛指最真实的意义或道理。此指事物发展变化的规律。

二[①]

二唐寺，瑰宝世间无[②]。
千劫何缘存象法[③]，明时自不失玄珠[④]。
沉晦庆昭苏[⑤]。

①原注：“二唐寺，指佛光寺、南禅寺，皆唐代建筑。”佛光寺：见敦煌文献《五台山赞》注⑯。南禅寺：台外寺院。在五台县城南21公里处阳白沟小银河东畔。正殿重建于唐德宗建中三年（782），是我国现存最古的木构建筑。殿内塑像亦为唐塑，堪称艺术珍品。

②瑰宝：特别珍贵的物品。

③千劫：佛教语。指旷远的时间与无数的生灭成坏。象法：犹象教。释迦牟尼离世，诸大弟子想慕不已，刻木为佛，以形象教人，故称佛教为象教。

④明时：指政治清明的时代。玄珠：黑色明珠。道家、佛家比喻道的实体，或教义的真谛。参见皇甫汸《五台行赠陆仪曹》注㉘。此喻宝贵的事物，即二唐寺。

⑤“沉晦”句：谓昔日隐而不露，今日庆幸获得新生。昭苏：苏醒；恢复生机。《礼

记·乐记》："蛰虫昭苏，羽者妪伏。"郑玄注："昭，晓也；蛰虫以发出为晓，更息曰苏。"

三①

松岩口②，纪念白求恩。
众艺兼精心力瘁③，虬枝连理友情深④。
万古共山灵⑤。

①原注："纪念白求恩展览馆，庭前古松有枝连理。"

②松岩口：五台村庄名。抗日战争初期为晋察冀边区后方医院所在地。加拿大共产党员、著名的胸外科医师白求恩于1938年6月19日到松岩口，工作月余，创建"模范病室"。因抢救伤员感染中毒，于翌年11月12日在河北完县逝世。1969年，政府在此建立白求恩展览馆。

③众艺兼精：白求恩不仅擅长胸外科，且指导木工、铁匠制作医疗器械和设备，故云。心力瘁：心力交瘁。精神和体力都极为劳累。

④虬枝：盘曲的树枝。连理：异根草木，枝干连生。此喻中加人民的深情厚谊。

⑤"万古"句：谓白求恩精神与五台山一样万古长存。

四①

建军节②，创业念艰难。
五十年前擎义帜③，千寻塔影护行辕④。
瞻礼梦魂攀⑤。

①原注："塔院寺瞻仰毛主席、周总理路居纪念馆。"

②建军节：8月1日为中国人民解放军建军节。

③"五十"句：1927年，第一次国内革命战争失败。中共为挽救革命，8月1日，周恩来、朱德、贺龙、叶挺、刘伯承等领导在中共影响下的北伐军三万余人，在江西南昌举行武装起义，向国民党反动派打响第一枪，是中共独立领导武装革命的开始。

④千寻塔影：指塔院寺大白塔之影。行辕：旧时高级官吏的行馆。亦指暂住之地所设的办事处所。此指毛主席、周总理路居纪念馆。

⑤攀：依附。

五[①]

东台顶，盛夏尚披裘。
天着霞衣迎日出，峰腾云海作舟浮。
朝气满神州[②]。

①原注："登东台顶看日出。"

②神州：泛指中国。

六[①]

五台县，名始盛隋唐[②]。
文物允为天下重[③]，事功争作国中光[④]。
鹏翼海天长[⑤]。

①原注："全县农林牧副渔工矿建设事业正迅速发展。"

②"五台"两句：谓五台之名始于隋，盛于唐。或五台之名始盛于隋唐。《隋书·地理志》："五台旧曰虑虒，大业初改焉。"《元和志》："大业三年（607）改，因山为名也。"又五台山佛教在周武帝灭佛时遭受毁灭性打击。开皇元年（581），隋文帝"下诏，五顶各置寺一所，设文殊像，各度僧三人，令事焚修。"（见《清凉山志》卷五）入唐，包括唐太宗、唐高宗、武则天、唐代宗、唐德宗等帝王十分重视对五台山的崇建，被公认为文殊圣域。时五台山有规模宏丽的佛寺七十余所，全山僧尼"达万人之众"（见《全唐文》卷621）。与此同时，以澄观、不空、含光、志远为代表的名僧辈出，高僧云集。中外佛教交流频繁，五台山佛教进入极盛时期。

③允：信实，确实。重：昂贵；价高。此犹"重宝"。

④事功：指为国勤奋努力工作的功勋。

⑤"鹏翼"句：意谓五台县的发展鹏程万里，不可限量。语出《庄子·逍遥游》："鹏之背，不知其几千里，怒而飞，其翼若垂天之云……鹏之徙于南冥也，水击三千里，抟扶摇而直上者九万里。"

隆　莲

隆莲（1908—2006），当代著名比丘尼。俗名游永康，亦名铭慈，字德

纯，法名隆净、仁法，别名文殊戒子、清时散人。四川乐山人。出身书香门第，少习文史，聪慧过人，早年曾任四川省政府秘书等职。后出家为尼，随能海法师等习汉藏佛学，学识渊博，善书法，工诗文。1981 年以来历任四川佛协会长、中国佛协副会长、全国政协委员、四川尼众佛学院院长、中国佛教文化研究员等。撰有《佛教道德观》等。

初上五台山①

无风无雨半晴阴，三晋云山一日行。
我是文殊心爱子②，六千里路远相迎。

①此诗录自裘山山《隆莲法师传》第六章。作于 1957 年。时法师第一次上五台山。题为注者所加。

②因作者别名“文殊戒子”，故云。

五台杂诗（九首）

一①

摩腾法派至今名，灵境遥传启汉明②。
珠网露盘凝碧落③，翠岩丹陛接朱甍④。

①原注：“显通寺大宝塔传迦叶摩腾于此以天眼见佛舍利，今五台僧伽犹有摩腾派。寺后依翠岩峰，即中台。沿山名刹蝉联，俨若画图。”

②汉明：指东汉明帝永平年间。

③“珠网”句：谓大宝塔顶部静止在天空。珠网：缀珠为网状的帐帷，多施于殿屋。此指大宝塔覆盘周围的垂带。露盘：佛寺宝塔上所建盘盖，又名相轮或轮相。

④丹陛：宫殿的台阶。朱甍（méng）：红色的屋顶。此借指殿宇。

二①

僧祇罢讲四分开②，律学神州溯北台③。
半月布萨规矩在④，宝坛香拥世尊来。

①原注："北台法聪罢讲僧祇，首开四分。今北山寺尚存布萨安居等羯磨（梵语音译。意译为作法办事。指诵经拜佛的法事），不废律学。"

②僧祇：即《僧祇律》，为《摩诃僧祇律》的略称。意译《大众律》，东晋佛陀跋陀罗与法显共译，40卷，为印度大众部所传戒律，亦为汉地最初传入、早期盛传的戒本。四分：即《四分律》。后秦佛陀耶舍与竺佛念共译，60卷。原为印度上座部系统法藏部律本，因分四部分而得名。是汉地最有影响的佛教戒律，为唐代律宗所依据的根本典籍。

③"律学"句：北魏孝文年间（471—499），法聪律师于五台山北山寺始讲四分律，门人道覆录之，作《四分律疏》六卷，是为我国开讲四分律之始。

④布萨：梵文音译。意译为净住，善宿，长养，断增长。佛教仪式。指出家僧尼每半月（十五日至二十九日或三十日）集会一次，专诵戒律，称为"说戒"，谓能长养善法，增长善法。在诵戒律时，信徒也向大众忏悔所犯罪过，称为"断增长"，意为断恶长善。

三[①]

衣冠衮衮尽蒙恩[②]，此去何人气节存？
肯为宋庭酬一死[③]，千秋真宝在山门。

①原注："《清凉志》载，太平兴国寺僧真宝，见重于宋钦宗。后为金人所虏，庭抗不礼，曰：'吾许宋皇帝以死，为佛弟子，岂当为妄言耶？'遂遇害。"

②衣冠衮衮：称众多的显宦。衣冠：代称缙绅、士大夫。衮衮：纷繁众多貌。

③酬：报答。

四[①]

殷雷声震梵仙山[②]，栈道新开路百盘。
征服自然科学事，仙人拱手让输般[③]。

①原注："梵仙山传是五百仙人成道处，今于山半炸去岩石，新开公路。"

②殷雷：轰鸣的雷声。此指劈山修路的爆炸声。

③拱手：两手相合表示敬意。让输般：连公输般也显得逊色。让，逊色；不及。输般：公输般，或称鲁班，为鲁国巧匠。

五[①]

芋魁烂煮融如乳[②]，荞麦精磨滑似油[③]。
并作台山三件宝，夏凉冬暖敝羊裘。

①原注："五台山有谚云：'五台三件宝，洋芋荞麦老皮袄。'"

②芋魁：芋的块茎。亦泛称薯类植物的块茎。此指洋芋（方言），即马铃薯。

③荞麦：当作"莜麦"。五台山盛产莜麦。

六[①]

天花开遍五台巅，清供伊蒲第一鲜[②]。
珍重阇黎劳采撷[③]，盈筐百里踏云还。

①原注："五台山磨菇，古名天花，蔬食珍品。旧时官吏诛求扰及方外，释镇澄有古风。劳其远道采馈，诗以记之。"

②清供：清雅的供品。伊蒲：伊蒲馔之省。斋供，素食。《书言故事·释教》："斋供食曰伊蒲馔。"

③珍重：道谢之辞。阇（shé）黎：亦作阇梨，梵语阿阇梨的省称，意谓高僧。此泛指僧人。

七[①]

如来妙相费寻思，意匠经营下笔迟[②]。
丹青不知老将至[③]，浑忘分卫日中时[④]。

①原注："集福寺有蒙古老喇嘛，嗜塑制，终日孜孜，每忘午餐。"

②意匠经营：指作文、绘画、雕塑等的精心构思。清赵翼《游网师园赠主人瞿远村》诗："想当意匠经营时，多少黄金付一掷。"

③"丹青"句：语出唐杜甫《丹青引》诗："丹青不知老将至，富贵于我如浮云。"丹青：指画像。此指雕塑。不知老将至：语出《论语·述而》："发愤忘食，乐以忘忧，不知老之将至云尔。"

③浑忘：简直忘记。分卫：佛教语。谓僧人乞食。此指僧人进午餐。

八[①]

花满川原敷锦毯，人行阡陌让牲群[②]。
法螺声下台怀镇[③]，白帕红妆看跳神[④]。

①原注："六月大会，为五台牲畜交易之期，农村妇女来者多着盛装。跳神喇嘛自菩萨顶下至罗睺寺作法，为会期中一重要内容。"

②阡陌：此指田野。

③法螺：法器名。用白色海螺壳制成，以左旋者为贵，作法事时吹鸣之。

④跳神：俗称"跳鬼"，即藏传佛教金刚舞。每年农历六月六日至十五日，五台山中心区黄庙喇嘛举行"六月法会"，称作"奉旨道场"。先是诵经，十四日僧人戴面具跳金刚舞。15 日大游行，从菩萨顶到罗睺寺，再跳舞念经。金刚舞有镇鬼、跳鬼、斩鬼等内容，意在消灭魔鬼，祈求风调雨顺，国泰民安。

九[①]

梵音螺贝间笙簧[②]，法曲犹存古乐章。
博雅长官传律吕[③]，人间从此识霓裳[④]。

①原注："显通寺流传古乐一部，1952 年山西省民政厅冯副厅长来山发现，使音乐家为之制谱传世。"

②"梵音"句：谓梵呗声、螺贝声与笙等乐器间杂在一起，演奏佛教音乐。螺贝：古代雍羌乐器名。此指法螺等。笙簧：指笙。簧，笙中之簧片。

③博雅：谓学识渊博，品行端正。律吕：古代校正乐律的器具。用竹管或金属管制成，共十二管，管径相等，以管的长短来确定音的不同高度。从低音管算起，成奇数的六个管叫作"律"；成偶数的六个管叫作"吕"，合称"律吕"。后亦用以指乐律和音律。

④霓裳：指《霓裳羽衣曲》。唐代著名法曲。此指代显通寺古乐。

雪中辞五台[①]

彤云远送下层冈[②]，回首银涛百里长。
自是文殊怜爱子，琼瑶十万赠行装[③]。

①原注："时请得《大般若经》下山。"

②彤云：指下雪前密布的浓云。层冈：高耸重叠的山岭。

③琼瑶：喻雪。

辛丑忆五台[1]

——浪淘沙

夜夜五台山，有梦飞还。
远峰浅碧远天蓝。
总是文殊游履地[2]，七宝琅玕[3]。

一自落尘寰[4]，咫尺仙凡[5]。
迢遥何止路三千[6]！
纵许文殊能接引，知在何年[7]？

①此词录自《隆莲法师传》附录一《隆莲法师诗词选》（下同）。辛丑：1961年。

②文殊游履地：指文殊道场。游履：犹游历。

③七宝琅玕：写五台山寺院富丽堂皇，气象万千。琅玕：比喻珍贵美好之物。

④落尘寰：指降生人间。

⑤咫尺仙凡：意谓佛菩萨和凡夫俗子之间距离极近，悟则佛菩萨，不悟则凡人。有"圣凡一体"之意。

⑥"迢遥"句：指峨眉山到五台山路途之遥远，亦喻修道之艰难。

⑦"纵使"两句：写作者对见到文殊，得以解脱的急迫之情。

辛丑岁暮近慈寺见梅花忆五台胜境[1]

——百字令

十年树木经行处[2]，开得梅花如许！
一片冷香飞不到[3]，梦绕清凉国里[4]。
踏碎琼瑶，倾翻珠玉，寒透行人髓[5]。
岩阿曾指，汝曹从此归矣[6]！

可怜迎到三千，送还八百，多少慈悲地[7]！
处处相逢曾不识[8]，一一从头难记。
童子雏音，老人鹤发，历耳机锋语[9]。
苍茫此意，当归胡不归耳[10]？

①辛丑：1961年。岁暮：岁末，一年将终时。近慈寺：在四川成都市城南7.5公里的石羊场附近。明万历二十八年（1600）立为寺，近代为文殊院下院。1938年，能海率徒众建为专弘藏传格鲁派法的道场。

②“十年”句：指能海法师传授佛法和修行之近慈寺。十年树木：语出《管子·权修》：“一年之计，莫如树谷；十年之计，莫如树木；终身之计，莫如树人。”此借指广聚僧徒，传授佛法。经行：见王偁《送龙河杰首座自五台归将赴天台》注④。

③一片冷香：作者自指。冷香：清香的花。

④清凉国：指五台山。

⑤“踏碎”三句：写对五台山冰天雪地的回忆。琼瑶、珠玉：均指冰雪。

⑥“岩阿”两句：意谓五台山的山岩透露天真，显示佛法真意。岩阿：山的曲折处。汝曹：你们。指作者和其他僧尼。归：指彻悟佛法，回归本心。

⑦“可怜”三句：写对五台山佛地的赞美和喜爱之情。可怜：可爱。

⑧“处处”句：写对人们不解“触目菩提”的惋惜。相逢：与文殊相逢。指证悟佛法真谛。曾：竟。

⑨“童子”三句：谓儿童稚气天真的话语，老人的白发，以及所有的声音，都是文殊菩萨启人智慧的机锋。机锋：佛教禅宗语。指问答迅捷锐利、不落迹象、含义深刻的语句。

⑩“苍茫”两句：谓五台山广阔无边的天地，到处都体现了佛祖的意旨，人们应该尽快回归，彻见真如自性。胡：为什么。

重礼五台[1]

——忆江南

一

清凉地，我是再来人。
驱尽天魔花更好，销完积雪草还青[2]。
剥复见天心[3]。

①此词录自《隆莲法师传·附录》《隆莲法师诗词选》第三部分（1980—1989）。当作

于八十年代初期。

②“驱尽”两句：写“文革”后五台山佛教重现生机。天魔：佛教语。天子魔之略称。为俗界第六天主，常为修道设置障碍。此指“四人帮”。积雪：暗喻“文革”期间压抑、冰冷的社会环境。

③“剥复”句：意谓拨乱反正，使佛法重现生机，符合天意人心。剥复：《易》二卦名。坤下艮上为“剥”，表示阴盛阳衰；震上坤下为“复”，表示阴极而阳复。后因谓盛衰、消长为“剥复”。

二

清凉地，步步见文殊①。
山色溪声传妙谛，祥光瑞霭露真如②。
倦羽得归乎③？

①“步步”句：写“触目菩提”之意。

②“山色”两句：承上写作者对“妙谛”、“真如”的体悟。妙谛：精妙之真谛。此指佛法真谛。真如：梵文意译。谓永恒存在的实体、实性，亦即宇宙万有的本体。与实相、法界同义。

③“倦羽”句：从晋陶渊明《归去来兮辞》“鸟倦飞而知还”化出。写作者对得见“本地风光”，即证悟真如自性的急迫心情。倦羽：犹“倦鸟”，鸟倦于飞翔。羽，鸟类的代称。

三

清凉地，双塔树云间①。
金阁曼荼开秘藏②，玉华贝叶耀遗编③。
后起待群贤④。

①原注：“1979年能海法师塔建于善财洞侧。1981年法尊法师塔建于广宗寺。”能海（1886—1966），现代著名僧人。四川绵竹人。俗名龚学光。少年学商，后入陆军学校，曾任云南讲武学堂教官。1925年于涪陵天宝寺出家。此后两度赴藏求法。1933年回内地，先后在成都近慈寺、重庆真武山、绵竹云雾寺、峨眉慈圣庵、五台山清凉桥、上海金刚道场开设道场。持戒谨严，讲经说法深入浅出，影响遍及国内外。曾任中国佛教协会副会长。

译注凡90余种。隆莲为其弟子。法尊（1902—1980），现代著名译经大师。俗名温妙贵。河北深县人。早年出家。入武昌佛学院，受教于太虚。1925年转入北京藏文学院，从大勇学密藏。后随之赴藏学习。1936年代理太虚主持汉藏教理院。新中国成立后，曾任中国佛教协会常务理事，中国佛学院副院长、院长等。他首次将藏传经论多种译为汉文，将汉文经论译为藏文，对沟通汉藏佛学贡献甚大。

②“金阁”句：写能海法师弘扬密教事。金阁：指五台山金阁寺。唐大历二年（767）落成，代宗赐予不空，作为密教弘布之道场。曼荼：即曼荼罗，梵文译音。佛教语。意为平等周遍十法界，轮圆具足。指佛教密宗按一定仪制建立的修法的道场。

③“玉华”句：写法尊法师译经事。玉华：寺名。在陕西省，唐建。玄奘在该寺译出《金刚经》、《大般若经》等大量经典。此指代译经道场。贝叶：指佛经。遗编：指法尊法师翻译的各种经论。

④“后起”句：写对广大僧人继承二师道统，将佛法发扬光大的希冀。

能海上师诞辰一百周年纪念①

芙蓉城是众香城②，般若东传有继人。
五十年来称法主③，孤峰峭壁绝攀登④。

①此诗作于1986年。

②芙蓉城：今四川省成都市的别名。后蜀孟昶于宫苑城上遍植木芙蓉，因此得名。简称“蓉城”。众香城：犹众香国。佛国名。《维摩诘经·香积佛品》：“上方界分过四十二恒河沙佛土有国名‘众香’，佛号‘香积’，今现在。”

③法主：佛教语。称佛，意为佛法之主。

④孤峰峭壁：喻能海上师佛法高深，难以企及。

悼通愿法师①

电悉通愿法师示寂，莫名哀悼。无缘趋奠，短章当哭，烦陈灵右。

南山日月，清凉冰雪，
鸿泥几度留遗迹②。
古调重弹，律意谁传？
流水高山生暮寒③！

悲君不起，留君无计，
青囊总是埋愁地④。
长记相从，丽日晴空，
影落峨眉第一峰⑤。

①此为作者《悼通愿法师唁电》，作于1991年3月9日。通愿（1913—1991）：当代名尼。俗姓翟，名尧臣。祖籍山东，祖父辈迁黑龙江双城。自幼读书，1933年考入北平大学女子文理学院经济系。1940年从慈舟出家，法名通愿。1941年在北京通教寺依止开慧比丘尼参学弘法。1956年随师及母居五台山。1972年至1985年住五台山南山寺弘传戒律，后居圭峰寺，并在陕西终南山大园寺弘戒且建“吉祥精舍”。曾任山西省佛教协会副会长、中国佛教协会常务理事等职。一生清高淡雅，志坚行苦，广为僧俗称颂。

②“南山”三句：写通愿法师的志行及作者几次与之交往之事。南山日月：指通愿法师长期住南山寺弘法事。“鸿泥”句：用“鸿泥雪爪”之典。鸿鸟在雪泥上留下的爪印。比喻往事留下的痕迹。语本宋苏轼《和子由渑池怀旧》诗：“人生到处知何似，应似飞鸿踏雪泥。雪上偶然留爪印，鸿飞那复计东西。”《隆莲法师传》载，1955年隆莲与通愿第一次相遇于北京通教寺；1980年第二次相逢于四届全国佛教代表大会；1982年春隆莲邀通愿至成都共同举行二部僧戒传戒仪式；1990年隆莲再邀通愿入川参加峨眉山金顶华藏寺开光仪式。

③“古调”三句：写通愿法师示寂对佛教界的损失和作者痛失知音的心情。古调、律意：指通愿恢复比丘尼二部僧戒事。通愿一生宏戒，隆莲亦有此愿，通愿积极支持。流水高山：即高山流水。《列子·汤问》：“伯牙善鼓琴，钟子期善听。伯牙鼓琴，志在高山。钟子期曰：‘善哉！峨峨兮若泰山。’志在流水。钟子期曰：‘善哉！洋洋兮若江河。’”后以“高山流水”为知音相赏和知音难遇之典。

④“悲君”三句：写对通愿法师圆寂的哀悼和自解。青囊：此指人的躯体。

⑤“长记”三句：写通愿法师应作者之邀参加峨眉山金顶华藏寺开光仪式一事留给作者铭心刻骨的记忆。影：指通愿法师的身影。

虞　愚

虞愚（1909—1989），原名德元，福建厦门人，原籍江苏江阴。1930年毕业于上海大夏大学。历任贵州大学、厦门大学、中国佛学院副教授、教授。1979年为中国社会科学院文学研究所兼职研究员。1982年任该院哲学研究所研究员，兼任中国逻辑史研究会、中国海交史研究会、五台山研究会顾问，中国佛教协会常务理事。博学精深，著作宏富，主要有《因名学》、《中国名学》和《印度逻辑》等。

留题五台山[①]

文殊造像起崔嵬，八部天龙顶礼来[②]。
古刹风光归饱览，华严楼阁得重开[③]。
曼陀天雨呈奇彩[④]，法界真源助辩才[⑤]。
无上清凉诗在眼，高台闻呗一徘徊[⑥]。

①此诗录自《五台山研究》1985年创刊号。诗后原注："1985年夏。"

②八部天龙：即天龙八部。见郑材《登清凉石赋》注⑨。

③华严楼阁：即"弥勒楼阁"。佛家谓华严与禅的至境。参见王昶《大文殊寺》注㉗。又五台山最古的寺院显通寺曾名华严寺。

④曼陀花雨：指天降花雨。

⑤法界真源：指佛法的本性。法界：见高荣《和咏五台·东台》注③。真源：谓本源，本性。

⑥呗：指梵呗。

王世安

王世安（1914—1991），居士，佛教学者。小字玉烛，湖北黄梅人。早年受业于北京大学汤用彤、熊十力诸先生，好学深思，学识渊博。毕业后从事教育工作数十年，桃李遍湘鄂。嗣后萍迹香山，参加任继愈先生主持的《佛学大词典》编撰工作，并译出《印度佛教史》及《顺世论》。晚年息影东湖，卒后塔于五祖寺西塔林。

五台吟[①]（和杨柄同志原韵）

一

佛教从来有丰功，问题不在金银铜。
倘使帝王灭法尽，神州未必减哀鸿[②]！

二

轮回业报系心牢，世上何人为不肖？
若论众生皆平等，人性无如佛性高。

三

鸦片镇痛安神经，良医施之自可行。
文殊道场千旺旷[3]，大事因缘应思深。

①此诗录自《五台山研究》1987年第1期。诗后原注：“1986年10月25日于武汉东湖行吟阁。”

②《诗·小雅·鸿雁》：“鸿雁于飞，哀鸣嗸（áo，同“嗷”）嗸。”《序》云：“《鸿雁》，美宣王也。万民离散，不安其居，而能劳来还定，安集之。”后以“哀鸿”比喻流离失所的人们。

③千旺旷：指数千年来的兴旺和荒废，亦即佛教的兴衰。

杨　柄

杨柄（1921—2007），当代著名学者，马克思主义文艺理论家、美学家和诗人。原中国社会科学院《社会科学战线》杂志编审、中国毛泽东文艺思想研究会副会长。著有《马克思恩格斯论文艺和美学》，与人合著《毛泽东与中国文学艺术》。

五台吟[1]

一

浩荡皇恩积代功，民膏聚得金银铜。
经声嘹亮行云遏[2]，哪见哀吟遍地鸿？

二

唐殿恢弘斗拱牢，尊尊彩塑态维肖。
欣然有尽嗟无尽，艺术高超代价高！

三

古无鸦片有真经[3]，夜夜西方梦里行。
叩首焚香今又是，泥胎到底道行深！

①此诗录自《五台山研究》1986年第5期。诗后原注：“1986年8月12、13日于五台山。”

②行云遏：即响遏行云。形容声音高昂激烈。《列子·汤问》：“（秦青）抚节悲歌，声振林木，响遏行云。”

③“古无”句：谓古代无鸦片，却有真经（佛经）毒害人民。此用马克思《〈黑格尔法哲学批判〉导言》“宗教是人民的鸦片”句意。因鸦片在近代方传入中国，而佛教在古代就进入中国，故云。

金泽子卿

金泽子卿，日本著名书法家，高崎书道会会长。

建立友好寺院奉迎文殊菩萨像有感[1]

其一

显通仁叟日中间，姊妹交盟往又还。
五百年来未曾有[2]，即今共启两山关[3]。

其二

访寻几度五台山，请愿达成飞锡还。
殷勤迎得文殊像，新建堂中拜玉颜[4]。

①此诗录自金泽子卿客厅条幅，作于1994年。日本国曹洞宗仁叟寺新建文殊堂，是年5月派人到五台山请文殊像。经应允，拟显通寺铜殿文殊像原样木雕一尊。10月，迎请回国，供于文殊堂。同时，仁叟寺与显通寺签署协议，结为友好寺院。

②五百年：仁叟寺创建至1954年，已有五百年。

③两山：指显通寺所在五台山和仁叟寺所在日本天佑山。

④玉颜：形容不老的容颜，或对尊长容颜的敬称。此指文殊像。

图书在版编目（CIP）数据

五台山诗歌注释：全 2 册/张申伟编注. — 太原：三晋出版社，2012.12

ISBN 978-7-5457-0652-9

Ⅰ.①五…Ⅱ.①张…Ⅲ.①诗歌—注释—中国
Ⅳ.①I22

中国版本图书馆 CIP 数据核字(2012)第289376号

五台山诗歌注释

编　　注：张申伟
责任编辑：张继红
助理编辑：董润泽
责任印制：李佳音

出 版 者：山西出版传媒集团 · 三晋出版社(原山西古籍出版社)
地　　址：太原市建设南路21号
邮　　编：030012
发行营销：0351-4922268(发行中心)
　　　　　0351-4956036(综合办)
　　　　　0351-4922203(印制部)
E - mail：sj@sxpmg.com
网　　址：http:sjs.sxpmg.com

经 销 者：新华书店
承 印 者：晋中市万嘉兴印刷有限公司

开　　本：787mm×1092mm　1/16
印　　张：54.25
字　　数：800千字
版　　次：2013年5月　第 1 版
印　　次：2013年5月　第 1 次印刷
书　　号：ISBN 978-7-5457-0652-9
定　　价：150.00元(全二册)